神田正行

# 馬琴と書物

―伝奇世界の底流―

八木書店

# 序

合巻というのは、毎葉に絵を備え、その絵は中本型の枠内全面に描かれていて、その合間に本文が書き入れられている、という体裁の小説である。一見したところ絵が中心で本文が従という、婦女子向きの読み物であった。その上、色刷りの表紙や口絵などの装丁も、如何にも大名のお姫様などが喜ぶように瀟洒美麗に造本されている。しかし、その字体は小さくて、殆どが平仮名なので、筆者などには読みやすいものではない。だから、江戸の人々も実際には本文をあまり精読する事は無く、装丁や絵ばかりを眺めていて、筋は大づかみに把握する程度で済ませていたのではないか、と半畳を入れてみたくもなる。

このように造本に凝る読み物は、近代になると一般に普及させる事が難しかった。つまり口絵・挿絵を全丁に入れ、しかも彩色まで出し、本文を適宜校訂した上で挿絵の間の該当箇所に当てる、という作業は経費も手間もかかるからである。だから、博文館が明治・昭和の二度にわたって刊行した帝国文庫などでは、絵を省いて本文だけが組まれていた。それでは筋をつかむ事はできても、合巻特有の装丁や絵を楽しむ、という魅力は失われてしまう。そんな訳で、活字本で合巻を読む気にも、あまりなれない。できるだけ初刷りに近くて、装丁や挿画が刊行当初の面影を残している版本を求めて読むのが望ましい。しかし、そんな費用も手間もかかる読み方は、一般読者は勿論、研究者にもなかなかできない。という訳で、合巻というものは、甚だ研究が遅れているジャンルであった。

近年は印刷技術が進み、合巻の初刷り本の面影をかなり忠実に出せるようになった。だから、山東京伝の合巻や柳亭種彦の『偐紫田舎源氏』などが、原版本の面影を残しつつ読みやすい形で刊行されるようになったのである。それと並行して、京伝・種彦、また式亭三馬や山東京山などの合巻に着手する研究者も現れてきた。

しかし、読本の大御所でもある曲亭馬琴の草双紙、特に長編合巻を研究する者は殆どいなかった。馬琴の場合は、粉本に中国白話小説を用いる事多く、それらの粉本を特定し、それらと比較考量しつつ読まなければ、彼の作意を正しく把握する事はできないからである。しかも、『傾城水滸伝』や『新編金瓶梅』の藍本である『水滸伝』や『金瓶梅』にしても、『金比羅船利生纜』の粉本『西遊記』にしても、相当な長編であり、翻訳で読むだけでも容易なことではない。況や原文で読むにおいてをや。

かような訳で、馬琴の合巻を研究するのは難事なのであるが、ここに神田正行君が現れて、馬琴の長編合巻と中国白話小説の関係を研究する事となった。研究人口が増えた現在の日本近世文学会でも、この方面の研究者は君一人である、と断言しても良いであろう。

私が近世の小説と中国白話小説との関係を研究しだしたのは、もう四十年以上も前の事で、当時は白話小説の本文は、台湾や香港で刊行された、細字がびっしり詰まったものしか無く、また白話を知るための辞書もあまり刊行されていなかったので、決して研究がしやすい環境では無かった。しかし現在は中国などから良質の本文がふんだんに提供され、書目・辞書などの工具書も格段に進歩して、研究環境は大いに整備された。神田君は、そうした恵まれた環境を十分に利用して、『金蘭筏』や『両交婚伝』『隔簾花影』など、往時の私には閲覧しにくかった作品をも容易に見る事がかない、それらと馬琴合巻との関係という、新しい成果を獲得する事ができた。

ただし、神田君の三十代は日本経済の緊縮時代であり、それに応じて大学教員採用の途も狭められ、君も大学院を修了した後、就職面においては暫く苦労している。その苦労期間にも研究は継続されて、このたび成果が刊行される運びとなった。

私が君と知りあったのは、慶応義塾大学の大学院に出講して、少人数で田中大壮の『世説講義』や都賀庭鐘の『四鳴蝉』などを読んで以来の事である。私は馬琴の『新編金瓶梅』が様々な問題を含む作品であろうと予測して、君にその研究を慫慂した事もあったらしい。君がそれを真に受けて、見られる如き成果をまとめたのは学界の慶事であるが、こちらはそんな事はすっかり忘れていて、最近君に指摘されて赤面した次第である。縁あって、私と君とは勤務先で同僚となる事ができたが、その勤務先には、所属学部は異なるが、馬琴研究の稀少な先達である水野稔氏がおられた。氏の貴重な合巻類は勤務先の図書館に残されており、君は名実ともに氏の研究の後を承ける位置に在る。それも何かの縁かも知れない。

かようにして、君は今や研究環境においてほぼ欠ける所の無い場に在る。この著書には、外にも馬琴の俳諧や考証に就いて、随筆・書翰などを縦横に利用した達成と、馬琴と『水滸伝』との関係に細かい所まで踏み込んだ成果が盛り込まれている。それは、柴田光彦氏と協力して『馬琴書翰集成』を完成させた君の努力が活かされたものといえよう。今後、更に君が研究環境を活かし、右の諸テーマを深め、ひいては他の分野まで研究領域を拡大するよう期待して已まない。

平成二十三年一月十四日　和泉校舎研究室に於いて

明治大学教授　徳田　武

# 『馬琴と書物　―伝奇世界の底流―』目次

目次

# 凡　例

一、文献からの引用に際しては、いずれも傍訓の取捨・句読の改編などの処理を行なった。特に合巻からの引用には、読み誤りのおそれがない範囲で、適宜漢字を宛てた。誤字と判断されるものは訂し、もとの形を（　）に囲んで傍記することを原則とした。

一、引用に含まれる割書のうち、長文にわたるものや傍訓を必要とするものは小字双行とせず、〔　〕で囲んで示した。

一、馬琴の書翰については、柴田光彦氏・拙共編『馬琴書翰集成』所収の巻数・書翰番号を併記した。「④17」は、『馬琴書翰集成』第四巻の書翰17を示す。

一、所掲の白話文には、可能な限り拙訳を併記した。その際、先行する訳文がある場合には、これを参照した。

一、度々引用・参照する文献については、書誌情報を巻末の「主要引用・参考文献」に一括し、個々の注記を省略した。

一、掲出した図版については、巻末の「図版一覧」に各々の出拠を示した。

# 序論　馬琴と典籍

曲亭馬琴の蔵書目録としては、東洋文庫蔵『曲亭蔵書目録』（一冊）と、早稲田大学図書館蔵「著作堂俳書目録」（全七丁。『惜字雑箋』秋巻所収）との現存が知られている。[1]『曲亭蔵書目録』は、文化五年（一八〇八）頃における馬琴の蔵書状況をとどめており、本来ならばこの頃新たに編まれた、後続の蔵書目録の完成に伴い、破棄されるべきものであったと思われる。「馬琴日記」天保二年（一八三一）五月十七日の記事によれば、馬琴による自家蔵書目録の改訂は、文化五年と文政元年（一八一八）、天保二年の三回行われており、現存『曲亭蔵書目録』は、文化五年以前に作成された、第一次の蔵書目録ということになろう。

「著作堂俳書目録」は、目録題を「東岡舎著作堂所蔵俳諧書目」といい、寛政十二年に没した馬琴の長兄興旨（俳号、東岡舎羅文）の遺蔵書を主体とする、馬琴の所持した俳書の目録である。この目録は、いろは分けされた馬琴の蔵書目録のうち、「は部」の末尾部分を切り出したものと思しく、その母体となった蔵書目録は文化五年、もしくは文政元年に編まれたものと考えられる（第一部第二章参照）。享和三年（一八〇三）の『俳諧歳時記』（二冊。名古屋東壁堂等刊。第一部第一章参照）刊行以後、俳諧に対する馬琴の興味は著しく減退しており、使用頻度の低くなった俳書類は、いずれかの時点で彼の蔵書目録から切り離されたのであろう。「馬琴日記」天保二年七月十四日条には、彼の所持した俳書が、一括して神田同朋町の女壻清右衛門方に保管されていたことが見えており、この時点で俳書類は馬琴日用の書籍ではなかった。

『曲亭蔵書目録』には、六百余点の書籍が登載されており、その中で俳書はおよそ四分の一を占めている。博覧強記をもって知られた馬琴の蔵書数として、右の数字は大方の予想に反するものであるが、生活の安定に伴い、彼が蒐書の自由を得たのは、むしろ文化中期以後のことだったのであろう。文化五年といえば馬琴は四十二歳、前年には代表作となる『椿説弓張月』（北斎画、平林堂刊。文化八年完結）の刊行を開始しており、江戸読本の代表作者としての地位を確立しつつあった時期である。

もとより、読書は自家の蔵書のみによってなされるものではなく、馬琴の場合も知友や書肆から典籍を借り受けて、用を弁じる場合が少なくなかったに違いない。書物を借覧する際、彼は有用な記述を、自身の雑録『著作堂雑記』の中に抄録することを常とした。文化元年に起筆され、晩年には四十冊に及んだ『著作堂雑記』は、当時の世情や奇談異聞の記録をも交えるが、「多くは読書の抄録」であったといい、馬琴の読書歴をうかがいうる好個の資料であった。

しかし、同書の原本は現存せず、関根只誠の編んだ「著作堂雑記抄」（『曲亭遺稿』所収）など、二三の摘録が残存するばかりである。しかも、只誠が披閲した段階で、すでに原本は「所々闕本あり」という状態であり、また抄録に際する彼の興味も、むしろ馬琴の私生活や当時の世情に存したので、「雑記抄」からうかがわれる馬琴の読書記録は、片々たるものに過ぎない。その一方で、「雑記抄」の冒頭に掲げられた諸書からの抄出記事は、いずれも文化七年刊行の考証随筆『燕石雑志』（五巻六冊。文金堂等刊）に利用されており、只誠は馬琴著作と『著作堂雑記』との関連に対しても、決して無関心ではなかったようである（第一部第四章I参照）。

『燕石雑志』は、馬琴最初の本格的な考証随筆であり、その巻末には、「和書一百五十六部、漢本八十有二部」の「引用書籍」が列挙されている。これらは、およそ半数が『曲亭蔵書目録』と重なり、その他の典籍も、おそらくは孫引きなどによる安易な水増しではなく、逐一原本に当たった上での登載と考えられる。読本や合巻の執筆と並行して、『燕石雑志』編述のための読書や抄録を継続した馬琴の努力は、ひとかたならぬものであったに違いない。しかし、公刊された同書に対して、北静廬らから寄せられた数多の難詰は、自らの考証態度に対する猛省を促した模様であり、馬琴は翌文化八年に、『燕石雑志』の補遺編ともいうべき、『烹雑の記』（二巻。柏栄堂等刊）を刊行せざるを得なかった。

文政元年（一八一八）七月二十九日付の、鈴木牧之に宛てた書翰（①16）の中で、馬琴は右に掲げた二つの随筆を、「実ニ急案にて誤り多く、ながく世に残すべきものニもあらず」と自評している。この時点で、彼は『椿説弓張月』を完結させた後に『南総里見八犬伝』の刊行を開始しており、書籍や考証に対する馬琴の見識は、文化中期とは大きく相違していたのである。右書翰と同じ年の末に発兌された、第三の考証随筆『玄同放言』第一集（三冊。仙鶴堂等刊）の巻頭には、百九十部の引用書が掲げられており、この目録における俳書の減少や漢籍の増加などから、彼の嗜好の変化や学問の進展をうかがうことができる。翌々年刊行の同書第二集（三冊）では、さらに百八部の引用書が追加されている。

文化期における馬琴の読書傾向は、右に掲げた諸々の資料から、おぼろげながらも確認できるのであるが、続く文政期になると、まとまった情報が残されておらず、彼の読書の実際をうかがい知ることが難しくなる。この問題は、文政期における馬琴の著作や草稿類を精査して、跡づけていくより他に手段があるまい。また、文政期の特に中頃までは、馬琴が中国白話小説に対する興味を著しく減退させていた時期でもあり、彼が文化期以降に買い揃えた唐土の「俗語小説もの」は、文化末年ごろから順次手放されたという（天保三年四月二十八日付殿村篠斎宛馬琴書翰。②33）。

しかし、長編合巻『傾城水滸伝』（十三編。文政八年～天保六年、仙鶴堂刊）の盛行に伴い、馬琴は白話小説への興味を再燃させ、文政末年以降は、創作においても中国小説への依存を強めていく（第二・三部参照）。特に、文政十年（一八二七）以降天保五年（一八三四）までの期間は、天保元年を除いて馬琴の日記が現存する上に、知友へ宛てた書翰の残存率も極めて高いので、白話小説を含めた馬琴の読書経過は、文字通り日を追って確認することが可能である。

とりわけ、白話小説『水滸後伝』（陳忱作、四十回）の再閲から、評書『半閑窓談』を執筆するまでの一連の事情（文政十三年三月～翌天保二年六月。第二部第五章参照）や、頼山陽『日本外史』の繙読と写本作成（天保四年五月～翌年七月）の経緯などは、馬琴の小説観や歴史観との関わりにおいても、少なからぬ問題をはらんでいる。両書の披閲には、馬琴の知友たちはもとより、小石元瑞や山脇東海（東洋の孫）、平田篤胤といった人物が関与しており、当時の知識人たちが書物を通じて、間接的ながらも交渉を有していたありさまが、馬琴の日記や書翰の記述から浮かび上がってくるのである。

筆者が研究を開始した時点で、現存する馬琴書翰の翻刻はほぼ終了していたが、いずれも所蔵機関ごとの紹介であったために、検索や通読が極めて不便であった。この煩雑さを解消すべく、筆者は既発表の活字翻刻に基づいて、OCRソフトを用いた書翰本文のテキストデータ化に着手した。入力の途上では、もっぱら個人的な利用しか想定していなかったが、完成間近の時点で、当時まだ面識もなかった柴田光彦氏に、このデータのことを申し入れたところ、『馬琴書翰集成』（全七冊。平成14～16年、八木書店）の基礎として活用される運びとなったのである。

一方、刊行から三十余年を経過した『馬琴日記』（全四冊。昭和48年、中央公論社）も、柴田氏による再校訂を経て、近時『曲亭馬琴日記』（全五冊。平成21～22年、中央公論新社）として再刊された。新版の別巻には、旧版では予告のみに終わった人名・書名索引も完備されており、特に柴田氏の考証を伴う「書物書画類」の索引は、同氏でなければ成しえない偉業である。書翰と日記の索引が出揃ったことにより、馬琴が還暦以降に繙読した書物の捜索は容易になり、彼の作品を研究する場合のみに限らず、化政天保期の書物の流布や流通の実際を探る上でも、多大の便宜がもたらされた。

最盛期には「六十余櫃」「六、七千巻」に及んだという（『吾仏の記』第百三十七「蔵書沽却の損益」）馬琴の蔵書も、彼の家庭的な不幸によって、散逸を余儀なくされるに至った。天保六年に一子興継（字宗伯）を喪った馬琴は、嫡孫の太郎に御家人株を買い与えるべく、『八犬伝』の板元である文渓堂丁子屋平兵衛の勧めに従い、自家蔵書の三分の二に当たる「和漢の書籍、大小七百余部」を、翌年九月に「売書の夜市」で処分したのである（天保七年十月二十六日付篠斎宛書翰。④65）。この中には、亡兄羅文遺愛の書を主体とする「俳諧古書　百七部」も含まれていたが、「八、九十金にはなるべし」という当初の目論見を大きく下回り、最終的な収益は五十両余に過ぎなかった（『吾仏の記』）。

その後も、家計の窮乏と視力の低下に伴い、馬琴は松坂の知友小津桂窓や、高松の家宰木村黙老、長州萩藩の後室貞操院宮などへ、数次にわたって書籍を売却している。この頃すでに隠居していた殿村篠斎は、三十年来の知友である馬琴の窮乏に、力を添えることがかなわなかった。「鄙語に宝は身のさしがへといへり。一旦其失ふ時に至りて、惜むといふとも甲斐やはある。皆是天之時也と知るべし」とは、『著作堂雑記』に書き留められた馬琴の述懐である（『曲亭遺稿』五二〇頁）。五十年来、衣食を省いて買い揃えた蔵書を、晩年に至って手放さねばならなかった彼の無念が、右の記述からも読み取れるであろう。

嘉永元年（一八四八）十一月、馬琴は八十二歳でこの世を去る。その翌年には、彼が幕臣の株を買い与えた孫の太郎も病没しており、馬琴の苦心は水泡に帰した。これ以後も滝沢家には、馬琴の草稿類などを中心に若干の書物が伝存し、それらは太郎の母親である路女によって、厳重に管理されていたが、その路女も安政五年（一八五八）に没し、これ以降馬琴遺蔵書の流出が始まったのである。その詳細は、柴田光彦氏や木村三四吾氏の論考に詳しいが、(2)滝沢家を離れた書籍の多くは、饗庭篁村を介して早稲田大学図書館に収められ、同館「曲亭叢書」の中核をなしている。(3)一方、滝沢家に残された馬琴旧蔵書は、昭和四十二年に天理図書館へ寄託された。同館にはこれ以外にも、小津桂窓旧蔵の馬琴手沢本が数多く収められている。

以上、ほぼ年代を追って、馬琴の読書傾向を概観し、併せて関連する資料の若干を紹介してきた。如上の問題を考える上で、彼の雑録『著作堂雑記』や、もっとも蔵書が豊富であった天保期の蔵書目録が所在不明であることは、痛恨の極みである。とはいえ、家記『吾仏の記』や馬琴没年の日記は、いずれも戦後再発見されたものであり、今後このような重要資料の現存が確認される可能性も絶無ではないだろう。その僅かな望みに期待しつつ、現存資料の精査を通して、馬琴と書物との関わりを、より克明に跡づけていきたい。

**注**

（1）両目録は、服部仁氏「馬琴所蔵本目録、一」（同朋大学論叢40。昭和54年）に翻刻紹介される。また『曲亭蔵書目録』は、日本古典文学影印叢刊32『近世書目集』（平成元年、日本古典文学会。鈴木重三氏解説）に影印されている。

（2）柴田光彦氏「滝沢家訪問往来人名簿」（文学36―3。昭和43年）、木村三四吾氏「馬琴の書箱」（昭和44年、「馬琴遺稿流伝始末項記」として初出。同氏等編校『吾仏乃記　滝沢馬琴家記』に、巻末附説として改題再録）。

（3）　柴田光彦氏「饗庭篁村と坪内逍遙―曲亭叢書を通して―」（跡見学園女子大学紀要31。平成10年）参照。

# 第一部　馬琴の考証と書翰

扉図版：『新編水滸画伝』より

# 第一章　『俳諧歳時記』の成立

## はじめに

寛政二年に刊行された、曲亭馬琴の戯作第一作である黄表紙『廿日余四十両《はつかあまりにしじうりやう》尽用而二分狂言《つかひはたしてにぶきやうげん》』（豊国画。甘泉堂刊）は、俳諧を志す「てうくわぼう馬きん」なる人物を主人公としている。この黄表紙における作者馬琴の筆名は、「京伝門人大栄山人」であったが、自身の俳号である「馬琴」を名乗らせている点からも、この「てうくわぼう」が作者自身を投影した人物であったことは間違いない。

安永四年、馬琴が九歳の年に没した彼の父興義（俳号可蝶）は、折に触れて句作を楽しんだといい、また馬琴の二人の兄興旨（俳号、東岡舎羅文）と興春（俳号、己克亭鶏忠）も、恐らくは父の影響を受けて俳諧に遊んだ。馬琴自身も、かなり早い時期から俳諧に興味を抱いており、七歳の時に「鶯の初音に眠る座頭かな」なる句を詠じて、父興義にいたく褒められたという[1]。また、長兄の興旨（以下、俳号「羅文」に統一）とともに、『物類称呼』の編者として名高い俳諧師吾山（一七一七〜一七八七）に入門したのは、馬琴が十六歳の頃であった。

その馬琴が、寛政十年に没した長兄羅文の遺志を継いで、享和三年に刊行したのが、『俳諧歳時記』（横本二冊）である。近代の季寄せに大きく影響した、藍亭青藍の『増補俳諧歳時記栞草』（横本四冊。嘉永四年刊）のもとになった書であるが、『栞草』の刊行以後も一定の需要が存したらしく、その印行は近代にまで及んでいる。『俳諧歳時記』

は、単に『栞草』を導いた季寄せとしてばかりでなく、のちに本格小説「読本」の第一人者となった馬琴が、自らの見識を初めて世に示した書物としても注目に値する。

本章では、『俳諧歳時記』編纂の経緯と、同書の中に用いられた典籍について考察を行い、馬琴の独自性が奈辺に存するのかを検討してみたい。

## 一　雪碇・羅文・馬琴

『俳諧歳時記』の巻頭に置かれた馬琴の自序は三丁に及び、その後半部分には同書編纂の経緯が、以下のように説明されている。

おのれ馬琴がいろね東岡舎羅文、いときなきよりふかくこれ（筆者注、俳諧）をたしめり。そが竹馬の友風月庵もおなじすぢにこゝろざしふかく、とし頃見けること聞けることの中に、はいかいにもちふべき言の葉あれば、まめやかにかいしるしてみそかに一巻の書となしつ。いろねこれをよみて頻に愛羨て、そのしげきをかり足ざるを補《おぎなひ》、俳諧四季の詞を注しものせんと、とし頃おもひおきてたりしも、君につかうまつるにいとなくて、そのことをしも果ず、なかそらにてゆくりなう身まかりぬ。

おのれいちぐらの世わたるいとまごとに、なき人のこゝろざしをつぎて、風月ぬしの筆にもとづき、からやまとすべて古書《ふるきふみ》にしるせること、又みづから日ころ思ひおけることをさへとり出て、書あつめつゝ見るに、巻々の数もかさなりぬ。名づけて俳諧歳時記といふ。されどさえ短く思ひたらざれば、管もて大そらをうかゞふごとく、彼《かの》へみに足をそふるたぐひなからずやはとおもひたゆたひて、深く引かくし置けるを、そはとまれかくまれ、うひ学せん人の為にはよろしきはしだてに社《こそ》など、人のこふにまかせ、さはとてその人に投あたへける

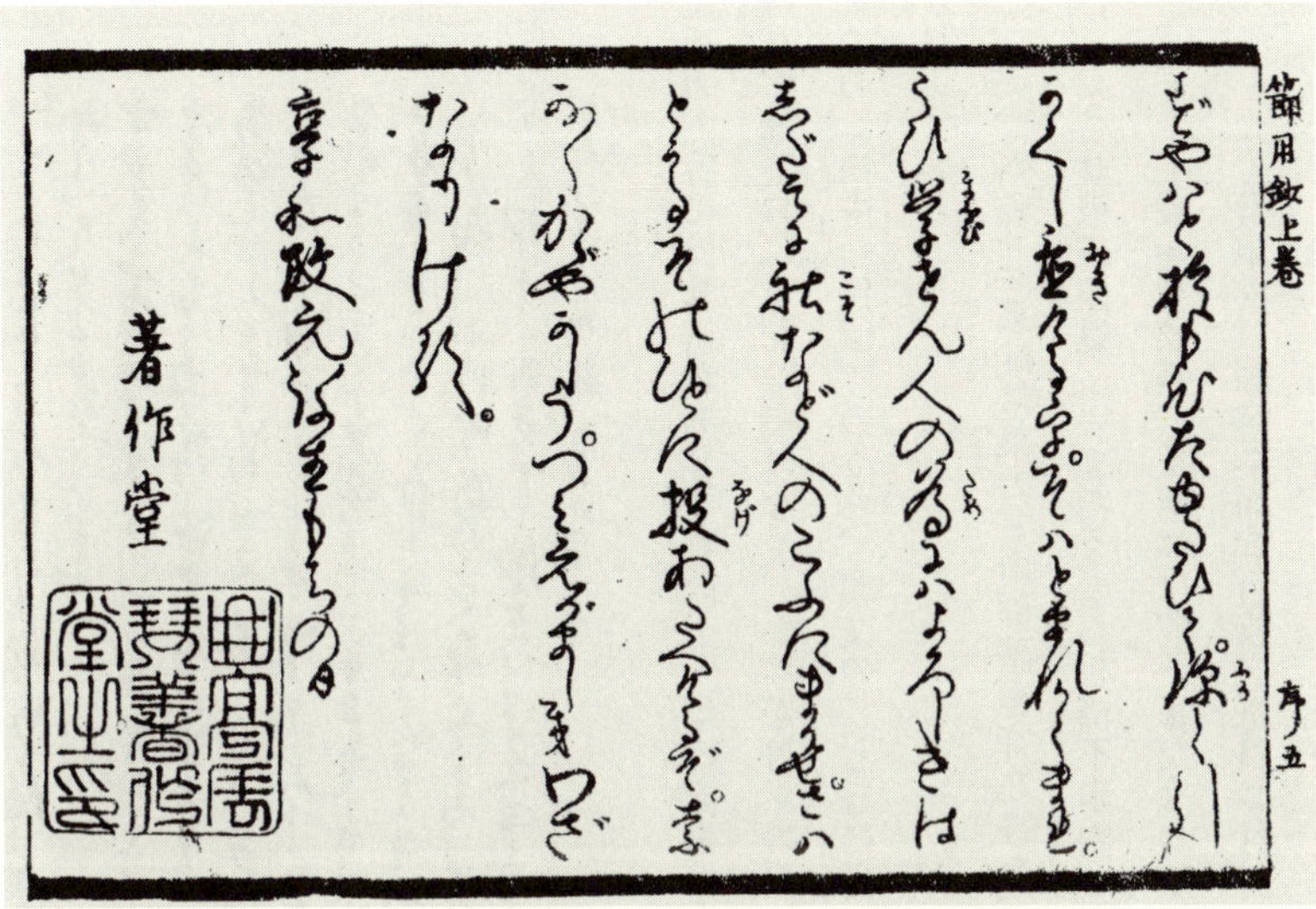


図１　『俳諧歳時記』序５丁裏（馬琴自序末尾）

ぞ、なかく〲かゞやかしう、つみえがましきわざなりける。

享和改元弥生もちの日

著作堂 印（曲亭馬琴著作堂之印）（図１）

右引用中、羅文の竹馬の友と記される「風月庵」とは、当時の若年寄酒井飛騨守（敦賀藩主酒井忠香か）の部屋番で、文篁・雪碇《せってい》などと号した吉岡定八郎のことである。同人は『吾仏の記』第一、羅文譜の中に列挙された、羅文の「始終の友」（六十六丁表）の一人で、『歳時記』の巻頭にも序文を寄せている。この風月庵雪碇も、馬琴兄弟同様に吾山門下であったが、天明七年に馬琴の編んだ『俳諧古文庫』[2]には、「雪中庵に遊んで好し」と記されており、雪門にも出入りしていた模様である。雪碇の手になる書付けを愛で羨み、これを増補せんとした馬琴の兄羅文は、多忙ゆえにその志を遂げぬまま、寛政十年に不帰の客となった。かくて『俳諧歳時記』の編集は、弟の馬琴に引き継がれたのである。

羅文の死没前後の事情については、天理図書館滝沢家寄

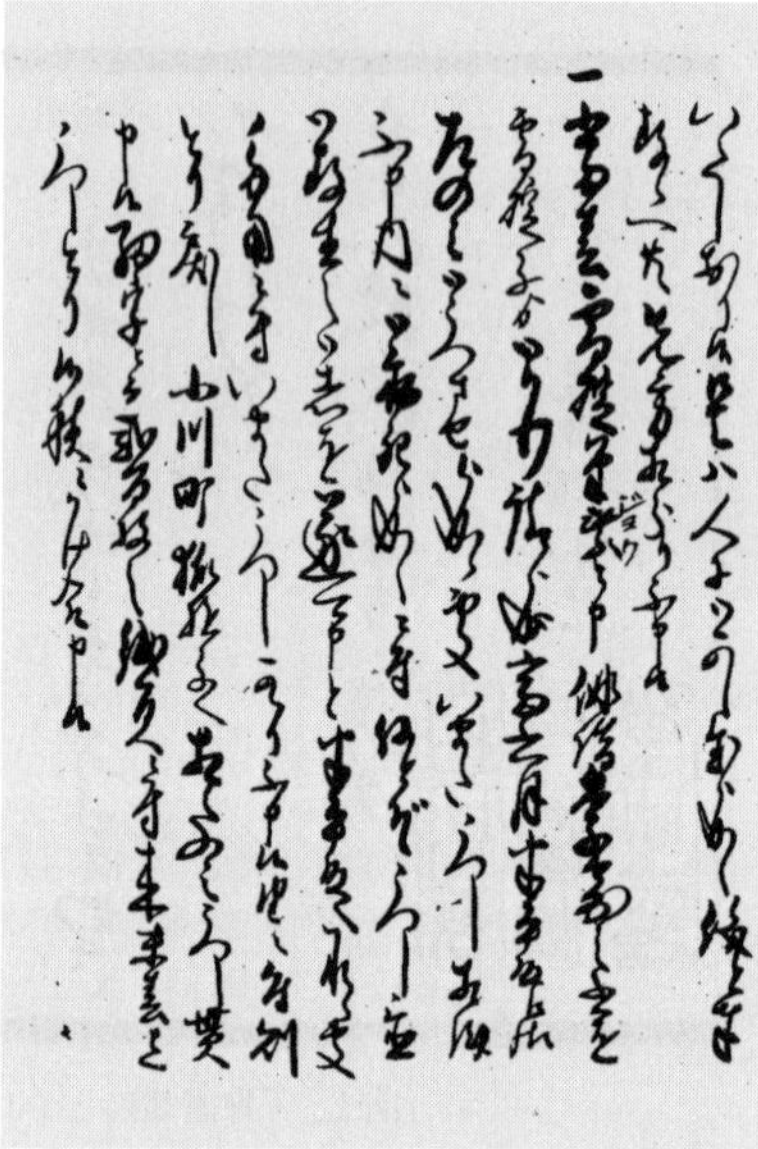

図2　『羅文居士病中一件留』64丁裏

託書の中に、『羅文居士病中一件留』（一冊。寛政十一年成立）[3]と題する記録が現存し、その大概を知ることができる。同書の記載は、寛政十年七月十九日における羅文の発病に始まり、ひと月間の病苦とその死、さらには葬儀の詳細や後嗣をめぐる紛議等を経て、翌年八月十四日における羅文の娘つたの夭折を記して擱筆される。『吾仏の記』巻一「羅文譜」の末尾にも、「羅文君の病中の事は、その日記別にあり」（六十三丁裏）と記されているように、同書と相補う資料であるが、記述の内容には疎密があり、寛政十一年の記事は概して簡略である。また、記述形式の不統一などから、『一件留』は文字通りの「日記」ではなく、馬琴が日々の病状記録などをもとに、数次にわたって整理したものと考えられる。

この『病中一件留』のうち、羅文の二七日に当たる寛政十年八月二十五日の記事に、雪碇の編んだ季寄せのことが見えている。

一、当春、「雪碇筆乗《ジョウ》」と申俳諧季寄之書を、雪碇子より御かり請被成、当六月、半平殿江御たのミ、御うつさせ被成候処、いまだうつし相済不申内ニ御病死被成候ニ付、何とぞうつし置、御存生之御志を遂可申と、半平殿へ承候処、多用ニ付、いまだうつしかゝり不申候由ニ付、則とり戻し、小川町狐遊子へ相たのミ、うつし貰申候。細字ニ而弐百枚之紙員ニ付、来末春迄うつしとり候積ニかけ合申候。　（六十四丁裏。図2）

羅文は生前、吉岡定八郎から「雪碇筆乗」なる「俳諧季奇の書」を借り受け、その筆写を同じ戸田家の家臣で、母方の義理の叔父に当たる伊藤半平報故《のりもと》に依頼していた。報故は書写に手をつけていなかったため、馬琴は改めて羅文の俳友遠山伝左衛門（俳号狐遊）に筆写を頼み、羅文の遺志をかなえようとしたのである。「雪碇筆乗」の写本は、彼の心づもりよりも早く、暮れも押し詰まった十二月二十七日に、馬琴のもとへ届けられた（『一件留』九十四丁裏〜九十五丁表）。

『歳時記』の馬琴自序に登場する、雪碇が俳諧に用いるべき言葉をまめやかに記し留めた「一巻の書」とは、まさにこの「雪碇筆乗」のことであろう。羅文はこの書をしきりに愛で羨み、自ら添削を加えようとさえ考えていた。よって、『病中一件留』に見える「御存生之御志」とは、単に「雪碇筆乗」の写本作成にとどまらず、これを増補改訂することをも含んでいたのであろう。

志田義秀は「馬琴の俳諧歳時記の企図者」（『俳文学の考察』所収。昭和7年、明治書院）の中で、雪碇・羅文・馬琴の三人を、『歳時記』の「企図者」と称しているが、『病中一件留』の記載を考慮するとき、雪碇を原著者、羅文を増補企画者、馬琴を増補遂行者と位置付けることができる。もっとも、雪碇や羅文が同書の上木を企図していたとは考えづらく、亡兄顕彰の意図のもと、『歳時記』を公刊に導いたのは、黄表紙作者として書肆との関連を有した馬琴の一存であったに違いない。

それでは、羅文の羨望した「雪碇筆乗」とは、一体いかなる季寄せだったのであろうか。この疑問を解明するためには、同書に基づいた『俳諧歳時記』の内容を、詳細に検討してみる必要がある。

## 二　『俳諧歳時記』と『華実年浪草』

俳諧の季寄せに限らず、一般に新しく辞書や言葉寄せを編む場合には、先行する同類の書を参照するのが、最も手間のかからない便法であろう。吉岡雪碇が「筆乗」を編んだ時点、もしくは馬琴が同書を増補改訂する過程においても、やはり何らかの先行季寄せが利用されたに違いない。人事関連の季題を偏重する『歳時記』の特性に鑑みれば、同書が依拠した可能性のある先行季寄せとして、四時堂其諺の『滑稽雑談』（二十四巻。正徳三年自序）や、三余斎麁文の『華実年浪草』（半紙本十二巻十五冊。天明三年刊）が思い浮かぶ。

『滑稽雑談』は、大正六年刊行の活字本（国書刊行会。底本は東京帝大図書館蔵本）をもって、今日まで広く利用されているが、近世期には写本によってのみ行われた書であり、雪碇や馬琴の活動時期においては、『年浪草』の方が広範に流布していた。江戸時代に刊行された季寄せとしては最大の規模を誇る『華実年浪草』は、『滑稽雑談』と同様に、季題を四季・月順に配列して、考証・解説を施したものである。編者の鵜川麁文（名は政明。三余斎・油幕庵木雁子などとも称す）については、『年浪草』の蓼太序文などから、従五位下の官人であったことを知りうるに過ぎない。

『華実年浪草』の題号が『歳時記』の解説文中に一度も現れないのに対して、『滑稽雑談』からの引用は、「星仏」（正月・一丁裏～二丁表）と「元日の節会」（同上・二丁裏～三丁表）の両項において明記されている。また、「嵯峨祭」項（四月・七十六丁裏）などで考拠として掲げられた「雑談抄」も、その記述内容が極めて『滑稽雑談』に類似しており、これは『滑稽雑談』の異称、もしくは異本であったと思われる。[4] さらに、「衝突《つと》入」項（七月・百四十九丁裏）のごとく、明らかに『滑稽雑談』、もしくはそれに類する先行典籍に拠りながら、この点を断らない項目も存する。

もっとも、この点から『歳時記』の依拠した季寄せを『滑稽雑談』と判断するのは早計であろう。『年浪草』を編むに際して、麁文も先行する『滑稽雑談』や「雑談抄」を参照しており、『歳時記』に引き用いられた両書の記載は、いずれも『年浪草』から転用することが可能なのである。そもそも「雑談抄」という題号からして、『年浪草』の中に頻出するものであり、雪碇や馬琴が「雑談抄」と題する季寄せを実際に参照していた可能性は極めて低い。また、『歳時記』の中で『滑稽雑談』の題号が明記された前掲の二項目（星仏・元日の節会）については、『年浪草』（巻一上、四丁裏・八丁裏）も、「雑談抄」ではなく『滑稽雑談』を出拠として挙げている。

右の諸点に加えて、『年浪草』の独自記事が、『歳時記』の中に少なからず引用されている事実や、両書における項目の配列が大筋で一致している点からも、雪碇、もしくは馬琴の参照した先行季寄せが、『滑稽雑談』ではなくして『華実年浪草』であったことは疑いを容れない。

この点を端的にうかがいうる事例として、三書における「大服」項の記述を、以下に対照してみよう。

大服　△元朝に及て、井花水を汲て茶を啜る、呼で大服とす。「六波羅蜜寺の縁起」に云、「人皇六十二代村上帝、ことに当寺の観音を信敬し給ふ。或時御悩の事あり、医薬験を失ふ。仍て当寺の本尊霊夢の告有て、供する所の典茶を服し給て、御悩平復し給へり。其後毎歳元旦に、当寺の供茶を取て服し給へり。然ば主上の服御するを以て王服と称して、貴賤是を服す」と云々。然れども禁中・院中の官家に沙汰なき事也。若元朝勧修寺家より奏達せらるゝ荷ひ茶屋など、大服の遺意にや。一説には、中古足利家の時茶道盛にて、貴賤是を賞し、若水を汲て茶に和して祝せしより、万家此儀を行ふ歟といへり。大服とは、服と福と音相近し、祝詞に仍りて称するならし。
（『滑稽雑談』巻之一。活字本上巻、二九～三〇頁）

大服　大服点《ハ》茶之名也。○『紀事』云、（中略）○『淡海志《ニ》』云、（中略）○「今式《ニ》」云、大ぶくといふ事、古格ありといへどもいむべし。服といふ文字なれば、作になりてよろしからず。近く松崎蘭如といふ俳人有、大ぶくと作るとも何ぞ其詞によらんやとて、○大服や三口にちやうど寿福禄　とせしに、その年類孫の愁ありて、服を受る事三度と云々。○「雑談抄」云、六十二代村上帝、六波羅密寺ノ観音ヲ信敬シ玉フ。或時御脳ノ事アリ、医薬験ヲ失フ。当寺ノ本尊霊夢ノ告アリテ、供スル所ノ奠茶ヲ服シ玉ヒテ、御脳平愈シ玉ヘリ。然レバ主上ノ服御スルヲ以テ王服ト称シ、毎歳元旦ニ当寺ノ供茶ヲ召テ服シ玉フ由、縁起ニ出、云々。又足利家ノ時茶道盛ンノ故ニ始ト云々。

（『年浪草』巻之一上、十七丁裏～十八丁表）

大服《おほぶく》　この題忌《いむ》べきにや。むかし松永蘭如といふ者、大ふくと作るとも何の禍《わざはひ》かあらんとて、「大福や三口にちようど寿福禄　とせしに、その年類孫の愁《うれひ》にかゝりて、服を受《う》ること三度なりとかや。是服と腹の音おなじきがゆゑの俗忌也。又村上天皇、六波羅蜜《はらみつ》寺の観音の告ありて、かの仏へ供する茶を腹《ふく》し給ひ、御脳《ごなう》平愈ありしより、王服と称し、正月元日当寺の点茶《てんちや》を召さるゝよし、「雑談抄」に見えたり。

（『歳時記』一月・五丁）

『年浪草』に引用された「雑談抄」の記事を、『滑稽雑談』の記述と対照すれば、両書が極めて近縁にあることが納得されるであろう。一方、『歳時記』に紹介された松永（『年浪草』では「松崎」）蘭如の逸話や、「この題忌べきにや」といった見解は、『滑稽雑談』には見出しえず、また馬琴の掲げる「雑談抄」も、『年浪草』所引記事の範疇を出るものではない。

さらに以下のごとき事例からも、三書の距離が明確に看取できるであろう。

地主祭九日　清水地主権現の祭にて、神輿午刻還幸也。その後獅舞・田楽等舞了《をは》ると『康富記』に出たり。地主の古旅所は白山通《リ》五条の北にあり。今石地蔵の存する所これ也。祭の日、しばらく経書堂の前に神輿を置く。これ旅所を表する也。雍州府志 ○地主の神は弘仁三年四月延鎮奏《ゑんちんそう》して、田村将軍の霊《れい》を清水寺の鎮守とするよし、寺説也。『神社考』に、大己貴《おほあなむち》の垂跡《すいしやく》也といへり。

（『歳時記』四月・六十九丁表）

右の記述のうち、『雍州府志』と『神社考』からの引用、ならびに坂上田村麻呂に関する「寺説」は、『滑稽雑談』（「清水祭」。活字本上巻三三七～八頁）の中にも見出すことができる。しかし同書には、室町期の外記中原康富の日記『康富記』が引用されていない。そこで、『華実年浪草』の同項（夏之部巻之一、二十三丁裏。図3）を参照すると、『康富記』を含めて、『歳時記』に掲出された文献の全てを、その中に確認することができるのである。

また、『歳時記』四月の「山王祭」項（七十二丁表～）は、『年浪草』巻之四上（三十一丁裏～）から、『諸神鎮座之記』『廿二社注式』『日吉鎮座記祭儀式』『日次紀事』[5]などの記事を借用する他、麁文自ら「坂本祭ニ詣デ、、且《ソノウヘ》土地ノ古老へ尋」ねた内容が、同人の名前を伏せて掲出されている。

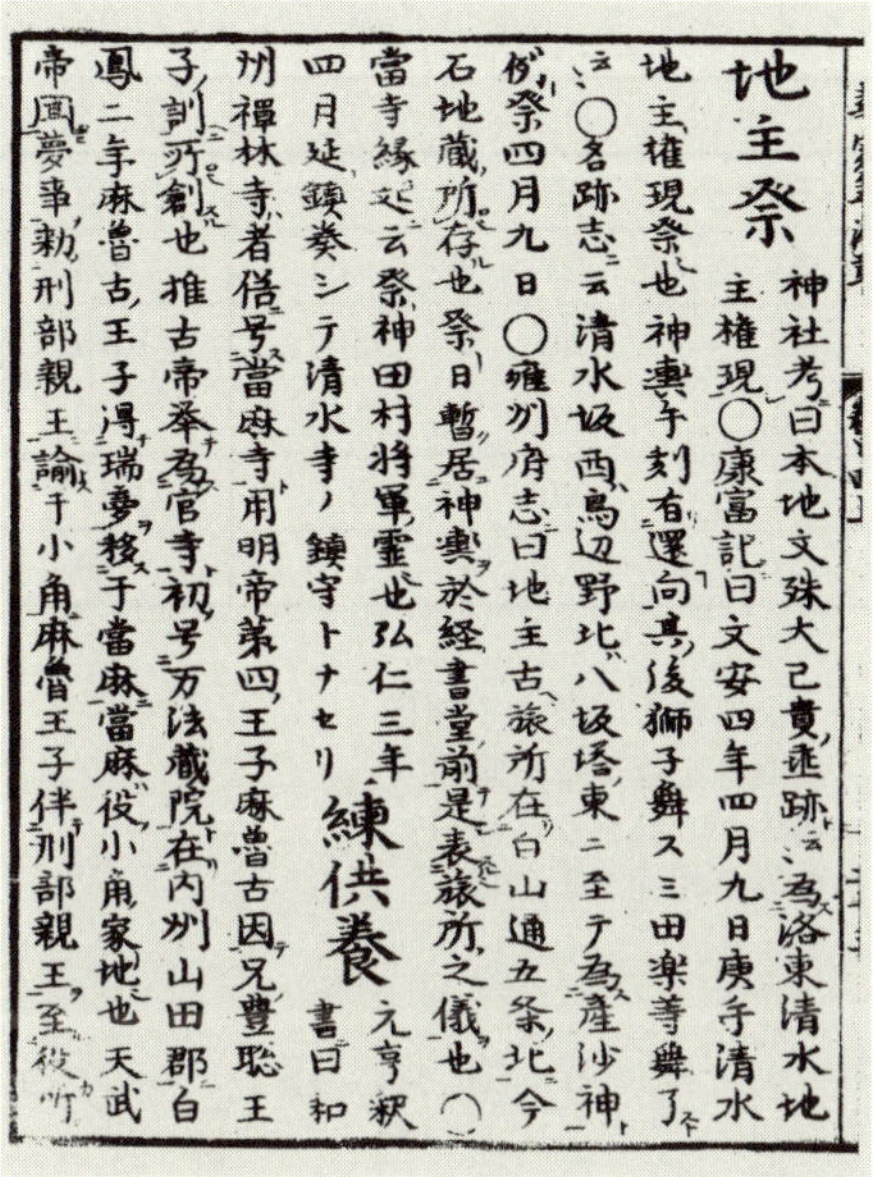
地主祭 神社考曰本地文殊大已貴垂跡云為洛東清水地
主権現○康富記曰文安四年四月九日庚午清水
地主権現祭也神輿午刻有還向其後獅子舞ス三田楽等舞了
云○名跡志云清水坂西鳥辺野北八坂塔東ニ至テ為産沙神
所祭四月九日○雍州府志曰地主古旅所在白山通五条北今
石地蔵所存也祭日暫居神輿於経書堂前是表旅所之儀也○
當寺縁起云祭神田村将軍霊也弘仁三年
四月廷鎮奏シテ清水寺ノ鎮守トナセリ
練供養 元亨釈書曰和
州禅林寺者俗号當麻寺用明帝第四王子麻呂古因兄豊聡王
子訓所創也推古帝挙為官寺初号万法蔵院在内州山田郡白
鳳二年麻呂古王子得瑞夢移于當麻當麻役小角家地也天武
帝岡夢事勅刑部親王諭于小角麻呂王子伴刑部親王至役所

図3 『華実年浪草』夏之部巻之一、23丁裏

『栞草』の中に『年浪草』を多く引き用いた青藍は、馬琴の『歳時記』が解説文の多くを『年浪草』に拠っていることに気付いていたはずであり、おそらくは多くの先学も、この点を看破していたものと思われる。実際、井本農一・久富哲雄両氏による「季題解説[6]」は、『歳時記』の解説が『年浪草』の記述と一致していることを、複数の項目において指摘しており、特に「削掛挿」（一月。『歳時記』十五丁裏）、「貝奇」（二月。三十六丁裏）、「穂屋」（七月。百五十三丁表）の三項目については、『歳時記』が『年浪草』の記述を襲用したと断定している。しかし、両氏の指摘も項目ごとの一致にとどまり、『歳時記』と『年浪草』との関連を、詳細に検討するには

『俳諧歳時記』四季の部項目分類

| | A | B | C | D | E | 総　数 |
|---|---|---|---|---|---|---|
| 春之部 | 360 | 526 | 60 | 27 | 99 | 1072 |
| 夏之部 | 351 | 323 | 53 | 27 | 81 | 835 |
| 秋之部 | 424 | 346 | 92 | 46 | 107 | 1015 |
| 冬之部 | 229 | 195 | 56 | 46 | 69 | 595 |
| 合　計 | 1364 | 1390 | 261 | 146 | 356 | 3517 |
| 割合(%) | 39 | 40 | 7 | 4 | 10 | 100 |

《区分の基準》
A『年浪草』に見出すことができ、解説・出典等も一致する項目
B『年浪草』にも見出しうるが、解説・出典等を伴わない項目
C『年浪草』に見出し得るが、解説・出典等が一部異なる項目
D『年浪草』に見出し得るが、解説・出典等が相違する項目
E『年浪草』に見出し得ない項目

至っていない。両書の依拠関係は部分的な摂取に留まらず、四季の部全体に及ぶ大規模なものだったのである。

『俳諧歳時記』四季の部に立項された全季題三五一七項目を、逐一『年浪草』と対照してみると、別表のごとき統計が導き出される。割注形式で示された異名・関連語の類も採用した他、解説中で傍線が施された語句の中にも、一項目として数えたものがある。なお、両書の間で月や季節の所属が異なるもの、あるいは表記や読みの異なるものも若干数存するが、煩雑になるので、ここでは分別せずに同一項目として扱った。もとより、区分における不徹底や誤謬等は避けえないと思うが、おおよその傾向をうかがうことは可能であろう。

A・Bに区分した、本質的な変化を伴わない利用が二七五四項目、全体の約四分の三に及んでいる。剽窃を指摘されても抗えないほどに、『俳諧歳時記』の解説文は、その大半が『年浪草』の記述を襲用したものだったのである。

それでは一体、雪碇と馬琴のどちらが、『年浪草』からの大規模な借用を敢行したのであろうか。

『歳時記』は以下の十一項目において、「雪碇曰く」と前置きし

た解説文を掲げている。

| 『歳時記』 | | 『年浪草』 |
|---|---|---|
| 俵　子（1月・6丁表） | → | 巻一上・23丁表 |
| ひめ始（1月・7丁表） | → | 巻一上・30丁裏 |
| 初若菜（1月・12丁表） | → | 巻一上・50丁裏 |
| 淡　雪（1月・21丁表） | → | 巻一下・21丁裏 |
| 松むしり（2月・41丁裏） | → | 巻　二・50丁裏 |
| 荒和《あらにこ》の祓（6月・125丁表） | → | 巻　六・27丁裏 |
| 桜　麻（6月・130丁表） | → | 巻　六・45丁裏 |
| 花《し》を紫《に》（8月・182丁表） | → | 巻　八・25丁表 |
| たびら雪（三冬・219丁表） | → | 巻　十・23丁表 |
| 霰地の錦（三冬・221丁裏） | → | 巻　十・28丁表 |
| 霜《さう》蟾《せん》（12月・237丁表） | → | 巻十二・2丁表 |

しかし、これらに見える雪碇の所説は、以下に例示するように、全て『年浪草』の記述と共通しており、決して雪碇独自のものではありえない。

ひめ始　ひめは火水《ひめ》なりとぞ。又内裡《だいり》にて米をひめともいへば、米始といふ説あるよし、雪碇いへり。

（『歳時記』一月・七丁表。波線筆者。以下同）

飛馬始（中略）或書ニヒメハジメヲ云、米ニ六ノ異名アリ。内裏ニテハ米《ヒメ》ト云。

霜蟾《さうせん》 ［韓墨大全］ 『増山の井』に十二月の異名とす。しかれども霜蟾は只霜夜の月光をいふ。霜の降《ふ》るころなれば、秋冬の月をもいふべきにや。彼是混雑《こんざつ》して誤《あやま》り出スかと、雪碇いへり。

（『年浪草』巻之一上、三十丁）

霜蟾（中略）霜蟾ハタヾ霜夜ノ月ノコト也。霜ノ降頃ナレバ秋冬ノ月皆霜蟾ト云ベシ。冬ノ月ニモ限ラズ、殊更十二月ノ異名ノ中ニ雑ヘテ季吟ガ『増山井』ニ出セリ。『韓墨大全』ノ意不審ニヤ。

（『歳時記』十二月・二百三十七丁表）

このように、『歳時記』において雪碇の所説とされたものは、みな『年浪草』の記述に倣ったものである。この事実を馬琴が認識していたならば、右のごとき記述は意図的な雪碇賞揚と見なしうるであろう。しかし、専業の俳諧師ではない雪碇を、かくもあからさまに持ち上げたところで、おそらく馬琴に得る所はあるまい。『歳時記』の成立事情を勘案すれば、むしろ長兄羅文をこそ賞揚すべきであろうが、同書の中で羅文の持説が提示されるのは、次に掲げる一項ばかりである。なお、ここに紹介された羅文の所説は、『年浪草』に基づくものではない。

紅葉かつちる（中略）家兄羅文云、かつちるは数々散るにや、すとつと相通《さうつう》也。古《いにしへ》す・つ打まかせて書《かけ》り。又下枝は風雨の為に搗《かち》てはやくいろのおとろふる也。餅《もちひ》をかちんといふも、飯を搗《かち》てつくるものなればいふ也。かち・かつ通じて搗《かち》ちるにやといへり。此説も又ゆゑなきにあらず。（九月・二百七丁裏〜二百八丁表）

ことによると、馬琴は「雪碇筆乗」に引用された『年浪草』の記述を、数箇所において雪碇の持説と読み誤ったのではあるまいか。この推論が正しければ、『年浪草』を参看したのは「原著者」雪碇ということになり、「細字にて弐百枚之紙員」（『一件留』）の「筆乗」は、その大部分が『年浪草』の引き写しであった可能性が高くなる。もっともこれは、馬琴が「筆乗」を増補する過程で、『年浪草』を参看した可能性を否定するものではない。同書が印本として広範に流布していたものであるからには、馬琴が同書を一度も参照せぬままに、「雪碇筆乗」を増補したと考えるのは不自然であろう。(7) それでもなお、右のごとき記述が残存したのは、馬琴による「筆乗」と『年浪草』との対校が不徹底であったためなのではあるまいか。

もとより、筆者にはこの件で馬琴を身びいきする意図はない。さりとて、『年浪草』との類板問題を惹起しうるほどの安易な依存を、江戸の出板界に身を置く馬琴が敢えてしたとは、容易に考えがたいのである。

## 三　『俳諧歳時記』の独自記事

『俳諧歳時記』には「雪碇筆乗」という藍本が存在し、それが『年浪草』からの抄録を主体としていたからには、『歳時記』における人事の偏重を、安易に馬琴の個性と結びつけた従来の評価は、再考を要するものといえる。同書における馬琴の独自性をうかがうためには、前掲の表でC～Eに分類した、『年浪草』との関連が稀薄な諸項目にこそ着目すべきであろう。もとより、そこには吉岡雪碇の見識が混入している可能性も存するが、以下に検証するごとく、『歳時記』の独自記事には、馬琴の読書傾向や趣味嗜好から大きく隔たるものは見受けられないようである。

### (一) 国学書と歌語辞典

『歳時記』の記述から、『年浪草』に由来する所説を除外してみると、特に目につくのが、いわゆる歌語・雅語の類である。当時の庶民にも、すでに「古語」として意識されていた、このような語彙の解説文には、おもに『円珠庵雑記』『河社』『和字正濫要略』などの契沖著作や、その門人である水戸藩士安藤為章の『年山紀聞』などが用いられている。右の四書は、いずれも東洋文庫蔵『曲亭蔵書目録』の中に見出しうるものであり、馬琴が直接参看した蓋然性が高い。『歳時記』四季の部には、典拠を明示しないものを含めて、契沖所説の援用を二十五箇所、『年山紀聞』の引用は十五箇所ほど確認することができる。以下に、契沖『河社』の利用例を紹介する。

沓直《くつて》鳥《どり》　［菅家万葉］郭公鳴立《ツ》春之山辺庭《には》沓直《くつて》不輸《いたさぬ》人哉《ひとや》住濫《すむらん》　鵙《もず》はむかし郭公のくつぬいにてありけるよし、ふるき世の諺なり。くつていださぬ鳥とは、鵙をいふ也。くつてどりの名、こゝに起れり。

（『歳時記』四月・八十丁裏）

一、『菅家万葉集』云、

郭公　鳴立春之　山辺庭　沓直不輸　人哉住濫

鵙は、むかし郭公のくつぬひにて有けるよしは、世のふることとなり。此歌を証とすべし。くつていたさぬ人とは、もずをいへり。

（『河社』）(8)

また、為章の『年山紀聞』は、以下のように利用されている。

秋さり衣　（中略）馬琴按ずるに、秋さり衣は袷《あはせ》をいふなるべし。『年山紀聞』第五に、『万葉』十に、

たなばたの五百機《いほはた》たてゝおる布の秋さり衣たれかとり見む

『御釈』に云、集中万葉に春は来にけりといふことを、春去にけりとよめるやうに、秋来ての衣といふ意に名つけたり、云云《しかぐ》。待賢門院堀河の歌に、

「旅にして秋さり衣さむけきにいたくな吹そ武庫の浦風

『八雲御抄』に、七夕布也と遊されしは、『万葉』の歌にて注《ちう》させ給へるなるべし。されど後の歌をおもへば、

あへて七夕に限るべからず。（『歳時記』七月・百三十五丁裏）

ここでは為章所説と馬琴の見解との区分が曖昧であるが、実際には末尾の一文を除いて、すべて『年山紀聞』巻之六「秋さり衣」からの転用である。これ以外にも、『歳時記』の「生御霊《いきみたま》」項（七月・百四十五丁裏）に引用された『親長卿記』（巻六「いきみ玉」）、「重陽の宴」項（九月・百八十八丁裏）における『類聚国史』巻七十五（巻一「菊の歌」）、「御前の試」項（十一月・二百二十七丁裏）の『続日本紀』巻十五（巻六「五節のはじめ」）などは、いずれも『年山紀聞』からの孫引きと推定しうる。

一方、『歳時記』に見える草木や鳥獣の異名には、『年浪草』はもとより、契沖や為章の著述にも見出しえないものが少なくない。連句の席上で差合いが生じた折などに用いられる事物の異名は、入江昌喜編『異名分類抄』（寛政五年刊）などの専著が編まれるほど、俳諧においても必須の知識であった。この『異名分類抄』は『曲亭蔵書目録』「い部」にも登載されており、網羅的であるがゆえに『歳時記』と重なる記述も少なくない。しかし、典拠などの細部に相違が見られることもあり、『歳時記』に見える事物異名の出拠として、昌喜の『分類抄』を挙げることにはためらいを感じる。

管見に及んだ諸書の中で、『歳時記』の記述とよりよく合致するのは、尾崎雅嘉の歌語辞書『和歌呉竹集』（十巻。寛政七年刊）である。同書は、歌語をいろは順に配列して略解を施したもので、主要な言葉の解説には証歌が併記されている。『年浪草』には見えない『歳時記』の記載中、この『呉竹集』との間で共通するものは六十に近い。特に依拠関係が明白なものを、以下に例示してみる。

梅暦　梅ハ是山家ノ暦」山中には梅のさくを見て春ぞとしるなり。故に暦といふ。（『歳時記』正月・二十二丁表）

○梅の暦　梅のさくをみて春のきたるをしるなり。詩に梅是山家暦《むめはこれさんかのこよみ》とあり。

「春またでひらくはむめの
　　こよみかな　作者不知
（『呉竹集』百十二丁裏。図4）

涼しき玉　『秘蔵抄』に、
「そらはれていさごをてらす月の色
を涼しき玉の影かとぞ見る
また『朗詠』に燕《えんノ》昭王招涼之珠《たま》、当《テ》二沙月《ニ》一兮自得《おのづからえたり》。すゞしき玉は、燕の招《せう》涼珠《りやうじゆ》をいふなり。
（『歳時記』六月・百三十二丁表）

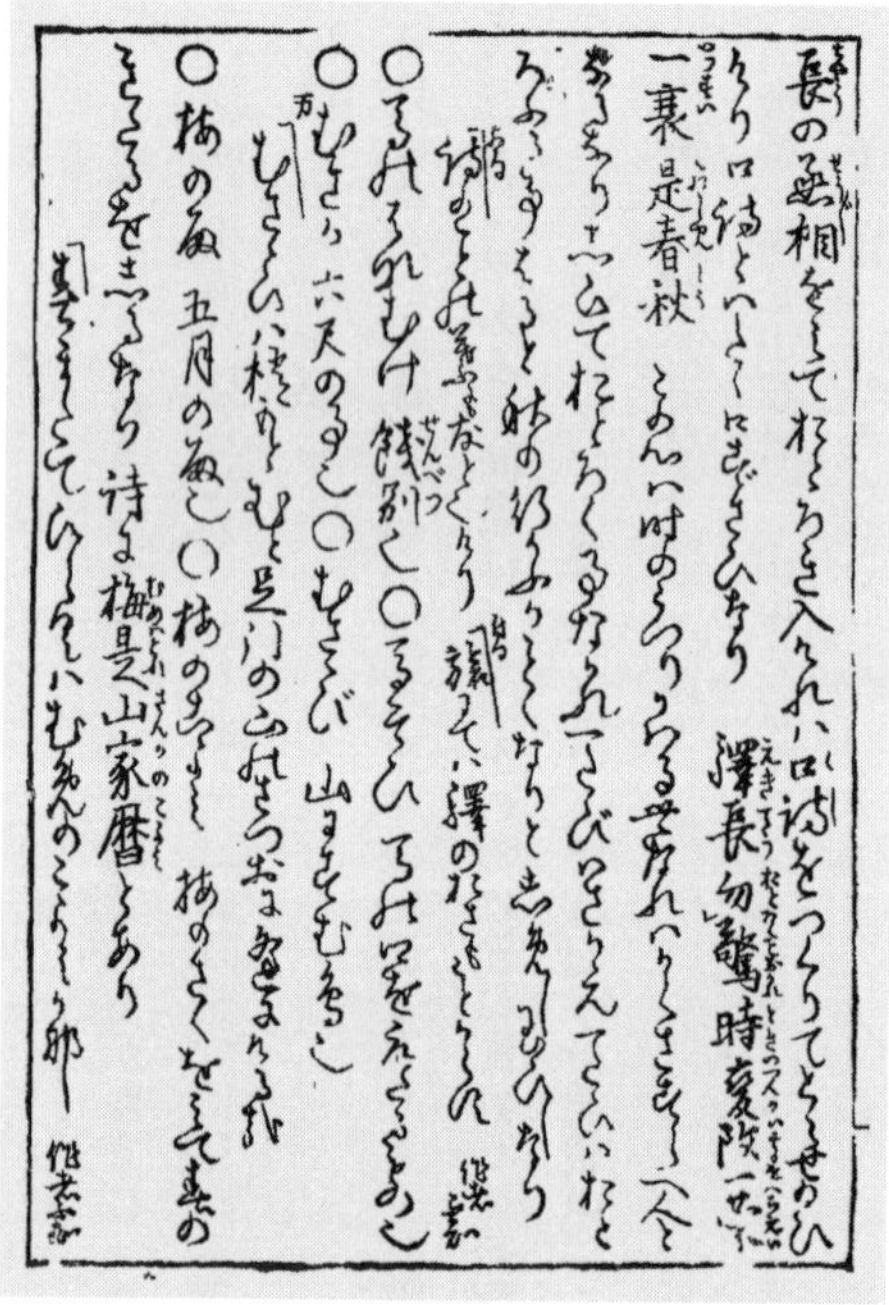

図4　『和歌呉竹集』112丁裏

○すゞしき玉　むかし唐土《もろこし》に、燕といふ国のみかど、あつき時に向へば涼しくなる玉を持給へり。其玉の物を照すを月にたとへたり。『朗詠』に燕《えんの》昭王招涼之玉、当二沙月一兮自得《さげつにあたつておのづからえたり》と云へり。
（『歳時記』六月・百三十二丁表）

秘「そらはれていさごをてらす月の色をすゞしき玉の影かとぞみる
（『呉竹集』、二百六十丁）

萩（中略）○古枝草《ふるえ》○紅《くれなゐ》艸○野守草《のもり》○月見草○ねから草○しかな草　以上萩の異名也。
（『歳時記』七月・百五十五丁裏）

○萩の異名　月見草　野守草　紅《くれなひ》草　ねから草　古枝草《ふるえ》
（「古枝草」の証歌略。『呉竹集』、二十五丁表）

また、『年浪草』とは異なる証歌を、『呉竹集』から導入する事例も散見する。たとえば、『歳時記』「兼《ル》二三春《ヲ》一物」末尾の「春まけて」項（二十五丁裏）に掲げられた家持・人丸の詠草は、『年浪草』の同項（巻之一下、四十九丁裏）

には見えず、『呉竹集』の「かたまく」（六十一丁表）と「まけて」（百五十三丁）の両項から採録されたものであろう。

もっとも、『歳時記』と『呉竹集』との間で、記述が相違する箇所も皆無ではなく、例えば若竹の異名「夕玉草」「河玉草」（『歳時記』五月・九十八丁裏）に関しては、両書の出典が異なっている。あるいは、より『歳時記』に近い歌語辞典の類が存在するのかも知れないが、項目名や解説・証歌などの諸点において、数多の一致が確認できる『呉竹集』は、『歳時記』と無縁の書物とは思われない。

なお、この『呉竹集』、もしくはその類書に関しては、雪碇と馬琴のいずれが参看したものか、判断すべき確証を欠いている。

（二）『五雑組』

近世の文人にも幅広く愛読された、謝肇淛の随筆『五雑組』（十六巻。万暦四十七年・一六一九成立）は、巻二「天部二」の前半において、ほぼ日を追って唐土の歳時を列記しており、この部分を中心として、『年浪草』にも数多く引用されている。『俳諧歳時記』における『五雑組』からの引用は、四季の部全体で五十二項目に及ぶが、このうち『年浪草』を経由したと思われるものは十箇条に満たず、その大半は馬琴が直接原書に当たり、解説の一部として引用したものと思われる。

綱引　（中略）愚按するに、『五雑俎（ママ）』に云、唐《たう》の時晴明抜河の戯あり。その法大なる麻絚《あさつな》を以両頭各十余の小索《なは》を繋《つなぎ》、数人これを執《と》る。対《たい》し挽《ひい》て強弱を以勝負をなす。時に中宗梨園《りえん》に幸《みゆき》し、侍臣《ぢしん》に命じてこれをなさしむ。七宰相・駙馬《ふば》東朋《とうぼう》たり。三将五相西朋たり。僕射《ぼくや》韋巨源《いこげん》、少師《せうし》唐休璟《たうきうけい》年老て力なし。絚《つな》に随て地に踣《たほ》る。

久しく起ることあたはず。上《かみ》以笑をなす。」此抜河《ばつが》の戯《げ》を摸《も》して此方の綱引はじまりけるにや。
（『歳時記』正月・十六丁）

除夜　今の人冬至《とうじ》の夜を以小歳とす。しかれども盧照鄰《ろせうりん》元日の詩に云、人《ハ》歌《フ》小歳《ノ》酒、花《ハ》舞《フ》大唐《ノ》春。則《チ》元日又これを小歳といふべし。亦猶冬至これを除夜といふべし。『太平広記』盧頊伝に云、是《この》日冬至の除夜。五雑組
（『歳時記』十一月・二百二十五丁裏）

「綱引」に引用されたのは、和刻本『五雑組』巻二（八丁表）に見える記事であり、これは『年浪草』の「綱曳」項（巻一下・七丁裏）にも掲げられているが、同書は「時に中宗梨園に」以下の記述を欠く。よって馬琴は、『年浪草』所引の記事に触発されて、直接『五雑組』の当該部分をも参照したのであろう。「除夜」の場合は、一読したばかりでは、どこからが『五雑組』の記事か明瞭でないが、右引用は全て、同書巻二（二十三丁表）に基づくものであり、末尾の『太平広記』に関する記述は、原本では小字双行となっている。

馬琴の所持した『五雑組』については、天保七年十月二十六日付篠斎宛書翰（④65）の中に、「野生所蔵の『五雑組』ハ珍書ニて、初板の物十六冊、彼絶板ニ成候耶蘇宗の事、『孟子』の書の事抔なほあり。文化中、金弐両ニてかひ入候書ニ御座候」と記されている。『曲亭蔵書目録』には、「五雑俎翻刻前板　十二（八を訂正）冊」とあり、右書翰とは冊数が異なるものの、「前板」とは項目削除のない初印の和刻本（寛文元年刊）を意味すると思われるので、やはり篠斎に誇った「金二両」の購得本と同一であろう。もっとも、「文化中」に買い入れられたものであるからには、『歳時記』編述の際に利用された『五雑組』は、件の「翻刻前板」ではあり得ない。

早大図書館曲亭叢書に伝存する、寛政末年頃の手控え『曲亭間記』[9]のうち、巻三は『五雑組』巻十一以降の記事を、馬琴が若干の自説を補いつつ抄録したものである。ここからも、彼がこの随筆に早くから強い関心を寄せてい

たこと確認できる。その成立時期を勘案すれば、『曲亭間記』における馬琴の『五雑組』抄録は、『歳時記』の編述とも何らかの関連を有したはずであり、あるいは現存しない『間記』の巻一・二にも、『五雑組』からの抄出記事が、少なからず含まれていたのかも知れない。

もっとも、『歳時記』の「西瓜」項（七月・百五十八丁表）における、「大元の世祖、西域《せいいき》を征《せい》するの後、此種□中国に入る。[五雑組]」という記述のように、直接原典からではなく、『書言字考節用集』（巻六、三十四丁裏）を経由したと考えられるものもあり、『五雑組』からの引用は一元的ではなかった。

（三）辞書類

右の「西瓜」項以外にも、『歳時記』の中には『書言字考節用集』（槙島昭武編。享保二年刊）を参照した痕跡が数多く見受けられ、『年浪草』に由来しない『歳時記』独自記事のうち、四十数項目の典拠文献名が、『書言字考』と一致している。たとえば、「釈采《せきさい》」項（二月・二十九丁表）における『四季物語』や、「案山子《かゝし》」項（三秋・百六十四丁表）の『伝燈録』、「端正月」項（八月・百七十二丁裏）の『書言古事』などは、『年浪草』が掲出しない典籍であり、これらは『書言字考』の記述を襲用したものと思われる。また、十月の「玄猪《げんしよ》・ゐのこ餅」（二百十二丁裏〜二百十三丁裏。図5）は、契沖の『河社』から『源順集』、為章の『年山紀聞』巻之四から『源氏物語』を引用する他、『書言字考』巻二「玄猪《ヰノコ》・豖《同》」（二十四丁裏・二十五丁表）からも、『太平御覧』『類聚国史』『政事要略』『四季物語』の記述を補い、全体として一丁近い分量に及んでいる。

さらに、「猪薊《おにあざみ》」（二月・三十九丁裏。『年浪草』は「大薊」）、「叩頭虫《ぬかつきむし》」（七月・百五十七丁裏。『年浪草』「稲舂」）、「繍《め》眼児《じろ》」（八月・百八十七丁表。『年浪草』「眼白鳥」）などは、『年浪草』の項目名表記を、『書言字考』に基づいて改め

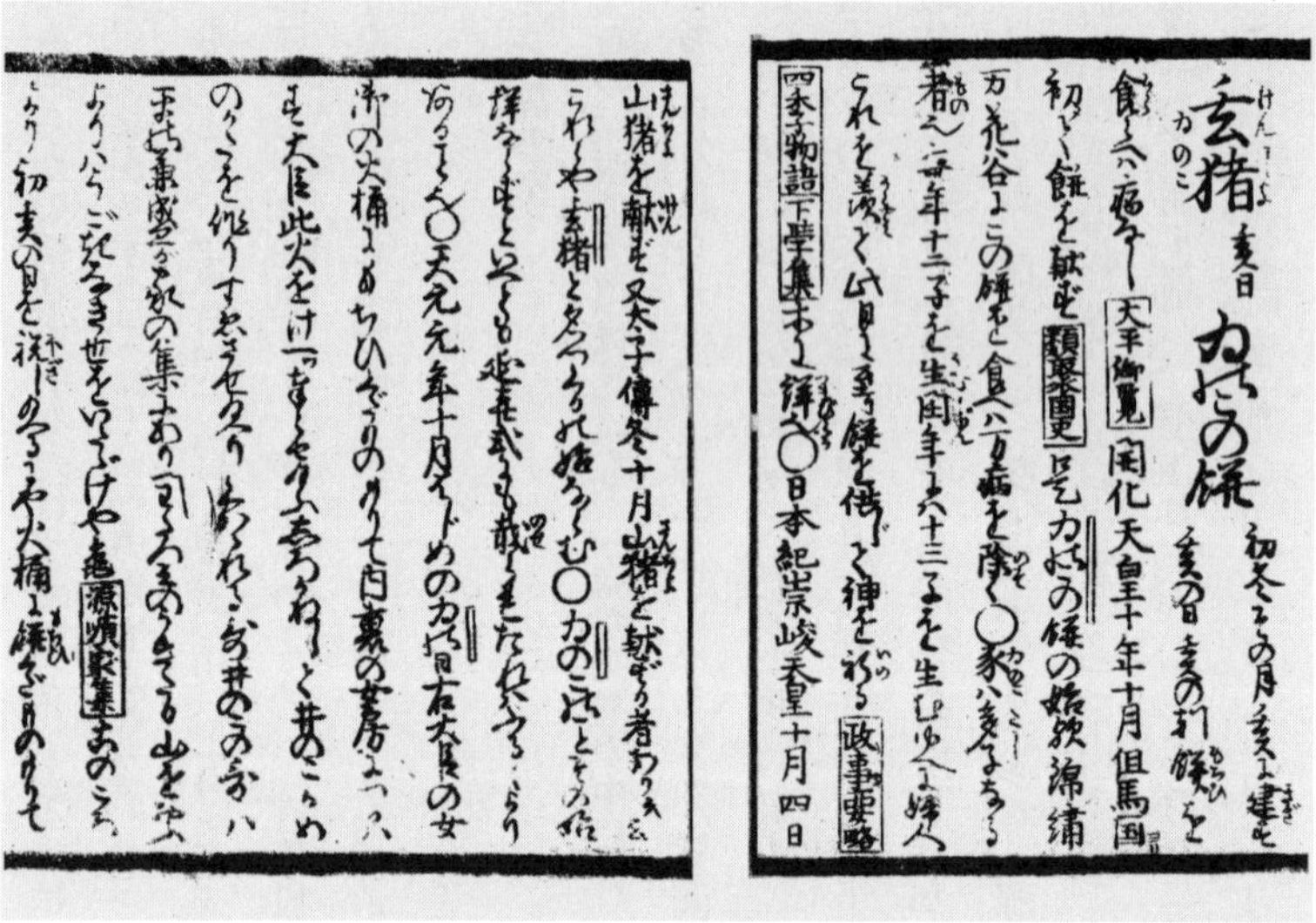

図5　『俳諧歳時記』212丁裏・213丁表（部分）

たものであろう。一方で、『年浪草』には見えない項目が、新たに『書言字考』から採録される場合もあり、いずれも月光の異名である「暉素《きそ》」（出典は『文選註』）と「金波《きんは》」（出典『前漢書』）。共に三秋・百五十九丁表）、あるいは鰒の腹を指す「西施《せいし》乳《にう》」の語（出典『詩林広記』。三冬・二百二十四丁裏）などは、表記・出典ともに『書言字考』と一致する。

もっとも、『書言字考』（十巻、多くは十三分冊）は『曲亭蔵書目録』には登載されておらず、同目録の「か部」冒頭に見える「合類節用抄　十冊」は、『合類節用集』（延宝八年初板。八巻、多くは十分冊）のことと思われる。とはいえ、後年の馬琴がいかに『書言字考』を活用しているかを考慮するならば、『歳時記』における同書の参照も、やはり馬琴の所為と考えるべきではあるまいか。

辞書類としては、他に『和名類聚抄』の記事も散見するが、これも『五雑組』の場合と同様に、『年浪草』経由のものと、直接該書から引用されたものとが併存する。『曲亭蔵書目録』には「和名類聚抄　合巻　五冊」として登載されており、後年の考証随筆でも、『和名抄』は考拠として随所に引き用いられている。

（四）江戸歳時ほか

崔下庵沾涼の編んだ『江戸砂子温故名蹟誌』（正編、享保十七年刊）は、東都の代表的な地誌であり、『曲亭蔵書目録』にも、『江戸名所記』（浅井了意著。寛文二年刊）や『江戸惣鹿子』（不角撰。元禄二年初板）などと共に、「江戸砂子同続編　八冊五冊」（二十五丁表）として、その名が見えている。正編が「八冊」とある点から、馬琴所持本は初板ではなくして、明和九年（一七七二）に刊行された『再校江戸砂子』（恒足軒再校、冬渉訂正）であったと思われる。『歳時記』において、江戸歳時に関する解説の大半は、この『再校江戸砂子』（特にその正編）に拠っている。

馬琴が解説を加えた東都の歳時は、『年浪草』に見えないものが過半を占める。しかし中には、「梅若祭」（『歳時記』三月・五十二丁裏）や「浅草祭」（三月・五十四丁表）、「江戸山王祭」（六月・百十五丁裏）、「神田祭」（九月・百九十七丁表）などのごとく、両者に共通する祭事も存し、これらの解説では『年浪草』と『江戸砂子』とが併用されている。一方で、「神田祭」における祭事の進行のように、『江戸砂子』とも趣を異にする記述も見受けられるが、これらは馬琴みずからの見聞によって改められたものと考えてよかろう。

七月の「経木流」項（百四十七丁裏～百四十八丁表）において、馬琴は江戸の「川施餓鬼」にも言及し、その考拠として『水滸伝』を挙げている。

経木流十六日（中略）〇江戸の僧俗、七月盆中船中に誦経《じゆきやう》し、経木に志す所の戒名を記《しる》さしめ、これを流水中に投《とう》ず。これを川施餓鬼といふ。是『施餓鬼通覧《せがきつうらん》』の本文に拠《よ》るものなり。又『水滸伝』に記《しる》す所の水陸堂《すいりくだう》は、この方にいふ川施餓鬼に似たり。

川施餓鬼もまた、馬琴の親しく見聞する風俗であり、右引用前後の簡略な解説も、ことさら出拠を求めるべきものではない。『施餓鬼通覧』の記事は、『歳時記』の「諸寺施餓鬼」項（百三十三丁裏〜百三十四丁表）に既出であり、これは『年浪草』の同項（巻之七上、三丁）から転用されたものであった。なお、『栞草』の「施餓鬼」項（秋之部、百十八丁）にも、「川施餓鬼」の語は収載されているが、『水滸伝』に言及した馬琴独自の解説文は削除されている。

「水陸堂」の語は、『水滸伝』の第四十五・五十一回に現れるが、これは施餓鬼を行う建造物のことであり、本邦の「川施餓鬼」とは合致しない。むしろ、同じ『水滸伝』の第百十六回に見える「水陸道場」こそが、川施餓鬼に類似する習俗であり、後年の馬琴読本にも、「一宇の全堂水陸道場《おほてらせがき》をはじめ」（『新編水滸画伝』初編巻之四、十八丁裏）、「凱旋《かちいくさ》の後《のち》、水陸道場《ふなせがき》もて、敵の菩提を弔《とむら》ひ給はゞ」（『南総里見八犬伝』第百五十三回）などと、施餓鬼・船施餓鬼の意で用いられている。百二十回本の『水滸伝』第五十一回に、「当時朱仝肩ニ背‐着シテ二小衙内ヲ一、繞リテレ寺ヲ看了スルコト一遭、却テ来リテ二水陸堂ノ放生池辺ニ一看ルレ放ツヲ二河灯ヲ一。那ノ小衙内爬‐在シテ二欄杆上ニ一、看了シテ笑要ス」（十一丁裏）とあり、馬琴はこの記述などを誤解したのかも知れない。なお、『通俗忠義水滸伝』中編巻之二十四は、右の記述を意訳しており、同書から「水陸堂」の正しい意味を知ることは困難である。

『歳時記』と同じ享和三年に刊行された黄表紙『俟待開帳話《まちにまつたりかいちやうはなし》』（仙鶴堂刊）の序文（一丁表）には、「唐山《から》の李卓吾、羅本中、覚世道人（筆者注、李漁）、施耐庵」の名が掲げられており、同書四丁表の作者肖像の背後にも、「[水]滸伝　後編」「[醒]世恒言」「[開]巻一笑」「[板]橋雑記」「十二楼」「十種曲」などと書された本箱が並んでいる。『歳時記』雑之部の「恋の詞」には、『水滸伝』のみならず、『開巻一笑』や『板橋雑記』からも語彙が採録されており、馬琴は中国俗文学の知識を用いて、自身の季寄せに新味を出そうと目論んだのであろう。

その一方で、文化初年における『新編水滸画伝』（文化三・四年、衆星閣等刊）の述作は、もっぱら和刻本の訓点や通俗本を頼りに行われたことが、浜田啓介氏によって指摘されており[10]、それを遡る享和期の馬琴が、どれほど白話を習得していたものか、大いに疑問が残る。「水陸堂」を「川施餓鬼に似たり」と注した『歳時記』の誤りも、『水滸伝』に対する馬琴の不十分な理解に起因するのではなかろうか。

## 四　「節用抄」の編述と豆相旅行

『近世物之本江戸作者部類』によれば、馬琴が本格的に『俳諧歳時記』の編集を開始したのは、寛政十二年のことであった。

十二年庚申、『俳諧歳時記』横本二巻を編輯す。尾州名護屋の書賈永楽屋東四郎、大坂の書賈河内屋太助と合刻也。後に河太一箇の板となれり
（『作者部類』巻二、四十三丁裏〜四十四丁表）

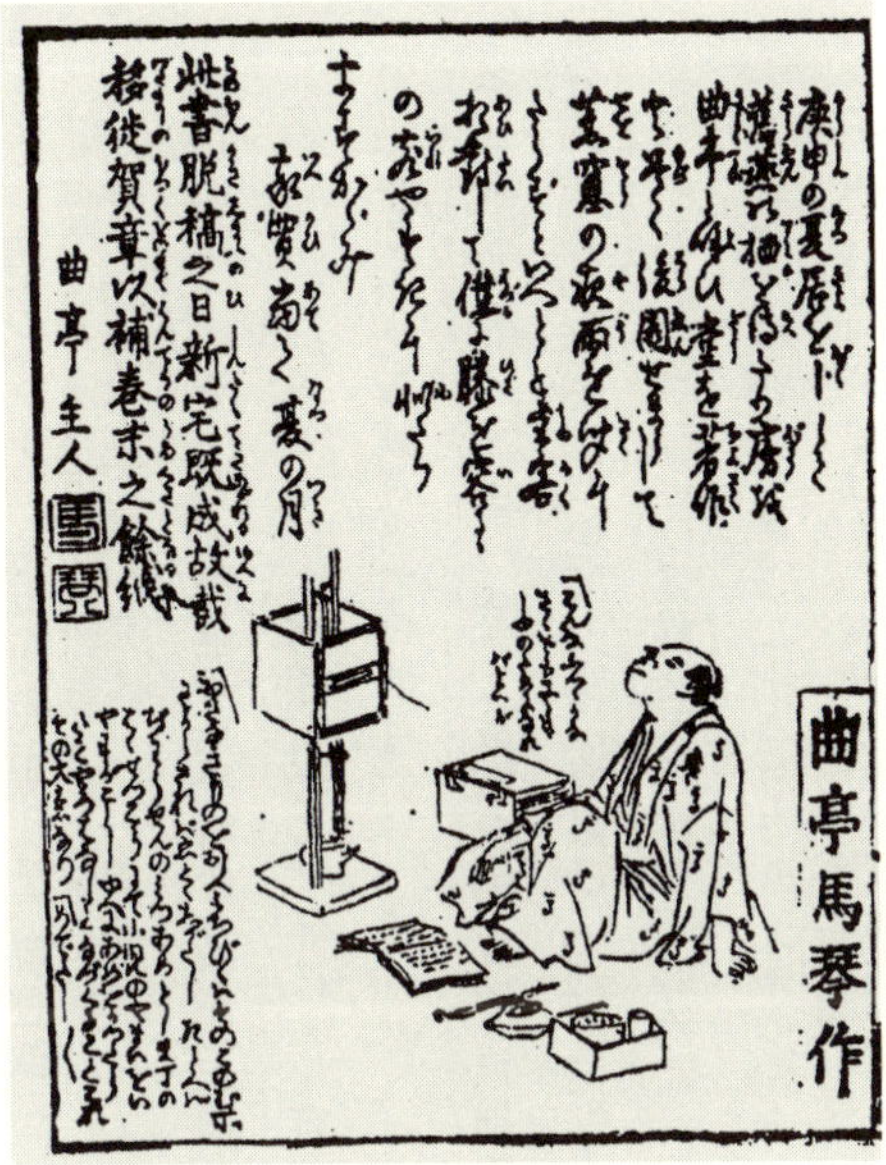


図6　『買飴紙鳶野弄話』10丁裏

この年は羅文の三回忌に当たり、馬琴は亡兄の俳友らと十百韻を興行して、追悼集『夢の秋』（早稲田大学図書館曲亭叢書。『曲亭遺稿』所収）を編んでいる。これに先だち、羅文の未亡人であるお添は、掛川藩士長塩平六郎に再嫁して名を八重と改めた[11]。羅文の逝去に伴う諸々の整理は、この年に至ってひと段落が付けられたといえるであろう。

一方、馬琴は同じ年の夏に住居を新たにし、堂号を

「著作堂」と定めている。翌享和元年刊行の黄表紙『買飴紙鳶野弄話《あめをかつたらたこやろばなし》』（重政画か。仙鶴堂刊）の最終丁（十丁裏。図6）に、以下のような記述が見える。

　庚申の夏、居を卜して旧燕の栖を得たり。房を曲亭と呼び、堂を著作《ちよさく》と号《なづ》く。後園せまうして蕉窓《せをせう》の夜雨《やう》を聞《きく》にたらずといへども、主客相対《しゆかくあひたい》して、僅《わづか》に膝を容《い》る、の容《いれ》やすきに似たり。

　　ますかゞみ家買当《かひあて》て夏の月

　此書脱稿之日《このほんかきしまふのひ》、新宅既成《しんたくできあがれる》。故載移徙賀章　以補巻末之余紙《ゆへにわたましのほつくをのせてはんてうのめくさとなる》　曲亭主人　印（馬）印（琴）

馬琴壮年時の転宅について、真山青果は『随筆滝沢馬琴』「その第二」の中で、次のように記している。[12]

　貧しくとも、さむらひ気質を失はれない馬琴は、「職おほき中にも人の土足にかける品」を商ふ賤しさを恥ぢて、裏屋を修繕してそこに引き移り、売薬のかたはら手習の師匠などして生活の資を得たと云はれるけれど、その年代は自分にはまだ調べがつかない

青果の記録したこの伝聞も、寛政十二年夏の転居に関するものなのではあるまいか。[13]

このように黄表紙作者として生活が安定しつつあった馬琴は、亡兄の三回忌を契機として、その「御存生之御志」を果たすべく、「俳諧節用抄」の編述に取りかかったものと考えられる。

おそらくは「節用抄」編述の最中、寛政十二年の晩秋から初冬にかけて、馬琴は伊豆・相模を遊歴している。『俳諧歳時記』の中で、この旅行における見聞が活かされたものとして、服部仁氏は以下の六項目を指摘する。[14]

| | 『歳時記』 | 『年浪草』 |
| --- | --- | --- |
| A「江の島掃除浪」 | 4月、77丁裏 | ×立項なし |
| B「烏帽子魚」 | 4月、81丁表 | ×立項なし |

C「虎が雨」　5月、96丁　巻之五、18丁裏～19丁表
D「富士詣」　6月、107丁裏～108丁裏　巻之八、3丁裏～4丁裏
E「鋖突《もりつく》」　三冬、224丁裏　巻之十、46丁裏
F「長崎の柱餅」　12月、244丁裏　×立項なし

ここでは、『華実年浪草』との比較を通して、右の諸項目における馬琴の独自性を改めて検証してみたい。

A「江の島掃除浪」は、『年浪草』の中には見出しえないが、『歳時記』に先行して東都の歳時を数多く採録した、佐梁編『俳諧筆真実』（天明七年再刊）には掲出されている。『曲亭蔵書目録』にも登録される同書は、季題を列挙するばかりで解説を施しておらず、馬琴がこの季寄せを参看していたにせよ、『歳時記』における説明文は、彼の見聞に基づくものであろう。

B「烏帽子魚」は「相豆の海辺」における鰹の別称であるが、『年浪草』の「鰹釣《カツヲツル》」や「初鰹」項（巻之四下、二十七丁表～二十八丁表）には記載のない異名である。これとは対照的に、C「虎が雨」の項は、『年浪草』に見える「虎之《トラガ》雨《アメ》」の記述を襲用したもので、強いて豆相旅行に結びつける必要はあるまい。ただし、同項の末尾に掲げられた大磯の虎の詠草のみは、馬琴が『曾我物語』等を参照して独自に補ったようである。

D「富士詣」の解説は、『年浪草』の記述を主体としつつ、「予豆州遊歴の日」として、馬琴の見聞が挿入されている。ちなみに、『俳諧歳時記栞草』夏之部「ふ」の「富士詣」項（六月・六十二丁裏～）は、馬琴の独自記事ばかりを省略しており、同書における青藍の志向が、伝統的な季寄せ（特に『年浪草』）への回帰であったことをうかがわせる。

E「鋖突」も、解説の冒頭に『年浪草』の記述を引くが、後半は「余豆相遊歴の日」として、馬琴自身の見聞を

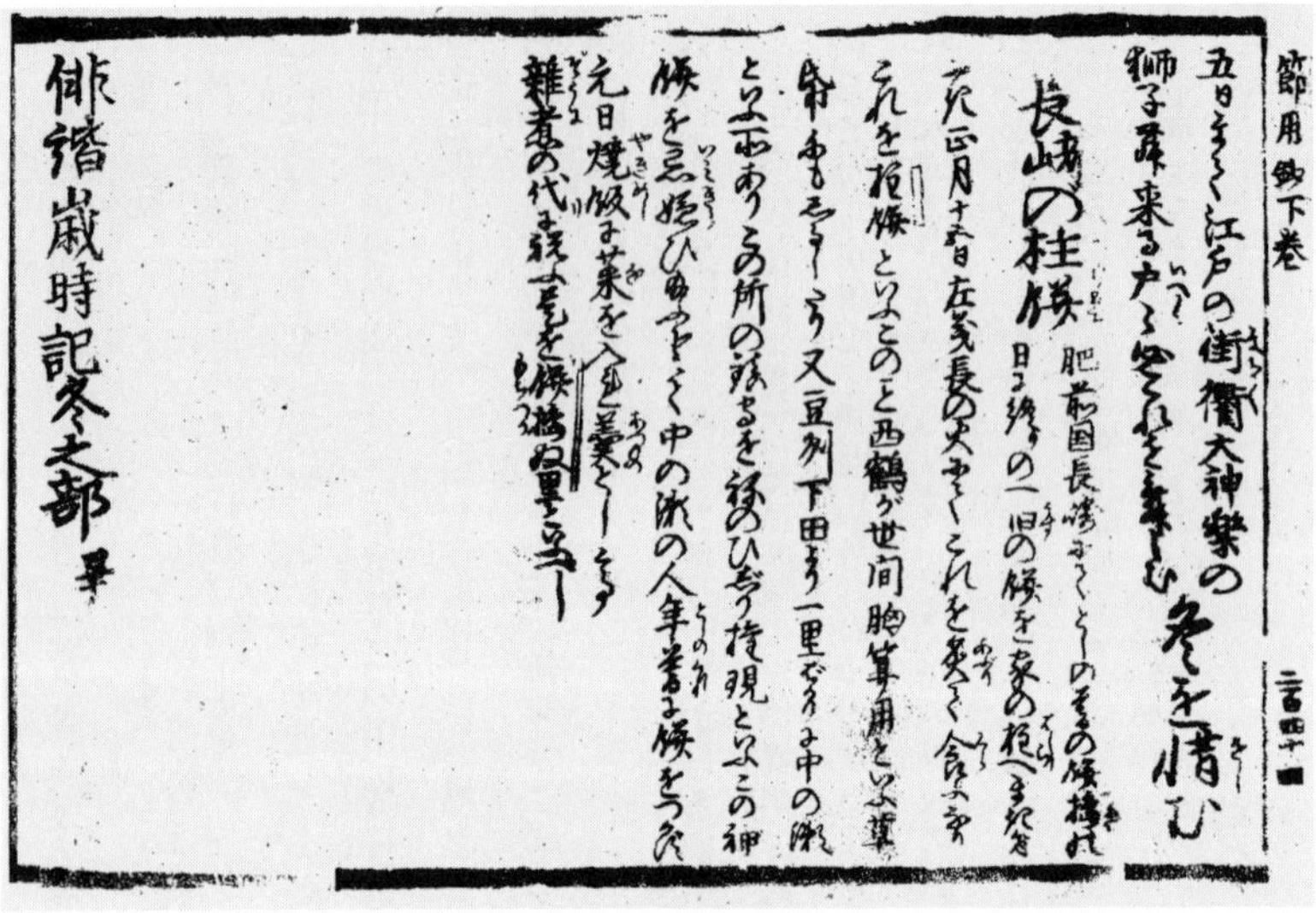
節用鈔下巻
長崎の柱餅
俳諧歳時記冬之部

図7　『俳諧歳時記』244丁裏

紹介する。この言葉を、青藍の『栞草』は冬之部「く」に「鯨突《くぢらつく》」（三冬・四十五丁裏～）として掲げるが、やはり馬琴独自の記述を廃する一方、『歳時記』よりも長文にわたって『年浪草』を引用している。

冬之部末尾に置かれたF「長崎の柱餅」項（図7）は、明らかに入れ木で後補されたものであり、『年浪草』にこの言葉は登録されていない。『歳時記』における解説の前段は、馬琴も明記するごとく『世間胸算用』巻四に基づくが、後半に記された豆州中の瀬の習俗は、やはり旅の途上で得られた知見であろう。

## 五　編述終了の時期と刊行予告

幸田露伴が明治三十五年、雑誌「小天地」に発表した随想「小ばなし」の中に、以下のような一段がある。

○俳諧節用抄

「俳諧節用抄」は、即ち『俳諧歳時記』なり。馬琴自ら『種蒔三世相』の中、稲を荷へる老人に馬琴の遇ふ図あるところの余白に書して曰く、「去年以来、

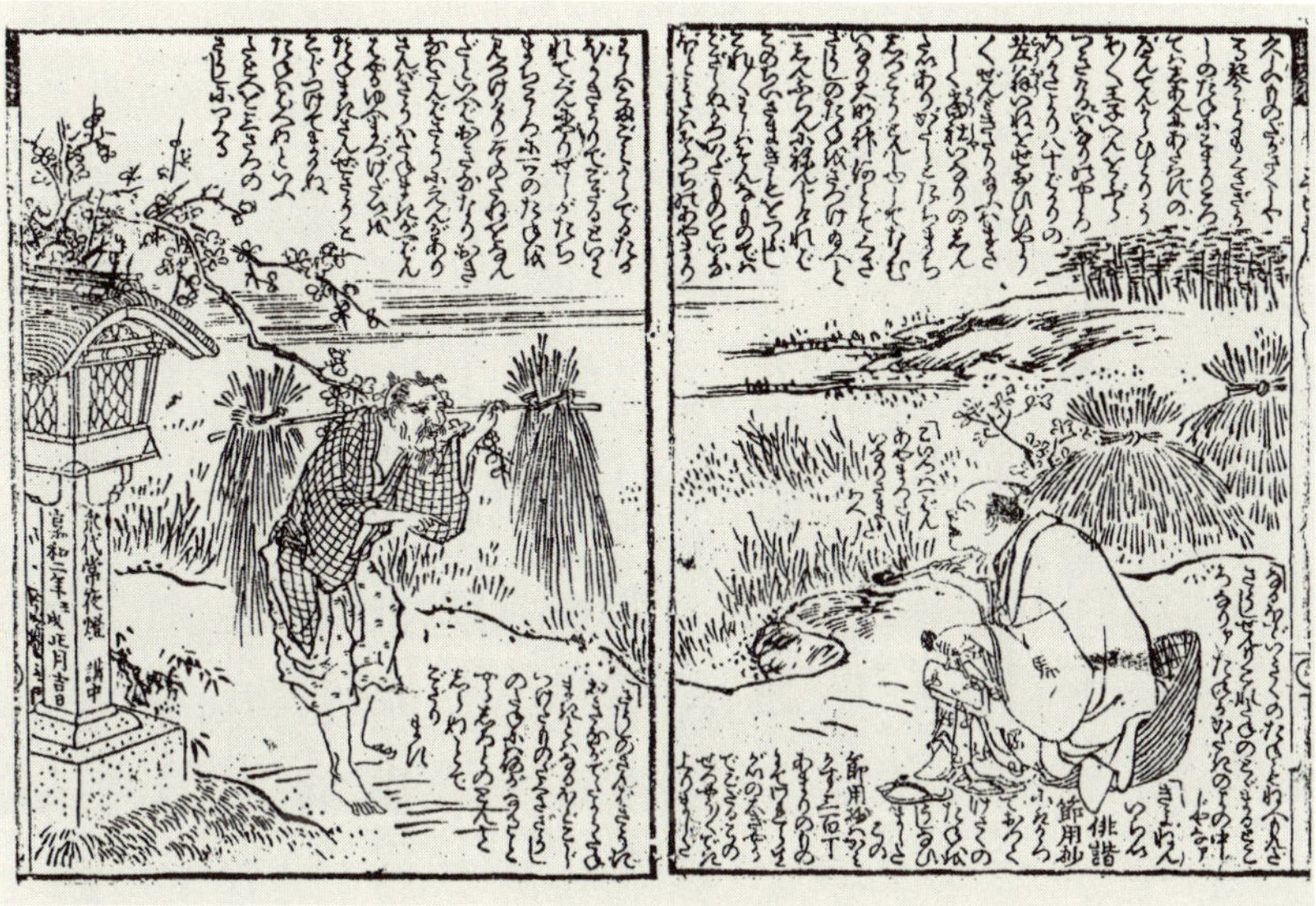

図8 『種蒔三世相』1丁裏・2丁表

俳諧節用抄に取か丶つておつて、戯作《けさく》の種を失ひました。この節用抄は、紙数《かみかず》三百丁あまりのものにて、われら生涯の大業でござる。このせつやう〳〵でき上りました」と。実に当時は馬琴も「節用抄」を生涯の大業と思ひたりけむ。されど馬琴は「節用抄」を編みたるによりて大に勉強の習慣を成し、終に後に至りて、『八犬伝』其他の大作を出すに至りしなるべし。[15]

『種蒔三世《たねまきさんぜ》相《さう》』(重政画、仙鶴堂刊)は、享和二年に刊行された馬琴の黄表紙で、露伴の引用する一節は、その一丁裏に見えている(図8)。「このせつやう〳〵でき上りました」という文言は、「節用抄」という題号を効かせた洒落であるが、一方で『歳時記』の編述が、『種蒔三世相』の執筆された享和元年のうちに完了したことをうかがわせる。

同じ享和二年に刊行された馬琴黄表紙のうち、「俳諧節用抄」に関する記載が見えるものは、この『種蒔三世相』のみにとどまらない。

○『野夫鶯歌曲訛言《やぶうぐひすうたのかたこと》』　子興画、仙鶴堂刊

十五丁裏に、「是からまじめになつて、俳諧節用抄でもみていましやう」という言葉書きがある。

○『養得笳名鳥図会《かひえたりにはこめいてうづゑ》』　重政画、仙鶴堂刊

十五丁裏の図中に、「俳諧節用抄自稿」と書された本箱が見える。

○『世帯評判記《せたいひやうばんき》』　豊国画、耕書堂刊

十五丁裏に「著作堂主人著　△俳諧節用抄　全部二冊」と広告。

○『六冊懸徳用草紙《ろくさつがけとくやうさうし》』　重政画、耕書堂刊

十五丁表に「俳諧節用抄　著作堂主人輯　全二冊」と広告。

○『忠臣講釈後座巻《ちうしんこうしやくござのまき》』　曲亭門人傀儡子名義。豊国画、仙鶴堂刊

三十丁裏に「曲亭先生著　俳諧節用抄　全部二冊　近刻」とあり。

※本作の前編『太平記忠臣講釈』には、「節用抄」に関する記述が見えない。

また、馬琴門人を称する名古屋の戯作者椒芽田楽の黄表紙『挑灯庫闇夜七扮《てうちんぐらやみのなゝやく》』（重政画か、仙鶴堂刊）の巻末（十五丁裏）にも、「曲亭馬琴輯録　近々出板仕ります。これは大のまじめ本なり」という刊行予告が見える。つまり、『初老了簡年代記《しじうからりやうけんねんだいき》』（長喜画、仙鶴堂刊）の一作を除いて、享和二年刊行の馬琴が関与した黄表紙には、いずれも何らかの形で「俳諧節用抄」の題号が紹介されているのである。

これらの刊行予告と、前節に掲げた『作者部類』の記述とを併せ考えれば、「節用抄」の編述は、羅文の三回忌に当たる寛政十二年に開始され、翌年には終了したものと推定しうる。『歳時記』の馬琴自序は、「享和改元弥生もちの日」の日付を有するので、「節用抄」の編集も、享和元年の三月末には一段落していたことであろう。また、『歳

時記』の「原著者」風月庵雪碇も、同じ年の六月に序文をものしており、この頃までには板刻の準備が整っていたはずである。

よって、馬琴は「節用抄」を二年に満たない短期間のうちに編み上げたと考えられるが、その間にも彼は、黄表紙作者と手習い師匠とを兼ね営んでおり、本業ならざる季寄せの編述に割きうる時間は極めて限られていたに違いない。それでもなお、彼が「細字三百張斗」の「四季詞寄、新撰極細注之書」[16]を成しえたのは、すでに確認したごとく、記述の大半が『年浪草』の抄録と推定される「雪碇筆乗」が手元に存したからであり、項目の選定や解説文の執筆に際して、馬琴は改めて和漢の典籍を博捜する必要がなかったのである。

「節用抄」の彫刻は享和元年中に開始され、作業が滞りなく進行すれば、同書は翌享和二年の早い時期に売り出されていたものと考えられる。しかし、『俳諧歳時記』と題号を改めて刊行された同書は、享和三年三月の刊記を有し、「をはりのあま彦」こと尾張藩士鳥居海人彦[17]の跋文は同年五月に記されているので、実際の売り出しはこれよりもさらに遅れたことであろう。『歳時記』の刊行は、何故にかくも遅延したのであろうか。

## 六　「俳諧節用抄」から『俳諧歳時記』へ

享和三年刊行の黄表紙において、馬琴の季寄せはすでに『俳諧歳時記』として紹介されており、「俳諧節用抄」から「俳諧歳時記」への題号変更は、享和二年中に行われたものと見てよい。この改題作業は、極めて慌ただしく行われたものであり、同書の巻頭に置かれた「附ていふ」の末尾には、「故ありて後に歳時記と改ム」の一文が不体裁に補入される一方、各丁の柱刻はすべて「節用鈔」のままである。内題・尾題における「歳時記」の文字も、明らかに入木訂正されたものであり、彫刻終了のあとで匆卒に題号が改められた痕跡は覆うべくもない。

かくのごとく拙速な改題が行われた理由としては、「節用抄」の刊行が差し迫った時点で、題号の類似した書籍を刊行する書肆から、苦情を申し立てられた可能性が想定できる。たとえば、青木鷺水『三才全書誹林節用集』（元禄十三年刊）の改題本に『誹諧節用集』があり、同書の板株を所持する書林が、「節用抄」の刊行に横槍を入れたとしても、無理からぬことであろう。あるいは、服部仁氏による推定のように、通俗字書「節用集」の板株を所持する三都の書肆が、何らかの反応を示したのかも知れない（注17所掲論考参照）。

しかし、それ以上に筆者が重く見たいのは、やはり『俳諧歳時記』が四季の部全体にわたって、『華実年浪草』に大きく依存している事実である。『年浪草』の刊行書肆から剽窃を言い立てられた場合、「節用抄」板元の言い分は立ちがたかったはずであり、『歳時記』への題号変更も、特に解説文における『年浪草』との酷似が問題視された結果なのではあるまいか。

『俳諧歳時記』の出板に際して、主導的な役割を担ったのは、名古屋の書肆東壁堂永楽屋東四郎であり、馬琴と永楽屋とを仲介したのは、先代以来の東壁堂との提携関係を有し[18]、『歳時記』の刊記にも名を連ねている、耕書堂蔦屋重三郎であろう。前掲『作者部類』の記事において、馬琴は『歳時記』の板元を「尾州名護屋の書賈永楽屋東四郎、大坂の書賈河内屋太助と合刻也」と記していたが、現存諸本の刊記に、永楽屋と河内屋が名前を連ねたものは見出しえない[19]。例外的な形として、永楽屋以下三書肆連名の刊記に、河内屋太助の印が押捺されるものが管見に及んだが（図9）、これは河内屋の参画が、他の書肆よりも遅れたことを意味するのであろう。

そこで注目されるのが、文化初年の時点において、文金堂が『華実年浪草』の板株を有していた事実である。図10は、文化二年刊行の馬琴読本『月氷奇縁』（如圭等画）の巻末にも掲げられた、「大坂書林森本文金堂和書蔵板目録」の一部であるが、ここには『俳諧歳時記』が『華実年浪草』と並んで掲出されている。

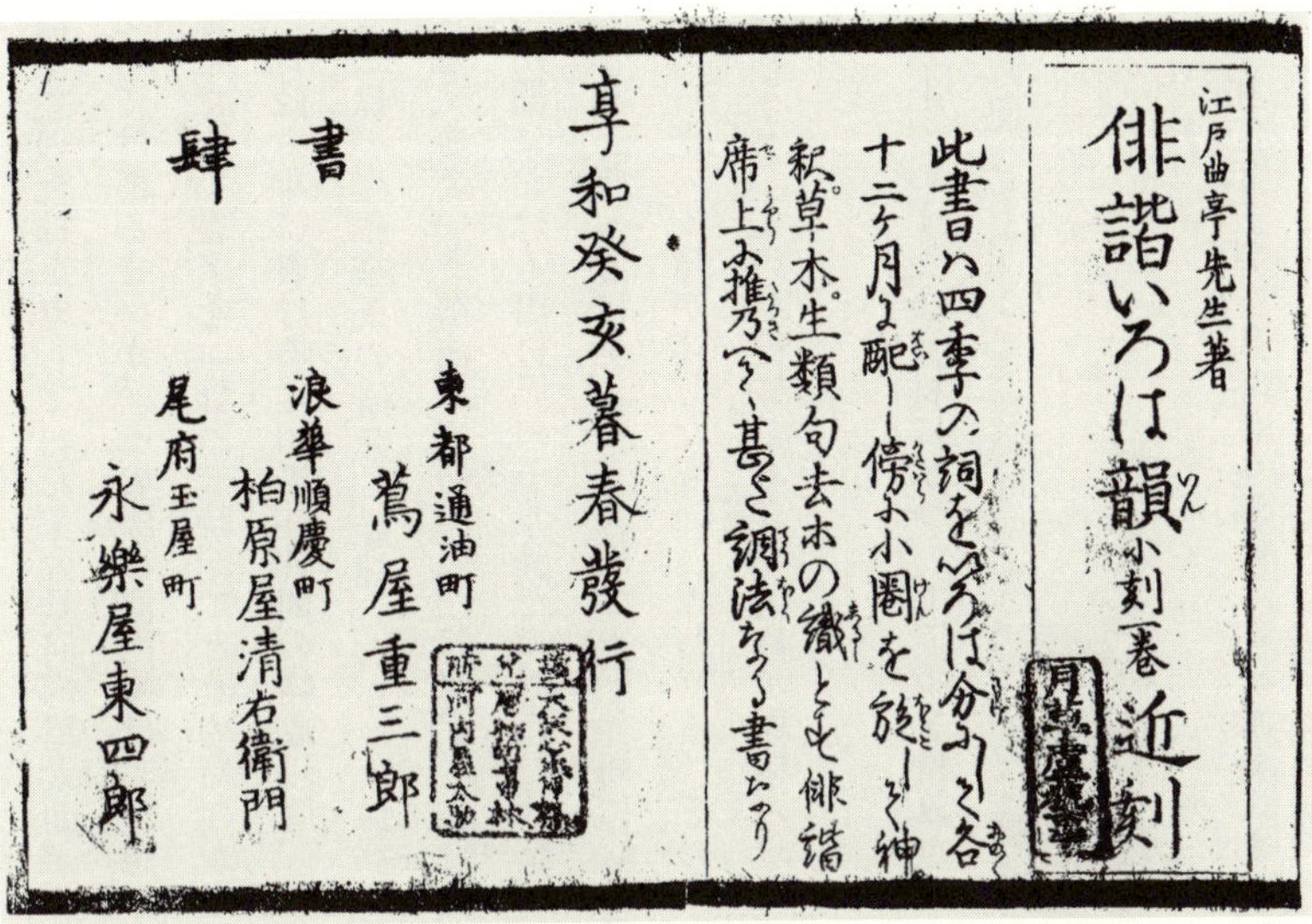


図９　『俳諧歳時記』刊記

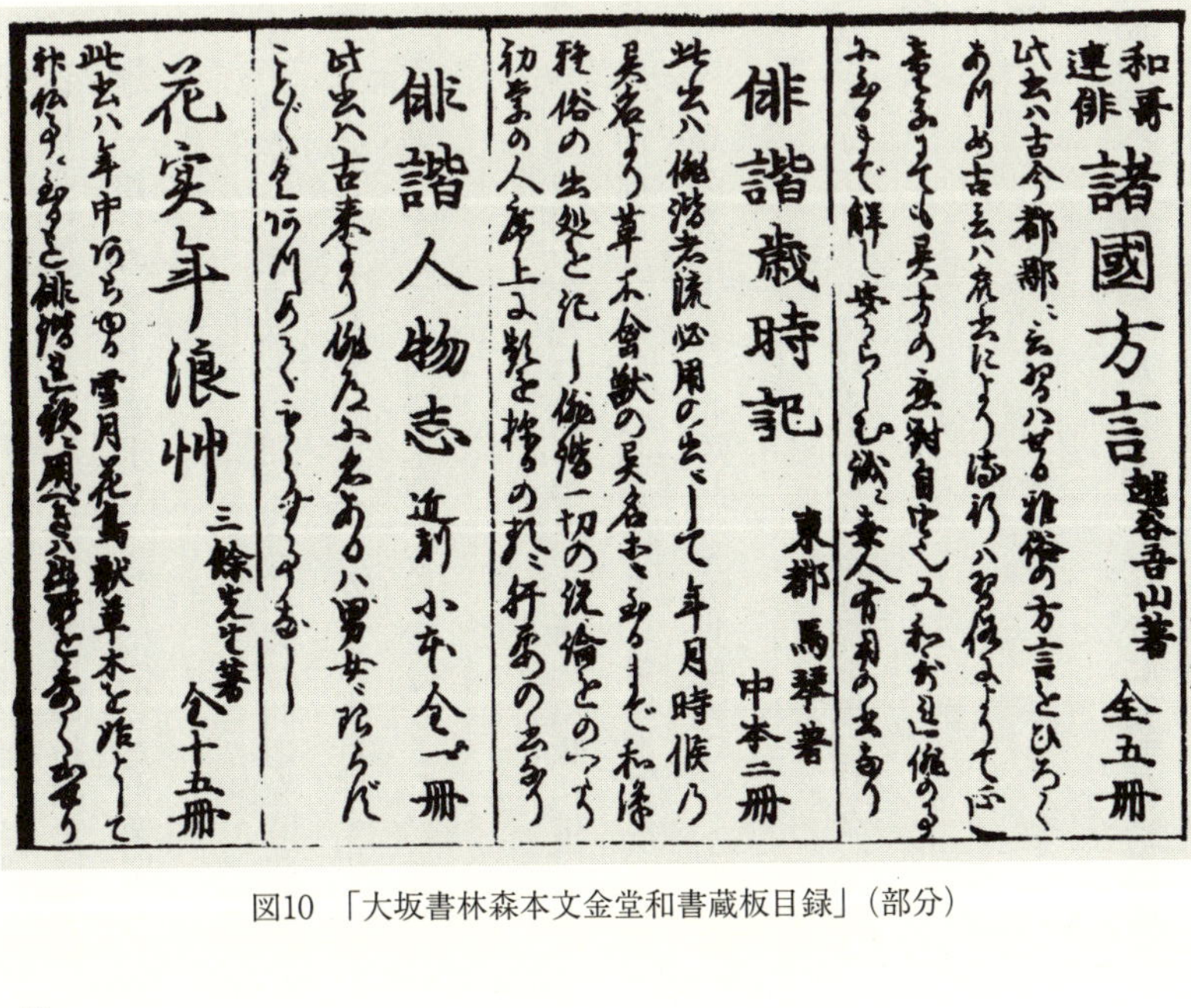


図10　「大坂書林森本文金堂和書蔵板目録」（部分）

ここで敢えて想像を逞しくすれば、「節用抄」の彫刻終了後に『年浪草』との近縁関係が問題視され、当時『年浪草』の板株を有していた文金堂河内屋太助が、「節用抄」の相板元に加わることによって、無用の紛議を回避したのではあるまいか。その際に河内屋は、予想される悶着に備えて題号の変更を要求し、これに応じた永楽屋が、慌ただしく書名を『俳諧歳時記』と改めたのかも知れない。

寛政六年における尾州書林仲間の結成以降、新興の名古屋書肆が、三都書林との間で複数の類板問題を惹起したことは、岸雅裕氏の研究に詳細であり（注18参照）、その際に多く用いられたのが、いずれかの三都書肆を相板元に加えるという解決策であった。「節用抄」から『歳時記』への改題、そして河内屋太助の板株獲得もまた、三都・尾州間における出板界の小波乱だったのではなかろうか。

享和三年七月に至って、大坂の本屋仲間に『俳諧歳時記』の「廻り書」が出されており[20]、同書の出板には、やはり何らかの支障が存したものと思われる。その一方で、永楽屋東四郎は文政五年の時点でも、『歳時記』に一定の権利を有していた模様であり[21]、同書が馬琴の記すごとく「河太一箇の板」となったのは、それ以降のことであったらしい。

以上、わずかな資料に基づいて憶説を積み重ねる格好となったが、何らかの尋常ならざる経緯を想定しない限り、『歳時記』をめぐる複数の疑問点は、容易に解消されないのである。

## 七　『羇旅漫録』の旅と『俳諧歳時記』

享和二年五月、馬琴は生涯唯一の大旅行である、上方遊歴の旅へ出掛けた。旅の見聞は帰東後に『羇旅漫録』（三巻）としてまとめられ、そこから二十条を抜粋して改稿したものが、享和四年（文化元年）に、永楽屋・河内屋・

蔦屋の連名で刊行された『蓑笠雨談』（三巻三冊。耕書堂等刊）である。この『蓑笠雨談』は、改題後修本の『著作堂一夕話』（弘化五年刊）という題号で広く知られている。

馬琴は上方への途次、名古屋に立ち寄って永楽屋を訪問しており、『羇旅漫録』巻上［廿六］名古屋の評判」には、「書肆は風月堂・永楽屋」という文言が見える。また、大坂滞在の折には文金堂を訪れたらしく、彼の『訪問往来人名簿』（早稲田大学図書館曲亭叢書）における西遊関連の記載には、河太の名前が欄外に追補されている。『俳諧歳時記』の刊行準備が進められる最中に、馬琴が件の二書肆を訪問していることは、『歳時記』の出板と無縁であったとは思われない。

第四節で確認したごとく、寛政末年以降、馬琴の生活はようやく安定を見せるが、数か月に及ぶ上方旅行ともなれば、その出費は決して些少ではなかったはずである。その経費や留守宅の手当てを援助しうる者としては、馬琴作品を多数刊行している、鶴屋・蔦屋等の有力書肆を措いて考えづらく、ここに彼の西遊と書肆の商策とが結び付く端緒を見出すことができる。

大高洋司氏は「『月氷奇縁』の成立」（近世文芸25・26合併号。昭和51年）の中で、『羇旅漫録』の旅における馬琴と上方の劇界・出板界との交流から、この旅行に商業的意図の介入を推定しておられる。これに対して、浜田啓介氏は「寛政享和期の曲亭馬琴に関する諸問題」（国語と国文学55—11。昭和53年）において、大高氏の見解に疑義を呈された。さらに同氏は、「『羇旅漫録』の旅に於ける狂歌壇的背景について」（初出は昭和43年。『近世小説・営為と様式に関する私見』所収）の中で、馬琴が西遊の途上に訪れた各地の狂歌壇人たちを、馬琴によって「選ばれた」人々であったと断定している。しかし、いまだ江戸作者の一員に伍していた馬琴が、初めての上京に際してたどりうる経路は、「江戸狂壇の流れを汲む人々」以外にはありえず、そこに彼の意志が介在する余地はなかったのではあるまいか。各地の古跡を訪ね、所々の風俗を見聞することが、後年の読本述作に大きく役立てられたのは事実であるが、この旅行を単なる「文人馬琴の勉強を兼ねての遊歴」と規定するのは、楽観的であり過ぎるように思えてならない。

ともあれ、名古屋・京都・大坂を巡覧した馬琴は、悪天候に阻まれて所期の旅程を果たさぬまま、伊勢を経て八月二十四日に江戸へ帰着した。旅の途上、六月十四日に実見した津嶋祭について、彼は『蓑笠雨談』の巻一「津嶋祭　并唐崎の古松」の中で、「予往《さき》に『俳諧歳時記』をえらみしころは、いまだこの祭を見ず。ゆゑにその文粗略なり。よりてふたゝびこゝに記す」と述べている。たしかに、『歳時記』六月の「津嶋祭」項（百十四丁表）は、『年浪草』巻六（十一丁裏～）の記述に依存しており、雪碇や馬琴が新たに補った情報は確認できない。

『蓑笠雨談』の中で、馬琴は旅の見聞を『歳時記』の中に活かしえなかったことを悔やんでおり、この一事から推し量ると、彼は上方旅行の後、『歳時記』の本文に手を入れることが叶わなかったように思われる。しかし実際には、『羇旅漫録』の旅で得られた知見が、『歳時記』の中にも導入されているのである。

『歳時記』四月の「龍頭太」項（六十二丁表。図11）は、『羽倉家譜』なる典拠文献と解説とを掲げた後に、「先板の諸抄正字注訳なし。是予が秘蔵の説也」と注される。この記事が、入木によって改められていることは一目瞭然であり、馬琴のいう「秘蔵の説」は、京都で交流した有職家橋本経亮から教示されたものであった。国会図書館所蔵の『曲亭来翰集』に、享和二年七月十一日付の馬琴宛経亮書翰（⑥来3）が収められており、その中に以下のような記述が見えている。

『羽倉家譜』
桓武天皇御宇ノ人也
龍頭太荷田氏祖

如此之文中候。神面之事ハ貴面ニ可申候。

馬琴は後日経亮と面会し、「龍頭太」の仮面について、その詳細を教授された模様であり、『羇旅漫録』巻中の「七十二りうたう太」（活字本では省略）には、『歳時記』と同趣旨の文章を見出しうる。この記事は、『蓑笠雨談』巻之二にも転載されており、馬琴はそこに「これ京に遊びし一つの得なり」（十五丁表）と書き添えている。

『年浪草』（巻之四上、八丁表）を見ると、この言葉は「りうたうた」と平仮名で表記されており、考拠として提示されるのは『和漢三才図会』のみであった。おそらくは雪碇の「筆乗」にも、『年浪草』と同様の記述が掲げられており、馬琴も当初はこれを踏襲したのであろうが、経亮からの教示を受けて、帰東後に入れ木で訂正を施したのである。

『歳時記』六月の「熱田祭」項においては、さらに大規模な補訂が行われており、特に百十五丁の表は、全面彫り直されたものと思しく、他とは明らかに字様が異なる。同じ丁の裏面（図12）も、前半は表と同じ字様であるが、後半の「江戸山王祭」項は、もとの板木が用いられている。本来はこの改刻部分にも、『年浪草』（巻六、十二丁裏〜）と同趣旨の記述が存したのであろうが、遊歴中の見聞を取り入れるべく、一丁分の板木の過半が怱卒に改刻されたのであろう。

入木部分の末尾は、かなり文字が詰っており、そこには「此香の物の事、予が著したる『蓑笠雨談』に委くしるしたれば、爰に略す。熱田祭の事、前版諸抄誤り多し。能撰《よくえらみ》て季を定むべし」と記されている。「津嶋祭」に関しては、『歳時記』に改刻を施さず、『雨談』の中で遺憾の意を表したばかりであったが、「熱田祭」については、『歳時記』に入れ木訂正を行なった上で、読者に『雨談』との併読を求めたのである。実際、『蓑笠雨談』巻之一「西念寺の古鐘　并に藪に香の物」には、馬琴が尾州阿波手《あはで》の森で実見した、藪中の漬物桶が絵入りで紹介されており、

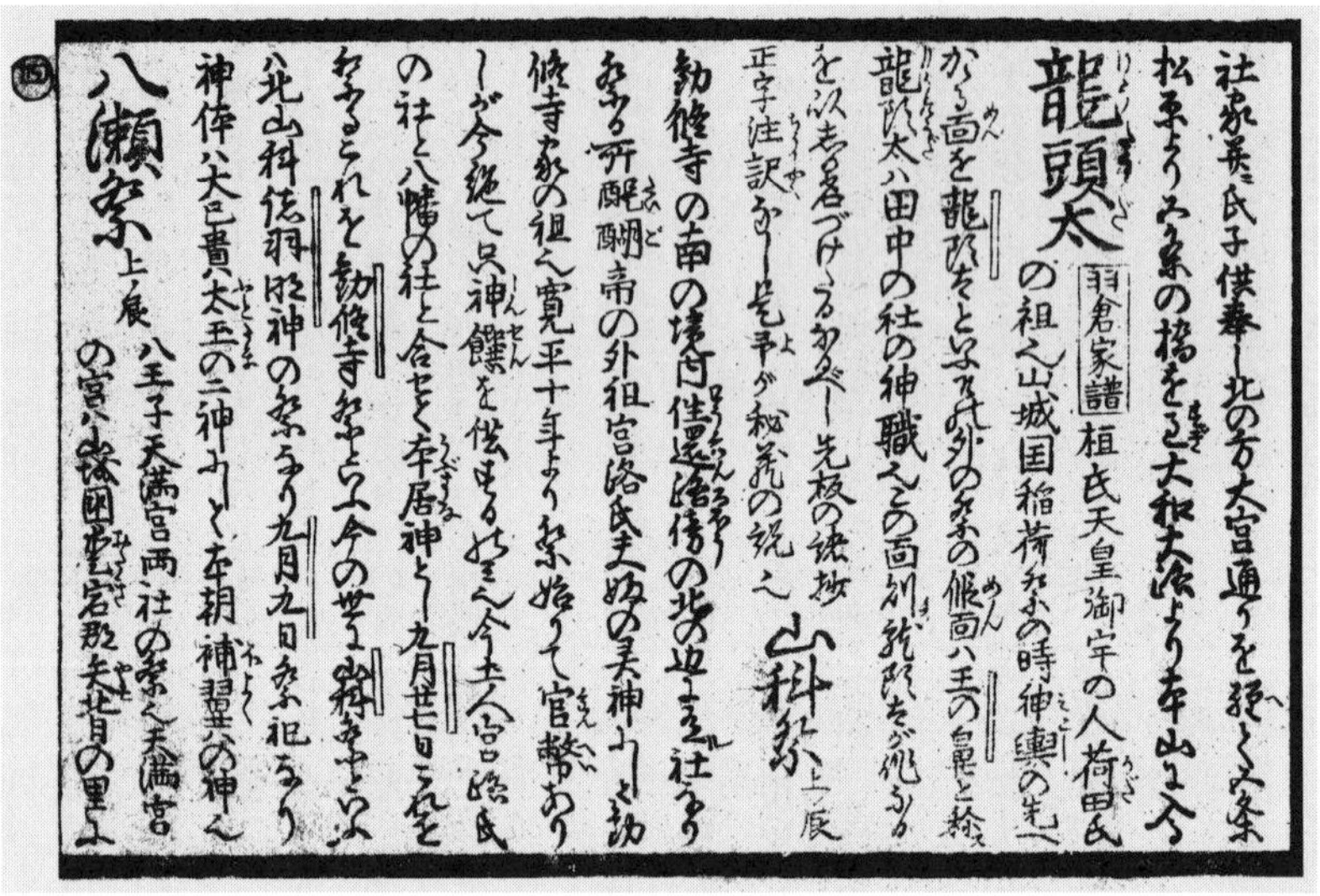


図11　『俳諧歳時記』62丁表

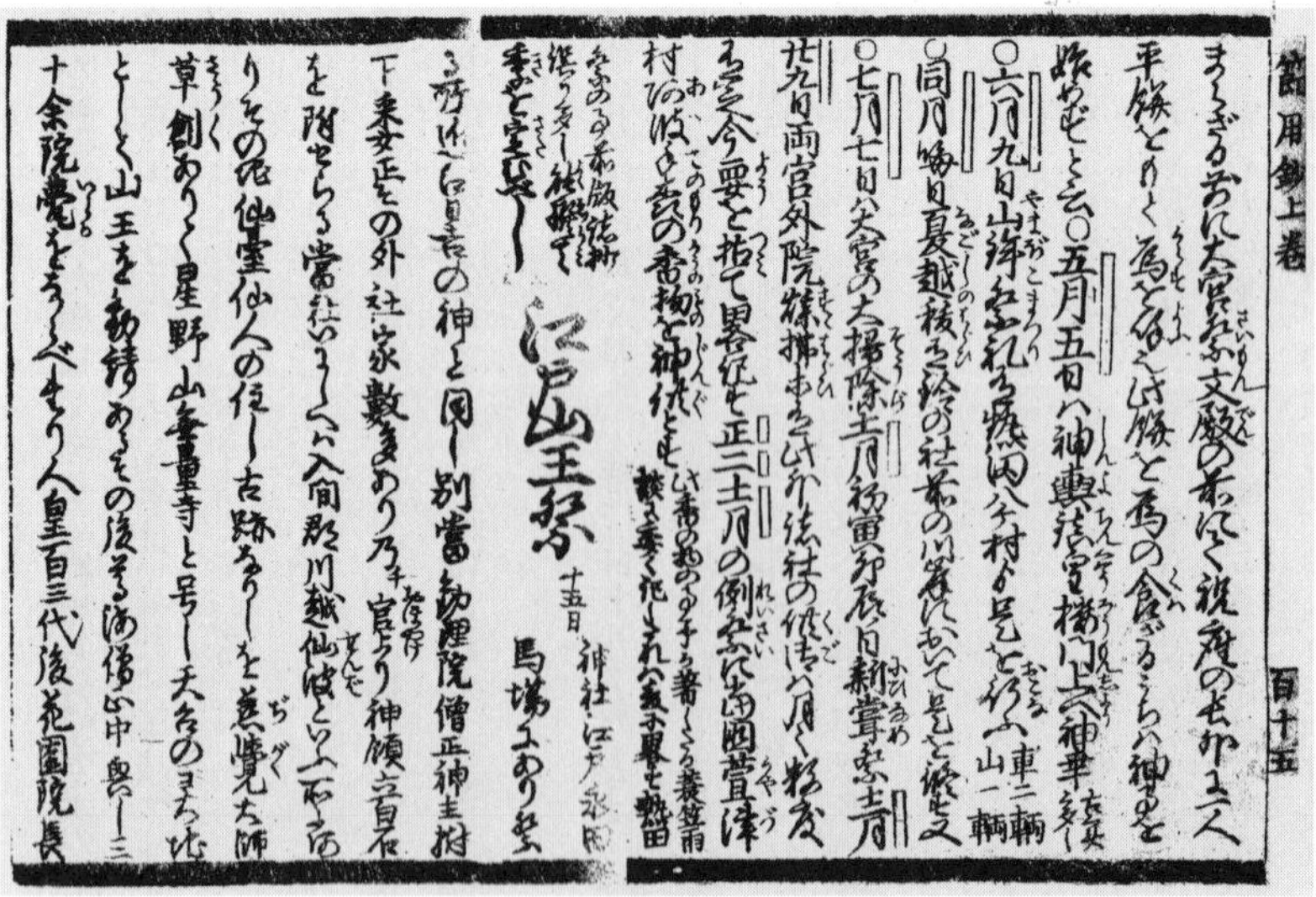


図12　『俳諧歳時記』115丁裏

この漬物が本来は「神《かう》の物」、すなわち熱田社への供物であったとする「一説」が併記されている。また、『歳時記』夏之部巻末（一三三丁裏）の「富士の農男」項も、第四節において言及した、冬之部末尾の「長崎の柱餅」と同様に、入れ木の痕跡が顕然としている。諸氏も指摘するごとく、この「富士の農男」については、『羇旅漫録』巻上や『蓑笠雨談』巻之一巻頭にも記載があり、ここでも上方旅行の見聞が、発兌の間際に『歳時記』へ導入されたのである。

## おわりに

馬琴は『俳諧歳時記』以外にも、数点の俳書を公にする腹案を抱いていた。『歳時記』の巻末には、『栞草』に近似した配列の季寄せ「俳諧いろは韻」の「近刻」が予告されており、考証随筆『燕石雑志』（文化七年、文金堂等刊）の奥目録にも、「俳諧人物志」の題号が「未刻」として掲出されている。特に「人物志」は、馬琴と同じく吾山門下であった竹内玄々一の遺稿『俳家奇人談』（正編は文化十三年刊）との間に、何らかの関連を有するのかも知れない。しかし、右の両書はいずれも刊行に至らず、馬琴の俳諧に関する見識が、まとまった形で公刊される機会は、以後二度と訪れなかった。

『俳諧歳時記』の編纂を終えると、馬琴の心は急速に俳諧から離れてゆき、折に触れて発句を詠出することはあっても、羅文生前のように、友人たちと俳席を囲むような機会はなかった。特に吾山の没後は、長兄ゆえに続けられていた観のある馬琴の俳諧は、羅文の遺志を果たした時点で、大きくその意味合いを変えたのである。

**注**

（1）馬琴はこの句について、文政元年十二月十八日付鈴木牧之宛書翰（①19）の中で、「此時ハ、父在世の日にて、殊ニほめられ候ヲ覚居候」と記している。一方、馬琴が寛政元年に編んだ俳論集『罔両談』（『曲亭遺稿』所収）の中には、同じ句について、「傍なるもの、、いしくも申けるかな、座頭のねむる、俳諧也などひたすらほめられて、おさな心に只うれしとのみ思ひ侍りし」と記されており、両書の間で賞賛した主体が相違している。

（2）馬琴自筆本は、早稲田大学図書館蔵。翻刻は新版続燕石十種第二巻（昭和55年、中央公論社）所収。

（3）拙稿「『羅文居士病中一件留』解題・翻刻」上・下（三田國文24・26。平成8・9年）参照。

（4）『増補俳諧歳時記栞草』下巻（平成12年、岩波文庫）の解説で、堀切実氏は筆者が「雑談抄」と『滑稽雑談』とを同一視することに否定的である。しかし、写本で流布した『滑稽雑談』のことゆえ、内容に小異があり、「雑談抄」を称するような伝本も存したのではあるまいか。この問題を解明するためには、『滑稽雑談』諸本の悉皆調査が不可欠であるが、これは筆者の手に余るので、本章では「雑談抄」を『滑稽雑談』の一異本と見なし、便宜上『滑稽雑談』の活字本（大正6年、国書刊行会）に基づいて論を進めた。

（5）『歳時記』には『年浪草』を経由して、黒川道祐の『日次紀事』が多数引用されているが、この「山王祭」項に「紀事に、七社唐さきより神馬にて陸地還幸といふは誤れり」（七十四丁表。傍線筆者）と明記されたのを唯一の例外として、同書の題号が掲出されることはない。これは、『日次紀事』が絶板処分を受けたことへの配慮であろう。なお、早大図書館曲亭叢書には、『日次紀事』の写本一冊（十・十一月のみ）が収められている。

（6）『俳句講座』第九巻「研究」（昭和34年、明治書院）所収。井本農一氏『季語の研究』（昭和56年、古川書房）第三章「問題季語の考証」にも、同様の指摘がある。

（7）天保八年八月十一日付の殿村篠斎宛書翰（④94）の中で、馬琴は牧之の『北越雪譜』に言及し、「就中下ノ巻に、『としなミ草』の作者を、吾山としるし有之候。是ハ京山が暗記の失と存候。直しおかれ候様奉存候」と記している。実際、『雪譜』巻下の「雪に座頭を降す」には、「そはあるじが持給ふ『年浪草』に、吾山があらましはしるせり」とあり、馬琴はこの誤りを難詰したのである。後年のものではあるが、右書翰の記事から、馬琴が『華実年浪草』の存在を認識していたことが確認できる。

(8) 本章における『河社』ならびに『年山紀聞』からの引用は、新版日本随筆大成第二期13・16巻（いずれも昭和49年、吉川弘文館）による。ちなみに、『蔵書目録』に登載された『河社』と『年山紀聞』は、ともに写本である。

(9) 『曲亭間記』巻三の前表紙封面には、馬琴が仙鶴堂主人の口吻を借りて記した、自作広告文の草稿が貼り付けられている。これは、寛政十二年刊行の黄表紙『銭鑑《ぜにかゞみ》宝写画《たからのうつしゑ》』や『譬諭《たとへの》義理与褌《ふしぎりとふんどし》』（ともに重政画、仙鶴堂刊）の、やはり前表紙封面に掲出されたものと同一である。よって、馬琴が『五雑組』からの抄録を行なったのも、寛政末年ごろと推定しうる。なお、同書巻四（外題は「曲亭閑記」）は、都賀庭鐘『漢国狂詩選』（宝暦十三年刊）の写本である。

(10) 浜田啓介氏「近世小説の水滸伝受容私見―『新編水滸画伝』と馬琴の金聖歎批判―」。『近世小説・営為と様式に関する私見』所収。

(11) 『吾仏の記』巻一（八十八丁表）の記述による。なお、文政十年十月十七日の馬琴日記によれば、お添は文政七年三月一日に没した。

(12) 真山青果『随筆滝沢馬琴』（初刊は昭和10年。平成12年、岩波文庫）、三十六頁。なお、青果の記述にも見えるとおり、馬琴の入り婿となった、妻お百の養家伊勢屋は、一般に「下駄屋」を営んでいたとされている。しかし、家記『吾仏の記』全巻の再発見（昭和44年に影印本刊行）以降、この伝聞は疑問視されており、青果の記述にも再考の余地がある。

(13) 青果は未刊遺稿「滝沢馬琴住居考」（新版真山青果全集第十七巻。昭和50年、講談社）において、件の「移徙」を「多分彼が三十六歳の時、享和二年の上方旅行前後のことと思はれる」とする。これは恐らく、文政元年十一月八日付の鈴木牧之宛書翰（①17）に見える、「只今住居致候本宅、十六ケ年已前に立替候処」という記述から逆算したものであろう。ただし、享和二年に居宅を改築した徴証は他に得られず、右に引用した馬琴の記述も、厳密に「十六年前」を意味するものとは思われない。

（14）服部仁氏『俳諧歳時記』と『増補俳諧歳時記栞草』」。『曲亭馬琴の文学域』（平成9年、若草書房）、三四八～九頁。

（15）引用は、露伴全集第二十九巻（昭和29年、岩波書店）三二一頁に拠るが、「去年以来」以下の引用文には、若干の修正を加えた。なお、国領不二男氏「馬琴の黄表紙目録」（学習院大学国語国文学会誌9。昭和41年）や、服部氏の注14前掲論考も、『歳時記』成立の資料として、『種蒔三世相』の言葉書きに注目する。

（16）享和元年、あるいは翌二年の三月五日付鈴木牧之宛馬琴書翰（①1）。拙稿「『馬琴書翰集成』補訂（一）」（古典資料研究9。平成16年）においては、同書翰を享和二年のものと断定したが、「節用抄」の上木時期など、なお不確定な要素が多く、年次の確定にはさらなる検討を要する。

（17）『歳時記』に跋文を寄せた「をはりのあま彦」の素性は、服部仁氏「『俳諧歳時記』の出板」（東海近世13。平成14年）において明らかにされた。

（18）岸雅裕氏「尾藩書肆永楽屋東四郎の東都進出について」。『尾張の書林と出版』（平成11年、青裳堂書店）所収。

（19）久富哲雄氏「馬琴著『俳諧歳時記』の諸本」（俳文芸18。昭和56年12月）、ならびに服部氏注17前掲論考参照。

（20）『出勤帳』二十番。『大坂本屋仲間記録』第二巻（昭和51年、清文堂出版）、二四一頁。なお詳細は不明ながら、同書の天保三年十一月・同七年八月条にも、『歳時記』に対して「差構」が言い立てられた旨の記録が見える。

（21）文政五年秋における永楽屋東四郎の蔵板状況を伝える『東壁堂蔵版目録』が、国会図書館に現存し、岸雅裕氏の注18前掲書に翻刻紹介されている。なお同目録には、『俳諧歳時記』の値段が「七匁五分」と記録される。

# 第二章　曲亭蔵書の形成過程
――「東岡舎蔵書目録」と「曲亭購得書目」――

## I　羅文遺愛の俳書と「東岡舎蔵書目録」

### 一　「東岡舎蔵書目録」

前章にも引用した、『羅文居士病中一件留』のうち、羅文没してより十四日後、八月二十五日の条下に、以下のような記事が見える。

○「廿五日　辰日　曇、昼より雨

今日二七日ニ付、墓参いたし候。お添殿・おつた（筆者注、羅文の妻子）も参詣いたし候。（中略）

一、台右衛門様（羅文）御認被成候御反古、昨今取集メ置申候。骨柳ニ二ツ程有之候。俗用之書付、并俳諧之御書置等、夥しく有之、追而清右衛門（馬琴）見分候積ニ而、一ツにからげ置申候。一体仮初の書留・文通迄、叮嚀に御仕廻置被成候御気性故、用不用とも、書付多分有之候。

一、御蔵書改見候処、五冊程目録とハ不足いたしおり候。是ハ人に御かし置被成候儀と奉存候へ共、先方相分り不申候。（以下略。六十四丁）

馬琴は亡兄の遺品整理を一身に請け負っており、この日は羅文の旧蔵書を、「目録」と対照して、各々の有無を

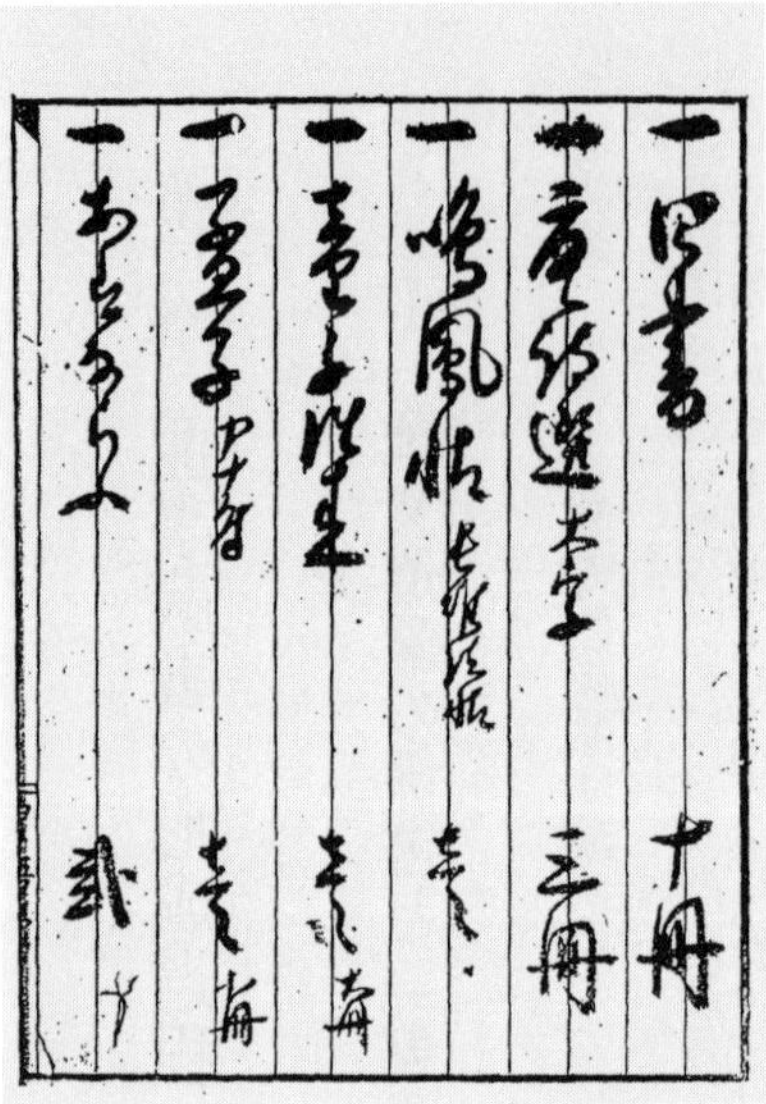

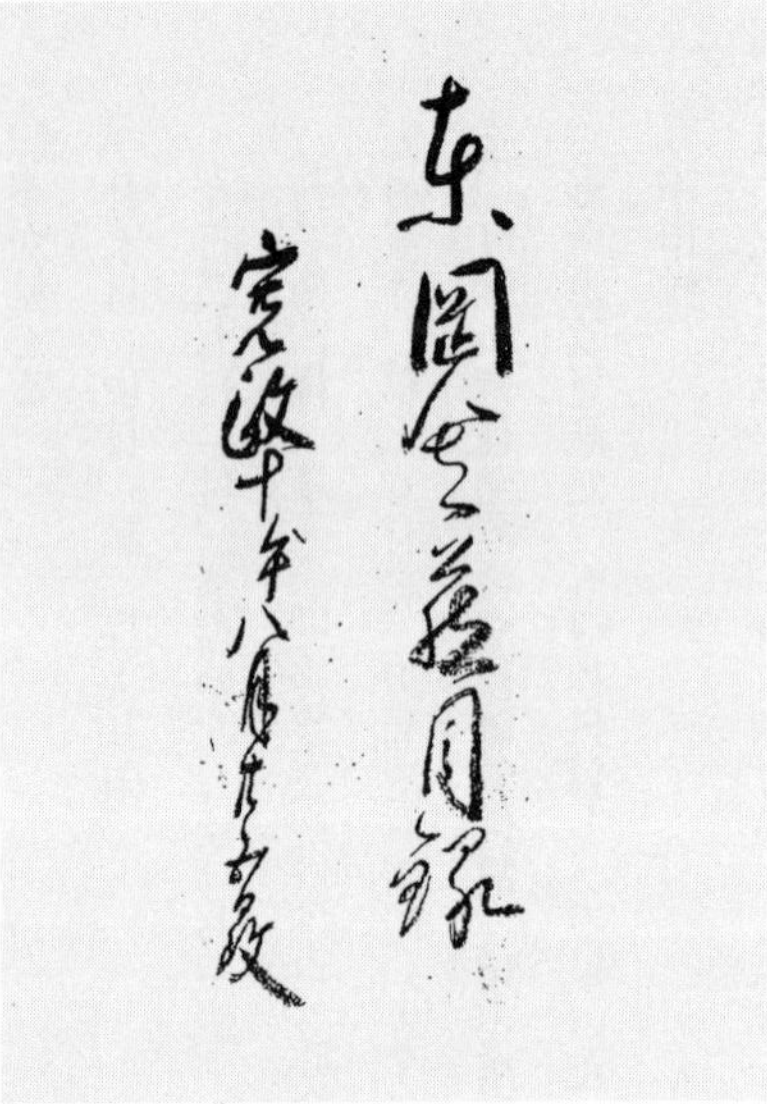
東岡舎蔵書目録
寛政十年八月廿五日改

図1　「東岡舎蔵書目録」表紙・1丁表

確認したのである。早稲田大学図書館曲亭叢書中に現存する「東岡舎蔵書目録」（表紙には「書」を脱する。図1参照）は遺書整理の際、馬琴が改めて編成したものであり、表紙には「寛政十年八月二十五日改」と記されている。該書は全十九丁、寛政九年七月の「風月庵主に答ふる文」（吉岡雪碇の疑問に対する返答。⑥附1）や、享和元年九月の「百川合会叙」[1]（日本橋百川楼における書画会の報条）と合綴されて現在に至る。本文の料紙は、馬琴が当時常用していた、「碧梧亭」と柱刻のある半葉十二行の有罫紙で、一点を二行に跨がって記しており、毎半葉に六点ずつが登載されている。登録された書名は、実態が不明なものを含めて百六十余、他に「うたひ本　五」「小本いろ〳〵　四」等の漠然とした記述が、後半部に幾つか見える。

　この目録の十七丁裏から十八丁表にかけて、馬琴は次のような識語を記している。

　右之御本どもは、御生涯御秘蔵之品ニ候間、誠ニ御記念と存候。わが子孫、後々ニ至候とも、必々麁末ニ不致、むざとかし遣しなど仕ましぐ（ママ）候。

　寛政十戊午年八月廿五日　　　　滝沢清右衛門

同目録の中には、漢籍や雑書も散見されるが、やはり羅文の嗜好を反映して、俳諧関連の書籍が過半を占めており、そのうち次掲の七点には、右肩に○印が付されている。

○一、俳諧論　兄鶏忠様 御筆　壱　（2丁表・早大図書館曲亭叢書。天明三年羅文識語）
○一、もうりやう談　御自序　壱　（4丁表・原本存否不明。『曲亭遺稿』所収）
○一、両吟十歌仙　羅文 馬琴　壱　（同　右・早大図書館蔵。天明八年。風月庵雪碇評）
○一、古文庫　御集　壱　（同　右・早大図書館蔵。天明七年馬琴編）
○一、（松かざり 古かゞみ）　御自筆　壱　（8丁裏・早大図書館蔵。李井の歳旦集）
○一、うやむやの関　御自筆 ひやうしなし　壱　（13丁表・早大図書館曲亭叢書。寛政十年馬琴識語）
○一、麦林集　鶏忠様 御筆　同　壱　（同　右・早大図書館蔵。寛政十年馬琴識語）

この印は、『うやむやの関』（内題「翁相伝有也無也之関」）や『麦林集』のように、羅文もしくは次兄の鶏忠（初右衛門興春。天明六年没）が筆写したもの、あるいは『罔両談』や『俳諧古文庫』のごとく、羅文や馬琴が編んだ私的な俳書に施されており、一族の記念品として重んずべきことを示している。もっとも、羅文の編んだ『師竹庵聞書』（二丁表。早大曲亭叢書に現存）のように、○印が付されていないものもあり、この区分は必ずしも徹底されていない。

羅文の死去によって、俳書を主体とする同人遺愛の書は、ほぼそのまま馬琴の所蔵に帰した。「東岡舎蔵書目録」と馬琴の『曲亭蔵書目録』[2]とを比較する時、彼の蔵した俳書の大半が、長兄の旧蔵書であったことを確認できる。

先に引用した『病中一件留』のうち、「五冊程目録とは不足いたしおり候」という一節に対応するのが、「東岡舎蔵書目録」の末尾近くに見える以下の記述である。

外ニ
一、はいかい埋木　長田おばごへかして有　壱
一、三日月日記　是ハなし　壱
○一、去来湖東問答　是ハ有り　壱
○一、桐の一葉　是も有　壱
一、ふるなすび　是ハなし　壱
〆　五部

是は御在世之節、何へか御かし置被成候と相見へ申候。追而先々糺し、取戻可申候。（十五丁表～十六丁表）

書名の下に施された、各々の状況を説明する割注は、後日の追記と思われる。右五点の俳書のうち、季吟の作法書『俳諧埋木』は、後日「長田おばご」（母の姉もせのことであろう）から返却されたものと思しく、『曲亭蔵書目録』の「は部」欄上（四丁表）にも追補されている。「是はあり」と記された二点も同目録の中に見えており、上部の合点と「○」印（先の七点とは位置が異なる）は、後に見出しえたことを意味するのであろう。一方、「是はなし」とされた二点のうち、蓼太編の吏登追善集『ふるなすび』はついに見出しえなかったものか、以後の目録にも登載されていない。支考編『三日月日記』の消息については、第三節に改めて述べることとする。

## 二　『曲亭蔵書目録』

馬琴の蔵書目録改編に関する資料としては、天保二年五月十七日の馬琴日記中、「蔵書もくろく、文化五年より、其後文政元年の春書直し、此度とも三度に及ぶ」という記事が知られている。

現存する『曲亭蔵書目録』は、馬琴の蔵書目録としてはごく早次のものであり、文化五年筆写の『遷羅紀事』（早大図書館曲亭叢書の『遷羅紀事』は、文政年間の再写本）が、同目録の「し部」欄上に補われている一方、この年に編まれた『返魂余紙別集』二巻（天理図書館蔵）や、翌年正月に馬琴の筆写した『藻屑物語』（早大曲亭叢書）などは登載されていない。よって同目録の記載は、文化五年頃における馬琴の蔵書状況をとどめていると考えられる。ただし、蔵書目録は記主の蔵書が増加し続けている限り、常に補訂が行われる性質のものであり、文化五年当時の蔵書状況を伝える『曲亭蔵書目録』を、この年に編まれたものと考えることはできない。

『近世書目集』（注2参照）の解説において、鈴木重三氏が説かれたように、夥しい加筆・修整の形跡からも、この目録は「一時に成ったものではな」く、馬琴による蔵書目録の作成は、文化五年以前から行われていたと考えられる。もっとも、この目録の料紙として、文化三年以降絶縁状態となった、衆星閣角丸屋甚助の罫紙が用いられていることから、その起筆は同書肆との関係を生じた時点、おそらくは享和年間を遡りえないはずである。

鈴木氏も指摘するごとく、現存目録の第一丁表から十丁表にかけて、後続目録の「仕上り分のめどのしるし」と思われる「塗抹の黒線」が走っている。これをさきに掲げた馬琴日記の記載と併せ考えるならば、現存する『曲亭蔵書目録』は、文化五年に後継の目録が完成した時点で、破棄されるべきものだったのであろう。

この『曲亭蔵書目録』は、蔵書をいろは分けに配列する他、別に家書・書軸の部を設け、さらに巻末には馬琴の所持した「群書類従」五十余部の細目を掲出する。同目録において、馬琴所持の俳書は、「家書部」に登録されたものを除いて、いろは分けの各部に配置される一方、「は部」の欄上（実際にははみ出して、「い部」の欄上から始ま

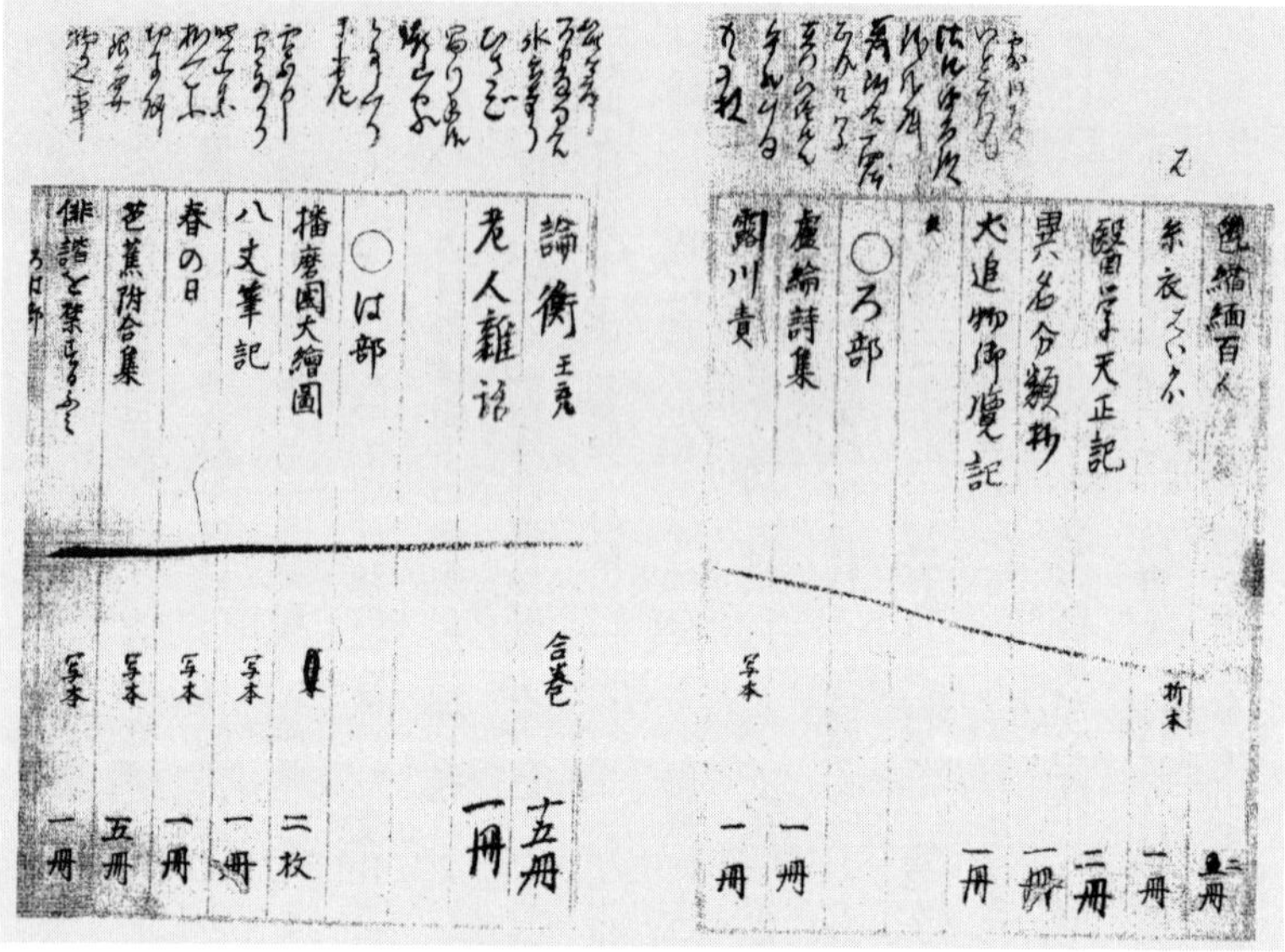


図２　『曲亭蔵書目録』１丁裏・２丁表

る）にも重複して列記されている（図2）。ただし、「は部」本文に含まれるものは重出されない。

先にも記したように、「東岡舎蔵書目録」に見える俳書は、その大半が『曲亭蔵書目録』の中にも含まれているが、両書を照合してみると、羅文の蔵した俳書の多くが、写本であったことを確認できる。

以下に、「東岡舎蔵書目録」と『曲亭蔵書目録』に収録された俳書のうち、異同のあるものを列記してみる。

（ア）「東岡舎蔵書目録」のみに見えるもの

師伝習大事（2丁表）　切字口訣[3]（3丁表）
熱田三歌仙（6丁裏）　俳夜燈（8丁裏）
★三物句解（11丁裏）　★芭蕉庵再興集（11丁裏）
僧都問答（11丁裏）　★柳日記（12丁表）
朧日記（12丁表）　★蕉翁俤塚（12丁表）
★唐詩三物（12丁裏）　百回つるの跡（14丁裏）
三日月日記（15丁表）　★ふるなすび（15丁裏）

末尾の『ふるなすび』については、前記のとおり、遺書整理の時点で既に紛失されていたものである。その他の俳書も、羅文の形見分けなどの理由から、おそらくは現存『曲亭蔵書目録』の編集がはじめられた時点までに、馬琴の手元を離れたのであろう。★印を付した六点は、いずれも蓼太の関与した俳書である。また、『朧日記』（宝暦四年刊）の編者は蓼太と同門の二世斑象、『僧都問答』（宝暦十年刊）を編んだのも蓼太の門人風斎であった。あるいは、これら蓼太関連の俳書七点は、「三世雪中庵後学」を称する吉岡雪碇あたりに、一括して譲渡されたのかも知れない。(4)

右冒頭の「師伝習大事」は、俳書である確証はないものの、書名の類似から、あるいは次項に掲げる「俳諧伝受」、もしくは「著作堂俳書目録」（後述）に見える「芭蕉伝授」と同一書であろうか。『百回つるの跡』（素外編。寛政四年自序）は西鶴の追善集で、早大図書館所蔵の一本には、「滝沢文庫」の長方朱印が捺されている。同書は近代に至るまで滝沢家に保管されていたものであるが、何故『曲亭蔵書目録』には登録されていないのか、その事情は不明とせざるを得ない。(5)

また、「梨つ〇〇」としか読みえない八丁裏の四点目について、『曲亭蔵書目録』を参照すると、「り部」（七丁裏所載の「梨園発句集」（詳細不明）との関連が想定できそうである。題簽剥落等のため、右のごとき不確かな記述になったのではあるまいか。

（イ）『曲亭蔵書目録』のみに見えるもの

| | | | |
|---|---|---|---|
| 糸衣 | （1丁裏） | 異名分類抄 | （1丁裏） |
| 俳諧を禁ずるふみ | （2丁表・写本） | 俳風柳樽 | （3丁裏） |
| 俳諧綾錦 | （3丁裏） | 俳諧歳時記 | （3丁裏） |
| 俳諧家譜 | （3丁裏） | 俳諧伝受 | （4丁表・写本） |

俳諧職人合　（4丁表）　　類柑子　（8丁表）
家雅見草　（9丁裏）　　○淀川　（10丁表）
嵐雪句集　（14丁表欄上）　　○無言抄　（14丁裏）
○山の井　（16丁表）　　山かつら　（14丁表・写本）
筆真実　（17丁裏）　　○紅梅千句　（18丁裏）
○こふり山　（18丁裏）　　香非時　（18丁裏）
あぶらかす　（19丁裏）　　銀要　（22丁表）
○氷室もり　（25丁裏）　　百万評歌仙　（26丁表・注記あり）
○守武千句　（26丁裏）　　蕉門頭陀袋　（27丁表・写本）
沾徳評百韻　（27丁表）

馬琴による『俳諧歳時記』（前章参照）の刊行や、「蕉門頭陀袋」（綾足の『蕉門頭陀物語』。早大曲亭叢書）の筆写は、いずれも羅文没後の享和三年に行われたものであり、両書が東岡舎の蔵書に含まれないのは無理からぬことである。また、鳴島鳳卿（錦江）の『子姪に俳諧を禁ずるの文』（早大曲亭叢書）は、寛政八年に馬琴の筆写したものであるが、長兄の手には渡らなかったのであろう。

「沾徳評百韻」と「百万評歌仙」とは、「東岡舎蔵書目録」において、「古くわいし　十九冊」「新くわいし　九冊」などと、一括して登録されたものの中に含まれていたはずである。馬琴兄弟の父親である滝沢興義（俳号可蝶）が参加した「百万評歌仙」は、『曲亭蔵書目録』の「ひ部」と「家書部」とに重複して登載されており、早大図書館曲亭叢書のうち、折本装丁の無題発句帳の中に伝存する。

右の五点以外は馬琴の新収と考えられるが、そのうち「写本」と明記されているものは「俳諧伝受」（既述）と「山かつら」（詳細不明）のみであり、羅文の場合とは対照的に、馬琴が独自に収集した俳書は刊刻されたものが主であった。なお、其角の『類柑子』（享保四年刊）と入江昌喜の『異名分類抄』（寛政五年刊）とは、本章Ⅱに紹介する「曲亭購得書目」の記述から、羅文没後に馬琴の「購得」したものであることが判明する。また、右肩に○を付した七点は、次節において詳述する「著作堂俳書目録」の中で、「就中珍書」と注記されたものである。

『曲亭蔵書目録』の「は部」欄上、俳書重出部分の末尾（三丁裏）には、「下学集」が掲出されているが、ここに同書が置かれた理由は明らかでない。「下学集」と題する俳書の存在も、軽々には否定できないが、同目録の「か部」に登録された「下学集　上下一冊」は、部門分け辞書『下学集』（二巻）のことであろうし、また「東岡舎蔵書目録」や「著作堂俳書目録」には、「下学集」なる書物を確認することができない。よって目下のところ、「は部」欄上における「下学集」の掲出は、馬琴の粗忽と判断しておくべきであろう。

## 三　「著作堂俳書目録」

すでに幾度か言及した「著作堂俳書目録」（図3）は、早大図書館曲亭叢書に含まれる草稿集『惜字雑箋』のうち、第五冊「秋の部」に収まり、同冊の表紙に貼付された目録には「東岡舎著作堂所蔵俳書目録」とある。また、巻頭の貼紙には「著作堂俳書目録」と墨書されているが、本文とは字様が異なり、特に「著作堂」の部分は、再訂正の痕跡が歴然としている。この目録に登載された、およそ百二十点の俳書のうち、以下の十五点には「就中珍書」として、書名上部に○印が施されている。また、☆印を付したものは羅文の旧蔵書で、可休の点取集『物見車』（元禄三年序）以外は、いずれも写本である。

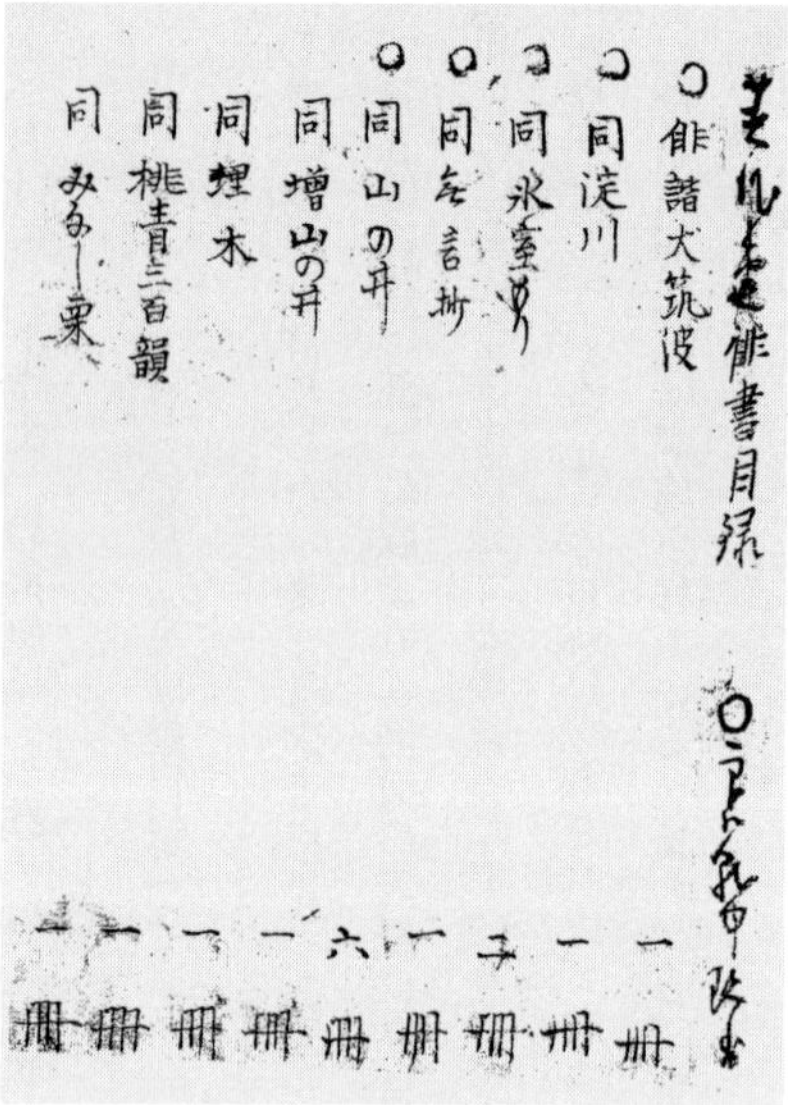
俳書目録
○俳諧犬筑波
○同淀川
○同氷室もり
○同無言抄
○同山の井
○同増山の井
同埋木
同桃青三百韻
同みなし栗

図３　「著作堂俳書目録」１丁表

俳諧犬筑波
同淀川
同氷室もり
同無言抄
同山の井　（以上、１丁表）
同紅梅千句（１丁裏）
☆同露川責
☆同銭龍賦
（以上、３丁表）
同守武千句（３丁裏）
☆同物見車
☆同犢牛
同こふり山
（以上、４丁表）
☆同通夜物語（４丁裏）
☆同徘脈通（６丁表）
☆俳諧論（６丁裏）

成立年代の記載がないこの目録は、本来馬琴の所持した俳書の目録として、単独に編まれたものではないようである。内題が書された初丁第一行の貼紙の下には、本文と同じ筆跡で「返魂余紙　四冊」[6]と記されているが、『返魂余紙』は馬琴手製の貼交帳であり、俳諧とは関係が薄い。よってこの「俳書目録」は、本来馬琴の蔵書目録のうち、「は部」の一部（おそらくは末尾部分）を切り出したものと推定しうる。元来は「俳諧」を冠さない俳書にも、「俳諧（同）」の二字が補われているのは、母体となった蔵書目録において、俳諧関連の書籍を「は部」に一括するための作為であろう。

前節でも言及した『俳諧歳時記』や『蕉門頭陀物語』が、本文に組み込まれていることからすれば、現存「著作堂俳書目録」を「は部」の一部分とする、解体された蔵書目録の成立は享和三年を遡り得ない。さらに、「長田おばご」から返却された『俳諧埋木』や、馬琴の新集書である『嵐雪句集』のごとく、『曲亭蔵書目録』においては欄上に補われている俳書も、「俳書目録」では本文中に配置されており、この目録の成立は、『曲亭蔵書目録』よりも後と考えるべきである。

『曲亭蔵書目録』や「著作堂俳書目録」を翻刻紹介した服部仁氏は、『曲亭蔵書目録』の「は部」欄上に、俳書が改めて列記されていることについて、「俳書を調べる際の重宝さを配慮しての記載」とされた(7)。あるいはそのような意図も存したかも知れないが、むしろ後続の蔵書目録において、俳書を一括して「は部」に登録するための下準備とは解せないであろうか。

「俳書目録」の冒頭部には、俳書を時代順に配列しようとした意図が看取できるが、この作為は一貫されておらず、同目録の配列は、むしろ『蔵書目録』の「は部」欄上における俳書の順序と、部分的に一致する箇所が多い。おそらく馬琴は、俳書を「は部」にまとめておくことにより、蔵書目録の機能性を高めようとしたのであろう。

『蔵書目録』に登載された俳書のうち、「俳書目録」に見出し得ないものは、『あぶらかす』(『新増犬筑波集』の上巻)と其角の『三上吟』(元禄十三年刊)、そして「色紙短冊聞書」(写本、詳細不明。「東岡舎蔵書目録」にも登録)と『異名分類抄』の四点である。このうち、文化初年に「購得」された『異名分類抄』は、『曲亭蔵書目録』の「い部」に掲げられたばかりで、同目録の「は部」欄上や「俳書目録」には未登載である。おそらく馬琴は、この書籍を俳書としてではなく、一種の辞書と認識していたのであろう。

一方、「俳書目録」のみに見える書籍は、注2所掲の論考で服部氏も指摘されたように、『犬筑波集』(一丁表)と『三日月日記』(六丁表)、『五元集』(七丁表)の三点である。支考編『三日月日記』(享保十五年自序)は、「東岡舎蔵書目録」には見えていたが、『曲亭蔵書目録』には未登録、「俳書目録」で再度出現している。馬琴が同書を新

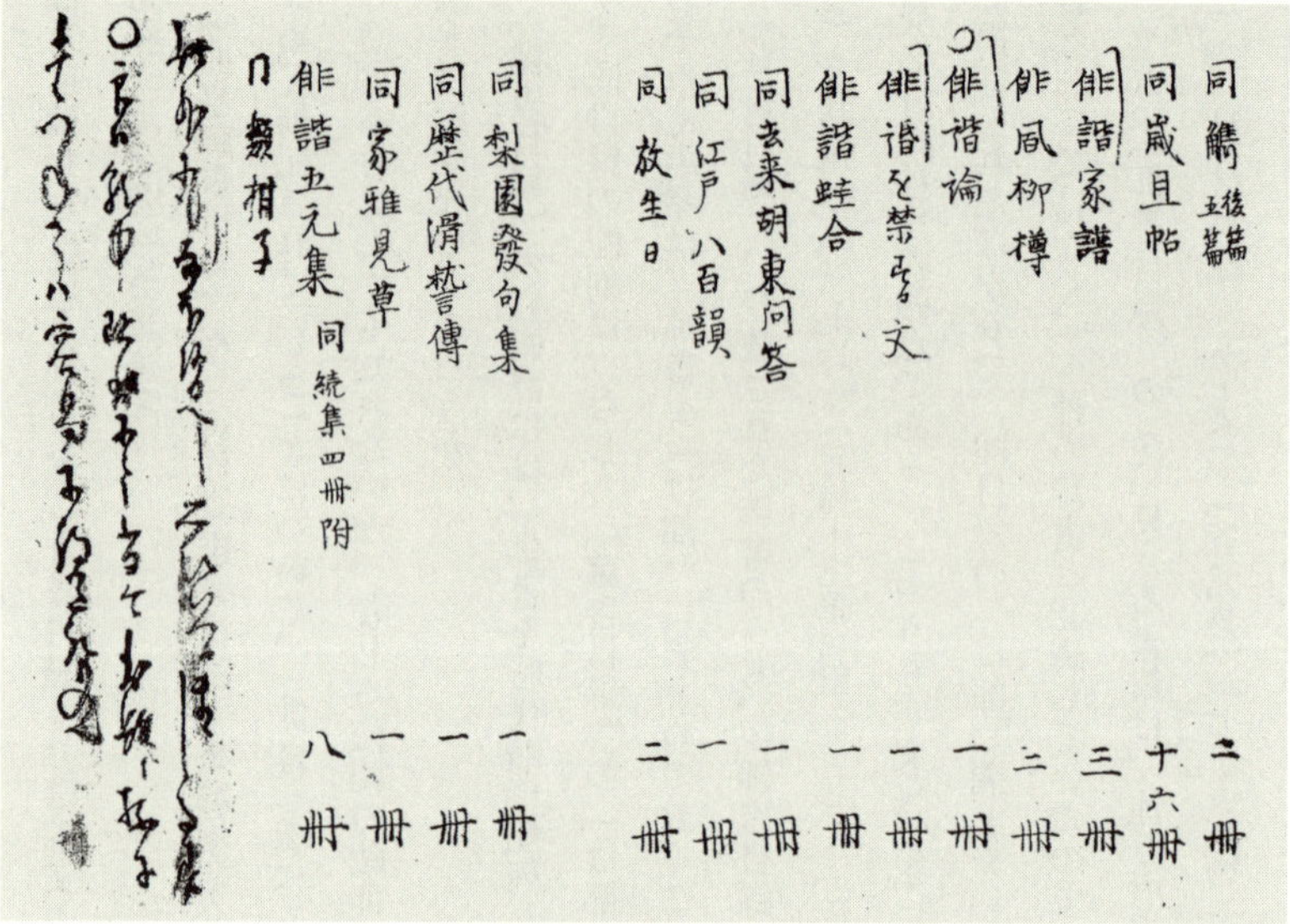
同鶉　五後編　二冊
同歳旦帖　十六冊
俳諧家譜　三冊
俳風柳樽　二冊
○俳諧論　一冊
俳諧を禁する文　一冊
俳諧蛙合　一冊
同去来胡東問答　一冊
同江戸八百韻　一冊
同放生日　二冊
同梨園發句集　一冊
同歴代滑稽傳　一冊
同家雅見草　一冊
俳諧五元集　同続集四冊附　八冊
同類柑子

図４　「著作堂俳書目録」６丁裏・７丁表

たに購入したとも思われず、あるいは後に再発見されたのであろうか。なお、「俳書目録」（六丁表）に見える「同（俳諧）百万評百韻　一冊」は、家書や準家書を示す傍線が施されている点から、前節においても言及した「百万評歌仙」（いずれも傍点筆者）の誤りと思しい。

『犬筑波集』と『五元集』は、随筆『燕石雑志』（文化七年、文金堂等刊）巻末の「引用書籍目録」にもその名が見えており、おそらく馬琴は文化六、七年ごろに両書を入手したのであろう。其角の句集に関して、馬琴は『燕石雑志』巻二「㊆夕立」の末尾で、「予『五元集』『類柑子』等に見えたる発句の、殊に解しがたきものを抜萃して、これを註せむと思ふ事久し」（十一丁表）とまで記しているが、その稿は起こされずに終わった。

「著作堂俳書目録」において、「俳諧五元集　同続集四冊附　八冊」は、重出する「同類柑子」と並べて最末尾に置かれている。同目録中、各書目に付された「俳諧」の文字は、直前の「家雅見草」までは、一部の例外を除き「同」字を以て処理されているが、「五元集」においては改めて「俳諧」と書されている（図4）。この点は、字様の微妙な相違と相俟って、登録時期に隔たりがあることを感じさせる。もっとも、入手から一定の時日を経過した後に、『五元集』が目録の「こ部」などから移動させられた可能性も想定できるので、右の一件のみを以て、「俳書目録」の母体となった馬琴の蔵書目録を、いずれかに確定するのは困難である。

ともあれ、「俳書目録」の末尾に、馬琴晩年のものと思われる筆跡で記された、「此外にもなほあるべし。思ひいづるまゝしるす」という文言は、事実に即したものとは思われない。この一節を含む馬琴の識語は、同目録の題号と同じく、何らかの記述に貼り紙をした上で記されている（図4参照）。本来ならば「わが子孫、後々ニ至候とも、必々麁末ニ不致、むざとかし遣しなど仕まじく候」（「東岡舎蔵書目録」末尾）とでもあるべきところ、「〇印ハ就中珍書にて、当今書肆抔にたづねてハ、容易に得がたきもの也」と書されているのである。

服部氏も注2所掲の論考において指摘するように、この「俳書目録」の中には、「羅文に関する事柄が一言も書かれて」いない。長兄に対する追慕の念を、折に触れて吐露している馬琴であってみれば、羅文遺愛の書を多く含んだ「俳書目録」の識語は、あまりによそよそしく感じられる。

## 四　馬琴所持俳書の行方

天保二年七月六日の馬琴日記には、以下のような一段が存する。

一、夕方、清右衛門方より、かるこを以、百巻入本箱弐ツ・カナアリヤカゴ五つ・彼方に差置候よミ本類、差越之。過日、清右衛門へ申付置候によつて也。此方より大本箱壱つ、遣之。今度改、尚飯田町宅ニ差置候書籍、俳書一式・合巻一箱・草ぞうし拾こり入壱、外ニ惜字紙入柳ごり壱等也。（傍線筆者）

羅文逝去ののち、馬琴の所蔵に帰した俳書類は、天保期の彼にとっては日用の書籍ではなく、一括して飯田町の旧宅に留め置かれていた模様である。

右の記述から五年後の天保七年九月、馬琴は嫡孫太郎に御家人株を買い与える資金調達のため、自家の俳書を一括して手放すことになった。この折に馬琴の手もとを離れた書籍は俳書に限らず、「蔵書六十櫃の其三が二」（『吾仏の記』巻三、五十四丁表）にあたる「凡三十八、九箱」、「和漢の書籍大小七百余部」（天保七年十月二十六日付殿村篠斎宛書翰。④65）に及んだ。

『吾仏の記』家説第三の百三十七「蔵書沽却の損益」に拠ると、文渓堂丁子屋平兵衛を介して競りにかけられた蔵書のうち、「故兄の遺書なる俳諧の古書珍書百七部」は、「市の算帳の漏たれば、紛失したるなるべし」（五十四丁表）とあり、資金の足しにもならぬまま、「売書の夜市」の雑踏の中に散佚してしまったものらしい。

先にも記したごとく、「著作堂俳書目録」の中には、各書の売価に影響する「稀少さ」が注記されている。「〇印ハ就中珍書にて」云云という書きぶりには、稀書をことさら高値に売却せんとする馬琴の意図が見て取れないであろうか。『吾仏の記』にも、「奇書珍書の世に稀なるは、価云云ならでは売るべからずと、かねて文渓堂にこゝろ得させて、其書名を書つけて渡置しに」（巻三、五十四丁裏。傍線筆者）と記されており、蔵書の競売に先だち、高値が予想されるものについて、馬琴は丁子屋に注意を与えたという。してみれば、「俳書目録」中の「〇印」は、この折に施されたもののように思えてくる。

同目録の内題「著作堂俳書目録」のうち、「俳書目録」の部分は本文の字体に近いが、「著作堂」はかなり筆跡が乱れている（図3参照）。これも本来は「東岡舎著作堂所蔵俳書目録」などとあったところを、書肆等に提示する必要から、倉卒に題号を改めた痕跡なのかも知れない。

もっとも、「俳書目録」に列挙された俳書は、『類柑子』の重複を除いて百二十四部であり、一括して売却された百七部よりも若干多い。ただし、先にも触れた雲裡の『俳諧論』等、二人の亡兄や馬琴自身の筆写になり、家書に準ずる扱いを受けたもの、すなわち「俳書目録」に合点が施された十二点の書籍などは、あらかじめ取り除けられていたことであろう。早稲田大学図書館の所蔵に帰する以前、その大半が饗庭篁村を経由した曲亭叢書の中に、『俳諧論』や『露川責』、『子姪に俳諧を禁ずるの文』等が含まれている。この点からも、滝沢家の蔵書には近代に至るまで、若干の俳書が含まれていたことを確認できる（注5参照）。

一括売却分に含まれなかったもののうち、羅文旧蔵の「沾徳評懐紙」と「一蜂評百韻懐紙」(8)とは、合わせて金一分で小津桂窓に売却された。この二懐紙は、羅文の殊に秘蔵したものといい、丁子屋へ委ねられなかったのも、その故であろうか。書籍売却の直後、天保七年十月七日の日付を持つ桂窓宛書翰（④60）の中で、馬琴は件の「一蜂評懐紙」を紹介して、「又、シテの内、琴風・岩翁抔は『五元集』『類柑子』『雑談集』抔にも見え候」と記しており、あるいはこれら其角関連の俳書なども、馬琴の手元に残されていたのかも知れない。

以上、馬琴の所持した俳書について、三つの目録を用いて通時的に考察を加えてきた。羅文の没後、次第に俳諧から遠ざかった馬琴にとって、百点を越える俳書群は、決して机辺に常備すべき書物ではなかった。しかし一方で、その多くが亡兄羅文の旧蔵書であったため、愛着もことさらに深かったはずである。七十を迎えて、孫の将来の為に、亡兄遺愛の俳書を手放さねばならなかった馬琴の苦衷は、いかばかりであっただろうか。

## 注

（1）「百川合会叙」は、享和三年成立の馬琴自編狂文集『醴新書』（原本所在不明。明治30年、薫志堂翻刻本により伝わる）にも収められている。

（2）日本古典文学影印叢刊32『近世書目集』（平成元年、日本古典文学会）に、鈴木重三氏の解説を付して影印。また、服部仁氏「馬琴所蔵本目録」一（同朋大学論叢40。昭和54年6月）では、「著作堂俳書目録」とともに翻刻紹介される。

（3）寛永八、九年頃の馬琴宛羅文書翰（⑥来104）の中で、この書に関して「五ケ八体記」との注記が施されているが、いずれにせよ詳細は不明。同書翰によれば、この時「切字口訣」の他、「つるいちご」「花たんす」「（蕉門附合）十四体」「十体附応」「切字解」「破魔弓」「（俳諧）二十五条」「艶竹」と、合計九冊の俳書が羅文から馬琴に貸し出されている。

（4）早大図書館所蔵『両吟十歌仙』の巻末で、雪碇自らこのように記す。同書は天明八年、羅文・馬琴兄弟の十歌仙に、雪碇が評を加えたもの。同年刊行の吾山追悼集『ゆきを花』に、吉岡定八郎は「文篁」の号で句を寄せており、彼は吾山の没後雪門に加わり、俳号を「風月庵雪碇」に改めたものと想像される。

（5）『曲亭蔵書目録』や「著作堂俳書目録」には登録されていない、馬琴旧蔵の俳書として、『誹諧百回鶴の跡』以外にも、吾山の追善集『ゆきを花』（貫四編。天明八年奥書）と、鈴木牧之が編集を補助した『十評発句集』（享和元年刊）の二点が、いずれも早大図書館に現存する。これらの三書には、いずれも「滝沢蔵書」の長方印が捺されており、三村竹清が『本之話』（昭和5年、岡書院）「曲亭遺書」で紹介した、饗庭篁村の「曲亭所有草稿類」の目録にも件の三書が含まれている。同目録に関しては、柴田光彦氏「饗庭篁村と坪内逍遙—曲亭叢書を通して—」（跡見学園女子大学紀要31。平成10年）に詳しい。

（6）所在不明。木村三四吾氏「馬琴の書箱」（『吾仏乃記　滝沢馬琴家記』巻末）によれば、近代に入って度々古書店に姿を現した『返魂余紙』は三冊であったというが、「俳書目録」の冒頭貼紙の下、ならびに『曲亭蔵書目録』「は部」には「四冊」とある。林美一氏の記憶するところでは、同書の内容は「余り馬琴関係のものがなく、何かつま

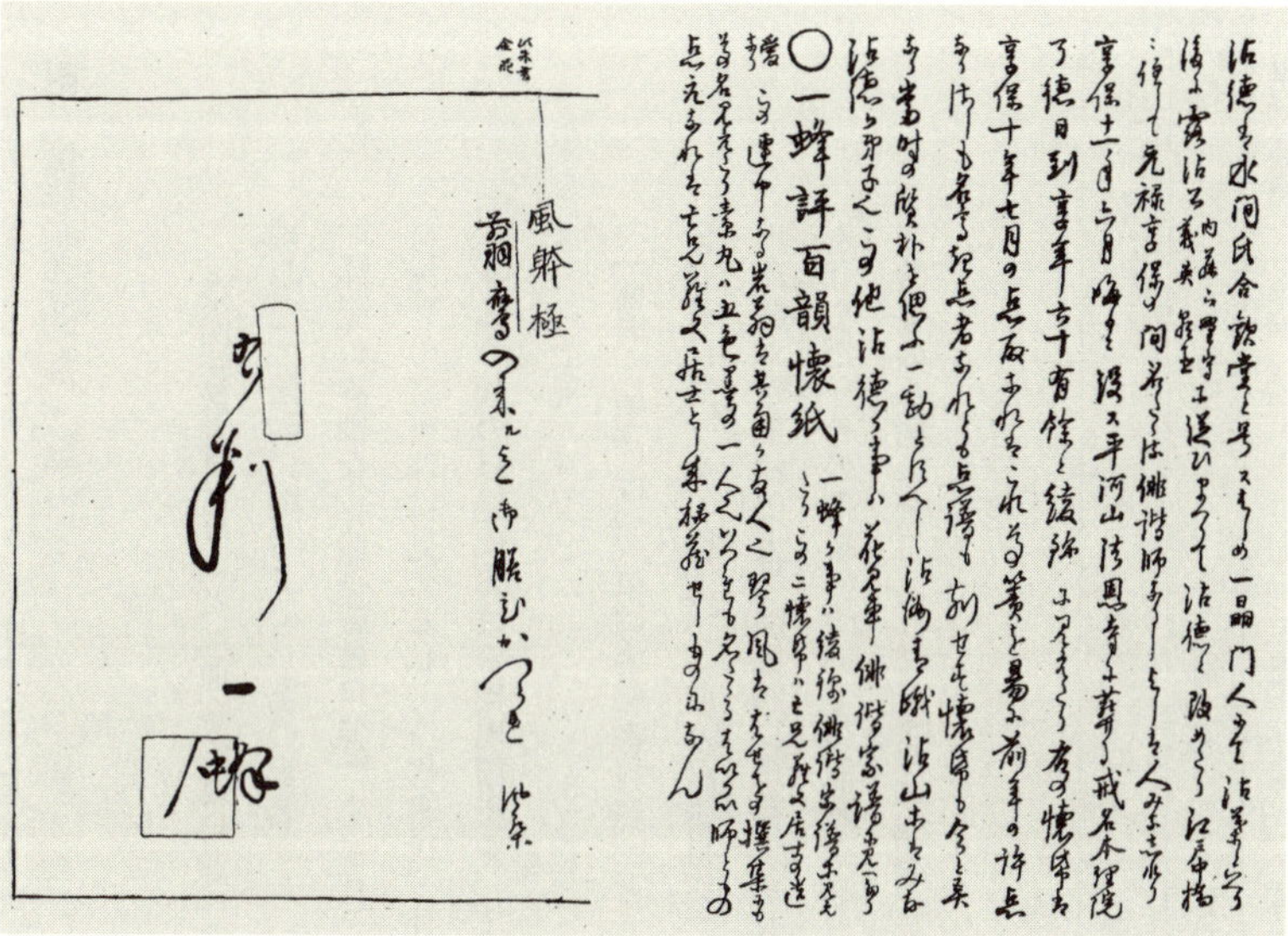


図5　『耽奇漫録』第一、5丁裏・6丁表

らぬ引札のようなものばかり張込んであった」とのことである（木村氏『近世物之本江戸作者部類』解説、六四頁）。

（7）服部仁氏「『曲亭蔵書目録』より見た馬琴の俳諧」。初出は昭和52年。『曲亭馬琴の文学域』（平成9年、若草書房）所収。

（8）宮内庁書陵部蔵本『耽奇漫録』（影印、昭和3年、吉川弘文館）によると、馬琴は文政七年十一月の第八回耽奇会に、この二懐紙を出品している。その際の説明文（同右書一一〜一四頁）において、馬琴は「俳書目録」にも見える『綾錦』（沾涼編。享保初年成立）を引用する他、「花見車」（『物見車』の誤カ）や『俳諧家譜』『五色墨』などの俳書を挙げている。なお、馬琴は「東岡舎蔵書目録」以下において、「厂蜂」「雁峰」等と記しているが、書陵部本『耽奇漫録』（図5）を徴するに、これは「一蜂」が正しいようである。一蜂（河曲氏）は伊勢出身で玄札門、江戸神田に住した。

## 附　馬琴所持俳書一覧

一、「東岡舎蔵書目録」と『曲亭蔵書目録』「著作堂俳書目録」をもとに、馬琴の所持した俳書を、五十音順に整理した。配列に際して、一部の書名から「俳諧」の二字を省いた。

一、注記の詳細な『曲亭蔵書目録』を主体とし、同目録に未収のものを、他の目録から補った。なお『曲亭蔵書目録』の家書部に見える私的な俳書は、他の目録にも登録されるもののみを掲出した。

一、それぞれの目録における掲出箇所を、丁数で示した。『曲亭蔵書目録』における△印は、「は部」欄上に重出することを示す。

一、「備考」欄には、「東岡舎蔵書目録」と「著作堂俳書目録」の注記や、書名の異同を記した。その際、「東岡舎蔵書目録」を「羅文」、『曲亭蔵書目録』を「曲亭」、「著作堂俳書目録」を「俳書」と、それぞれ略称した。馬琴蔵本が早稲田大学図書館に現存するものは、「▼」以下に所蔵番号を記した。「曲」は、曲亭叢書の略である。また、その書籍についての記載がある書翰や資料を、「↓」以下に示した。

一、諸書の「同（仝）」字は、本来の語句に改めた。

| 書名 | 注記 | 冊数 | 羅文 | 曲亭 | 俳書 | 備考 |
|---|---|---|---|---|---|---|
| 秋の日 | 写本 | 一冊 | 8ウ | 19ウ△ | 5オ | |
| 〔俳諧〕翌檜 | | 二冊 | 1オ | 4オ | 3オ | 羅文「あすならふ　弐」。 |

| | | | | | | |
|---|---|---|---|---|---|---|
| 熱田三歌仙 | | 壱 | 6ウ | | | |
| あぶらかす | | 一冊 | | 19ウ△ | | |
| 〔俳諧〕綾錦 | | 三冊 | | 3ウ | 6オ | ↓④60 |
| 曠野 | 写本 | 一冊 | 3ウ | 19ウ△ | 1ウ | |
| 糸衣〔はいかい〕 | 折本 | 一冊 | | 1ウ△ | 3オ | |
| 〔俳諧〕犬筑波 | | 一冊 | | | 1オ | 俳書、○印。 |
| 異名分類抄 | | 一冊 | | 1ウ | | ↓購得書目 |
| 〔俳諧〕埋木 | | 一冊 | 15オ | 4オ | 1オ | 羅文「長田おばごへかして有」。曲亭、欄上追加。 |
| うやむやの関 | 写本<br>家兄鶏忠書 | 一冊 | 13オ | 14ウ△ | 5オ | 羅文「御自筆　ひやうしなし」、右傍○印。<br>俳書「同（俳諧）有也無也関」。<br>▼曲115（寛政十年馬琴識語） |
| うら若葉 | 写本 | 一冊 | 5ウ | 14ウ△ | 5オ | |
| 江戸八百韻 | 写本 | 一冊 | 7オ | 25オ | 6ウ | |
| 笈日記 | | 三冊 | 8オ | 8オ△ | 5ウ | |
| 奥の細道 | 写本 | 一冊 | 1ウ | 8オ△ | 5ウ | |
| 朧日記 | | 壱 | 12オ | | | |
| 下学集 | 上下 | 一冊 | | 10オ△ | | ※非俳書カ。 |
| 家雅見種 | | 一冊 | | 9ウ | 7オ | |

| 書名 | 注記 | 冊数 | 羅文 | 曲亭 | 俳書 | 備考 |
|---|---|---|---|---|---|---|
| 枯尾花 | 写本 | 一冊 | 7ウ | 9ウ△ | 6オ | →⑥附1 |
| 蛙合 | 写本 | 一冊 | 8オ | 9ウ | 6ウ | |
| 雁蜂評百韻 | | 一冊 | 4ウ | 9ウ | 6オ | 羅文「厂蜂懐紙」。俳書、合点。→④59・60・67　※一蜂の誤 |
| 〔俳諧〕象浮 | | 一冊 | 5オ | 3オ | 2ウ | |
| 暁山集 | | 二冊 | 11オ | 21ウ△ | 2オ | |
| 去来湖東問答 | | 一冊 | 15ウ | 22オ | 6ウ | 羅文「是は有り」、合点、上部○印。俳書「同（俳諧）去来胡東問答」。 |
| 桐一葉 | 写本 | 一冊 | 15ウ | 21ウ△ | 4オ | 羅文「桐の一葉　是も有」、合点、上部○印。 |
| 切字解 | 写本 | 一冊 | 3オ | 21ウ△ | 4オ | →⑥来104 |
| 切字口訣 | | 壱 | 3オ | | | →⑥来104「五ケ八体記」。 |
| 銀要 | | 一冊 | | 22オ△ | 4オ | |
| 葛の松原 | 写本 | 一冊 | 7ウ | 15ウ | 5オ | |
| 源氏名題発句 | 写本 | 一冊 | 5ウ | 16ウ△ | 4ウ | |
| 恋しいか | 写本 | 一冊 | 9オ | 18ウ△ | 4オ | 羅文「恋しひか」。 |
| 紅梅千句 | | 一冊 | | 18ウ△ | 1ウ | 俳書、○印。 |
| 香非時 | | 一冊 | | 18ウ△ | 4オ | |

| | | | | | | |
|---|---|---|---|---|---|---|
| こふり山 | | 一冊 | | 18ウ△ | 4オ | 俳書、○印。 |
| 五元集 | 同続集四冊附 | 八冊 | | | 7オ | →④60 |
| 五色墨 | 写本 | 一冊 | 5ウ | 18ウ△ | 4オ | |
| 犢牛 | 写本 | 一冊 | 7オ | 18オ△ | 4オ | 羅文「特牛」。俳書、合点・○印。 |
| 歳旦帖 | | 凡十六本 | 4ウ・14ウ | 20ウ△ | 6ウ | 羅文「所々歳旦帖　五」（4ウ）、「歳旦帖　六」（14ウ）。俳書「十六冊」。 |
| 小筵 | 写本 | 一冊 | 9オ | 20ウ△ | 5オ | 俳書「同（俳諧）さむしろ」。 |
| 猿簑 | 写本 | 一冊 | 3ウ | 20ウ△ | 1ウ | |
| 三上吟 | 写本 | 一冊 | 6オ | 20ウ△ | | |
| 三疋猿 | 写本 | 三冊 | 6オ | 20ウ△ | 5オ | ▼文庫18—150（「滝沢文庫」朱印抹消） |
| 色紙短冊聞書 | 写本 | 一冊 | 2ウ | 24オ | | |
| 十評発句集 | | 一冊 | | | | 牧之補助、享和元年刊。▼へ5-1918 |
| 正風口写 | 写本 | 一冊 | 2ウ | 27オ△ | 3ウ | 羅文「蕉風口写」。 |
| 蕉門頭陀袋 | 写本 | 一冊 | | 27オ△ | 3ウ | ▼曲173（享和三年五月写） |
| 蕉門附合十四体 | 写本 | 一冊 | 3オ | 27オ△ | 3オ | 羅文「附句十四躰」、俳書「蕉門附合十四本」。→⑥来104（「十四体」） |
| 蜀山夜話 | | 一冊 | 12ウ | 24ウ△ | 3ウ | |
| 新山家 | 写本 | 一冊 | 7オ | 24オ△ | 3ウ | |
| 炭俵 | 写本 | 一冊 | 3ウ | 27ウ | 1ウ | |

| 書名 | 注記 | 冊数 | 羅文 | 曲亭 | 俳書 | 備考 |
|---|---|---|---|---|---|---|
| 沽徳評百韻 | | 一冊 | | 27オ△ | 3オ | 俳書、合点。↓④59・60・67 |
| 銭龍賦 | 写本 | 一冊 | 5ウ | 27オ△ | 3オ | 俳書、○印。 |
| 僧都問答 | | 壱 | 11ウ | | | |
| 雑談集 | 写本 | 一冊 | 7ウ | 20ウ | 5ウ | ↓④60 |
| 増山ノ井 | | 一冊 | 8ウ | 12ウ△ | 1オ | ↓⑥附19 |
| 続五論 | 写本 | 一冊 | 7ウ | 12オ△ | 5オ | |
| 続猿簑 | 写本 | 一冊 | 3ウ | 12オ△ | 1ウ | |
| 多胡碑集 | 写本 | 一冊 | 9オ | 11オ△ | 5ウ | |
| 玉の鎰 | 写本 | 一冊 | 2ウ | 11オ△ | 5ウ | |
| 誰か家 | 写本 | 一冊 | 7ウ | 11ウ△ | 5ウ | 其角編。 |
| 遅八刻 | | 一冊 | 9オ | 6ウ△ | 5ウ | 曲亭、は部欄上（3ウ）注記「チニ出」。 |
| 月と汐 | | 一冊 | 5ウ | 13オ△ | 5オ | |
| 附合小鏡 | | 一冊 | 11オ | 13オ△ | 5ウ | |
| 艶竹 | 写本 | 一冊 | 2ウ | 13オ△ | 4ウ | ↓⑥来104 |
| 通夜物語 | 写本 | 一冊 | 13オ | 13オ△ | 4ウ | 俳書、○印。 |
| つるいちこ | | 一冊 | 1ウ | 13オ△ | 4ウ | ↓⑥来104 |
| 天狗問答 | | 二冊 | 12オ | 19オ△ | 4オ | |

| | | | | | | |
|---|---|---|---|---|---|---|
| 東岡舎千句懐紙 | | 二巻 | 13ウ | 30オ | | 羅文「千句くわいし 壱」。曲亭、家書部。 |
| 唐詩三物 | | 壱 | 12ウ | | | |
| 桃青三百韻 | 写本 | 一冊 | 5オ | 6オ△ | 1オ | 曲亭、は部欄上（3ウ）注記「又トニ出」。 |
| 夏引集 | | 一冊 | 9オ | 14オ△ | 5オ | |
| 俳諧家譜 | | 三冊 | | 3ウ | 6ウ | 俳書、合点。 |
| 俳諧聞書 | 写本 家兄羅文筆 | 一冊 | 2オ | 3オ | 2ウ | 羅文「師竹庵聞書　御直筆」。俳書「師竹聞書」、合点。▼曲105 |
| 俳諧觽 | 後篇／五篇 | 二本 | 14オ・ウ | 3ウ | 6ウ | 羅文「はいかい觽　壱」「はいかいけい五編　鶏忠様御筆　壱」。 |
| 俳諧古文庫 | 馬琴若年撰 | 一巻 | 4オ | 30ウ | | 羅文「古文庫　御集」、右傍○印。曲亭、家書部。▼へ5-1954（天明七年成立） |
| 俳諧歳時記 | 合巻 | 一冊 | | 3ウ | 6オ | 俳書、合点。享和三年刊。 |
| 俳諧十体附応 | 写本 | 一冊 | 2オ | 2ウ | 2オ | →⑥来104 |
| 俳諧十三條 | | 三冊 | 11ウ | 3ウ | 6オ | |
| 俳諧十六條 | 一名破魔弓 写本 | 一冊 | 2ウ | 3ウ | 3オ | 羅文「はま弓」。俳書「同（俳諧）十六条　一名破魔弓」。→⑥来104（「破魔弓　一名十六篇」） |
| 俳諧職人合 | | 一冊 | | 4オ | 3オ | |
| 俳諧伝受 | 写本 | 一冊 | 2オ※ | 4オ | 6オ※ | ※羅文「師伝習大事　壱」、俳書「同（俳諧）芭蕉伝授　一冊」と同一カ。 |

| 書名 | 注記 | 冊数 | 羅文 | 曲亭 | 俳書 | 備考 |
|---|---|---|---|---|---|---|
| 俳諧廿五箇条 | 写本 | 一冊 | 2ウ | 3オ | 2ウ | →⑥来104（「二十五条」） |
| 俳諧論 | 写本<br>家兄鶏忠書 | 一冊 | 2オ | 2ウ | 6ウ | 羅文、右傍○印。俳書、合点・○印。<br>▼曲170（天明三年羅文識語） |
| 俳諧を禁ずるふみ | 写本 | 一冊 | | 2オ | 6ウ | 俳書、合点。▼曲172（寛政八年馬琴写） |
| 俳番匠 | 写本 | 一冊 | 7オ | 3オ | 2ウ | |
| 俳風柳樽 | | 二本 | | 3ウ | 6ウ | 俳書「二冊」。 |
| 俳脈通 | 缺本 | 一冊 | 4オ | 4オ | 6オ | 俳書、○印。 |
| 俳夜燈 | | 壱 | 8ウ | | | |
| 萩乃露 | 写本 | 一冊 | 5オ | 2ウ | 2オ | |
| 麦林発句集 | 写本<br>家兄鶏忠書 | 一冊 | 13オ | 2ウ | 2オ | 羅文「麦林集　鶏忠様御筆　同（表紙なし）」、右傍<br>○印。▼へ5–1982（寛政十年馬琴識語） |
| 芭蕉庵小文庫 | 写本 | 一冊 | 7オ | 2ウ | 2オ | |
| はせを庵再興集 | 初編後遍 | 弐 | 11ウ | | | |
| 芭蕉庵再興帳 | | 一冊 | 13オ | 3オ | 2ウ | 羅文「はせを庵再興勧進帳」。 |
| 芭蕉翁俤塚 | | 壱 | 12オ | | | 羅文「蕉翁俤塚」。 |
| 芭蕉句解 | | 二冊 | 12ウ | 4オ | 3オ | |
| 芭蕉三章落穂 | 写本 | 一冊 | 6オ | 3オ | 2ウ | 羅文「蕉翁三章落穂」。 |

| | | | | | | |
|---|---|---|---|---|---|---|
| 芭蕉七部捜 | | 二冊 | 12オ | 3ウ | 2ウ | →⑥附1 |
| 芭蕉終焉記 | | 二本 | 8ウ | 2ウ | 2オ | 羅文「終焉記　薄本」。 |
| 芭蕉附合集 | 写本 | 五冊 | 8オ | 2オ | 1ウ | 羅文「蕉翁附合集」。俳書「同（俳諧）附合集」。 |
| 芭蕉文集 | 写本 | 五冊 | 8オ | 2ウ | 2オ | |
| 芭蕉文台図 | 写本 | 一冊 | 11ウ | 3オ | 2ウ | 羅文「蕉翁文台図」。 |
| 芭蕉発句集 | 写本 | 三冊 | 8オ | 2ウ | 1ウ | |
| 八百韻評抄 | 羅文 | 一巻 | 14オ | 30ウ | | 羅文「点句書抜　御自筆」。曲亭、家書部。▼曲108（寛政九年） |
| 花たんす | | 一冊 | 3オ | 3ウ | 3オ | 俳書「花簞笥」。→⑥来104 |
| はなひ草 | 写本 | 一冊 | 1ウ | 2ウ | 2オ | 羅文「火花草」。→⑥附19 |
| 春と秋 | 写本 | 一冊 | 12ウ | 3オ | 2ウ | |
| 春の日 | 写本 | 一冊 | 3オ | 2オ | 1ウ | |
| 髭箒 | | 一冊 | 12ウ | 26オ△ | 3ウ | |
| ひさご | 写本 | 一冊 | 3オ | 25ウ△ | 1ウ | |
| 氷室もり | | 二冊 | | 25ウ△ | 1オ | 俳書、○印。 |
| 百番句合 | | 二冊 | 5オ | 26オ△ | 3ウ | |
| 百万評歌仙 | 家父可蝶高点家書の部ニ入ベシ | 一冊 | | 26オ | 6オ | 曲亭、頭書「家書ノ部」、家書部（30ウ）「歌仙懐帋可蝶高点　出于ひ部　一巻」。俳書「同（俳諧）百万評百韻」、合点。 |

| 書名 | 注記 | 冊数 | 羅文 | 曲亭 | 俳書 | 備考 |
|---|---|---|---|---|---|---|
| 百回つるの跡 | | 壱 | 14ウ | | | ▼へ5–1905 |
| 風俗文選 | 合巻 | 二冊 | 6ウ | 17ウ△ | 4ウ | 俳書「合本二冊」。→④10 |
| 深川集 | 写本 | 一冊 | 3ウ | 17オ△ | 4ウ | |
| 筆真実 | | 一冊 | | 17ウ△ | 3オ | |
| 冬かつら | 写本 | 一冊 | 6オ | 17オ△ | 4ウ | |
| 冬の日 | 写本 | 一冊 | 3ウ | 17オ△ | 1ウ | |
| 芙蓉文集 | | 二冊 | 11オ | 17ウ△ | 4ウ | |
| ふるなすび | | 壱 | 15ウ | | | 羅文「是はなし」。 |
| 放生日 | 写本 | 二冊 | 6オ | 5ウ | 6ウ | |
| 本式俳諧 | 写本 | 一冊 | 2オ | 5ウ | 6オ | 俳書「同（俳諧）本式」。 |
| 松かさり | 古鏡附　写本 羅文居士書 | 一冊 | 8ウ | 16ウ△ | 4ウ | 羅文「松かさり・古かゝみ　御自筆」、右傍○印。俳書、合点。 |
| 三日月日記 | | 壱 | 15オ | | 6オ | 羅文「是はなし」。 |
| 三物句解 | | 二 | 11ウ | | | |
| みなし栗 | 写本 | 一冊 | 6ウ | 23オ△ | 1オ | |
| 〔俳諧〕未来記 | 写本 | 一冊 | 9ウ | 23オ△ | 2ウ | 曲亭、は部（3オ）重出。→⑥附6 |
| 無言抄 | | 一冊 | | 14ウ△ | 1オ | 俳書、○印。 |

| | | | | | | |
|---|---|---|---|---|---|---|
| 罔両談 | 馬琴若年草 | 一巻 | 4オ | 30ウ | | 羅文「御自序」、右傍○印。曲亭、家書部。 |
| 物見車 | | 一冊 | 7オ | 26オ△ | 4オ | 俳書、合点・○印。 |
| 桃の杖 | 写本 | 一冊 | 8オ | 26ウ△ | 3ウ | |
| 守武千句 | | 一冊 | | 26ウ△ | 3ウ | 俳書、○印。 |
| 柳日記 | | 壱 | 12オ | | | |
| 山かつら | 写本 | 一冊 | | 16オ△ | 4ウ | |
| 山の井 | | 五冊 | | 16オ△ | 1オ | 俳書、○印。→⑥附19 |
| 雪あかり | | 一冊 | 13オ | 22ウ△ | 3ウ | 羅文注「御自筆　同（表紙なし）」。 |
| 雪颪 | 写本 | 一冊 | 9ウ | 22ウ△ | 3ウ | |
| 雪を花 | | 一冊 | | | | 天明八年奥書。馬琴入集　▼ヘ5-1809 |
| 夢見艸 | 先考先妣追善集 | 一巻 | 13ウ | 29ウ | | 羅文「追善夢見草」。曲亭、家書部。▼曲108（寛政九年成立） |
| 淀川 | | 一冊 | | 10オ△ | 1オ | 俳書、○印。 |
| 落柿舎日記 | 写本 | 一冊 | 5ウ | 14オ△ | 5オ | |
| 嵐雪句集 | | 一冊 | | 14オ△ | 2オ | 曲亭、欄上追加。俳書「嵐雪発句集　一名玄峰集」。 |
| 梨園発句集 | 写本 | 一冊 | 8ウ※ | 7ウ | 7オ | ※羅文「梨つ○○」と同一カ。 |
| 両吟十歌仙 | 羅文・馬琴 | 一巻 | 4オ | 30ウ | | 羅文、右傍○印。曲亭、家書部。▼ヘ5-1957（天明八年） |
| 蓼太句集 | | 二冊 | 12オ | 7ウ△ | 5ウ | 俳書「同（俳諧）蓼太発句集」。 |

| 書名 | 注記 | 冊数 | 羅文 | 曲亭 | 俳書 | 備考 |
|---|---|---|---|---|---|---|
| 類柑子 | | 三冊 | | 8オ | 2オ | 曲亭、後補。俳書、7オ重出。→購得書目・④60　▼へ5-6088（勝海舟旧蔵） |
| 歴代滑稽伝 | 写本 | 一冊 | 2ウ | 11ウ | 7オ | 羅文「滑稽伝」。 |
| 露川責 | 写本 | 一冊 | 7ウ | 1ウ△ | 3オ | 曲亭、朱傍線、は部欄上朱筆。俳書、合点・○印。▼曲171（山本宗洪写） |
| 若葉合 | 写本 | 一冊 | 6オ | 8ウ△ | 5ウ | |

# Ⅱ　馬琴の蒐書と「曲亭購得書目」

## 一　『著作堂雑記鈔録』

昭和女子大学の所蔵に帰した、桜山文庫旧蔵の国文学関連書の中に、『著作堂雑記鈔録』と題された五冊の写本が含まれる。十二行罫紙を用いた近代写本で、「植松氏蔵」の朱印が押捺されている。

当該資料の存在を、高木元氏から御教示いただいた際、筆者は『曲亭遺稿』（明治44年、国書刊行会）に収められた、関根只誠による「著作堂雑記抄」の転写本ではないかと疑った。これは、只誠が『著作堂雑記』の抄録を行なった『只誠抜録』（『誠抜只録』とも）も、やはり五分冊（巻二四七〜二五一。関東大震災で焼失）であったことを記憶していたからである。

しかし、のちに折を得て同図書館に出向き、当該資料を実見したところ、只誠のものとは異なる未紹介の抄出本であった。もとより、同じ『著作堂雑記』（四十冊。現存不明）を来源とする以上、重複する記事も少なくないが、『曲亭遺稿』のような年代の前後（第四章Ⅰ参照）も見受けられず、これまで紹介されていない、桜山文庫本独自の記事は、全体の半数を越えると思われる。

この新出『著作堂雑記鈔録』を中心に、渥美正幹編『著作堂遺稿』（写本。大阪市立大学図書館森文庫蔵）や『曲亭雑記』（明治21〜23年）、そして中川徳基『著作堂雑記摘録』（写本。国会図書館蔵）や『曲亭遺稿』などを総合して、いずれ新たな『雑記抄』が編まれねばなるまい。

## 二　「購得目録」の登載範囲

桜山文庫の『雑記鈔録』第一冊は全七十五丁、原本巻一から巻五までの抄出記事を収める。記録期間は文化三年三月から同八年に及ぶが、全体のおよそ半分（三十六丁裏～七十四丁表）を、原本『雑記』の巻五に収められた、伊勢貞丈『秋草』（『四季草』のうち）の抄録記事（馬琴による抄録は文化八年六月）が占めている。

この第一冊の中で、とりわけ筆者の目を惹いたのが、二十三丁表から二十六丁表にかけて筆写された、「曲亭購得書目」の項（原本『雑記』巻三）である。冒頭標題の下に、「享和元年より」という小書があり、同年以降馬琴が買い入れた書籍が列挙されている。末尾には「余ハ略ス」とあり、若干の脱漏が存することを、馬琴も予想していたようである。この記事の前後には、文化四年二月に馬琴が披閲した『近世江都著聞集』（馬場文耕著、宝暦七年序）の抄録と、同年八月に起筆された『雑記』巻四の冒頭部分とが配されているので、件の書目もおおよそこの間に執筆されたものであろう。

しかし、文化四年九月刊行の河津山白『酔余小録』（二十五丁裏）や、翌年九月に購入された『白石叢書』（二十六丁表。馬琴手沢本は筑波大学図書館現蔵）なども登載されており、同書目はひとたびまとめられた後も、順次追記が施されたものと思しい。二十六丁表の「泉親平」が、福内鬼外（森島中良）の読本『泉親衡物語』（文化六年正月、宇多閣刊）のこととすれば、追加登録の下限は、文化五年の末まで引き下げられる。さらに、同じ丁の「日本余記」が『日本後紀』の誤写であるならば、この「購得書目」への追記は、文化六年にも行われていたことになる。馬琴は『日本後紀』の写本を文化六年九月に購入しており、早大図書館曲亭叢書の手沢本（十冊。題簽題「拾補日本後紀」）には、同年十一月の識語が存する。

この「購得書目」中、二十三丁裏に掲出された『事文類聚』には「享和三」、同じく『(古今)役者大全』には「文化元」という傍記が施されている。これが購入年を意味するものであり、なおかつ「購得書目」が正しく購入順に配列されていると仮定すれば、『役者大全』より前の書物は享和年間、同書以降の書籍は文化年間に、それぞれ「購得」されたものということになる。

現存する『曲亭蔵書目録』(東洋文庫蔵)は、文化五年における馬琴の蔵書状況を留めており、同年に後続の蔵書目録が制作された際、破棄されて然るべきものであった。この『蔵書目録』と「購得書目」とを対照してみると、「購得書目」がおおよそ年代を追って配列されたものであることを確認できる。(1)

『蔵書目録』は、枠内に収まらなくなった新収書を、欄上に追加登録しており、「購得書目」に列挙された書籍は、後に行くに従って、『蔵書目録』の欄上追加分が増加している。例外的に、「購得書目」の冒頭近くに登録された『伊勢物語古意』が、『蔵書目録』では欄上に掲げられているが、これは『蔵書目録』の起筆時に何らかの事情で記載し損ねたものを、のちに追補したのかも知れない。

また、早大図書館などに現存する馬琴旧蔵本の識語などから、「購得書目」に登載された書籍が、純粋に「購得」されたものばかりであり、馬琴が新たに作成した写本は掲出されていないことも判然とする。(2)例えば、彼が『椿説弓張月』の執筆に先だって借抄した、『八丈筆記』(文化二年十月識語。早大図書館曲亭叢書)や『伊豆国海島風土記』(同年十二月識語。沖森直三郎氏旧蔵)などは、「購得書目」には登録されていない。

現存『蔵書目録』には、いろは分けの各部に、長兄羅文(寛政十二年没)の遺蔵書である俳書群が整然と配置されているので、同目録の起筆も寛政年間には遡りえないと考えられる。この推定は、「購得書目」に登録される、享和元年以降に馬琴が買い入れた書籍のうち、『雍州府志』や『山城名跡志』、『源語梯』や『中夏俗語藪』などが、

『蔵書目録』の各部冒頭に配置されている点からも保障されるであろう。

また先に推定したごとく、「購得書目」所掲の書籍のうち、『役者大全』以降が文化年間の購得書であるならば、『蔵書目録』「め部」冒頭の『名物六帖』（伊藤東涯編）や、「ま部」冒頭の『万葉和歌集』、「ほ部」冒頭の「方彙」（『古今方彙』ヵ）などは、文化期に至って馬琴の蔵書に加えられたものと見なしうる。この点から、ひいては現存『蔵書目録』についても、文化初年に創始された可能性を考慮せねばなるまい。

「購得書目」に登録された俳書は、『異名分類抄』（入江昌喜編。二十五丁表）と『類柑子』（其角遺稿集。二十五丁裏）の二点のみであり、この一事からも馬琴が享和期以降、俳諧に対する興味を減退させていたことが再確認できる。前章において、馬琴の『俳諧歳時記』には、『異名分類抄』との関連が見出しづらいことを指摘したが、「購得書目」における掲出位置を勘案すると、『分類抄』は『歳時記』刊行以降の新収書であった蓋然性が高い。

## 三　京坂旅行における書籍購得

「購得書目」の冒頭近く（二十三丁裏）に登録される「諸買物調宝記」は、元禄五年刊行の『万買物調方記』（尾題「諸買物三合集覧」）のことである。同書に関しては、享和二年京坂旅行の見聞録『羇旅漫録』（写本三巻）の巻下「百五　難波雀の抜書」にも、以下のような記述が見える。

『難波雀』（中略）甚珍書也。大阪にて見たり。余も名古屋ニ而『諸買物三合集覧』といふ小本を得たり。元禄五年の板也。そのおもむき『難波雀』ニ似たり。（二十二丁裏）

『羇旅漫録』の旅における馬琴の名古屋滞在は、往路の六月十二日から二十六日まで（途中、十四日から十六日まで津島に遊ぶ）と、復路の八月十六・十七日の二度にわたり、そのいずれかの日に、同地の書肆で『万買物調方記』

を購得したものと考えられる。

旅中の書籍購入については、同じ『羇旅漫録』の巻上に、「予も逗留中、珍書といふほどにはあらねど、古本をすこし得たり」（巻上、十四丁表）とあり、巻下「百卅六桑名の秋雨」の中でも、以下のように回顧されている。

遊歴中古書をたづぬるに、珍書ハたへてなし。伊勢にて津の山形やといふ書肆に、元禄已前の草紙類に、すこしくをかしきものありしゆゑ、もとめ得たり。もしかの地に両三日も逗留せバ、珍書も得べきを、わづか一日にして出立しけるまゝ、くハしくさぐりもとむるに及バず、遺恨甚シ。（四十七丁表）

「津の山形や」で購入した、「元禄已前の草紙類」とは、先の「諸買物調宝記」に続けて、「購得書目」の中に列記された、御伽草子『文正草子』から仮名草子『いなもの』までの十五点であろう。ここには、京坂などの他所で入手した書籍も、若干数含まれるかも知れないが、のちに馬琴が滞在時間の短さを惜しんだほど、津の地における収穫は大きかったのである。特に西鶴の『男色大鑑』については、『蓑笠雨談』（享和四年、耕書堂等刊）の巻一「〇筑摩祭の図説」に、「伊勢にあそびて『男色大かゞみ』八巻を得たり。（貞享四年の印本）」（十九丁裏）と明記されている。『蓑笠雨談』には『男色大鑑』以外にも、件の十五点に含まれる浮世草子『棠大門屋敷』や『男女色競馬』、段物集『国性爺大明丸』などが引用されており、同書には旅先における見聞ばかりでなく、旅中の新収書も大いに活用されたのである。

先に引用した、『羇旅漫録』「難波雀の抜書」項の後段には、以下のような記述も見えている。

一、西鶴没後、信友団水、京師より来り、七年その庵を守る。『西鶴名残の友』（合本五冊）、西鶴草稿のまゝ出板す。その事、団水が序文に見ゆ。俳諧師の伝をおかしく書たるもの也。田宮氏所蔵なりしを、予におくらる。（二十三丁裏～二十四丁表）

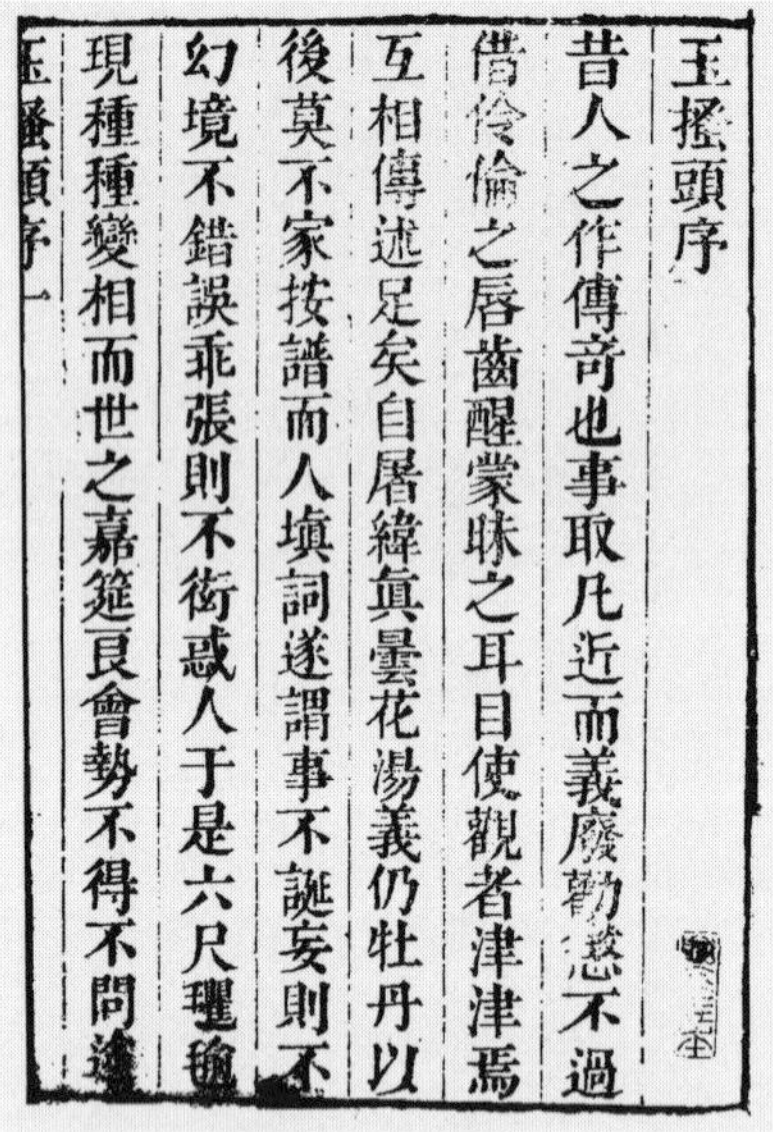
玉掻頭序
昔人之作傳奇也事取凡近而義發勸懲不過
借伶倫之唇齒醒蒙昧之耳目使觀者津津焉
互相傳述足矣自屠緯眞曇花湯義仍牡丹以
後莫不家按譜而人塡詞遂謂事不誕妄則不
幻境不錯誤乖張則不衒惑人于是六尺氍毹
現種種變相而世之嘉筵良會勢不得不問途
玉掻頭序　一

図１　馬琴旧蔵『玉掻頭伝奇』巻頭

『西鶴名残の友』（五巻四冊。元禄十二年刊）は、『曲亭蔵書目録』「さ部」にも登録される一方で、「購得書目」には掲出されておらず、ここからも同書目が、純粋な「購得書」の一覧であることを再確認できる。「田宮氏」は、京坂の戯作者田宮仲宣（号盧橘庵）のことで、同人に馬琴を紹介した大田南畝の書状が現存する（⑥来129）。

西鶴・近松の両先輩が活躍した京坂の地を訪れ、西鶴の墓地や近松の遺品を実見して、少なからぬ感銘を受けた馬琴は、『羇旅漫録』や『蓑笠雨談』の中に、見聞の概要を記し留めている。とりわけ、近松の硯の蓋に「事取凡近而義発勧懲」の九字が記されていたことを知って、同人を「本邦の李《り》笠翁《りつおう》なり」と褒めそやしている一事からは、馬琴の強い感激と共感とを読み取ることができる。「事取凡近」云云の文句は、馬琴が当時強い関心を寄せていた、明末清初の放浪文人李漁（号笠翁）の『玉掻頭伝奇』序文に見えるものであり（図1）、馬琴も件の文句を聯に記して書斎に掲げていたらしい(3)。馬琴が旅の途次、おそらくは伊勢の地で竹本筑後掾の『国性爺大明丸』を買い入れたのも、ひとえに「近松が自叙」が存したからであろう。

一方の西鶴に関して、馬琴が後年『燕石雑志』（文化七年、文金堂等刊）巻五の中で、「この人肚裏《ハラ》に一字の文学なしといへども、よく世情《セイジョウ》に渉《ワタ》りて戯作《ケサク》の冊子《サウシ》あまた著《アラ》はし、一時虚名を高《タカウ》せり」（十七丁裏）、「戯作の才は西鶴殊《コト》に勝《スグレ》たり。但《タヾ》その文は物を賦するのみにして、一部の趣向なし」（十八丁裏）などと、褒貶相半ばする評価を示したことはよく知られている。同書における西鶴墓誌の形状は、『羇旅漫録』巻下の記述を転用したものであり、また『燕石雑志』の同じ章段に紹介された『諸芸大平記』（都の錦『元禄大平記』）も、京坂旅行中の購得書であった。

馬琴の京坂旅行に関して、水野稔氏は「西鶴・近松・秋成などの真価を必ずしも正当に把握したとはいえなかったにしても、彼から見ると歯の浮くような江戸作者の、洒落や地口の滑稽だけで済まそうとする創作態度へのきびしい反省が要求されたのである」と評しておられる。(4)旅における見聞や人物との邂逅ばかりでなく、旅中に「購得」した草子類もまた、馬琴に「創作態度へのきびしい反省」を迫ったことであろう。

## 四　白話文学の購得

「購得書目」の中で、京坂旅行における新収書とおぼしき十六点の次には、第二節でも言及した「享和三」の傍記を有する『事文類聚』が置かれている。同書の次は『四書集注』、その次には「文化元」と傍記された「役者大全」（寛延三年刊『古今役者大全』）が掲げられており、旅行の翌年には馬琴も書籍の購入を控えたのかも知れない。

文化期に入ると、漢籍の購入が目につくようになり、特に享和期には見受けられなかった中国俗文学書が、最終的には「購得書目」の中で一割近くを占めるに至る。そもそも、同書目に掲出された享和年間の購得書は、上方における収書も含めて三十三点に過ぎないが、その中にも山本北山の『文藻行潦』（七巻。天明二年刊）や、釈大典の『学語篇』（二冊。明和九年刊）のような、中国俗語を収録した辞典類が含まれている。

「購得書目」の中に初めて登場する中国俗文学は、馬琴の小説観とも不可分の関係にある「和版水滸伝」であった。岡島冠山の施訓とされる和刻本『忠義水滸伝』は、享保十三年と宝暦九年の二度に分けて、不分巻百回本（百回本の中でも後出の形態とされる）の第二十回までを刊行したが、馬琴によれば、同書の板木は火災で焼失したといい、特に第二編の伝本は極めて少ない。

『著作堂雑記鈔録』と同様に、昭和女子大学図書館の桜山文庫旧蔵書に含まれる、馬琴旧蔵の和刻本『忠義水滸伝』は、初編と第二編の来歴が異なり、後者は文化初年に書肆盛文堂前川弥兵衛から贈られたものであることが、同書巻末の識語に記されている。よって、「購得書目」に掲げられた「和版水滸伝」は、和刻本の初編のみを指すものと考えてよかろう。該書は『新編水滸画伝』初編（北斎画。文化三・四年、衆星閣等刊）編訳の底本であり、旧蔵者による夥しい書き入れは、訳述の際に参照されたばかりでなく、馬琴の『水滸伝』観にも少なからぬ影響を与えた（以上、第二部第二～四章参照）。

『水滸画伝』の編述からさして隔たらない文化初年に、馬琴がようやく『水滸伝』の板本を入手したという事実は、早くから同作に対する興味を示し、すでに『高尾船字文』（寛政八年、耕書堂刊）という翻案作さえ刊行していた彼には似つかわしくないようにも思われる。しかし、『水滸伝』の概要は、『通俗忠義水滸伝』（宝暦七年～寛政二年刊）によっても知ることが可能であり、また当時すでに珍書となっていた和刻本『忠義水滸伝』は、享和期以降生活の安定した馬琴にとっても、容易に入手できる書籍ではなかったのであろう。

馬琴の白話学習は友人伊藤蘭洲の影響下、寛政末年ごろから始められたと思われるが(5)、江戸の地における白話流行はすでに下火となっていた上に、好適の教材である白話小説の唐本は舶載も少なく、馬琴も文化期に入るまでは、借覧によって用を弁じていたものと想像しうる。前節で言及した『玉掻頭伝奇』を含む、李漁の『笠翁十種曲』も、「購得書目」では中ほど（二十五丁表）に掲出されており、馬琴が同書を手に入れたのは、『玉掻頭』を藍本とする中本型読本『曲亭伝奇花釵児』（享和四年、浜松堂刊）の述作よりもかなり後のことであったらしい。

ところで、天保三年四月二十八日付の篠斎に宛てた書翰（②33）には、「購得書目」に掲出された中国俗文学作品のうち、『笠翁十種曲』を含む以下の七点について、買い入れ時の価格が紹介されている。(6)

『石点頭』　壱方　　『笠翁十種曲』　拾二匁
『漢楚演義』　壱分二朱　　『山中一夕話』　壱方
『平山冷燕』　壱方（※文化三年正月購入。銀拾八匁。③41）
『酔菩提』　弐朱　　『西廂記』　壱方

「購得書目」に見える「東西漢演義」は、右の『漢楚演義』（『西漢演義』）と同一書でない可能性も残るが、光武帝の漢朝再興を主題とする『東漢演義』を含めて、馬琴は我が国でも通りのよい『漢楚演義』と総称したのではなかろうか。右以外にも、件の書翰は馬琴のかつて所持した『金翹伝』（正しくは『金雲翹伝』）が「代九匁」であったことを伝えるが、同書は「購得書目」には登録されていない。

文化期に入って、ようやく購書の自由を得た馬琴は、作品の趣向源として中国の俗文学、特に白話小説を積極的に蒐集したものと思しく、「購得書目」にも見える『石点頭』や『平山冷燕』、『酔菩提』『照世盃』『金石縁』の諸書については、馬琴読本における趣向摂取が、麻生磯次・徳田武の両氏により指摘されている。

また、『絵本西遊記』初編（口木山人訳。文化三年、文金堂等刊）の出刊に際して、馬琴がその巻頭に「秣陵陳元之刊西遊記序」を寄せていることから、「購得書目」にも登録される、彼の所持した『西遊記』が、今日においても稀少な明刊本であったことを確認できる。(7)この古板『西遊記』は、巻九・十・十五を欠いていたが（『曲亭蔵書目録』）、馬琴は同書を天保期に至るまで所持しており、長編合巻『金毘羅《こんぴら》船《ぶね》利生《りしやうの》纜《ともづな》』（英泉画。文政七年〜天保二年、甘泉堂刊）の述作にも活用している。

釋義　宦官　宮中掌事之官也
釋義　洛陽　郡名今河南府洛陽
靈帝登位
青蛇繞殿
新刊京本校正演義全像三國志傳評林卷之一
晋　平陽　陳壽　史傳
閩　文台　余象斗　校梓
劉關張桃園結義
後漢桓帝崩靈帝即位時年十二歳朝廷有大将軍竇武
太傅陳蕃司徒胡廣共相輔佐至秋九月宦官曹節王甫
弄權竇武陳蕃謀誅之機謀不密反被曹節王甫所害宦官
自此得權建寧二年四月十五帝會群臣於温德殿中却
欲坐忽狂風大作見一條青蛇從梁上飛下約長二十餘
丈蟠于椅上靈帝驚倒武士急慌救出文武互相推倒於
丹墀者無数須臾不見此怪雷雨大作降以氷雹到半夜
方止東都城中壞却房屋数千餘間建寧四年二月洛陽
地震省垣皆倒海水泛溢登莱沂密盡被大浪捲掃居民
入海遂改為熹平自此邊界時有反者熹平五年改為光
和地震五番六月朔黒氣十餘丈飛入温德殿中秋七月

図2　馬琴旧蔵『新刊京本校正演義全像三国志伝評林』巻一、1丁

一方、早大図書館の『新刊京本校正演義全像三国志伝評林』（図2）は、馬琴の所持した白話小説のうち、現存が確認できるものの一つであり、「購得書目」にも「繍像三国志」として登録される。同書は本文の上欄に挿画を掲出する「上図下文」形式の明刊本であり、数多くの小説や史書・実用書の出板に関与した福建人余象斗が、巻頭に「校梓」として名前を連ねるので、同書は一般に余象斗本・評林本などと称される。[8] 馬琴はこの『三国演義』の一異本を「京本」と呼び、『燕石雑志』や『玄同放言』の中でも言及しているが、『蔵書目録』にも「八冊内一（「三」の誤カ）冊欠本」とあるように、同書は全二十巻のうち六巻分（巻九〜十二、十九・二十）を欠く不全本であった。

この『三国志伝評林』以外にも、馬琴は『三国演義』の決定版と評される毛宗崗批評本を所持しており、同本は「購得書目」に「三国志演義」、『蔵書目録』には「三国志演義　聖歎本（缺本一帙　一回至五十二回）十冊」として登録されている。馬琴は後人の偽序に惑わされて、同書の批評を長らく金聖歎の言説と誤解していた（第二部第四章参照）。馬琴の所持した毛本『三国演義』は、購入当初からの不全本ではなかったらしく、天保三年七月朔日付の篠斎宛書翰（②38）では、欠損の事情が以下のように説明されている。

此飯田町近火ハ、小生神田へ別宅いたし候巳後、両度有之。就中、亥年の七月の火事ハ、旧宅のうら迄やけ込候故、書籍紛失も多く候ひキ。（中略）『演義三国志』毛注の大本も、其節下帙紛失、只今ハ上帙斗有之候。

馬琴が神田明神下に転宅した文政七年以降、「亥年」は文政十年の一度きりであるが、同年七月の馬琴日記に徴しても、飯田町の旧宅が類焼した形跡を見出すことができない。そもそも、『蔵書目録』の時点で下帙を欠いていた毛本『三国演義』が、文政期の火災により、再度下帙ばかりが紛失されたというのも奇妙な話であり、ここで馬琴は、何らかの記憶違いを犯しているようである。

このように、著名な『西遊記』や『三国演義』に限っても、馬琴は決して今日の通行本と同様の本文を用いて、白話小説を閲読していたわけではなく、その板本選定も彼の見識よりは、多く偶然性に支配されるものであった。ゆえに、今日の我々が馬琴の中国俗文学受容を論じる際にも、使用する本文の選択には慎重を期さねばならないのである。

なお、いわゆる四大奇書のうち、残る『水滸伝』と『金瓶梅』に関して、馬琴がどのような板本を用いたのかという問題については、それぞれ本書の第二・三部において詳述する。

## 五　「購得目録」の作成事情

馬琴が文化四年、『著作堂雑記』の中に享和元年以降の「購得書目」を作成した経緯や意図は、不明とせざるを得ない。現存『蔵書目録』を編むための下準備としては、時期が遅すぎるであろうし、翌文化五年における目録改訂を見越した所為としても、大部分が現存『蔵書目録』と重複することが不審である。そもそも、「購得書目」の成立を、いずれかの蔵書目録に関連づけようとしても、収載時期を「享和元年以降」に区切った馬琴の意図を、整然と説明することはできないであろう。また、いろは分けの蔵書目録から、「購得書目」のごとき年代順の一覧を作成することも、おそらくは不可能である。

天保期の馬琴は、自身が買い入れた書籍について、値段などの詳細を記入した「書籍買入帳」を作成していた。馬琴日記の天保三年閏十一月二十九日条や、翌年十一月晦日条などによると、この「買入帳」には彼が購得した書籍ばかりでなく、知友のために取り寄せた自作の板本や、自ら新調した写本類なども登録された模様である。このような帳面を、馬琴がいつ頃から付けはじめたのかは不明であるが、恒常的に書籍を買い入れるだけの余裕を生じた、享和から文化初年の間に開始されたのではあるまいか。買い入れ点数の少ない時点では、家計全般の出納帳に記入されていたものが、書籍購得の増加に伴い、専用の帳面に隔離して記録されるようになったのであろう。

滝沢家における家計の出納簿、もしくは馬琴個人の「書籍買入帳」の中から、純粋に買い入れた典籍の書名ばかりを摘出したものが、桜山文庫本『雑記鈔録』に転写された「曲亭購得書目」であったと考えられる。既に紹介したごとく、この書目に登録された書籍の値段を、馬琴は天保期に至っても逐一確認しえたのであり、してみれば当然、「購得書目」の母体となった、より詳細な書き付けの存在が想定できるのである。

また先に推定したように、文化四年中の小成後も、馬琴が「購得書目」に順次追補を加えていたとするならば、二つの書目が併存する必然性は薄いので、「書籍買入帳」の起筆は「購得書目」への追加が停止された、文化六年以降と考えられるのではあるまいか。天保五年二月、馬琴は前節に登場した白話小説『平山冷燕』の正確な買い値を、文化三年正月の「古キ日記」から見出したという（同月十八日付篠斎宛書翰。③41。六〇二頁所引）。よって文化三年の時点では、馬琴はいまだ書籍買い入れの記録を、日記や家計一般の出納帳から独立させていなかったのかも知れない。

ともあれ、『著作堂雑記』や「買入帳」の実態を確認しえない現状においては、今後新たな徴証が得られない限り、馬琴の購書記録に対するこれ以上の憶測は、説得力を持ちえないことであろう。

**注**

（1）ただし、「卜養狂歌」（二十四丁裏）から「随史《ママ》遺文」（二十五丁表）の配列は、ほぼいろは順になっており、ここには何らかの操作が見て取れる。よって、馬琴による書籍購入の順序が、「購得書目」に正しく反映されていると考えるのは危険かも知れない。

（2）「購得書目」二十四丁裏の「後三年記」は、『蔵書目録』を部欄上の「奥州後三年記」のことと思しく、該書は早大図書館曲亭叢書に現存する。題簽に「伊勢氏家本借而写之」とあり、これが馬琴の筆跡かは判じかねるが、本文末尾の「右後三年之記以数本校合畢（以下切り抜き）」は、明らかに馬琴以外の者（おそらくは旧蔵者）による書き入れである。よって該書も、馬琴の新調写本ではないと見なしうる。

（3）享和元年刊行の黄表紙『曲亭一風京伝張』（重政画、耕書堂刊）の一丁裏・二丁表に描かれた馬琴の書斎に、この聯が描かれている。この事実は、夙に真山青果が『随筆滝沢馬琴』の中で指摘しており、真山青果全集第十五巻

（昭和16年、大日本雄弁会講談社）の九四頁には、当該図が掲出されている。

（4）水野稔氏「馬琴の短編合巻」（初出は昭和39年）。『江戸小説論叢』、一一五三頁。

（5）徳田武氏「金太郎主人伊藤蘭洲と『鳳凰池』」。『日本近世小説と中国小説』所収。

（6）これ以外にも、天保七年十月六日付の小津桂窓宛馬琴書翰（④59）には、寛文十一年の役者評判記『垣下徒然草』や享保五年の遊女評判記『（吉原）丸鑑』、奥村政信の絵本『競桜』など、やはり「購得書目」に登録された書籍の買い入れ価格、もしくは売却希望価格が記されている。その具体的な値段は、次掲表中の備考欄に併記した。

（7）中国古典文学大系『西遊記』上（昭和46年、平凡社）の解説中で、太田辰夫氏は「（筆者補、馬琴が）この重要な序をいちはやく公表した卓見は驚くべきものがある」と評している。

（8）余象斗本『三国演義』は、建仁寺やケンブリッジ大学などに蔵される双峰堂刊本（封面題「按鑑批点演義全像三国評林」）が原刊で、馬琴旧蔵本は版式の異なる後発の刊本とされる。詳細は、魏安『三国演義版本考』（一九九六年、上海古籍出版社）参照。

## 附　「曲亭購得書目」登録書籍一覧

一、「曲亭購得書目」に登録された書名を列記し、若干の情報を併記した。「購得書目」の中で、一欄に二点が並記される場合は、二点目を二字下げにして他と区別した。

一、各々の書籍に関して、『曲亭蔵書目録』における所属と編成（冊数等。ただし一冊のものは省略）を中段に記した。その際、各部の冒頭に配置されているものには「◆」、欄上に追加登録されているものには「△」を付した。これらは、書籍の購得時期を推定する上で参考になる情報である。また、「×」は『蔵書目録』に登録されていないことを示す。

一、備考欄には、本章では言及しなかったものも含めて、関連情報を掲出した。現存が確認できるものについては、▼以下に所蔵先を記した。頻出する早稲田大学図書館は「早大」、同館の曲亭叢書は「曲」と略記した。また、「↓」以下は参照事項である。

一、丁の移りは〈」23丁裏〉の形で備考欄に示した。なお、原本に丁付は記入されていない。

※「沙石集」の下の「二ノ系図」（二十五丁表）や、「承久類三代記」（同丁裏）など、詳細を明らかにしえない書籍が散見する。また、「曲亭蔵書目録」の欄で「×」としたものでも、実際には別称で登録されているものがあるかも知れない。不明を恥じ入りつつ、大方の御教示をお願い申し上げたい。

| 書名 | 曲亭蔵書目録 | 備考 |
|---|---|---|
| 小刻いろは韻 | ◆い部「伊呂波韻二本〔慶安版一冊／新刻一冊〕」 | |
| 同三重韻 | さ部「三重韻」 | |
| 雍州府志 | ◆よ部（十冊） | |
| 群《ママ》書纂要 | ※◆る部「類書纂要　華本四帙卅三巻」カ | |
| 丸鑑 | よ部「吉原丸鑑　享保五年　六冊」 | 『巷談坡隄庵』（文化五年刊）援引書籍。売値三朱（④59）。 |
| 山城名跡志 | ◆や部（廿一冊） | |
| 秋のねさめ | ◆あ部「秋の寝覚　二冊」 | 『歌枕秋の寝覚』カ。 |
| 万葉略解 | × | 『玄同放言』所引。→天保四年三月七日日記 |
| 伊勢物語古意 | △い部 | |
| 源語梯 | ◆け部（三冊） | |
| 俗語藪 | ◆ち部「中夏俗語藪　二冊」 | |
| 文藻行潦 | ◆ふ部（三冊） | |
| 詞葉新雅 | し部「詞葉新語《ママ》」 | 富士谷御杖著、寛政四年刊。 |
| 学語篇 | か部（二冊） | 」23丁表 |
| 遊仙窟抄 | ゆ部（五冊） | |

| | | |
|---|---|---|
| 諸買物調宝記 | よ部「万買物調宝記」 | 『坡隄庵』援引書籍。名古屋で購入。 |
| 文しやうさうし | ふ部「文正草紙　二冊」 | 『燕石雑志』巻四で言及。 |
| 男調宝記 | を部「男重宝記　欠本一冊」 | |
| 男色大鑑 | な部（欠本八冊） | 『蓑笠雨談』所引。伊勢で購入。 |
| 浅草拾置《ママ》物語 | あ部「浅草拾遺物語　四冊」 | 『坡隄庵』援引書籍。 |
| 諸芸太平記 | し部（八冊） | 『燕石雑志』所引。都の錦『元禄大平記』。 |
| 竃昭君 | け部「傾城竃照君　三冊」 | 『蓑笠雨談』所引。享保三年刊『けいせい竃照君』。 |
| 棠大門屋敷 | か部（五冊） | 『蓑笠雨談』所引。錦文流作、宝永二年刊。 |
| たきつけ草・もえくひ・けしすみ | た部（共三冊） | 『坡隄庵』援引書籍（たきつけ草）。 |
| 長者機嫌袋 | ち部（六冊） | 『蓑笠雨談』所引。福富言粋作、宝永二年刊。 |
| 男女色競馬 | な部（五冊） | 『蓑笠雨談』所引。団水『野傾友三味線』の改題本。 |
| 色縮緬百人後家 | い部（二冊） | 西沢一風作、享保三年刊。 |
| 国性爺大明丸 | こ部 | 『蓑笠雨談』所引。筑後掾段物集、享保元年序刊。 |
| 尤双紙 | も部（二冊） | |
| 泥竹 | な部「昵竹」 | 『蓑笠雨談』所引。「椀久物狂」を収む。 |
| いなもの | い部（二冊） | 『坡隄庵』援引書籍。 |
| 事文類聚 | し部（華本　合巻廿五） | ※右傍記「享和三」。 |

| 書名 | 曲亭蔵書目録 | 備考 |
|---|---|---|
| 四書集注 | ◆し部（十冊） | |
| 役者大全 | こ部「古今役者大全　六冊」 | ※右傍記「文化元」。 |
| 鎌倉志 | か部（十二冊） | |
| 国家《ママ》万葉記 | こ部「国花万葉記　廿一冊」 | |
| 京都絵図 | 京部（一枚） | |
| 英草紙 | は部（五冊） | |
| 本朝水滸伝 | ほ部（八冊） | |
| 広輿志 | ※く部「広輿記　欠本一冊」カ | |
| 百人一首像讃抄 | ひ部（菱川師宣） | |
| 本朝年代記 | ほ部（十冊） | |
| 琴曲集 | × | |
| 本朝語園 | ほ部（十冊） | |
| 和版水滸伝 | ◆す部「水滸伝和版初編　一冊」 | 二篇は贈与品（②8）。▼昭和女子大学図書館 |
| 太平記演義 | た部（五冊） | |
| 金瓶梅訳文 | き部（写本二冊） | 「他本と交易」（②64）。↓本書第三部第一章 |
| 郷談雑字 | き部（写本二冊） | |
| 照世盃 | せ部（四冊） | 和刻本、明和二年刊。『椿説弓張月』に利用。 |

| | | |
|---|---|---|
| 名物六帖 | ◆め部（人品・器財　十冊） | 」23丁裏 |
| 五雑俎《ママ》 | こ部「五雑俎翻刻前板　十二冊」 | |
| 孝経 | こ部「古文孝経」 | |
| 蒙求 | も部（三冊） | |
| 唐土行程記 | も部 | |
| 源平盛衰記 | け部（合巻廿六） | |
| 方彙 | ◆ほ部 | 『古今方彙』カ。 |
| 三国志演義 | さ部（聖歎本、欠本十冊） | |
| 蘩夜話 | し部（五冊） | |
| 江戸惣鹿子 | ゑ部（四ノ上欠　八冊） | 売値三朱（④59）。 |
| 縉紳全覧 | ふ部「文武縉紳全覧　二冊」 | 曲亭、注記「華本　雍正癸丑」。 |
| 役者古番附三百枚 | し部「芝居櫓下番附」 | 曲亭、注記「宝暦至寛政　三百余張」。 |
| 郭注荘子 | く部（十冊） | 曲亭、そ部重出。 |
| 南村輟耕録 | な部（十五冊） | 曲亭、て部重出。 |
| 奥村政信妓像 | ※ゆ部「遊女像　正徳四年版　一本」カ | 『耽奇漫録』所引（折本一巻、正徳元年再刊）。「元禄吉原遊君画像」。買値一分、売値三朱（④59）。 |
| 宝永江戸役者評判 | × | |
| 万葉集 | ◆ま部「万葉和歌集　廿冊」 | |

| 書名 | 曲亭蔵書目録 | 備考 |
|---|---|---|
| 西遊記 | さ部（華本廿冊） | 曲亭、注記「九・十・十五欠本」。明刊本カ。 |
| 水滸伝解 | す部 | 「至極よろしきもの」（②64）。 |
| 元亨釈書 | け部（合巻十五冊） | |
| 翻訳名義集 | ほ部（七冊） | |
| 開巻一笑 | か部「一名山中一夕話　華本六冊」 | 代金一方（②33）。「大本一帙六冊歟と覚候」（③28）。 |
| 落穂集 | △を部（合本三冊） | |
| 冷山平燕 | れ部（四冊） | 『平山冷燕』の誤。文化三年正月購入。銀拾八匁（③41） |
| 医学天正記 | い部（二冊） | |
| きほひ桜 | き部（折本） | 『耽奇漫録』所引（『競桜』。折本一巻）。買値十二匁、売値二朱（④59）。▼天理図書館 |
| 紅楼夢 | こ部（四帙廿四冊） | →本書第二部第七章 |
| 秘苑要術 | ひ部（五冊） | |
| 武具訓蒙図《ママ》 | ふ部「武具訓蒙図彙　五冊」 | |
| 唐国史補 | た部（三冊） | |
| 下学集 | か部（上下一冊） | 曲亭、は部欄上重出。→本章I |
| 俗説弁 | そ部（五十一巻） | |
| 保暦間記 | △ほ部（上中下合巻） | |

| | | |
|---|---|---|
| 古文前後集 | こ部（三冊） | 曲亭「古文真宝前集　上中下合巻一／同後集　二冊」。 |
| 漢隷字源 | △か部（五冊） | |
| 梵書愚抄 | △ほ部（※抹消） | |
| 列仙伝 | れ部 | |
| 勧化弁蒙 | く部「勧化要文便蒙抄　合巻五冊」 | 」24丁表 |
| 論衡 | ろ部（合巻十五冊） | 寛延三年刊の和刻本か。→大久保隆郎氏「石陽点和刻本『論衡』と馬琴の受容」（言文33。昭和60年） |
| 今昔物語 | × | 『燕石雑志』所引。 |
| 枕双紙春曙抄 | ま部（装束抄附　十三冊） | |
| 武具短歌 | ふ部「武具短歌図考　二冊」 | |
| 参考保元物語 | さ部（九冊） | 火災で紛失（②38）。天保五年再購入。▼成簣堂文庫 |
| 金石縁 | △き部「金石全伝　四冊」 | 『燕石雑志』所引。 |
| 後三年記 | △を部「奥州後三年記　写本」 | ▼早大（曲133） |
| 武勇童子訓 | ※△こ部「古今童子訓　五冊」カ | |
| 幸庵聞書 | △こ部「幸庵対話記　写本二冊」 | 売値三朱（④59）。 |
| 繍像三国志 | △さ部「三国志演義京本校正　繍像　八冊内一冊欠本」 | ▼早大（ヘ21-02159） |
| 淮南子 | ※わ部「淮南鴻烈解　六冊」カ | |
| 世説拵本《ママ》 | ※△せ部「世説新語補　十冊」カ | 『世説箋本』カ。 |

| 書名 | 曲亭蔵書目録 | 備考 |
|---|---|---|
| 事物異名 | △し部 | |
| 花洛細見 | く部（折本三冊） | |
| 十訓抄 | △し部（十二冊） | |
| 卜養狂歌 | ほ部（合巻一冊） | |
| 本朝遯史 | ほ部（二冊） | |
| 皇統紹運録 | ほ部「本朝皇統紹運録」 | |
| 両国訳通 | り部 | |
| 太平義士絵伝記 | た部（五冊　※朱筆） | 売値金二両（④59）。 |
| 捜神記同後記 | そ部（合巻八） | |
| 続古事談 | そ部（写本　合巻二冊） | |
| 印本古事談 | △こ部（六冊） | |
| むし鳥合 | む部「むし鳥歌合」 | 曲亭、注記「長嘯子撰　合本　活字板　寛永ノ比ノ板」。 |
| 聖蹟図 | せ部（墨本） | |
| 昔々物語 | む部「昔々之物語　写本二冊」 | |
| 大和絵画 | ※や部「大和国大絵図」カ | |
| 孔子家語 | △こ部（合巻五冊） | |
| 国史経藉志 | △こ部（五冊） | |

| | | |
|---|---|---|
| 古今著聞集 | △こ部（廿冊） | |
| 篆字彙 | ◆て部（華本　一帙十二冊） | 曲亭、補訂の痕跡あり。 |
| 氏族排韻 | し部「氏族排韻大全　十冊」 | |
| 書言古事 | △し部（十二巻合本六冊） | 曲亭、上部に朱筆で「△」印。 |
| 拾芥抄 | △し部（六冊） | |
| 詩韻箋 | △し部（折本） | |
| 続江戸砂子 | ゑ部「江戸砂子同続編 八冊 五冊」 | 」24丁裏 |
| 江戸咄 | ゑ部（欠本二冊） | 曲亭、注記「一ノ巻・六ノ下」。 |
| うひまなひ | △ひ部「百人一首うひまなひ　五冊」 | |
| 西廂記 | せ部（華本八冊） | 俗語家施訓（①61）、代金一方（②33）。天保三年六月再購入。 |
| 随《ママ》史遺文 | す部「隋史遺文　華本十二冊」 | |
| 桜雲記 | △を部（合巻一冊　※朱筆） | ▼早大（曲138。文化三年購得） |
| 梅松論 | は部（写本二冊） | |
| 百人女郎 | ◆ひ部（二冊） | 祐信『百人女郎品定』。 |
| 金匱要略 | き部（小刻） | |
| 宋版傷寒論 | し部（宋版翻刻　二冊） | |
| 日本記《ママ》 | ※に部「日本紀竟宴和歌　写本」 | ▼天理図書館 |
| 竟宴和哥 | ※前項と一連 | |

| 書名 | 曲亭蔵書目録 | 備考 |
|---|---|---|
| 小説字彙 | し部 | 「早速他本と交易」（②64）。 |
| 本朝蒙求 | ほ部（三冊） | |
| 和歌四式 | わ部（写本） | |
| 難経々訳 | △な部（二冊） | ※『難経経釈』カ。 |
| 石点頭 | せ部（一帙十四巻合巻八冊） | 代金一方（②33）。読本『稚枝鳩』に利用。 |
| 史記評林 | △し部（合巻五十冊） | |
| 群書一覧 | △く部（六冊　※朱筆） | |
| 源平系図 | △け部（※朱筆） | ▼早大（曲146）→第四章Ⅰ（一四六頁以下）。 |
| 雨夜たみことば | △あ部 | 曲亭、「雨夜物語だみことば　二冊」（朱筆）。 |
| 聖徳太子伝暦 | △し部（二冊） | |
| 酔菩提 | す部（冊数ナシ） | 金二朱（②33）。読本『青砥藤綱摸稜案』に利用。 |
| なるべし | △な部（五冊　※朱筆） | |
| 藤原系図 | △ふ部（三巻） | |
| 正字通 | △し部（卅二巻） | |
| 俗語解 | そ部（四冊） | |
| 大系図 | △を部（三十巻・十四巻） | |
| 十種曲 | り部「笠翁伝奇十種曲　二十冊」 | 代十二匁（②33）。▼早大（曲226・244） |

| | | |
|---|---|---|
| 沙石集 | △し部（十冊） | |
| 二ノ系図 | ？ | |
| 評林系図 | △ふ部「武家評林系図　五巻」 | |
| 居家必備 | △き部 | |
| 続字彙 | △そ部（十四冊） | |
| 新撰万葉集 | △し部「新撰万葉　二冊」 | 曲亭、う部重出（抹消）。 |
| 異名分類 | い部「異名分類抄」 | ↓本章Ⅰ |
| 室町物語 | ※△む部「室町殿日記　二冊」カ | ※『室町殿物語』カ。 |
| 古事記 | × | 『燕石雑志』所引 |
| 吉野拾遺 | よ部（四冊） | 」25丁表 |
| 承久類三代記 | × | 「承久等三代記」（承久、明徳、応仁）カ。 |
| 雷震記 | △ら部 | 『雲妙間雨夜月』（文化五年刊）所引。 |
| 管領九代記 | か部「鎌倉管領九代記　十冊」 | 『烹雑の記』（文化八年）所引。 |
| 武家系図 | △ふ部（二巻） | |
| 鯨志 | △け部 | |
| 江戸新著聞集 | ゑ部（十巻合巻一冊） | |
| 将軍家談《ママ》 | ※△し部「将軍譜　〆七冊」カ | |
| 大和物語 | △や部（五冊） | |

| 書名 | 曲亭蔵書目録 | 備考 |
| --- | --- | --- |
| 揚子法言 | × | 『燕石雑志』所引 |
| おちくほ物語 | △を部「落窪物語　六冊」 | |
| 南朝公卿補任 | × | 『南朝公卿補任武臣伝』（曲亭）とは別本。→③54 |
| 平家物語 | × | 『燕石雑志』所引 |
| 類柑子 | る部（三冊） | ▼早大（ヘ5-6088）→本章Ⅰ |
| 細々要記 | △さ部（七巻合本三冊） | |
| 若水本々草 | △ほ部「本草綱目〔若水本共四十五巻〕」 | |
| 飛鳥川 | △あ部「あすか川　三冊合巻」 | 曲亭、傍線。中川三柳随筆カ。 |
| 嶋原記 | △し部「嶋原軍記　合巻三冊」 | |
| 本草入本 | × | |
| 垣下つれ〳〵草 | △ゐ部「垣下徒然草」 | 『耽奇漫録』所引。売値金壱分（④59）。 |
| 宝物集 | △ほ部（七冊） | |
| 宇治拾遺 | う部（十五冊） | |
| 棠陰比事 | △た部（三冊） | |
| 夫木集 | △ふ部「夫木抄　三十七巻」 | |
| 事物起原 | △し部（十一冊） | |

| | | |
|---|---|---|
| 信濃地名考 | △し部（三冊） | |
| 辰之介七変化 | △し部「姿記評林」 | 売値二朱（④59）。 |
| 酔余小録 | △す部 | 文化四年九月刊。 |
| 恵林説《ママ》録 | △け部「恵林《ママ》漫録」（※抹消） | 『桂林漫録』。森島中良著、寛政十二年刊。 |
| 寸錦雑綴 | △す部 | 森島中良著、文化頃刊。 |
| 唐詩選 | た部（三冊） | |
| 庚申道の記 | △こ部「庚申紀行　白拍子武女」 | →③12 |
| 日本道中記 | に部「日本道中行程指南車　折本」（※朱筆） | →②51・62。服部仁氏「馬琴の地図」（『馬琴研究資料集成』第五巻解題）。 |
| 甲冑便覧 | △か部 | |
| 鼇頭無門関 | △む部「無門関頭書」 | |
| 武家高名記 | △ふ部（合巻廿三冊） | |
| 開元天宝遺事 | △か部 | |
| 勇士一言集 | △ゆ部（五冊） | 」25丁裏 |
| 三河雀 | △み部（合本一冊） | 曲亭、傍線。 |
| 武家馬名記 | × | 「武家高名記」重出カ。 |
| 足利治乱記 | △あ部（二冊） | |
| 通語 | × | 中井履軒著作カ。→③20 |

| 書　名 | 曲亭蔵書目録 | 備　考 |
| --- | --- | --- |
| はちかつき | △は部（二冊） | |
| つくば | ※△つ部「筑波名跡志」カ | |
| 潜確類書 | △せ部（十帙共八十冊） | ↓②20 |
| 無縁慈悲集 | △そ部「増補無縁慈悲集　三冊」カ | |
| 謡曲画志 | × | 『俊寛僧都嶋物語』所引。 |
| 摂陽郡談 | △せ部「摂陽群談　十冊」 | |
| 白石叢書 | △は部（三十巻） | 文化五年九月購入。売値五両（④57）。▼筑波大学図書館 |
| 月詣和歌集 | × | |
| 嘉吉記 | ※△群書類従巻三七四カ | |
| 象志 | × | 享保十四年刊。 |
| 南嶋志 | × | 『椿説弓張月』所引。 |
| 浪花見聞録 | × | 写本。『松染情史秋七草』所引。 |
| 泉親平 | × | 読本『泉親衡物語』（文化六年刊）カ。 |
| 鎌倉新語 | × | 読本『絵本鎌倉新話』（馬琴序。文化六年刊）カ。 |
| 梅川忠兵衛 | × | 読本『古乃花双紙』（文化六年刊）カ。 |
| 東西漢演義 | × | 『漢楚演義』（代金一分二朱。②33）カ。 |
| 壒嚢抄 | × | 『燕石雑志』所引。 |

| | | |
|---|---|---|
| 三陵志御年譜 | × | |
| 山海経 | × | 『燕石雑志』所引。 |
| 大明一統志 | × | 『燕石雑志』所引。 |
| 日本余記 | × | 『日本後紀』カ。 |
| 呉越春秋 | × | 『燕石雑志』所引。 |
| 姓氏解 | × | 『燕石雑志』所引。宇野明霞著。 |
| 和漢遊女容気 | わ部（欠本三冊） | 其磧作。享保初年刊。 |
| 音羽夜桜 | を部（欠本四冊） | |
| とのゐ袋 | と部「宿直袋　二冊」 | |
| 千石とうし | × | 」26丁表 |

# 第三章　『夢想兵衛胡蝶物語』の「強飲国」

## はじめに

馬琴の読本『夢想兵衛胡蝶物語』（1）（前編文化七年正月・後編同年十二月、螢雪堂等刊。以下『胡蝶物語』と略称）は、主人公夢想兵衛が浦島仙人から授かった釣竿で凧を作り、これに乗って架空の国々を遍歴する物語である。その形式は先行する滑稽本『和荘兵衛』（遊谷子作、安永三年刊）等の遍歴小説に倣ったものであり（2）、馬琴読本一流の緊密な構成に乏しく、寓話性の濃厚な異色作と評されている。

　この『胡蝶物語』前編巻之四において、夢想兵衛が訪れるのが、上戸ばかりの住む「強飲国」である。同国の住人のありさまは、目録に「この島年寿《ねんじゅ》にかぎりなし。ないそん吐血にてをはりをとるもの多し」（巻一、四丁裏。図1）とあり、本文冒頭においては「強飲国は、酒をもつて食とす。飯を食《くら》ふものを、

図１　『夢想兵衛胡蝶物語』巻一、４丁裏

野夫《やぼ》とし笑ひ、餅を食ふものを、瞽家《こけ》とし卑《いや》しめ、茶を喫《のま》ず、甘きを好《このま》ず」（巻四、一丁表）と説明される。夢想兵衛は生来の下戸であり、当初からこの国のありさまに辟易していたが、ここには自らがあまり酒を嗜まなかった、作者馬琴の感慨が投影されていたものと思われる。

本章では『胡蝶物語』の「強飲国」（以下「強飲国」）を対象として、この章段における典拠利用の実際を検討し、併せて『胡蝶物語』執筆当時の馬琴の創作環境にも考察を及ばせてみたい。

## 一　「強飲国」の冒頭部分と戯文「賞酒」

「強飲国」の記述は、冒頭より終末に至るまで、酒や茶に関する故事の羅列、いわば「故事づくし」の趣きを呈している。とはいえ、酒の対抗物としての茶が話題に登るのは、中盤にさしかかる十一丁表以降であり、それまでは酒に関する話柄が連綿として語り続けられる。特に冒頭から五丁裏まで（挿絵一丁分を含む）の、強飲国の風俗を記した部分は、主人公である夢想兵衛も登場せず、酒づくしの戯文としての色彩が強い。以下に引用するのは、その前半部分である。

強飲国は、酒をもつて食《しよく》とす。（中略）されば酒は百薬の長なりといへども、これを過《すぐ》せば、又万病《まんびやう》の半《はん》たり。長《ちやう》はん熊坂の号を混じて、盗人上戸《ぬすびとじやうご》といはる、もうるさし。とはいへ古人《こじん》の三友《さんゆう》も、酒をもて琴書《きんしよ》と一坐にす。琴には耳を楽《たのし》まし、書には目をたのしまし、酒には口を楽《たのし》ます。君子の交《まじはり》は一片の席料を論ぜずして、水雑炊《みづざうすい》の水より淡く、小人《しようじん》の交《まじはり》は、三文が智恵嚢《ちゑふくろ》を敲《たゝい》て、八文《はちもん》の醴《あまさけ》より否《いや》なり。酒ははかりなけれども、間《かん》に及ばずといふ冷好《ひやずき》も、亦一斤《いつきん》と呼ぶときは、更《さら》に秤目《はかりめ》あるに似たり。東坡は洒落て、掃愁帚《そうゆうそう》とし、梵《ぼ》さまは呼《よび》かへて般若湯《はんにやとう》といへり。されば味酒《うまさけ》の三輪のむかし、杦葉《すぎは》建《たて》たる又六《またろく》が門《かど》を、極楽と定め、終《つひ》に此身《このみ》はとつくりと詠《よめ》る辞世は、『呉志《ごし》』に似たることありとかいふ。青州《せいじう》の従事とは、腹臍《ふくせい》に至るの謎、真一《しんいち》先生とは、三《みつ》が一ツの隠語《かくしことば》。彼飲中《かのいんちう》の八仙歌《はつせんか》にも、李白は諸白《もろはく》の唐名《からな》にあらず。『万葉《まんえう》』の十三首に、大伴酔《えふ》て子ともに劣る。（中略）足下《あしもと》の、わるいは上戸の癖にして、なくて七癖、あるときは、堪情《こらへぜう》なき男山《をとこやま》、風味元来《もとより》高しといへども、顚辺《てつへん》まで登ることなく、七ツ梅の一本生《いつほんき》、その香《か》は鼻を穿《うが》つとも、下戸《げこ》の為には開《ひら》かじとて、酒に目のなき人も又、転《ころ》ばぬ前《さき》の杖を思はず。飲《のむ》ときは蚺《うはばみ》に似て、坐の長《なが》からんことを忘れ、さすときは蜂に似て、味《あぢは》ひ蜜のごとしといふ。肉林酒池の荷《はちす》の盃《さかつき》、もし樽底《たるそこ》の濁りに染《しま》ずは、小科《しようくわ》もこれが為に免《ゆる》され、大《たい》礼《れい》もこれをもて整ふべし。

（巻四、一丁表～二丁表）

この一段に極めて類似した狂文が、馬琴壮年時の戯文集『醴新書』（享和三年正月自序）に収められている。

夫酒は百薬の長たりといへども、又これを過せば万病の半たり。長半既に混じて盗人上戸の名ありけり。しかはあれど、古人の三友も酒をもて第一とす。小人の交りは、三文の智恵袋をはたきて八文の醴をすゝり、君子の交は、一片の席料を論ぜずして酔醒の水より淡し。こゝをもて酒ははかりなけれども、間ゝに及ばずといふめれど、又一斤と呼ぶ時は、更に秤目あるに似たり。東坡はしやれて掃愁箒とし、僧家にこれを般若湯といふ。味酒の三輪のむかし、杉葉立たる又六が門を極楽と称し、つひにこの身はとつくりとよめるも、『呉志』に似たることありといふをしらざりけん。青州の従事とは腹臍にいたるの謎、真一先生とは三が一ツのかくしことば也けり。されど北方の李酒・葡萄酒、又南方の蜜酒樹の汁をもとめんとすは、秋葉の山に猿酒を盗み、江ノ島沖に鶚鮓をたづねんよりまだるかるべし。そは飲中の八仙歌、李太白諸白とまちがひ、万葉の十三首、大伴卿剣菱をしらず。されば男山味ひ高しといへども、てつへんまでのぼることなく、七ツ梅一本生といへども、下戸の為にひらきがたし。飲む者に又三ツの癖あり、飲で笑ふものは酒を愛るごとく、飲で泣るものは酒を愁るごとく、飲て怒るものは酒をうらむに似たり。その飲や、蚋にあらずして座の長からんことを思ひ、そのさすや、蜂にあらずして味ひ蜜なりと賞す。或は跡引・ねぢ上戸、酒池肉林の蓮葉も、いかで樽底の濁にしまん。小科もこれか為に許され、大礼もこれによりて整ふにや。中山千日の生酔は、干宝が文にくはしく、玉の盃底抜上戸は、兼好が筆に残せり。彼椀久がびつくり丸。池上が蜂龍の盃、はかりしるべし『水鳥記』。げにや翠帳こまものみせ、枕ならべしぼうだらどぢ、酔たよた〳〵五尺のあやめに、水をそゝぎし水雑炊、くらはゞ蔵へとあら走り。下戸の建ざる壁訴訟、きいた風味のきゝ酒も、塩梅よしと讃して云ふ。

　　天の美禄地廻り酒も人の和にしくものはなしと思ふのみとぢ

『醴新書』の原本は所在不明であり、明治三十年薫志堂刊行の活字本により、その内容が伝わっている。右に掲げたのは、この戯文集に収められた、「賞レ酒庚申紀行応豆州下田北村氏需作矣」と題する狂文の「再考」である。引用に際して、「強飲国」との比較から判明する誤植を改めた他、「強飲国」とは関連の薄い記述には傍線、同趣旨の記述が前掲の冒頭部分以外に見えるものには波線を施した。

「賞レ酒」の原案は、文中にも「何がし主人性《せい》酒を嗜む。よて予に酒徳の文を乞ふ。予戯に筆を採《とり》て」と語られているように、寛政十二年九月から十月に至る相模・伊豆旅行の途次、「何がし主人」こと「豆州下田北村氏」の求めに応じて筆を執ったものである。なお、馬琴の『滝沢家訪問往来人名簿』（早大図書館曲亭叢書）の中には、この「北村氏」に該当する人物は見出しえない。

前掲「再考」の狂文は、原案をもとに和漢の故事を増補し、末尾に狂歌一首を添えたものであり、馬琴の江戸帰着後に、諸書を勘案して作成されたものと思しく、その成立時期は、寛政十二年十月からさして隔たらないと推定しうる。もっとも、『醴新書』の原本を確認することが叶わない以上、この「再考」が「強飲国」執筆ののちに補入された可能性も軽々には否定できない。ただし、馬琴が序文を記した享和三年正月までには、『醴新書』も成稿を見ていたはずであり、それから数年の後に「賞レ酒」の再案が書き入れられたと考えるのは不自然である。よって、馬琴は自身の旧稿に基づきながら、「強飲国」の冒頭部分を綴ったと見なしてよかろう。

ちなみに、馬琴は『胡蝶物語』前編とほぼ同時に刊行された合巻『松之月新刀明鑑』（文化七年正月、甘泉堂刊）においても、旧作短文「吹革祭」を再利用している。(3) この「吹革祭」は寛政十一年九月二十四日、馬琴が大田南畝の主催する和文の会で執筆したものであり、同会における諸家の文章を集めた『ひともと草』（大東急記念文庫蔵）に収録される他、早大図書館曲亭叢書『惜字雑箋』乾巻にも、馬琴の自筆写本が綴じ込まれている。

## 二　一の宮の旧蹟

旅宿「蛇《じや》の子屋《こや》飲太郎《のんたろう》」に逗留する夢想兵衛は、当初から強飲国の人情に興醒めしており、住人たちに飲酒の弊を説いて歩くが、全く相手にされない。

> しばし心を慰《なぐさむ》る、よすがもがなと旅宿を出つゝ、江潭に吟《さまよ》ふたる、三閭大夫にあらねども、三里太儀な道をいそがず、案内《あんないのひと》者を傭ふて、まづ一の宮へ詣《まうづ》れば、当国の一宮《いちのみや》は南山寿星と、山田の大蛇をあはせ祭り、左《ゆん》手《で》のかたには劉伯倫、淵明・李白の禿倉《ほこら》あり。右手《めて》のかたには、儀狄・杜康の神社《やしろ》あり。斗《と》酒学士《しゆがくし》が書斎の蹟、麴生《きくせい》秀才が化物《ばけもの》屋敷、和田酒盛の大座敷《おほざしき》、樽次《たるつぐ》が古戦場、おの〳〵縁起縁故あり。（八丁裏）

「三閭大夫」屈原の名前は、巻末の「総評」にも見えており、「強飲国」を遍歴する下戸の夢想兵衛に、楚国で「ひとり醒《さめ》」ていた（「強飲国」二十七丁裏）屈原の戯画化という一面を見出すことができる。

引用部分の後半に連ねられた、酒にまつわる諸々の旧蹟に関しては、それぞれの故事来歴が「案内の阿爺《おやじ》」によって披露される。

　抑《そもく》こゝに鎮りましますは、南山寿星の太神《おほんがみ》、漢土《もろこし》唐の帝《みかど》のとき、人間に出現して、只一息に百盃の、酒を苦もなく飲給ふ、酒毒のぼって一夜《いちや》の中《うち》に、天窓《あたま》忽地《たちまち》長くなりし、そのお頭額《つぶり》に象《かたど》りて、陶《とくり》を造りはじめたり。

（九丁表）

　福禄寿（もしくは寿老人）の本体として尊信される南山寿星（南極老人星）は、北宋の人間に出現して、時の仁宗（あるいは哲宗）皇帝の御前で大酒した後、いずこともなく姿を消したという。この広く知られた伝説は、『椿説弓張月』続編第四十四回の中にも引用されているが、「強飲国」に引くところの、徳利の起源説と付会されるような唐代の逸聞を、筆者はいまだ見出しえていない。後藤丹治氏の頭注(4)によれば、『弓張月』第四十四回の福禄寿に関する記載には、特に出典の面で混乱があり、この点の究明と併せて、後考を俟つこととしたい。

　犠狄は唐山《もろこし》禹王のとき、はじめて生酔《なまえ》を造《つくり》酒屋。杜康は杜事《とうじ》の親方株、劉伯倫は底抜にて、陶淵明は五升先生。李白一時四百盃《いつときしひやつはい》。A斗酒学士とは一斗の酒を、一日も缺《かゝ》ず飲し、唐の王績が綽号《あだな》にて、B麯生秀才とまうせしは、葉法善を酔《えは》せんとて、現化《げんげ》し給ふ酒の神。和田酒盛はみな御ぞんじ。樽次《たるつぐ》は大塚に、世をさけ好《ずき》の医師《くすし》にて、大師河原の底深《そこふか》と、酒戦の高名《こうみやう》掲焉《いちじる》く、十六人の酒の弟子を、引《ひき》つれて此国へ、跡たれちらせし神たち也と、

（九丁）

　特に漢籍由来の故事を列挙する場合、彼の地の類書を参照するのが常套手段であろう。東洋文庫蔵『曲亭蔵書目録』にも、以下のごとき諸書が登録されている(5)。

『類書纂要』　清、周　魯編　る　部（華本　四帙卅三巻）

『古今類書纂要』　明、璩崑玉編　こ　部　欄上（合巻六冊）

『（古今）事文類聚』　宋、祝　穆編　し　部（凡百七十一巻　華本　合巻卅五）
『事物紀原』　宋、高　承編　し部欄上（十一冊）
『事物異名』　明、余庭璧編　し部欄上（一冊）
『潜確（居）類書』　明、陳仁錫編　せ部欄上（十帙共八十冊）

右六点は、『胡蝶物語』とほぼ同時期に執筆された随筆『燕石雑志』（文化七年、文金堂等刊）巻末の「引用書籍目録」にも掲げられており、いずれも馬琴日用の書籍であった。

前掲「強飲国」の引用において、傍線を施した部分に対応する故事を、以下に『事文類聚』続集巻之十三燕飲部から引用してみる。

待詔楽《ム》レ酒《ヲ》（A）

王績待《ツ》二詔門下省《ニ》一。故事官《ニ》給《ス》二酒三斗《ヲ》一。或《人》問《フ》、「待詔何《ゾ》楽《シム》」。答曰《テ》、「美醞三升差《ヤヽ》可《キ》レ恋《フ》耳《ノミ》」。侍中陳叔達聞《テ》レ之《ヲ》日《ニ》給《ス》二一斗《ヲ》一。時《ニ》号《ス》二斗酒学士《ト》一。

麹生《ノ》風味（B）

葉法善居《リ》二玄真観《ニ》一。嘗《テ》有《テ》二朝士一詣《ヅ》レ之《ニ》。解《テ》レ帯《ヲ》淹留《ス》。満座思《フ》レ酒《ヲ》。忽《ニ》有《リ》二一美措一、傲睨《シテ》直《ニ》入《テ》称《ス》二麹秀才《ト》一。年二十余、肥白可《シ》レ観《ツ》。笑揖《シテ》二諸公《ノ》末席《ニ》一抗《テ》レ声《ヲ》講論《ス》。良久《シテ》暫《ク》起《ツ》。法善《ガ》曰、「此《ノ》子突《キ》入《テ》詞弁如《シ》レ此《ノ》。豈《ニ》非《ンヤ》二魑魅為《スニ》レ惑《ヲ》」。俟《テ》二其《ノ》復至《ルヲ》一密《ニ》以《テ》二小剣《ヲ》一撃《ツ》レ之《ヲ》。応《ジテ》レ手《ニ》墜《ツ》二于階下《ニ》一。化《シテ》為《ル》二瓶榼《ト》一。一座驚慴《ス》。遽《ニ》視《レバ》乃《チ》一瓶醲醞《ナリ》。咸笑《テ》飲《ム》レ之《ヲ》。其《ノ》味甚《ダ》佳《ナリ》。曰《ク》「麹生《ノ》風味不レ可レ忘《ル》也」。唐開元記

「強飲国」の記述は、右のような記事を参照することにより、はじめて理解しうるものであろう。いずれもほぼ同趣旨の文章が、『潜確類書』巻九十五飲啖部一や、『類書纂要』巻二十六飲食類にも採録されており、馬琴はいず

れの類書からも利用することが可能であった。

酒の始祖として杜康と併挙された儀狄は、「強飲国」十一丁裏にも「唐山《もろこし》には禹王のとき、帝女儀狄が醸《つく》るといへど、黄帝のとき既に酒あり」と見えており、ここでは儀狄・杜康の両人について述べた上で、「然《シテ》黄帝《ノ》時已《ニ》有《リ》二其《ノ》物一」とする、『事物紀原』巻二の記事なども参照されたようである。

竹林七賢の一人劉伶（字伯倫）については、酒にまつわる逸話が『世説新語』等にも見える他、彼の「酒徳頌」（『文選』所収。『事文類聚』続集巻十五所引）は、後段の「酒茶論」においても、「劉白倫に酒徳の頌あり」（十九丁裏）と言及されている。よって、前掲引用における「底抜」の一語からだけでは、馬琴が念頭においた逸話を特定することは難しい。陶潜の異称「五升先生」に関しては未詳であるが、あるいは淵明の著明な別号「五柳先生」を洒落たものか。「李白一時四百盃」もまた、その基づくところに逢着しえないが、『潜確類書』に「一飲三百」の項があり、その後半に「〇李詩百年三万六千日。一日須傾三百杯」とある（図2）。『事文類聚』続集巻十五燕飲類に収められた李白の「将進酒」にも、「会須《ク》二一飲三百盃《ス》一」とあり、「強飲国」の記述は、これらを誇張した表現なのではあるまいか。

前掲引用の後半に見える本朝の話柄のうち、「樽次」とは仮名草子『水鳥記』（寛文七年刊）の主人公地黄坊樽次（作者茨木春朔の仮名）のことである。『水鳥記』は「大師河原の底深」（池上太郎右衛門）と樽次との酒戦を主題としており、樽次は作中で劉伯倫の再生を自称している。早大図書館曲亭叢書には、馬琴の所持した『水鳥記』松会板（寛文・延宝頃刊）合巻一冊が現存し、後述するように「強飲国」の後半部分には、『水鳥記』の趣向が摂取されている。

前節に引用した「強飲国」冒頭部分のうち、「終《つひ》に此身《このみ》はとつくりと詠《よめ》る辞世は、『呉志《ごし》』に似たることありとか

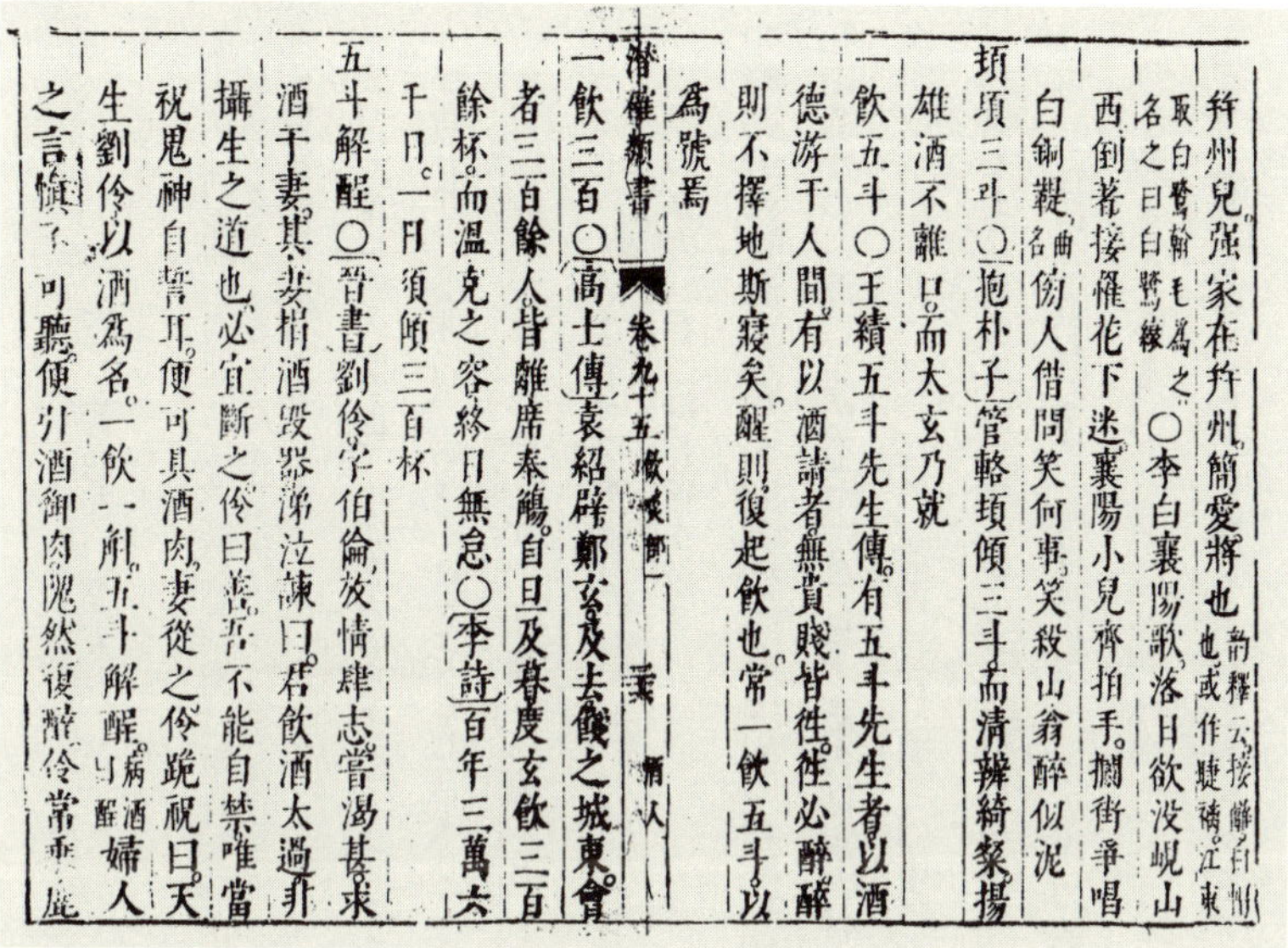

并州兒強家在并州簡愛將也（韻釋云接䍦白帽也或作睫䍦江東取白鷺翰毛爲之名之曰白鷺縗）○李白襄陽歌落日欲没峴山西倒著接䍦花下迷襄陽小兒齊拍手攔街爭唱白銅鞮（曲名）傍人借問笑何事笑殺山翁醉似泥

頊頊三斗○抱朴子管輅頊頊三斗而清辯綺粲揚雄酒不離口而太玄乃就

一飲五斗○王績五斗先生傳有五斗先生者以酒德游于人間有以酒請者無貴賤皆往往必醉醉則不擇地斯寢矣醒則復起飲也常一飲五斗以爲號焉

潜確類書　巻九十五　飲啖部一　二六　酒人

一飲三百○高士傳袁紹辟鄭玄及去餞之城東會者三百餘人皆離席奉觴自旦及暮度玄飲三百餘杯而温克之容終日無怠○李詩百年三萬六千日一日須傾三百杯

五斗解酲○晉書劉伶字伯倫放情肆志嘗渴甚求酒于妻其妻捐酒毀器涕泣諫曰君飲酒太過非攝生之道也必宜斷之伶曰善吾不能自禁唯當祝鬼神自誓耳便可具酒肉妻從之伶跪祝曰天生劉伶以酒爲名一飲一斛五斗解酲（病酒曰酲）婦人之言愼不可聽便引酒御肉隗然復醉伶常乘鹿

図２　『潜確類書』巻九十五、26丁

いふ」（一丁裏）という一文も、「かねてよりかくあるべしと思ひしにつひにわが身は徳利となる」という、樽次の辞世を踏まえたものであった。この辞世は、両国回向院の墓碑（徳利型の石塔）にも刻まれており、江戸の酒客にはなじみ深いものである。『三国志』「呉書」所掲の、樽次の辞世に「似たること」とは、『潜確類書』巻九十五に引用された、以下の逸話を指すのであろう。

化為酒壺　○呉志鄭泉字《ハ》文淵。陳郡《ノ》人。性嗜《ム》レ酒《ヲ》。（中略）嘗《テ》語《リテ》曰《ク》、「我死《ナバ》必《ズ》葬《レ》二我《ヲ》陶家之側《ニ》一。庶《カラン》二百歳《ニ》一之後、化《シテ》而成《リ》レ土《ト》、幸《ニ》見《ナバ》三取《リテ》為《サ》二酒壺《ト》一、寔《ニ》獲《タリ》二我《ガ》心《ヲ》一矣。（三十八丁裏）

同様の記述は『三国志』呉主伝に見えるばかりでなく、六朝末の『琱玉集』（佚書。真福寺に残巻が伝存）巻十四嗜酒篇にも収められており、馬琴も言及した大伴旅人「酒を讃むるの歌十三首」（『万葉集』巻三）中の一首は、これを踏まえたものとされている。樽次の辞世と鄭泉所願との類似は、『松屋筆記』巻五十七（国書刊行会活字本、第一巻二八七頁）の中で、小山田与清も指摘するところである。

「案内の阿爺」を帰した後、夢想兵衛は単身天酒山美禄寺に参詣する。折しも美禄寺は「薬酒《やくしゅ》如来の開帳」とて、和漢の霊宝が開陳されていた。

## 三　美禄寺の霊宝

まづ一番に中の関白《くわんばく》、道隆公の烏《からす》の盃。出処《しゅつしょ》を問《とへ》ば『大鏡』、乃《すなはち》、巻《けん》の六合入り。二番はA浪に兎の盃、和田が酒もり、小林の、あさく見えても七合入り。さて三番はB碗久が、びつくり丸《まる》は八合入り。四番《よばん》は乃《すなはち》C地黄坊が、蜂龍《はちれう》いつはい一舛《いつせう》入り。五番はD白菊・君《きみ》しらず、これ浮瀬《うかむせ》の手とりもの。E吉野が蟹の盃は、顧太初《こたいしよ》が形《かた》をうつし、人のまねする鸚鵡盃。（中略）質におかねど流しつ受つ、曲水の觴《さかつき》に、潯陽《じんよう》の江樽《えたる》をそえて、月の鏡に芦の葉の、呑口《のみくち》付しF猩々盃《せうぜうはい》。（十丁表）

中略部分には唐土の盃名が列記されているが、いずれも『事文類聚』続集巻十三等に見出しうるものである。

和田酒盛の「浪に兎の盃」（A）は、その図説が伴高蹊の随筆『閑田耕筆』（享和元年刊）巻三に見えている。「碗久が、びっくり丸」（B）は、前掲「賞ㇾ酒」の中にも見え、また『水鳥記』の巻頭章に登場する大盃「蜂龍」（C）は、当時なお大蛇丸底深の末裔である大師河原の池上家に現存していた。[6]「猩々盃」（F）の記述は、謡曲『猩々』のうち、「月星は隈もなき、所は潯陽の、えの内の酒盛り、猩々舞を舞はうよ、芦の葉の笛を吹き、波の鼓どうと打ち」[7]を踏まえている。

「白菊・君知らず」（D）に関しては、『烹雑の記』（文化八年、柏栄堂刊）巻下の「浮瀬《うかむせ》」に、以下のような記述を見出しうる。

大坂に浮瀬《うかむせ》といふ酒楼あり。こゝには白菊・君不識《きみしらず》などいふ大酒盃有て、よく飲ものはその名を簿《はく》にとゞめ、亭主引出物してこれを賀すといふ。（巻下、三十六丁表）

享和二年に上方を遊歴した際、馬琴も実際に大坂の酒楼浮瀬に立ち寄ったものと思しく、旅行記『羇旅漫録』巻下「百四　大坂市中の総評」の中には、「うかむ瀬も塩梅名ほど高からず」（二十丁裏）と記されている。(8)

また同年七月十七日、在京中の馬琴は両替町の医師佐野栄庵宅において、島原遊郭の傾城吉野が所持したという、蟹型の盃台を実見した。これが「強飲国」に記された「吉野が蟹の盃」（E）である。その概略は『羇旅漫録』には勿論のこと、享和四年刊行の『蓑笠雨談』にも紹介されている。このうち、『羇旅漫録』における記載は、同書巻中「四十六　遊女吉野が伝　附蟹の盃」（図3。東京大学総合図書館蔵本）に見えているが、現在最も流布している新版日本随筆大成第一期1（昭和50年、吉川弘文館）所収の本文には省略がある。

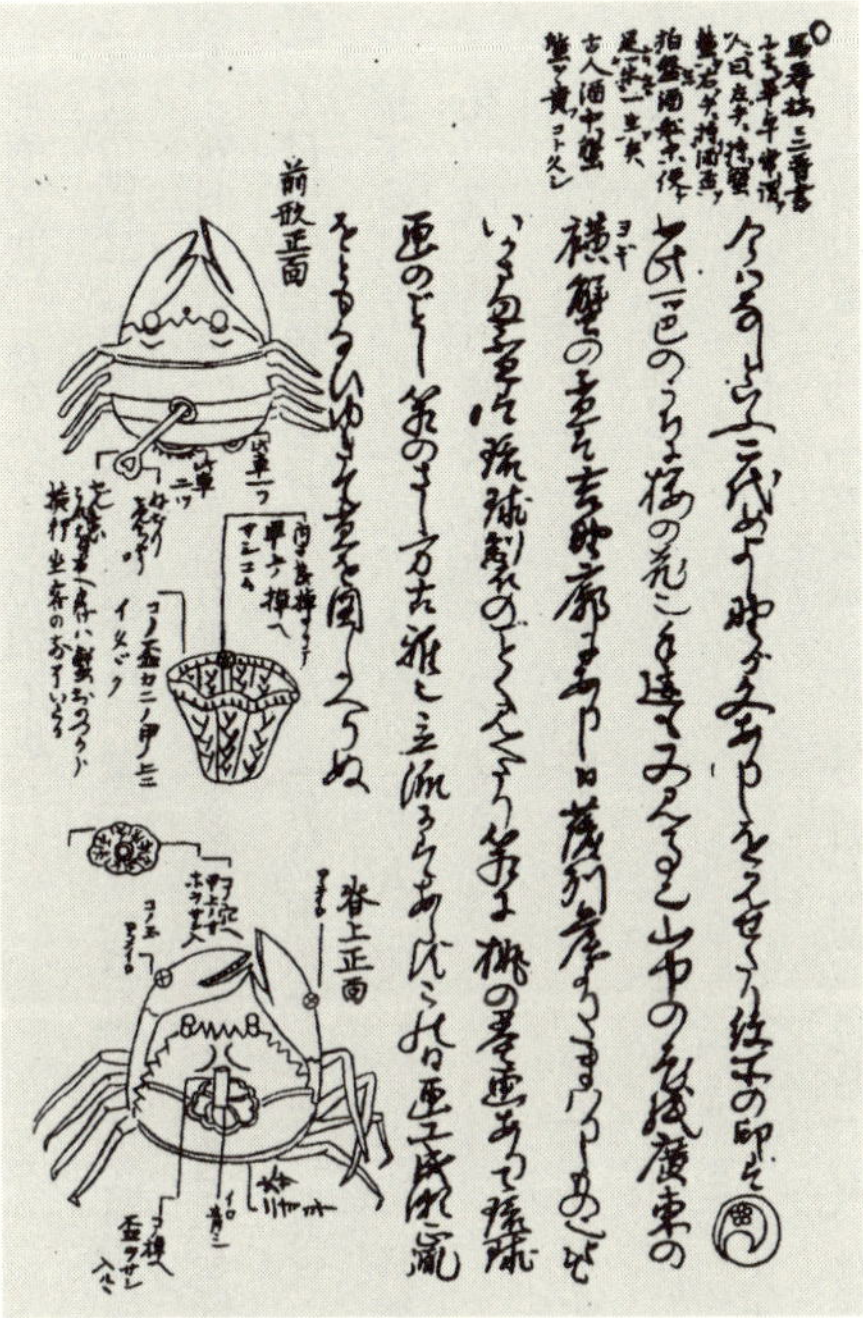

図3　『羇旅漫録』巻中、8丁裏

中山の色紙、広東の横《ヨギ》、蟹の盃は、吉野廓にありし日、薩州侯よりたまはりしもの也とぞ。いかさま盃は、琉球製のごとく見へたり。箱に桃の墨画ありて、琉球画のごとし。箱のさし方古雅也、立派にはあらず。この日画工成瀬正胤(9)をともなひゆきて、盃を図しかへりぬ。白銅のごとく見ゆれど、白銅にはあらず。所々金のすりはがし、金形酒盃共、みなかかなもの細工也。

（『羇旅漫録』巻中、八丁裏～九丁表）

『羇旅漫録』執筆当時、馬琴は「蟹」と「酒盃」との関連について、その拠る所に思いを致さなかったようであるが、後日『晋書』に見える畢卓（字茂世）なる者の逸話を目にして、発明するところがあった。東大本『羇旅漫録』では欄外に追記された内容が、『蓑笠雨談』においては、以下のごとく本文に組み込まれている。

按ずるに、『晋書』に云《いはく》、畢卓常《ひつたくつねに》謂レ人《いふてひとにいはく》曰、左手《ひだりのてにもち》持二蟹螯《かいごうを》一右手《みぎのてに》持二酒盃《しゆはいをはくばんせば》一拍‐盤二酒船中《せんのうちにすなはちたれりと》一便足レ楽《たのしむにいつしようを》二一生一矣。古人酒中《しゆちう》蟹螯を玩《もてあそ》ぶことひさし。

（巻之二、六丁表）

しかし、この記述ばかりでは、「強飲国」の「顧太初が形をうつし」という記述を理解することができない。馬琴は更に、『燕石雑志』を執筆する過程で、「蟹」と「酒盃」とにまつわる新たな故事を見出している。

因《チナミ》にいふ、蟹杯《ノハ》、曰、其斗大《ノノナル》者、〔匡一　名《アルヒハ》レ斗《ク》〕漁人或《ヒハモ》用以《ツテ》酌《クメリ》レ酒《ヲ》。謂《フ》二之《ヲ》蟹桎《カイシツト》一。亦訶陵雲螺之流也。見《エタリ》二于『晴川蟹録《セイセンカイロクニ》』一。『後蟹録《ゴカイロクニ》』亦云《ク》、顧太初《ガ》「説略《ニ》」云《ク》、蟹杯《ノハ》以二金銀《ヲ》一為《ツクル》レ之《ヲ》。飲《ムニ》不レ得《レハ》二其法《ノヲ》一、則双《フタツノ》螯《ハサミ》鉗《ツグメ》二其唇《ヲ》一、必尽《ズ》乃脱《セバチハナス》。其製甚巧《ノダナリ》。戴乙石屏詩《ケリノ》⑽、「落木三秋晩《クレ》、黄花九日催《ス》。何当《ゾ》レ陪《テ》勝《ニタヘン》レ践《ニ》。其把甲《トルコトヲ》二蟹螯杯《トイフヲ》二」。予曩《サキ》に著したる『雨談』に、寛永中京師の盛妓《セイギ》吉野が蟹の杯を図したるが、再《フタ、ビ》按ずるに彼杯《カノ》は原来《グワンライ》は原来顧大（ママ）初が蟹杯《カイハイ》を摸したるなり。

（巻之四「㊃猿蟹合戦」、二十三丁裏）

『晴川蟹録』『後蟹録』の両書は、清代の博学家孫之騄の編著で、蟹に関する故事を集成したものである。『燕石雑志』巻末の「援用書目一覧」にも名前が見えており、「㊃猿蟹合戦」に引用された唐土の蟹に関する故事は、ほぼ全てが両書からの「孫引き」であった。

もとより、吉野の所持した盃台が、『後蟹録』（巻一事典）に見える顧太初の故事を踏まえたものとは思われない。しかし上方旅行の途次、京都において実見した蟹型の盃台について、馬琴の興味が『燕石雑志』や『胡蝶物語』執筆の時点まで持続されており、その考証の一端が「強飲国」の中にも示されたという脈絡をたどることができるのである。

## 四　「酒茶論」

強飲国が「下戸の為には一チ日も、暮《くら》されぬ国」（十丁裏）であることを痛感した夢想兵衛は、美禄寺を出たところで、「唐茶《たうちや》の二字」を記す行燈を掲げた「茶店らしき葎屋《むぐらや》」を見つける。早速その店へ飛び込んで、出された「唐茶」を口にしてみると、これが案に相違して冷や酒であったため、夢想兵衛は茶屋の主人に喰ってかかった。

以下、この唐茶屋の「あるじの翁」と夢想兵衛との問答が、十丁にわたって繰り広げられるが、両者の論戦の冒頭（十一丁表）には、ことさらに改行を施して「○酒茶論」と標記されている（図4）。

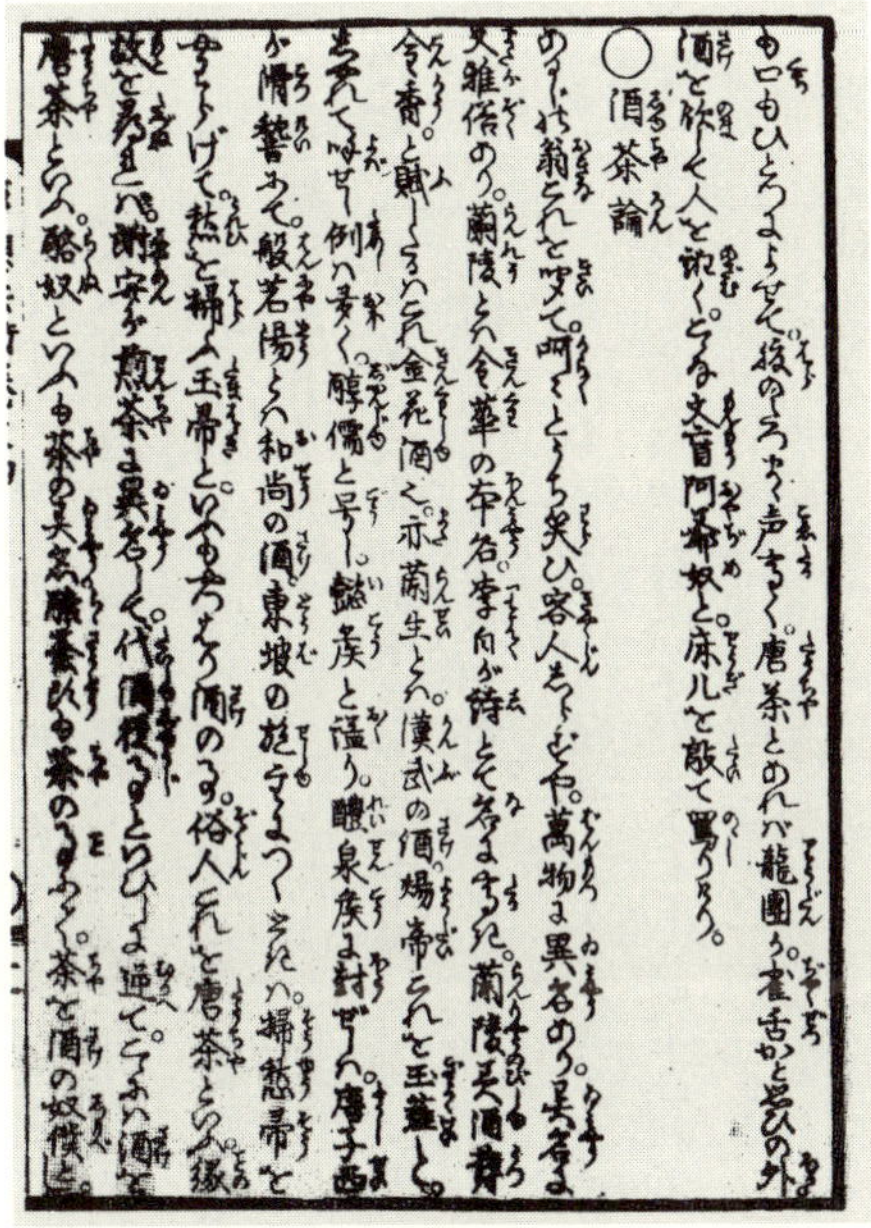

図4　『夢想兵衛胡蝶物語』巻四、11丁表

「酒茶論」と聞いて即座に思い起こされるのは、ともに室町末期の成立とされる、二種類の『酒茶論』であろう。一方は「異類合戦もの」に区分される、寛永期刊行の室町時代物語であり、擬人化された酒と茶との合戦を、漢字平仮名混じりで綴っている。もう一方の『酒茶論』は、美濃国乙津寺の二世住職蘭叔玄秀作の漢文体戯文で、その内容は酒を愛する忘憂君と、茶を嗜む滌煩子《できはんし》との酒茶優劣論に始終す

る。同書は宝暦五年、京都の上坂勘兵衛らによって刊行された他、群書類従飲食部にも収められている。

　東洋文庫蔵『曲亭蔵書目録』の巻末には、馬琴の所持した群書類従が一括して列記されているが、この中に蘭叔『酒茶論』を収める巻三百六十五（現行活字本では巻三百六十八、飲食部中）も見えており、彼が該書に目を通していたことは疑いを容れない。

　夙に近代日本文学大系『曲亭馬琴集』下巻（昭和2年、国民図書）の解題において、笹川種郎が指摘したとおり、「強飲国」の「酒茶論」は蘭叔『酒茶論』を読み下した上で、そこに馬琴独自の故事若干を補入したに過ぎないものであった。ここでは、蘭叔『酒茶論』の忘憂君が「あるじの翁」となり、滌煩子が夢想兵衛に置き換えられている。もっとも、夢想兵衛が特に茶好きとして設定されているわけではなく、「酒」の対抗物として「茶」が持ち出されたのも、行燈に大書された「唐茶」の二字に起因している。よって、「強飲国」における酒茶優劣論は、いささか唐突の観がある。

　以下に、夢想兵衛の側からの発言数条を、蘭叔『酒茶論』と対照してみる。(11)

A　いや〱それは故事附也。茶は神農より飲《のみ》はじめて、魯の周公も茶好《ずき》なり。その、ち斉《せい》に晏嬰あり、漢は楊《ママ》雄・司馬相如、呉には韋曜晋のとき、劉琨・張載・遠祖納、謝安・左思の才人墨客《ぼくかく》、みな茶を飲ずといふことなし。
（「強飲国」十二丁表）

a　滌煩子曰、茶之為レ飲、発二神農一聞二魯周公一、斉ニ有二晏嬰一、漢ニ有二揚雄・司馬相如一呉有二韋曜一、晋有二劉琨・張載・遠祖納・謝安・左思之徒一、皆飲焉。
（群書類従飲食部中、二十五丁表）

B　又ひとりの餓鬼ありて、目蓮に問《とふ》て云《いふ》、「われ頑愚《すこたん》にしてしるよしなし、娑婆にていかなる罪を造て、か丶る餓鬼とはなりけるぞ。因縁しらし給へ」といへば、目蓮聞てうち点頭《うなづき》、「汝人間にありしとき、滅多に人に酒を強《しい》、酔《えは》し倒《たふ》せし報ひにて、酒を見れば水となり、その水を飲んとすれば、亦立地《たちどころ》に火と変ず。いやじやといふに手をとつて、無体に酒を強飲《しひのま》するは、人を饗《もてなす》ではなくて、毒飼《どくがひ》するにこれ等し。不仁とやいはん、無礼とやいはん。

（「強飲国」十四丁表）

b 又一鬼問《テ》二目蓮《ニ》一言《ク》、「我頑《ニシテ》無レ所レ知。何《ノ》罪《ノ》所《ゾ》レ致」。答言《テク》、「汝為レ人時、強《テ》勧《ム》二人酒《ニヲ》一。令レ其《ヲ》顛倒《セ》一。（以下略）」

（群書類従、二十三丁表～裏）

C 「麒麟ぢやの鳳凰ぢやのと、鳥獣《とりけもの》が好ましくは、いふて聞《きか》さふ茶にも又、鳳凰団の号あつて、これを煮るに麒麟炭をもてす。加之《しかのみならず》茶器を造るに、金銀珠玉、或《あるひ》は銅鉄《どうてつ》土石をもつてし、只一節《ひとふし》の竹細工も、作者によつて宝とす。酒器は僅《はづか》に貧乏樽、貧乏陶《とくり》の名をとるのみ。及ばぬ事ぢや」、といひかへせば、

（「強飲国」十七丁表）

c 滌煩子曰、「汝如二猩猩之酔能言《テク》、狒狒之叨《ミタリニ》笑《ガ》レ人。吾雖レ不レ貴二禽獣一、随二汝言一若以二禽獣一論《ゼハ》レ之、吾茶者有時《ルハ》成二鳳凰団一、有時《ルハ》作二璧龍団一、煎レ之以二麒麟炭一、皆是禽獣之長也。恁麼時節《ノ》、水辺鳥向二何処一展レ翼。若論二茶具一、金銀珠玉、銅鉄土石、作二茶具一。則其価不レ知二幾千万一《トコトヲ》。好事者《ノ》秘《シテ》則為二無上宝一。若得レ一時者、表《ス》二声名《ヲ》天下《ニ》一。汝酒具何《ハ》直《ランヤ》二半文銭《ニ》一。

（群書類従、二十五丁裏）

右引用は、特に馬琴の補説を交えない部分から選んだものである。記事に多少の増減や前後はあるものの、「強飲国」の「酒茶論」が蘭叔『酒茶論』を全面的に取り入れていることは、一読して明らかであろう。ただし、馬琴が蘭叔の記述を全て正確に理解していたのか、多少の疑問が残る。例えば蘭叔『酒茶論』のaは、陸羽の『茶経』を踏まえるが、文中の「遠祖納」は陸羽にとっての「遠祖」陸納のことであり、蘭叔が「遠祖」と称するいわれはない。この蘭叔の記述を無批判に摂取した結果、馬琴も「遠祖納」を人名と見なしたのではあるまいか。釈大典の

『茶経詳説』（安永三年刊）はすでに公刊されていたが、馬琴の目配りがそこまで行き届いていたか、はなはだ心許ない。

青木正児氏は『抱樽酒話』（初刊は昭和23年。平成元年、岩波文庫）の中で、蘭叔『酒茶論』を「やたらに故事を列べたまでで、一向名論奇想もない」（一二九頁）と酷評している。しかし馬琴は、「本来拮抗しない二物をことさらに対置することによって、対立抗争を構え、論争の推移を楽しむとともに、比較によって両者の特性が鮮明にされることを期待する」(12)という知的な作品構成に、ひとかたならぬ興趣を覚えたのであろう。彼は「強飲国」の「酒茶論」において、蘭叔の文章に大きく依存しているばかりでなく、その事実をことさら秘匿してもいない。むしろ、後段に登場する餔糟間八《くらかすかんぱち》の「美禄寺のほとりにて、客人と酒茶を論じたる老人は、乙律園蘭叔《おつりつえんらんしゆく》といふものなるべし(13)。彼は別号を忘憂君《ばうゆうくん》といへり。頗《すこぶる》才器あるをもつて、われ常に飲仲間とす」（「強飲国」二十六丁裏）という言葉からは、積極的に典拠を開示しようとする、作者馬琴の姿勢が感じられる。

然るべき史実や考拠の裏付けによって、自作読本の存在価値を高めんとする馬琴の努力が、『胡蝶物語』の執筆と前後して顕著になることは、大高洋司氏の説かれたところである(14)。氏の言葉を援用するならば、自作の「考拠」として用いるに足るだけの評価や信頼を、馬琴が蘭叔『酒茶論』に寄せていたと考えられるであろう。

## 五　馬琴増補の和漢故事

蘭叔『酒茶論』はその文中、漢籍や仏典からの故事を引用するばかりで、本朝の話柄は『西斎詩話』（祖士衡カ）に見えるという、彼の地にも聞こえた栂尾山の逸聞ばかりである。馬琴はこの点に不満を感じ、酒茶に関する我が国の故事を、「強飲国」における闘論の所々に補入している。

和漢の故事を考る《たづぬ》に、進雄尊《すさのをのみこと》、脚摩乳《あしなつち》、手摩乳《てなつち》に、八甕《やはら》の酒を造らし給へば、神代《かみよ》のときより酒はあり。（中略）茶を飲《のむ》ことはいと後にて、『類聚国史』に弘仁六年、六月壬寅《みづのえのとら》、畿内、及《また》近江、丹波、播磨等に茶を植《うへ》さし、毎年《まいねん》これを献《たてまつ》ると見えたれば、嵯峨天皇の御時に、はじめてこれを植《うへ》られたる歟。

（「強飲国」十一丁裏）

後半に引用された『類聚国史』は、馬琴も参看できない書籍ではないが、『俳諧歳時記』（享和三年、耕書堂等刊）を編集する際に彼が多く参照した、安藤為章の『年山紀聞』巻六[15]からの「孫引き」である可能性も想定しうる（第一章参照）。

一方、馬琴は文化五年以前、我が国の故事を収集・分類して、『故事部類抄』五冊を編んでおり、[16]右引用における「進雄尊《すさのをのみこと》」云々のくだりは、同書巻四飲食部に見える、以下の記事と同趣旨である。

酒

素盞嗚尊教《テ》二脚摩乳・手摩《（ママ）ニ》一曰、「汝《イマシ》可《シ》下以《テ》二衆《モロモロノ》菓《コノミヲカム》一醸中酒八甕《ヤハラ》上。吾《アレ》当《ニ》為《ニ》レ汝《イガ》殺《ン》レ蛇《オロチヲ》」。二《ハシラノ》神随《マヽニミコトノリノ》レ教《ク》設《ヲ》レ酒。日本紀一説

（図5）

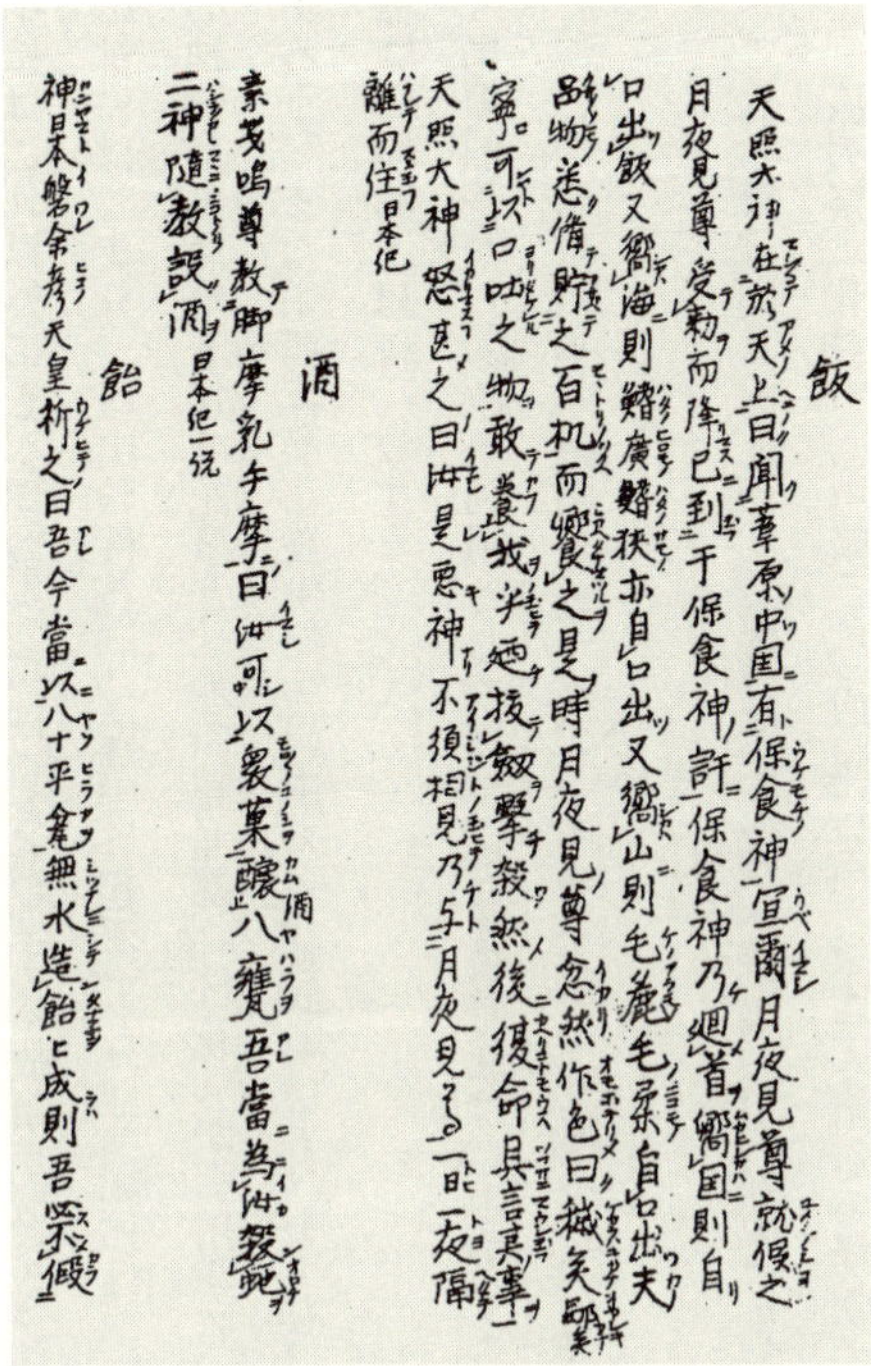

図5　『故事部類抄』巻四、14丁表

播本真一氏も指摘されたごとく、『故事部類抄』の中に採録された故事は、『日本書紀』を出典とするものが特に多い。「強飲国」の

中にはこれ以外にも、『故事部類抄』と共通する故事が散見される。例えば、「強飲国」十六丁表の「吉野の国栖酒《くずさけ》、応神にはじまり、室山の桜花酒《さくらさけ》、履中に起る」という記述は、同書巻四飲食部の「醴酒」に引かれた、『日本書紀』応神天皇十九年十月の記事と、巻四花弁部「桜花」が引用する、履中紀三年十一月の記事とを念頭に置いたものであろう。また栄西『喫茶養生記』の由来（「強飲国」十八丁）も、『故事部類抄』巻四香茶部「茶」に引用された『東鑑』の記事とほぼ一致する。

馬琴旧著からの故事利用としては、『俳諧歳時記』に由来するものも指摘できる。

こゝに日の本の茶園《さゑん》をとへば、栄西僧正宋より帰る日、筑前国背振山《せぶりやま》に植ゑたるを、世に岩上茶《いはかみちや》と称へたり。
（「強飲国」十八丁裏）

これとほぼ同じ記述が、『歳時記』九月「旅夷祭《たびえびす》」の中に見える。

旅夷祭（廿日）（中略）○或説に云、栄西入宋して帰朝の日、茶の種を採り来りて、筑前国背振山に植《う》ゝ。岩上茶と名づく。栄西宋の茶種《ちやたね》を以明恵上人に与へ、栂の尾及び宇治に植。宇治の土地相宜し。故に日本第一とす。[巻懐食鏡]
（『歳時記』二百一丁）

また以下の一節も、『歳時記』十月「口切」（二百十六丁裏）の記述と類似している。

大東《たいとう》には足利義満公、北山に金閣を造りて、鹿苑茶をうつし、義政公は東山に、銀閣を造りて天下の名器をあつめたり。その、ち紹鴎・利久が徒《ともがら》、代々《よゝ》数奇者《すきびと》に乏しからず。
（「強飲国」十八丁表）

その他、とりたてて典拠を必要としない本朝の故事としては、「神に茶樹《ちやのき》の稲荷あれば、倉稲魂《うがのみたま》も茶好《ずき》なり」（「強飲国」十七丁裏。茶の木稲荷は市谷八幡宮の地主神）のごとく、行文中に織り込まれた江戸名所や、養老改元の故事（十九丁）などが挙げられる。

「酒茶論」において、馬琴が独自に補ったものは、我が国の故事ばかりではない。冒頭部分で「あるじの翁」が列挙する酒茶の異名は、蘭叔『酒茶論』には見えないものである。

あるじの翁これを聞て、呵々《からく》とうち笑ひ、「客人しらずや、万物《ばんもつ》に異名《いみやう》あり、異名に又雅俗あり。（中略）亦蘭生とは、漢武の酒。煬帝これを玉薤《ぎよくけい》と、しやれて呼《よば》せし例《ためし》は多く、醇儒《じゆんじゆ》と号し、懿侯《いこう》と謚《おく》り、醴泉侯《れいせんこう》に封《ほう》ぜしは、唐子西《たうしせい》が滑稽にて、般若湯《はんにやたう》とは和尚の酒。東坡の施主につくときは、掃愁帚《そうゆうそう》をやわらげて、愁《うれひ》を掃ふ玉帚《たまはゝき》と、いふもやつぱり酒の事。俗人これを唐茶《たうちや》といふ、縁故《ことのもと》を尋《たづぬ》れば、謝安が煎茶に異名して、代酒従事といひしに逆《むかへ》て、こゝには酒を唐茶といふ。酪奴《らくぬ》といふも茶の異名、酪蒼頭《らくさうとう》も茶の事にて、茶を酒の奴僕《しもべ》とし、酒をもて茶の君とするも、強飲国の私《わたくし》ならず。

（「強飲国」十一丁）

馬琴はこの部分を、『事物異名』巻上飲食に拠って執筆したと思われる。

酒（中略）醇儒〔唐子西号ㇾ之《ヲ》云云〕　懿公〔子西謚ㇾ之云云〕　醴泉侯〔子西封ㇾ之《ヲ》云云〕（中略）蘭生〔漢武帝《ノ》旨酒〕　玉薤〔隋煬帝云〕（中略）掃愁帚〔坡《カ》詩〕（一項略）　般若渴〔般若音撥《ハ》惹、即《チ》知慧也《ナリ》。僧家禁《ス》ㇾ酒。故《ニ》呼《テ》為ㇾ渴〕

茶（中略）酪奴〔惟酪不中与ㇾ茗為ㇾ奴。因《テ》呼《テ》ㇾ茗《ヲ》為二酪奴《ト》一〕　酪蒼頭〔謝宗云云〕　代酒従事〔同上〕

右のうち、「般若渴」は馬琴の判断で、本朝の俗語としてより馴染みのある「般若湯」に置き換えられたものと思われる。もとより、これらの異名は他の類書にも見出しうるが、諸書から寄せ集められたと判断するよりは、一括して『事物異名』から採録されたと考える方が自然であろう。同書の注記は、やや簡略に過ぎるきらいもあるが、引用部分における馬琴の「故事づくし」も、決して詳細な説明を伴ってはいないので、資料としてはこれで不足あるまい。

## 六　餔糟間八の造型

「強飲国」の中盤に「酒茶論」を配する際、馬琴の志向したものは蘭叔『酒茶論』における議論の「発展」や「決着」ではなかった。蘭叔『酒茶論』においては「一閑人」の仲裁をもって制止された両者の論争が、「強飲国」では忘憂君（乙律園蘭叔）の瞑目によって、一方的に打ち切られるという差違はあるものの、本質的な決着を見ぬままに優劣論が中断されるのは、両書とも同様である。

蘭叔『酒茶論』のように両者の和解もならず、さりとて酒茶優劣論の決着をも放擲してしまった以上、馬琴は別に何らかの形で「強飲国」一段の決着をつける必要に迫られる。そこで彼は、自ら逆さ吊りになった滑稽な人物を『水鳥記』から借り来たって、さらなる一波乱を構えたのである。この点で「強飲国」は、同じく蘭叔『酒茶論』の影響下にある三五園月麿の『和漢両泉酒茶問答』(17)（天保十二年自序）とは行き方を異にする。月麿の『酒茶問答』は、原著の記述が尽きた後も、秋成の『清風瑣言』（寛政六年刊）等に拠りながら、議論の延長を図っているが、最終的には原著と同様に、「一閑人」の仲裁をもって議論を収束した。

長谷川元寛は『かくやいかにの記』の中で、「強飲国」に登場する樵夫《きこり》の餔糟《くらかす》（挿画では「かすくら」）間八《かんぱち》が、『水鳥記』の趣向を用いた人物であることを、以下のように看破している。

> 同作（筆者注、馬琴作）胡蝶物語前後十冊のうち、夢想兵衛強飲国の条、仙人が己《オノレ》五体を樹上に逆しまに掛る趣向、并画面は水鳥記元禄年間写本に見へたる画面を摸せしなるべし。全交が黄表紙本題号失すにも、これを仮用なしたり。
>
> （第七十六段。新版未刊随筆百種第四巻、一二三六頁。昭和51年、中央公論社）

「強飲国」の間八は「飲たる酒をのぼせん為」、「山の半腹《なから》より、生出《おひいで》たる松に索《なわ》をかけ　これに両足《りやうそく》を結び著《つけ》て、

図6　『水鳥記絵巻』（不忍文庫旧蔵）

ぶらさが」（二十丁裏）った姿で、夢想兵衛の前に登場する。かたや『水鳥記』の「さめやす」は、「もしさかさまになりてふらめかば、かしらへ血さがつて上気し、ゑふたるこゝちやせん[18]」と考えて、自ら木の枝に逆さ吊りとなっていた折に、主人公樽次と遭遇した。

二種類の板本『水鳥記』は、逆さ吊りとなった「さめやす」を描く挿画を持たないが、元寛の見た元禄写本には、同人登場の場面が絵画化されていたようである。実際に、不忍文庫旧蔵の『水鳥記絵巻』には、樽次と「さめやす」の出会いを描いた、図6のような画面が含まれている[19]。もとより、文化二年に屋代弘賢が摸写させたこの絵巻は、元寛の目に触れた元禄写本ではありえないが、このような挿画を有する伝本が複数存在したのであろう。

「さめやす」に摸した間八と夢想兵衛との間に議論の応酬はなく、間八の行為を咎めた夢想兵衛は、却って間八にやりこめられてしまう。やはり和漢の故事を引き合いに出しつつ、四丁余にわたって展開される間八の主張を要約すれば、酒茶に優劣はなく、各々飲む者の心構えによって毒にも薬にもなりうるという、至極平凡なものであった。

　間八が自説を開陳する際に言及した和漢故事のうち、とりわけ目を引くものは、約半丁にわたって記された、亭子院における闘飲の模様である。宇多法皇の催したこの闘飲のありさまを叙した、紀長谷雄の「亭子院賜酒記」は、『本朝文粋』巻十二や『朝野群載』巻三にも収められた著名なものであるが、馬琴が参看したのは蘭叔『酒茶論』と同じ群書類従巻三百六十五所収の本文であった。

　さらに馬琴は、同巻に収録された栄西『喫茶養生記』をも部分的に利用しているが[20]、その一方でやはり同巻に収められた『喫茶往来』や『酒食論』には、「強飲国」との関連が見出しづらい。これは各々の資料に対して、馬琴が抱いた興味の厚薄を反映しているのであろう。いずれの資料を目当てとして、馬琴が群書類従の当該巻を入手したにせよ、巻三百六十五の編成は、「強飲国」の内容を少なからず規定したといえる。

　亭子院闘飲における人々の醜態、あるいは『茶経』を著した陸羽が、茶の道を棄てるに至ったいきさつ（『類書纂要』巻二十六「毀茶論」、『古今事文類聚』続集十二「恥於煎茶」等）などを交えつつ、夢想兵衛を説き破った餔糟間八は、酒茶優劣論を無化する役割において、蘭叔『酒茶論』の「一閑人」の面影を担っている。しかし、酒茶の双方に中立的な「一閑人」とは異なり、あくまで酒の側に立つ間八との邂逅は、夢想兵衛が「強飲国」から立ち去る契機となった。

　『胡蝶物語』前編巻三「色慾国中品下品」の人情屋利口蔵《りこぞう》も、間八と同じく夢想兵衛に旅立ちのきっかけを与える存在であった。しかし、その主張は刹那的であり、最後には刃を振りかざして夢想兵衛を辟易させている。孫権もどきに刃で几《おしまつき》を斬るという粗暴さは、利口蔵の所説について、馬琴も我ながら承服しかねていたことの裏返しであろう。

これに対して、間八の至極常識的な主張は、「手の舞《まひ》足の踏《ふむ》ところをしら」（二十六丁表）ぬまでに夢想兵衛を感服させ、いささか度を過ごした飲酒批判に対して、自省の機会を与えている。つまり間八は、いわば作者馬琴の代弁者に過ぎず、『水鳥記』に借りた登場こそ荒唐であったが、その説くところは滑稽にはほど遠かったのである。

## おわりに

『胡蝶物語』の刊行から八年ほど後、文政元年十月二十八日付の鈴木牧之宛馬琴書翰（①17）の中に、『胡蝶物語』自推の弁が見えている。

先年拙者あらはし候『夢想（兵衛）胡蝶物語』と申よみ本、前後編九冊あり。これハよのつねの物語とちがひ、狂文を以、専ら教訓をつゞり候処、今以行れ申候様子ニ御座候。

『胡蝶物語』後編巻一「食言郷」の冒頭部にも、「一体理論がこの本の、作者の趣向であるものを」（六丁表）という記述が見え、「狂文を以専ら」綴った「教訓」や「理論」こそが、『胡蝶物語』の「趣向」であった。もっとも、忘憂君（乙律園蘭叔）と夢想兵衛との論戦や、餔糟間八の教訓的言辞が、「強飲国」の主たる「趣向」であったことは、馬琴の言葉を俟つまでもあるまい。

しかし、たとえ自らの「教訓」を導き出すためとはいえ、「強飲国」はあまりに蘭叔『酒茶論』に依存しすぎてはいないだろうか。同書がいかに考拠とするに足る文献であったにせよ、当時の馬琴ならば、もう少し原著を咀嚼して、独自の趣向を立てることも可能だったように思えてならない。読本執筆における過度の「考拠」尊重は、作者の想像力や構成力を抑制する方向にも作用しうる。このような難題を、馬琴は後続の作品でどのように解消していったのか、今後はこの方面にも考察を及ばせねばならないであろう。

本章冒頭でも述べたように、『胡蝶物語』は各章段の関連が薄く、「強飲国」の話柄も、後続の章段には一切引き継がれていない。同様の傾向は、『胡蝶物語』後編とほぼ同時に刊行された『昔語質屋庫』（文化七年十一月、文金堂等刊）にも指摘しうる。寓話性の強い二つの作品が相前後して執筆され、しかもこの後、同傾向の読本が一作も刊行されなかったことは、注目に値するであろう。

馬琴はこれらの作品と並行して、初の考証随筆『燕石雑志』を執筆しており、『胡蝶物語』や『質屋庫』に、考証的・衒学的な色彩が強いのも、無理からぬことといえるかも知れない。またこの時期、彼の名声を高からしめた長編読本『椿説弓張月』は、その完結を目前にしており、馬琴の構想力は多くを『弓張月』の団円に費やされていたはずである。

先に引用した牧之宛書翰の後段で、馬琴は『胡蝶物語』や『質屋庫』、そして同様に短編集的色彩の強い『青砥藤綱摸稜案』（前集文化八年十二月、平林堂等刊）に対して、他の「つくり物語」とは格別な「見て小補あるべき書」という見解を示している。短編ながらも寓意や考証、あるいは勧懲に意を用いた上記三作は、『朝夷巡嶋記』や『南総里見八犬伝』の執筆途上においても、馬琴が自信を持って知友に示しうる旧作だったのである。

にも拘わらず『胡蝶物語』の個々の章段に、詳細な考察を及ばせた論考は極めて少ない。(21) 作者みずから「女わらべに見せ候て、少々ハ為になり可申候」と、並々ならぬ自負を示した『胡蝶物語』からは、作者馬琴の創作環境が垣間見えるばかりでなく、後続の長編読本を論ずる上でも、創作と考拠との兼ね合いなど、新たな観点が得られるのではないだろうか。

## 注

（1）本書における『胡蝶物語』からの引用は、馬琴中編読本集成第十二巻（平成14年、汲古書院。底本は広島市立中央図書館蔵本）に拠った。徳田武氏による同書解説は、本章の初出論考にも言及し、さらに典拠考証を深めている。なお、『胡蝶物語』前編には、「前編」である旨が断られていないが、本章では便宜上、同年末刊行の後編に対して「前編」と称することとした。

（2）鈴木信子氏は「『夢想兵衛胡蝶物語』の一考察―『和荘兵衛』から受けた影響に関して―」（二松学舎大学人文論叢35。昭和62年）の中で、馬琴が念頭に置いた先行作を、笑止亭の『異国風俗笑註烈子』（天明二年刊）と推定されたが、なお検討を要する。

（3）板坂則子氏「曲亭馬琴の短編合巻（十）―『松之月新刀明鑑』後編―」（専修国文57。平成7年）参照。

（4）日本古典文学大系『椿説弓張月』下、一〇一～二頁。

（5）本章において参照した管見本は、以下の通りである。

『類書纂要』　内閣文庫蔵本・四庫全書存目叢書
『潜確類書』　慶応義塾図書館蔵本・四庫禁燬書叢刊
『事物紀原』　和刻本類書集成第二巻（昭和51年、汲古書院）
『事物異名』　同　右第四巻（昭和52年、同右）
『古今類書纂要』　同　右第五巻（昭和51年、同右）
『古今事文類聚』　『和刻古今事文類聚』（昭和57年、ゆまに書房）

『類書纂要』に同名異本が存することに関しては、『烹雑の記』下之巻「先板の訛舛《くわせん》」に記事がある。

（6）山東京伝『近世奇跡考』（文化元年刊）巻之五「十三　地黄坊樽次の酒戦」等参照。現在は池上本門寺に蔵されている。

（7）新潮日本古典集成『謡曲集』中（伊藤正義氏校注。底本は光悦本。昭和61年、新潮社）、一七二頁。

（8）阪田昭二氏『浮瀬《うかむせ》　奇杯ものがたり』（平成9年、和泉書院）によれば、酒杯「白菊・君不知」は他に所見なく、馬琴の思い違いであろうという（七〇〜七二頁）。「強飲国」の中に見える「猩々盃」も、あるいは浮瀬の名物「七人猩々」からの連想が働いたのかも知れない。

（9）画工正胤について、『蓑笠雨談』には「折よく席上にあり」と記されているが、『羇旅漫録』によれば、実際には馬琴と連れ立って栄庵を訪問した模様である。この事実は、馬琴が京都に滞在した時点で、すでに『蓑笠雨談』の刊行が予定されていたことをうかがわせる。なお、栄庵・正胤の両人は、『滝沢家訪問往来人名簿』（九丁表）にも登録されている。

（10）この部分の読みは、『烹雑の記』巻下「先板の訛舛」において、以下のように訂正されている。

盧云《ク》、戴石屛《タイセキヘイガ》　詩と点すべし。宋《ノ》戴復古号《ごうす》二石屛一。《ト》小伝見《タリ》二『宋詩鈔』『宋詩紀事』等《ニ》一。　（四十五丁表）

「盧」とは北静盧のことであり、「先板の訛舛」における訂正は、多く同人からの指摘によるものであった。

（11）以下、蘭叔『酒茶論』からの引用は、群書類従板本（慶應義塾図書館蔵）によった。なお蘭叔『酒茶論』は、茶道古典全集第二巻（昭和31年、淡交社）に、福島俊翁氏の詳細な注釈が収まる。

（12）渡辺守邦氏「『酒茶論』とその周辺」。初出は昭和51年。『仮名草子の基底』（昭和61年、勉誠社）所収。

（13）「乙律園蘭叔」の「乙律」は、「乙津」が正しいと思われるが、馬琴は群書類従本巻頭の「一条岐陽乙律寺沙門蘭叔述」（傍点筆者）という誤記を踏襲したようである。

（14）大高洋司氏「『椿説弓張月』論―構想と考証―」（読本研究第六輯。平成4年）、同氏「文化七、八年の馬琴―読本と考証―」（『説話論集』第四巻所収。平成7年、清文堂出版）。

（15）新版日本随筆大成第二期16巻（昭和49年、吉川弘文館）、四四六頁。大成本の底本は文化元年刊の板本であるが、馬琴所持本は写本である。

(16) 播本真一氏「『故事部類抄』について―『南総里見八犬伝』との関連を中心に―」(初出は平成6年。『八犬伝・馬琴研究』所収。平成22年、新典社)。なお、『故事部類抄』の引用は、早大図書館曲亭叢書の自筆稿本による。

(17) 注12前掲論文の中で、渡辺守邦氏が紹介しておられる。月麿が参看した蘭叔『酒茶論』は、字句の相違から群書類従本ではなく、宝暦五年刊本であろう。また、原著に見えない故事の幾つかが「強飲国」と一致しており、月麿は『清風瑣言』とともに『胡蝶物語』をも参照していた模様である。

(18) 『水鳥記』巻中第九「鎌倉甚鉄坊先懸　附さめやすが事」。『水鳥記』の引用は、早大図書館曲亭叢書の馬琴旧蔵本による。

(19) 古江亮仁氏『大師河原酒合戦』(平成10年、多摩川新聞社)に紹介される。平間寺(川崎大師)所蔵の『水鳥記絵巻』は不忍文庫旧蔵で、「尚雨」なる絵師の原本を、文化二年に模写した旨の奥書が存する。この絵巻は、小山田与清『擁書漫筆』巻三「廿四　水鳥記のさだ」にも言及される。

(20) 「強飲国」十七丁裏における『本草綱目』からの引用は、同書巻三十二の本文よりも、『喫茶養生記』巻上に「本艸曰」として見える記事に近い。また、「強飲国」十八丁裏における『広雅』からの引用も、やはり『養生記』巻上に拠るのであろう。

(21) 徳田武氏「『八犬伝』と家斉時代」(『日本近世小説と中国小説』所収)に、「隠微」を視座とした、前編巻二「色慾国上品」に対する言及が備わる。

# 第四章　馬琴の考証と『塩尻』

## Ｉ　文化期の馬琴と『塩尻』

### 一　文化初年の『塩尻』披閲

天保三年十二月八日付の、小津桂窓宛馬琴書翰（②64）は、同年閏十一月十日付の桂窓書状（同月二十三日着）を受けて染筆されたものである。白話小説の読解法を懇切に示した一段と、馬琴の蔵する『白石叢書』の目録とが、ひときわ目を引くこの書翰の中に、以下のような一節が見えている。

一、天野信景の『南朝紹運図』御蔵弆のよし、入用ニも候ハゞ、御かし可被下よし被仰越、忝奉存候。右ハ、『塩尻』にのせ有之。文化のはじめ、一坊賈より『塩尻』四十五巻さし越候。写しも相応の本ニて、代金弐両とか申事ニて、高からぬ物故、かひ入可申存候処、旧宅近辺の浅野殿にせられ、五千石の勢ひにハ敵しがたく、終ニ手ニ入不申、今に遺憾ニ存候。その節、為朝の譜ハ抄録いたし置候得ども、『紹運図』ハうつしとめ不申候。名古屋にハ、『塩尻』の写本も多く有之候よし、昔年彼地の書林、引札いたし候を見申候。よき写本ニて、価何程ニて手ニ入可申哉、御地御懇意の書賈へ御問合せ可被下候。ちからニ及び候ハゞ、『塩尻』ハかひ入たく存候。これも急ギ不申候。もし『塩尻』、高料ニてちから不及候ハゞ、『紹運図』借覧いたし度奉存候也。

尾張藩士天野信景の『塩尻』は、一説には千巻に及んだとされる大部な雑録である。現在通行の活字本[1]は、内閣文庫所蔵の百冊本を底本としているが、これも数多い伝本の一つに過ぎない。そもそも、編者信景が系統立てた整理を行わなかったため、同書には定本と称すべき形態が存在しないのである。

馬琴が文化初年に披閲した『塩尻』については、天保五年十二月に記された、『塩尻抜萃編』（本章Ⅱ参照）第四冊巻末の識語にも触れるところがあり、そこでは巻数が「四十巻」となっている。「写しも相応」で「弐両」の値が付けられたこの『塩尻』を、馬琴は買い入れる心づもりであったが、やはり同書の購入を切望した、「旧宅近辺の浅野殿」には敵しえず、入手することができなかった。「旧宅」とは、馬琴が文政七年まで住した、飯田町中坂下の居宅のことである。諸文献に徴しても、「五千石」の「浅野殿」に相当する武家を、馬琴旧宅の近辺に確認することはできないが、同町黐木《もちのき》坂に屋敷を構えた、三千五百石の旗本浅野長富（文化十二年、六十八歳で没）である蓋然性が高い。同家の本貫が尾張国であったことは、尾州に関する記述を多く含んだ『塩尻』の購入とも無縁ではなかろう。購入に失敗した馬琴は、やむなく「為朝の譜」など若干の記事を抄録した上で、該書を書肆に返却した。三十年も昔のしくじりを、「今に遺憾ニ存候」と記した筆致からは、彼が『塩尻』を有用の書と見なしていたことがうかがえる。

尾張の書肆は数次にわたって『塩尻』の刊行を企てているが、いずれも実現には至らなかった[2]。この点からも、特に尾州においては、『塩尻』に一定の需要が存したと思しく、複数の写本を作成して、引き札で広く宣伝するような書肆も存したのであろう。

文化初年から天保三年に至るまでの間、馬琴は『塩尻』再閲の機会を得なかったと考えられる。よって、この期間に馬琴が引用する『塩尻』の記事は、いずれも文化初年に書き留められた「抄録」からの転用と見なしてよかろう。本章では、化政期の馬琴著作に見出される『塩尻』の記事を検討しつつ、馬琴が披閲した伝本の特性について考察を加えることとしたい。

## 二　『塩尻』の抄録と『著作堂雑記』

馬琴の『著作堂雑記』は、彼がその執筆活動と併行して、和漢典籍からの抄録や市井の異聞などを記しとどめた雑録である。最終的には四十巻に及んだとされるが、その原本は所在不明であり、現在では『曲亭遺稿』（明治44年、国書刊行会）所収の「著作堂雑記抄」などによって、断片的な記述をうかがいうるに過ぎない。

「著作堂雑記抄」は、関根只誠が「所々闕本ありし」原本から抄録したものを、子息の正直が校訂して、『曲亭遺稿』に収めたものである。同書の底本となったのは、只誠の雑録『只誠埃録』（『誠垓只録』とも）のうち、巻二四七から巻二五一までの五冊であった。関根俊雄氏の所説[3]によれば、右の五冊は関根家から松廼屋文庫に売却され、関東大震災で焼失した一群に含まれるという。

『著作堂雑記』の起筆について、馬琴は同書の中で以下のように記している。

○吾等『雑記』は、文化元年初て筆を起したり。开《そ》はかりそめの事にて、一二の巻は麁末にて見るべくもあらざりしを、第三巻より漸次に冊を做したる也。約莫百枚を一巻とす、夫より紙の多きも又少なきもあるべし。多くは読書の抄録にて、漢文のみなる巻もあり。（『曲亭遺稿』五一八頁）

「雑記抄」の冒頭部分には、以下のごとき諸書からの抄録記事が並ぶ。

『室町殿物語』巻三・四　楢村長教編。宝永三年刊

『堀川百首題狂歌集』（五首）　正式編。寛文十一年刊

『慕景集』（十七首抄出）　太田道灌家集。全三十六首

『塩尻』（二項）

『新著聞集』巻六　神谷養勇軒編。寛延二年刊

『新著聞集』からの抄出記事の末尾には、「文化四丁卯年正月九日　滝沢解」とあり、一行空けて次行には「〇巻三」と巻次が記されている。「雑記抄」の記事は、一箇所の転倒を除いて、ほぼ原本の巻次順に配列されていると思われるので[4]、右に掲げた五書からの抄録は、『著作堂雑記』の巻一、もしくは巻二に含まれていたことであろう。第二章Ⅱにおいて紹介した、編者未詳の『著作堂雑記鈔録』（五冊。昭和女子大学図書館蔵）第一冊を参照すると、『室町殿物語』のみは原本『雑記』の巻一、『塩尻』を含む他の四書は同書巻二に、それぞれ抄録されていたことが確認できる。

「雑記抄」の冒頭部分を一瞥して気付くのは、文化年間における馬琴の著作、特に考証随筆『燕石雑志』（文化七年、文金堂等刊）との関連が深いことである。「雑記抄」の巻頭に掲出された、『室町殿物語』巻三に見える、六代将軍義教の詠歌は、『燕石雑志』巻之二「㈠古歌の訛」に引用されている。また、続く『堀川百首題狂歌集』や『慕景集』からの抄出記事も、やはり『雑志』巻之二に引き用いられたものである。

只誠は「雑記抄」の識語において、その抄出方針を「書中多く諸書を抄録せると、他書に見えたる説は今省きて」と記している。その一方で、右に列挙した諸書からの引用記事を、あえて「雑記抄」の中に転載したのは、『燕石雑志』との関連を見出したからであろう。

これらの項目と同様に、起筆間もない『著作堂雑記』の中に収められた記事を、蔵書家中川徳基（号得楼）の編

んだ『著作堂雑記摘録』の中にも確認することができる。同書の原本は国会図書館、藤隆雄なる人物による転写本（題簽題「著作堂雑記抄録」）は早稲田大学図書館に、それぞれ蔵されている。この『雑記摘録』の成立事情については、木村三四吾氏「馬琴の書箱」(5)に詳しい。

得楼は『著作堂雑記』の抄録を行う際、原本における所収巻次を、各々の記事の末尾に明示しているので、彼が『雑記』巻一から抄写した五項目は、全て『静斎随筆』（河口光遠著。写本）の記事であったことが分かる。この『静斎随筆』もまた、『燕石雑志』の援引書目に数えられているが、馬琴が同書の中に引用した記事と、得楼の興味を引いた項目との間には、関連を見出すことができない。この点は、只誠と得楼との間における、馬琴理解の深浅を反映しているのであろう。なお、得楼の『雑記摘録』には、原本『雑記』巻二からの抄出記事は含まれていない。

一方、桜山文庫本『雑記鈔録』の第一冊には、原本『雑記』の巻一・二から、右の諸書に加えて『七福神考』（山本北山著。寛政十年刊）や『武家故事要言』（正徳二年刊）、『十訓抄』などの記事が再転写されている。これらの書物も、『燕石雑志』や『烹雑の記』（文化八年、柏栄堂等刊）において、馬琴が援用するものであった。

只誠の「雑記抄」冒頭部分に掲げられた、『塩尻』からの抄出記事は、わずか二項目に過ぎないが、これによって、馬琴は入手の叶わなかった同書から、「為朝の譜」をはじめとする有用の記事を、『著作堂雑記』の中に書き抜いていたことが判然とする。文化初年における馬琴の『塩尻』抄録が、どれほどの分量に及んだのか、原本『雑記』の伝存が確認されない現状においては知る術がない。しかし、入手に失敗した上での抄録であってみれば、馬琴も可能な限り多くの記事を転写すべく努めたことであろう。

そこで再度『雑記鈔録』に目を転じると、第一冊の十四丁表から十五丁裏にかけて、『塩尻』からの抄出記事が長短あわせて九項目採録されており、その中には只誠が記しとどめた二つの記事も含まれている。各記事の冒頭部分を、現行本における掲載箇所とともに示すと、以下の通りである。

A 『春秋内事』曰　巻4（大成本13巻一二〇頁）
B 『王摩詰集』天寒遠山静　巻5（同　右　一三五頁）
C 名古屋三左衛門某　未収（　後　掲　）
D 『玉笑零音』に云　巻71（大成本15巻四四〇頁）
E 天文廿年六月筒井順昭卒　巻98（同　16巻四三〇頁）
F 源義経一谷を攻められし時　巻32（同　14巻一七二頁）
G 盲者の説に、昔朝家盲人を　巻76（同　16巻一二〇頁）
H 菓子に落雁あり　未収
I 『礼』に桃茢を執て　巻33（大成本14巻一九〇頁）

このうち、E・Gの二項目が只誠「雑記抄」と重複し、これにA・C・Dを加えた五項目には、馬琴著作との関連を指摘することができる。現行本には未載の二項目を含む点からも、馬琴の披閲した『塩尻』が、今日通行の百巻本とは異なる伝本であったことは疑いを容れない。

それでは、馬琴が文化初年に繙いた『塩尻』とは、一体いかなる特徴を持つものだったのであろうか。この点を解明するためには、化政期の馬琴著作中に見出される『塩尻』の記事を、逐一検討してみねばなるまい。

## 三 「為朝の譜」

第一節に掲げた桂窓宛書翰の中で、馬琴は文化初年に『塩尻』から抄録した記事の一例として、「為朝の譜」を挙げていた。ここで当然想起されるのは、文化四年正月に初編六冊が刊行された、読本『椿説弓張月』（北斎画。平林堂等刊）との関わりであろう。

『弓張月』の中に、『塩尻』の書名が初めて現われるのは、文化五年正月に刊行された同書後篇のうち、その巻頭に置かれた「備考」においてである。考証的な色彩が強いこの一文の意図するところを、大高洋司氏は「然るべき文献に基づいて立て直された、作品全体の基本構想」の開陳と推定している[6]。

ことさらに片仮名まじりで記された、この考証の末尾には、二十七部の「援引書目」が掲げられており、その中には信景の『塩尻』も含まれている。馬琴が「備考」において引用した「天野氏《ウヂ》ガ塩尻」の記事は、以下のようなものである。

或問《アルヒトトフ》、尾城《ビゼウ》ノ南、太渡《タド》《○フルワタリ》村《ムラ》（太渡一本ニ古渡ニ作ル）ニ、為朝塚《タメトモヅカ》ト呼ブ処《トコロ》アリ。ソノ地闇森《クラモリ》等ニ、為朝ノ故事ヲイフ。不審《イブカシ》。為朝ハ、豆州《トウシウ》大嶋ニテ自尽セリ。如何《イカ》ナル故ニ、当国ニカ、ル伝アリヤト云《イフ》。当国ハ源家ニ由緒アレバ、往昔《ソノカミ》為朝、太渡村ヲ知行セシニヤト覚 侍《オボエハベ》ル。（中略）後裔当国ニアルニヤ、分明《フンメウ》ナラズ。俗ニ太渡闇森ハ、為朝ノ霊ヲ崇 祝《アガメイハフ》ト云フ。今ハ八幡ト称セリ。

（『弓張月』後篇巻之一、四丁裏〜五丁表）

ここで馬琴は、為朝にまつわる伝説を有する、尾張の闇森や為朝塚の所在地を「太渡《タド》村」とし、「古渡」を異説として扱っているが、これは「古渡」を是とせねばならない。古渡村為朝塚の所在地について、『那古野府城志』上巻は「古渡泰雲寺中」、あるいは「元興寺裏畑」と記し、『尾張名所図会』前編巻一は「尾頭《おがしら》橋の東」と伝えている[7]。また、現行本『塩尻』の巻三十八にも、「古渡村東泉寺の近境にあり」（大成本第14巻、二八九頁）とあるが、筆者はその現存を確認することができなかった。一方、為朝の創建とも伝えられる、闇 森《くらがりのもり》八幡社は、名古屋市中区正木町に現存する。同社本殿の西方には、「源為朝の武具を埋し所」[8]とされる鎧塚や、為朝を祖と仰ぐ鬼頭氏の氏神で、為朝を祭神に数える尾頭《おとう》神社などがある。

右引用の中略部分には、後述する為朝後裔の系譜が紹介されており、件の桂窓宛書翰に見えていた「為朝の譜」とは、まさにこの記事を指すのであろう。

『塩尻』の現行活字本に、この章段は見出すことができない。ゆえに後藤丹治氏は、神宮文庫所蔵の三十五冊本を参看して、その第三十四冊の中に、右引用と同内容の記事が存することを紹介しておられる(9)。なお右引用のうち、中略箇所直前の「知行セシニヤト覚《オボエ》侍《ハベ》ル」は、後藤氏参看本のように、「知行せしにや、子孫又此ノ国にありしやうに覚へ侍る」とあるべきであろう。

『弓張月』の後篇「備考」に掲出された右の記事は、同じ後篇の第二十四回において、物語の背景として利用されている。

八丈島を脱出した為朝は、娘嶋君《しまぎみ》を伴って讃岐に渡り、そこで図らずも、盗賊に襲われていた熱田大宮司《だいぐじ》季範を救助した。為朝から嶋君を託された季範は、彼女を熱田に連れ帰り、成人ののち、嫡孫の犬稚丸（義実）にめあわせる。義実は上西門院の判官代に補せられ、嶋君との間に義信・義直の男児二人を儲けた。

熱田神宮の大宮司職藤原季範は、源頼朝の外祖父であり、為朝にとっては兄義朝の舅にあたる。ここで季範の嫡孫とされる義実は、『諸家大系図』（板本『尊卑分脈』）や『塩尻』所収の系図などに、為朝の長子として掲げられた人物である。馬琴も当然この事実を認識しており、『弓張月』第二十四回の末尾では、「家譜には義実を、為朝の実子とす」(10)（後篇巻之四、十九丁表）と注している。よって、諸系図が為朝の長子に位置づける義実を、馬琴が熱田大宮司の嫡系に改めたのは、『塩尻』に記された尾州の為朝伝承を、『弓張月』の物語に整合させるための作為と考えられる。

図1　『椿説弓張月』為朝略系

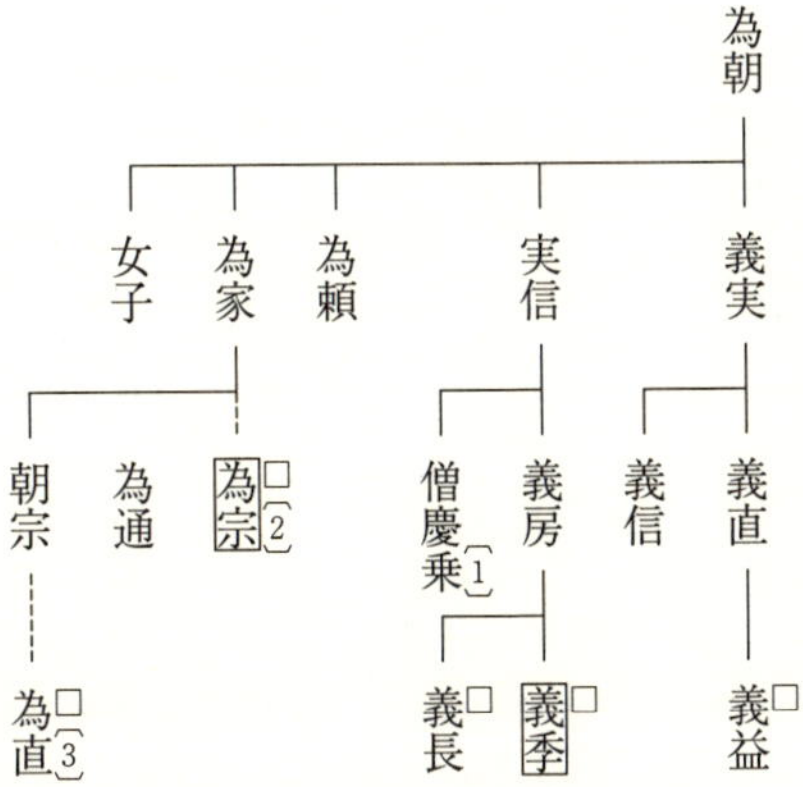


〔1〕残篇「為朝の譜」では、十四巻本『大系図』に従って「慶桑」とする。
〔2〕「為朝の譜」では罫線を施さず、「大島ノ太郎為家ノ長子」と注記する。
〔3〕後篇「備考」では「為通」とあったものが、「為朝の譜」では「為直」に改められ、罫線を施さずに「当ニ朝宗ノ末ニ附スベシ」と頭書される。

『椿説弓張月』は、文化八年三月に刊行された残篇六冊をもって局を結ぶ。その末尾に掲げられた「為朝の譜」（巻之五下冊、三十六丁裏〜三十八丁表）は、『弓張月』で言及された為朝の後裔を、系図の形で整理したものである。ここでは、二種類の『大系図』(11)や「古老の伝る所」(12)などと共に、後篇「備考」にも引用された『塩尻』所掲の為朝系譜が参照されている。

馬琴披見の『塩尻』に掲げられた為朝系図を、『弓張月』の記述から再現すると、図1のようになる。通称等の注記は省略したが、残篇「為朝の譜」において、「天野翁ノ塩尻ニ載タリ」として□印が傍記されたものには、同様の印を付した。

一方、後藤丹治氏が神宮文庫本『塩尻』の中に見出された、これに類似する為朝末流の系譜とは、図2のごときものである。これとほぼ同一の系図は、『那古野府城志』上巻にも掲げられており、その出拠はやはり信景の『塩尻』であった(13)。また、『系図纂要』第九「源朝臣姓」における為朝末流の記載も、図2の系図に近似しており、神宮文庫本のみが特異な系譜を伝えているわけではない。

二つの系図における顕著な違いは、囲みを施した「義季」と「為宗」の位置である。特に為宗の位置付けに関しては、馬琴も疑いの

図2　神宮文庫本『塩尻』所掲　為朝系図

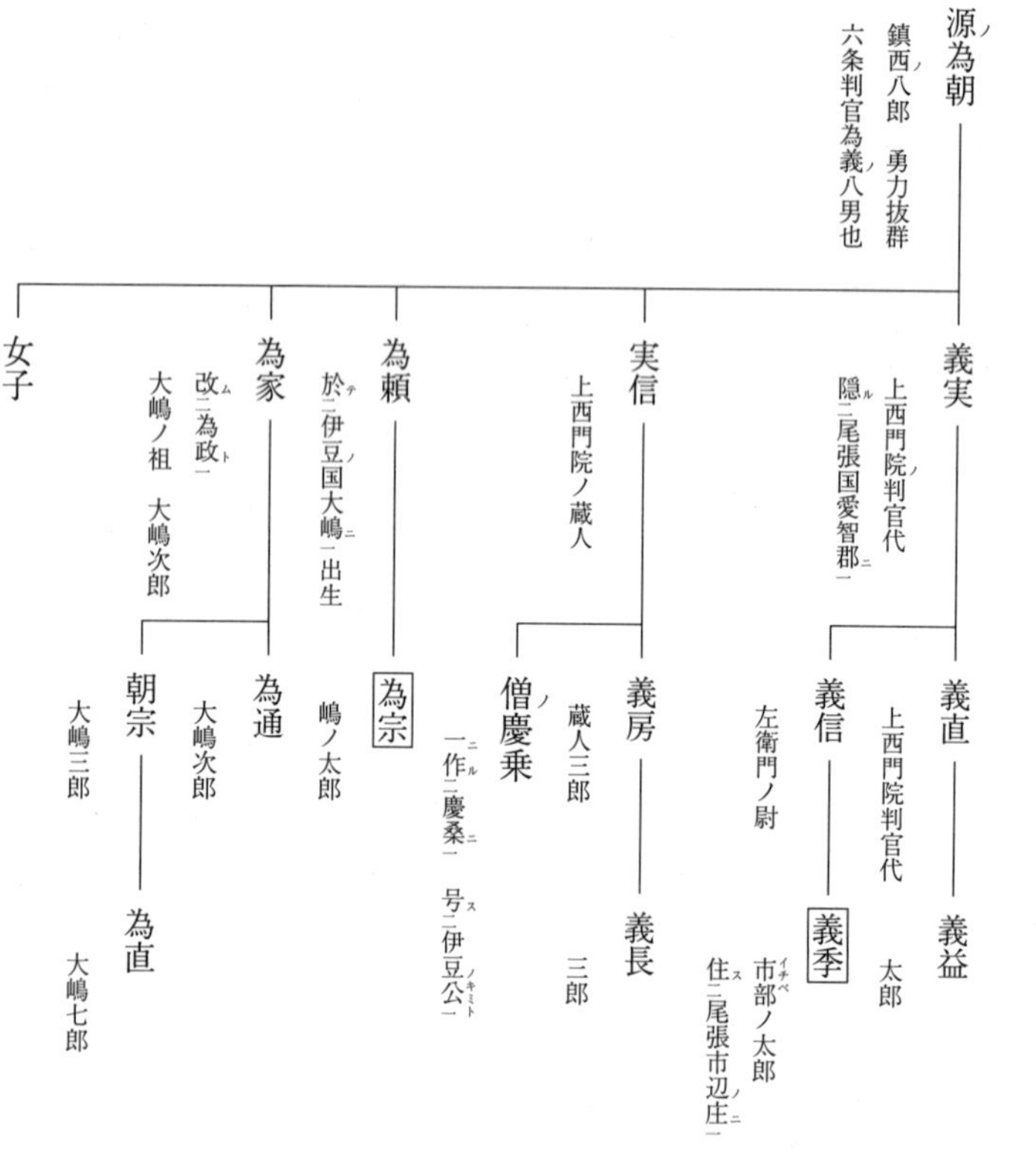


存する旨を、残篇「為朝の譜」において表明している。一方、尾張国市部庄に住し、「市部太郎」を称した義季は、神宮文庫本のごとく、愛智郡に隠棲したという為朝の子義実の末に位置づけるのが適当と思われる。しかし、馬琴は「為朝の譜」において、『弓張月』には登場しない実信の下に「市部氏ノ祖」と注記し、義季をその孫として扱った(14)。

この「為朝の譜」をまとめるに際して、馬琴が参看した書籍の中に、早大図書館曲亭叢書に現存する『新板源平系図』が含まれる。全二十四丁の薄冊で、内題や序跋・刊記等を持たず、あるいは何らかの書籍から抜き摺りされたものかも知れない。東洋文庫蔵『曲亭蔵書目録』では、

「け部」の欄外に追補されており、同目録がその役目を終えた、文化五年からさして遡らない時点の購入と考えられる。第二章Ⅱに紹介した「曲亭購得書目」において、この『源平系図』は文化三年購入の『桜雲記』（早大曲亭）よりも後に掲出されており、同系図は『弓張月』執筆の途上で買い入れられたのであろう。

後藤氏の注釈も馬琴旧蔵の『源平系図』に言及するが、同書の為朝条下に馬琴が施した『塩尻』に基づく書き入れには注目していない。馬琴は同系図の当該箇所（四丁裏）において、欄上に「為朝譜、以塩尻所記補之」と注した上で、系図上の為朝から線を延ばし、為頼以下の六人を朱筆で補っている。しかし、そこに示された各人の関係は、前掲二系図のいずれとも異なるものであった（図3）。馬琴が何故ここに為頼以下の系譜のみを転写し、義実・実信の系統を閑却したのか、その事情は判然としない。

馬琴披見本と同じ為朝末流の系図を掲げる『塩尻』の伝本は、神宮文庫本以外にも幾つか管見に及んだが、宮内庁書陵部蔵本（十五冊。恐らくは混成本）第十四冊の系図には、かなり乱脈な罫線が引かれている。一方、後述する国会図書館所蔵の五編本や、本章Ⅱにおいて紹介する木村黙老旧蔵本（二十冊。大阪府立中之島図書館蔵）第二十冊、あるいは馬琴が同本を筆耕に抄写させた『塩尻抜萃編』の冬巻（図4）などにおいては、人物を結ぶ罫線が全く施されていない。『塩尻』が写本で流布した以上、諸本間に差異が生じるのは無理からぬことであり、馬琴所見の伝本に収められた為朝系図も、転写の過程で著しく原態を損ねていたのであろう。

図3　『源平系図』馬琴書き入れ

（為朝）――為頼――為宗――為家
　　　　　　　　　　　　├為通
　　　　　　　　　　　　├女子
　　　　　　　　　　　　└朝宗

『大系図』においては、ともに為朝の息子と位置づけられる「為頼」と「為家」を、『源平系図』の書き入れは祖父と孫の関係に誤っ

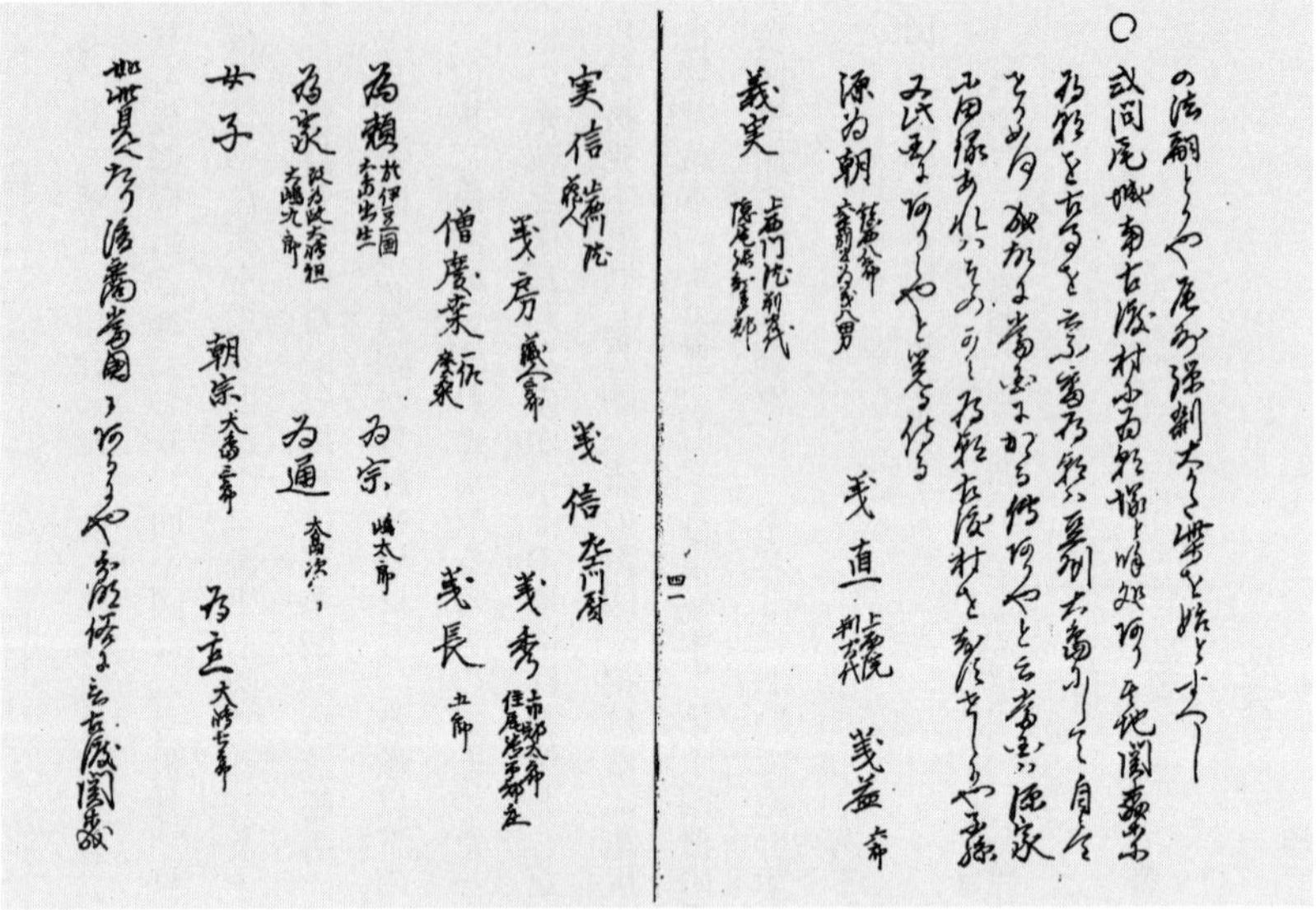

図4　『塩尻抜萃編』冬巻、41丁

ているが、『弓張月』後篇「備考」では『大系図』や神宮文庫本と同じく、両人を兄弟の位置に配している。してみれば、図1のごとき『弓張月』の記述も、馬琴の抜閲した『塩尻』そのままではなく、『諸家大系図』などを参照して、彼が整理を加えたものだったのではあるまいか。それでも義季・為宗の両人に関しては判断材料が乏しく、結果として図2とは異なる位置に配置されたのであろう。

　両人のうち、特に為朝の孫である為宗の位置づけは、『弓張月』の展開を少なからず規定したと思われる。神宮文庫本に収められた系図のように、為宗が為頼の子と考証された場合、馬琴は『弓張月』の第二十二回において、為朝の妻籬江《さゝらえ》や忠臣鬼夜叉と共に、元服間もない嶋《しまの》冠《くわんじや》者為頼をも、大島の為朝館で自害させたであろうか。『弓張月』の主たる参考文献である『参考保元物語』の巻三「為朝鬼島渡并自害」において、為頼は父為朝に刺殺されている。しかし、諸系図が為朝の長子とする義実を、あえて熱田大宮司家の嫡流と改めてまで、『弓張月』

の世界に尾州の為朝伝承を組み込んだ馬琴のことであり、為頼に後嗣の存在を認めたならば、また新たな展開を案出したのではなかろうか。

一方、馬琴は『塩尻』所掲の系図に見える「女子」を、『保元物語』に登場する「二ニナル女子」と同一視している。為朝滅亡の折、母親に抱かれて逃走したとされるこの「女子」が、『弓張月』における嶋君の原型であったに違いない。神宮文庫本『塩尻』の系図において、この「女子」の下には、「賀茂ノ六郎重長ノ妻」という注記が施されている。「賀茂ノ六郎」と称した足助重長の妻が、為朝の娘であったことは、索引の完備された『尊卑分脈』の活字本によって、今日では難なく検索することができる。しかし、この記述を板本『大系図』から、何の手がかりもなしに探し出すのは、決して容易なことではあるまい。ゆえにこの「女子」を、「大系図ニ漏タルナルベシ」（後篇「備考」）とした馬琴を責めるには当たるまいし、そもそも『諸家大系図』の為朝条下には、たしかに「女子」の存在が記されていないのである。

神宮文庫本の系図における、「賀茂ノ六郎重長ノ妻」という注記は、後人による補入と思われるが、文化初年に馬琴の披閲した『塩尻』には、この注記が施されてはいなかった。その結果、彼は『塩尻』所掲の「女子」を、義実の妻嶋君として、思うままに造型することを得たわけである。

## 四　『燕石雑志』と『塩尻』

「文化七年庚午秋八月発行」の刊記をもつ『燕石雑志』に関して、馬琴は『近世物之本江戸作者部類』の中で、以下のように記している。

（筆者補、文化）六年己巳、『燕石雑志』巻六を編述す、随筆也大坂河内屋太助板也。当時合巻冊子読本流行して、曲亭に新編を乞ふ書賈、年に月に多し。この冗紛中《ママ》、『雑志』の撰あり。こゝをもて、思ひ謬てること尠からすといふ。しかれども、この書久しく行れて、今なほ年毎に搨刷して、江戸の書賈へもおこすことたへずといふ。

（巻之二上「読本作者部」四十四丁表）

大高洋司氏は「文化七、八年の馬琴　考証と読本」（『説話論集』第四集。平成7年、清文堂出版）において、馬琴が「冗紛中」、「倉卒の間《あはひ》に」『燕石雑志』を草した、文化六年の執筆状況を整理しておられる。氏も指摘するとおり、「それぞれの考証に費やし得た時間の短さ」は、特に同書の形式的な不統一にあらわれているが(15)、さりとて馬琴が何の下準備もなしに、考証随筆の編述に取りかかったとは思われない。

文化二年正月刊行の読本『稚枝鳩』（五巻五冊。仙鶴堂刊）の巻末には、「遠近草紙《をちこちざうし》」と題する「著作堂主人随筆」の刊行が予告されている。もとより、この「遠近草紙」の企画が、そのまま『燕石雑志』に結実したわけではあるまいが、文化初年の馬琴に、「随筆」を執筆する心づもりが存したことは確かである。あるいは、文化初年に刊行が企画された「遠近草紙」と、文化三年における『著作堂雑記』の起筆との間には、何らかの脈絡が存するのかも知れない。いずれにせよ、『著作堂雑記』中の「読書の抄録」は、『燕石雑志』の執筆にも大いに役立てられており、『塩尻』からの抄出記事も、『雑志』における馬琴の考証に資するところがあった。

『燕石雑志』の巻一巻頭には、「日の神」と題された一段が配されている。冒頭の章段で、天象に関する事項を取り上げたのは、唐土の類書などに倣う意識が、馬琴の中に存したからであろう。この「日の神」の項は、信景所説の引用から語り起こされている。

㈠日の神

天野信景主《ノブカゲヌシ》の云《ク》、「『春秋内事』《ニ》云《ク》、日者《ハ》陽徳之母也。　天朝《ヒノモトニ》以二日《ノ》神《ヲ》一配《ハイスルコト》二女神《ニ》一、固《マコトニ》有《リ》レ故《ユヱ》。亦云《ク》、『淮南

子《ニ》』云《ク》、月《ハ》天之使《ツカヒ》也。按《スルニ》神代紀《カミヨノマキノ》一書《アルシヨノ》説《セツニ》、日神《ノ》以二月読尊《ヨミノミコトヲ》一遣《マタスルト云ハ》二下土《ニ》一、蓋《ケダシ》取《レリ》レ之《ヲ》」、といへり。この説、学者の疑ひを解《トク》べし。（巻一、八丁表）

右引用で参照されたのは、第二節の末尾においてAとした、桜山文庫本『雑記鈔録』にも採録された記事である。『春秋内事』は逸書であり、恐らくは信景も、他書に引用された記事を「孫引き」したものと思われる。試みに、『潜確居類書』（明陳仁錫編、百二十巻）を繙くと、その巻一玄象一のうち、「陽徳之母」の項に、南朝宋の謝荘「月賦」と並んで、「春秋内事　日者、陽徳之母也」という記述が掲げられている。『潜確類書』は、馬琴も壮年期に愛用した類書であるが、『塩尻』の中にもしばしば引用されており、同書は信景の手近にも存したようである。『淮南子』巻三天文訓からの引用も、同じ類書の同巻「天之使」の項に、「淮南子　日月者、天之使也」として見えており、馬琴が前掲記事の冒頭部分に引き用いた信景の記述は、この『潜確類書』を出拠としている可能性を指摘しうる。自らも常用する『潜確類書』の中に、『塩尻』と同様の記事が登録されていることは、おそらく馬琴も認識していたことであろう。にも関わらず、自著の冒頭第一項に信景の名前を掲出して、彼の説くところに賛意を表したのは、馬琴が『塩尻』対して、強い信頼を寄せていたことのあらわれと考えられる。

また、『燕石雑志』の巻二「⑪鬼神論」の中には、『玉笑零音』（明田芸蘅撰）なる書物が、やはり『雑記鈔録』所掲の『塩尻』九項目のうち、Dの記事を経由して引用されている。この『玉笑零音』は、『説郛』続編にも収められており、信景も実見しうる書物である。

『燕石雑志』にはこの他にも、『塩尻』を援用した項目が存する。

㊁蟬丸関ノ東附

蟬丸の事、世にはさま〴〵にいふめり。諸説を参考《アハシカンガフ》るに、天野《アマノ》信景《ノブカゲ》の説をもて据《ヨリドコロ》とせん歟《カ》。『塩尻《ニ》』云《ク》、「覚《カク》一《イチ》は明石《アカシ》検校《ケンゲフ》と称して、尊氏将軍の親族なりし。是より盲人威《イキホヒ》ありといふ。かくて城了《ゼウリヤウ》が旅宿《ニ》聞《ク》レ雨《ヲ》の歌〔夜の雨の窓をうつにもくだくれば心はもろきものにぞありける〕天聴《テンチヤウ》に達して、夜雨《ヨルノアメ》と勅号下されし〔後小松院の勅賜也〕とかや。盲人のこと書《カケ》るものに、光孝天皇の皇子《ワウジ》明《メ》を失《ウシナ》ひ給ひしあり。雨夜《アマヨ》の御子《ミコ》と称すといへれど、帝紀を考《カンガフ》るに、光孝三十六子《シ》にして、雨夜とまうす皇子《ワウジ》なし。おもふに、夜《ヨル》の雨の城了が事をあやまれるにや。光孝帝を小松の帝と称しき。城了に号を下されしは後小松帝《ノミカド》也。故《カヽルユヱ》に事をあやまり、説をつくりてさいふか、おぼつかなし。例《レイ》せば、蟬丸を延喜帝《ノミカド》第四の御子《ミコ》也といふ類《タグヒ》にや〔延喜第四の皇子は式部卿重明《シゲアキラ》親王にておはしませし也。蟬丸は王子にあらず〕といへり。（巻三、六丁裏～七丁表）

右引用の要を摘めば、以下の三点となろう。

（一）明石検校覚一は、足利氏の縁戚であること。

（二）後小松天皇が城了に「夜の雨」の勅号を賜ったこと。

（三）雨夜御子の伝承は、「夜の雨の城了」に関するものの誤伝であろうこと。

ここに引用されたのは『雑記鈔録』のみならず、只誠の「雑記抄」にも抄出されたGの記事（一四二頁参照）である。この記事は、随筆大成本『塩尻』の巻七十六（16巻、一二〇頁）にも収まるが、同書は底本である内閣文庫蔵の百巻本に従い、（二）の「城了」を「城仁」としている。しかし、「城仁」の名前は他書に見出すことができないので、これは内閣文庫本における単純な誤写のようである。

中山太郎氏は『日本盲人史』(16)の中でこの『塩尻』の記事を紹介し、（一）（二）の伝承を、当道座による自己宣伝のための虚構と断ぜられた。その当否はともあれ、これらの伝承に関して、信景は何ら評語を加えておらず、恐らくは反証とするに足るだけの材料を持ち合わせなかったのであろう。

（三）に現われる「雨夜御子」は、盲人の祖神と仰がれる人物であり、当道座の根本資料とされる『当道要集』（寛永頃成立）以下の、「盲人のこと書《カケ》るもの」には、もれなくその伝承が記されている。信景は「帝紀」を参照して、「雨夜御子」伝説を実証的に分析しており、これは中山氏前掲書（一九一頁以下）も、「卓見」と評価したところである。

『燕石雑志』の当該項は標題にも示されたように、歌人蝉丸を主たる考証の対象とするが、右引用において、同人に関する事象は、（三）の例証としてわずかに言及されたに過ぎない。ゆえに、「蝉丸関ノ東附」項における『塩尻』の引用は、いささか長きに失したきらいがある。

長文にわたる引用や、「天野信景の説をもて据とせん歟」という短評などから、馬琴が『塩尻』に寄せた信頼を、ここに改めて読み取ることも可能である。しかしその一方で、この章段における彼の眼目が、水戸藩士鵜飼信興の『和漢珍書考』（写本。元禄昭陽自序）の糾弾にあることを看過すべきではあるまい。

前掲引用に続けて、馬琴は以下のように記している。

> しかるに近曾《チカゴロ》、伊勢の名所どもを図したる草紙に、『珍書考』といふものを引て、蝉丸は唐の弾丸《ダングハン》が事を擬して、その名をつくり設《モウケ》たらんといふよしを載《ノシ》たり。彼《ノ》『珍書考』といふものは、あらぬ事どもを物ありげに書《カキ》しるして、世を欺きたる也。さればその説《トク》ところ、一ッとして古書にはなき事也。（巻三、七丁表）

「伊勢の名所どもを図したる草紙」とは、蔀関月『伊勢参宮名所図会』（寛政九年刊）のことである。同書巻一の関清水蝉丸社に関する記載の中に、「水戸学士の一説」として、『和漢珍書考』の記事が引用されている。

馬琴が難じた『珍書考』の奇矯さをうかがうべく、以下に慶応義塾図書館蔵本（一冊。内題「和漢雑笈或問」）から、『参宮図会』に掲出されたものと同じ記事を引用してみる。

或問、世ニ蟬丸ノ事、色々ト云テ、誰人ノ子タル事ヲサダカニ知レル人ナシ。如何。

信答、此事、俗伝ニ延喜帝ノ御子トモ、又ハ仙人ノ子トモイヱリ。大成誤也。延喜ノ御子タル事、跡《カタ》モ《ナキ》偽ナリ。延喜ノ御一代ノ記録ニ不見。然ルニ秘説有、唐南朝文帝ノ諱ヲ延基ト云リ。延基ノ三男ノ、襁褓ノ時ヨリ唖ニテ、又瞽タリ。遂ニ是ヲ相関ト云所ニ棄給。此子ノ名、弾児ト云。《如何ト》ナレバ、幼年ヨリ瑟ヲ能弾ゼリ、故ニ斯名付ルト也。今此故事ニヨリテ、日本ノ蟬丸ノ事ヲ考ルニ、延喜・基同音ジ、彼是皆王タリ。瑟ヲ弾ト云字ト蟬ノ字、形相似タリ。又日本ニテ天子官人ノ子、丸ノ字ヲ付ニ因テ、蟬丸ト名ヲ付、又唐ノ相関ノ処ヲカリテ、相坂ノ関ニ延喜ノ御子ヲ棄サセ給フト、昔人唐ノ文帝ノ故事ヲカリテ云ナラハセリ。大成荒唐《イツハリ》ノ作也。偖、此弾児ノ委細ハ、古史考三十一巻、二十八枚メニ出タリ。　（九丁）

馬琴よりも早く、橘南谿が『北窓瑣談』(17)の中で論駁しているように、『和漢珍書考』は妄誕の説のみが多く、まっとうな考証に資する書物ではない。そのような性格ゆえか、『珍書考』は諸本間における異同が甚だしく、右引用の中にも、文意不通の箇所が散見される。ゆえに最低限の語句を、他本から《　》内に補った。

「南朝文帝」に関して、若干の調査を試みたが、宋の文帝（劉義隆）・陳の文帝（陳蒨）とも、「延基」の諱を確認することはできない。「相関」や「弾児」についても他書の記載を見出しえず、これらも馬琴の言うごとく、「あらぬ事どもを物ありげに書しるし」たものなのであろう。そもそも、右引用の出拠とされる「古史考」からして、省略した後段に見える「扶桑仙歌集」と同様に、烏有の書である可能性が高い。

『燕石雑志』における『珍書考』批判は、同書に見える孟軻毒殺の説にも及び、馬琴はこの記事を「慢《スヾロ》に聖賢を誣《シヒ》たるその罪、かろかるべからず」と難じている。これに続けて記された、「草紙物語」と「偽書」との差異は、いささか馬琴の自己弁護めくが、「偽書は見るもの欺《アザムカ》れて、その説を信用し、又物にも書《カキ》しるして、その虚を吼《ホエ》、しらずして亦人を欺くの譏《ソシリ》を醸《カモ》する事あり。畢竟奇を好むの蔽《(ママ)》なり」（七丁表）と総括される。よって、馬琴が「蟬丸関ノ東附」の冒頭において、ことさらに信景を称揚したのは、鵜飼信興の『和漢珍書考』や、同書を無批判に引用する『参宮図会』に対する難詰を際立たせるための作為とも解しうるのである。

## 五　馬琴読本と『塩尻』の編名

文化九年正月発兌の読本『占夢南柯後記』（八巻八冊、木蘭堂刊）は、文化五年に刊行されて好評を博した、『三七全伝南柯夢』（六巻六冊、板元同右）の続編という体裁を取っている。板元榎本平吉の懇請により執筆されたこの作品は、必ずしも馬琴の意を満たすものではなかったが、読者には好評をもって迎えられたという(18)。古典大系『椿説弓張月』上巻の補注（四九〇頁）において、後藤丹治氏が指摘されたごとく、この『南柯後記』巻三「米谷の谺塚」の中にも、『塩尻』の記事が紹介されている。

是より先《さき》近郷の田夫《でんぶ》牧童、縁由《ことのよし》を聞惧《きゝあやまち》てふかく怪《あやし》み、「大象《おほきさ》なる木阿弥陀仏が母は、葬《ほうむ》るゝとき亡骸《なきから》がふたつになりぬ。世に離魂病《かげのわづらひ》とて、形貌《かたち》のふたつに見ゆる病《やまひ》ありとは聞けど、死して亡骸《なきから》の、ふたつになるといふ事は、聞《きゝ》も及《およば》ぬ珍事也。ゆきて見よかし、おなじ戒名を彫著《ゑりつけ》たる石塔が、並びて有るぞ」とて、殊更にいひのゝしりけり。かゝりし程に、彼穸《かのつかあな》に埋《うづめ》たりし、主《ぬし》なき死骸の主出《ぬしいで》たるころ、近郷の徒《ともがら》、又このよしを伝へ聞《きゝ》、「原来《さては》木阿弥陀仏が母の軀《むくろ》の、ふたつになりたるにはあらず。わろくも聞《きゝ》たるものかな」とて、果《はて》は笑《わらひ》て已《やみ》にけれど、この事遂に人口に膾炙して、旧《もと》の主《ぬし》の出《いづ》る譬《たとひ》には、必《かならず》元の木阿弥とぞいひける。この諺《ことわざ》の濫觴は、『塩尻』の明王百穀《めいわうひやくこく》編にも載《のせ》られたれど、こゝに説《とく》ところと、その事大同小異也。且《かつ》『塩尻』には順慶の時の事とす。木阿弥陀仏が事、この下《しも》に話《はなし》なし。

（巻三、二十三丁）

『塩尻』の明王百穀編」に載せられた、「元の木阿弥」という俗諺の語源説とは、やはり「著作堂雑記抄」と『雑記鈔録』とに揃って掲げられた以下の記事（第二節のE）である。

○天文二十年六月、筒井順昭卒せり。遺言して其死をかくし、奈良角振町なる隼の社の辺に、黙阿弥とて盲目のありけり。其顔かたち順昭にそのまゝにて、語音も又髣髴たり。年の程さへおなじ頃也ければ、床に偽り居ゑて、家老島・松倉・森等、軍事をはからひける。其後奈良静になりて、其喪を発せし時、盲目には金銀を与へて、もとの町へかへしける故に、南都の俗諺に事を偽りかざりて、後再び本へかへるを、もとのもくあみといひけるとなむ。

（『曲亭遺稿』四一〇頁）

これと同様の記事は、現行本『塩尻』の巻九十八（大成本16巻、四三〇頁）にも見えており、同書を参照すると、右引用の出拠が『和州諸将軍伝』（閑雲子増撰。宝永四年刊）であることが分かる。この『和州諸将軍伝』は、信景も記しているように、「和州添下郡筒井城主陽舜坊順慶、及び其養子侍従従四位下伊賀守定次等代々の事」を記した軍書である。筒井順昭の没後、その影武者をつとめた盲僧「木阿弥」の逸聞は、同書の巻二（八丁表〜十丁表）に記されており、『塩尻』の記述は、その要を摘んだものであった。よって、「元の木阿弥」という俗諺の出拠としては、『和州諸将軍伝』を掲げるのが穏当であるが、馬琴は披見した『塩尻』の伝本、もしくは自身の抄録に欠落があったため、信景の依拠した文献に逢着しえなかったのであろう。

右に掲げた二つの記事は、その語るところにかなりの懸隔があり、馬琴の言うごとくに「大同小異」とは見なしがたい。しかし、『占夢南柯後記』が『南柯夢』同様に、筒井（続井）家を「世界」としている所縁から、馬琴は「木阿弥陀仏」なる琵琶法師を登場させて、ここに『塩尻』の記事を付会したのである。

前掲の『南柯後記』には、「明王百穀編」なる編名が明示されているが、かくのごとき呼称は、各冊の冒頭第一項に基づくものと考えられる。後年のものではあるが、馬琴によって「明王百穀三拙篇」と名付けられた、『塩尻抜萃編』（天保五年写。本章Ⅱ参照）の第四冊にも、右引用と同様の記述を見出すことができる。「明王百穀明万暦中人也三拙曰『五雑組十五』」とはじまる、同冊巻頭の記事は、現行本『塩尻』の巻八十八（大成本16巻、三〇八頁）にも見えているが、「明王百穀」の四字を欠く。ちなみに「王百穀」は、謝肇淛の友人である。

「明王百穀編」という編名は、『著作堂雑記』における抄録に併記されていたのであろうが、「雑記抄」に転写された記事には、出拠に関する記載は見受けられない。只誠の「雑記抄」と得楼の『雑記摘録』とに共通する、十一項目の記事を比較検討してみると、「著作堂雑記抄」には、原本に施されていた注記を切り捨てた箇所が散見される。よって、「雑記抄」所掲の「元の木阿弥」語源説の場合も、原本『雑記』には記されていた『塩尻』の明王百穀編」という出典注記が、いずれかの段階で省略されたのであろう。

一方、『雑記鈔録』においては、A「『春秋内事』曰」の前に「三弦篇巻十二」、D「『玉笑零音』に云」の前には「明王百穀巻一」と記されており、これは原本『雑記』の姿を正しく写したものと考えられる。よって、AからCの三項目は『塩尻』の巻十二「三弦篇」、D以下の六項目は巻一「明王百穀」篇に、それぞれ含まれていたと判断できる。原本『雑記』において、馬琴は編名と巻次とを明記した上で、各巻から記事を転写したのであろうが、只誠の「雑記抄」には、これらの標記が抄出されていないのである。

現行本巻四（大成本13巻、一一九頁）に収められた、「三絃は元の時始るよし、楊升庵いへり」の一段に由来する、「三弦篇」という編名は、文化五年発兌の読本『雲妙間雨夜月』（柏栄堂等刊）の中にも確認することができる。同作の巻五において、馬琴は端午の節句に武具を飾る風習の濫觴に説き及び、「草教《さうこう》の事、『塩尻』三絃篇に見えたり」（五丁表）と割り注を施している。馬琴所見の「草教」に関する記述とは、現行本巻五に見える以下の一段であろう。

端午の旗を立て、冑鎧つらぬる事、吾子思へらく、もと地下の戯れなりと。然れども古記を考るに、足利家兵馬の権をとれる日、五月五日に治而習レ兵の基業として、両陣の形勢を作り、角を吹き鼓を鳴らし、五回《たび》五色相反の旗をあげて、互ひに先後主客の用をなし、挑み合ひて後凱旋のありさまをなして賀す。これを草教《さうかう》といひて、武家の佳例とせり。吾子知らずして妄りにいふべからず、と或人いへり。実に事故に達せずして説をなし、後人を誤るべからず。事物につきて先達に問ひて、其義其理を明らかにするは、学進する方法なりけり。下問を恥じて人の達せるを忌むは愚なり。草教は人のしる事まことに多かるべけれども、我いまだ知らざる所の事也。故に我あやまりを記して自らいましめ、人を教る事也。

（大成本13巻一三七頁にもとづき、他本から若干の語句を補った）

公刊された馬琴の著作において、『塩尻』の編名が明記されるのは、おそらく『雲妙間雨夜月』が最初と思われる。しかしその一方で、『雨夜月』と相前後して刊行された『椿説弓張月』後編や、二年後の発兌である『燕石雑志』には、各々の記事を収める編名が明示されてはいないのである。

## 六　『玄同放言』と信景著作

馬琴第二の考証随筆『烹雑の記』前集（柏栄堂等刊）は、『燕石雑志』の上梓から一年余を経た文化八年十二月の刊行である。巻末に「先板の訛舛」として、『燕石雑志』の追考を載せる『烹雑の記』は、前著の補遺としての色彩が強く、また巻末に「近日嗣出」と予告された同書の後集は刊行されずに終わった。この書の中には、信景の『塩尻』を利用した形跡は見出しえない。

文政元年二月三十日付の鈴木牧之宛書翰（①14）の中で、馬琴は『燕石』『烹雑』の二著を自評して、「右之両書ハ、甚さし急ギ、考等行とゞき不申、その上、女子どもにも見せ候を第一ニいたし候故、一向作者の面目を失ひ申候書ニ御座候」と記している。文化年間の中ごろ、馬琴は考証や理論といったものを、読本の中にまで積極的に導入しており、上記二点の考証随筆を編述する際にも、可能な限り典籍を博捜したに違いない。それでもなお、五年以上の歳月を経過してみると、我ながら意に満たない点ばかりが目についたのであろう。

上記のような「『燕石』『にまぜ』のあやまち」を反省しつつ、これらを「補ひ候こゝろばへ」で、馬琴が「格別ほね折候て」（牧之宛書翰）取り組んだのが、文政元年十二月に第一集を刊行した『玄同放言』（仙鶴堂刊）であった。同書巻一上の巻頭には、「一百九十部」の「上集引用書目録」が掲出されており、この中にも信景の『塩尻』が含まれている。しかし、『玄同放言』を通して、筆者が見出しえた『塩尻』からの引用は、次に掲げる一段のみに過ぎない。

第十六植物　正月《ムツキノ》門松

『塩尻』《ニ》〔巻之四湯武篇〕云、「正月門松立る事、藤原《ノ》為尹《ためまさ》の歌に、しづが門松といへば、高貴の家、まして朝家にはなかりしにや。今も朝廷の諸門には、松立ることなしといふ人あり。按ずるに、『蔵玉集』に、年具の歌を載《セ》て、大内やもゝしき山の初代草、いくとせ人にふれて立らん。初代草は正月二日、大内に植る松也。門松の事也、としるせり。む月二日、大内の御門に、松立給ひし事ありと見えたり。これも亦おが玉の木にして、門神《かどかみ》に、ひもろけとり付《ケ》侍る事にこそ。」といへり。解《とく》云、右にいへる為尹卿の歌は、

為尹卿千首　今朝は又都の手ぶりひきかえてちひろのみしめ賤が門松

（巻二、六丁裏〜七丁表）

馬琴は右引用に続けて、冷泉為尹の詠草よりも早くに詠まれた、「門松」の和歌を三首列挙した上で、「門松の事、

堀川のおん時より、連綿として証歌あり」と、信景所説の不備を突いている。

右に掲げた記事にも、「巻之四湯武篇」という編名が示されているが、「湯武」とは、山崎闇斎の「湯武革命論」（『垂加文集』所収）に触れた、『塩尻』中の一段[19]を指すものである。この章段は、例えば国会図書館所蔵の一本（五編六十六冊）のうち、第二編第五冊の巻頭に置かれている。同冊の中には、右の「朝家の門松」に関する記事も見えているので、文化初年における馬琴の所見本は、これに類似した配列の巻を含んでいたはずである。

『燕石雑志』の中では、『塩尻』からの引用記事に、所収の編名は併記されていなかった。『玄同放言』における、より正確な出典の明示は、考証に厳密を期せんとする、馬琴の姿勢のあらわれであろう。

同じ『玄同放言』第一集の中には、信景の著述に言及した以下のような記述も存する。

又天野信景《のぶかげ》の『南朝紹運図』に、度会延経《わたらゑのぶつね》が説を引て、「寛成《ひろなり》〔長慶帝おん諱。〕・熙成《ひろなり》〔後亀山帝御いみな。〕同訓《どうくん》なるをもて、〔実《マコト》は寛成・熙成を、同訓に唱《へ》奉りしにはあるべからず。俗点に、足利義詮・義教を、共によしのりと読《ヨメ》るが如し。〕御一人《ン》の事とせしは、いよ〳〵非なり。〔『南朝紹運録』のあやまりは、はやく大田翁いへり〕（「第五地理　名手《ノ》荘大塔御領」。巻之一ノ下、二丁表～三丁裏）

信景の数多い著書の一つ『南朝紹運図』は、その書名が示すごとく、後醍醐天皇にはじまる南朝皇統の系図に、信景が注記を施したものである。同書は、現行本『塩尻』の巻七十六（大成本第16巻、一二八～一三五頁）にも収められているが、本章冒頭に登場した桂窓所持本のように、単行書としても流布していた。なお『国書総目録』には、信景自筆の『南朝紹運図』が、名古屋市鶴舞中央図書館に現存すると記されているものの、該書は戦災によって焼失した由である。

右引用に登場する度会（出口）延経は、伊勢外宮の神官であり、宝永四年に尾州を訪れて、信景や吉見幸和と面会したことが、『塩尻拾遺』巻十三（大成本第17巻、九一頁以下）に見えている。また、右引用末尾の「南朝紹運録」も、おそらくは「南朝紹運図」の誤りであろう。

文化初年の『塩尻』披閲に際して、馬琴が『南朝紹運図』を抄写せずに済ませたことは、本章第一節に引用した、天保三年の桂窓宛書翰に見えていた。ことさら「『紹運図』はうつしとめ不申候」と記しているからには、文化期に馬琴が披閲した『塩尻』の中には、『南朝紹運図』が含まれていたことであろう。しかし、近々に書肆へ返却せねばならない『塩尻』から、有用な記事を慌ただしく抄録していた馬琴にとって、信景が注記を加えた南朝皇統の系譜は、さして興味を引かれる存在ではなかったようである。

よって、『塩尻』の披閲から十余年を経た、『玄同放言』執筆の時点においても、馬琴の机辺には『南朝紹運図』が備わらなかった可能性が高い。この推定が誤たないものとすれば、馬琴はいかにして右のごとき記述をなしえたのであろうか。

右引用に続けて、馬琴は長慶院の登極を否定した、塙保己一の『花さく松』を引用する。早大図書館曲亭叢書には、馬琴による写本『花さく松』が、伊勢貞丈の『三議一統弁』と合冊して収められており、同書は『曲亭蔵書目録』の「は部」欄上にも、「花さく松　写本一冊　三議一統弁附」として登録されている。該書のうち、『花さく松』の末尾（七丁裏）には、大田南畝の識語が書写されており、その中には、「尾州天野信景著南朝紹運図、引度会延経説、以寛成・熙成同訓為一人者、亦誤」という一文が存する。[20] つまり、『玄同放言』における『南朝紹運図』批判は、まったく「大田翁」、すなわち南畝の所説に拠っているのである。『塩尻』所収の『南朝紹運図』を、文化初年に一瞥した折の記憶が、『玄同放言』執筆の時点まで保持されていたとは思われず、文化末年の馬琴は「大田翁」の説くところを襲用したに過ぎなかったのであろう。

馬琴自身の識語（七丁裏・十五丁裏）によれば、『花さく松』と『三議一統之弁』が筆写されたのは、ともに文化四年正月九日であった。これは「著作堂雑記抄」において、『新著聞集』抄録の末尾に記された日付と同一である。年始は休筆して読書や抄録にあてるという馬琴晩年の習慣は、文化初年から変わることがなかったのである。

なお、天保期における馬琴の『南朝紹運図』再閲に関しては、本章Ⅱにおいて改めて述べることとする。

## おわりに

文化八年の六月頃、馬琴は奇談集『煙霞綺談』（西村白鳥輯、林自見校。安永二年刊）を披閲し、同書の記事若干を、『著作堂雑記』の中に抄録している。その中で、只誠「雑記抄」に転載された四項目（『曲亭遺稿』四一六〜七頁）のうち、出雲の阿国の情人とされる名古屋山三郎の伝を記した「京丸の牡丹」項は、『煙霞綺談』巻四からの抄出である。その末尾に付された馬琴の寸評には、「解按に、天野信景の『塩尻』に、山三郎の事をのせたり。考ふべし」という文言が見える。

現行活字本の巻十五（大成本13巻、三二〇頁）には、「名古屋山三が妹」に関する記事が掲げられており、『塩尻拾遺』巻十七（大成本17巻、一〇三頁）にも、山三郎に関する簡略な記事が見える。しかし、『煙霞綺談』抄録の際、馬琴の念頭に存したのは、『雑記鈔録』にも転記された、現行本未収のCであろう。

〇名古屋三左衛門某、尾州愛知郡古渡村之人也。其父謂源右衛門某。曾仕森武蔵守。移居于濃州兼山。天性美麗而冶容自喜、且好武芸、軽率為行。一旦武蔵守欲殺某臣某氏、而使其遣他州将刺于路。名古屋氏請曰願撃之、則足（是カ）武州以其年少且質美惜之不許。名古屋氏再三請之不止。於此窃属一勇士遣之、名古屋氏独急走、与某氏闘于路殺之。名古屋氏亦蒙疵而死。始名古屋於尾州領五十貫之地、云云。

是往日所聞沢井楓軒老人也。按『雍州府志』、以名古屋氏為京師戯場男風之始。不知孰是。因云、関東小六者本伊達氏某僕、在東都而游侠於曠、当時呼之称伊達小六。今以冶客（容の誤）游侠者曰太天《ダテ》似彼之風也。　（『雑記鈔録』第一冊、十四丁表）

また、やはり文化八年六月に抄録された、伊勢貞丈『秋草』の「御成」に関する記事に、馬琴は「鮮云、天野氏の『塩尻』巻十二三編に御成の弁あり、是と異也。しかれども伊セ氏の説あたれりとすべし」（『雑記鈔録』第一冊、七十二丁裏）と書き添えている。「巻十二三編」は「巻十二、三弦編」の誤記と思しく、そこに収められた「御成の弁」とは、現行本『塩尻』の巻三十二（大成本14巻、一七七頁）に見える、「御成」の語源を「ならせ給ふ」とした一段のことであろう。

以上本章で言及した、化政期の馬琴著作に見える『塩尻』の記事を、各々が収められた編名ごとに整理すると、以下のようになる。（　）内は、後述する国会図書館蔵の五編本における登載位置である。

○第一、明王百穀篇

| | | |
|---|---|---|
| 明王百穀〔明万暦中人也〕三拙曰 | ※巻頭項 | （第三編13冊、1丁表） |
| 『玉笑零音』に云 | 雑記鈔録D・燕石雑志 | （第三編13冊、9丁表） |
| 天文廿年六月筒井順昭卒 | 雑記鈔録E・雑記抄・占夢南柯後記 | （第三編13冊、36丁裏） |
| 源義経一谷を攻められし時 | 雑記鈔録F | （第二編13冊、4丁表） |
| 盲者の説に、昔朝家盲人を | 雑記鈔録G・雑記抄・燕石雑志 | （第二編13冊、18丁裏） |
| 菓子に落雁あり | 雑記鈔録H | （第二編13冊、31丁表） |
| 『礼』に桃茢を執て | 雑記鈔録Ⅰ | （第二編13冊、31丁表） |

○巻之四、湯武篇
湯武革命論〔山崎敬義先生述〕　※巻頭項　（第二編5冊、1丁表）
正月の門松　玄同放言　（第二編5冊、3丁表）
○第十二、三弦篇
三絃は元の時始るよし　※巻頭項　（第四編11冊、1丁表）
『春秋内事』曰　雑記鈔録A・燕石雑志　（第四編11冊、1丁表）
『王摩詰集』天寒遠山静　雑記鈔録B　（第四編11冊、10丁表）
草教《さうこう》の説　雲妙間雨夜月　（第四編11冊、10丁表）
名古屋三左衛門某　雑記鈔録C・雑記抄　（第四編11冊、24丁裏）
御成の弁　雑記鈔録（『秋草』摘録付記）　（第二編13冊、8丁表）
○収録編名不詳
為朝の譜　椿説弓張月　※「明王百穀篇」所収か。　（第三編13冊、50丁表）
南朝紹運図　※書写せず。　（　未　収　）

『雑記鈔録』の記述に従い、右の一覧においては「源義経一谷」以下の四項目（F～I）を、「明王百穀篇」の所属とした。しかし、筆者の不完全な諸本調査から推定すると、これら四項目は「明王百穀篇」ではなく、後年馬琴が「或問《わくもん》帝王諡《おくりな》篇」（『南総里見八犬伝』第百回。黙老所持本第五冊のこと。国会本では第二編第十三冊）と呼ぶ一巻に含まれていた蓋然性が高い。もとより、二篇が合綴されて一篇として扱われた可能性は否定できないが、あるいは『雑記鈔録』の筆者が、Fの記事の前にこの編名を書き落としたのではあるまいか。また、管見諸本の「三弦編」

（国会本では第四編第十一冊）に、件の「御成の弁」は収められておらず、これもまた「或問帝王謚篇」の誤りかも知れない。

右の諸項目を網羅する伝本は、目下のところ管見に及んでいないが、国会図書館や内閣文庫に蔵される五編編成の伝本には、『紹運図』を除く馬琴所引項目の全てが収録されている。内容に若干の出入りがある類似の伝本は、都内では東大図書館や早大図書館、信景ゆかりの愛知県では、名古屋市鶴舞中央図書館や豊橋市図書館などにも現存する。形態の似通ったこれら一群の写本は、尾州の書肆が販売目的で作成し、馬琴も目睹した引き札で広く宣伝した、いわゆる「仕入本」であったかも知れない。「五編本」については、本章Ⅱにおいて再度言及するが、文化初年に馬琴が入手をしくじった『塩尻』も、この五編本と極めて近縁の伝本であったようである。

本章の冒頭に掲げた天保三年の桂窓に宛てた書翰の中で、馬琴は「もし『塩尻』高料ニて、ちから不及候ハヾ、『紹運図』借覧いたし度奉存候也」と記していた。ここで彼は、『紹運図』を含まない『塩尻』が存在することを、念頭に置いてはいなかったと思われる。しかし、筆者の管見に及んだ諸本の中で、『紹運図』を収録するものは極めて少数であった。件の桂窓宛書翰を染筆した時点で、馬琴が目にしたことのある『塩尻』は、文化初年に披見した一本のみと思しく、よって当時の馬琴は、同書の伝存状況について、さしたる知識を有してはいなかったと考えられるのである。

名古屋書肆からの『塩尻』購入を断念した馬琴に、同書再閲の機会をもたらしたのは、讃岐高松藩の家老木村黙老であった。天保五年における、馬琴の二十冊本『塩尻』披閲に関しては、本章Ⅱにおいて改めて考察を加えることとしたい。

## 注

（1）新版日本随筆大成第三期13～16巻（昭和52年、吉川弘文館）所収。同書は『随筆珍本塩尻』（重松岩雄校訂。明治40年、帝国書院）をもとにしている。本章では便宜上、この随筆大成本四冊を「現行本」と称する。なお、随筆大成の第三期17・18巻（昭和53年、同右）は、名古屋叢書第18巻（昭和34年、同市教育委員会）所収の『塩尻拾遺』を再録したものである。

（2）太田正弘氏は、尾三文化第九輯（『塩尻』特集号。平成6年）所収の「『塩尻』の刊本に就いて」の中で、尾州書肆による『塩尻』刊行の企てを、三例挙げておられる。

（3）せきね文庫選集第一期（昭和59年、冬至書房新社）別冊二解説篇「編修あとがき」。

（4）『曲亭遺稿』の四四〇頁下段（爪舟賞月の詠）から四七七頁上段（『江戸繁昌記』一件）までと、四七八頁上段（集古画帳引）から五〇六頁下段（『兎園小説』にちなむ詠歌）までを入れ替えれば、「雑記抄」の記事は、ほぼ年代順の配列となる。四三四頁から四四〇頁に至る「提灯考・同再考」と、五〇六頁の鶴屋喜右衛門死去の記事は、序列を大きく逸脱しているが、「挑灯考」は原本『雑記』の巻五、「挑灯再考」は巻八に収まるものであったことが、『雑記摘録』から確認できる。また鶴喜死去の記事は、その年代から『雑記』の巻三十四、もしくは巻三十五に由来するものと推定しうる。

（5）昭和44年、「馬琴遺稿流伝始末瑣記」として初出。のち補訂されて、同氏編校『吾仏乃記　滝沢馬琴家記』に改題収録。

（6）大高洋司氏「『椿説弓張月』論　構想と考証」（初出は平成4年。日本文学研究論文集成22『馬琴』再録。平成12年、若草書房）。

（7）『那古野府城志』は樋口好古編、文政五年自序。「名古屋叢書」第九巻（昭和38年、同市教育委員会）所収。『尾張名所図会』は岡田文園・野口梅居編。天保十五年、菱屋久兵衛等刊。『日本名所風俗図会』第六巻（昭和59年、角川書店）所収。

（8）『尾張名陽図会』（高力種信編。写本）巻七。『日本名所風俗図会』第六巻、六七八頁。

（9）日本古典文学大系『椿説弓張月』上、四九〇頁。後藤氏の参看された、神宮文庫所蔵の三十五冊本（林崎文庫旧蔵。函架番号三七五）は、『塩尻拾遺』の底本である芽垣内《はぎのかきつ》本の系統に近似する。

（10）古典大系『弓張月』上、三四五頁。なお後藤氏は、引用部分に見える「家譜」を、十四巻本の『大系図』（寛永頃刊。『本朝皇胤紹運録』一巻、本編十三巻）に限定しておられる。しかし、同書三十巻本（西道智編。明暦二年跋）や『塩尻』所掲の系図も、同様の記載を有するので、もう少し広義に、「通行の為朝系譜」として解釈すべきであろう。

（11）日本古典文学大系『椿説弓張月』下における「為朝の譜」の注釈において、後藤氏は「十四巻の大系図に為朝の子孫のことは殆どない」（四四〇頁注四）としておられる。しかし、為朝末流についての記述は、二種類の『大系図』とも、改訂増補国史大系所収の『尊卑分脈』と大同小異であり、両本に大きな相違は見られない。「十四の系図」に見えるものとして、『弓張月』残篇の「為朝の譜」に合印（〇印）の付された人物は、たしかに十四巻本『大系図』の「清和源氏義家流」に網羅されており、「右載二于十四巻之大系図一」という注記は、素直に信ずべきものである。

（12）この「古老所伝」は、筑後国山門郡の西原・東原両家を、共に為朝の末裔とするものである。中山右尚氏は、「椽江馬琴逸事」（九州女子大学紀要9―1。昭和48年）の中で、この伝承を馬琴に紹介した人物を、柳川藩留守居役西原梭江と推定された。

（13）「名古屋叢書」第九巻、一五〇頁。ただし注記等の細部において、神宮文庫本『塩尻』との間に若干の相違が見られる。

（14）太田亮氏『姓氏家系大辞典』上巻（昭和9年、同辞典刊行会）「市部」の項に、「清和源氏為朝流　尾張国市部郡

より起る。鎮西八郎為朝の孫にして上西門院蔵人実信の子なる義季、義長より出づ。兄弟は市部に住し、義季は市部太郎と称し、義長は市部三郎と称す（塩尻）とぞ」と見えている。よって、太田氏の披見された『塩尻』も、馬琴考定の「為朝の譜」に類似する系図を掲げていたようである。

(15)『燕石雑志』の形式的な不統一は、馬琴の多忙さもその一因ではあろうが、それ以上に遠隔地大坂の河内屋太助が板元であったこともまた、少なからず影響していた。文政元年十二月十八日付の鈴木牧之宛馬琴書翰（①19）の中にも、「『燕石雑志』ハ、板元大坂ゆゑ、校合只一番直しのミにて、一向行届不申、愎脱多く有之、又筆耕の書損も多し」との述懐が見えている。

(16) 昭和9年、昭和書房（昭和51年、八木書店復刊）。『塩尻』の当該記事に言及されるのは、第三章第二節と第五章第三節においてである。筆者が「城了」の誤記と判断した「城仁」について、同書は「検校明石覚一の前名」（四四頁）としているが、その根拠は示されていない。

(17)『北窓瑣談』は、文政八年刊。ただし、文化二年に没した南谿の生前から、写本で流布していた。南谿の『珍書考』雑詰は、後刻本を底本とした、新版日本随筆大成第二期15巻の二四八頁に見えている。

(18)『作者部類』巻二（三十七丁裏）に、馬琴自ら「『南柯後記』は、『南柯夢』の板元榎本平吉が好みに儘してこの作編あり。作者の本意にあらずといへども、看官の喝采、又前板に劣らずといふ」と記している。

(19) 現行活字本未収。この章段はどうしたわけか、現存する諸本において、見出しのみを掲げて本文が省略される場合が少なくない。巻頭にこの一段を置く国会図書館所蔵五編本の第二編五冊も例外ではなく、同冊はこれ以外の箇所でも、記述が大幅に省略されている。

(20) この識語は、「三十輻」所収の『花さく松』にも記されている。『大田南畝全集』第十九巻（平成元年、岩波書店）、五四八頁参照。

# Ⅱ　黙老旧蔵本『塩尻』と馬琴

## 一　『八犬伝』所引の『塩尻』記事

『南総里見八犬伝』第百回において登場する、「形貌《すがた》若狭の、八百比丘尼」こと妖尼妙椿は、毒婦玉梓の余怨を受けて、妖犬八房を育んだ牝狸の化身である。玉梓怨霊の本体は、伏姫の自害と前後して解脱を遂げているが、「宿因の悪心」を抱いた牝狸は三十余年の間、里見家に仇なす機会をうかがっていた。第九輯上套（天保六年、文渓堂等刊）に至って、玉梓の怨念が再び発動されたのは、犬江親兵衛の再登場に伴い、作者馬琴が『八犬伝』の団円を強く意識しはじめたことのあらわれと考えられる。

妙椿登場に際して、馬琴は三点の書物を引き用いつつ、虚実詳らかならざる八百比丘尼に考証を加えている。ここで馬琴が援用した典籍は、佐久間洞巌編『奥羽観迹聞老志』（写本）と菊岡沾涼編『諸国里人談』（寛保三年刊）、そして尾張藩士天野信景の雑録『塩尻』である。(1)

『八犬伝』に引用された『塩尻』の記事は、以下のようなものであった。

又『塩尻』〔或問《わくもん》帝王諡《おくりな》篇。〕に云《いはく》、若狭国八百《やほ》姫《ひめ》明神は、〔俗に八百比丘尼と云。〕何《なに》の神の子ぞ。答《こたふ》、其《その》社記の詳《つまびらか》なるを見ざれば、とかくいひかたし。但し『古事記』に、大年《おほとし》の神の子、羽《は》戸《と》山《やま》の神、大気《おほけ》都《つ》比《ひ》売神《めのかみ》を娶《めとり》て、若沙《わかさ》那《な》売神《めのかみ》を生《うみ》給へるよしあり。蓋《けだし》此神歟《このかみか》、といへり。

（『八犬伝』第九輯上帙巻五、十丁裏）

既述のように、『塩尻』には異本が多く、馬琴所引の記事を、現行活字本(2)の中に見出すことはできない。

『八犬伝』第九輯上套は、天保五年二月五日に起筆され、翌年二月二十一日に発兌を見た。よって、馬琴はほぼ天保五年を通じて、同輯の刊行に意を用いていたわけである。この第九輯上套の執筆・校合と並行して、馬琴が『塩尻』を断続的に披閲していたことは、同輯の中に「若狭の八百比丘尼」が趣向化された経緯を考える上でも、注目に値する。この折に馬琴が披見した『塩尻』は、讃岐高松藩の江戸家老木村亘（号黙老）から借り受けた二十冊の写本であった。

もっとも、本章Ⅰでも確認したごとく、馬琴が信景の『塩尻』を繙いたのは天保五年が最初ではなく、文化初年には四十五冊本の『塩尻』を披閲して、一定量の記事を抄録している。よって、前掲のごとき八百比丘尼伝承が、件の四十五冊本から転用された可能性も、無下に否定することはできない。しかし、八百比丘尼に関する信景の考証は、やはり黙老所持本から見出されたもの、と考えるべきであろう。何となれば、現存する黙老旧蔵本『塩尻』巻五の中に、これと同じ記事が収められており、馬琴はこの冊を右引用箇所の執筆直前に繙読していたからである。

## 二　『塩尻』購入断念と『紹運図』借覧

本章Ⅰの冒頭に引用した、天保三年十二月八日付の桂窓宛書翰（②64）は、同日の馬琴日記によれば、殿村篠斎宛書状を同封の上、「八日限」の早便で松坂へ向けて発送された。この書翰に対して、桂窓は同月二十二日に返書を認めている。馬琴書状の到着から、返翰を染筆するまでの間に、桂窓は馬琴の依頼通り、懇意の書肆に『塩尻』写本の価格を問い合わせたことであろう。篠斎の書状を同封した桂窓の返翰は、同月二十九日に馬琴のもとへ届けられた。翌天保四年正月十四日付の同人宛馬琴書翰（別翰。③1）には、以下のごとき一条が見えている。

一、『塩尻』の事、云云申試候処、高料のよし、恐入候。まづ〳〵此慾はたち可申候。御一笑可被下候。『紹運図』の事、忝奉存候。

馬琴にとって、『塩尻』購入の断念は文化初年以来、これで二度目である。彼はやむなく、桂窓が所持する『南朝紹運図』のみを借り受けることとした。信景の注記を伴うこの系図が、天保四年に松坂と江戸の間を往復した状況は、馬琴の日記や書翰によって跡づけることができる。

2月2日　桂窓、『南朝紹運図』等を発送。
2月22日　馬琴、『紹運図』等落掌。
6月2日　馬琴、山科宗仙に『紹運図』の筆写依頼。
6月9日　『紹運図』写本出来。
7月14日　馬琴、『紹運図』等発送。
7月29日　桂窓、『紹運図』等落掌。

桂窓所蔵の『南朝紹運図』は五ケ月弱の間、馬琴の手元に存したわけである。馬琴はこの間に、筆工の山科宗仙に命じて、同書の写本を作成させている。六月二日に著作堂を訪れた宗仙へ、馬琴は『南朝紹運図』と『南朝紹運録』の二点を手渡した。

津久井尚重の『南朝皇胤紹運録』は、やはり南朝天子の系図であるが、信景の『紹運図』よりも詳細な注記が添えられている。馬琴は殿村篠斎から貸与された同書を、前年の十一月十四日に落掌し、この年二月七日に至って、戸田家中の河合孫太郎へ筆写を依頼した。しかし、河合筆工の多忙ゆえに埒があかず、馬琴は五月二十九日に同書を取り返して、六月二日に『紹運図』ともども、改めて山科宗仙に筆写を命じたのである。

筆工宗仙によって謄写された、馬琴新調の写本『南朝紹運図』（図1）と『南朝紹運録』は、ともに大阪府立中

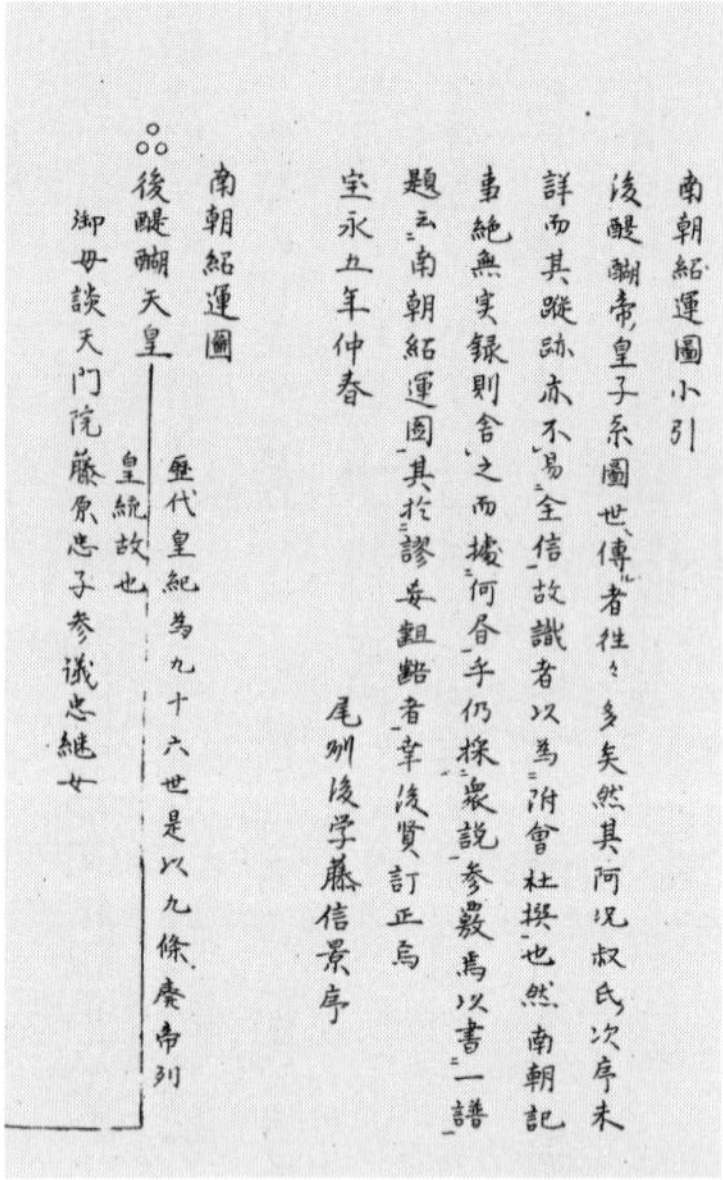
南朝紹運圖小引
後醍醐帝皇子系圖世傳者往々多矣然其阿兄叔氏次序未
詳而其蹤跡亦不易全信故識者以為附會杜撰也然南朝記
事絶無実録則合之而據何吾乎仍採衆説参覈焉以書一譜
題云南朝紹運圖其於謬妄鉏鋙者幸後賢訂正焉
宝永五年仲春
尾州後学藤信景序
南朝紹運圖
後醍醐天皇　歴代皇紀為九十六世是以九條慶帝列
皇統故也
御母談天門院藤原忠子参議忠継女

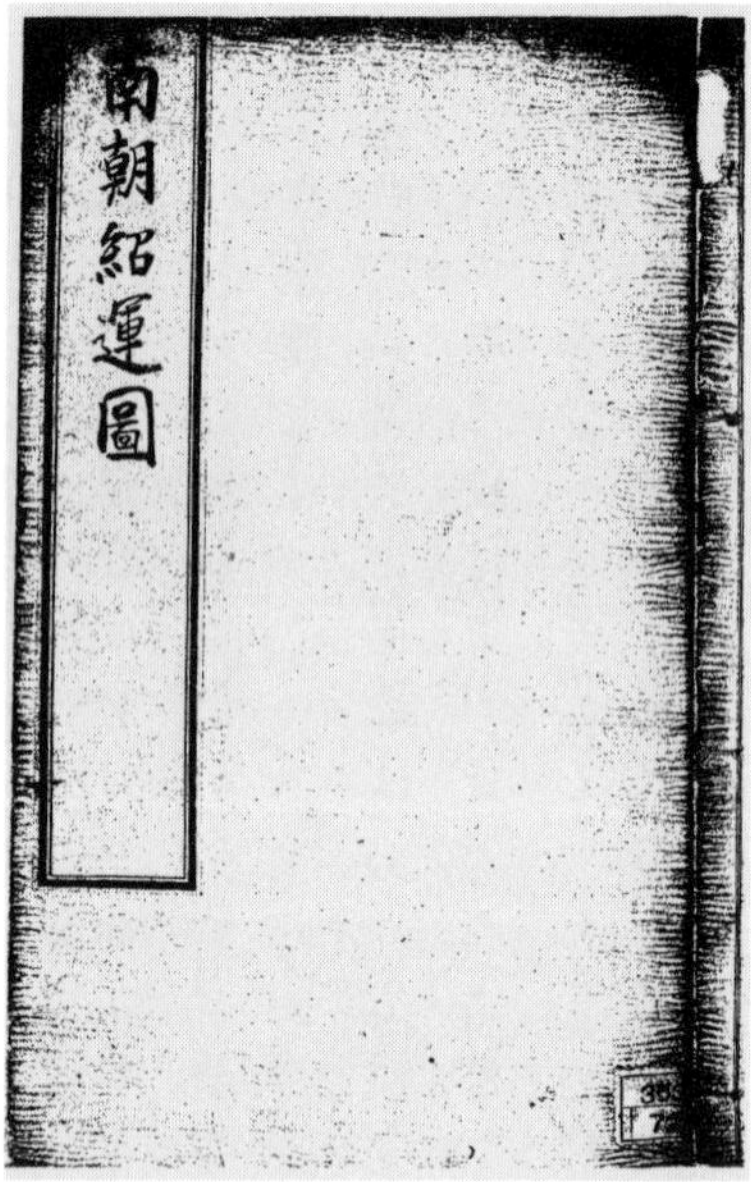


図1　馬琴旧蔵『南朝紹運図』（表紙と巻頭）

之島図書館に現存する。『国書総目録』はこれら二系図を、天野信景の著した『南朝紹運録』二冊として登録するが、これは正確でない。両書の書誌は、以下の通りである。

○『南朝紹運図』二七×一八・四糎。
　遊紙一葉、墨付十五丁（有丁付）。

　摺枠題簽「南朝紹運図」（馬琴筆）。目録（一丁表）、信景小引（一丁裏）、吉見幸和跋文（十五丁表～裏）。頭書あり。十丁表に付箋（以上、いずれも本文同筆）。

　「初代豊田文三郎氏遺書」朱印（前表紙対面）、「滝沢文庫」朱印（一丁表）。

○『南朝紹運録』書形・印記同右。
　四十二丁（無丁付）。

　摺枠題簽「南朝紹運録」（馬琴筆）。頭書あり（本文同筆）。吉川茂周跋文（後表紙封面。本文同筆）。

　馬琴筆付箋多。


両書とも、後表紙封面の裏側に、「滝沢」の黒印を押捺の上、馬琴の筆跡で「癸巳冬製」と覚え書きが記されている。同年十一月の馬琴日記中に、丁子屋平兵衛を仲介として、写本類五十余冊の製本を職人に依頼した旨が記録されており、恐らくは右の二系図も、その中に含まれたのであろう。

両書のうち、『南朝紹運録』の本文中には、校異を記した付箋が多数貼付されている。これに対して信景の『紹運図』には、馬琴が手を入れた形跡は認められず、かくのごとき補筆の有無を通して、彼が二つの系図に抱いた興味の厚薄をうかがうことができる。

馬琴は天保三年十一月二十五日付の篠斎宛書翰（②60）の中で、『南朝紹運録』を「尤有用の珍書」と評しているが、その一方で信景の『紹運図』に対する論評を、彼の日記や書翰の中に見出すことはできない。ひと足先に『南朝紹運録』を披閲していた馬琴にとって、『南朝紹運図』の簡略な記述は、いささかもの足りなく感じられたのであろう。

もとより、『紹運図』の写本新調によって、『塩尻』入手に対する馬琴の意欲が満たされたわけではない。彼は文化初年以来、信景の考証態度に一定の敬意を払っているが、文化初年の慌ただしい披閲以来、馬琴が再度『塩尻』を繙く機会は、容易に訪れなかったのである。

## 三　『著作堂雑記』と『塩尻抜萃編』

『曲亭遺稿』（明治44年、国書刊行会）に収められた、関根只誠の「著作堂雑記抄」には、『塩尻』からの抄出記事が、前後二箇所に見出しうる。このうち、同書の冒頭近く（四一〇頁）に所掲の二項目は、本章Ⅰでも検討を加えた、文化初年における『塩尻』披閲の折に転写されたものである。一方、『曲亭遺稿』の四五八頁から四六一頁に至る、十五項の抄出記事は、天保五年の『塩尻』再閲に関わるものと考えられる。

『著作堂雑記』はいまだ原本の所在が確認されておらず、同書の片鱗をうかがわせるものとして、只誠の「雑記抄」は貴重である。しかし、ここに掲げられた十五項目が、黙老本『塩尻』から『著作堂雑記』に抄録された記事の全てではない。黙老本からの抄出記事を伝える資料は、「雑記抄」以外にも複数伝存しており、『八犬伝』第百回における八百比丘尼考証も、その一つに数えうるであろう。また、桜山文庫旧蔵の『著作堂雑記鈔録』（昭和女子大学図書館所蔵）や、中川得楼の編んだ『著作堂雑記摘録』（国会図書館所蔵）、そして馬琴が異聞奇談を書き留めた『異聞雑稿』（早大図書館曲亭叢書）などの中にも、黙老本『塩尻』に由来する記事を見出すことができる。

『著作堂雑記鈔録』の第五冊（四丁表〜十丁裏）には、原本『雑記』巻三十四（天保四年七月起筆）から、『塩尻』の記事が四十五項目も採録されており、そこには只誠「雑記抄」の収める十五項目が網羅されている。一方、『著作堂雑記摘録』の中に見出される黙老本『塩尻』の抄出記事は、わずか五項目に過ぎず、しかもそのうちの四項は、「雑記抄」や『雑記鈔録』と重複するものであった。しかし、他の資料が割愛した原本『雑記』中の情報を、『雑記摘録』のみが留めている箇所もあり、天保五年における馬琴の『塩尻』披閲を跡づける上では、得楼の抄録も有力な情報源である。

馬琴が黙老本『塩尻』の披閲と並行して行なった作業は、『著作堂雑記』における抄録ばかりではない。天理図書館所蔵の『塩尻抜萃編』四冊（図2）は、二十冊本『塩尻』の中から四冊（正確には三冊と半分）を、筆工に命じて謄写させたものであり、天保十一年に小津桂窓へ「代金弐分」で売却された。その書誌的な概要は、金子和正氏「天理図書館蔵馬琴資料目録（二）」（ビブリア50。昭和47年）の中で、以下のように紹介されている。

塩尻抜萃編　写四冊　　　　○九一―イ三一

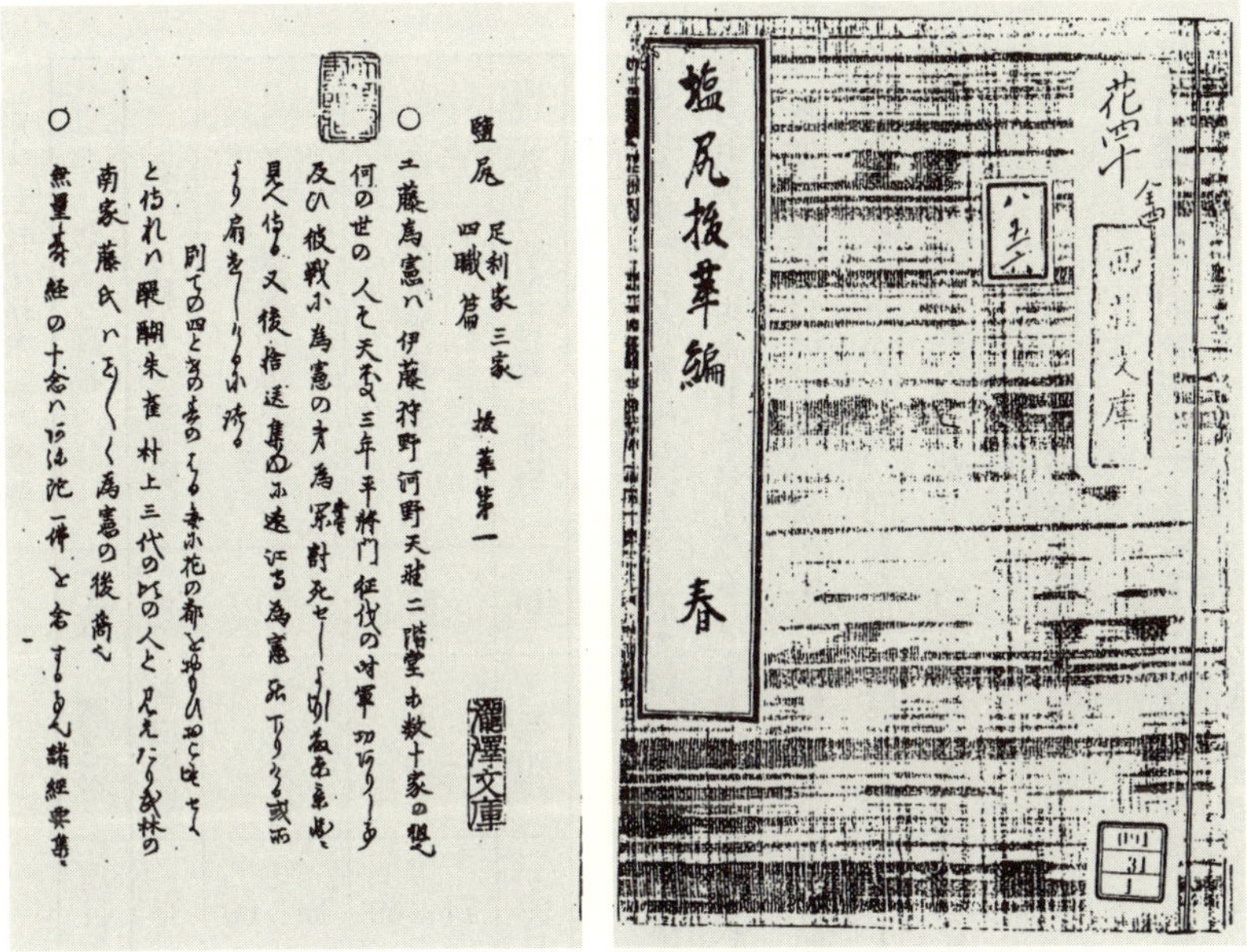


図２　『塩尻抜萃編』春巻、表紙・１丁表

馬琴朱書校合書入本　天野信景著　渋引布目表紙　二六・七糎×一八・二糎　十行　題簽左肩双辺（刻）馬琴筆「塩尻抜萃編　春（・夏・秋・冬）」、内題「塩尻（又は志保之里）」、次いで馬琴筆「（篇名）抜萃第一（～抜萃第四）」、印記「滝沢文庫」「西荘文庫（小津桂窓筆「花四十全四」と墨書せる紙箋に捺印）」　（各冊識語は省略）

右引用中にも記されたごとく、同書の題簽には「塩尻抜萃編」という題号の下に、各冊を区分する春夏秋冬の文字が記されており、第一冊は春巻、第四冊は冬巻である。また、内題と尾題の下には、各冊の冒頭第一項に由来する篇名が記されており、これらはのちに馬琴が補筆したものと分かる。特に尾題下の篇名は、筆耕の文字を訂正した痕跡があらわであり、貼紙の下に透かし見られる巻次から、原本における『抜萃編』各冊の位置づけを知ることができる。それによれば、同書春巻は黙老本の巻十二、夏巻から冬巻は原本の末尾三冊に、それぞれ対応している。

表1『塩尻抜萃編』概要

| 巻次・篇名 | 丁数 | 黙老本 | 項目数 | 百巻本との比較 | 独自項 |
| --- | --- | --- | --- | --- | --- |
| 一（春）足利家三家四職篇 | 38 | 巻12後半 | 35 | 巻57・32に各一項 | 33 |
| 二（夏）後醍醐皇后両号篇 | 50 | 巻18 | 60 | 巻27〜29 | 4 |
| | | | 104 | 巻6・10等が混在 | 27 |
| 三（秋）徹書記篇 | 67 | 巻19 | 69 | 巻68等 | 8 |
| | | | 74 | 巻24・25等 | 20 |
| 四（冬）明王百穀三拙篇 | 45 | 巻20 | 93 | 巻34、37、51、71、84、98等が混在 | 54 |

『塩尻抜萃編』の各冊について、その概略を表1に示した。雑然とした各巻の内容をうかがう便法として、現行百巻本の中から、共通する項目の多い巻次を示した。また、夏秋の両巻は、前後の相違が明確な箇所で二分割してある。特に秋巻については、後述する早稲田大学図書館蔵本を含めて、配列や内容を同じくする伝本が多く二分冊としており、この点からも、同巻を当該箇所（三十六丁表）で区分する妥当性が見出される。なお、項目の区切り方は諸本一様でないため、表中の「項目数」は必ずしも厳密なものではない。

## 四　黙老旧蔵本『塩尻』

馬琴旧蔵の『南朝紹運図』を蔵する府立中之島図書館には、『塩尻』の写本が二点収められている。このうち、石崎文庫の大本二十冊は、各冊一丁表に押捺された「木村蔵書」という方形朱印から、木村黙老の旧蔵書であるこ

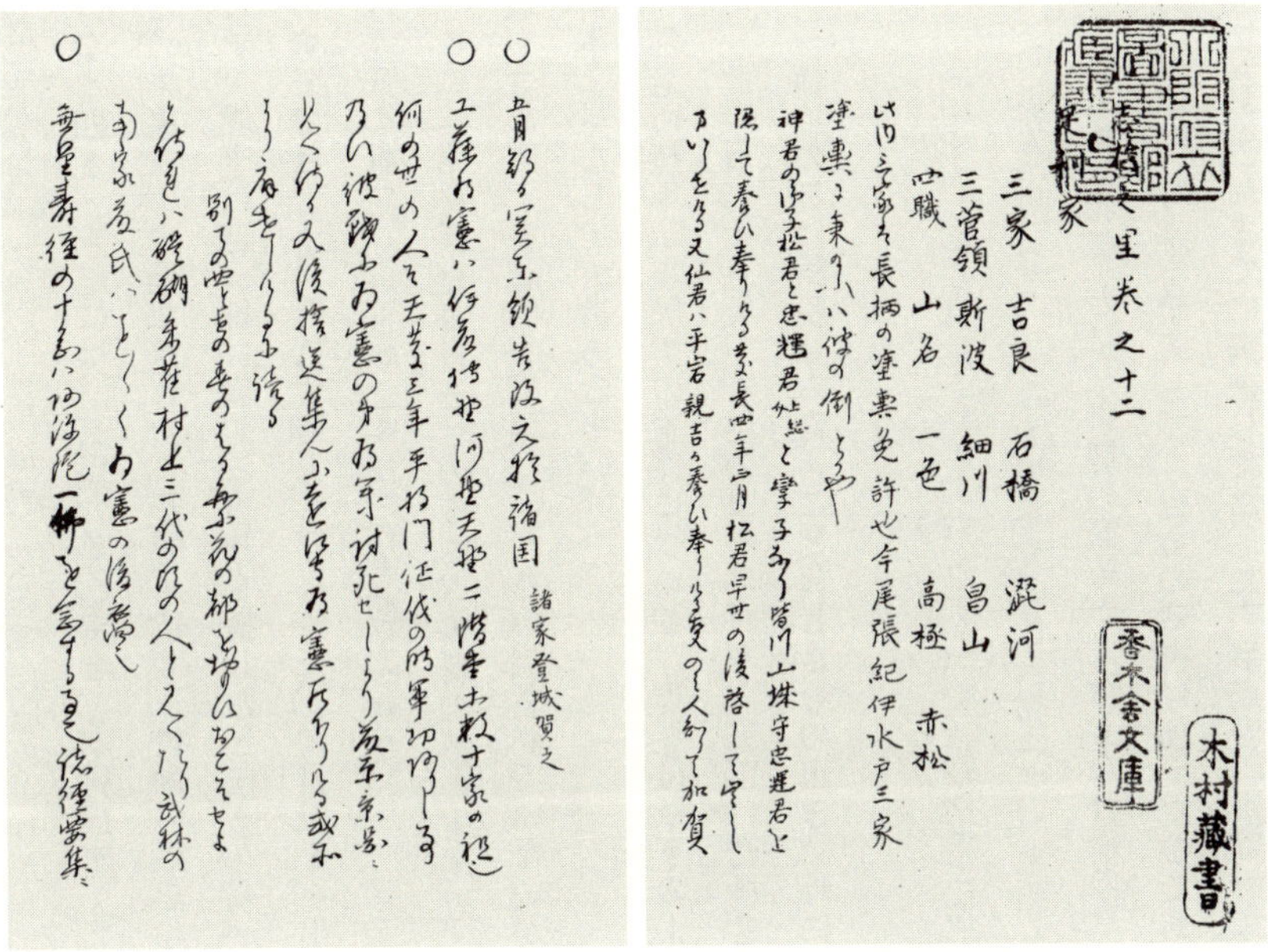

図３　黙老旧蔵『塩尻』巻十二、１丁表（右）・28丁表（左）

とが知れる（図３）。

黙老は馬琴に後れること八年、安政三年に八十三歳で没した。その後、諸方に散逸した黙老の旧蔵書は、若干数が讃州の披雲閣文庫や多和文庫に伝存しており、両文庫に襲蔵される、合計九点の馬琴旧蔵書も、黙老没後に木村家から流出したものであった(3)。黙老旧蔵の『塩尻』にも、多和文庫の創始者松岡調の蔵書印が捺されている(4)。

同書が天保五年に馬琴へ貸し出されたものであることは、前節の末尾で触れた、『塩尻抜萃編』の原本における巻次が、この黙老旧蔵本と合致していることや、『抜萃編』各冊の字詰めが、黙老本の当該巻と同一である点などからも疑いを容れない。さらに、二十冊という数量の一致や、前掲諸書に収められた抄出記事が、同本の中に網羅されている事実なども、中之島図書館蔵本が、天保五年に馬琴の披閲した『塩尻』である蓋然性を保証する。

黙老の蔵書目録としては、磐城平藩士鍋田三善の

『静幽堂叢書』（宮内庁書陵部蔵）芸苑部に収められた、「讃藩黙老木村氏蔵書目録」の存在が知られている。同目録は全十四丁、末尾には「天保六年乙未春、木村氏奉レ命徙二居於高松一、発期在レ近。因以借写焉」という識語が存する。末尾三丁に列挙された、懸幅・絵図・書画の類を除いて、この目録に掲出された書籍は、三百五十余点に過ぎない。黙老は蔵一棟に満ちる書物を擁したと伝えられており、(5)「木村氏蔵書目録」に著録されたものが、彼の蔵書の全てではなかったはずである。よって、同目録を「出府以来江戸在番中に蒐めたものの略目録」とする、木村三四吾氏の推定（『近世物之本江戸作者部類』解説、一三頁）に従うべきであろう。

この「木村氏蔵書目録」のうち、書冊の部の末尾近く（十丁裏）に、『塩尻』の名前を見出すことができる。冊数も含めて、書誌的な事項はいっさい記されていないが、ここに登載された『塩尻』を、馬琴に貸し出された二十冊本と見なして大過あるまい。

黙老所持本『塩尻』の素性について、馬琴は以下のように記している。

此半冊二（ママ）十八頁、有用の事多けれバ、筆工に謄抄せしめ畢。借抄の原本ハ、書賈の仕入本とかいふものにて、傭工の為に誤脱せらるゝこと甚しきもの也き。時に天保甲午八月十三日校閲、施二雌黄一而蔵二于書箱一。著作堂
（『抜萃編』第一冊、三十八丁裏）

一、予、『塩尻』十五・十六・十七、今昼後迄ニ披閲畢。誤脱多く、一向ニよめかね、且、重複多し。此書、黙老噂にて、かひ入候本やの仕入物ニて、尤悪本也。
（天保五年八月十九日日記）

「仕入本（物）」とは、書肆の商策が先行した書籍の意と思しく、黙老は天保五年をさして遡らない時点で、既製の『塩尻』写本を購入して、自らの蔵書に加えたのであろう。

筆者がこれまでに調査しえた、九十余点の『塩尻』写本の中で、黙老旧蔵本に最も近似した形態を有するのは、

早稲田大学図書館所蔵の五編六十六冊本のうち、特にその第二編・第三編の合計二十八冊である。黙老旧蔵本と早大蔵本との対応関係は、後掲の表2に整理した。ただし、『塩尻抜萃編』の春巻に相当する、黙老本巻十二の後半部分については、早大本の中に編成を同じくする箇所を見出すことはできない。

早大本に類似した配列を持つ伝本は、国会図書館や国立公文書館内閣文庫、名古屋大学図書館岡谷文庫、鶴舞中央図書館などに蔵されるが、五編全てを網羅する上に、異なる系統の本文が混入していないと考えられるものは、早大本のみである。また、六編以降を有する伝本は確認できないので、筆者はこの一群を、仮に「五編本」と称している。上記の「五編本」諸本のうち、『抜萃編』春巻に相当する部分を有するのは、鶴舞中央図書館所蔵の二十七冊本（函架番号、別〇九一―一二）のみであるが、同本は編次が混乱しているばかりでなく、第二編に相当する部分を欠いている。

一方、神宮文庫に蔵される『塩尻』写本八点のうち、御巫《みかんなぎ》清富（宝暦十一年～文政五年。清直の養父）旧蔵の十一冊本（函架番号、一七六三）は、その識語によれば、二次にわたって筆写された、由来の異なる抄録本を取り合わせたものという。享和元年の年記を有する、第四冊の識語によると、同本の冒頭四冊は、「尾州名古やの書林風月堂」から借り寄せた、「二編一巻ヨリ十五巻」のうち、巻一から巻五までの五冊を抄写したものという。実際に、清富旧蔵本の第一冊から第三冊までの内容は、早大本第二編の冒頭三冊と一致し、清富本第四冊は、早大本第二編の巻四・巻五に所収の記事を抜萃したものであった。

同書の識語にいう「尾州名古やの書林風月堂」とは、同地本町一丁目に店を構えた、風月堂孫助のことであろう。この書肆が貸し出していた『塩尻』は、「七十余巻」に及ぶ大部なものであったというが、清富本の識語からは、その詳細な編成までは知りえない。ただし、国会図書館所蔵の五編六十六冊本（函架番号、一二四―四六）中の数冊には、「風月堂記」という黒印の押捺された紙片が貼付されており、同書が風月堂の「仕入本」であった可能性を見出しうる。もっとも、清富旧蔵本の識語に記された風月堂本の編成は、既述のように早大図書館の五編本とはよく合致するものの、国会図書館の五編本とは若干の懸隔がある。

以上の諸事象から、「書賈の仕入本」であった黙老旧蔵本と、早稲田大学図書館の五編六十六冊本、そして風月堂孫助の貸し出していた「七十余巻」の『塩尻』とは、極めて近縁にある伝本と考えてよかろう。

## 五　黙老本『塩尻』の借覧と抄録

天保四年の初頭に、馬琴が『塩尻』の購入を断念した経緯は、おそらく江戸在勤中の黙老も聞き及んでいたことであろう。この年の末に至って、黙老は同書に関する何らかの事柄を、馬琴に申し送ったものと思しく、十二月十四日の馬琴日記には、以下のような記述が見えている。

一、昼前、木村亘より使札。『白石叢書』十二之巻、并『刈田のひつぢ』一冊、被返之。（中略）且、さとうの事・塩尻の事など、使ニ長文返事申遣ス。

無論、ここに見える「塩尻の事」が、信景著述とは無関係である可能性も皆無ではない。しかし、翌年に馬琴と黙老との間で、二十冊本『塩尻』が貸借されている以上、やはりこの「塩尻の事」も、信景の『塩尻』に関わる事象と考えるべきであろう。(6) 黙老が馬琴に申し入れた内容は不明ながら、おそらくは『塩尻』の購入に関する相談か、同書購入の事後報告などであったものと想像しうる。

右の一件に先立つ十月十九日、黙老は書翰の中で、「近来戯作者変態沿革之事」に関する教示を馬琴に乞うている。黙老からのこの問い合わせを契機として、馬琴の起筆した戯作者評伝が、『近世物之本江戸作者部類』（二冊、未完）であった。翌天保五年正月二十四日、ひと通り誤脱を訂した『作者部類』の小字稿本が、馬琴から黙老に貸与されている。この小字本は、夥しい補訂の痕跡をとどめていた上に、「あまりに細字」であったため、馬琴はより大きな文字で清書をするよう、送付の際に黙老へ依頼した。『作者部類』の自筆稿本が返却されたのは三月二日、黙老方で新調された写本が馬琴へ届けられたのは、同月二十四日のことである。この大字本『作者部類』と共に、黙老から馬琴のもとへ届けられたのが、二十冊本『塩尻』の冒頭三冊であった。

以下においては、主として天保五年の馬琴日記に拠りながら、彼が二十冊本『塩尻』を披閲した過程を整理してみる。黙老は二十冊の『塩尻』を、五回に分けて馬琴へ貸与しているので、以下においても、五段に区分して整理を加えることとしたい。

**（一）巻一～巻三**（三月二十四日～四月二十六日）

三月二十四日に黙老から届けられた右三冊のうち、馬琴は巻三を落掌の当日に披閲しており、同月三十日には巻二・巻三の両冊を繙読している。これ以降、馬琴は翌月二十四日に至るまで、『南総里見八犬伝』第九輯上帙の巻三・巻四両冊を執筆しており、この間に黙老本『塩尻』が繙かれた形跡を見出すことはできない。

四月二十五日、馬琴は文渓堂から借り寄せた浄瑠璃本の抄録を果たした後に、『塩尻』巻三からの書き抜きを行なった。「著作堂雑記抄」や『雑記鈔録』にも採録された、書物を「本」と呼ぶことの本縁を記した一段（後掲表3の㊀P）には、馬琴による長文の追記が施されており、その末尾には、「甲午四月廿五日庚申摘録」と注記されている。その翌日、馬琴は黙老からの使者に託して、件の三冊を返却した。

**（二）巻四～巻七**（五月五日以前～六月四日）

この四冊も他の場合と同じく、前回貸出分の返却後に、馬琴へ届けられたものと思われるが、四月二十六日以降、馬琴が黙老本の巻四を繙いた五月五日までの間に、黙老の使札が馬琴のもとへ到来した形跡を見出すことはできない。

五月十日に巻六を「少々披閲」して以降、『八犬伝』第九輯巻五の執筆に打ち込んだ馬琴は、再び『塩尻』を机辺に放置する状況となる。本章第一節で言及した、八百比丘尼に関する考証を含む、『南総里見八犬伝』第百回は、この間に執筆されたものであった。現存する『八犬伝』第九輯上帙の稿本と、馬琴の日記とを対照してみると、件の「若狭の八百比丘尼」に関する考証は、五月十六日に執筆されたことが確認できる。『八犬伝』に引用された『塩尻』の記事には、「或問帝王謚篇」という篇名が付記されており、これは黙老本の巻五を示している。冒頭第一項（随筆大成14巻一七四頁にも所掲）が、「或間《ママ》、我帝王の謚は何の代より始る」と語り起こされる同巻には、『八犬伝』所掲の記事（後掲の表3、㈡E）も見出すことができる。[7]

この黙老本第五冊を、馬琴がいつ繙いたものか、日記の記述からは知りえないが、遅くとも八百比丘尼考証をものした五月十六日までには、同冊に目を通していたものと思われる。

『八犬伝』第九輯巻五が擱筆されたのは、五月二十六日のことであり、翌月朔日には、それまで「妙䨩《みやうり》」とあった妖尼の名前が、全て「妙椿」に改められている。馬琴がほぼひと月ぶりに、借用中の『塩尻』を披閲したのは、六月二日のことであった。この日馬琴は、読みさしにしていた黙老本の巻六を繙読し、続く巻七にも目を通した上で、改めて「五より七迄」から数条を抄録している。

婿の清右衛門に命じて、六月四日に黙老方へ返却させた『塩尻』について、馬琴は日記の中で「五より七迄」と割注しているが、これは「四冊」とある以上、「四より七迄」の誤記と考えられる。

## ㈢　巻八〜巻十二（六月五日〜八月十四日）

前回貸進の四冊が返却されたことを受けて、黙老は上掲の五冊を、翌五日に馬琴のもとへ送り届けた。落掌の当日に、馬琴は巻八を披閲し、六・七日の両日には、巻九・巻十を繙読している。

この頃、馬琴は体調を崩しており、「眼気不出来」（六日）、「予不快、未二痊可一」（十四日）、「水瀉昼十余度、夜中三度」（二十五日）等の記述が、日記の中に散見する。『八犬伝』第九輯巻六は六月四日に起筆されたものの、その筆は遅々としてはかどらず、この月末に至っても、同巻は成稿を見なかった。七月に入って、いよいよ「酷暑」と「腹痛」とに悩まされた馬琴は、「半起半臥」の体ながらも、同月五日に黙老本『塩尻』の「よみかけ三冊」を繙いている。この「よみかけ三冊」の意味するところは、必ずしも明確でないが、恐らくは六月七日以来読みさしにしていた巻十に続けて、巻十一・巻十二の両冊をも披閲した、ということであろう。

馬琴の不快は、同月九日に至って大病となる。この前後の事情は、『吾仏の記』巻三（家説第三）「百二十　解復大病、并に六病患の顛末」に詳しく、翌十日から十二日までの間、馬琴は日記の筆を執ることさえままならなかった。容体が快方に向かう兆しを見せた十二日、馬琴は筆工の大嶋右源次に、「塩尻抄録三十六枚」の筆写を依頼している。日記の記述からだけでは、「塩尻抄録」と称されるものの詳細をうかがいえないが、これは『抜萃編』のうち、第一冊春巻に相当し、同巻は黙老本『塩尻』巻十二の後半三十八丁を謄写したものである。七月五日に披閲した巻十二のうち、特にその後半部分に、有用な記事を多く見出した馬琴は、自ら抄録する手間を厭うて、四十丁弱の筆写を大嶋筆工に託したのであろう。右源次の弟が、馬琴のもとに「塩尻抄録三十八枚」の写しを持参したのは、同月十七日のことであった。

七月二十四日、馬琴は病後初めて『塩尻』を繙き、若干の記事を摘録している。この日の抄録が、いずれの巻に対するものであったのか、日記の中には記されていないが、巻次などから考えて、おそらくは巻八を対象にしたものと思われる。

翌月十二日、馬琴は黙老本の「九より十一迄三冊」、翌日には引き続き「十二巻め」を抄録している。このうち、巻十二に対する抄録は、『抜萃編』春巻に未収の前半部分に限られたことであろう。十三日には『抜萃編』春巻の披閲・校訂も行われており、馬琴は同巻の末尾に、前節所引の識語を加えている。

二ヶ月余の時月を要して、今次借用分五冊の披閲・抄録を終えた馬琴は翌十四日、木村方からの使者に託して、これを黙老へ返却した。

**（四）巻十三〜巻十七**（八月十八日〜十月五日）

上掲の五冊を、黙老が馬琴に送り届けたのは、八月十八日のことであり、この日から翌々日にかけて、馬琴は巻次不同ながら、五冊全てを披閲している。

同月二十五日に至って、馬琴は病臥以降放置していた、『八犬伝』第九輯巻六の稿を継いでおり、同巻の局が結ばれたのは、九月十二日のことであった。十五日以降は、『開巻驚奇侠客伝』第四輯（天保六年、群玉堂等刊）の校正に取りかかっており、この作業の合間を縫って、馬琴が借用中の『塩尻』を再度繙いた時には、すでに十月を迎えていた。同月二日・三日の両夜を費して、馬琴はやはり巻次を追わずに、前掲五巻の抄録を行なっている。

同月五日、馬琴は清右衛門に、今次借用分五冊の返却を依頼した。

**（五）巻十八〜巻二十**（十月七日〜十二月十七日）

清右衛門は前回借用の五冊を、十月六日に黙老方へ届けたものと思しく、翌七日にはその受取状が、馬琴のもとへ届けられている。その際、黙老の使者によってもたらされたのが、二十冊本『塩尻』の末尾三冊であった。馬琴は七日に巻二十、九日に巻十八をそれぞれ披閲している。このうち、巻十八には「入用の処」が多かったため、再び写本の作成を思い立ったが、同巻は「あまり大誤写ニて、よみ得がたく候間」、馬琴は十日・十一日の両日にわたって、同巻に校訂の筆を加えた。実際に中之島図書館蔵本の巻十八には、馬琴の筆跡で墨筆による訂正が処々に施されている。十二日の夜には巻十九を披閲して、「是ニて、廿巻卒業」となった。

馬琴はこの月二十五日、戸田因幡守家中で筆工の三田村三碩に、「塩尻十八の巻」の筆写を依頼し、翌月五日に同人の持参した「原本」と「写し」とを受け取っている。この折に新調された、黙老本巻十八の写本が、『塩尻抜萃編』の第二冊夏巻である。原本において、本行脇に施された訂正が、『抜萃編』夏巻では本文に反映されており、これは三田村筆工が馬琴の指示に従った結果であろう。

十一月十二日、馬琴は残る二冊を「抄録の為、とりしらべ」たが、「猶思ふよしあれバ」、抄録の筆を執らなかった。十八日に至って、馬琴は三田村筆工に、「塩尻十九・廿」両冊の筆写を依頼しており、この折に作成された写本が、秋・冬の両巻として、『塩尻抜萃編』に組み入れられたのである。よって、十二日の日記に見えた馬琴の「思ふよし」とは、両冊の写本新調の一事と考えてよかろう。

馬琴が両冊の謄写を筆工の手に委ねたのは、これまでの場合と同じく、黙老本の巻十九・巻二十に、「入用の処」「有用の事」を多く見出したことも、その一因であったに違いない。しかしそれ以上に、年の瀬を控えて切迫した執筆・校正の作業が、馬琴に両巻抄録の手間を厭わせたのではあるまいか。眼の不調と腰痛とに悩まされながら、『八犬伝』第九輯上帙と『侠客伝』第四輯との摺本校合を進めていた馬琴は、十一月十五日に至って、合巻『新編金瓶梅』三輯下帙の翌春刊行を、ひとたび断念している（第三部第四章参照）。

その一方で、馬琴が黙老帰国の可能性を聞き及んでいたことも、両冊の写本新調に大きく作用したものと思われる。十月七日、『塩尻』の巻十八以下と共に送り届けた「回翰」の中で、黙老は国元高松の筆頭家老に「来春致仕の噂」があり、それが了承されたならば、自身が帰国せねばならぬことを馬琴に報じている。これは、黙老との間で恒常的に書籍を貸借していた馬琴にとっても、予期せぬ衝撃であったに違いない。今次借用の『塩尻』三冊の披閲と、同書巻十八の校訂とを、借用後五日間で終えていることからも、馬琴の軽い焦燥感が見て取れる。

師走に入り、黙老の明春帰国が確定し、馬琴は同月五日にこの報告を受けている。十四日に至って、三田村筆工に「塩尻二冊」の出来を督促する際、清右衛門を介して伝言された「急ぎ候わけ」とは、所有者黙老の帰国に関する事情であったと想像できる。この翌日、三碩は自ら「塩尻二冊写し」を、「原本共」馬琴のもとへ持参した。

翌十七日、舅馬琴から上掲三冊の返却を命ぜられた清右衛門は、これを十八日に黙老方へ持参した模様である。

以上本節に概観した、馬琴による黙老本『塩尻』閲読の経過は、表2のごとくに整理することができる。巻次を○で囲んだものは、『抜萃編』の原本となった巻である。

## 六　抄録記事の実際

ここでは前節で触れえなかった、黙老本『塩尻』からの抄出記事や、『抜萃編』各冊の内容などに考察を加える。便宜上、本節でも五段に分かって整理を行うこととした。

### (一) 巻一～巻三

上掲三巻のうち、巻一の披閲・抄録に関する記述は、馬琴の日記中に見出しえないが、「著作堂雑記抄」や『雑記鈔録』には、黙老本巻一の記事が六項目（後掲表3の㈠A～F）確認できる。これらの末尾には、「仮三」（B・C）、「塩尻仮」（D）などと注記されているが、この「仮」字の意味するところは判然としない。かつて筆者はこの「仮」字を、『塩尻』の略号として記された「塩」字の誤読と考えたが、「塩尻仮」のような形がある以上、この推定は正

表2　默老本『塩尻』の編成

※「所収」の項は、表3参照。

| 巻 | 第一項冒頭 | 早大本 | 披閲 | 抄録 | 所収 |
|---|---|---|---|---|---|
| 1 | 日本後紀〔己酉七月〕 | 二編3 | | | ㊀A〜F |
| 2 | 或曰浮屠氏飲酒の戒 | 二編6 | 3/30 | | ㊀G |
| 3 | 程子云周茂叔令尋 | 二編2 | 3/24・30 | 4/25 | ㊀H〜P |
| 4 | 経渭能分濁与清 | 二編7 | 5/5 | | ㊁A〜C |
| 5 | 或問我帝王の謚は | 二編9・8 | | 6/2 | ㊁D〜F |
| 6 | 後漢魏桓不肯仕郷人 | 二編10 | 5/10、6/2 | 6/2 | ㊁G |
| 7 | 富貴怕見開花言已開 | 二編11 | 6/2 | 6/2 | ㊁H〜J |
| 8 | 孟子尽心下民為貴 | 二編12 | 6/5 | 7/24? | |
| 9 | 文命東提碑 | 二編14・15 | 6/6 | 8/12 | ㊂A〜C |
| 10 | 尾張愛知郡千竃庄 | 二編1・13 | 6/6・7、7/5? | 8/12 | ㊂D〜F |
| 11 | 熱田亀井道場昔は | 三編1 | 7/5 | 8/12 | ㊂G |
| ⑫ | 足利家三家吉良石橋 | 三編2・— | 7/5 | 8/13 | ㊂H |
| 13 | 宴遊の饗饌の制は | 三編3 | 8/20 | 10/2 | ㊃A〜E |
| 14 | 凡鶴鸛白鷺の類 | 三編4・5 | 8/20 | 10/3 | ㊃F〜H |
| 15 | 侍御史呂陶言明堂 | 三編6 | 8/18 | 10/2 | |
| 16 | 近世軍法者と云多し | 三編7 | 8/18・19 | 10/3 | ㊃I〜K |
| 17 | 我敬公の御館へ | 三編8・9 | 8/19 | 10/3 | ㊃L・M |
| ⑱ | 或問後醍醐帝皇后 | 三編10 | 10/9〜11 | — | |
| ⑲ | 徹書記〔正徹和尚〕 | 三編11・12 | 10/12 | — | ㊄A |
| ⑳ | 明王百穀〔明万暦中〕 | 三編13 | 10/7 | — | ㊄B |

しくなかったようである。また「仮三」の「三」は、他所の例から推せば巻次を示すものと考えられるが、黙老本巻一に収められた二項目に「仮三」とあるのは訝しい。

一方、国会図書館に蔵される馬琴書翰断片（③48）には、唐土の雑貨商人に関する『塩尻』の記事が引用されており、そこには「程子曰篇」という編名が併記されている。「程子曰篇」とは、その冒頭第一項（大成15巻九五頁）が「程子云、周茂叔令《ム》レ尋《ネ》二顔子・仲尼楽処何事《ナニコトカト》一云々」という一文にはじまる、黙老本『塩尻』の巻三を指しており、同巻の三丁表には、馬琴が右の書翰で引用した記事（㊀H）も見えている。『雑記鈔録』においては、この記事が巻一・巻二所収のものよりも先に掲出されており、これは前節で確認した、馬琴の披閲順序とも合致する。よって、「過日、『塩尻』を再読いたし候へバ」として、同書の記事を引用する件の書翰断片が、天保五年三月以降、さして日を置かない時点で染筆された蓋然性は否定しがたいであろう（次章参照）。

なお、『雑記鈔録』に「義光公の事」と、その概要のみが記し留められた一項（㊀Q）については、黙老本のどの記事を示すのか判然としない。掲出位置から推しても、所収巻次すら特定しがたく、この一項の詳細については後考を俟つこととしたい。

## (二) 巻四～巻七

「雑記抄」に掲出された、黙老本『塩尻』からの抄録記事のうち、「法名に戒名あり道号あり」とはじまる一段（㊁G）は、黙老本の巻六に収められたものである。一方、同項末尾の一文、「釈氏所レ称の居士号は、『菩薩（処）胎経』の説に書□《本ノマヽ》（筆者注、「出ヅ」カ）、大居士の称呼は、大恵に見えたり」（㊂I）は、黙老本の巻七に掲げられた一段であり、内容的には関連が深いものの、一連の記事として扱うべきではない。『雑記鈔録』や『雑記摘録』は両項を別立てにしており、これは原本の『著作堂雑記』においても同様であったと考えられる。

『雑記摘録』の中では、両項の末尾に「仮六後漢魏桓篇」（㊁G）、「仮七冨貴云々篇」（㊁I）という出典注記が施されている。「後漢魏桓」は黙老本巻六、「富貴云々」は同本巻七の、それぞれ冒頭項を示すものとして問題はないが[8]、ここでもやはり巻数の上に置かれた「仮」字の意味が判然としない。

以下の記事（㊁H）は、やはり黙老本の巻七から抄出されたものであるが、只誠の「雑記抄」や桜山文庫本『雑記鈔録』には転載されておらず、得楼の『雑記摘録』のみが掲げる一段である。

表徳

名号花厳の書（筆者注、「疏」の誤）に召レ休曰レ名表レ徳拝レ号、名は別《本ノマヽ》、号は通なりといへり。ヽ《（ママ）》は弥陀釈迦等呼は名風（筆者注、「各自」の誤か）の休名にして、是別なり。同しく仏と称し如来と云は、是通にして、諸仏の表徳なるか如し。〔仮七〕　（国会本『雑記摘録』、三丁裏）

この記事は現行活字本にも収められており、右引用中の「休」字は、全て「体」の誤り、「ヽは弥陀釈迦」とある箇所も、「例えば弥陀釈迦」とあるべきところである。「休・体」の誤字は、黙老本から踏襲されたものであり、また「例」字を脱したのも、黙老本の該当箇所に「誘は」とあって、文意を取りかねたことに由来している。馬琴も嘆いたごとく、書肆の「仕入本」である黙老所持本『塩尻』の写しが、決して良好ではなかったことを、右の記事からも確認できるであろう。

## （三）巻八～巻十二

『雑記鈔録』の中には、右五冊に由来する記事が八項目収められているものの、そのうちの四項は簡単な概要が記し留められたばかりである。このうち、『塩尻』通行本の巻七十八（大成本16巻一六一頁）にも収められた「応声ノ虫ノ事」（㊂A）は、『八犬伝』第九十七回に登場する蟇田素藤の父親但鳥業因《たゞとりなりより》との関連を想起させる。伊吹山の盗賊の頭領であった業因は、祇園祭観覧の最中、腹中の声が旧悪を暴露して役人に捕らわれる。馬琴はそのありさまを、「応声虫《おうせいちう》に異ならず」（第九輯巻三、二十六丁裏）と表現しているが、後段では「博士《はかせ》」の口を借りて、業因の厄難を応声虫の所行とする巷説を否定した。

この一段は件の八百比丘尼考証と同じく、天保五年に執筆された『八犬伝』第九輯に含まれているばかりでなく、信景が伝える応声虫騒動の舞台も、元禄十六年のやはり京都（油小路二条上ル）である。よって、両書の関連を想定してみたくなるのであるが、業因伏誅を語る『八犬伝』第九十八回は、この年四月十八日に執筆が終了しており、六月五日以降に馬琴の目に及んだ『塩尻』の記事が、『八犬伝』の述作に関与する余地は残されていない。むしろ馬琴は、自作における但鳥業因の運命との偶合を喜んで、『塩尻』に紹介された応声虫の一件を、自身の『雑記』に抄出したのであろう(9)。

なお、やはり『雑記鈔録』が概要のみを伝える「隠逸」の一項（㊂F）について、筆者はその掲出位置などから、黙老本の巻九に収められた、「五斗の米の為に折腰せん事を欲せず」と始まる一段（大成本15巻二〇四頁）と推定したが、これは再考の余地を残すものである。

上掲五冊の借用中に作成された、『塩尻抜萃編』の春巻は、馬琴によって「足利家三家四職篇」と名付けられている。しかし、同巻第一項の冒頭には「工藤為憲は伊藤・狩野・河野」云々とあって(10)、件の篇名との間に関連を有していない。一方、『抜萃編』春巻の原本となった、黙老本『塩尻』巻十二の冒頭項（図3右）には、足利幕府の三家・三管領・四職が列挙されており(11)、「足利家三家四職篇」という呼称の由来を、ここに見出すことができる。

『抜萃編』の春巻として謄写された、黙老本巻十二の後半部分で特に目を引くのは、全文にわたって引用された「清須合戦記」と「名古屋合戦記」（いずれも続群書類従合戦部所収）の存在である。これら二戦記の直前には、信景が宝永五年五月、桶狭間の古戦場を訪れた折の記録が収められており、三つの記事を合わせた分量は十五丁に及ぶ。『塩尻抜萃編』春巻に施された馬琴の補記は、もっぱら上掲の三章段に対するものであり、馬琴が「有用の事」と感じたのも、恐らくはこれらの記事なのであろう。

『抜萃編』の春巻は、他の三冊に比して、馬琴による朱訂がいちじるしく多いが、これは何も、三田村筆工に較べて、大嶋筆工の成績が芳しくなかったことを意味するわけではない。馬琴による訂正箇所を、原本である黙老本『塩尻』巻十二と対照してみると、その大半が両書に共通した誤記であった。よって、春巻に施された朱訂は、原本との対校に基づいたものではなく、馬琴が各々の文意から推して、独自に書き加えたものと考えられる。この点において、春巻の謄写事情は、馬琴による原本への訂正を反映して筆写された、第二冊夏巻とは対照的である。

## （四）巻十三〜巻十七

上掲の五冊に由来する記事は、『雑記鈔録』の中に十一項目掲出されている。このうち、㊃Cに登場する侠者関東小六は伊達小六とも称し、『侠客伝』における一方の主人公館小六助則《たてのころくすけのり》の造形において、馬琴がその名前ばかりを借り来たったとされる人物である。(12)

一方、馬琴の雑録『異聞雑稿』上冊の中には「近世軍法者篇」、つまり黙老本巻十六の記事を引用した頭書が存する。天保五年春、日光で熊笹が実を付けた一件は、同年八月十六日付の、篠斎と桂窓とに宛てた二通の書翰（③53・54）にも言及されるが、『異聞雑稿』上冊のうち、「箬竹有実」と題された一段（四十八丁表以下）の記述がもっとも詳しい。『塩尻』からの抄出記事（㊃Ｉ）が引用されるのは、この一段に施された頭書（四十八丁裏〜四十九丁表）においてである。『異聞雑稿』の「箬竹有実」は、天保五年八月十一日に染筆されたものと思しく、これは馬琴の黙老本巻十六の繙読に先行している。よって件の頭書は、後日補われたものと考えられる。

この他、馬琴は『抜萃編』春巻の補記においても、黙老本巻十七に収録された一段に言及している。

又按ずるに、塩尻《塩尻》敬公山水題詩篇に、尾州の牧氏も武衛の後裔也、といへり。略家譜あり。（中略）なほ具にハ、『雑記』三十五に抄録す。駢見すべし。（『塩尻抜萃編』春巻、七丁裏朱書）

黙老本『塩尻』巻十七の冒頭項は、御三家の祖である義直・頼宣・頼房の三人が会席の折、頼宣の描いた絵に頼房が詩を賦し、義直が和歌を詠じたという逸話（活字本未収）である。この中で、「敬公」こと尾張義直は、讃として詠歌を呈したのであるから、「敬公山水題詩」という呼称は内容と齟齬している。ともあれ、馬琴の引用する牧氏の「略家譜」（㊃L）は、黙老本巻十七の十七丁裏以下に収まるものの、『雑記鈔録』以下の諸書には再録されていない。

右の朱書は、先に触れた信景の桶狭間探訪記の直後に書き入れられているが、これはむしろ、「尾州の牧氏」の祖とされる斯波氏の滅亡に取材した、後続の「名古屋合戦記」や「清須合戦記」と「駢見」されるべきものであろう。馬琴は「清須合戦記」の末尾にも、やはり牧氏の「略家譜」を参照しつつ、若干の注記を施している。

## （五）巻十八〜巻二十

既述のごとく、上掲の三冊は『抜萃編』として、いずれも全冊謄写されているが、『雑記鈔録』には巻十九に収められた「玄上の琵琶」項（㊄A）が採録されており、馬琴は写本作成の意を決する以前に、若干の記事を書き抜いたようである。

雑多な記事を収録する黙老本巻十八、すなわち『抜萃編』夏巻の中から、馬琴が「入用の処」と感じた記事を特定することは難しい。ただし、僧義統が『霊会日鑑《りょうえ》』（元禄九年刊）の末尾で、皇統における「正閏の統」を弁じた記事を取り上げて、信景が「至当」と評した一段（二十丁裏〜二十一丁表）の欄上には、馬琴が朱筆で「霊会日鑑」

と書き入れている。南北朝の正閏を論じた書物として、『侠客伝』の執筆最中であった馬琴の興味を引いたのであろう。

『抜萃編』秋巻に関しても、馬琴が注目した記事を明確に指摘できるわけではないが、補訂の痕跡を指標とするならば、日蓮宗を論破した僧侶天鏡についての一段や、遠島に処された富士門徒に関する記事（六十丁裏〜六十四丁表。大成13巻、五二三〜五二五頁）などには、馬琴も興味を抱いたものと考えられる。

「明王百穀篇」という冬巻の呼称は、既に文化九年刊行の読本『占夢南柯後記』（八巻八冊、木蘭堂刊）の巻三「米谷の谺塚」にも見えていた。そこで馬琴が言及したのは、信景が『和州諸将軍伝』（閑雲子増撰。宝永四年刊）の中に見出した、俗諺「もとの木阿弥」の語源説であり、この一段は只誠「雑記抄」や『雑記鈔録』にも抄録されている。

この「もとの木阿弥」の語源説は、『抜萃編』冬巻（三十丁表）にも見出しうることから、馬琴が文化初年に披閲した、四十五巻本の『塩尻』にも、黙老本の巻二十に編成の類似した巻が含まれていたと考えられる。冬巻の中にはこれ以外にも、馬琴が『椿説弓張月』後編（文化五年正月、平林堂等刊）において援用した、為朝末裔の系譜（四十一丁表〜四十二丁表。一四八頁図4。活字本未収）や、『燕石雑志』（文化七年、文金堂等刊）巻二「㈩鬼神論」の中に引き用いた、『玉笑零音』（明田芸蘅撰）からの抄出記事（七丁。大成15巻四四〇頁）などを見出しうる（以上、本章Ⅰ参照）。

また、『異聞雑稿』下冊の「郷滝問答」においても、馬琴は「明王百穀三拙篇」という出拠を注記した上で、『塩尻』の記事を援用している。「郷滝問答」は、馬琴が天保六年八月六日に草した、大郷《おおごう》信斎の質疑に対する返答の再録である。このうち、日蓮宗三鳥派に関する一段（八十七丁表以下。続燕石十種第二巻、二七五〜六頁）の中に、黙老本巻二十所収の記事が引用されている。ここで馬琴が言及した「三鳥派」の記事（㊄B）は、『抜萃編』冬巻の十一丁表以下に見えており、当該記事の欄上には、馬琴の筆跡で「不受謗施」や「〇三鳥派」、「三鳥三超」などと書き入れられている。既述のように、『抜萃編』秋巻において朱訂の施された二章段は、いずれも日蓮宗の邪党に触れたものであり、この点も「郷滝問答」の「三鳥派」に関する考証と無縁ではあるまい。

表3には、馬琴による黙老本『塩尻』からの抄出記事を、原本における掲出順に整理した。ここに掲げたものだけでも、四項目が黙老本内部で重複しており、馬琴も八月十九日の日記中でこの点を難じている。百巻本の中にも、少なからぬ重複を見出しうるが、大部かつ駁雑な『塩尻』においては、やむを得ぬ仕儀といえるであろう。

表3　黙老本『塩尻』からの抄出記事

| 略号 | 書き出し | 黙老本 | 鈔録 | 雑記抄 | 摘録 | 随筆大成 | 備考 |
|---|---|---|---|---|---|---|---|
| ㊀A | ◆日本後紀抄 | 巻1・1オ? | 8 | | | 13二九一? | |
| ㊀B | 前田利家の父 | 巻1・18オ | 3 | 1 | | 13三二〇 | 鈔録、末尾「仮三」。 |
| ㊀C | 渡辺綱家系 | 巻1・18ウ | 4 | | | 13三二〇 | 鈔録、末尾「仮三」。 |
| ㊀D | 『朱子文集』木犀の詩 | 巻1・19ウ | 7 | | | 13三二一 | 鈔録、末尾「塩尻仮」。 |
| ㊀E | ◆北畠氏国司の三大将 | 巻1・26ウ | 5 | | | 13三二四 | |
| ㊀F | 一里塚 | 巻1・28オ | 6 | | | 13三二四 | 鈔録、末尾「塩尻」。 |
| ㊀G | 飄は旋風 | 巻2・20オ | 2 | | | 15二二三 | |
| ㊀H | 喚嬌娘 | 巻3・3オ | 1 | | | 15九六 | 篠斎宛馬琴書翰（③48）、割注「程子曰篇」。鈔録、馬琴補記。 |
| ㊀I | ◆知恩院御忌 | 巻3・11オ | 10 | | | 15九九 | |

※◆印は項目名のみで、記事が転写されていないもの。

| | | | | | | | |
|---|---|---|---|---|---|---|---|
| ㊀J | ◆遊子伯陽 | 巻3・13オ | 11 | | | 15一〇〇 | |
| ㊀K | 僧大日 | 巻3・14ウ | 12 | 2 | | 15一〇一 | 黙老本、巻17重出。鈔録末尾「同(塩尻)」。 |
| ㊀L | 張果老瓢より駒を出す | 巻3・14ウ | 13 | | | 15一〇一 | |
| ㊀M | 孔老仏吸酢の図 | 巻3・14ウ | 14 | | | 15一〇一 | |
| ㊀N | 礁基簿・椀脱校郎 | 巻3・16オ | 15 | | | 15一〇二 | 鈔録、大成本と記事に異同あり。 |
| ㊀O | いらたか数珠 | 巻3・18ウ | 16 | 3 | | 15一〇三 | 雑記抄・鈔録、摘要。 |
| ㊀P | 書物を本と称す | 巻3・34オ | 17 | 4 | | 15一一一 | 末尾付記「甲午四月二十五日」。 |
| ㊀Q | ◆義光公の事 | | 9 | | | | 内容不明。「義教」の誤とすれば、巻3・12ウか。 |
| ㊁A | 奥州に象潟といふ名所 | 巻4・12ウ | 18 | 5 | | 14四〇五 | 黙老本、巻14重出。 |
| ㊁B | 松虫鈴虫養ふ籠を虫屋 | 巻4・20オ | 21 | | | 14四一〇 | |
| ㊁C | 海鰌、和名いさなとり | 巻4・24オ | 19 | 6 | | 14四一三 | |
| ㊁D | 三宝荒神は | 巻5・4オ | 20 | | | 14一七五 | 鈔録、末尾一文のみ。 |
| ㊁E | 若狭国八百比丘尼 | 巻5・13ウ | | | | — | 『八犬伝』第百回所引。割注「或問帝王謚篇」。 |
| ㊁F | 響馬・小嘍囉 | 巻5・35オ | 22 | | | 15三三二 | 鈔録、前後の解説文欠。 |
| ㊁G | 法名に戒名道号 | 巻6・9オ | 26 | 7 | 1 | 15一二〇 | 摘録、後半のみ。割注「仮六後漢魏桓篇」。 |
| ㊁H | 『華厳経疏』名号 | 巻7・20ウ | | | 3 | 14四九八 | 摘録、割注「仮七」。 |
| ㊁I | 釈氏所称の居士号 | 巻7・20ウ | 27 | 8 | 2 | 14四九八 | 摘録、割注「仮七富貴云々篇」。 |
| ㊁J | 渡辺綱摂州に退隠 | 巻7・29ウ | 23 | | | 14五〇四 | 鈔録、記事の一部のみ。 |
| ㊂A | ◆応声虫 | 巻9・8オ | 24 | | | 16一六一 | |
| ㊂B | ◆七夕二星 | 黙9・14オ | 25 | | | 16一七一 | 黙老本、巻14重出。 |

| | | | | | | | |
|---|---|---|---|---|---|---|---|
| ㊂C | 春画俗書禁制 | 巻9・23オ | 28 | 9 | 4 | 15三七八 | 黙老本、巻19重出。鈔録、冒頭「以下塩尻」。雑記抄、末尾「塩尻に出」。 |
| ㊂D | 数珠の多少経説如何 | 巻10・41ウ | 29 | | | 15一九八 | |
| ㊂E | ◆普賢堂桜 | 巻10・42オ | 30 | | | 15一九八 | |
| ㊂F | ◆隠逸 | 巻10・50オ？ | 31 | | | 15二〇四？ | |
| ㊂G | 南北勢堺の歌 | 巻11・05オ | 32 | | | 16二七三 | 鈔録、部分。 |
| ㊂H | 織田信長駅路拡幅 | 巻12・07オ | 33 | 10 | | 14二九〇 | 鈔録、記事の一部のみ。 |
| ㊃A | 儒士の僧綱に叙す | 巻13・6オ | 34 | 11 | | 14二七三 | 大成本、前段あり。 |
| ㊃B | 『夫木集』秋茄子 | 巻13・17ウ | 35 | | | 14四九五 | |
| ㊃C | 関東小六 | 巻13・17ウ | 36 | 12 | | ― | |
| ㊃D | 兼好法師遷化 | 巻13・22ウ | 44 | 15 | | 14三三〇 | 雑記抄、末尾割注「塩尻」。鈔録、冒頭「兼好法師遷化の事〔仮十三塩尻〕」。 |
| ㊃E | 頼光四天王 | 巻13・25オ | 37 | | | ― | |
| ㊃F | 書札の終に以上 | 巻14・29オ | 38 | 13 | 5 | 14二〇六 | |
| ㊃G | 二月初午の称 | 巻14・30ウ | 39 | | | 14二〇八 | 鈔録、末尾「塩尻」。 |
| ㊃H | 『無名抄』和琴起源 | 巻14・30ウ | 40 | 14 | | 14二一〇 | |
| ㊃I | 脚布の造法織製 | 巻16・31ウ | 41 | | | ― | 「棉布」の誤。 |
| ㊃J | 木曾路の異穀 | 巻16・37オ | | | | 16四四三 | 『異聞雑稿』所引。割注「近世軍法者篇」。 |
| ㊃K | 修行者の吉野土産 | 巻16・38ウ | 42 | | | ― | |
| ㊃L | 妙心寺の濃茶 | 巻17・4ウ | 43 | | | 14三一七 | |
| ㊃M | 牧氏略系図 | 巻17・17ウ | | | | 14一六二 | 『抜萃編』春巻所引。注記「敬公山水題詩篇」。 |

| | | | | | | | |
|---|---|---|---|---|---|---|---|
| ㊄A | 玄上の琵琶 | 巻19・32オ | 45 | | | 15三八六 | 鈔録、末尾「塩尻」。 |
| ㊄B | 日蓮宗の邪党 | 巻20・11オ | | | | 18二一二 | 『異聞雑稿』所引。割注「明王百穀三拙篇」。 |

## おわりに

以上、馬琴による披閲の原本と、『著作堂雑記』における抄録記事とが揃って確認できる上に、彼の日記や書翰の記述から、閲読の過程を詳細に跡づけられる稀有な事例として、黙老所持本『塩尻』をめぐる諸事象に考察を加えた。

馬琴がどの時点でどのような典籍を繙いたのか、すなわち彼の読書遍歴を追尋することは、馬琴の著作に考察を加える上でも、決して意義の少ない作業ではあるまい。膨大な書翰や、数年分の日録の伝存は、これらの作業にも好都合であり、諸方に散在する馬琴の自筆稿本や手沢本もまた、少なからぬ情報を与えてくれる。それにつけても、「多くは読書の抄録にて、漢文のみなる巻もあり」（『曲亭遺稿』五一八頁）と自注された、『著作堂雑記』の現存が確認できないことは、遺憾この上ない。

筆者が本章において、馬琴の披閲した『塩尻』の形態に考察を加えた契機も、只誠の「雑記抄」に摘録された、諸々の記事に対する出拠の探求であった。「雑記抄」の冒頭近くに掲げられた『塩尻』の記事が、「文化のはじめ」に「一坊賈」のもたらした四十五巻本から採録されたものであることは、本章Ⅰに述べた通りである。黙老の所持した『塩尻』が、「誤脱多く」「一向に読めかね」「誤写・悪本なり」などと評されるのに対して、文化初年披見本は「写しも相応の本」であったという（天保三年十二月八日付小津桂窓宛書翰。②64）。しかし、諸書に散見される抄出記事や、断片的な情報のみによって、この四十五巻本の全体像を推定することは難しい。

すでに幾度か見通しを述べたように、馬琴の目に及んだ二つの『塩尻』は、実際のところ編成や内容が大きく隔たるものではなく、四十五巻本も黙老本と同様に、筆者が仮称するところの「五編本」の一部分であった蓋然性が高い。特に「或問帝王諡篇」と「明王百穀篇」の両巻は、三十年を隔てて繙かれた二本の『塩尻』に、共通して含まれるものであった。今日における伝本の残存状況から推しても、現在行われている百巻本は特殊な形態の一異本に過ぎず、江戸後期には五編本こそが『塩尻』の通行本だったのではあるまいか。

『塩尻』の伝本研究は馬琴の場合に限らず、広く近世期における同書の受容を考える上でも、今後更なる進展が望まれる課題といえるであろう。

## 注

（1）『滝沢家訪問往来人名簿』（早大曲亭）文政二年の記述中に、「若狭ノ八百比丘尼ノコト、『諸国里人談』ニ見エタリ。他日イヒ遣スベシ〔又『奥羽聞老志』ニモアリ〕」（四十七丁表）という一節を見出しうる。よって、『八犬伝』の八百比丘尼考証に援用された典籍のうち、『塩尻』を除く二書の記事を、馬琴は以前から認識していたことが分かる。

（2）本章Iと同様に、ここでも新版日本随筆大成所収の『塩尻』（昭和52年、吉川弘文館。底本は国立公文書館内閣文庫所蔵）を、現時点における「通行本」として扱う。

（3）播本真一氏が「曲亭馬琴旧蔵『房総志料』について―『南総里見八犬伝』との関連を中心に―」（『八犬伝・馬琴研究』所収）の中で、その伝存を改めて報告しておられる。

（4）各冊題簽に「このふみたわのふぐらにをさむ」、同じく一丁表に「香木舎文庫」「集古清玩」。また、第十九冊巻末には、「此書者讃岐国人松岡調手沢也　所蔵文庫在志度郷多和神社之東下」の朱印も押捺されている。

（5）木畑貞清『木村黙老と滝沢馬琴』（昭和10年、香川県教育図書）、五頁。

（6）『曲亭馬琴日記』別巻に収められた、柴田光彦氏による「書物書画類」索引も、引用部分の「塩尻の事」を、信景著作に関わるものと判断している。

（7）国会図書館所蔵。長友千代治氏編『稿本南総里見八犬伝』（昭和59年、東京堂出版）に影印される。

（8）黙老本巻六の冒頭項は、百巻本の巻五十五（大成15巻一一五頁）、同本巻七の第一項は、百巻本の巻五十一（同書同巻三三頁）に、それぞれやはり巻頭項として掲出されている。

（9）「応声虫」については、天保元年から翌年にかけて、馬琴が篠斎から借覧した白話小説『鏡花縁』（李汝珍作。百回）の第三十回にも言及されており、馬琴が業因の厄難を綴る際には、同書の記述が念頭に存したかも知れない。馬琴は『鏡花縁』の物語よりも、作中で展開される議論に興趣を覚えており、『雑記鈔録』第四冊には、原本『雑記』の巻三十三から、『鏡花縁』第十二回における「俗弊」を難じた議論の概要が記し留められている。おそらくは島津久基「鬼次郎・鬼三太物語」（『羅生門の鬼』所収。昭和4年、新潮社）以来、『八犬伝』における応声虫の出拠は、『鬼一法眼三略巻』（文耕堂等作。享保十六年初演）初段と目されてきた。しかし、『鏡花縁』や『塩尻』の記述も馬琴の目に及んでいた以上、この問題はより多角的に考察すべきであろう。

（10）同項は、百巻本未収。大成17巻二一五頁に、芽垣内《はぎのかきつ》本（鶴舞中央図書館所蔵）の巻二十四から抄録されている。

（11）同項は、百巻本の巻十三（大成13巻二九〇頁）と巻九十六（16巻四〇八頁）に、重複して収録されている。

（12）早大図書館曲亭叢書に収められる、馬琴自筆の『異聞雑稿』は全一冊であるが、目録では上・下冊に区分されている。同書の翻刻は、続燕石十種第二巻（昭和55年、中央公論社）所収。

# 第五章　「拙点水滸伝」考

## ――『水滸四伝全書』の購入と披閲――

### 一　年次不明馬琴断簡

本章で年次考証を試みる、国立国会図書館所蔵の馬琴書翰（図1、以下「国会断簡」等と略称する）は、すでに『国立国会図書館所蔵貴重書解題』第十二巻（書翰の部第二。昭和57年）に、略注を付して紹介されている。しかし、同解題とは読みを異にする箇所もあるので、以下に改めて全文を引用する。


（前欠）

うけ取のミ、返事申遣し候。此書状／之趣を以、可然御通達奉希候。以上
　申おとし候。

拙点『水滸伝』、思召に称ひ候よし、／御賞美下され、大慶仕候。右／七十四回、燕青山東貨郎の／打扮に、注し可申事有之。過日、／『塩尻』を再読いたし候へハ、信景の／説あり。燕青の貨郎を注す／へし。左の如し。

　天野信景の『塩尻』程子曰篇に云、／もろこしにて、雑貨《コマモノ》を売る／商人、手中に小鼓を鳴らして／人を集む。其鼓を喚嬌娘／といふよし、「雑貨纂要」に／見えたり。

か丶れハ、燕青が唱歌にあハして／うち鳴らせし小鼓ハ、所云喚嬌／娘也。拙注、貨郎をコマモノウリト／

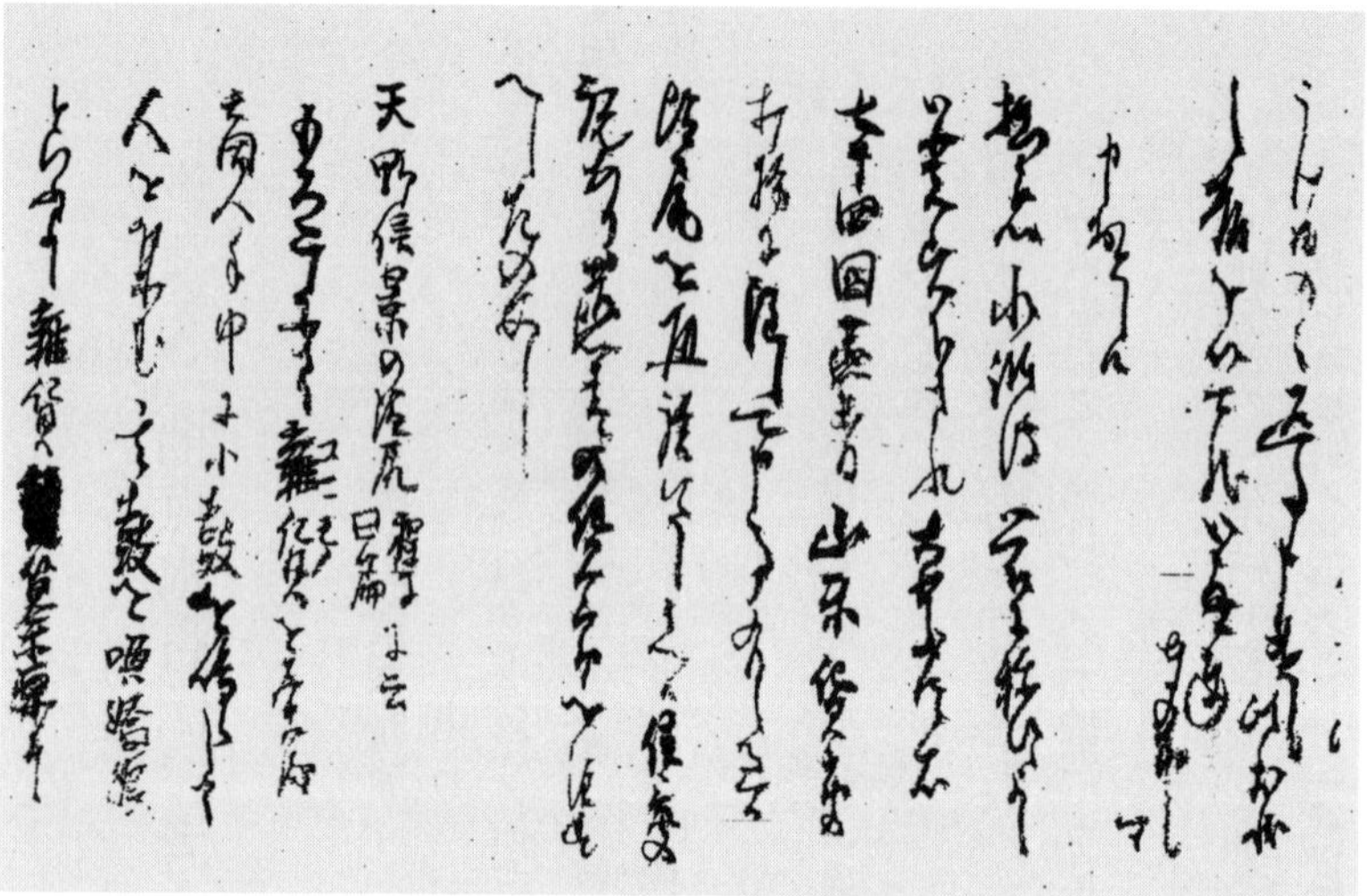

図1　馬琴書翰断簡

いひしハたかハねとも、此文をもて照らす／ときハ、燕青が打扮、想像するに／足れり。　　著作堂追記

改行位置を「／」で示し、句読点等を補った。右書翰の概略は、以下の通りである。

原翰、一六・一×三六・七糎。函架番号、ＷＡ25―28。水色地の枠に人物模様の入った封筒に収めて、原態のまま保管されている。封筒の表書は「殿村《松坂》佐五平様　滝沢《四谷》篁民」、裏には「二月六日発」とあり、封印として「滝沢」の長方黒印が三箇押捺されている（図2）。

形式・内容の両面から、右断簡は書翰の末尾部分と見なしてよかろう。ただし、日付や署名・宛名が見えないことから、その本体たる書翰は書状の主文（本状）ではなくして、「再白」や「追啓」、「添翰」の類と考えられる。

## 二　「拙点水滸伝」の成立

前掲『貴重書解題』は、本文四行目の「拙点水滸伝」を「拙著水滸伝」とし、「何を指すか未詳」と注を付すが、これは誤りであり、「拙点」とは、馬琴自ら句点を打ち、傍訓を加えたことを

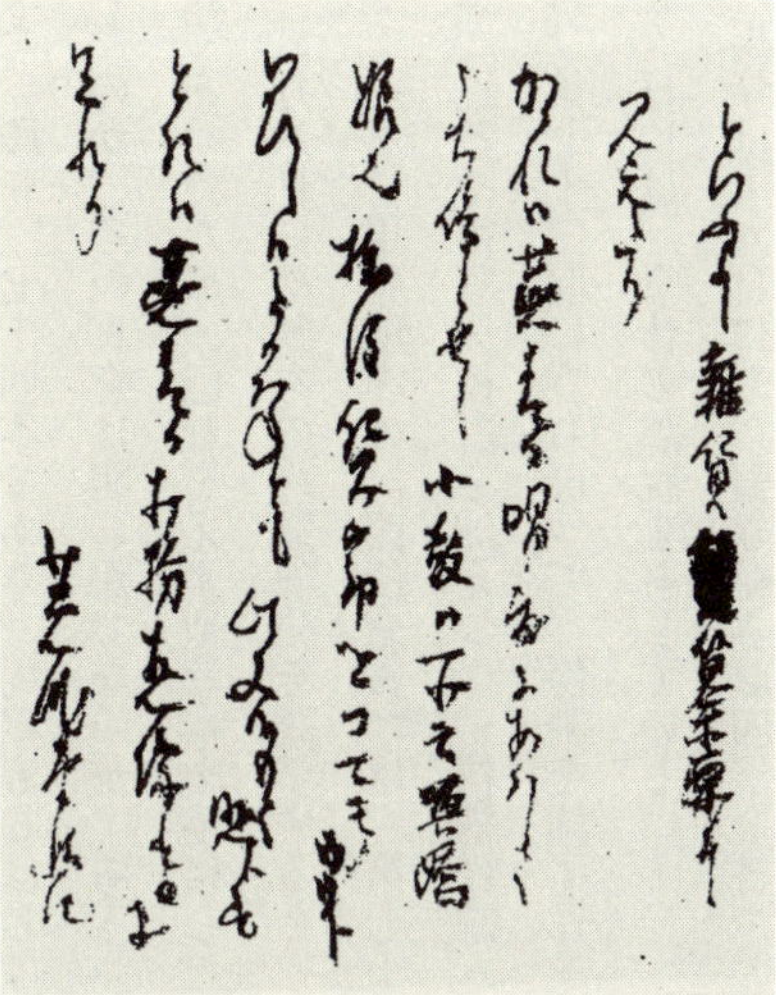

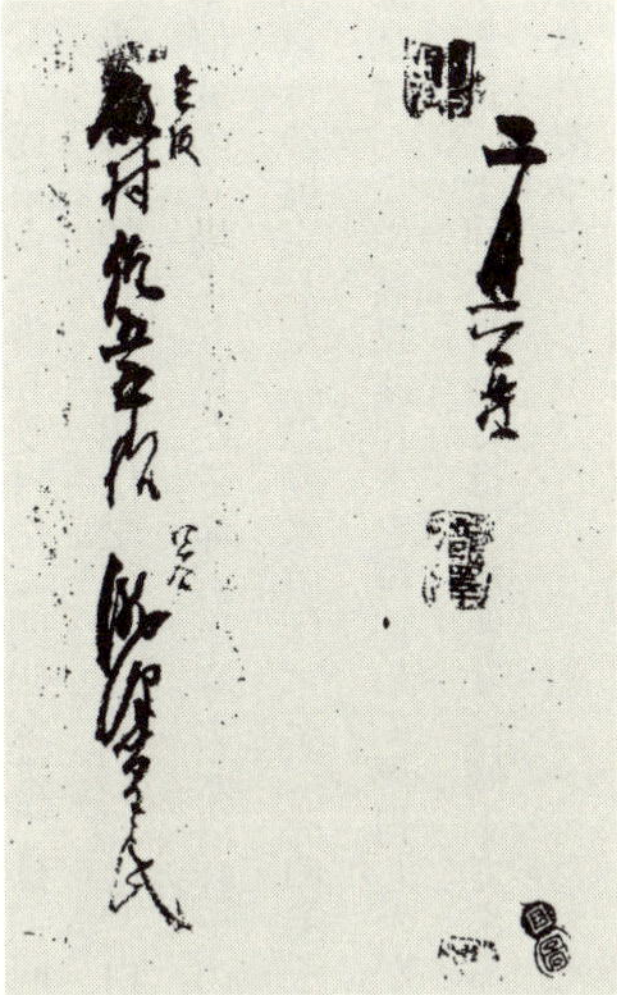

図2　二月六日付馬琴書翰封筒

意味する。現存する日記や書翰を徴すると、馬琴は天保四年六月、『水滸伝』に点裁・施訓の作業を行なっており、この折に書き入れが行われた唐本の『水滸伝』は、百二十回本の『水滸四伝全書』であった。この「拙点水滸伝」なるものの成立過程を、日記や書翰の記述から以下に跡づけてみたい。

天保二年九月、渡辺登（崋山）を仲介とした値段交渉の末、馬琴は「長崎奉行衆手附の御家人衆」から、「三十二冊四帙百廿回」の『四伝全書』を、「二両壱分」で購入した。ことの詳細は、同年九月六日以降の日記や、十月朔日付の殿村篠斎宛書翰（②16）に詳しい。これ以前、馬琴は六月十一日付のやはり篠斎に宛てた書翰（②6）において、『水滸伝』の評書を綴るべく、「李卓吾本（筆者注、文簡本）にあらぬ百二十回の全本」を探求している旨を申し送っている。

当初は「三両」の値が付けられていた、馬琴購求の『四伝全書』が、必ずしも美本でなかったことは、彼の日記中に見える、「五十四回・五十五回大磨滅あり」（九月十九日）、「五十六・七回ニ、白紙同様之大磨滅、多く有之」（十月三日）等の記述からも明らかである。これらの不鮮明箇所を補うために、翌天保三年の夏、馬琴が篠斎から借り受けた『四伝全書』は、同人の義弟櫟亭琴魚（天保二年十一月没）遺愛の書であった。[1]

馬琴の所持した『四伝全書』に関しては、白木直也氏『一百二十回水滸全伝発凡の研究』[2]、ならびに同氏の「諸本研究の立場より見たる滝沢馬琴の水滸観」[3]の中にも言及がある。『水滸四伝全書』は、その「小引」によれば、李卓吾の批定した「忠義水滸伝」を、その弟子である楊定見が袁無涯とともに刊行したものという。[4]明末の書肆郁郁堂は、この袁無涯刊本を復刻して再刊したが、郁郁堂版の初印本は、原刻本と同様に希覯の書であり、今日伝存する百二十回本の多くは、粗悪な後修本である。[5]馬琴が崋山を介して入手した『四伝全書』も、この郁郁堂版の後修本であったらしい。

馬琴がこの『四伝全書』に、点裁・施訓を行うのは、天保四年六月八日以降のことであるが、これに先行して、彼は金聖歎本『水滸伝』の終盤部分を披閲している。「第五才子書」を称する聖歎本『水滸伝』は、後段を切り捨てた「腰斬」七十回本であり、馬琴もしばしば難詰する本文である。この時点で、馬琴がなぜ不全の七十回本を繙いたのか、その真意は明らかでないが、あるいは、手もとにある百二十回本『四伝全書』が、上記のごとく状態不良であったため、已むをえず聖歎本を手にしたのかも知れない。

六月八日に聖歎本の終盤部分を読了すると、馬琴は引き続き『四伝全書』の第七十一回から七十三回までを披閲している。馬琴蔵弆の『四伝全書』は、第七十二回から冊が改まったが、例によって磨滅甚だしく、特にここからは、点裁や補写・校訂を加えつつ、精細に読み進めたらしい。同月十日、馬琴は第七十六回までの点裁を終了し、翌日・再び第七十二回に立ち戻って、傍訓を施す作業をはじめた。第七十六回までの施訓作業は十六日に終了し、翌々日には、全体の誤脱を訂している。

馬琴は十九日にも、引き続き『四伝全書』の第七十七回以下を閲読しているが、句点や傍訓を施すような精読は行なっておらず、該書に対する点裁・施訓の作業は、第七十二回から七十六回までを収める一冊に限られたものと考えられる。

## 三　「拙点水滸伝」の貸与

天保四年七月十三日付篠斎宛書翰（③22）の中で、馬琴は『水滸四伝全書』に対する点裁・施訓の作業を、「銷夏の筆ずさみ」と称しているが、その一方で自身の施訓態度については、以下のように詳しく説明している。

> 尤、両点ニいたし、左りへハ、注同様によみヲつけ申候。儒者の点ハ、只かへりをつけ候のミにて、訓に疎く候故、点ありとても、矢張わかりかね候。拙点ハ、不及ながら、字義と訓を旨にして、義訓・意訓を専にいたし候故、わからずといふことなし。此比、悴ハ猶半起半臥ニ候間、よませ候処、甚よくわかり候とて歓び候内、病臥いたし候故、いまだ一冊よミ果ざる様子ニ御座候。

みずから施訓した『四伝全書』を自推する馬琴の意図を察して、篠斎は十月十八日付の書翰において、該本の借覧を願い入れたようである。この書状に対する十一月六日付の返翰（③27）中に、「遠方也とも、貴兄の御為に候へバ、是又今便封入、貸進仕候。桂窓子へも御噂被成候て、御同人も見度と被申候はゞ、御廻し被成候ても不苦候」と記しながら、馬琴は密かに会心の笑みをもらしたことであろう。しかしこの折には、万事にぬかりのない馬琴が、該本の同封を失念してしまい、それのみならず翌月十二日、松坂へ向けて発送した荷物の中にも、再び『四伝全書』を封入しそこねた。我が事ながらこの一件を苦々しく感じた馬琴は、同日の日記中に、「遺憾甚し。後便ニかし遣スべし」と記しとどめている。

結局、馬琴施訓の『四伝全書』は、翌天保五年正月六日に、前日江戸売り出しの『開巻驚奇侠客伝』第三集（群玉堂刊）と一封で、松坂へ向けて発送された。現存資料に徴する限り、馬琴施訓の『四伝全書』が、この日以前に余人へ貸し出された形跡は見出しえないので、件の国会断簡も、これ以降のものである蓋然性が高い。天保五年の前半に、馬琴と篠斎との間で交わされた書翰の往返を、以下に整理してみる。

正月6日〈正月25日〉35（年始状。施訓本『四伝全書』同封）
同　右〈正月16日〉36（右の添状）
正月12日〈　不明　〉38（断簡）
正月20日〈2月2日〉●馬琴宛篠斎書翰（同日発送の紙包は2月3日江戸着）
正月25日〈2月24日〉●馬琴宛篠斎書翰
2月18日〈　不明[6]　〉41
2月26日〈3月11日〉42
3月2日〈3月11日〉44
3月12日〈3月23日〉●馬琴宛篠斎書翰
4月1日〈4月29日〉●馬琴宛篠斎書翰（『四伝全書』返送）
5月2日〈5月9日〉45（冒頭欠）
同　右〈5月22日〉※別封二包（『日本外史』等）
6月17日〈6月26日〉●馬琴宛篠斎書翰
7月21日〈　不明　〉49（破損多）

〈　〉内には、書翰が先方に到着した日付を示した。書翰番号は、いずれも『馬琴書翰集成』第三巻のものである。

正月六日、馬琴は下女のしまに命じて、大伝馬町の殿村江戸店に、「紙包、并ニ添状一対」（日記）を届けさせた。別封にした添状（36）は、正月十六日に篠斎のもとへ届けられたが、肝心の荷物は殿村江戸店の不手際ゆえ、同月二十日に至っても松坂へは到着していない。よって同日付けの篠斎書翰、ならびにそれを受けて馬琴が染筆した、二月十八日付の書翰（41）には、施訓本『四伝全書』の内容に関する記述は、含まれるべくもないのである。

馬琴施訓の『四伝全書』を篠斎が手にしたのは、正月二十五日のことであり、彼はその日のうちに受け取り状をしたため、馬琴注文の「紀州こんもめんいと」と一封で、江戸へ向けて発送した。この紙包は、二月二十四日夕刻、馬琴のもとに届けられている。正月二十五日付の篠斎書状の中に、施訓本『四伝全書』に対する「賞美」の言葉が記されていたとすれば、件の国会断簡には、二月二十六日付の書翰（42）と一連のものである可能性を見出しうる。この点は保留して、引き続きその後の経過を追うこととしたい。

続く篠斎宛の馬琴書翰は、三月二日付の書状（44）であるが、これは金銭の受領書であり、その中に「委曲ハ、先便申上候ニ付」とあるので、別途書状が添付されたとは思われない。これに続く五月一日・二日染筆の書状（45）には、四月一日松坂発の紙包によって、篠斎から馬琴に返却された書物九点が列記されており、その末尾には「水滸伝拙点付　一冊」、即ち馬琴施訓の『四伝全書』が掲げられている。四月二十九日の日記にも、「水滸全伝七十二回より七十六回迄、唐本点附一冊」を落掌した旨が記されており、篠斎に貸与された「拙点水滸伝」が、この日馬琴の手もとに戻ったことを確認できる。

五月二日、馬琴は同時に三つの紙包を、篠斎に宛てて送り出している。同日の馬琴日記によれば、各紙包の内容は以下の通りである。

（一）書翰（桂窓宛書翰封入）　（八日限早便／9日着）
（二）『後西遊記』八冊　（並便り／22日着）
（三）『日本外史』二十二冊・『作者部類』二冊　（同右）

早稲田大学図書館に現存する五月二日付の篠斎宛馬琴書翰は、前半部に多くの脱文があるばかりでなく、補修の際に生じたと思しい錯簡も見受けられる。ゆえにこの書状が、件の国会断簡と一連のものである可能性を考慮してもよいであろう。また、同日に発送された三紙包のうち、（一）の書状ばかりは「八日限」の早便り、他の二つの紙包は「並便り」で発送されており、三つの包みが別々に松坂へ着くことを、馬琴は当初から予想していた。よって国会断簡が、（二）もしくは（三）の紙包に同封された添え状の一部である可能性も想定できるのである。

## 四　「可然御通達」の対象者

前掲（三）の紙包中、『近世物之本江戸作者部類』は、前年末に起筆された、馬琴による戯作者評伝である。この折に松坂へ送付されたのは、結果的に草稿本と位置づけられた、いわゆる「小字本」であった。一方、『作者部類』と同梱された頼山陽の『日本外史』に関する記述が、馬琴書翰の中に初めて現われるのは、天保二年二月二十一日付篠斎宛書状（②2）の「追啓」においてである。その記述によると、篠斎は同年正月二十二日付書翰の中で、山陽の原本を透き写しにして、『外史』の写本を作成した旨を、馬琴に報告したらしい。

同じ天保二年の秋、篠斎は件の『日本外史』を、平田大学（篤胤）(7)に送付しており、その際に篠斎は、平田方の所用が済み次第、同書が馬琴のもとへ届けられるよう手筈を整えていた。馬琴は八月二十六日付の篠斎へ宛てた書翰（②8）の中で、大学とは面識ならざるゆえ、ことさらに催促はできないことを申し送る一方、「今よりたのしミ罷在候」と、待望の念を表している。

馬琴のもとに、篤胤から『日本外史』が届けられたのは、天保四年五月十四日のことであった。この日の日記によると、荷物は長男の宗伯宛てに届けられたが、受け取り状は馬琴みずからしたためている。持ち主の篠斎に対しても、馬琴は五月十六日付書翰（③20）の中で『外史』の落掌を報告し、「尤、平田氏江は、右之書御廻しの事、追便松坂へ案内可申遣旨、及返事申候」と告知している。

馬琴の『日本外史』披閲は、受け取りの当日にはじまり、三か月余を経て、八月二十一日に終了した。十月二十四日には、筆耕の山科宗仙に、第一冊の筆写を依頼しており、以後同書の写本作成は、全てこの筆耕に委ねられている。翌年三月十一日、宗仙は『外史』の最終冊を、原本とともに馬琴宅へ持参した。かくて、筆写の原本たる篠斎の『日本外史』は、五月二日に松坂へ向けて返送された。篤胤に貸与されて以来、三年近い歳月を経て、該本は篠斎の手もとに帰ったわけである。

天保四年から翌年に及んだ、馬琴の『日本外史』披閲の顛末を概観した上で、再度国会断簡の記述に考察を加えるならば、馬琴が篠斎に「可然御通達」を願った相手が、平田篤胤である可能性も、無下に否定することはできまい。『外史』を届けられた折には、自身（馬琴）もとりあえず「うけ取のミ、返事」をしておいたが、この度該本が返却された旨を、貴殿（篠斎）からも平田氏（篤胤）に対して、「可然御通達」を願い上げたい。国会断簡の冒頭部分は、かくのごとき一段の末尾だったのではあるまいか。もっとも、この場合には現存する国会断簡の前段に、『日本外史』に対する馬琴の評価や、手を煩わせた篤胤への謝辞などが記されていたものと考えられる。しかし、五月二日付のものはもとより、現存する他の篠斎宛馬琴書翰にも、そのような言辞は見出しえない。(8)

馬琴が篠斎に「可然御通達」を願い入れた人物として、より容易に思い浮かぶのは、同じ松坂の知友小津桂窓であろう。五月二日発送の三紙包のうち、（一）の書状には、同日付の桂窓宛書翰（③46）が同封されていた。この書翰の中には、三月二十七日に落掌した、桂窓からの返却書や貸与書を列記した箇所があり、あるいはこの部分が、「うけ取のミ、返事」という、国会断簡の記述に対応するのかも知れない。また、桂窓宛書翰の末尾には、「此余の事ども、今便巨細ニ篠斎子へ得御意候条、彼方より御聞可被下候」という文言があり、ここで馬琴は篠斎に、桂窓への「可然御通達」を期待しているのである。

もっとも、「可然御通達」の対象者が桂窓であったにせよ、篤胤の場合と同様に、若干の脱文を想定しなければ、現存するいずれの書翰にも、国会断簡を整合させることはできない。よって、今後何らかの逸文が、新たに発見・報告されない限り、その対象者をいずれかに断定したところで、所詮は臆説の域を出ないのである。ゆえにここでは、二人の候補者を挙げるにとどめて、後考に俟つこととしたい。

## 五　「燕青の貨郎」と『塩尻』

そもそも、筆者が国会断簡の年次を、天保五年と推定した契機は、上記のような「拙点水滸伝」などに対する考察の結果ではなかった。件の断片中には、「過日、『塩尻』を再読いたし候へバ、信景の説あり」という記述を見出しうるが、前章に詳述したごとく、馬琴は天保五年、ほぼ一年を通じて天野信景の雑録『塩尻』を披閲しているのである。この年における馬琴の『塩尻』閲読・抄録は、三月二十四日以降師走にまで及んだ。よって国会断簡は、三月二十四日以前の染筆ではあり得ず、第三節において保留した、当該断片が二月二十六日付の篠斎宛書翰（③42）に連なる可能性は、この点から否定される。

天保五年に馬琴が木村黙老から借覧した『塩尻』二十冊は、大阪府立図書館に現存しており、馬琴日記の記述と対照することによって、その披閲を跡づけることができる。その詳細は前章に譲るが、国会断簡に引用された「喚嬌娘」の記事も、黙老本『塩尻』巻三の三丁表に見出しうる。(9) 同じ章段は「嬌娘」と題して、桜山文庫旧蔵の『著作堂雑記鈔録』第五冊（四丁表）にも転載されており、馬琴は黙老本披閲の際、『水滸伝』との関連を見出して、この記事を『著作堂雑記』の中に記し留めたのであろう。なお、件の断簡中に見える「程子曰篇」なる呼称は、「程子云、周茂叔令尋顔子・仲尼楽処何事云々」の一文にはじまる、黙老本巻三の冒頭第一項に由来する。

馬琴が『塩尻』との関連を見出した、『水滸伝』第七十四回における「燕青山東貨郎の打扮」とは、以下のようなものである。

次日宋江置酒《シテ》 与《ために》二燕青《ガ》一送行《ス》。衆人看《ル》二燕青《ヲ》一時、打扮得《シテ》村村朴朴、将二一身《ノ》花繍《ヲバ》一、把《テ》二納襖《ヲ》一包得《ミテ》不レ見《ハサ》。扮《シテ》做《リ》二山東貨郎《ト》一、腰裏《ニ》挿‐二着《シ》一把《ノ》串鼓児《ヲ》一、挑《フ》二一条《ノ》高肩《ノ》雑貨《ノ》担子《ヲ》一。諸人看了《シテ》 都《テ》笑《フ》。宋江道《フ》、「你既然《ニ》装《クシテ》 做《ル》二貨郎担児《ト》一。你且《ツ》唱《ヒテ》二箇《ノ》山東貨郎転調歌《ヲ》一、与《ガ》二我衆人《ニ》一聴《カシメヨ》」。燕青一手《ニ》撚《リ》二串鼓《ヲ》一、一手《ニ》打《チ》レ板《ヲ》、唱‐二出《ス》貨郎太平歌《ヲ》一、与二山東人《ト》一不レ差《ハ》二分毫《モ》一来《リ》去《ル》。衆人又笑《フ》。

（『水滸四伝全書』第七十四回、一丁裏〜二丁表）(10)

梁山泊百八好漢のうち、天罡星三十六員の末席に位置する浪子燕青は、ここで「山東貨郎」に扮装して、棒試合の行われる泰山へと向かうのである。国会断簡に登場した「拙点水滸伝」の中には、この場面を含む第七十四回も含まれている。馬琴は燕青が扮した「山東貨郎」を、「山東の小間物売り」と解して、『四伝全書』にも、そのように傍訓を施したのであろう。しかし、信景の引用した「喚嬌娘」の記事によって、馬琴はその扮装を、より鮮明に思い描くことを得たわけである。唐土の雑貨商人に関する記載を含む「雑貨纂要」なる書物について、国会断簡を最初に紹介した『貴重書解題』は未詳と注記し、筆者も（そして、恐らくは馬琴も）思い至らなかった。しかし、徳田武氏からの示唆を受けて、これが『古今類書纂要』（明璩崑玉編）の雑貨の部を意味することが判明した。同書巻之七における「喚嬌娘」の解説は、「売ル㆓雑貨ヲ㆒者手中所ノ㆑揺ル小鼓也」とあり[11]、『塩尻』の引用とほぼ一致している。

## 六　もう一つの可能性

天保五年七月二十一日付篠斎宛馬琴書翰（③49）は、同月十九日から二十日にかけて染筆されたものであり、「三十二枚つぎ巻紙壱まき」（二十日日記）に及ぶ長状であった。しかし、早稲田大学図書館に現存するこの書翰には、先に言及した五月二日付のもの（③45）以上に多くの欠損箇所があり、本状に続けて記された「再白」[12]の末尾部分も、「桂窓子へハ、先便之返事、短文ニ申進じ候。もし此書状之事」で終わり以下を欠いている。この書翰の末尾に数行の脱文を想定すれば、国会断簡の冒頭部分との間に、脈絡をたどれるかも知れない。この場合も、「可然御通達」の対象者は、やはり小津桂窓ということになる。

右書状に同封されて、篠斎から桂窓に回送された、七月二十一日付馬琴書翰（③52）の末尾にも、「篠斎子へハ、種々答不申候てハ不叶事も御座候間、休ミ〱両三日かゝり、例の長文申入候。賤恙、并ニ当地の様子等、御同人ニ御聞被成候ハヾ、相わかり可申候」という、五月二日付同人宛書翰（③46。既出）と同様の記述が見える。ここでも馬琴は、書翰の記述に関して、篠斎から桂窓に、「可然御通達」が行われることを希望している。しかし、国会断簡を七月二十一日付の篠斎宛書翰（③49）の末尾と見なした場合、施訓本『四伝全書』の返却から、当該書翰が染筆されるまでの三か月の隔たりを、うまく説明することができない。

馬琴は「喚嬌娘」の記事を含む『塩尻』巻二を、すでに三月の時点で披閲しており、「拙点水滸伝、思召に称ひ候よし、御賞美下され、大慶仕候」の一節も、施訓本『四伝全書』の返却を受けた、五月二日付の書翰（③45）にこそ似つかわしいと思われる。ただし同書状の場合、国会断簡との脈絡をたどるためには、確証のない「別啓」や

「添翰」の存在を想定せねばなるまい。これに対して、主文の後に「再白」が添えられており、しかもその末尾が欠損している、七月二十一日付の49書翰は、その形態において、国会断簡と一連のものである蓋然性がより高いのである。

つまり件の断簡は、形状的には七月二十一日付49書翰との関連を思わせるが、内容的には五月初頭の染筆に相応しい記述を含んでいる。既出の材料からは、これ以上推定を深めることは困難であろう。ここでも筆者は、複数の可能性を残さざるをえないことを遺憾とする。

## 七 「二月六日」付の封筒

本章冒頭でも紹介したように、国会断簡を収める封筒には、「二月六日」の日付があり、ゆえに『貴重書解題』も、本状を年次不明二月六日付の、篠斎に宛てた書翰と判断している。この封筒を、あくまで国会断簡と一対のものと考える場合、ここまで進めてきた推論は、全て成り立たないことになる。天保五年二月六日前後に、馬琴が殿村に宛てて書翰を発送した形跡は確認できず、そもそもこの時点において、『四伝全書』の松坂到着を告げる、正月二十五日付の篠斎書翰を、馬琴はまだ手にしていない。無論、筆者の推定が全くの見当はずれであり、件の国会断簡が、天保五年以外の「二月六日」に染筆された可能性も想定できるが、この推定はおそらく成り立ちえないものである。

前掲図2のように、件の封筒は「松坂《まつさか》殿村佐五平様　四谷《よつや》滝沢篁民」という表書きを有する。馬琴が四谷に移徙したのは、宗伯没後の天保七年十一月であり、この封筒も当然それ以降のものでなければならない。表書きの文字は、馬琴自身の筆跡と見てよいが、晩年に至って失明した彼の自筆書翰は、天保十二年を下限とするので、この封筒は天保八年から十二年の間に、「殿村佐五平」へ宛てた馬琴書翰のもの、と考えるべきであろう。さらに、篠斎は天保三年春をもって隠居し、家業は養嗣子（伝未詳）に譲っているので、件の封筒にいう「佐五平」とは、篠斎ではなくして、当時の殿村家当主でなければならない。

また、天保六年二月の末から天保十年四月まで、篠斎は和歌山に退隠しており、この四年余の間、特に書籍等の紙包は、松坂の本宅を経由して、江戸と和歌山の間を往返している。よってこの期間には、和歌山への回送を希望する荷物の「添え状」として、馬琴が松坂の佐五平に書翰をしたためる機会も、少なからず存したに違いない。よって件の封筒は、天保八年（馬琴移徙の翌年）から天保十年（篠斎の松坂帰郷の年）までの三年間における、篠斎の養嗣子佐五平に宛てた、「二月六日」付馬琴書翰の袋である蓋然性が高いと考えられる。この期間内に、「拙点水滸伝」と呼びうる書物が、殿村の当主佐五平に貸し出されたとも思われないので、国会断簡と件の封筒とは、本来無縁のものと見なさざるをえない。

しかし、両者を偶然寄り集まったものと考えるならば、宛名を持たない国会断簡が、篠斎宛のものである保証さえ失われてしまうおそれがある。ただし、施訓本『四伝全書』の貸与と、『塩尻』の再読という二事に言及されている以上、やはり当該断簡は、天保五年の篠斎宛馬琴書状の一部でなければならないのである。

以上の推論を踏まえて、『馬琴書翰集成』第三巻においては、件の国会断簡を「48天保五年五月以降　篠斎宛（断簡）」として収録した。また「二月六日」付の封筒は、同書第六巻に「附録21〈3〉」として別途掲出したが、現存書翰をもとに憶説を加えると、これは天保九年のものである蓋然性が高い。

## 注

（1）天保三年の日記によると、琴魚遺蔵書『水滸四伝全書』中の一冊（第五十四～五十七回）は、四月十五日に馬琴のもとへ届けられた。馬琴は自家蔵本の不鮮明箇所を、筆工の河合孫太郎に補写させたのち、五月二十一日に琴魚旧蔵本を松坂へ返送している。

（2）白木直也氏「水滸伝諸本の研究」その二（昭和41年、私家版）、二八頁以下。

（3）副題「水滸後伝との再会を契機に」。『中国の言語と文学』（昭和47年、鳥居久靖教授華甲記念会）所収。

（4）この「小引」は、百二十回本に基づく国訳漢文大成文学部第十八巻『水滸伝』上巻（幸田露伴訳。大正12年、国民文庫刊行会）の巻頭にも採録されている。もっとも、この「小引」の記述には、十全の信頼を置きかねるようである。

（5）郁郁堂版の後修本について、馬蹄疾編著『水滸書録』（一九八六年、上海古籍出版社）は、「此本流伝較多」（九八頁）と注記し、白木直也氏も注2前掲書の中で、「わが邦公共の研究機関蔵するところも、私の巡訪したかぎりでは、悉くがこの後刻本（筆者注、正しくは「後修本」）だった」（二八頁）と記している。

（6）この書翰に関しては、発送当日の日記に、「八日限」の早便りで発送した旨の記載が見える。よって、二月中には確実に篠斎のもとへ届けられたはずである。やはり到着日不明とした、正月十二日付・七月二十一日付の両書翰についても、事情は同様であったと思われる。

（7）篤胤の「日記書抜」（渡辺金造『平田篤胤研究』所収。昭和17年、六甲書房）によれば、文政五年七月頃、篠斎の異母弟常久が、江戸の気吹舎を訪問している。篠斎が篤胤と面識を得たのは、篤胤が松坂を訪れた、翌年十一月のことであった。その折の事情は、平田鉄胤編『毀誉相半書』（天保五年刊）に詳しい。

（8）『日本外史』に関する、馬琴のまとまった論評は、天保四年七月十三日付篠斎宛書翰（③22）の中に見えている。また、徳田武氏の「馬琴の稗史七法則と毛声山の「読三国志法」」（『日本近世小説と中国小説』所収）第六節以下には、馬琴が『外史』から受けた、思想的な影響についての考察が備わる。なお、市島春城『随筆頼山陽』（大正14年、早稲田大学出版部）四三二頁以下には、馬琴手沢本『日本外史』の消息が紹介されている。

（9）同じ記事は、内閣文庫蔵の百巻本を底本とする、新版日本随筆大成所収の本文（第三期15巻、九六頁。昭和52年、吉川弘文館）にも収められている。

（10）本章初出の際に参照した、内閣文庫に蔵される百二十回本（函架番号、三〇八―二三八）も、馬琴所持本と同じく三十二分冊である。ただし、引用部分を含む第二十一冊は、第七十三回から第七十六回を収めており、馬琴が点裁・施訓を行なった『四伝全書』中の一冊（第七十二～七十六回）とは、編成を異にしている。

（11）『和刻本類書集成』第五巻（昭和51年、汲古書院）、三八二頁。

（12）当時、馬琴と桂窓との間には、写本の筆料をめぐる些細な行き違いが存し、馬琴はこの「再白」においても、桂窓に対する不信の念を篠斎に吐露している。しかし八月に入って、桂窓から懸案の筆写料と詫び状が届けられると、同人に対する馬琴の疑念は解消した。

# 第六章　『作者部類』の改稿過程

## 一　『作者部類』の執筆

天保四年十月十九日、馬琴は知友の木村黙老から、「近来戯作者変態沿革之事」についての問い合わせを受けている。当時、讃岐高松藩の家老として江戸に在った黙老は、書札の応酬と典籍の貸借を、馬琴との間で恒常的に行なっていた。この照会を契機として、馬琴が同年十二月に起筆したのが、戯作者評伝『近世物之本江戸作者部類』（未完二冊）である。同書の成立に関しては、影印本の解題において、木村三四吾氏が克明に考証しておられる。山口剛がその一端を指摘し(1)、木村氏が詳細に跡づけられたように、馬琴は手近な資料と自らの記憶のみをよりどころとして、『作者部類』の初稿を執筆した。同書の執筆・改稿の過程を、馬琴日記などから要を摘んで整理すると、以下のようになる。

○天保四年
12月2日　「木村黙老頼赤本作者部」として日記に初出。
18日　小字本巻一脱稿。翌日、巻之二起筆。
○天保五年
正月5日　巻之二「読本作者部」、ほぼ稿し終わる。

7日　目録と「補遺分二三丁」を記す。小字本成稿。
24日　小字本二冊を黙老へ貸進（3月2日返却）。
3月21日　小字本の筆写を、筆工大嶋右源二に依頼。
24日　黙老から新製写本二冊を受け取る（大字本の祖本。のち黙老所蔵）。
4月18日　小字本の副本出来。
5月2日　小字本副本を、松坂の殿村篠斎へ向けて発送（同月22日、松坂着）。
10日　馬琴所蔵の大字本写本出来。
6月26日　同月17日付篠斎書翰到来。「校閲抄」同封。
8月2日　7月18日付小津桂窓書翰到来。小字本の誤脱指摘を含む。
7日　『作者部類』の遺漏・誤脱を訂す（至10日）。
17日　大字本写本二部の作成を、大嶋筆工に依頼。
10月25日　松坂行の大字本写本二部出来。
11月朔日　大字本写本二部を、松坂へ向けて発送。

右のうち、「小字本」は初稿本、「大字本」は浄書本に相当する。『作者部類』の小字初稿本は、ほぼひと月で作成されたが、馬琴はその後も長期間にわたって、同書に増補・訂正の筆を加え続けた。この改訂作業と並行して、馬琴の監督下で作成された『作者部類』の写本は、小字本一点、大字本四点と思われる。大字浄書本は著者馬琴のほか、篠・桂・黙の三知友の蔵するところとなった。

小字稿本の成稿から、その副本が松坂へ向けて発送されるまでに、四ケ月の時日を要しているが、この間にも馬琴は、『作者部類』中の不審箇所について、篠斎・桂窓の両知友から情報の提供を受けている。例えば、正月二十日付の桂窓書状には、建部綾足の著作に関する記載があり、三月十二日付の篠斎書翰には、都賀庭鐘の素性などが記されていた。五月二日に松坂へ向けて発送された小字稿本の副本には、これらの情報が本文中に反映されていたはずである。

この小字本を披閲した篠斎と桂窓は、同本の誤脱をおのおの馬琴に報告している。特に篠斎は、「作者部類校閲抄」なる一通を馬琴に呈しており、その誤脱指摘はかなりの分量に及んだものと思われるが、その詳細はこれまで明らかではなかった。

本章では、吉田澄夫氏旧蔵の馬琴書翰断簡を紹介し、その執筆時期や記述の内容に検討を加えつつ、馬琴が『作者部類』を改稿してゆく過程の一端を明らかにしてみたい。

## 二　吉田澄夫氏旧蔵馬琴断簡

以下に掲出する、吉田澄夫氏旧蔵の馬琴書翰断簡（図1）は、現蔵者である佐藤悟氏の御厚意よって、特に翻刻紹介をお許しいただいたものである。翻字に際して、筆者が句読を施したが、清濁は原翰に従い、改行位置を「／」で示した。

（前欠）しからしむる処有之候事、今にはしめぬ／ものなから、大長息致し候事ニ／御座候。是等之意衷ハ、又別にしるし／候て、備御笑可申候。老婆親切と御聞／流し奉希候。

一、『作者部類』の内、喜三二の『ふる朽木』、并ニ／『邂逅草紙』之事等、誤り件々御心附／被下、忝奉存候。『ふる朽木』ハ、君か御覧／被成候も同書也。作り物語にてありし事、／御状ニて思ひ出し候。被仰越候趣

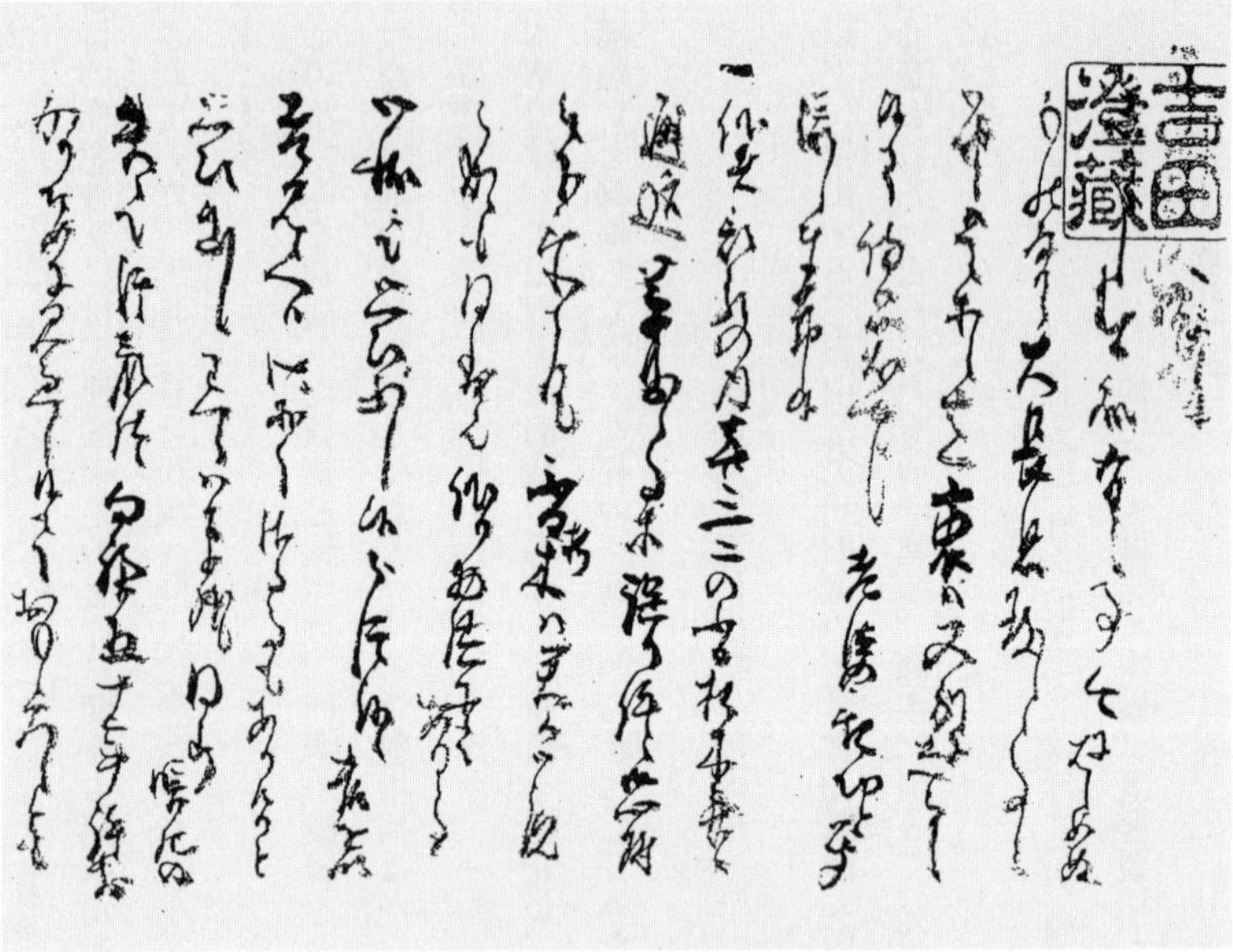

図1　馬琴書翰断簡

を以、／考見候へハ、げに〳〵さる事もありけりと／思ひ出し候。『わくらハ草紙』も同断、暗記の／失ニて、汗顔仕候。勿論、五十年許前、／かりそめに見過し候て、おもしろしとも／不存候兀籍故、一向ニ忘れ候上、老／耄の気味も有之、人にいハれて／はしめて思ひ出し候事、われなから／鈍ましく、自笑いたし候事ニ御座候。／『月下清談』ハ、万象亭の作ニ御座候。／この外、被仰越候分ハ、こゝろ付候へ／とも、作者・冊数等を忘れ候も多く御座候て、／遺憾不少候。来春ふたゝひ稿を／起し候頃迄、尚又御心附被成候事ハ、／御介意なく御示教奉希候。右の／訛舛、今次写させ上候大字のかたハ、不残／その条書直し可申候。細字のかたも、それニ／□（汚損）被下候様、奉希候。（以下欠カ）

大きさ、約一六・一×四〇糎。印記、右端上部に「吉田／澄蔵」の方形朱印。[2] 裏面にペン書きで記された「滝沢馬琴」の文字が、書翰の表面にまで浸透しており、

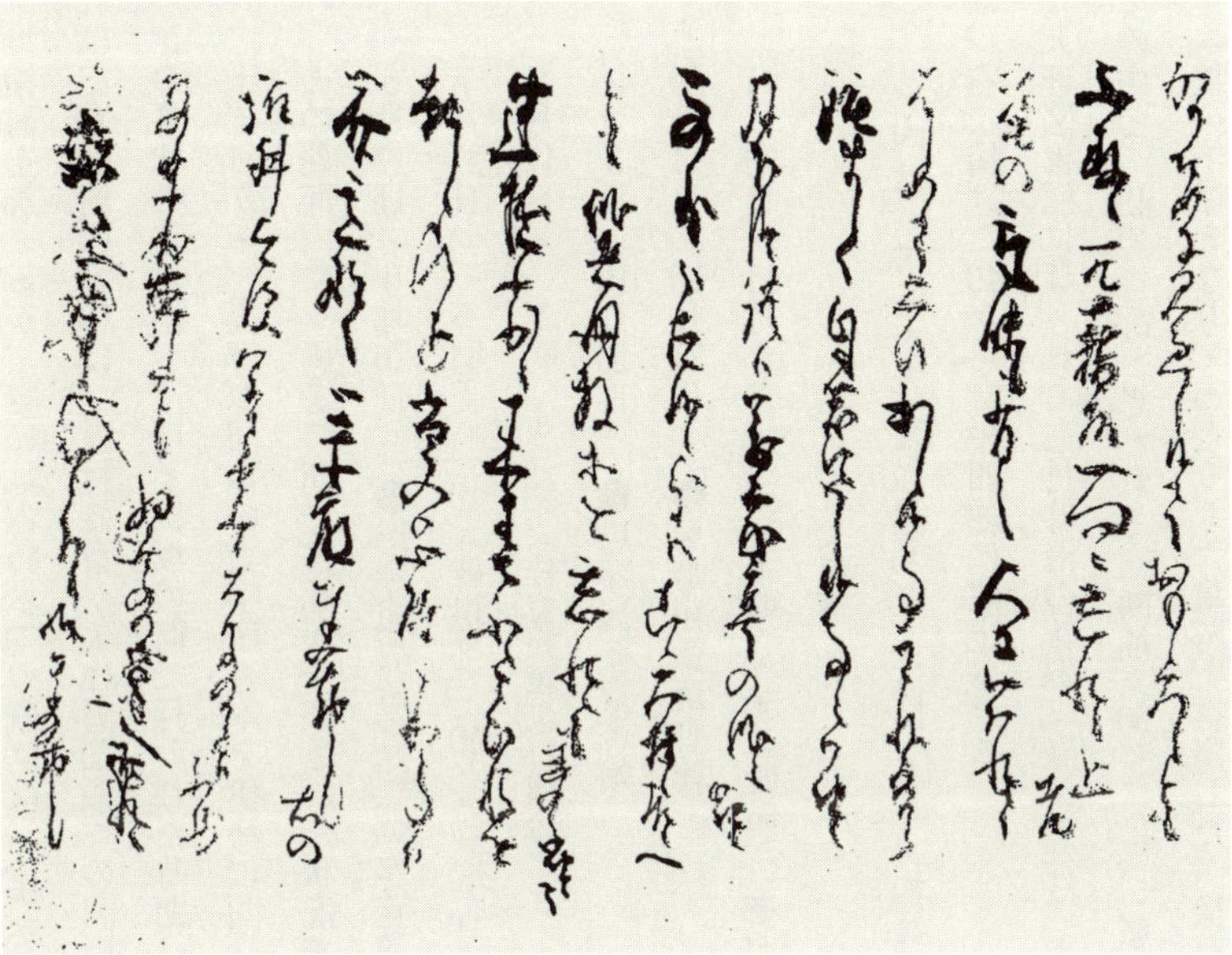

これが末二行の判読を困難にしている。

前節において整理した、『作者部類』の成立過程に照らせば、この断簡を天保五年における馬琴書翰の一部と考えることができる。

## 三　「作者部類校閲抄」

「喜三二のふる朽木」、「邂逅草紙」（正しくは『邂逅物語』）、「月下清談」等の書名は、件の断簡が執筆された時期や、その宛先を特定するための手がかりとなるであろう。右三書の概略は、以下の通りである。

『古朽木』　朋誠堂喜三二作、恋川春町画
五巻五冊　安永九年、西村伝兵衛刊

『邂逅物語』雲府観天歩作、勝川春山画
五巻五冊　寛政九年、上総屋利兵衛等刊

『月下清談』森羅子作
五巻五冊　寛政十年、上総屋利兵衛等刊

このうち、森羅子の『月下清談』に関連する記載は、『作者部類』の中には見えないが、『古朽木』と『邂逅物語』については、それぞれの梗概が『作者部類』巻二「読本作者部」に記されている。各々の記事には、次節以下で検討を加えるが、特に『古朽木』の概略は、「伊勢松坂なる篠斎老人」からの教示によるものという。してみれば、右断簡の本体は、殿村篠斎が『作者部類』の誤脱を指摘した書状に対する、馬琴の返翰と考えられる。

この書状の往返が、江戸と松坂の間で行われた時期は、篠斎が小字初稿本『作者部類』を手にした、天保五年五月二十二日から、馬琴が同書の大字浄書本を伊勢に向けて発送した、同年十一月一日までの期間でなければなるまい。この期間内に、両者の間で書札が交わされた状況を、以下に整理してみる。

6月17日〈6月26日〉●馬琴宛篠斎書翰（「作者部類校閲抄」同封）
7月21日〈　不明　〉49（破損多）・50（断簡二点）
8月16日〈　不明　〉53（桂窓宛紙包に同封）
10月3日〈10月16日〉●馬琴宛篠斎書翰
10月11日〈10月21日〉●馬琴宛篠斎書翰
11月朔日〈11月9日〉55（本翰）・56（断簡）※大字本二部同時発送（20日着）。
57（別楮）

〈　〉内は、書翰が先方に到着した日付であり、番号は『馬琴書翰集成』第三巻のものである。前掲断簡の本体は、右に掲げた49から57の四通に限定される。

天理図書館に蔵される三村竹清の雑録『雁来魚往』の中には、この年の篠斎宛馬琴書翰が四通筆写されている[3]。その中で、49の一部と思われる二断簡（50）には、「紙之前後一行位はがせしあと」が存したといい、竹清はこれを「襖の下貼となりてゐたりし」痕跡と推定した。保存状態が良好でない吉田氏旧蔵断簡も、あるいはこれらと同様の運命をたどったものかも知れない。

第一節において整理したように、馬琴は八月七日から十日にかけて、『作者部類』に対する補訂の筆を執っており、これ以後は同書に大幅な加筆訂正が施された徴証を見出しえない。ゆえに木村氏も、「天保五年八月十日現在の状態をもって『江戸作者部類』はテキストとして一まず固定した」（同氏解題一四八頁）とされたのである。『古朽木』や『邂逅物語』の梗概は、本文に無理なく組み込まれており、これらの記事が、定稿を見た後に追補されたものとは考えづらい。よって前掲断簡が、同年十月における二通の篠斎書状に即応する、十一月朔日付の馬琴書翰（55〜57）を本体とする可能性は低いであろう。

また、『作者部類』改稿の直後に染筆された、八月十六日付の53書翰は、竹清の筆写に信を置く限り短翰であり、大幅な脱落の痕跡も見受けられない。この折の馬琴の主眼は、むしろ桂窓宛の書状にあり、ゆえに53書翰も、同人のもとから篠斎へ回送されている。直前の49書翰発送以降、馬琴が篠斎の書状を受け取っていない事実に照らしても、前掲断簡を53書翰の一部と見なすことは難しい。よって、吉田氏旧蔵断簡の本体は、49の七月二十一日付書翰である蓋然性が高いことになる。

先にも触れたように、49書翰の染筆に先だつ六月二十六日、馬琴は篠斎書状に同封された、「作者部類校閲抄」なる一通を手にしている。ゆえに49書翰には、「校閲抄」の筆労に対する馬琴の謝辞が含まれていて然るべきであるが、断簡を継ぎ合わせたに等しい惨状を呈する同書翰には、「校閲抄」はもとより、『作者部類』そのものに関する記載も、ほとんど見出すことができない。竹清が記しとどめた同書翰の断片には、『作者部類』に触れた記述が含まれるものの、篠斎の「校閲抄」に関わる言説は、この断片中にも存さないのである。

よって、吉田氏旧蔵断簡の後段は、篠斎の「作者部類校閲抄」に対する馬琴の返報と考えることができる。この推定に誤りがなければ、篠斎の「校閲抄」には、『古朽木』や『邂逅物語』についての誤脱指摘、あるいは『月下清談』に関する何らかの事象等が含まれていたことになる。

その一方で、前掲断簡の前段が、いかなる記述の末尾部分であるのか、特定することは難しい。「大長息」「老婆親切」等の語句から、あるいは当時傾きかけていた、殿村の家業に関わるものとも思われるが、この推定も確証のあるものではない。

## 四　「喜三二のふる朽木」

『作者部類』巻之二「読本作者部」の「平沢月成」項における、滑稽本『古朽木』についての記載は、以下の通りである。

天明中、『古朽木《フル》』といふ冊子半紙本五巻を著す。この書も例の作り物語なり。印行の折、記者も見たれど、四五十年の昔にあなれば、いふかひもなく忘れしを、伊勢松坂なる篠斎老人、そを記憶したりとて、予が為にいへらく、喜三二が『古朽木』の世界は、俗《ヨ》にいふ世話狂言に似たれど、何事を父母にして作りたる歟知らず。いと俗々《サトビ》たる趣向にて、富家の子が吉原へ桜を栽んとして損をせし事などもあり。〔記者云、こは大申が吉原へさくらをうゑし事に擬して作りたるなるべし〕（中略）

記者云、右の冊子は、当時通油町なる書肆蔦屋重三郎が印行しけり。時好に称ふべきものならねば、纔に三四十部売たるのみ、製本いたづらに板元の庫中に年を累ねて、蟫《ムシ》のすみかになりしとぞ。（十丁裏〜十一丁裏）

黄表紙作者として名高い喜三二の伝は、『作者部類』巻一のうち「赤本作者部」にも見えており、同項ではその生涯が略述されている。これに対して、右引用を含む「読本作者部」の記事は、その冒頭に「月成は喜三二の俳名なるよし、既に上巻赤本作者の部にいへるが如し」、末尾にも「没年は上巻に見えたり」とあって、赤本作者部の追補としての性格が強い。

馬琴は『作者部類』起筆の時点において、『古朽木』の内容を「いふかひもなく忘れ」ていたといい、同書に関する小字本の記述も、曖昧かつ不正確なものであったに違いない。ゆえに篠斎は「作者部類校閲抄」の中に、右引用のごとき『古朽木』の梗概を記して、馬琴の誤りを指摘したのであろう。もっとも、篠斎も同書を手元に蔵していたわけではなく、前掲引用の中略部分で、「悪混《ワルモノ》」黍蔵の名前を「猿蔵」と誤っているのも、この点に起因するのであろう。また、「記者云」以下の馬琴の記述にも誤りがあり、『古朽木』の板元は耕書堂ではなく、湯島切通の「絵双紙地本問屋」西村伝兵衛である[4]。

右引用に続けて、馬琴は以下のように記している。

> 又、『おらく物語』といふ戯墨一巻写本あり。又享和年間、西原梭江子〔名は好和、柳河家臣〕の需に応じて、『後は昔物語』一巻写本を綴る。こは享保以来吉原の事、并に歌舞伎役者の事を旨とかきつめたる随筆也。唯よみ本と称すべきものは、右の二部に過ぎず。そが中に『おらく物語』は、部したる物にあらず、且刊行せざる冊子なれば、世に知らざる人多かるべし。
> （十一丁裏）

早稲田大学図書館曲亭叢書には、喜三二の随想『後は昔物語』と、戯文『おらく物語』とが合綴して収められており、同書には「文化八年辛未三月尽」の馬琴識語が存する。森銑三は「後は昔物語雑考」（著作集第十一巻所収）の中で、件の識語と『おらく物語』の全文とを、東京大学史料編纂所の「蒲堂叢書」から紹介しているが、曲亭叢書本とは用字等が若干相違する。

『後は昔物語』の中には、馬琴が『古朽木』において趣向化されたものとする、「大（太）申」こと材木商和泉屋甚助に関する記述も見いだされる。喜三二の随想に、太申が「吉原へさくらをうゑし事」は記されていないが、馬琴は同書の太申伝に詳細な頭書を施しており、(5) そこでは浅草寺境内の「太申桜」にも筆が及んでいる。

　つまり、右に掲げた「平沢月成」項の後段は、馬琴が二十年来蔵している、手近な資料に基づいて記されたものであり、小字稿本との差異も僅少であったと思われる。

## 五　「邂逅草紙」

　吉田氏旧蔵断簡の記述によれば、篠斎は「作者部類校閲抄」の中で、『邂逅物語』に関わる何らかの事象を記して、小字本『作者部類』における馬琴の「暗記の失」を指摘したものと思われる。しかし、先の「平沢月成」項の場合とは異なり、「雲府館《ママ》天府」の項に篠斎の名は明記されていない。馬琴は件の断簡で、『邂逅物語』の書名を「邂逅草紙」と誤っており、これは『作者部類』の小字稿本においても、同様であったはずである。

　木村氏が紹介された、天理図書館所蔵の「桂窓の自筆反故数葉」の中に、以下のごとき記述を持つものがある。

　同丁オ
　邂逅物語《草紙》《ヒヒ》トアルハ、邂逅物語トハ別ニ候ヤ。
○わくらバものがたりは右之通也。（以下数行空白）
（木村氏解題一四四頁）


　右引用を含む六片の反故を、木村氏は「七月十八日附馬琴宛状草案の一部」と推定された。小字稿本の誤脱が列挙されたこの書翰を、馬琴は八月二日に落掌しており、この時に「邂逅草紙」という題号の誤りを認識したのであろう。この点からも、吉田氏旧蔵断簡の本体を、桂窓書状の落掌に先行する、七月二十一日付の馬琴書翰と考える蓋然性が保証される。

　篠斎や桂窓からの指摘をふまえつつ、馬琴は大字本「読本作者部」の「雲府館天府」項において、以下のように記している。

この人寛政中、『邂逅物語』五巻〔寛政九年丁巳の春自序あり〕を綴りしを、当時貸本屋等三四名合刻にて発販しけり。こも五冊全部の続き物にて、趣向ハ唐山の稗説、『今古奇観』などの中なる一回を翻案したりとおぼしく、妬婦と賢妻ありて、これにより種々の物がたりあり。妾のうめる子ハ賢にして、名を成したる結局に、妬妻本然の善に帰して、遂に席を譲り、妻妾位を易るが団円也。その文の巧拙ハとまれかくまれ、趣向ハさバかり拙きにあらねども、当時ハ滑稽物の赤本、なほ流行したれバ、時好に称ずやありけん、させる世評を聞くこともなかりき。（二十四丁表）

馬琴は『邂逅物語』が、何らかの中国小説に依拠していることを看破しつつも、その原拠作については、『今古奇観』などの中なる一回」と記すばかりで、深く穿鑿してはいない。駒田信二氏は、おそらく馬琴の所説を受けて、『邂逅物語』を『今古奇観』巻三十「念親恩孝女蔵児」の翻案とされた(6)。しかし、両作は「本妻の嫉妬」と「男児とのめぐり逢い」という筋立てが類似するものの、登場人物の関係はかなり相違している。「念親恩孝女蔵児」においては、「妬婦と賢妾」という対比が明確ではなく、その結末も「妻妾位を易る」には至らない。

後年、木村黙老は『戯作者考補遺』（弘化二年初冬自序）「雲府館《ママ》天府」項の中で、『作者部類』の記述を援用する一方、『邂逅物語』の原拠については馬琴の説を退けて、「唐山の小説「療妬伝」を翻案したるなるべし(7)」と断じている。ここに見える「療妬伝」は、石崎又造が訂したように(8)、「療妬縁」の誤りであろう。小説『療妬縁』は全八回、一名を「鴛鴦会」といい、わが国では内閣文庫などに蔵されている。宮内庁書陵部所蔵『舶載書目』には著録されていないが、この小説を殿村篠斎が所持し、天保八年に黙老へ貸与したことが、黙老の篠斎宛書翰(9)によって確認できる。

『療妬縁』は、主人公の朱綸と、秦淑貞・許巧珠の二女をめぐる物語であり、嫉妬深い正妻の淑貞は、夫が旅先で娶った巧珠の真心に触れて改心し、最終的には両妻揃って夫人の称号を下賜されている。妻妾相和すという結末ではあるが、「男児とのめぐり逢い」という要素を欠いており、やはり『邂逅物語』とは懸隔がある。

『邂逅物語』において、作者天歩の依拠した中国小説が、『聊斎志異』巻三（巻数は青柯亭刻本による）中の「大男」であることを看破したのは、向井信夫氏であった。さらに同氏は、『邂逅物語』と同じ寛政九年に刊行された、馬琴の黄表紙『押絵《をしゑ》鳥痴漢高名《とりあほうのこうめう》』（二巻二冊、仙鶴堂刊）が、やはり『聊斎志異』巻四に収められた「書痴」の翻案であることも指摘しておられる(10)。しかし、これ以降の馬琴作品に、『聊斎志異』からの影響は指摘されておらず、また彼の日記や書翰の中にも、同書に対する言及を見出すことはできない。ゆえに向井氏は、馬琴による『聊斎志異』全巻の閲読を疑問視し、彼が『邂逅物語』の原拠作を正しく指摘しえなかった一因を、この点に求められた。

先の引用に続けて、馬琴は同じ天歩作の読本『桟道物語』（寛政十年、上総屋利兵衛等刊）にも説き及んでいる。この読本に関する記載も、やはり七月十八日付馬琴宛桂窓書翰の「案文草稿」中に見出しうる。

　邂逅物語　五冊　雲府館天府作　寛政九丁巳春
　桟道物語　五冊　同人作アリ　戊午春　是も一□《（ムシ）》ト存候。

（木村氏解題一四五頁）

「同人作《（ナカ）》アリ」という桂窓の書きぶりからすると、『作者部類』の小字稿本には、『桟道物語』に触れるところがなかったのかも知れない。同書に関する大字本の記述は、「又同人の作に、『桟道《カケハシ》物語』五巻あり〔寛政十年戊午の春自序あり〕」という一文のみであり、これは桂窓の提供した情報のみによっても、十分になしうるものである。

## 六　「読本作者部」の改稿

小字稿本に対する知友からの誤脱指摘などを勘案して、馬琴が八月上旬に改稿を施した結果、大字浄書本『作者部類』は内容の上でも、小字稿本とは大きく趣を変えたと思われる。この補筆作業に際して、馬琴は再度借り寄せた黙老蔵本や、既にその役目を終えたはずの小字稿本にまで手を入れており、異本を生ぜぬための配慮を怠ってはいない。

この折に行われた改稿・補筆のあらましは、十一月一日付篠斎宛書翰の「別楮」（③57）に記されている。

此度の写本ハ、よほど増減有之、当五月上候写本と、少々づゝちがひ申候。その分、

（中略）

○弐之巻上

初丁もくろく一

右壱丁、書直し申候。

同三丁右

箕山の分、注相改メ、且頭書を加申候。

同十一丁・十二丁

右拾壱丁ハ、十丁のつゞき。

この書も例の作り物語也といふ所、書直し。それより、十一丁め、丸々書直し。十二丁め、初稿より

壱丁ふえ申候。

同廿二丁ウラ十行

右十行書直し。

廿三丁・廿四丁

此弐丁、ふえ申候。（中略）

此外、御両君御指摘の訛舛ハ、不残改申候。

「此度の写本」とは、この書翰と同時に発送された大字浄書本、「当五月上候写本」は小字稿本を意味する。同じ書翰の後段に、小字本と大字本との相違は「五六丁」である旨が明記されており、巻二における大幅な改稿箇所は、右の記述に尽くされているものと考えられる。右引用に記された丁数は大字本のものであり、改稿が施された箇所を特定することができる。

ここで、大字本『作者部類』巻二における、項目の配列を確認しておく。「読本作者部」において立項された作者は、以下に列挙する九人に過ぎない。

| | | |
|---|---|---|
| （概　説） | 2丁表 | |
| 吸露庵綾足 | 4丁表 | 〈12月20日〉 |
| 鳳来山人 | 6丁裏 | 〈 〃 21日〉 |
| 平沢月成 | 10丁裏 | 〈 〃 27日〉 |
| 蜉蝣子 | 11丁裏 | |
| 芝全交 | 12丁表 | 〈12月22日〉 |
| 山東庵京伝 | 13丁表 | 〈 〃 24日〉 |
| 桑楊庵光 | 23丁裏 | |
| 雲府館天府 | 23丁裏 | |

（追　補）　24丁裏
曲亭主人　25丁表〈12月25・28～30日・1月2～5日〉

〈　〉内には、日記によって確認しうる、執筆の日付を示した。「読本作者部」の配列に、一定の規則性は見出しづらく、また綾足や源内、京伝、そして馬琴自身を除く五人については、記述も簡略である。ゆえに木村三四吾氏は、これら「軽微末流の徒」が立項されていることを、「なくもがなの小細工な割込み」と評された（同氏解題五五頁）。もっとも、「平沢月成」と「芝全交」の二項が、小字稿本に当初から立項されていたことには、疑問をさし挟む余地がない。特に「喜三二分」（「平沢月成」項）は、同巻の過半を占める「曲亭主人」項を一時中断して執筆されたものであった。

前掲57別楮の記載を、「読本作者部」の実際に照らしてみると、八月上旬の改稿において、馬琴が特に意を用いたのは、「軽微末流」の五作者に関する記述であったことが判然とする。「丸々書直」されたものという十一丁から、「初稿より壱丁ふえ」た十二丁にかけての記事は、先に掲げた「平沢月成」項における『古朽木』の梗概にはじまり、「蜉蝣子」「芝全交」の二項がこれに続く。一方、「書直し」や増補が行われた、二十二丁裏から二十四丁にかけての記述は、「山東庵京伝」項の末尾から、「桑楊庵光」「雲府館天府」の二項を経て、細字による追補一丁弱に及んでいる。

蜉蝣子は、天明七年刊行の読本『奇伝新話』（六巻六冊。山金堂山崎金兵衛刊）の作者であるが、同書に関する情報を馬琴に告知したのも篠斎であった。この報告が、はたして「作者部類校閲抄」に見えていたものか、即断することはできないが、いずれにせよ「蜉蝣子」の項も、小字初稿本とは様相を異にするはずである。

続く「芝全交」の項は、その遺稿『全交禅学話』（『全交通鑑』とも。詳細不明）の出板事情に終始する。ここには、松坂の両知友が知りうる情報は盛り込まれておらず、よって同項の記述は、小字稿本の「下の巻全交部」とさしたる相違のないものと考えられる。一方、読本の作は寛政四年刊行の『菟道園』（五巻五冊。小西堂佐藤清右衛門刊）一作に過ぎない狂歌師の桑楊庵光についても、馬琴が知友から何らかの指摘を受けた形跡は見出しがたい。

月成や全交を「読本作者」として遇することにはためらいを感じるが、蜉蝣子や天歩、桑楊庵の著作は、近時「初期江戸読本」として、再評価の対象になっている。(11) しかし既述のように、『作者部類』の「読本作者部」において、これらの作者が一定量の紙幅を与えられるに際しては、知友からの誤脱指摘が大きく作用していた。よって、馬琴が天歩らの三人を、「江戸作者」の先人として正当に評価していたとは考えづらい。特に蜉蝣子と天歩に関しては、篠斎や桂窓の筆労に報いる意味でも、馬琴はことさらに詳述する必要を感じたのではあるまいか。

なお、二十四丁裏から二十五丁表にかけての追補が、主として桂窓からの指摘を取り入れたものであることは、馬琴みずから明記しており、木村三四吾氏も、八月十六日付桂窓宛書翰（③54）や、桂窓の自筆断片などを用いて、詳細に考証しておられる（同氏解題一三七頁以下）。

## 七　『作者部類』続稿の挫折

吉田氏旧蔵断簡の記載によると、篠斎は「作者部類校閲抄」の中で、森羅子の読本『月下清談』にも言及していたらしい。天理図書館所蔵の桂窓自筆紙片には、同じ森羅子の読本『凩草紙』（五巻五冊。寛政四年、上総屋利兵衛等刊）に関する情報が見えている。

拍掌奇談凩草紙　五冊　森□（ムシ）　寛政三年初冬出板《ヒヒ》　（木村氏解題一四五頁）

両知友からの指摘が確認できるにも関わらず、『作者部類』「読本作者部」の中には、森羅子に触れた記述を見出しえない。ゆえに、篠斎と桂窓の両者が、いかなる記述に触発されて森羅子の読本に言及したものか、その詳細は不明である。

もっとも、馬琴は大字本『作者部類』において、読本作者としての中良の筆業に目配りを怠ったわけではない。同書巻一のうち、赤本作者部「森羅万象」項の末尾には、「又文化中よみ本の作には、亡師（筆者注、平賀源内）の戯号をつぎて福内鬼外と称したり。便是異称同人なるを知るべし」（十六丁裏割注）と記されている。中良が「福内鬼外」の戯号を用いて著した「文化中よみ本」とは、文化六年刊行の『泉親衡物語』（五巻五冊。宇多閣刊）のことであり、同書に関する馬琴の言説は、天保四年の『三遂平妖伝国字評』にも見出しうる。この評書において、馬琴は文化七年に没した中良を、ことさらに「亡友」と称する一方、作者中良が『泉親衡物語』において、密かに「七草四郎（天草騒動）」を趣向としながら、結局はこれを朧化せざるをえなかったという、「世の看官の、思ひがけなき事」を紹介している。[12]つまり、天保五年八月上旬、『作者部類』を改稿した時点において、馬琴の周辺には『泉親衡物語』の構想や、『凩草紙』『月下清談』のあらましなど、森羅子を「読本作者部」に立項するための材料が、ある程度集積されていたのである。

のちに馬琴は、天保九年十月二十二日付篠斎宛書翰（⑤11）の中で、鶴鶉貞高（為永春水）の『増補外題鑑』（天保九年、文渓堂刊）が、『泉親衡物語』の作者を「福地鬼外」と誤ることに対して、不快の念をあらわにしている。この事実は、先の「亡友」という呼称と共に、万象亭森島中良が、天保期の馬琴にとって、嫌悪すべき対象ではなかったことをうかがわせる。よって、『作者部類』の中に読本作者森羅子が立項されていない理由は、材料不足や意識的な忌避以外の事象に求めるべきであろう。

小字稿本二冊を脱稿して間もない、天保五年一月十二日付の篠斎宛書翰（③38）において、馬琴は以下のように記している。

一、旧冬ちよと得貴意候『近世物の本江戸作者部類』、十二月上旬よりとりかゝり、両三日前まで、二巻稿し候。

第一巻　赤本作者部

洒落本作者部

第二巻　よミ本作者部上

まで二御座候。第三巻よみ本作者部下・浄瑠璃作者部、第四巻画工部・筆工部・彫工略説ニて全部ニ候へども、あと二巻綴り終り候ニハ、二月ニも及び候。左いたし候てハ、『八犬伝』いよ〳〵後れ候故、まづ二巻ニて思ひ捨、昨日製本いたさせ候。あとハ当暮（一行不明）未全の書ニ候へ共、はやく御めにかけたく存候事ニ御座候。

馬琴はこの時、『作者部類』をあと二冊続稿する心づもりであった。実際、翌月十八日付の篠斎宛書翰（③41）において、彼は「『作者部類』に入用にて」と断った上で、村田春海の『竺志船物語』（文化十一年、須原屋茂兵衛等刊）所蔵の有無を照会している。馬琴が篠斎からの返書を手にしたのは、三月二十三日のことであったが（日記・五月二日付篠斎宛書翰。③45）、『竺志船物語』に関する記載は、『作者部類』の中には見出しえない。よって馬琴は、「よみ本作者部下」の起稿を見越して、件の問い合わせを行なったものと考えられる。この『竺志船物語』の場合と同様に、読本作者森羅子の伝についても、馬琴は翌年執筆する巻三において、改めて取り上げる腹案だったのではあるまいか。

吉田氏旧蔵断簡の末尾には、「来春ふたゝび稿を起し候頃迄、尚又御心附被成候事ハ、御介意なく御示教奉希候」

という一節があり、この年五月の時点でも、馬琴がなお「よみ本作者部下」以下の執筆に意欲を有していたことがうかがえる。しかし、十一月朔日付の書翰（③55）においては、「戯作者の部のミ、二冊ばかりも綴りたく、今より心がけ候事ニ御座候」との希望を述べる一方、「右『部類』、来春書つぎ候事、心もとなく存候」と、その続稿を危ぶんでもいる。

馬琴の危惧は的中し、ついに「よみ本作者部下」以下は執筆されずに終わった。次第に視力の衰えを増していく中で、『南総里見八犬伝』の完結を強く意識する一方、翌天保六年五月には男児興継（宗伯）を失い、その後は家名存続のために苦慮を重ねた馬琴に、『作者部類』を書き継ぐ時間的・心理的な余裕はなかったのである。

**注**

（1）山口剛「江戸作者部類の一資料」。初出は昭和4年。山口剛著作集第二巻（昭和47年、中央公論社）所収。

（2）『近代蔵書印譜』第四編（平成9年、青裳堂書店）に所掲のものと同一である。

（3）木村三四吾氏「竹清書留『雁来魚往』所収馬琴書翰」（『滝沢馬琴―人と書翰』所収）参照。『雁来魚往』に筆写された馬琴書翰のうち六通は、渡辺刀水の『曲亭消息』にも転写されている。『曲亭消息』については、拙稿「慶応義塾図書館所蔵『曲亭消息』について」（古典資料研究1。平成12年）を参照されたい。

（4）この点は、日本名著全集『滑稽本集』（昭和2年、同刊行会）の解説において、山口剛も指摘している。筆者の管見に及んだ諸本にも、耕書堂の刊記を持つものはない。

（5）森銑三も前掲論考で指摘するごとく、この頭書は文化九年刊行の馬琴合巻『敵討仇名《あだな》物数寄《ものずき》』（三巻三冊。勝川春亭画、仙鶴堂刊）との関連が深く、同書の十四丁裏には、「太申《たいしん》どのがよいてほん」という言辞も見出しうる。ただし、この合巻中に「太申桜」そのものは趣向化されていない。

（6）駒田氏の所説は、中国古典文学全集19『今古奇観下　三言二拍抄』（昭和33年、平凡社）解説以下、東洋文庫版・中国古典文学大系版に至るまで同様である。

（7）『戯作者考補遺』（昭和51年、ゆまに書房復刊）、七頁。同書の慶応義塾図書館蔵本（野崎左文写）においても、『邂逅物語』の原拠作は「療妬伝」とある。慶大本は影印本と字詰めを等しくするが、影印本巻末の「双紙表題目録」を欠く。

（8）石崎又造『近世日本における支那俗語文学史』（昭和15年、清水弘文堂書房）、二二七頁。

（9）天理図書館所蔵。同館善本叢書『馬琴書翰集　翻刻篇』（昭和55年、八木書店）の附録、ならびに木村氏『滝沢馬琴―人と書翰』の参考資料として翻刻紹介される。

（10）向井信夫氏「聊斎志異と江戸読本」（昭和41年初出）、ならびに「寛政年代に於ける馬琴著作の二、三」（昭和50年初出）。ともに『江戸文芸叢話』（平成7年、八木書店）所収。

（11）大高洋司氏「初期江戸読本と寛政の改革―『奇伝新話』その他―」（平成12年初出。『京伝と馬琴　〈稗史もの〉読本様式の形成』所収。平成22年、翰林書房）、大高・近藤瑞木両氏編『初期江戸読本怪談集』（平成12年、国書刊行会）解説など。

（12）早稲田大学蔵資料影印叢書『馬琴評答集』五、一八四頁。この記事は、佐藤悟氏「『泉親衡物語』と『白縫譚』―七草四郎ものの系譜―」（読本研究第十輯。平成8年）にも紹介されている。

# 第七章　馬琴書翰とその周辺

## Ⅰ　京山・琴魚・馬琴

兄京伝の歿した翌年、山東京山は上方へ旅行に出かけている。馬琴の『伊波伝毛乃記』（文政二年）が伝えるところによれば、文化十四年四月に江戸を発った京山は、「伊勢及京摂」を遊歴して、同年十一月に帰宅したという。京山自身も、兄の遺作を嗣いだ合巻『助六総角家桜継穂鉢植』（文政五年、甘泉堂刊）の序文において、「丁丑の歳は、高野に詣で、畿内の宮寺《みやてら》を拝《をがみ》めぐり、山水に耽《ふけり》て、羇窓にある事二百余日」と記しており、これは『伊波伝毛乃記』の記述とも合致する。

七月頃に京都へ至った京山は、この地で読本作者櫟亭琴魚の来訪を受けている。琴魚は当時、四条高倉の呉服商日野屋の養子八郎兵衛として京都にあった。

去《いぬ》る丁丑の秋、京山ぬし不意《ゆくりなく》も、京摂の間《あはひ》に遊歴して、僑居を三条京極の辺《ほとり》に占《しめ》たり。僕《おのれ》半日《はんじつ》の閑《かん》を得て、彼僑居《かのたびやどり》を仿《とむら》ひつゝ、雅話高論を聞《きく》の序《なへ》、談小桜姫《こざくらひめ》のことに及べり。（『小桜姫風月後記』例言《れいごん》。巻一、三丁表）

この年正月、櫟亭琴魚は『阿初得兵衛窓蛍余譚』（六巻六冊。京都丸屋善兵衛刊）を、「櫟亭大年」の名義で刊行しており、すでに読本作者としての活動を始めていた。とはいえ、ほとんど面識もなかったであろう京山を、琴魚がぶしつけに訪問したとは考えづらく、やはり何ぴとかの仲介を想定せねばなるまい。

右引用中に見える「小桜姫」とは、京山の読本第一作『小桜姫風月奇観』前帙（三巻四冊。文化六年十月、平川館等刊）のことである。京山は同書の自序において、この読本が全六巻をもって満尾する旨を断っているが、翌文化七年正月に『鶯談伝奇桃花流水』（栄山堂等刊）を上梓して以降、京山が読本を上梓することはなかった。『風月奇観』の後帙に持ち越された、金鯉魚や悪僧同玄の得脱、鉤《まがり》家の再興といった問題は、解決を見ぬままに放置されたのである。

両者の対面から二年余を経た文政三年正月、琴魚の『小桜姫風月後記』（六巻六冊）は、京都の書肆近江屋治助らによって刊行された。同書の序者は垣本（菅原）雪臣、挿絵画工は葛飾北明（北明楼戴儀）と合川珉和である。雪臣と珉和は京都の人であり、ここに琴魚周辺の交友関係をかいま見ることができる。

その一方で、京山は自作読本の続編である『風月後記』に対して、序跋はおろか、一編の詩歌すら寄せてはいない。この点からも、同書刊行の企画が、琴魚と京山との私的な交流から生まれたものではないことが察せられる。あるいは、『風月奇観』の板株譲渡などによって、書肆の側に続編を必要とする事情が生じたのかも知れない。その年代は明確にしえないが、『風月奇観』の板株は、後年大坂の河内屋茂兵衛に移っている。

京山との会談に先だち、琴魚は江戸の曲亭馬琴から、一通の書翰を受け取っている。文化十四年三月十四日付の同書状（①12）は、『犬夷二編評訳』なる一書とともに、琴魚のもとへ届けられた。この書翰中に、以下のような一節が見えている。

御批評、返却に及バざるよし、被仰下候へ共、あまりのをもしろさ、興に乗して蛇足の弁をそえ侍る事、廿尋にあまれり。さらば、君に見せて笑ハせ侍らんと思ひつ。殊ニ小ざくらの一義、はやく返事しらせよと御申越しの事なれば、ハつかに時をかさねて訳し侍り。

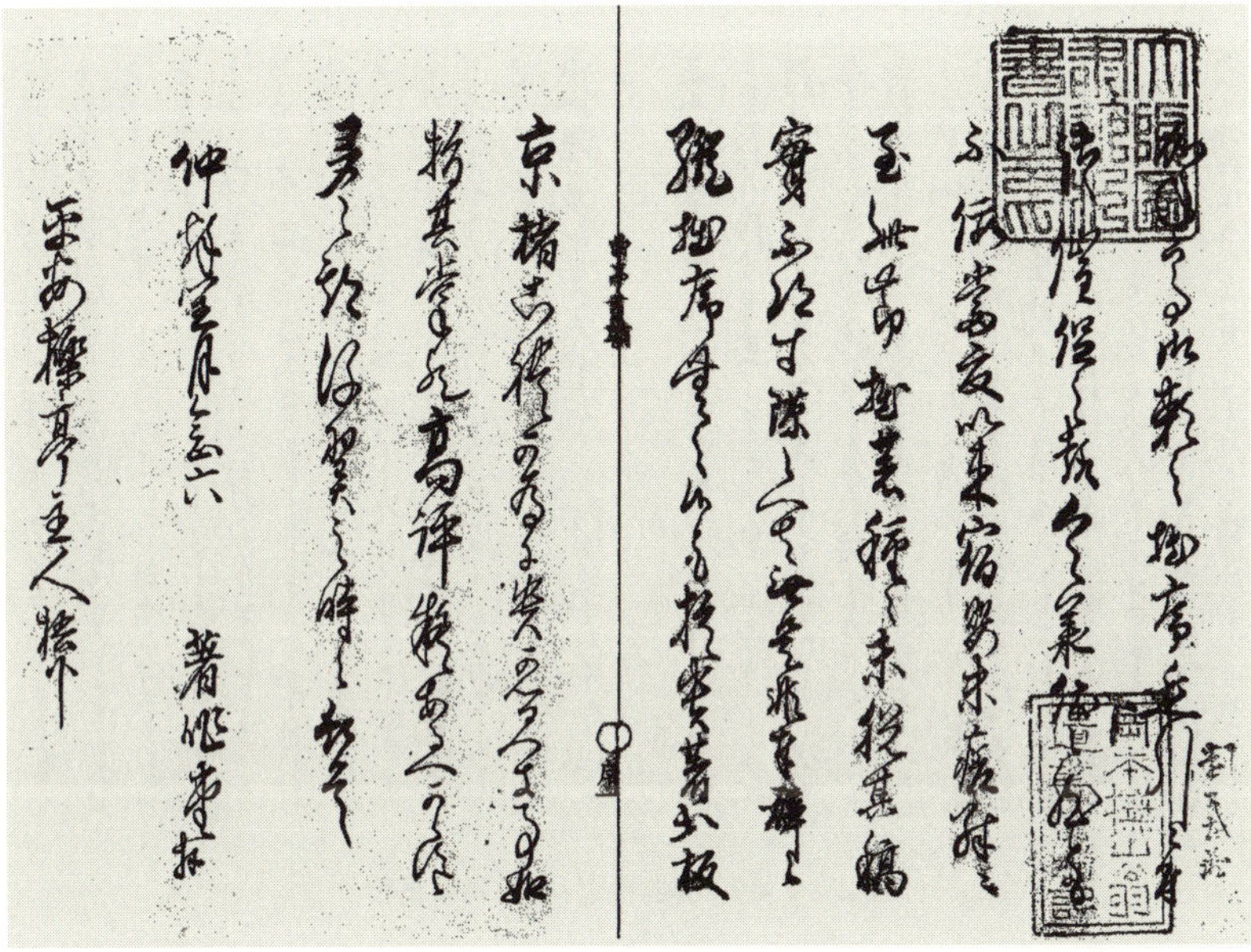

図1　『窓蛍余譚』馬琴序文

『風月後記』の「例言《れいごん》」において、琴魚が馬琴を「僕《わが》かゝる学問《ものまなび》の大人《うし》」と称しているように、両者は実質的な師弟関係にあった。琴魚が初めて馬琴を訪問したのは、文化五年正月のことであり、「琴魚」という彼の戯号は、懇望の末に馬琴から与えられたものである。『窓蛍余譚』刊行の際にも、馬琴は同書に書翰体の序文を寄せている（図1）。

右引用のうち、冒頭の「御批評」とは、『南総里見八犬伝』第二輯と『朝夷巡嶋記』第二編とに対する、琴魚の義兄（馬琴は異母兄とする）殿村篠斎の評論である。この評書を琴魚から送付された馬琴は、同書に逐条的な返答を施して、『犬夷二編評訳』を成した。馬琴はこの評答を、「小説の作なされんに、第一の秘書」として、京都の琴魚へ向けて発送したのである。早大図書館曲亭叢書に収められる『犬夷二編評訳』（外題「犬夷評判記第二編稿料」）は、琴魚方で作成された副本であり、前掲の書翰は同本の巻頭に転写されて、その内容が今日に伝わっている（図2）。

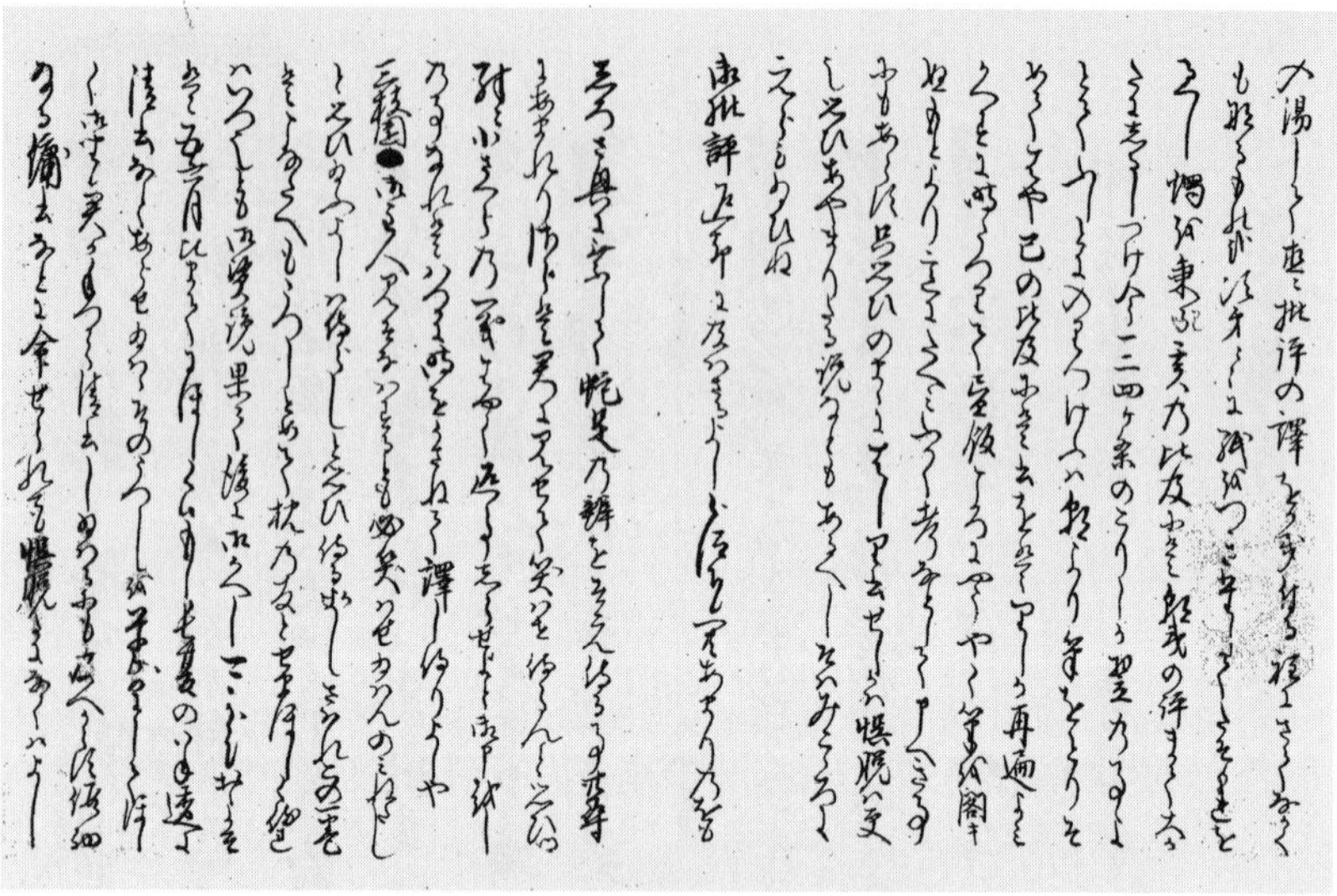

図２　『犬夷二編評訳』巻頭馬琴書翰

前掲の記述から、琴魚が「小ざくらの一義」なるものについて、早急な回答を馬琴に求めていたことがうかがえる。その詳細を知ることはできないが、あるいはこれも、『小桜姫風月奇観』の続作に関わる事柄だったのではあるまいか。この推定が誤らないものとすれば、『風月後記』刊行の企画は、すでに京山の上京以前から持ち上がっていたことになる。

『風月奇観』発兌の後、文化七年八月に刊行された考証随筆『燕石雑志』巻二の中で、馬琴は近時の「文人墨客」が、『前太平記』（藤元元作。天和ごろ刊）を引用して故事を論ずることを、「こゝろ得がたし」と論評している。これは、『風月奇観』の発端において、『前太平記』巻六の俵藤太伝承を、ほぼ無批判に取り込んだ、京山の態度にも当てはまるものである。また馬琴は、読本『昔語質屋庫』（文化七年十一月刊）第五において、俵藤太の蜈蚣《むかで》退治を取り上げ、この伝説に関する『前太平記』の記述が史実ではないことを論破している。馬琴の真意はともあれ、相次いで刊行された二作品の記述から、京山は自身に対する馬琴の敵愾心を、鋭く嗅ぎつけたことであろう。

京伝の没後、馬琴と京山との関係は険悪なものとなり、特に文政期においては、同じ江戸に暮らす両人が顔を合わせる機会は皆無であったという。松坂の篠斎に宛てた書翰（天保二年二月二十一日付。②2）の中で、馬琴は京山との関係を、「絶交はいたし不申候へども、志不合故、いつとなく疎遠に罷成」と説明している。あるいは琴魚も、かくのごとき両者の軋轢を聞き及んでおり、『風月奇観』嗣作の企画が持ち込まれた際にも、ことさらに馬琴の同意を求めたのではあるまいか。

馬琴が琴魚に対して、『風月奇観』の嗣作を制止することはなかったが、さりとて『風月後記』の刊行に対して、彼が積極的な援助を与えたわけでもない。同書の自序によれば、琴魚は『風月後記』の編述に際して、馬琴の助力を求めなかったといい、ここにもまた、琴魚なりの配慮が働いていたように思われる。

『風月後記』の刊行と前後して、馬琴は文政二年十二月に、京伝の一代記『伊波伝毛乃記』を編んでいる。その自序によると、馬琴が同書を綴ったのは、「吾友京師の某生」の需めに応ずるためであったという。もっとも、『伊波伝毛乃記』が執筆された頃、琴魚はすでに日野屋を退いて、大坂堂嶋の銀座下会所に移っているので、「京師の某生」は琴魚ではあり得ない。

京山と馬琴との間に挟まれて、ひとかたならぬ心労を強いられた人物としては、他にも『北越雪譜』の著者鈴木牧之が挙げられる。櫟亭琴魚は越後の牧之に先だって、「志不合」両者の確執に気を配りながら、京都の地で『小桜姫風月後記』を執筆したのである。

# Ⅱ　「雲烟録」所引馬琴書翰をめぐって

## はじめに

帝国文学第二巻二号（明治29年）に掲載された、「馬琴の手紙并殿村篠斎父子[1]」において、赤堀又次郎は四点の殿村篠斎宛馬琴書翰を紹介している。これらは篠斎の縁類殿村嘉太郎が、手録「雲烟録」に記しとどめたものの一部であるという。（其一）から（其三）は、いずれも部分的な抄録に過ぎないが、これらの記事は他に紹介されておらず、その原翰もすでに失われてしまった模様である。

赤堀は四点の記事が執筆された時期やその内容について、ほとんど考察を加えていないので、以下にその年次考証を試みることとしたい。

## 一　三つの摘録記事

三点の摘録のうち、もっとも容易に年代を推定できるのは、（其三）の記事である。ここで馬琴は、柳亭種彦の辞世を批判した後に、自詠一首を披露している。

当二月下旬（句）、小子大病聊間ありしとき、いでや辞世を遺んと思ひて、

世の中の役をのがれてもとのまゝかへすぞあめと土の人形

かく読み候へども、尚余命ありて、辞世にならず候。人の生前に建る墓を寿牌と云へば、小子の生前の辞世

歌は寿辞歌と云ふべしとて自笑致候。御一笑々々。

これとほぼ同内容の記事は、天保十四年六月朔日付の小津桂窓宛書翰（⑥18）や、「著作堂雑記抄」（『曲亭遺稿』所収）の中にも見出しうる。右引用に見える「小子大病」とは、天保十四年の正月から四月に至る、馬琴病臥のことであり、この大病については、馬琴の家記『吾仏の記』のうち、巻四「百九九　癸卯年、解が病痾の略記」に詳しい。したがって、抄出記事（其三）は、天保十四年春の病臥以降に記された馬琴書翰の一部でなければならない。同一内容の記事を持つ桂窓宛書状の存在を勘案すれば、（其三）の本体である篠斎宛書状は、この年の六月一日前後に染筆された可能性が高いと考えられる。

同年九月二日付の桂窓宛書翰（⑥19）によれば、六月朔日付の同人宛馬琴書状は、同月十日に殿村宅へ到着し、即座に桂窓へ回送されたという。つまり件の桂窓宛書状は、篠斎に宛てた紙包に同封されていたわけであり、この点から、同じ日付を持つ篠斎宛馬琴書翰の存在を想定できるのである。

なお、殿村嘉太郎はこの記事に関連して、「此所謂寿辞歌をば、安守翁批難したりと見え、馬琴の弁解したる書簡ありたりと覚ゆ」と付記している。

抄出記事（其二）の冒頭には、「去年六月、御改革之官令拝聴仕候より、方寸已に破れ、著述心を失ひ候」とある。「去年六月」に拝聴した「御改革之官令」とは、天保十三年六月十日に、女婿の清右衛門正次が持参した、「錦絵類・合巻并に読本類新板の事、御改正御書付」のことであろう。馬琴は同日の日記に、「以来、我等戯作排斥可致旨、了簡致候事」と記し、『吾仏の記』巻四「百八六　御政事御改革の諸令」においても、「是、吾絶筆の時至れる也」と述懐している。してみれば（其一）もまた、天保十四年における馬琴書翰の一部ということになる。

同じ記事の後半部分には、以下のような記述が見えている。

況当春より眼病いよいよ打くもり、未だ失明に至らずと申迄にて、三四年来医療を尽し候上にて、当早春より外病にて、眼の療治は打捨候て、当病に数百帖の薬礼を費し候仕合に候へば、著述心は愈《（癒）》々うせ果候。（以下略）

ここでいう「外病」もまた、天保十四年の大病のことであろう。右引用の前後には、「早く出板させて世の人に見せんと思ひしときの勢と、今銭のほしさに、世人の為めに綴まくする勢とは霄壤の差にて」、「病後愈《（癒）》々精気衰候はゞ、著述等出来候気力無之候」等の言辞が見えており、彼の創作意欲が著しく減退していたことをうかがわせる。

抄出記事（其二）は、先に触れた二点に比して分量が少なく、年代を推定するための材料に乏しい。もっとも、前後の二段がともに天保十四年の馬琴書翰から抄録されていることを思えば、この（其二）の記事にも、同年のものである可能性を見出しうる。

以下に（其二）の全文を掲げる。

三月中は近郊へ花見に御出かけ被為成候よし、羨敷奉存候。当地、当春は上野御殿山など、例により遊人多く、人の山をなし候よし。是は謂れある事と存候。太郎義、其頃は日毎に脚ならしの為め、十五六里づゝ遠足致候へども、病臥にて徒に春を送り候。折からの口吟、

昔見し花のさかりはいまこそとをもふもわびし春はくれなん

御一笑々々。

嫡孫太郎が何のために「脚ならし」をしたのか、その理由を天保十四年の春に求めるならば、この年四月におけ

る、将軍家慶の日光社参に思い至る。この参詣には太郎も随行しているが、これに先だって、供奉の御家人には、「組中脚ならしの為、遠く郊外へ出るとも、勝手次第たるべし」と、遠足が奨励されていた。この「脚ならし」については、『吾仏の記』巻四「百九一　日光供奉当組准備の大略、并に行列上覧の略記」に詳しい。太郎も脚力を養うべく、都合六度の行楽に出かけており、特に三月十三日には、上野において「花見の男女、例年より十倍す」という光景を実見している。このような花見客の賑わいに、馬琴がどのような「謂われ」を看取したのかは不明であるが、彼はそのありさまを、太郎から詳しく聞かされたのであろう。

右引用の後段で、「病臥にて徒に春を送」った主体は、孫の太郎と読むこともできるが、述懐の詠草が続いている点からすれば、これはやはり馬琴自身の「病臥」と受け取るべきであろう。件の病痾は「四月に至りて稍本復」したものといい、馬琴は天保十四年、たしかに「徒に春を送」っているのである。

以上述べ来たったところを整理してみると、以下のようになる。

（其一）天保14年、病臥以後の書翰
（其二）天保14年、夏以後の書翰か
（其三）天保14年6月1日（前後）付書翰か

実は、右の三断片が天保十四年における篠斎宛書翰の一部であることは、すでに鈴木馨「雲仙荘山誌と曲亭翁書簡集と」（書物展望三—九。昭和8年）に指摘されている。よって以上の検証は、この指摘を追認する結果となったが、鈴木はその根拠を明示していない。

これらの記事は、あるいは同一書翰からの抄出とも思われるが、この年の篠斎宛馬琴書翰は他に知られておらず、論証を行うための材料に乏しいため、臆断は避けることとしたい。

馬琴の自筆書翰は、基本的に天保十一年六月を下限としており、右三点の記事を含む篠斎宛書状は、すべて路女（もしくは太郎）の代筆であったはずである。よって『馬琴書翰集成』においては、右の抄録記事を「天保十四年欠月日　篠斎宛（断簡一（〜三）・代筆カ）」とし、第六巻の21〜23として収録した。

## 二　「八犬伝虎妖対治先案」

前節に取り上げた三点の断簡とは異なり、赤堀論考の（其四）は三頁に近い長文であり、おそらくは摘録ではなくして、一通の首尾を具足していると思われる。篠斎によって「八犬伝虎妖対治先案」と題されたこの一通については、原翰のありさまを記した、殿村嘉太郎の文章が紹介されている。「紅穀摺にて条太き拾二行罫半紙」に記されたこの一通は、「いと老筆、しかも禿筆にて一行おきにまばらに記せり。乾筆の処などは読み難し」という様相を呈していた。

ここでいう「虎妖対治」とは、『南総里見八犬伝』第百四十六回に見える、犬江親兵衛の京都談合谷における妖虎退治のことである（図1）。馬琴は当初、妖虎退治の前段として、虎に扮した葛西復六の配下に、親兵衛を襲撃させる心づもりであったという。この「先案」を記したのち、馬琴は以下のように述べている。

作者云、右のごとくにすれば、親兵衛は虎妖対治に、一場の前狂言ありてさみしからず。且『水滸伝』武松の（に）虎を搏つ段に、獦夫の虎皮を被りて虎に打扮たると照対して、趣あるに似たれども、かくの如くに作りなして（「は」脱カ）、政元必復六を、罪せずばあるべからず。復六此の時刑罰せられては、後条復六謀叛して、政元竟に弑にあへる実録にあはす。よしや此の事はすべよく作り設るとも、前案の如くにては、趣向花やかすぎ

図1　『南総里見八犬伝』第九輯巻二十九、24丁裏・25丁表

て、雑劇に彷彿たり。且親兵衛が富山にて、出頭の趣にも似たれば、この前案は棄て去りしなり。

（□内は殿村の推読）

『水滸伝』第二十三回においては、武松が大虎を退治した後、虎に扮した猟師が出現して、ひとたび武松の胆を冷やしている。[2] この先後を入れ替えて、「獵夫」を「刺客」に改め、親兵衛を「花やかにすぎ」るほど活躍させるのが、馬琴の「先案」であった。

虎退治の直前で擱筆された、『八犬伝』第九輯下帙之下甲号（第百三十六〜百四十五回。天保十年刊）の末尾で、馬琴は以下のように述べている。

予《おのれ》『水滸』の顰《ひそみ》に倣《なら》ふて、皇国《みくに》にはなき虎をしも、出《いだ》す者三たびなり。〔所謂《いはゆる》『傾城水滸伝』、『新編金瓶梅』、及《また》本伝是已《これのみ》〕趣向孰《いづれ》も異《こと》にして、相犯《あひをか》す事なからんか、看官先是《みるひとまづこれ》を査《さつ》しね。

馬琴が自作において、武松の虎退治を明確に趣向化したのは、『傾城水滸伝』第五編（文政十一年刊）と『新編金瓶梅』第二集（天保四年刊）に続いて三度目であった。天保九年七月一日付の桂窓宛書翰（⑤8）にも、「虎ハ此度にて三度め也。趣向の同ジからぬを早く見せ奉り度候へども、愚意ニ不任候」という言辞が見える。ゆえに馬琴も、先行する自作合巻とは趣を変えるべく、新奇な筋立ての案出に意を用いたのであろう。

なお、馬琴作品における「武松の虎退治」摂取を論じたものとして、饗庭篁村「八犬伝の虎」（太陽4―1。明治31年）や「曲亭馬琴の虎」（太陽8―1。明治35年）、崔香蘭氏「馬琴読本における『水滸伝』虎退治説話の受容」（『馬琴読本と中国古代小説』所収。平成17年、渓水社）などがある。しかしいずれの論考も、「虎妖対治先案」には言及していない。

先の引用において、馬琴は『水滸伝』の「獦夫」と、「先案」における「香西復六が腹心の若党」との関係を「照《せう》対《たい》」の語で説明していた。「照対」は、いわゆる稗史七法則のうち「照応」の別称であり、馬琴は「八犬伝第九輯中帙附言」の中で、これを「故意《わざと》前の趣向に対《つい》を取て、彼と此とを照らすなり」「牛をもて牛に対《つい》するが如し。その物は同じけれども、その事は同じからず」等と自注している。たしかに、復六配下の若党が登場することによって、二つの虎退治の対応はいっそう明確になり、馬琴の新意匠もさらに際立つ、と評せないこともない。

しかし、後段における支障が危惧されたため、馬琴はこの腹稿を破棄した。「先案」において親兵衛を妬み、これを害さんとした「香西復六」（又六元長）は、主君である細川政元を弑逆した実在の人物である。親兵衛襲撃の咎で、復六が処断されてしまっては、史実との間に齟齬を生じかねない。政元横死の「実録」は、『八犬伝』第百八十勝回下編において、わずかに触れられたばかりであるが、馬琴の配慮は、このような細部にまで及んでいたのである。

## 三　桂窓の来訪と「虎妖対治先案」

親兵衛虎退治の一段を含む『八犬伝』第九輯下帙之下乙号上套（第百四十六〜百五十三回）は、天保十年十一月に売り出された。件の「虎妖対治先案」については、同編刊行の前後における、篠斎宛馬琴書翰の中に、関連する記述を見出すことができる。

親兵衛が虎妖対治の段、先案は花やかにせんと思ひしが、然してハ後の結びに障りあり、且趣向雑劇のやうに成候故に、あたら趣向を省キ候。これら、筆の暇あらん折、申試度奉存候。此腹稿いかにと御考被成候様奉存候。（天保十年九月二十六日付。⑤35）

先々便申上候、妖虎対治の先案にも《ママ》、眼気今少シ立直り候節、手透も候ハヾ、しるしつけて御めにかけたく奉存候。（天保十一年一月八日付。⑤38）

一、当春ハ桂窓子出府被致候間、二月十日前後ニハ蔽屋へも来訪あるべし。（中略）彼「八犬伝虎妖対治の先案」も、其節桂子へ口達可致哉と存居候。（同年二月九日付。⑤42）

いずれの記述にも、篠斎の期待を煽らんとする馬琴の心底がほの見えている。「虎に扮した刺客」の趣向は、馬琴にとって会心の筋立てだったのであろう。馬琴は件の「先案」を、利用されずに終わった趣向の一つとして、埋もれさてしまうには忍びず、折を見て知友たちに披露したいと考えていた。

同年春における、桂窓の江戸出府に関しては、四月十一日付の篠斎宛書翰（⑤45）などによって、その概略をうかがうことができる。この書翰の中で、馬琴は以下のように記している。

一、『八犬伝』九輯犬江親兵衛虎妖対治の段、先案御聞被成度よし被仰示候間、そのあらましハ桂窓子へ口達いたし候間、彼人帰郷の後、御聞可被成候へ共、口達ニてハあかぬ御心地可被成候半と奉存候間、そのあらましをしるして御めにかけ申候。御笑覧の上、尚又御批評承り度奉存候。

右の記述によって、赤堀の紹介した「八犬伝虎妖対治先案」が、この四月十一日付書翰の添え状であったことが確認できる。よって件の一通は、失明直前の自筆書状ということになり、殿村嘉太郎がところどころ読みあぐねたのも、無理からぬことといえよう。

「口達ニてハあかぬ御心地可被成候半と奉存候間」とは記しているものの、桂窓にことづけたばかりでは飽き足りなかったのは、むしろ馬琴自身であったに違いない。それ故にこそ、彼はおぼつかない筆先を厭うことなく、篠斎に宛てて「虎妖対治先案」の一通を認めたのであろう。

この「虎妖対治先案」は、『書翰集成』第五巻に、「50　天保十一年四月十一日前後　篠斎宛（別紙）」として収録した。

## おわりに

殿村嘉太郎が目を通した馬琴書翰は、同家に残されていた数十通のうち、わずか十一通に過ぎなかった。その中には、赤堀の紹介した四点の他、『吾仏の記』の事、『八犬伝』校正依頼の事、読本廃止の光景」などが見えていたという。これらはいずれも、馬琴の晩年における事象であり、殿村は馬琴の自筆書翰よりも、より読みやすい路女代筆の書翰を選り好みしたのかも知れない。

殿村家に伝えられた馬琴書翰は、篠斎の歌集『夏野のさゆり』（五巻）や、『八犬伝』に対する評書を集めた『犬搔戯筆』（二十五、六冊）などと共に、松坂の火災（明治三年十二月の大火か）によって、すべて烏有に帰したという。

「雲烟録」の中には、今日まで未紹介の馬琴書翰が、なお数通抄録されていたものと思しく、この雑録が再発見されることを、筆者も期待してやまない。

**注**

（1）この論考は、服部仁氏編『馬琴研究資料集成』（平成19年、クレス書房）第一巻に再録された。

（2）『朝夷巡嶋記』第六編（文政十年、文金堂等刊）第四十九の中で、朝夷義秀が諏訪峠において狼の皮を被った盗賊を返り討ちにし、次いで人間の生き血を啜る狒々を退治した一段も、『水滸伝』における武松の虎退治を踏まえたものである。馬琴が「虎退治先案」を放棄したのは、『巡嶋記』における狒々退治との重複を厭ったことも、その一因だったのではあるまいか。

# Ⅲ　『異聞雑稿』と馬琴書翰

## 一　「卯月十一日」付桂窓宛書翰

小林花子氏の「曲亭馬琴書簡」（上野図書館紀要第三・四号。昭和32・35年）は、国会図書館に蔵される馬琴書翰四十一通を翻刻紹介したものである。これは、まとまった馬琴書翰の紹介としては、木村三四吾氏や柴田光彦氏の業績に先行しており、三村竹清の「曲亭書簡集」（大正9年）等に次いで、極めて早いものといえる。もっとも、先駆的業績であるがゆえに、若干の失考が含まれており、木村三四吾氏は以下の二通に関して、小林氏の年代推定が誤っていることを指摘しておられる(1)。

一五　天保5年12月11日付（桂窓宛）→天保四年（③32）

一六　天保6年5月11日付（桂窓宛）→天保五年（③47）

筆者は『書翰集成』編集の過程で、同館に所蔵される馬琴書翰の紙焼写真を入手して、小林氏の翻刻と全面的な対校を行なった。その際、同年のものとされる書翰とは明らかに字様が異なり、氏の年代推定に疑義を生じた一通が存する。それは、小林氏が「一九　天保七年四月十一日付（桂窓宛）」と判定した書状である。

当該書翰の前半部分を、以下に引用する。

昨日は御来訪被成下、大ニ慰め、怡悦之至ニ奉存候。弥御安栄、珍重奉賀候。其節、「八犬伝御評書」返上可仕処、雑談ニ紛れ忘失、御帰行後思ひ出し、遺憾奉存候。十四日御出立ニ候ハゞ、深川御かけ店へもたせ上候へバ間ニ合候へども、何分遠方、無人ニて〔不〕任愚意候間、不及其義候。然ル処、今日殿村主へ紙包差出し候ニ付、右「八犬伝御評」封入いたし、殿村氏へたのミ上候間、異日同所より可被達候。此段、御承引可被成下候。『後ハ昔物語』、五ケ年前売候哉、しかと覚不申候。手透之節、とくト取しらべ、有之候ハヾ、追而貸進可仕候。『異聞雑稿』、当年中ニ御写し御出来候ハヾ、御返し可被成下候。万一随筆を著し候ハヾ、右之書、入用之事も御座候。尤、いそぎ候事にハ無之候。此義、かねてより御心得可被成下候。御帰郷の日、御安否承り度奉存候。匆々不備

卯月十一日

紙面の字様はかなり乱れており、馬琴の失明間際の筆跡に近い。この桂窓宛書翰を、天保七年のものと判断した理由を、小林氏は以下のように説明している。

（備考）この一通には、何年であるか明記はないが、天保七年十月廿六日付篠斎宛の書簡に、桂窓が『異聞雑稿』を返しに来たとある点から、天保七年四月のものと推定される。（上野図書館紀要第四冊、四五頁）

「天保七年十月廿六日付篠斎宛」の馬琴書翰（④65）に見える、『異聞雑稿』についての記述とは、以下のごときものである。

一、『異聞雑稿』、並ニ『赤鳥考』、御覧後桂窓子へ御廻し被成候よし、承知仕候。先般、右同人携来て被返候間、慥ニ致落手仕候。

小林氏の年代推定を踏まえて、植谷元氏らの「馬琴年譜稿」（ビブリア38。昭和43年）は、天保七年に以下の二条を立項している。

○4月10日、桂窓来訪。14日江戸を発ち帰国す（4・11翰）

○4月11日、桂窓宛書翰。「八犬伝桂窓評」を篠斎紙包に封入返送の事、「後は昔物語」を後日貸進、『異聞雑稿』催促等（国会）

## 二　天保七年の『異聞雑稿』貸与

『異聞雑稿』（二巻一冊）は、馬琴が天保期の奇聞を書きつづった雑録であり、その自筆稿本は早大図書館曲亭叢書に収められている。巻上は天保五年の成稿、巻下は翌年から天保七年にかけて、随時追記の行われたものであるが、馬琴は擱筆の以前から、同書を篠斎・桂窓・黙老の三知友に度々貸与していた。小林氏は、天保七年十月の篠斎宛書翰に、前掲のごとき記事が存することから、件の「卯月十一日」付馬琴書翰を、同年のものと判断されたわけである。同氏の推定の妥当性を検証すべく、天保七年における『異聞雑稿』貸与の実際を、以下に概観してみたい。

小林氏の注目された書翰において、馬琴が篠斎に『異聞雑稿』の落掌を報じた四か月前、天保七年六月二十二日付の、やはり篠斎に宛てた書状（④49）の中に、以下のような記述を見出しうる。

一、先便得御意候『異聞雑稿』下冊之内、楊舟が鹿の事、渡宋の僧定《宛》心の事抔有之候ニ付、被成御覧度よし、被仰示（候）ニ付、則今便、貸進仕候。上冊ハ先年御めにかけ候へども、追々に録し候間、一冊ニとぢ込候故、御覧相済候分も、一緒ニ有之候。

右引用中に見える「楊舟が鹿の事」は『異聞雑稿』巻下「楊舟が画鹿」（図1）に記された、「千載を経たる霊鹿」が、画師楊舟の描く鹿に瞳を点じるという奇談である。馬琴はこの話が、慵訥居士（温汝適）撰の志怪小説集『咫聞録』（嘉慶二十二年・一八一七初刊か）に収まることを聞き及んでいたが、同書の入手はついに叶わなかった。

一方、「渡宋の僧定心の事」は、同じ『異聞雑稿』巻下の「光勝寺の僧定心」に紹介された、彼の地で毒菌を食み、人糞を舐めることを拒んで命を落とした、相模国光勝寺の僧侶定心の逸聞である。この一件は、『五雑組』巻十や『癸辛雑識』前集にも収められており、馬琴は夙に『俳諧歳時記』八月「笑矣子《わらひたけ》」の項（百八十五丁裏）において言及している。[2] 天保期に至って、馬琴が再度この入宋僧に興味を抱いたのは、奈須玄盅『本朝医談』第二編（文政十三年刊）の披閲を契機としていた。[3]

　前掲書翰の染筆から半年前、天保七年正月六日付の篠斎宛書翰（④34）において、馬琴は「『咫聞録』楊舟鹿の画のわけ」を、「永日手透之節、筆録いたし、御目にかけ候様可仕候」と記している。また、同年三月二十八日付書翰（④43）の中には、「常光寺《ママ》の定心事」に関して、「此義、別ニしるし候物も有之。此節、外へかし置候間、異日後便ニ入電覧候様可仕候」という記述が存する。「外へかし置」いてある「別ニしるし候物」とは、『異聞雑稿』のことと考えてよかろう。

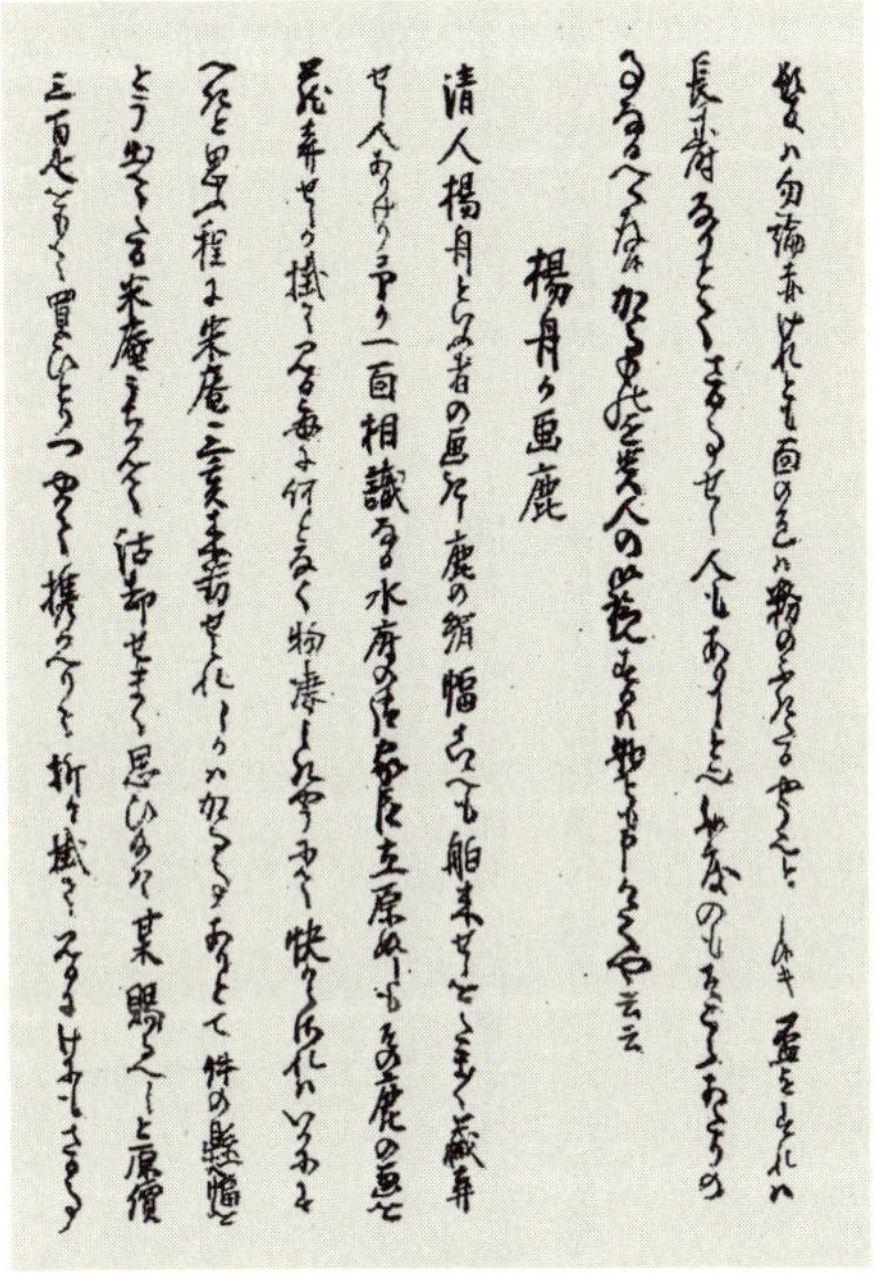

図１　『異聞雑稿』58丁表

　天保六年二月以降、篠斎は和歌山に退隠しており、前引の六月二十二日付馬琴書翰は、七月二十日に和歌山へ届けられている。その後、篠斎が披閲を終えた『異聞雑稿』を、松坂の桂窓へ転送したこと、また江戸滞在中の桂窓が、同書を手ずから馬琴へ返却したことは、前節に引用した同年十月二十六日付の篠斎宛書翰に見えていた。

もっとも、馬琴は『異聞雑稿』が桂窓から高松の黙老へ転送されることを望んでいたのであるが、馬琴の意図を汲みかねた篠斎は、桂窓への申し送りを怠った。ゆえに馬琴は、十月中に桂窓の持参した同書を、翌天保八年正月に黙老へ宛てて発送している（天保八年正月六日付篠斎宛別楮。④73）。

以上に整理した経緯からも明らかなように、天保七年六月以降の江戸・和歌山・松坂間における『異聞雑稿』の貸借は、「卯月十一日」付書翰の記事とは無縁なのである。すでに同年三月の時点で、『異聞雑稿』は篠斎への貸進が予定されていた。にも関わらず、翌四月に同書を桂窓へ貸し与えながら、馬琴がそれを松坂から和歌山へ転送させず、六月に改めて江戸から紀州の篠斎へ送り届けたと考えるのは不自然であろう。

## 三　桂窓の江戸出府と「八犬伝御評」

その後、現存する馬琴書翰に、『異聞雑稿』の書名が現われるのは、天保十一年八月二十一日付の桂窓宛書状（⑤63）においてである。馬琴自筆書翰は同年六月を下限としており、[4] この書翰も路女による代筆であった。

一、七月五日出之紙包壱ツ并ニ芳翰、道中川支之由ニて、八月三日夕延着、慥ニ落手拝見仕候。（中略）然ば、当春御出府之節貸進之『異聞雑稿』壱冊成御返却、則落手仕候。御幸便ニ被遣候ても宜敷候所、御配慮之御事と奉存候。

右引用から、桂窓がこの年春に江戸へ出府していたことを確認できる。六月六日付の同人宛馬琴書翰（代筆。⑤54）によれば、桂窓が江戸を離れたのは「四月十四日」のことであり、これは前掲「卯月十一日」付書翰に見えていた、桂窓の江戸発足予定日と同一である。この一致は、「卯月十一日」付書状の判読に難渋する字様と相俟って、件の書翰が天保十一年のものであることを予想させる。

この年における桂窓の江戸出府に関しては、篠斎に宛てた馬琴の書状によって、その概略を知ることができる。天保十一年四月十一日の日付を持つ篠斎宛の馬琴書状は、以下の五通である。各書翰の番号は、『書翰集成』第五巻のものを用いた。

45　本状　〈4月21日〉
46　追啓　〈　〃　〉
47　別紙　〈　〃？　〉
48　金銭受取覚〈　〃　〉
49　別包添状　〈5月6日〉※『増補平妖伝』・小津行紙包等封入。

〈　〉内は、書状が先方に到着した日付である。本章Ⅱにおいて考察を加えた、「八犬伝犬江虎退治先案」は、おそらく45・46・48書翰に同封されたものであろう。47の別紙も同様と思われるが、別便の紙包に同封された可能性もあり、到着の日付に「?」を付した。

45本状によれば、この年春に江戸へ出府した桂窓は、二月中に馬琴を二度訪問した後、ひとたび江戸を離れて、松島や日光を遊覧したという。三月下旬に江戸へ帰着した桂窓の再訪を、馬琴は心待ちにしていたが、その期待は45書翰染筆の時点まで実現されなかった。馬琴が実際に45書翰を擱筆したのは、十日の「未の中刻頃」であり、この直後に桂窓は「赤坂御役処」からの帰途、前触れもなしに馬琴宅を訪問したのである。これら一連の経過は、46追啓に記されたところであるが、この追啓の中に、以下のごとき記述を見出しうる。

「桂子八犬伝評」、一本写させ候間、可返却処、雑談に紛れ忘失いたし、被帰候跡ニて心付候へども、深川迄ハ遠方、無人ニて遣しがたく候間、貴所江差出し候紙包中へさし入上候。右紙包着の節、小ぶりの方、御開

封被成（候）ハヾ、桂行一包、無相違御届可被成下候。且又、御同人江得御意度、一通此状中へ封入仕候。

ここでいう「桂子八犬伝評」は、「八犬伝第九輯下帙之下中編愚評」と題された、桂窓の『八犬伝』評書であり[5]、馬琴が同書を手にしたのは、前年十月晦日のことであった。四月十日における桂窓来訪の時点で、同書の写本（早稲田大学図書館現蔵）はすでに仕上がっており、その原本は桂窓に返却されるべきであったが、馬琴はこれを失念したのである。この間の事情は、「卯月十一日」付書翰に記されたところとも矛盾しない。

「桂子八犬伝評」は、篠斎に売却された『増補平妖伝』二帙（四十回本。国会図書館現蔵）等に同封の上、45・46の書翰とは別便で発送されている。49の添え状を同封したこの紙包は五月六日に松坂へ到着し、「八犬伝第九輯下帙之下中編愚評」は、その日のうちに桂窓へ届けられた。

『異聞雑稿』と「八犬伝御評書」の貸借に関する記述が、如上の経緯と整合する点から、件の「卯月十一日」付書翰を、天保十一年におけるものと考えて大過あるまい。四月十一日付の篠斎宛紙包に「封入」された桂窓宛の「一通」が、まさにこの書状だったのである。

## 四　天保十一年の『異聞雑稿』貸与

桂窓は四年前の天保七年に、ひとたび『異聞雑稿』を借覧したにも関わらず、なぜ天保十一年の江戸出府に際して、再度これを借り受け、松坂まで携え帰ったのであろうか。この点は、件の「八犬伝御評書」、すなわち「八犬伝第九輯下帙之下中編愚評」に先立つ、「里見八犬伝第九輯下帙之下上編略評」（天保九年十二月稿。以下「上編略評」と略称）中の記事を参照すれば明らかになる。

先に言及した、『異聞雑稿』の「楊舟が画鹿」は、『八犬伝』第九輯下帙之下甲号（天保十年正月刊）に描かれる、竹林巽《たかばやしたつみ》（巽風《そんぷう》）の物語において趣向化されている。しかし桂窓は、かつて『異聞雑稿』を貸与されたにも関わらず、「上編略評」においてこの趣向摂取を指摘しえなかった。桂窓の粗忽が、この一事のみであったならば、馬琴もさして気にとめなかったかも知れない。しかし桂窓は、同じ「上編略評」末尾の余紙において、「渡唐して菌の毒にあたり、人糞をくはざりし」「日本の僧」について、馬琴にその詳細を問うてさえいる（二十二丁裏）。「『雑記』にしたゝめられしを、みせ給へる様におぼゆ」と、桂窓の記憶は曖昧であるが、これも既述のごとく、同じ『異聞雑稿』に収録された話柄であった。自身の『異聞雑稿』を、桂窓がなおざりに披閲したのではないかという疑念が、馬琴の心に生じたとしても不思議ではない。

　定心に関する返答の中で、馬琴は「この一奇談は、予が『異聞雑稿』に載せたりしを、等閑に見給ひしは、ほいなくこそ侍るなれ」（上編略評、二十二丁裏頭書）と記している。また、「拙答評余談附録」（天保十年正月稿）と題する一文の中では、僧侶定心についての知見を、『異聞雑稿』よりも詳しく説明した上で、以下のように述懐する。

> （前略）吾『異聞雑稿』は、兀籍勿論なるべけれども、只等閑に見過して、又老人を労せらるゝは、本意なきに似たれども、交友の間には、労を厭はぬ愚癖に侍れば、こを恩がましく思ふにあらず。労を施さゞらむ為に、筆工に誂へて、写させてまいらする。原稿走書なれば也。（上編略評、三十丁裏〜三十一丁表）

また、馬琴は同じ「余談附録」の中で、『八犬伝』における「楊舟が画鹿」の翻案を、桂窓が見過ごした一事について、「芳評こゝに及ばざりけるを遺憾とす」（二十五丁裏）と述べている。桂窓の粗相に対する馬琴の落胆は、並々ならぬものだったのであろう。

　馬琴の「余談附録」に応じて、桂窓は天保十年二月に「八犬伝九輯下帙之下編愚評再答」を稿しており、「楊舟」と「定心」の件を弁解したのち、天保七年の『異聞雑稿』披閲に関して、以下のように説明する。

『異聞雑稿』ハうつすべかりしを、先年出坂之前ニ而そのいとまなく、脚便よりハわが挟箱ニをさめて、かへしまつらんとおもふがために、そのことにおよばざりき。杜撰となおもほしそ。（上編略評、三十五丁）

『異聞雑稿』を「写させてまいらする」という、馬琴が示した好意の裏側に、自著を「等閑に見過」された不満があることを、桂窓も敏感に察知したのであろう。この後、両者の間でどのような応酬が交わされたのかは不明ながら、おそらくは写本進呈の申し出を、桂窓の側から丁重に謝絶したものと思われる。

「上編略評」をめぐるやりとりから一年余を経て、桂窓は天保十一年の春に再び江戸へ上った。四月十日の馬琴宅訪問に際して、桂窓は先年の粗相を詫びつつ、再度『異聞雑稿』を借り受けたのであろう。同書を松坂まで携え帰った彼が、七月に至ってこれを馬琴へ返送したことは、前節冒頭で引用した桂窓宛の馬琴書翰に見えていた。

桂窓が「幸便」を待つことなく、『異聞雑稿』を馬琴へ返送したのは、「卯月十一日」付書翰の中に、「万一随筆を著し候ハヾ、右之書、入用之事も御座候」という一文が存したからでもあろう。失明の危機に瀕した天保十一年の時点で、馬琴がなお「随筆」の執筆に意欲を有していたことを、「卯月十一日」付書翰の記述から確認できる。天保八年以降、文渓堂丁子屋平兵衛は『八犬伝』の巻末において、随筆『著作堂一夕話』の刊行を予告している。「卯月十一日」付書翰において、馬琴の念頭に存した「随筆」は、この『著作堂一夕話』であったかも知れない。しかし、この書は結局刊行されずに終わり、その書名ばかりが『蓑笠雨談』（三冊。享和四年、耕書堂等刊）の後修本に転用されたのである。(6)

## 五　「後ハ昔物語」

「卯月十一日」付書翰の中には、「『後ハ昔物語』、五ケ年前売候哉、しかと覚不申候」という記述が見えていた。

前章「『作者部類』の改稿過程」でも言及したように、黄表紙作者朋誠堂喜三二こと秋田藩留守居役平沢月成の随想『後は昔物語』は、早大図書館曲亭叢書に馬琴手沢本が現存する(7)。同書を売却したのか否か、我ながらはっきり思い出せないということは、当該書翰の染筆から「五ケ年前」に、馬琴が大量の蔵書を売り払った事実が確認されねばなるまい。この点からも、件の「卯月十一日」付書翰を、小林氏のごとく天保七年のものとは見なしえないのである。

天保十一年から足かけ「五ケ年前」は天保七年であるが、馬琴はこの年秋に「蔵書六十櫃の其三が二」を売却しており、その顛末は『吾仏の記』巻四のうち、「百卅七　蔵書沽却の損益」に詳しい。この折に馬琴は、丁子屋を仲介として、自身の蔵書を夜市の競りにかけたばかりでなく、その一部を桂窓や黙老、石川畳翠などの知友にも譲渡している。即座に見出すことをえなかった『後は昔物語』を、馬琴が「五ケ年前売候哉」と考えたのは、このような事情による。

しかし実際には、同書は売却されておらず、後日見出された『後は昔物語』は、八月二十一日に松坂へ向けて発送された（同日付桂窓宛書翰。⑤63）。桂窓は写本を作成した上で、同書を十一月八日に返送し、馬琴はこれを同月二十八日に受け取っている（十二月十四日付桂窓宛書翰。⑤72）。

この『後は昔物語』の貸与も含めて、以上述べ来たった諸事象から、国会図書館所蔵の「卯月十一日」付馬琴書翰を、天保十一年のものと考える妥当性を確認できたものと思う。よって当該書翰は、「51　天保十一年四月十一日　桂窓宛」として、『馬琴書翰集成』第五巻に収録した。これに伴い、第一節に引用した「馬琴年譜稿」中の条文も、天保七年から同十一年に移動されねばなるまい。

## 注

（1）前者に関しては、「馬琴書翰二種」（木村三四吾著作集Ⅱ『滝沢馬琴―人と書翰』所収。平成10年、八木書店）に、森田誠吾氏から指摘を受けた旨が記されている（一八五頁）。また後者の書状は、同氏編『近世物之本江戸作者部類』の解題（二一七頁）に引用され、ことさらの注記は見えないものの、天保五年のものとして扱われている。

（2）『華実年浪草』（第一章参照）巻八「楓菌《ワラヒタケ》」項（三十九丁表）は『和漢三才図会』を出拠としており、その巻百一「菌蕈有レ毒《くさびらにどくあり》」項（十丁表）には、『五雑組』の記事が引用されている。馬琴はこの筋道をたどって、定心の逸聞に逢着したのであろう。

（3）服部仁氏「「日本の僧定心の事」に見る馬琴の「日本」意識」（『曲亭馬琴の文学域』所収。平成9年、若草書房）参照。

（4）例外として、翌天保十二年正月、前文のみ馬琴自筆の篠斎宛書翰（⑤75）が存する。

（5）同書については、天理図書館善本叢書『馬琴評答集』（昭和48年、八木書店）の浜田啓介氏による解題に詳しい。本章における『八犬伝』評答からの引用は、すべて同書による。

（6）『著作堂一夕話』の出板企画に関しては、服部仁氏の「『蓑笠雨談』（『曲亭漫筆』『著作堂一夕話』）諸板出板の顛末とその周辺」（読本研究第十集。平成8年）に詳しい。

（7）明治初頭まで滝沢家に伝存した馬琴旧蔵書の目録である、別本「曲亭所有草稿類（目録）」にも、「一　後ハ昔物語　仝（一冊）」が登録されている。同目録は、柴田光彦氏が「饗庭篁村と坪内逍遥―曲亭叢書を通して―」（跡見学園女子大学紀要31。平成10年）において紹介されたものである。

**追記**

『馬琴書翰集成』別巻の書名索引において、『異聞雑稿』は「一般書名」の中に立項されているが、本章の記述からも明らかなごとく、これは「馬琴著作」に含めるべきものである。作成者として不明を恥じ入る。

# 第二部　中国白話小説の披閲と受容

扉図版：『傾城水滸伝』より

# 第一章　文政期の『水滸伝』流行と『傾城水滸伝』

## はじめに

文政末年、江戸の地には時ならぬ『水滸伝』の流行が巻き起こっていた。のちに馬琴は、当時の模様を以下のように回顧している。

此草紙（筆者注、『傾城水滸伝』）行れしより、女わらべまで『水滸伝』の書あることを知りて、キヤンなる女の湯屋にて口論せしを見ても、かれは女の水滸伝也といふ様になりにたり。この故に、当時きせるの毛ぼり、或は髪結床の暖簾、或はいかのぼりの画にも、をさ〳〵『水滸伝』の人物を画く事になりにき。

（木村黙老『水滸伝考』馬琴補遺(1)）

同様の記述は、『近世物之本江戸作者部類』巻一、赤本作者部の中にも見出すことができる。文政末から天保初年にかけての『水滸伝』流行は、出板界はもとより、演劇や浮世絵、さらには服飾の世界にまで及ぶ広範なものであった。

かくのごとき『水滸伝』の盛行をもたらした馬琴の『傾城水滸伝』は、文政八年に初編が刊行された長編合巻である。『水滸伝』の豪傑百八人の性別を反転させた上で、時代を我が国の鎌倉初期に移すという着想が、合巻の主要な愛読者である「婦幼」に受け入れられて、百巻五十冊に及ぶ大長編となった。しかし、同作はその板元である鶴屋喜右衛門の衰微ゆえに、天保六年刊行の第十三編上帙をもって中断を余儀なくされている。
周知のように、『水滸伝』は馬琴がもっとも愛読した白話小説であり、同書が彼の著作に与えた影響も、すでに多くの先学によって考究されている。本章では、おもに馬琴の手稿類に拠りながら、文政末年における『水滸伝』流行の中で、彼がこの長編白話小説をどのように享受したのかという問題について、改めて検討してみたい。

## 一　『傾城水滸伝』の刊行

文政八年における初編の刊行以降、『傾城水滸伝』の続刊された経過を、以下に若干の備考を交えつつ整理してみる。当該巻の末尾が、原作である『水滸伝』(百二十回本)、ならびに『通俗忠義水滸伝』の何回に対応するかを【　】内に併記した。

文政8年　初編八巻　豊国画【第4回／通俗本上編巻2】
◆正月、歌川豊国没。
◆3月7日、小伝馬町から出火、鶴屋類焼か。
文政9年　二編八巻　国安画【第10回／通俗本上編巻5】
◆初編、一部改刻の上再印。
文政10年　三編八巻　国安画【第16回／通俗本上編巻8】
文政11年　四編八巻　国安画【第20回／通俗本上編巻10】
五編八巻　国安画【第26回／通俗本上編巻13】
◆この年から装丁が「袋入上製本」に改まる。

文政12年　六編八巻　◆2月、『新編水滸画伝』初編再摺。　国安画【第32回／通俗本上編巻16】
七編八巻　国安画【第35回／通俗本中編巻17】
八編八巻　国安画【第39回／通俗本中編巻19】
◆種彦『偐紫田舎源氏』刊行開始。
◆3月、鶴屋類焼。
天保元年　九編八巻　国安画【第44回／通俗本中編巻21】
十編上帙四巻　国安画【第46回／通俗本中編巻22】
◆正月、鶴屋出入りの摺師類焼。
◆初編再板。誤刻多く、翌年馬琴が校訂する。
天保2年　十編下帙四巻　国安画【第49回／通俗本中編巻23】
十一編八巻　国安画【第52回／通俗本中編巻24】
◆『新編金瓶梅』（国貞画。板元甘泉堂）刊行開始。
◆4月、『水滸後伝批評半閑窓談』を著す。
天保3年　十二編上帙四巻　国安画【第53回／通俗本中編巻25】
◆5月、「水滸伝発揮略評」を揮毫。
◆7月、歌川国安没。
◆9月、黙老の『水滸伝考』に補筆。

天保4年　十二編下帙四巻　　国安画【第55回／通俗本中編巻26】

◆12月、仙鶴堂の当主喜右衛門没。

天保5年　※刊行なし。

◆2月、鶴屋類焼。

天保6年　十三編上帙四巻　　貞秀画【第57回／通俗本中編巻26】

馬琴の長編合巻は、文政七年に初編を刊行した『金毘羅船利生纜《こんぴらぶねりしやうのともづな》』（英泉画。甘泉堂刊）を嚆矢とするが、『傾城水滸伝』の上梓予告はこれに先行している。

傾城水滸伝《けいせいすいこでん》　曲亭馬琴作 歌川豊国画　初編六冊

この合巻の絵草紙は、唐山《もろこし》の『水滸伝』に擬《なぞら》へて、且安田蛙文《あぶん》が『遊女五十人一首』の俤《おもかげ》を写したる、是この作者の新案なり。大約《およそ》一編を六冊三十丁の合巻として、当年の冬より年々《とし〱》一《チ》二編づゝ、出板す。抑《そも〱》合巻にして数編《すへん》なるは、只此一作のみに限れり。

右の記事は、文政五年刊行の短編合巻『月宵《つきよ》吉阿《よしお》玉之《たまが》池《いけ》』（豊国画。仙鶴堂刊）の上冊巻末に掲げられた、「文政五壬午春新鐫」と題する奥目録[2]に見えるものである。「合巻にして数編なる」ものとしては、すでに柳亭種彦の『正本製』（国貞画。文化十二年～天保二年、永寿堂刊）や、十返舎一九の『金草鞋』（月麿等画。文化十年～天保五年、錦森堂刊）などの先蹤が存した。しかし、中編連作や漫遊記の類は、馬琴の志向するところではなく、中国小説に摸した明確な筋立てを導入することによって、彼は草双紙に新生面を開こうとしたのである。

右引用に見える蛙文の『遊女五十人一首』（月岡雪鼎画。宝暦三年、大坂浪花屋忠五郎刊）は、史上名高い女性の肖像に、その詠草と略伝を添えた絵本である。『傾城水滸伝』との密接な関係は見出しづらいが、同書の下巻には「椋《くら》

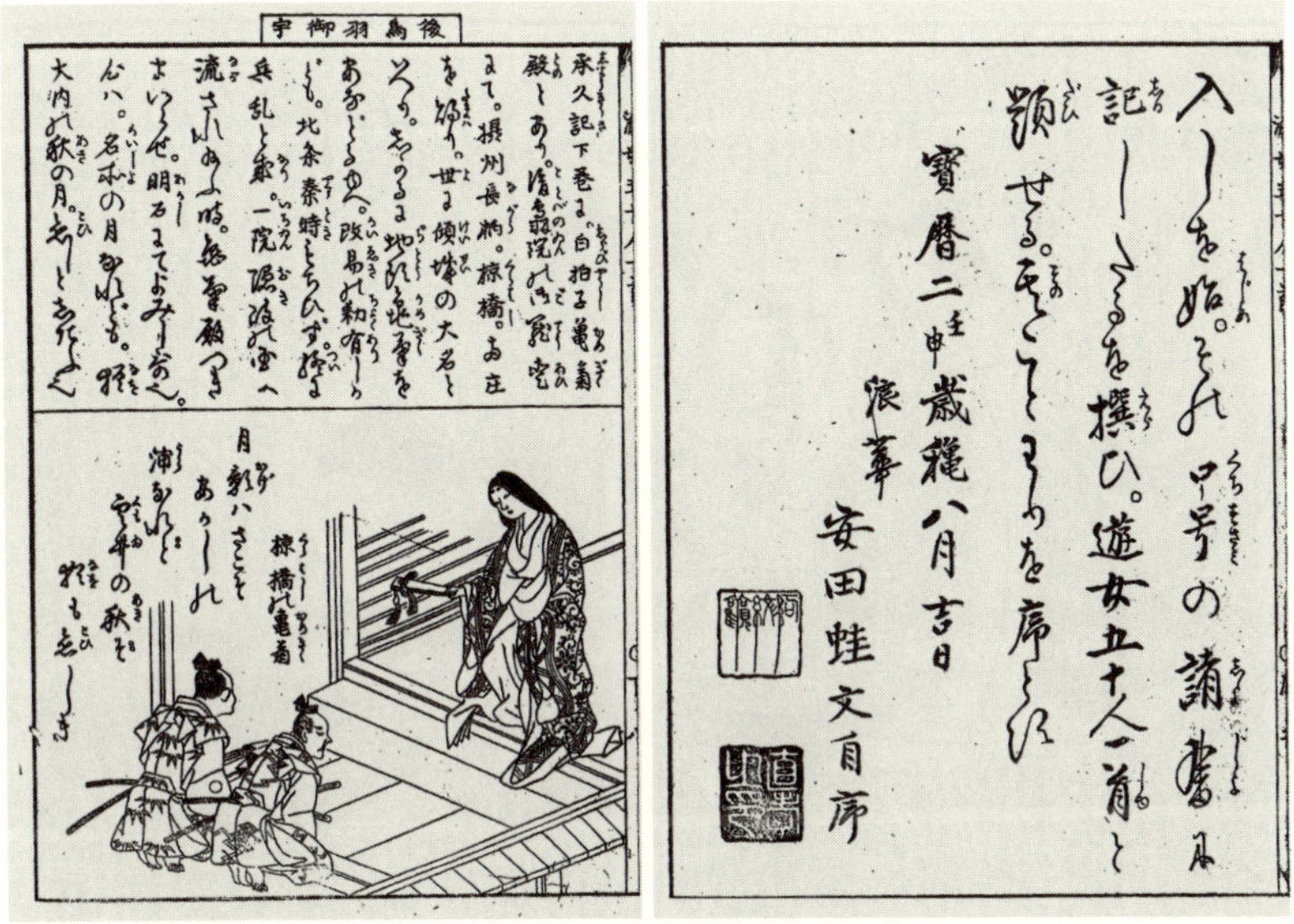


図１　『遊女五十人一首』序末・巻下８丁裏

橋《はし》の亀菊」が掲出されている（図1左）。亀菊は後鳥羽院の寵愛した白拍子で、『傾城水滸伝』の中では原作の巨悪高俅に擬された人物である（図2左中央）。また、原作の伏魔殿に相当する那智の傾城塚に祀られた、『万葉集』に見える五人の遊女（蒲生《がまふ》・土師《はじ》・婦《をとめ》・末珠名《すへのたまな》・狭古《さふる》）も、やはり『遊女五十人一首』の巻上に同じ順番で登場する。よって、馬琴が『傾城水滸伝』の冒頭部分を綴る際に、蛙文の絵本を参照していたことは確かである。

都には遊女亀菊、鎌倉には尼御台政子を配して、馬琴は「女主《によしゆ》と内奏」（三編自序）による政治の乱れを、物語の枠組みとして設定した。もとより、『承久記』に描かれた亀菊は、朝政を牛耳るような権力を有していないが、この架空の時代背景は、百八人の女武者という趣向とともに、読者である「婦幼」を強く意識したものであろう。

前掲の刊行予告とは異なり、実際に刊行された『傾城水滸伝』初編は、八巻四冊（四十丁）の編成であった。この分量増加については、作者馬琴の意志以上に、板元

図２　『傾城水滸伝』初編、13丁裏・14丁表

の商業的な思惑が影響していたのかもしれない(3)。初編の刊行時における世評について、林美一氏は「吉例通り正月二日に売り出した初編が、たちまち松の内の間に数千部を売尽くすという超ベストセラーになった。（中略）とうとう初編の板木を摺りつぶし、翌文政九年正月、早や早やと再板の運びとなり(4)」と説明している。しかし、氏はその拠るところを明示しておらず、馬琴の日記や書翰を徴しても、これを裏付ける記述は見出しえない。また、文政九年における再印は全面的な「再板」ではなく、摺付表紙の意匠を改め、各冊の前表紙見返し等を再刻したばかりであった。よって、林氏が記すところの信憑性には疑問が残る。

とはいえ、『傾城水滸伝』の初編が読者に好評をもって迎えられたことは確かである。同編の第二冊以降では、百八烈婦に数えられる浮潜龍衣手《ふせんりやうころもで》（九紋龍史進）や花殻《はながら》の阿達《おたつ》（花和尚魯智深）が登場して、原作の趣を本朝に写した「女の水滸伝」が展開されている。

## 二　『傾城水滸伝』と『水滸伝』の流行

文政十年刊行の『傾城水滸伝』第三編について、馬琴は篠斎へ宛てた書翰の中で以下のように記している。

一、『傾城水滸伝』三編、『金ぴら船』四編共、被成御覧候よし、御高評被仰下、忝承知仕候。生辰綱の処など、御賢察のごとく、聊心を用ひ申候のミ。何かハしらず、『水滸伝』ハ頻りに世の婦女子迄うれしがり、正月廿日迄ニ、六千部うれ候よし。板元大慾にて、当年ハ四編・五編ト、二ケ年ぶりヲ一度に書てくれろと責入申候。去ながら、女にしてさしつかえ候処多く、容易ニ筆もとりかね候故、辞退いたし候へ共、無理に頼れ、まづ当年は四編・五編と、八十丁書候て遣し候つもりニ御座候。其上、前板も八百九百通り位うれ候へバ、板元ハ大仕合ニ御座候。

（文政十年三月二日付書翰。①37）

同編第四冊で描かれる「生辰綱の処」、すなわち『水滸伝』第十六回の「智取生辰綱」を翻案した一段の中では、作品の構想に関わる大きな改変が行われている。原作における十万貫の生辰綱（誕生日祝いの金品）は、二代将軍頼家の息女三世姫《さんぜ》に変じ、『水滸伝』には相当する人物の見えないこの将軍遺児が、百八烈婦の「忠義」を尽くす対象となるのである。第三編の執筆に際して、馬琴が「聊心を用ひ」たのは、まさにこの点であった。

右書翰の記述は、この頃ようやく『傾城水滸伝』の人気が定着してきたことをうかがわせる。ここに言及された板元鶴屋の懇請を容れて、馬琴は同作の四・五編を、この年のうちに刊行せしめている。この両編から、装丁が「袋入上製本」に改められ、従来の錦絵表紙を廃して、簡素な模様入りの厚表紙に変更された。その代わりとして、二冊ずつを包む袋の図様に意が用いられることになり、四・五編の袋には、以下のような文言が記されている。

『傾城水滸伝』、年々御評判宜鋪、板元製本繁昌仕、冥加至極大慶奉存候。依之、作者曲亭翁江相頼、当年は四

編・五編引続出板仕候。翁別而被骨折候妙作に御座候処、是迄並合巻に仕候間、表紙・絨等損じ易く、追々御求御所持被遊候御得意様方御為にも不宜之由、及承候に付、当年より上本に仕、表紙・仕立等、格別念入、直段之儀は並合巻同様下直に奉売上候。尤此四編・五編は不及申、毎編上本にのみ仕、後々迄も並合巻には不仕候間、向寄之本屋にて御求被成下候様奉希候。

書林并ニ地本江戸暦問屋　通油町　仙鶴堂老舗鶴屋喜右衛門敬稟

名義こそ「鶴屋喜右衛門」であるが、この一文も馬琴が代作したものであろう。初編から三編までが改装されて、新刊分と同じく袋入りになるのも、おそらくはこれ以降のことと思われる。

文政十年における改装の内情を、馬琴は同年十一月二十三日付の篠斎宛書翰（①39）において語っているが、要は板元仙鶴堂の商策にもとづく処置であり、それに伴い馬琴の潤筆料も上昇した。(5) それでも『傾城水滸伝』の人気は衰えず、ついには本章冒頭に掲げたような、『水滸伝』の流行を惹起したのである。その渦中にあった馬琴は、江戸の地における『水滸伝』盛行のさまを、右と同じ書翰の中で以下のように記している。

右『けいせい水滸伝』、はやり候に付、『水滸伝』のにしきゑ、百枚出申候。この外、狂歌のすり物などにも、女すいこ伝の画多く、髪結床の障子・暖簾などにも、『水滸伝』の画をかき候世情に成り候。夫故、通俗本ヲひらがなに直し候写本の『水滸伝』、処々の貸本屋にてかし候処、此節『水滸伝』の元ト(もと)をしらぬ男女、ひたものかりて見候故、写本の『通俗水滸伝』、甚よくかせ候よし也。（中略）此節、女の気づよきものを、アレはけいせい水滸伝じやなど、申候。御一笑。

図3は、『傾城水滸伝』第四編中の一図であり、中央に描かれた赤頭《あかがしら》の味梟《あぢがも》は、背後の髪結床に立ち寄り、直前にすれ違った女（春雨の大箱。原作の宋江に相当）の素性を尋ねている。ここで髪結床の暖簾に描かれているのは、

『水滸伝』の好漢赤髪鬼劉唐であり、味梟はこの劉唐に擬された烈婦であった。この挿絵には、明らかに当時の『水滸伝』流行が当て込まれており、ここからも作者馬琴の得意を看取することができるであろう。東洋文庫に現存する稿本の当該部分を見ると、絵師国安が馬琴の意匠を忠実に再現していることが確認できる。

## 三　諸板元の動向

この流行に乗じて、歌川国芳は「『水滸伝』のにしきゑ」、すなわち「通俗水滸伝豪傑百八人之一個」と題する一連の大判錦絵を、両国の加賀屋吉右衛門から刊行して評判を取っている。この錦絵は、現在までに七十四図が知られるばかりで、全百八人を網羅しなかったようであるが、(6)「武者絵の国芳」の名を一躍高からしめた。

図3　『傾城水滸伝』第四編、29丁表

また、特に漢籍の買い入れ先として、馬琴とも交流の存した十軒店の書肆万笈堂英平吉も、この流行に便乗すべく、馬琴の旧作『新編水滸画伝』初編（北斎画。文化二・四年、衆星閣等刊）の板木を買い入れて、その再摺を企てた。馬琴は平吉からの依頼で、『傾城水滸伝』四・五編の執筆・校正の合間に、『水滸画伝』の補刻部分二十八丁を校訂している。これに対する英屋からの謝礼は、「かすていら一折」であった（十一月四日日記）。

この折に英屋は、馬琴に『画伝』二編以降の嗣作をも願い入れたが、これはあえなく拒絶されている。文政十年の時点では、馬琴の奉ずる「勧懲」という尺度に照らすと、『水滸伝』は決して彼の意を満たす小説ではなかった。ゆえに馬琴は、『水滸画伝』における翻訳の続行を肯んじなかったのであり、『傾城水滸伝』の編述に際する改作の眼目も、やはりこの点に存したのである。

翌文政十一年二月、英屋は再摺『水滸画伝』の補刻本を売り出すが、予想に反してさしたる評判にはならなかった。

まことの『すいこ伝』の本ハ、却てうれしがり不申候。女子どもハ、唐人故おもしろくない、すぢも『けいせい水滸伝』とおなじやうじやから、『けいせい水滸伝』ヲ見る方がよいと申候よし。

（文政十一年三月二十日付篠斎宛書翰。①42）

それでも万笈堂は文政十二年、高井蘭山による『水滸画伝』の第二編前帙や、北斎の絵手本『忠義水滸伝画本』（内題「百八星誕肖像《すいこでんゆうしのゑづくし》」）、高知平山（一三二）施訓・語釈の『聖歎外書水滸伝』（七十回本の十一回まで）などを相次いで刊行している。同時代の学者からも、その鑑識眼を高く評価された平吉にとって、『水滸伝』ブームは絶好の商機と感じられたのであろう。しかし、前掲諸書に対する馬琴の評価は、いずれも芳しいものではなく、特に蘭山の『水滸画伝』については、「通俗本同様之処多く、一向に骨の折れぬものニ御座候。（中略）只『水滸伝』のすぢのミ、書つらね候までに御座候」（文政十二年二月十一日付篠斎宛書翰。①49）と難じている。

英平吉は文政十三年十月に五十一歳で没し、『聖歎外書水滸伝』や『新編水滸画伝』は、未完のまま放擲された。のちに『水滸画伝』の板木は、未刊の稿本や北斎の画稿と共に、大坂の河内屋茂兵衛へ売却され、同書は天保四年以降、同書肆から続刊されている。読本『開巻驚奇侠客伝』の板元でもあった河内屋茂兵衛は、不評であった蘭山訳文の改稿を馬琴に依頼したが、この際にも承諾は得られなかった（天保三年六月二十一日付篠斎宛書翰。②37）。

『傾城水滸伝』の板元である鶴屋喜右衛門も、『水滸伝』流行の機運に無関心であったはずがない。文政十一年には、九月二十三日における『傾城水滸伝』第六編上帙の売り出し以降、十二月十六日までに三編十二冊を連続して刊行している。図4に掲げたのは、この年の鶴屋の広告であるが、馬琴の旧作『絵本漢楚軍談』（重政画。文化元・三年初刊）を除いて、いずれも題号に「水滸伝」を含む点が目を引く。

ここに見える『稗《ゑ》史《ほん》水滸伝』（刊本では「よみほんすいこでん」）は、鶴屋が蔦屋・西村屋等と分担して刊行した、『水滸伝』の抄録合巻である。京伝に『水滸伝』の抄録黄表紙『梁山一歩談《りやうざんいっぽだん》』『天剛垂楊柳《てんがうすいやうりう》』（寛政四年、耕書堂刊）(7)の作がある縁により、弟の山東京山がこの合巻の編訳を担当した。

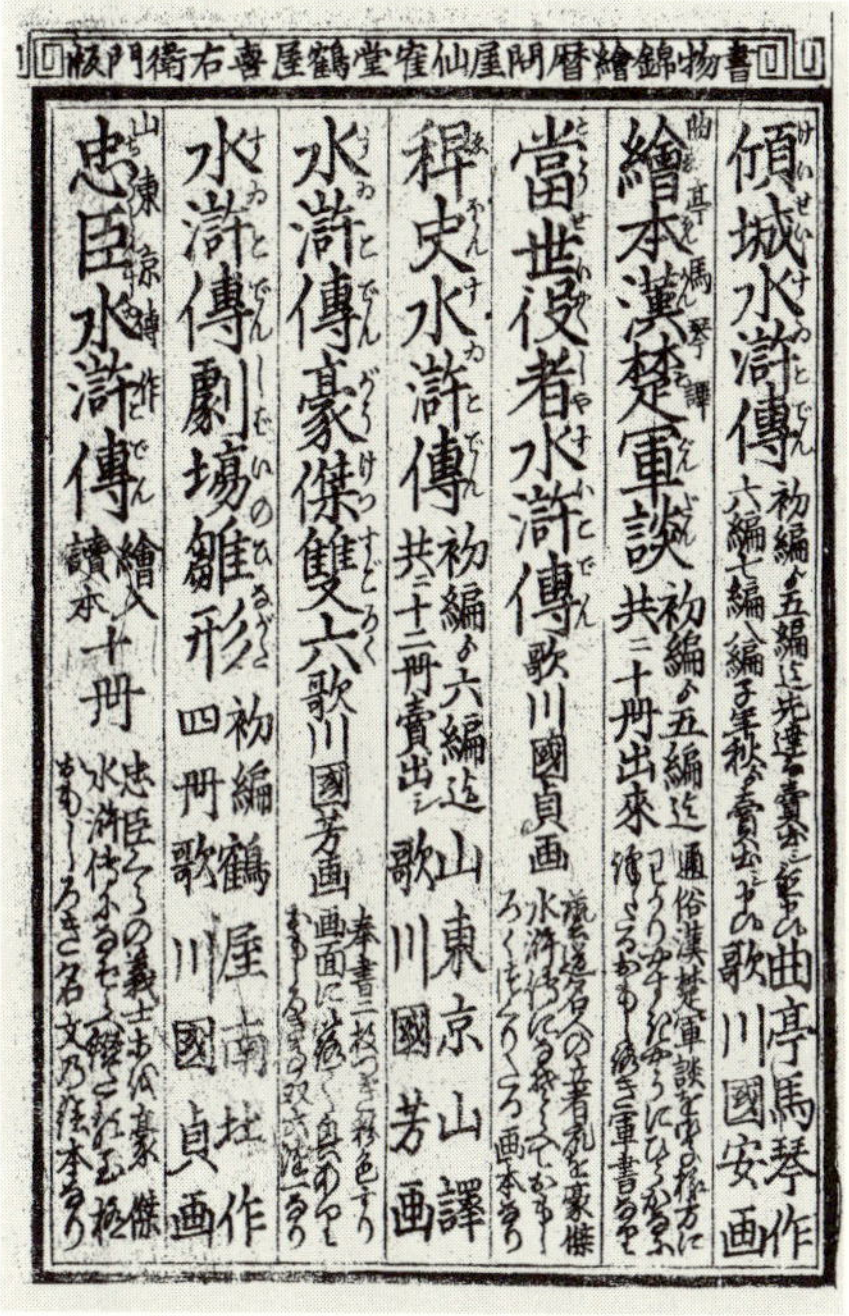

図4　文政十一年鶴屋目録

しかし京山の訳文は不評であったため、同書は『国字《かながき》水滸伝』と改題の上、柳亭種彦から笠亭仙果・松亭金水へと書き継がれたが、嘉永四年刊行の第二十編をもって中絶する。(8)

この『稗史水滸伝』や「水滸伝豪傑双六」(9)の画工である国芳は、『絵本漢楚軍談』再摺本の袋絵をも描いており、『水滸伝』の流行に乗って頭角を現わした国芳を、盛行の火付け役となった仙鶴堂が登用した格好である。

なお、江戸読本の濫觴となった、京伝の『忠臣水滸伝』（重政画。寛政十一年・享和元年、仙鶴堂刊）は、「幕末～明治初年頃の（中略）上方版に至るまで、江戸書肆の手に成る後印本は存在しないようである」（読本善本叢刊『忠臣水滸伝』大高洋司氏解題。平成10年、和泉書院）とされているが、あるいは文政末年に、鶴屋みずから若干部数を再摺したのかも知れない。

## 四　長編合巻の盛行

文政十一年末における『傾城水滸伝』の三編連続刊行と前後して、板元鶴屋は初編から三編までの「再板」を企図している。

『傾城水滸伝』、初編より三編迄、此節再板ニ取かゝり候。板元物入をいとひ、初板ヲおつかぶせぼりニ致し度存候へ共、最初のすり本、板元ニ無之。依之、先年娘共へ遣し置候校合ずりをとりよせ、ほり極わろき所ハ、書直させ候つもり、筆工江談じ遣し置候。昔より、草ぞうし合巻類の再板ハ無之、板元の僥倖、古今未曾有と中事ニ御座候。（文政十二年二月十一日付篠斎宛書翰。①49）

天保二年刊行の第十編下帙においても、馬琴はその巻頭自序の中で、「春の二《に》色《しき》の梅さくら木に、摺潰したる初編より、三編までを再板は、又あろかいなと板元の」と記しており、三編までの「再板」は履行されたかのごとくである。しかし、『江戸作者部類』巻二（四十六丁表）の中で、「再刻」と明記されるのは初編のみであり、二・三編の再板は行われなかったものと思しい。また、右引用の「古今未曾有」という一語からも、先に言及した文政九年における『傾城水滸伝』初編の再板が疑問視される。

初編再刻本の最終丁（四十丁裏）には、「先板摩滅につき再板いたし、当文政十四年（筆者注、天保二年）辛卯春正月より発販」と記されている。しかし、馬琴は同本を天保二年五月に校合しており、実際の刊行はこの校合本が鶴屋に手渡された、同年八月五日以降のことだったのではあるまいか。

二編・三編の再板は頓挫したと思われるものの、『傾城水滸伝』の新板は相変わらず売れ続けた。仙鶴堂の主人喜右衛門は、毎年みずから馬琴のもとへ年礼に訪れて、金百疋程度の年玉を持参することを恒例としたが、文政十二年にはこれに添えて、『傾城水滸伝』の好評に対する「謝物」として、金三両を別途差し出している（正月七日日記）。この年は三編連続刊行の直後ゆえに、喜右衛門も奮発したのであろうが、翌々天保二年にはやはり「謝礼」として一両二分、同三年には「肴代」の名目で金二百疋を、それぞれ馬琴に納めており、評判作の刊行を滞らせまいとする、板元の腐心が見て取れる。

その一方で、鶴屋は文政十二年から、種彦の長編合巻『修紫田舎源氏』の刊行を開始している。喜多村信節は『きゝのまに〳〵』の中で、「板本横山町鶴や《ママ》は、元より家業難渋にて、源氏の草さうしを思ひ付て、柳亭を頼み作らせしが、幸に中りを得て(10)」と記しており、『田舎源氏』を企画立案したのは鶴屋主人であったのかも知れない。かくて、馬琴と種彦とが牽引する、長編合巻の時代が到来した。

『田舎源氏』の盛行には馬琴も心中穏やかでなく、同作を賞賛する篠斎に対して、その文体や絵柄、あるいは言葉書きのないことなどを難じ、そこから自身の優位を確認せずにはいられなかった（天保二年四月十四日・二十六日付書翰。②3・4）。

鶴屋の成功を羨んだ書肆たちは、やはり中国白話小説を題材とした合巻の執筆を、こぞって馬琴に申し入れている。これに応じた馬琴は、文政十二年に『風俗金魚伝』（国安画。錦森堂刊。天保三年完結）と『漢楚賽擬選軍談』（国直画。永寿堂刊。天保二年中絶）の刊行を開始した。

『金毘羅船利生纜』を続刊中であった甘泉堂和泉屋市兵衛も、馬琴に「女の忠臣ぐら」の企画を持ち込んだが拒絶され、代わりに『新編金瓶梅』執筆の約束を取り付けている（文政十三年正月二十八日付篠斎宛書翰。①56）。同作の刊行は天保二年に始まり、二集以降は『田舎源氏』と同じ歌川国貞が画工に起用された。この『新編金瓶梅』は、『水滸伝』の外伝的な性格を有する艶情小説『金瓶梅』の翻案であるが、原作を大幅に逸脱して、『水滸伝』における行者武松の物語をも多く摂取している（本書第三部参照）。

## 五　白話小説への回帰

文政期における自身の白話小説離れについて、馬琴は以下のように述懐している。

寛政の末より文化中は、追々俗語小説ものかひ入、五六十部にも及び候処、（中略）文化の末より見識かはり、小説ものはうつとうしく覚候間、追々有用の他本と交易いたし、只今は三ケひとつも無之、只端本など、少し残し置候のみ、をしき事をいたし候也。其節は小説をよみ立候而、趣向に用ひ候より、新に趣向を案じ出し候がはやく候故、只なぐさみに見候のみに御座候間、貪着不致候処、近来は又元の麓へ立もどり、俗語小説も有益不少事御座候間、又ほしく成り、少々ヅヽかひ入候半と存候へば、高直に付、手のとゞかぬもの、多く御座候。（天保三年四月二十八日付篠斎宛書翰。②33）

『傾城水滸伝』をはじめとする長編翻案合巻の執筆は、白話小説に対する馬琴の興味を再燃させたものと思われる。文政十一年正月十七日付の篠斎に宛てた書翰（別翰。①41）の冒頭で、馬琴は「尚々、小説のつゞきもの、おもしろキを御蔵弆被成候ハヾ、拝見仕度候。合巻もの、たねニいたし度候」と記している。

これ以降、篠斎から数多くの白話小説を借り受けた馬琴は、実際に幾つかの小説の趣向を、自作の中に取り入れているが、その摂取は「合巻もの」のみにとどまらない。読本『近世説美少年録』（文政十二年～天保三年、文渓堂刊）の主たる趣向源である『檮杌間評』や、『開巻驚奇侠客伝』（天保三年～六年、群玉堂刊）の中で利用された『好逑伝』もまた、篠斎から借覧した白話小説であった。(11)

天保期初頭の馬琴は、白話小説の評論にも熱心であり、天保二年には『水滸後伝批評半閑窓談』を著し、同四年には『三遂平妖伝国字評』と『続西遊記国字評』とを編んでいる。これ以外にも、篠斎へ小説を返却する際、その短評を綴って謝礼がわりに進呈することもあった。このように、馬琴が白話小説の批評に興趣を覚えたのも、『傾城水滸伝』の盛行と無関係ではなかったのである。

馬琴がまとまった『水滸伝』の評書を著すことはなかったが、篠斎のために揮毫した「水滸伝発揮略評」（天保三年五月）(12)や、木村黙老の『水滸伝考』に対する追記（同年九月）、あるいは『傾城水滸伝』各編の自序などから、天保期における馬琴の『水滸伝』観の概要をうかがうことができる。特に『傾城水滸伝』の自序は、編次を重ねるごとに、原作『水滸伝』に対する評論の色彩が強まり、文政十二年刊行の第六編以降は、その分量も半丁から一丁に倍増されている。

「稗史なる宋江は、初《はじめ》は循吏、中《なかば》は反賊、後《のち》に至《いたり》て忠臣たり」と、「水滸三等観」が宋江の身の上に即して初披露されたのも、『傾城水滸伝』第八編の自序においてであった。(13)第十二編の自序では、自作の義女烈婦に、この「初善・中悪・後忠」の三等を設けず、「残忍不仁に至ること」をなからしめたのは、「作者の用心」であると誇っている。

白話小説を翻案する際に馬琴の行う改作は、多くの場合原作に対する批評意識に裏打ちされており、それが合巻においては、読本以上に直截な形で表現されることが多い。よって、特に『傾城水滸伝』や『風俗金魚伝』『新編金瓶梅』などの馬琴合巻は、原拠作に対する「創作の形で示された評論」としても読みうるのである。

## 六　鶴屋の衰微と『傾城水滸伝』中絶

天保元年とその翌年、『傾城水滸伝』は一編半六十丁ずつが刊行されている。文政十二年（実際には前年末）における三編連続刊行からすれば、その進捗速度は半減したわけであるが、それでも鶴屋は他の板元に較べて、馬琴から分量的に優遇されていたといえる。

天保三年は板元の側で彫刻が間に合わず、十二編上帙二十丁のみの刊行となった。この年七月には画工の国安が病没し、複数の合巻を彼の筆に委ねていた馬琴は、「已来差支ニ及ぶべし」（七月二十四日日記）と、自作の続刊を危ぶんでいる。この影響もあって、翌年正月に向けて刊行された『傾城水滸伝』は、天保二年中に稿了していた十二編下帙ばかりであった。

第十三編上帙は、天保四年八月二日に起筆され、二か月余を経た十月十一日に稿し終えられている。当初は「とかく気分不進」（八月九日日記）、板元に執筆断念を申し入れたが、鶴屋からの懇請を受け、辛くして綴り果せたものであった。このように馬琴の筆が滞ったのは、「第五十回より下《しも》は、軍陣の事甚《はなはだ》多かり。（中略）係《かゝ》る故に這《この》篇より、闘戦《たゝかひ》の段に至る毎《ごと》に、画《ゑ》を略して文を具《つぶさ》にす」（自序）という、物語の内容にも一因が存したのであろう。

同編の執筆最中であった九月六日、仙鶴堂主人が画工の貞秀を伴って著作堂を訪れている。その来意は、「已来草紙画、拙作分画キ申度よしの頼」（同日日記）であり、馬琴はこれを容れて、貞秀を『傾城水滸伝』の後継画工に定めた。しかし、第十三編上帙における貞秀の挿画は、国安のものに較べて明らかに見劣りがする。この点に関する馬琴の言説は見出しえないが、彼もその伎倆には決して満足していなかったと思われる。(14)

この年の十二月、仙鶴堂の当主喜右衛門が四十六歳で没した。この喜右衛門は、京都仙鶴堂の江戸出店時代から数えて五代目、安永六年（一七七七）に没した小林鶴右衛門が江戸地本問屋として独立してから三代目の当主とされる。『傾城水滸伝』と『偐紫田舎源氏』とを発刊して、長編合巻の時代を招来した三代目喜右衛門について、馬琴は『近世物之本江戸作者部類』赤本作者部の中で、特にその伝を立てている。

（前略）この仙鶴堂は、その三四歳の比より、已レ相識るもの也。性として酷《イタ》く酒を嗜みたる故にや、天保四年癸巳の冬十二月十日未牌、暴疾にて身故《ミマカ》りけり〔卒中なるべし〕。享年四十六歳也。折から歳暮の事なれば、当夕みそかに寺へ送りて、葬式は明春正月下旬にこそなど聞えし折、（以下略。巻一、四十一丁裏～四十二丁表）

父親である先代喜右衛門の小林近房は、江戸読本の成立期に、京伝と馬琴との競作を演出したとされる人物で、[15]文化年間（十四年か）に「瘋病」で没している。よって、文政年間から天保四年までの期間、馬琴書翰に出現する「鶴屋」は、近房の長男で江戸仙鶴堂三代目の喜右衛門（法名一雲院）である。仙鶴堂の跡目相続について、馬琴は天保五年二月十八日付の殿村篠斎に宛てた書翰（③41）の中で、以下のように記している。

先代鶴や主人ハ、瘦形の男ニ御座候。瘋病にて文化中病没。旧冬没し候鶴やハ、その長男ニて、野生ハその三四才の時より存居候ものニ御座候。当主人ハ弱冠にて、万次郎と申候。伴頭ニて叔母聟の嘉兵衛と申者、後見いたし申候。

この紛擾によって、『傾城水滸伝』第十三編上帙の刊行も大幅に遅延し、同帙は十月十四日にようやく売り出されたが、馬琴は同日の日記に「本仕立わろし」と、板元の不手際を記し留めている。

『傾城水滸伝』の刊行は、この十三編上帙をもって中断される。その最終丁に描かれるのは、初編以来の登場人物で、読者にもなじみ深い花殻の阿達が、人聚《ひとよせ》の友代《ともよ》（李忠に相当）らを救うべく、信濃を目指して出陣する場面であった（図5）。

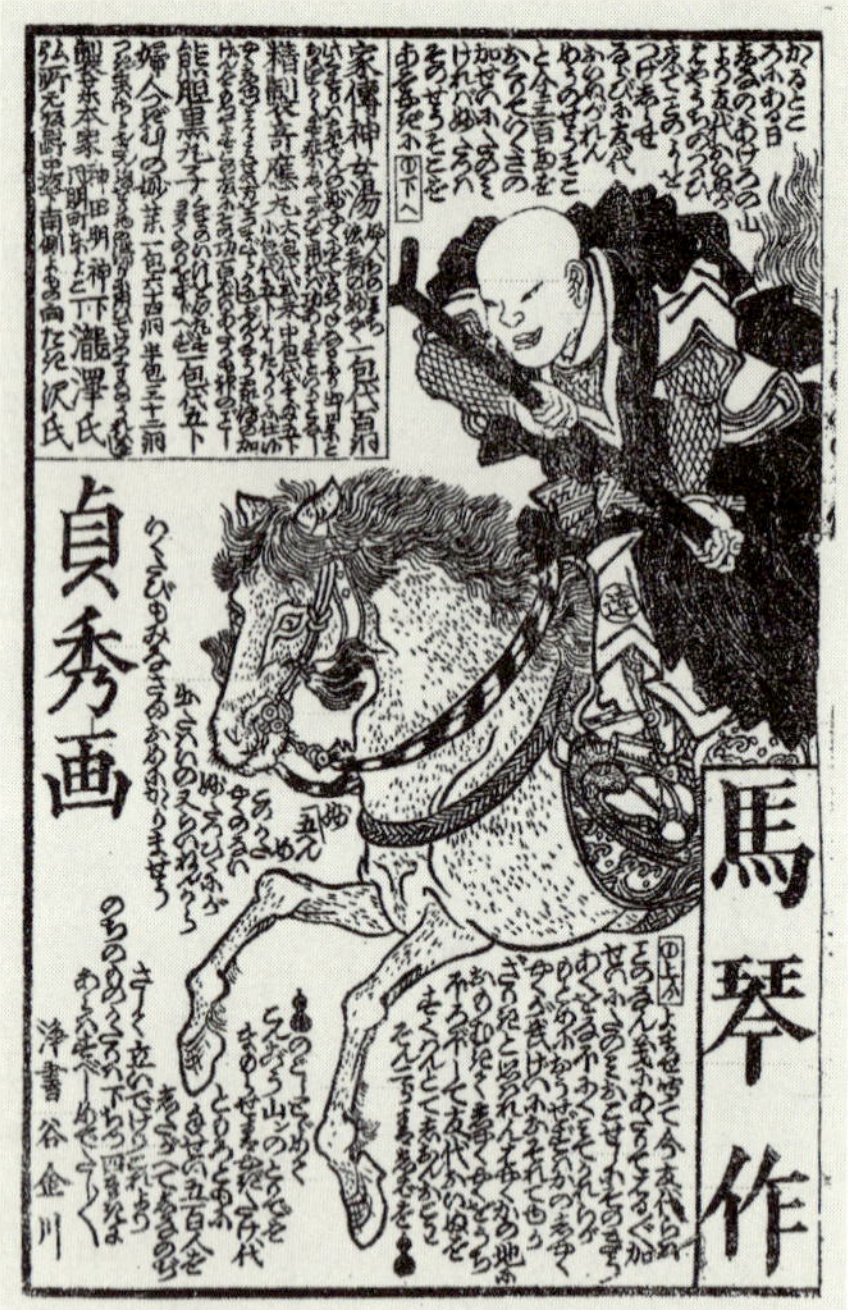


図５　『傾城水滸伝』第十三編上帙、20丁裏

　天保六年五月八日における一子宗伯の病没や、馬琴自身の失明など、作者の側にも悪条件が重なったが、それ以上に『傾城水滸伝』の続刊を阻む大きな要因となったのは、鶴屋の手代嘉兵衛に対する馬琴の不信であった。その詳細は不明ながら、馬琴は嘉兵衛の「不実のいたし方」（天保七年三月二十八日付篠斎宛書翰。④43）が許容できなかったのである。天保七年八月、両国万八楼で馬琴が書画会を催した際、嘉兵衛は丁子屋・和泉屋らとともにその手伝いをしているが、それでも馬琴の不信が晴れることはなかった。

　一方、先代の死没と度重なる類焼とに災いされて、板元鶴屋の経営状況も決して良好ではなかったようである。天保八年には、「笠翁《りつおう》新奇十種曲」と題して、馬琴の黄表紙十作を、国芳の挿画で再刻することを企てたが、これは第一作の『視《みるが》薬《くすり》霞《かすみの》引《ひき》札《ふだ》』（原板は重政画、寛政十二年刊）を刊行したばかりで頓挫した。嘉兵衛という男は、先代ならびに先々代喜右衛門ほどの商才を持ち合わせなかったのである。

　さらに天保十一年八月には、鶴屋の当主万次郎が病死して、仙鶴堂の衰微に拍車をかけた。同年八月二十一日付篠斎宛書翰（⑤56）には、「右板元鶴喜も、『傾城水滸伝』彫候主人より今ハ三代ニ成り、当主人も其次男ニ候所、足気ニて当月上旬、廿六才にて病死致候間」と記されている。馬琴の記述は明瞭さを欠くが、おそらくこれは万次郎の病没に伴い、一雲院から数えて「三代」目の当主が、新たに立てられたという意味なのであろう。[16]同じ天保十一年の時点で、仙鶴堂の二枚看板ともいうべき『傾城水滸伝』と『修紫田舎源氏』の旧板は、いずれも質入れされており、再摺もままならない状況であった（同年六月六日・十月二十一日付篠斎宛書翰。④52・67）。ゆえに鶴屋は、天保十三年の改革に際会して、奉行所に召し上げられた『田舎源氏』の板木を、「金主三ケ所」から請け出す必要に迫られたのである（『曲亭遺稿』所収「著作堂雑記抄」）。

かたや『傾城水滸伝』は、絶板こそ命ぜられなかったものの、その板木はいつしか鶴屋の手を離れて、嘉永元年頃に両国の書肆大黒屋平吉の手に落ちた。[17]平吉から続筆を要請された馬琴は、同年九月から翌月にかけて、お路に『傾城水滸伝』を代読させているが、これも恐らくは嗣作の下準備だったのであろう。馬琴が没したのは、この年十一月六日のことであり、彼は『傾城水滸伝』の続刊に、死の間際まで心を掛けていたことになる。

馬琴の没後、大黒屋は『傾城水滸伝』の続作を、『国字水滸伝』の編訳にも参加した笠亭仙果に依頼し、嘉永三年から『女水滸伝』と題号を改めて刊行している。同作は安政二年に完結するが、所詮は結末を急いだ拙作であり、馬琴の腹案を正しく継承したものではなかった。

## おわりに

仙果とともに『国字水滸伝』の述作に加わった松亭金水は、天保六年刊行の『太平楽皇国性質《みくにかたぎ》』（群玉堂刊）において、『傾城水滸伝』には「風俗を乱るの患《うれえ》」があるとし、「婦人が見るべきものにあらず」と決めつけている。馬琴は同書の存在を、弘化二年に小津桂窓から告知されたが（九月十三日桂窓宛書翰。⑥35）、その内容を太郎に代読させて聞いたのは、同五年二月（同月二十八日に嘉永と改元）のことであった。金水の難詰に対する駁論を、馬琴は『著作堂雑記』の中に記し留めており、ここで馬琴は「一時の幻境」という言葉を用いて、『傾城水滸伝』には風俗を害する恐れのないことを主張する。

「幻境」の語は、『椿説弓張月』前編（文化四年、平林堂刊）自序や、『昔語質屋庫』（文化七年、文金堂刊）巻二、『犬夷評判記』（文政元年、山青堂等刊）上之巻などに、「理外の幻境」として見えており、小説的・非現実的な仮構を表わす言葉として、馬琴が好んで用いるものである。彼は「婦幼」の興趣をそそるために、男女逆転という「幻境」を敢えて弄してみせたのであり、近代の評者が指摘する、趣向の無理や人物の異様さといった欠点も、作者馬琴の想定範囲内であったに違いない。性の転換という一事をもって、安易に化政期以降の頽廃した世相と結びつけるばかりでは、この合巻の本質には迫りえないであろう。

『水滸伝』の物語を忠実にたどりつつも、登場人物の性別を逆転させ、しかも勧懲に合致させるという、『傾城水滸伝』の創作は、極めて知的な営為である。自身の本領を読本に見出していた馬琴ではあるが、草双紙ゆえの気安さも手伝って、奔放な想像力を駆使しながら、『傾城水滸伝』の執筆を楽しんでいたことであろう。作者の愉快は、原作を知らない同時代の読者にも、好意的に受け入れられたのである。

本格小説である「読本」とは異なり、合巻をはじめとする草双紙は、視覚に訴える様式であった。画面を生き生きと駆け回る『傾城水滸伝』の義女烈婦たちが、当時の読者を熱狂させたというのも、決して馬琴の誇張ではあるまい。『水滸伝』流行を巻き起こした、馬琴の『傾城水滸伝』は、「まことの水滸伝」が持ち合わせない、様々な魅力を有していたのである。

**注**

（1）引用は佐藤悟氏「木村黙老著・曲亭馬琴補遺『水滸伝考』―解題と翻刻―」（実践国文学52。平成9年）による。

（2）引用は国立国会図書館蔵本による。水野稔氏「馬琴の長編合巻」（『江戸小説論叢』所収）に引用された、「文政五年ごろの板元鶴喜の広告」と同一のものであろう。

（3）文政末年、合巻の単位が六冊から四冊（もしくは八冊）に改められたが、これは地本問屋間の「本替え」における不利な交換を回避するためとされる。佐藤悟氏「草双紙概略」（『東京大学所蔵草双紙目録』五編所収。平成13年、青裳堂書店）参照。

（4）江戸戯作文庫『傾城水滸伝』初編（昭和59年、河出書房新社）解説。ただし林氏も、「国芳の秘板　水滸伝と浮世絵」（浮世絵15。昭和40年）や、河出文庫版『江戸の枕絵師』（昭和62年、河出書房新社）の「江戸っ子水滸伝歌川国芳」においては、資料的にも裏付けの取れる文政十二年の初編再板にしか言及していない。

（5）「袋入上製本」への改装に伴い、文政十二年刊行分から、一編四十丁の潤筆も五両に値上げされている。佐藤悟氏「馬琴の潤筆料と板元―合巻と読本―」（近世文芸59。平成6年）参照。

（6）鈴木重三氏『国芳』（平成4年、平凡社）一九三頁に、その一覧が掲げられている。また、七十四図すべてを収録するものに、次の画集がある。

Inge Klompmakers. Of brigands and bravery: Kuniyoshi's heroes of the Suikoden. Amsterdam: Hotei Publishing, 1998.

（7）棚橋正博氏は、京伝の『水滸伝』翻案黄表紙執筆に馬琴の補助を推定しておられる。『黄表紙総覧』中篇（平成元年、青裳堂書店）、二四三頁。

（8）『稗史（国字）水滸伝』については、佐藤悟氏「『国字水滸伝』をめぐって」（国語と国文学58―9。昭和56年）に詳しい。

（9）鶴屋板「水滸伝豪傑双六」は、『原色浮世絵百科事典』第四巻（昭和56年、大修館書店）八五頁に掲出。国芳の

描いた水滸伝双六としては、他にも沢屋幸吉板の「豪傑水滸伝双六」がある。

(10)未刊随筆百種第六巻（昭和52年、中央公論社）、一四五頁。

(11)文政十三年（天保元年）の春、馬琴は篠斎から『好逑伝』を貸与されているが、これと前後して、みずからも同作を「懇意之書林」から買い入れている。馬琴の『好逑伝』披閲・抄録については、拙稿「曲亭馬琴「好逑伝脚色抄」解題と翻刻」（江戸風雅2。平成22年）参照。

(12)浜田啓介氏「『水滸伝発揮略評』と『水滸後伝国字評第六則』」（読本研究第四輯。平成2年）、ならびに『馬琴書翰集成』第六巻一九二頁以下。

(13)浜田啓介氏「近世に於ける小説評論と馬琴の「半閒窓談」」（『近世小説・営為と様式に関する私見』所収）、ならびに本書第二部第四章参照。

(14)後年、貞秀を『南総里見八犬伝』第九輯の画工に起用した際、馬琴は「果して拙画にて、看官評判不宜」（天保十一年正月八日付小津桂窓宛書翰別楮。⑤40）と不平を漏らしている。

(15)高木元氏「江戸読本の形成─板元鶴屋喜右衛門の演出─」。初出は昭和63年。『江戸読本の研究　十九世紀小説様式攷』所収。

(16)『馬琴書翰集成』の人名索引においては、天保十一年に没した鶴屋当主と万次郎とを別人として扱った。しかし、『日本古典文学大辞典』鶴屋喜右衛門項（今田洋三氏執筆）は、四代目喜右衛門の没年を「天保十一年」としており、この年に「廿六才にて病死」したのは、三代目（一雲院）の次男万次郎であったらしい。

(17)『傾城水滸伝』の後印本としては、別に釜屋又兵衛による『曲亭水滸伝』（二十五冊）がある。馬琴執筆部分のみの再印なので、あるいは大黒屋板に先行するかも知れない。

# 第二章　『水滸伝』の諸本と馬琴

## はじめに

『南総里見八犬伝』第二輯（文化十三年、山青堂等刊）巻之二の末尾で、馬琴は義実・伏姫父娘の物語を締めくくり、八犬士列伝へと移行するに際して、以下のように自注している。

作者云《いはく》、この書、肇輯《じやうしう》第一巻より、今この巻に至《いたり》ては、則《すなはち》、一部小説の開場、八士出現の発端なり。是《これ》より次の巻々は、年月相次《あいついで》ずして、いと後《のち》の事に及べり。その間《あはひ》に物語なし。譬《たとひ》ば彼《かの》『水滸伝』に、龍虎山《りやうこさん》にて洪信等《ら》が石碣《せきけつ》をひらくの段より、林冲等《ら》が出現まで、その間《あはひ》数《す》十年、物語なきがごとし。

（巻之二、二十八丁裏・二十九丁表）

ここで馬琴は、『八犬伝』第十四回と第十五回との間に、時間的な隔たりがあることを解説すべく、『水滸伝』第二回を引き合いに出しており、『水滸伝』が『八犬伝』の構成に与えた影響の大きさを、右の記述からも確認することができる。その後も馬琴は、『八犬伝』の結構を説明する際、多く『水滸伝』に言及している。

犬士の宿因は、看官《ミルヒト》既に知ること久し。しかれども犬士の是《コレ》を知らざるものある毎《ゴト》に、丁寧反覆して説《トカ》ざることを得ず。只その事は同《オナジ》けれども、その文はおなじからず。『水滸』『西遊《セイユウ》』にかゝること多かり。亦是《マタコレ》一部の鶏肋なり。

（天保三年刊、第八輯巻四下、十丁裏頭書）

抑這《そもこの》一巻両回《りやうくわい》は、『水滸伝』なる王慶の、小伝《しやうでん》の筆に擬したる歟、都《すべ》て八犬士の事に干《あづか》らぬ、肬贅《いうぜい》（左傍訓「〇イレコト」）の話に似たれども、是後回《これこうくわい》の襯染《したそめ》にて、這事《このこと》なくはあるべからず。

（天保六年刊、第九輯巻之四、二十八丁裏）

看官《みるひと》本伝の、『水滸』に摸擬せし所これあるを知れども、作者の用心始《はじめ》より、『水滸』に因《よ》ざるを知らぬも多からむ。然《さ》るをこゝにも、後世《こうせい》金瑞に相似《あひに》たる評者あらば、九輯《くしふ》軍旅の二三十回を、誣《しい》て続八犬伝として、吾筆《わがふで》ならずといふもあらん歟。

（天保十二年刊、第九輯巻之三十六、一丁裏）

このような発言が、天保期以降にわかに増加するのは、馬琴が『八犬伝』の結末に意を用いはじめたことのあらわれであり、また文政末年に『水滸伝』全段を貫く隠微として、「水滸三等観」が発見されたこととも無関係ではあるまい。

周知のように、『水滸伝』には複数の本文があり、記述の精粗によって文繁本と文簡本に大別されるほか、文繁本にも百回本、百二十回本、七十回本の区分がある。このことは、馬琴も早くから認識しており、随筆『玄同放言』第二集（文政三年刊）の中では、『水滸伝』の異板の多さを、我が国の板本『太平記』に譬えている。また寛政年間には、豊後佐伯藩に十八板の『水滸伝』が蔵されることも、すでに聞き及んでいたという（天保二年八月二十六日付殿村篠斎宛書翰。②8）。もっとも、市井の戯作者であった馬琴は、その見聞しうる範囲もごく限られたものであり、彼が生涯に目睹することを得た『水滸伝』の板本は、毛利高標の「十八板」に及ぶべくもなかった。

『八犬伝』の構成が、『水滸伝』を強く意識したものである以上、馬琴がどの時点でいかなる形態の『水滸伝』を披閲したのかは、『八犬伝』の構想や構成にも関わる重要な問題である。もとより、このような課題に取り組んだ先学も皆無ではなく、特に『水滸伝』諸本研究の専家白木直也氏は、その筆頭に挙げねばなるまい。しかし、白木氏の研究が公刊されてから、すでに四半世紀以上の時日が経過しており、この間に『水滸伝』の諸本研究は、日中両国で長足の進歩を遂げ、新資料の発見や公開によって、諸本の位置づけが改められた場合も少なくない。

本章では、改めて如上の課題に検討を加え、馬琴の『水滸伝』享受を通時的に概観しつつ、諸本の問題と関わる範囲内で、彼の水滸観にも言及する。なお、馬琴の目に及んだ『水滸伝』の続書や図像については、第五・六章で改めて論じることとした。

## 一　『水滸画伝』の「校定原本」

『新編水滸画伝』初編前帙（文化二年九月、衆星閣等刊）の巻頭には、二十四点の「編訳引書」に並べて、以下のごとき「校定原本」が掲出されている。

李卓吾評閲一百回〔和俗これを百回本といふ〕　金聖歎外書七十回〔二本あり。これを聖歎本といふ〕
卓吾評点一百七十五回〔これを李卓吾本といふ〕　水滸後伝四十回〔二本あり。今四十回本これを取る〕
翻刻二十回
（巻之一、序十七裏。図1）

もっとも、『水滸画伝』の執筆に際して、馬琴が右の五点をすべて机辺に備えていたわけではなく、実際に彼が所持していたのは「翻刻二十回」、すなわち和刻本『忠義水滸伝』の既刊部分ばかりであった。東洋文庫蔵『曲亭蔵書目録』には、唐本の『水滸伝』は一点も登録されておらず、馬琴はそれらを借覧によって繙読したようである。とりわけ、古宋遺民（陳忱）作の『水滸後伝』を、馬琴が享和二年における上方旅行の途次、名古屋の旅宿で慌ただしく披見したことは、旅行記『羇旅漫録』の中に記録されている（第五章参照）。

浜田啓介氏が検証されたように、『水滸画伝』の編述は件の和刻本を主たる拠り所としており、文化初年におけ

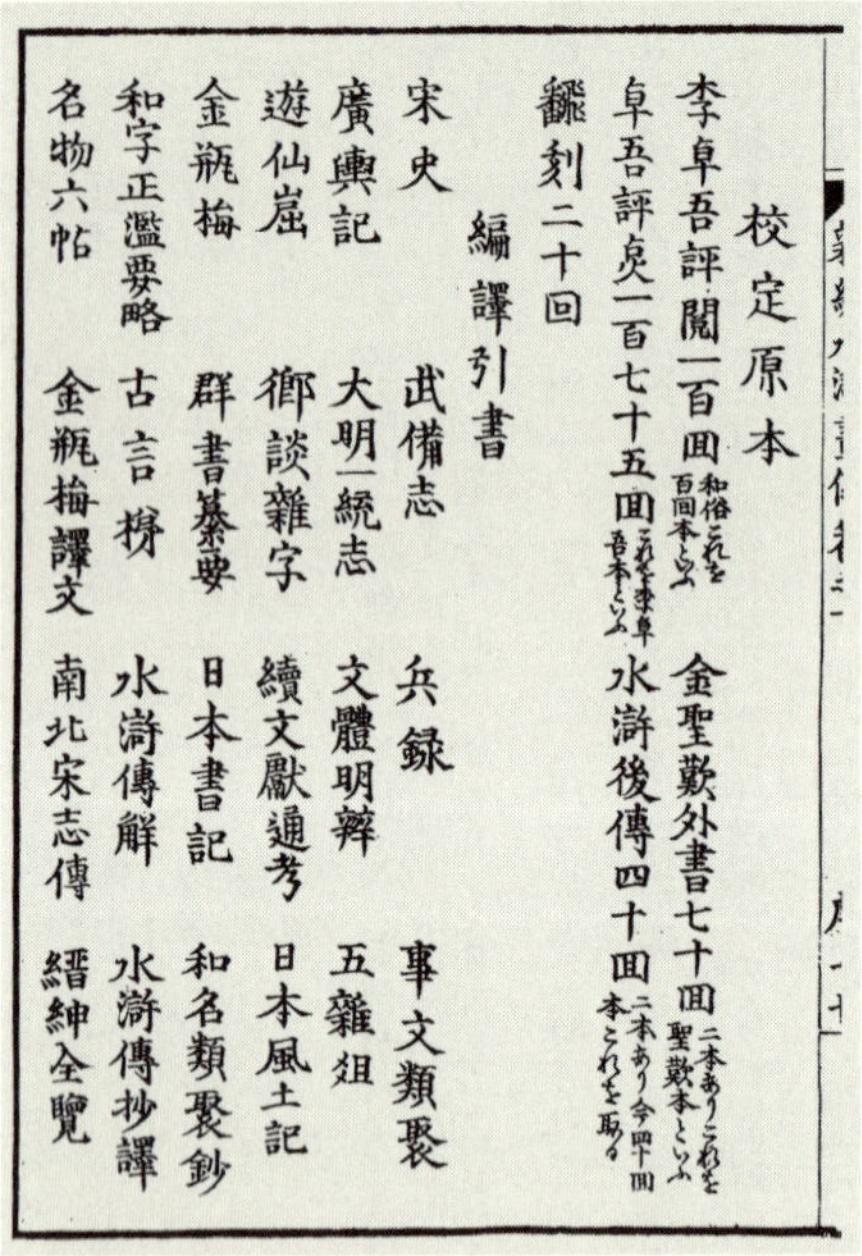

校定原本
李卓吾評閲一百回 和俗これを百回本といふ　金聖歎外書七十回 二本ありこれを聖歎本といふ
卓吾評㸃一百七十五回 これを李卓吾本といふ　水滸後傳四十回 二本あり今四十回本これを取る
飜刻二十回
編譯引書
宋史　武備志　兵録　事文類聚
廣輿記　大明一統志　文體明辯　五雜俎
遊仙崫　御談雜字　續文獻通考　日本風土記
金瓶梅　群書纂要　日本書記　和名類聚鈔
和字正濫要略　古言梯　水滸傳解　水滸傳抄譯
名物六帖　金瓶梅譯文　南北宋志傳　縉紳全覽

図１　『新編水滸画伝』初編巻一、序17丁裏

る馬琴の唐本『水滸伝』披閲は、「「校定」という作業の実質には遠いもの」であった[1]。しかし、右の諸本を目睹した経験は、馬琴が独自の水滸観を築き上げる基盤となったことは疑いを容れまい。また、右の諸本に「京本」（各丁絵入りの文簡本）と百二十回本『水滸四伝全書』とを加えれば、馬琴がその生涯で手にすることを得た、『水滸伝』諸本のほぼ全てである。書誌的な面に限定していうならば、『水滸伝』に対する彼の知見は、文化期以降大きく発展することがなかった。

以下本節においては、『画伝』の「校定原本」に掲げられた『水滸伝』諸本が、それぞれどのような形態を持つものであったのか、先学の研究を参照しつつ確認する。特に白木直也氏の所説は、本章でも度々引用することになるので、関連する論考を以下に列挙し、各々に記号を付して、参照する際の便法としたい。

Ａ　諸本研究の立場より見たる滝沢馬琴の水滸観　―水滸画伝校定原本を中心として―　日本中国学会報21。昭和44年

Ｂ　諸本研究の立場より見たる滝沢馬琴の水滸観　―水滸後伝との再会を契機に―　鳥居久靖先生華甲記念論集『中国の言語と文芸』。昭和47年

Ｃ　滝沢馬琴水滸画伝「校定原本」著録の刊本二種　―後伝と李卓吾本―　東方学19―4。昭和49年

（二）百回本（分巻本）

『水滸伝』の百回本は、一回ごとに「巻」を立てて本文を分かつ「分巻本」と、「回」のみで「巻」を立てない「不分巻本」とに大別され、分巻本が不分巻本に先行するとされている。分巻本を代表するのが容与堂本（万暦頃刊。北京図書館、内閣文庫等所蔵）であり、不分巻本には芥子園本（国会図書館所蔵）や遺香堂本（佐賀鍋島家旧蔵）、そして後述する和刻本『忠義水滸伝』の底本などが含まれる。(2)

白木氏は論考Aの中で、「校定原本」に掲出された「李卓吾評閲一百回」を、「彼土の所謂天都外臣序刻本」に近似する板本と推定した。この「天都外臣序刻本」は、書肆石渠閣が既存の板木を取得して、康熙五年（一六六六）に大規模な補刻を施したのち、他の書肆がさらなる改修を加えて刊行した分巻百回本であり、今日では「石渠閣補刊本」と呼び習わされている。(3)この石渠閣補刊本は鄭振鐸の旧蔵で、現在は中国国家図書館（旧北京図書館）に蔵されるが、同本に類似する伝本は、わが国内では確認されていない。

石渠閣補刊本には、内題の左側に「李卓吾評閲」の五文字を補刻した箇所があり、(4)この「評閲」の語が用いられた現存百回本は、石渠閣補刊本のみである。もっとも、該本には容与堂刊本のごとき各回末尾の総評はおろか、眉批（鼇頭評）・夾批（行間・行中評）の類すら施されておらず、件の補刻は李卓吾評本の盛行に便乗した、安易な改竄であった。

馬琴が披見した百回本は、後年の書翰に「青《ママ》盧所持之百回本」（文政十年三月二日付篠斎宛。①37）、「百回本ハ、静廬所蔵之他ニ見候事無之候」（天保十年九月二十四日付桂窓宛。⑤34）などと記されているごとく、北静廬（慎言）の蔵するものであった。馬琴の生涯において、目睹することを得た唐本『水滸伝』の百回本が、静廬所持の一本の

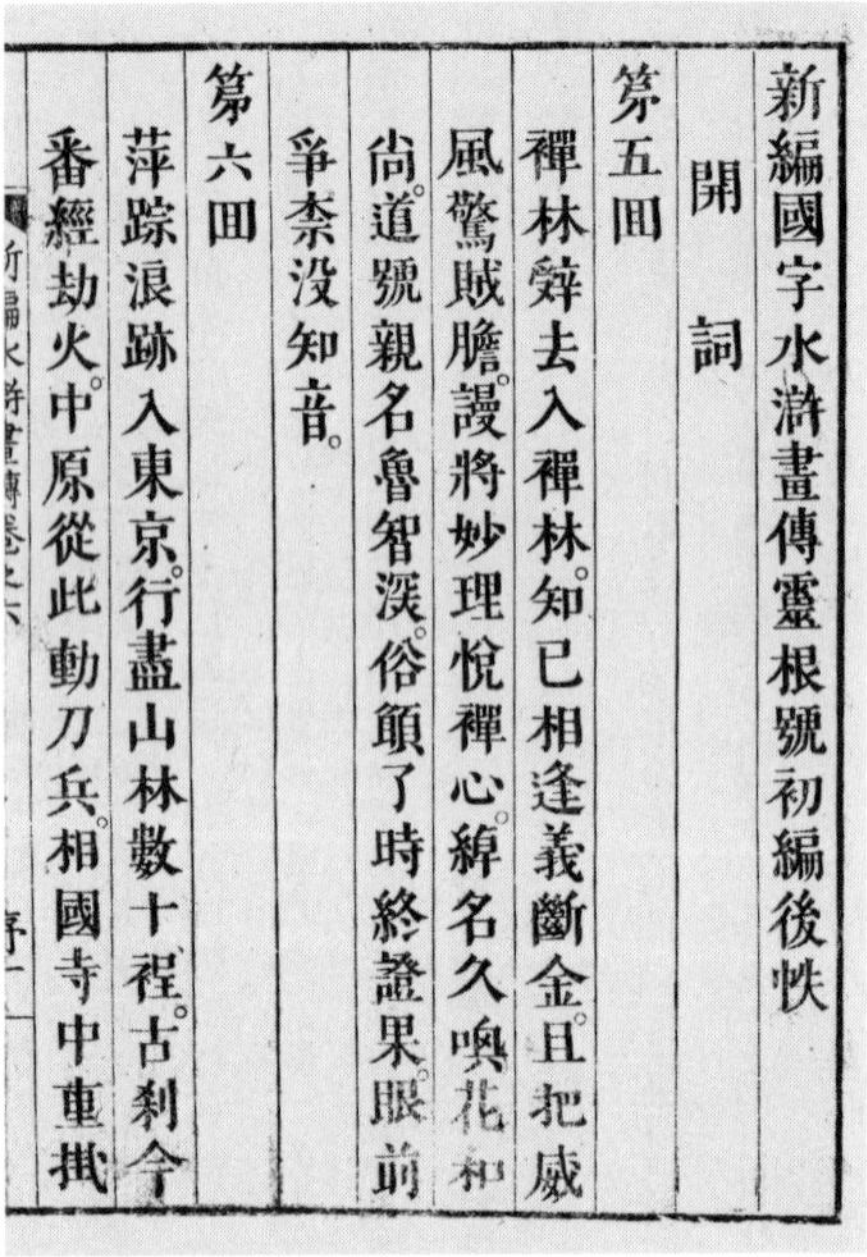
新編國字水滸畫傳靈根號初編後帙
開　詞
第五回
禪林辭去入禪林。知己相逢義斷金。且把威
風驚賊膽。謾將妙理悅禪心。綽名久喚花和
尚。道號親名魯智深。俗願了時終證果。眼前
爭奈沒知音。
第六回
萍蹤浪跡入東京。行盡山林數十程。古刹今
番經劫火。中原從此動刀兵。相國寺中重掛

図2　『新編水滸画伝』初編巻六、序1丁表

みであった事実は、記憶されるべきものである。『水滸画伝』の中で、「李卓吾評閲」百回本の利用をもっとも端的にうかがいうるのは、初編後帙（文化四年正月刊）の巻頭に掲げられた、第五回から十回までの「開詞」であろう（図2）。これらの開詞は、分巻百回本のみが各回の冒頭に掲出するものであり、同じ百回本でも、不分巻本においては省略、もしくは本文中に移して掲げられている。

この開詞が後帙のみに掲載され、前帙には見えないことから、浜田啓介氏は馬琴が百回本を披閲した時期を、『画伝』の「訳業の途中に及んでから」と推定された（『営為と様式』二五一頁）。しかし、『水滸伝考』補遺（天保三年九月稿。後述）における「一友人の蔵弆せしを、享和中に借覧したり」という記述に信を置くならば、馬琴の百回本披閲は、『画伝』の起筆に先行していたことになる。

『玄同放言』第二集の「詰金聖歎」には、「一友人の蔵弆《ぞうきょ》せる百回本は佳本也。その書の首巻闕《かけ》たれば、序目・出像は、いかなりけんしらず」（巻三之下、十八丁表）という一節があり、静廬所持本が不完全なものであったことが分かる。同本の編成は不明であるが、その欠損が序文や口絵のみならず、本文の冒頭にまで及んだ可能性は考慮する余地があろう。また、『画伝』後帙の冒頭における「開詞」の掲出は、序文や目録の代替という意味合いを持つものであり、形式的な不統一は、馬琴も敢えてするところだったのではあるまいか。よって、『水滸画伝』前帙に第四回以前の「開詞」が収録されない不体裁ばかりから、馬琴の百回本披閲の時期を引き下げることには躊躇を感じるのである。「校定原本」や「編訳引書」に掲げられた諸書を勘案しても、馬琴が未見の書を臆面もなく掲出するとは思われず、静廬の所持した百回本の借覧も、『画伝』の述作に先行するものと考えたい。もっとも、馬琴は文化七年刊行の『燕石雑志』巻之四（十二丁裏）においても、分巻百回本（巻二十五）の記事を引用しており、彼が静廬所持の百回本を借覧する機会は、一度のみではなかったかも知れない。

「詰金聖歎」の記事によると、静廬所持本は「佳本」であったが、現存する石渠閣補刊本は、本文約千三百丁のうち三百余丁が補刻であり、原刻部分にも多く「模糊字跡」な箇所が見受けられるという（注3馬幼垣氏論考）。よって、両本が同一である可能性は否定されるが、「李卓吾評閲」という馬琴の記述に信を置き、二本が近縁の関係にあると見なすならば、静廬所持本は以下のごとき特徴を持つ伝本と考えられる。

・「李卓吾評閲」という標記に反して、李贄の評語を持たない。この点から推せば、その原刊本は万暦頃刊行の容与堂本に先行するか。
・その印行は現存「石渠閣補刊本」に先行する。あるいは、石渠閣による補刻以前の姿をとどめるものか。
・冒頭部分を欠く。ただし、『水滸画伝』に掲げられた「開詞」から、その欠損は第五回以降には及ばないものと推定しうる。

かつて「天都外臣」（明末の顕官汪道昆）によるものと見なされた、石渠閣補刊本の序文について、馬琴の記述には何ら触れるところがない。これは、静廬所持本が首部を欠いていた以上、極めて当然のことであるが、白木氏はこの点に思いを致さず、馬琴が当該序文の価値を「認める丈けの知識を有ち合はさなかつた」（論考A）と速断し

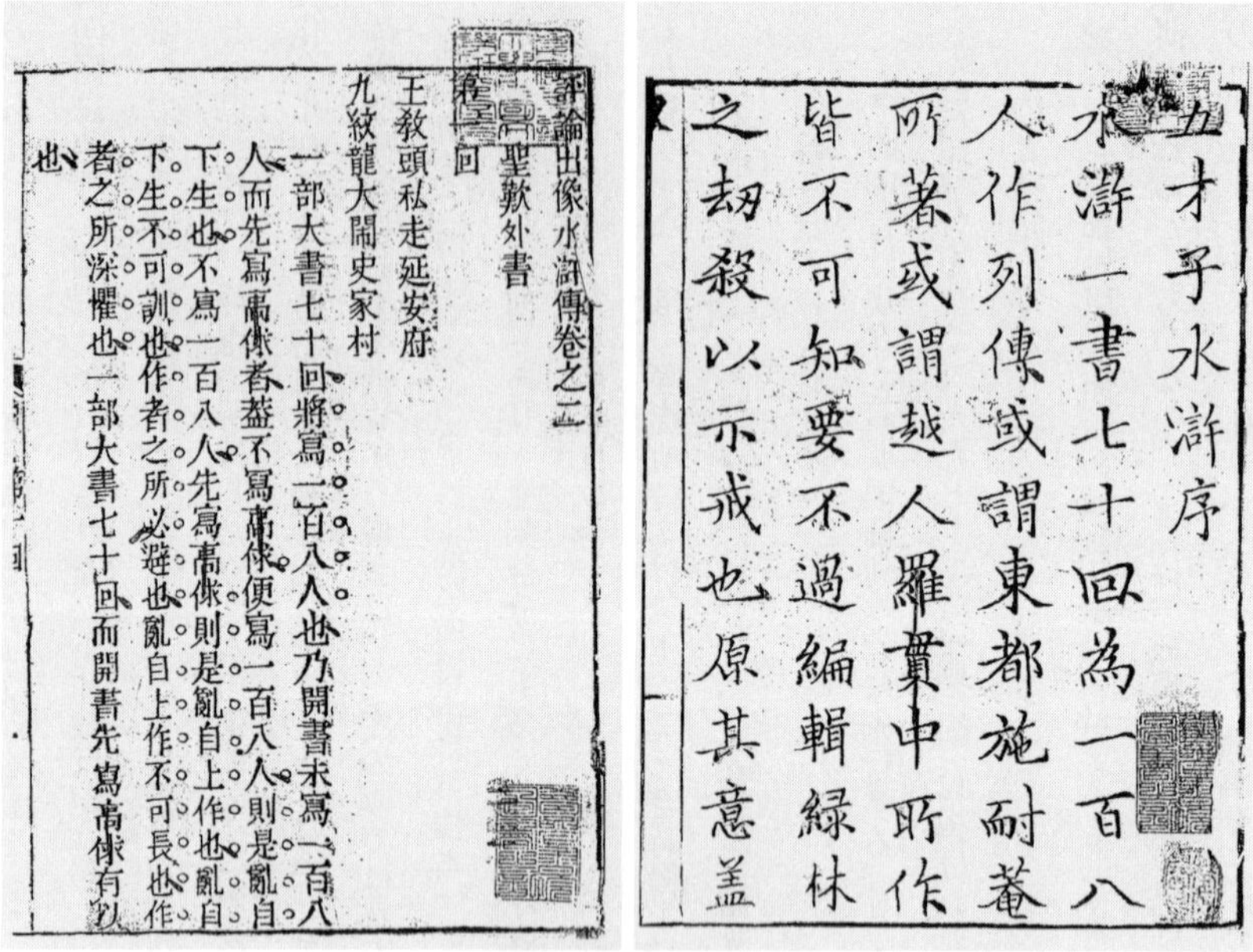
五才子水滸序
水滸一書七十回為一百八
人作列傳或謂東都施耐菴
所著或謂越人羅貫中所作
皆不可知要不過編輯緑林
之劫殺以示戒也原其意盖

評論出像水滸傳卷之二
聖歎外書
第一回
王教頭私走延安府
九紋龍大鬧史家村
一部大書七十回將寫一百八人也乃開書未寫一百八
人而先寫高俅者蓋不寫高俅便寫一百八人則是亂自
下生也不寫一百八人先寫高俅則是亂自上作也亂自
下生不可訓也作者之所必避也亂自上作不可長也作
者之所深懼也一部大書七十回而開書先寫高俅有以
也

図3　七十回本『水滸伝』順治序刊本、序文・第一回冒頭

た。『画伝』執筆当時の馬琴が、『水滸伝』の成立事情やその諸本について、十分な知識を有していなかったのは確かであるが、そもそも彼には、石渠閣補刊本に付されたような序文を見るすべがなかったのである。

（二）七十回本

馬琴は終生、貫華堂原刊の『第五才子書』（無図）を披閲する機会を持たなかったようである。「校定原本」に見える「二本」とは、『玄同放言』「詰金聖歎」の記述から、順治十四年（一六五七）序刊本（王望如序・回末評。図3）と、雍正十二年（一七三四）序刊本（句曲外史序。図4）とであることが分かる。

巾箱本《きんさうぼん》の『水滸伝』は、清の雍正甲寅、〔当レリ二天朝享保十九年ニ。〕上伏ノ日、勾曲外史《こうきよくぐわいし》が序あり。〔これを金聖歎本といふ。七十回也。〕（中略）
順治本〔清の順治丁酉、桐庵が序あり。これをも聖歎本といふ。順治丁酉は、第十二年、即チ太

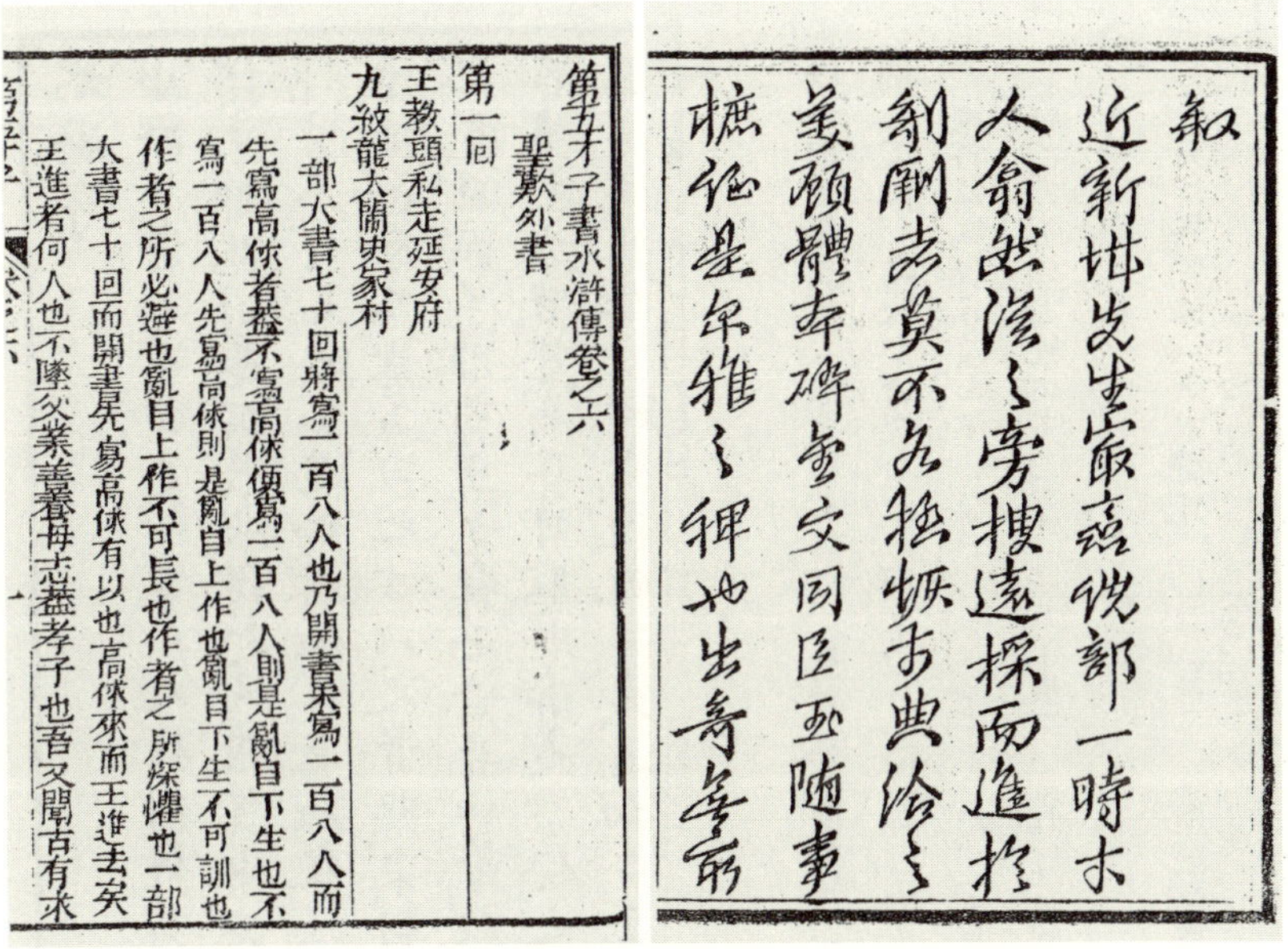
敍

第五才子書水滸傳卷之六
聖歎外書
第一回
王教頭私走延安府
九紋龍大鬧史家村
一部大書七十回將寫一百八人也乃開書未寫一百八人而
先寫高俅者蓋不寫高俅便寫一百八人則是亂自下生也不
寫一百八人先寫高俅則是亂自上作也亂自下生不可訓也
作者之所必避也亂自上作不可長也作者之所深懼也一部
大書七十回而開書先寫高俅有以也高俅來而王進去矣
王進者何人也不墜父業善養母志蓋孝子也吾又聞古有求

図4　七十回本『水滸伝』雍正序刊本、序文・第一回冒頭

祖の号なり。天朝明暦三年に当れり。巾箱本より七十七年前《サキ》に出しならん。」

（巻三ノ下、十五丁裏）

『水滸伝考』補遺の中で、馬琴は順治序刊本を「大字本」と称し、「この大字本は、像賛抔も訛舛なきを、今は巾箱本のみ行れて、大字本は舶来なし」と記している。順治本における王望如（名仕雲、号桐庵）の批評は、総じて金聖歎の所論を継承・発展したものであるが、聖歎が一貫して百八好漢の頭目宋江の偽善を糾弾するのに対して、望如は時に宋江の所行を称讃し、また聖歎の恣意的な解釈に異を唱えることもある。

馬琴は『水滸画伝』巻頭の「訳水滸弁《すいこをやくするべん》」において、著作堂を訪れた「ある人」の言葉に仮託しつつ、「王望如が評論、金聖歎が外書、世もつて奇絶と称す」（序十二丁表）と述べている。しかし、彼自身は望如の評語を重視しておらず、「詰金聖歎」の冒頭部分では、聖歎に「附和」して七十回本を是とする

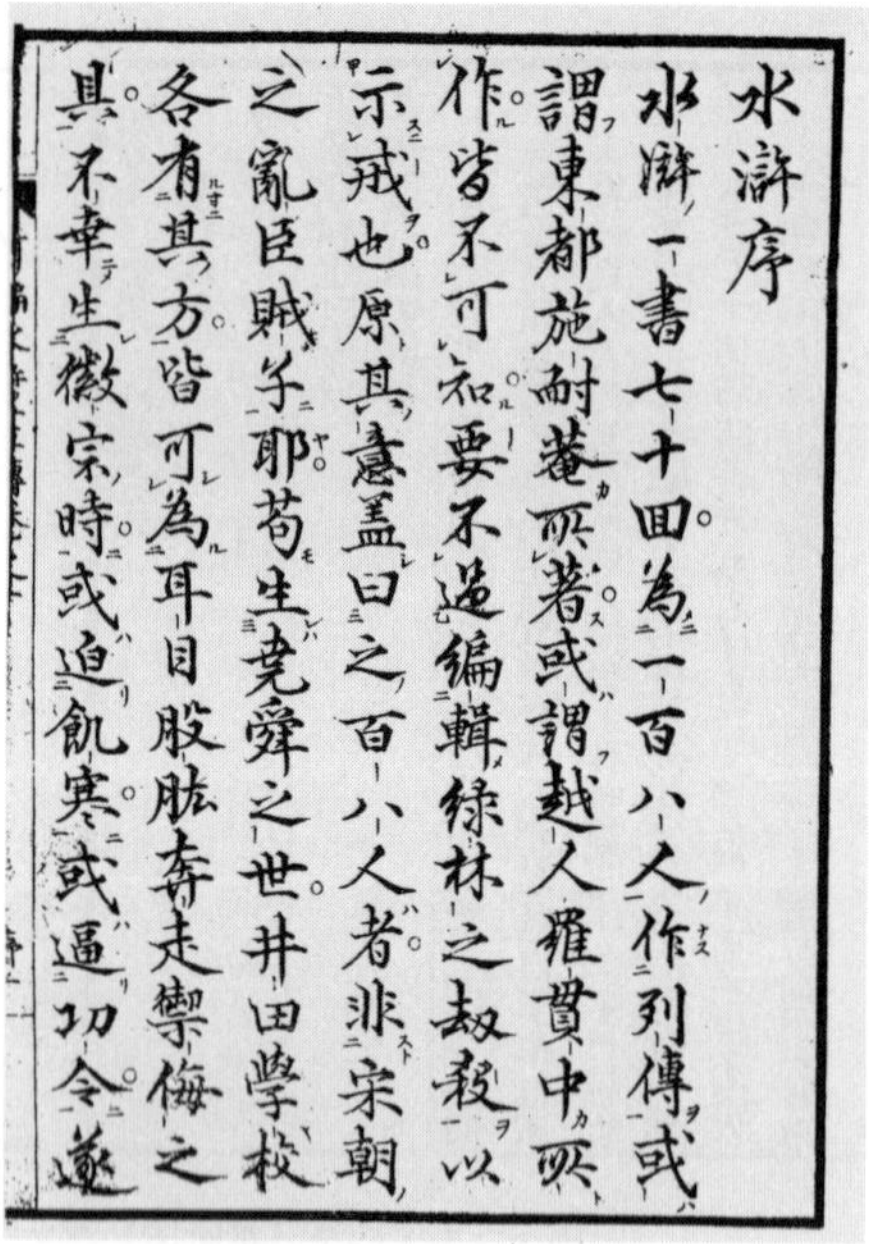
水滸序
水滸一書七十回為一百八人作列傳或
謂東都施耐菴所著或謂越人羅貫中所
作皆不可知要不過編輯緑林之劫殺以
示戒也原其意蓋曰之百八人者非宋朝
之亂臣賊子耶苟生堯舜之世井田學校
各有其方皆可為耳目股肱奔走禦侮之
具不幸生徽宗時或迫飢寒或逼功令遂

図５　『新編水滸画伝』初編巻一、序１丁表（桐庵老人序文）

望如の所説を、「弁するに足らず」（巻三ノ下、十二丁裏）として退けた。

その一方で、『水滸画伝』初編前帙の巻頭には「桐庵老人」、すなわち王望如の序文（図５）が掲げられたばかりでなく、口絵においても、二種類の七十回本の像賛が併用されており、『画伝』のの編述に際して、馬琴が多くを聖歎本に依存していたことは疑いを容れない。もっとも、序文や口絵における七十回本の利用には、静廬所持の百回本が「首巻」を欠き、馬琴がこれを参照しえなかったことも、大きく作用していたはずである。(5)

前帙の前表紙見返しなどにおいて、馬琴は『画伝』が百回本の翻訳であることを標榜しているが、底本採択の理由に関しては、結末が唐突な七十回本では「閲ル者尚遺憾有ルニ似タリ」（序二丁裏。原漢文）と記すにとどまり、両本の優劣には説き及んでいない。それどころか、「忠義」の二字を『画伝』の題号から省いたのは、「金聖歎が議論」に従ったものと述べており（序八丁裏）、これは百回本や百二十回本が有する、「招安」以後の物語を軽視した所為とも受け取れる。(6)

その一方、馬琴は「訳水滸弁」において、金聖歎を激しく難詰するのであるが、その内実は目加田誠氏によって逐条的に論破される程度のものであり、(7)馬琴の独善が勝っていると評さざるをえない。とりわけ、毛宗崗本『三国志演義』の巻頭に置かれた毛声山「読三国志法」の一節を、聖歎の言説と取り違えているのは大きな失態である。同じ「訳水滸弁」の中で、馬琴は七十回本に付された施耐庵の自序を、聖歎の「偽作」と看破しているが、毛本『三国志演義』の聖歎序もまた、後人の偽作であることには思い至らなかったのであろう。(8)

聖歎の批評態度について、馬琴は「彼《かれ》小説を評する毎に、動《やゝも》すれば聖教経伝《けいでん》を引く」(序十二丁表)と難じるが、浜田啓介氏注1論考は、第五才子書の記述を精査した上で、右の言説が聖歎評の実情にそぐわないことを指摘している。七十回本『水滸伝』の中で、聖歎が「聖教経伝」を引用したのは、ごく限られた箇所においてであり、浜田氏はこの点から、『画伝』執筆当時の馬琴に、聖歎評を細部まで「熟読して考慮する暇がなかった可能性」(『営為と様式』二六三頁)を指摘するのである。しかも、この理解不足に起因する偏向の根は深く、『玄同放言』の「詰金聖歎」においても、馬琴は相変わらず「金聖歎が理を推し史を引《キ》たる、外書」(十九丁裏)と述べている。(9) かくのごとき強固な誤認は、怱卒な七十回本の借覧のみによって起こりうるものであろうか。馬琴が何らかの先入観をもって、聖歎の『水滸伝』評に臨んだ可能性を考慮せねばなるまい。

第五才子書に掲げられた施耐庵の序文を「偽作」と判断した理由について、馬琴は「他《かれ》(筆者注、聖歎)が『西廂記』外書の序説にて看破せり」(序十三丁表)と説明する。また「詰金聖歎」の中にも、「施耐庵が自序の偽作なるよしは、余も亦、金聖歎が『西廂記』の序中に、渠《かれ》その馬脚を露《あらは》せしを見つけたり」(十四丁裏)と、ほぼ同趣旨の文章を見出しうる。第六才子書『西廂記』の序文中に、馬琴がいかなる「馬脚」を発見したものか、筆者には判然としない。ただし、馬琴が『水滸画伝』を綴る以前に、聖歎が改作を施して評論を加えた『西廂記』を披閲していたことは確かである。『曲亭蔵書目録』せ部には「西廂記　華本　八冊」が登録されており、これは「ある俗語家の点をつけ候」ものであったという(文政十三年三月二十六日付篠斎宛書翰別紙。①61)。

張国光校注『金聖嘆批本西廂記』（一九八六年、上海古籍出版社）を参照すると、第六才子書における聖歎「外書」には、経書や仏典、詩詞などの文句が随所に踏まえられており、「動《やゝも》すれば聖教経伝を引く」という表現にも似つかわしい。よって、浜田氏の指摘する馬琴の偏見には、第六才子書『西廂記』から受けた印象が、少なからず影響していたのではないかと思われるが、この問題に関しては後考を俟つこととしたい。

### （三）卓吾評点本（文簡本）

この本の概略も、『玄同放言』「詰金聖歎」の記事によって確認することができる。

李卓吾本と唱《となふ》るものには、像賛なし。本文の中より抜出《ぬきいで》て、見わたし一頁毎《いつけつごと》に、三四回の事を画きたり、譬《たとへ》ば八文字屋本の挿絵の如し。その文省略に過《ギ》て、見るに足らざるもの也。（巻三ノ下、十八丁表）

「校定原本」に見える「卓吾評点」本が、『水滸伝』の文簡本系統に属することは、右引用からも明らかであろう。一戸務氏は「水滸雑考」（書物展望9―4。昭和14年）の中で、「詰金聖歎」に見える諸特徴から、馬琴の披閲した「李卓吾本」を、映雪草堂刊本（三十巻。東京大学文学部・同大学総合図書館蔵）に類似するものと推定した。白木氏も、「通俗忠義水滸伝の編訳者は誰か」（広島大学文学部紀要13。昭和33年）や、前掲論考Cなどにおいて同様の見解を示すが、一戸氏の所説には言及していない。

この映雪草堂本の本文は、文簡本の中でも他に類例がなく、複数の先行刊本にもとづいて、独自に刪除を施したもののようである[10]。その第一冊巻頭には五湖老人「水滸全伝序」[11]と、「金聖歎評水滸全伝」と題する目録（図6）、そして二十丁の口絵が置かれている。各巻冒頭には「元施耐庵編　明李卓吾評点」とあり、馬琴が用いる「卓吾評点」という呼称にも似つかわしい。本文中には眉批（鼇頭評）があり、各巻の末尾には、李卓吾に仮託した簡略な

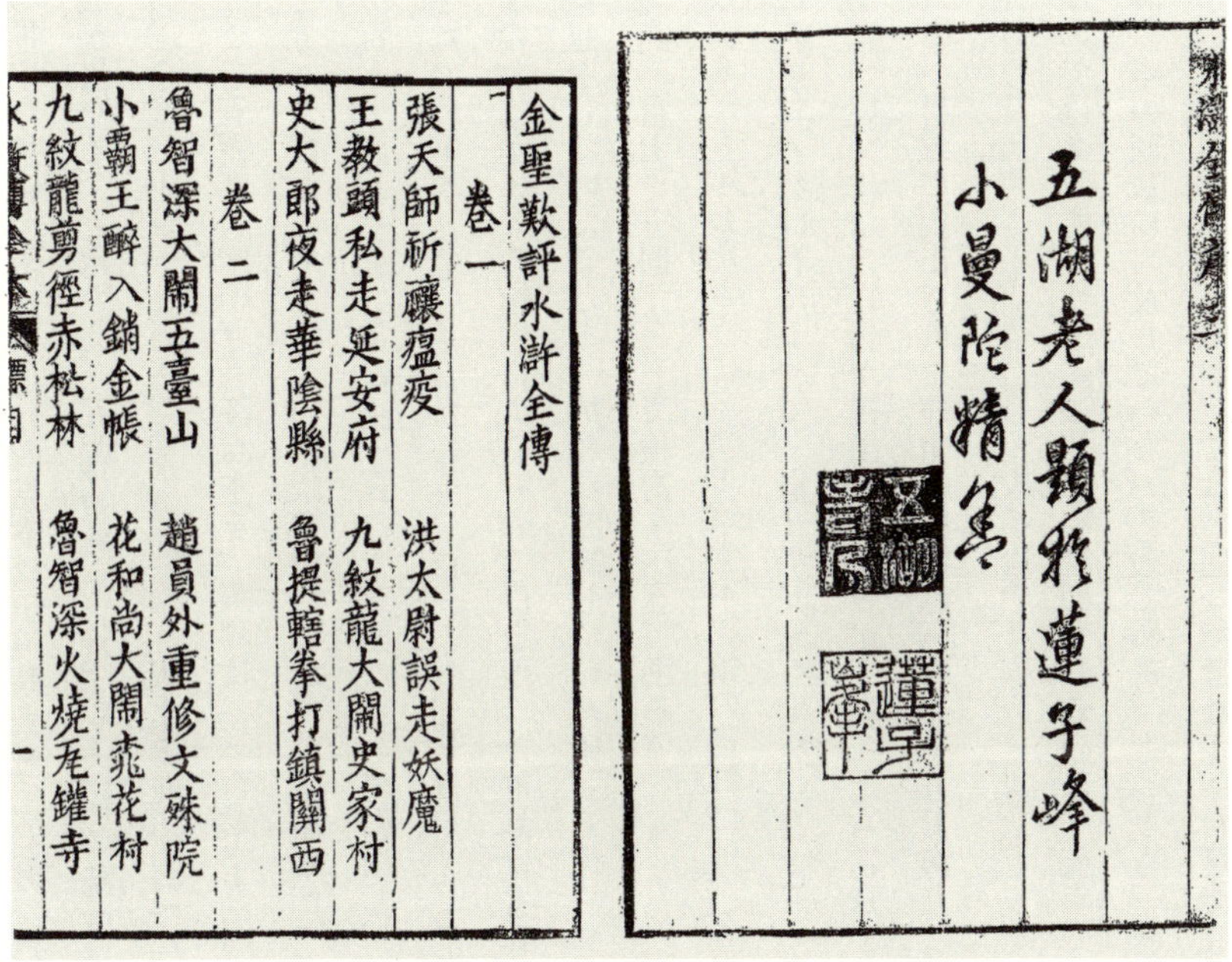
五湖老人題於蓮子峰
小曼陀精舍

金聖歎評水滸全傳
巻一
張天師祈禳瘟疫　洪太尉誤走妖魔
王教頭私走延安府　九紋龍大鬧史家村
史大郎夜走華陰縣　魯提轄拳打鎮關西
巻二
魯智深大鬧五臺山　趙員外重修文殊院
小霸王醉入銷金帳　花和尚大鬧桃花村
九紋龍剪徑赤松林　魯智深火燒瓦罐寺

図６　映雪草堂刊本『水滸全伝』序末・目録冒頭

「総評」が写刻で付載されている。

もっとも、李卓吾の関与を標榜する文簡本は映雪草堂本ばかりではなく、たとえば明治大学図書館所蔵の『第五才子水滸伝』（十四冊百二十四回。姑蘇映雪堂刊）のように、金聖歎と李卓吾の「鑑定」を詐称するものもある。とはいえ、文簡本は一般大衆を購買層とするものであり、妙評に導かれて物語を味読できるような読者を、刊行書肆が想定していたとは思われない。実際、右の『第五才子水滸伝』には評語が付されておらず、また馬琴も目睹した「京本（評林本）」（後述）は、最上欄に粗雑な短評が施されたばかりである。これらに比べると、欄上の評語と各巻末尾の「総評」とを備える三十巻本は、形態の上でも極めて特異な伝本といえる。

「校定原本」に見える卓吾評点本については、『水滸伝考』補遺にも、「五湖老人の、〔是李卓吾歟、未詳〕序あるのみ」と記されており、一戸氏以来の推定を補強するが、馬琴所見本は「一帙八冊」であったといい、現存する映雪草堂本（いずれも十二冊）とは編成が異なる。とはいえ、「詰金聖歎」に見える口絵の特徴は、映雪草堂本によく合致するものであり、「李卓吾評点の、全像二十頁《けつ》」という、『水滸画伝』「訳水滸弁」の記述（序十一裏）とも齟齬しない。

この五湖老人序の卓吾評点本を、馬琴は「一百七十五回」と記しているが、映雪草堂本は「回」を設けずに「巻」を分かつばかりである。白木氏の参照された『水滸画伝』は、初印本ではなかったものと思しく、氏は「卓吾評点一百七十五回」を、常に「一百一十五回」として引用し、これを文簡本の通称「百十五回本」に従ったものと判断された（論考Cなど）。しかし「一百一十五回」は、「一百七十五回」の「七」に削去が加えられた後の姿であり、この改刻が馬琴の指示によるものではなかった可能性も存する。また、「百十五回本」が文簡本の総称として一部に通用していたことを、馬琴が認識していた確証も得られず、やはり「校定原本」の記述は、初印本の通り「卓吾評点一百七十五回」として検討すべきであろう。

図6にも示したように、映雪草堂本巻頭の目録には、各巻の内容を表わす短句が各行に二つずつ列挙されている。この短句の数は巻によって一定せず、最も少ない巻十五・巻三十で四、最も多い巻二十八では三十に及ぶ。巻二十七についてはこの短句が掲出されないが、巻二十六に六十句が掲げられており、これは両巻を併せたものと見なしうる。目録に掲出された短句の総数は三百五十五であり、これを二句一連の通例に照らして、単純に二分すると百七十二となる。「校定原本」における「一百七十五回」という記述も、あるいはこのあたりから導き出された概数なのではあるまいか。ここで思い合わされるのは、後年の「詰金聖歎」や『水滸伝考』補遺において、馬琴が卓吾評点本の回数に言及していないことである。もっとも、映雪草堂本の目録には、本文の内容と合致しない部分もあり、馬琴披見本の目録が、これと同一ではなかった可能性にも留意せねばなるまい。

図７　映雪草堂刊本『水滸全伝』口絵

映雪草堂本の口絵は、明代版画の秀作としても喧伝される容与堂本（分巻百回本）の画像を摸したものであるが、個々の場面ごとに中心となる人物のみを切り出して、それらを毎半葉ごとに複数詰め込んでおり、決して原画と同列に扱えるものではない（図7）。しかも、描線が簡略化されているために、「単従画面上、不易明白其内容」（注10所掲陸樹崙氏論考）という様相を呈してさえいる。

一方、李卓吾評点本の「全像二十頁」について、馬琴は「画も刻も拙きのみ」（「詰金聖歎」）、「繍像は割絵にして、首巻にあり。『金瓶梅』の割絵のごとく、麁抹なるものなり」（『水滸伝考』補遺）などと述べており、映雪草堂本と同様の粗画であったことが確認できる。よって、「省略に過《ギ》て、見るに足らざる」本文はもとより、五湖老人序本の「画も刻も拙き」口絵もまた、『水滸画伝』の述作に益するところがあったものか、大いに疑問が残るのである。

### (四)翻刻二十回(不分巻百回本)

「翻刻二十回」、すなわち和刻本『忠義水滸伝』について、「詰金聖歎」には以下のように記されている。

又本邦の坊間、翻刻の『水滸伝』は、初板二巻〔第一回ヨリ至《ル》二第十回《ニ》一〕は享保十三年、戊申《ノ》正月、京師《ノ》書肆、林九兵衛刊行せり。第二板も亦二巻也。〔第十一回ヨリ至《ル》二第二十回《ニ》一〕宝暦九年、己卯《ノ》五月、林九兵衛、林権兵衛、嗣梓合刻《がっこく》せり。こは李卓吾が批点本也。〔上《かみ》にいへる、李卓吾本にはあらず。〕更《ラ》に名つけて、『忠義水滸伝』といふ。忠義の二字を冠《かふら》せしは、李卓吾が所為《わざ》ならん、そは卓吾が序を見てしるべし。この後又嗣出《つぎいだ》さず、贍《あまさへ》ひ灾に罹《か》りて、その板は焼《ケ》たりといふ。さる故にや、その書罕《まれ》に伝ふ。第二編は、尤《モ》獲がたし。

(『玄同放言』巻三ノ下、十八丁)

初編・二編とも施訓者の記載はなく、陶山南濤『忠義水滸伝解』(宝暦七年刊)の記述などから、その訓点は岡島冠山によるものとされている。[12] 馬琴はこの点を認識していなかったものと思しく、右引用も含めて、和刻本の施訓者に関しては何ら記すところがない。

馬琴旧蔵の『忠義水滸伝』は、昭和女子大学図書館桜山文庫に現存し、同館の所蔵に帰する以前、その概要が浜田啓介氏によって報告されている。[13] この馬琴手沢本は、両編の状態が大きく異なり、初編(合一冊)は旧蔵者による夥しい書き入れを有するのに対して、第二編(原装二冊)は冒頭の第十一回に、若干の傍記・頭書が施されているに過ぎない。よって両編は、それぞれが別の経路から入手されたものと考えられる。

第二編の巻末には、天保二年六月二十一日付の馬琴識語があり、それによると同編は文化初年、『水滸画伝』の相板元である盛文堂前川弥兵衛から贈られたものという。同様の記述は、やはり天保二年八月二十六日付の殿村篠斎に宛てた書翰(②8)の中にも見出しうるが、ここでは入手の時期が「享和中」となっている。

同じく桜山文庫旧蔵の『著作堂雑記鈔録』第一冊に収められた「曲亭購得書目」の中に、「和版水滸伝」が登録されていることは、すでに第一部第二章の中で紹介した。和刻本『忠義水滸伝』の第二編が、盛文堂から進呈されたものである以上、「購得書目」に掲げられた「和版水滸伝」は、同書の初編に限定されると考えるべきであろう。同書目における掲出位置から推すと、『忠義水滸伝』初編の購入は文化年間に入ってからと思しく、まさに『画伝』執筆のために買い入れられたものと想像できる。

すでに述べたように、この和刻本の初編が、『水滸画伝』執筆におけるほぼ唯一の依拠本文であり、馬琴は同本に施された旧蔵者の書き入れをも参照しつつ、『画伝』の訳述を進めたのである。とりわけ、『画伝』巻頭の「訳水滸弁」における、和刻本書き入れへの依存は大きく、旧蔵者の知見を踏襲した記述は、浜田氏注1論考が指摘したもののみにとどまらない。

例えば、「羅貫中、姓は羅、名は貫、字《あざな》は本中、今の人貫中をもて名とするものは悞《あやまり》なり」（序十丁裏）という一文は、和刻本巻頭の引首一丁表に見える書き入れを読み下したに過ぎず、好漢の員数である「百八」に関する洪邁『俗考』の所説（序十一丁裏）も、同本の目録二丁裏の余白に抄出された記事の襲用である。また、「宋史にいへらく」として掲げられた、実在の宋江に関する記述（『画伝』序十丁裏〜十一丁表）は、浜田氏も指摘するごとく、七十回本『水滸伝』巻頭の「宋史目」と同趣であるが、この記事もやはり馬琴旧蔵本（序一丁表欄上）に転写されている。この書き入れは、旧蔵者が「目」の字を脱したために、冒頭が「宋史曰」となっており、馬琴がこれに依拠したことは疑いを容れまい。

さらに、浜田氏が「何らかよりする孫引き」と看破した、清初の周亮工『因樹屋書影』の記事もまた、そのもとづくところは和刻本旧蔵者による抄録であった。

○『水滸伝』の作者究《きはめ》て詳《つまびらか》ならず。或《あるひ》は洪武のはじめ、越人《ゑつのひと》羅貫中これを作るといひ、或《あるひ》は元人施《げんひとせ》耐庵《ないあん》が筆なりといふ。田叔禾《でんしゆくくわ》が『西湖遊覧志』に又いへらく、この書宋人《そうひと》の筆に出《いづ》。近曾《ちかごろ》金聖歎、七十回より後《のち》を断て、羅貫中が続《つぐ》ところとす。因《より》て口を極《きはめ》て羅氏を詆《しひ》、復《また》偽りて施氏が序を前にすといふ。（序十丁表）

浜田氏も指摘するように、右のごとき説明では、田汝成『西湖遊覧志』の中に、聖歎の『水滸伝』改作が論じられているように受け取れるが、実際のところ『遊覧志』の記述は、「此書出宋人筆」の一句のみに過ぎない。[14] よって、馬琴が『西湖遊覧志』はおろか、『書影』さえ実見しておらず、『忠義水滸伝』の自家蔵本から、出拠不明のままに記事を引用して、右の一段を成したことは明らかである。

和刻本初編巻頭の目録は、二丁目に大きく余白を残しており、馬琴手沢本の旧蔵者はその全面に、件の洪邁『俗考』や金聖歎の「読第五才子書法」、さらに和刻本『照世盃』（明和二年、京都日野屋源七刊）巻頭の「読俗文三条」などから、『水滸伝』に関する記事を抄録している。とりわけ、目録二丁表に列記された四箇条は、いずれも『書影』からの抄出であり、その第四条が右引用の原拠であった。これらの出典については、第一条の冒頭に「書影曰」とあるばかりなので、その他三箇条のもとづくところを、馬琴は判断しかねたのであろう。[15]

つまり、『水滸画伝』の「訳水滸弁」に示された、原作『水滸伝』に関する知識の多くが、馬琴自身の読書研鑽から得られたものではなく、「購得」した和刻本に旧蔵者が施した書き入れを、さしたる吟味も経ずに摂取したものだったのである。『因樹屋書影』の記事に対する理解の不徹底や、「宋の洪邁が『俗考』」を「宋洪《そうこう》が邁俗考《まいぞくかう》」と誤記した失態（序十二丁裏。後修本では訂正）などには、その安易な態度が如実にあらわれている。

和刻本『忠義水滸伝』の初編に、夥しい書き入れを行なった旧蔵者は、中国小説に対して、並々ならぬ知識と関心を有した人物と思われるが、その詳細は不明とせざるを得ない。「蘭洲曰」として記入された、虎の異称「大虫」

に関する所説（巻一、五丁裏欄上）が、馬琴や京伝に白話を教授した伊藤蘭洲[16]によるものとすれば、和刻本の旧蔵者も蘭洲本人か、もしくはその周辺の人物ということになろう。しかし、知人の伝手を頼って購得したものならば、馬琴がその由緒を何ら書き付けていないのは訝しく、よって右のように速断すべきではあるまい。

## （五）『画伝』の編述と『水滸伝』の諸本

「校定原本」の中には、『水滸伝』諸本の中でもとりわけ大きな位置を占める百二十回本が掲出されていない。この点について、白木氏論考Cは「其の我国にも渡来し通行していることを知り乍ら、敢えて著録しなかった」と説明し、馬琴が百二十回本よりも『水滸後伝』を重んじた証左とするのであるが、この見解もまた、同氏の独善として否定されるべきものであろう。

　馬琴が百二十回本の存在を早くから認識していたことは、『水滸画伝』の自序（序二丁裏）における、「此ノ書全伝百回、或ハ百二十回、別ニ後伝四十回有リ、而シテ今罕ニ伝フ」（原漢文。傍線筆者）という一節からも確認できる。しかし、「訳水滸弁」や「詰金聖歎」の中には、百二十回本に関する具体的な記述がなく、『画伝』の執筆以前に、馬琴が同本を実見していた確証は得られない。後述するように、馬琴は天保期に至ってもなお、百二十回本に対して曖昧な知識しか持ち合わせておらず、この点を考慮すると、彼は天保二年に『水滸四伝全書』を購入するまで、百二十回の唐本を繙く機会に恵まれなかったのではあるまいか。

　『水滸伝』に全百二十回の伝本が存し、そこでは百回本における遼国遠征と方臘討伐との間に、田虎・王慶の叛乱を平定する、二十回分の物語が挿入されていることは、唐本『水滸伝』を繙かずとも、『通俗忠義水滸伝』拾遺（丟甩《トウく》道人編訳。寛政二年刊）によって容易に知りうる。「訳水滸弁」の冒頭部分で、馬琴は「予嘗《もとより》『水滸伝』を読《よむ》に、食《いひ》を忘れて厭《いとふ》ことなく、燭《ともしび》を秉《とり》て倦《うむ》ときなし」（序八丁表）と記しているが、文化初年に至っても唐本『水滸伝』を所持しえなかった彼は、通俗本を用いてこの小説を耽読したのであろう。『曲亭蔵書目録』つ部にも、「通俗水滸伝　初編廿冊」（原作の第三十一回まで）が登録されている。

馬琴は「訳水滸弁」の中で、通俗本を「纔《わづか》にその意を訳して、その文の美を訳するに至らず」と難じ、自らは「別に華本《くわほん》（左傍訓「〇タウホン」）を編訳して、絶《たえ》て冠山老人の筆に根《もとつく》ことなく、只顧《ひたすら》婦女童蒙の為に解《げ》しやすきを宗《むね》とす」（序九丁表）と宣言している。これも裏を返せば、『画伝』の執筆に際して、馬琴が通俗本を強く意識していたことのあらわれであり、「校定原本」や「編訳引書」にこそ含まれないものの、通俗本は『画伝』の述作にも資するところが少なくなかったに違いない。

既述のように、右引用中の「華本《くわほん》」は、実質的に和刻本『忠義水滸伝』のみを指し、「校定原本」に掲げられた百回本や二種類の七十回本、あるいは五湖老人序の文簡本などは、借覧により部分的に参照されたばかりであった。白木氏はこれらの唐本について、それぞれが馬琴の取捨選択を経たものと見なした模様であるが、『水滸伝』諸本に関する断片的な知識しか持ち合わせなかった当時の馬琴に、そのような見識を求めることには無理がある。「校定原本」に登録された、『水滸後伝』を除く四点は、馬琴が『水滸画伝』を述作する以前に実見することを得た、『水滸伝』諸本の全てであり、文化初年の彼にとっては、これが精一杯だったのではなかろうか。

浜田啓介氏は注1論考の中で、「訳水滸弁」における金聖歎評への不理解から、『画伝』の述作についても、「案外綱渡りのような間に合わせがあった」のではないかと推定された。馬琴手沢の和刻本『忠義水滸伝』のうち、初編の表紙見返しは、前後とも馬琴による聖歎本からの書き抜きで埋め尽くされており、浜田氏はこの点を以て、「『画伝』著述のためには、専らこの翻刻本一本を用いて事をすませようとした態度の反映」と断じている。

しかし、『水滸画伝』に示された、唐本『水滸伝』に関する彼の知見が、旧蔵者と馬琴自身とによる、和刻本への書き入れに網羅されているわけではない。天保二年六月十一日付の篠斎宛書翰（②6）には、「昔年『水滸画伝』著述之節、『水滸伝』四五本かりよせ、少しづ﹅抄録いたし置候もの、一冊有之候」という記述があり、『画伝』巻頭の王望如序や、二種類の聖歎本に由来する繍像の賛辞、あるいは百回本各回の「開詞」なども、この「抄録」の中に含まれていたのであろう。

筆者は『水滸画伝』の訳業について、文化初年の馬琴にしては、ことさらに努めたものであったと思う。読本作者としての名声を確立した後であればいざ知らず、黄表紙作者の群れに伍しながらも、ようやく読本に自身の本領を見出しつつあった当時の馬琴は、『画伝』の述作に割きうる時間も資力も限られていたに違いない。そのような状況下で、彼は唐本の『水滸伝』を複数借覧し、『水滸伝』の本文が一様ではないことを認識した。その過程で、諸本の特徴を略記した手控えが、曲がりなりにも「一冊」を成すに至ったのであり、この「抄録いたし置候もの」は、後年「詰金聖歎」や『水滸伝考』補遺を綴る際にも、大いに参照されたことであろう。

『画伝』巻頭に掲げられた「校定原本」は、むしろ「管見諸本」とでも称した方が実情に相応しいものであり、自身の限られた学識を誇示せんとした馬琴の態度は、後人の批判を甘受せねばなるまい。「校定原本」という、「慭じいかにも学術的な響きを有つ」（白木氏論考A）その呼称は、自序における「金氏ガ批註及ビ両三本ヲ以テ、彼是校定シ」（序二丁裏。原漢文）という記述と相まって、この書目に対する穏当な理解を阻んできたのではなかろうか。

## 二　『玄同放言』の「詰金聖歎」

『水滸画伝』の刊行杜絶から十余年を経た文政三年、馬琴は『玄同放言』第二集（仙鶴堂等刊）を刊行し、その

「第四十一人事詰金聖歎水滸伝像賛附出」において、ふたたび『水滸伝』に対する自身の見識を公にした。この「詰金聖歎」に引用された諸書を検討してみると、『水滸画伝』の「訳水滸弁」で用いられたものと、さしたる変化が見受けられず、新出のものとして目を惹くのは、二種類の水滸絵巻ばかりである。このうちの「陳洪綬が水滸伝一百八人の画像」は、早稲田大学図書館曲亭叢書に現存し、巻末の馬琴識語によれば、この画巻は『画伝』述作の頃、北斎の弟子某に命じて摸写させたものという。一方、「三十六人の画像」は、序文として郎瑛『七修類稿』巻二十五「宋江原数」を掲げ、像賛には周密『癸辛雑識』続集巻上「宋江三十六賛」を用いており、「詰金聖歎」における両書からの引用は、この絵巻からの「孫引き」と思われる（第六章Ⅰ参照）。

一方、「詰金聖歎」において新たに登場した『水滸伝』の諸本は、文簡本の「京本」一本に過ぎない。

又京本と唱《フ》るものも略文也。画は一頁毎《いつけつごと》に、上《ノ》方に画きたり。『三国志演義』の京本の如し。

（『玄同放言』巻三ノ下、十八丁表）

「京本」とは、おもに福建地方の書肆が、自家の出板物を権威づけるために用いた呼称とされ、この二字を冠する『水滸伝』の中でももっとも名高いのは、日光慈眼堂（天海蔵）に蔵される、『京本増補校正全像忠義水滸志伝評林』（二十五巻。万暦二十二年、双峰堂刊）である。今日では評林本・双峰堂本などと呼び習わされており、内閣文庫所蔵の一本（昌平坂学問所旧蔵）は、慈眼堂本よりも早印とされるが、巻一から巻七までを欠く。

右引用に見える「『三国志演義』の京本」は、東洋文庫蔵『曲亭蔵書目録』のさ部欄上に、「三国志演義京本校正繍像八冊内一冊欠本」として登録されており、馬琴旧蔵の『新刊京本校正演義全像三国志伝評林』（二十巻。巻九〜十二、十九・二十欠。七冊）は、早大図書館に現存する。これに対して、京本『水滸伝』は怱卒に借覧したものと思しく、「詰金聖歎」における馬琴の記述は具体性を欠く上に、該書への言及は右引用の他に見出すことができない。

前節にも述べたごとく、馬琴は『画伝』執筆の時点で、唐本の『水滸伝』を所持していなかったが、十余年を隔てた文政初年においても、状況は同じだったのではあるまいか。「詰金聖歎」の七十回本に関する具体的な記述は、『玄同放言』を綴る馬琴の机辺に、同本が存したことを想像させるが、これもあるいは、文化期における抄録にもとづくものかも知れない。浜田氏注1論考は、『玄同放言』における聖歎難詰の材料について、「文化二年の画伝執筆時の原資と異なることなきが如くである」（『営為と様式』二六四頁）と評したが、これは『水滸伝』に関する書誌的な情報全般にも当てはまるように思われる。

『水滸画伝』の「訳水滸弁」と比較して、「詰金聖歎」に看取しうる明らかな変化は、積極的な百回本肯定の態度である。すでに記したように、馬琴は『画伝』における百回本採択の理由を、きわめて消極的な形でしか述べていなかった。これに対して、『玄同放言』の「詰金聖歎」においては、「第七十回、忠義堂石碣《ニ》受《ク》二天文《ヲ》一、梁山泊《ニ》英雄驚《ク》二悪夢《ニ》一といふ条《くだり》に至《リ》て、一部の結局とするものはたがへり」（十二丁裏）と、明確に七十回本の姿が否定されている。ここで馬琴は、盧俊義・燕青主従の命名に「名詮自性」を見出し、これを七十回以降の筋立てが早い段階から用意されていた証左として、「七十回以下を、羅貫中が続《つぐ》と

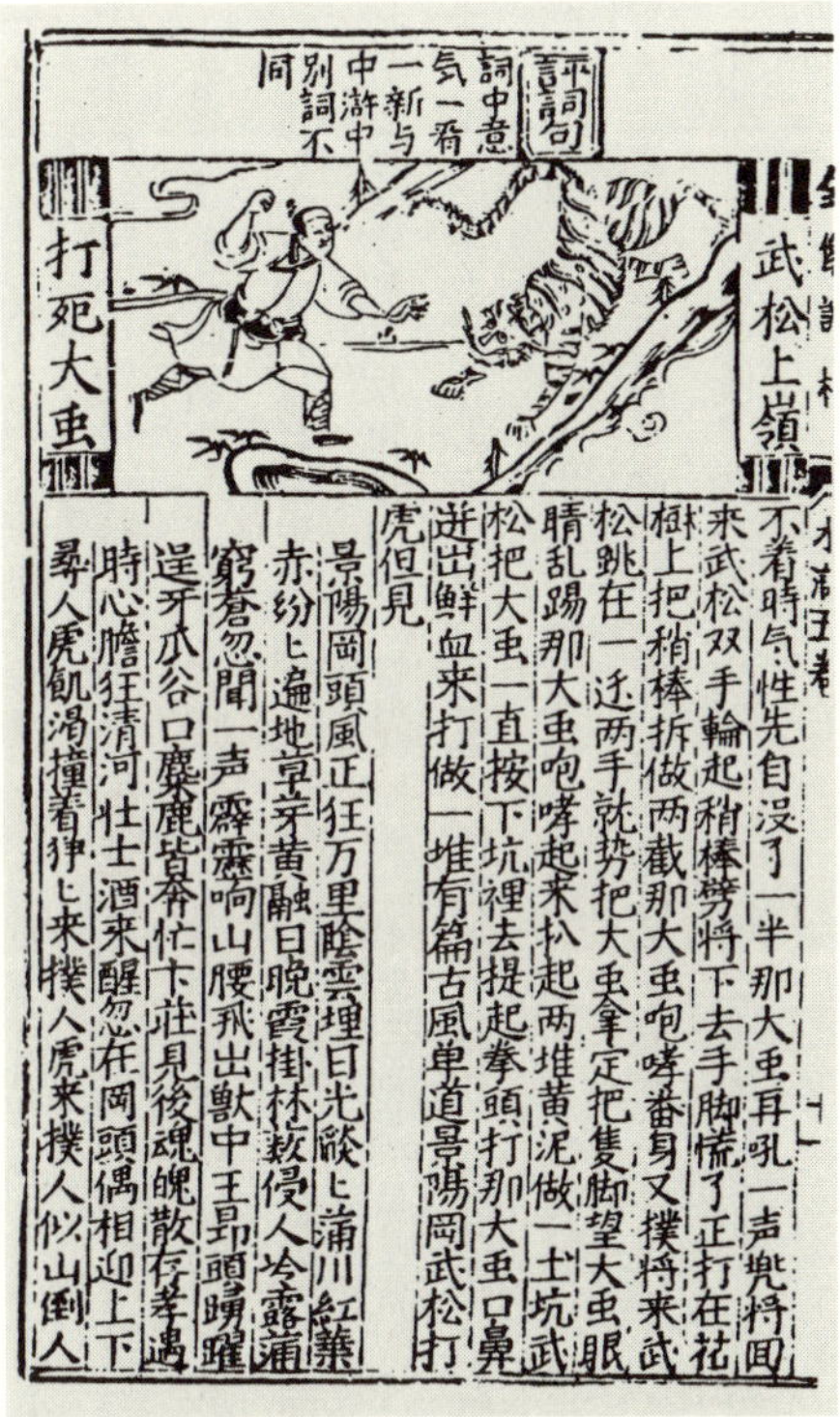


図8　『京本増補校正全像忠義水滸志伝評林』

ころ」（十二丁表）とする聖歎の所説に異を唱えるのである。このような認識の転換には、文化期における長編読本編述の経験から獲得された、小説の構成法に関する彼独自の見識が反映されているのであろう。

聖歎による「腰斬」七十回本を否定した上で、馬琴は「訳水滸弁」と大差のない聖歎批判を展開するのであるが、その中に「動《やゝも》すれば経籍《けいせき》史漢とならべ称し」（十四丁表）という一節があらわれたことは注目に値する。金聖歎は伝統的な文学観に反抗すべく、『荘子』や『楚辞』離騒、『史記』や杜律などと共に、『水滸伝』と『西廂記』とを「才子書」（才子が文章を書くための手本）に数えており、聖歎が『水滸伝』を「経籍史漢とならべ称し」たとする馬琴の言葉は、あながち的外れなものではない。もっとも馬琴は、『三国志演義』を「第一才子書」と称したのも、いまだ金聖歎の所為と思い込んでいたのではあるが。

小説と「経籍史漢」との関係性については、『犬夷評判記』（文政元年、山青堂等刊）の中に、以下のような記述を見いだしうる。

かくて『水滸伝』の作者、彼《かの》一百八人を、魔君に比せしに深意あり。かれらが忠義は、聖人の道に齟齬す。譬《たとへ》ば小説に、勧懲教誨の意味あれども、経書正史とあふものあることなし。（中略）正史実録を読む眼睛《めのたま》を抜替《ぬきかえ》ずに、野史小説を閲《けみ》すれば、作者の体面を見がたし、と古人もいへり。（中之巻、十一丁）

ここで馬琴は、登場人物の表面的な行為ばかりに着目し、それらを「経書正史」に照らして議論したところで、小説作者の深意は理解しえないことを説いている。もとより小説もまた、「勧懲教誨」を意図しないものではないが、「経書正史」のように直接的・論理的にそれを説くのではなく、小説なりの筆法や寓意を用いているので、読者の側にも「経籍史漢」とは異なる読み方が要求される。このような馬琴の見解は、中村幸彦氏の言葉を借りるならば、まさに「彼独特の隠微の説に発展する萌芽」と見るべきものであろう[17]。文化期の読本述作を通して、「聖教」

とは異なる小説独自の存在意義を模索しつつあった馬琴には、小説を「経籍史漢とならべ称」する聖歎の態度が許容できなかったのである。

とはいえ、文政初年の時点において、馬琴はいまだ『水滸伝』における作者の「深意」を、自らの小説観に合致した形で、整然と説明することができずにいた。

> 大約《おほよそ》小説は、勧懲を宗とせしものならざれば、弄ぶに足らず。『水滸伝』は、小説の巨擘《こはく》にして、今古に敵手《てきしゅ》なけれ共、今に論議の多かるは、勧懲に遠ければ也。（『玄同放言』巻三ノ下、十八丁裏）

当時の馬琴にとっては、「小説の巨擘」たる『水滸伝』ですら、勧懲に遠く弄ぶ価値のないものであった。右引用に先立ち、彼は小説全般についても、「その趣向の巧拙を、細《こまか》に味《あぢは》ふ」ことを「労して功なし」（同右）と評しており、「詰金聖歎」の中に、新たな読書研鑽の跡が見受けられないのも、無理からぬことといえるであろう。

> 文化の末より見識かはり、小説ものはうつとうしく覚候間、追々有用の他本と交易いたし、只今は三ケひとつも無之、只端本など、少し残し置候のみ。（天保三年四月二十八日付篠斎宛書翰。②33）

ここに回顧されているごとく、文政年間における馬琴は、白話小説に対する興味を著しく減退させており、それは『水滸伝』についても例外ではなかったのである。

## 三　『傾城水滸伝』の執筆と「水滸三等観」

### （一）複数作者説への「寄り道」

文政末年に至って、馬琴が白話小説への興味を再燃させ、自作における趣向源としての価値を再認識する契機となったのは、長編合巻『傾城水滸伝』の盛行である。すでに前章においてその概略を整理したごとく、同作の流行は小説界のみならず、演劇や浮世絵、服飾などにも波及する、広汎な文化現象を惹起した。

馬琴が『傾城水滸伝』執筆の際に参照した『水滸伝』について、かつて筆者は漠然と、いずれかの唐本であろうと考えていた。しかし、改めて彼の草稿類を調査してみると、文政末年における馬琴の机辺には、『水滸画伝』の編訳時期と同様に、唐本『水滸伝』の存在が確認できないのである。

文政十年四月二日、馬琴は『傾城水滸伝』第四編の起筆に先立ち、「翻刻本『水滸伝』十六回より廿回迄」を披閲している（同日日記）。翌年刊行の第四編は、原作の第二十回末尾に至ったところで結ばれており、ここまでは和刻本『忠義水滸伝』のみを用いても編述することが可能である。

続く第五編は、同じ文政十年の八月に綴られたものであり、馬琴はその述作に備えて、唐本『水滸伝』の繙読を企図したが、これは実現しなかった。同年四月六日の日記に、以下のような記述が見えている。

一、昼後、つるやより、唐本『水滸伝』壱部、被差越。然ル処、李卓吾本ニて、用立かね候ニ付、返之。

ここに登場する「李卓吾本」は、馬琴が「用立かね候」と判断している以上、省略の多い文簡本と思われる。鶴屋から届けられた同書を、馬琴は一読もせぬまま返却した模様であり、後年彼が『水滸伝』の文簡本に言及する際にも、この「李卓吾本」は閑却されている。文政十年に一瞥した「李卓吾本」が、「校定原本」の「一百七十五回」本と同一の板本であったとは思われず、たとえ両者の形態がきわめて類似していたにせよ、双方を比較するような言説を、馬琴が何ら残していないのは訝しい。

第一節でも述べたように、天保三年執筆の『水滸伝考』補遺に登場する、「一帙八冊」の文簡本は、『水滸画伝』の「校定原本」や『玄同放言』の「詰金聖歎」に紹介された「卓吾評点一百七十五回」のことと思しく、三書の記述は大筋で、現存する映雪草堂本と合致する。また、天保二年十月二十六日付（②19）の篠斎宛書翰に見える「李卓吾本」も、「一帙八冊の大本」とあるからには、やはり五湖老人序本のことであろう。同じ書翰の中で、馬琴が「李卓吾本」の目録について、その回数を「百四十回余」と記しているのは不審であるが、これは卓吾評点本についての曖昧な記憶にもとづく錯誤なのではあるまいか。少なくとも、映雪草堂本のように「李卓吾評点」を謳い、五湖老人の序文と「割絵」の繍像とを巻頭に掲げる、きわめて特異な形態の文簡本に、馬琴が二度も遭遇したとは考えづらい。よって、文政十年披見の「李卓吾本」は、「詰金聖歎」にあらわれた「京本」と同様に、以後馬琴の意識には上らなかったと見なさざるを得ないのである。

件の唐本を鶴屋に返却した後も、馬琴は略文本ならざる『水滸伝』を求めて、さまざまの伝手を頼ったものと思しく、ついには北静廬へ百回本の借用を申し入れたが（文政十年閏六月三日日記）、これも叶えられなかった。七月末日には、鶴屋から「七十回本のミニ而、百回本無御座、（中略）愈無御座候ハゞ、通俗本指上可申上」という通達があり、翌月八日に馬琴が披閲した『水滸伝』は通俗本であったと思われる。たとえ当座しのぎではあっても、聖歎の七十回本に拠って述作を行うことを、馬琴は潔しとしなかったのであろう。

同じ文政十年、万笈堂英平吉が『傾城水滸伝』の盛行に便乗すべく、『水滸画伝』初編の再摺を企てたこと、ならびに平吉から望まれた『画伝』の嗣作を、馬琴が拒絶したことも、前章において略述した。この一件に関して、馬琴は翌年正月の篠斎へ宛てた書翰の中で、以下のように述べている。

一、『水滸画伝』著述之事、去冬あらまし得貴意候通り、板元并ニ画工へも意味合有之、其上『水滸伝』ハ勧懲之為、愚意ニ応じ不申もの故、堅くことわり、綴り遣し不申候。（文政十一年正月十七日付。①41）

この時点においてもなお、『水滸伝』は馬琴にとって、「勧懲」の面で意に満たない作品であった。これに関連して思い起こされるのは、白木氏が独善的な「馬琴一流の全水滸伝なる構想」の論拠の一つとし（論考C）、浜田氏がこれを否定して、「一時思い浮かんだ寄り道」（『営為と様式』二六四頁）と断じた、『水滸伝』の作者に関する以下の記述である。

作者何人か定かならねども、段々に書ひろげ、末の結び出来かね候故、七十回迄にいたし、扨夢に紛らして置候物と被存候。それを、世上の見物が残りをしがり候故、別人が又続キ候て、百回にいたし候。弥行れ候故、又別人が続ギ候て、百二十回にいたし候。弥行れ候故、又後人が『後伝』四十回ヲ作り候事と被存候。か丶れば、七十回迄、開基の作者の筆也。已来、作者三人に可有之候。

（文政十年十一月二十三日付篠斎宛書翰。①39）

右書翰と前後して執筆された、読本『松浦佐用媛石魂録』後集（文政十一年、千翁軒等刊）の序文にも、「降テ『水滸伝』ノ若キニ迨《イタリ》テ、亦タ一人之筆ニ成ル者ニ非ズ」（原漢文）という記述があり、当時の馬琴は『水滸伝』の中に一貫した勧善懲悪を探ることを諦めかけていた。馬琴の水滸観を時系列に沿ってたどった場合、これはたしかに「寄り道」であり、「詰金聖歎」における百回本肯定とは相容れないもの、むしろ聖歎への屈服を意味するものと評してもよかろう。とりわけ、百二十回本の第七十一回で一線を画し、ここまでを施耐庵による「古本」と称して、末尾を「夢に紛らして置」いたのは聖歎の所為であり、この点では馬琴も第五才子書の「詐欺《そぎ》」に陥っている。

もっとも、『水滸伝』が一人の作者の手に成ったものではなく、講釈や芝居等の先行芸能を摂取しつつ仕上げられたものであることは、今日では定見となっている（次章参照）。また、右引用と同じ書翰の中で馬琴が吐露した、「末江至候程見ざめいたし候」という感想も、『水滸伝』読者の多くが抱くものであろう。よって、右のごとき馬琴の見解は、実作者ならではの鋭さや率直さを持つものとして、一定の評価を受けるべきものと思われる。

たとえ一時であれ、馬琴が作者複数説を抱くに至ったのは、『傾城水滸伝』の述作が進行していく中で、原作『水滸伝』の思想や構成に対して、思いを巡らせる必要に迫られたからでもあろう。小説として巧みではあるが、全段を貫く勧善懲悪が見出しえず、場面ごとの趣向に巧拙があるという、馬琴の目に映じた『水滸伝』の姿は、複数の作者を想定してこそ、整然と説明付けられるものである。

しかし、自らの奉ずる勧善懲悪に固執した馬琴は、ついに『水滸伝』の中にも「勧懲」の寓意を見出し、これを「初善・中悪・後忠」という形で説明づけた。このいわゆる「水滸三等観」の発見により、「見ざめ」のする招安以後の物語にも確たる位置づけが与えられ、複数作者説は一時的な「寄り道」として、破棄されるに至ったのである。

## (二)「水滸三等観」と聖歎評

金聖歎は「読第五才子書法」において、主人公である宋江の人柄を「純《ニ》用《ヒ》二術数《ヲ》一去《テ》籠二絡《ス》人《ヲ》一」と規定し、「水滸伝《ハ》独《リ》悪《ム》二宋江《ヲ》一」と断ずるのであるが、馬琴はこの見解に承服していない。「詰金聖歎」の中では、「『水滸伝』なる宋江は、ふかく憎むべきものにあらず」(十二丁裏)、「宋江を責《せめ》、宋江と罪せんとならば、(中略)『水滸伝』を廃斥《はいせき》して可なり」(十三丁表)などと述べており、宋江の行為を悉く「権詐」と見る聖歎の所論に抗っている。また、『犬夷評判記』においても、「さしもの金聖歎なれども、『水滸伝』を見損じて、只管《ひたすら》宋公明を、巨盗《おほぬすびと》と見て評せし故に、九天玄女が、天書を宋江に授《さづく》る段に至りて、評窮《きはま》れり」(中之巻、十丁表)と、九天玄女の示現をさえ「都不《テ》二実写《ナラ》一」(第四十一回夾批)とする聖歎評を、「見損じ」と決めつけた。

『水滸伝』の宋江は、『西遊記』における三蔵や『三国志演義』の劉備同様、どちらかといえば凡庸な人物として描かれており、めざましい働きを見せる機会も少ないが、物語の中では最上の地位を占めている。いわば主人公の宋江に対する理解が、物語全体の評価にも関わるのであり、『水滸伝』を「小説の巨擘《こはく》」と見る馬琴にとっては、宋江をほしいままに悪罵する聖歎の態度が、決して容認できないものだったのであろう。

聖歎を論破すべく、文政初年の馬琴が宋江擁護の便法として用いたのが、「本然の善」という言葉であった。

はじめに洪信が石碣《せきけつ》を抜《ひら》きて、魔君を奔《はしら》せしにより、一百八人の豪傑《がうけつ》出現し、後に石碣天降《あまくだり》て、魔君を収めたるにより、宋江等一百八賊、その本然の善に帰《り》て、国の為に賊を討《うち》、奸を鋤《すく》に至れば、こゝまでが趣向の半体なり。

（『玄同放言』巻三ノ下、十二丁裏）

『犬夷評判記』の中でも、「彼等が心操《こゝろばへ》に、本然《ほんぜん》の善あるは、作者の真面目《しんめんもく》也」（中之巻九丁裏）と、同じ言葉が用いられている。もっとも、この「本然の善」に対置されているものが内在的な「気質の性」ではなくして、外在的な「魔君」であるからには、ここに性理学的な意味合いは薄く、単純に「生来の善心」と理解してよさそうである。二二七頁に引用した『作者部類』における用例も、この範疇を出るものではない。

周知のように『水滸伝』の百八好漢は、石碣から飛び散った「魔君」の後身であり、物語の中盤では朝廷と敵対して、時には暴悪をさえ行なっている。この点においては宋江も例外でなく、秦明を仲間に引き入れるため、小卒を秦明に仕立て、青州城下で殺人放火を行わせた一件（第三十四回）などは、彼の犯した蛮行の最たるものであろう。馬琴は『犬夷評判記』の中で、「彼《かの》一百八人を、魔君に比せしに深意あり」（中之巻十一丁表）と評しつつも、好漢たちの非道には快からぬものを感じていた。ゆえにこそ彼は、『水滸伝』を「勧懲には甚遠」いと断じたのであり、合巻『傾城水滸伝』においては、百八好漢の悪行を正すことを、趣向の眼目に据えたのである。

文政十一年、馬琴は板元仙鶴堂の懇願を容れて、『傾城水滸伝』を三編十二冊分も執筆し、これを残らず年内に刊行せしめている。このうちの第七編においては、宋江に擬された春雨《はるさめ》の大箱《おほばこ》が再登場を遂げており、馬琴は同編自序の中で、宋江の人物造型に対する論評を行なった。ここで馬琴は、「金聖歎が評論に、宋江をもて奸賊とする」

ことは誤りであり、「宋朝の忠臣たらんと庶幾《こひねが》ふ志」を持ち続けた宋江は、黄巣や朱全忠のごとき大悪人ではないと説いている。続く第八編の自序においては、「彼《かの》稗史なる宋江は、初《はじめ》は循吏《じゆんり》、中《なかば》は反賊、後《のち》に至《いたり》て忠臣たり」と説明しており、馬琴の「水滸三等観」はまず、宋江の身の上に即して開陳されたといえる。

翌文政十三年刊行の第九編自序に至って、『水滸伝』全段の構成における「初中後《しよちうご》三段の差別」の存在が明示され、ここに馬琴の「水滸三等観」は確立を見た。[18]「善悪無《む》差別《しやべつ》」の趣向が多いのは「邪魔出現の間《あはひ》」においてであり、これは「末の一段」における好漢たちの誠忠と無惨な最期とによって精算される。馬琴は『水滸伝』における勧善懲悪の「深意」をこのように説明しており、かくのごとき認識の獲得に伴って、複数作者説は無言のうちに取り下げられた。『傾城水滸伝』第七・八編の自序においては、個々の人物造型に見られる類型として登場した「三段の差別」が、第九編自序の中では、物語全段の趣向に関わるものとして、いわば構想論・構成論の次元で語られている。よって、馬琴が宋江らの造型に見出した「本然の善」と、「水滸三等観」にあらわれた「初善」との間には、若干の懸隔があると見ねばなるまい。

『水滸伝』の構成を「善→悪→善（忠）」の三段階で把握する考え方は、すでに「詰金聖歎」の中にその兆しがあらわれていたが、なぜ馬琴は文政十二年の時点で、これを『水滸伝』の構成原理として明確に認識したのだろうか。その一因として想定しうるのが、高知平山施訓本『聖歎外書水滸伝』（第十一回まで）の発兌と披閲である。英平吉らによって刊行された同書は、各丁の板心に「同志堂」とあることから、王望如本の同志堂刊本を翻刻したものと知れる。しかし、板刻の労を厭うたものか、底本の巻頭に掲げられていたはずの桐庵老人序や繡像を欠く上に、望如の回末評も冒頭三回分しか載せられていない。

施訓者の高知平山は、今日に至るまで伝不詳の人物であるが、[19]馬琴は同人に関する若干の情報を聞き及んでいた。

この二三二（筆者注、平山）ハ、元来増上寺の所化ニ候。近来還俗いたし、近比京師へ登り、一両年已前、江戸へ帰り申候。悴ハ知ル人ニ候よし。甚高慢、且放蕩と承り及候。俗語ハ甚明細ニて、青廬《ママ》抔よりよく候と、英平申候。（文政十年三月二日付篠斎宛書翰。①37）

文政十二年六月に入手した平山施訓本について、馬琴の評価は「点のつけやうあしく候。あれニてハ、不案内の人ニハよめかね、わかりかね候処、多く可有之候」（文政十三年正月二十八日付篠斎宛書翰。①56）と、決して芳しいものではない。書肆の側にも、静廬に依頼して点を付け直す心づもりが存したようであるが（天保二年正月十一日付篠斎宛書翰別翰。②1）、これは英平吉の死去により、第十二回以下の翻刻ともども実現を見なかった。

馬琴は平山施訓本によって、久々に聖歎評を繙読し、自身の水滸観とは相容れないものであることを再確認したのであろう。そこで馬琴は、宋江の身の上に見出した「三段の差別」を、『水滸伝』全段の展開に応用し、この作品を七十一回で「腰斬」した聖歎の所為を、不当なものとして退ける論拠を固めたものと考えられる。この問題に関しては、第四章でさらに考察を深めることとしたい。

## 四　天保期における唐本の購入と披閲

文政十三年（十二月に天保と改元）九月朔日付の書翰（①62）において、馬琴は大坂の河内屋茂兵衛に「金聖歎本小刻『水滸伝』」を注文し、同年十二月二十八日にこれを落掌している（天保三年十一月二十四日付河茂・丁平宛書翰。②58）。ともに天保二年の篠斎宛書翰に見える以下の記事は、いずれも前年末に入手した、七十回小刻本を念頭に置いたものであろう。

七十回本の近比もち渡り候ハ、再板本ニ御座候。天明より寛政迄の本より、綉像のほりあしく御座候。

唐山にても、聖歎本多く流行と見えて、七十回本は細字にてもほりよろしく、あざやかに御座候。

（八月二十六日付書翰。②8）

（十月朔日付書翰。②16）

文政期の馬琴が唐本の『水滸伝』を所持していなかったことは、この一件からも明白であり、『傾城水滸伝』の執筆や「三等観」に結実する思索は、中編以降を鶴屋から借り入れた通俗本や、二種類の和刻本にもとづいて行われたと見ねばなるまい。文政末年に至って、馬琴が七十回小刻本を購入したのは、平山施訓本の刊行が頓挫したからでもあろうが、この年三月に、二十余年ぶりで『水滸後伝』を繙いたことも、少なからず影響していたはずである。翌天保二年四月、馬琴は「水滸三等観」を踏まえつつ、『水滸後伝』の評書『半閑窓談』を綴っている。

その後、馬琴はさらに百二十回本『水滸伝』の購入を思い立ち、篠斎にもその仲介を依頼した。

一、此間中、折々金聖歎本『水滸伝』を取出し、飛よミニいたし候ニ付、いかで『水滸伝』の愚評をつゞり可申哉と思ふこゝろ起り申候。（中略）李卓吾本にあらぬ百二十回の全本、代銀さのみむつかしくもあらで手に入可申候はゞ、御心がけ被下御世話被成下候様奉願候。

（天保二年六月十一日付書翰。②6）

水滸三等観を「古人未発の説」と自賛し、「羅貫を今に在《あら》するとも、必《かならず》予が言《こと》に従《したがは》ん」（『傾城水滸伝』第九編自序）とまで言い放った馬琴は、三等観を核とする『水滸伝』評書の編述を発起し、その資料として百二十回本の入手を望んだのである。

右の書翰に目を通した篠斎は、馬琴の曖昧な記述に惑わされて、義弟精吉（櫟亭琴魚。天保二年十一月没）の所持する百二十回本を「略文本」と誤認した（天保二年十月二十六日付篠斎宛書翰。②19）。袁無涯による初刊以来、百二十回本は「吾之事二卓吾先生一也」と始まる楚人楊定見の「小引」を巻頭に掲げ、本文の冒頭部分も「新鐫李氏蔵本忠義水滸全書引首」（傍点筆者）などと題されている。つまり、百二十回本はその当初から、李卓吾の関与を標榜しており、この意味で「李卓吾本にあらぬ百二十回の全本」などは存在しないのである。

この一件からは、馬琴が天保二年六月の時点で、「李卓吾本」ならざる文簡本の存在を念頭に置いていなかったことや、彼が百二十回本『水滸伝』に関して十分な知識を持ち合わせなかったことなどが確認できる。ここから遡って考えれば、文政十年に彼が役に立たない「略文本」と即断した、鶴屋用意の「李卓吾本」も、実際には文繁百二十回本だったのではあるまいか。百回本に固執するあまり、「田虎・王慶討伐を有する李卓吾本」という共通項から、馬琴が篠斎と同様に、百二十回本を文簡本と見誤った可能性も、あながちには否定できまい。もとより、文簡本と百二十回本とでは分量も大きく異なるが、これも鶴屋が冒頭数冊のみを差し出し、目録や冒頭部分を慌ただしく披閲した馬琴が、それと気付かなかった可能性などを想定できるであろう。

前掲書翰に対する篠斎の返書を受けて綴られた、同年八月二十六日付の同人宛馬琴書状（②8）には、「繁用」ゆえに『水滸伝』評書を綴る意欲が減退したことや、毛利高標の『水滸伝』蒐集、そして自身の蔵する和刻本第二編の来歴などが語られている。ここではまた、いまだ探求中の百二十回本にも言及されるが、その中にも以下のごとき錯誤を見出しうる。

・林九兵衛が翻刻いたし候、百二十回の全本

・『水滸伝』ハ百回が最初の全書ニ有之、柳世雄・王慶・段三娘抔の事を作り加へ候（いずれも傍線筆者）

和刻本『忠義水滸伝』の底本が不分巻百回本であることは、すでに述べた通りであり、馬琴が右のように誤認したのは、百回本に分巻・不分巻の二形態があることを知らなかったからに他なるまい。あるいは、『画伝』の述作に先立ち、和刻本と静廬所持の分巻百回本とを対比した際に、両本が著しく相違することを認識して、和刻本の底

本をまだ見ぬ百二十回本と速断し、その誤解がこの時点まで尾を引いていたのかも知れない。この錯誤は、彼が百二十回本を入手した後も改められず、むしろ同本を実見したことにより、誤った認識はいっそう深められた模様である。

近属舶来の、百二十回本にも、新旧二本あり。前板は、李卓吾が序、并に鼇頭評あり。これを、天朝享保中、京師の書肆、林九兵衛点裁翻刻して、第十回迄二巻出たり。（中略）又一板には、李卓吾が序を削去て、李卓吾の門人、楊定見〔楚人。号鳳里〕が引あり。この二本を、比校せし事ありしに、詩句にも、鼇頭評にも、すべて異同あり。後板には、誤写も多かり。（『水滸伝考』補遺）

和刻本と百二十回本とは、本文の字詰めが等しく（毎半葉十行二十二字）、眉批・傍点の相違や各回内題の有無を度外視すれば、両者の近縁関係は容易に想像できる。不分巻百回本の存在を認識しなかった馬琴は、和刻本を百二十回本「前板」の翻刻、自身の蔵する『水滸四伝全書』をその「後板」と、単純に割り切って考えたのである。

また、前引の篠斎宛書翰に見える「柳世雄」は、文簡本にのみ現れる人物であり、高俅の取りなしで王慶との槍術試合に臨むが、敗退して出世の道を絶たれた。王慶はこの一件がもとで京を追われ、のちに淮西へ至って段三娘を娶り、ついには賊の群れに身を投ずるのである。百二十回本第百一回、ならびに『通俗忠義水滸伝』拾遺巻之六においては、特に王慶が罪を得るまでの経過が、文簡本とは大きく相違し、王慶は童貫の養女嬌秀との密通ゆえに身を持ち崩しており、ここに柳世雄は登場しない。

馬琴が百二十回本の入手以前に披閲した、田虎・王慶討伐を含む『水滸伝』は、五湖老人序の李卓吾本と京本、そして『通俗忠義水滸伝』の三本と思われるが、文簡本における王慶譚の粗雑さが、より強く印象に残ったのであろう。右引用と同じ書翰の後段には、「実に王慶抔の事ハいとハしくテ、あらずもがなと存候へども」とも記されている（次章参照）。

右の書翰を染筆した翌月、馬琴が渡辺崋山の仲介で、百二十回本『水滸四伝全書』を入手した経緯は、すでに第一部第五章の中に整理した。「二両壱分」という高値にも関わらず、同書を買い入れた理由について、馬琴は篠斎に「此節『水滸伝』には、あぶらのり居候時節故、尤ほしく存」（天保二年十月朔日付書翰。②16）と説明している。馬琴が購得した百二十回本は、処々に「大磨滅」のある粗本であり、おそらくは馬蹄疾編『水滸書録』（一九八六年、上海古籍出版社）に「二印郁郁堂蔵板水滸四伝全書」として登録される、郁郁堂刊本の後修本（図9）であろう。

百二十回本の初板は、袁無涯の刊行とされる「本衙蔵板」本であり、これを復刻したものが郁郁堂刊本である。馬琴が手にしたものと思われる後修本は、のちに郁郁堂の板木を取得した他の書肆が、各丁柱刻の「郁郁堂四伝」の文字を一部削去するなど、板木に補刻・改修を加えたもので、これは日中両国に数多く現存する。

この『四伝全書』の入手と披閲に伴って、馬琴は百二十回本こそが『水滸伝』の本来の姿であるという認識を得た模様である。同年十月二十六日付の篠斎宛書翰（②19）には、「わづかに六七枚の『宣和遺事』、宋江が一条を、百廿回の小説に作り広ゲ候作者の大才、尤思ふべき事ニ御座候」と記されており、ここには複数作者説はおろか、百回本を重んずる態度さえ見受けられない。

また、先にも引用した十月朔日付の同人宛書翰には、「是ニて『水滸伝』は、大抵揃ひ申候故、近年の内、拙評綴り申度、その心だくみニ御座候」とも記されている。七十回本と百二十回本、そして不分巻百回本の冒頭部分ばかりを以て、「大抵揃ひ申候」とは大仰であり、ここでは過去に目睹したはずの、分巻百回本や文簡本すら忘却されたごとくである。もっとも馬琴には、金聖歎の第五才子書と、七十回本ならざる文繁本とがあれば、聖歎の「詐欺」を暴き、自身の水滸観を展開する材料として、不足がないと思われたのであろう。

おそらくはこの評書執筆に関連して、馬琴は「これも一本ニ御座候間」（十月二十六日付篠斎宛書翰）と、文簡本の購得を思い立つのであるが、その斡旋を篠斎や河内屋茂兵衛に願い入れた書翰の中でも、わずか四年前に一瞥したはずの「李卓吾本」を引き合いに出してはいないようである。翌年には篠斎に、「只今は大々本一向に無之、あれば代金壱両位に成申候也」と申し送っており（天保三年四月二十八日付同人宛書翰。②33）、文簡本の入手を半ば諦めていた様子がうかがえる。

白木氏論考Cは、馬琴の言説などを根拠として、化政天保期には文簡本『水滸伝』が「習見の刊本」であったとするのであるが、今日における残存状況から推しても、右の判断は楽観的に過ぎるであろう。天保二年における文簡本購入の企ては失敗に終わっており、また『三国演義』と文簡本『水滸伝』とを上下に合刻する『二刻英雄譜』や『漢宋奇書』のような末流の板本ですら、馬琴の目に及んだ確証は得られないのである。

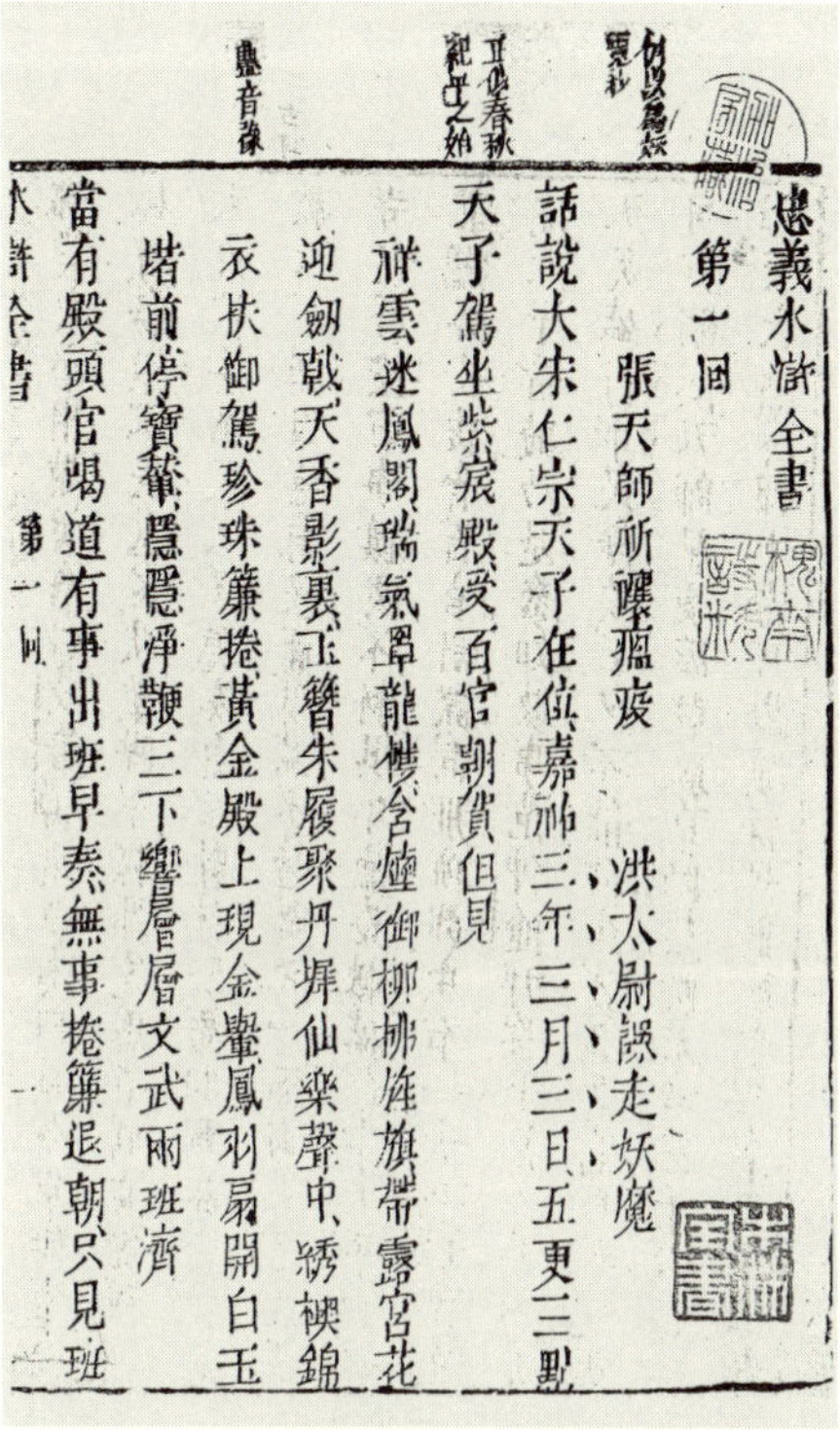
忠義水滸全書　第一回
張天師祈禳瘟疫　洪太尉誤走妖魔
話說大宋仁宗天子在位嘉祐三年三月三日五更三點
天子駕坐紫宸殿受百官朝賀但見
祥雲迷鳳閣瑞氣罩龍樓含煙御柳拂旌旗帶露宮花
迎劍戟天香影裏玉簪朱履聚丹墀仙樂聲中繡襖錦
衣扶御駕珍珠簾捲黃金殿上現金轝鳳羽扇開白玉
堦前停寶輦隱隱淨鞭三下響層層文武兩班齊
當有殿頭官喝道有事出班早奏無事捲簾退朝只見班
水滸全書　第一回

図9　『水滸四伝全書』郁郁堂後修本

結局、馬琴による本格的な『水滸伝』の評書は執筆されずに終わり、後代に残されたのは、その骨子となる「水滸伝発揮略評」（⑥附13）ばかりであった。天保三年五月、殿村篠斎のために染筆された「発揮略評」は、「水滸三等観」を含む三箇条からなり、ここでも馬琴は、「とにもかくにも金瑞は、『水滸』の皮肉を知れるのみ、骨髄を得たるものにはあらず」と、聖歎への難詰を怠ってはいない。

天保三年九月十七日、馬琴は木村黙老に乞われて、同人の著した『水滸伝考』を披見し、本編以上に長文の補遺を書き加えた。本章においても度々引用したこの資料は、神宮文庫に蔵される黙老の雑録『聞ま〻の記』第十四冊に綴じ込まれて現存する。「水滸三等観」を公にして以降、この『水滸伝考』補遺を綴るまでの間に、馬琴は『傾城水滸伝』の編述を続けたばかりでなく、天保二年四月には『半閑窓談』を著し、これと前後して二種類の唐本『水滸伝』を自身の蔵書に加えた。よって『水滸伝考』補遺は、これに先だって執筆された「発揮略評」とともに、馬琴の『水滸伝』に関する見識の到達点と位置づけるべきものである。

ただし、彼の披見しえた『水滸伝』の諸本は、『水滸伝考』補遺の中で自らも認めるごとく「九牛の一毛」に過ぎず、また彼の六十年に近い創作活動の中で、その机辺に唐本『水滸伝』が存した期間も、決して長くはなかった（別表参照）。天保七年以降、馬琴の蔵書が順次沽却されていく中で、第五才子書小刻本は早い時点で売り払われたものと思しく、また『水滸四伝全書』も、天保十三年八月に書肆岡田屋嘉七へ、買い値の三分の一で売却されている（同年九月二十八日付篠斎宛書翰。⑥11）。

## おわりに

馬琴が我が国の『水滸伝』受容に果たした役割は、その衒学癖にも禍されて、必ずしも正統な評価を受けてはこなかった。青木正児「水滸伝が日本文学史上に布いてゐる影」（『支那文芸論藪』所収。昭和2年、弘文堂）や、石崎又造『近世日本における支那俗語文学史』（昭和15年、清水弘文堂）は、『水滸伝』に対する馬琴の見識を一顧だにせず、その語学力にも疑問を呈している。これに対して白木直也氏は、馬琴の記述を好意的に評価しようと努めてはいるが、その研究には独善や誤解が多分に含まれるため、馬琴の実情とは少なからぬ乖離を生じてしまった。もっとも、筆者がここに先学の瑕瑾を論えるのも、馬琴の草稿類の紹介が進み、一方で『水滸伝』の諸本研究が精度を増したからに他ならない。

馬琴の水滸観は、常に聖歎評と対峙する形で発展を遂げてきたものであり、水滸三等観の成立においても、聖歎の批評は論破すべきものとして、強烈に意識されていた。この三等観は、のちに馬琴の「水滸三大隠微」の一つに数えられたが、「隠微」なる語の初出とされる、文政十三年三月二十六日篠斎宛書翰[20]にも、『水滸伝』や聖歎評への言及が伴っている。いわば馬琴の小説観は、彼の水滸観と密接に関わりながら形成されたものであった。

『水滸伝』諸本に対する馬琴の評価は、時期によって変動しており、その変動の契機となるのも、新たな板本や資料との遭遇よりは、むしろ彼の心境の変化である場合が多いように思われる。天保期における百二十回本の重視こそ、『四伝全書』の購得に伴うものであったが、「詰金聖歎」にあらわれた百回本の肯定や、文政末年の複数作者説への傾斜などは、具体的な新知見にもとづくものではなかった。このような思考態度からも、馬琴はあくまで『水滸伝』を愛好する「戯作者」であり、自身の言説に責任や体系性を要求される「学者」ではないと考えられるのである。

馬琴の『水滸伝』諸板所持状況

| 時期 | 100回本古 | 100回本新 | 120回本 | 70回本① | 70回小刻 | 文簡本 | 通俗本 |
|---|---|---|---|---|---|---|---|
| 文化初年（『水滸画伝』執筆時） | 借覧② | 和刻本③所持 | ?④ | 借覧 | 借覧 | 借覧か⑤ | 前編のみ所持 |
| 文化末～文政初（『玄同放言』執筆時） | | | ?④ | 所持か⑥ | 所持か⑥ | 京本借覧か | |
| 文政8年（『傾城水滸伝』刊行開始） | | | | | | | |
| 文政10年8月頃 | ⑦ | | | | | ?⑧ | 中・後編購入⑨ |
| 文政12年6月 | | | | 和刻本購入⑩ | | | |
| 文政13年正月（「水滸三等観」公表） | | | | | | | |
| 文政13年12月 | | | | | 購入⑪ | | |
| 天保2年9月 | | ⑫ | 購入⑬ | | | | |
| 天保3年9月（「水滸伝考補遺」執筆） | | | | | | | |

注　①王望如本。馬琴は終生、貫華堂原刊本を目睹する機会を得なかったと思われる。②北静廬所持本。
③未完、第二十回まで。馬琴旧蔵本は昭和女子大学図書館に現存。④記述はあるが、披閲した確証がない。
⑤「李卓吾評点」本。五湖老人序。⑥『玄同放言』に具体的な記述あり。ただし借覧、もしくは手控えに基づくものか。

⑦文政10年閏6月3日、静廬に借覧を申し入れるが、実現しなかった。⑧文政10年4月6日、仙鶴堂から「李卓吾本」（詳細不明。あるいは百二十回本か）借覧。⑨仙鶴堂から。実質的には長期貸与か。⑩高知平山施訓本。未完、第十一回まで。⑪大坂河内屋茂兵衛から。⑫以後馬琴は、百二十回本の翻刻という誤認を深める。⑬渡辺崋山仲介。詳細は第一部第五章参照。

**注**

（1）浜田啓介氏「近世小説の水滸伝受容私見―『新編水滸画伝』と馬琴の金聖歎批判」。『近世小説・営為と様式に関する私見』所収。なお、第二部では浜田氏著書が度々登場するので、『営為と様式』と略称することが多い。

（2）白木氏は諸論考において、不分巻百回本が百二十回本から田虎・王慶故事を省く形で成立したものと推定する。しかし、笠井直美氏「李宗侗（玄伯）旧蔵『忠義水滸伝』」（東洋文化研究所紀要一三一。平成8年）は、諸本を対校した結果から、「(不分巻）百回本の方が分巻百回本に近く、百二十回本に先行する可能性が高い」とした。

（3）この間の事情は、高島俊男氏「水滸伝「石渠閣補刊本」研究序説」（『伊藤漱平教授退官記念中国学論集』所収。昭和61年、汲古書院）、ならびに『水滸伝の世界』（昭和62年、大修館書店）二四五頁以下に詳しい。なお、石渠閣補刊本の現状は、馬幼垣氏「問題重重的所謂天都外臣序本《水滸伝》」（『水滸二論』所収。二〇〇五年、台湾聯経出版）に詳述されている。

（4）「李卓吾評閲」の五文字は、すべての内題部分に補刻されたものではない。中華版古典小説宝庫『諸名家先生批評忠義水滸伝』（一九九七年、中華書局。排印の底本は容与堂本）の巻頭には、補刻が施された箇所と施されていない箇所との書影が掲載されている。

（5）『画伝』における王望如本の利用については、播本眞一氏『八犬伝・馬琴研究』（平成22年、新典社）の二二九頁にも言及がある。なお、『画伝』口絵のうち、史進・魯智深の賛は播本氏指摘のごとく順治本に基づくが、林冲・

朱武・柴進のものは雍正序刊の巾箱本からの転用である。また、陳達・楊春の賛辞は、和刻本第二回の本文中から採録されている。

（6）中本型読本『苅萱後伝玉櫛笥』（文化四年、木蘭堂刊）の巻末には、「『水滸伝』に忠義の二字を冠《かうふら》するがごとき、終に後人の議論を脱《まぬか》れず、こゝろ見らるゝ所為《わざ》にして、いと恥《はづ》べき事也かし」とあり、ここでも馬琴は聖歎の所説を支持している。

（7）目加田誠氏「滝沢馬琴と水滸伝」。初出は昭和28年。目加田誠著作集第四巻『中国文学論考』（昭和60年、龍渓書舎）所収。

（8）小川環樹氏「『三国演義』の毛声山批評本と李笠翁本」（『中国小説史の研究』所収。昭和43年、岩波書店）参照。

（9）馬琴は文化十二年六月二十四日付の黒沢翁麿宛書翰（①11）においても、「金聖歎が『水滸伝』を批するに、聖経史書を引て、人物の賢不肖を評せしを、世の胡慮に仕候事也」と記している。

（10）大内田三郎氏「『水滸伝』版本考―『文杏堂批評水滸伝三十巻本』について―」（天理大学学報一一九。昭和54年）、劉世徳「談《水滸伝》映雪草堂刊本的概況、序文和標目」（水滸争鳴3。一九八四年）、陸樹崙「映雪草堂本《水滸全伝》簡介」（水滸争鳴4。一九八五年）など。

（11）「五湖老人」の序を有する文簡本としては、他にフランス国立図書館所蔵の宝澣楼本（三十巻。巻六までの残本）が知られており、映雪草堂本はこの宝澣楼本の復刻という。ただし、劉修業『中国小説戯曲叢考』（一九五八年、作家出版社）などから知りうる宝澣楼刊本の書誌的な特徴は、馬琴所見の文簡本とは若干の懸隔がある。

（12）中村綾氏は「和刻本『忠義水滸伝』と『通俗忠義水滸伝』―その依拠テキストをめぐって―」（近世文芸86。平成19年）などにおいて、和刻本の施訓者を冠山とする通説に疑義を呈している。

（13）浜田啓介氏「鹿島則幸氏蔵著作堂手沢本忠義水滸伝について」（書誌学月報18。昭和60年）。

（14）『西湖遊覧志余』巻二十五に、「銭塘羅貫中本者南宋時人（中略）而水滸伝叙宋江等事、姦盗脱騙機械甚詳」とあ

り、『書影』の記事はこれにもとづくものであろう。

(15) 『因樹屋書影』には排印本（明清筆記叢書『書影』。一九八一年、上海古籍出版社）があり、また同書の『水滸伝』関連記事（馬琴手沢本よりも一条多い）は、朱一玄等編『水滸伝資料匯編』（二〇〇二年修訂版、南開大学出版社）一三七頁に収められている。

(16) 徳田武氏『日本近世小説と中国小説』（昭和62年、青裳堂書店）、第三部第一・二章参照。

(17) 中村幸彦氏「滝沢馬琴の小説観」。中村幸彦著述集第一巻（昭和57年、中央公論社）所収。

(18) この点は、浜田啓介氏「近世に於ける小説評論と馬琴の「半間窓談」」（『営為と様式』所収）にも指摘されている。

(19) 林鶴梁『鶴梁文鈔続編』（明治十四年刊）の巻二（十二丁裏〜十三丁裏）に平山の墓誌が収まり、それによると平山（諱圭）は、文政八年十二月二十八日に五十七歳で没した。稲田篤信氏「高知平山」（江戸風雅3。平成22年）参照。台湾大学図書館に蔵される『水滸後伝』の蔡元放重訂本は、「瓊響外史」の識語によれば平山の旧蔵である。同本は、罕本中国通俗小説叢刊第四輯（一九七五年、台湾天一出版社）に影印されている。

(20) この書翰が「隠微」の初出であることを指摘したのは、服部仁氏「馬琴の〈隠微〉という理念」（初出は昭和51年。『曲亭馬琴の文学域』所収。平成9年、若草書房）である。

# 第三章　『水滸伝』の作者と馬琴
## ――「今古独歩の作者」羅貫中の発見――

### はじめに

天保四年三月八日付の殿村篠斎に宛てた書翰（③11）の中で、馬琴は以下のように記している。

> 羅貫中ハ、今古独歩の作者なる事、『水滸伝』と『平妖伝』ニて見極め候。おそらく貫中が知音、如此ものハ愚一人ト申もをこがましく候へども、貫中もし霊ありて、此評を聞かば、拍掌歓喜可致存候。

羅貫中は、『水滸伝』をはじめとして、『三国演義』や『三遂平妖伝』、『残唐五代史演義』などの白話小説にも、編者として名前が掲げられた人物である。馬琴は右引用において、この羅貫中を和漢に比類なき大作者としており、同時にそれを見極めた自身の見識を誇ってもいる。もっとも、『水滸伝』の作者説が一様でないことは馬琴も早くから認識しており、この問題に対する彼の考え方は、文化初年から天保初年までの期間に大きく変動した。右引用のごとき見解も、天保期に至ってようやく確立されたものである。

本章では、馬琴が羅貫中を「今古独歩の作者」と認識するに至るまでの過程を整理し、この間の事情が彼の『水滸伝』観、ひいては小説観と、深い関連を有していたことを確認する。その上で、『水滸伝』や『平妖伝』からの趣向摂取が指摘されている、『南総里見八犬伝』の蟇田素藤譚を取り上げ、馬琴の翻案態度や、そこに込められた「勧懲」の意図についても考察を加えてみたい。

## 一　『水滸伝』作者研究の現状

『水滸伝』の作者に関する研究は、日中両国において今日に至るまで不断に進められてきた。殊に二十世紀には、相次いで発見された関連資料に基づいて、複数の学説が提起されたため、研究がきわめて細分化・専門化し、その全貌が見渡しづらい状況に至っている。もとより、このような現状は馬琴のあずかり知らぬことではあるが、『水滸伝』作者に対する彼の考え方が、いかなる傾向を持つものであるかを確認するためには、今日の研究状況を概観しておくこともまた不可欠であろう。

『水滸伝』の作者は、一般に元末明初の施耐庵・羅貫中と目されているが、両人については断片的な資料しか残されておらず、二人の間柄や、彼らが『水滸伝』の成立史上に果たした役割についても、諸説の間で大きな隔たりが存する。

施耐庵については、『水滸伝』の作者としてその名が喧伝されるばかりで、確実な史料が残されていない。金聖歎は『第五才子書施耐庵水滸伝』（七十回本。一六四一年初刊）において、第七十一回までを耐庵の作と断じ、後続部分を羅貫中の続作として切り捨てた。これは、自身の改作を正当化し、権威づけるための作為であり、先行板本との比較によって、容易に看破しうるものである。しかし、七十回本の刊行以後、その伝播が他本を圧倒したため、大陸においては長きにわたって、『水滸伝』の作者は施耐庵と見なされてきた。

二十世紀に入ると、胡適や魯迅によって耐庵の実在が疑問視され、にわかに出現した遺物の真贋論争[1]以降、耐庵作者説は大きく退潮している。「施耐庵」を銭塘の戯曲作者施恵（字君美、あるいは君承。生没年不詳）の別号とする異説も行われているが、これは施恵の活躍時期からはるか後年の資料に基づくものであり、その信憑性は決して高くない。

一方の羅貫中（名は本）については、明代以後の複数の文献に、関連する記述を見出すことができる。とりわけ、戯曲作者の人名簿『録鬼簿続編』に見える以下の記述は、同人の根本資料として重要視されている。

羅貫中　太原人《ノ》、号《ス》二湖海散人《ト》一。与レ人寡《シ》レ合《フコト》。楽府、隠語、極為《テリ》二清新一。与レ余為《スモ》二忘年《ノ》交《ヲ》一、遭《ヒテ》二時《ノ》多故《ニ》一、各天《ノ》一方《ニアリ》。至正甲辰（二十四年。一三六四）復《タ》会《ス》。別来又六十余年、竟《ニ》不レ知《ラ》二其《ノ》所《ヲ》一レ終《ル》。(2)

該書は、鍾嗣成の『録鬼簿』にも増補を加えた賈仲明（一三四三〜？）の嗣作とされる。近年の羅貫中研究は、右の記事とともに、杭州慈渓の儒家趙偕の『趙宝峰先生文集』や、山西県で発見された複数の『羅氏家譜』などを拠り所として、これらを整合させるための解釈をめぐって汲々としている観がある。

しかし、『羅氏家譜』と羅貫中との関連には疑義が呈されており、『宝峰文集』巻頭の「門人祭宝峰先生文」（一三六六）に名を連ねる「羅本」を、羅貫中と断ずることにも確証が得られていない。そもそも、『録鬼簿続編』を賈仲明の作とすることや、同書にあらわれる「湖海散人」羅貫中を、『水滸伝』の作者と見なすことに対しても、傍証の欠如が指摘されている。(3)よって、客観的な立場を保持するならば、施羅両人の経歴は、今日に至るまで何一つ明らかになっていないことになる。

その一方で、近時は特定の作者を想定しない「複数作者説」が台頭しており、ここでは当然、施耐庵や羅貫中の関与が限定的、もしくは否定的に把握されることが多い。中でも、我が国の高島俊男氏や彼の地の陳松柏氏などは、『水滸伝』の成立過程に、元末明初の施耐庵と羅貫中は没交渉であったと断じている。(4)

周知のように、『水滸伝』は『三国演義』と同様に、先行する語りものや演劇などから、多くの素材を吸収しており、ここからも同作を、単独（もしくは二、三）の作者による「創作」と見なすことはできない。また、現存する百回本『水滸伝』の中で、最も古い完本である容与堂本（万暦三十八年・一六一〇序）についても、全体を構成するいくつかの物語の間で、使用された語彙や語りの形式に差異のあることが指摘されている[5]。よって施羅の両人についても、『水滸伝』が形成される過程で、何らかの役割を果たした可能性は残されているものの、彼らを今日的な意味での「作者」と考えるべきではない。

現存最古の完本である嘉靖本『三国演義』は、弘治七年（一四九四）の序文を有し、小説『水滸伝』の最も早い消息を伝える、高儒の蔵書目録『百川書志』は、嘉靖十九年（一五四〇）の成立である。「湖海散人」羅貫中の下世は建文ごろ（一三九九～一四〇二）と推定されており、そこから現存資料における両作の出現までの間には、一世紀近い歳月が経過している。よって、既存の伝承を織り込みながら、首尾一貫した物語に仕上げたのが、元末明初の施耐庵・羅貫中であったにせよ、今日目にしうる『水滸伝』や『三国演義』には、のちの伝写者や刊行者による補筆・改作が施されていると考えねばなるまい。

また、『水滸伝』にあらわれる地名や思想などを拠り所として、同作の成立を明代中葉と主張する研究者もあり[6]、これを是認するならば、施羅の両人は『水滸伝』の大成者ですらなかったことになる。このような見地から、『水滸伝』を百回本の形に仕立て上げた「明の中葉のだれか」が、筆名として「羅貫中」を用いたとする説も唱えられている[7]。

しかし、中国では現在もなお、嘉靖本『三国演義』や容与堂本『水滸伝』の記述に基づいて、施耐庵や羅貫中の本貫や閲歴、思想などを究明せんとする研究が途絶えてはいない。施羅の両人を、自国の先駆的な小説家として寓する彼の地においては、『水滸伝』の複数作者説や、羅貫中を明代文人の仮名とする説は、容易に受け入れがたいもののようである。

## 二　近世期の『水滸伝』作者説

『水滸伝』の本文は、文簡本と文繁本の二種類に大別され、一般に前者は後者を簡略化したものと見なされている。江戸時代初頭に我が国へ齎された『水滸伝』のうち、輪王寺天海蔵に収められる『京本増補校正全像忠義水滸志伝評林』（余氏双峰堂刊。毎半葉上層に挿画あり）や、延宝七年の書き入れがある『二刻英雄譜』（『三国演義』と合刻。京都大学図書館現蔵）は、いずれも文簡本である。もっとも、両本における作者標記は対照的であり、評林本は羅貫中、『英雄譜』は施耐庵のみを掲げる。(8) このように、文簡本『水滸伝』は、作者として施羅のいずれかを掲出する場合が多い。

その後、唐話学流行の機運の中で刊行された、和刻本『忠義水滸伝』（初編、享保十三年刊）の「忠義水滸伝引首」冒頭には、「施耐庵集撰／羅貫中纂脩」と、施羅両人が併記される。この和刻本は文繁本のうち、不分巻百回本を底本とするもので、容与堂本のような分巻百回本よりも遅れて現れた本文である。内題に「李卓吾先生批点」を謳い、巻頭には『焚書』巻三にも収められた、卓吾の「読忠義水滸伝序」を掲げる。この序文中にも、「施羅二公身《ハ》在《テ》レ元《ニ》、心《ハ》在レ宋《ニ》、雖レ生二元《ノ》日《ニ》一、実《ハ》憤二宋《ノ》事《ヲ》一」と記されており、近世期における広汎な読者は、当初から『水滸伝』を「施羅二公」の作品として受け入れたのである。

しかし、彼の地における七十回本の流行は、やがて我が国にも波及し、羅貫中を『水滸伝』作者の位置から排除するような言説もあらわれてくる。宝暦七年に刊行された『通俗忠義水滸伝』初編は、巻頭に「勾（正しくは「句」）曲外史」による「水滸伝序」を掲げるが、ここには施耐庵のみが登場し、羅貫中に対する言及が見られない。

「雍正甲寅（十二年。一七三四）」の年記を有するこの序文は、七十回本の中でも、馬琴が「巾箱本」と呼ぶ一類の異板に付されたものであり、不分巻百回本（ただし和刻本とは異なる）にもとづく通俗本とは、本来無縁のものである。「耐庵《ナイアン》ハ元人、乃《スナハ》チ能ク魏晋ヲ攙《ヒイ》テ之ニ上ル」（原漢文）などの言辞は、施耐庵を唯一の『水滸伝』作者と称えることによって、実際には自らの改作を自讃した、金聖歎の欺瞞に同調するものといえよう。通俗本は、寛政二年刊行の拾遺編「口稟《コウジヤウ》」においても、「元来《モトヨリ》『水滸伝』ハ元朝《ゲンノヨセ》施耐庵《ナイアン》先生ノ作ニシテ」と記しており、作者問題に対する出板書肆の無頓着をうかがわせる。

　また、清田儋叟の『孔雀楼筆記』（明和五年刊）巻二には、「『水滸伝』七十回、施耐庵《シタイアン》作ル。羅貫中《ラクハン》五十回ヲ続《ツギ》ナシ、合テ百二十回トナス。世人ノ知ル所ゾ」という記述が見える。第五才子書の評点に興趣を感じ、貫華堂刊本に基づいて『水滸伝』を講じた儋叟は、同書の作者についても、聖歎の説くところに左袒したのである。

　一方、通俗本完結の二年後に刊行された、抄訳黄表紙『梁山一歩談』（寛政四年、耕書堂刊）自序の中で、山東京伝は原作の『水滸伝』について、「元人《げんひとせ》施耐庵《たいあん》が所　著《あらはすところ》、羅漢冲《らかんちう》亦　補　之《これをおぎなふ》」と説明している。京伝は読本の初作である『忠臣水滸伝』前編（寛政十一年刊）の自序においても、「施耐庵水滸伝」と記しており、著述に際しては和刻本や通俗本を拠り所とした京伝であってみれば、当時一般に行われていた作者説を、無批判に受け入れたのであろう。ちなみに、京伝や馬琴に白話を教授した伊藤蘭洲も、『月氷奇縁』（文化二年、文金堂等刊）の跋文において、馬琴の作風を「耐庵施氏之遺響《ナリ》」と評している。

　このように、施耐庵単独作者説が浸透していく一方で、秋成が『雨月物語』（安永五年刊）の自序冒頭に、「羅子撰水滸、而三世生唖児」という文言を置き、紫女堕獄の伝説に対せしめているのは周知の通りである。また、読本『唐土の吉野』（天明三年、文栄堂等刊）の題辞にも、「那ノ『水滸伝』ハ腐史ヨリモ強《マサ》ルナリ。這箇ノ作者ハ是レ三世唖《ヨシ》生ル」（原漢文）とあり、羅貫中をめぐる応報譚は、狂言綺語を弄する作者たちに、強い反省を促す話柄だったのであろう。

馬琴も『雨月物語』の序文を踏まえて、『占夢南柯後記』（文化九年、木蘭堂等刊）自序の中に、「羅貫三世の瘖《おふし》、紫女堕獄の悔《くひ》、豈《あに》身《し》後《ご》の談ならんや」と記している。また『八犬伝』の回外剰筆においても、彼はこの二つの故事に再度言及しており、偉大な小説を著したために後人から誹謗された和漢の先達を、晩年に至り明を失った自身の境遇に思い比べて、感慨を覚えたようである。(9)

## 三　「忠義」の発見と金聖歎批判

### （一）文化初年の水滸観

すでに前章において整理考察したごとく、馬琴が披見した確証のある『水滸伝』の板本（通俗本を除く）は、以下に列挙するものばかりで、その数は十点にも満たない。

○文繁本

分巻百回本（「李卓吾評閲」）　文化初年頃披閲
不分巻百回本（和刻本。第二十回まで）　文化初年頃入手
百二十回本（郁郁堂後修本）　天保二年購入
七十回王望如本（順治序本）　文化初年頃披閲
同　　右（和刻本。第十一回まで）　文政十二年購入
七十回巾箱本（雍正序本）　文化初年頃披閲、文政十三年購入

○文簡本

卓吾評点本（映雪草堂刊本に類似）　　文化初年頃披閲

京本（双峰堂刊本か）　　文政元年以前披閲

百回本と百二十回本の作者標記が、いずれも「施耐庵集撰／羅貫中纂脩」であるのに対して、七十回本は巻頭署名こそないものの、耐庵の作であることを随所において強調している。文簡本のうち、馬琴の目にした毎半葉絵入りの「京本」が、前節でも触れた双峰堂刊本のこととすれば(10)、同本の作者標記は「中原　貫中　羅道本　名卿父編集」である。また、馬琴が「卓吾評点本」と称する文簡本と、諸々の特徴が合致する映雪草堂刊本（三十巻。東京大学文学部・同大学総合図書館所蔵）は、「元　施耐庵編」という巻頭署名を有し、第一冊の表紙見返しにも「施耐庵原本」と大書される(11)。このように、『水滸伝』の作者標記が、諸々の板本において一様ではないことを、馬琴は早くから実見していたのである。

文化二年九月に刊行された、『新編水滸画伝』初編上帙（北斎画。衆星閣等刊）巻頭の「訳水滸弁《すいこをやくするべん》」の中で、馬琴は『水滸伝』の作者に関して、以下のように記している。

『水滸伝』の作者究《きはめ》て究て詳《つまびらか》ならず。或《あるひ》は洪武のはじめ、越人《ゑつのひと》羅貫中これを作るといひ、或は元人《げんひと》施耐庵《せないあん》が筆なりといふ。田叔禾《でんしゆくくわ》が『西湖遊覧志』に又いへらく、この書宋人《そうひと》の筆に出《いづ》。近曾《ちかごろ》金聖歎、七十回より後《のち》を断《たち》て、羅貫中が続《つぐ》ところとす。因《より》て口を極《きはめ》て羅氏を誣《しひ》、復偽《またいつは》りて施氏が序を前にすといふ。按ずるに、当初《そのかみ》の作者、みづから小説に序して、姓名を露《あらは》す事、あるべうもあらず。こゝをもて人の疑《うたがひ》を惹《ひけ》り。（中略）又『続文献通考』に、羅貫中、『水滸伝』を作りて世を誣《しひる》の報ひ、三世《さんぜ》の子弟みな唖《おふし》なりけるよしを載《のせ》たり。もし果して百零《れい》八人の寓言は、耐庵が筆に起りて、七十回の後《のち》より羅氏が続《つぐ》ものならば、天も人を罰するに私《わたくし》ありといはん歟。羅貫中、姓は羅、名は貫、字は本中、今の人貫中をもて名とするものは悞《あやまり》なり。（中略）古人の

議論かくのごとし、いまだいづれか是《ぜ》なるをしらず。（序十丁）

前章においても確認したように、右の記述は馬琴独自の読書研鑽から得られた成果ではなく、自身の蔵する和刻本『忠義水滸伝』（昭和女子大学図書館現蔵）に、旧蔵者が施した書き入れを襲用したものに過ぎない。前半部分の記述が、周亮工『因樹屋書影』に基づくことは、浜田啓介氏によって指摘されているが(12)、同書の記事も含めて、馬琴手沢本『忠義水滸伝』の書き入れは、右引用の情報源をすべて網羅している。

「訳水滸弁」の中で、馬琴は聖歎評の瑕瑾を複数指摘し、また七十回本に掲出された施耐庵の序文を、聖歎の偽作と看破してもいるが、同人に対して後年のような敵愾心を示してはいない。そればかりか、『水滸画伝』の題号に「忠義」の二字を用いなかったのも、「金聖歎が議論に従」ったものと述べている。

聖歎は七十回本において、百八好漢の宋朝への帰順と、官軍としての遠征とを語る、第七十一回以降の物語を切り捨てる一方、首領の宋江を憎むべき偽善者と規定して、『水滸伝』から「忠義」の要素を排除した。これに伴って、羅貫中は『水滸伝』作者の位置を追われ、施耐庵の傑作たる『水滸伝』に、無用の「忠義」を書き足した「続作者」として貶められたのである。

馬琴は『画伝』の漢文自序において、訳出の底本に聖歎の七十回本を採用しなかった理由を、読者に「遺憾」なからしめるため、とだけ説明している。このように消極的な選択理由は、当時の馬琴が『水滸伝』に対して、いまだ独自の見識を持つには至っておらず、第七十一回以降の物語にも、確たる存在意義を見出していなかったことをうかがわせる。

それでもなお、馬琴は金聖歎の唱える耐庵作者説に対して、「天も人を罰するに私ありといはん歟」と、いわば勧善懲悪の観点から疑義を差し挟んでいる。作者として施羅の両人を列挙する百回本や、『因樹屋書影』の記述などを目にしていた馬琴は、『水滸伝』の作者説に関しては、聖歎の詐術に陥ることがなかったのである。

「訳水滸弁」の中で言及された王圻の『続文献通考』は、『画伝』の「編訳引書」にも掲出されているが、前掲引用に見える同書の記事は、手沢本『忠義水滸伝』に書き入れられた、『因樹屋書影』の抄出にもとづく部分的なものに過ぎない。また、『画伝』の巻頭に掲げられた王望如の序文にも、『続文献通考』に対する言及があり、この記事を『画伝』に施された訓点に基づいて読み下すと、以下のようになる。

近ゴロ『続文献通考』ヲ見レバ、経籍誌中ニ亦タ『水滸』ヲ列シ、且ツ忠義ヲ以テ之ニ命ズ。又タ隣国ニ聞カシムベカラズ。（序一丁裏）

この読みに従うと、『続文献通考』の経籍誌（正しくは「経籍考」）に、『水滸伝』が「忠義水滸伝」として立項されているように理解できるが、実際のところ、王圻は『水滸伝』に「忠義」の二字を冠してはいない。右のごとき断片的かつ曖昧な記述から推すと、馬琴が『水滸画伝』前帙の編述過程で、『続文献通考』を実見したものか疑わしく思えてくる。

『画伝』後帙の巻頭（序四丁裏）には、『続文献通考』の記事が、同書の非を難ずる査慎行（一六五〇～一七二七。馬琴は「清人査慎」とする）『人海記』の記述とともに掲載されている。おそらくは馬琴の友人「整斎」（詳細不明。北静廬、もしくは近藤正斎か）が、右と同様の疑念を抱き、馬琴に忠告を与えたのであろう。これ以降、馬琴が羅貫中の根本資料として扱う、『続文献通考』の記事は、以下のごときものである。

○『続文献通考』巻之百七十七第二張十行云、

『水滸伝』　羅貫著《ス》。貫、字《ハ》本中、杭州《ノ》人。編二‐撰小説数十種《ヲ》一。而『水滸伝』《ハ》叙《ブ》二宋江《ガ》事《ヲ》一。奸盗脱騙機械甚《ダ》詳《ナリ》。然《ドモ》変詐百端壊《ル》二人《ノ》心術《ヲ》一。説者謂《ラク》、子孫三代皆唖《ナリ》。天道好還之報如レ此。

ことさらに巻数や丁数を明記したのは、友人から指摘された自身の不徹底な考証態度に対する反省のあらわれであろう。

（『水滸画伝』巻之六、序四丁裏）

## （二）文政初年の水滸観

文化期における読本述作の経験を経て、文政初年には『水滸伝』に対する馬琴の認識も大きく改まっており、とりわけ『犬夷評判記』（文政元年、山青堂等刊）にあらわれた、『水滸伝』における「忠義」を肯定する態度は、注目に値する。

これ順逆の義なきにハあらず、賢と不肖と、忠義と非道と、その位をかえたるなり。かくて『水滸伝』の作者、彼《かの》一百八人を、魔君に比せしに深意あり。かれらが忠義ハ、聖人の道に齟齬す。譬《たとへ》バ小説に、勧懲教誨《けうかい》の意味あれども、経書正史とあふものあることなし。こゝをもて、賊中の義士を魔君とすること、なほ小説中の教誨を、妄言とするがごとし。

（『犬夷評判記』中之巻、十一丁）

ここで馬琴は、宋朝の奸臣を「不肖」「非道」と評し、「賢」と「忠義」とは迫害された百八好漢の側に存すると述べており、「聖人の道」には合致しない形の「忠義」が、『水滸伝』の中に存することを認めている。

右引用において、馬琴がことさら「経書正史」を引き合いに出したのは、金聖歎の批評態度を念頭に置いたからであろう。聖歎が純然たる正史の『史記』とともに、『水滸伝』や『西廂記』を「才子書」（才子が文章を書くための手本）に数えて、伝統的な文学観に抗したことはよく知られている。また、馬琴は文化初年以来、聖歎が『水滸伝』を評する際に、「動《やゝも》すれば聖教経伝《けいでん》を引」（『訳水滸弁』）いたとする強固な誤認を有していた（注12所掲浜田氏論考参照）。小説独自の存在意義を模索しつつあった、文政初年の馬琴にとって、聖歎の批評態度は許容すべからざるものだったのである。

　文政三年刊行の考証随筆『玄同放言』第二集（仙鶴堂刊）に収められた「詰《ナジル》二金聖歎《ヲ》一」において、馬琴は聖歎に抗う態度を鮮明にする。もっとも、『水滸画伝』の執筆時点と比べて、聖歎に抗うための材料が増加したわけではなく、馬琴の拠るところは『水滸伝』における「忠義」の肯定と、それに伴う百回本尊重の態度であった。

　はじめに洪信が石碣を抜《ひら》きて、魔君を奔《はしら》せしにより、一百八人の豪傑出現し、後に石碣天降《あまくだり》て、魔君を収めたるにより、宋江等一百八賊、その本然《ほんぜん》の善に帰《り》て、国の為に賊を討《うち》、奸を鋤《すく》に至れば、こゝまでが趣向の半体《はんたい》なり。必しも石碣の天降《あまくだり》しをもて、結局とすべからず。（巻三之下、十二丁裏）

　ここで馬琴は、七十回本の姿を不完全なものとし、「本然の善」に立ち帰った好漢たちが、宋朝に「忠義」を尽くす物語の必要性を主張している。その上で彼は、盧俊義・燕青主従の命名に見出した「名詮自性」を、『水滸伝』が百回まで一筆であることの証拠として提示し、「こゝに見ることの疎《うと》かりしはいかにぞや」（十三丁裏）と、聖歎を揶揄するのである。

　ひとしきり聖歎を難詰したのち、馬琴は『水滸伝』の作者について、諸説を引用しながら考察を加えている。ここに掲げられた記事は、郎瑛『七修類稿』を除いて、いずれも和刻本『忠義水滸伝』の書き入れに基づくものであり、その多くが先に引用した「訳水滸弁」の記述と重複する。これらの資料を紹介した上で、馬琴は以下のように総括している。

　かゝれば『水滸伝』を、羅貫中（割注略）が作といふは、普通の説なり。且《ツ》貫はなほ著述多かり。施耐庵《せたいあん》は別に見る所なし。金聖歎が詐欺《そぎ》、いよ〳〵測るべからず。さるを読書の人、『水滸伝』をいへば、かならず施耐

庵が作として、且《ツ》金聖歎を推《おす》もの多かり、こゝろ得がたし。（巻三之下、十五丁）

『第五才子書』に掲げられた施耐庵の自序を、早くから贋物と見抜いていた馬琴は、耐庵を唯一の『水滸伝』作者とする説を、「聖歎が詐欺」と判断している。もっとも、七十回本に先んずる百回本が、作者として施羅の両人を掲げていることは馬琴も認識しており、ゆえに耐庵を『水滸伝』作者の位置から軽率に追いのけてはいない。

文化十二年刊行の読本『皿皿郷談』（木蘭堂等刊）の自序において、馬琴は「胡元施耐庵」を「稗官之書」の先達として讃えており、文政二年刊行の『朝夷巡嶋記』第三集（文金堂等刊）の自序でも、施耐庵と羅貫中とを「元明之際」の「両才子」と称している。いずれも「詰金聖歎」に先行する記事ではあるものの、化政中期の馬琴がいまだ施耐庵を『水滸伝』の作者として遇し、一定の敬意を払っていたことがうかがえる。

## 四　水滸三等観と羅貫中作者説

天保三年四月二十八日付の殿村篠斎宛書翰（②33。本書二八〇頁所掲）で回顧されているように、文政期の馬琴は、白話小説全般に対する興味を喪失していた。この時期における、馬琴の白話小説閑却を象徴的にあらわしているのが、以下に掲げる一文であろう。

『水滸伝』は金聖嘆評、牽強附会の説多く有之候。作者何人か定かならねども、段々に書ひろげ、末の結び出来かね候故、七十回迄にいたし、扨夢に紛らして置候物と被存候。それを、世上の見物が残りをしがり候故、別人が又続ギ候て、百回にいたし候。弥行れ候故、又別人が続ギ候て、百二十回にいたし候。（中略）かゝれば七十回迄、開基の作者の筆也。（中略）末江至候程見ざめいたし候は、その才の及ざる故也。

（文政十年十一月二十三日付殿村篠斎宛馬琴書翰。①39）

『玄同放言』執筆の時点では、好漢たちの「忠義」を許容し、『水滸伝』を一筆と認めた馬琴であったが、右書翰においては、むしろ聖歎の「牽強附会」を是として、七十回本を『水滸伝』本来の姿と述べている。後段を切り捨てて、末尾を「夢に紛らして置」いたのは、宋江の「忠義」を否定した金聖歎の処置であり、右書翰のごとき複数作者説は、文化初年の『水滸伝』観へ逆行したものといえる。

ここで馬琴に聖歎所説への接近を促したのは、『水滸伝』を「勧懲には甚遠」いとする、「訳水滸弁」以来の認識であったと思われる。「本然の善」に目覚めた百八好漢が、宋朝への忠義を尽くした上で離散し、その多くが非業の最期を遂げたにせよ、群盗であった彼らの犯した罪は、容易に精算しうるものではない。よって馬琴は、好漢たちに官軍としての栄誉を与えるよりも、梁山泊の無惨な末路を予感させる、盧俊義の悪夢によって局を結ぶ方が、より勧懲にかなうと考えたのであろう。もっとも、右引用のごとき判断は、「詰金聖歎」の中で、「その筆力、人情を尽すが如きは、寔《まこと》に小説の巨擘《こはく》也、後世これに加《くはう》るものなし」（十三丁表）と、『水滸伝』を激賞した馬琴にしては、あまりに安易に流れたものと評さざるを得ない。

右書翰の染筆から一年ほどの後、馬琴は合巻『傾城水滸伝』第八編（文政十二年、仙鶴堂刊）の自序において、「『水滸伝』を作りしもの、這賊《このぞく》の字を反覆《はんふく》して、宋江をもて忠義とす」と述べており、再び原作における「忠義」を、本質的なものとして認めている。これは百回本の肯定、さらには単独作者説とも直結する見解であり、この時点で馬琴は、文政初年の認識に立ち戻ったと考えてよかろう。

その後も馬琴は、『傾城水滸伝』を執筆する過程で、原作に対する思索を深め、翌文政十三年には、『水滸伝』の構成を「初善・中悪・後忠」の三段階で把握する、「水滸三等観」を確立した。『犬夷評判記』執筆当時の馬琴は、好漢たちの悪行を「文面の仮話《けはひ》」、すなわち小説的な虚構とのみ解釈していたが、「三等観」においては、ここに『水滸伝』作者の勧善懲悪に対する用心を見出しており、「中悪」を全段の構成に不可欠なものとして、作中に位置づけている。

かくて馬琴は、百回本の姿を再度是認し、聖歎の所説にも抗しうる、独自の見解を持つに至ったのであるが、施耐庵・羅貫中の両人に関しては、文政初年以来、新たな知見を得られてはいなかった。『水滸後伝』の評書『半閑窓談』（天保二年四月稿）において、馬琴は「羅貫・耐庵なほながらへて、皇国に来つることありとても、わが言にこそ従はめ」（九丁裏）と豪語しているが、ここにも両人が併記されており、三等観の確立が、即座に施耐庵の排斥と結び付いたわけではない。天保三年九月、木村黙老の『水滸伝考』に加えた補遺の中で、馬琴は「施耐庵といふもの、著述を以世に聞えず、別に考る所なし。恐らくは、金聖歎が誣妄の説なるべし」と記す一方、「この作者の事、諸説区々にして、明証なし。姑く『続文献通考』に従ふべし」とも述べている。当時の馬琴は、羅貫中を唯一の作者と断ずるには、いまだ確証を欠いていたのである。

施耐庵を推す聖歎の主張は虚妄に過ぎず、羅貫中こそが真の『水滸伝』作者であるという確信を馬琴に与えたのは、同じ貫中の作とされる神怪小説『三遂平妖伝』であった。『平妖伝』は、宋代の貝州における王則の反乱を背景として、妖魔たちの跳梁と伏誅とを描いた物語である。同作には、二十回本と四十回本とがあり、後者は前者に大幅な増補を加えたものとされている[13]。享和二年には、四十回本に基づく通俗本（第十回まで）が刊行されており、馬琴も天保三年以前にこの通俗本を繙いたが、その折には発端部分の物語を、「さのミおかしからぬ物」としか感じられなかった（天保三年七月朔日付篠斎宛書翰。②38）。

天保三年閏十一月に、馬琴が買い入れた四十回本（図1。国会図書館現蔵）は、嘉慶十七年（一八一二）書業堂刊本のうち、第二十九回までの不全本である。十二月八日付の桂窓に宛てた書翰（②64）の中で、馬琴はこの四十回

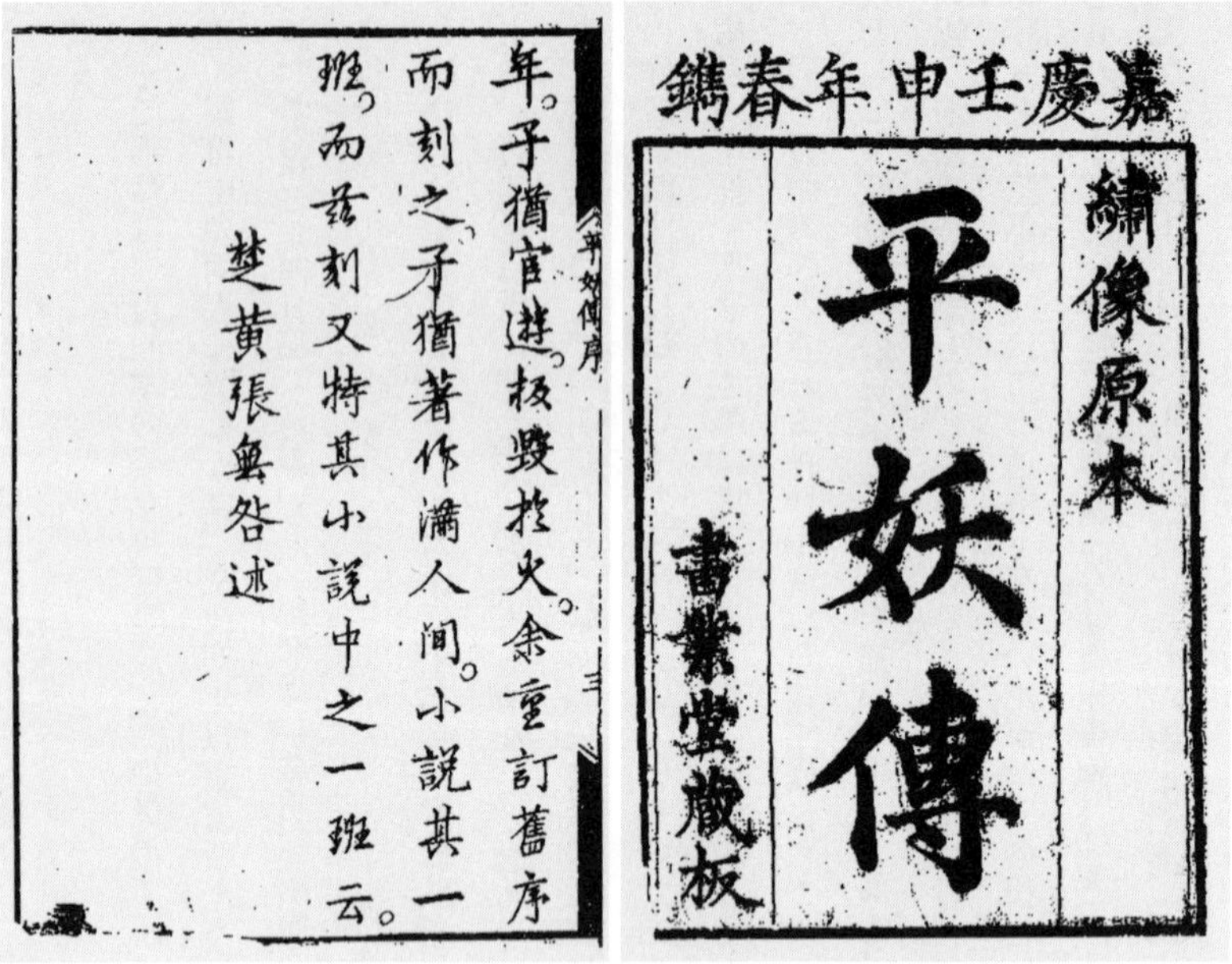


図１　四十回本『三遂平妖伝』（馬琴旧蔵）前表紙封面・序末

本『平妖伝』を、「古今の妙作ニて、甚おもしろく」と、非常に高く評価している。その一方で、同書の作者については、「原本廿回、羅貫中が作也。それを明朝の龍子猶が追補して、四十回になしたるよしニ御座候」と、序文の記述を略叙するばかりである。二十回本は未見、四十回本も終盤部分を未読の段階では、この問題に対する明確な判断を示せなかったのも、無理からぬことであろう。

翌天保四年正月、馬琴は桂窓所持の二十回本『平妖伝』（図2）を落掌し、前後四日にして読了、同月十四日には篠斎・桂窓の両人に宛てて、同作に対する「愚衷のあらまし」を認めた。そこで馬琴は、同本を「実に羅貫中の作に相違あるまじく候」と断じ、妖人たちの来歴を詳細に描いた四十回本の増補を、「羅貫中の本意」に齟齬するものと評しており、二十回本における「冥々の理」に、彼がひとしおの興趣を覚えていたことがうかがえる。(14)

二十回本重視の姿勢は、同年四月に執筆された『三

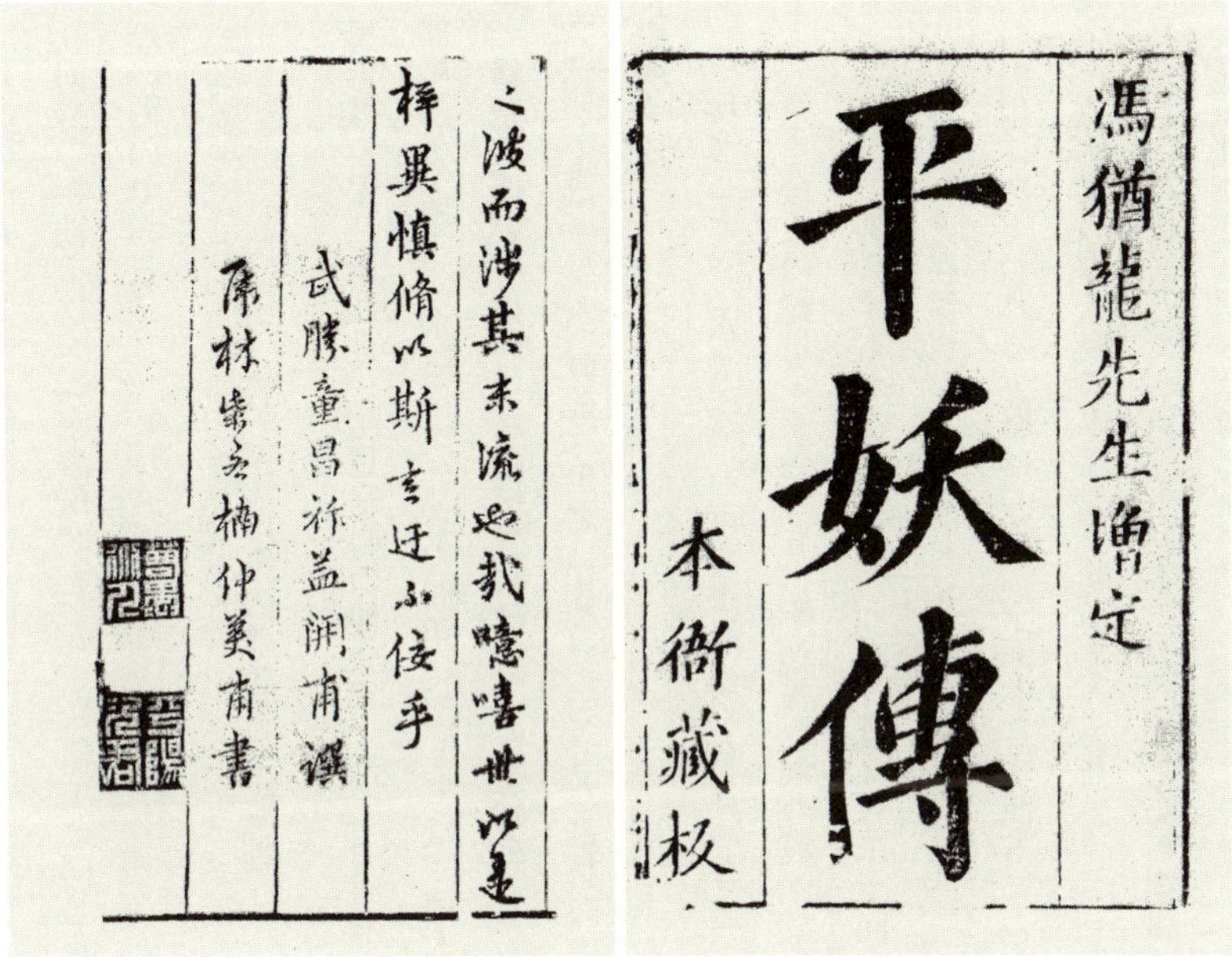


図２　二十回本『三遂平妖伝』（西荘文庫旧蔵）前表紙封面・序末

遂平妖伝国字評』（早大図書館曲亭叢書蔵）においても貫かれており、この中で馬琴は、二十回本の作者とその作風について、以下のように記している。

原本二十回は、元人羅貫中の手集といふ。（中略）今その書によりて、細に思ふに、その文古体にして、明人の口調に似ず、脚色も又工緻にして、深意あるに似たれば、羅貫中の作なること疑ふべからず。（四丁表）

羅貫中が作の稗史は、文外に勧懲の深意あり。そをいかにして知りたるぞとならば、余は『水滸』『平妖』の二伝を看て発明したり。（中略。「水滸三等観」を略叙する）かゝれば『平妖伝』も亦、『水滸伝』を看ぬる眼をもて、その意を味へば、勧懲文外にあり。只看官の悟り得ざるのみ。（六丁裏～七丁表）

本章の冒頭に引用した、羅貫中を「今古独歩の作者」と評する、三月八日付の篠斎宛書翰は、右の評書に先だって染筆されたものである。「工緻な脚色」

と「勧懲の深意」とを兼備するゆえに、馬琴は二十回本『平妖伝』を、羅貫中の真作と判断した。それに伴い、やはり同様の特性を持つ『水滸伝』を、『平妖伝』と同じ羅貫中の編述とする馬琴の認識が、ようやく確固たるものとなったのである。

## 五　百二十回本の尊重と王慶譚

馬琴は天保二年九月、渡辺崋山の仲介で、百二十回本『忠義水滸四伝全書』（四帙三十二冊）を買い入れている（第一部第五章参照）。『水滸伝』作者の問題に関しては、同本も益するところがなかった模様であるが、この百二十回本の繙読に伴い、彼の『水滸伝』観は若干の変動をきたしている。

『四伝全書』入手の直前、馬琴は篠斎に宛てた書状の中で、百二十回本の購入を思い立った動機を、以下のように説明する。

按ズルニ、『水滸伝』ハ百回が最初の全書ニ有之、柳世雄・王慶・段三娘抔の事を作り加へ候。この廿回ハ、全く後人の蛇足ニ候へども、それ将明人のわざなれば、古キ事ハいとふりたり。実に王慶抔の事ハいとハしくテ、あらずもがなと存候へども、既に百二十回を全本と唱来り候上ハ、右の百二十回の全本こそ重宝なるべけれと存候也。　（天保二年八月二十六日付。②8）

右引用にあらわれる王慶は、百二十回本と文簡本にのみ登場する人物で、百八好漢が征伐する「四寇」の一人であり、淮西で反乱を起こして楚王を称し、八郡八十六州県を横領するに至った。併称される田虎が、まとまった伝を持たないのに対して、百二十回本における王慶の物語は、第百一回から第百五回にわたる長大なもので、この間、百八好漢はひとたびも登場しない。

そもそも百二十回本は、先行する文簡本から田虎・王慶討伐の物語を借り来たって、二十回の分量に増補改変し、これを百回本に挿入する形で作り上げられたものである。その来源たる文簡本においても、征田虎・征王慶はのちに「挿増」されたものであり、ゆえに前後の物語とは関連が薄く、独立性の強い章段となっている。

右引用で馬琴が念頭に置いた『水滸伝』は、文中に「この廿回」とある以上、文繁百二十回本に相違ないが、柳世雄は文簡本の王慶譚のみに現れる人物であり、百二十回本や通俗本には登場しない。よって、馬琴が「いとハしくテ、あらずもがな」と評した王慶の物語は、以下のように語り起こされるものであったはずである。

> 十万禁軍の教頭・王慶は、武術の試合で六国の使臣に勝利して、国家の面目を施す。太尉高俅は、恩人柳世雄を取り立てるべく、彼を勇者王慶との試合に臨ませる。王慶はわざと敗れるよう、事前に密命を受けていたが、これに逆らって世雄を打ち負かす。高俅はこの一件を遺恨に思い、些細なことで王慶を罪に落とし、淮西の李州へ配流する。　（映雪草堂刊本『水滸伝全本』巻二十六冒頭梗概）

文簡本の王慶は、権臣に迫害された硬骨漢が、やむなく朝廷に叛くという、「官逼民反」の類型で描かれており、ともに八十万禁軍の職にありながら、高俅に憎まれて野に下った王進や林冲の悲運を想起させる。これに対して百二十回本の王慶は、その人物設定が金持ちの道楽息子に改変された上に、父親王砉《おうけき》の因縁譚が付加されている。また、その配流の原因も、枢密童貫の養女嬌秀との密通に改められ、「女色」を忌避する百八好漢との間で、顕著な差別化が図られた。

馬琴は文化初年以前に、おそらくは通俗本拾遺編によって、百二十回本同様の王慶譚にも目を通していたと思われるが、繁簡両本の間で同人の物語が相違することについては、何ら言及していない。右書翰の記事において、馬琴が不用意に柳世雄の名前を挙げているのは、好漢たちとの差異が曖昧で、勧善懲悪への配慮が見出しづらい、文簡本における王慶伝の粗雑さが、より強く印象に残っていたからであろう。

天保二年の九月上旬、馬琴は崋山から届けられた『水滸四伝全書』の購入を検討すべく、同本をあちこちと飛び読みしているが、この折の披閲に、増補の二十回分が含まれたか否かは不明である。また、馬琴日記に徴する限りでは、同本を買い入れた後も、馬琴が田虎・王慶征伐を精読した形跡は、長きにわたって見出すことができない。

しかし、『四伝全書』の購入以降、馬琴はそれまでの百回本を重く見る態度から、征田虎・征王慶が付加された百二十回本を重視する立場へと傾斜してゆく。天保三年九月執筆の『三遂平妖伝国字評』には、「『水滸』は、百二十回の長物語なれば」（十一丁裏）とあり、ここには百二十回本を一筆と見る態度がうかがえる。

馬琴が生涯に披閲することを得た百回本は、冒頭二十回のみの和刻本を除くと、『水滸画伝』執筆の過程で借覧した北静廬蔵本（首巻を欠く）のみであり、同本に関する馬琴の記憶も、天保期には薄らいでいたものと思われる。その一方で、「『水滸伝』には、あぶらのり居候時節」（天保二年十月朔日付篠斎宛書翰。②16）であった馬琴が、七十回本ならざる『水滸伝』の唐本を、初めて机辺に備えることが叶った喜びは、並々ならぬものであったに違いない。さしたる思索の跡も見られぬまま、馬琴が『水滸伝』を、羅貫中の手になる「百二十回の長物語」と断定したのは、このような事情に起因するものと想像できる。

天保四年六月十九日、馬琴は『四伝全書』の第七十七回から第八十回までを繙読し、さらに第百二回から第百四回にも目を通している。後者はまさに王慶譚の一部であるが、右三回のみではいかにも収まりが悪いので、おそらく馬琴は第百一回の末尾から第百五回の半ばまで、すなわち王慶の伝をひと通り読了したことであろう。その際に彼は、百二十回本における王慶の造型が、自身の記憶とは相違することを認識したはずである。ただし、この時の繙読によって、王慶の物語、ひいては増補分二十回に対する馬琴の評価がどのように変化したのか、この点をうかがうことのできる彼の言説は残されていない。とはいえ、田虎・王慶征伐の物語は、百回本と百二十回本との優越論において、決定的な意味を持つものであり、馬琴もそこに、何らかの「照応」や「隠微」を探ろうとしたことであろう。

王慶譚披閲に先立ち、馬琴は六月八日から十八日にかけて、『四伝全書』のうち、第七十二回から第七十六回が収まる一冊を、補写や点裁を加えつつ精読している。その際、第七十二回で宮中に潜入した柴進が、睿思殿の屏風上に見出した「四大寇」の姓名は、必ずや馬琴の目を惹いたことであろう。そこには「山東宋江」と共に、「淮西王慶、河北田虎」が名前を連ねており、増補部分との対応関係を容易に見て取ることができる。あるいは、この照応を発見したことが、引き続き王慶伝にも目を通す動機となったのではあるまいか。

また百二十回本の巻頭に抄録された、『大宋宣和遺事』の『水滸伝』に関連する記事の末尾には、諸路の巡検使となった宋江ならびに三十六人の好漢が、「三路之寇」と方臘とを平定した旨が記されている。百二十回本の披閲に際して、『宣和遺事』が『水滸伝』の藍本であることを再認識した馬琴は、梁山泊軍による賊寇討伐が四度に及ぶ必然を、右の記述中にも見出したものと考えられる。

ここで当然持ち上がるのは、二十回にわたる増補部分の中で、なぜ馬琴が王慶の伝ばかりを披見し、田虎の物語（第九十回後半〜第百一回前半）や、百八好漢による王慶討伐（第百五回後半〜第百十回前半）には目を向けなかったのか、という疑問である。後年、馬琴は『八犬伝』九輯下帙下編上の「間端附言《ママ》」において、「羅貫中の大筆なすら、修羅闘諍《たうじやう》は、余韵始《はじめ》の如くならず」と述べているが、件のおよそ十六回分の物語は、まさに百八好漢と賊寇との「修羅闘諍」に終始しており、閑却の理由はこの点に求められるものと思う。これとは対照的に、王慶譚は増補二十回分の中でも悪漢の発跡を語る特異な章段として、馬琴の印象に強く残っていたのであろう。

## 六　蟇田素藤と「羅貫中が作の稗史」

『南総里見八犬伝』第九輯上套（天保六年、文溪堂等刊）の巻四・第九十九回の末尾で、馬琴は以下のように記している。

抑《そも〳〵》這一巻《このひとまきに》両回《だん》は、『水滸伝』なる王慶の、小伝の筆に擬《ぎ》したる歟《か》、都《すべ》て八犬士の事に干《あづか》らぬ、肬贅《いうぜい》（左傍訓「〇イレコト」）の話に似たれども、是後回《こうくわい》の襯染《したそめ》にて、這事《このこと》なくはあるべからず。（二十八丁裏）

同輯の巻之三、第九十七回にはじまる蟇田権守《ごんのかみ》素藤の伝は、父親但鳥跖六《たゞとりせきろく》の応報譚から説き起こされ、八百比丘尼妙椿の登場と、素藤の里見家に対する謀叛を語って、巻之六、第百三回に至る。この間、八犬士が一向に登場しないことを慮って、馬琴はことさらに右の自注を加えたのである。

前節で確認したごとく、馬琴が百二十回本『水滸伝』における「王慶の小伝」に、何らかの「襯染」を見出していたか否かは判然としないが、王慶譚が馬琴にとって、「余韵」の少ない増補分二十回の中では、とりわけ印象に残る章段であったことは間違いない。馬琴は右の自注において、王慶伝と同様に主人公が長期間登場せず、本筋との関連が稀薄な『八犬伝』の素藤譚を、「肬贅」「蛇足」と誤認して、ここに込められた「後回の襯染《したそめ》」を見過ごすことのないよう、読者に注意を促している。

もっとも、蟇田素藤と王慶との間に、複数の類似点が見出されることを考慮すると、馬琴はここで王慶の名前を、単に「肬贅」の事例として掲げたわけではなかったようである。特に、その伝が父親の因縁譚から説き起こされることや、好色の無頼漢という設定が、両者の間に共通しており、滅びを約束された巨悪を造型すべく、馬琴は意図的に百二十回本の筋立てを取り入れたものと考えられる。

一方、素藤の物語については、『三遂平妖伝』からの影響も指摘されており、特に素藤と妙椿との関係は、『平妖伝』における王則と聖姑々・胡永児母娘との関係を映したものとされている[15]。馬琴は黙老評の答評などにおいて、妙椿・素藤譚と『平妖伝』との関連を否定するのであるが、これは評者の指摘が表面的であることを難じ、さらなる思索を求めるための便法だったのではあるまいか。

そもそも王則と王慶とは、刑戮される謀叛人として、非常に似通った造型を施されており、馬琴が『平妖伝』と『水滸伝』のいずれを意識したのかを、個々の要素について見極める必要があろう。またその際には、『水滸伝』や『平妖伝』の本文が一様でないことにも意を用いねばなるまい。

素藤と王慶・王則に共通する要素を、素藤の造型を中心として整理すると、次掲の表のようになる。素藤との間で、もっとも多く共通する要素を有しているのは、四十回本『平妖伝』の王則であるが、馬琴は素藤譚起筆の時点で、同本における王則登場以降の物語を未見であり、両者の相似は遇合と見なすべきであろう。

左の表からも明らかなように、蟇田素藤の造型には、百二十回本『水滸伝』の王慶と、二十回本『平妖伝』の王則とが併せ用いられており、特に親の代からの悪因縁や、素藤自身の奸智は、両人以上に徹底されている[16]。してみれば、馬琴は二十回本『平妖伝』のみならず、天保四年に改めて披閲した百二十回本の王慶伝にも、羅貫中の作として一定の興趣を覚えていたのではあるまいか。

「官逼民反」型の硬骨漢として造型された文簡本の王慶よりも、好色性や悪因縁を付加され、徹底した悪人として描写される百二十回本の王慶の方が、より勧懲に合致する謀叛人の姿として、馬琴の意にも適ったと思われる。特に王慶が陝州の管営張世開を殺害するまでの展開は、悪人の伝としてまとまりもよく、馬琴はこれを羅貫中によ

素藤と王慶・王則の造型

| | 父親 | 父親の悪事 | 父親の末路 | 性情 | 好色性 | 領民へ施恩 | 下克上 | 女妖の援助 |
|---|---|---|---|---|---|---|---|---|
| 『八犬伝』素藤譚（天保五年執筆） | 但鳥跖六 | 盗賊。胎児を喰らう | 応声虫のため刑死 | 性悪・暴勇・奸智 | 朝貌夕顔に未練。浜路姫への邪恋。 | 神薬と金を与える | 城主を殺した兎巷遠近を騙し討ちにして館山城主に | 妙椿 |
| 『水滸伝』120回本（天保二年購入） | 東京の富豪王砉 | 訴訟好き。親戚の墓地を詐取 | 失明。反乱に連座 | 放蕩。武芸好き | 蔡京の娘と密通 | ×描写なし | △張世開を殺害し逃走 | ×登場せず |
| 『水滸伝』文簡本（化政期披閲） | ×登場せず | ×同右 | ×同右 | △武勇あり。高俅の命に屈せず。 | ×描写なし | ×描写なし | △張世開を殺害し逃走 | ×登場せず |
| 『平妖伝』20回本（天保四年披閲） | ×登場せず | ×同右 | ×同右 | △不明瞭 | ×描写なし | 銭米を施す | 知事を殺害して貝州を奪う | 聖姑々・胡永児 |
| 『平妖伝』回40本（天保七年披閲） | 貝州の王大戸 | 隣人の墓地を詐取 | 王則以外一家病死 | 武芸あり。法術を好む。好色無頼。 | 民間の女子を納め享楽に耽る | 銭米を施す | 知事を殺害して貝州を奪う | 聖姑々・胡永児 |

※文簡本は『水滸志伝評林』に拠る。△は明確に一致しないもの。×は相違するもの。

る妙趣向と判断して、自作の中にその面影を映したのであろう。もっとも、馬琴が王慶の伝に見出した興趣と、『水滸伝』の作中における増補二十回の存在意義とは、おのずから別個の問題であり、『八犬伝』における趣向摂取を、馬琴の百二十回本尊重と安易に結びつけるべきではあるまい。

百二十回本の王慶は、右に掲げたもの以外にも、初登場の際にその容姿を描写した賛詞の文句や、反物の購入をめぐって上役に謀られる筋立てなどが、四十回本の王則と共通している。四十回本『平妖伝』の増補と、百二十回本『水滸伝』の刊行には、いずれも明末の小説家馮夢龍が関わったとされており(17)、両本における謀叛人の造型が似通っているのも、無理からぬことかも知れない。

『平妖伝』と『水滸伝』との近縁関係は、四十回本と百二十回本との間に存するばかりでなく、二十回本と百回本との間にも、特に表現上の類似が数多く指摘されている。(18)『水滸伝』の百回本と百二十回本との間には、細かな異同があるものの、両本は基本的に筋立てや行文を同じくしており、百回本『水滸伝』と二十回本『平妖伝』との共通項は、当然その多くを、百二十回本『水滸伝』の中にも見出しうる。百二十回本『水滸伝』と二種類の『平妖伝』とを比較対照することが可能であった馬琴は、両作の間に数多の類似点を発見して、『平妖伝』と『水滸伝』とが、ともに羅貫中の作品であるという確信を深めたことであろう。

馬琴は『八犬伝』の素藤譚において、これら二作品における叛逆者の造型を取り入れつつ、素藤の悪逆を両人以上に徹底して描き込み、自作の勧善懲悪をより明瞭なものとしている。このような自身の作為を、馬琴は「今古独歩の作者」たる羅貫中にも勝るものとして、ひそかに誇るところがあったのではなかろうか。

## おわりに

以上本章では、『水滸伝』作者に関する馬琴の認識について、その変化発展の過程を跡づけ、その上で『八犬伝』の蟇田素藤譚にうかがわれる、羅貫中作品からの影響についても考察を加えた。

天保四年、二十回本『平妖伝』を披見した馬琴は、同本の中に勧懲の隠微を見出して、羅貫中が「今古独歩の作者」であることを認識した。これに伴って、馬琴は『水滸伝』の作者もまた羅貫中であることを確信し、金聖歎の唱える耐庵作者説を、「詐欺《そぎ》」として一蹴する論拠を得たのである。この「羅貫中単独作者説」の獲得に伴い、馬琴は文化初年以来久しく対峙してきた、金聖歎の『水滸伝』批評を、ようやくにして乗り越えることができたといえるであろう。

一方、馬琴は天保四年以降、『水滸伝』の百回本よりも百二十回本を重く見る姿勢を示しており、この見解は後年まで保持されているが、これをもって馬琴が田虎・王慶征伐に、確たる存在意義を見出していたとは考えづらい。天保十二年刊行の『八犬伝』九輯下帙下編上の「間端附言」には、「『水滸伝』一百二十回は、羅貫中が一筆に成る所、其《その》証文多くあり」と記される一方、その前後には「宋朝の為に、遼を伐ち方臘を征する」「征伐二度に至りて、百八人の義士多く陣歿《うちじに》」などの文句も見えている。ここに端なくも露呈しているように、馬琴は百回本と百二十回本との差異に、さほど意を用いてはいない。

よって、馬琴晩年の百二十回本尊重も、その意図するところは聖歎七十回本の否定にあり、結末を同じくする百回本と百二十回本との間に、彼は明確な優劣を見出していなかったのではあるまいか。『水滸伝』の百二十回全てを、羅貫中の一筆と見なすことについて、馬琴が「四大寇」の姓名や『宣和遺事』の記述以上の「証文」を持ち合わせていたものか、現在知られている彼の言説からは判断を下しかねる。しかしいずれにせよ、右「間端附言」の記述からもうかがえるように、馬琴が百二十回本を優位に置く根拠は脆弱であり、ともすれば閑却される程度のものであった蓋然性が高いのである。

**注**

（1）浙江省興化県で発見された、墓誌をはじめとする耐庵の遺物は、一九二八年にその一部が紹介され、一九五二年以降、調査と研究が行われたが、いずれも贋物と結論づけられた。詳細は高島俊男氏『水滸伝の世界』（昭和62年、大修館書店）「十一　誰が水滸伝を書いたのか？—施耐庵と羅貫中」参照。

（2）引用は、『新校録鬼簿正続編』（一九九六年、巴蜀書社）に拠る。

（3）杜貴晨「近百年『三国演義』研究学術失范的一个顕例—論『録鬼簿続編』「羅貫中」条資料当先懸置或存疑」（北京大学学報39—2。二〇〇二年）、姚玉光「論『録鬼簿続編』的作者并非賈仲明」（中国典籍与文化、二〇〇三年三期）など。

（4）高島氏注1前掲書、陳松柏氏『水滸伝源流考論』（二〇〇六年、人民文学出版社）。

（5）高野陽子・小松謙氏「『水滸伝』成立考—語彙とテクニカル・タームからのアプローチ—」（小松氏『「四大奇書」の研究』所収。平成22年、汲古書院）。

（6）張国光「『水滸』祖本探考—兼論施耐庵為郭勛門客之托名」（『古典文学論争集』所収。一九八七年、武漢出版社）、浦安迪（Andrew H. Plaks）『明代小説四大奇書』（一九九三年、中国和平出版社）など。

（7）高島氏注1前掲書、佐竹靖彦氏『梁山泊　水滸伝・一〇八人の豪傑たち』（平成4年、中公新書）。

（8）『二刻英雄譜』の下段『三国演義』の冒頭には、「元　東原　羅貫中　演義」とある。なお、同書は京都大学漢籍善本叢書（昭和55年、同朋舎）に影印されている。

（9）本章第二節における引用は、以下の諸書に拠る。和刻本『忠義水滸伝』、慶應義塾図書館蔵本。『通俗忠義水滸伝』、近世白話小説翻訳集（汲古書院）。『孔雀楼筆記』、日本古典文学大系『近世随想集』（岩波書店）。『梁山一歩談』『忠臣水滸伝』、山東京伝全集（ぺりかん社）。『雨月物語』、勉誠社文庫。『唐土の吉野』、中村幸彦著述集第七巻（中央公論社）。

（10）毎半葉絵入りの「京本」としては、『京本全像挿増田虎王慶忠義水滸全伝』（欧州各地に分散。首巻を欠くため作者標記不明）もあるが、同本はわが国への渡来が確認できない。

（11）映雪草堂本の五湖老人序には、「耐庵・貫中ノ良意ニ負カザルニ庶シ」とある。馬琴も黙老『水滸伝考』の補遺において、この序文に言及している。

（12）浜田啓介氏「近世小説の水滸伝受容私見―『新編水滸画伝』と馬琴の金聖歎批判」。『近世小説・営為と様式に関する私見』所収。

（13）欧陽健「『平妖伝』―『水滸伝』的姉妹篇」（『明清小説采正』所収。一九九二年、台湾貫雅文化事業）は、二十回本を羅貫中の原本ではなく、現存四十回本とは異なる、何らかの先行板本からの拙劣な刪節本と見なしている。

（14）馬琴は天保七年正月、桂窓所持の写本によって、四十回本を末尾まで披閲し、「二十八回迄見候ひしときハ、旧伝に不及こと遠しと存候ひしが、結局迄見候へバ、旧伝に勝れること多し。補綴の小説、天晴の名作、かくのごときハ稀也」（同年二月朔日付桂窓宛書翰。④37）と、認識を改めている。

（15）得丸智子氏「『八犬伝』と『平妖伝』」（国語国文60―10。平成3年）参照。同氏の考察にもとづき、両作における細かな趣向の類似を列挙したものに、崔香蘭氏「『南総里見八犬伝』（『館山城合戦』）における『平妖伝』（『貝州城合戦』）の趣向」（『馬琴読本と中国古代小説』所収。平成12年、溪水社）がある。

（16）無論筆者も、素藤が王則と王慶のみを材料として造型されたとは考えていない。播本眞一氏「『南総里見八犬伝』の神々―素藤・妙椿譚をめぐって」（『八犬伝・馬琴研究』所収）は、素藤の背景に大国主の息子建御名方神を想定している。また、高田衛氏「遊戯三昧之筆―馬琴・虚構の工学」（文学（隔月刊）8―1。平成19年）には、『水滸伝』を含む先行文芸と、素藤の造型との関連を論じた箇所がある。

（17）明末の許自昌『樗斎漫録』巻六には、馮夢龍が百二十回本の刊行者袁無涯と共に、李卓吾批点の『水滸伝』を校訂したことが見え、また四十回本『平妖伝』には、「龍子猶（馮夢龍）」の増補を謳うものがある。しかし、『平妖伝』の増補については、馮夢龍の関与を否定する説も提起されている。

（18）羅爾綱『水滸伝原本和著者研究』（一九九二年、江蘇古籍出版社）は、これらの一致を論拠として、『水滸伝』の七十回までを羅貫中の真作とする異説を立てるが、この見解は大方の支持を得られていないようである。

# 第四章　馬琴と金聖歎

## ――『水滸伝』の評価をめぐる対立――

### はじめに

第二・三章においては、「諸本」と「作者」という二つの観点から、馬琴の『水滸伝』観の変遷をたどり、それらが和漢の小説全般に対する彼の考え方と、密接に関わっていることを跡づけてきた。『水滸伝』に対する馬琴の評価は、彼の生涯を通じて一様であったわけではなく、とりわけ長編合巻『傾城水滸伝』（文政八年～天保六年、仙鶴堂刊）の執筆過程では、大幅な振幅を示している。

馬琴が『水滸伝』を論じる際には、同書の批評家として名高い金聖歎にも言及することが多く、同人が馬琴の『水滸伝』観に与えた影響の大きさは、この一事からも容易にうかがいうる。馬琴と聖歎の『水滸伝』に対する見識や評価を比較検討する試みは、これまで目加田誠氏や浜田啓介氏、徳田武氏などによって精度が加えられてきた(1)。しかし、先駆的な目加田氏の論考には聖歎を偏重するきらいがあり、一方で馬琴側の資料を掲げる際には、時系列に頓着しない傾向が見受けられる。この問題を追究する際には、両人の置かれた時代背景は無論のこと、各人の思考の特性やその推移にも目を配ることが求められるであろう(2)。

以下本章においては、前章までの考察を踏まえつつ、前掲諸氏の驥尾に付して、馬琴の『水滸伝』観や聖歎観の変遷を追尋し、両人の対立軸が那辺に存したのかを闡明してみたい。なお、ここに掲出する馬琴側の資料の多くは、すでに諸先学によって指摘されたもの、あるいは本書に既出のものであるが、それらを逐一注記するには及ばなかった。

## 一　馬琴目睹の聖歎情報

金聖歎は蘇州府長洲県の出身で、旧名を采、字を若采といい、明朝滅亡の後に名を人瑞、号を聖歎と改めた。彼の堂号として名高い「貫華堂」について、彼の地の研究者陸林氏は、これを友人韓住のものと判断し、聖歎は自身の書斎を「唱経堂」とのみ称したという異説を唱えている。[3] 順治十八年（一六六一）、呉県の知県任維初を弾劾する民衆暴動、いわゆる「哭廟案」の巻き添えとなり、聖歎は五十四歳で刑死した。

聖歎生涯の概要は右のごとくであるが、同人に関する馬琴の認識には誤りが多く、「貫華堂」を「金聖歎が堂号なり」（『玄同放言』「詰金聖歎」）とするのはもとより、聖歎を「呉門」「金瑞」などと称するのも妥当ではあるまい。「呉門」の呼称は、『新編水滸画伝』初編上帙（文化二年、衆星閣等刊）の「訳水滸弁」に、「呉門が外書」（序十一丁裏）の形で用いられている。これは同書の巻頭にも掲げられた、桐庵老人（王望如）の序文中に、「呉門金聖歎」とあるのに拠ろうが、蘇州の異称「呉門」を、彼の呼称として単独で用いるのは異例である。一方、特に文政末年以降多用される「金瑞」に関しては、『玄同放言』第二集（文政三年、仙鶴堂刊）巻三ノ上において、馬琴が『封神演義』の序者褚人獲を、「チヨウヂクワク」（三十四丁表。傍点筆者。以下同）と訓じている[4]ことから推すと、金人瑞を「金氏、名は瑞」と曲解していたのであろう。

また、同人の最期についても、馬琴は正確な情報を持ち合わせず、森島中良『桂林漫録』（享和三年刊）に紹介された、聖歎が街中で役人を愚弄し、これがもとで処刑されたとする異聞を、実説として受け入れたようである。『玄同放言』の「詰金聖歎」においては、その詳細を『桂林漫録』に譲った上で、「作者宜《よろしく》儆箴《いましめ》となすべきもの歟」（巻三之下、十四丁裏）と書き添えており、話題に上せることすら忌避している。もっとも、張景運『秋坪新語』巻七に見えるこの記事は(5)、悪意ある捏造、もしくは誤伝とすべきものであり、管見に及んだ聖歎資料集の類は(6)、いずれもこの記事を採録していない。しかし馬琴にとっては、聖歎の平生を伝えるほぼ唯一の資料であり、この記事によって煽られた悪感情は、彼の聖歎理解にも少なからぬ影響を与えたものと思われる。

その横死によって、聖歎が予定していた著作の大半は未完成、もしくは未着手のまま終わったが、それでも『第五才子書水滸伝』をはじめとする十余点の遺著は、活字本六冊の全集（注3参照）を成すだけの分量がある。『商船載来書目』（国会図書館蔵）や『舶載書目』（宮内庁書陵部蔵）によると、江戸時代の我が国には、聖歎が諸家の名文を集めて批評した『天下才子必読書』や、唐代の七律を前後四句ずつに分断して評解した『唐才子詩甲集』、彼の著作十点を収める『貫華堂才子書彙稿』なども将来されていた。しかし、馬琴がこれらを披閲した形跡は認められない。

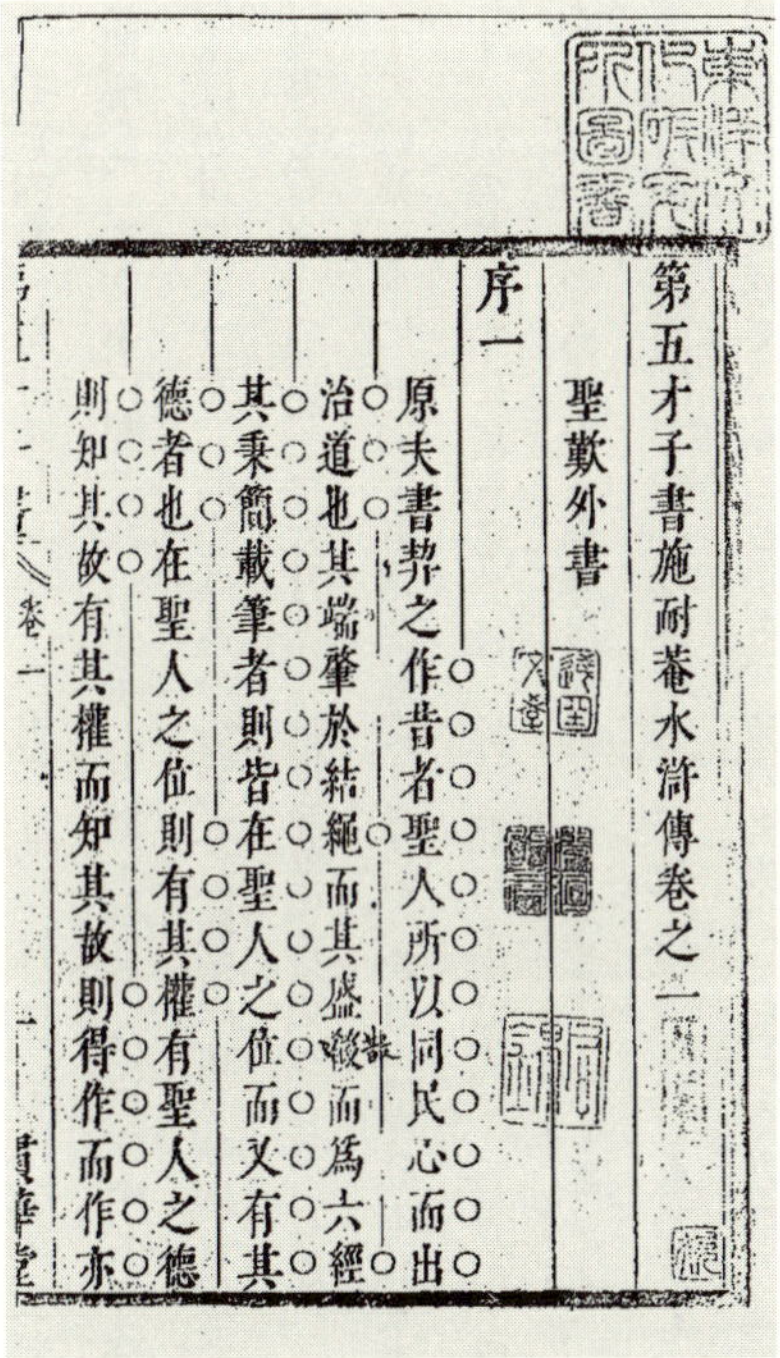
第五才子書施耐菴水滸傳卷之一
聖歎外書
序一
原夫書契之作昔者聖人所以同民心而出
治道也其端肇於結繩而其盛殺而為六經
其秉簡載筆者則皆在聖人之位而又有其
德者也在聖人之位則有其權有聖人之德
則知其故有其權而知其故則得作而作亦

図1　『第五才子書施耐庵水滸伝』巻頭

聖歎は自身の著書を、易学や仏教に関する「内書」と、文芸批評を主体とする「外書」とに区分しており、『第五才子書水滸伝』や『第六才子書西廂記』の巻頭には、「聖歎外書」と標記されている（図1）。『通宗易論』や『聖人千案』（ともに『才子書彙稿』所収）のごとき「聖歎内書」を目睹しなかった馬琴は、「外書」の語を読法や各回総評など、作品の外部に置かれた批評のことと曲解し、本文中に配された評語（夾批・眉批）に対応する呼称と見なしていた。これは、王望如の序文や総論・回末評が付加された、七十回本の後刻本（順治序刊。酔耕堂刊本など）を説明して、「金聖歎本の大本ニハ、王望如の外書も有之」（天保二年六月十一日付篠斎宛書翰。②6）と述べている点からも明らかである。

すでに第二章においても言及したように、馬琴は聖歎本『水滸伝』の貫華堂原刻本（無図）を披見する機会を持たず、彼の著述中に現れるのは、件の順治十四年（一六五七）序刊の王望如本と、雍正十二年（一七三四）序刊の小刻本ばかりであった。馬琴は前者を「大字本」や「順治本」、後者を「巾箱本」や「雍正本」と称しており、両本を『新編水滸画伝』の「校定原本」に数えている。もっとも、文政十三年（天保元年）に至って、雍正序刊の巾箱本を買い入れていることから、彼の机辺には長らく唐本の『第五才子書』が常備されていなかったようである。

一方、『第六才子書西廂記』に目を転じると、馬琴は同書を享和年間以前に目睹したものと思しく、『蓑笠雨談』（享和四年、耕書堂等刊）の自序において、「金聖歎嘗テ手紙筆墨ノ四費ヲ以テ『西廂記』ヲ批ス」（二丁表。原漢文）と記している。また、考証随筆『燕石雑志』（文化七年、文金堂等刊）の巻一には、「『会真記』は金聖歎《セイダン》が外書せし『西廂記《セイサウキ》』の巻端に載《ノシ》たれば」（三十四丁表）とあり、ここで言及されるのも、唐代小説『会真記（鶯々伝）』を附録とする『第六才子書』であった。[7]

文化五年時点の蔵書状況を留める『曲亭蔵書目録』（東洋文庫蔵）には、「西廂記　華本　八冊」が登録されており、これは「曲亭購得書目」（第一部第二章Ⅱ参照）に見える「西廂記」と同一のものであろう。馬琴の所持した『西廂記』については、文政十三年三月二十六日付の殿村篠斎宛書翰（別紙。①61）に、以下のような記述を見いだしうる。

文化中、老拙蔵弆の『西廂記』ハ、ある俗語家の点をつけ候本ニて候ひき。文庫無之候故、本ばこかさミ候間、小説ものハ一覧後、他本と交易いたし候まゝ、この書も今ハ蔵弆不仕候。

また、天保三年四月二十八日付の篠斎宛書翰（②33）には、この付訓本『西廂記』の代金が「壱方」であった旨が記されている。

馬琴は『水滸画伝』や『玄同放言』において、『第六才子書』の序文を論う一方、同本における聖歎のほしいまな字句の改変には説き及んでいない。よって彼は、聖歎本以外の古本『西廂記』を目にする機会が得られなかったものと考えられる。してみれば、彼が所持した華本『西廂記』もまた聖歎本であった蓋然性が高く、同本の施訓者である「俗語家」の書き入れは、馬琴の聖歎理解に何らかの影響を与えたことであろう。

『水滸伝』や『西廂記』と共に、馬琴の半ば独善的な聖歎観の形成に深く関与したのが、『曲亭蔵書目録』に「三国志演義　聖歎本　十冊」として登載された、毛宗崗本『三国演義』である。『三国演義』諸本の中でも、もっとも整備された本文を有する毛本は、一般に順治元年（一六四四）の聖歎序文を掲出し、各巻巻頭でも「聖歎外書」を謳っている。ゆえに馬琴はこれを「聖歎本」と称し、幸田露伴も聖歎の批評した俗文学の中に、『三国志演義』を数えたのである。(8)しかし、毛本『演義』の聖歎序は、酔耕堂刊本に掲げられた李漁の序文を、後人が改作したものであり、(9)この事実が確認されて以降、毛宗崗本における聖歎の参画も否定された。

とはいえ、声山・宗崗父子の手になる毛本『三国演義』は、形式・内容の両面において、聖歎本『水滸伝』からの影響が顕著であり、ともに長洲の出身である聖歎と宗崗との間には交流も存したようである。(10)よって、毛本『演義』における後人の虚偽が看破されるためには、聖歎の生涯や著作の全貌が解明されるのを俟たねばならなかった。『水滸伝』の耐庵序文を、聖歎による偽作と看破した馬琴も、毛本『演義』の聖歎序が真作でないことには思い至らず、毛氏父子による言説の一部を聖歎のものと見なす誤解は、晩年に至るまで改まらなかったのである。

以上のように、聖歎に関する馬琴の知識は、少なからぬ誤謬を含むものであり、これらを基礎として組み上げられた馬琴の理解や評価も、今日から見れば不正確・不徹底の譏りを免れない。ただし、聖歎が騒動の首謀者として誅殺されたため、彼の生涯に説き及んだ記事は、清朝の統治下では公刊が憚られたものと思しく、今日においても同人の閲歴にはなお不明の点が多い。ましてや、近世期の我が国において、正確な聖歎像を把握することは困難であり、これは馬琴とは対照的に聖歎の見識を高く評価した、清田儋叟などの場合も同様であったと思われる。

もっとも、馬琴は金聖歎という人物やその著作について、稗史の批評家という側面以外には、さしたる興味を示しておらず、同人に関する情報を積極的に収集せんとした形跡も見受けられない。聖歎のことを、「よく小説を見て、外書批註せしものならねど」（「詰金聖歎」）と決めつけた馬琴ではあるが、同人の思想を理解しようとする姿勢に欠けるため、その論難は一貫性を欠き、各々の言辞が発せられた時点における、彼自身の小説観を色濃く反映している。次節以下ではその具体相を、年代を追って眺めていくこととしたい。

## 二　「訳水滸弁」の聖歎評価

### （一）聖歎評の「取べからざること」

馬琴が初めて聖歎に対する論評を行なったのは、文化二年に刊行された『新編水滸画伝』初編上帙巻頭の「訳水滸弁」においてである。この時点では、馬琴も後年のごとき強烈な敵愾心を示してはいないが、それでも四つの「取《とる》べからざること」を挙げて、聖歎の批評態度を難じている。

㈠批評の中で、しばしば「聖教経伝」を引用する。

㈡毛本『三国演義』の「読三国志法」との間で、『水滸』と『三国』との優劣が矛盾する。

㈢「読第五才子書法」に見える、「水滸伝は鬼神怪異の事を説《とか》ず」という評語は、作品の実際と合致しない。

㈣『水滸伝』作者の「宿怨」や「冤苦」に関する見解に一貫性がない。

目加田誠氏は、これら諸点を逐一排撃した上で、馬琴には聖歎の評語を「理解するだけの思想的根拠がなかった」と結論づけている（『営為と様式』二三五頁）。第二章においては、同氏の論考を紹介するにとどめたが、馬琴の聖歎観や『水滸伝』観の変遷をたどるためには、改めて「訳水滸弁」の所説に考察を加えておかねばなるまい。

馬琴による難詰の一点目、聖歎が評中に多く「聖教経伝」を引用するという記述について、目加田氏はこれを「金聖歎一流の筆法」と評するばかりで、馬琴の指摘するような傾向が、聖歎の『水滸伝』評に存することを認めている。のちに浜田啓介氏は、聖歎本の評語を精査した上で、馬琴の論難が必ずしも聖歎評の実情にそぐわないことを指摘し、「金氏の水滸評の全容を把握して得た見解ではない」と結論づけた（『営為と様式』二六二頁）。

このように不正確な馬琴の認識には、同じく聖歎の批評した『西廂記』や、馬琴が聖歎の関与せるものと見なした、毛宗崗本『三国演義』などが影響していたことであろう。『第六才子書西廂記』を著した当時、聖歎は老荘や仏説への傾斜を強めており、同書の批評は「聖教経伝」に限らず、既存の思想を踏まえた難解な言辞に満ちている。また後年馬琴が「詰金聖歎」において、「金聖歎が理を推し史を引《キ》たる、外書」（巻三之下、十九丁裏）と難じたごとく、毛宗崗父子は『三国演義』の各回冒頭に置かれた総評の中で、『史記』をはじめとする史書の記述を引き合いに出すことが多い。このような両書の印象が、『第五才子書』に臨む際にも、馬琴の中に先入観として存在し、難解な文言は「聖教経伝」に由来するものという、短絡的な判断をなさしめたのではあるまいか。

毛本『演義』にまつわる誤解は、右の㈡にも影響しており、「才子書之目、宜シク三国演義ヲ以テ第一ト為スベシ」という「読三国志法」末尾の一節が、聖歎の発言と見なされた結果、『演義』を貶めて『水滸伝』を激賞する『第五才子書』との間に矛盾を生じたのである。馬琴は「詰金聖歎」の中で、この撞着を「媒婆といふとも猶羞《はづ》べし」と痛罵しているが、もとよりこれは聖歎の与り知るところではない。

残る二点については、馬琴の指摘に首肯すべき点もあり、特に妖星の化身たる百八好漢を活写する『水滸伝』が、「鬼神怪異の事」を語らないとする聖歎の見解には、馬琴ならずともにわかに承服しかねることであろう。もっとも、目加田氏が指摘したように、この論評は『西遊記』との比較においてなされたものであり、聖歎は『水滸伝』が『西遊記』に比して、「現実の人生社会」を「淋漓として描き出した」点に着目したものと考えられる。

「読第五才子書法」の中で、聖歎は小説執筆の特性を「因文生事」、すなわち文章をもって虚構を組み上げていく点に見出し、史書における「以文運事」、つまり文章によって既成の事実を記述するという性格に対置している。事実の裏付けがない小説を支えるのは、客観的にものごとの本質を見極める態度（「格物」）と、個々の事件について、その原因や関連性を明確にする技法（「因縁生法」）とであり、これを具備した『水滸伝』の作者施耐庵を、聖歎は「格物君子」と賞讃した。(11) その上で彼は『西遊記』の難点として、三蔵一行が窮地に陥ると、常に「南海観音」が救いの手を差し伸べることを挙げており、これは物語の展開が、「因縁生法」に対する省察を欠く故であろう。

一方で聖歎は、七十回本の第四十一回に描かれた、宋江が九天玄女から天書三巻を授かる一段を、「是レ奸雄ガ搗鬼《ワルダクミ》」（第四十三回総評）と断じ、作中の事実とは見なしていない。また百八好漢の中でも、妖法を用いる人物に対して、聖歎の「読法」は芳しい評価を与えておらず、公孫勝を「中上ノ人物、員《かず》ニ備フルノミ」、戴宗については「中下ノ人物、神行ヲ除却スレバ、一件モ取ルニ足ラズ」と評している。さらに、公孫勝が幻術を行う場面についても、聖歎の評語はその登場の遅延を揶揄するもの（第六十九回）か、作者の叙述態度を賞美するもの（第五十三・五十九回）ばかりであり、術者当人やその妖法を賛嘆する態度は見受けられない。つまり聖歎は、『水滸伝』における「鬼神怪異の事」について、局所的な趣向としてはその存在を認めても、筋立ての上で不可欠な要素とは見なしていないのである。

九天玄女の登場と同様に、第七十回で梁山泊に「石碣」が落下して、百八好漢が宿因を感悟する一段もまた、『水滸伝』における「鬼神怪異の事」の最たるものといえるであろう。この石碣下降も宋江の「搗鬼」ではないかと主張する「或《あるひと》」の問いかけに対して、聖歎は以下のように返答している。

作者ハ亦タ只ダ叙事既ニ畢リ、重ネテ一百八人ノ姓名ヲ一一排列シ出シ来タリ、一部七十回ノ書ヲ為スニ、睛ヲ点ジ穴ヲ結スルヲ図ルノミ。（同回総評）

ここはむしろ、容与堂本[12]の眉批（欄上評）のごとく、「這ハ是レ公孫勝ガ妖法」「這ハ是レ呉用ガ詭計」などと判断する方が、論旨の一貫性を保てるであろう。しかし、聖歎は「七十篇之結束」として、百八好漢の名前が石碣を含めて四度も列挙されることを「筆力奇絶」と激賞するばかりで、その虚実や結構には、さしたる興味を示していない。彼にとって、「鬼神怪異の事」を交えずに語られるべき物語の本体は、石碣の下降以前「既ニ畢」っていたのであろう。してみれば、洪太尉により伏魔殿が暴かれる冒頭部分を、聖歎が「楔子」と称して第一回の前に別置した操作にも、妖星飛散という怪異譚を、形式的な発端として本文と区別する意図が存したのかも知れない。

少なくとも、前掲㈢のごとき馬琴の難詰は、右のごとき聖歎評における「鬼神怪異の事」の処遇を詳細に検討した上でなされたものではなかった。ここで思い合わされるのは、「画伝執筆当時に於ては回評・行間評を熟読して考慮する暇がなかった可能性があった」とする、浜田氏の指摘である（『営為と様式』二六三頁）。聖歎評に対する馬琴の理解は、後年の「詰金聖歎」においても深化した形跡が見受けられず、彼が『第五才子書』全段を精読したのは、ことによると文政末年の巾箱本購入以降であったかも知れない。

最後の㊃は、「読法」において「施耐庵本ト一肚皮ニ宿怨ノ発揮シ出シ来ルヲ要スルナシ」とする聖歎が、「楔子」の総評では「此ノ書ヲ為《ツク》ル者ノ胸中、吾其ノ何等ノ冤苦有リテ、而シテ必ズ言ヲ一百八人ニ設クルヲ知ラズ」と述べている矛盾を難じたものである。目加田誠氏は、聖歎の思考経路を忖度し、特に前者が李卓吾の「読忠義水滸伝序」（『焚書』巻三。和刻本『忠義水滸伝』巻頭にも所掲）に対する反駁であることを指摘した上で、「之をしも馬琴のように、只金聖歎の矛盾という可きであろうか」（『営為と様式』二三五頁）と疑義を呈している。もっとも、同氏も別の論考においては、聖歎の二つの言説を「正しく矛盾の言である」（同上、二五三頁）と述べておられるように、これらがいかなる形で整合しうるものか、容易には判断を付けかねる。前者を作品全体の執筆動機、後者を登場人物に託した作者の憤懣と区分して考えるのも一法であろうが(13)、聖歎への疑念が先行していた馬琴に、かくのごとき好意的な理解は求むべくもあるまい。

以上の四点は、『玄同放言』の「詰金聖歎」においてもほぼそのまま反復されており、馬琴にとっては見逃すことのできない重大な瑕瑾だったのであろうが、いずれも言葉尻を捕らえた末節の問題であり、聖歎評の本質を突いたものではなかった。

（二）聖歎評価の不徹底

先の四項目に続けて、馬琴は聖歎の人物評を「仮を弄して真となすに過《すぎ》たり」と批判し、『第五才子書』の耐庵序文が、聖歎の偽作であることを謗ってもいる。文芸批評に初めて「性格」という術語を持ち込んだ聖歎は(14)、「読法」の中で「水滸伝ノ一百八個ノ人ノ性格ヲ写スハ、真ニ是レ一百八様」と、百八好漢を描き分けた施耐庵の才筆を賞美した。「人柄」「人となり」などの語を用いて、作中人物の性格に言及することのある馬琴も、聖歎の月旦には承服しかねる部分が多かったのであろう。後述するように、人物評価における両人の対立は、百八好漢の首領たる宋江の造型において、もっとも尖鋭化するのである。

『第五才子書』に掲げられた施耐庵の序文が贋作であることを、馬琴は「西廂記外書の序説」によって看破したというが、その具体的な論拠を示してはいない。この点について浜田氏は、『西廂記』の序一「慟哭古人」と『水滸伝』の耐庵偽序とに共通する、「唐喪」という語に注目し、これを馬琴の拠り所と推定された（『営為と様式』二六二頁）。浜田氏の着眼には敬服するが、語句次元の問題であれば、『玄同放言』においても明言されていないのは訝しく、そもそも「唐喪」を用例の稀な言葉と認め、「金氏特有の語癖」と判断するだけの見識が、文化初年の馬琴に備わっていたものか、非常に心もとない。

その一方で、当時の馬琴は聖歎評を全面的に否定してはおらず、むしろ同人の主張に「取《とる》べき事」があり、自身も『水滸画伝』編述の過程で、それらを「校讐《こうしゅう》翻訳」の資としたことを認めている。『画伝』の冒頭部分においては七十回本、特に順治序刊本に倣う部分が多く、先に言及した桐庵老人の「水滸序」はもとより、口絵の形式や賛辞、姓氏目録などには、いずれも王望如本からの強い影響をうかがうことができる。さらに、不分巻百回本の翻刻である和刻本が、「引首」として掲げる導入部分を、馬琴は聖歎の用語を採用して「楔子《かっし》」と呼び替え、この言葉の意味を半丁（序十八丁表）にわたって解説してさえいる。『画伝』をここまで読み来たった読者の多くは、同書が七十回本に基づくものという錯覚をおぼえるに違いない。

かくのごとき順治本への大幅な依存は、馬琴の披閲した唯一の唐本百回本である北静廬所持の「李卓吾評閲」本が、序文や口絵を欠いていたこととも無縁ではなかろう。しかし、「水滸序」の採用や「楔子」への呼称変更などは、この点からだけでは説明が付けられず、むしろ馬琴は聖歎の『水滸伝』観に敬服するところがあり、自作においても聖歎本、特に順治本の姿を積極的に踏襲したのではあるまいか。

馬琴が七十回本に学んだのは、その形式ばかりではなく、彼は『水滸画伝』の述作に際して、原作『水滸伝』を批評する聖歎の姿勢にも追従している。馬琴は「訳水滸弁」において、聖歎を難詰する以前に、「水滸伝に十三箇《か》の文法あり」として、聖歎の「読第五才子書法」に列挙された諸文法を紹介し、自身も「纔《わづか》にその意を受《うけ》てこれを訳せり」（序十丁表）と宣言した。やはり浜田氏が指摘したように、聖歎の文法は正しくは十四項目であり、馬琴は「草蛇灰線法」の一条を脱しているが、これは和刻本『忠義水滸伝』の自家蔵本（昭和女子大学図書館現蔵）に「読法」を抄記する際、件の一項に目印の「○」を落としたことに起因する。「驟《には》カニ之ヲ看レバ、有レドモ物無キガ如ク、細尋ニ至ルニ及ベバ、其ノ中ニ便チ一条ノ線索有リテ、之ヲ拽カバ通体倶ニ動ク」と説明される「草蛇灰線法」は、第十一回や第十四回の評中にも現れており、馬琴が七十回本の聖歎評を精査していなかったことは、この一件にも露呈している。よって、聖歎の定めた「文法」を馬琴がじゅうぶんに理解し、これを『水滸画伝』の編訳に役立てたと考えることは難しい。

そもそも、聖歎は『水滸伝』を「才子書」、すなわち才子が文章を書くための手本として激賞しており、十四箇の「文法」を提示したのも、読者の文章作成に資することを目的としていた。彼は小説一般に価値を認めたわけではなく、『水滸伝』における施耐庵の筆法に、司馬遷『史記』と相通じるものを見いだし、自ら改作を加えた『水滸伝』を、『史記』と並べて「才子書」に数えたのである。馬琴はこのような聖歎独自の批評態度に思いを致してはおらず、ゆえに彼の聖歎理解は、多分に独善的なものとならざるを得なかった。

『水滸画伝』編述の底本に選ばれた、伝岡島冠山施訓の和刻本は「忠義水滸伝」と題され、その巻頭には李卓吾の「読忠義水滸伝序」を掲げるが、「画伝」の題号には「忠義」の二字が用いられていない。馬琴はこれを「金聖歎が議論」に従ったものと説明しており（序八丁裏）、反賊から転じた百八好漢が宋朝に尽くす「忠義」を、聖歎同様に快からぬものと感じていたのであろう。聖歎は自身の批評態度を「忠義ヲ削リテ水滸ニ仍《よ》ル」（『第五才子書』序二）と規定しており、招安以降の物語を切り捨てたのも、この信条にもとづく所為であった。

馬琴は文化四年刊行の中本型読本『苅萱後伝玉櫛笥』（木蘭堂刊）の附言において、『水滸伝』の題号に「忠義」を冠するのを「恥《はづ》べき事」と決めつけている。同じ附言の前段には、「新《あらた》に一部の小説を作るに、善人を誣《しい》て悪人に作《つくり》かへず、悪人をたすけて善人に作りかへず」ともあり、当時の馬琴にとって、百八好漢に「忠義」を見いだすことは、史上の悪人を善人に作り変えるにも等しい行為だったのであろう。してみれば、彼が『画伝』の巻頭に卓吾の文章ではなく、望如の「五才子水滸序」を掲げたのも、単に和刻本との重複を厭ったからではなく、李卓吾の説くところに承伏できなかったためなのかも知れない。

それでも馬琴は、『水滸画伝』の底本に百回本を選び、巻頭（前表紙封面）にも「全伝一百回」と明記しているが、底本選定の理由については、「此ノ書七十回ニ終ル時ハ、則チ閲ル者尚ホ遺憾有ルニ似タリ」（巻之一、序二丁表。原漢文）と説明するばかりである。『水滸伝』における百八好漢の「忠義」を、勧善懲悪に適合しないものとして否定的に捉えていた当時の馬琴は、好漢たちが宋朝に帰順した後の物語にも、積極的な存在意義を見出せなかったのであろう。

聖歎本の「楔子」は「引首」のみならず、百回本における第一回の内容をも含んでいるが、馬琴は『水滸画伝』において、引首のみを「楔子」として扱い、本文巻之一は百回本の第一回と同様に、仁宗御前の朝議から語り起こしている。このように折衷的な形式からは、百回本を底本に選びながら、七十回本の姿にも一定の理を認めるという、馬琴の『水滸伝』諸本に対する評価の不徹底が看取できる。『水滸画伝』の巻頭に、「水滸ノ一書七十回」と始まる王望如の序文を掲げる一方、百回本採用の理由を、読者の「遺憾」でしか説明できなかった文化初年の馬琴は、いまだ『水滸伝』という作品に対して、確たる見識を持ち合わせてはいなかった。よって、「訳水滸弁」における聖歎批判が、前述のごとく論拠に乏しいのも、無理からぬことといえるのである。

## 三　文化期の著述活動と聖歎評

文化中期以降、馬琴は先輩京伝をも凌いで、自他共に認める江戸読本の第一人者となる。読本述作の経験から独自の小説観を構築した彼は、その過程で聖歎の『水滸伝』観に対する疑問や反発を、次第に募らせていったことであろう。文政三年に至って、その大要が『玄同放言』の「詰金聖歎」に示されることとなるが、文化期における彼の言説には、いまだ聖歎に対する評価の逡巡を読み取ることができる。

『水滸画伝』の刊行が杜絶した後、馬琴は文化五年刊行の中本型読本『巷談坡隄庵《つゝみのいほ》』（慶賀堂刊）の中で、烏有の門人逸竹斎達竹に仮託した同作の評語を「右金聖歎ガ外書、酔卿祭酒ガ総評ニ倣《ならひ》テ、蛇足ノ弁ヲ添フ」（原漢文）と説明する。「酔卿祭酒」は、李漁の著した『十二楼』や『連城璧』などの小説集に、眉批や総評を加えた睡郷祭酒杜濬（一六一一～八七）のことと思しく、ここで馬琴は小説の批評家として、同人と聖歎とを併称したのである。その一方で、同じ読本の「援引書籍《しよじやく》目録」を説明する一文では、「古人小説を批するに、動《やゝも》すれば史伝を附会し、仮《か》を弄《ろう》して真《しん》となすの類《たぐひ》にあらず」（巻上、六丁表）と、聖歎の批評態度を婉曲に難じている。

とはいえ、文化期の馬琴は作品の形式や構成の上でも、聖歎評から多大の影響を蒙っていた。それを端的にうかがいうる事例として、諸先学が揃って言及するのが、文化五年刊行の読本『頼豪阿闍梨怪鼠伝』（仙鶴堂刊）である。門人魁蕾痴叟の名義で記された同書各回末尾の総評中、巻一のものは「是《これ》一部の楔子《かつし》なり」（三十三丁裏）と結ばれ、巻五のものは「評に云《いはく》、この巻すべて楔子《かつし》あり」（二十丁裏）と語り起こされる。特に後者において、馬琴は『第五才子書』「楔子」の総評から、「正楔」「奇楔」の語を借用して、自作の結構を説明したのち、以下のように述べている。

　古人云《いはく》、楔子は無中の有生《うせい》にして、みな憑空《ひやうくう》の詞《ことば》なり。今按ずるに、楔子は蓮《はちす》を砍《きる》に、藕中《ぐうちう》の糸、その砍るに随《したがつ》て竭《つき》ざるが如し。亦瞿曇《ぐどん》氏に十二因縁の説あり。亦是浮屠《ほとけ》家の楔子なり。（二十一丁表）

右引用のうち、冒頭の一文は『水滸画伝』にも引用された、王望如の「楔子」総評中に見える記述である。同じ『怪鼠伝』の巻三には、「楔子は物をもて、物を出《いだ》すの謂《いひ》なり」（二十一丁裏）ともあり、文化期の馬琴は、物語における緊密な構成を説明する際、聖歎評に由来する「楔子」や「楔」の語を、「因果」とともに度々用いている。

聖歎の批評態度には疑問を抱きつつも、彼の術語を用いて自作の結構を説明していた当時の馬琴は、異邦の先輩に対して、いまだ一定の敬意を抱いていたことであろう。馬琴の気持ちを聖歎につなぎ止めていたものは、『三国演義』の「外書」を聖歎の作と見なす誤解であったと思われる。

すでに徳田武氏が指摘しておられるように（『日本近世小説と中国小説』七一七頁以下）、馬琴は読本『昔語質屋庫』（文化七年、文金堂等刊）の巻二「第四　諸葛孔明が陣大鼓」の中で、毛宗崗本『三国演義』の「読三国志法」第一則の内容を、「以上金聖歎が評に本《もと》づく」（十六丁表）として掲げている。また、宋人兪文豹の『吹剣録』における諸葛亮誹謗に反駁した「論蜀解錮」（文化十二年十一月執筆）の中でも、馬琴は聖歎の所説に言及し、「夫レ聖歎ハ、稗官者流ナリ」と規定して、「乃チ儒モ亦タ稗官者流ニ如カズ」（いずれも原漢文）と断じた。馬琴は後年、実作者ならざる聖歎の『水滸伝』評を「素人評」と一蹴しているが（文政十一年三月二十日付篠斎宛書翰。①42）、文化期においてはいまだ聖歎を自身と同じ「稗官者流」と目していたのである。

さらに、「論蜀解錮」に先だって染筆された、文化十二年六月二十四日付の黒沢翁満宛書翰（①11）にも、以下のような記述を見いだしうる。

愚ハ只『三国志演義』の批評、及金聖歎が外書などを、毎に感佩仕候故、こゝらを本に仕候。さりながら、『三国志演義』といへども、実事のミにあらず、孔明が弾琴して仲達を退たりなどいふ事ハ、作り事也。是虚実相半して、亦史氏の意を失ハず。しかもくハしく、しかも明なるを妙とす。

毛本『三国演義』の「外書」（読法や回末総評）を、聖歎の手になるものと誤認していた馬琴は、そこに示された見解に「感佩」し、自身が和漢の小説を評価する際にも、「本」として重んじたという。後半部分に記された内容は、「史伝もの」読本における馬琴の創作態度にも通じるものであり、五年後に公刊された「詰金聖歎」においても、やはり『演義』第九十五回の「武侯弾琴退仲達」などを例示しつつ、ほぼ同趣旨の虚実論が述べられている。これらの記述は、毛本『演義』が馬琴の小説観に与えた影響の大きさを改めて認識させるが、馬琴は同本の「外書」を聖歎の言説として受容したことは銘記せねばなるまい。

その一方で、馬琴は同じ書翰の後段において、「昔、金聖歎が『水滸伝』を批するに、聖経史書を引て、人物の賢不肖を評せしを、世の胡慮に仕候事也」とも述べている。「訳水滸弁」における「聖教経伝」が、ここでは「聖経史書」に改まっているものの、『水滸伝』の聖歎評に対する馬琴の不正確な認識には、『画伝』の編述から十年余を経過したこの時点においても、大きな変動が見受けられないのである。

## 四　『犬夷評判記』と「詰金聖歎」

馬琴初期の『水滸伝』観は、伊藤蘭洲や北静廬、あるいは『西廂記』に訓点を施した「俗語家」や、馬琴購得の『忠義水滸伝』初編に、数多の情報を書き入れた旧蔵者などの影響を受けつつ形成されたものと思われる。これらの人々が、『水滸伝』の批評家である金聖歎に対して、それぞれどのような見解を有していたかは不明であるが、馬琴は聖歎理解においても、先達の言説に多大な感化を蒙ったと見ねばなるまい。

　天保四年三月八日付の篠斎宛書翰（③11）によれば、馬琴は四十年ほど前に、石川雅望から『醒世恒言』を借覧したといい、その時期はおおよそ寛政・享和の頃と考えられる。寛政元年ごろから「蛾術斎」の号を用い始めた雅望は、『通俗醒世恒言』（寛政二年、耕書堂等刊）の訳者であり、また馬琴と同様に白話小説を趣向源として用いた読本作者でもあった。馬琴はこの雅望からも、『水滸伝』を含む白話小説について、少なからぬ教示にあずかったのではあるまいか。

　早大図書館曲亭叢書に伝存する雅望の『ねさめのすさび』は、その書写奥書によれば、寛政九年に『蛾術斎慢筆《（ママ）》』の上巻のみを、馬琴みずから筆写したものという。同書の二十七丁裏に、以下のような一段を見いだしうる。

> 　水滸伝
>
> 宋江は仁智の長者にして、賊となれるは拠なきより出たること、人のしれるがごとし。しかるを金世歎《（ママ）》が評に、しひて宋江を姦智の大賊として評せるはことわりなし。『宋史』にみへたる淮南の盗宋江はにくむべし。『水滸伝』の書るごとくならば、にくむべきものにあらず。世歎が論は、還道村にて宋公明三巻の天書を、九天玄女より得るといへる所にて説きはまれり。かの説のごとくならば、いかで天女のたすけあらんや。作者の本意にかなはざる評なり。

二箇所の「世歎」に、何ら注記を施していないことから推せば、寛政期の馬琴は『水滸伝』の評者金聖歎について、さしたる知識や関心を持たなかったものと考えられる。(15) 馬琴は後年、『水滸画伝』の編訳を通して、『水滸伝』が自作の範とすべき巨編であることを認識する一方、同作の批評家としての聖歎に毀誉相半ばする感情を抱き、右の記事にも改めて目を向けたに違いない。その証左となるのが、いずれも化政中期に綴られた、以下に掲げる二つの記事である。

　さしもの金聖歎なれども、『水滸伝』を見損《みそん》じて、只管《ひたすら》宋公明を、巨盗《おほぬすびと》と見て評せし故に、九天玄女《きうてんげんぢよ》が、天書を宋江に授《さづく》る段に至りて、評窮《きはま》れり。（『犬夷評判記』中之巻、十丁表）

又その李逵を抬挙《ちきよ》して、独《ひとり》宋江を責《せむ》るを、作者の大象《たいしやう》とすといふ事もこゝろ得がたし。『宋史』ニ所云《イハユル》、准南《ワイナンノ》盗《ヌスビト》　宋江は、責《ム》べく罪すべきものなれども、『水滸伝』なる宋江は、ふかく憎むべきものにあらず。彼等、罪を賊塞に避《さけ》て、天威を凌《しの》ぎ、財宝を掠奪《りやうだつ》し、行人《たびゝと》を屠殺せしを罪せんとならば、李逵といふとも、何の好処《かうしよ》かあらん。（『玄同放言』巻三ノ下、十二丁裏）

聖歎を難じた馬琴の口吻は、紛れもなく雅望の影響下にあるが、執筆に際して馬琴が改めて『ねさめのすさび』を繙いたと考えるよりは、雅望からの強い影響が、はしなくも右の記述に表われたと見なすべきではあるまいか。

文政元年六月刊行の『犬夷評判記』（山青堂等刊）は、『南総里見八犬伝』肇輯・第二輯と、『朝夷巡嶋記』第一集とに対する、殿村篠斎の批評に基づき、馬琴が同年四月に執筆したものである。(16) 当時の読者にも馴染みのある「評判記」と題されてはいるが、序文中にも「唐山《からくに》には、彼金毛二氏《かのきんもうにし》の若《ごと》き、よく小説を見ることありて、外書評論亦奇也」とあるように、馬琴は同書において中国小説の批評、とりわけ金聖歎や毛父子の筆業を強く意識している。

馬琴はこの『評判記』の中で、伏姫切腹の場面における作者の苦心を思いやった篠斎に対して、「金聖歎が楼に登り、毛声山が室《しつ》に入《い》るにあらずは、いかでか評論こゝに及《およば》ん。実にわが為の智音《ちいん》なるかな」（中之巻、三丁表）と応じており、聖歎に対する一定の好評価は、この時点でもいまだ保持されていたようである。また別の場所では、評者が「楔《せつ》」の語を用いて『巡嶋記』の展開を説明したことに、馬琴は「金聖端《ママ》が『水滸』の評、こゝに借得《かりえ》て亦妙也」（下之巻、十六丁裏）と賛意を表しており、聖歎評を全面的に否定する態度は、ここにも見受けられない。

しかしその一方で、馬琴は前掲のごとく石川雅望に倣って、『水滸伝』の聖歎評を「見損じ」と決めつけ、九天玄女の天書伝授（聖歎本第四十一回）における、同人の批評の行き詰まりを指摘している。聖歎の主張するごとく、宋江が真の「巨盗」であったならば、九天玄女の冥助により還道村で窮地を脱することも、三巻の天書を授かるようなこともありえまいと、雅望や馬琴は判断したのである。

九天玄女による天書伝授を「都テ実写ナラズ」（同回行中評）と判断する聖歎は、「汝可シ二替リテレ天ニ行ヒレ道ヲ、為リテハレ主ト全シレ忠ヲ仗リレ義ニ、為リテハレ臣ト輔ケレ国ヲ安ンジレ民ヲ、去リテレ邪ヲ帰スレ正ニ」という玄女の言葉を、「只ダ此等ノ語ニ因テ、遂ニ後人続貂之地ト為ル。殊ニ此等ハ悉ク是レ宋江ノ権術ニシテ、是レ一部ノ提綱ニアラザルヲ知ラザルナリ」（同上）と評した。「替天行道」は、梁山泊における宋江の旗印であり、同人の「忠義」の拠り所ともなる言葉であるが、聖歎にとってはこの一件も宋江の「権術」に過ぎず、『水滸伝』全段の「提綱」などではありえなかった。そこで彼は、「後人」羅貫中が招安以降の物語を作り添える際に、この一段を「続貂之地」として用いた結果、耐庵の本意に悖る位置づけが、天書伝授の一段に付与されたと主張するのである。

そもそも、聖歎が宋江を「下下」の人物と規定して、その「奸詐」を逐一論ったのは、単に好憎の感情からではなく、彼の造型に一貫した「性格」を指摘することが、その主たる目的であった。聖歎はそこから作者施耐庵の「錦心繍口」を賞賛し、ひいてはそれを発見した自身の見識を誇ることを意図していたのである。

右のような聖歎の深意に思い至らなかった馬琴は、『第五才子書』における宋江悪罵に快からぬものを感じ、『犬夷評判記』の中では聖歎評の瑕瑾を攻撃する一方、「本然の善」という言葉を用いて宋江を擁護した。聖歎が百八好漢の首領である宋江の本質を「奸詐」と見ていたのに対して、馬琴は宋江を「賊中の義士」と規定し、彼を悪事に走らせたのも、佞臣たちの「非道」であったと述べている。宋江以下の好漢が盗賊として官軍に抗するのは「文面の仮話《けはひ》」、すなわち小説的な虚構であり、聖歎のごとく彼らの行動を「経書正史《けいしよせいし》」に照らして議論しても、「作者の真面目《しんめんもく》」には迫りえない、馬琴の主張はこのように要約できるであろう。ここに至って、主人公である宋江の造型が、馬琴と聖歎の『水滸伝』評価における対立軸として、にわかに浮上したといえる。

ちなみに「仮話」という語は、馬琴の書翰や日記、あるいは読本などにおいて、他に用例を見いだしえないものである。しかるに、聖歎は『第五才子書』第七十回の中で、「羅天大醮」（星祭り）を発起した宋江の言葉を評する際、「仮話（偽りだ！）」の語を連続して二度用いている。

二《ニハ》則《チ》惟《ダ》願《ヒ》下朝廷《ノ》早《ク》降《シ》二恩光《ヲ》一、赦一二免《シ》逆天《ノ》大罪《ヲ》一、衆当《ニ》中《キヲ》竭《シ》レ力《ヲ》捐《テ》レ軀《ヲ》、尽《シ》レ忠《ヲ》報《ジ》レ国《ニ》、死《シテ》而後《ニ》已《ム》上、仮話 三《ニハ》則《チ》上薦《シ》二晁天王《ニ》一早《ク》生《ジ》二天界《ニ》一、世世生生、再《ビ》得《ン》二相見《ヲ》一。仮話

聖歎が宋江の口にする忠義を「仮話」、すなわち偽りの言葉と見るのに対して、馬琴は百八好漢が「賊」となった状態を「文面の仮話」、すなわち小説的な虚構と称したのである。よって馬琴は、聖歎の用いた「仮話」の語を利用して、「文面の仮話」という独自の術語を案出し、これを聖歎批判の中で意図的に用いたのではあるまいか。

『犬夷評判記』における右のような聖歎批判は、『八犬伝』第二輯の筋立てを自解する過程で発せられたものであり、馬琴も「まづこの大意を述《のぶ》るのみ」（中之巻、十丁表）と記すように、委曲を尽くしたものではない。そこで彼は、二年後に刊行された『玄同放言』第二集、巻三ノ下の中に、「第四十一人事 詰《ナジル》二金聖歎《ヲ》一」の一章を設けて、本格的な聖歎難詰を展開した。

ここで馬琴は、「聖歎といふとも、亦よく小説を見たるものにはあらず」（十二丁裏）と断じ、同人によって改作された七十回本の姿を「趣向の半体《はんたい》」、すなわち結末の備わらない不完全なものと称している。好漢たちの「本然の善」は、太尉洪信が解き放った「魔君」によって曇らされたが、梁山泊に下降した「石碣」によって「魔君」が再度封ぜられると、百八好漢も善心を回復して宋朝に降り、「国の為に賊を討《うち》、奸を鋤《すく》に至」る。「詰金聖歎」に示された、かくのごとき見地に立てば、好漢たちの「忠義」も「本然の善」の発露として積極的に肯定されることになり、『水滸伝』の「忠義」に対する馬琴の評価は、文化期の思索を経て反転したのである。ここで馬琴が指摘する、「本然の善→魔君ゆえの悪→宋朝の忠臣」という三遷は、文政末年に確立される「水滸三等観」の萌芽と見なしてよかろう。

聖歎難詰の想を構えるに際して、馬琴は和刻本『忠義水滸伝』に掲げられた、李卓吾の「読忠義水滸伝序」にも改めて目を向けたようである。第二節でも言及したように、『画伝』執筆当時の馬琴は聖歎評の感化によって、原作『水滸伝』における「忠義」の要素を否定的に捉えており、百八好漢の忠義を宣揚する卓吾の文章を顧慮することがなかった。しかし、「詰金聖歎」における「『水滸伝』は、作者の大意、草賊《さうぞく》を賢とし、衣冠《いくわん》を賊とす」（十二丁裏・十三丁表）という一文には、卓吾の「宋室競ハザルヨリ、冠履倒ニ施シ、大賢下ニ処《を》リ、不肖上ニ処リ」という歴史認識が摂取されているものと思しい。これと同様の見解は『犬夷評判記』にも、「宋の徽宗帝の時、政《まつりごと》いたく乱れて、邦《くに》に道なく、奸党権《けん》を弄《ろう》し、小人、君子を剋《こく》するにより、賊中に義士あり、衣冠に賊あり」（中之巻、十丁表）という形で示されていた。

さらに馬琴は、盧俊義・燕青の主従に「名詮自性」を指摘することによって、石碣下降以後の筋立てが、七十回以前と一筆であることを主張し、聖歎の「腰斬」を不当なものとして退けている。『水滸画伝』においては、百回本採用の理由を読者の「遺憾」でしか説明できなかった馬琴も、ここに至って百回本を一筆と見なす論拠を得たのである。

その上で馬琴は、旧著『水滸画伝』における聖歎批判のうち、特に前掲㈡から㈣の内容を再説するのであるが、既述のごとくここには新たな知見が示されてはいない。これに続けて、馬琴は田汝成『西湖遊覧志』（正しくは周亮工『因樹屋書影』）の記事を引用し、そこに示された七十回本を古態ならずとする見解に賛意を表している。その中には、「世ニ安《ナン》ゾ此等ノ書ヲ為《ツク》ル人、当時敢テ其ノ姓名ヲ露《アラ》ハス者有ランヤ」という一文も含まれるが、馬琴はこの文言を意に介さず、金聖歎を論破するために、独自の羅貫中作者説を構築していくのである（前章参照）。

上記のような聖歎批判を貫徹させるために、馬琴はこれまで一定の敬意を払い続けてきた、毛本『三国演義』の「外書」をも意図的に貶めている。

又おもふに、小説の批註は、毛宗崗《まうそうかう》が『三国演義』の評論、滑稽いと多かり。金聖歎が理を推し史を引《キ》たる、外《ぐわいしよ》書には遥《はるか》に優《まし》たり。（十九丁裏）

同じ聖歎の批評でありながら、『第五才子書』は馬琴にとって許容できない「円器方蓋」なものであったが、毛本『三国演義』の「外書」には、彼にも首肯しうる一大見識が示されていた。かくのごとき二書の相違が、文化期における馬琴の聖歎観を不徹底なものにしており、ゆえに馬琴は「詰金聖歎」において、『演義』の「外書」における聖歎の批評態度を、毛宗崗の評論には劣るものと決めつけたのである。

右引用に先立ち、馬琴は『三国演義』と『水滸伝』の優劣に言及し、史実に基づくところの多い『演義』を天の生花《しやうくわ》、『水滸伝』を人作の剪綵花《つくりばな》にたとえて、「造化自然の微妙」を持つ『三国演義』を優れりとしている。とはいえ、同じ「詰金聖歎」の中で、彼が『水滸伝』を「小説の巨擘《こはく》なり。後世これに加《くはう》るものなし」（十三丁表）

と評していることを併せ考えれば、馬琴はやはり自身の進むべき方向を、作者の傑出した才能から作り出された『水滸伝』の中に見出していたことであろう。

しかしその一方で、『水滸伝』は馬琴にとって、いまだ「潔《いさぎよか》らぬ筋」ばかりが目につく、「勧懲には甚遠」い作品であった。このような評価が、同作七十回以降の精彩を欠く筋立てと相俟って、文政後期には馬琴の認識を再度聖歎評に接近させるのである。

## 五　文政十年の『水滸伝』観 ――構成と構想――

文政八年、馬琴は『玄同放言』と同じ仙鶴堂鶴屋喜右衛門から、長編合巻『傾城水滸伝』（国安等画）の刊行を開始している。この作品は、合巻としては未曾有の当たり作となり、それに伴って、文政後期の江戸の街に時ならぬ『水滸伝』流行が惹起された（第一章参照）。

馬琴は文政十年三月二日付の殿村篠斎に宛てた書翰（①37）の中で、万笈堂英平吉がこの流行に便乗すべく、七十回本『水滸伝』の和刻本刊行を企図していることに触れ、「青盧所持之百回本よく候ニ、（中略）七十回ニて八末おさまらず、遺憾之事と被存候」と述べている。この書状に対する返翰（七月九日江戸着）において、篠斎は『水滸伝』の諸本や、七十回本の評者である金聖歎について、馬琴の見解を求めたものと思われるが、閏六月以来の大患ゆえに、答書執筆は十一月二十三日まで遅延した。この返書（①39）の中で、馬琴は以下のように記している。

一、『水滸伝』は金聖嘆評、牽強附会の説多く有之候。作者何人か定かならねども、段々に書ひろげ、末の結び出来かね候故、七十回迄にいたし、扨夢に紛らして置候物と被存候。それを、世上の見物が残りをしがり候故、別人が又続ギ候て、百回にいたし候。弥行れ候故、又別人が続ギ候て、百二十回にいたし候。弥行れ候故、又後人が『後伝』四十回ヲ作り候事と被存候。かゝれば、七十回迄、開基の作者の筆也。已来、作者三人に可有之候。末江至候程見ざめいたし候は、その才の及ざる故也。（中略）俗語にくはしき人は、文字の穿鑿は行届キ候へ共、かやうの事は、夢にも知るまじく候。しらぬ故に、金氏が評を、ひたものおもしろしとのみ申候。おもしろき事もあれど、当らぬ事も多く候。（以下略）

浜田啓介氏は右引用に関して、前後における馬琴の言説とは整合性を欠くところから、これを「一時思い浮かんだ寄り道」と位置づけ、「文政十年のこの頃に及んでなお馬琴は大きく見解の浮動を見た」と述べておられる（『営為と様式』二六四・三五一頁）。第二章（平成20年初出）における筆者の考察も、浜田氏の指摘に左袒するものであり、そこで筆者は、『水滸伝』の構成や作者の構想に対する馬琴の評価が、文政十年には著しく下落していたものと推定した（三一六頁参照）。

これに対して菱岡憲司氏「馬琴の「水滸伝」観の形成と読本執筆」（語文研究106。平成20年）は、前掲の複数作者説が「金聖歎批判の文脈」で記されていることや、馬琴が百回本の中に「「水滸伝」全体の構想」を読み取っていたことなどを考拠として、この年における「「寄り道」の振幅」が、さして大きくはなかったとしている。とりわけ前者の論拠は、筆者が右の複数作者説を、「聖歎への屈服」と評したことに対する違和感から導き出されたものと思しいが、聖歎を批判する「文脈」の中に、部分的な聖歎所説への接近を読み取ることは許されないものであろうか。すでに確認したごとく、馬琴は聖歎の評論に敵愾心を示しつつも、その見識には常に一定の評価を与えており、右の書状においても、同人の評に「おもしろき事」があるのを認めている。菱岡氏の所説には、この点に対する省察が欠けているようである。

馬琴は右引用において、聖歎評には「牽強附会」や「当らぬ事」が多いとする一方、「七十回迄、開基の作者の筆也」という点には疑問を差し挟んでおらず、結末を「夢に紛らして置」いた聖歎の操作さえ、「開基の作者」によるものと判断している。また、件の書翰に先行して十一月十八日に筆を執った、読本『松浦佐用媛石魂録』後集（文政十一年、千翁軒等刊）の序文においても、彼は後人により増補された書物の一例として『水滸伝』を挙げ、「亦タ一人之筆ニ成ル者ニ非ズ」（原漢文）と記していた。よって前掲の複数作者説は、決して一時の思い付きではなかったのである。このような判断は、盧俊義・燕青主従の運命に「名詮自性」を見出し、それをもって百回本を『水滸伝』の原態と断じた、文政初年における彼の認識と同列に論じうるものではない。

一方、「七十回→百回→百二十回」という、馬琴の思い描く『水滸伝』の成長過程は、百回本と百二十回本との先後・優劣には言及せず、七十回までを施耐庵の作、それ以降を羅貫中による続作とする、聖歎の恣意的な判断よりも複雑化されている。『水滸伝』が二度（『後伝』も含めると三度）にわたって増補された理由を、馬琴は「世上の見物」の「遺憾」に求めており、実際に増補を遂行したのも、この感慨を世の看官と共有した後続作者と考えていた。

してみれば、前掲引用における馬琴の意図は、百八好漢の忠義と横死の物語を、後人が作り添えたものとする推論によって、宋江を偽君子と決めつけた聖歎の評価を、「世上の見物」の所感にもそぐわない「牽強附会」として退けることに存したのであろう。ただし、第二章でも確認したように、文政十年の馬琴の机辺には、七十回本や通俗本も含めて、『水滸伝』の完本は一点も存さなかったはずであり、ゆえに彼は、『玄同放言』とは大きく隔たる自身の見解を、細かく吟味する術がなかったに違いない。

馬琴の抱いた複数作者説は、天保三年四月二十八日付の篠斎宛書翰（②33。本書二八〇頁所掲）において回顧された、文政年間の白話小説閑却とも密接に関わっていたはずである。すでに『玄同放言』の時点で、彼は白話小説に対する「字義の穿鑿」や、「趣向の巧拙」を吟味することなどを「労して功なし」と感じており、それは「小説の巨擘」である『水滸伝』についても例外ではなかったのであろう。

百八好漢の宋朝帰順と、二度（百二十回本では四度）にわたる賊寇討伐の存在意義を、「世上の見物」の名残り惜しさに求めるのは、『水滸画伝』における百回本採用の理由を、読者の「遺憾」で説明したのと同趣である。作者の腹案を慮ることなしに、読者側の感慨を根拠として、作品の成り立ちを説明付けようとする態度は、馬琴が知友たちに戒めるところの「見物了簡」と、さして距離のあるものではない。よって筆者は、『水滸伝』の構成や構想に対する馬琴の認識が、文政十年には『水滸画伝』執筆時点の水準にまで後退していたと判断するのである。

前掲書翰において、馬琴は七十回までを『水滸伝』の原態と考える一方、聖歎本を「末の結び」が悪い中途半端なものとも述べている。菱岡氏は「末の結び」を構想の完結と読み替え、馬琴が「全体の構想」を具備するものとして百回本を重視する姿勢は、文政初年以来変化がないとするのであるが、この点でも筆者は、同氏の見解に賛同することができない。

そもそも、小説の構想とは一人の作者が精緻に組み立てるべきものであり、たとえ片々たる小品であろうとも、作者が収まりを付けかねた物語を、後人が原作者の腹稿どおりに完結せしめるのは、極めて困難と思われる。まして『水滸伝』は馬琴にとって「小説の巨擘」であり、「才の及ざる」後続作者が付加した「見ざめ」のする筋立てを、原作者の構想を正しく引き継いだものとして、本編と同列に見なしえたであろうか。

彼が未の収まらない七十回本を「開基の作者の筆」と判断したのは、好漢集結を境目として、その前後に重大な差異を見出していたからに違いない。その質的な隔たりは、盧俊義主従の「名詮自性」程度では、容易に乗り越えられぬ決定的なものであり、体裁の上では一応の「末の結び」が付けられた百回本を、単独作者の編述と認めることを阻んだのである。馬琴にとって、部分ごとに作者が異なるという認識は、構想の不連続や断絶にも直結したはずであり、彼が百回本『水滸伝』の中に、複数作者の関与と一貫した構想とを同時に認めていたとする推論は、決して穏当とは思われない。

同じ白話小説に例を取れば、一般に高蘭墅の補作とされる、『紅楼夢』の第八十一回以降は、構成の上では曹雪芹の原作に接続し、主人公賈宝玉の失踪と、零落した賈家再興の予感とをもって、一応の「末の結び」が付けられている。しかし、抄本に施された脂硯斎（雪芹の親族とされる）の評語から、補作部分の内容は必ずしも曹雪芹の構想に沿っていないことが判明しており、ここでは「構成」上の完結が「構想」の完遂と等価ではない。

もとより、馬琴は『紅楼夢』の成立事情に関して、何ら知識を持ち合わせなかったと思われるが、この事例からも、物語の「構成」と作者の「構想」とを、安易に混同すべきでないことが確認できる[17]。かつて白木直也氏が、前掲書翰の記述から、『水滸後伝』を含めた全百六十回で、『水滸伝』全段の構想が完結するという、馬琴の意図とは乖離した「全水滸具備説」を導き出したのも[18]、やはり「構想」と「構成」との峻別を怠ったことに起因するようである。

『水滸後伝』（四十回）は、古宋遺民（陳忱）の著した続書であり、馬琴は享和二年に旅の途上で慌ただしく披見して以来、同作を手にする機会を得られなかったが（次章参照）、件の書翰においては、これを第七十一回以降の物語と同列に論じている。彼の理解を忖度すれば、「末の結び」を付けかねたとはいえ、「開基の作者」の構想は好漢集結で尽きており、それ以降の物語は、構成の上では七十回までに連続するものの、構想の面では『後伝』と同じく、別作者の手になる異質なものと見なされたのであろう。

文政中期に馬琴の水滸観が大きく動揺した背景には、好漢たちの横死をもって結ばれる百回本や百二十回本にお

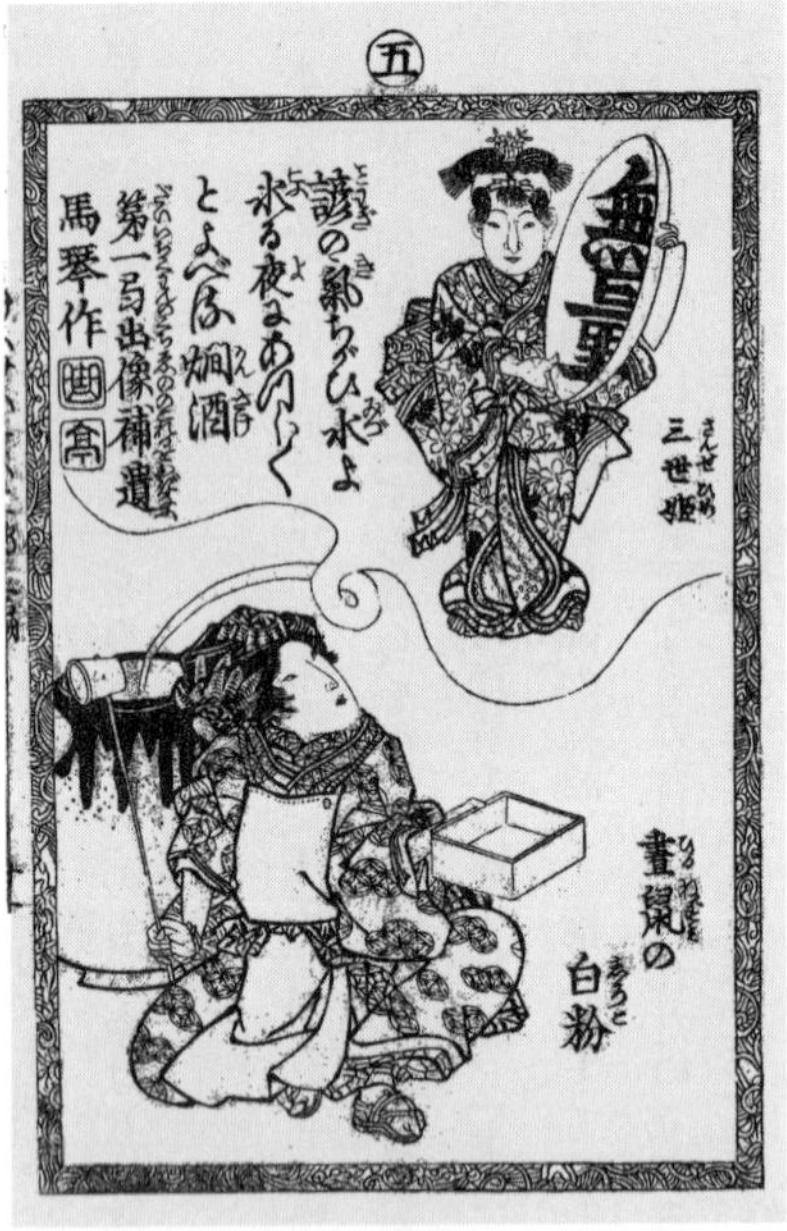


図2　『傾城水滸伝』第三編、21丁表
（三世姫と昼鼠の白粉［白日鼠白勝に相当］）

いても、勧善懲悪への用心が見出しづらいとする、『玄同放言』以来の所感も存したはずである。結末に近付くほど「見ざめ」のする『水滸伝』の姿を説明づける上で、複数作者説は安易に流れた便法であり、文政十年当時の馬琴は、勧懲に基づいた確たる構想を、『水滸伝』の中に探ることを諦めかけていたのであろう。

　翌文政十一年に及んでもなお、馬琴は『水滸伝』を「勧懲之為、愚意ニ応じ不申もの」（正月十七日付篠斎宛別翰。①41）と評しており、七十回本・百回本の区別なく、『水滸伝』は勧善懲悪の面で、彼の意に満たない物語であった。生涯にわたり「勧懲」を標榜した馬琴にとって、稗史の構想もまた勧善懲悪と不可分なものであり、勧懲の完遂されない百回本『水滸伝』を、構想が完結したものとは見なしえなかったに違いない。招安以降の物語が、それ以前の部分と「一筆」とは見なされていない以上、この時点では百八好漢が宋朝に尽くす「忠義」も、構想に欠くべからざるものとして積極的に評価されてはいなかったはずである。

　前掲書翰の中で『水滸伝』に複数作者の関与を指摘する一年ほど前、馬琴は『傾城水滸伝』の第三編において、将軍頼家の遺児三世《さんぜ》姫を初めて登場させている（図2）。この姫君は、『水滸伝』に対応する者のない、馬琴が創作した人物であり、[19] 百八烈婦が忠義を尽くす対象となる腹稿であったに違いない。原作においては明白でない勧善懲悪を顕然たらしめるべく、馬琴はこの三世姫を創造したのであろうが、『傾城水滸伝』の述作が第十三集上帙（百回本の第五十七回）で中断されたため、彼女の機能はじゅうぶん発揮されることがなかった。後述する「水滸三等観」の獲得は、三世姫の演じる役割にも、少なからぬ影響を及ぼしたはずであり、「三等観」の発見がもう少し早かったならば、あるいはこの合巻の中に彼女の登場する余地はなかったかも知れない。少なくとも、文政中期の馬琴が『水滸伝』の構成や勧懲に与えていた、極めて低調な評価は、この少女の造型とも無縁ではなかったと思われるのである。

## 六　文政十一年の『水滸伝』観　――稗史における虚と実――

文政十一年、馬琴は『傾城水滸伝』を三編十二冊（百二十丁）執筆しており、その各編巻頭に置かれた自序の中にも、原作『水滸伝』や評者金聖歎に対する言及を見出しうる。第六編においては、部分的な趣向を取り上げて、勧善懲悪に対する自身の用心が、原作とは相違することを説くばかりであったが、第七・八編の序文では、『水滸伝』全段の構成や勧懲についても論評を行なっている。

稗史の観るべきものは、勧懲を宗とすれば也。彼《かの》『水滸伝』の如きは然《しか》らず、但《たゞ》その巧《たくみ》なることは、何《いづれ》の稗史か、よくその右に出《いづ》るものこれあらん。惜《をしい》かな作者の意匠、多く勧懲に違《たが》ふをもて、子孫喑唖《いんあ》の譏《そしり》あり。（中略）さばれ聖歎も亦謬《あやま》れり。何《いかに》となれば、宋江が奸なることは、寔《まこと》に奸也。なれども宋朝の忠臣たらんと庶幾《こひねが》ふ志《こゝろざし》、終始《じうし》移らざるをもて、九天玄女《きうてんげんぢよ》の冥助《たすけ》あるときは、素《もと》より黄巣・朱全忠の類《たぐひ》にあらず。

（第七編自序。三月十九日頃執筆）

彼《かの》稗史なる宋江は、初《はじめ》は循吏、中《なかば》は反賊、後《のち》に至《いたり》て忠臣たり。反詩の趣向は天罡地煞の、悪星出世の応験にて、則《すなはち》宋江が真面目《しんめんもく》、総《すべ》て奸邪の条《くだり》にあり。かくて石碣天降《せきけつあまくだり》て、再び妖魔を鎮めしより、独《ひとり》宋江のみならず、凡《およそ》一百零八賊、皆是忠義の良士となれり。かゝれば勧懲正《まさ》しからで、善悪無差別《むしやべつ》の趣向多かるは、妖魔出現の間《あはひ》にして、最後の宋江、最後の百七人《ン》と同じからす。（中略）これに由《より》て観るときは、水滸の忠義は虚名にして、妖星も亦空兆なるを、金聖歎すら尚暁《さと》らで、多く評言を費したり。　（第八編自序。五月二十六日執筆）

第七編においては、原作の主人公及慈雨宋江に相当する春雨《はるさめ》の大箱《おほばこ》が再登場を遂げており、同編執筆の過程で宋江の造型に思いを致した馬琴は、その思索の大要を、自序の中で右のように披瀝したわけである。翌年二月十一日付の篠斎に宛てた書翰の中で、馬琴は『傾城水滸伝』第八編の序文が、自身の『水滸伝』観における「大眼目」を含むものであることを、ことさらに自解している。

第七編の自序に示された、趣向は巧みであるが、勧善懲悪に合致しない部分が多いとする見解は、先にも引用した、『玄同放言』「詰金聖歎」における、「その筆力、人情を尽すが如きは、寔《まこと》に小説の巨擘《こはく》也。（中略）但勧懲には甚遠かり」（巻三ノ下、十三丁表）という評価と選ぶところがない。また、第八編の序文で宋江の身の上に指摘された「循吏→反賊→忠臣」という三遷も、「詰金聖歎」の中で聖歎批判の根拠として提示された、好漢たちの運命における「本然の善→魔君ゆえの悪→宋朝の忠臣」の三段階を、宋江に即して語り直したものといえる。

一方で馬琴は、第八編序文の引用箇所に先だち、大小の罪戻を重ねた後に「忠臣」へと変貌し、賊寇を討伐した宋江について、「一身にして二心あるに似たり」と評した「ある人」の見解を、『水滸伝』の「骨髄」を知らぬものと一蹴している。宋江を偽君子と決めつけた金聖歎に抗うべく、宋江の中に一貫した善心や忠心を見いだそうとする姿勢も、やはり『犬夷評判記』や『玄同放言』に通じるものであり、ここでは当然、七十回以降を「開基の作者の筆」ならずとする前年の見解は、放棄されざるをえない。

よって筆者は菱岡論考のごとく、『傾城水滸伝』第八編の自序に、従来の見解とは著しく相違し、「水滸三等観」

へと直結する「大きな転換点」を認めることはできないのである。右引用から読み取れるのは、文政十年十一月の篠斎宛書翰に表明された、『水滸伝』に対する馬琴の低調な評価が、おもに『傾城水滸伝』の述作を通して、翌年には『玄同放言』執筆時点の水準にまで回復した事実である。

その一方で、馬琴は宋江の「真面目」を、善悪無差別な趣向の多い「奸邪の条《くだり》」に見出し、特に「反賊」の段階を重視する姿勢を示した上で、「水滸の忠義は虚名にして、妖星も亦空兆」と述べている。彼の理解に従えば、「奸邪の条」は、好漢たちの善心が妖星によって表出を妨げられた段階であり、それは一貫して忠義の志を持ち続けた宋江においても同様であった。「真面目」という語を、馬琴は「読ませどころ」「作者が特に意を用いた場面」などの意味で用いており、内に善なる心を秘めながらも、道理に反した「奸邪」な行為に及ぶ、宋江ら百八好漢の善悪混濁した姿に、当時の彼はひとしおの興趣を覚えたのであろう。

これに対して、第四節で検討を加えた『犬夷評判記』の中では、好漢たちの持つ「本然の善」が、『水滸伝』における「作者の真面目」と説明されており、八年を隔てた両書の間で、「真面目」と評される部位が異なっている。百八好漢が等しく所持する「本然の善」を重視する立場からは、その善心が発揮される賊寇討伐の存在も、作品の構想に関わるものとして、積極的に肯定しうるであろう。しかし、「奸邪の条」を「真面目」と見なした場合、好漢たちが「忠義の良士」と変じた「忠臣」の段階には、「善悪無差別の趣向」を精算するものという、限定的・二義的な位置づけしか許容されないはずである。文政十一年の時点で、馬琴にとっての『水滸伝』は、いまだ「勧懲を宗と」しない稗史であり、ゆえに作品を評価する際の基準を、勧善懲悪よりも興趣に置かざるをえなかったのではあるまいか。

『犬夷評判記』の中で、馬琴は『水滸伝』の作者が百八好漢を魔君・妖星に比したことについて、「教誨」の深意を込めた「文面の仮話《けはひ》」であると説明していた。そこでは「仮話」という語が、「真面目」と対置する形で用いられており、その意味するところは、「小説的な虚構の勝った、真実性に乏しい場面」と解釈できるであろう。ここで思い合わされるのが、やはり文政十一年に刊行された読本『松浦佐用媛石魂録』後編の巻末に見える、以下のような文言である。

大約《おほよそ》小説に、実場《じつのば》あり虚場《きよのば》あり。（中略）実はよく情態を写すをいふ。虚は猶仮《か》（左傍訓「〇ニセモノ」）の如し。虚実の二場《ふたば》を弁ずるものを、よく小説を観るといはまし。（巻之七、二十九丁裏。文政十年十一月執筆）

中略部分には、『石魂録』後編に即した「虚場」の具体例が二つ示されており、それらは「夢の中の不貞」と「幻想の大船」という、いずれも馬琴にしては大胆に「仮」を弄した趣向である。よって「虚場」とは、「情態を写す」ことよりも、小説的な虚構に重きを置いた、時には道徳にも背馳する場面、ということになろう。

この「虚」と「実」の対置を、『犬夷評判記』における「仮」と「真」の関係に応用するならば、馬琴は『水滸伝』冒頭の妖星飛散を、百八好漢の「奸悪」を説明づけるために置かれた、「情態」を交えぬ「虚場」と理解していたと考えられる。これと同様に、彼は戦闘を主とする第七十一回以降の物語をも、「情態」の乏しい「虚場」と判断し、仮構の戦歴に基づく好漢たちの栄誉を「虚名」と称したのであろう。

馬琴にとって、「実場」における「情態」の描写は、時として勧善懲悪よりも優先されるべきものであった。やや後の言説ではあるが、文政十三年正月二十八日付の篠斎宛書翰（①56）に、以下のような一節が見えている。[20]

稗史は人情を写し得候を、専文ニいたし候ものニ御座候。その上ニて、勧懲を正しくいたし候を、上作と可申候。それを、只管理窟ニて弁論被成候へバ、金聖歎が『水滸伝』の評に経史を引候と同様ニて、所云円器方蓋ニ御座候。

よって文政十一年の馬琴は、好漢たちの善悪が混濁する「奸邪の条」を、「人情」の描写を「専文」とするものとして高く評価し、虚構の勝ちすぎた妖星飛散や、人情に説き及ぶことの少ない賊寇討伐とは、同列に扱わなかったのであろう。振り返って考えれば、文政十年の時点で、彼が『水滸伝』の複数作者説に傾いたのも、この「虚実」の区分を重く見たことがその一因であったのかも知れない。

文政十一年における右のごとき馬琴の小説観は、この年に起筆された『近世説美少年録』（文政十二年〜天保三年、千翁軒・文渓堂等刊）とも無縁ではなかったはずである。悪少年末朱之助《すゑあけのすけ》（のちの陶晴賢）の生い立ちを主題とするこの読本は、趣向の多くを白話小説『檮杌間評』（五十回）に仰いでおり、馬琴の作品としては異例なほど情態を緻密に描写している。主人公朱之助の奸悪な性格の前因として設定された、大内義興による阿蘇沼蛇穴の焼却は、『檮杌間評』第一回に描かれた、工部侍郎朱衡による蛇穴焼却を翻案したものであった。『間評』の作者が『水滸伝』の発端部分、すなわち洪太尉が伏魔殿を暴き、妖星を飛散させる一段を意識していたことは明白であり、馬琴も両書の関連に思いを致しながら、『美少年録』第一輯を綴ったことであろう。

彼が『檮杌間評』を披閲したのは、この年七月のことであり、特に主人公魏忠賢の発跡を語る第二十四回までの物語には興趣を覚えたらしい。同年十月六日付の篠斎宛書翰（①45）には、「『檮杌』のかた、文章も宜候。（中略）二十四五回迄ハ、一向の作り物語ニて、おもしろく覚候」と記されている。みずからの関知しない悪因縁ゆえに、主人公が悪行を重ねるという、『水滸伝』同様の「奸邪の条」を、馬琴は「おもしろく」感じて、『間評』を『美少年録』の藍本と定めたのである。

## 七　「水滸三等観」と聖歎評の超克

### （一）「三等観」の確立

文政十二年の歳末に刊行された、『傾城水滸伝』第九編の自序（同年四月二十七日執筆）において、馬琴は自身の「水滸三等観」を、以下のように説明する。

> 予嚮《さき》に、『水滸伝』の趣向を評して、初中後《しよちうご》三段の差別あるよしをいへり。是《これ》古人未発の説、羅貫を今に在《あら》するとも、必《かならず》　予が言《こと》に従《したがは》ん。しかるに金聖歎が評論に、石碣妖《えう》を発《ひら》くに始《はじま》り、石碣妖を鎮《しづむ》るに終る、便　是《すなはちこれ》七十回を、全部となす所以《ゆえん》といへり。謬《あやま》れりといひつべし。何《いかに》となれば、彼《かの》石碣の天降《あまくだ》りて、義士の宿因を示せるは、中段第二の趣向なり。この時魔縁やうやく竭《つき》て、宋江等一百　八人《いつひやくはちにん》、迺《すなはち》　宋の忠臣となれり。こゝをもて、遼を討且方臘《うちかつはうろう》を征するの話説あり。是《これ》その末の一段也。七十回をもて、これを全部とするときは、末一段を捨《すつ》るなり。作者の本意、豈然《あにしか》らんや。（中略）『水滸』に善悪無差別《むしやべつ》なる、趣向のこれ彼と多かるは、邪魔出現の間《あはひ》のみ。

馬琴が王望如本の翻刻である『聖歎外書水滸伝』（万笈堂等刊。十一回迄）を入手したのは、文政十二年六月二十一日のことであり、右の序文も従来と同様に、聖歎評を座右に備えぬままで執筆されたものと思われる。同年中に引き続いて編述・刊行された、第十編上帙の自序においては、右引用中に見える「初中後三段の差別」が、「初善《しよぜん》・中悪《ちうあく》、後忠《こうちう》の差別《けぢめ》」と言い換えられている。

右の序文における馬琴の口振りからは、前年刊行の第八編自序に提示された宋江の三遷が、ここで述べられる「三段の差別」との間に、さしたる距離のないものと予想されるであろう。しかし、前節に掲げた「循吏→反賊→忠臣」

の三遷は、宋江に即して提示されたものであり、そこで馬琴は宋江の「善悪無差別」な行動を「悪星出世の応験」と見なすことによって、宋江を悪罵する聖歎に反駁していた。これに対して、右引用に示された「初中後三段の差別」においては、三つの段階それぞれに、確たる位置づけが与えられており、特に百八好漢が「宋の忠臣」に転じた「後忠」の段階にも、構想上の存在意義が見いだされている。三等観の獲得に伴い、馬琴は招安以降の物語を切り捨てた聖歎の所為を、「謬れり」として退ける確証を得たのである。

よって筆者は、文政十一年に綴られた宋江三遷観を「人物造型」の範疇にとどまるもの、翌十二年における水滸三等観を作品の「構想」に関わるものと区分し、両者間の差異は馬琴の『水滸伝』観、ひいては小説観にも関わる重大な意味を持つものと考える。

「三段の差別」が『水滸伝』の全段を統括する構成原理であることは、右の序文中には明言されていないものの、文政十三年三月二十六日付篠斎宛書翰の別紙（①61）では、以下のように説明されている。

> 金瑞が『水滸』の評に、宋江を始終大奸賊と見て、彼一百八人に、初中後三段の差別ある骨髄を得悟らざりし故、佳作を誣たることなきにあらず。一句もわる口をいハでも、猶見ちがへあり。金瑞といふとも、見物だましひにて、シテならぬ故也。（中略）『水滸伝』のごときハ、奸賊を忠臣とす。理義にちがへるやうなれど、彼初善中悪後忠の三段ある隠微を見とゞけて味へバ、理義にあハぬ所なし。

ここで馬琴は、『水滸伝』を「理義にあハぬ所」のない稗史と呼び、みずからが作中に探し当てた「三段の差別」を、同書の「骨髄」「隠微」と称している。この発見に対する強い自負が、前掲の序文においても、「羅貫を今に在《あら》するとも」云云という、いささか慢心に過ぎる言葉を吐かせたのであろう。してみれば、「初中後三段の差別」は『傾城水滸伝』第九編の自序においても、『水滸伝』の勧善懲悪に関わる「隠微」として認識されていたものと思われる。文政十一年の時点では、馬琴がいまだ『水滸伝』を「多く勧懲に違《たが》ふ」（『傾城水滸伝』第七編自序）と評していたことを併せ考えれば、「水滸三等観」は単に「初善・中悪・後忠」という呼称の上ばかりでなく、その内容においても、文政十二年に至って完成したと判断すべきであろう。

馬琴は右引用において、かつては自身と同じ「稗官者流」と目した聖歎の批評態度を、「シテなら」ぬゆえの「見物だましひ」と決めつけている。彼は前年、高知平山施訓の『聖歎外書水滸伝』を入手して、「読第五才子書法」をはじめとする聖歎評の提要に改めて目を通しており、聖歎の言説が自身の見識に適わぬものであることを再認識していたのである。

『聖歎外書水滸伝』の続刊は、文政十三年末（十二月に天保改元）における英平吉の「頓滅」ゆえに実現されず、馬琴は同じ頃、大坂の河内屋茂兵衛から、七十回本の巾箱本を買い入れている（天保三年十一月二十四日付河茂・丁平宛覚。②58）。馬琴はこれ以前、唐本の『水滸伝』を一本も所持していなかったと思しく（第二章参照）、件の小刻本を購入したのも、『傾城水滸伝』の編述に資することが主たる目的であったに違いない。その一方で、当時の馬琴には本格的な『水滸伝』の評書を綴る腹案があり、二帙で一両の七十回巾箱本を、わざわざ大坂から取り寄せたのは、聖歎論破を主眼とする評書の執筆をも念頭に置いていたからであろう。

七十回本の購入に先だって、馬琴はこの年三月に殿村篠斎から『水滸後伝』の原刊本（筑波大学図書館蔵）を借用し、次いで七月には同作の後刻本（天理図書館蔵）を購入して、両本校訂の作業をはじめている。この作業は翌年四月にまで及び、それに引き続いて執筆されたのが、評書『半閑窓談』（天保二年四月執筆。早大曲亭）であった。この評書においては、批評対象である『水滸後伝』の「本伝」たる『水滸伝』にも言及されることが多く、そこでは「三段の差別」が、以下のように再説されている。

いと嗚呼がましきことにはあれど、前伝一百八人に、初善・中悪・後忠の、三等あるを発明せしは、只是愚者の一得にて、古人未発の明評ならずや。（中略）か丶れば那《カノ》金瑞が、石碣妖を開くに始り、石碣妖を収るに、終るといひしも謬説にて、七十回は全書にあらず。又宋江等、前伝に、死するもの四十許人、竟に後栄あることなく、みな奸臣に陥れられて、果敢なく枉死したりしは、中ごろ魔行の悪報にて、亦是勧善懲悪の、作者の用意こ丶にあり。宋江等百八人、忠義を尽して賞を得ず、過半王事に死したればこそ、旧悪竟に消滅して、忠信義烈虚名にならず、世々看官に惜まる丶が、前伝作者の本意也。

（九丁裏～十丁表）

ここでは『水滸伝』における勧善懲悪が、三等観に沿う形で整然と説明づけられており、馬琴はそこに作者の「用意」や「本意」を読み取っている。文化初年以来、『水滸伝』の結構を「勧懲」という外在の尺度で測るべく汲々としていた馬琴は、ここに至ってようやく、「勧懲」に根ざした確たる構想を『水滸伝』の中に指摘しえたのである。この間の経緯を、中村幸彦氏「滝沢馬琴の小説観」（中村幸彦著述集第一巻『近世文芸思潮論』所収。昭和57年、中央公論社）は、「馬琴のこれまでの作品についての考えでは、思想が文学を包んでしまうか、文学と思想が並列の形で存在したのであるが、晩年のこの隠微の考え方では、文学が思想を包み込む形となるのである」と明解に要約しておられる。

右引用の末尾部分に示された、百八好漢の忠義を「虚名」としないのが、作者の「本意」であるという認識は、『傾城水滸伝』第八編の自序における、「水滸の忠義は虚名にして」という見解とは相容れないものである。この点からも、文政十一年の時点では、「三等観」はいまだ完成の域には達していなかったと判断できるであろう。

同じ『半閑窓談』の中では、聖歎が「読第五才子書法」において提示した、十四箇条の「文法」の有効性も否定されている。

大約稗説を為《ツク》るに、文の法則ある該《ハツ》なし。況《マイテ》その名目を立て、人に誨べきものにあらず。文に臨て千変万化、蓮の糸を引く如く、只その作者の才に任して、自然に妙文のいで来るものなるに、後人その法則を守て、よく作らんと欲するとも、得べき事かは。これらの弁論は、をさ〳〵その文を神にして、曲学なる後生を、惑さんとての所為《ワザ》也。（中略）文の法則にからまれて、無辺無量の稗説を綴られんや。必しも信ずべからず。

（五十四丁裏）

右引用における直接の論駁対象は、『水滸後伝』の中に「文法」の存在を主張する評者蔡元放であるが、同人の批評態度もまた金聖歎に倣ったものであり、馬琴も当然『第五才子書』を射程に置いて攻撃を行なっている。のちに馬琴は、『八犬伝』第九輯中套（天保七年刊）「附言」の中で、稗史の構成や構想における「七法則」を読者に提示しているが、『半閑窓談』においては、聖歎の主張する「文の法則」に有効性を認めてはいない。

もっとも、第二節で引用した「草蛇灰線法」の説明からもうかがわれるように、聖歎の文法は単純な「文の法則」ばかりでなく、多く文章の構成法にも説き及んでいる。また、馬琴が七法則を定める際に参照した、毛声山父子の「読三国志法」は、その題号からも明らかなごとく、聖歎の「読第五才子書法」の影響下に成った文章であり、かつては馬琴も、この「読三国志法」を聖歎の手になるものと誤認していた(21)。よって、「稗史七法則」は間接的にであれ聖歎評の影響を蒙っており、馬琴の「法則」と聖歎の「文法」とは、実際にはさして距離のあるものではない(22)。馬琴は右引用において、聖歎難詰に逸るあまり、同人の示した「文法」の本質を見誤ったのではあるまいか。

## （二）「三箇の隠微」と聖歎評

『半閑窓談』の執筆から五か月後の天保二年九月、馬琴は渡辺崋山の仲介で『水滸伝』の百二十回本、一名『水滸四伝全書』を買い入れている。それまで馬琴は、百二十回本に関してさしたる知識を持ち合わせず、百回本と百二十回本との優劣にも、あまり意を用いてはこなかったが、百二十回本の購得に伴い、同本を重視する立場に傾いた（第二章参照）。

自身の『水滸伝』観、ひいては小説観に照らしながら、『水滸四伝全書』を繙いた馬琴は、作者の「用心」が微細な筋立てや記述にまで貫かれていることを発見し、同作が「理義にあハぬ所」のない稗史であることを再認識した模様である。九月八日には多忙の中、『四伝全書』と聖歎本との「比校」を行なっており、聖歎を攻撃する際には、同人による恣意的な本文改変が有力な論拠となることを確認したに違いない。

同年十月二十二日付の書翰（②18）において、馬琴は大坂の河内屋茂兵衛に、「『水滸伝』金聖歎評、あやまり多く候間、近来の内、『水滸伝』の評をあらハし可申存付候故、『水滸伝』異板入《イ》用ニ御座候」と申し入れている。『四伝全書』披閲の過程で、聖歎論駁を主眼とした『水滸伝』の評書を執筆する意欲を再燃させた彼は、いまだ所持せぬ『水滸伝』の文簡本や百回本の購入を思い立ったのである。結局、馬琴による本格的な『水滸伝』評書は起筆されずに終わったが、彼は天保三年五月、その骨子となる三箇条を殿村篠斎のために揮毫した。「水滸伝発揮略評」と称されるこの一幅(23)（天理図書館蔵。⑥附13）においては、「初善・中悪・後忠」の三等観が、『水滸伝』における「三箇の隠微」の一つに数えられている。残る二つの「隠微」は、「当時に出現の妖魔は、一百一十ある事」と、「洪信と王進ハ便是前後身、王進と史進とは子弟一体なりし事」とであった。

『水滸伝』における妖魔を百十人とする見解は、『水滸伝』第一回（聖歎本では「楔子」）で伏魔殿が暴かれた際、本文に「散《ジテ》作《リ》二百十道金光《ノ》一《ト》」と描写されるのを重く見たものである。宋江以下の百八好漢に、敵役の太尉高俅と、招安以前に落命した托塔天王晁蓋の二人を加えて、馬琴は「百十」の数を合わせている。もっとも彼は『傾城水滸伝』の初編において、龍虎山の伏魔殿を我が国熊野の遊女塚に移して翻案する際、件の文言を「中空《なかぞら》にたな引つゝ、いく筋ともなく光を放ちて、四面八方へ飛び去りぬ」（十丁表）と改めており、この時点では「百十道」の語に意を留めていなかった。

　晁蓋が百八星に加えられなかった理由について、馬琴は『傾城水滸伝』第十編自序の中で、「宋朝の赦」を受ける以前に「賊首」として陣没したからであると説明している。その上で馬琴は、晁蓋に擬した多力《たちから》の粉蝶《こてふ》を生存させて百八星に加え、その代替として一枝花蔡慶に相当する烈婦を省くと述べているが、『傾城水滸伝』の刊行は、晁蓋が落命する曾頭市戦の翻案に至らぬままで中断された。

　この晁蓋とともに、太尉高俅が「発揮略評」において「魔君」の一員と見なされたのは、馬琴が『水滸伝』における「作者の大意」と考えていた、「草賊《さうぞく》を賢とし、衣冠《いくわん》を賊とす」という「顛倒」の趣向とも関わり合うものであろう。百八好漢の多くが「官逼民反」の類型で梁山泊へ集った以上、彼らを反乱という「魔行」に追い込んだ責任は、高俅をはじめとする宋朝高官の側にも存する。高俅について、聖歎評は「一百八人ヲ写サズ先ヅ高俅ヲ写セバ、則チ是レ乱上ヨリ作《おこ》ル。（中略）一部大書七十回、而シテ開書先ヅ高俅ヲ写ス、以《ゆゑ》アルナリ」（第一回総評）と、百八好漢を迫害し、反逆へと追いつめる役割を指摘するばかりであった。これに対して、順治序刊本の評者である王望如は、「道君皇帝（筆者注、宋徽宗）ハ蓋シ妖魔ノ領袖ナリ」（第一回総評）と、馬琴の「隠微」にも一脈通じる時代認識を示している。[24]

　「発揮略評」の第二条は、高俅と同じく百八好漢の登場を促す役割を担う洪信と王進について、九紋龍史進との脈絡を指摘するものである。両人は作品の冒頭部分に登場するばかりで、その後の消息が明記されていないが、馬琴は独自の「名詮自性」を用いて、洪信と王進を「前身後身」、王進と史進とを「子弟一体」と主張している。

聖歎は洪信の退場を「太尉亦タ楔ナリ。（中略）便チ随手ニ収拾シ、復タ更ニ用ヒズ」（楔子行中評）、王進の退場を「開書第一籌ノ人物、此ヨリ神龍無尾、写シ得テ妙絶」（第一回行中評）と評した。また、百二十回本の巻頭に付された「出像評点忠義水滸全書発凡」も、「王進ノ如キハ、章ヲ開キテ復タ収繳セズ」として、ここから『水滸伝』を他の小説とは異なる「小説之聖」と激賞している。(25) しかし、自作においても「中途にたち消えする人物なく、詳らかにして且尽くせり」（『新編金瓶梅』第十集、四十丁裏）という結末を理想とした馬琴は、『水滸伝』の洪信・王進にも後身を指摘し、聖歎の言説を「推量の憶説」として退けたのである。もっとも、「進進一体」の説は、史進の「史」を「寓言稗史」、王進の「王」を「王道」と読み替えて自説を展開した、『第五才子書』第一回の総評に示唆を受けたものと思しく、ここで馬琴が聖歎の「疎鹵」を論うのは、議論の態度として公正さに欠ける。

なお、馬琴の『傾城水滸伝』において、それぞれ洪信・王進・史進に相当する、立樹局《たつきのつぼね》・綾梭《あやおさ》・浮潜龍衣手《ふせんりやうころもで》の三女に、前記のごとき脈絡はうかがいえない。また、王進は『水滸後伝』にも登場するが、馬琴は『半閑窓談』の中で、件の「前身後身」や「子弟一体」には言及しておらず、のちに「再考、王進・晁蓋・高俅の事には、作者の隠微を発明しし、予が秘蔵の評あり。そは別にしるすをもて亦贅せず。こゝには只、本伝（筆者注、『後伝』）につきていふのみ」（二十六丁表）と頭書したばかりである。よって、「進進一体」説はもとより、百十妖魔の説もまた、その成立は『半閑窓談』の執筆よりも後のこと、おそらくは『四伝全書』の購入以降と推定できる。

馬琴は「発揮略評」の中で、『水滸後伝』の作者雁宕山樵（陳忱）はもとより、聖歎・李贄の両人すら、三箇の隠微を知らぬものと嘲笑している。特に聖歎については、『第五才子書』の巻頭に『宋史』（正しくは『続資治通鑑綱目』）を引用するばかりで、『水滸伝』の本説が『宣和遺事』にあることを閑却していると難じ、「とにもかくにも金瑞は、『水滸』の皮肉を知れるのみ、骨髄を得たるものにはあらず」と結論した。『四伝全書』の巻頭には、『宣和遺事』の梁山泊関連記事が転載されており、馬琴の聖歎批判はこれに基づくものである。同趣旨の難詰は、『四伝全書』の入手直後に染筆された、天保二年十月二十六日付の篠斎宛書翰（②19）にも見いだしうる。

ただし、『大宋宣和遺事』の存在を馬琴に教えたのは当の聖歎であり、この点は『水滸画伝』「訳水滸弁」の中にも、「三十六人の姓名は、具《つぶさ》に『宣和遺事《せんわゐじ》』に載《のせ》たり。未生《みせい》（左傍訓「〇イマダウマレズ」）の人を談ずるにあらざるよし、呉門が外書にいへり」（巻之一、序十一丁）と明記されていた。「呉門が外書」とは、聖歎の「読第五才子書法」のことであり、『画伝』における言及が、右の一例のみであることから推せば、文化初年の馬琴は『宣和遺事』を実見していなかったと思われる。聖歎評から多大の影響を蒙りながら、聖歎を批判してやまない『水滸画伝』以来の不公正な態度は、天保三年の「水滸伝発揮略評」に至っても、改まることがなかったのである。

同じ年の九月に執筆された、木村黙老の『水滸伝考』に対する馬琴の補遺には、聖歎評に説き及ぶところが少なく、わずかに同人の唱える施耐庵作者説が疑問視されるばかりであった。当時の馬琴にとって聖歎の『水滸伝』評は、すでに正面切って論難する必要のないものだったのであろう。

そして天保四年正月、小津桂窓から借用した『三遂平妖伝』二十回本を繙くに及んで、馬琴は『水滸伝』について、『平妖伝』と同じ羅貫中が著した「百二十回の長物語」と確信するに至る（前章参照）。同年四月に執筆された『三遂平妖伝国字評』の中でも、馬琴は『水滸伝』における「初善・中悪・後忠の三等」に説き及び、宋江を「奸賊」と見る聖歎評を、「作者の真面目を損ふ」ものとしている。ここにはもはや、聖歎の唱える施耐庵作者説も、七十回本原撰説も介入する余地は残されておらず、馬琴はようやくにして、長年の好敵手であった『第五才子書』を乗り越え、独自の『水滸伝』観を完成させたのである。

# おわりに

「詰金聖歎」の中で、馬琴は『水滸伝』の聖歎評を、「譬《たとへ》ば雑劇の白《はく》の如し」（巻三ノ下、十四丁表）と表現している。中国演劇においては、「白」（台詞）よりも「唱」が重んじられ、登場人物の感情の高揚は、技巧を凝らした「詞」によって表現される。作品の価値を大きく左右するのは、「白」によって進行される筋立てよりも、作品中に挿入された「詞曲」の美しさであったという。馬琴は聖歎評を、「詞曲」に対する「白」のごとく、主文とは語調や性質の異なる文章と見なして、二義的な価値しか持たないものと判断したのであろう。

これに対して正岡子規は、「水滸伝と八犬伝」（明治33年）の終章「金聖歎の評」において、『第五才子書』の評語を「其評あるがためにつまらぬ処も面白くなり、面白き処は猶面白くなる」と、すこぶる好意的に評している。特に聖歎の行中評（夾批）を、子規は「義太夫語りの三味線引きが掛声をかけるやうなもの」と表現し、「これがために本文に勢がついて来る」「其掛声が善く調子を外さぬやうに行く処はなか〳〵うまいものである」などと賞賛する。

もっとも、聖歎の『水滸伝』批評が、子規の指摘するような特性を持つものであることは、馬琴もじゅうぶんに認識していたことであろう。すでに確認したように、馬琴は化政期を通じて、『第五才子書』にも取るべき点があることを認め、評者聖歎の見識に一定の敬意を払い続けていた。その一方で、『水滸伝』を「聖経」や「史伝」と併称する姿勢の中から、聖歎が小説一般には価値を認めていないことを鋭く察知した馬琴は、同人の批評を論破すべき対象として強烈に意識したのである。馬琴独自の「水滸三等観」や羅貫中単独作者説も、この敵愾心なくしては成立しなかったに違いあるまい。

目加田誠氏が指摘したごとく、聖歎評を正しく理解するための思想的な裏付けを、馬琴が持ち合わせなかったのは確かである。しかし、聖歎に対する不正確・不徹底な理解が、馬琴を独自の『水滸伝』観獲得へと駆り立て、さらにはその『水滸伝』観に沿う形で、『南総里見八犬伝』や『新編金瓶梅』を完結せしめたともいえる。「勧善懲悪」を奉じた馬琴にとって、「小説の巨擘」である『水滸伝』の中に「勧懲」を見いだすことは積年の課題であり、その所在を見定めるためには、異邦の先達金聖歎を超克せねばならなかったのである。

## 注

（1）目加田誠氏「滝沢馬琴と水滸伝」、「水滸伝の解釈」（ともに目加田誠著作集第四巻『中国文学論考』所収。昭和60年、龍渓書舎）。浜田啓介氏「近世小説の水滸伝受容私見　―『新編水滸画伝』と馬琴の金聖歎批判」、「近世に於ける小説評論と馬琴の「半閒窓談」」（ともに『近世小説・営為と様式に関する私見』所収）。徳田武氏「馬琴の稗史七法則と毛声山の「読三国志法」」、「『八犬伝』と家斉時代」（ともに『日本近世小説と中国小説』所収）。また近年のものに、張小鋼氏「金聖嘆と滝沢馬琴の小説論」（中京短期大学論叢27。平成8年）などがある。

（2）本章の作成に際して、金聖歎に関する若干数の著作に目を通したが、その中でも特に啓示を受けたのは、白嵐玲氏『才子文心　金聖嘆小説理論探源』（二〇〇二年、北京広播学院出版社）であった。

（3）『第五才子書』の「序三」に拠ると、聖歎が基づいた『水滸伝』は、十二歳の時に「日夜手抄」した「貫華堂所蔵古本」であったといい、「貫華堂」が彼自身の書斎ではなかったことをうかがわせる。陸林「《晩明曲家年譜》金聖歎史実研究献疑」（『知非集　元明清文学与文献論稿』所収。二〇〇六年、黄山書社）は、「貫華堂」を韓家の書斎と推定し、同氏の編になる「金聖歎年譜簡編」（『金聖歎全集』第六巻所収。二〇〇八年、鳳凰出版社）も、「貫華堂」を聖歎の別号に数えてはいない。

（4）新版日本随筆大成第一期5（昭和五十五年、吉川弘文館）は、この振り仮名を「チヨウヂンクワク」に改めているが、馬琴の理解を反映した操作とは思われない。

（5）『秋坪新語』の概要は、前野直彬氏「清代志怪書解題」（『中国小説史考』所収。昭和50年、秋山書店）参照。当該記事の原文は、久保天随『支那戯曲研究』（昭和3年、弘道館）「西廂記の研究」中に引用されている。

（6）孫中旺編『金聖歎研究資料彙編』（二〇〇七年、広陵書社）や、陸林輯校『金聖歎全集』（注3参照）第六巻の附録「金聖歎伝記資料」。

（7）馬琴は中本型読本『敵討枕石夜話』（文化五年、慶賀堂等刊）の巻頭においても、『西廂記』が『会真記』を附録とすることに言及し、「ここに旧文（筆者注、『回国雑記』等の参考文献）を引《ひく》ものは、古人『西廂記』を批《ひせ》んとて、まづ『会真記』を抄出するの趣《おもむき》に擬す」と記している。

（8）幸田露伴「金聖歎」（初出は昭和2年。露伴全集第十五巻所収。昭和27年、岩波書店）の冒頭に、「水滸伝や三国志演義や西廂記等を批評した者に金聖歎といふのが有ることは誰しも知つてゐることである」とある。

（9）小川環樹氏「「三国演義」の毛声山批評本と李笠翁本」（初出は昭和32年。『中国小説史の研究』所収。昭和43年、岩波書店）、陳翔華「毛宗崗的生平与《三国志演義》毛評本的金聖歎序問題」（『三国志演義縦論』所収。二〇〇六年、台湾文津出版社）参照。

（10）『貫華堂撰批唐才子詩甲集』巻二「魚庭聞貫」に、「与毛序始（序始は宗崗の字）」の一段がある。注3前掲の全集では、第一巻一二二頁。

（11）いずれも聖歎本の「序三」に見える語。周知のように、「格物」は『大学』、「因縁生法」は『中論』や『摩訶止観』などに見える語句である。聖歎は独自の思想を既存の術語を用いて説明することが多く、この点も馬琴が、『水滸伝』の聖歎評を「動《やゝも》すれば聖教経伝を引く」ものと誤認した一因であろう。

（12）現存する百回本の最善本とされる容与堂刊本は、「李卓吾先生批評」を称するが、その評語は売文家葉昼による偽作とされる。

(13) 王先霈・周偉民『明清小説理論批評史』（一九八八年、花城出版社）、二五五頁。黄智暉氏「馬琴読本における「雪恨」の理念―中国の戯曲論との関わりを中心に」（『馬琴小説と史論』所収。平成20年、森話社）にも同様の理解がうかがわれ、「宿怨」と「冤苦（黄氏は苦衷の意に解する）」とが同一ではないことを説く。

(14) 入谷義高氏「話本の性格について」（東方学報12―3。昭和16年）における指摘。

(15) 新版日本随筆大成第三期1（昭和51年、吉川弘文館）に収められた本文は、「世歎」の誤字以外にも、「宋江」を「宗江」に誤り、「説きはまれり」を「説きをはれり」としている。

(16) 早大図書館曲亭叢書には、篠斎の批評に馬琴が答述した「犬夷二編評訳」（櫟亭琴魚写。外題「犬夷評判記第二編稿料」）が現存し、その『八犬伝』第二輯に関する部分の内容は、刊本『犬夷評判訳』と重複している。また、西尾市立図書館岩瀬文庫には、『犬夷評判記』の馬琴稿本が現存する。

(17) 石川秀巳氏は、『八犬伝』に関する一連の論考において、「構想」と「構成」とを峻別すべきことを説いておられる。とりわけ、「『南総里見八犬伝』構想論への視座」（読本研究第九輯。平成7年）の末尾に見える、「物語の一貫性は、必ずしも構想の一貫を示すとは限らない。（中略）追加構想を立て物語に接続させようとするとき、先行部分との密接な接合を配慮するのが当然だからである」という一節は示唆的である。

(18) 白木直也氏「滝沢馬琴水滸画伝「校定原本」著録の刊本二種　―後伝と李卓吾本―」（東方学19―4。昭和49年）。

(19) 三世姫は太宰府から鎌倉へ護送される途上、摩耶山中で多力の粉蝶らに奪い去られる（第三編、三十六丁表～三十九丁表）。この場面は、百回本『水滸伝』第十六回の、いわゆる「智取生辰綱」を翻案したものであり、この局面における三世姫は、梁中書から蔡京に贈られた、十万貫の生辰綱に相当する。詳細は拙稿「曲亭馬琴『傾城水滸伝』第三編　翻刻と影印」（江戸風雅4。平成23年）参照。

(20) 馬琴の用いる「専文」の語については、服部仁氏「〈専文〉についての一試論―馬琴の諸評答において―」（同朋国文10。昭和52年）に詳しい。氏の考察によれば、引用部分の「専文」は、いまだ「専門」「専一」の域にとどまるが、後年には「作品の「骨髄」である〈隠微〉」の意味合いを帯びるようになる。

(21)「稗史七法則」における「読三国志法」摂取については、注1前掲の徳田武氏論考参照。もっとも、天保十年六月頃執筆の『八犬伝』第百六十一回においても、馬琴は相変わらず「毛鶴山《モウクワクサン》が『三国志演義』の評注及《マタ》金聖歎が外書」（第九輯巻三十五、二十三丁裏欄上）と記している。よって、天保期の馬琴が「読三国志法」を声山父子の筆業と正しく認識していたものか、疑いの余地なしとしない。

(22) 稗史七法則の各項と、聖歎の「読第五才子書法」との関わりについては、浜田啓介氏「馬琴の所謂稗史七法則について」（国語国文28―8。昭和34年）に詳しい。

(23)「水滸伝発揮略評」成立の経緯とその内容については、浜田啓介氏「『水滸伝発揮略評』と『水滸後伝国字評第六則』」（読本研究第四輯上套。平成2年）に委曲が尽くされている。

(24) 宋人銭世昭『銭氏私志』の中に、『水滸伝』にも登場する太師蔡京を、道士徐神翁が秩序を破壊する「魔君」と称した逸聞が記されている。同書が馬琴の目に及んだとは思われないが、宋朝高官の側に「魔君」の存在を指摘することは、すでに同時代から行われていたのである。宮崎市定氏『水滸伝　虚構のなかの史実』（昭和47年、中公新書）は『銭氏私志』の記事を、伏魔殿における魔君飛散の「古い種」と称している。

(25) この「発凡」は、『水滸伝』の成立過程を伝える資料であり、白木直也氏に『一百二十回水滸全伝発凡の研究』（私家版。昭和41年）という専著も存する。天保二年九月七日、いまだ『四伝全書』の購入を決しかねていた馬琴は、「凡発《（ママ）》」の中から三箇条を書き抜いている（同日日記）。しかし、天保二年に於ける『水滸四伝全書』購入後も、馬琴はこの文章に言及しておらず、彼が「発凡」における王進への言及に目を留めたかは不明である。

# 第五章　『水滸伝』の続書と馬琴

## 一　馬琴の白話小説批評

天保初年、馬琴は白話小説に対する本格的な評書を二つ著している。一つは天保二年四月に『水滸後伝』を評した『半閑窓談』、もう一点は天保四年四月執筆の『三遂平妖伝国字評』である。

馬琴が評書をものした中国小説としては、他にも『巧聯珠』や『五鳳吟』（ともに天保三年六月）、『五虎狄青伝』や『金蘭筏』（ともに同年八月）、『続西遊記』（天保四年五月）などが確認できる。しかし、これらは所蔵者である殿村篠斎のために、貸与の返礼として染筆されたものであり、その多くが倉卒に綴られた「略評」であった。これに対して、前掲の二評書は数日を費やして執筆されており、対象作品に関する馬琴の評価ばかりでなく、執筆時点における彼の小説観をもうかがいうる分量と内容とを兼ね備えている。

『水滸後伝』（陳忱作。四十回）は、百八好漢の一人混江龍李俊が暹羅国に渡って反乱を平定し、彼の地の王となる物語であり、『三遂平妖伝』（二十回本・四十回本あり）は、慶暦七年（一〇四七）に河北で起こった王則の反乱を背景とした神怪小説である。これら二作品は、いずれも馬琴が天保期に至って、初めて繙いたものではない。四十回本『平妖伝』の翻訳である、本城維芳『通俗平妖伝』（享和二年刊。第十回まで）は、文政年間から篠斎との間で話題に上っており（文政十年三月二日付篠斎宛書翰。①37）、また馬琴が享和年間に『水滸後伝』を披閲したことも、

『羇旅漫録』などの記述を通して広く知られている。さらに、『後伝』と『平妖伝』とは、馬琴の読本に趣向摂取が指摘されていることや、彼が複数の唐本を目睹しえた点においても共通しており、両作の持つ興趣は無論のこと、諸本間に見出された優劣もまた、評書執筆に対する馬琴の意欲を煽ったことであろう。

しかし、それらにも増して見逃しえないのは、二つの白話小説が、いずれも『水滸伝』との間に密接な関係を有している点である。[1]『水滸後伝』が題号にも明示されたごとく、百回本『水滸伝』の「続書」であるのに対して、『三遂平妖伝』の二十回本は、『水滸伝』と同じ羅貫中の作とされている。

『水滸伝』は馬琴にとって「小説の巨擘《こはく》」（『玄同放言』）であり、その評価には時期により多少の変動が見受けられるものの、凌駕すべき作品として終生彼の意識にあり続けた。すでに第三章で確認したように、同書の作者に関する馬琴の認識も、化政期には大きな振幅を示しているが、天保三年における『平妖伝』再読を契機として、彼は羅貫中を「今古独歩の作者」と認め、『水滸伝』をも貫中単独の作と確信するに至ったのである。ゆえに馬琴は『国字評』の中で、「羅貫中が作の稗史は、文外に勧懲の深意あり」（六丁裏）と記す一方、『平妖伝』の四十回本における馮夢龍の増補を、「羅氏の隠微を悟らずして、慭に増補したれば、本伝の旨にかなはず」（八丁裏頭書）と断じている。[2]

この四十回本『平妖伝』と同様に、馬琴が「羅氏の隠微」を悟らぬものとして難詰したのが、陳忱の『水滸後伝』であった。馬琴は文政末年、『水滸伝』における百八好漢の身の上に、「初善・中悪・後忠」の三段階を見出し、同書には勧善懲悪が「隠微」な形で貫徹されていたことを発見する。そしてこの見地から、生存した好漢たちが再び宋朝に敵対する『後伝』前半の筋立てを、「前伝の、真面目を抹却して、蛇足の為に画くに似たる」（『半閑窓談』九丁裏）ものと批判したのである。

本章では、馬琴が「賽《マガイ》水滸伝」（同書三十三丁裏）とも揶揄した『水滸後伝』について、馬琴の評価や享受を概観しつつ、それらが彼の『水滸伝』観とどのように関わるのか、改めて検討を加えることとしたい。

## 二　享和二年の『水滸後伝』披閲

馬琴が初めて『水滸後伝』を披閲したのは、享和二年における上方旅行の途次であった。

明の雁宕山樵が『水滸後伝』は、はじめおのれこの書あることを知らず。享和二年の夏のころ、京浪速に遊歴せし日、尾張名護屋の旅亭にて、ある人の蔵弆したるを、ゆくりもなく閲しにき。いとめづらしく思ひしかば、回目をのみ抄録して、もて遺忘に備へたり。　（『半閑窓談』一丁表）

右文中に見える、回目のみの抄録は、旅行記『羇旅漫録』の中に転写されており、同書の記載によると、『水滸後伝』を蔵弆した「ある人」とは、鉄鈴町の秤座守随徳治郎のことである。馬琴と守随との仲介をしたのは、『滝沢家訪問往来人名簿』（早大曲亭）にも名前の見える「正伝寺和尚」宗一、戯号柳下亭嵐翠であった(3)。同人には明末清初の戯曲『蝴蝶夢』を義太夫狂言調に翻訳した『填詞蝴蝶夢』や、清代の筆記小説『秋燈叢話』を抄訳した『王氏録』などの著作がある。

馬琴がこの時に目睹した、守随所蔵の『水滸後伝』は、陳忱による原刊本（八巻。以下、「陳本」と略称）ではなく、清人蔡奡《さいごう》（字元放）による改修本（十巻。以下、「蔡本」と略称）であった。たとえば、日本の「関白」（秀吉を摸した人物とされる）が李俊らに大敗を喫する、第三十五回の回目は、陳本では「日本国借兵生釁　青霓島煽乱興師」であるが、『羇旅漫録』に転写された回目では、蔡本同様に「日本国興《シテ》レ兵構《フ》レ釁《ヲ》　青霓島煽《ンニ》乱二殲師《ヲ》一」となっている。

『羇旅漫録』には回目のみならず、ごく簡単な梗概や主要人物のあらましが記し留められているが、その中には不正確な記述が散見する。以下に、それを列挙してみる(4)。

一、登場人物一覧の公孫勝に、「暹羅国ニ止ラヌ人」の印があり、「辞シテ山ヘカヘル」と注記される。なお、朱武・樊瑞に件の印はない。

→公孫勝が暹羅を去ることはなく、第三十九回で朱武・樊瑞とともに、同国の「鎮山」たる丹霞山へ入る。第四十回では高麗の前国王を弟子とし、その最期は「公孫勝寿《ハ》至《リ》八十余歳《ニ》、尸解《シテ》而去《ル》」と記されている。

二、（暹羅における内乱の梗概）「関白ノ兵船、大風ニアフテ、ソノ終ヲシラズ」

→「関白」率いる日本兵は、公孫勝の祈った風雪で全滅する。「関白和《ト》倭兵都《テ》結在《テリ》氷裏《ニ》、如《ク》水晶人《ノ》一般、直僵僵凍《ニ》死了《シル》」（第三十五回）。また第三十六回の冒頭にも、「却《さて》説《ク》、関白倭兵尽《ク》皆《ナ》凍死《シ》」とある。

三、（武松のあらまし）「宿大尉ニ請フテ李俊ヲシヤムロ王ニ封ズ」

→第三十七回で、宋の高宗が内乱を避けて暹羅へ逃げ来たり、李俊らに歓待される。同地を去るに際して、帝は李俊に「卿可《シ》即《チ》真《ニ》主《ル》暹羅《ノ》国事《ヲ》。朕当《ニ》命《ジテ》大臣《ニ》賷《シテ》敕命《ヲ》而来《ラシム》。便宜《チク》行事《ス》」と告げている。よって李俊の封王は、宿大尉のとりなしによるものではない。なお、六和寺で出家を遂げた（『水滸伝』第九十九回）行者武松は、『後伝』の第三十八回に登場し、都を訪れた柴進・呼延灼らと再会するが、宿大尉とは対面していないようである。

四、「柴進ヲ丞相トスル条下ノ評ニ云、進ハ宰相ノ才ニアラズ。然レドモコノ人名家ノ子孫ニシテ、又徳行アリ。故ニ衆人ヲシテ相トス、云云」。

→該当する評は以下の通り。「柴進本《ハ》非《トズ》相材《ニ》。只因《ダテ》他《ハ》是《レ》天貴星《ナルニ》、故《ニ》抬高《セラル、ノミ》耳」（第三十五回夾批）。柴進はたしかに「名家の子孫」であったが、蔡元放はこのことに触れておらず、ただ彼が天罡生の第十位「天貴星」であったため、宰相に選ばれたのだと説明している。

この他、「ハジメ共濤企叛シテシャムロ王ヲコロシ、位ヲ簒ノトキ、李俊一人シャムロニアリ」という記述にも違和感を覚える。共濤が謀叛を起こした第三十二回の時点で、李俊は童威・童猛兄弟や費保・狄成らとともに暹羅の属島金鼇島にあった。

右のように、馬琴の記述が正確さを欠くのは、この折の『水滸後伝』披閲が、客舎における慌ただしいものであったことを考えれば、無理からぬことといえるだろう。馬琴の名古屋滞在は、享和二年六月十二日から二十六日までの期間であり、このうち十四日から十六日にかけては、津島祭を見物するために名古屋を離れているので、実質的な逗留は十日あまりということになる。『羇旅漫録』の中で、彼自身も「この書、倉卒にしてこれをよめり」と記している通り、馬琴が十冊四十回の『水滸後伝』を披閲するために割きえた時間は、極めて限られていたに違いない。

しかも、『水滸後伝』の中には「前伝」である百回本『水滸伝』を踏まえた趣向が少なからず存し、『後伝』作者の執筆意図を読み解くためには、『水滸伝』の結構を細部まで記憶していることが求められる。しかし、当時の馬琴は唐本『水滸伝』を所持しておらず、和刻本の『忠義水滸伝』（享保十三年・宝暦九年刊。百回本の二十回まで）すら、その入手は京坂旅行に後れる可能性が残る（第二章参照）。この点からも、『水滸伝』に対する彼の理解は、後年の見識と同列に論じうるものではなく、旅の途次にあった馬琴は、『後伝』を賞玩するための準備を、何ら持ち合わせていなかったといえるであろう。

名古屋を発ち、七月二十四日に大坂へ至った馬琴は、大田南畝の紹介によって長崎出身の医師馬田昌調（柳浪。

字国瑞）と邂逅し、二人の談は『水滸後伝』にも及んだ。昌調がかつて『後伝』を所持し、のちに安価で手放した顛末を聞かされた馬琴は、浪華の書肆にこの作品のことを照会しているが、はかばかしい返答は得られなかったという。

## 三　文化期の読本と『水滸後伝』

上方旅行の三年後に刊行された、『新編水滸画伝』初編上帙（五巻六冊。北斎画。文化二年九月、衆星閣等刊）の巻頭（序十七丁裏）には、五点の「校定原本」と二十四点の「編訳引書」（参考文献一覧）とが掲出されている（二九二頁図1参照）。この「編訳引書」の中には、『水滸伝』の武松譚から派生した『金瓶梅』と、岡間喬（号貴適斎）の語釈書『金瓶梅訳文』とが掲げられており、馬琴が早くからこの艶情小説に興味を有していたことがうかがえる（第三部第一章参照）。もっとも、のちに馬琴は『金瓶梅訳文』について、「何のやくにもたゝぬもの」と酷評しており（天保三年十二月八日付桂窓宛書翰。②64）、同書が『水滸画伝』の述作に資するところは、ほとんどなかったことであろう。馬琴が上記二書を「編訳引書」に加えたのは、訳文が「武十回」（百回本の第二十三〜三十二回）に及んだ際、参照すべきことを見越した所為であり、その価値や有用性を吟味した上での掲出ではなかった。

この「編訳引書」の場合と同様に、「校定原本」に掲げられた『水滸伝』の諸本についても、馬琴が逐一比較検討を加えたとは思われず、彼の管見に及んだ少数の板本を列挙したに過ぎないもののようである。実際の『水滸画伝』述作は、もっぱら和刻本『忠義水滸伝』を頼りに進められたことが、浜田啓介氏によって指摘されており(5)、「校定原本」所掲の『水滸伝』諸本は、「甚だ忽卒間に合せのやり方」で参照されたばかりであった。

文化初年の馬琴は、いまだ黄表紙作者の群れに伍しており、生活のために兼業の手習い師匠を廃しかねていた。

そのような彼にとって、唐本『水滸伝』を机辺に備えることはもとより、借覧によってこの巨編を精読することも、決して容易ではなかったはずである。よって、「水滸後伝四十回（二本あり。今四十回本これを取る）」（割注の内容については後述）が「校定原本」の中に掲出されていることをもって、「馬琴にとって水滸伝に絶対欠かせぬ一環と、後伝は、考へられていた」とする白木直也氏の見解(6)は、臆断に過ぎる。氏の「若年時馬琴の全水滸具備説」は、浜田氏も退けられたところであるが(7)、そもそも『水滸後伝』は馬琴にとって、「その初会から意気投合した敵娼《あひかた》」などでありえたのだろうか。

前節で確認したごとく、享和二年における馬琴の『水滸後伝』披閲は、きわめて倉卒なものであり、その覚え書きからは細部の読み誤りを見て取ることもできた。よって馬琴は、大まかな筋や好漢の運命などを追いかけるのが精いっぱいで、文章の良し悪しや趣向の巧拙に注意を払う余裕を持ち合わせなかったものと想像できる。そのように粗雑な読書から得られた所感が、その後長きに渡って馬琴の『水滸伝』観を支えうるとは思われず、さらには他作者による続書を、本編と同列に扱うような愚を、実作者である馬琴が犯すとも考えづらい。

よって、『水滸後伝』が「校定原本」の一つに数えられたのは、作品に対する評価を反映したものではなく、「編訳引書」における『金瓶梅』の場合と同じく、後続部分における参看を予告したまでの所為と判断するのが穏当であろう。もっとも、馬琴による『水滸画伝』の編述は、『後伝』の主人公混江龍李俊はおろか、『金瓶梅』の敵役である行者武松の登場にさえ至らぬままで中断され、両作が『画伝』に関与する機会はおとずれなかったのである。周知のように、高井蘭山が嗣作した、同作の第二編以下（文政十一年～天保九年刊）は、岡島冠山訳とされる『通俗忠義水滸伝』の剽窃に過ぎず、馬琴苦心の訳文とは大きく隔たるものであった。

『水滸画伝』の初編後帙と同じ文化四年正月、馬琴は『椿説弓張月』の前編（六冊。北斎画、平林堂刊）を刊行し

図１　『椿説弓張月』残篇巻四、17丁裏・18丁表

ている。『弓張月』における『水滸後伝』からの影響を最初に指摘したのは、依田学海の「椿説弓張月細評」(8)とされる。その後、『江戸文学と中国文学』（昭和21年、三省堂）において、麻生磯次氏が両作の比較検討を行なったが、同氏は『後伝』の原刊本（陳本）を用いており、参照する際には注意を要する。たとえば、『弓張月』の妖僧曚雲と、『後伝』に登場する西番僧薩頭陀との最期に関して、麻生氏は両書の対応を際だたせつつ、それぞれ以下のように要約している。

　頭陀は雲に乗じて去らうとしたが、国王の陰魂纏うて果たさなかった（第三十四回）。

　曚雲は理あらずと見て、猛かに風雲を起し飛去らうとしたが、舜天丸の征箭に射すくめられ、終に命をおとすのである。

（麻生氏前掲書、一七六～七頁。図１）

右のうち、薩頭陀に関する記述は、陳本の「原想《ヘドモ》二駕《リテ》レ雲而去《ラント》一、被《レ》二馬賽真《ガ》（筆者注、暹羅の前国王）陰魂纏《ニ》住《セ》一、法術不レ霊《アラ》」（第三十四回、十丁表）に基づくものである。

しかし、蔡本にはこの記述が存さず、同人が逃げおおせなかった理由は、別に「原来薩頭陀雖《ハモ》レ会《スルト》二妖法《ヲ》一、却不《テ》レ会《セ》二騰雲《ヲ》一」（巻九、二十七丁表）と説明される。よって、この点では『弓張月』と『水滸後伝』との間に、明確な対応関係を想定すべきではない。同様に、麻生氏が『弓張月』第三十八回に摂取されたとする、道士徐神翁が石鏡を用いて、暹羅国王に凶事の近いことを暗示する筋立て（『後伝』第三十一回）も、蔡本では省略されている。(9)

右の二例以外にも、麻生氏は細部における趣向の類似を列挙して、『弓張月』は「水滸後伝に拠る点が少くない」（麻生前掲書一七七頁）とする。それらの趣向は、いずれも陳・蔡の両本に共通するものであり(10)、馬琴による利用の可能性も存するが、後藤丹治氏による『弓張月』の註釈（日本古典文学大系）は、その全てを採用しているわけではない。これは、たとえば「仮装して敵城に入ること」や「（曚雲の）幻術が破れること」といった筋立てが、他の白話小説や馬琴作品にも類例を見出しうるものであり、その典拠をことさら『水滸後伝』に限定する必要がなかったからであろう。

とはいえ、後藤氏も『水滸後伝』が「弓張月後半の全体的な原拠」であることは是認しておられるし、筆者もこの見解に異論はない。不遇の英雄が異国に赴き、奸臣や妖僧を討伐して安寧を回復するという、『弓張月』続編以降の筋立ては、まさしく『水滸後伝』の大枠を襲用したものであり、馬琴が『後伝』を強く意識していたことは、『弓張月』最終回の題目からも明らかである。後藤氏も指摘するとおり（古典大系『椿説弓張月』下巻、四一八頁）、『弓張月』第六十八回の「祭レ神奏レ楽大団円」は、蔡本『後伝』第四十回の回目「賦レ詩演レ戯大団円」に倣ったものであろう。

ただし、『弓張月』の執筆当時、馬琴の机辺には『水滸後伝』が存さず、彼が参照しえた資料は、『羇旅漫録』に筆写された回目と、誤謬を含む大雑把な梗概ばかりであった以上(11)、両作の間に細かな趣向摂取を推定してみたところで、牽強付会に陥るおそれなしとしない。

## 四　『水滸伝』観の確立と『水滸後伝』

文政三年刊行の考証随筆『玄同放言』第二集（仙鶴堂刊）の「詰金聖歎《きんせいたんをなじる》」においても、馬琴は『水滸後伝』に言及しているが、これは享和二年に披閲した折の記憶や、『羇旅漫録』の記事などに依拠しているものと思しく、そこに目新しい情報は示されていない。

文政十年十一月二十三日付の殿村篠斎宛書翰（①39）において、馬琴は『水滸伝』の成立に説き及び、「七十回迄、開基の作者の筆也」と断じた上で、百回本や百二十回本、さらには『後伝』が嗣作されたのは、「世上の見物」の残り惜しさに応えたものと説明している。そもそも、『水滸伝』の第七十一回前半までを施耐庵の作、それ以降を羅貫中の続作と決めつけたのは、明末清初の文人金聖歎（?～一六六一）であるが、馬琴は当該記事の前後で、「牽強附会の説多く有之」「当らぬことも多く候」などと、聖歎の批評態度を難詰している。いわば聖歎の所説に拠りつつ、同人を批判する格好であるが、ここで馬琴が『水滸伝』に複数の嗣作者を想定したことには、主人公である宋江を偽善者と決めつけた聖歎の主張を、「世上の見物」の感慨にも合致しないものとして退ける意図が存したのであろう（第四章参照）。

右書翰の記事について、先にも言及した白木直也氏は、「一読、馬琴の水滸伝に後伝が如何に強く喰込んでいるか、が分かる」と見なし、「馬琴が水滸伝と言ふとき、常に後伝はその中に含めていたと見るべきであらう」と主張する（注6論考）。しかし、馬琴は件の書状において、『水滸後伝』をも含めた一連の物語を、「末江至候程見ざめいたし候」と評しており、本伝の第七十一回以降に描かれた宋朝との抗争や、それに続く賊寇討伐さえ、「才の及ざる」後続作者の手になるものと認識していた。この点からも、白木氏の説くところには、容易に賛同しえない。各々の部位ごとに作者が異なるという判断は、質的な落差のみに基づくものではなく、百六十回を通した筋立てに、確たる構想が見出しえなかった点にも起因するのであろう。文政十年の馬琴は、「雁宕山樵」と仮名した陳忱の『水滸後伝』はもとより、本伝における招安以降の物語すら、後人が嗣作した「続書」と見なし、七十回までの物語とは構想が断絶していると考えたのである。

その後、馬琴は『水滸伝』の翻案である長編合巻『傾城水滸伝』（国安等画。文政八年〜天保六年、仙鶴堂刊。未完）を執筆する過程で、『水滸伝』の構成に対する思索を深め、文政十二年には件の「水滸三等観」を確立した。それに伴い、第七十回以前で描かれた好漢たちの「魔行」を精算するものとして、「後忠」の段階における賊寇討伐にも、確たる位置づけが与えられたのである。

馬琴が二十余年ぶりに『水滸後伝』を繙くのは、翌文政十三年（十二月に天保と改元）三月以降のことであった。以下に、『後伝』の借覧から評書執筆に至る経緯を整理してみる。

文政9年　秋、殿村篠斎、大坂で『後伝』陳本を購入。
文政10年　馬琴、3月2日付篠斎宛書翰（①37）で、『後伝』の借覧を申し入れる。
文政11年　春尽日、小石元瑞、篠斎蔵本に識語す。
文政13年　3月21日、馬琴、篠斎蔵の『後伝』陳本を落掌。
　7月、馬琴、『後伝』蔡本（不全本）を購入。
　10月、馬琴、陳本の序・回評等を抄録した『明板水滸後伝序評』（早大曲亭）を作成。
　この頃、馬琴、『後伝』両本の校訂をはじめる（至翌年4月）。

天保2年　4月7～19日、『半閑窓談』執筆。

　4月26日、馬琴、『後伝』陳本と『半閑窓談』とを、篠斎へ宛てて発送。

篠斎の所持した陳本（万暦三十六年・一六〇八序。実際の刊行は康熙三年・一六六四頃とされる）は筑波大学図書館、馬琴旧蔵の蔡本（乾隆三十五年・一七七〇序刊）は天理大学図書館にそれぞれ現存し、両本とも馬琴の書き入れが施されている。馬琴が借覧を申し入れてから、実際に陳本を落掌するまでの間に、二年近い時日が経過しているのは、馬琴に先だって同本を借り受けた京都の小石元瑞が、山脇東海の所持本（現存不明）をもって、欠損部分を補写していたからであろう[12]。

当初は例のごとく、篠斎に対する「借書のむくひ」（天保二年四月七日日記）として起稿された『半閑窓談』は、五十丁を超える大部なものとなり、馬琴も擱筆の直後には、私家板による上木の可能性を模索するほどの思い入れを示している。独自の「水滸三等観」を尺度としている以上、『半閑窓談』に示された、『後伝』に対する馬琴の評価は低調であるが、部分的な趣向に関しては、「殊さらにおもしろし」「唐山の作者には、多く得がたき細筆也」などと、その興趣を認めているものも少なくない。

ゆえに馬琴は、早くから『傾城水滸伝』の後段で、『後伝』の筋立てを翻案する腹稿を示しており（文政十三年三月二十六日付篠斎宛書翰。①60）、またこれとは別に、原作を一部改変して翻訳する『水滸後画伝』の執筆・刊行を、自作読本の巻末で予告してもいる[13]（天保四～七年）。

特に、天保二年刊行の『傾城水滸伝』第十一編では、その序文中で『後伝』に言及されるばかりでなく、『水滸伝』の扈成に相当する健少女鳴子《ますらをとめなるこ》が、力寿《りきじゆ》（原作の李逵）の猛攻を避けて逃走する場面（原作の第五十回）には、「無法な敵には逃げるが勝ちだ。後伝まではおさらば〳〵」（二十二丁表。図2左上）という言葉書きが見える。一丈青

図２　『傾城水滸伝』第十一編、22丁表（部分）

扈三娘の兄である扈成は、『水滸伝』の中では行方知れずとなるが、『後伝』においては流浪の末に関勝らと暹羅へ渡り、最終的には「兵馬正総管武烈将軍」に任ぜられた。件の言葉書きは、『傾城水滸伝』の後段で『水滸後伝』を翻案する際、鳴子が再登場することを見越したものであろう。

馬琴は『半閑窓談』において、決して最適任者ではない混江龍李俊（『傾城水滸伝』では、都鳥琴樋《みやこどりことひ》）が、暹羅の国王に選ばれたことを『後伝』の瑕瑾に数え、その作りざまを「世々簒立を旨とすなる、是漢《カラ》ごゝろの致す所」と決めつけた。殿村篠斎も同様の感慨を抱き、その代替案として小旋風柴進を挙げたが、馬琴は別に宋安平（宋江の姪）や花逢春（花栄の息子）、あるいは「残余の好漢」浪子燕青などを推している。もっとも、『水滸後伝』の結末で李俊が国王となる筋立ては、『水滸伝』第九十九回（百回本。百二十回本では第百十九回）の記述に従ったものであり、[14]陳忱に落ち度があるとすれば、むしろ李俊以上の適任者を、暹羅国に渡らせたことであろう。馬琴は自作において、『後伝』の筋立てに何らかの改変を行い、この不満を解消する腹稿であったに違いない。

しかし、『傾城水滸伝』は板元仙鶴堂の経営悪化に伴い、天保六年刊行の第十三編上帙（原作の第五十七回に至る）で中絶し、一方の『水滸後画伝』も、『南総里見八犬伝』の予想を越えた長大化と、馬琴を見舞った様々な不幸ゆえに、その編述は実現されることがなかったのである。

## 五　『続水滸伝』と『後水滸伝』

『半閑窓談』の執筆から五か月の後、馬琴は渡辺崋山の仲介で、『水滸伝』の百二十回本、別称『水滸四伝全書』を買い入れている。百二十回本は、百回本に田虎・王慶討伐の二十回（第九十一～百十回）を増補したものであり、「四伝全書」とは、四方の賊寇討伐を全備するという意味である。『四伝全書』を購入する直前には、「百回が最初の全書」と断じ、特に王慶討伐の物語を「あらずもがな」と評していた（天保二年八月二十六日付篠斎宛書翰。②8）馬琴ではあるが、同書の入手後は百二十回本を重視する立場に傾いた（第二・三章参照）。

そして『三遂平妖伝』の披閲を経て、最終的には「水滸百二十回は、羅貫中が一筆なるに疑ひなし」（『南総里見八犬伝』第九輯巻之二十九簡端或説贅弁。天保十年二月執筆）という認識に到達する。文政十年には、ひとたび複数の後続作者による「続書」と判断された、『水滸伝』の後半五十回が、『八犬伝』の完結間際には、第七十回までと同じ羅貫中の作と見なされたのである。天保期の馬琴は『八犬伝』の構成を、しばしば『水滸伝』に擬えて説明しているが、その背景には、『水滸伝』に対する右のごとき認識の変動があることを銘記すべきであろう。

既述のように、『水滸伝』の後半五十回を(15)、羅貫中による「続水滸伝之悪札」と決めつけたのは、金聖歎の所為であるが、百八好漢の招安以降の物語ばかりを、実際に『続水滸伝』と題して刊行する書肆が存した。この『続水滸伝』は、別称を『征四寇伝』『水滸後伝』などといい、乾隆五十七年（一七九二）の賞心居士による序文を有する。その内実は、「文簡本」系統の一本である百十五回本から、第六十七回以降を取り出して十巻編成としたものであった。(16) 聖歎の七十回本を基準とすれば、この『続水滸伝』もまた、『水滸伝』の「続書」に数えられるが、所詮は馬琴が「以之外なる略文ニて、用立候ものニ無之」（天保二年六月十一日付篠斎宛書翰。②6）と評した文簡本（馬琴は「李卓吾本」と称する）の一部に過ぎない。

この『続水滸伝』の存在を、馬琴は篠斎から告知されており、天保三年四月二十八日付の篠斎宛書翰（②33）には、以下のような既述が見えている。

七十回後を不刻にいたし、「続水滸伝」と題して別帙にいたし候事、はじめて存候。是は直段何ほどに候哉、御覧被成候はゞ、承りたく奉存候。

すでに百二十回本を入手していた馬琴が、この『続水滸伝』にも興味を示した一事は、『水滸伝』に対する彼の思い入れが並々ならぬものであったことを再認識させるが、結局馬琴はこの『続水滸伝』を披閲する機会に恵まれなかったようである。筆者もまた寡聞にして、わが国内における同作の伝存を確認できていない。

『続水滸伝』の場合と同じく、馬琴がその存在を仄聞しながら、ついに繙読が叶わなかった『水滸伝』の続書として、青蓮室主人輯『後水滸伝』（四十五回）がある。該書は、天罡星の三十六好漢が転生して洞庭湖北岸の君山に集い、再度朝廷と敵対する物語であり、巻頭には「采虹橋上客題於天花蔵」の署名を持つ序文が置かれている。宋江の「托生」とされる主人公の楊幺（楊太とも）は、実在した反乱軍の首領であり、紹興五年（一一三五）に名将岳飛の攻撃を受けて滅亡した。彼の一党は『水滸伝』の百八好漢と同様に、水辺の山寨を本拠とする反賊であり、彼の地の研究者侯会氏は、楊幺の君山寨を『水滸伝』における梁山泊の「藍本」と見なしている（『《水滸》源流新証』。二〇〇二年、華文出版社）。

『後水滸伝』は現在でも、大連図書館所蔵の一本のみが知られる稀覯本であり[17]、馬琴が生涯目睹しえなかったのも無理からぬことと思われる。大連本は、西本願寺第十八世門主の文如上人（寛政十一年、五十六歳で遷化）が収集し[18]、大正期に大谷光瑞が彼の地に移送した、所謂「大谷本」の中に含まれており、一世紀あまりの間我が国に伝存したものである。秋水園主人輯の白話辞書『小説字彙』（寛政三年刊）が、「援引書目」の筆頭に『後水滸伝』を掲げるのも、この小説が当時西本願寺に蔵されていたことと無関係ではあるまい。

馬琴が『後水滸伝』の存在を知ったのは、『水滸後伝』を初めて披閲したのと同じ、享和二年における上方旅行の途次であった。

かくて浪速に赴きて、ある日馬田老人と〔医生。名は昌調。長崎の人なり〕ものかたらひし言のついでに、この書（筆者注、『水滸後伝』）の事に及びしに、馬田老人のいひけるやうは、『水滸後伝』に二本あり。その一本は天花翁の作也。やつがり故郷に在りし時、二本ながら見きとて誇れり。

（『半閑窓談』一丁表）

右引用中の「天花翁」は、一般に「天花蔵主人」と称される人物であり、編者・序者・評者などとして、多数の白話小説に名前を見出しうるが、全てが同一人であるかという点も含めて、その素性は明らかにされていない。同人の名前を掲げる白話小説のうち、馬琴の目に及んだものには『平山冷燕』（二十回。天花蔵序・批評）や『快心編』（三十二回。天花才子編輯）、『後西遊記』（四十回。天花才子点評）などがあり、『半閑窓談』の序文では、「天花翁は稗史の作あり。なれどもさせる佳作はあらず」（二丁裏）と評されている。

享和二年執筆の『羇旅漫録』以降、『新編水滸画伝』初編上帙（文化二年刊）「校定原本」や、『玄同放言』（文政

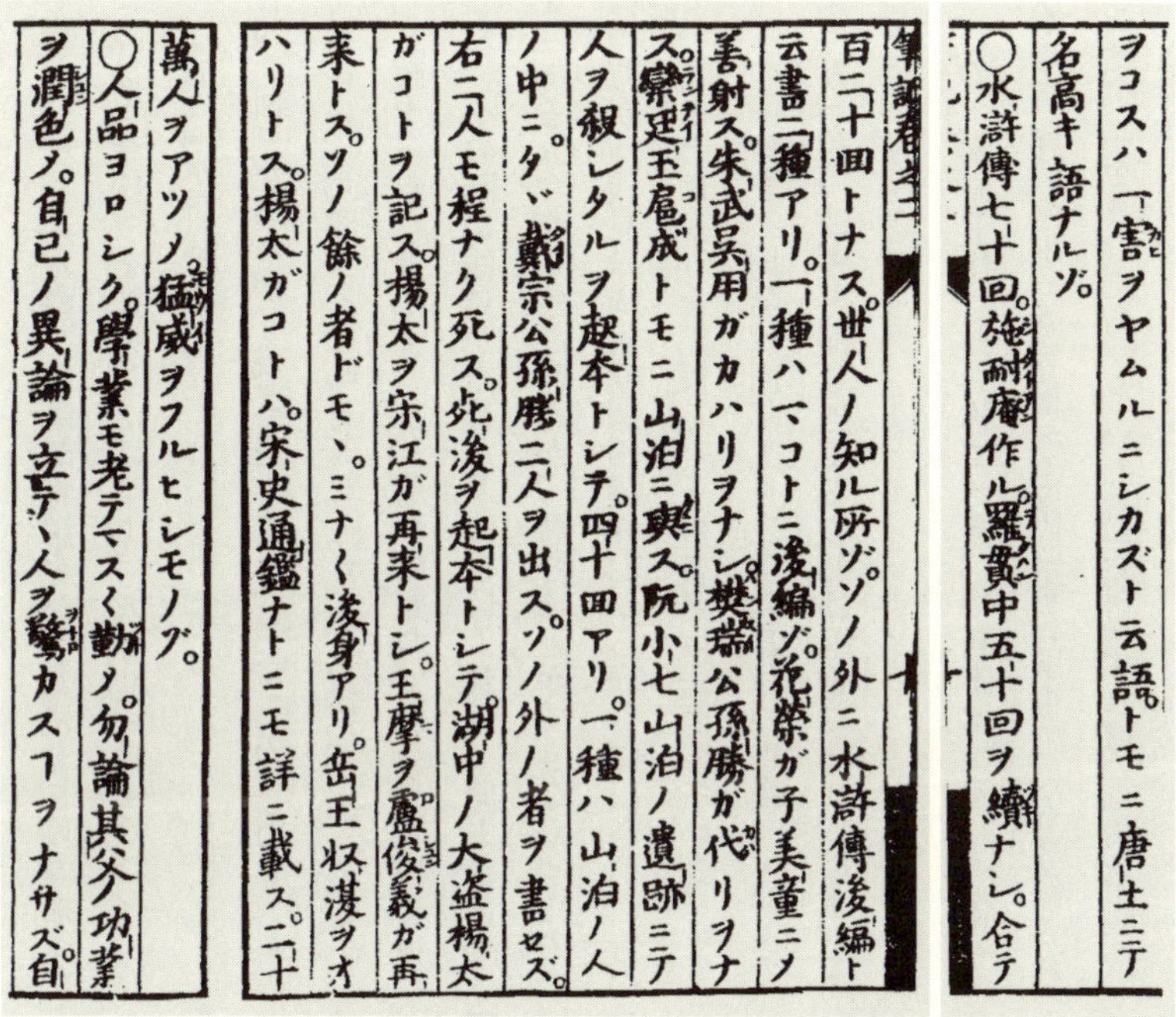
ヲコスハヿ害ヲヤムルニシカズト云語トモニ唐土ニテ
名高キ語ナルゾ。
○水滸傳七十回。施耐庵作ル。羅貫中五十回ヲ續ナシ。合テ
百二十回トナス。世人ノ知ル所ゾ。ソノ外ニ水滸傳後編ト
云書二種アリ。一種ハヿ、コトニ後編ゾ。花榮ガ子美童ニノ
善射ス。朱武呉用ガカハリヲナシ。樊瑞公孫勝ガ代リヲナ
ス。樊廷玉扈成トモニ山泊ニ與ス。阮小七山泊ノ遺跡ニテ
人ヲ殺シタルヲ起本トシテ。四十回アリ。一種ハ山泊ノ人
ノ中ニタヾ戴宗公孫勝二人ヲ出ス。ソノ外ノ者ヲ書セズ。
右二人モ程ナク死ス。此後ヲ起本トシテ湖中ノ大盗楊太
ガコトヲ記ス。楊太ヲ宋江ガ再来トシ。王摩ヲ盧俊義ガ再
来トス。ソノ餘ノ者ドモ、ミナ〳〵後身アリ。岳王収湲ヲオ
ハリトス。楊太ガコトハ。宋史通鑑ナトニモ詳ニ載ス。二十
萬人ヲアツノ猛威ヲフルヒシモノゾ。
○人品ヨロシク。學業モ老テマス〳〵勤メ。勿論其父ノ功業
ヲ潤色ノ。自己ノ異論ヲ立テ、人ヲ驚カスヿヲナサズ。自

図3　『孔雀楼筆記』巻二、10丁表～11丁表

三年刊）「詰金聖歎」などにおいて、馬琴が『水滸後伝』に関して「二本あり」という場合、それは『後伝』の陳・蔡両本ではなくして、『水滸後伝』と『後水滸伝』のことである。文政十三年に篠斎所持の原刊本を実見するまで、馬琴は『後伝』に原刊・改修の二本があることを認識してはおらず、それゆえに篠斎所蔵の陳本を、ひとたびは「天花翁作之方」、すなわち『後水滸伝』と誤認した（文政十年三月二日付篠斎宛書翰。①37）。

『後伝』両本の披閲から数年を経た天保八年、馬琴は松坂の小津桂窓から、清田儋叟『孔雀楼筆記』（明和五年刊）巻之二の中に、『水滸後伝』と『後水滸伝』との概要[19]（図3）が見えることを告知されている。これに対して、馬琴は同年十月二十二日付の返書（④98）において、「御庇ニて三十余年之疑霧を啓キ、怡悦不過之」と謝意を述べ、桂窓の抄録を自身の雑録『著作堂

雑記』に転写したことを報告した[20]。その上で、僭叟が要約した『後水滸伝』の結構を、自身の『水滸伝』観と照らし合わせて、「『水滸』の隠微骨髄をバ、夢にもしらぬ拙作なるべし」と推定する。このような評価は、馬琴が実際に『後水滸伝』を披見したにせよ、大きく変動することはなかったと考えられる。

なお、『水滸伝』の著名な続書としては、他にも兪万春『蕩寇志』（『結水滸伝』とも。七十回本を継ぎ、第七十一～百四十回）があるが、咸豊三年（一八五三）初刊なので、その五年前に下世した馬琴の目にしうるものではない。最後に、馬琴がその噂を耳にした、『水滸伝』の「続書」ならぬ「前伝」について一瞥しておきたい。

文政十三年三月二十一日、馬琴は兼ねて面会を求めていた、姫路藩主酒井雅楽守の家臣浅見魯一郎と初めて対面した。その際に浅見が語ったところによれば、同人は近時「『水滸伝』百八人のをさなだちを書著し候俗語唐本」を「ある人」から示されたが、読むことができなかったので、そのまま返却したという。馬琴はこの唐本に興味を持ったが、浅見は尚古堂岡田屋嘉七から売りに出されたものであることと、巻頭に「史進の種本の事」が記載されていたことばかりを記憶し、その書名は失念していた。

この一件を、馬琴は同年三月二十六日付の書翰（①60）で、松坂の篠斎に申し送ったが、右のように断片的な情報のみから、該書を探し当てることは困難であり、馬琴と知友との間で、この話題が再度持ち上がることはなかったようである。

この「水滸前伝」とも称すべき「俗語唐本」が、一体いかなる書物であったのか、それらしき資料は、馬蹄疾編『水滸書録』や朱一玄等編『水滸伝資料匯編』にも登録されておらず、筆者もいまだその消息を突き止められてはいない。「をさなだち」という点に着目すれば、『後水滸伝』も宋江・盧俊義の転生である楊幺・王摩兄弟の生い立ちを描いているが、その巻頭に「史進の種本の事」は説かれておらず、何よりも『後水滸伝』という単純な題号を、浅見が容易に忘却するとは考えづらい。あるいは、史進の前口上から始まる劇本の類であったかも知れないが、白話に通暁していない浅見の情報である以上、何らかの誤謬を含む可能性もあり、書名の確定は困難であろう。

## おわりに

『南総里見八犬伝』の末尾に置かれた「回外剰筆」は、自身と「廻国頭陀」との問答に仮託して、馬琴が同作の完結に際する自らの心情を吐露したものである。その中で、『近世説美少年録』や『開巻驚奇侠客伝』などの未完作を、後人がほしいままに嗣作したならば、「事損《そこ》ね」になるのではないかと危惧した頭陀に対して、馬琴は以下のような事例を挙げつつ賛意を表している。

雁宕山樵《がんたうさんしよう》が『水滸後伝』、天花翁《てんげおう》が『後水滸伝』、及《また》『続西遊記《ぞくせいゆうき》』、『後西遊記』の如きは、作者の隠微を知らずして、叨《みだり》に蛇足《じやそく》を做《な》しし者《もの》也。這故《このゆゑ》に行《おこなは》れず。玉のいまだ、全《まつた》からずとて、瓦《かわら》をもて是《これ》を補《おぎな》はゞ、誰《たれ》か連城に代《かへ》まくせんや。（第九輯巻五十三、四十丁裏）

ここで馬琴は、未見の『後水滸伝』とともに『水滸後伝』をも、「作者の隠微」を知らない「蛇足」の一つに数えている。彼にとって、他作者による「続書」とは、珠玉を補う瓦礫のごときものであり、本伝とは構想の断絶した、「似而非《ゑせ》作者」の所行だったのである[21]。よって、ひとたびは「後伝」の位置に落とされた、『水滸伝』の後半五十回が、『傾城水滸伝』の執筆などを経て、再び本伝と一筆のものと見なされたことは、決して小さな評価の変動ではない。

「山樵が『後伝』は、又是一書と見るこそよけれ。こを前伝と兄弟に、なさまくすとも得べからず。用心各異なれば也」とは、『半閑窓談』（十一丁表）中の一節である。馬琴の唱える「水滸三等観」の当否はともあれ、右のごとき評価は『水滸後伝』のみならず、白話小説の続書一般に当てはまる、極めて穏当なものといえるであろう。

**注**

（1）『水滸伝』関連作品に対する馬琴の批評としては、天保四年執筆の『本朝水滸伝を読む并に批評』も挙げうる。

（2）馬琴は『国字評』執筆の時点で、四十回本『平妖伝』の第三十回以降を目にしておらず、天保六年に小津桂窓から新収の写本を借覧した後には、四十回本に対する評価が好転している。

（3）嵐翠の伝やその著作については、延広真治氏「柳下亭嵐翠ノート」（『近世の学芸　史伝と考証』所収。昭和51年、八木書店）に詳しい。なお、嵐翠の『塡詞蝴蝶夢』については、内山美樹子氏「中国戯曲から「生写朝顔話」への流れと周縁」（『「朝顔日記」の演劇史的研究』所収。平成15年）の中で、研究史が概観されている。

（4）馬琴自筆本（存否不明）を底本とする、渥美正幹校の『壬戌羇旅漫録』（明治18年、畏三堂）では、花逢春（小李広花栄の遺児）の説明に、「シヤムロ国王ノ女ニ恋シテ附馬トナル」（傍点筆者）とある。しかし、これは東大図書館蔵本のように、「シヤムロ国王ノ女ニ恋《こは》レテ」（傍訓筆者）でなければならない。右の誤りは、「阮文（小）七」や「裴宣（宣）」、「呼延鉒（鈺）」といった単純な誤字とともに、日本随筆大成所収の本文にも引き継がれている。

（5）浜田啓介氏「近世小説の水滸伝受容私見―『新編水滸画伝』と馬琴の金聖歎批判」。『営為と様式』所収。

（6）白木直也氏「滝沢馬琴水滸画伝「校定原本」著録の刊本二種―後伝と李卓吾本」（東方学19―4。昭和49年）。

（7）浜田啓介氏「近世に於ける小説評論と「半閒窓談」」。『営為と様式』三五六頁。

（8）帝国文庫39『四大奇書』上巻（明治29年、博文館）所収。日本文学研究資料叢書『馬琴』（昭和49年、有精堂）再録。

（9）魏愛蓮（Ellen Widmer）「《水滸後伝》対滝沢馬琴的影響」（明清小説論叢第五輯。一九八七年）は、この対応関

係をもって、馬琴が『弓張月』執筆以前に、原刊本（陳本）を披閲していたと推定し、後年馬琴がこの一事を秘匿したのは、自作との関係を認めたくなかったからであるとした。無論、否定されるべき見解である。

(10) ただし、麻生氏の言う「予言が童謡に歌はれて流布すること」が、『水滸後伝』のどの筋立てを指すのか不明。『後伝』の中に、予言の詩句や偈語は、少なくとも二回（第十・三十一回。陳本・蔡本とも同じ）現われるが、いずれも童謡に歌われてはいない。むしろ筆者には、『水滸伝』第三十九回における、宋江の反逆を予言した「街市小児」の「謡言四句」などが想起される。

(11) 天理図書館の善本写真集21『曲亭馬琴』（昭和38年）のうち、馬琴旧蔵の蔡本『水滸後伝』に対する解説の中に、「守随本に同版の一書を自身蔵し得たのは、これ（筆者注、享和二年）より間もないことであったらしい」とあるのは不審である。

(12) この間の経緯に関しては、村田和弘氏「筑波大学附属図書館所蔵本『水滸後伝』の「識語」について」（北陸大学紀要28。平成16年）に詳しい。

(13) 馬琴の筆致を模倣した、訳者不明の写本『水滸後画伝』（蔡本の第九回まで）が、昭和女子大学図書館桜山文庫に現存する。詳細は高木元氏「『水滸後画伝』攷―草稿本をめぐって―」（読本研究新集第五輯。平成16年）参照。なお、教訓亭主人貞高（為永春水）撰『閑窓瑣談』（天保十二年、文渓堂刊）の「第五十三 九六《くろく》の銭《ぜに》」項に、「この程《ほど》予が『水滸後日《こうじつ》伝』を翻訳なさんとする発初《ほつしょ》の日」「宋の世の『水滸後伝《ごでん》』を、出像国字《ゑいりかながき》に著《あらは》す時に臨んで」（巻四、十五丁）などとある。馬琴の断念した『水滸後伝』の翻訳を、丁子屋は改めて春水に依頼したのであろう。もっとも、本邦未訳の『水滸後伝』を、春水が独力で訳し果せるとは思われず、読本『〔訂正補刻〕絵本漢楚軍談』（初輯天保十四年、二輯弘化二年刊）の場合と同様に、余人の援助を想定すべきである。あるいは写本『水滸後画伝』も、春水の周辺で作成されたものかも知れない。

(14) 同趣旨の記述は、『通俗忠義水滸伝』拾遺（寛政二年刊）巻四十六にも見える。ただし馬琴は、『半閑窓談』執筆の時点で、百回本・百二十回本の唐本を所持しておらず、通俗本も『傾城水滸伝』の板元鶴屋から借覧して用を弁じている。よって、李俊の即位が『水滸伝』に予告されていたことを、馬琴が認識していなかった可能性も残る。

(15)　大内田三郎氏は「水滸伝版本考―繁本各回本の関係について―」（ビブリア40。昭和43年）において、諸本校勘の結果から、金聖歎が基づいた先行板本が、百回本ではなくして百二十回本であることを明らかにした。

(16)　筆者未見。石昌渝主編『中国古代小説総目』白話巻（二〇〇四年、山西人民出版社）に、中国国家図書館所蔵の「中勝堂蔵板本」が登録されている。『征四寇伝』の翻印は、『水滸続集』（一九二四年、亜東図書館。陳本『水滸後伝』を併録）に収まるが、同書は底本として、祖本である百十五回本の後半部分を用いており、実際の『征四寇伝』とは相違があるかも知れない。なお、『征四寇』に関する論考に、馬場昭佳氏「清代における『水滸伝』七十回本と征四寇故事について」（東京大学中国語中国文学研究室紀要7。平成16年）がある。

(17)　現在、『後水滸伝』の影印は大連図書館蔵孤稀本明清小説叢刊（二〇〇〇年、大連出版社）、翻刻は明末清初小説選刊（一九八二年、春風文芸出版社）などに収められている。しかし、これらの書籍が刊行されるまで、『後水滸伝』の存在はあまり認識されておらず、近時の研究書でも「此書未見」などとするものが散見する。

(18)　宗政五十緒氏「本派本願寺大谷家所蔵の小説稗史類」（『近世京都出版文化の研究』所収。昭和57年、同朋社）による。

(19)　日本古典文学大系『近世随想集』（昭和40年、岩波書店）、二九九頁。なお、同書の頭注は、『後水滸伝』を『続水滸伝（征四寇）』と混同している。

(20)　この記事は、『曲亭遺稿』（明治44年、国書刊行会）所収の「著作堂雑記抄」四六八頁にも抄出されている。

(21)　ここに『金瓶梅』の続書である『隔簾花影』（四十八回。『続金瓶梅』の改編作）が掲げられていないのは、『金瓶梅』においては十分に尽くされなかった「勧善懲悪」を、遺族たちの身の上で完遂しようとした同作の執筆意図に、馬琴が一定の評価を与えたからであろう。詳細は、本書第三部第五章参照。

# 第六章　『水滸伝』の図像と馬琴

## Ⅰ　二つの水滸伝絵巻

### はじめに

文政三年刊行の『玄同放言』第二集（仙鶴堂等刊）に収められた、「詰金聖歎《きんせいたんをなじる》」の一段は、馬琴の『水滸伝』観、ひいては小説観をもうかがいうる資料として、本書においても度々引用したものである。この「詰金聖歎」に登場する『水滸伝』の諸本が、十余年以前に刊行された『新編水滸画伝』初編上帙（文化二年九月、衆星閣等刊）巻頭の「校定原本」と、さしたる変化のないことは、すでに第二章の中で確認した。「詰金聖歎」で新たに登場した唐本『水滸伝』は、各丁絵入りの「京本」（文簡本。双峰堂刊本カ）一本に過ぎない。

一方、『水滸伝』の周辺資料に目を転じると、「詰金聖歎」には二つの水滸伝絵巻が紹介されており、これらは『水滸画伝』の中では言及されていないものである。一本は絵師不明の「三十六人の画像」、もう一本は「一百八人の画像」で、明人陳洪綬（字章侯、号老蓮）によるものという。本章では、これらの水滸伝絵巻に考察を加えてみたい。

## 一　「三十六人の画像」

「三十六人の画像」について、「詰金聖歎」には以下のように記されている。

又彼順治・雍正二本なる繍像は、郎瑛が序したる、晁蓋・宋洪《ママ》等三十六人の画像の摸本也。〔瑛が序は上に録しつ。〕只その像賛は、おの〳〵異なるのみ。瑛が横巻《まきもの》には、晁蓋・孫立ありて、公孫勝・林冲なし。その它《た》は『水滸伝』なる、天罡《てんかう》三十余人と相同じ。そが中に、急先鋒〔索超〕は、先鋒とあり、挿翅虎〔雷横〕は、挿翅雲とあり。赤髪鬼〔劉唐〕は、尺八腿《せきはつたい》とあり、双鎗将〔董平〕は、一直撞《いつちよくとう》とあり。病関索〔楊雄〕は、賽関索《さいくわんさく》とあり。その序をもて推《おす》に、こは『癸辛雑識』に拠るものにして、『水滸伝』を本《ほん》にはせず、おのづからこれ別本也。只その画者の詳《つまびらか》ならざるを遺憾《いとをし》とするのみ。（巻三ノ下、十五丁裏・十七丁表）

右引用に先だって掲出された「瑛が序」、すなわち「郎瑛水滸伝像賛序」（十四丁裏〜十五丁表）は、『七修類稿』巻二十五「宋江原数」と同一であり、特にこの絵巻のために記されたものとは思われない。

「順治・雍正二本」は、いずれも『水滸伝』の七十回本で、前者には順治丁酉（十四年。一六五七）の桐庵老人序、後者には雍正甲寅（十二年。一七三四）の句曲外史序が掲げられている。句曲外史の詳細は明らかでないが、桐庵老人は順治本の各回末尾に評語を添えた王望如（字仕雲）のことである。第五才子書の貫華堂原刊本には図像が付されていないが、順治・雍正二本の巻頭には、陳洪綬『水滸葉子』(1)を摸した繍像が収められており、特に順治本の酔耕堂刊本には、表紙見返しに「陳章侯画像」と大書されているという(2)。馬琴所見の七十回本には、この旨が断られていなかったのであろう。両本の口絵には、それぞれ異なる像賛が添えられており、桐庵老人序本（順治本）が『水滸葉子』を踏襲するのに対して、句曲外史序本（雍正本）は独自のものを掲げている。

馬琴の目にした「三十六人の画像」も、『水滸葉子』に由来するものと考えられるが、右引用に見える人物の出入りは、洪綬の『葉子』とは一致していない。また索超・雷横らの綽名についても、『水滸葉子』は『水滸伝』に倣っており、馬琴の記すところとは懸隔がある。

四十図を収める『水滸葉子』は、地煞星のうちから九人を選んでいるため、天罡星三十六員を網羅してはいない。その異同を整理すると、以下のようになる（「水滸伝」項の括弧内は、好漢の席次）。

| 水滸伝 | 水滸葉子 | 宣和遺事 | 癸辛雑識 | 三十六人画像 |
|---|---|---|---|---|
| 托塔天王　晁蓋（—） | × | ○（鉄天王） | ○（鉄天王） | ● |
| 呼保義　宋江（1） | ○ | × | ○ | ＊ |
| 入雲龍　公孫勝（4） | ◇ | ○ | × | × |
| 豹子頭　林冲（6） | ◇ | ○ | × | × |
| 双鞭　呼延灼（8） | ○ | ○（鉄鞭呼延綽） | ○（鉄鞭呼延綽） | ＊ |
| 双槍将　董平（15） | ○ | ○ | ○（一直撞） | ○（一直撞） |
| 急先鋒　索超（19） | ○ | ○ | ○（急先鋒） | ○（先鋒） |
| 赤髪鬼　劉唐（21） | ○ | ○ | ○（尺八腿） | ○（尺八腿） |
| 挿翅虎　雷横（25） | ○ | ○ | ○（挿翅虎） | ○（挿翅雲） |
| 立地太歳　阮小二（27） | × | ○（短命二郎阮進） | ○（短命二郎阮進） | ● |
| 船火児　張横（28） | × | ○（火船工張岑） | ○ | ● |
| 短命二郎　阮小五（29） | × | ○（立地太歳） | ○（立地太歳） | ● |
| 病関索　楊雄（32） | × | ○（賽関索王雄） | ○（賽関索） | ●（賽関索） |
| 両頭蛇　解珍（34） | ○ | × | ○ | ＊ |
| 双尾蝎　解宝（35） | × | × | ○ | ● |

| | | | | |
|---|---|---|---|---|
| 神機軍師　朱武（37） | ◇ | × | × | × |
| 病尉遅　孫立（39） | × | ○ | ○ | ● |
| 聖手書生　蕭譲（46） | ◇ | × | × | × |
| 神医　安道全（56） | ◇ | × | × | × |
| 一丈青　扈三娘（59） | ◇ | ○（一丈青張横） | × | × |
| 混世魔王　樊瑞（61） | ◇ | × | × | × |
| 摸着天　杜遷（83） | × | ○（摸著雲杜千） | × | × |
| 金眼彪　施恩（85） | ◇ | × | × | × |
| 母大虫　顧大嫂（101） | ◇ | × | × | × |
| 母夜叉　孫二娘（103） | ◇ | × | × | × |
| 鼓上蚤　時遷（107） | ◇ | × | × | × |

＊印は、特に記載はないが、馬琴所見の図像にも含まれていたと思われる人物。

馬琴も記しているごとく、「三十六人の画像」の人選は、周密『癸辛雑識』続集巻上に引用された、龔聖与の「水滸三十六賛」に倣ったものと思しいが、右表の最下段に「●」を付した七人については、『水滸葉子』の中に画像を見出すことができない。これらの図様については、馬琴も言及していないので、その詳細は不明であるが、あるいは『癸辛雑識』の記事に整合させるべく、後人が新たに七図を描き足したのではなかろうか。もとより、馬琴の目睹した「三十六人の画像」には含まれず、洪綬の『葉子』のみに登場する十一人の図像（右表中の「◇」印）のうち、そのいくつかが転用された可能性も想定できる。ただし、そのように小手先の改竄であったならば、馬琴が何ら言及していないのは不審である。

また、前掲引用に見える綽名の異同のうち、索超・劉唐・董平・楊雄の四人については、「三十六人の画像」と

『癸辛雑識』の記事とが一致するものの、(3)雷横の「挿翅雲」のみは絵巻の誤写と思しく、『水滸伝』や『水滸葉子』と同様に、『癸辛雑識』においても「挿翅虎雷横」となっている。

一方、「三十六人の画像」の中で、各好漢に添えられた像賛は『水滸葉子』のものではなくして、『癸辛雑識』所掲の四言四句であった。

郎瑛が横巻《まきもの》なる、戴宗の賛に云、不《ス》レ疾《ラ》可《シ》レ速《ナル》、故《ニ》神無方。汝《ガ》行何之《レニユクトシテ》、敢離《レンヤ》二太行《ヲ》一。

（「詰金聖歎」十六丁表）

神行太保戴宗　不疾而速、故神無方。汝行何之、敢離太行。

（『癸辛雑識』）

郎瑛が横巻《まきもの》なる、武松の賛に云、汝《ハ》優婆塞、五戒在《リ》レ身《ニ》。酒食財気、更《ニ》要《ス》レ殺《ント》レ人《ヲ》。

（「詰金聖歎」十六丁裏。図1）

図1　『玄同放言』巻三ノ下、16丁裏

行者武松　汝優婆塞、五戒在身。酒色財気、更要殺人。

（『癸辛雑識』）

よって、馬琴の目睹した「三十六人の画像」は、後人が『水滸葉子』の図像と、『癸辛雑識』や『七修類稿』の記事とを用いて作り上げた、偽撰の絵巻である可能性が高い。(4)『水滸葉子』が陳洪綬（一五九九～一六五二）独自の図様であるからには、宋末の周密（一二三二～九八）は無論のこと、郎瑛（一四八七～？）もこの絵巻に関与することは不可能なのである。

馬琴は天保十四年六月朔日付の小津桂窓に宛てた書翰（代筆。⑥18）の中で、自身の『癸辛雑識』披閲について、以下のように回顧している。

一、『癸辛雑識』の事御下問の趣、承知仕候。此書ハ宋の周密が随筆ニて、一帙六冊歟八冊と覚候。（中略）廿二三年前、右之一帙と『避暑録話《（ムシ）》』一帙、英平吉《（ムシ）》より差来《（ムシ）》候得ども、何分孰も代高料ニて手廻りかね候間、右三帙共、三十日限りの見料ニて致借覧、且孰も致抄録置候。抄録といへども、壱冊百丁有之候。若御覧も被成度思召候ハヾ、貸進可仕候。

右書翰の染筆から「廿二三年前」となると、ちょうど『玄同放言』が編述された文政初年ごろのこととなるが、同書の「引用書目録」には『癸辛雑識』が掲出されていない。関根只誠の「著作堂雑記抄」（『曲亭遺稿』所収）や、桜山文庫旧蔵の『著作堂雑記鈔録』第三冊によれば、『著作堂雑記』の巻二十二には葉夢得撰『避暑録話』、続く巻二十三には『癸辛雑識』からの抜き書きが含まれており、借覧した両書からの「抄録」とは、まさに『雑記』の両巻を指すのであろう。「雑記抄」における前後の記事から、右両巻の成立は文政五年頃、すなわち『玄同放言』の執筆・刊行よりも後のことと推定しうる。

一方、『七修類稿』については、いずれも文化七年に文金堂から刊行された、随筆『燕石雑志』と読本『昔語質屋庫』に記事が引用されており、馬琴が『玄同放言』の述作以前に同書を披見していたことは確かである。しかし、「三十六人の画像」の序文が、同じ郎瑛の『七修類稿』にも収められていることについては言及が見られず、馬琴はこの点を認識していなかったのかも知れない。

## 二　『通俗忠義水滸伝』と七十回本

前節冒頭の引用に先立ち、馬琴は七十回本の繍像に関して、以下のように記している。

この（筆者注、七十回巾箱本）簡端に出せし、宋江等四十人の繍像の中、謬《あやまり》て戴宗を武松にしたり。岡島氏が『通俗水滸伝』に摸出せし画像も、亦巾箱本の譌《なまり》を受《ケ》て、武松と題せしは戴宗なり。且《ツ》原序を載《のせ》たるも、勾曲外史が序なり。よりておもふに、冠山は、巾箱本もて訳せしならん。順治本（割注略）をもて比校《ひけう》すれば、その訛謬《あやまり》分明なり。

（『玄同放言』巻三ノ下、十五丁裏）

図２　七十回本『水滸伝』雍正序刊本、口絵（武松図）

雍正序刊の巾箱本は、繍像の賛が『水滸葉子』や王望如本とは異なり、武松と戴宗の図像を取り違える錯誤もある（図２）。この誤りは、独自の像賛や句曲外史（通俗本は「勾曲《コウキヨク》外史」とする）による序文とともに、『通俗忠義水滸伝』上編（宝暦七年、文泉堂等刊）にも踏襲されている。[5] ただし、馬琴がこの錯誤から、通俗本の底本を七十回巾箱本と判断したのは失考である。

『通俗忠義水滸伝』が依拠した本文は、国会図書館所蔵の芥子園刊本に近似した、不分巻百回本とされている。[6] 一方、通俗本巻頭の勾曲外史序、ならびに繍像七図の来源は、件の序文中に「越盛《ヱツセイ》主人、庀《アツメテ》レ工《ヲ》新《アラタニシ》レ之《ヲ》」（通俗本上編、序二丁裏）とある点から推して、七十回本『水滸伝』の越盛堂版（存否不明）であろう。句曲外史の序文中に見える書肆の名号は、刊行者が各々書き改めており、光霽堂刊本(7)（中国科学院図書館蔵。懐徳堂からの求板本という）では「懐徳主人」、芥子園刊本（先の不分巻百回本とは別。内閣文庫等蔵）や光華堂刊本（早稲田大学図書館蔵）、そして諸所に蔵される維経堂刊本などでは「芥子園主人」となっている。越盛堂版の第五才子書は、寛保元年の渡来が記録されており(8)、この年は冠山の没後十三年、通俗本上編刊行の十六年前に当たる。

丟电《トウトウ》道人なる者が関与した拾遺十巻分（百二十回本の田虎・王慶討伐）を除いて、通俗本の訳業は岡島冠山によるものとされてきたが、この点には白木直也氏や高島俊男氏によって疑義が呈されており(9)、再検討の余地なしとしない。馬琴はこの問題について、七十回までを冠山の編訳、それ以降は俳諧師可因によるものという、独自の見解を示している。

> 岡島冠山が、『通俗水滸伝』は、享保中に訳せしを、冠山没後、享保十三年より、安永に至て、追々に開板せり。作者の校訂を歴ざれば、誤写なきことを得ず。この板は寛政中に焼けて、久しく中絶せしを、文政に再板したり。この再板は、尤訛謬多くありて、冠山の面目を失ふもの也。〔冠山は享保十三年戊申正月二日に没したり。この年の秋『通俗水滸伝』第一編を開板せり。これより中絶して、安永より天明に至て、百二十回通俗本全部なれり。七十回以下は、安永中俳諧師可因が訳せしといふ。可因は俳諧師ながら稗史学を好みて、『水滸伝』も三四本蔵弆せしを見たりと亡兄（筆者注、興旨。寛政十年没）いへり。これらは人の知らぬ事なれば、可因が為にこの談に及ぶのみ。こも亦老婆親切とやいはれん〕
> （『水滸伝考』補遺。天保三年九月稿）

『玄同放言』「詰金聖歎」には、「通俗水滸伝も亦板は焼《ケ》たり」（十八丁裏）と記されており、東洋文庫蔵『曲亭蔵書目録』にも、『通俗忠義水滸伝』は「初編二十冊」しか登録されておらず、化政期には同書が稀覯であったことをうかがわせる。文政七年に至って、京の俵屋清兵衛が、通俗本を補刻の上で再刊しており、馬琴が『傾城水滸伝』を綴るために、板元の鶴屋から借り受けた『通俗忠義水滸伝』も、この後修本であったようである。

右引用において、馬琴は通俗本上編の刊年を、和刻本『忠義水滸伝』第一編のそれと取り違えている。また通俗本の七十回以下は、別人の嗣訳であるとも述べているが、原作の第六十八回から第九十五回までを収める『通俗水滸伝』の下編（天明四年刊）にも、上・中編と同様に「冠山岡島璞玉成先生編訳」（第一冊前表紙封面）と大書されており、目下のところ馬琴の所説には傍証が得られない。存義門の可因（寛政十一年没）が「丟甩道人」と仮名して、『通俗水滸伝』の訳業に参画した可能性も存するが、著述家としては無名に近い江戸の俳諧師に、京の書肆が通俗本の編訳を依頼する必然性は薄いのではあるまいか[10]。

ともあれ、馬琴が通俗本の底本を七十回本と誤認した背景には、繡像の一致という徴証以外にも、七十回以降を冠山ならざる者の訳業とする思い込みが存した模様である。

## 三　「一百八人の画像」

「詰金聖歎」に登場するもう一つの水滸絵巻、すなわち「一百八人の画像」の概要は、以下のように説明されている。

陳洪綬（割注略）が『水滸伝』一百八人の画像は、各その姓名をのみ録して、賛はなし、図もおのづから亦異《こと》也。その画像の中、武松はいまだ薙髪せざるもの、棒を挟《わきばさ》みて、走る処を図したり。〔有《リ》二胡演跋言《ガ》一。其略《ニ》云、此《レ》陳章侯《ガ》得意《ノ》作也。章侯云云。海内《ノ》好事家、珍二-愛《スルコト》之《ヲ》一、如《シ》二天球撫璧《ノ》一。非《ズ》二虚語《ニ》一也。然《ドモ》性以レ懶《ナルヲ》、往々不《ニシテ》レ及

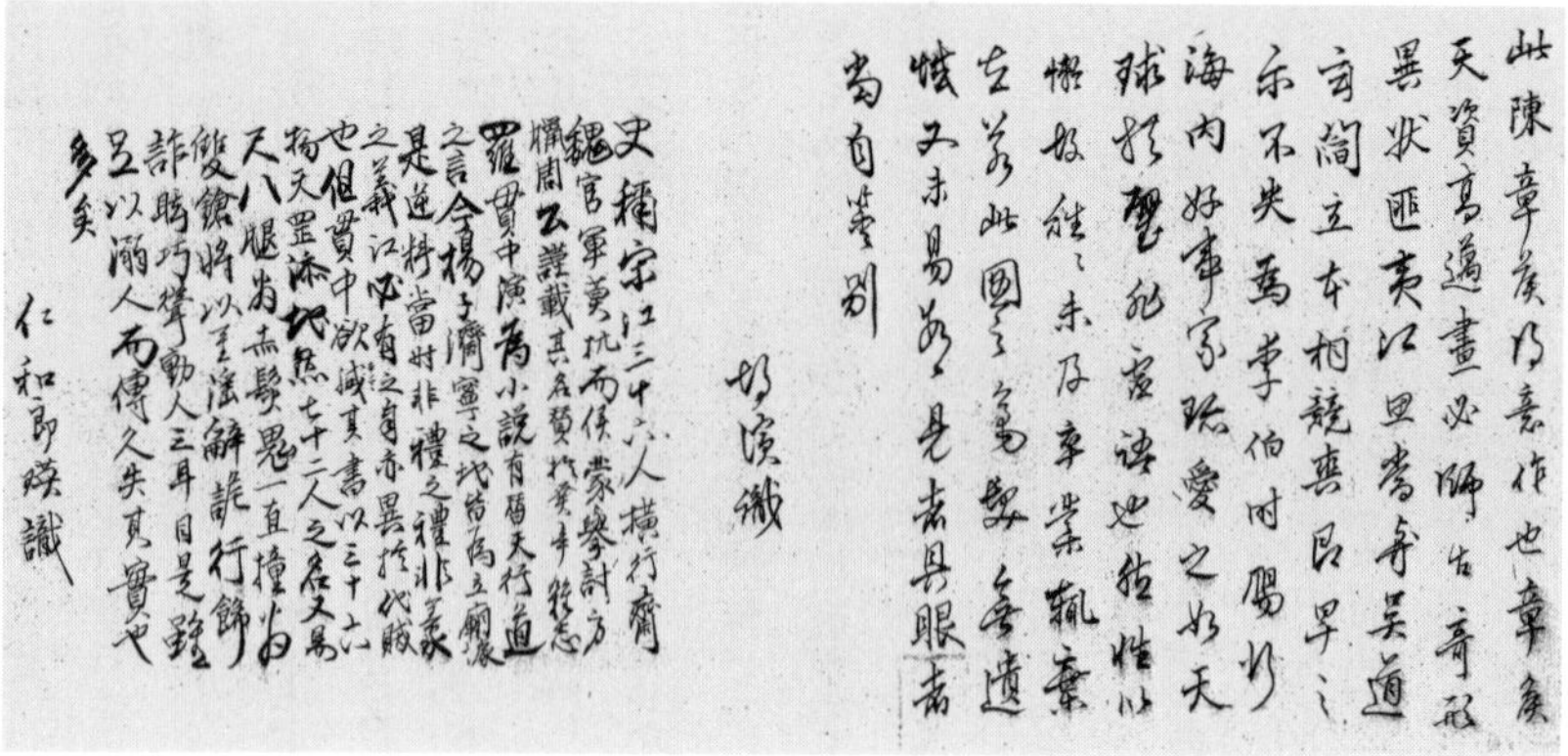

図３　「水滸百八人画像臨本」巻末

レ卒《ルニ》業《ヲ》、輒《チ》棄去《ル》。若《キ》二此図《ノ》一之《コレ》毫髪《モ》無《シ》二遺憾一。又未レ易《カラ》二数《々》見一者《也》。具眼者《ノ》、当《ニ》二自《ラ》鑑別《ス》一。
（巻三ノ下、十七丁表）

この図像は、「陳洪綬水滸百八人画像臨本」として、早大図書館曲亭叢書に現存するが、右文中にも引用された「胡演《ガ》跋言」（図3右）は、その珍奇さを吹聴するばかりで、具体的な成立事情には説き及んでいない。「一百八人の画像」の模本を作成した経緯を、馬琴は巻末の識語において以下のように述べている。

明陳洪綬画水滸百八人有像、此間好事者相喜而伝写。文化二年、余編訳水滸画伝、因使画工北斎弟子某摸写者即是已。可憾、拙工喪原《ママ》摹面目為不尠矣。且若其名号亦誤写多有。頃者曝書之間、披閲遂校正畢。

著作堂老人

この「一百八人の画像」は、天保四年十月三日に娘婿の渥見覚重へ貸し出され、翌年十月十日に「うら打いたし、巻物にして」返却されており、これ以前は巻子仕立てではなかったようである。前掲識語の直前には、前節までに取り上げた「三十六人の画像」の序文（『七修類稿』「宋江原数」）を摸写した紙片（図3左）が貼り込まれており、馬琴はその左上に「陳洪綬が画像には、干渉せざるものなれども、遺忘に備ん為に、こゝに貼すのみ」と朱書している。

覚重への図像貸与に先立ち、馬琴は『水滸後伝』の評書『半閑窓談』（天保二年四月稿。早大図書館曲亭叢書）において、「今この間に伝写せし、水滸伝百八人の画像は、陳洪綬が筆にて、郎瑛の序あり、いまだ賛あるを見ざるのみ」（五十五丁裏）と記している。しかし「郎瑛の序」は、宋江ら三十六人に関する『癸辛雑識』の記事を評したものであり、内容的にも「百八人の画像」とは「干渉せざるもの」である。

馬琴は三十六好漢を描いた「瑛が横巻《まきもの》」が、陳洪綬の『水滸葉子』を来源とすることを認識しておらず、その一方で北斎の弟子某に臨写させた「一百八人の画像」を、陳洪綬の作品と見なしていた。実際に両者を比較してみると、同じ好漢でも図様は大きく相違し、同一の画者が描いたものとは容易に納得しえない（図4）。馬琴旧蔵の「一百八人の画像」が、「北斎弟子某」の拙筆により、原図の面目を著しく損ねているにせよ、個々の好漢は細緻に描かれており、簡略ながらも人物の特徴をよく捉えた、『水滸葉子』の趣とは懸隔がある。

図4　「水滸百八人画像臨本」武松・戴宗図

「詰金聖歎」の記述（十七丁表）によれば、「写山楼主人」谷文晁は、陳洪綬が描いた『水滸伝』の図像を、「一百八人の画像」以外にも「両三本」実見していたという。しかし今日においても、陳洪綬の作品と広く認定された『水滸伝』の画像は、四十図を収める『水滸葉子』のみであり、この点からも、「一百八人の画像」が洪綬の真作であるかは大いに疑わしい。[11]

ちなみに、昭和女子大学図書館所蔵の『著作堂雑記鈔録』第二冊（四十二丁表）には、張庚撰『国朝画徴録』（和刻本あり）巻上の「陳洪綬」項が抄録されている。その掲出位置から、当該記事は文政二年頃の『著作堂雑記』に収められていたと思しく、おそらくは『玄同放言』執筆のために摘録されたものであろう。実際、『玄同放言』の「詰金聖歎」（巻三ノ下、十七丁表）には、『画徴録』の洪綬伝が引用されている。

以上、本章で述べ来たった諸事象を総合すると、馬琴が『玄同放言』の執筆以前に目睹した二つの水滸絵巻は、いずれも真贋の確かならざるものという結論に達する。もとより、この点から馬琴の鑑識眼を疑ってかかるのは容易であるが、すでに第二章においても詳述したごとく、化政期の戯作者が披見しえた『水滸伝』の周辺資料は、極めて限られたものであったことには留意をせねばなるまい。

## 注

（1）中国古典文学挿画集成『水滸伝』（瀧本弘之編。平成15年、遊子館）に、複製本の影印が収まる。

（2）酔耕堂刊本は筆者未見。馬蹄疾編『水滸書録』（一九八六年、上海古籍出版社）、一二一〇頁による。

（3）ただし、唐宋史料筆記叢刊『癸辛雑識』（一九八八年、中華書局）は、索超の綽名を『水滸伝』同様に「急先鋒」とし、底本（学津討原本）が「索超」を「素超」に誤る旨を注記するばかりである。一方、文淵閣四庫全書本や津逮秘書本の『癸辛雑識』では、馬琴の記述と同じく「先鋒索超」になっている。

（4）裘沙『陳洪綬研究―時代、思想和揷図創作』（二〇〇四年、人民美術出版社）に紹介された、柴萼『梵天廬叢録』（一九二五年）の記事によれば、『水滸葉子』の図像に龔聖与の賛辞（『癸辛雑識』所掲）を付し、清人史大成が跋文を添えた『水滸牌』が存したという。馬琴の目にした「三十六人の画像」に類似するが、人選も一部異なるようであり、同一のものとは見なしえない。

（5）通俗本の口絵と『水滸葉子』、そして七十回本繡像との関係については、大高洋司氏「『通俗忠義水滸伝』口絵の画者」（片山享編『日本文芸論叢』所収。平成15年、和泉書院）に詳しい。
（6）石崎又造『近世日本における支那俗語文学史』（昭和15年、清水弘文堂）、九一頁。
（7）馬蹄疾編『水滸資料彙編』（一九七七年、中華書局）、同『水滸書録』（注2参照）による。
（8）宮内庁書陵部蔵『舶載書目』第三十五冊に、「一、水滸伝〔聖歎外書〕　施耐庵先生水滸伝　繍像第五才子書　越盛堂板　壱部二十四本〔七十五巻〕」とある。
（9）白木直也氏「『通俗忠義水滸伝』の訳者は誰か」（広島大学文学部紀要13。昭和33年）、高島俊男氏『水滸伝と日本人　江戸から昭和まで』（平成13年、大修館書店）第一部第六章。なお、中村綾氏は「岡嶋冠山の白話語彙をめぐって」（和漢語文研究1。平成15年）や「和刻本『忠義水滸伝』と『通俗忠義水滸伝』―その依拠テキストをめぐって」（近世文芸86。平成19年）において、冠山編訳説を改めて支持している。
（10）校者として「丟毛道人」の名前が見える、『〔覚世奇観〕渚の藻屑』（四巻。寛政七年刊）もまた、上方の書肆による刊行であった。この読本は、『今古奇観』に収められた四話と、李漁『十二楼』の「聞過楼」とを翻案した短編集である。詳細は浜田啓介氏「近世小説の水滸伝受容私見―『通俗忠義水滸伝』の訳者と『渚の藻屑』」（『宮為と様式』所収）、ならびに宍戸道子氏「『渚の藻屑』巻一の一と「聞過楼」」（江戸風雅1。平成21年）参照。
（11）『水滸葉子』の成立には、天啓五年（一六二五。洪綬二十八歳）と崇禎十六年（一六四三。四十六歳）頃の二説がある。洪綬はその生涯に複数の水滸伝画を描いたとされており、陳伝席編『陳洪綬版画』（二〇〇七年、河南大学出版社）には、万暦四十四年（一六一六。十九歳）の作という「白描水滸人物図」（三十六図。天罡星三十六員のうち柴進を欠き、代わりに孫立が入る）が掲載されている。一九五四年、「文芸報」誌上で初めて紹介されたこの白描画は、『水滸葉子』同様の酒牌であり、各々の装束は精細であるが、人物の表情に個性が感じられない。馬琴の「一百八人の画像」の図様は、この白描画とも相違する。

# Ⅱ　陸謙の水滸伝図像をめぐって　――馬琴・崋山・国芳――

## 一　曲亭馬琴の「水滸伝百八人像巻物」

早大図書館曲亭叢書には、「清陸謙画水滸百八人像賛臨本」と外題された巻軸一本が伝存する（図1）。縦三十七センチ、横十メートルを越える長大な絵巻で、『水滸伝』の百八好漢を細写し、各々に賛辞を添えたものである。図像の末尾には「天保乙未（六年）秋　赫洲写」とあり、また馬琴が「右清陸謙画水滸一百八人像賛《ノ》、以《テ》耕雲外史南溟摸写巻軸《ヲ》再写焉《ス》。南溟落款《ガ》壬辰《ニ》（天保三年）夏五月、偶《々》見《テ》此《ノ》軸《ヲ》不《シテ》覚《エ》故舞《ス》、因《テ》摹《ス》其《ノ》図《ヲ》云云。像賛誤写甚《ダ》多《シ》。今推《シテ》文《ヲ》而改正畢《ス》」と書き添えている。さらにその後ろには、馬琴得意の「水滸伝隠微発揮」（天保三年五月初稿）が貼り込まれており、識語には「水滸隠微評一編、天保三年皐月応《ジテ》於一友人（筆者注、殿村篠斎）之需《メニ》所述《ブル》。今又貼《ジテ》此《ノ》画巻篇《ノ》左《ニ》、以《テ》代《ユ》題跋《ニ》。時《ニ》乙未秋《ノ》九月之吉　蓑笠漁隠書」とある。よってこの摸本の成立は天保六年の秋と見てよいが、同年の馬琴日記はすでに失われており、その製作過程を跡づけることは難しい。

陸謙（生没年不詳）は人物画を得意とした清代の画家であり、件の摸本を作成した南溟（寛政七年～明治十一年）は春木南湖の長子、また南溟による摸本を「再写」した「赫洲」は、宇都宮藩士で馬琴の娘婿渥美覚重である。馬琴が南溟摸本を初めて目睹したのは、複本作成の三年前、天保三年の秋であった。同年八月七日の馬琴日記に、以下のような記述が見える。

一、四時過、木村亘より使札。（中略）同人頼之染筆物、陸譲《ママ》画写「水滸伝百八人像巻物」一巻、被差越之。

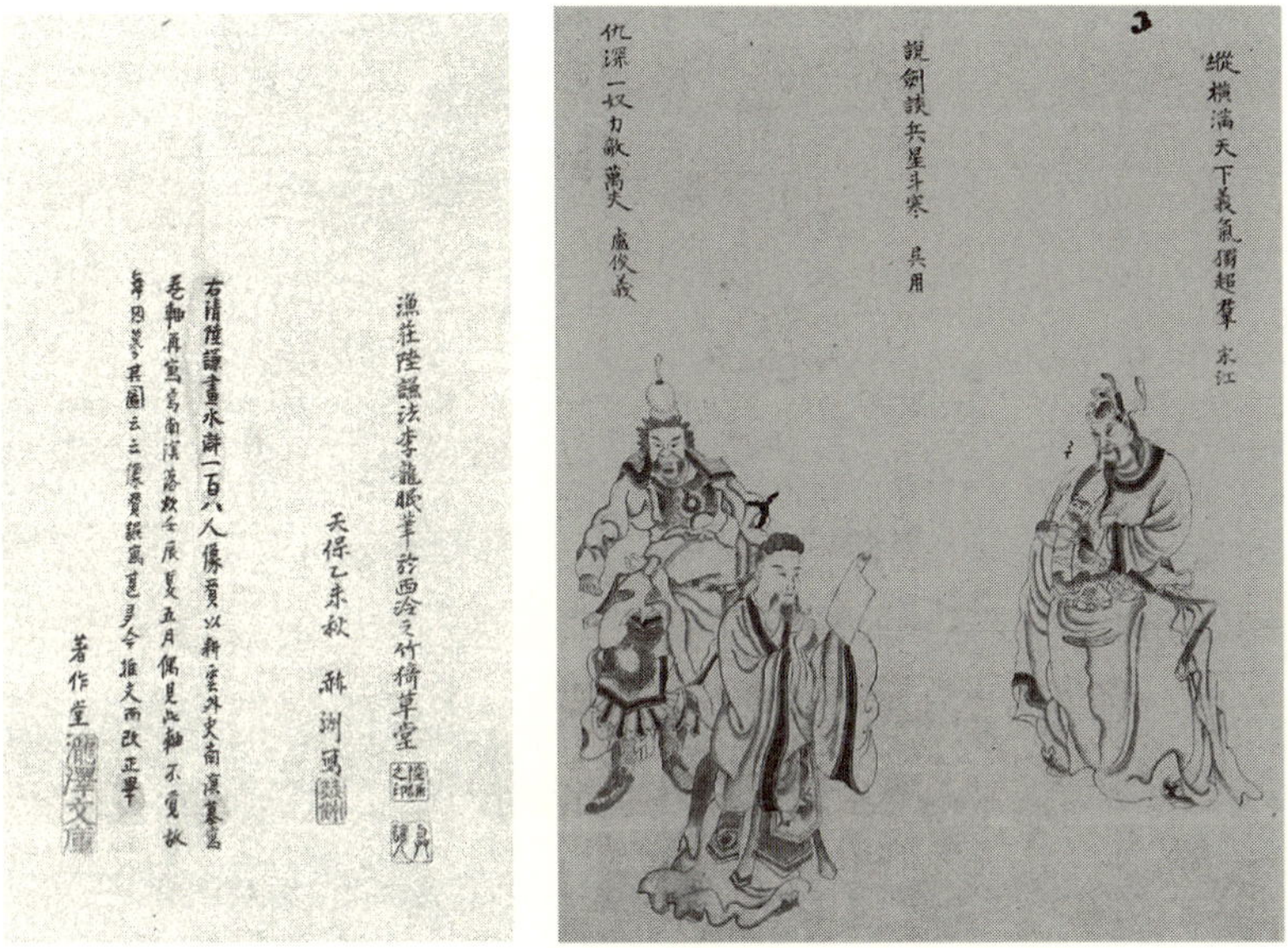


図１　「水滸百八人像賛臨本」巻頭・識語

馬琴は当初、陸謙を陸譲と誤認しており、この点に関して木村三四吾氏が「馬琴果してこの画人につき何程の知見を持っていたことか」と疑義を呈しておられるごとく、[1]清人陸謙に関する情報を、馬琴は何ら持ち合わせなかったようである。

木村亘は讃岐高松藩の家宰で馬琴の知友木村黙老のことであり、天保三年における黙老本画巻披閲の経緯は、すでに木村三四吾氏や柴田光彦氏[2]によって整理されている。ここでは馬琴の日記や書翰に基づいて、この顛末を改めて概観しておきたい。

8月7日　木村黙老から「水滸伝百八人像巻物」一巻が届く。
17日　馬琴、絵巻の賛辞を抄録。翌日校訂。
19日　馬琴、渥美覚重に絵巻の摸写を依頼。
25日　覚重、摸写を持参。馬琴、賛辞の筆写について指示。
26日　馬琴、黙老宛書翰で賛辞の校訂について報告。

9月14日　覚重、絵巻を返却。
　16日　馬琴、原本の誤写校訂。
　18日　馬琴、黙老に絵巻を返却。また「水滸伝像賛正誤」を貸与。

黙老本の賛辞には誤写と思われる箇所が多く、ゆえに馬琴は八月十七日以降、像賛ばかりを書き抜いて校訂を行なっている。その抄録が、やはり早大図書館曲亭叢書に、「陸謙画摹本水滸百八人像賛」（『惜字雑箋』冬巻所収）として現存する。その末尾には、前掲の馬琴識語にも引用された南溟の落款と、同人の印章とが筆写されるが、これらは覚重作成の現存摸本では省略されている。

天保三年にひとたび摸本（現存不明）を作成しながら、三年後に再度覚重をして同じ絵巻を摸写せしめた、馬琴の意図は測りかねるものの、陸謙の『水滸伝』図像が彼の意に適うものであったことは、この一件からも推察しうる。天保三年八月十一日付の殿村篠斎宛書翰（②42）においても、馬琴は以下のように記している。

一、清の陸謙が画キ候「水滸伝百八人の像」を、南溟が摸し候画巻一巻、黙老購得候よし。おく書をたのまれ、右之巻物差越され候間、一覧いたし候。かやうのものを見候毎に、柳川等が画き候は、素人好キ可致候へども、天罡地煞の順もなく、半和半唐にて、いやなるものに御座候。阮小二抔は、定九郎に似より候。あまりわろきは、入木直しいたさせ可申哉とも存候。公孫勝は、魔法つかひのやうに御座候。それを板元はじめ、うれしがり候もの多し。

ここで陸謙絵巻と比較された、「柳川等が描き候」『水滸伝』の図像とは、柳川重信画『狂歌水滸画伝集』[3]のことと思しく、同年六月二十一日付の篠斎宛書翰（②37）では、同書が「柳川画キ候『水滸伝』百八人の像、略画のやうニ画キ候もの、先年狂歌連ニて出来いたし候」と紹介されている。この『狂歌水滸画伝集』のうち、右引用中で論われた二図（図2）を、陸謙絵巻の同一人（図3）と対照すれば、重信の人物画を「半和半唐」と難詰する馬琴の評語にも納得できる。

天保三年当時、この重信狂歌本を改刻して馬琴の文章を添え、「水滸略伝」として刊行する企画が存し、馬琴もその際には意に沿わない図様を、板元や重信らに「入木直し」させようと考えていた。しかし、この「水滸略伝」の出刊は、ほぼ同時に持ち上がった『水滸後画伝』（馬琴による『水滸後伝』の翻訳）の刊行計画ともども、実現には至らなかったのである。

一方、馬琴はすでに天保五年中から、陸謙絵巻の摸本を再度作成する意向を有していた模様であり、同年十月十日の日記には、以下のような記事を見出しうる。

　一、夕七時比、渥見覚重来ル。（中略）去年十月二日かし置候陳洪綬『水滸』百八人の画像うら打いたし、巻物にしてかへさる。黙老写《（ムシ）》の画本抄写の事、やくそくいたし、頼おく。右用談等畢て、早々帰去。

この日覚重は、前年十月三日（二日は誤）に貸与された、陳洪綬の百八好漢図像（真贋不明。本章Ⅰ参照）を、一年ぶりに持参して馬琴へ返却した。これに関連して、馬琴は陸謙絵巻再写の一件を持ち出し、覚重との約束を取り結んだのであろう。虫食い箇所は、「黙老所持」などと見るのが穏当と思われる。

翌天保六年十月十一日付の桂窓宛書翰（④29）において、馬琴は陸謙絵巻の摸本が完成したことを、「清ノ陸謙画の「水滸百八人像賛」も写させ置候処、此節やう〳〵巻物仕立出来申候」と報じている。よって現存絵巻は、この日までに装丁が整えられたと考えてよかろう。

天保十三年八月、馬琴が篠斎に蔵書売却の斡旋を願い入れた際、件の陸謙絵巻は「清の陸謙が「水滸百八人之像賛之写絵巻」ニ、小子が「水滸隠微評」を自筆ニ附録致候大巻物、箱入壱巻」（同月二十一日付篠斎宛書翰。⑥8）

図２　『狂歌水滸画伝集』阮小二・公孫勝図

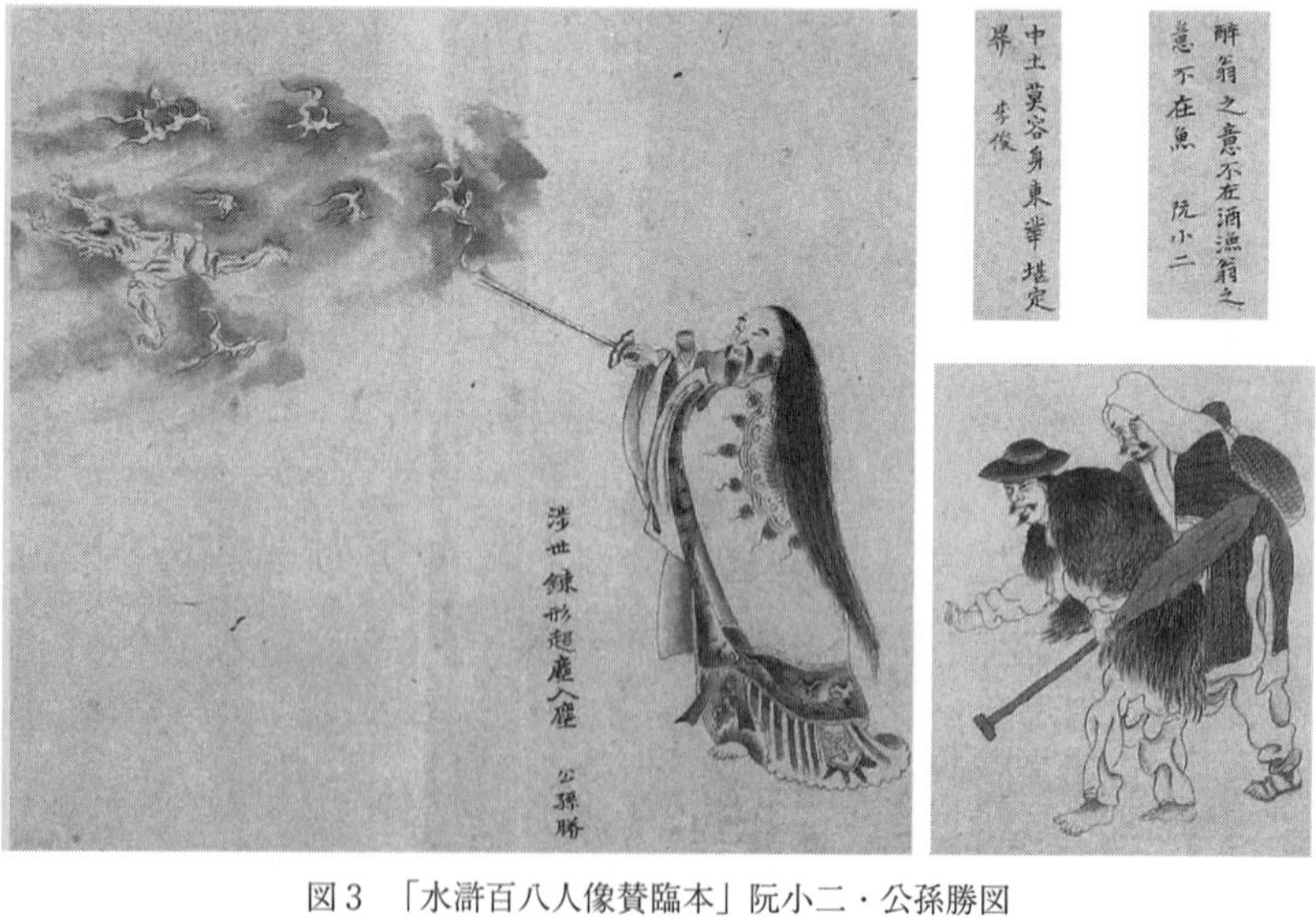


図３　「水滸百八人像賛臨本」阮小二・公孫勝図

と紹介されている。当時すでに明を失っていた馬琴にとって、かつて唐様の風趣を愛でた陸謙絵巻は、すでに繙閲の叶わないものであったが、結局件の摸本は売却されぬまま、滝沢家で近代を迎えたようである。

## 二　渡辺崋山と『天罡地煞図』

陸謙の描いた百八好漢の図像は、春木南溟とも交流の存した津和野藩江戸家老多胡逸斎（名方真。享和二年～安政四年）により、天保六年に『天罡地煞図』(4)の題号で上木された（図4）。その際に、請われて序文をものしたのが、逸斎と同じ文晁門の渡辺崋山である。実弟の定固（五郎・如山。天保八年没）が傭書を務めたこの序文の中で、崋山は王圻『続文献通考』や『大宋宣和遺事』などの諸書を参照しつつ、「退朝之余暇」に該書を板刻した逸斎の「文雅」を賞賛している。

画者陸謙について、崋山は以下のように解説する。

後《ニ》検《スルニ》二『図絵宝鑑続纂』、及《ビ》『国朝画識』『画史彙伝《ノ》』諸書《ヲ》一、皆云《フ》益庵名《ハ》謙、字與譲、工《ナリ》二人物《ニ》一。嘗《テ》写《ス》二「水滸伝全図《ヲ》」一。深《ク》得《タリ》二龍瞑《ガ》衣鉢《ヲ》一。中年別《ニ》設《ケ》二藩籬《ヲ》一、有《リ》二雲鶩水飛之妙一。（中略）其《ノ》所レ著《ス》、既《ニ》有《リ》二「鴻序堂」及《ビ》「竹猗録蓑」等《ノ》編一。此《ノ》巻《ノ》題辞亦《タ》係《ル》二其《ノ》自作《ニ》一。蓋《シ》其《ノ》小楷之妙、頗《ル》備《フ》二黄庭洛神之趣《ヲ》一。（一丁裏～二丁裏）

藍瑛等撰の画人伝『図絵宝鑑続纂』(5)は、右の情報以外にも、陸謙が「仁和（現在の杭州）人」であることや、彼の作品に「列朝功臣図」があることなどを伝える。また同書によれば、「鴻序堂」や「竹猗緑蓑」は、陸謙の「詩集」であるという。「龍瞑（眠）」は北宋の文人画家李公麟のことであり、王伯敏『中国絵画史』（修訂版、二〇〇九年、文化芸術出版社）も、公麟の白描を手本とした清代の人物画家として、陸謙の名前を挙げている。

崋山の『天罡地煞図』叙については、松崎慊堂の日暦中に記事が見える。

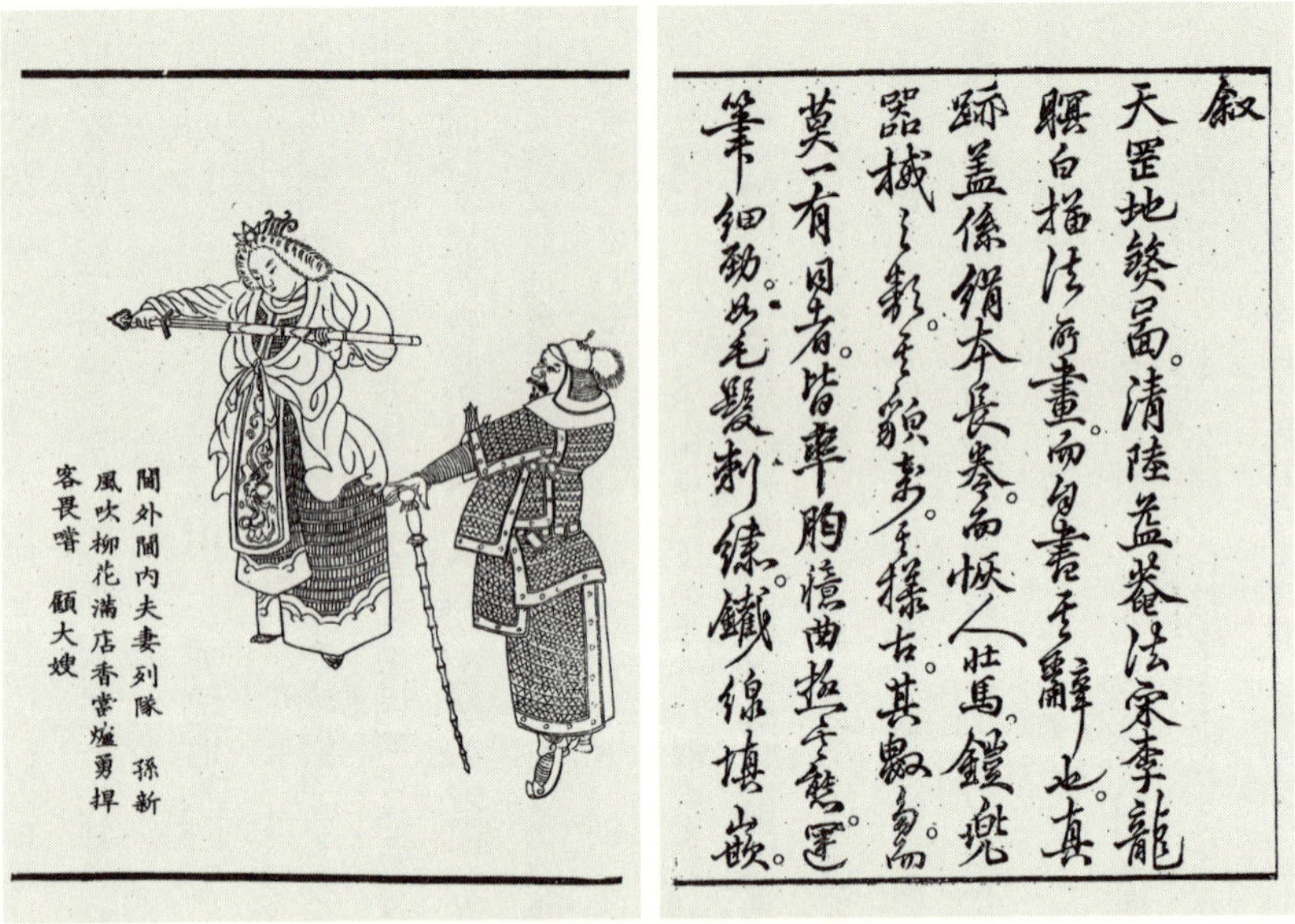


図4　『天罡地煞図』崋山序冒頭と孫新・顧大嫂図

（天保六年四月）廿二日　雨、冷。終日読《ム》二『水滸』施本三巻、及《ビ》羅貫中《ガ》百廿回本十巻《ヲ》一。此為《レナリ》下崋山外史《ノ》囑《シテ》二津和野家老多胡丹波《ニ》一〔名真祇、字子遷、号逸斎〕手二‐摹《シテ》　清陸謙字與讓、号西庵自（白カ）描《ノ》水滸伝図、絹本長巻《ヲ》一上木《スルニ》　求《ムル》中題言《ヲ》上也。

（日本芸林叢書第十二巻、一二五頁。昭和4年、六合館）

森銑三氏は『渡辺崋山』の中で、右の記事を根拠に、「この文は実は慊堂が代作したらしく」（著作集第六巻一四九頁）としておられるが、引用された書物の傾向などから推すと、やはり崋山の作と考えるべきものであろう。天保九年、崋山が藩主康直に献上した書籍の目録「進書目録」には、「画史彙伝　廿四冊」や「図絵宝鑑　四冊」、「国朝画識　六冊」なども登録されており、右の陸謙伝に用いられた書籍が網羅される。(6) 少なくとも、『天罡地煞図』の崋山序は、『水滸伝』本文との関連が稀薄であり、「施本」（七十回本か）や百二十回本を怱卒に繙いたばかりで書き果せる内容ではない。あるいは、崋山の作成した草稿があり、慊堂は『水滸伝』の序跋や物語を勘案しつつ、これに添削を加えたのではなかろうか。

「進書目録」の中には「天罡地殺《ママ》図　二冊」と共に、「水滸伝　廿三冊」（七十回本か）も含まれており、『水滸伝』は崋山にとっても、関心の薄い書物ではなかった。文化十二年の『寓画堂日記』によれば、崋山はこの年九月から十一月にかけて、「梁山泊画冊」「水滸伝図」などと称するものを摸写しており、その詳細は不明ながら、彼が何らかの水滸伝画を模写の手本に選んだことが確認できる。また天保二年九月、馬琴が百二十回本の『水滸伝』（『水滸四伝全書』。四帙三十二冊）を買い入れた際に、売り主である「長崎へ行候人」との仲介をしたのが崋山であり（第一部第五章参照）、馬琴と崋山との間で『水滸伝』が話題に上る機会も、一再ならず存したものと思われる。

にも関わらず、崋山が参与した『天罡地煞図』の上木について、馬琴が何らかの情報を耳にした形跡が見当たらないのは訝しい。天保六年十二月二十五日付の書翰で、崋山は京都の門弟高木梧庵に、「天剛《ママ》地煞図」の刊行を報じているが、同じ江戸に在りながら、馬琴にはこの一件を申し送った様子が見受けられないのである。

天保六年といえば、五月八日に馬琴の長男宗伯（名興継、号琴嶺）が死没し、崋山がその枯相を実写して肖像画を制作した年であり、馬琴はその侠気に感じ入って、琴嶺の行状記『後の為の記』一本を崋山に進呈した。決して音信が途絶えてはいなかった両人の間で、『天罡地煞図』が貸借されたならば、馬琴は画人陸謙の概要を認識し、崋山も画友南溟の摸写した「水滸伝百八人像」が黙老の所有となり、馬琴がその摸本を作成した顛末を知ったはずである。

馬琴が「水滸伝百八人像絵巻」の南溟摸本を渥美覚重に再写させたのも、逸斎による『天罡地煞図』の刊刻と同じ天保六年のことであった。先にも記したように、春木南溟と多胡逸斎との間には交流があり、両人がもとにした陸謙絵巻も、あるいは同一のものであったかも知れない。

なお、漆山天童が伝えるところによれば、逸斎の『天罡地煞図』は、一部の書肆の間では「崋山のアマヲカ」と称されていたという。(7)「天罡」をアマヲカと訓み、崋山の序文を重く見たところからの俗称であるが、同書の後印本（東京芸術大学図書館蔵本など）には崋山の序文を持たないものが存する。天保十年に蛮社の獄が出来して、馬琴は崋山に『後の為の記』を献呈したことを悔い（天保十年八月十二日頃小津桂窓宛書翰別紙。⑤30）、逸斎（もしくはその周辺人物）は『天罡地煞図』の刻本から、崋山の序文を省いたのである。

## 三　歌川国芳と「水滸伝百八人の像」

馬琴の長編合巻『傾城水滸伝』（文政八年～天保六年、仙鶴堂刊）が惹起した、文政末年における『水滸伝』流行の波に乗って、歌川国芳が「通俗水滸伝豪傑百八人之一個」（加賀屋吉右衛門板）と題する大判錦絵を連作し、一躍人気絵師となったのは周知のところである。

飯島虚心『浮世絵師歌川列伝』（昭和16年、畝傍書房）は、国芳がこの錦絵の制作途上で、好漢たちの面貌や体格が似通ってしまうのを危惧して、本所五ツ目の五百羅漢寺で羅漢像を写生したという逸聞を伝えている。一方、若き日に国芳の門下に列した河鍋暁斎は、『暁斎画談』（明治20年刊）の中で、以下のような国芳の談話を紹介する。

> 我《われ》武者を画《ゑがく》ことを好めども、其拠処《そのよりどころ》と為《す》る基礎《どだい》を得ず。一時《あるとき》宋人《そうひと》李《り》龍眠《りやうみん》の描きし水滸伝百八人の像を見て大いに感ずる処有《ある》により、是《これ》を摸《うつ》して錦絵を画《ゑがき》たるに、初めて国芳の名を人に知らるゝに至りたり。
>
> （『暁斎画談』外編巻一、五丁表・七丁裏）

もっとも、李公麟の没年（崇寧五年・一一〇六）が、『水滸伝』の題材となった宋江の反乱（宣和三年・一一二一）に大きく先行する以上、「宋人李龍眠の描きし水滸伝百八人の像」などは存在しえない。とはいえ、国芳が何らか

図6　国芳「水滸伝豪傑百八人」第六(部分)

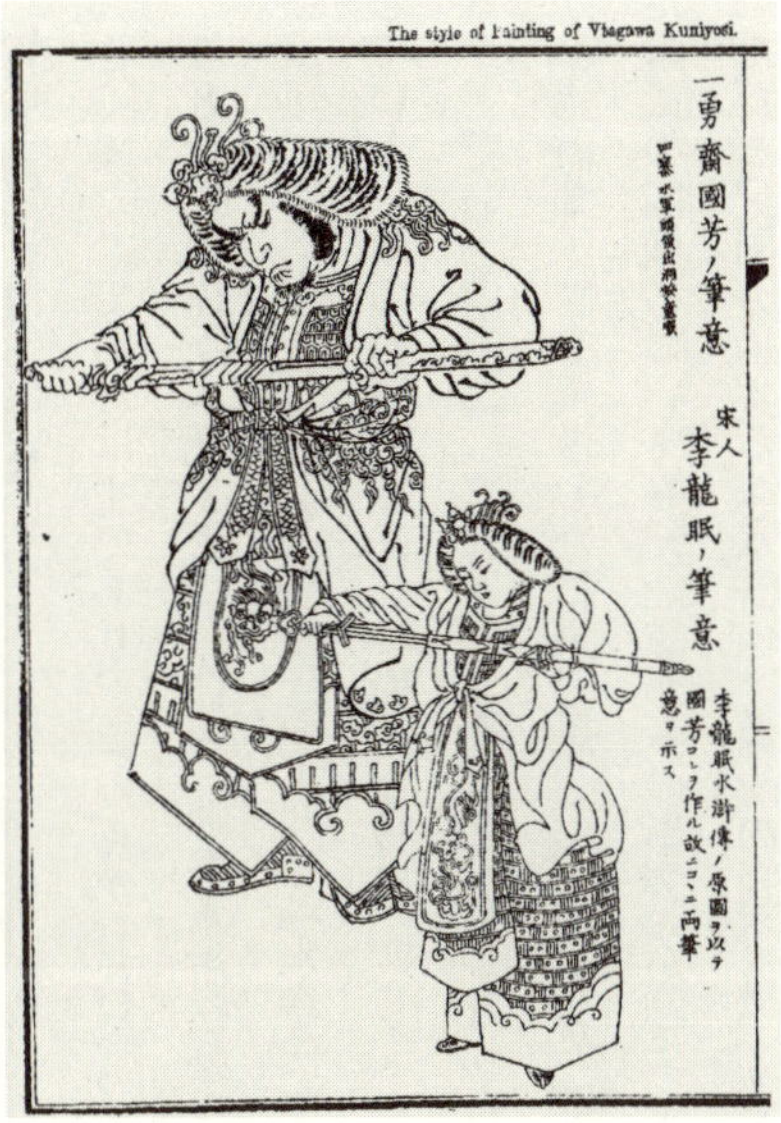

図5　『暁斎画談』内篇巻下、四ノ16丁裏

の舶載された人物画を参照したことは想像に難くないので、佐々木守俊氏や川浩二氏などは、暁斎の証言を出発点として、その唐画を究明せんと試みておられる。(8)

しかるに、暁斎のいう「水滸伝百八人の像」は、馬琴が臨写本をあつらえ、逸斎が自身の摸本を上木した、陸謙の『天罡地煞図』である蓋然性が高い。それというのも、暁斎が同じ『暁斎画談』の中で、陸謙の水滸伝画の一図を「宋人李龍眠ノ筆意」として掲げているからである(図5右下)。ここに掲出されたのは、陸謙の描いた母大虫顧大嫂であり(図4参照)、国芳はこれを「四寨水軍頭領出洞蛟童威」(図5左上)に転じ用いている。両図を比較すれば、「李龍眠(正しくは陸謙)水滸伝ノ原図ヲ以テ、国芳コレヲ作ル」という暁斎の言葉がただちに納得できる。

林美一氏は「秘板「水滸伝」と浮世絵」(月刊浮世絵4—4。昭和40年)において、『暁斎画談』の当該図を掲出し、ここに見える童威像が、国芳の「水滸伝豪傑百八人」(大判錦絵十二枚続き。加賀屋板)の第六(図6)に含まれ

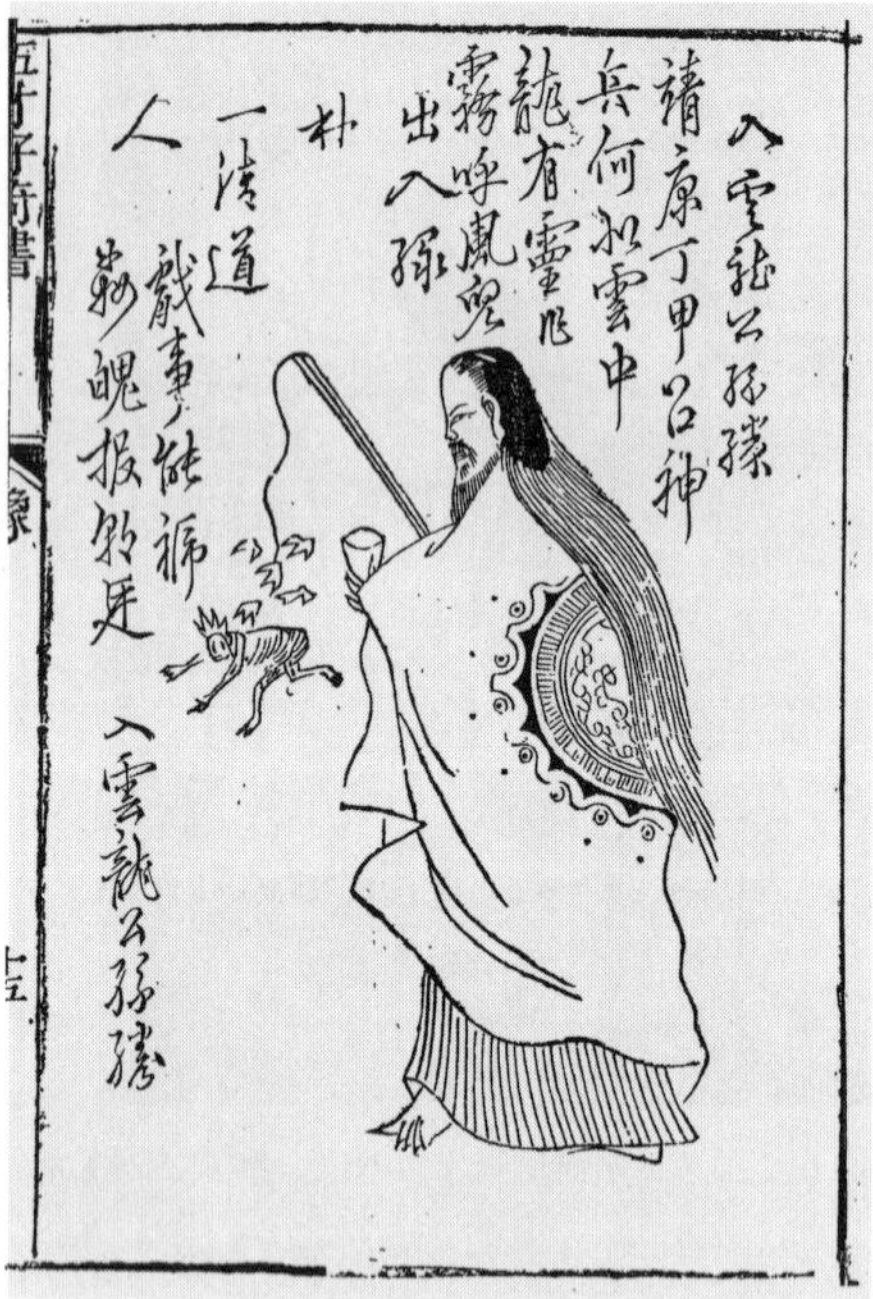

図７　七十回本『水滸伝』順治序刊本、口絵（公孫勝図）

ることを指摘しておられる。しかし同氏も、「李龍眠」が「陸謙」の誤りであることには思い至らなかったようである。

　自著に画像を掲げている以上、暁斎も陸謙の好漢図像を所持していたはずであり、おそらくは旧師国芳と同様に、「漁荘陸謙法李龍眠筆於西冷之竹猗草堂」という落款を誤読して、この作品を白描画の再興者李公麟によるものと判断したのであろう。李公麟と陸謙との知名度は、国芳や暁斎の生存時においても大きく隔たっていたはずであり、この点が右落款の正しい理解を阻んだのではあるまいか。

　注8所掲の佐々木氏論考は、件の「通俗水滸伝豪傑百八人之一個」のうち、神機軍師朱武の一図が、陳洪綬の『水滸葉子』、もしくはそれを摸した七十回本『水滸伝』（図7）や『通俗忠義水滸伝』の公孫勝図[9]に基づくことを指摘している。その影響関係は、特徴的な披風（マント）の模様や、宝剣により役使される鬼神などからも明らかであるが、『天罡地煞図』における公孫勝もまた、これらと道具立てを同じくする（図3参照）。これはおそらく、陸謙が『水滸葉子』を模倣した結果と思しく、国芳が『天罡地煞図』を参照した可能性が存するからには、同人の描いた朱武の図像においても、陸謙からの影響が想定できるかも知れない。

　ただし、国芳による『水滸伝』錦絵の刊行は、文政十年頃に始まるとされており、これは逸斎の『天罡地煞図』

上木に先行するので、国芳が目睹した陸謙図像を、刻本に限定して考えるべきではないだろう。また、陸謙の図像における顧大嫂の装束や姿勢を、国芳が別の好漢に移し用いたことについて、暁斎が何ら言及していないことを重く見れば、彼や国芳の手元に存した「水滸伝百八人の像」は、人名注記や賛辞を伴わない、図像のみの摸本だったのではあるまいか。国芳所見の「百八人の像」が不完全なものであったならば、中国由来の公孫勝図が、加賀屋板錦絵の朱武図に転用された一件にも、何らかの影響を与えたことであろう。

## おわりに

天保七年八月十四日、両国万八楼で催された馬琴の書画会には、彼の縁類である渥美覚重は無論のこと、渡辺崋山や歌川国芳、そして春木南溟も参会している。彼らが各々の立場から関与した陸謙の水滸伝画像が、席上で話題に上ることはなかったであろうが、思えば奇しき因縁である。

馬琴と崋山、あるいは馬琴と国芳との間に、それぞれ交流が存したことは、今さら縷述する要もあるまいが、崋山と国芳との接点については、確たる徴証が得られない。国芳の絵本『風俗大雑書』（安政二年刊）の中に、崋山の画稿『一掃百態』（刊行は明治十二年）と酷似する図様が見出される[10]一方、崋山が国芳の錦絵を喜び称揚したという逸聞も伝わっているが[11]、いずれも両者の交際を裏付ける上で、決定的な証拠とはならないであろう。

一方、崋山と同じく、ともに大名家の家宰であった多胡逸斎と木村黙老との間に面識が存したものか、筆者はこの点についても、判定を下すための材料を見出せずにいる。後年、津和野藩主亀井茲監《これみ》は、高松藩主松平頼恕《よりゆき》の娘を妻に迎えており、黙老・逸斎両人の主家は縁戚関係を結んだ。ただし、その婚礼が行われた天保十三年、逸斎はすでに要職を退けられており、高松藩との交渉には与らなかったことであろう。

以上、十九世紀の江戸の地における陸謙絵巻の受容について、馬琴と崋山・国芳の三者を中心に概観してきた。ともに江戸の町に起居していた彼らが、わずかばかりの情報を共有しえなかったのに対して、今日の我々は画者陸謙やその水滸伝図像に関する情報を、書籍やインターネットを通じて、短時間に収集することができる。試みに、「陸謙」「水滸」などを鍵語として検索をかけてみると、二〇〇四年の「賞秋芸術品拍売会」に、「水滸人物手巻」と題する水墨絹本が出品された記録に行き当たった。掲出された画像が小さいので断言はできないが、末尾に描かれた複数の奔馬から、恐らくは覚重摸本や『天罡地煞図』と同一の図像と思われる。大きさは縦三三・五糎、横九〇九糎で、覚重摸本よりは短く、末尾の別紙には長文の識語が記されている。価格は三十五万元から四十五万元に設定されているが、その行方は目下のところ知る術がない。

一方、馬琴の「水滸百八人像賛臨本」と逸斎の『天罡地煞図』は、早大図書館の「古典籍総合データベース」において、広く内外に公開されている。本章の中で未解決のまま残された問題についても、情報の公開や技術の進歩によって、解明の糸口が見出されることを期待したい。

**注**

（1）木村三四吾氏「黙老宛馬琴書翰　天保三年八月二十六日」。『滝沢馬琴―人と書翰』、一一八頁。

（2）早稲田大学蔵資料影印叢書『馬琴評答集』の解題。絵巻の書誌についても、同解題を参照した。

（3）東京都立中央図書館（東京誌料）に二本伝存。琴樹園二喜撰、石川雅望序・芍薬亭長根跋。題号は同書の奥目録による。

（4）同書は、中国古典文学挿画集成『水滸伝』（瀧本弘之氏解題。平成15年、遊子館）の中に影印されるが、その底本は崋山の序文を欠く後印本であるらしい。

（5）『図絵宝鑑続纂』は、于安瀾編『画史叢書』（昭和47年、国書刊行会復刻）による。

（6）「進書目録」は、『崋山全集』第一巻（明治43年、崋山会）所収。ただし、同目録に見える「図絵宝鑑」は、『天罡地煞図』の序文に掲出された『図絵宝鑑続纂』ではなく、そのもとになった夏文彦『図絵宝鑑』（和刻本あり。ただし陸謙の記事なし）かも知れない。

（7）漆山天童「崋山の版本画」。初出は昭和15年。日本書誌学大系『近世の絵入本』（昭和58年、青裳堂書店）所収。

（8）佐々木守俊氏「国芳が模した中国の水滸伝画像」（西野嘉章氏編『真贋のはざま』所収。平成13年、東京大学総合研究博物館）、川浩二氏「『通俗皇明英烈伝』と和刻本『晩笑堂竹荘画伝』」（アジア遊学105。平成19年）。杉原たく哉氏「暁斎と中国美術―人物表現にみる李公麟の影響―」（暁斎71。平成12年）も、公麟の影響下にある唐土の人物画が、国芳の模範となったことを指摘するものの、陸謙の好漢図には言及していない。

（9）嘉永初期の刊行とされる、山本平吉板の中判錦絵「入雲龍公孫勝」（鈴木重三氏『国芳』第一五四図。平成4年、平凡社）も、この図の影響下にある。

（10）悳俊彦氏『もっと知りたい歌川国芳―生涯と作品』（平成20年、東京美術）、七六頁。

（11）林美一氏『艶本研究　国芳』（昭和39年、有光書房）、四二頁。林氏はこの逸聞の出拠を竹本石亭の『石亭画談』としておられるが、同書の中に該当する記事は見当たらない。

# 第七章　才子佳人小説『二度梅』と馬琴

## はじめに

天保三年七月、馬琴は伊勢松坂の知友殿村篠斎から借り受けた白話小説『金蘭筏』（四巻二十回）を披閲している。この小説に対する馬琴の評価は、「人情は頗穿候へども、巧なる脚色なく、且勧懲正しからず候」（天保三年七月二十一日付篠斎宛書翰。③40）と、決して芳しいものではなかった。その一方で、彼は翌々年に執筆した長編合巻『新編金瓶梅』の第三集下帙（国貞画。天保六年、甘泉堂刊）において、『金蘭筏』前半の筋立てをほぼ忠実に翻案している。馬琴は同作に描かれた風流才子の没落譚に、「人情」の穿ちを認めて、その結構を自作の中に摂取したのであろう（以上、第三部第三章参照）。

『金蘭筏』の目録には、「惜陰堂主人編輯、繡虎堂主人評閲」と記されているが、これと同様の記載を有する白話小説に『二度梅』がある。この作品は、才子梅良玉と陳春生が、それぞれ二佳人を娶って団円となる、「双嬌斉獲」型の才子佳人小説であり、京劇や弾詞などにも素材を提供している。徳田武氏が「『三七全伝南柯夢』と『二度梅全伝』『琵琶記』」（『日本近世小説と中国小説』所収）において、読本『三七全伝南柯夢』（北斎画。文化五年、木蘭堂刊）との関連を指摘して以降、『二度梅』は馬琴研究においても注意を向けられるようになった。天保三年正月に『二度梅』を繙いた馬琴は、その趣向を高く評価し、自作における全面的な翻案をも企図したが、これは彼の失明や天保の改革ゆえに実現されなかったのである。

天保期における馬琴の白話小説受容の一端を明らかにすべく、筆者は馬琴の披閲した『二度梅』の板本を特定せんと努めたが、その過程で無窮会図書館織田文庫所蔵の『新刻増刪二度梅奇説』（内題）に遭遇した。今日一般に流布している『二度梅』は四十回に区分されているが、織田文庫の同文堂刊本は、六巻六冊に分かたれるのみであり、この特徴は馬琴が天保三年に購入した板本とも合致するようである。

以下、本章の前半においては、織田文庫本の概要を紹介し、彼の地における『二度梅』の諸本研究をも参照しつつ、同本の位置づけを試みる。その上で、馬琴が披閲した『二度梅』が、同文堂刊本に類似した形態を持つものであることを確認し、彼の『二度梅』に対する評価や、同作に基づく「中本」執筆の企画などにも整理検討を加えてみたい。

## 一　『二度梅』の諸板本

『二度梅』の諸本研究として、蕭相愷氏「《二度梅》版本知見録――兼談其成書年代」[1]が備わり、同論考の整理に従えば、『二度梅』の板本は大きく三つに区分される。

一、繁本（本文を四十回に分かつ）

ア・各回の題目を完備するもの　（首都図書館蔵書業徳刊本）

イ・回目に脱落があり、目録において複数回を一題目で総括する場合があるもの　（広州中山図書館蔵澹雅堂刊本等）

二、簡本（本文を六巻に分かち、各巻に「巻目」を掲げる）　（東北師範大学図書館蔵文富堂刊本等）

蕭氏は繁本アの中に、英国博物院蔵の嘉慶五年（一八〇〇）福文堂刊本を含めるが、これは誤りであり、古本小説集成（一九九二年、上海古籍出版社）の影印を参照すると、該本は回目を完備しておらず、繁本イに分類すべきものであることが分かる。[2]我が国内に伝存する板本の多くも、福文堂刊本と同様に繁本イの形態を有している。[3]

筆者の手元に存する翻印本のうち、十大古典社会人情小説叢書『二度梅』（秋谷標点。一九九四年、上海古籍出版社）や、中国古典小説名著百部『二度梅全伝　金雲翹伝』（一九九五年、華夏文芸出版社）は、形式的には各回の題目に脱落がない。しかし、前者は古本小説集成の影印をもとに改変を加えたものであり、後者も底本の明記はないものの、回目や内容から推して、やはり繁本イ系統の刊本に基づくものであろう。

「斉全」たる回目を具備するという、首都図書館所蔵の書業徳刊本は、目下のところその詳細が明らかでなく、蕭氏の紹介によって断片的な情報を知りうるばかりである。また、張文徳氏の論考[4]によれば、北京大学図書館所蔵の益秀堂刊本（馬廉旧蔵）も、「回目斉全」であるという。

このように、今日広く行われている『二度梅』の本文は、繁本イ系統のものであり、繁本アや簡本の本文を影印、もしくは翻印した書籍は、管見には及ばなかった。蕭氏は繁本イ系統をもって、より原態に近いものと推定しているが、同氏の論考には、福文堂刊本を繁本アとする錯誤があり、この点からも「不斉全」な回目を有する繁本イが、「斉全」たる繁本アに先行すると考える根拠は動揺せざるをえない。

一方の簡本について、蕭氏は「這箇系統的《二度梅》就較為少見了」とし、東北師範大学図書館蔵文富堂刊本、遼寧省図書館蔵文玉斎刊本、南京図書館蔵友于堂刊本の三点をこの系統に分類している。これ以外にも、丁錫根編『中国歴代小説序跋集』（一九九六年、人民文学出版社）の中に序文が掲出された謙亨堂刊本や、譚正璧旧蔵の「嘉慶二十一年（一八一六）聚英堂刊本」（『古本稀見小説彙考』四〇五頁。注2参照）などが、この一類に含まれるようであ

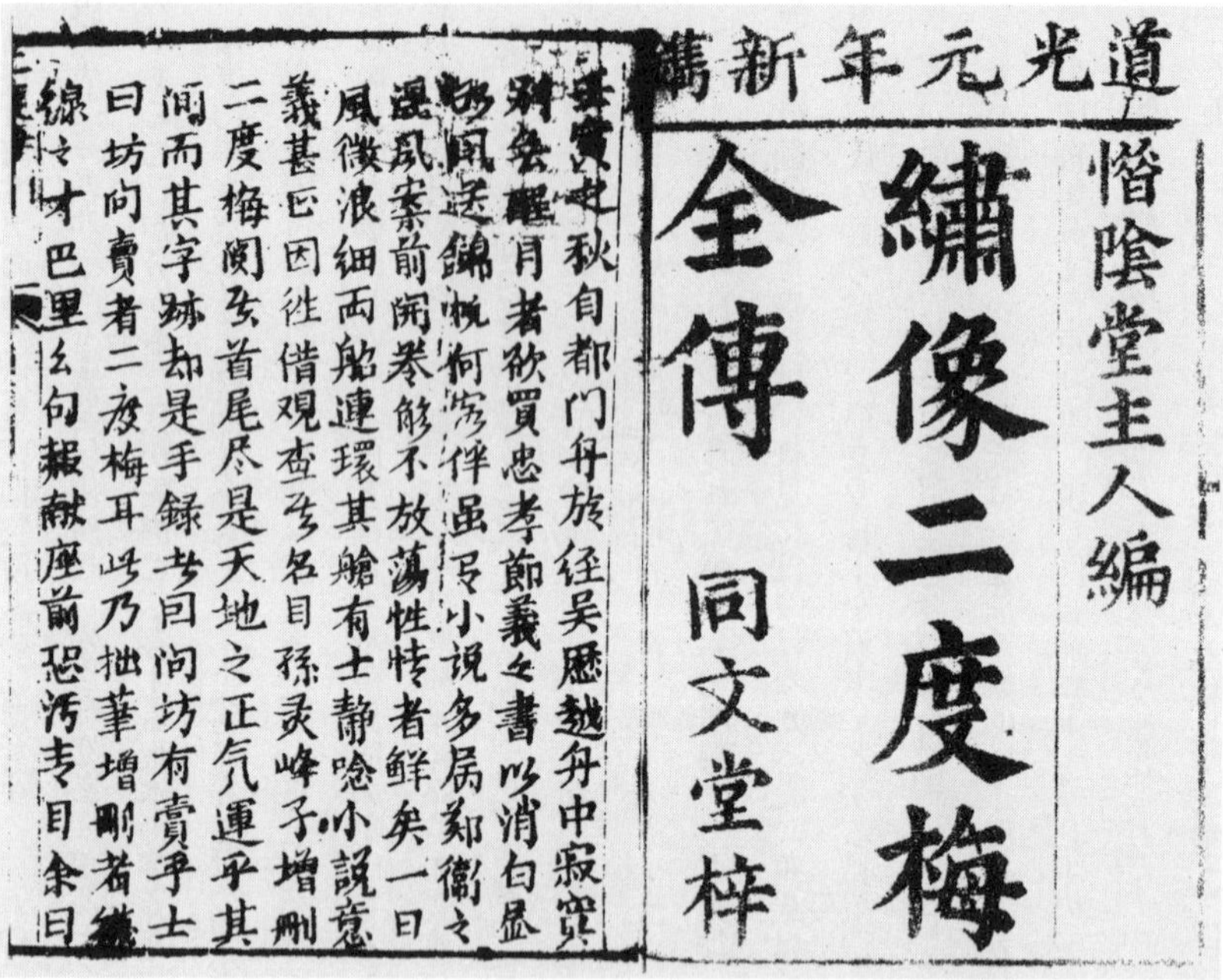


図1　織田文庫本『二度梅』巻頭

る。

　織田文庫本『二度梅』は、彼の地にも伝本の少ない簡本系統に属するものであり、六巻六冊の各巻頭に「巻目」を掲げるばかりで、繁本のごとく「回」を設けない。その一方で、巻頭には繁本イと同様の「不斉全」な目録が掲げられるが、この目録は後述するように、本文の内容と齟齬をきたしている。大塚秀高氏『増補中国通俗小説書目』は、これらの諸特徴を「目録は四〇回に、本文は六巻（六冊）に分かつ」と概括する。

　本文の字詰めは毎半葉十一行二十六文字であり、巻一の冒頭には、序文と目録に続けて十二図の繡像を掲げる。蕭氏の記すところによると、東北師範大学図書館の文富堂刊本は、織田文庫本と同様の諸特徴を有しており、「松林居士」の序文も共通しているので、両本は極めて密接な関係にあるらしい。

　織田文庫本の第一冊前表紙封面（図1）には、

「道光元年新鐫」（欄外横書）、「惜陰堂主人編／繡像二度梅全伝　同文堂梓」（欄内縦書）とあり、編者名の下に「蘇州閶門内経義堂精選古今書籍発兌」の朱印を押捺する。道光元年は我が国の文政四年（一八二一）に当たるが、松林居士による序文の年記（乾隆四十七年。一七八二）から推しても、同文堂刊本は簡本系統の初刻本ではありえない。本文中の至る所に見受けられる誤字や、巻四における丁付の乱れ(5)などを勘案すると、同本はむしろ末流に位置する粗本と見なすべきものであろう。

しかし、大塚氏『増補書目』によれば、織田文庫本『二度梅』は国内に伝存する唯一の簡本と思しく、この系統の本文は、隣邦においてもあまり知られていないようである。この点に、該本の書となりを紹介する意義が認められるであろう。

## 二　織田文庫本『二度梅』の梗概

以下に、織田文庫本の梗概を紹介する。繁本系統の本文には見えない筋立て、あるいは繁本と大きく相違する展開は、傍線を施してA〜Hとした。傍線を施さなかった部分にも、繁簡両本の間には細かな差異が存する。

**巻之一**　聖主垂恩知県陞為都給事　天公降雨犯官漂作没名人

唐の粛宗の御代、山東済南の歴城県知県梅魁は清廉な官吏で、吏部都給事に昇進する。上京に際して、梅魁は夫人邱氏と一人息子の梅璧（字良玉）を常州へ帰郷させる。宰相盧杞やその義子黄嵩と反目する梅魁は、文臣陳日昇と馮楽天の出征に反対して逆鱗に触れる。A法場に引き出された梅魁は、玉帝の意向で降り来たった雨に流され、修竹村に漂着して、隠者松蒼と邂逅する。一方、他人の死骸が梅魁のものと誤認され、梅公は横死したものとされる。盧杞らは良玉母子にも追っ手を差し向けるが、かつて梅魁の恩を受けた下吏の屠申が、梅家

に急を告げる。（繁本第七回まで）

**巻之二**　義気書童暗蔵毒薬全躯死　孝心児女私祷梅花両（雨）度開

急変を知った邱氏は、山東に弟を頼ることとし、良玉は母の命により、儀徴県に許嫁の父親侯鸞を訪ねる。侯鸞は良玉を京へ送ろうとするが、従者喜童の犠牲によって、良玉は辛くも窮地を脱する。揚州に至った良玉は、寿庵寺の香池和尚に見込まれ、その弟の陳日昇に仕えることとなる。

陳家の庭番となった良玉は、主人が父の旧知であることを知って驚くが、保身のために喜童と名乗り、自身の素姓を明かさなかった。陳公は庭の梅花に梅家の再興を祈るが、花はその夜のうちに散り失せてしまい、落胆した陳公は遁世を口にする。陳公の娘杏花小姐は梅花に祈念をこらし、これに続けて喜童（良玉）も秘かに神の応護を願う。B翌々朝、再び梅花が開き、出家を思いとどまった陳公は、杏花小姐から喜童が良玉であることを告げられる。陳公は良玉の才を試すべく、良玉とわが子春生とに「治安策」一編を課す。二生の対策は、陳公の意にかなうものであった。（繁本第十五回まで）

**巻之三**　琴瑟未調馬出辺関遭相害　琵琶不鼓身投番澗藉神扶

良玉は杏花小姐と婚約する。しかし、揚州へ来たった盧杞が、小姐に和平のため沙陀国王へ嫁ぐことを強要する。良玉は春生とともに杏花を見送り、邯鄲県の重台で小姐から形見として「玉蟹金釵」を手渡される。二生と別れた小姐は、落雁崖から身を投げる。慌てた番人らは、杏花の侍女翠環を小姐の身代わりに立てる。（繁本第二十回途中まで）

**巻之四**　献策舟中為幕友　題詩画上得嬌娥

C翠環は同伴の女たちと義姉妹の約束を交わす。昭君娘々の意を受けた水神が、杏花小姐を大名府の鄒家に運ぶ。

鄭夫人と雲英小姐に対面した杏花は名前を汪月英と偽り、鄒家に住まうことを許される。杏花小姐の非礼に立腹した盧杞は、陳公夫婦を投獄し、さらに良玉ら二生をも捕らえようとする。党公の機転で逃亡した二生は、山東で盗賊騒ぎに遭遇してはぐれ、良玉は馮楽天のもとへ連行されるが、穆栄と替え名して正体を明かさなかった。その才を見込んだ馮公は、穆栄を門生の鄒伯符に引き合わせる。D一方の春生は、路上で拾得した金品を私せず、持ち主（何婆の従兄弟趙懐玉）を待ち受けてこれを返却する。済南府に至った春生は、父の門生黄彩雲が、罪を得て処罰されたことを知り落胆する。E詩を求める貼紙を見かけた春生は、家主の何婆に詩を与えて款待され、婿に望まれる。何婆の娘玉姐と婚約した春生は、何家に身を寄せて漁を手伝うが、その留守中に玉姐が知府の公子江魁に攫われる。

（繁本第二十五回まで）

**巻之五**　泥《（洗）》弾白銀慈母漁婆悲《（怎）》遇禍　金釵玉蟹《（僻）》義夫烈女痛傷情

春生は玉姐誘拐を軍門の邱仰古に直訴する。邱軍門は江公子を処罰する一方、春生らを引き留めてその来歴を問う。春生の告白によって、陳家とわが子良玉の遭難を知った邱氏は悲嘆する。邱公は梅良玉の叔父であり、邱氏は弟のもとに身を寄せていたのである。何婆一家は邱家に迎え入れられ、春生は邱魁と替え名する。邱氏は弟夫婦に、春生をいずれ雲仙小姐の婿に迎えるよう勧める。

一方、上京を命ぜられた鄒公は、留守を穆栄（良玉）に委ねる。良玉は杏花の残した玉釵を見て嘆き、雲英小姐の腰元春香に怪しまれる。玉釵は春香によって盗み去られ、良玉はこれを悲嘆して病の床につく。また、雲英の部屋で玉釵を見た杏花も、良玉の遭難を察して病み、医生は同様の病人が一家に二人あることを怪しむ。杏花小姐は病床で雲英らに正体を明かして事情を語る。F夫人鄭氏は一計を案じ、春香を杏花小姐に変装させて穆栄のもとへ遣わし、彼が良玉であることを探り出す。

（繁本第三十二回まで）

図2　人物関係図　※〔　〕内は各人の替え名

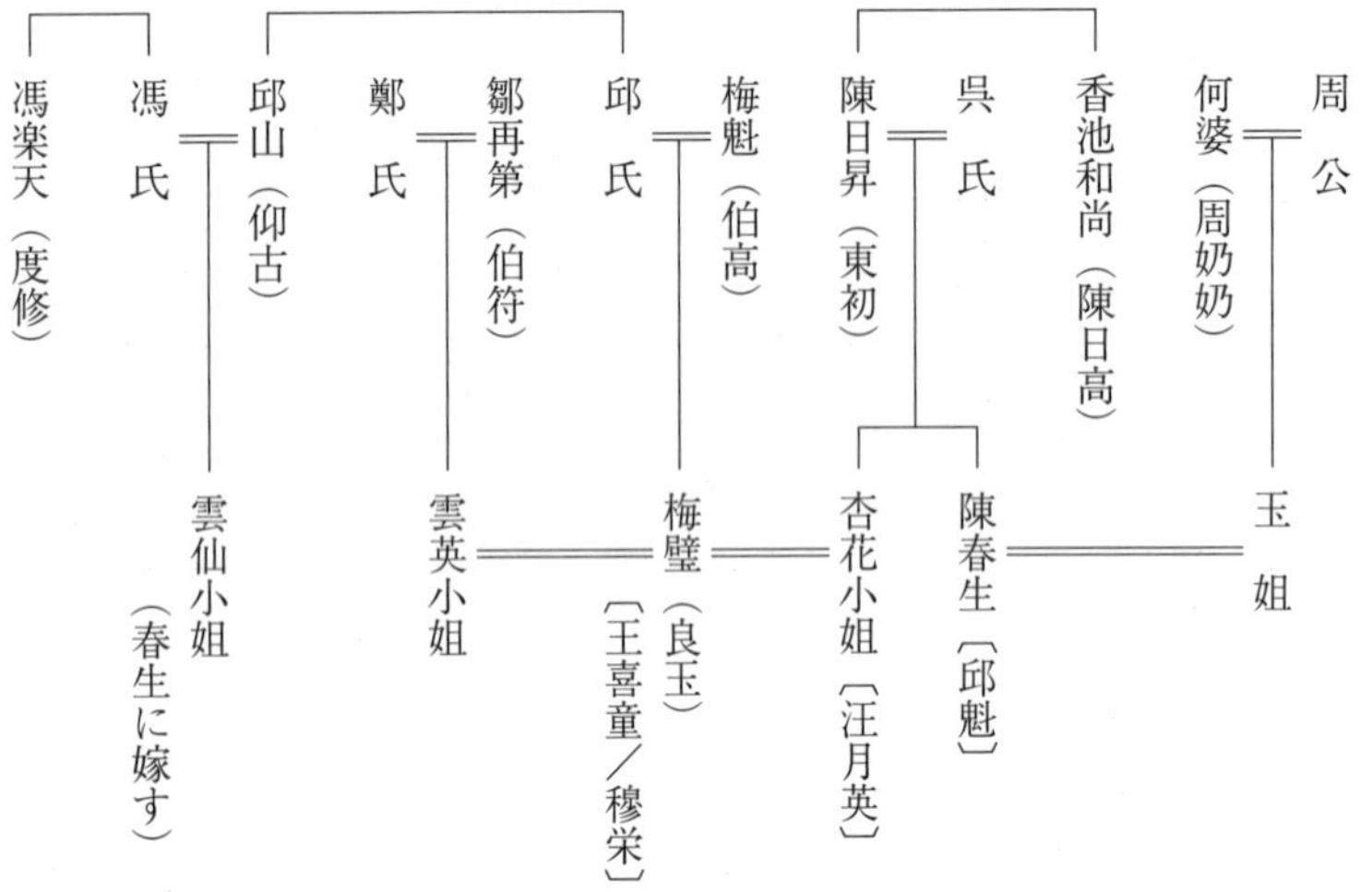


**巻之六**　売国罪深百姓狼牙欣射中
平沙功大九重鑾（変）駕慶団円

八月十五日、良玉と杏花小姐は鄭氏のとりなしで再会を果たす。G杏花は雲英母子の恩義に感じて、雲英を良玉の正妻とし、自身は第二位に甘んじようとするが、良玉はこの申し出に難色を示す。鄭氏は帰宅した鄒公に杏花小姐を目通りさせ、彼女が雲英と良玉との仲を取り持ったことを告げる。穆栄を雲英の婿にしようと考えていた鄒公は、穆栄が良玉であることを知って喜ぶ。

馮公のもとを訪ねた良玉は、ここで春生と再会する。二人はそれぞれ穆栄・邱魁の仮名で科挙に応じ、良玉は状元、春生は傍眼となる。盧杞は邱傍眼を婿に迎えようとするが拒まれ、職を辞した春生を捕縛する。これに憤慨した落第書生たちは、盧杞と黄嵩を捕らえて乱打し、二奸臣は馮公らの訊問を受ける。（繁本二十六回途中まで）

Hこの頃、沙陀国が再び中国を侵犯し、盧杞の娘を異邦に送ることが議される。しかし、盧杞はこれを拒んで帝に叱責される。良玉と春生はそれぞれ本名で帝に上奏し、両親の名誉回復を許される。良玉は梅公の遺体を求めて燕子穴に赴くが、父の棺は失われていた。童子たちの歌に導かれて修竹村へ向かった良玉は、ここで父親との再会を果たし、父子は連れだって上京する。良玉と春生に出兵の命が下り、二生は智計を用いて沙陀国を破る。この功績によって、良玉は平沙忠勇王、春生は平沙忠義公となる。翠環の差し出した密書により、盧杞が沙陀国と通じていたことが発覚し、二奸臣は処刑される。その後、翠環は梅家に急を告げた屠申に再嫁した。一方、かつて良玉を冷遇した侯鸞は、盧杞を悼んでその位牌を大相国寺に納めようとしたが、良玉に出くわして捕らわれる。

やがて良玉は杏花と雲英、春生は玉姐と雲仙を娶り、それぞれ多くの子に恵まれる。鄒家と周家には二生の子息が養子に入り、梅・陳・鄒・邱・周の五家は大いに栄える。

向楷氏『世情小説史』（一九九八年、浙江古籍出版社）は、『二度梅』を『好逑伝』（名教中人編次。十八回）と併挙して、「才美」と共に「胆識」が重んじられ、人物の運命が政治や軍事と密接に関わる傾向を指摘し、両作を才子佳人小説の中でも世情小説に近いものと分析する。向氏の所説は、繁本『二度梅』にもとづくものと思われるが、如上の特性は織田文庫本にも共通するものである。

同文堂刊本の筋立てにおける際だった特徴は、A・Hに描かれる清官梅魁の運命と、良玉・春生らの沙陀国（西突厥）討伐である。繁本においては、良玉の父親梅魁は第七回で刑殺され、奸臣誅滅の後に太子太保吏部尚書の職を追贈される（第三十八回）。また、繁本は異国討伐の一段を持たず、その一方で侯鸞の処刑や喜童・屠申への報恩、両生の婚礼の様子などが、織田文庫本よりも詳細に描かれている。

主人公たちが北方の沙陀国に出兵して戦功を挙げるという、簡本『二度梅』独自の展開は、異民族清朝の圧制下にあった、漢民族の憤懣を反映したものかも知れない。官憲の嫌疑を受けかねない筋立てが、刊行書肆に忌避された結果、『二度梅』の簡本は繁本に比べて流布しなかったのではあるまいか。

繁簡両本間の大きな隔たりは、D・Eにおける陳春生の境遇にも看取できる。『日記故事大全』巻五など、諸書に類話の見出されるDのごとき善行譚は、繁本には存さないものであり、また同本における春生と何婆母子の出会いは、Eのように詩を仲立ちとするものではない。繁本第二十四回において、黄氏の厄難を知って悲嘆した春生は入水自殺をはかるが、何婆の漁船に救助されて事なきを得ている。

このように、繁簡両本の相違は決して些少なものではなく、織田文庫本と同様に、いずれの簡本にも掲出されているという、繁本の「不斉全」な目録は、本文と整合していないのである。そもそも、内容の大きく隔たる両者を、「繁本」と「簡本」の語をもって区分することは、必ずしも穏当とは思われない。よって以下では便宜上、前者を広く紹介された「福文堂本」をもって代表させ、織田文庫本を含む後者は、内題等にもとづいて「増删本」と呼び替えることにしたい。

## 三　増删本『二度梅』の位置

織田文庫本『二度梅』の巻頭には、東北師範大学所蔵の文富堂刊本や、詳細不明の謙亨堂刊本と同じ、「乾隆壬寅（四十七年。一七八二）秋月上浣」の年記を有する序文が掲げられており、その内容は以下のとおりである。(7)序者の松林居士は、船旅の途次霊峰子なる者と邂逅し、「坊間ニ売ル者」とは異なる『二度梅』の抄本を示された。聞けば、霊峰子みずからが「増删」を施したものという。松林居士は才子佳人小説の代表作として喧伝される『好逑伝』や『玉嬌梨』（荑荻散人編次。二十回）、『平山冷燕』（天花蔵主人序。二十回）を引き合いに出して、それらの美点も増删本『二度梅』における人物造型の妙には及ばないと激賞した。霊峰子は序者の勧めに従って増刪本を上木し、「名流ノ潤色」を待つことにしたのである。

蕭氏は目録の異同のみをもって、霊峰子が「増刪」に際して用いた本文を、「澹雅堂刊本（筆者注、広州中山図書館蔵）のごとき目録の不完全な伝本」としている。しかし、増刪本の内容とは合致しない、巻頭の「不斉全」な目録は、書物としての形態を整えるために、書肆が他本から補ったものと思しく、増刪本の成立を考える際の資料とはなりえまい。

蕭氏「知見録」には言及されていないが、北京師範大学図書館には、『二度梅』の「清代抄本」（同館目録による

『二度梅』三本　相違箇所の対照

| | 増刪本 | 清代抄本 | 福文堂本 |
|---|---|---|---|
| A. 梅公の遭難と延命 | ○ | × | × |
| B. 陳公の課題 | 治安策 | 善人為邦百年 | 善人為邦百年 |
| C. 翠環、同行者と契約 | ○ | ○ | × |
| D. 春生の善行 | ○ | ○ | × |
| E. 春生と何婆母子との出会い | 詩作 | 詩作 | 入水を救助 |
| F. 侍女春香、陳小姐を装う | ○ | ○ | × |
| G. 陳小姐、雲英と良玉を取り持つ | ○ | × | × |
| H. 梅公帰還、二生出征 | ○ | × | × |
| ※陳小姐の名前 | 杏花 | 杏元 | 杏元 |

と二分冊）が伝存しており、同館館蔵才子佳人小説選刊『二度梅』（何宗慧点校。一九九三年、同大学出版社）は、これを翻印したものという。筆者が最初に通読した『二度梅』の本文は、この北師大刊行の翻印本であった。

その後、福文堂刊本を用いて『二度梅』を再読したところ、北師大本との間に少なからぬ相違を見出し、筆者はこの時点で、同作の本文が決して一様ではないことを認識したのである。上記二本に織田文庫の増删本を加えて、筆者はこれまでに三種類の本文を披見したわけであるが、そこで検討すべきは、これら三本の相互関係であろう。この点を明確にする便法として、前掲梗概中に傍線を施した八箇所につき、三本の間で比較対照を行い、前掲の表に整理した。

「清代鈔本」は、C～Fにおいて増删本と共通するが、A・Hの筋立てを持たないのは、むしろ福文堂刊本と同様であり、B・Gに関しても、増删本のみが特殊な展開を有している。また、陳小姐の名前は増删本のみが「杏花」で、他の二本はともに「杏元」である。以上の諸点から、北師大の「清代抄本」は、福文堂本と増删本の中間に位置づけられる形態と見なしてよかろう。

限られた情報のみに基づいて、三本の先後関係を推定することは容易でない。ただし、「清代抄本」のごとき本文が、他の二本を比較対校して作られたとは考えづらく、よって北師大の「清代抄本」は、もっとも遅れて成立した本文ではあるまい。また、増删本は何らかの先行する本文に手を加えて成立したものであり、霊峰子が「増删」を施した本文は、福文堂刊本の系統ではなくして、「清代抄本」に近いものと考えられる。

織田文庫本の口絵十二図は粗画であり、福文堂刊本や埽葉山房刊本（いずれも十四図）などとは明らかに図様が異なる（図3参照）。一方、北師大刊行の翻印本に掲げられた口絵十二図は、構図・配列ともに織田文庫本の口絵と一致しており、ここからも両本はきわめて近縁の関連にあるものと推定できる。(8)

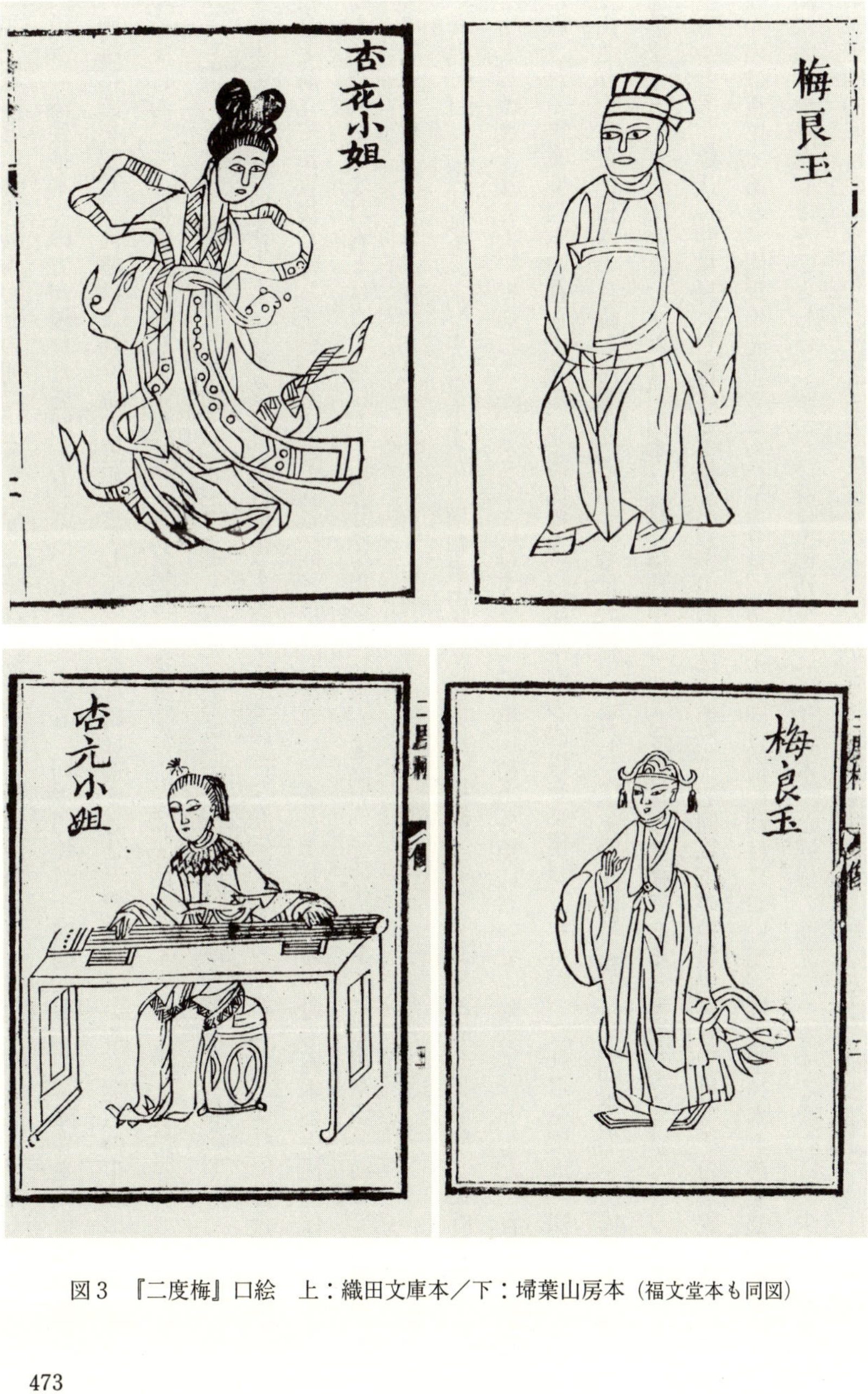


図３　『二度梅』口絵　上：織田文庫本／下：埽葉山房本（福文堂本も同図）

福文堂本と「清代抄本」との間で、最も大きく隔たる筋立ては、前掲梗概のDからEに至る部分であるが、この一段は「清代抄本」の方が優れた展開を有しているようである。同本の第二十四回において、陳春生は梅花と桃花の画軸に詩を記し、何婆はこれを娘の玉姐に示して、春生を婿に迎えることを決めている。突然の申し出に逡巡する春生に対して、何婆は「梅花《ハ》便《チ》是《レ》媒妁《ナリ》。不《レ》二必《ズ》推辞《セ》一（梅は媒妁にも通じる縁起のよい花。決してお断りにならないで下さいね）」（織田文庫本も同文。巻四、二十三丁裏）と語っており、この展開は物語の題号にも相応しい。一方の福文堂本では、「算命先生」の指示を受けた何婆母子が、入水を図った春生を救うのであるが、これでは杏元小姐の投身と筋立てが重複してしまい、必ずしも妙趣向とは評しえない。もとより、この一段も両本の先後関係を判定するための決定的な材料とはならないが、梅花詠を用いた巧みな趣向が、「清代抄本」と増删本に共通して見出されることは、注意すべき事象であろう。

それでは、「清代抄本」のような本文が、増删本の成立以前に「坊間売者」として流布しており、霊峰子はそれをもとに改変を加えたのであろうか。そこで注目すべきは、第一節の分類において「繁本ア」とした、首都図書館に蔵される書業徳刊本の存在である。「清代抄本」は四十回の回目を具備しているが、これらを蕭氏「知見録」に掲出された書業徳刊本の目録と対照すると、両者は大筋で一致している。北師大刊行の翻印本が、「清代抄本」の原態を正しく写しているとすれば、同本は書業徳刊本と、極めて密接な関係にあると推定しうる。

もっとも、蕭氏「知見録」が掲げる書業徳刊本の回目は、第二十七回以下の抄録であり、目下その全貌を知りえないのは遺憾である。同氏の記すところによると、第二十六回以前の回目において、福文堂刊本と書業徳刊本との間に大きな隔たりはないらしい。しかし、書業徳刊本が「清代抄本」と同様の筋立てを有するならば、少なくとも第二十四回回目の前半は、「路傍無奈春生投水」ではなかろう。「清代抄本」においては、同じ部分の回目が内容に即した「無投奔春生題詩」（いずれも傍点筆者）となっている。

未見の書業徳刊本について、これ以上の憶説を加えることは控えるが、同本の形態や内容が広く紹介されれば、『二度梅』諸本の相互関係も、より明白になることであろう。筆者もいずれ、訪書の機会を得たいと考えている。

## 四　馬琴の披閲した『二度梅』

天保三年正月九日、馬琴の息子宗伯が、書肆岡田屋嘉七方から『二度梅』六冊を携え帰った。その日のうちに、馬琴は「一之巻二十丁許」に目を通し、以後連日披閲して、同月十二日には「六之巻終迄」読み終えている。落掌後わずか四日にして卒業している一事からも、『二度梅』に対する彼の好印象をうかがいうる。松坂の篠斎へ宛てた書翰においても、馬琴は同書を以下のように賞美している。

一、早春『二度梅』といふ小説物かひ取候。小刻六冊ニて、全六回ニ御座候。一冊三十三四丁づゝあり。新渡ニハ候へども、帙紛失のよしニて、帙も無之候処、存之外高料ニ御座候。まづとりあへず、よみ試候処、至極おもしろく候間、よミ本のすぢニ屹度可成品故、早速かひ取候。早々御覧ニ入申度候ども、『侠客伝』か『美少年録』のあとのすぢニ用ひ可申存候間、当分手ばなしかね候。野生方入用相済次第、懸御目可申候。『二度梅』といふ書名、唐人の作ニハめづらしく御座候。（天保三年正月二十一日付別翰。②28）

一、『二度梅』之事、先便申上候処、御かひ入被成候よし、よき御手廻しと奉存候。わづか六回ものに御座候へ共、至極の出来にて、屹度役に立申候。（天保三年四月二十八日付。②33）

拙共編『馬琴書翰集成』においては、右引用の「六回」とあるところに、いずれも「（ママ）」の傍記を施した。これは、『二度梅』が全六巻四十回であり、「六回」は馬琴が「巻」と「回」とを混同したことに起因する誤記と判断したからである。しかし、彼の披閲した『二度梅』が、織田文庫本のごとき「増刪本」であったならば、右の判断は筆者の早計であったかも知れない。

繙読の末に買い入れた『二度梅』について、馬琴は「一冊三十三四丁づゝあり」と記している。織田文庫所蔵の同文堂刊本は、最も少ない巻一が二十六丁（他に、序・目録・口絵で計九丁）、最も多い巻六でも三十二丁であり、馬琴の記すところに比して若干少ないが、三十八丁から四十二丁に及ぶ福文堂刊本に比べると、その隔たりは些少である。また、彼の日記に回数が一度も明記されず、各日の披閲経過が「一之巻二十丁許」「五の巻の半分迄」のような形で示されている点からも、馬琴の入手した『二度梅』は、「巻」以上の細かな区分がなされていなかったと考えられる。

天保三年の時点で、我が国に『二度梅』の増刪本が輸入されていた確証は得がたいが、大塚氏『増補書目』に徴する限り、国内に伝存する『二度梅』の中で、天保三年以前の刊行であることが確実なものは、織田文庫所蔵の同文堂刊本ばかりである。既述のように、松林居士による序文の年記は乾隆四十七年（一七八二）、織田文庫本が刊行されたのは同光元年（一八二二）であり、いずれも馬琴の『二度梅』披閲に先行している。

ちなみに、長崎県立図書館所蔵「丑五番船書籍直組帳」(9)によれば、文政十二年に七部の『二度梅』が船載されており、「新渡唐本市控張」(10)の中にも、天保二年における『二度梅』の売買が記録されるものの、いずれの場合も、形態等その詳細は明らかでない。馬琴が天保三年に買い入れた「新渡」の『二度梅』や、彼の激賞に動かされて篠斎が購求した同作も、おそらくは右の二資料に記録されたものの中に含まれるのであろう。

高松の家宰木村黙老も、その時期は不明ながら、『二度梅』を披閲する機会を得たものと思しく、同人の『国字小説通』（嘉永二年序）の中には、以下のような記述を見出しうる。

『玉嬌梨』『二度梅』『療妬伝』などいふ纔か四五冊の幅箱本の、才子佳人の奇遇を書たる本いくらもありて、是は唐山の書肆の徒が、唯商売の為に杜撰に著述せし冗籍《やくた、ぬほん》ゆゑ、文人佳客は、是を仕込本と称へて、賤しみ賞せぬもの、我邦の中本と桔槔せしものといふべし。（『続燕石十種』第一巻、三〇二頁。昭和55年、中央公論社）

文中の『療妬伝』は、『療妬縁』（清恬主人編。八回）のことと思しく、これを才子佳人小説とするのは誤りである（二二七頁参照）。黙老にとって、『二度梅』は『玉嬌梨』や『療妬縁』同様の「冗籍《やくた、ぬほん》」であり、書肆の商策が先行した「仕込本」と見なされたのである。『国字小説通』が執筆された時点で、馬琴はすでに簀を易えていたが、黙老は故人が『二度梅』を高く評価した理由に想い至らなかったのであろう。

## 五　中本刊行企画の顛末

### （一）企画立案から題号の決定まで

天保期後半の馬琴が、『二度梅』を翻案して「中本」を執筆する心づもりを有していたことについては、すでに諸先学の指摘も備わる。[11] しかし、いずれの論考もその一端に言及するばかりで、企画立案から刊行予告、そして頓挫に至る一連の事情を概観するには至っていない。本節以下では、この問題に改めて考察を加えることとしたい。

馬琴のいう「中本」を人情本と即断して、時流への迎合を云々する先学もあるが、もともとこの言葉は、美濃紙四つ折りの大きさで刊行された、文章を主体とする戯作一般を指しており、人情本のみならず、滑稽本や中本型読本をも含めた呼称である。

とはいえ、天保期における中本ものの主流は、紛れもなく為永春水を代表作者とする人情本であった。天保九年十月二十二日付の篠斎に宛てた書翰（⑤11）の中で、馬琴は以下のように記している。

この春水ハ、越前屋長次郎也。（中略）丁子屋のふところ小刀ニ候間、丁平ハつねに中本の作者、只この人第一人也と申候。しかれども、去年中本に猥褻の事を禁ぜられ候故、当冬ハ誨淫の事を除キ候故、中本ハさらにうれずと申候。

また、早大図書館曲亭叢書の木村黙老「増補稗史外題鑑批評[12]」に対する馬琴の追記（天保十年二月）にも、「しかるに去歳、地本錦画類改役の名主等、誨淫猥褻の中本を禁止して絶板したるものありと云」（三十五丁）という記述が存する。老中水野忠邦による改革が、江戸の出板界に大打撃を与えるのは天保十三年のことであるが、戯作、とりわけ人情本に対する統制は、すでにその数年前から強められていたのである。

神保五弥氏は、人情本『春色袖之梅』（文栄堂刊）について、天保九年の刊行と推定される第二編以降、その作風がにわかに伝奇性を強めることを指摘している[13]。同氏はそこに、「春水の積極的な姿勢」を看取しておられるが、あるいは馬琴の記すような規制強化が、春水の執筆態度にも何らかの影響を与えたのかも知れない。また、件の統制は出板書肆の側にも、春水人情本とは異なる「中本」のありように思いを致す契機を与えたものと思しく、天保十年に至って、柳亭種彦が唯一の人情本『縁結月下菊』（加賀屋源助刊）を執筆したのも、そのような風潮と併せ考えるべきものであろう。

春水を「ふところ小刀」とした文渓堂丁子屋平兵衛は、『南総里見八犬伝』の板元でもあり、読本の出板においては、馬琴も全幅の信頼を寄せていた。その丁子屋が、『八犬伝』の完結を間近に控えた馬琴に、春水とは行き方の相違する「中本」の執筆を慫慂し、文化期以降長らく中本の筆を絶っていた馬琴も、同人の懇請には動かされるところがあったようである。

おそらくは馬琴の承諾を受けて、丁子屋は自家の出板物である『増補外題鑑』（天保九年八月刊）のうち、「諸家《しょけ》

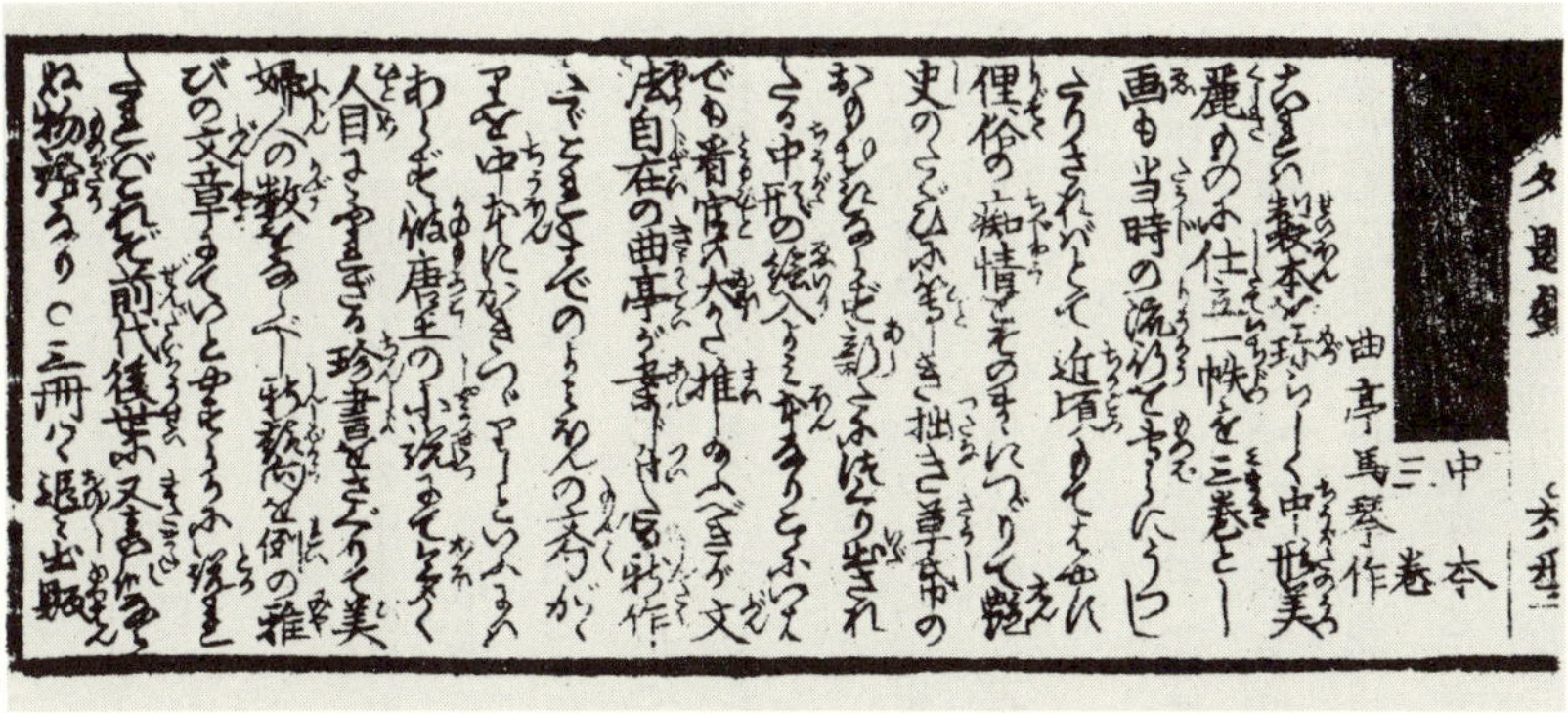


図４　『増補外題鑑』28丁裏

新編稗史《よみほん》之部」の末尾に、題号部分を黒く彫り残したままで、「中本三巻曲亭馬琴作」の刊行を予告した（図４）。この『増補外題鑑』は、「岡田琴秀（平兵衛）著述、鷦鷯貞高（春水）補正」と標記されているが、実際には春水が執筆したものと考えられている。とはいえ、登載された書物の選定には、板元の丁子屋が大きく関与していたはずであり、題号も定まらぬ未刊の馬琴中本が、同書の中にことさら立項されたのも、平兵衛の判断であったに違いない。[14]

『増補外題鑑』における春水の紹介文に対して、先学はさまざまな分析を加えているが、所詮は形態の新奇さを吹聴するばかりで、何ら具体性を伴わない文章である。これはおそらく、丁子屋が馬琴から示された断片的な腹案を、春水が大幅に潤色したものと思しく、ここから馬琴の創作意図を探ろうとしても、得るところは少ないであろう。わずかに、「彼唐土《かのもろこし》の小説にて、多く人目にふれざる珍書をさぐりて、美婦人の数をならべし新趣向」という条が注意を引くが、この時点で馬琴の構想が十分に固まっていたわけではなかった。

黙老の「外題鑑批評」に対する追記の中で、馬琴は丁子屋の勇み足に不快感を示し、「中本物の作などは、文渓堂の需ありといへども、何を綴らん歟いまだ思ひ得ず、其書名すらいまだ定めざりけるに」（三十八丁裏）と書き付けている。よって丁子屋は、作者馬琴が新作中本の題号はおろか、内容すら決めかねていたことを知りながら、その刊行を不体裁な形で予告したのである。ここには、馬琴が「縄張」と呼ぶ、企画に対する優先権を確保せんとする商策がうかがわれ(15)、同時に作者馬琴へ執筆を督促する意図も存したのであろう。丁子屋の目論見は、ある程度まで功を奏したものと思しく、馬琴はこの年十二月六日に、文渓堂へ以下のように申し送っている。

一、先比御たのみの中本の外題、やう〳〵に考へ候間、左に書付上候。
「誓《ちかひ》乃梅《うめ》の記《き》」　中本三冊
右の通に御ざ候。上の乃、字、乃と御かゝせ、下ののは之と御書せ可被成候。（⑤15）

『増補外題鑑』をめぐる丁子屋との行き違いを経て、馬琴は中本の題号を定め、これに伴って作品の構想をより具体化させたことであろう。しかし、この書名が一般読者の目に触れることはなかった。

（二）「誓乃梅の記」から「この花新書」へ

翌天保十年六月九日付の篠斎に宛てた書翰（⑤24）の中で、馬琴は未刊中本について、その構想の一端を明かしている。

桂窓子よりも、同時ニ『紅楼夢』借用いたし、これもその頃、只一冊見候のミ迄にて打過候処、これハ小刻本故、只今ハいよ〳〵よミ得がたく成候。中本の種ニいたしたく候へども、見えぬにハちから不及候。

当時馬琴の手元には、天保七年以来小津桂窓から借り受けたままの『紅楼夢』四帙が存した。この『紅楼夢』借用が、当初から著述に資することを意図したものであったかは判然としない。もっとも、馬琴は借覧を願い出る際に、「此節少々見度事有之候ニ付」（天保七年三月二十八日付桂窓宛書翰。④44）と記しており、単なる消暇目的の借覧ではなかったようである。[16]

馬琴が『紅楼夢』を手にしたのは、この時が最初ではなく、同作は文化初年にも彼の机辺に存していた。東洋文庫所蔵の『曲亭蔵書目録』（文化五年頃成立）には、「紅楼夢　四帙　廿四巻」が登録されているが、これは後に馬琴の手もとを離れている。[17]

天保三年、桂窓から『紅楼夢』の購入を報ぜられた馬琴は、十一月二十六日付の同人宛書翰において、同作を坊間にありふれた「ネキもの」とし、その内容は「大かた忘却」しているが、概して「ドツとハせぬもの」と寸評した。[18]『紅楼夢』に対する馬琴の評価は、決して芳しいものではなかったが、天保七年に「少々見度事」を生じた彼は、同作の購入を検討した後に、桂窓へ借用を願い入れたのである。

前掲の篠斎宛書翰において、馬琴は『紅楼夢』を「中本の種」とする腹案の存したことを明かしているが、視力を失いつつあった彼にとって、百二十回に及ぶ同書を小刻本で読み通すことは覚束なかった。ゆえに馬琴は「ちから不及」と、『紅楼夢』翻案作の執筆を断念し、新たに中本の構想を立て直したのであるが、その時期は明らかにしえない。また、馬琴が桂窓へ『紅楼夢』を返送した時期も不明であるが、おそらくは「一冊見候のミ」で、卒業せぬままに手放したのであろう。

天保十年八月八日付の桂窓宛書翰（⑤27）において、『紅楼夢』の翻案構想は、すでに過去のものとして語られている。

一、恩借の『紅楼夢』之事、（中略）衰眼後ハ、細字の唐本よミ候事成りがたく候へども、かねてハ中本の種ニ可致存候事ニ御座候。先日、『二度梅』を曝書之節ひらき候処、朦朧としてさらに見えわかず候へバ、『紅楼夢』とても同様ニて、遺憾之至ニ御座候。

ここでは、『紅楼夢』と同じく小刻本の『二度梅』を、視力の衰えゆえに読みあぐねたことが書き添えられている。天保三年の披閲以降、『二度梅』は現存する馬琴の日記や書翰に登場せず、同作は長期間彼の机辺に放置されていた模様であるが、ようやくこの書翰に至って、再度知友との話題に上ったのである。

右書翰の執筆から数日の後、『南総里見八犬伝』第九輯下帙之下乙号上套（第百四十六〜百五十三回。十月二十八日売り出し、刊記は翌年正月）が発兌され、その巻末には、「この花新書　中本　第一編第二編各三冊（中略）初編三冊引続き近日出販仕候」という刊行予告が掲げられている。前年十二月の丁平宛書翰から、この年八月の『八犬伝』続刊までの間に、彼は未刊中本の題号を、「誓乃梅の記」から「この花新書」に改めており、また数編にわたる長編化の構想が、右の予告文に初めて開示されたのである。

馬琴が久々に中本を編述するという情報は、読者の耳目を集めたようであり、板元の丁子屋平兵衛も、諸方からの反響を口実として、馬琴に「この花新書」の執筆を督促した。翌天保十一年正月八日付の桂窓宛書翰（別楮。⑤40）には、丁平からの懇請と、それに応じようとした馬琴の苦心、そして板元の変心により執筆の意欲が阻喪するまでの事情が記されている。そのあらましは、以下のようなものであった。

天保十年十月、『八犬伝』の続稿に取りかかった馬琴に対して、平兵衛が「中本「この花さうし《ママ》」、諸方より催促致され困り候間、先ヅ中本を先へいたし度」という希望を告げる。馬琴はやむなく丁平の指示に従ったが、「中本ハいまだ執心もなく」、何らの準備もなかったので、まずは「唐本『二度梅』」を繙くこととした。視力の衰えゆえに披閲ははかどらず、「廿日あまりにやう〳〵二冊」を読み終えたところで、再度平兵衛から「矢張『八犬伝』のかたを先へ被成被下候へ」と望まれた。馬琴は丁子屋の心中を、「是は野生中本の潤筆高料故に、安物の春水の作など反てよしと思ふなるべし」と推量したが、この時も平兵衛の希望を容れざるを得なかったのである。

この桂窓宛書翰の記事によって、ようやく未刊中本と『二度梅』との関連が明白になり、振り返って考えれば、天保十年の曝書に際して『二度梅』が繙かれたのも、中本における翻案を念頭に置いたものと推定しうる。

右の一件と前後して、『八犬伝』第九輯下帙之下乙号中套（第百五十四～百六十一回。売り出しは十一月二十八日、刊記は翌年正月）が刊行され、その奥目録には「この花新書」に関して、「玉蘭斎貞秀画　来子の年出販」と、より具体化した情報が示されている。これ以外にも、同套第三冊（第百五十八回）の前表紙見返しには、図5のような広告[19]が摺り込まれており、この予告文もまた、馬琴の手になるものであろう。

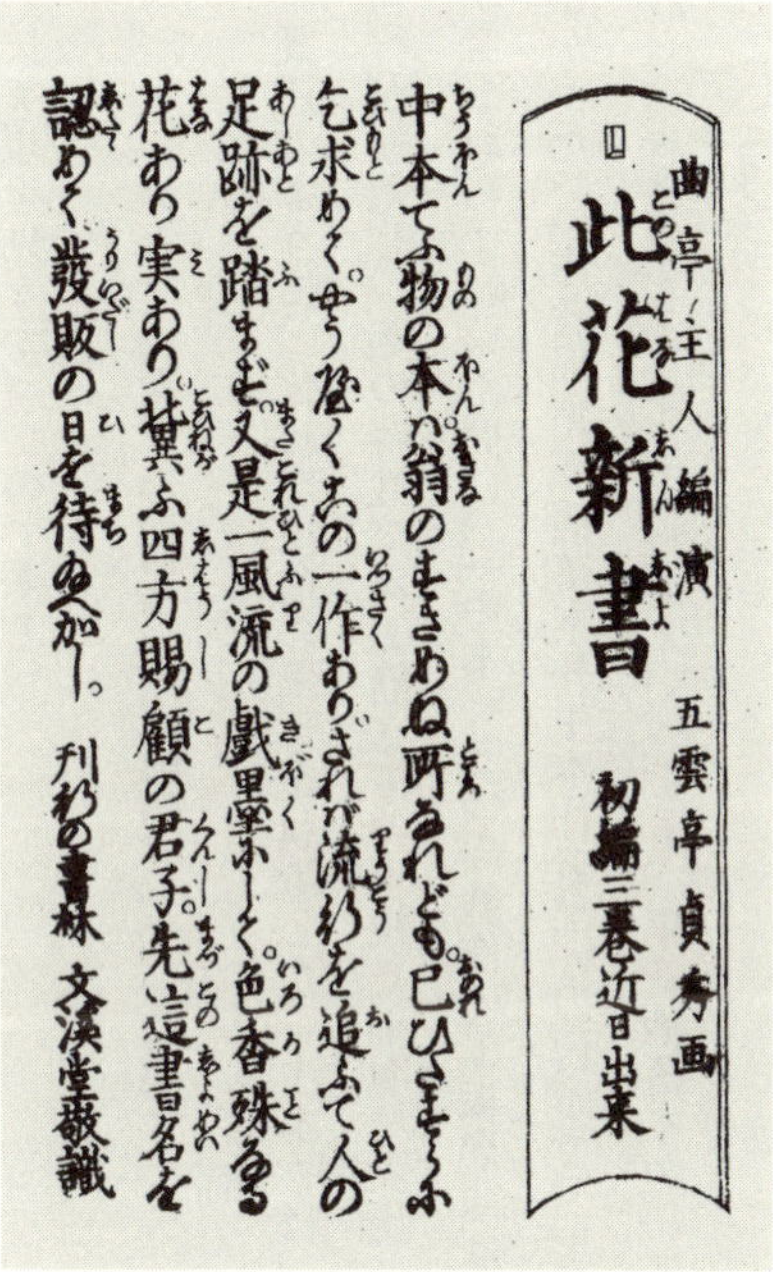

図5　「此花新書」刊行予告

これらの文言は、『二度梅』の再閲以前に草されたものと推定できるが、丁平の身勝手に翻弄された馬琴は、件の予告文が公にされる頃には、すでに「この花新書」に対する執筆意欲を失っていたものと思われる。その成否は不明ながら、翌天保十一年二月九日付の書翰（⑤42）において、馬琴は手元不如意のため、『二度梅』を含む蔵書売却の相談を篠斎へ持ちかけており、同書の再閲は完遂されなかった模様である。

天保十一年に続刊された、『八犬伝』第九輯下帙下編之上（第百六十二～百六十六回。八月二十日売出し。刊記は翌年正月）の中には、すでに「この花新書」の刊行予告を見出すことができない。『八犬伝』の完結を急ぐ文渓堂の商策や作者の視力低下、あるいは馬琴の家庭事情などの悪条件が重なって、天保期における中本刊行の企画は、ついに実現を見なかったのである。

## 六　未刊中本の構想と『二度梅』

既述のように、化政期以前の馬琴が執筆した「中本」は、おもに中本型読本であったが、この様式は文化末年に刊行が途絶し、その特性である筋立ての重視と平明な表現とを、同じ判型の人情本が継承したとされている[20]。馬琴が筆を取らずにいた間に、「中本」という戯作の出板形態は質的な変容を遂げており、彼もその変遷に無関心ではなかった。『作者部類』「洒落本并中本作者部」の冒頭で、馬琴は天保期における中本のありようについて、「これらは青楼嫖客の事にあらずといへども、畢竟洒落本の一変したるものにして、看官の噴飯に款《そなふ》るの外なし」と記している。

とはいえ、馬琴の志向する「中本」が、会話文や風俗描写を主体として、男女の恋情を活写する、春水流の人情本であったとは思われず、彼はむしろ一時代前の中本型読本に近いものを思い描いていたのではあるまいか。馬琴の中本型読本のうち、寛政八年の『高尾船字文』（耕書堂刊）は、『水滸伝』を先代萩の世界に移して翻案したものであり、享和四年の『曲亭伝奇花釵児』（浜松堂等刊）は、李漁の戯曲『玉掻頭伝記』を粉本としていた。これら二作品における、中国俗文学を全面的に摂取する姿勢は、天保期の未刊中本とも相通じるものといえよう。

一方、『増補外題鑑』に掲出された紹介文には、「俚俗の痴情をそのまゝに、つゞりて艶史のたぐひに等しき、描き草紙のおもむきならず。新たに作り出《いだ》されたる、中形の絵入りよみ本なり」という文言が含まれている。前節でも確認したように、この文章は板元丁子屋の意を受けて、為永春水が草したものであり、両人が馬琴の中本に期待した姿もまた、従来の「人情もの」（『外題鑑』後編の予告文に見える呼称）とは一線を画する、「中形の絵入りよみ本」であった。

春水の吹聴する「美婦人の数をならべし新趣向」が、馬琴の口から出たものとすれば、その時点で作者の念頭に存したのは、『二度梅』ではなくして『紅楼夢』であろう。作中の「美婦人」が四人の小姐にとどまる『二度梅』とは対照的に、『紅楼夢』には金陵十二釵を初めとする薄幸の女性たちが数多く登場する。

もっとも、「外題鑑批評」にも記されていたように、『稗史外題鑑』が公刊された時点で、未刊中本に関する馬琴の構想は、「何を綴らん歟いまだ思ひ得ず」という、ほぼ白紙の状態であった。また、視力の衰えは馬琴に『紅楼夢』の再閲を許さず、さりとて同作に関するおぼろげな記憶を作品の骨格とすることには、彼も躊躇を感じたのであろう。そこで馬琴は、未刊中編の典拠作を『紅楼夢』から、かつて「よミ本のすぢニ屹度可成品」と評した『二度梅』に改めた。

既述のごとく、この構想改変の時期は不明であるが、あるいは「誓乃梅の記」という題号の確定と時を同じくしたのではあるまいか。『紅楼夢』の特に発端部分には、梅花に関わるような趣向が見当たらず、むしろ『二度梅』との脈絡をたどる方が順当であろう。同作の題号は、主人公の梅良玉と陳杏花（杏元）が、花神に対して祈誓を凝らし、梅の花を再び開かせる一段にちなんでおり、この筋立ては「誓乃梅」という語にも相応しい。

天保十年に入って、未刊中本の題号は「この花新書」に変更されたが、「この花」が梅の異名であることを思えば、改題に伴う構想の変化は些少であったと考えられる。馬琴は同作の執筆準備として、曝書の折に『二度梅』を繙き、その過程で視力の衰えを痛感して、百二十回におよぶ『紅楼夢』の通読が不可能であることを再認識した。そして未刊中本に対する書肆や読者の期待に応えるべく、彼はこの年冬に、衰眼を労りながら『二度梅』の再閲に取り組んだが、これも書肆の変心ゆえ徒労に終わったのである。

『紅楼夢』翻案の構想が、具体化される以前に立ち消えとなったのに対して、粉本を『二度梅』に改めたのちの腹案は、その題号も確定されており、作者の中にある程度確かな像を結んでいたはずである。その一端をうかがうよすがとして、馬琴が『二度梅』のいかなる点を評価したのかについて検討してみたい。

前掲の徳田氏論考は、馬琴が「至極の出来」（天保三年四月二十八日付篠斎宛書翰。四七五頁所引）と評した『二度梅』の美点を、波乱に満ちた構成と、小説に盛り込まれた道義（特に男子の貞操）の二つに要約している。第四節において推定したごとく、馬琴の披閲した『二度梅』が、織田文庫所蔵の同文堂刊本と同じ、増删本系統の本文であったならば、梅魁の延命や二公子の軍功といった同本独自の展開にも、必ずや注意が払われたことであろう。

福文堂刊本や清代抄本において、梅公は物語の冒頭で横死を遂げており、物語の悲劇性を高める上では効果的であるが、馬琴の奉ずる勧善懲悪に照らすならば、清官梅魁の遭難は勘定の合わないものといえる。『椿説弓張月』の源為朝や、『八犬伝』の犬江親兵衛、あるいは『新編金瓶梅』の大原武二郎（原作の行者武松に相当）など、善側の人物を「神隠し」によって延命させる手法は、馬琴も一再ならず用いたものであった。

また、中国小説に描かれた科挙による立身出世を、「皇国にてハ、一向たべつけぬものにて、おもしろからず」（天保二年八月二十六日付篠斎宛書翰。②8）と感じた馬琴であってみれば、増删本以外の本文のように、主人公の栄達が状元及第や亡父の余徳のみによって保証される筋立てでは、彼の意を満たすことはできなかったであろう。文人である二公子が辺境に出兵して異国を討伐するという、増删本独自の筋立ては馬琴にとって、そのまま自作の中にも移しうるものと見なされたのではあるまいか。

ここで思い合わされるのが、長編合巻『風俗金魚伝』（文政十二年～天保三年、錦森堂刊）における、粉本『通俗金翹伝』（西田維則訳。宝暦十三年刊）との相違箇所である。『通俗金翹伝』は、白話小説『金雲翹伝』（青心才子編次。

図6　『風俗金魚伝』下編の下、16丁裏・17丁表

二十回）の翻訳であるが、馬琴が『金魚伝』の述作に際して披見したのは、唐本『金雲翹伝』ではなくして、訳本の『通俗金翹伝』であった（第八章Ⅰ参照）。

原作の第二十回においては、王翠翹の恋人金重が「進士ニ中《アタ》リ、山東臨淄ノ県令ニ任ゼラレ」るのに対して、『風俗金魚伝』の庭井《にはゐ》金重郎《きんぢうらう》は、主人公魚子《うおこ》の弟船尾《ふなお》鰭二郎《ひれじらう》とともに、足利将軍家の若君輝若《てるわか》の危難を救って恩賞を賜る。二人の活躍を描いた挿絵（図6）において、老臣大館宗行《おほたちむねゆき》の翳す扇子には、「翻按増補詳結局」の文字が見え、さらに馬琴は「作者曰」として、「これ原本にはあることなし。見る人よろしく味はふべし」と書き添えている。原作とは相違するこの筋立ては、作者会心のものであった。

『風俗金魚伝』の場合と同様に、馬琴は未刊中本の構想においても、我が国中世を時代背景に選んだ蓋然性が高い。増刪本『二度梅』の波乱に富んだ筋立てや、同本の序文において松林居士が賞賛する、「給事（筆者注、梅魁）ノ精忠、公子（梅良玉・陳春生）ノ純孝、昭君（陳杏花）ノ烈節、書童ノ真義」といった人物造型は、武家社会に移されてこそ十分に活かしうるものであろう。

良玉と杏花、春生と玉姐という二組の男女が経験する苦節や、盧杞・黄嵩らの佞臣ゆえに、善人たちの蒙る迫害は、人情本の主要な享受層である「婦幼」の共感を期待できる素材である。馬琴はこれらの波乱を平易な文体で綴りつつ、原作以上に「忠孝節義」（『二度梅』目録題中の言葉）の色彩を強めて、春水人情本とは異なる「中本」の創造を目指していたに違いない。

## おわりに

『二度梅』の場合と同様に、馬琴が翻案作の構想を立てながら、実現に至らなかった才子佳人小説に『五鳳吟』（雲間嗤嗤道人編著。二十回）がある。馬琴はこの作品を、『好逑伝』や『巧聯珠』（烟霞逸士編次。十五回）よりも高く評価し、天保二年十二月十四日付の篠斎宛書翰（②24）においては、合巻『千代褚良著聞集』（天保三・五年、永寿堂刊）後続部分の粉本とする腹案を示している。しかし、この合巻は第二輯をもって中断され、淀屋辰五郎の奢侈を世界とする『五鳳吟』の翻案作は執筆されずに終わった。

もっとも、馬琴はこの作品を手放しで賞賛したわけではなく、「但五人の美女を、不残妻妾にすといふ事抔ハ、あまりに淫乱のやうニも聞え候」（天保二年八月二十六日付篠斎宛書翰。②8）と、倫理的な瑕瑾を指摘している。しかし、右の記述に続けて、「渣をよく篩ひ候ハヾ、一廉役ニ立可申候」とも述べており、彼は『五鳳吟』における道義的な不備を、翻案の際には自身の手腕で解消しうると考えていた。

作品に対する馬琴の評価と、自作における趣向摂取の度合いとが、必ずしも比例しないことは、別段怪しむべき事象ではあるまい。作品全体を評価する際には、その構成や道義性が重視されるのに対して、翻案における取捨選択は、あくまで「巧拙」を基準としてなされるものである以上、これはむしろ当然のことといえる。

第三部第四章において詳述するように、才子佳人小説の源流とされる『平山冷燕』や、その追随作である『両交婚伝』（天花蔵主人序。十八回）について、天保期の馬琴はその古雅で格調高い作風を激賞している。しかし、彼の作品における両作からの趣向摂取は部分的なものに留まり、その全面的な翻案が行われることはなかった。これとは対照的に、作品に対する評価は決して芳しくなかった『金蘭筏』の前段が、『新編金瓶梅』においてかなり忠実に翻案されていることは、本章冒頭にも紹介した通りである。

『二度梅』と同じ編者名の刻された『金蘭筏』は、世情小説でありながら、才子佳人小説に通じる要素を多く含んでおり、孫楷第『中国通俗小説書目』（重訂本。一九八二年、人民文学出版社）は、同作を『二度梅』と並べて「才子佳人」に立項している。張文徳氏は、両作を同一人の手になるものではないと断じたが（注4参照）、主人公が佞人たちに貶められて、一時は情人との離散を余儀なくされるものの、最終的には科挙及第を経て、一夫多妻型の団円を迎えるという展開は、二作品に共通するものであった。

『二度梅』に関する馬琴の言説は、決して数多く見出しうるものではないが、非難めいた言辞が全く見受けられないのは、彼の批評態度としては特異である。その翻案構想は読本から「中本」へと移行し、結局は実現に至らなかったが、作品に対する彼の好評価と、自作における趣向摂取への意欲とが同時に確認できる稀有な事例として、天保期の馬琴が披閲した白話小説の中でも、『二度梅』は特に注目すべき作品といえる。

## 注

（1）蕭相愷氏『珍本禁毀小説大観─稗海訪書録』第二版（一九九八年、中州古籍出版社）所収。同氏は『中国通俗小説総目提要』（一九九〇年、中国文聯出版公司）や『中国古典小説大辞典』（一九九八年、河北人民出版社）の「二度梅」項も執筆している。

（2）この誤りは、譚正璧・譚尋『古本稀見小説彙考』（一九八四年、浙江文芸出版社）の記述に由来するが、同書に掲げられた四十回を完備する目録の出拠は明らかでない。なお、この目録については、蕭氏の引用にも誤りがある。

（3）管見に及んだもののうち、咸豊六年（一八五六）維経堂刊本（東大東洋文化研究所）や光緒六年（一八八〇）埽葉山房刊本（拙架蔵）、刊年不明の書業堂刊本（東大文学部漢籍コーナー）は、いずれも版式を同じくし（半葉十一行二十一字）、回目の脱落状況も同一である。

（4）張文徳氏「《二度梅》版本及成書年代考論」。明清小説研究二〇〇四年第二期。

（5）巻四の二十五丁以下は、二十七→二十八→二十五→二十六→二十九→三十の順が正しいと思われるが、織田文庫本は丁付通りに綴じられているので、物語が前後している。

（6）巻之六の末尾には、「王爺（良玉）曾生六子、曾把一子接周氏之後」（三十二丁表）とあるが、周氏は春生の子が継いでおり、これは「鄒氏之後」（いずれも傍点筆者）の誤りであろう。

（7）蕭氏「知見録」の記すところによると、同じ増刪本系統でも、遼寧省図書館所蔵の同治八年（一八六九）文玉斎刊本の序文は、序者名や年記が相違するほか、字句にも出入りがあるという。

（8）北師大本と酷似する口絵が、中国古典小説名著百部『二度梅全伝　金雲翹伝』にも掲げられているが、同書は底本を明示しておらず、同叢書の必ずしも厳密でない編集態度から推すと、あるいは先行する北師大刊行の翻印本から、口絵のみを摸写したのかも知れない。

（9）大庭脩氏『江戸時代における唐船持渡書の研究』（昭和42年、関西大学東西学術研究所）、五八四頁。

（10）若林正治氏旧蔵。弥吉光長氏『未刊史料による日本出版文化』第二巻（昭和63年、ゆまに書房）、三五五・三七七頁。ただしいずれも「両度梅」とある。

（11）細川晴子氏「馬琴と紅楼夢について」（学習院大学国語国文学会誌3。昭和34年）。神保五弥氏『為永春水の研究』（昭和39年、白日社）、一九四頁以下。中村勝則氏「曲亭馬琴と人情本」（叢書江戸文庫36月報。平成7年）。閻小妹氏「日本における才子佳人小説の受容について」（読本研究新集第四集。平成15年、翰林書房）。

（12）早稲田大学蔵資料影印叢書『馬琴評答集』四に影印収録。

（13）神保五弥氏「「人情読本」論」。『為永春水の研究』（注11参照）所収。

（14）『増補外題鑑』の成立事情に関しては、鈴木圭一氏「『増補外題鑑』の成立要因」（読本研究第八・九輯。平成6・7年）に委曲が尽くされている。

（15）刊行予告における「優先権の確保」という性格は、高木元氏「江戸読本の新刊予告と〈作者〉―テキストフォーマット論覚書―」（日本文学研究論文集成22『馬琴』所収。平成12年、若草書房）に指摘されている。

（16）細川晴子氏は、注11前掲論考の中で、錦森堂の奥目録に予告された未刊の合巻『宿世結弥生雛草《すくせむすびやよひのひなくさ》』と『紅楼夢』との関連を推定するが、「全八冊」（四十丁）という分量からしても、蓋然性に欠けるように思われる。

（17）昭和女子大学図書館蔵『著作堂雑記鈔録』の第一冊に収められた「曲亭購得書目」（第一部第二章Ⅱ参照）にも『紅楼夢』が登録されており、その掲出位置から推すと、同書は文化初年の購入と考えられる。また、同じ『雑記鈔録』第一冊（七丁表）には、原本『雑記』巻二から、『紅楼夢』第一回の「満紙荒唐言」云々の五絶と、「仮作真時真亦仮　無為有処有還無」という聯の文句が転載されている。

（18）『著作堂雑記鈔録』第四冊（六十五丁表以下）には、原本『雑記』の巻三十五から、黙老作成の「冗籍国字稗史書名」と「京摂書賈印行よみ本」、そして「唐山稗史小説」の一覧が採録されている。これらの目録は、天保四年十月十九日の馬琴日記に見える、「和漢小説物、黙老見候目録二通」を書写したものであろう。この「唐山稗史小説」中に『紅楼夢』が登録されており、その下に「冗籍也」と書き添えたのは、おそらく馬琴の所為と思われる。

(19) 所掲の図は慶應義塾図書館所蔵の『南総里見八犬伝』によるが、同じ広告は国会図書館所蔵の馬琴手沢本や、明治大学図書館所蔵の早印本においても同一箇所に刷り込まれている。注11の神保・中村両氏論考によれば、この広告は春水の人情本『遊仙奇遇錦之里』第三編や、『六玉川』初編にも掲げられているという。

(20) 中村幸彦氏「人情本と中本型読本」(初出は昭和31年。中村幸彦著述集第五巻所収。昭和57年、中央公論社)、ならびに高木元氏「中本型読本の展開」(『江戸読本の研究—十九世紀小説様式攷—』所収)に詳しい。

# 第八章　馬琴長編合巻小考

## I　『風俗金魚伝』の検閲と改稿

### はじめに

文政十一年正月十日、書肆錦森堂森屋治兵衛が、年礼のために馬琴を訪問している。

一、昼前、森屋治兵衛、年始為祝義、来ル。家君御対面。当年つゞき物願候旨、申之。御示談、帰去。

（同日日記）

この日の日記は、息子の宗伯が代筆しており、引用中の「家君」は馬琴を意味する。森屋治兵衛が馬琴に執筆を依頼した「つゞき物」とは、当時草双紙の主流となりつつあった、長編合巻のことであろう。森屋からの依頼を受けて、馬琴が想を構えたのが、翌年から天保三年にかけて続刊された、『風俗金魚伝』（国安画）二編十冊である。

馬琴はこの年までに、『金毘羅船利生纜』（初編文政七年、甘泉堂刊）、『殺生石後日怪談』（初編は同七年、中本で刊行。錦耕堂刊）、そして『傾城水滸伝』（初編同八年、仙鶴堂刊）と、長編合巻三作を起筆しており、いずれも好評を博していた。『傾城水滸伝』の流行以後、諸板元が中国小説の翻案合巻を好み、馬琴自身にとっても、このような作品の執筆は、新たに趣向を案出するよりも容易であったという。(1) 錦森堂によって刊行された『風俗金魚伝』もまた、白話小説『金雲翹伝』（青人才人作）の物語を、室町時代末期に移して翻案した長編合巻であった。

## 一　馬琴と『金雲翹伝』

『金雲翹伝』は、倭寇の頭目徐海と、その愛妾王翠翹に取材した、二十回の長編であり、我が国では西田維則の『通俗金翹伝』（五巻七冊。宝暦十三年、大坂藤屋弥兵衛等刊）を通じて、江戸後期の小説にも少なからぬ影響を与えた。『金雲翹伝』には、大別して簡繁二種の本文が存し、初刻本とされる稀覯の繁本（不分巻）は、大連図書館大谷文庫や、無窮会図書館織田文庫に蔵されるが、維則の『通俗金翹伝』（図1左）は、節略の施された簡本（四巻。図1右）に基づくものである。

この小説は、一般に「才子佳人小説」の代表作とされているが、主人公翠翹が複数の夫を持ち、一時は苦界に身を沈める展開は、才子佳人小説の範疇を大きく逸脱しており、向楷氏『世情小説史』（一九九八年、浙江古籍出版社）が、「中間的ノ大部分ノ内容ハ、已ニ非ズ三純粋的ノ才子佳人書ノ能ク所ニ二規範涵蓋スル一」と分析する通りである。よって磯部祐子氏のごとく、才子佳人小説一般に対する馬琴の翻案態度を、『金雲翹伝』の受容を中心に据えて考察することは、必ずしも穏当とは思われない。(2)

馬琴が初めて『金雲翹伝』（もしくは『通俗金翹伝』）を披閲した時期は不明ながら、遅くとも文化初年には、同書に目を通していたはずである。文化三年正月刊行の読本『勧善常世物語』（柏栄堂等刊）巻三には、『金雲翹伝』からの趣向摂取が指摘されており、(3) 翌年正月刊行の『標注その、ゆき』（衆星閣刊。未完）においては、その序文中に「翠翹《すいぎやう》が小説」として言及されるばかりでなく、全段の構想に『金雲翹伝』が大きく関与している。また、文化七年正月に刊行された、『夢想兵衛胡蝶物語』前編（螢雪堂等刊）巻之三には、『金雲翹伝』に関して、以下のよう

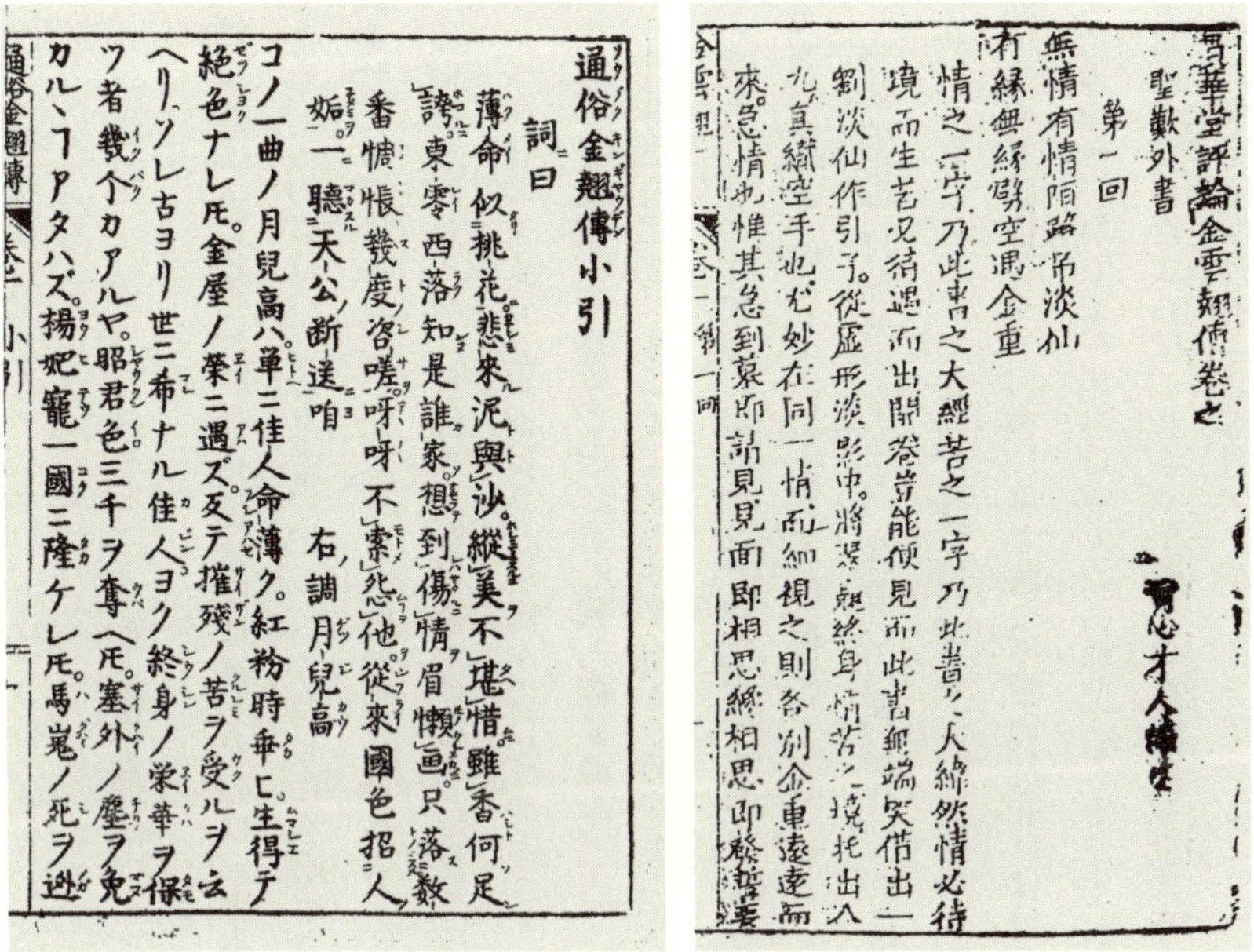

図1　左『通俗金翹伝』巻頭・右『金雲翹伝』巻頭

な記述が見えている。

> おなじ事ながら、『金翹 全伝《きんぎやうぜんでん》』といふ小説に、翠翹《すいぎやう》といふ箱入娘《はこいりむすめ》が、金氏《きんうぢ》の息子と、夫婦のかたらひしたれども、いまだ婚姻はと、のへず、そのうちに、親父《おやぢ》が身に係《かゝ》つた不慮なことが起つて、囚徒《とらはれ》となりしかば、親を救《すくは》ん為に、已《やむ》ことを得ず、翠翹が身を売《うつ》て、その罪を贖《あがな》ひしが、既に夥《あまた》の人に身を汚《けが》されしかば、結 髪《ゆひなづけ》の夫に恥《はぢ》て、後《のち》には尼となり、妹《いもと》をもて彼金郎《かのきんらう》に妻《めあは》せたるは、道理至極の始末なり。これさへ一旦、賊 首《ぬすびとのかしら》の妻となり、われにつらかりしものに、冤《うらみ》を報《むく》ひし事などは、女子《をなご》の才覚に過ぎたり。
>
> （巻之三、十六丁裏～十七丁表）(4)

右引用は、主人公夢想兵衛の発言であるが、これを『金雲翹伝』に対する馬琴の所感と見なしてよかろう。ここで馬琴は、主人公王翠翹の身の処し方を、「女子の才覚」には過ぎたものがあるとしつつも、「道理至極の始末」と好意的に評している。この寸評からも、馬琴が『金雲翹伝』の物語に、並々ならぬ関心を寄せていたことが確認できる。

## 二　『金魚伝』と『通俗金翹伝』

『金魚伝』の執筆に際して、馬琴が依拠したのは、唐本『金雲翹伝』ではなくして、『通俗金翹伝』であった模様である。この点は、「風俗金魚伝」という題号にも暗示されており、長沢規矩也氏も「其原本からよりも訳本から翻案したのではあるまいか」という所見を表明しておられる(5)。

天保三年四月二十八日付の、殿村篠斎に宛てた書翰（②33）の中で、馬琴は以下のように記している。

文化の末より見識かはり、小説ものはうつとうしく覚候間、追々有用の他本と交易いたし、只今は三ケひとつも無之、只端本など、少し残し置候のみ。

右引用に先だち、馬琴は「寛政の末より文化中」に購入し、後年に至って手放した白話小説の題号と値段を列挙しており、その中には、「『金翹伝』代九匁」も見えている。この記述から、馬琴は『金魚伝』の執筆当時、唐本の『金雲翹伝』を所持していなかったと推定しうる。

『金雲翹伝』は簡繁両本とも、各冊の内題に続けて「聖歎外書」と標記し、各回冒頭には聖歎に仮託された批評が掲げられている。しかし、馬琴は『金魚伝』初編の序文において、通俗本の翻案態度を難じる一方、唐本『金雲翹伝』の書誌情報や、同書に施された聖歎の批評には言及していない。第四章で詳述したごとく、小説批評の先達である聖歎に対して、馬琴は並々ならぬ関心を寄せており、彼が『金魚伝』の述作に際して、『金雲翹伝』の唐本を目睹していたならば、必ずや聖歎評の真贋にも説き及んだことであろう。この点からも、『金魚伝』の執筆当時、馬琴の手元には唐本『金雲翹伝』が存さなかったと思われるのである。

『金魚伝』の起筆に先だって、馬琴は趣向源となる小説の探求を、板元の森屋に依頼したらしい。

一、昼後、森や次兵衛来ル。余、対面。先日申遣し候合巻入用『金翹伝』、仲ケ間中せ《ムシ》り候へ共、無之旨、申之。此方ニてかりよせ置、間ニ合候旨、申聞候へバ、早々帰去。　（三月二十五日日記）

特に唐本を求める際、馬琴は英屋平吉や岡田屋嘉七などの書物問屋に照会するのが通例である。よって、馬琴が地本問屋である森屋を通じて入手せんとした「金翹伝」は、やはり通俗本であった蓋然性が高い。

森屋が探しあぐねた『通俗金翹伝』を、馬琴は筆耕仙橋を通して借覧し、用を便じたようである。四月十日から二十七日にかけて、馬琴は同書を座右にしつつ、『金魚伝』の上編四冊を執筆した。その後、五月十一日に仙橋の訪問を受けた馬琴は、件の通俗本を返却した上で、仙橋に「見料先方聞糺し、追て可遣旨」（同日日記）を指示している。

## 三　『金魚伝』稿本と和田源七の付箋

『風俗金魚伝』の自筆稿本は、東洋文庫に現存する（下編上帙二冊を欠く）。このうち、上編下帙之上の稿本中（三十四丁表）に、以下のような付箋が貼付されていることは、すでに佐藤悟氏によって紹介されている(6)。

都而合巻、往古時代作り物語ニ而も、近来小史江《ママ》便り、音信贈答、又如此本文、遊女受出、領主代官内取扱抔如何。男伊達抔、揚屋亭主江渡り合、其土地用られ候人物之面上内済抔と作替ても連続可致哉。是等之義、去年も南北外御用懸りより御沙汰も有之。行事江申合被置候得ども、兎角如何敷、已来、作者其心得可有之哉、及御相談申候。此二丁、絵柄文談如何敷

佐藤氏はこの紙片を、改名主和田源七によるものと推定し、文政十一年十二月八日の馬琴日記に見える、以下の

記事と関連づけられた。

　一、『金魚伝』下帙之内、改方より被談候禁忌の処、入木板下かき入レおく。

和田源七は、馬琴も「仙女香の名主和田源七」（天保九年九月朔日付小津桂窓宛書翰。⑤10）と称しているように、自家の化粧水「美艶仙女香」を、名主の権限をもって多くの読本や合巻に宣伝させた人物である。同人は『傾城水滸伝』に「故障」を言い立てた名主として、文政十一年の馬琴日記にもしばしば登場する。『風俗金魚伝』に対しても、改名主からの難詰が数次に及んだことは、この年十月の馬琴書翰における、以下のような記述からも推察できる。

　『金翹《ママ》伝』抔も、処々禁忌を申立られ、困り申候。改方、小説物抔ハ夢にも見たる事なきにや、何事も当世と自身のうへに引くらべ、やかましくいハれ候。（文政十一年十月六日付篠斎宛書翰。①45）

前掲付箋の記述について、佐藤氏も「文意のよくわからないところもある」と断っておられるが、記主である和田源七の意図を理解するためには、『金魚伝』の当該箇所について、稿本と板本とを比較し、改稿箇所の有無を確認してみる必要がある。その上で、当該箇所を原典である『通俗金翹伝』と対照すれば、読者の眼には触れずに終わった、馬琴の創意をうかがうことができるかも知れない。

## 四　「あな沢嘉もり」の変容

『金魚伝』上編の三十四丁裏・三十五丁表（図2。図3は稿本の当該箇所）は、主人公の魚子《うおこ》（画面右下）が、舅である錫梨束作《すゞなしつかさく》（画面左下）に訴えられて、領主「あかまの介たね友」（画面左上）の裁きを受ける場面である。ここに描かれた六人の人物のうち、「たね友」の左隣に侍る人物には、袴の左側に丸い白抜きが施されたばかりで、人

図２　『風俗金魚伝』上編、34丁裏・35丁表

物名を示す名印が見えない。

もっとも、この武士の服装は、三十四丁表に描かれた「あな沢嘉もり」なる人物と同様であり、両者が同一人であることは容易に察しが付く。この「あな沢嘉もり」は前段において、錫梨東太郎《つかたらう》による魚子の身請けを仲介した人物であった。

馬琴の稿本に目を転じると、件の名無しの人物の左袖には、名印として「嘉」の文字があり、「町人ながらよしあるおや子、かくべつのおとりあつかひ、ありかたく思ハれよ」という、この人物が発した言葉にも、発話者を示す「嘉」の文字が標記されている。板木においても、当初は二つの「嘉」字が彫刻されていたのであろうが、校正の過程で何らかの支障を生じ、それらが削去されたものと考えられる。

「あな沢嘉もり」の素性を、『金魚伝』の記述から摘記してみると、以下の通りである。

（一）あか間の町にかくれなきらうにん、あ

図３　『風俗金魚伝』上編稿本、34丁裏・35丁表

な沢嘉もりぬし　（三十二丁裏）

（二）くだんのあな沢かもりさまハ、あちこちのおとこだてしゆとしたしき友也。（三十三丁表）

（三）あな沢さまハ当所にて、もつともいきほひある人也。（三十三丁裏）

特に（一）（二）の傍線部は、改刻の形跡が歴然としており、当該箇所を稿本と対照してみると、改刻が施される以前の記述を確認することができる。

（一）あか間のとの、みうちのきりもの、あな沢嘉もりぬし

（二）くだんのあな沢かもりさまハ、あかま《（ムシ）》家けのきりものにて、つかさまのしたしき友なり。

なお、前掲（三）の記述については、稿本と板本との間に異同はない。

「あな沢嘉もり」の人物設定が、「あか間の殿の

身内の権臣」から、諸方の男伊達と親しい浪人に変更された理由は、当然和田源七による付箋の記述に求められる。「小史（「吏」の誤か）」嘉もりに頼って、遊女「もみぢ葉」こと魚子の身請けを、自身に都合よく運んだ束太郎の行為が、和田名主の眉を顰めさせたのであろう。馬琴は名主からの難癖をかわすべく、束太郎と「あな沢嘉もり」との私的な交流を示す、「つかさまのしたしき友」という文言を削った。その上で、「男伊達抔、揚屋亭主江渡り合、其土地用られ候人物之面上内済」という、和田名主の助言に沿う形で、「嘉もり」の人物設定をわずか数文字の訂正によって改めたのである。

「嘉もり」に関連する改刻の形跡は、本文中にもう一箇所見いだすことができる。

是よりさきにたね友ハ、家《か》臣《しん》らがしか〴〵と、ひそかにまうすよしあるをもて、（板本三十五丁表）

是よりさきにたね友ハ、家《か》臣《しん》あな沢嘉もりが、ひそかにまうすよしあるをもて、（稿本）

裁きに先だって、家臣から魚子の薄命を聞かされた「たね友」は、彼女に対して同情を抱いた。稿本においては、魚子の身の上を主君に耳打ちする役目も、「あな沢嘉もり」が担っていたわけである。しかし、領主の権臣から一浪人に身分を改められた以上、「嘉もり」が「たね友」に魚子を取りなすことも、裁きの場において領主の隣に座を占めることもありえない。この矛盾を解消すべく、馬琴は上掲の場面において、「嘉もり」の名印と言葉書きの標記とを削り、急場をしのいだと考えられる。佐藤氏が推定されたように、これらの改刻指示が出板を間近に控えた十二月八日に通達されたものとすれば、無理からぬ応急処置といえるであろう。

## 五　衛華陽への回帰

ここで、「あかまの介たね友」の裁きに関与する人物について、原作との対応関係を整理しておきたい。

| 『金魚伝』 | 『金翹伝』 |
| --- | --- |
| 魚子 | 王翠翹 |
| 錫梨束太郎（魚子の夫） | 束守 |
| 錫梨束作（束太郎の父） | 束正 |
| あな沢嘉もり | 衛華陽 |
| あかまの介たね友 | 知府 |

『通俗金翹伝』において、『金魚伝』の「あな沢嘉もり」に相当するのは、臨淄の地の有力者衛華陽である。この人物について、『通俗金翹伝』は、「当地ニ名ダカキ衛華陽」(7)（巻三、二十二丁表。原典では「是《レハ》通省聞《ニ》名的《ノ》衛華陽」(8)）、「銭アリ勢《イキホヒ》アリ、衙門《ヤシキ》モヨク熟《ナレ》タル者ナリ」（二十三丁表。原典「他銀子《ハ》又《モ》有《タリ》衙門《ニモ》又熟《タス》」）などと説明している。土地の実力者で、役所にも顔がきく衛華陽を、馬琴は『金魚伝』の稿本において、「あな沢嘉もり」という領主の権臣に改めた。この改変によって、嘉もりは後段の裁きにも関与して、魚子を主君に取りなす必然性を付与されたわけである。原作の衛華陽は、束守による翠翹の身請け以降物語に登場せず、一方束正からの訴えを受けた知府が、被告翠翹の悲運を事前に耳打ちされることもない。『金魚伝』において、「嘉もり」が衛華陽以上の役回りを与えられた背景には、作中における人物や事件の関連性を強めようとした、作者馬琴の配慮を看取すべきである。

しかし、和田名主からの難詰を受けて、馬琴はこの意匠を放棄せざるを得なくなった。勢いのある浪人の身分にとどまり、領主による魚子の裁きにも関与しなくなった、刊本『金魚伝』の「あな沢嘉もり」は、結果として原作の衛華陽に近い人物へと回帰させられたわけである。

魚子の身請けが成就したのち、束三郎は「あな沢嘉もり」に「ものをおくりよろこびをのべ」（三十四丁裏）ている。この一節は、原作の「百両ノ銀子《キンス》ヲ衛華陽ニアタヘテ労資《ホネヲリシロ》トナシ」（二十五丁裏。原典では「拿テ二一百ノ銀子ヲ一謝了ス二衛華陽ニ一」）に従ったものであるが、贈られる側の身分や地位によっては、これもまた当時の禁忌に触れる恐れなしとしない。賄賂の贈収とも受け取れるこの記述には、名主たちも必ずや色めき立ったことであろう。しかし、「嘉もり」の身分が改められたことにより、単純な謝礼の意味に転じられた「ものをおくり」の一節は、改刻されずに済まされたのである。

ここで改めて、前掲の付箋をながめると、和田源七の難詰は、まさに「あな沢嘉もり」一人の造形に向けられたものと理解できる。「如此本文、遊女受出、領主代官内取扱抔如何」という記述も、「嘉もり」の耳打ちによって、領主「たね友」が魚子に同情を寄せたことを難じているものと思しい。

原作において、知県は翠翹の才を試みた上で、東守の父東正の訴えを退けており、この展開は『金魚伝』でも同様である。しかし、身請けの一件で東太郎・魚子の側に立った「あな沢嘉もり」が、魚子の境遇を事前に領主へ首打ちした一事は、その後の裁きに私情が介在した印象を与えかねない。

刊行された『金魚伝』において、「たね友」に魚子の身上を語り聞かせたのは、不特定の「家臣ら」であり、また裁きの場において領主に侍座する武士も、名印を削られた無名の人物となっている。これによって、若干なりとも名主の嫌疑は和らいだのであろうが、無論この改変は馬琴の意に沿うものではなかった。

## おわりに

『金魚伝』上編のうち、「あな沢嘉もり」の登場する下帙二冊の刊行は、上帙よりも若干遅れており、これには名主からの難詰を受けて行われた、慌ただしい入れ木訂正も影響していたはずである。

一、四時過、森や次兵衛より、使ヲ以、『金魚伝』上帙うり出しのよしニて、二部到来。且、同書下帙の内、十丁再校とりニ来ル。わたし遣ス。（十二月十日日記）

上帙刊行の当日においても、下帙の校正は終了していなかったのである。下帙刊行の日付は明確にしえないが、馬琴は同月二十三日に、屋代二郎（弘賢の義孫）へ「『金魚伝』上編三・四二冊」を届けさせており（同日日記）、この日までには売り出されていたものと考えられる。

『金魚伝』における馬琴の翻案態度に対しては、水野稔氏が「馬琴の長編合巻」（『江戸小説論叢』所収）の中で分析を加えておられる。後発の『新編金瓶梅』（全十集。天保二年～弘化元年、甘泉堂刊）とは異なり、『金魚伝』の筋運びは、最後まで原作を大きく逸脱することがない。この点については馬琴自身も、同書上編を書き終えて間もない時期に、殿村篠斎へ宛てた書翰の中で、「『金魚伝』ハ、やはり『金翹伝』ニて、彼すぢのわろき処ヲ、少々ヅ、補ひ候のミニ御座候」（文政十一年五月二十一日付。①44）と述べている。

とはいえ、『金魚伝』下編（上帙二冊は文政十三年刊行）の序文において、馬琴がみずから解き明かしているように、同書には「勧懲」に対する「用心」をもって、原作を意図的に改めた箇所が存する。特に下編之四において、魚子がかつて自身に辛く当たった者たちの裁きを、夫の下野《しもつけの》氏武《うぢたけ》（原作の徐海に相当）に委ねたことには、原作の翠翹が「われにつらかりしものに、冤《うらみ》を報《むく》ひし事などは、女子《をなご》の才覚に過ぎたり」（前引『胡蝶物語』巻三）という、作者馬琴の所感が反映されている。

これに対して、原作の衛華陽にもとづいた「あな沢嘉もり」を、馬琴が『金魚伝』の稿本において、領主の権臣と設定したことには、構成の緊密さに対する配慮が存したものと考えられる。既述のように、この作意は和田名主の難詰ゆえに放棄され、怱卒な改刻の痕跡を、前掲図2における名印の削去にとどめることとなった。わずかばかりの改稿によって、「嘉もり」の設定を一転させ、名主からの嫌疑をかわした馬琴の手際には感心せずにおれない。

**注**

（1）文政十一年五月二十一日付篠斎宛馬琴書翰（①44）に、「『けいせい水滸伝』流行ニ付、合巻もの、趣向一変いたし、諸板元、かやうのものを歓び申候。新趣向より作者ハ楽ニて、よろこび申候。士君子ハうれしがらぬものニ可有之候」という述懐が見える。
（2）磯部祐子氏「中国才子佳人小説の影響―馬琴の場合―」（高岡短期大学紀要18。平成15年）。
（3）馬琴中編読本集成第四巻（平成8年、汲古書院）の、徳田武氏による解説（五〇一頁）。
（4）引用は馬琴中編読本集成第十二巻（平成14年、汲古書院）に拠る。
（5）長沢規矩也氏「江戸時代に於ける支那小説流行の一斑」。初出は昭和8年。長沢規矩也著作集第五巻（昭和60年、汲古書院）所収。
（6）佐藤悟氏「合巻の検閲」（江戸文学16。平成8年）、九七頁以下。
（7）『通俗金翹伝』からの引用は、近世白話小説翻訳集第二巻（昭和59年、汲古書院）に拠る。
（8）『金雲翹伝』からの引用は、内閣文庫所蔵『貫華堂評論金雲翹伝』四巻本（簡本。浅草文庫旧蔵）を影印した、古本小説集成『金雲翹伝　玉楼春』（一九九二年、上海古籍出版社）に拠る。この内閣文庫本を「残本」とする文献もあるが、同本は四巻二冊二十回を完備している。

# Ⅱ　『女郎花五色石台』典拠小考

## 一　『五色石台』の刊行

馬琴最後の長編合巻『女郎花五色石台《おみなべしごしきせきだい》』（三世豊国画、甘泉堂刊）は、その初集が弘化四年に刊行されたが、翌嘉永元年十一月六日に馬琴が没したため、五集以降は他作者の手に委ねられた。以下に各編の概要を、馬琴執筆部分に限って列記してみる。

初集　弘化四年刊　弘化三年閏五月成稿（序文）
二集　嘉永元年刊　弘化四年四月成稿（序文）
三集　嘉永二年刊　嘉永元年正月成稿（序文）　※上帙売出しは嘉永元年九月二十三日（日記）。
四集上帙　嘉永三年刊　嘉永元年正月成稿（日記）　※売出しは嘉永二年十月三日（路女日記）。
四集下帙　嘉永四年刊　嘉永元年五月成稿（日記）　※売出しは嘉永三年十二月十四日（路女日記）。

第三集の成稿時期について、同集の序文には「弘化五年戊申太郎月脱稿」とある。しかし、同年（二月に嘉永と改元）の馬琴日記を参照すると、馬琴は元日から第四集の「壱の巻画わり」を行なっている。よって、『五色石台』第三集の稿本は、弘化四年のうちに成稿を見ていたものと考えられる。これ以降、同書第四・五集が続筆されたわけであるが、このように馬琴が『五色石台』の執筆を急いだのは、板元和泉屋の要望に応えるためであったに違いない。既に第四集が成稿を見ていた、嘉永元年五月二十六日の日記に、以下のような記述が見えている。

○四時過、和泉屋次郎吉来ル。吾等対面。（中略）且、『五色石台』四集ハ来年江まハし、酉の冬出板ニ致度由ニて、五集の潤筆前金四両持参。急ニハ出来かね候へ共、先其意ニ任せ、請取置。（以下略）

「酉の冬出板」とは、嘉永三年正月の新刊として、嘉永二年の年末に売り出すことであり、和泉屋はすでに五月の時点で、この年歳末の三・四集同時刊行を断念していたのであろう。第四集の発兌が一年延期されたことに対する馬琴の感慨を、日記の中に読み取ることはできないが、この『五色石台』第四集が、結果として馬琴の絶筆となった。

馬琴の没後、遺稿である第四集の校正を担当したのは、初集以来『五色石台』を代筆してきた嫁のお路であり、嘉永二・三年の『路女日記』には、『五色石台』に関する記事が散見する。特に、第四集下帙の校正途上であった、嘉永三年十月十六日の日記には、お路が板元に対して、他作者による嗣作に許可を与えた一事が記されている。(1)

そもそも、「女郎花五色石台」という題号は、物語の冒頭に登場する、烈女唐糸を祀った五色塚と、その周囲に咲く五色の女郎花にちなむものであるが、同時に白話小説集『五色石』（筆錬閣主人編述。八巻）の書名をも踏まえているという。この点について、馬琴は『五色石台』初集の序文中で、以下のように記している。

又唐山《からくに》の俗語小説、『五《ご》色石《しきせき》』の書名《ふみのな》を借《かり》て、「女郎花《おみなべし》五《ご》色石台《しきせきたい》」と命《なづく》るよしは、章魚《たこ》の桜煮石決明《あはび》の醋貝《すがひ》、堅《かた》き処《ところ》に柔《やはらか》みある、細工は流々結局《しあげ》まで看《み》ば、諸君子作者の用意を知らん。（一丁表）

『五色石』は、「二橋春」以下全八編を収める短編白話小説集であり、その編者筆錬閣に関しては、江蘇の人徐述夔（乾隆二十八年・一七三八頃没か）の筆名とする説が有力であるが、これを否定する見解も提起されており、いまだ定説を見てはいない。

右引用の記述から、馬琴が『五色石台』の述作において、どのように『五色石』を利用したのかという点が、当然問題となる。しかし、既に水野稔氏が指摘しておられる通り[2]、両書の間に明確な関連は見出しづらい。また、たとえ『五色石台』の執筆時、『五色石』が馬琴の座右に存したとしても、既に視力を失っていた彼には、同書を参照することが極めて困難だったはずである。しからば何故、馬琴は『五色石台』初集の序文において、あえて『五色石』の書名を掲げたのであろうか。

## 二　馬琴と『五色石』

そもそも、馬琴は『五色石』という小説をいつ、どのような状況で披閲し、いかなる感想を抱いたのであろうか。この点を明らかにするために、馬琴の日記や書翰を精査しても、明確な回答は得られない。それどころか、馬琴が『五色石』を披閲した形跡を確認することさえできないのである。

天保四年十一月六日付の殿村篠斎に宛てた書翰（③27）の中で、馬琴は以下のように記している。

一、右ニ付、『喩世明言』『警世通言』『五色石』『平山冷燕』等、被成御覧度候間、当地書賈ヲあさり候て、有之候ハゞ、申上候様被仰越、承知仕候。（中略）扨、此『五色石』ハ、『八洞天』の前集ニ御座候間、愚も頃者頻りに見たく覚候。『五色石』の事、『八洞天』の序にて、『八洞天』ハ『五色石』に嗣てあらハし候よし、しられ候。『五色石』未見候。いかゞ、被成御覧候事御座候ハゞ、あらまし御しらせ被下度、奉希候。

冒頭の「右に付」は、やはり短編白話小説集である『連城璧』（李漁『無声戯』の改題再編本）を、篠斎が小津桂窓から借覧した一件を受けたものである。右引用中に列挙された白話小説のうち、『平山冷燕』（作者未詳。二十回）以外はいずれも短編集であり、篠斎は『連城璧』披閲の後に、同様の短編白話小説集を入手せんとしたのであろう。右の記述によって、馬琴はこの時点まで、『五色石』を披閲する機会が得られなかったことを確認できる。

現存する馬琴の日記や書翰において、『五色石』の書名があらわれるのは、これ一度きりである。とはいえ、散逸した彼の書翰や、すでに失われた日記の中に、『五色石』の披閲に関する記述が存した可能性は、簡単に否定しうるものではない。もっとも、仮に彼が『五色石』を披見しえたにせよ、その時期は馬琴が書物を繙読することが可能であった、天保十一年の前半を下限とする。また、右の書翰が染筆された天保四年十一月以降、翌年の末に至るまでの期間は、克明な日記が現存しており、『五色石』披閲の上限は、天保六年を遡りえない。この五年余の期間における馬琴書翰のうち、内容が知られているものは百五十通に及ぶが、その中に『五色石』の書名が一度も登場しない以上、馬琴と知友との間で、同書が話題にのぼる機会はなかったのではあるまいか。「頻りに見たく覚候」とまで記している小説の披閲がかなったならば、馬琴は必ずや篠斎や桂窓に報告したことであろう。

『五色石』は今日においても伝存が極めて稀な小説であり、大塚秀高氏『増補中国通俗小説書目』によれば、現存する『五色石』の印本は、大連図書館大谷文庫所蔵の一本のみである(3)。孫楷第『中国通俗小説書目』には、大連本以外にも千葉掬香旧蔵の一本が登録されているが、目下その所在は確認されていない。なお、明治十八年に『五色石』の評点本を刊行した服部誠一(撫松)は、同書の原本を横浜の「外商ノ市廛」において、「故書簏」の中から見出したというが(『評点五色石』序)、その真相は不明である。

近世期の我が国に将来された漢籍の目録である『舶載書目』の中には、『五色石』の書名を見いだすことはできないが、秋水園主人『画引小説字彙』(寛政三年刊)巻頭の「援引書目」には『五色石』が掲出されている。また、件の大谷文庫本『五色石』は、西本願寺写字台文庫に由来するものであり、同文庫の『御簞笥小説目録』(寛政頃成立)や『外典目録』(弘化〜安政頃成立)にも、同本の登録を確認することができる(4)。よって、『五色石』は近世中期以降の京坂において、ある程度の読者を得ていたものと思しい。しかしこの事実も、馬琴が天保六年以降に同書を披閲した可能性を保証するものではない。

## 三　『五色石』と『八洞天』

『五色石』の書名は、木村默老が殿村篠斎に宛てた、天保十一年七月十七日付の書翰中にも見出しうる。

一、桂窓子ニは、著作堂所蔵之書払之節、種々被譲受候由。何ぞ珍書有之候ハヾ、御伝借被下候様、御頼申候。著作堂所蔵之『八洞天』与申小説、珍書ニ而、写置候由。是ハ小子譲受候而、致蔵弆候。右『八洞天』之前編、『五色石』与申書有之候由、是等ハ桂窓子被譲受候哉、御聞可被下候。(5)

馬琴を仲介者とする篠斎・默老間の文通は、天保六年に始まった。默老は右引用において、小津桂窓が『五色石』を所持しているか否かの照会を、篠斎に依頼している。この問い合わせに対して、篠斎は「桂窓子、著作翁より被譲受候書目」を送付することによって回答した。篠斎は同目録の記述を通して、自身や桂窓が『五色石』を所持していないことを告知したかったのであろう。しかし默老は、篠斎の意図を解しえなかったか、あるいはのちにこの一件を忘失したものと思しく、四年余りの歳月を経た弘化二年三月二十五日付の書翰において、再度同趣旨の依頼を行なっている。

一、如何御座候やらん、先申試候は、唐山之小説『五色石』、右は桂窓子所持ニハ無之候哉。若も所持被致候ハヾ、一覧仕度奉存候。小子より直ニ申候も当突ニ付、貴君江御頼申候事ニ御座候。（注5所掲書七一二頁）

先に引用した天保十一年の書翰において、默老が『五色石』をその前編と称した『八洞天』は、やはり八編を収める短編白話小説集であり、この書に対する言及は、前節に掲げた馬琴書翰の中にも存した。同書「序言」の冒頭には、「『八洞天』之作也、蓋亦補『五色石』之未備也」の一文があり、その末尾には「五色石主人題于筆錬閣」と署名されている。また同書の内題には、『五色石』と同様に「筆錬閣編述」の文字が冠されており（図1）、両作が姉妹編であることは、『八洞天』の随所で標榜されているのである。

『八洞天』も『五色石』と同様に、その書名を『舶載書目』の中には見出しえない一方で、『画引小説字彙』の「援引書目」には登録されている。大塚氏『増補書目』などによれば、現存する『八洞天』の板本は、内閣文庫所蔵の一本（昌平坂学問所・浅草文庫旧蔵）のみである。(6)

なお、宿屋主人こと石川雅望訳『通俗醒世恒言』（寛政二年序。耕書堂等刊）の巻末には、同書の後編と並べて、「通俗八洞天　五巻」の続刊が予告されている。馬琴初期の『水滸伝』観にも何らかの影響を与えたと思われる雅望（第四章参照）も、寛政初年以前に『八洞天』を披閲して、その国訳を企図するほどに高い評価を与えたのであろう。『通俗醒世恒言』刊行の翌年、雅望は「公事宿嫌疑一件」ゆえに江戸立ち退きを命じられており、同書後編や「通俗八洞天」が未刊に終わったのも、この一件と無縁ではあるまい。

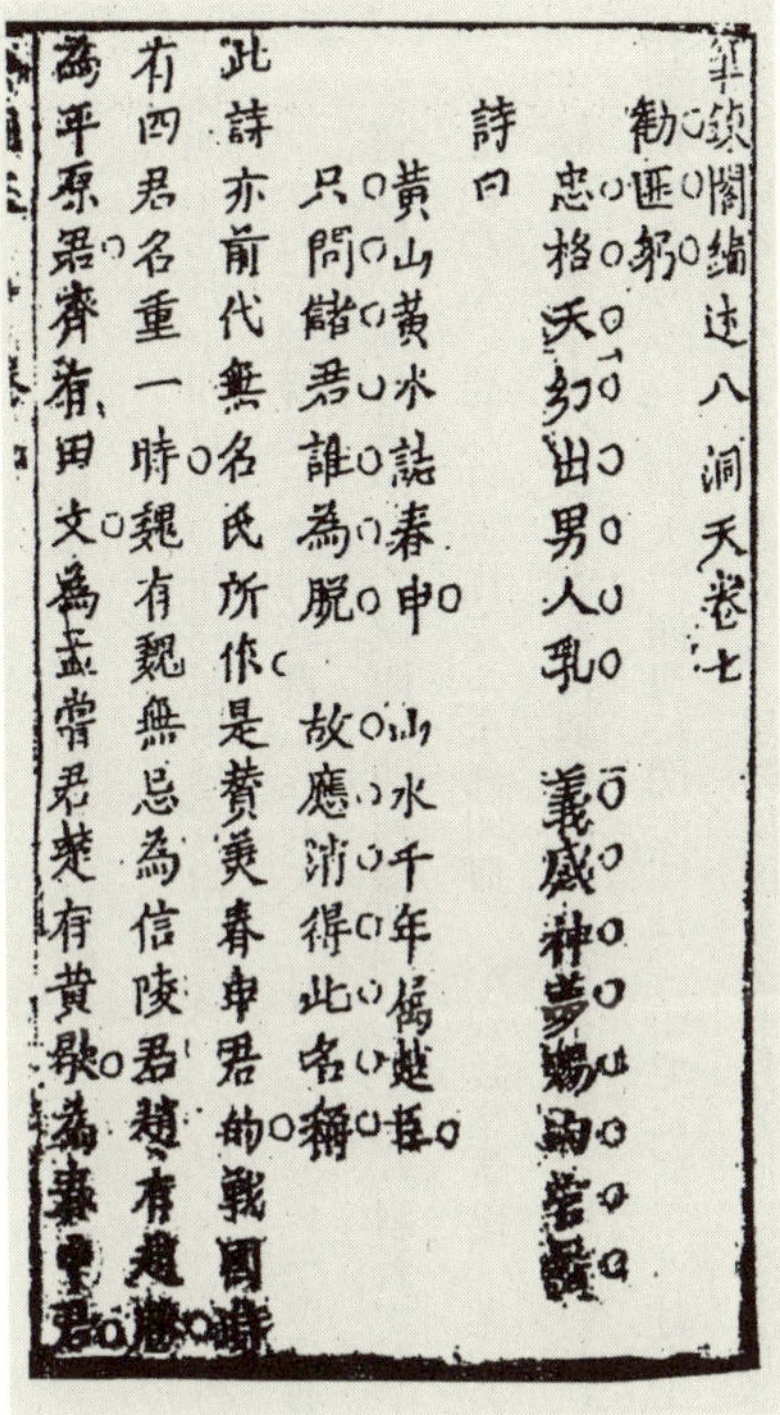
筆錬閣編述八洞天巻七
勧匪躬
忠格天幻出男人乳　義感神夢賜内官鬚
詩曰
黄山黄水話春申　山水千年傷楚臣
只問儲君誰為脱　故應消得此名称
此詩亦前代無名氏所作。是贊黄春申君的。戦国時
有四君名重一時。魏有魏無忌為信陵君。趙有趙勝
為平原君。齊有田文為孟嘗君。楚有黄歇為春申君

図1　『八洞天』巻七巻頭

『作者部類』の中に雅望の伝は立項されておらず、天保期の馬琴は、読本作者としての同人の筆業に、さして注意を向けなかったと思われる。よって、馬琴が『八洞天』の披閲に際して、雅望による通俗本の刊行予告に思い至らなかったのも、無理からぬことといえるであろう。

## 四　馬琴の『八洞天』披閲

天保四年七月十四日付の桂窓宛馬琴書翰（③23）の中に、以下のような記述が見えている。

一、かねて御噂及承候御蔵書『八洞天』、并ニ伝奇物『南柯夢記』類四本、右ハ前文得貴意候通り、七夕ニ相達し候。何分堪がたく候間、即刻繙閲、先ヅ『八洞天』をよみかゝり候処、至極おもしろく覚候間、手も放しがたく、翌八日昼比迄ニ全部四冊、不残致卒業候。尤、写本校訂いたし有之候へども、校訂遺チ多く有之候間、誤字の分は、看るに随ひ直ニ雌黄を施し、校合いたし置候也。扨、珍書ニ御座候。

桂窓所蔵の写本『八洞天』四冊に関しては、すでに同年五月十六日付の同人に宛てた馬琴書翰の中に、その書名が見えている。右引用において、馬琴は同書を七月七日に落掌し、翌日には読み終えたと記しているが、日記の記述によると、実際の読了は同月九日のことであった。

右の記述に続けて、馬琴は『八洞天』の作者を明末清初の人と推定し、同書の趣向が李漁の『十二楼』よりも巧みであること、各編の「勧懲」が正しく、「一廉益にた」つこと等を賞讃している。その一方で、「書過ギたる事もあり」、似通った趣向が見受けられることを欠点に数えているが、「換骨奪胎」を施したならば、自作の中に利用できる趣向も多いと述べており、自身の著述においても有用な小説と評価していたようである。ゆえに馬琴は、この『八洞天』の写本作成を思い立ち、当時やはり桂窓から借り受けていた、二十回本『三遂平妖伝』（天理図書館現蔵）よりも優先的に筆写を依頼している。『八洞天』の筆耕を担当したのは、ともに宇都宮藩士の山科宗仙と三田村三碩であった。

以下に、『八洞天』の借覧と写本作成の経緯を整理してみる。

6月22日　桂窓、『八洞天』等を馬琴に向けて発送。
7月7日　馬琴、『八洞天』を受け取り、披閲（至9日）。
9月27日　馬琴、『八洞天』第一冊の筆写を宗仙に依頼。
10月24日　『八洞天』第四冊の筆写出来。
11月6日　馬琴、『八洞天』等を返送（同月24日松坂着）。

『八洞天』の返送と同じ日に、篠斎へ向けて発送された書翰の中で、馬琴が『五色石』の入手を切望したことは、先に確認した通りである。『五色石』に対する馬琴の期待が大きかったのも、その姉妹編である『八洞天』が、大いに彼の意を満たしたからであろう。

『吾仏の記』等の記述によれば、黙老に対する馬琴の蔵書売却は、天保七・八・十年と三次にわたって行われており、転写本『八洞天』四冊が黙老の手に渡ったのも、そのいずれかの時点であったに違いない。馬琴旧蔵の『八洞天』写本に関しては、木畑貞清氏『木村黙老と滝沢馬琴』（昭和10年、讃岐郷土研究会）の中に、その消息が見えている。

例へば山川波次氏は、『八洞天』（八巻）と『三遂平妖伝』（四巻）を所蔵せられてゐる。両書は共に「滝沢文庫」印の押捺がある写本にて、筆写は勿論筆工の筆であるが、題僉《ママ》は何れも明らかに馬琴の書である。『八洞天』の第八巻の巻尾に馬琴は、

『八洞天』一書、商船不載来久矣。是故雖書賈有不知之者云。余乃者借謄小津桂窓蔵本。顧是書作者意通与『拍案驚奇』『今古奇観』拮抗焉。而勝於二書之多。宜為秋宵冬夜之友。因令製本以套于架。

著作堂主人解　識

と記してゐる。

山川波次は、高松の明善高等女学校（現、英明高等学校）の創立者であり、東北大学に奉職された山川章太郎氏とは、何らかの縁戚関係にあるものと推定される。小川環樹氏は同大学在任時に、右の馬琴旧蔵書二点を章太郎氏から示された由である。(7) 同じ折に小川氏が目睹した二十回本『平妖伝』の写本は、今日なお某所に伝存するといい、馬琴から黙老へ譲られた『八洞天』が現存する可能性も皆無ではない。

木畑氏の紹介した写本『八洞天』の識語によって、同書に対する馬琴の高い評価を、改めて確認することができる。彼は『八洞天』の創作意図を、より著名な『拍案驚奇』や『今古奇観』に「拮抗」するものとし、収録作品数の少ない『八洞天』の方を、より「勝レリ」と判定したのである。

## 五　『八洞天』の「勧匪躬」

馬琴が『八洞天』を披閲し、その写本を作成した経緯を、ここまで詳説して来たのは、『女郎花五色石台』初集の序文中に、『五色石』の書名が掲出された意味を、『八洞天』の中に見出しうるかも知れないと考えたからである。馬琴は『五色石台』に『五色石』の題号を借り来たった一方で、同書の姉妹編であり、「随分換骨奪胎して使ること多く候」と評した『八洞天』の趣向を、何らかの形で利用しているのではあるまいか。

ここで改めて、『八洞天』所収の各編を概観してみると、巻一「補南陔」から巻三「培連理」までの三編は、父子や夫婦が苦難の末に再会を果たす物語である。また、巻四「続在原」以下の三編は、いずれも財を貪った者たちが終わりをよくせず、虐げられた善人たちが幸福を得て局を結んでいる。巻八「醒敗類」は、真偽三体の仏像をめぐる悲喜劇であり、これら七編の中に、五勇婦の活躍とその邂逅とを主題とする、馬琴の『五色石台』との関連を見出すことは難しい。残る一編、巻七「勧匪躬」の梗概は、以下の通りである。

南宋高宗の治世、金の統治下にあった豊潤県の書生李真は、同窓の米家石を嘲笑して恨まれ、金朝に異心ありと讒訴される。鎮守都督の尹大肩は、李真に賄賂を要求するが拒絶され、李真を告発して死刑に処させる。李真の妻江氏は、生後間もない息子の生哥を、忠僕の王保に託して自殺する。その真心が天に通じて乳房を生じ、赤子を育む便宜を得た王保は、主家の遺児生哥を女児存奴に仕立て、みずからも女装して逃走を続ける。やがて主僕は、程嬰・杵臼を祀る双忠廟に至り、碧霞真人と邂逅してその庵室を托される。七年の後、再度王保の前に姿を見せた真人は、五年の約束で生哥を連れ去り、これに剣術を仕込む。

五年後、金の皇帝海陵王の寵を得ていた尹大肩が暗殺され、その現場には「殺人者米家石也」の血文字が残されていた。米家石は処刑されるが、大肩暗殺は生哥が真人の命で執行したものであった。

やがて王保のもとに戻った生哥（存奴）は、男装した冶娘（台官）に、絵の弟子として入門し、のちに二人は互いに真相を明かして夫婦となる。冶娘は諫議大夫廉国光の遺児であった。生哥は宋朝に出仕し、反乱を起こした妖婦牛氏を鎮圧する。

「匪躬」は『易経』に見える語で、主君に忠節を尽くすことを意味しており、「勧匪躬」という本編の題号は、忠僕王保を賞讃したものと考えられる。巻頭には「忠格天幻出男人乳　義感神夢賜内官須」と標記されており（図1参照）、前句の「男人」は王保、後句の「内官」は孤児冶娘を養育した太監の顔権をそれぞれ表すものである。

## 六　「勧匪躬」と『五色石台』

『五色石台』における五勇婦のうち、第一番に登場するのは女《をんな》時致《ときむね》遅鶩《おそが》である。遅鶩の父である三条後《ご》鍛冶《かぢ》宗次

図2　『女郎花五色石台』第一集、25丁裏・26丁表

は、足利持氏の命を受けて鋳た陰陽一対の太刀のうち、陰の太刀を隠したために処刑された（図2）。後鍛冶宗次を襲ったこの厄難は、馬琴自身も序文において詳述しているように、『捜神記』や『太平記』などに見える眉間尺（干将莫耶）の物語を踏まえたものである。宗次が陰の太刀を差し出さなかったのは、佞臣湯《ゆ》上《がみ》閉次《へいじ》猛列《たけつら》に横領されることを危ぶんだからであるが、刀剣隠匿の事実を閉次猛列に密訴したのは、宗次の甥額荷《ぬかに》九儀《くぎ》七《しち》であった。

後鍛冶宗次が娘の遅鷲へ語ったところによれば、湯上猛列とは以下のごとき人物である。

湯上ハ出頭だい一にて、ならびなききりもの
なれども、その行ひハよこしまにて、心けが
れし佞人なるに、

（『五色石台』初集、十二丁裏）

また、額荷九儀七の人となりは、本文において「小ぜにをぬすミて酒をむさぼり、あさねして夜

あそびをこのむ、世にいふのうらくもの」「いとにくむべきくせもの」（十二丁裏）などと説明されている。この猛列と九儀七に相当する人物は、眉間尺の物語には登場せず、異なる典拠の介在を想定しうる。ここで「勧匪躬」における二人の敵役、尹大肩と米家石の存在を想起するのは、牽強付会に過ぎるであろうか。

「勧匪躬」の中で、尹大肩は「那《ノ》尹大肩《ハ》乃《チ》米家石《ノ》平時《ニ》鑚刺熟《スルモノ》的、是《レ》个《ノ》極貪悪之人」、米家石は「此《ノ》人《ハ》本《ト》是《レ》个《ノ》奸険《ノ》小人、面目可レ憎《クム》、語言無レ味《シ》」と紹介されている。米家石は生哥の父李真から、詩によってみずからの名前を誹られ、彼を尹大肩に譏訴するが、『五色石台』の九儀七は、後鍜冶の妻乙絺《おつち》に言い寄って咎められ、これを恨んで湯上猛列に後鍜冶の密事を告発するに至る。また、尹大肩が李真を告発したのは、要求した賄賂を拒まれたからであり、湯上猛列が後鍜冶宗次を処刑させたのは、陰陽一対の剣のうちいずれかを、自身に差し出すよう持ちかけて、これを宗次から拒絶されたことに起因していた。動機の上では両書の間に懸隔が存するものの、各人の果たす役割には相通じるものを看取できるであろう。

ここで、両書における人物の対応関係を整理してみる。

| 『五色石台』 | | 「勧匪躬」 |
|---|---|---|
| 遅　鵞 | ―― | 生　哥 |
| 後鍜冶宗次 | ―― | 李　真 |
| 額荷九儀七 | ―― | 米家石 |
| 湯上　猛列 | ―― | 尹大肩 |
| 足利　持氏 | ―― | 業厄虎（丞相） |

猛列・九儀七に対する遅鵞の仇討ちは、第四集上帙において語られるが、「勧匪躬」における生哥の仇討ちほど

構成が緊密ではなく、両人に対する復讐は、それぞれ個別に行われている。このうち、湯上猛列への報復は、後藤丹治氏の指摘されたように、『八犬伝』第七十九回以下で語られる、犬阪毛野の仇討ちを髣髴とさせ(8)、もう一方の額荷九儀七に対する復讐も、やはり『八犬伝』の第五十二回における、犬田小文吾の遭難に類似している。この点から、馬琴の最晩年における創作力の衰えを指摘することはたやすいが、むしろ眉間尺の物語を脱化して説き起こした遅鴦の報仇譚を、典拠とは異なる形で締めくくった手際をこそ評価すべきであろう。

## 七　『五色石台』の構想と『八洞天』

「勧匪躬」において、碧霞真人は李真の遺児生哥を山中に伴い、五年を費やして彼に剣術を授けた。「小児が異人に連れ去られ、武術を仕込まれる」という筋運びは、『五色石台』初集の中で、遅鴦に次いで登場する、千曳《ちびき》の重《お》石《いし》の物語にも見出しうる。

円塚城下に住む人形師雛屋《ひなや》妙作《みようさく》の娘重石は、日本武尊の命で紫微宮殿（目黒不動）に連れ去られる。ここで天若鷹《あまのわかたか》や天若狗《あまのわかいぬ》らを相手に武術を学び（図3）、武尊から神薬を賜った重石は、勇力を得て雛屋に帰宅する。

（三十三丁裏～三十七丁表）

この後、重石は自身に懸想した手嵐無《てあらしむ》方太《ほうだ》を投げ殺し、その母老蚊《おいか》の報復を受けるが、不動明王に救われてそのまま行方知れずとなる。以下、物語は幾多の変転を経て、重石を除く四勇婦の会同へと収斂していくが、馬琴執筆部分はここに尽きており、重石をいかなる形で再登場させる腹案であったのかは、ついに明かされることがなかった。重石の物語における「勧匪躬」との関連は、右のごとく部分的な趣向の一致にとどまる。

以上を総括すれば、馬琴は『五色石台』初集において、白話小説『八洞天』中の一編「勧匪躬」の趣向を、二勇

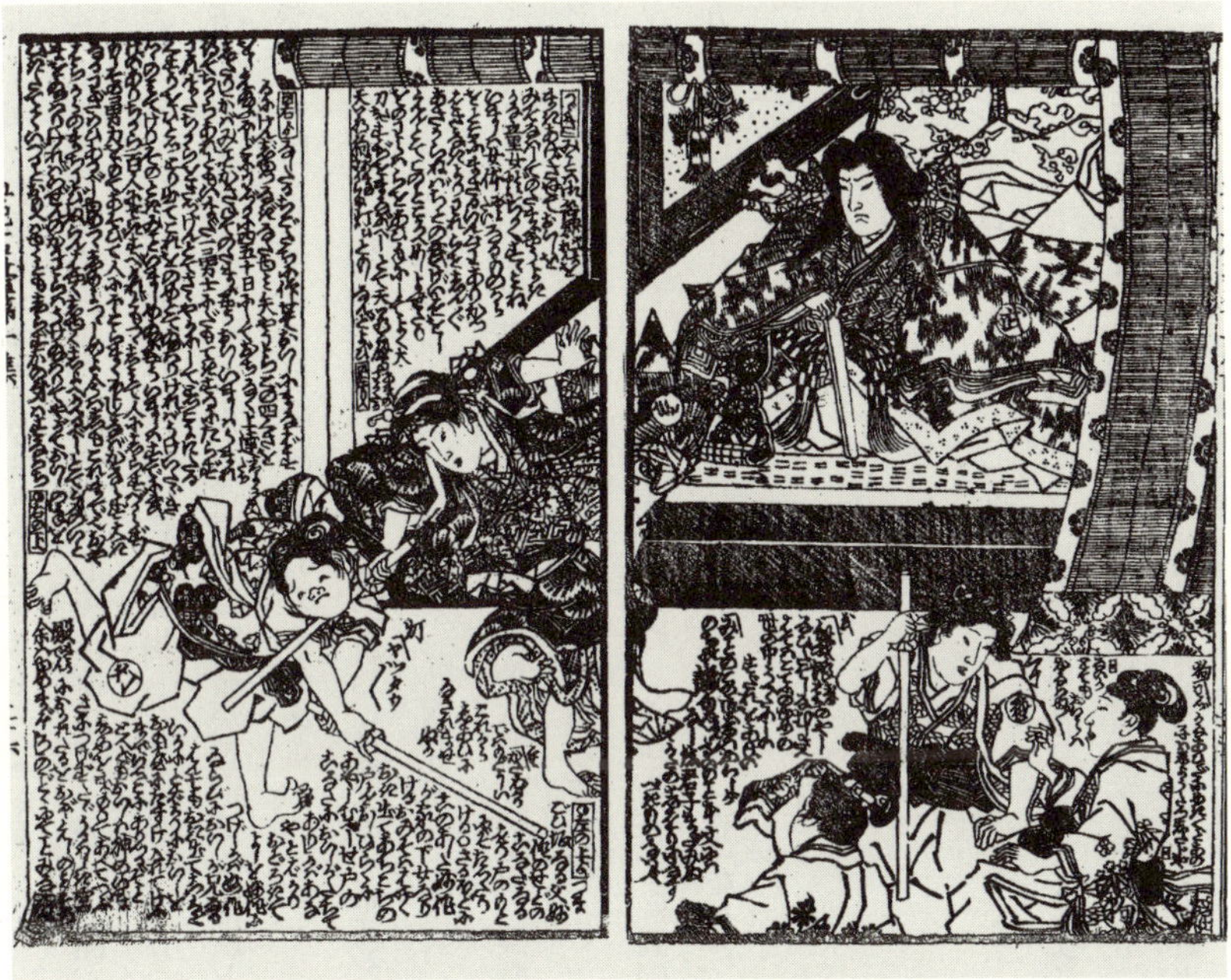

図3 『女郎花五色石台』第一集、35丁裏・36丁表

婦の物語に分離して利用したと見なしうるのではあるまいか。趣向に若干の相違が見受けられるのは、馬琴の意識的な改変ゆえではなくして、同書を参照する術が得られず、朧気な記憶に依存したためかも知れない。既述のように、馬琴が『五色石台』を執筆した時点において、彼の作成した写本『八洞天』は、すでに木村黙老の所蔵に帰していた。この推定に誤りがないものとすれば、馬琴は「女郎花五色石台」という題号によって、同書の中に『五色石』の姉妹編である『八洞天』の趣向が用いられていることを、隠微な形で標榜していたことになる。

ただし、読本の場合とは異なり、草双紙と白話小説との間に、言辞や行文における明確な対応を指摘することは困難である。ゆえにその依拠関係は、もっぱら趣向の上から検討せざるをえないが、わずかばかりの類似をもって、両者の関連を即断するのは危険であろう。筆者も既述の諸要素のみによって、両者の依拠関係を絶対視するものではない。

そもそも、佞臣が善人を逆恨みして讒訴するという展開、あるいは異人が小児を連れ去り、特殊な能力を仕込むという筋立ては、他の馬琴作品にも見出しうるものであり、別段目新しいわけではない。しかし、『八洞天』には『五色石』を介して、『五色石台』との脈絡が想定できる以上、類似した趣向を「勧匪躬」の中に見出しうる事実を、偶合と判断することには躊躇を感じるのである。

『五色石台』が馬琴によって書き継がれ、首尾よく完結を見ていたならば、同書と『八洞天』との関係は、より明確になったのかも知れない。馬琴が「勧懲も尤正しく」、「ひとつも屑なし」と評した『八洞天』には、本章で触れたもの以外にも、新奇な趣向が複数用いられている。馬琴は『五色石台』の後続部分において、これらを「換骨奪胎」して利用する心づもりだったのではあるまいか。

しかし、他作者によって書き継がれた『五色石台』の五編以降は、まさに「金玉《きんぎよく》に瓦礫《ぐわれき》を代《かへ》、文木《ぶんぼく》に散木《さんぼく》を接《つぐ》」（五編序文）に等しい状況を呈している。当然のことながら、その中に『五色石』や『八洞天』からの影響を見いだすことはできない。

**注**

（1）木村三四吾氏編校『路女日記　嘉永二―五年』（余二稿十三。平成6年、私家版）、一九五頁。『五色石台』は、柳下亭種員（安政五年没）・流水亭種清によって書き継がれ、文久三年刊行の第十編をもって完結した。

（2）水野稔氏「馬琴の長編合巻」（『江戸小説論叢』所収）、ならびに『日本古典文学大辞典』「女郎花五色石台」項。

（3）同本は古本小説集成第二批（一九九一年、上海古籍出版社）に影印されている。筆者が参照した『五色石』は、同集成本と中国話本大系『五色石等両種』（翻印。一九九三年、江蘇古籍出版社）、服部誠一批点本などである。

（4）宗政五十緒氏「本派本願寺大谷家所蔵の小説稗史類」（『近世京都出版文化の研究』所収。昭和57年、同朋舎出版）。なお、同じ大谷文庫に蔵される『偏地金』は、『五色石』前半四巻の改題再印本である。

（5）天理図書館善本叢書『馬琴書翰集　翻刻篇』（昭和55年、八木書店）附録「黙老書翰集」、六八七頁。黙老書翰からの引用は、すべて同書翰集に拠る。

（6）同本は古本小説集成第四批（一九九二年、上海古籍出版社）に影印されている。筆者が参照した『八洞天』は、同集成本と文史哲研究資料叢書『八洞天』（一九八五年、書目文献出版社）などである。

（7）天理図書館善本叢書『三遂平妖伝』（昭和56年、八木書店）所収、小川環樹氏「平妖伝」（初出は昭和54年）。なお、馬琴旧蔵の二十回本『平妖伝』写本が現存することは、横山弘氏による同書の解説に見えている。

（8）後藤丹治氏『太平記の研究』（昭和13年、河出書房）、四四〇頁。

# 第三部　『新編金瓶梅』の世界

扉図版：『新編金瓶梅』より

# 第一章　馬琴と『金瓶梅』——『新編金瓶梅』以前——

## 一　文化初年の『金瓶梅』披閲

中国艶情小説の代表作である『金瓶梅』は、『水滸伝』の第二十三回から二十六回に描かれた、行者武松の仇討ちを敷衍した物語であり、その主要人物も『水滸伝』から借り来たっている。いわゆる四大奇書の中で、近世期に通俗（翻訳）本が公刊されなかったのは、「明代庶民言語の、ひとつの頂点」とも評される(1)『金瓶梅』ばかりであった。同書の持つ「用語の庶民性」は、この作品の理解を大きく妨げ、「淫書」という悪名のみが、いたずらに喧伝される結果をもたらしたのである。

このため、『金瓶梅』がわが国近世の小説界に与えた影響も決して大きなものではなく、馬琴の長編合巻『新編金瓶梅《きんぺいばい》』（全十編。国安・国貞画。天保二年～弘化四年、甘泉堂刊）が、同作から直接の影響を受けた、ほぼ唯一の作品とされている。万延元年には、『金瓶梅曾《そ》我賜宝《がのたまもの》』（四篇。種清作、国芳画）と題する合巻が刊行されているが、これは馬琴作品を種本とした同名歌舞伎の「正本写し」であった(2)。

馬琴がこの難解な白話小説に関心を抱いた時期は明確にできないが、遅くとも文化初年までには、『金瓶梅』を繙く機会を得ていたようである。彼が文化二年九月に刊行した、『新編水滸画伝』初編上帙（北斎画。衆星閣等刊）の巻頭（序十七丁裏）には、『宋史』以下二十四点の「編訳引書」が列挙されており、この中には『金瓶梅』と、岡間喬による語釈書『金瓶梅訳文』の二書が掲げられている。

もっとも、『新編水滸画伝』の述作は、十分な準備もないまま、和刻本の訓点に頼りつつ進められたものであり（第二部第二章参照）、馬琴による同書の編述は武松の登場に至らぬまま、文化四年正月刊行の初編下帙（原作の第十回迄）をもって中断された。よって、「編訳引書」の一つに数えられた『金瓶梅』も、『画伝』の述作に益するところはほとんどなかったと考えられるのである。

第一奇書本『金瓶梅』の中に見える難語に略注を施した『金瓶梅訳文』(3)は、東洋文庫蔵『曲亭蔵書目録』にも登録されており、文化初年にはこの語釈書が馬琴の机辺に存していたことを確認できる。後年、馬琴は松坂の両知友に宛てた書翰の中で、同書の概要を以下のように説明している。

文化中、『金瓶梅訳《（釈）》文』といふ珍書を購求め候ひしが、他本と交易して、今ハなし。これハ編者の稿本にて、只一本ものニてありし也。　（文政十三年三月二十六日付篠斎宛書翰別紙。①61）

○『金瓶梅訳文』といふもの、是ハ俗語を好ミ候医師の訳せしもの、よし、二冊あり。文化中、撰者の原本を、高料ニて買取候て見候処、撰者の解したる事のミ抄訳して、わからぬ事ハ書のせず、何のやくにもた、ぬもの故、他本と交易し候ひキ。　（天保三年十二月八日付桂窓宛書翰。②64）

『金瓶梅訳文』の編者岡間喬は、医家かつ画家・作印家で、安永四年板『浪華郷友録』に、「岡七介　三津寺町岡南、字間喬、号貴適斎」と紹介される人物である(4)。その白話学における業績としては、他にも俗語辞書『怯里馬赤』（長沢規矩也氏旧蔵）や、おそらくは風月堂沢田一斎からの依頼で作成した、短編小説集『連城壁』の施訓本（大連図書館大谷文庫蔵）なども知られている。

『金瓶梅訳文』の内容に詳細な検討を加えられた鳥居久靖氏は、右に掲げた馬琴の評価に賛意を示した上で、「この書が、今日のわれわれに教えるものは、ほとんど無いと言っても過言ではない」と結論しておられる。(5) とはいえ、「撰者の原本」「只一本もの」という触れ込みの『金瓶梅訳文』を、わざわざ「高料」で買い入れた一件からは、『金瓶梅』の読解に傾けた馬琴の努力が、ひとかたならぬものであったことを確認できるであろう。しかしこの語釈書は、馬琴にとっても「何のやくにもたゝぬもの」であり、同書から『金瓶梅』を味読する便法は得られなかった。そもそも、翻訳はおろか満足な参考書さえ存在しなかった『金瓶梅』を、文化初期の馬琴は正しく理解することができたのであろうか。

文政十三年に至って、馬琴は『新編金瓶梅』執筆のために、『金瓶梅』を改めて披閲しており、同年正月二十八日付の篠斎に宛てた書翰（①56）の中で、同書について以下のように記している。

右『金瓶梅』ハ、昔年蔵弃いたし候へども、あまりニ誨淫の書故、他本と交易いたし、今ハ蔵弃不致候故、久々ニて披閲いたし候事ニ御座候。小説中の手どり物ニて、よみ易からず候。

後に馬琴は、「『金瓶梅』と『水滸伝』が、すら〳〵とよめ候へバ、俗語によめぬものハ無之候」（天保三年十一月二十六日付桂窓宛書翰。②62）とも記しており、二十余年を隔てた再閲の際にも、彼は『金瓶梅』を「よみ易からず」と感じたのである。ましてや、いまだ「俗語（白話）」の読解法を習得する途上であったと思われる、文化初年の馬琴にとって、『金瓶梅』は細部まで理解しうる小説ではなかったのではあるまいか。

## 二　文化期の馬琴作品と武松・金蓮譚

天保三年九月、木村黙老の『水滸伝考』に加えた補遺の中で、馬琴は以下のように記している。

寛政三四年の比、曲亭が作に『高尾船字文』といふ中本五冊を、蔦屋重三郎開板したり。（中略）此後編に「水滸累箪笥」といふ書目あり。是は羽生村与右衛門を武太郎に擬し、累を潘金蓮に擬したる趣向なりしが、当時は洒落本とかいふ小冊の行れし折なれば、か丶る作り物語の中本は多く流行せざるにより、只その初編のみにて続出さずなりにき。こは初心の頃の拙編ながら、京伝の『忠臣水滸伝』より前にあり。今はしらぬ人多かるべし。

この記述によれば、馬琴は寛政七年（「三四年の比」は誤）、中本型読本の初作である『高尾船字文』を著した時点で、すでに『金瓶梅』のもととなった武松・金蓮譚を翻案する腹稿を有していたらしい。未刊に終わった「水滸累箪笥」の構想は、『水滸画伝』初編後帙と同じ文化四年に刊行された、読本『新累解脱物語』（北斎画。文化四年、文金堂等刊）の中に転用された模様であるが、同作における武松・金蓮譚の摂取は、『金瓶梅』独自の趣向に及ぶものではなかった。(6)

『新累解脱物語』巻末の「曲亭先生著述目録」には、彼の旧作である『月氷奇縁』や『俳諧歳時記』と並んで、「鶏《けい》肋会話《ろくくわいわ》」瓶《もたひ》の梅」なる「絵入よミ本」が、「来春出版」として掲出されている。この題号を持つ読本は執筆されずに終わったが、瓶・梅の二文字から、『金瓶梅』との関連が容易に想像できる。「鶏肋会話」という角書きにも、ことわざや歇後語（しゃれことば）で彩られた『金瓶梅』との脈絡がたどりうるのではあるまいか。

従来『金瓶梅』との関連が指摘されてきた馬琴読本として、翌文化五年刊行の『雲妙間雨夜月』（豊広画。柏栄堂等刊）が挙げられる。この『雨夜月』は、前年に刊行された馬琴読本において、その上梓が「雲絶間請雨紀聞《くものたえまあまこひきぶん》」の題号で予告されており、「瓶の梅」とは別の作品として構想されていたらしいが、のちに両作の腹案が融合されたのかも知れない。(7)

『雨夜月』における伊原武泰《たけやす》・武章《たけあきら》の兄弟は、『水滸伝』の武大郎・武松兄弟に対置され、破戒僧西啓《さいけい》（のち雷神）

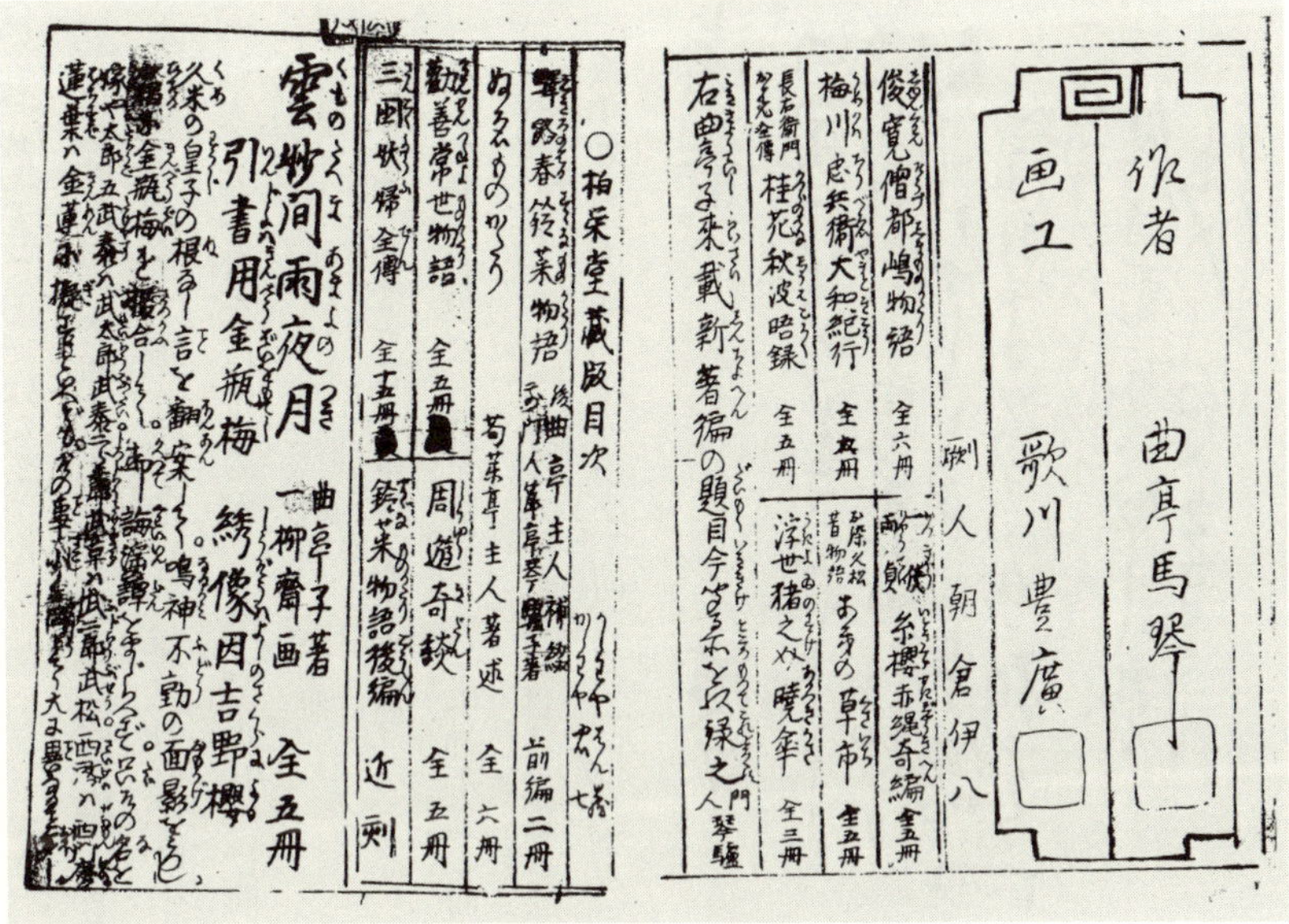
作者　曲亭馬琴
画工　歌川豊廣
剞劂　朝倉伊八
俊寛僧都嶋物語　全六冊
梅川忠兵衛大和紀行　全五冊
桂花秋波暗録　全五冊
糸櫻赤縄奇縁　全五冊
浮世猪之助　暁傘　全三冊
○柏栄堂蔵版目次
勧善常世物語　全五冊
周遊奇談　全五冊
三國妖婦全傳　全十五冊
雲妙間雨夜月　曲亭子著　一柳齋画　全五冊
引書用金瓶梅　綉像因吉野櫻

図１　『雲妙間雨夜月』巻五稿本、奥目録

は西門慶、淫婦蓮葉《はちすば》は潘金蓮にそれぞれ擬えられている。もっとも、各人のたどる運命や人物相互の関係において、両作は趣を異にしており、武泰は蓮葉の打ち落とした猪婆蛇《とかげ》がもとで命を落とし、蓮葉は義弟である武章によって誤殺される。兄嫁殺害の咎によって、武章は切腹を命ぜられ、旧怨のある雷神に対する仇討ちは、武泰の遺児妙《たえ》と太次吉《たじきち》の姉弟が担うことになるのである。かくのごとき展開には、武松の兄嫁殺しを快しとしなかった、馬琴の感慨が反映されているのかも知れない（第七章参照）。

『雲妙間雨夜月』における『金瓶梅』の面影は、先に掲げた四人の造型にうかがわれるばかりであり、しかもここに摂取された行者武松の物語は、やはり『水滸伝』の範疇にとどまるものであった。ゆえに徳田武氏は、『雲妙間雨夜月』における直接の典拠を『水滸伝』と断定し、「従来の説は改めるべきであろう」としておられる。[8] 氏の所説は首肯すべきものであるが、『雲妙間雨夜月』の原拠作が『金瓶梅』と目されてきたのも、故なきことではなかった。

『雲妙間雨夜月』の稿本は、巻二が天理図書館、巻五が東北大学図書館にそれぞれ現存する。このうち、最終巻である巻五の稿本末尾（図1）には、刊記の前に置かれた「柏栄堂蔵板目次」の案文も残されており、その中でとりわけ大きな分量を占めるのが、当の『雨夜月』に関する記述である。

雲妙間雨夜月《くものたへまあまよのつき》　曲亭子著　一柳斎画　全五冊
引書用金瓶梅《いんじよハきんぺうばいをもてし》　綉像因吉野桜《しうぞうハよしのさくらによる》

久米の皇子の根なし言を翻案して、鳴神不動の面影をうつし、窃《ひそか》に『金瓶梅《きんぺうばい》』を撮合して、却《かへって》誨淫譚をまじらへず。只その名を嫁《かる》や太郎五武泰は武太郎武泰《ぶたいらうぶたい》、二郎二郎武章ハ武二郎武松《ぶじらうぶせう》、西啓《さいけい》ハ西門慶、蓮葉《はちすば》ハ金蓮に擬すといへども、その事小《すこし》く同《おなじう》して大に異なること多し。

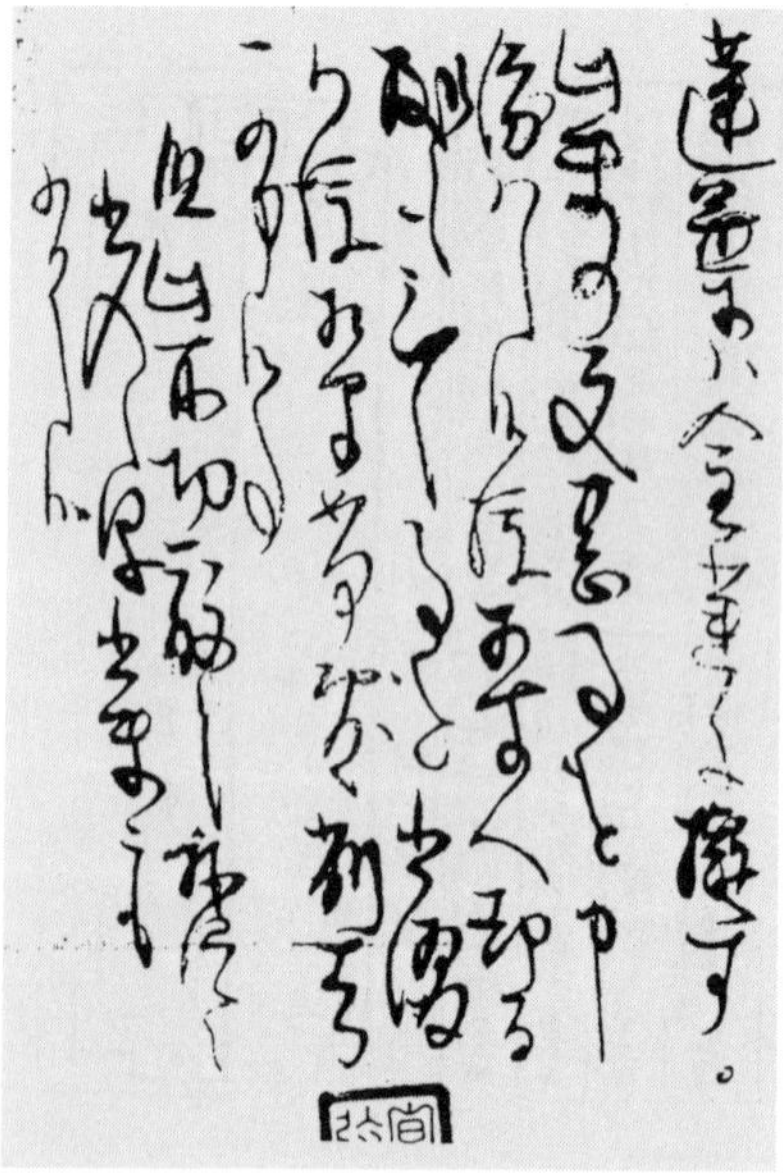
図2　『雲妙間雨夜月』巻五稿本付箋

右引用中、「吉野桜」「久米の皇子の根なし言」とは、為永太郎兵衛の『久米仙人吉野桜』（寛保三年初演）のことであり、馬琴はこの浄瑠璃を、『雨夜月』と同じ年の十月に刊行された『頼豪阿闍梨怪鼠伝』後編（三巻四冊。仙鶴堂刊）第十六・十七套の中でも用いている。[9] 彼は『雨夜月』を綴るに際して、歌舞伎『鳴神不動北山桜』（寛保二年初演）ばかりでなく、同狂言の趣向を踏襲した『久米仙人吉野桜』をも意識していたのである。

また右の案文からは、馬琴が『雨夜月』の原拠作として、『金瓶梅』を吹聴せんとしていたことも判明する。ここで彼は、両作の間における人物の対応関係をみずから開示しているが、その一方で『金瓶梅』からの趣向摂取に関しては、「その事小《すこし》く同《おなじう》して大に異なること多し」と、曖昧な言辞を弄しているに過ぎない。

この不明確な記述は、改名主の嫌疑を惹起した模様であり、巻五稿本における前掲広告文の上部には、名主の筆跡と思われる付箋（図2）が貼付されている。難解な筆跡ゆえに、筆者はこの紙片の全文をいまだ解読しえないでいるが、そのあらましは、前掲広告文のうち、特に「蓮葉ハ金蓮に擬す」以下の文言を、「甚事を申紛ハし」たものと断じ、書肆に「削去可申候事」を命じたものである。もっとも、名主が色めき立ったのは、「申紛ハした」書きぶりよりもむしろ、淫書の悪名高い『金瓶梅』との関連を、馬琴が吹聴せんとした一事だったのではあるまいか。

この難詰を受けて、出板書肆である柏屋半蔵は、板木から作者自推の文言を削り去って、事を済ませたものと思われる。実際に刊行された『雨夜月』巻五の巻末（二十八丁表）には、不体裁な空欄が残されており、出板に際する紛議の痕跡を如実にとどめている。

一方、馬琴は文化九年に刊行された合巻『鳥《と》籠山《このやま》鸚鵡《おうむ》助剣《のすけだち》』(10)（美丸画、前後編六巻。仙鶴堂刊）においても、「武松の金蓮殺し」を趣向として用いている。本作は角書きにも示されているように、佐野八橋の世界を用いたものであり、その登場人物である佐野次郎左衛門・八橋・富士沼宇九郎には、それぞれ武松・潘金蓮・西門慶との対応を見いだしうる。しかし、この合巻における武松・金蓮譚の利用も、『新累解脱物語』や『雲妙間雨夜月』の場合と同じく、『水滸伝』の範疇にとどまるものであり、ことさら『金瓶梅』からの趣向摂取を想定する必要はない。

また、随筆『烹雑の記』（文化八年、柏栄堂等刊）「その罪を悪《にくみ》て人を悪ず」や、『玄同放言』第二集（文政三年、仙鶴堂刊）の「第三十人事　宋《ノ》陳彭年綽号《ガアダナ》」においても、馬琴は『金瓶梅』に言及している。しかし、これらはいずれも同作と『水滸伝』との関連に触れたものであり、『金瓶梅』の独自性に注意が払われてはいない。この点からも、『金瓶梅』に対する馬琴の興味は、ひとえに『水滸伝』の外伝的な性格に根ざしていたと考えられる。

　このように、文化期の馬琴が『金瓶梅』の独自記事に言及したり、それらを趣向として自作の中に用いたりした事例は確認することができないのである。読本『雲妙間雨夜月』もまた、彼がその巻末広告において吹聴せんとしたほどには、『金瓶梅』との関連が密接ではなかった。

　そもそも、文化初期における馬琴の『金瓶梅』閲読は、『水滸伝』に由来する武松関連の筋立てに限定されていたのではあるまいか。「宣淫導慾の書」である『金瓶梅』は、当時の馬琴にとって、「用語の庶民性」を克服してまで通読するほどの魅力や価値を有さなかったのかも知れない。

## 三　文政末年の再閲

　第二部第一章でも概観したように、馬琴の長編合巻『傾城水滸伝』は、文政八年正月に初編八巻四冊が刊行され、以後続刊の度ごとに広範な読者を獲得した。同書の好評には、他の板元も無関心ではおられず、白話小説や通俗ものに取材した合巻の編述を、こぞって馬琴に依頼したのである。『傾城水滸伝』が一挙に三編十二冊も刊行された文政十二年には、『風俗金魚伝』（『通俗金翹伝』の翻案。国安画、錦森堂刊）と『漢楚賽擬選軍談《かんそまがひみたてぐんだん》』（『通俗漢楚軍談』の翻案。国安画、永寿堂刊）の刊行が開始されている。

　一方、文政七年以降、『西遊記』の翻案作である『金毘羅《こんぴら》船《ぶね》利生《りしやう》纜《のともづな》』（英泉画）を続刊していた甘泉堂和泉屋市兵衛も、『傾城水滸伝』の流行に刺激されて、女性を主人公とする長編合巻の執筆を馬琴に願い入れた。

　早春、『金ぴら船』のはん元参り、女の忠臣ぐらを綴りてくれと願ひ申候。これも、『けいせい水滸伝』を羨ミ候によりての事と聞え候。依之、『金瓶梅』をつゞりかえて遣さんと約束して、女の忠臣ぐらハ速にもミけし申候。

（文政十三年正月二十八日付殿村篠斎宛馬琴書翰。①56）

文政十三年（十二月に天保と改元）正月、和泉屋が発案した「女の忠臣ぐら」の執筆を拒んだ馬琴は、その代替として『金瓶梅』の翻案作を発起した。これが、翌天保二年から刊行の開始された『新編金瓶梅』であり、馬琴は文政十三年春、同作を執筆する下準備として、久々に唐本『金瓶梅』を繙いている。

○早春、『金瓶梅』かりよせ、見かゝり候へども、読書のいとまなく、わづか半冊斗よみさし、打捨置候。これハ、『金ぴら船』板元へ、『傾城水滸伝』のやうに綴り易、遣し可申哉と存候下心有之候処、よく〳〵考候へバ、西門慶一件ハ『水滸伝』の趣ニて、その余ハ淫奔の事のミ候へば、とり直し候ても、をかしからず可有之と思ひかへし、未致一決候。

（同前書翰）

この年の馬琴日記は現存せず、彼が多忙の合間を縫って、『金瓶梅』を披閲した経過を詳らかにすることはできないが、関根只誠の「著作堂雑記抄」や、昭和女子大学図書館の『著作堂雑記鈔録』には、その一端をかいま見せる記事が抄出されている。

○文政十三庚寅年二月続筆著作堂雑記『金瓶梅』抄録

拐《カドハカス》　頼《バカニスル》　□（筆者注、「央」か）《ヤトフ》　央人《ナカダチ》　唖謎《ナゾ》

（『曲亭遺稿』四五二頁）

酒菜〔サカナ〕　家伙〔家具ナリ〕　不頼他〔頼ハ無実事。バカニスルナリ〕　外後日《アサテ》

肐膊《コブ》〔ウチキズノコブ〕　帳目〔カンジヨウ〕　支銭〔ゼニヲトレ〕

眼罩〔ホウカブリ。又メバカリヅキン〕　頼〔バカニスル。アラソフ事。陳ズルコト、ス〕

襪膝〔マヘカケ〕　柳籠笈羅〔ヤナギゴリ〕　盤費〔コヅカヒゼニ〕　听潛〔タチギヽ〕

椿物〔珍物也〕　回背〔ナカナホリ〕　我的乖々児〔オラガスイナルヒト〕
挑水銭〔ミヅクミセン〕　円社〔ナカマ〕　右『金瓶梅』（『雑記鈔録』第四冊、五十三丁）

いずれも片々たる語彙の抄録ではあるものの、馬琴が『金瓶梅』を適宜抄録しながら読み進めていたこと、またその披閲が、文政十三年の正月から翌月にまで及んだことなどを確認できる。『雑記鈔録』の記事は『金瓶梅』の第十五回までに初出の語彙を、原本『雑記』から摘記したものと思われる。ただし「蒦膝」は「護膝」、「听潜」は「潜听」の誤写であろう。

前掲書翰に目を通した篠斎は、『金瓶梅』がいかなる小説であるのか、折り返し馬琴に照会している。この問い合わせを受けて、馬琴は同年三月二十六日付書翰の「別紙」（①61）において、物語の概要や自身の感想などを詳述した。この一段において特に注意すべき事項を、以下に列挙してみる。

ア、書名の由来。編成は「百回二十四冊」。
イ、発端部分の梗概。「『水滸伝』の趣と異なることなし」。
ウ、西門慶の最期。「武松にうたせざれば、勧懲にうとかり」。
エ、登場人物の末路。武松の結末は「不都合なることに似たり」。
オ、武大郎の娘迎児。「武大郎《（太良）》に後あらせんと思ひし為にてもあるべし」。
カ、西門慶の十友。「みなこよなき小人なり」。
キ、『金瓶梅』は宣淫導慾の書。「武大郎《（太良）》の事を除キてハ、巧なる趣向一ツもなし」。
ク、「謝頤が序」、「張竹坡が評」あり。

『金瓶梅』の板本は、万暦四十五年（一六一七）の序文を有する『金瓶梅詞話』（詞話本）と、『新刻繡像批評金瓶梅』と題される明末刻本（崇禎本。明代小説本とも）、そして張竹坡（名道深。一六七〇～九八）の批評を付した第一奇書本の三種に大別される。詞話本に改訂を加えたのが崇禎本であり、崇禎本と第一奇書本との間には、物語の展開に関わる甚大な差違はない。後続の二本が西門慶と友人たちの享楽的な生活から語り起こされるのに対して、原態に近いとされる詞話本は、『水滸伝』から借り来たった武松の虎退治を第一回に置いている。馬琴が文政十三年に披閲した『金瓶梅』は、右のア・カ・クの諸特徴から、当時広く流布していた、第一奇書本系統の本文であったことが分かる。

ウ・エ・オの三点は、『金瓶梅』における物語の要所を説明したものであり、その各々に「勧懲」を尺度とした馬琴の寸評が付されている。またイやキの記述からは、百回に及ぶ長編小説『金瓶梅』の中で、馬琴が最も関心を寄せたのは、文政末年においてもやはり『水滸伝』に由来する武松・金蓮譚であったことが確認できる。

先に引用した同年正月の篠斎宛書翰において、馬琴は『新編金瓶梅』の執筆に対する躊躇を表明しており、その理由として、最も興趣ある「西門慶一件」が『水滸伝』から摂取されたものであることと、『金瓶梅』が「淫奔」を旨としていることを挙げていた。特に前者については、同じ武松・金蓮譚を翻案した、『傾城水滸伝』第五編（文政十一年刊）の執筆・刊行から、さして時日を経過していなかったことも、大きく作用していたはずである。馬琴が『新編金瓶梅』の中で、この二点をどのように解消したかについては、次章以下で考察を加えることとしたい。

**注**

（1）　鳥居久靖氏「『金瓶梅』の言語」。大阪市立大学中国文学研究室編『中国の八大小説』（昭和40年、平凡社）所収。

（2）高橋則子氏「合巻『金瓶梅曾我賜宝』考」。『草双紙と演劇―役者似顔絵創始期を中心に―』（平成16年、汲古書院）所収。

（3）波多野太郎氏編『中国文学語学資料集成』第一篇（昭和63年、不二出版）に、山本北山・古城貞吉旧蔵写本が影印される。

（4）岡間喬の業績に触れた論考に以下のものがあり、本章においても参照した。

・石崎又造『近世日本に於ける支那俗語文学史』（昭和15年、清水弘文堂）

・辛島驍『連城璧』解題（全訳中国文学大系。昭和34年、東洋文化協会）

・伊藤漱平『連城璧』解題（佐伯文庫叢刊。平成元年、汲古書院）

（5）鳥居久靖氏「近世日本における中国戯曲小説の和解書―特に『金瓶梅訳文』について―」。『仙田正雄教授古稀記念図書館資料論集』（昭和45年、同記念会）所収。

（6）丹羽謙治氏「馬琴読本における『水滸伝』受容の一齣」（読本研究第五輯。平成3年）参照。

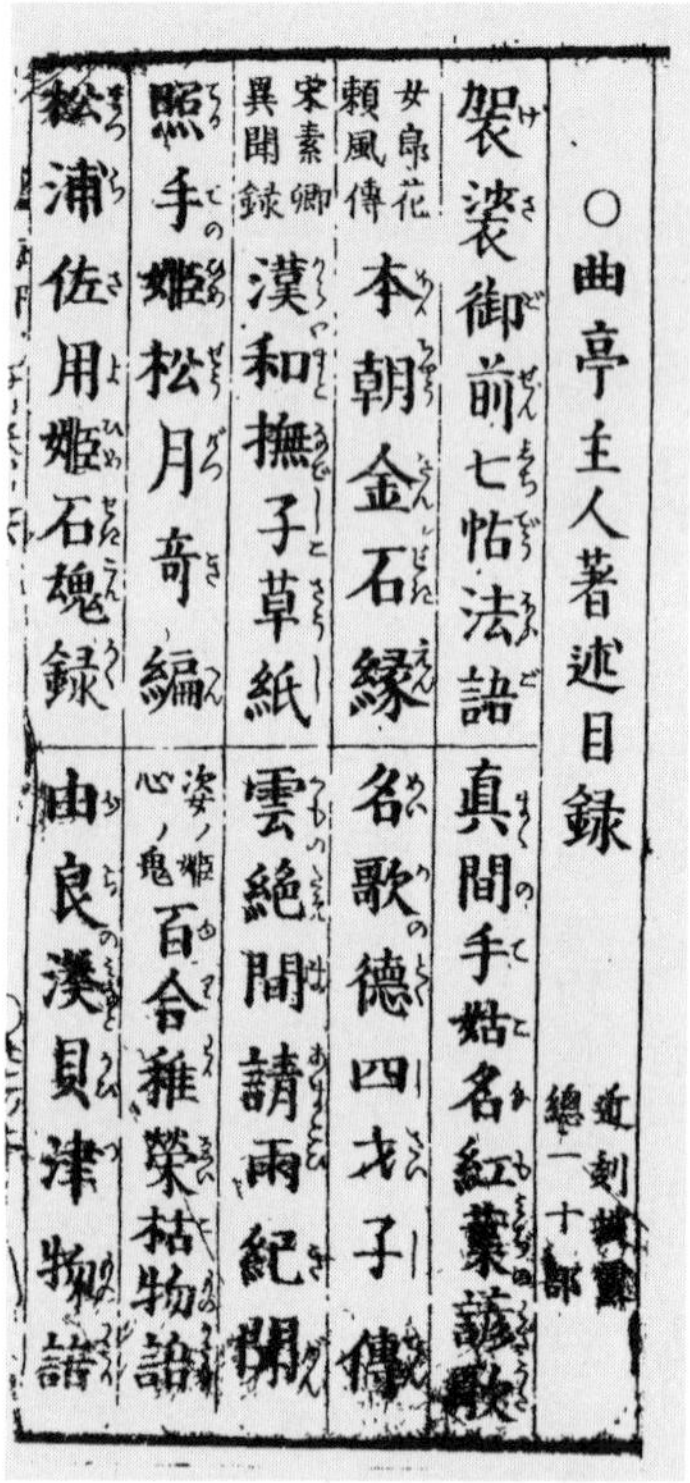
○曲亭主人著述目録

袈裟御前七帖法語　真間手姑名紅葉詠歌

女郎花頼風傳　本朝金石縁　名歌徳四戈子傳

宋素卿異聞録　漢和撫子草紙　雲絶間請雨紀聞

照手姫松月奇編　姿ノ姫心ノ亀　百合稚栄枯物語

松浦佐用姫石魂録　由良湊貝津物語

近刻　總一十部

図3　『隅田川梅柳新書』巻五奥目録

（7）白話小説『平山冷燕』の翻案作と思われる「名歌徳四《めいかのとくし》才子《さいし》伝《でん》」の構想は、同時期に刊行を予告された『松浦佐用媛石魂録』前編（豊広画。文化五年、仙鶴堂等刊）に融合されている。図3ならびに高木元氏「江戸読本の新刊予告と〈作者〉―テキストフォーマット論覚書―」（初出は平成6年。日本文学研究論文集成22『馬琴』所収。平成12年、若草書房）参照。

（8）馬琴中編読本集成第七巻（平成9年、汲古書院）解題、六五七頁。

（9）この依拠関係は、長谷川元寛の『かくやいかにの記』に指摘され、徳田武氏が馬琴中編読本集成第九巻（平成11年、汲古書院）の解題において、詳細に検討しておられる。

（10）板坂則子氏「曲亭馬琴の短編合巻」十三・十四（専修国文66・68。平成12・13年）に翻刻紹介され、その解題では武松・金蓮譚との関連にも言及される。

# 第二章　『新編金瓶梅』発端部分の構想と中国小説

## はじめに

馬琴合巻の代表作である『傾城水滸伝』は、板元鶴屋の窮乏などに災いされ、その刊行は天保六年刊行の第十三編上帙（貞秀画）をもって途絶している。これに対して、後発の『新編金瓶梅』は、作者六十四歳の天保元年に起筆され、十七年後の弘化四年に全十編の刊行を終えた。編述の途上で天保の改革に際会しつつも、この合巻は馬琴一人の筆労によって局が結ばれたのである。『新編金瓶梅』の執筆・刊行の経過を、馬琴の日記や書翰、あるいは部分的に現存する稿本などに基づき[1]、編次順に整理してみる。

第一輯　天保二年刊。八巻四冊、国安画。下帙は天保元年十一月中売り出し（②2）。
　初印本の表紙は、壷中に人物（各図複数人を描く）の図様。
　また、本集のみ「第一輯」。後印本の表紙では、「第一集」に改まる。

第二集　上帙、天保三年刊（売り出しは前年十二月六日。日記）。
　下帙、天保四年刊（売り出しは前年八月二十九日頃。日記）。
　いずれも四巻二冊、国安画（国安は天保三年七月没）。
　初印本の表紙は、壷中に人物（各図一人を描く）の図様。

第三集　上帙、天保五年刊（売り出しは前年十二月二十五日。日記）。

下帙、天保六年刊（売り出しは正月二日。④3）。いずれも四巻二冊、国貞画。

本集から第九集まで、表紙の図様（人物と背景模様のみ。空押しを使用）が統一される。

下帙に白話小説『金蘭筏』前半の筋立てを襲用する（第三章参照）。

第四集　天保七年刊。八巻四冊、国貞画。

上帙は天保六年十二月二十八日、下帙は翌年正月六日の売り出し（④34）。

白話小説『両交婚伝』の趣向が利用される（第四章参照）。

第五集　天保九年刊。八巻四冊、国貞画。

上帙天保八年十二月六日、下帙同月二十六日売出し（④101）。

篠斎・桂窓・黙老の評書が揃って残されている。

第六集　天保十年刊。八巻四冊、国貞画。

上帙は前年十二月十六日、下帙は同月二十九日売出し（⑤16）。黙老評あり。

第七集　天保十一年刊。八巻四冊、国貞画。

上帙は天保十年十二月二十六日、下帙は翌年正月六日売出し（⑤38）。篠斎評あり。

下帙下の稿本（早大図書館蔵）に記された成稿の日時は、以下の通り。

七之巻、「天保己亥年冬十月中旬稿了」。八之巻、「天保十己亥年冬十月十六日稿了」。

第八集　天保十二年刊。八巻四冊、国貞画。視力の低下ゆえ、以後路女による代筆で執筆。

下帙は前年十二月二十七日売り出し（⑤75）。

第九集　天保十三年刊。八巻四冊、国貞画。下帙は前年十二月二十日頃売り出し（⑥1）。
上帙上の稿本（早大図書館蔵）の後表紙に記された成稿の日時は、
一之巻・二之巻ともに、「天保十二辛丑年夏六月八日稿了」。

第十集　弘化四年刊。八巻四冊、国貞画。
本集のみ、表紙が人物錦絵ではなく、小豆色の植物意匠となっている。
本集刊行以後、第九集以前の後印本も、同様の表紙に改められた。
路女代筆の稿本が、早稲田大学図書館に現存し、その序文は刊本と相違する。

本章においては、『新編金瓶梅』全十編のうち、特に第三編上帙（天保五年刊）までの発端部分を取り上げて、原作『金瓶梅』からの趣向摂取や、『水滸伝』や『拍案驚奇』などとの関連に検討を加える。考察の対象を発端部分に限定するのは、ここで主人公大原武二郎の物語にひと段落が付けられ、以下の展開との間に、若干の隔たりが存するからである。ここに見受けられる、「勧懲」に対する作者の配慮や、原作『金瓶梅』に関する馬琴の論評を概観するだけも、『新編金瓶梅』が長編合巻の代表作として、然るべき位置を占めることが理解されるであろう。

## 一　『新編金瓶梅』第一輯と『拍案驚奇』

### （一）『新編金瓶梅』第一輯の梗概

『新編金瓶梅』第一輯の梗概を、以下にやや詳しく紹介する。ただし、問題を含む度合に応じて、部分ごとに精粗が存することを諒とされたい。

室町時代末、山城国矢瀬里に、矢瀬文具兵衛・大原武具蔵の兄弟があった。文具兵衛・山木《やまき》（山樹とも）夫婦に子供はなく、武具蔵と妻折羽《をりは》の間には、武太郎・武松《たけまつ》の兄弟がある。これまで文具兵衛夫婦と同居していた武具蔵一家は、畿内の乱れを避けて東国へと向かう。鎌倉にたどり着き、望月五紋次のもとに宿をとった大原一家は、主人五紋次から大仏前の餅店を任される。十年余ののち、武具蔵夫婦は時疫で没する。

（A　四丁裏～九丁表）

望月家では商売が衰え、息子の餡之介も失明する。陰陽師雲水《くもづ》仙鵲《せんじやく》は、望月の番頭横六の意を受けて、武太郎兄弟が不幸の元凶であることを五紋次に告げる。兄弟は郷里へ帰されることになるが、弟の武松は病んで発足できず、武太郎のみが山城国へと向かった。

（B　九丁裏～十丁裏）

武太郎は矢瀬に帰郷するが、文具兵衛夫婦に相続の証拠となる証文を奪われたばかりでなく、却って盗人の汚名を着せられる。叔母婿の篠部《ささべ》九郎五郎（黒五郎とも）は、武太郎に荷担して上京し、三好長蒹《ながよし》に訴え出る。長蒹の明断によって、武太郎は家財の相続を認められ、文具兵衛夫婦は追放される。（C　十一丁表～十六丁裏）

武太郎の後見人となった九郎五郎は、武太郎が病んだのを幸いとして、ひそかに大原家の家財を売り払い、妻の遅馬《おそま》をも欺いて、親子三人で逐電する。

一方鎌倉では、望月家の番頭横六が、武松《たけまつ》を無実の罪に陥れようとするが、却って五紋次の妻沖見《おきみ》との密通を暴露され、主家を追われる。武松は逆恨みした横六に襲撃されるが、これを返り討ちにし、心ならずも主家を出奔する。

矢瀬に帰った武松は、窮乏した兄武太郎を援助し、庄屋の養女落葉を兄の嫁に迎えて、夫婦に大仏餅の店を持たせる。その上で武松は、九郎五郎を探す旅に出る。

（D　十七丁表～二十八丁表）

とほり屋九四郎と名を改めて、泉州堺に住み着いた篠部九郎五郎は、武太郎から奪った八百両の金を、ひそかに裏庭の築山に埋める。九郎五郎は商いのために筑紫へと向かい、遅馬と息子の黒市は堺にとどまる。

一方、矢瀬の里を追われた文具兵衛は、妻の山木を離縁して、土取りの人足となっていた。浪華の天満社へ参詣して祈念を凝らした文具兵衛は、老松童子の示現を受けて堺に移り住む。ある日、土を調達しあぐねた文具兵衛は、遅馬の家の築山に目をつけ、古金商人を仲介として、土の買い取りを申し入れる。九郎五郎の不在が長引き、金に窮していた遅馬は申し出に応じる。土中から大金の入った瓶を見出した文具兵衛（図1）は、遅馬にも無断でこの金を持ち去り、事の露顕を恐れて浪華へ帰る。手広く商売を始めた文具兵衛は分限者となり、名前を西門屋《にしかどや》文字《もじ》八《はち》と改める。

図1　『新編金瓶梅』第一輯、31丁表
（文具兵衛、大金を入手）

戦乱に足止めされ、ようやく筑紫から帰宅した九郎五郎は、築山の金が失われていることを知って驚く。夫の旧悪をうち明けられた遅馬は、悲嘆して川に身を投げる。貧困に迫られた九郎五郎父子は、天満社のほとりで袖乞いをはじめる。

子供のない文字八（文具兵衛）は、天満社参の途次、九郎五郎の息子黒市（九四太郎[2]）に目を止め、抱えの鳶飛蔵《とびぞう》（鳶蔵とも）を仲介として、九郎五郎から黒市を買い取る。文字八は二分しか出さなかったが、飛蔵は九郎五郎を憐れみ、身

図2　『新編金瓶梅』第一輯人物関係図　※破線は、第二集で結ばれる関係

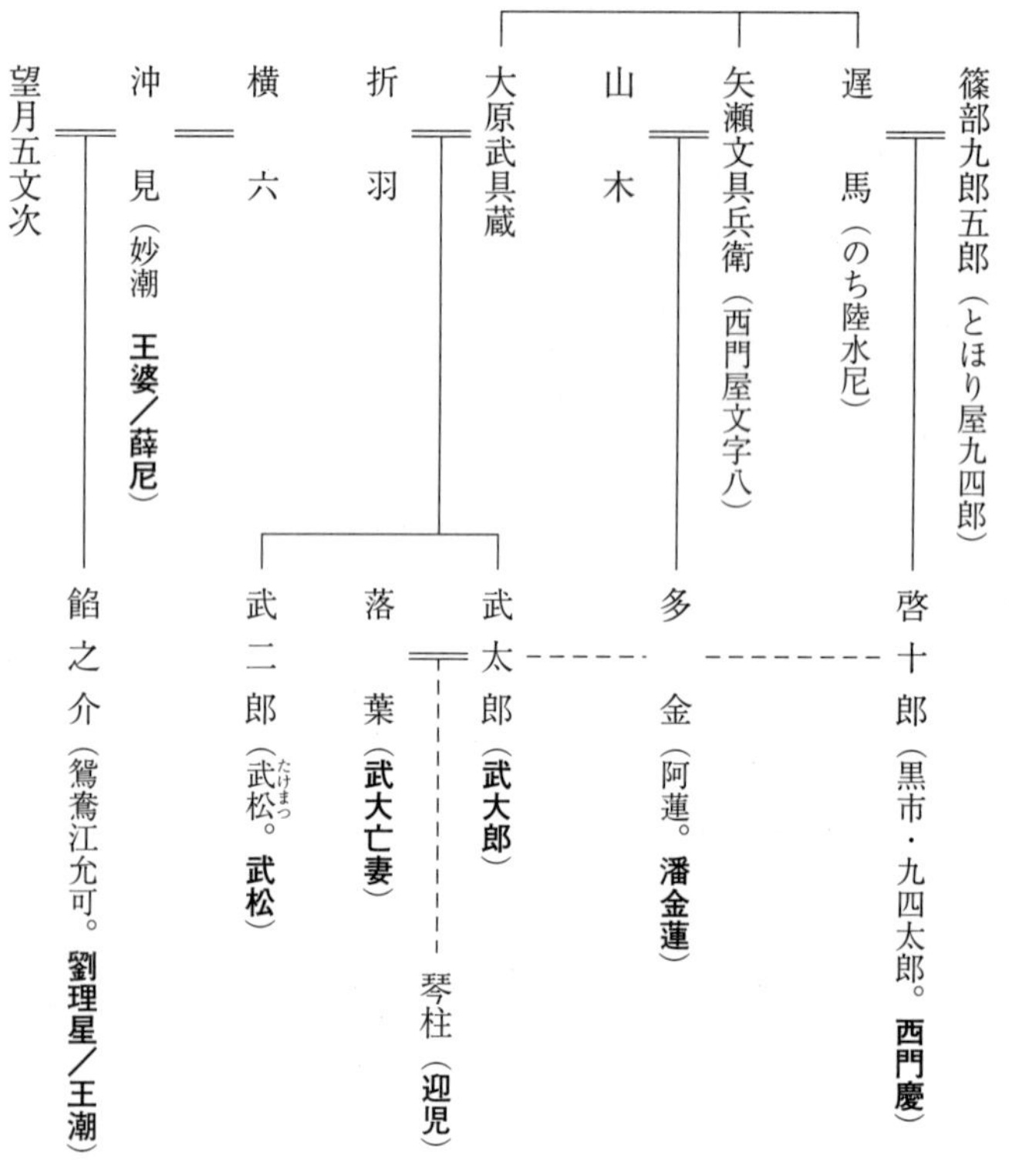


銭を切って八百文を上乗せしてやる。やがて文字八が没し、啓十郎と名前を改めた黒市が西門屋を相続する。

（E　二十八丁裏～三十八丁表）

九郎五郎を捜す旅の途次、武松《たけまつ》は鈴鹿の関において、鞘に金の籠められた刀を拾い、落とし主の蔦平を待ち受けてこれを返却する。蔦平は武松を伊勢多気の主家へと伴う。

（F　三十八丁裏～四十丁裏）

巻末において、作者自身が「これまでハ物がたりの発端にて、唐本の『金瓶梅』にハなきことなるを、新《あらた》に作りまうけたり」（四十丁裏）と断っているごとく、同輯の趣向は、唐本『金瓶梅』とは無縁のものであ

る。第一輯における人物関係を系図の形で整理すると、図2のようになる。太字で示したものは、原作『金瓶梅』において、対応の見いだされる人物である。

## （二）「張員外」と武太郎の厄難

前掲梗概のうち、大原一家の流転（A）と、武具蔵の遺財をめぐる紛議（C）とが、白話小説集『拍案驚奇』の巻三十三「張員外義撫螟蛉子　包龍図智賺合同文」の正話（以下「張員外」と略称）に拠ることは、すでに暉峻康隆氏『江戸文学辞典』（昭和15年、富山房）の「新編金瓶梅」項に指摘されている。沢田一斎による施訓本『小説粋言』（宝暦八年、風月堂荘左衛門刊）巻之四にも収められたこの一巻は、冒頭に著名な「張一飛公案」を置いており、馬琴はこの入話を、読本『青砥藤綱摸稜案』前集（文化九年、平林堂等刊）巻之四において翻案したことがある。

『新編金瓶梅』の文具兵衛・武具蔵兄弟は、「張員外」における劉天祥・天瑞兄弟の関係を摸したものであり、文具兵衛の妻山木は天祥の妻楊氏、大原武太郎は天瑞の遺児劉安住に、それぞれ相当する。両作の密接な関係をうかがうべく、証文詐取の場面を取り上げて、以下に比較してみたい。

安住一路上不㆓敢《テ》遅延《セ》㆒、早《ニ》来《リ》到㆓東京西関義定坊《ニ》㆒了《シ》、一路問到《テル》㆓劉家門首《ニ》㆒。只見《ル》一箇《ノ》老婆婆《ノ》站在《シテ》㆓門前《ニ》㆒。安住上前唱《シ》㆓了《シテ》箇《ノ》喏《ヲ》㆒道《フ》、「有《リ》㆑煩《スル》㆓媽媽《ヲ》㆒与《ニ》㆑我《ガ》通報一声《セヨ》。我姓《ハ》劉、名《ハ》安住、是《レ》劉天瑞《ノ》的児子《ナリ》。問《ヒ》㆓得《テ》此《ノ》間《ハ》是《レ》伯父・伯母《ノ》的家裏《ナルヲ》㆒、特《ニ》来《リテ》拝認帰宗《ス》」。只見《ル》那《ノ》婆子一《タビ》聞《クニ》㆓此《ノ》言《ヲ》㆒、便《チ》有《リ》㆓些《ノ》変色㆒、就《チ》問《ヒテ》㆓安住《ニ》㆒道《ク》、「如今《いま》二哥・二嫂在《ルヤ》㆓那裏《ニ》㆒。你既《ニ》是《レ》劉安住《ナラバ》、須《ク》《シ》㆘有《リテ》㆓合同文字㆒為《ス》㆖照《ト》。不《ンバ》㆑然《ラ》、一面不㆓相識《ルノ》㆒的《ナラ》人、如何《ゾ》信《ジ》㆓得《ン》是《レ》真《ナルヲ》㆒」。安住道《フ》、「我《ガ》父母十五年前死《シテ》在《リ》㆓潞州《ニ》㆒了。我虧《シ》㆓得《テ》義父《ノ》撫養《ニ》㆒到《リ》㆑今《ニ》。文書《ハ》自《ラ》在《リ》㆓我《ガ》行李中《ニ》㆒」。那婆《ノ》子道《フ》、「則《チ》我《レハ》就《チ》是《レ》劉大《ガ》的渾家《ナリ》。既《ニ》有《ラバ》㆓文書㆒、便《チ》是《レ》真的《ナリ》了、可《シ》㆓把《テ》与《フ》㆒㆑我《ニ》。你且《ツ》站在《シテ》㆓門外《ニ》㆒、待《テ》㆘我《レ》将《ニ》進去《シテ》与㆓你《ガ》伯伯《ニ》㆒看了《セシムルヲ》㆖、接《シテ》㆑你《ヲ》進去《セン》」。安住道《フ》、「不レ知《ラ》二就《チ》是《レ》我《ガ》伯娘《ナルヲ》一、多《ク》有《リ》レ得《タル》レ罪《ヲ》」。就《チ》解《キ》二-開《キテ》行李《ヲ》一、把二文書《ヲ》一双手《ニ》逓将送去《ス》。楊氏接得《シテ》、望二-着《シテ》裏辺《ヲ》一去了《ス》。
安住等了《スルコト》半晌、不レ見二出来《デルヲ》一。
原来楊氏的《ガ》女児已贅《ニ》二-過《シ》女婿《ヲ》一、満心只《ダ》要《シ》下把二家縁《ヲ》一尽数《ニ》与《フルヲ》上他《ニ》、日夜防的《グ》是《ハレ》叔嬸・姪児《ノ》回《リ》来《ルナリ》。今見《テ》下説《キ》二叔嬸倶《ニ》死《スルヲ》一、伯姪両箇又《タ》従《ニ》不二曽《テ》識認《セ》一、可《キ》二以《テ》欺騙《シ》得一的《ナルヲ》上、当時《ソノトキ》賺《シ》二-得《テ》文書《ヲ》一到《リ》レ手《ニ》、把《リ》来《リテ》緊緊《ニ》蔵《シテ》在《リ》二身辺《ノ》暗処《ニ》一、却《テ》待二-等《シ》他《ノ》再《ビ》来《リテ》纏《スル》時《ヲ》一、与レ他《ヲ》白頼《セントス》。也《タ》是《レ》劉安住《ガ》悔気、合当《ニ》有《リ》レ事、撞二-見《シ》一-了他《スニ》一。若《シ》是《レ》先《ニ》見二-了《セバ》劉天祥《ニ》一、須《ク》《シ》レ不《ル》二到《リ》得《テ》有《ラ》一レ此《ニ》。

（『拍案驚奇』巻三十三、九丁表～十丁表）(3)

安住は寄り道もせず、東京西関の義定坊に到着し、途中で人に尋ねて劉家の門前へやって来ました。見れば一人の婦人が、門前に立っていたので、安住はあいさつをして、「お願いです、どうか取り次いでください。私は劉天瑞の息子の安住です。こちらが伯父さん伯母さんの家だと聞いて、帰郷のご挨拶に参上しました」と話しかけます。例の婦人は、これを聞くと表情が変わり、安住に向かって、「それで、天瑞さんたちはどこにいるんだい。もしもお前が安住ならば、証文を持っているだろう。そうでなければ、どうして初対面のお前を信じられるだろう」と言いました。安住は、「私の両親は十五年前に潞州で亡くなりました。わたしは養父のおかげでここまで成長したのです。証文ならば、荷物の中にあります」と答えます。すると婦人が、「私が天祥の家内だよ。証文があるならば、本物の安住だろうよ。ちょっと貸してごらん、それを旦那に見せて、その後でお前を中に入れてやるから、ここで待っておいで」と言うので、安住は「あなたが伯母さんでしたか、これは失礼しました」と言いながら、荷物を解いて証文を取り出し、楊氏に差し出します。婦人はこれを受け取ると、家の中へ入っていきました。安住はしばらく待ちましたが、いつまでたっても楊氏は出てきません。

そもそも、楊氏の連れ子の娘には、すでに婿があり、楊氏はひたすら家財をこの娘夫婦に渡そうと考えていたのです。そのため、天瑞夫婦や甥の安住が帰ってくることを常に恐れていたのですが、安住から両親の死を聞かされ、しかも天祥と安住には面識がなく、うまく騙せるだろうと見て取って、楊氏は安住から証文を奪い、人目に付かないところに隠してしまいました。安住が文句を言ってきた時には、しらを切るつもりだったのです。これは安住の不運で、まさにこうなる巡り合わせで楊氏と出会ったのでしょう。もしも先に伯父の天祥と出会っていたならば、きっとこんなことにはならなかったはずです。

乱れたる世の習ひにて、新関《にひぜき》もいと多く、他郷の者の《(ゝ)》行き来を許さぬ、城下も少なからざれば、あちへ巡りこちへ戻りて、辛くして行く程に、鎌倉をかどいでせしより、二十日あまりの日数を経て、路用も使ひ果たせし頃、山城の国矢瀬の里なる、伯父文具兵衛の門辺まで来にけり。村長《むらをさ》なればたづねもわびず、近き里人の教えしまゝに、かぶき門より進み入るに、折から文具兵衛が妻の山木は、干したるたね物を取り入れつゝ、先より門に出でてをりしを、武太郎は呼び掛けて、「やよ伯母様この所は、われらが伯父御の宿所と聞にき。鎌倉より甥の武太郎が、訪ね来たりと伝へてたべ」と、いふに山木は驚きながら、顔をしばらくうちまもりて、「分からぬ事を言ふものかな。武太郎と言ふ名の人は、世の中にいくらもあらん。そもそもそなたは誰《た》が子ぞや」と、問はれて武太郎ちつとも疑義せず、「さればとよその事なれ。われらはこゝの舎弟なりし、大原武具蔵のうひ子にて、とし三ツの時親はらからと、もろ共に東《あづま》に赴き、鎌倉にて人と《(ゝ)》なりたる、武太郎にて候也。二親はときのけにて、世を去りしその折に、言ひ遺されし故郷の事を、近頃親方に伝へられ、身のいとまを給はりて、かどいでせんとしたる夜に、弟《おとゝ》武松はやまひ起りて、待てどもとみにおこたらねば、あとより来よと言ひ置きて、まづ我が身のみ帰り来つ。伯父御は宿所にをはするならば、此よし伝へて給ひね」と、言ふに山木は眉をひそめて、「げに言はるゝ、おもむきは、覚えなきにあらねども、この十四五年おとづれ絶えて、何処《いづこ》にありとも知らざりし、その人の子の事なるに、幼き時に別れしかば、面影は見も覚えず。正《まさ》しき証拠あるにあらずは、受け引きがたき事にこそ」と、言ふを武太郎聞あへず、「そは宣ふな証文あり。わが親の田畑三町八反、その余の衣装雑具まで、文具兵衛さまの預かり置くとて、その折わが親に渡し給ひし、手形証文こゝにあり。疑はるゝ事あらんや」と、言へば山木はうなづきて、「その証文を持て来たらば、こちの甥御であるべけれど、そをまづ伯父御に見せ参らせて、相違あらずとの給はゞ、手引きして対面させん。わらははそなたの伯父嫁にて、山木と呼ばるゝ者ぞかし。やよその手形を渡しね」と、言ひつゝもはや手を出《いだ》せば、武太郎頭をうち振りて、「たとへ伯母御でをはするとも、御身には渡しがたかり。伯父御に逢ふて後《のち》にこそ」と、いなめば山木は声苛だてて、「わらはに手形を渡さぬは、その証文のなきならん。かく覚束なき事を、誰か伯父御に取り次ぎすべき。わらはは知らず兎も角も、そなたの勝手にせよかし」と、言ひ捨てて内に入らんとせしを、武太郎急に引とゞめて、「それは余りに短気なり。しからば手形を渡すべし。伯父御に見せて給ひね」と、言ひつゝ襟に掛けたりし、証文箱を取りおろし、「やよ彼の手形は内にあり。伯父御に見せてちつとも早く、対面を願ふのみ」と、言ふに山木はほう笑みて、「わなみが確かに預かりたり。彼の証文に相違なくは、対面は今の間ならん。しばらくこゝに待ち給へ」と、いひつゝ箱を受け取りて、やがて奥にぞ入りにける。武太郎は生まれ得て、その性《さが》鈍き少年なるに、道中の艱苦によりて、武松に言はれし事を、忘れたるにあらねども、今さら悪《わろ》く心得たがへて、控えを残して件の手形を、見せよと言ひしと思ひしかば、おぞくも山木にはかられて、彼の証文を渡しけり。

（『新編金瓶梅』第一輯、十二丁裏～十三丁表。図3）

「張員外」の楊氏が、連れ子に婿を取っているのに対して、文具兵衛と山木の娘である多金《たがね》（後の阿蓮）は、この時いまだ三歳の幼女であった。また、劉安住は聡明な少年として設定されているが、武太郎は愚鈍な性格で、証文の控えを用意させた弟武松《たけまつ》の配慮を「心得たがへ」している。さらに、武太郎がひとたび証文の提出を拒み、山木が腹を立ててみせるのも、馬琴独自の小波瀾であり、これは彼女の悪辣さを際立たせるための作為であろう。このように細かな相違はあるものの、馬琴が「張員外」を参照しながら、右の一段を執筆したことは疑いを容れまい。

ここで武太郎を虐げた山木は、罪せられたのちに夫文具兵衛を見限り、娘の多金を連れて、琵琶法師の四橋綿乙《よつはしわたいち》に再嫁する。綿乙夫婦が九郎五郎によって殺害される場面に、馬琴は以下のような文言を書き添えている。

ああわざはひのよる所、山木は前夫文具兵衛の甥、武太郎をたばかりて、彼が田地を横領せんと、はかりし悪心のみならず、事の破れに及びし時、心強く夫に別れて、文具兵衛にも誠を尽くさず。その後綿市《ち》が妻になりても、只利慾をのみ事として、娘多金の阿蓮をもて、道ならぬ金の蔓に、取り着かんと目論見たる、この罪障の報ひにて、世に悪者のなきにあらねど、古き怨みの解けずもありし、九郎五郎が為に殺されしは、浅ましき身の終り也。（第二集、十七丁裏）

原作の楊氏は「罰銅」で罪を許されるが、山木は最期まで自身の罪科を悔いることがなかった。彼女のたどる運命には、馬琴一流の因果応報が手づよく示されているのである。

もっとも、『拍案驚奇』所収の短編のうち、『新編金瓶梅』第一輯の中に翻案されたものは、「張員外」の一編のみではない。馬琴は『新編金瓶梅』の発端部分において、『拍案驚奇』所収の短編を複数組み合わせて用い、物

図３　『新編金瓶梅』第一輯、11丁表
（山木、武太郎を欺く）

語世界を支える交錯した人間関係を創造したのである。

### (三)「袁尚宝」と武松の流浪

両親を喪った武太郎・武松《たけまつ》兄弟が、沖見・横六に疎まれて、望月家を追われるまでの経緯（B）は、『拍案驚奇』巻二十一「袁尚宝相術動名卿　鄭舎人陰功叨世爵」の正話（以下「袁尚宝」と略称）に想を得たものと思しい。

明末の北京。病人の絶えない王家を訪れた袁尚宝は、茶を運んできた小廝鄭興児を見て、主人の王部郎に「此ノ小廝ガ相能ク妨グレ主ヲ。若シ留メテ過グレバ二一年之外ヲ一、便チ要スレ損ントニ人口ヲ一。豈ニ止ンヤ二不寧ニ而已一。（この使用人の人相は、主人に禍をもたらすものです。もし一年以上とどめ置いたならば、死人が出ることでしょう。軽い病気だけでは済まされませんぞ）」と耳打ちする。この観相がもとで、鄭興児は主家を追われることになる。

これに対して、『新編金瓶梅』の陰陽師仙鵲《せんじやく》は、望月五紋次に対して、「家相にもすこしづゝ、悪《わろ》きところの見ゆれども、これらハさせる障《さわ》りにあらず。只出店《たな》にて使はるゝ、武太郎・武松とかいふ二人《ふたり》の小ものこそ、第一の障りに候なれ」と告げている（図4）。

袁尚宝の言葉は、即座に主人公鄭興児の放逐に結びつくが、『新編金瓶梅』において、この一件がもとで主家を追われるのは兄の武太郎のみであり、武松は病のため鎌倉にとどまっている。また、尚宝の観相はあやまつことがなく、興児が出て行くとすぐに、王家には平穏が戻った。これに対して、雲津仙鵲の言葉は、番頭横六の策謀に加担したものであり、武太郎兄弟が去った後も、望月家の一子餡之介の眼病が癒えることはなかったのである。

観相者の言葉によって、使用人が主家を追われるという筋立ては、両書の間で共通しているものの、細部には相違も見いだしうる。ゆえに、既述の材料ばかりから、「袁尚宝」の趣向が『新編金瓶梅』に踏襲されたと断言する

図4　『新編金瓶梅』第一輯、9丁裏・10丁表（仙鵲、兄弟を占う）

ことは難しい。しかし、以下に掲げる「袁尚宝」後段の筋立てによって、『新編金瓶梅』第一輯における同話の関与が納得されるであろう。

途方に暮れた興児は、古廟の厠で二十両余りの銀子を取得し、臭気をも厭わずに持ち主を待ち受ける。財布を置き忘れたのは、鄭家の使用人張都管であった。興児は張都管に伴われて、河間府の鄭家に至る。張都管から事情を聞き、興児の人となりに感じ入った鄭指揮は、興児を養子に迎えて鄭興邦と改名させる。

金銭を取得した者が、持ち主を待ち受けてこれを返却し、善果を得るという展開は、前掲梗概のFにも見えている。かくのごとき善行譚は、決して目新しいものではないが[4]、前段に「観相者の言葉による放逐」という話柄が存することを併せ考えれば、馬琴は『新編金瓶梅』第一輯において、『拍案驚奇』の「袁尚宝」を、前後に分割して用いたと見なしうるのである。ただし、二十両余の銀子が入った「包裹」を拾得し

図5　『新編金瓶梅』第一輯、38丁裏・39丁表（武二郎、刀を拾得）

て、鄭興児はとっさに「造化、造化。我有《レバ》二此《ノ》銀子一、不レ憂《ヒ》レ貧《ヲ》了。就《チ》是《レ》家主趕了出《シ》来《シルトモ》、也不《タ》レ妨《ゲ》（しめたぞ。この金があれば貧乏なんか気にせずに済むし、ご主人に追い出されてもへっちゃらだ）」という欲念を起こしているが、『新編金瓶梅』の武松は、百両の金が籠められた刀を見つけても、興児のような迷いを生じてはいない（図5）。些細な改変ではあるが、主人公大原武松を徹底して善人たらしめんとする作者馬琴の用心を、ここにも看取すべきであろう。

大原武松は第二集の冒頭において、蔦平の主君である楠一味《いちみ》斎《さい》と対面し、その人柄を見込まれて、伊勢に留まることとなるのである。

（四）「訴窮漢」と啓十郎の生い立ち

この「袁尚宝」以上に、『新編金瓶梅』第一輯における摂取が明白なのは、『拍案驚奇』巻三十五「訴窮漢暫掌別人銭　看財奴刁買冤家主」の正話（以下「訴窮漢」と略称）である。以下に、その中盤までの梗概を掲げる。

宋代の汴梁。秀才の周栄祖は、科挙に応ずべく、妻張氏と幼児長寿を伴って上京する。周家荘を離れるに際して、栄祖は用心のために大金を裏庭に埋め、留守宅は人を雇って管理させる。

一方、人足暮らしの貧人賈仁は、東岳廟に祈念を凝らして、霊派侯と増福神から二十年の幸福を与えられた。主人不在の周家から、塀の煉瓦を買い取ることになった賈仁は、裏庭を掘り起こして、石室に納められた大金を見いだす。埋蔵金を無断で持ち去った賈仁は、手広く商売をはじめて分限者となり、陳徳甫を雇って商売を任せる。

周栄祖は落第し、やむなく周家荘に帰ったが、裏庭に埋めた大金は失われており、一家は窮乏する。栄祖は賈仁が養子を求めていることを知り、息子の長寿を賈家へ養子に出すことを決めた。賈仁は証文を先に取って、栄祖に金を与えることを渋るが、結局は仲介者の陳徳甫と折半で、四貫の銭を栄祖夫婦に与える。

この筋運びが、ほぼそのまま『新編金瓶梅』第一輯に取り入れられて、前掲梗概のEとなっていることは、一読明らかであろう。日下翠氏は『金瓶梅　天下第一の奇書』(5)第八章の中で、馬琴の『新編金瓶梅』にも言及し、その発端部分に関して、「『今古奇観』の中の一編、「守銭奴が仇の子を買うこと」のプロットを用いたりして」と記しておられる。「守銭奴が仇の子を買うこと」、すなわち『今古奇観』巻十「看財奴刁買冤家主」は、「訴窮漢」と同話であるが、馬琴がほぼ四十年ぶりに『今古奇観』を披閲するのは、天保三年七月のことであった。

天保三年二月十九日付の殿村篠斎に宛てた書翰(②31)の中で、馬琴は「『醒世恒言』『古今奇観《ママ》』抔は、四十年許も先に見候故、大かた忘れ申候」と記している。彼は『新編金瓶梅』第一輯の執筆以前に、『今古奇観』披閲の経験を有したが、同書の内容は「大かた忘れ」ていたのである。よって、ここで馬琴が依拠した白話小説も、『今

図6　『新編金瓶梅』第一輯、34丁裏・35丁表（遅馬、身投げする）

古奇観』でなくして『拍案驚奇』と見ねばならない。

馬琴は「訴窮漢」を翻案する際にも、彼自身の構想に従って、各所に細かな改変を施している。原作の「旧坍墻」に相当する、「さゝやかなる築《つき》山」の土を売却するのは、九郎五郎の妻遅馬であり、金に窮して周家の塀を売り払った「看家当直的」は、『新編金瓶梅』の中には登場しない。つまり遅馬は、「訴窮漢」の「張氏」のみならず、「看家当直的」の役回りをも担っているのである。その一方で、売り主が実の妹であることに気付かぬまま、文具兵衛が土を買い取る不自然を解消すべく、馬琴は兄妹両人の仲介者として「ふる金《かね》買ひ」を創造した。

「訴窮漢」の末尾において、「張氏」は夫の周栄祖とともに、養家の賈氏を相続した長寿との再会を果たすが、九郎五郎から埋蔵金の由来を告げられた遅馬は、みずから急流に身を投げて命を絶っている（図6）。のちに彼女は龍宮の乙姫から「貞女」であることを認められ、その亡魂が人魚に宿ることを許された（第八集）。そして彼女は、陸水尼《くがみのあま》として息子啓十郎らの前に姿を現わし（第七集）、大団円では亡者を弔う大施餓鬼を執行するのである（第十集）。

このように遅馬は、『新編金瓶梅』の後半部分において、全段の因果を解き明かす重要な役回りを担っている。彼女が大原家の家財横領（前掲梗概のD）に関与していないことや、夫の告白を聞いて、みずから川に身を投げたことなどには、後段の展開を念頭においた「伏線」が存したと見なすべきであろう。

第三集上帙に至って、遅馬の夫九郎五郎は、啓十郎が黒市であることに気付き、単身西門屋に押しかけて、親子の対面を果たしている。

## （五）馬琴の『拍案驚奇』摂取

『拍案驚奇』の関連する章段と、『新編金瓶梅』第一輯との間における人物の対応関係を、次掲の表に整理してみる。最下段には、対応を見いだしうる『金瓶梅』中の人物を掲げた。ここからも、『新編金瓶梅』第一輯の展開が、いかに原作『金瓶梅』とは異質なものであるかを確認することができるであろう。

馬琴が書肆岡田屋から、巾箱本の『拍案驚奇』十冊を買い入れたのは、文政十三年春のことであった。同年三月二十六日付の、殿村篠斎に宛てた書翰（①60）の中で、馬琴は『拍案驚奇』を評して、「此俗語、外題あたりにて、一ト切もの、内、先ハおもしろきはなし、すくなく御座候」、「骨を折てよミ候程の物ニては無之」などと記しているが、その一方で、自作の趣向源としては多分に重宝していたのである。

『新編金瓶梅』第一輯が刊行された翌年、馬琴は長編合巻『千代褚良著聞集』（天保三・五年、永寿堂刊）の刊行を開始している。ここで馬琴は、善人辛須賀千代松《からすがちよまつ》と、悪人袋田褚良太郎《ちよらたらう》との生い立ちを、『拍案驚奇』所収の二

『新編金瓶梅』と『拍案驚奇』の人物対応

※△印は、対応が不明確なもの

| 『新編金瓶梅』 | 巻33「張員外」 | 巻21「袁尚宝」 | 巻35「訴窮漢」 | 『金瓶梅』 |
|---|---|---|---|---|
| 矢瀬文具兵衛 | 劉　大（天祥） | | 賈　仁 | △西門達 |
| 山　木 | 楊　氏 | | △賈媽々 | |
| 多　金（阿蓮） | △楊氏の連れ子 | | | 潘金蓮 |
| 大原武具蔵 | 劉　二（天瑞） | | | |
| 折　羽 | 張　氏 | | | |
| 大原武太郎 | 劉安住 | | | 武　植（大郎） |
| 落　葉 | △定　奴 | | | △武植亡妻 |
| 三好長兼 | 包龍図 | | | 清河県知県 |
| 望月五紋次 | 張秉彝（員外） | 王部郎 | | |
| 沖　見（妙潮） | △郭　氏 | 王部郎夫人 | | 王　婆 |
| 大原武二郎 | | 鄭興児（興邦） | | 武　松 |
| 雲水仙鵲 | | 袁尚宝 | | |
| 楠一味斎 | | 鄭指揮 | | |
| 蔦　平 | | 張都管 | | |
| 篠部九郎五郎 | △李社長 | | 周栄祖（伯成） | |
| 遅　馬 | | | △張　氏 | |
| 黒　市（啓十郎） | | | 周長寿 | 西門慶 |
| 飛　蔵 | | | 陳徳甫 | △玳　安 |

短編を用いつつ、対照的に描き出した(6)。同書の第三集以下は未刊に終わったが、千代松・緒良太郎の物語は、二集の末尾で落着を見ている。

『拍案驚奇』に収められた複数の短編を用いて、善悪双方の主人公を対照的に描くという手法は、『著聞集』に先行して、『新編金瓶梅』第一輯の中でも試みられていたわけである。馬琴は同書において、「訴窮漢」を啓十郎（黒市）の生い立ちに用い、「張員外」と「袁尚宝」の二編を大原兄弟の受難譚に翻案して、従兄弟同士の両者の境遇を、複雑に絡ませながら語っている。

啓十郎と武松との間に仇敵の関係を生じさせる、文具兵衛の娘多金《たがね》（煅金とも）もまた、両人の従姉妹として設定されているが、彼女の身の上に、『拍案驚奇』からの趣向摂取は見いだしがたい。名前を阿蓮と改めた多金が、物語の中で自律的に動きはじめるのは、第二集に至ってからのことである。

## 二　『金瓶梅』世界の開幕

天保三年刊行の第二集上帙に及んで、『新編金瓶梅』はようやく白話小説『金瓶梅』の翻案作としての様相を呈しはじめる。

養父母が没し、家督を相続した西門屋啓十郎（黒市）は、正妻の呉服《くれは》を娶ったばかりでは飽き足りず、力野《りきの》・卓二《たかじ》という二人の妾を抱える。その一方で、喜田意庵《きたいあん》・祝屋念三《いはひやねんざう》らの悪友を伴い、方々で美人を物色する。

（第二集、七丁裏・八丁表）

ここに現われる人物については、同帙下冊の前表紙見返しに、作者自ら「擬《なぞら》へたり本伝の、西門《にしかど》呉服ハ呉月娘、力児《りきじ》・卓二は、李嬌児・卓二《たくじ》姐《しよ》、喜田《きだの》意庵ハ応伯爵、祝屋念三《ねんざ》ハ祝実念、その名を擬して、脚色《しくみ》を借らぬ、作者の腹より生出《うみいだ》す」と注記している。

呉服が西門慶の正妻呉月娘に相当するのは論を俟たず、また力野（力児）は西門慶の第二夫人李嬌児、卓二は第三夫人の卓二姐に、それぞれ「擬へた」ものという。もっとも、この二妾の造形には原作との対応が見いだしづらく、特に物語の中盤に至るまで第三夫人の位置を占めている『新編金瓶梅』の卓二は、登場人物の話題に上るばかりで、原作の第六回では既に没している卓二姐とは隔たりが大きい。

阿蓮の輿入れに先だって、ことさらに力野・卓二の二愛妾が登場するのは、原作第一回における、「又嘗《タテ》与二勾欄内《ノ》李嬌児《ト》一打熱《シ》、也娶《タテ》在二家里《ニ》一做《ス》二了第二房娘子《ト》一。南街又占《ニタ》二着《シテ》窠子卓二姐、名卓丟《ハ》児《ナルヲ》一、包了《スルコト》些時、也娶《タリ》二来家《リテニ》一做《ス》二了第三房《ト》一」という記述に基づくものであろう。前章において検討を加えた、文政十三年三月二十六日付の篠斎宛書翰（別紙。①61）にも、西門慶の妻妾を列挙した後に、「この内、李嬌児・卓二姐ハ、西門慶が金蓮に奸通せぬ已前よりの妾なり」という割注が施されていた。

また、先に引用した自注によれば、喜田意庵は原作の応伯爵、祝屋念三は祝実念に擬したものという。西門慶第一の悪友応伯爵は穏当としても、啓十郎の「莫逆知音」である祝屋念三が、登場回数も少ない祝実念に相当するとは思われない。位置づけとしてはむしろ、西門慶第二の友人謝希大の方が適当ではあるまいか。みずから「その名を擬して、脚色《しくみ》を借らぬ」と注記していたように、馬琴は当初から、原作の忠実な翻案を志向してはおらず、卓二や祝屋念蔵の人物造形には、それが端的に表われているといえよう。

第二集上帙の主たる物語は、天満社の祭礼で見染めた少女刈藻《かるも》を、啓十郎が妾に迎えるまでの経緯である。

按摩取りの藻塚《もつかふ》鮒斎《さい》は、西門屋の財産に目が眩み、空八《あだはち》という許嫁があるにも関わらず、娘刈藻を啓十郎に仕えさせることとする。鎌倉から帰り来たり、事の子細を知った空八は、啓十郎の駕籠を襲撃する。しかし、負

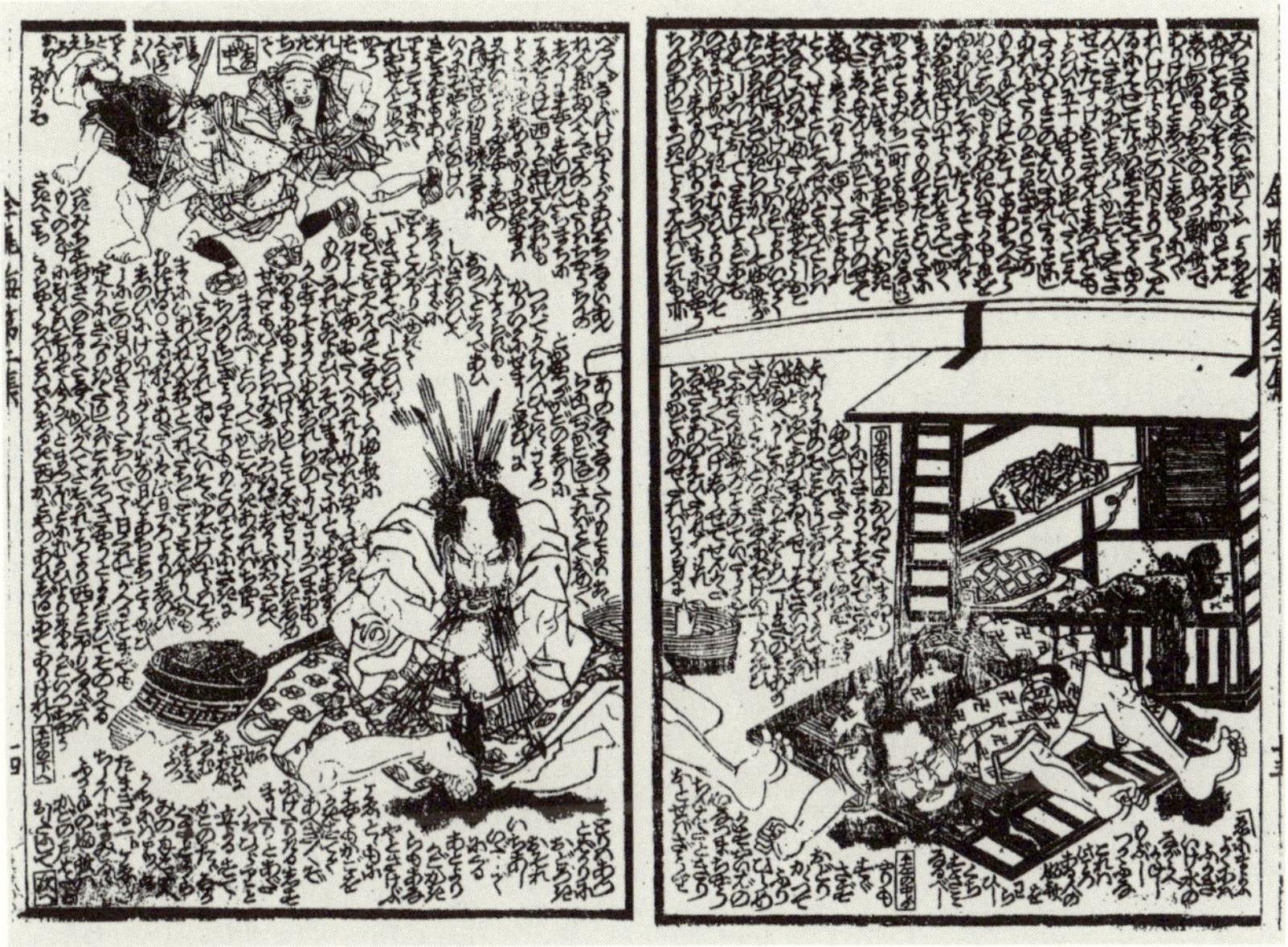

図７　『新編金瓶梅』第二集、13丁裏・14丁表（空八、自害する）

傷したのは鮒斎であり、徒歩で駕籠に従っていた啓十郎は難を逃れた。人々に取り囲まれた空八は、その場で喉を刺し貫き、自殺して果てる（図７）。

（第二集、八丁裏～十四丁表）

この一件も、原作の『金瓶梅』には見いだしえないものであるが、挿話の位置を勘案すると、世を早くした卓二姐に代わり第四夫人となった、孟玉楼をめぐる紛議に相当するようである。『金瓶梅』第七回の梗概は、以下の通りである。

媒婆薛嫂の勧めで、布商楊宗錫の未亡人孟玉楼を自家に迎え入れることとした西門慶は、宗錫の父方の叔母で、貪欲な楊姑娘を味方に付ける。一方、宗錫の母方の叔父・張四は、玉楼を尚挙人に嫁がせようと目論んでおり、宗錫の弟宗保とともに西門慶との婚儀を阻まんとする。楊姑娘と張四とが言い争う隙に乗じて、西門家からの使いが玉楼の荷物を運び去り、のちには玉楼当人も西門慶のもとへ連れ去られる。

金銭で親族（鮒斎・楊姑娘）を味方に付け、輿入れを円滑に運ぼうとすること、反対者（空八・張四）が現われて輿入れを阻むこと、結局は婚儀が果たされていることなど、両書は大筋で同様の展開をたどる。しかし、両女の輿入れは細部において趣を異にしており、特に空八の啓十郎襲撃は、孟玉楼をめぐる物語には見出しえない要素である。ここで馬琴が強く意識したのは、『金瓶梅』第九回において、西門慶に仇を報ぜんとした武松が、誤って李外伝を酒楼から投げ殺す一件であろう。後述するように、大原武二郎は『金瓶梅』の武松と同じあやまちを犯してはおらず、馬琴は武松による誤認殺人を、空八に移して翻案したものと考えられる。

なお、物語の後段において、他の妾たちが阿蓮への反感を抱く中で、刈藻のみが彼女と親しいことにも、潘金蓮に好意的な、原作の孟玉楼が投影しているようである。

玉楼の輿入れが進行する一方で、すでに武大を毒殺していた潘金蓮は、西門慶と疎遠になり、空閨をかこつのであるが、『新編金瓶梅』においては、刈藻輿入れの一件に続けて、両親が離縁した後の多金（阿蓮）の生い立ちと、彼女が大原武太郎の後妻となるまでの経緯が語られている。事件の配列においても、馬琴は原作にとらわれることなく、自身の腹稿にもとづいた自由な再構成を行なっているわけである。

多金の母親山木は、夫綿乙《わたいち》が病んで生計に窮したため、阿蓮と改名した多金を十年の妾奉公に出す。一方、阿蓮の身売り話を聞きつけた篠部九郎五郎は、綿乙宅に忍び込んで夫婦を殺害し、阿蓮の身代金百両を奪って逃走するが、その直後誤って川に落ち、金を財布ごと紛失する。

一方、分限者の藪代《やぶしろ》六十四郎《むそしらう》に雇われた阿蓮は、主人の妻岡辺《おかべ》に虐げられる。妻の嫉妬に困却した六十四郎は、阿蓮を餅売りの武太郎に下げ渡す。（第二集、十四丁裏〜二十一丁表）

潘金蓮は裁縫人の家庭に生まれたが、幼くして父を亡くし、九歳で王招宣の家に売られて、のちに張大戸のもとへ転売された。金蓮の母親潘姥姥は再婚をしておらず、なおかつ西門慶の没後まで生存しているので、前節でも言及した山木の造形とは懸隔がある。また、山木の後夫四橋綿乙は、原作には見えない人物であるが、阿蓮に音曲を仕込んだ点において、金蓮が最初に仕えた王招宣と対応している。

『水滸伝』の中で、金蓮に反抗された腹いせとして、彼女を醜夫武大に下げ渡したのは、清河県のとある「大戸（金持ち）」であった。『金瓶梅』は、この富豪に個性を付与して張大戸とし、彼と潘金蓮との関係もより複雑にしている。張家に仕えた当初、金蓮は朋輩の白玉蓮とともに音曲を専らとしていたが、玉蓮の没後張大戸と通じ、のちにはそれが夫人の知るところとなり、主家を追われて武大に嫁ぐこととなる。

藪代六十四郎を造形するに際して、馬琴は『金瓶梅』の張大戸を踏襲しているが、原作の白玉蓮に相当する少女は、『新編金瓶梅』の中には登場しない。また、六十四郎の妻岡辺は、当初「貞女めかして」阿蓮を夫に勧めたが、のちには妬心を生じて、阿蓮を自家から追い出すのである。

## 三　『新編金瓶梅』の武松譚

大原武二郎の虎退治を含む、『新編金瓶梅』第二集下帙は、天保三年八月中旬に刊行された。馬琴は天保二年十一月に同帙を脱稿していたが、彫刻が間に合わなかったため、出板が通例から半年以上も遅れたのである。

武二郎《ぶじらう》と名前を改めた大原武松は、蔦平の主人楠一味斎から婿に望まれるが、朋輩との争いを避けて伊勢を離れ、故郷の矢瀬へと向かう。暗《くらがり》峠では、前後寺《ぜんこうじ》の所化寅念《ゑんねん》が、虎と化して人々を脅かしていた。この妖虎を退治して武名を上げた武二郎は、三好家に出仕することとなる。武二郎に退治された妖虎の余怨は、行列を見物に出た阿蓮の飼い猫に取り憑く。のちに武二郎は尼崎の城下で、図らずも兄武太郎と再会する。

（第二集、二十二丁裏～三十丁裏）

前章でも言及したように、明刊本『金瓶梅詞話』は、その第一回で景陽岡における武松の虎退治を、『水滸伝』とほぼ同文で語っている。これに対して後発の板本は、件の虎退治を伝聞の形で簡略に処理しており、これは馬琴の披閲した第一奇書本においても同様であった。もっとも、稀覯の詞話本に関して、馬琴は何ら知識を持たなかったと思しく、彼が『新編金瓶梅』の中で、暗峠における大原武二郎の妖虎退治を描いたのは、自身の構想にもとづいた増補と考えてよい。天保七年正月に刊行された、同作第四集の序文において、馬琴は以下のように述べている。

且《かつ》原伝『金瓶梅』には、武松が事は『水滸』に譲りて、省略せしは遺憾に似たり。因《より》て吾這冊子《わがこのさうし》には、武松に擬《なぞら》ふ武二郎が本末《もとすゑ》を具《つぶさ》にして、善悪天理彰然《せうぜん》たる、鑑戒《いましめ》の一端《はしだて》とす。　（一丁表）

『金瓶梅』では大幅に割愛された行者武松の物語を、自身の腹稿に沿う形で再構成して、大原武二郎の活躍を描き出すことが、『新編金瓶梅』における馬琴の主要な眼目であったことを、右の記述からも確認できる。

武二郎が退治する暗峠の妖虎は、虎を描くことに執心する僧侶寅念《ゑんねん》が、猟師であった父親の報いを受けて変化したものである。馬琴は『傾城水滸伝』第五編においても、景陽岡の虎退治を翻案しているが、女行者竹節《たけよ》が退治する碓氷峠の虎は、後白河院の御宇に朝鮮国から贈られたものであり、これは妖異を伴わない「まことの虎」であった。これに対して、『新編金瓶梅』の妖虎は、『捜神記』巻十二等に見える、魯の牛哀の悲運などを意識して、よほど複雑な潤色が施されている。武二郎が虎を退治する場面には、「『傾城水滸伝』に、まことの虎を出されしを、新しいと思つたが、こやつハいよ〳〵新しくて」（二十七丁表）という言葉書きが添えられており、この趣向が作者会心のものであったことをうかがいうる。天保三年九月二十一日付の篠斎宛書翰（②49）においても、馬琴は「虎の出しやうなど、高評所希ニ御座候」と、難儀の趣向に対する注意を促している。(7)

大原兄弟の再会以降は、ほぼ『金瓶梅』の筋立てに沿って、阿蓮・啓十郎の密通と、両人による武太郎殺害が描かれる。馬琴は一連の惨劇を、武二郎が殺した虎の余怨によるものと説明しており、この怨念に取り憑かれた阿蓮の飼い猫が、彼女と啓十郎との悪因縁を結ぶのである（三十四丁裏・三十五丁表）。この妖虎の余怨は、物語の全段において有効に機能しているとは言いがたいが、これもまた『新編金瓶梅』の勧懲を支える重要な小道具であった。

啓十郎と阿蓮の関係を嗅ぎ付けた九郎五郎は、武太郎をそそのかして、密通の現場を押さえようとする。武太郎は九郎五郎と共に妙潮の庵へ押しかけるが、却って啓十郎に蹴り殺されてしまう。

（第二集、三十八丁裏〜四十丁裏）

右の局面において、九郎五郎は『水滸伝』や『金瓶梅』に登場する、果物売りの少年鄆哥の役割を演じている。ここで馬琴は、原作の砒霜による毒殺を採用せず、武太郎の最期を手短かに処理した。この点について、馬琴は同集の末尾で以下のように説明する。

武太郎が横死の始末は、『金瓶梅』にも『水滸伝』のまゝにして載せたるを、こゝにはいさゝか翻案して、その事は異ならねど、亦趣の同じからぬを、よく見る人には分明《ふんみやう》ならん。

（四十丁裏）

翌年刊行の第三集上帙（以降国貞画）において、武太郎の死骸は、横死した小比丘尼妙汐《せき》が抵抗して舌を噛み切ったように偽装される。妙潮らのこの手口が、『拍案驚奇』巻六に学んだものであることは、水野稔氏「馬琴の長編合巻」に指摘されている。この改変は、馬琴が『傾城水滸伝』第五編との間で、趣向の重複を厭った結果でもあろう。

事件がひと段落した後、主君に従って阿波へ赴いていた武二郎が、尼崎へ帰着する。

武二郎が兄の横死に不審を抱いていることを知った啓十郎は、事の露見を恐れて、九郎五郎を尼崎から立ち退

図８　『新編金瓶梅』第三集、11丁裏・12丁表（武松、陥れらる）

かせる。その一方で、啓十郎は三好家の執事船館幕左衛門に依頼して、武二郎を無実の罪に陥れる。姪琴柱の尽力によって、武二郎は死罪を免かれ、淡路島へ流される。

（第三集、六丁裏～十四丁表）

既述のごとく、『金瓶梅』の中で、武松が孟州道へ配流されるのは、酒楼における誤認殺人が原因であり、馬琴は『新編金瓶梅』第二集の中で、この一件を空八の鮒斎襲撃に転用したと考えられる。「彰《せう》善癉悪《ぜんたんあく》の、意に本《もと》つかずといふことなし」（第一輯下帙上前表紙見返し）と標榜する『新編金瓶梅』において、馬琴は善の側の主人公武二郎が、無用の殺生を犯すことを避けたのであろう。

とはいえ、大原武二郎の配流は、啓十郎や阿蓮が悪事をほしいままにするためにも不可欠なものであり、馬琴は原作とは違う形で、武二郎を罪に落とす必要に迫られたのである。そこで援用されたのが、『水滸伝』第三十回の、張都監邸における冤罪事件であった。

蒋門神からの依頼を受けた張都監は、武松を自邸に引き取って歓待する。ある夜、「有レ賊」の声を聞きつけた武松は、いさんで庭に駆け込むが、却って張都監の配下に捕られ、窃盗の罪に落とされる。

これと同趣の盗賊騒ぎは、『金瓶梅』の中にも見出しうる。

西門慶は使用人来旺の妻宋蕙蓮と密会するが、一方で来旺も、西門慶の第四夫人孫雪娥と通じていた。来旺に罵られた潘金蓮は、西門慶に両人の不貞を告げ口し、来旺を西門家から追い出すように勧める。

（第二十五回）

西門慶は来旺に三百両の銀を渡して、酒店を開くように命じる。その夜、来旺は酔って帰宅し、彼が休んだ後に蕙蓮は呉月娘の腰元玉簫の呼び出しを受ける。西門慶と蕙蓮との密会を告げる声を聞いた来旺は、庭に駆け込んで捕縛され、主人の訊問を受ける。西門慶は件の三百両を取り上げ、中身が鉛や錫にすり替わっていると言い立てて、来旺を提刑所に引き渡す。（第二十六回）

『新編金瓶梅』（図8）においては、「女の幽霊」や「船館の家の重宝なる、しほがまの香炉」などが登場して、道具立てが複雑になっている。しかし、相手を厚遇して油断させたのち、夜盗騒ぎに乗じて無実の罪を負わせるという展開は、三作に共通するものである。特に『水滸伝』において冤罪に陥るのは、武二郎の祖型となった行者武松であり、馬琴もこちらをより強く意識したことであろう。その一方で、『金瓶梅』にも同様の趣向が見えることは、彼も当然認識していたに違いない。

図9　『新編金瓶梅』第一輯、29丁裏・30丁表（「金瓶梅花の示現」）

## 四　『新編金瓶梅』と天神信仰

『新編金瓶梅』第一輯下帙上冊の前表紙見返しに掲げた自注の中で、馬琴は同作の構想に関して、「はじめに天満《てんま》の聖廟の、金瓶梅花《きんぺいばいくわ》の示現あり、終《をはり》に又金瓶寺《きんぺいじ》、老槑《ろうばい》禅師の教化《きやうげ》あり」と記している。このうち、「金瓶梅花の示現」は、矢瀬文具兵衛が天満社に参詣した折の出来事であり、これは『拍案驚奇』の「訴窮漢」における、賈仁の東岳廟参詣に基づくものであった。この場面を描いた挿絵（二十九丁裏・三十丁表。図9）には、黄金の瓶を捧げた老松童子の、「いともめでたき金瓶梅の、名義《めうぎ》のしんさくこれのミならず。なほ後々に至りなバ、見る人悟るよしあらん」という言葉書きが添えられている。「金瓶梅花の示現」により分限者となった文具兵衛は、名前を文字八と改めており、馬琴はその理由を「文字ハ文学の神にかたどり、八は梅花八輪の八也」（三十二丁裏・三十三丁表）と説明する。

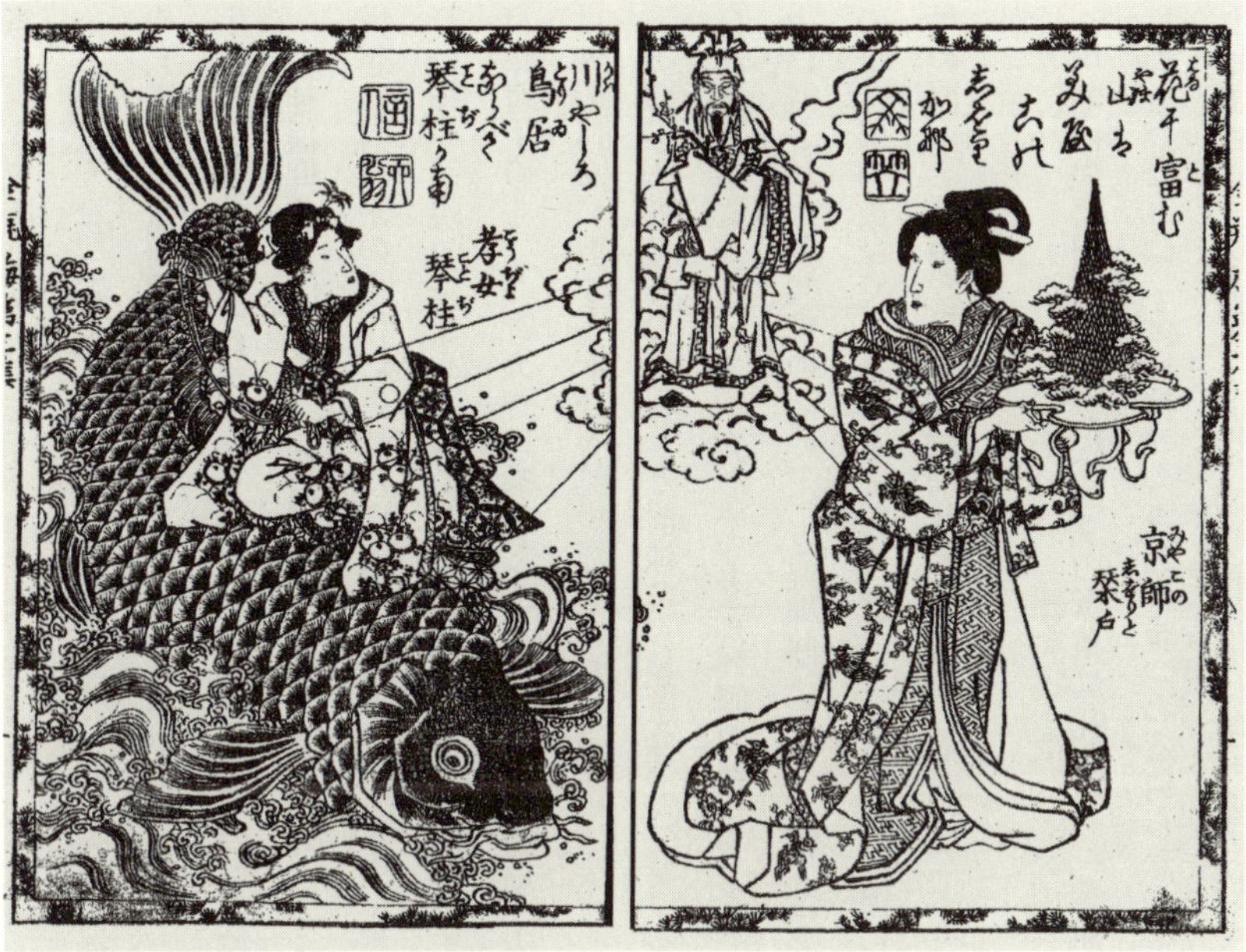


図10　『新編金瓶梅』第三集、１丁裏・２丁表

その後も、天満社は文字八が黒市（啓十郎）を買い取る場所（第一輯）、あるいは啓十郎が刈藻を見染める場所（第二集上帙）などとして、作中にもたびたび登場する。さらに、第三集上帙において、武太郎の娘琴柱は、叔父武二郎の無事を願って、「天満天神の冥助」に望みを托しており、その結果、彼女は九郎五郎が落とした財布を取得して、武二郎を死罪から救うのである。財布に収められた二百両は、もともと阿蓮の身代金であったが、琴柱はこの時点で、その事情を知るべくもない。馬琴はこの二百両の来歴について、「そハかの財布にて知らる、よし、のちに北野の神の示現あり」（十四丁裏）と説明する。また、第三集口絵の一図（図10）には、財布を手にして鯉に乗る琴柱と、島台を捧げた大伯母（武太郎前妻の伯母）栞戸《しをりど》との間に、梅枝を手にした渡唐天神らしき神霊が描かれている。これに関連して、天保五年から七年の間に刊行された同作の後ろ表紙が、雷地に梅の神紋を描いた意匠であることにも注

意すべきであろう。

このように、『新編金瓶梅』の発端部分には、天神信仰への意識が濃厚であり、「梅」からの連想で、馬琴が菅神や天満社を積極的に趣向化していたことが確認できる。同じ甘泉堂から先行して出板された長編合巻『金毘羅船利生纜』（『西遊記』の翻案）においても、馬琴はその冒頭部分に、『菅原伝授手習鑑』の趣向を摂取している。

天神信仰の趣向化は、『新編金瓶梅』の後半部分にも見いだしうるが、その頻度は発端部分には及ばず、作者の構想に何らかの変化が生じたことを想像させる。第六集の末尾において、琴柱が件の二百両の由来を知るのは、「北野の神の示現」によってではなく、妙潮に宛てた阿蓮の手紙からであった。一方、第八集において啓十郎の正妻呉服《くれは》は単身上京し、北野天神に参籠して、菅神の使者白太夫の示現を受けているが（二十五丁裏・二十六丁表）、ここには件の財布に関する記述を見いだしえない。

この「北野の神の示現」と同様に、執筆途上における構想の変化をうかがわせるものとして、本筋冒頭に掲げた自注の文章に含まれる、「金瓶寺老槑《ろうばい》禅師の教化」を挙げることができる。原作『金瓶梅』の普静（普浄とも）和尚に擬された蓋然性の高い、「老槑禅師」なる人物は物語に登場せず、作品の終盤で「教化」を行うのは、啓十郎の母遅馬《おそま》の後身である陸水尼《くがみ》であった。すでに第一節においても紹介したように、陸水尼は結末部分における「因果の開示」という重要な役割りを担っているが、この役目は当初「老槑禅師」が演じる予定だったのではあるまいか。

馬琴は先に引用した老松童子の言葉に托して、「金瓶梅の、名義《めうぎ》のしんさく（神策カ）これのミならず」と述べており、これは「金瓶梅」の書名にまつわる何らかの奇瑞が、後段にも現われることを予告したものであろう。それはまさに、「金瓶寺老槑禅師の教化」に関わるものと思しく、「老槑」なる禅師の名前も、「金瓶梅花の示現」に対置されている以上、天神信仰と無縁のものではあるまい。しかし、『新編金瓶梅』の結末に至るまで、「老槑禅師」はおろか「金瓶寺」なる寺院も、作中には出現しなかったのである。

このように、大幅な構想の改変が行われた一因として、馬琴が『金瓶梅』の続書『隔簾花影』（四十八回。『続金瓶梅』の削節改変本）を披閲したことが想定できる。彼が同書を殿村篠斎から借覧したのは、天保五年から翌年にかけてのことであった。

『新編金瓶梅』第四集の序文において、馬琴は「今這《この》『新編金瓶梅』は、『金瓶』『花影』両伝の、趣に憑るにあらず、又憑らざるにもあらざるよしは、前集の自叙にいへるが如し」と、事もなげに記している。しかし、『隔簾花影』の披閲は、『新編金瓶梅』執筆の途上で行われたものであり、因果応報の理に貫かれた『隔簾花影』は、『新編金瓶梅』の構想にも変化をもたらした。本章において取り上げた、『新編金瓶梅』の発端部分は、『隔簾花影』の披閲以前に執筆されたものであり、これ以後の展開との間に若干の懸隔が見受けられるのも、無理からぬことといえるのである。『隔簾花影』からの趣向摂取については第五章、陸水尼の造型に関しては第六章において、それぞれ考察を加えることにする。

**注**

（1）『新編金瓶梅』の稿本は、第七輯下帙下と第九集上帙上（各十丁）、そして第十集（全四十丁）が早大図書館に現存する。このうち、第七・九集の分は、早稲田大学近世貴重本研究会「新収『新編金瓶梅』稿本影印」（早稲田大学図書館紀要49。平成14年）に影印紹介されている。

（2）馬琴は第一輯三十三丁表の、「作者曰」とした書き入れにおいて、「又黒市を九四太郎と呼べり。そハ九郎五郎が堺に移り住みしころよりなるべし」と記している。しかし黒市は、三十五丁裏以降においても、相変わらず「黒市」と称されている。この改名は、黒市が売買される際、文字八（文具兵衛）に自身の甥であることを気付かせないための作為であろうが、唐突の感を否めない。

（3）本書において参照した『拍案驚奇』の本文は、上海古籍出版社の影印本（一九八五年）と、同社出版の翻刻本（王古魯注釈。一九八二年）である。

（4）『拍案驚奇』巻二十一の入話や、『日記故事大全』（正保三年和刻本あり）巻五にも類話が見える。その他、管見に及んだ白話小説では、増刪本『二度梅』巻四、『玉嬌梨』第十二回。ただし、馬琴が『二度梅』を披閲したのは、天保三年のことである（第二部第七章参照）。また、『玉嬌梨』の書名は、天保九年六月二十八日付の篠斎宛書翰（⑤6）に見えているが、馬琴が同書を披閲した確証は、今のところ得られていない。

（5）平成8年、中公新書。本章ではほとんど言及できなかったが、日下氏の好著からは『金瓶梅』の持つさまざまな側面について教えられることが多かった。

（6）鈴木重三氏「合巻の趣向」（初出は昭和40年。『絵本と浮世絵』所収。昭和54年、岩崎美術出版社）、ならびに水野稔氏「馬琴の長編合巻」（『江戸小説論叢』所収）。

（7）小津桂窓の「里見八犬伝第九集下帙之下上編略評」（天保九年十二月稿。天理図書館善本叢書『馬琴評答集』所収。昭和48年、八木書店）にも、『新編金瓶梅』における虎の出し様について、「『金瓶梅』の時、自賛のよし、面談にいはれしが」（二十丁裏）という記述が見える。

# 第三章　『新編金瓶梅』と『金蘭筏』

## 一　虚花屋浮吉の没落譚

『新編金瓶梅』の主人公西門屋啓十郎は、天保六年刊行の第三集下帙に至るまでの間に、正妻呉服《くれは》（原作の呉月娘に相当）の他、力野《りきの》（李嬌児）・卓二《たかじ》（卓二姐）・刈藻《かるも》（孟玉楼）、そして阿蓮《おれん》（潘金蓮）という四人の側女を得ている。前章においても略述したとおり、呉服・阿蓮を除く三妾の造型には、『金瓶梅』との間で明確な対応関係を見いだしづらい。原作における第三夫人卓二姐は、孟玉楼の輿入れ以前に病没しているが、『新編金瓶梅』の卓二は、第五集に至るまで、啓十郎の愛妾として刈藻と併存している。一方、第四夫人孫雪娥に相当する人物は、『新編金瓶梅』の中には登場せず、結果として両作における主人公の妻妾は同数なのであるが、これも内実の異なる形式的な一致に過ぎない。

これに対して、第三集下帙で登場する李《すもも》の瓶子《かめこ》は、明らかに西門慶の第六夫人李瓶児に擬えられており、両人の境涯は複数の共通点を有している。瓶子が啓十郎に懸想されて、前夫のもとを去るまでの経緯は、以下の通りである。

西門屋啓十郎は、道頓堀の芝居で虚花屋《あだはなや》浮吉《うはきち》の妻瓶子を見初める。浮吉は近江観音寺の商人糠利《ぬかり》名《な》四《し》郎《らう》の息子、瓶子はもと領主の側室であったが、彼女に想いを寄せた浮吉に下げ渡されたものである。

浮吉は名士との交流を求めて「金蘭会」を催す。当日の来会者には、詩歌や絵画に巧みな浪人四九見《しくみ》権佐有実《ごんのすけあり　さね》もあった。会の噂を聞きつけた啓十郎も、悪友の喜田意庵《きたいあん》・祝屋念蔵《いわひやねんざう》や、歌舞伎の色子水木網之介《あみのすけ》を伴い来たる。啓十郎は、会主が瓶子の夫であることに気付き、ひそかに喜ぶ。啓十郎一行を歓待する浮吉の態度に、有実は立腹してその場を立ち去る。啓十郎は浮吉に取り入るべく、網之介を彼に預ける。

（A　二十一丁表〜二十四丁表）

啓十郎に複数の愛妾を見せつけられて欲心を起こした浮吉は、意庵・念蔵に誘われるまま、美女を探しに周防山口へと向かう。意庵らは、盗賊の白波駄太郎《しらなみだたらう》・緑野早四郎《みどりのはやしらう》に脅されて、彼らを奸計の一味に加える。意庵・念蔵が不在の折に、二賊は浮吉の船を襲って五千両を奪い、意庵らに約束の分け前を渡すことなく姿をくらました。

（B　二十四丁裏〜二十八丁表）

浮吉は改めて金を取り寄せるべく、浪華へ使いを出す一方、靡屋《なびきや》の遊女糸柳《いとやぎ》と馴染みになる。網之介を売り払い、五百両で糸柳を身請けすることにした浮吉は、意庵・念蔵に証文を与えて浪華へ遣す。しかし、浮吉を残して周防を退去した両人には、当初から金を届ける気がなかった。

（C　二十八丁裏〜三十一丁表）

一方、啓十郎と結託する尼妙潮《みやうちやう》は、浮吉の留守宅に足しげく通い、瓶子の信頼を得る。恋しい人を夢に見るという「邯鄲の枕」を、妙潮から与えられた瓶子は、その夜忍んで来た啓十郎に心を動かされて同衾する。

（D　三十一丁裏〜三十四丁表）

数日ののち、糸柳は意庵らと結託していたことを打ち明けて、浮吉のもとを去る。啓十郎の奸計を知った浮吉が浪華に帰ってみると、虚花屋の店は売りに出ており、瓶子は妙潮の庵に身を寄せていた。妙潮の勧めに従って、浮吉はやむなく瓶子を離縁する。

（E　三十四丁裏〜三十七丁表）

意庵と念蔵は駄太郎らに出くわし、懲らされて啓十郎の企みを白状する。一方、観音寺に至った浮吉は、川へ身を投げようとして阻まれる。彼を制したのは、浮吉のいとこで北条家の家臣風間権七郎と、その同役のすき間誰《たそ》次郎であった。この時、四九見権佐・白浪駄太郎は権七郎、緑野早四郎は誰次郎の扮装であったことも明かされる。風間らの奪った五千両や、売られたはずの網之介は、ともに名四郎のもとにあり、父親の明察に感じ入った浮吉は、かつて許嫁であった権七郎の妹お実《じつ》を妻に迎える。（F　三十七丁裏～四十丁表）

馬琴もその巻末（四十丁裏）において明記する通り、第三集下帙四巻（合巻二冊）は、主人公啓十郎の悪行よりも、「浮吉・瓶子がこと」に重点が置かれている。原作『金瓶梅』において、虚花屋浮吉に相当する人物は、李瓶児の二人目の夫花子虚であり、この人物も浮吉同様、妻の李瓶児を西門慶に略奪された。李瓶児は花子虚に嫁ぐ以前、宰相蔡京の女婿梁中書（この人物は『水滸伝』にも登場する）の妾であったが、馬琴はこれを転化して、瓶子の前身を領主「佐々木殿」（名前は明示されない）の愛妾と設定したのであろう。ちなみに、原作における瓶児の姓を踏襲した、「李《すもも》」という瓶子のあだ名は、彼女が都で舞妓をしていた折の名残であることが、誰次郎の言葉書き（四十丁表）において説明される。

このように、両書の間に人物の対応関係は見いだしうるものの、虚花屋浮吉と花子虚が、それぞれ破滅に至るまでの経過は、両書の間で趣を異にしている。『金瓶梅』において、西門慶が李瓶児を手に入れるまでの展開は、以下の通りである。

ある日、隣家の花子虚を訪ねた西門慶は、子虚の妻李瓶児と鉢合わせになり、その美貌に見とれる。廓で酩酊した花子虚をいく度か送っていくうちに、瓶児も西門慶のことを憎からず思うようになる。重陽の日、子虚を残して廓を抜け出した西門慶は、潘金蓮の部屋から瓶児のもとへ忍んでいき、深い仲となる（図1右）。

図１　『第一奇書金瓶梅』口絵

花子虚は、伯父花太監の遺産をめぐって、兄弟の花子由（花大）らから訴えられる。太監は子虚に信頼を置かず、財産の多くを瓶児に委ねていた。西門慶は瓶児から多額の所持金をあずかる一方、蔡太子らに働きかけて花子虚を救出する。子虚は釈放されるが、不在中に家屋は売却されており、妻の瓶児も心変わりをしていた。獅子街の寓居において、花子虚は失意のうちに没し（図1左）、瓶児は正月九日、金蓮の誕生日祝いに列席する。（第十三・十四回）

ここで西門慶は、花子由の訴えに乗じて、意中の李瓶児を奪い去っており、積極的に子虚を陥れたわけではない。花子由が西門慶と交流を持つのは、李瓶児が西門家に入った後のことである。

第一章にも記したように、馬琴が文政十三年に披閲した『金瓶梅』は、稀覯本の『金瓶梅詞話』（詞話本）ではなくして、改作の施された崇禎本（明代小説本とも）の流れを汲み、当時広汎に流布していた第一奇書本であった。詞話本の中で、花子虚が本格的に登場するのは、第十一回における花家の酒宴からである。一方、第一奇書本における花子虚は、早くも冒頭第一回で西門慶らと義兄弟の契りを結んでおり、これに伴って同本第一回には李瓶児の消息も見えている。しかし馬琴は、第三集上帙において善の側の主人公大原武二郎の佐渡配流を決着させたのち、同集の下帙で李の瓶子を初めて登場させたのである。

## 二　浮吉の没落譚と『金蘭筏』

瓶子にまつわる物語は、第五集に至るまで断続的に展開されるが、観音寺に帰った浮吉は、以後啓十郎が刑殺されるまでは本編に登場することがない。原作『金瓶梅』とは趣を異にする、浮吉没落の物語は、風流才子の破滅譚としてまとまりのよいものであり、何らかの藍本が存在することを予想させる。結論を先に記せば、ここで馬琴が『新編金瓶梅』にはめ込んだのは、世情小説『金蘭筏』(1)の物語であった。

『金蘭筏』は清代前期の刊行とされる、四巻二十回の中編小説で、目録には「惜陰堂主人編輯、繡虎堂主人評閲」とあり、毎回末尾（第十三回を除く）には、顧天飛なる者の評語が付されている。題号の意味するところは、最終回において、「金蘭ハ乃チ交友之道ニシテ、筏ハ乃チ人ヲ渡ス之意ナリ」と説明される。

この小説前半の梗概は、以下の通りである。

万暦年間の杭州。主人公は田中桂（月生。二十歳）。父は田華（実君）、妻は虞按察の娘賽玉。都察院副御史に昇進した田実君は、家事を息子に託し、夫人を伴って上京する。田公子は友のないことを嘆き、家童可郎の発案で、三月十五日に「金蘭社」を催し、多くの知友を得ようとする。

悪人仇人九・翟有志がこの噂を聞きつけ、音曲をよくする友人たちとともに田家へ来たる。元慶（二十四歳）、金蘭社に出席して田公子と意気投合する。公子が元生の詩に和そうとしたところへ、仇人九らが来たって楽を奏する。一党の中に美童閻文児（十五歳）があり、田公子の気に入る。金蘭社は散会となり、気分を害した元慶は、挨拶もせずにその場を立ち去る。田公子は文児を自家に留め、その母親に金を送る。（第一回）

人九らは田公子に幾度となく金を無心する。田公子は、留守を守る虞氏から呼び出され、父親実君からの手紙を突きつけられる。夫婦は口論となり、田公子は怒って家を飛び出す。（第二回）

人九らは、王公子が複数の妾を持っていることを話題にして、田公子にも妾を持つようそそのかす。揚州には「痩馬」なる妓女養成の習俗があり、妾を得るのに便宜であることを知った田公子は、人九らに揚州への同行を求める。小舟で呉江県まで先行した人九と翟有志は、悪人らに田公子の船を襲わせて一万両をせしめる。無一文で揚州へ至った田公子は、田家の金で商売をしている銭日生のもとから金を取り寄せ、寡婦（実は妓女鄭羞花を三千両で買い取った。（第三回）

人九・有志と結託している鄭羞花は、田公子に九人の女たちを紹介する。女たちは羞花を合わせて「十姨妹」を称している。多くの金を費した末に、公子は九人の女たちと代わる代わるに同衾する。次第に生気を喪失していく田公子に、人九は道士を招いて仙薬を服するように勧める。公子は道士に大金を与えるが、仙薬を練る炉が破れると、道士は怒って立ち去る。この一件もまた、仇人九らの謀略であった。（第四回）

閻文児は、道士と結託した騙りの一件を察知し、人九・有志に分け前をせびるが、却って砒素により毒殺されてしまう。一方、旅の途中で金に窮した元正文は、田御史から援助を受けて洛陽に至り、科挙に応じて探花となる。田御史は二十万両を横領した罪で捕らわれ、東北の寧古塔へと配流されてしまう。（第五回）

一方、金に窮した田公子は、帰郷に際して鄭羞花を伴おうとするが、羞花は真実を告げて公子のもとを去る。粗末な家に転居していた妻の虞賽玉は、散財の末に帰宅した田公子を責めることをせず、ために公子はいっそう深く恥じ入った。やがて田公子は、人九・有志に金の返済を迫る。（第六回）

右梗概を一読すれば、『新編金瓶梅』第三集下帙が、白話小説『金蘭筏』のうち、特にその第六回までのほぼ忠実な翻案であることが了解されるであろう。前節に掲げた同帙あらすじのうち、Aの部分は『金蘭筏』第一回に相当し、B・Cは第三・四回、Eの冒頭部分は第六回の前段にそれぞれ対応している。『新編金瓶梅』と『金蘭筏』、そして『金瓶梅』との間における人物の対応関係を整理すると、次掲の表と図2のようになる。

もとより、細部には改変や省略が加えられており、たとえば田公子を襲撃する悪人が、その場限りの登場人物であるのに対して、馬琴は原作の元正文になぞらえた風間権七郎に、件の盗賊の役回りをも担わせて、構成を緊密にしている。また、『金蘭筏』の第四回で道士が用いた騙術は、『拍案驚奇』巻十八にもとづいた、『近世説美少年録』第三輯（天保三年、文渓堂等刊）第二十六回以下の筋立てに類似しており、馬琴はこの点を嫌って、右の一件を『新編金瓶梅』の中には採用しなかったのであろう。

同帙の典拠について、馬琴はその解明の足がかりを、浮吉の開いた「金蘭会」の名称に暗示していたのである。もっとも、篠斎をはじめとする馬琴の知友中には、この依拠関係を看破し、改作の妙を玩味しえた者はなかった模様であり、作者馬琴が彼らに対して、積極的に典拠を開示した形跡も見受けられない。かく言う筆者も、件の示唆に導かれて『金蘭筏』にたどり着いたわけではなく、馬琴の日記や書翰に現われる白話小説を、手当たり次第に読み通していく中で、この依拠関係に思い当たったのである。

以下に、「金蘭会（社）」の様子を描写する、両書の記述を対照してみたい。

人物対応表

※△印は対応が明確でないもの

| 『新編金瓶梅』三集下帙 | 『金瓶梅』13・14回 | 『金蘭筏』1〜6回 |
|---|---|---|
| 西門屋啓十郎 | 西門慶 | △仇人九・翟有志 |
| 虚花屋浮吉 | 花子虚 | 田中桂（月生） |
| 李の瓶子 | 李瓶児 | △虞賽玉 |
| お実（浮吉の許嫁） | | |
| 佐々木殿 | 梁中書（李瓶児の前夫） | |
| 糠利名四郎（浮吉の父） | △花太監（子虚の伯父） | △田華（実君） |
| 喜田意庵 | △応伯爵 | 仇人九（胡子） |
| 祝屋念蔵 | △祝実念 | 翟有志 |
| 遊女糸柳 | △呉銀児（子虚の馴染み） | 鄭羞花 |
| 水木網之介 | | 閻文児 |
| 四九見有実（風間権七郎） | | 元慶（正文） |
| 白波駄太郎（同右） | | （呉江県の歹人） |
| 緑野早四郎（すき間誰次郎） | | （呉江県の歹人） |

○か丶る所に西門屋啓十郎は、意庵・念蔵両人と、水木網之介といふ、歌舞伎の色子《いろこ》を従へて、虚花屋へ尋ね来つ、あるじ浮吉に対面して、「それがしはこの浪華にて、いさ丶か世の人に知られたる、西門屋啓十郎也。伴ひ来ぬるは友達にて、喜田の意庵・祝屋の念蔵と呼びなす者也。又是なる少年は、都より呼び寄せたる、水木網之介といふ色子也。今日《こんにち》の御盛会に、嗚呼がましくは候へども、彼等が拙き遊芸を、おん笑ひに備へん為に、推参してこそ候なれ」（中略）「まづ友達らが拙き芸を、おん笑ひに備へん」とて、意庵は浄瑠璃、念蔵は三《さ》味《み》線《せん》にて、網之介が一《ト》かなでの、振りも妙《たへ》なる三《さん》拍子、揃ひも揃ひし宴曲に、彼《か》の有実《ありさね》が席書きの、書画はたちまち気《け》おされて、みな此ところへこぞりつ丶、浮かれて等しく誉むる声、しばしは鳴りもやまざりしを、有実はつま弾きして、腹立しさにいとまも乞はず、ひそかに出《いで》て行きにけり。

（『新編金瓶梅』第三集下帙、二十四丁表〜二十五丁表。図3）

当リ不レ得仇人九有リテ二「書生隔絶ノ」一四字ノ預先打点スル一、便チ高声ニ説キ道フ、「田大爺ガ今日ノ此ノ挙ハ、原ト是レ会シレ友ヲ、不二是レ会スルナラレ詩ヲ。因テ下尊啓上ニ有ルニ中『或ハ宜シ二糸竹ヲ一』之諭上、諸敝友特ニテ携二楽具ヲ一欲レ汚サント二清聴ヲ一。不レ知ラ尊意ノ何ナルヲ如」一。衆人見テ下詩ノ難クレ和シ、又有ルヲ中糸竹ノ可キレ聴ク、便チ斉シテレ声ヲ応ジテ

図2　『新編金瓶梅』『金蘭筏』人物関係図

《新編金瓶梅》
遊女糸柳 ＝ 糠利名四郎 ― 空花屋浮吉 ＝ 瓶子 ＝ 啓十郎

《金蘭筏》
鄭羞花（等十姨妹）＝ 田華（実君）― 田中桂（月生）＝ 虞賽玉

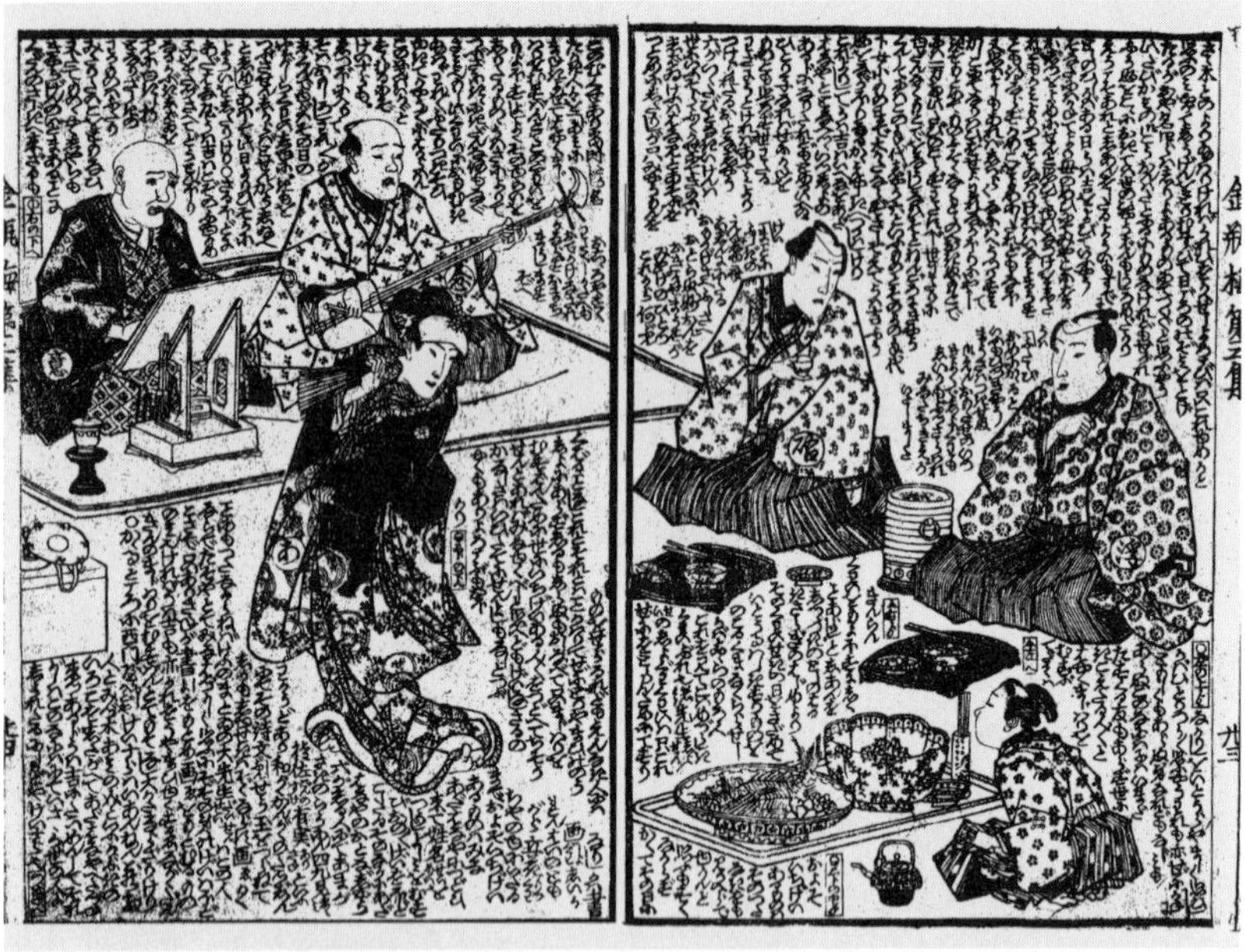

図３　『新編金瓶梅』第三集下帙、23丁裏・24丁表（金蘭会）

道《フ》、「願《クハ》聞《ン》願《クハ》聞《ン》」。田公子是《レ》個《ノ》少年《ノ》情性、起初《ハ》見二-了《シテ》詩《ヲ》一便《チ》欲《シ》レ和《セント》レ詩《ヲ》、如今見《テ》下衆人《ノ》欲《スルヲ》上聴《カント》二糸竹《ヲ》一、便《チ》丟二-開《シ》-了《シテ》詩《ヲ》一、也《タ》説《フ》、「願《クハ》聞《ン》願《クハ》聞《ント》」。仇人九見《テ》三田公子《ノ》也《タ》説《フヲ》二願《クハ》聞《ント》一、就《チ》叫《テ》下同夥的人《ヲシテ》把《テ》二琵琶・絃子・簫笛・鼓板《ヲ》一吹弾起来《セシム》上。真《ニ》是《レ》、「靡々之音、偏《ニ》能《ク》悦《バシム》レ耳《ヲ》」。閻文児竟《ニ》像《ゴトク》二做主人的《ノ》一一般、満二-斟《シテ》美酒《ヲ》一連々《ニ》奉二-与《ス》田公子《ノ》飲《ニ》一。田公子《ハ》聴二-了《シテ》如《キ》レ此《ノ》声音《ヲ》一、又《タ》見《テ》二美童《ノ》在《テ》レ卓《ニ》奉酒《スルヲ》一、真《ニ》如《シ》二羽化《シテ》登仙《スルガ》一。

酒至《リ》二半酣《ニ》一、也《タ》顧《ミ》二-不レ-得賓客《ヲ》一、便《チ》携《テ》二閻文児《ガ》手《ヲ》一問《テ》道《フ》、「你今年十幾歳《ナルヤ》了。為《ニ》レ何《ノ》生《レ》得《テ》如《ク》レ此《ノ》標致《ナルヤ》」。閻文児《ガ》道《フ》、「十五歳《ナリ》了」。田公子道《フ》、「可《キヤ》レ有《ル》二父母《ノ》一麼」。翟有志見《テ》二田公子《ノ》愛《スルヲ》レ他《ヲ》、便《チ》替《テ》レ他《ニ》応《ジテ》道《フ》、「閻文官只《ハ》有《リテ》二寡母一、并《ニ》無《シ》二父親一。大爺歓二-喜《セバ》他《ヲ》一、便《チ》留《メテ》レ他《ヲ》在《テ》レ此《ニ》陪二-伴《セシメヨ》大爺《ニ》二」。田公子《ノ》道《フ》、「如《クナレバ》レ此《ノ》甚《ダ》好《シ》。着《シテ》レ人《ニ》送《リ》下一十両《ノ》銀子《ヲ》与《ニ》中他《ガ》母親《ノ》日用《ノ》上、説《カシメン》二我《レ》留《メテ》レ他《ヲ》在《テ》レ此《ニ》玩要《スト》二」。元正文見《テ》二田公子《ガ》這般《ノ》行径《ヲ》一、嘆口気《シテ》対《シテ》二衆人《ニ》一道《フ》、

「悪《ム》二紫《ノ》奪《ヒ》レ朱《ヲ》、鄭声《ノ》乱《スヲ》レ楽《ヲ》」。遂《ニ》帯二了《シテ》小廝《ヲ》一、不《シテ》レ別《レ》而行《ク》。　（『金蘭筏』第一回。巻一、十丁）

困ったことには、仇人九が「書生隔絶」の四字があらかじめ掲示してあるのを見て、大声で言ったことには、「今日の田君の催しは、そもそも友人たちの集まりであって、詩を詠じあうものではないはずです。招待状にも、「或いは糸竹を宣し」とあったので、私は友人たちと楽器を持ち寄って、お耳を拝借しようと参上したのです。田君はいったいどのようにお考えなのですか」。参会の人々は、難しい詩よりも耳に心地よい音曲に心惹かれて、「どうか聴かせてください」と、声を合わせて言いました。田公子も性情はいまだに少年なので、初めは詩を見てこれに和そうとしましたが、今人々が音曲を聴こうとするのを見ると、やはり詩を投げ出して「聴かせてください」と言い出したのです。仇人九は田公子の様子を見ると、仲間たちに琵琶や琴、笛太鼓を持ち出させて、演奏を始めました。まさにこれは、「つまらぬ音楽は、もっぱら人の耳を悦ばせる」というありさま。閻文児はまるで客をもてなす主人のように、酒を注いでは田公子に差し出します。田公子はこのような音楽を聴き、また美しい少年のお酌を受けて、まさに天にも昇るような気持ちです。

宴もたけなわとなり、公子は他の客たちを顧みずに、閻文児の手を取って、「お前は十何歳になるの？　どうしてこんなに美しいんだい？」と尋ねます。閻文児は、「十五歳です」とだけ答えました。すると公子はまた、「両親はいるのかい？」と聞きます。翟有志は、田公子が文児を気に入ったと見て取ると、文児に替わって、「閻文君には母親だけあって、父親はおりません。もしもあなたが気に入ったなら、ここに置いてお相手をさせたらいかがですか」とそそのかします。公子は、「それはいい。この子のお母さんのところに人をやって、生活のために二十両を送り、この子をここに置いて楽しむことにしたと伝言させよう」と言いました。

元正文はこのような田公子の振る舞いを見て嘆息し、人々に「私は紫が朱に取って代わり、鄭の音楽が礼楽を乱すのを憎みます」（『論語』陽貨）と告げて、従者とともに挨拶もせず去っていきました。

また以下に掲げるのは、両作の遊蕩子が騙りの事実を告知される場面である。

およそ十日ばかり過《すぐ》す程に、六条の廓なる、靡屋の番頭靡《なび》八と云ものが、一挺の駕籠をつらせ、抱えの者を引連れ来て、浮吉に言ふやう、「おん約束の日限も、昨日《きのふ》迄に候へば、太夫の迎ひに参りたり」と、言ふを浮吉いぶかりて、「心得ぬ事をな言ひそ。彼は身の代五百両にて、身請けの相談整ひて、内金百両渡せしかば、かの身をこゝへ呼び取りぬ。されば浪華の本ッ宅より、金だに来なばあと金を、渡さんといふ対談ならずや。さるを日限果てたれば、迎ひに来しとは何事ぞ」と、言はせも果てず靡八は、あざ笑ひつゝ、懐より、一札を取りいだし、「今さら論は無益《むやく》也。糸柳を十日貸してくれよと、言はるゝ由の聞こえしかば、一チ日三両の揚げ代にて、意庵・念蔵のふた方より、金《かね》三十両渡されたれば、やむ事を得ず十日の間、貸し参らせたる太夫なるに、迎ひに来しとて咎めらるゝは、さる夢にても見給ひしか、この一札のあるものを」と、言ひつゝ、やがておし開くを、浮吉は受け取りて、見れば果たして糸柳を、十日借りたる証文にて、その身の印形押してあり。「さては意庵・念蔵がたくみにて、うまくも我をはめたるよ」と、初めて悟りて腹立しさに、なほかにかくと論ずるを、靡八はあざ笑ひて、「言ふことあらばかの人たちに、会ふて何とも言ひたまへ。さる事を聞くいとまはあらず。サア〳〵おいらん立ち給へ」と、いふに糸柳微笑《ほうゑみ》て、「昔の虎が曾我の屋敷に、逗留してをる様なる、馳走にあふてつらかりしに、やうやく年《ねん》があきィした。浮《うは》さんさらばよ」といふ程に、はや舁き寄する迎ひ駕籠に、乗るを遅しと靡八らは、あとにつき又先に立ちて、廓をさして急ぎけり。

（『新編金瓶梅』第三集下帙、三十四丁裏～三十五丁裏。図４）

鄭羞花ノ的母親帯‐了二シテ一乗ノ小轎ヲ一、来‐接二ス鄭羞花ノ回去スルニ一。田公子道フ、「你ガ令愛ハ是レ嫁シテ与フルノレ我ニ的ニテ、我如今いま要下帯シテレ他ヲ回リ二杭州ニ一去ラント上。你怎麼ニ来‐接スルヤ二他ヲ一」。那ノ老婦人道フ、「我ガ家ノ羞花、是レ我ガ自リレ小キ用ヒテレ価ヲ買ヒ来レル 応ズルノ二門戸ニ一的ニテ、家中ニハ有リ三多少ノ人口ノ、看二‐

図４　『新編金瓶梅』第三集下帙、34丁裏・35丁表（糸柳、去る）

着《スル》他《ニ》吃飲穿衣《ヲ》一。你們《ガ》這里《ニ》有《リテ》二一個《ノ》姓仇、一個《ノ》姓翟的一、立《テ》有《リテ》二筆帖一、講下―定《ス》暫時接来《シテ》、伴《フコト》レ你《ニ》些時、回《ラバ》二杭州《ニ》一就《チ》要《スヲ》七還《スヲ》二我《ガ》女児的《ヲ》一。我又不下曾《テ》立《テ》二文契《ヲ》一売《セ》中―与你《ニ》上、又没《シ》レ有《ル》下立《テ》二婚書《ヲ》一嫁中―与《スルコト》你《ニ》上、為《ノ》レ何要《すルヤ》二帯《シテ》レ他《ヲ》回去《セント》一。現在筆帖《ニ》在《リ》レ此、是《レ》你家《ガノ》姓仇・姓翟的《ガ》親筆《ニ》写的《スナリ》、難道《まさか》不《ルヤ》二認得《メ》一」。田公子接来《シテ》一看《スルニ》、筆帖上《ニ》写着《シテ》道《フ》、（証文略）

田公子看完《シテ》、直気得《ニテ》二頭眩眼花《ヲ》一、因説《テキテ》道《フ》、「我《ハ》是《レ》三千両《ノ》銀子《モテ》買《フ》二你家《ガノ》鄭羞花《ヲ》一的《ナリ》、為《ニ》二甚麼《ノ》一説《クヤ》三並《ニ》無《シト》二買価一」。老婦人嚷《ギテ》道《フ》、「誰《ガ》見《タルヤ》二你三千両《ノ》銀子《ヲ》一。若有《シラバ》二銀子一、你家《ガノ》這両個《ノ》人、為《ニ》レ何不《ルヤ》三写《シテ》在《ラ》二筆帖上《ニ》一。你快快《ニ》把《ヲバ》レ人交二―還《シ》一了《セバ》我《ニ》一便《チ》罷《マン》了。若是《シレ》不《レバ》レ肯《ハ》、我就《チ》去《テ》二官司《ニ》一告理《セン》」。田公子見《テ》二筆帖上《ニ》写得《シテ》明白、老婆子《モ》又甚《ダ》凶狠《ナルヲ》一、只得《ぜひなく》叫《ニ》二鄭羞花《ヲシテ》回去《セシム》一。此時田公子《ハ》尚《ホ》有《レドモ》二個《ノ》留恋之意一、那《ノ》鄭羞花《ハ》毫《モ》不《セ》二介意一、把《ノ》二他平日所《ノ》レ穿《ク》的衣服、所《ノ》レ帯《ブル》的首飾《ヲバ》一、尽《ニ》行収拾《シテ》一個《ノ》干浄、欣然《トシテ》上《リテ》レ轎《ニ》而去《レリ》。

（『金蘭筏』第六回。巻二、二十三丁表～二十四丁表）

鄭羞花の母親が乗り物を伴い、羞花の迎えにやって来ました。田公子が、「お前の娘は私に嫁いだのだから、私は杭州に連れて帰ろうと思っているのだ。お前はどうして迎えになんか来たのだ」と尋ねると、母親は「うちの羞花は、小さい頃に買い入れた、客の相手をする娘なんだよ。うちにはこの子の稼ぎを当てにしてる連中もいるんだ。お前の知り合いに、仇とか翟とかいう奴がいるだろう、あいつらが証文を書いて、しばらくお前の相手をさせたんだよ。お前が杭州に帰るとなったら、娘は返してもらう約束じゃないか。契約をかわしてお前に売ったわけでも、証文を書いて嫁がせたわけでもないんだ。何だって連れて帰るなんて言うんだい。ここに証文があるから見てごらん、例の仇や翟が書いたんだ、知らないなんて言わせないよ」とまくし立てます。田公子が受け取って見てみると、そこにはこのように書いてありました。（証文略）

田公子は読み終わるとたちまち目眩がしましたが、気を取り直して言ったことには、「私は三千両で羞花を買ったのだよ。どうして金は受け取っていないなんて言うんだね」。すると老婆も負けずに、「誰が三千両なんて金を見たもんか。もしもそんな金が有るんなら、どうしてお前の所の二人は、証文にそう書かなかったんだい。すぐに娘を返せばそれでいいんだ。もしも返さないなんて言うなら、お役人に訴えてやるよ」とわめきます。田公子は確かな証文があり、老婆も手におえないと見て取ると、仕方なく羞花を帰すことにしました。この時、公子には未練の思いがありましたが、羞花は少しも気にとめず、日頃身につけていた衣類や首飾りを、残らず荷物にまとめると、嬉しそうに乗り物に乗って去ってしまいました。

文章よりも絵を主体とする合巻であるため、行文上の明確な一致を指摘することは困難であるが、馬琴が原作の趣を残しつつ、浮吉の物語として手際よく翻案していることが、右の二例からも確認できるであろう。

## 三　馬琴と『金蘭筏』

### （一）馬琴の『金蘭筏』披閲

馬琴が伊勢松坂の知友殿村篠斎から、白話小説『金蘭筏』を借覧したのは、天保三年秋のことであった。同書はそれ以前から、両者の話題に上っており、この年四月二十八日付の篠斎宛馬琴書翰（②33）には、以下のような一節が見えている。

一、『金蘭筏』と申小説、御購入被成候よし。させるものには無之候へども、又まんざらにも無之に付、『古今《ママ》奇観』と共に御かし可被下候哉と被仰下、千万忝奉存候。長キ物より左様之品、却てたすけに成候事に御座候。

同じ白話小説であっても、冗長な巨編よりは、まとまりもよく趣向に富んだ中短編の方が、馬琴にとっては著述の「たすけ」になったようである。すでに前章で紹介したごとく、馬琴の合巻『千代《ちよ》褚良《ちよら》著聞集《ちよもんじふ》』（天保三・五年、永寿堂刊）や、『新編金瓶梅』の第一輯も、『拍案驚奇』に収められた複数の短編を趣向源としていた。

この年七月四日、『金蘭筏』を落掌した馬琴は、同月十七日から二十日にかけて、この小説を通読した上で抄録し、翌月十六日に同書を返送する際には、「金蘭筏略評」なる一通を認めて、松坂行きの紙包に同封している。馬琴が行なった抄録の実際や、篠斎に送付された「金蘭筏略評」の内容については、目下のところその詳細を知る術がない。ただし、馬琴が同書に与えた評価のあらましは、読了の直後に執筆された、篠斎宛書翰の中に見いだしうる。

扨、引つゞき『金襴《ママ》筏』も四冊、昨日迄ニよみ終り申候。抄録もこれは相済申候。追て一処に返上可仕候。

此『金襴筏』ハ、人情は頗穿候へども、巧なる脚色なく、且勧懲正しからず候。『五鳳吟』『巧聯珠』にハ及びがたく候。略評御めにかけたく候へ共、今便の間ニ合不申候。（七月二十一日付書翰。②40）

『金蘭筏』に対する篠斎の評価が、「させるものには無之候へども、又まんざらにも無之」と、幾分か肯定に傾いていたのに対して、馬琴の評価は決して芳しいものではない。右引用に見える『五鳳吟』『巧聯珠』とは、いずれも『金蘭筏』と同様に、馬琴が篠斎から借覧した中編白話小説である。前者は「雲間嗤々道人編著」で全二十回、主人公祝琪生と五人の女子が苦難の末に集い、琪生が五女を娶ることをもって局が結ばれる。後者は「煙霞逸士編次」で全十五回、主人公の聞相如が、やはり艱苦の末に方芳芸・胡茜芸の二小姐を妻に迎えて団円となる、「双嬌斉獲」型の才子佳人小説である。

これら両書に関しては、目下のところ馬琴の作品中に摂取された形跡を指摘しえないが、彼は天保二年十二月十四日付の篠斎宛書翰（②24）において、「『著聞集』へ『五鳳吟』を入可申候也」と、具体的な構想を開示している。『千代褚良著聞集』は、第二輯をもって中断されたが、馬琴はその最終巻の末尾で、「第三輯ハ三代目、四度屋《よど》たつ五郎の物語をあらはすべし」（二十丁裏）と予告していた。よって、彼は『著聞集』の後続部分において、淀屋辰五郎の奢侈を世界として、『五鳳吟』の物語を翻案する腹稿だったのであろう。

また、やはり篠斎に宛てた書翰の中で、馬琴は『好逑伝』（名教中人編次。十八回）を『巧聯珠』と『五鳳吟』に並称して、「みなチヨツピリものながら、いづれもおもしろく候」（天保二年八月二十六日付。②8）、「いづれもよミ本・合巻のすぢニ相成」（天保三年正月二十一日付。②28）などと論評している。周知のように、『好逑伝』は馬琴の長編読本『開巻驚奇侠客伝』（天保三～六年、群玉堂等刊）の中に趣向を摂取された才子佳人小説である。(2)

馬琴は『金蘭筏』をもって、『巧聯珠』や『五鳳吟』には及ばない作品と断じ、その理由を「巧なる脚色なく、且勧懲正しからず候」と説明した。それでもなお、彼が同書前半の物語を、自作の中に翻案したのは、軽薄才子の田中桂が、悪友に誘われるまま、ひとたび没落の憂き目に逢うという筋立てに、「人情」の穿ちを認めたからであろう。

(二)『金蘭筏』と『琵琶記』

『金蘭筏』の返送に先だって、馬琴は八月十一日に篠斎へ書翰を認めており、その中には以下のような記述が見えている。

『金欄筏』は着之砌、早速披閲仕候。半分より末の趣向は、『琵琶記』のはめ物にて、妙なる『琵琶記』をわろく作りかえ候ものに御座候。この評も返上之節、帙中ニ入置候而、備御覧可申候。(②42)

『金蘭筏』の披閲(七月十七日〜二十日)を間に挟み、馬琴は新たに買い入れた『琵琶記』を繙読しており(七月三日〜二十四日)、彼がことさらに両作の類似を言い立てているのも故なきことではない。『新編金瓶梅』における翻案が、『金蘭筏』後半の筋立てに及ばないのも、右のごとき評価と無縁ではなかろう。

『金蘭筏』第七回以降の梗概を、要を摘んで紹介する。

閻文児殺害の廉で訴えられた田公子は、按院となっていた元正文の計らいと、文児の亡霊が真相を告げたことによって放免される。改心して勉学に励んだ田公子は、殿試で榜眼(第二位)となり、帝の命で海棠を賦して名声を高める。(第七〜十一回)

張宰相から次女碧雲の婿に望まれた田公子は、故郷に残した賽玉を思いやって、婚姻の申し入れを拒むが、刑部侍郎に昇進した元正文のとりなしもあって、やむなく碧雲小姐を妻に迎える。田公子は淮鳳に赴任して善政を施し、その功績をもって江南巡撫に昇り、父母も配流を解かれる。賽玉・碧雲の両妻は仲睦まじく、のちに田公子は閣部に至る。（第十二～二十回）

『琵琶記』の主人公蔡邕もまた、故郷に新妻の趙五娘を残して上京、状元となって牛宰相の目にとまり、やむなくその娘を妻に迎えている。両妻が和合するという結末においても、両作は軌を一にするが、『琵琶記』が蔡邕の栄華と並行して、趙五娘の貞節をも描いているのに対して、『金蘭筏』では張家における田公子の生活が語られることも、物語の視点が田公子から離れることもない。この点で、『金蘭筏』と『琵琶記』とは趣を異にしており、このような差違も馬琴には、「わろく作りかえ」たものとしか映らなかったのである。

天保三年九月二十一日付の篠斎宛書翰（②49）には、「右愚評中、『琵琶記』の事ほめ申候ニ付」という文言が見えており、馬琴が「金蘭筏略評」の中でも、『琵琶記』と『金蘭筏』との優劣を論じていたことが確認できる。『琵琶記』の披閲を思い立った篠斎に対して、馬琴はこの戯曲を愛好する理由を以下のように説明している。

なれども、『びは記』は伝奇中の妙作也。趣向は淡薄にて、巧なる事なきは、伝奇のつねなれば、いふにしも及ばず。詞の中にも、蔡太公がその子の中郎の、都よりかへり来ざりしを待かね、隣親の張太公に対して、「とてもかくてもわが身の余命、いく日もあるべからず、もし没後に蔡邕がかへり来なば、われらに代りて、此杖にて打て給はれ」などいふ段は、よくその人の親み厚情をつくして、涙のはふり落るに及び候也。妙といふは、すべてかやうの所ニ御座候。

ここで馬琴は、『琵琶記』第二十三齣「代嘗湯薬」に見える、蔡太公が張太公に杖を託す場面を例示し、「親み」や「厚情」を尽くしたものと評価している。一部類似した展開をたどる『琵琶記』と『金蘭筏』は、馬琴にとって「人情は頗穿候へども、巧なる脚色なく」という共通の傾向を有していたが、「勧懲正しから」ぬ『金蘭筏』は、所

詮「伝奇中の妙作」として名高い『琵琶記』には比肩しえない作品だったのである。(3)

## （三）『金蘭筏』における「勧懲」

『新編金瓶梅』第三集下帙において、改変や削除が施された『金蘭筏』の筋立ては、その多くが馬琴の意にそぐわないものであったに違いない。よって浮吉の没落譚は、作品の形で綴られた『金蘭筏』前半部分に対する批評としても読むことが許されるであろう。

『新編金瓶梅』第三集下帙の筋立てに関して、馬琴は同帙下冊の前表紙見返しで、「あだなうき世に虚華屋の浮吉が浮気話説《はなし》、ふかき伎倆《たくみ》は西門啓《せいもんけい》が(4)、花ぬす人の狂言綺語《きぎよ》に、堅固老爺《かたいおやぢ》が裏を画《か》く、是《これ》も勧善懲悪の、花あり実《み》ある作者の新編」と述べている。「堅固老爺《かたいおやぢ》」とは、浮吉の父親名四郎《なしらう》のことであり、甥の風間権七郎や手代の浄六を通じて、息子の厄難をすべて承知していた彼は、西門屋啓十郎の「裏を画《か》」いて、浮吉を窮地から救った。

名四郎を明察の人と設定したのは馬琴の創意であり、原作『金蘭筏』に由来するものではない。田公子の父親実君は、息子が窮乏に陥った最中、かつての横領が発覚して、妻女ともども流刑に処されており、息子の危難に手を差し伸べることは不可能であった。父親の犯した罪科を、その息子が自身の功績によって償うという『金蘭筏』の筋立てを、馬琴は「勧懲正しから」ぬものと受け取ったことであろう。ゆえに彼は、原作に対する批判意識をもって、主人公の父親を有徳の知恵者に改変し、自作における善悪を正したものと考えられる。

一方、田公子の没落に次いで語られる、閻文児殺害をめぐる裁判（第七～九回）は、『新編金瓶梅』の中に翻案されることがなかった。これは文児の霊が裁きの場に現われるという荒唐無稽を、作者が忌避した結果なのかも知れないが、筆者はここにも「勧懲」に対する馬琴の用心を想定してみたい。

裁判の担当者元正文が被告田公子の知友であるという偶然は、裁きに私情が介在した印象を与えかねない。このような読後感は、単に不快であるばかりでなく、公刊される作品においては、改名主の嫌疑を蒙るおそれさえある。馬琴が合巻『風俗金魚伝』上編（文政十二年、錦森堂刊）の編述途上で、名主から苦言を呈されたのも、私的な交情が関与する裁判の場面であった（第二部第八章Ｉ参照）。

馬琴は過去の苦い経験にも鑑みて、杭州府における裁きを翻案することなしに、浮吉の物語を締めくくったのではあるまいか。かくて『新編金瓶梅』の水木網之介は、閻文児のように殺害されることもなく、観音寺で浮吉と再会を果たすのである。

「私情」をもって田中桂を取りなす人物としては、他にも公子の舅となった張宰相を挙げることができる。田公子が凶作の淮鳳に赴任して善政を施し、その恩賞として寧古塔に配流されていた父母を救いえたのも、張宰相の推挽なくしてはかなわぬことであった。帝さえ欺いて田公子に婚姻を迫った張宰相は、物語の結末に至るまでさしたる報いも受けずに済まされているが、この点も馬琴には「勧懲正しからず」と感じられたかも知れない。この推定が誤たないものとすれば、馬琴にとって『金蘭筏』後段の瑕瑾は、『琵琶記』との類似ばかりではなかったことになる。失意の田公子が、杭州へ帰って以降の物語は、馬琴の標榜する「彰善癉悪」（『新編金瓶梅』第一輯下帙上冊、前表紙見返し）に照らしても、自作の中に翻案するだけの価値を有さなかったのであろう。

かくて浮吉没落の物語は、『金瓶梅』における西門慶の姦淫譚はもとより、藍本である世情小説『金蘭筏』にも増して、「勧善懲悪」の筋が通った、作者会心の新趣向となったのである。

## 四　『新編金瓶梅』第三集下帙の執筆

『新編金瓶梅』第三集下帙について、起筆から刊行に至るまでの経過を、馬琴の日記や書翰の記述をもとに整理すると、以下の通りである。

○天保五年
10月13日　第三集下帙五の巻の挿絵を稿しはじめる。
10月15日　本文一丁半を稿す。
10月26日　視力の衰えを理由に、板元へ執筆断念を申し入れる。画稿と本文とを別紙に綴ることで妥結。
11月1日　篠斎宛書翰（③55）。「何分気力すゝミ不申候故、今以一行も出来不申候」。
11月3日　冒頭から書き直し。
11月9日　国貞から挿絵画稿十丁が届く。馬琴は門人の代画と推定。
11月15日　再度板元へ執筆断念の申し入れ。
11月21日　和泉屋の手代伝兵衛、馬琴に続筆を願い出る。
11月23日　再度執筆に取りかかる。
11月26日　五の巻稿本出来。
12月1日　六の巻稿本出来。
12月7日　視力の低下を理由として、和泉屋に潤筆料の値上げを申し入れる。
12月12日　七の巻稿本出来。
12月14日　八の巻稿本出来。
12月30日　六～八の巻の校正が終わり、摺り込みを許す。

○天保六年
　正月2日　『新編金瓶梅』第三集下帙売り出し。
　正月11日　篠斎宛・桂窓宛書翰（④1・3）。右の経緯を略述する。

板元の和泉屋市兵衛は第三集上帙の好評を受けて、すでに天保五年二月三日の時点で、馬琴に下帙の執筆を催促している。しかし、この年六月から翌月にかけて、馬琴は痢病を患っており、それに伴い同帙の起筆も大幅に遅れた。浮吉の物語が編述された同年冬、『金蘭筏』はすでに篠斎へ返却済みであり、馬琴は借覧の際に作成した抄録を参照したものと考えられる。

十月十三日に画稿を起筆して以降、その述作は作者の衰眼ゆえに遅々として進まず、同月二十六日には女婿清右衛門を介して、板元へ執筆の断念が申し入れられた。同日中に板元和泉屋の来訪を受けて、馬琴は絶筆を思いとまったが、この時までに書き終えていた原稿は、わずかに一丁半分しかなかったのである（十月二十七日日記）。

十一月三日に至って、再度本文が起稿されたものの、馬琴は「眼病とかく不宜、夜分并ニくもる日《（ムシ）》ハ、一向筆とりかね候」（十一月九日日記）という状態であった。彼は同月十五日、ふたたび板元に執筆断念を申し入れたが、和泉屋の手代伝兵衛からの懇請もあって、二十三日には編述を再開し、以後は原稿を順次筆工の中川金兵衛に送り届けている。かくて馬琴は、十二月十四日に全二十丁の本文を脱稿、大晦日には再校を終えて、翌年正月二日によようやく発兌せしめたのである。

同帙の中には、出板を急いだ故の不手際が散見され、特に板心付近の摺りに鮮明さを欠く丁が見受けられるのは、板木を分割して彫刻を行なった名残りであろう。特に第二十八丁などは、板を継いだ形跡が歴然としている。また、第二十六丁の挿絵において、喜田意庵の名印《なじるし》が、念蔵をあらわす「㊎」になっているのは、一見して明らかな誤刻である。出板の後、この失態に気付いた馬琴は、板元に訂正を求めたが（天保六年五月十六日付篠斎宛書翰。④14）、これは聞き入れられなかったものと思しく、後印本においても右の誤りは改められていない。

さらに本文中には、後段における展開との間で齟齬をきたす記述も見いだしうる。

　されバ又啓十郎ハ、（中略）既にして浮吉が、去り状を残し留めて、出《いで》て行きしをひそかに歓び、三人ッ（筆者注、啓十郎と瓶子・妙潮）奥に寄りこぞりて、さらにことぶきの酒盛りしつゝ、「只三両の手切り金ッは、いとも安きもの也」とて、妙潮が働きを誉めて、骨折り賃十両を取らせ、その後《ゝち》瓶子を浪華へ伴ひ、阿蓮が次の側女にして、楽しミ多しと思ひけり。（三十七丁裏～三十八丁表。傍線筆者）

右引用によれば、瓶子は程なく浪華へ移ったように受け取れるが、実際には彼女が西門屋へ入る以前に、以下のような騒動が巻き起こるのである。

　啓十郎は正妻呉服の従兄弟船館苫四郎《ふなだてとましらう》に従って伊勢へと旅立つ。妙潮に預けられた瓶子は、医師斧形曳水《おのがたえんすい》の巧言に謀られて、その妻になってしまう。（第四集）

　浪華に帰着して、瓶子の変心を知った啓十郎は、曳水を陥れて刑死させ、その上で自家に招き入れた瓶子を折檻する。（第五集）

原作『金瓶梅』に照らせば明らかなごとく、この筋立ては李瓶児が医師の蔣竹山に嫁ぐ一件（第十七～十九回）に擬えたものである。瓶子が斧形曳水の療治を受けたのは、夢に浮吉の怨霊を見た気鬱ゆえであったが、その際に彼女は、曳水から浮吉の無事を告げられて、啓十郎との関係を後悔する。

馬琴は翌年に刊行された第四集の本文中で、この不整合に対する苦しい釈明を行なっている。

　作者曰第三集に啓十郎ハ、瓶子を手に入れしより、浪華の本ッ宅に伴ひ帰りて、側女にせしよしを記せしハ、後々の事にして、この折しかせしにあらず。瓶子ハ尼崎なる、妙潮が庵にありし程、なほこれかれと物語多くあり。そハ此編につぶさなり。（第四集、五丁裏）

刊行が差し迫った状況下で、『金蘭筏』の翻案に気を取られるあまり、『金瓶梅』における蒋竹山の存在を忘却していたのであれば、これは単なる馬琴の失態である。しかし、第三集下帙を執筆した時点において、彼が竹山一件の翻案を省略し、ただちに瓶子を浪華の本宅へ移す心づもりであった可能性も、軽々には否定できない。この場合、瓶子をめぐる物語は、執筆の途上で構想が動揺していたことになる。

第三集下帙と第四集との間で、馬琴の構想が揺れ動いたものとするならば、視力の衰えつつあった彼が、先行きを危ぶんで完結を急いだことも、その一因として想定できるであろう。実際にこの頃の馬琴は、知友に宛てた書翰の中で、しきりに合巻の断筆を話題に上せている。もっとも、彼は第四集の序文において、「況本集《まいてこのまき》の趣向にハ、五集・六集の襯染《したぞめ》に、綴れるも是《これ》なきにあらねバ、尚幾十《なほいくと》の巻の後々《のち〳〵》まで、閲《けみ》する随《まゝ》に解分《ときわけ》られて、看官《みるひと》いよ〳〵佳境に入《い》るべし」と記しており、この時点では嗣作に対する意欲を喪失していない。

あるいは、馬琴が第三集下帙の執筆を間に挟んで、『金瓶梅』の続書である『隔簾花影』（『続金瓶梅』の改編削節本。全四十八回）を披閲したことも、何らかの形で構想の変動に影響しているのではあるまいか。『隔簾花影』は『新編金瓶梅』第四集の序文にもその名前が掲げられており、同作後半の展開にも大きく関与した小説である（第五章参照）。この『隔簾花影』に対して、馬琴は「趣向ニ貫目あり」（天保五年七月二十一日付篠斎宛書翰。③51）などと、一定の評価を与えているが、『新編金瓶梅』における同作からの影響は、部分的な趣向が摂取されているに過ぎない。これに対して、あまり評価の芳しくなかった『金蘭筏』を、馬琴は自作の中に大きく翻案して、半集二十丁分の物語をなしている。そのあらわな趣向摂取は、既述のごとき慌ただしい執筆作業とも無関係ではなかったことで

図５　『新編金瓶梅』第三集上帙、３丁裏・４丁表（浦島の見立て）

あろう。

## おわりに

以上本章では、『新編金瓶梅』の第三集下帙で展開される、虚花屋浮吉の物語について、特にその典拠作と翻案態度とを中心に論じてきた。この一段において初めて登場する、李の瓶子の運命をたどるだけでも、『新編金瓶梅』がいかに原作『金瓶梅』とは異質な作品であるかが理解できるであろう。

第三集の口絵には、浮吉夫婦と白波駄（宅）太郎、遊女糸柳を描いた一図（図5）が含まれている。ここに描かれた四人のうち、盗賊駄太郎に相当する人物は、原作『金瓶梅』には登場しない。よって、馬琴はすでに第三集の起筆当初から、花子虚の破滅譚をそのまま翻案する心づもりではなかったようである。もっとも、この一図のみをもって、『金蘭筏』を同集下帙の中に翻案する作者の構想が、天保四年の時点で熟していたと考えるのは早計であろう。

同図において、浮吉は漁夫の扮装で描かれ、糸柳は玉手箱らしきものを捧げており、ここには龍宮城に遊んで時を忘れた浦島太郎の見立てがある。また、桟橋の上の瓶子が、浮吉に背を向けた姿で描かれているのは、夫婦の行く末を暗示するものであろう。

『金瓶梅』第六十二回における李瓶児の最期は、息子官哥を殺された悲嘆によるものであり、彼女の死は西門家の運命が傾いていく予兆でもあった。これに対して、子供を産むことのなかった瓶子は、啓十郎が誅殺された後も生きながらえており、西門屋の厄難には巻き込まれなかったものの、名四郎と改名した浮吉に再会して捕らわれ、鼻を削ぎ落とされてしまう。その後、辻君にまで身を落とした彼女は、自身に懸想した悪漢牟尼無三太《むにむさんだ》に斬殺される。瓶子を見舞う悲惨な運命には、『隔簾花影』における方春姐（『続金瓶梅』では袁常姐。李瓶児の転生）の境遇も投影されているものと思しく、馬琴の掲げる「彰善癉悪」は、ここにも貫かれているのである。

**注**

（1）本書において参照した本文は、古典小説集成『金蘭筏』（影印。一九九〇年、上海古籍出版社）と、明末清初小説選刊『金鳳簫』（翻刻。一九八八年、春風文芸出版社）である。後者はその底本を明示しないが、シリーズの通例から推して、前者の底本である大連図書館大谷文庫本に拠ったと思われる。

（2）拙稿「曲亭馬琴「好逑伝脚色抄」解題と翻刻」（江戸風雅2。平成22年）においては、天保初年における馬琴の『好逑伝』披閲を跡づけ、その際に作成された「好逑伝脚色抄」（早大図書館曲亭叢書）を紹介した。

（3）馬琴は文化五年刊行の読本『三七全伝南柯夢』（北斎画。木蘭堂等刊）において、『琵琶記』や同書を改作した「琵琶記尋夫改本」（李漁『閑情偶寄』巻二所収）の趣向を用いたとされる。徳田武氏「『三七全伝南柯夢』と『二度梅』『琵琶記』」（『日本近世小説と中国小説』所収）参照。

（4）　馬琴は公刊された著書において、西門慶を「西門啓」と表記するのが常である。これは将軍家の世嗣家慶に憚ったものと思しく、西門屋啓十郎が「慶十郎」でないのも、同様の配慮によるのであろう。

# 第四章　天保期の馬琴と『平山冷燕』『両交婚伝』

## はじめに

『南総里見八犬伝』第九輯下帙下編（套）之中（第百六十七～百七十六回。天保十二年閏正月売出）の巻頭に掲げた「後序」の中で、馬琴は稗史小説に「大筆と陋筆」とがあることを説く。ここで彼は、みずからを「大筆なる作者」の側に置き、自作の有用性を改めて主張するのであるが、唐山の「大筆」については、以下のように説明している。

大凡《おほよそ》経籍詞章の学びは、和漢の先哲、叮寧《ねもごろ》に注疏して、学者を教導《をしえみちび》くものから、世俗《よひと》は皆教《をしへ》を厭《いと》ふて、無用の空言を歓び、或《あるひ》は又奇《くしき》を好みて、人の好歹《よしあし》を聴《きか》まく欲《ほり》す。こゝをもて、達者の戯墨に遊べるや、事を凡近《ぼんきん》に取《とり》て、誼《ぎ》を勧懲に発《おこ》し、空言以《もつて》塵俗《ちりのよひと》の惑《まよ》ひを覚《さま》す者、『水滸』『西遊《せいゆう》』、『三国演義』、『平山冷燕《へいさんれいゑん》』、『両婚交伝《りやうこんこうでん》』[1]の五奇書あり。文章巧致至奇《しき》至妙、其《その》深意を推考《おしかんがふ》れば、則《すなはち》『斉諧《せいかい》』を鼻祖として、反《かへつ》て三教の旨に違《たが》はず、釈氏の所謂《いはゆる》善巧方便、五百の阿羅漢、二十五の菩薩の功徳に伯仲す、といふとも過《すぎ》たりとすべからず。（二丁表）

ここに掲げられた「五奇書」のうち、『水滸伝』と『西遊記』、『三国演義』の三作が、馬琴の著作に与えた影響については、改めて縷述する要もあるまい。残る二作は、いずれも「才子佳人小説」に区分されるもので、特に『平山冷燕』（荻岸山人編次。二十回）は、この類の小説の中でも、比較的初期（順治十五年・一六五八序刊）に出現したものである。この『平山冷燕』が、馬琴の読本『松浦佐用媛石魂録』のうち、特にその前編（文化五年、仙鶴堂等刊）の主要な典拠であることは、夙に麻生磯次が指摘している。[2]

一方の「両婚交伝」、正しくは『両交婚小伝』（天花蔵主人序）は、『平山冷燕』の続編を自称する、十八回の中編小説であり、国会図書館蔵『商舶載来書目』[3]の記述から、享保十二年には我が国に渡来していたことが確認できる。馬琴はこの小説を、天保五年に殿村篠斎から借り受けて披閲した。

右引用に掲げられた「五奇書」の他にも、天保期の馬琴が高く評価した白話小説として、『三遂平妖伝』（原本二十回、増補本四十回）や『五鳳吟』（雲間嗤々道人編著。二十回）、『二度梅』（惜陰堂主人編輯）などを挙げることができる。とりわけ、作中における「勧懲の微意」を激賞して評書さえものした『三遂平妖伝』を、馬琴が「五奇書」の中に数えなかったのは不審である。他の二作品は、『平山冷燕』と同様の才子佳人小説であり、馬琴は自作における全面的な翻案を志していたが、いずれも実現には至らず、これらの小説が「奇書」として、広く一般に宣揚されることもなかった。

本章では、「五奇書」の中に数えられた才子佳人小説『平山冷燕』と『両交婚伝』とを取り上げ、天保期の馬琴が、これら二作品を高く評価した理由について、改めて検討を行う。特に『両交婚伝』に関しては、その梗概を確認し、馬琴作品における翻案の跡にも考察を及ばせてみたい。

## 一　馬琴の『平山冷燕』再閲

### （一）再閲以前

文政十一年正月、馬琴は千翁軒大坂屋半蔵から、『松浦佐用媛石魂録』の後集を刊行した。『平山冷燕』の高踏的な趣向を、雅なるものとして積極的に導入していた[4]前編とは異なり、二十年を隔てて執筆・刊行された後集には、『平山冷燕』からの趣向摂取を見いだすことができない。

殿村篠斎はこの年秋に『平山冷燕』を披閲して、『石魂録』前編における翻案の妙に感じ入った。年が明けてからこの報告を受けた馬琴は、同人へ宛てた書翰の中で、以下のように返答している。

一、『平山冷燕四才子伝』、去秋中被成御覧候付、『石魂録』前集の本居《店》御見出しの由、さこそと珍重ニ奉存候。『四才子伝』ハ能文ニて、詩句・駢句抔、実ニ妙也。乍去、趣向ハ淡薄ニて、今の流行ニあひ不申候。文人の歓び候小説ニて御座候。『石点頭』は、未被成御覧候哉。これハ一トきりものながら、よほどおもしろく覚候。

（文政十二年二月十一日付篠斎宛書翰。①49）

『平山冷燕』の別称としては「四才子書」が一般的であるが、ここでは「四才子伝」という呼称が用いられている。この小説の伝本には、総評の冒頭に「天花蔵批評平山冷燕四才子小伝蔵本」（以上傍点筆者）と標記されるものがあり、馬琴の用いた呼称と、何らかの関連があるのかも知れない[5]。もっとも、これが馬琴の記憶によるものなのか、あるいは篠斎の書翰中に見えていたものか、右引用のみから判断することは困難である[6]。

前掲書翰の中で、馬琴は『平山冷燕』の文章や、作中に挿入された「詩句・駢句」を高く評価しているが、作品そのものに関しては、必ずしも満足していない模様である。短編白話小説集『石点頭』（天然痴叟著。十四巻）に対する、「よほどおもしろく覚候」という評語も、『平山冷燕』との比較にもとづくものであろう。

もっとも、当時の馬琴は『平山冷燕』を所蔵しておらず、前掲の評語も、文化期に披閲した折の記憶にもとづくものであった。後年の篠斎宛馬琴書翰中に、以下のような記事を見いだすことができる。

一、『醒世恒言』『連城璧』『平山冷燕』《冷山平》御入用に付、此地書肆をも心がけ、有之候はゞ、先直段等早々申上候様御頼之趣、承知仕候。（中略）寛政の末より文化中は、追々俗語小説ものかひ入、五六十部にも及び候処、其節は、『石点頭』代金壱方、（中略）『平山冷燕』金壱方、（中略）すべて此位の直段にて購得候処、文化の末より見識かはり、小説ものはうつとうしく覚候間、追々有用の他本と交易いたし、只今は三ケひとつも無之、只端本など、少し残し置候のみ、をしき事をいたし候也。（天保三年四月二十八日付。②33）

古キ日記をくり見候処、野生右之書（筆者注、『平山冷燕』）をかひ入レ候ハ、文化三寅年正月の事にて、銀拾八匁ニかひ入申候。其後、文化の末ニ『唐書』をかひ入候節、金壱分の下本ニ遣し候事迄、見出し申候。（天保五年二月十八日付。③41）

昔歳拙蔵の本ハ、明板に候歟、本の形、半紙本程有之、九行か十行ニて、天花の序文有之候様ニ覚申候。（同右）

これらの記事によって、文化期に馬琴が蔵した『平山冷燕』の概要や、その入手時期などを知ることができる。天花蔵主人の序文が順治十五年のものである以上、馬琴所持本も「明板」ではありえないが、相応の善本であったと思われる。(7) しかし、この『平山冷燕』はもとより、一定の評価を与えた『石点頭』でさえ、「文化の末より見識」の変わった馬琴には、手元に留め置くほどの価値を有さぬものと判断されたのである。

机辺に『平山冷燕』が存さなかったことと、同書に対する「今の流行ニあひ不申候」という認識は、当然『石魂録』後集における作風の変化にも影響していたに違いない。『石魂録』の前編において、『平山冷燕』からの影響をもっとも色濃く留めている、女主人公の秋布《あきしく》は、後集第十三回の中で、往時の賢しらだった振る舞いを反省し、「赤石の神の冥罰《みやうばつ》を、受《うく》ともよしや一生涯、歌をばよまじ書《ふみ》も視《み》じ」（後集巻之二、三丁表）という誓いを立てている。高木元氏の分析（注6参照）に従えば、彼女の改心は「才に長けた貞婦」が、「才女であるが故の罪障性の自覚」

を契機として、変容を遂げたものといえるであろう。その結果、『石魂録』後集には『平山冷燕』の影響が薄れ、秋布の才智に代表される「雅」の要素も、作中において影を潜めることとなったのである。

## （二）『平山冷燕』の再評価

篠斎から『平山冷燕』購入の斡旋を依頼された馬琴は、大坂の書肆河内屋茂兵衛などに、同書の有無を照会している（天保三年四月二十八日付河茂宛書翰。②34）。しかし、この折には入手がかなわず（同年六月二十一日付篠斎宛書翰。②37）、翌年にも再度河内屋へ問い合わせを行なったが（天保四年四月九日付河茂宛書翰。③53）[8]、やはり色よい返事は得られなかったらしい。

天保五年二月に至り、馬琴の息宗伯が、通新石町の書肆須原屋源介方で、『平山冷燕』四冊を見いだし、馬琴は篠斎のためにこれを二十八匁五分で買い取った。同月十八日付の篠斎宛書翰（③41）において、馬琴はこの本の概略を、以下のように報じている。

此度手ニ入候は、康熙の季歟、乾隆の初年の板なるべし。十二行三十三字ニ候へバ、細字ニて、ことの外書つめ候。（中略）多く誤字あり、彫工のあやまりも見え候。尤、推量ニてよめ候事ハよめ候へども、善本とハ申がたく候。

馬琴の記す諸特徴は、宮内庁書陵部蔵『船載書目』の宝暦四年「九番船持渡小説三十部之扣」に見える、啓盛堂刊本（天理図書館所蔵）とよく合致する。啓盛堂の刊記を持つ白話小説としては、他に雍正十二年（一七三四）序刊の『官板大字全像批評三国志』が知られており[9]、件の『平山冷燕』も、同じ頃の刊行であろうか。

二月十七日に『平山冷燕』を落掌した馬琴は、入手の当日から同月二十日にかけて久々に同書を繙き、二十六日には同書を松坂へ向けて発送した。同日付の篠斎宛書翰（③42）には、以下のように記されている。

一、『平山冷燕』、三十余年前ニ見候節も、おもしろきと存候故に、『石魂録』中ニ少々とり入候得ども、さほどの物とハ不存候ひしが、此度再閲いたし候処、古今無類の妙書ニ御座候。勿論、唐山ニても、婦幼ハ歓び候もの、稀なるべく候得ども、この作の妙、『三遂平妖伝』にも立まさり候様ニ覚候。（中略）此作者、詩詞抔ハ芥を拾ふごとくにて、大才子ニ御座候。（中略）奇々妙々、感心不少候。但し、人物の気質、初ハ悪、後ハ善ニて、とほらざる事も候へども、一人も死するものなし。よく味ひ候へば、感嘆限りなく候。か丶る物をこそ、拙評をもせまくほしう思ひ候。

馬琴は右引用の中で、一時は並々ならぬ執心を示した『三遂平妖伝』さえも、『平山冷燕』には劣るものとし、省略部分においても、同作に対する賛嘆の文句を連ねている。広汎な読者には受け入れられまいと考える一方で、作中の詩詞を高く評価する点は、先に引用した文政十二年の寸評と同趣であり、再閲を通して、旧来の認識が深められたのであろう。

「初ハ悪、後ハ善ニて、とほらざる事も候」と馬琴が難ずるのは、『石魂録』の中で悪人長城野《おさきの》平太《ひやうだ》に擬された、竇国一の人物造形と思われる。国一は従兄弟の晏文物に肩入れして、女主人公の山黛を弾劾した人物であり（第三回）、味方が山小姐に惨敗した折には、帝の贔屓を疑って異議を唱えてもいる（第五回）。のちに揚州知府となった国一は、山黛との勝負にも加わった宋信に語らわれて、冷絳雪に山家の侍女となることを強要する。絳雪に難詰された国一は、自身の行為に恥じ入るが、絳雪は却って国一に後事を托し、自らの意志で上京するのであった（第七回）。

このように、二佳人を迫害する役割を演じた国一であるが、物語の終盤においては、平如衡からの依頼を受けて、平生と冷小姐の媒人を誠実に務めている（第十九・二十回）。善悪一貫しない賓国一の造形が、馬琴にとっては『平山冷燕』の瑕瑾と感じられたのであろうが、それも同作の評価に影響するような、本質的な問題ではなかったらしい。

## 二　『両交婚伝』の梗概

『平山冷燕』とともに「五奇書」の一に数えられた、才子佳人小説『両交婚伝』は、内題を「新編四才子二集両交婚小伝」といい、『平山冷燕』の続編であることを標榜している。この点に関して、同書第一回の冒頭には、以下のような記述が見える。(10)

自《リ》レ古《ク》才難、従来有《リ》レ美。然《レバ》相逢《フコト》不レ易《カラ》、作《サバ》レ合《ヲ》多《シ》レ奇。必《ズ》結《ビ》ニ一段《ノ》良縁《ヲ》一、定《テ》歴《テ》ニ一番《ノ》妙境《ヲ》一、伝《テ》作《シ》ニ美観《ト》一、流《レテ》為《ル》ニ佳話《ト》一。故《ニ》『平山冷燕』前《ニ》已《ニ》播《セリ》ニ四才子之芳香《ヲ》一矣。然《レドモ》芳香不《シテ》レ尽《キ》、躍々《タル》筆端、因《テ》下又采択《スルニ》中其才子占《メ》ニ佳人之美《ヲ》一、佳人擅《ニシ》ニ才子之名《ヲ》一、甘《キコト》如《ク》レ蜜《ノ》、辛《キコト》若《キ》ニ桂姜《ノ》一者《ヲ》上、続《テ》為《ス》ニ二集《ト》一。請《フ》試《ミニ》覧《ヨ》レ之《ヲ》。

　昔から才智は得がたいもので、ただ美しいだけのものが存在しています。よって、双方を兼ね備えることは難しく、才美の出会いには多く不思議が伴うものです。彼らは必ずその困難を成し遂げて良縁を結び、すばらしい境地を味わった末に、その美観を広く世に伝えられ、二人の物語は佳話として喧伝されてきました。よって、『平山冷燕』が四才子の美才を世に広めたのです。しかしその芳香は尽きず、生き生きとしたこの筆先は、才子が佳人の美貌を手に入れ、佳人が才子の名を我が物にするという、味わいのある話題を新たに選び、前作の続編を書き上げました。どうかお聞き下さい。

『平山冷燕』という題号は、四人の主人公、平如衡・山黛・冷絳雪・燕白頷の姓を連ねた、いわば『金瓶梅』式の命名であり、同様に「四才子書（あるいは四才子伝）」という別称も、二組の才子佳人に由来している。これに対して『両交婚伝』は、甘頤・甘夢兄妹と辛古釵・辛発姉弟の、やはり四人の才子佳人を主人公とし、題号は二つの婚姻が成就する団円にちなむものである。

もっとも、『両交婚伝』の作者と目される天花蔵主人が[11]、その序文において、「雖《ドモ》下地異《ナリ》人殊《ナリ》、事非《ハズ》二一致《ニ》一、時分レ代別《レ》、情属《ハスト》中両端《ニ》上」と記す通り、同書と『平山冷燕』との関連はさほど密接なものではない。「続四才子書」を標榜する小説には、他にも煙霞散人編『鳳凰池』（十六回）があり、同作も雲剣・水湄ら二組の才子佳人を主人公としている[12]。この『鳳凰池』と同様に、『両交婚伝』もまた、内実は『平山冷燕』（四才子書）の盛名に便乗した、他作者による模倣作だったのではあるまいか[13]。

『平山冷燕』については、魯迅の『中国小説史略』に梗概が紹介されており、これまでも『松浦佐用媛石魂録』の典拠作として、馬琴研究においても注目を集めてきたので、本章ではその内容を改めて詳述しなかった。しかし『両交婚伝』の場合は、魯迅の著書にも言及がなく、麻生磯次の研究にも、馬琴著作との関連は指摘されていない。よって、以下に同作の梗概を紹介してみよう。

四川重慶府の才子甘頤（不朶）は、母と妹夢娘の三人家族。府考に落第した甘頤は、旅の途上で文宗の施沛に出会い、試されてその才を示す。重慶に至った施文宗は、府考における甘頤の答案を見て感心し、道考の際には厳密に採点するよう配下に命じる。甘頤兄妹のいとこ刁直は、不正を用いて道考に合格しようとするが落第、一方で甘頤は首席となる。その後甘頤は、才色兼備の佳人を求めて揚州に赴き、辛祭酒の娘古釵が主催する「紅薬詩社」の噂を耳にする。辛家に出入りする妓女の黎青（小三・瑶草）と馴染みになった甘頤は、彼女の発案に従い、妹夢娘に扮装して詩社に参加する。辛小姐と甘頤は互いの詩才を認め合い、小姐は夢娘（実は甘頤）

が男でないことを嘆く。（第一～五回）

二人の心を知った黎青は、甘頤に辛小姐の弟辛発（解慍）を紹介し、甘頤は辛生に妹夢娘との縁談を持ちかける。辛小姐は弟の持ち帰った甘頤の詩を見て感心し、過日の夢娘が甘頤の仮装であったことを察知する。辛祭酒も甘頤の才能を愛し、辛発と夢娘との婚姻を承諾する一方、甘頤を小姐の夫にしたいと考える。これを知って甘頤は喜ぶが、黎青は却って先行きを危ぶむ。（第六～九回）

夢娘は刁直の求婚を拒み、逆に刁直から訴えられる。両人は知県王蔭の前で才智を競い、刁直は夢娘に惨敗する。一方揚州では、甘頤が郷試で帰郷している間に、威武侯の公子暴文が、辛小姐に婚姻を迫る。小姐は侍女の緑綺を身代わりとして嫁がせ、みずからは家に籠もって難を逃れる。（第九～十三回）

郷試で首位となった甘頤は、辛小姐が暴文に嫁いだことを知って驚くが、事情を察した黎青は、甘頤に慌てぬよう助言する。上京して辛家を訪れた甘頤は、そこで暴文から妹窈娘の婿に望まれる。殿試で探花（第三位）となった甘頤は、暴家と婚姻を結ぶよう勅命を受け、これに抗って帰郷しようとするが、捕らわれて投獄される。同輩らの取りなしによって、甘頤は帝の御前で弁解し、辛小姐との婚姻を許される。（第十四～十六回）

巴県の知県となった辛発は、姉の辛小姐とともに任地へ至り、この地で二組の婚儀を挙行する。自身の妻が身代わりであることに気付いた暴文は刁直を語らい、帝に訴えて巻き返しを図ろうとするが、刁直は御史となった王蔭に出くわして捕らわれ、暴文も処罰される。帝は二組の夫婦を召して詩作を命じ、その才能を称讃する。甘頤に身請けされた妓女黎青は、「記室夫人」と称される。（第十七・十八回）

魯迅は才子佳人小説の鼻祖とされる『平山冷燕』と『玉嬌梨』（二十回。荑荻散人編次）の二作品を評して、皆女子を顕揚して其の異能を頌し、又頗る制芸（八股文）を薄んじて詞華を尚し、俊髦（すぐれた人物）を重んじて俗士を嗤ふ。然るに所謂才は、惟だ詩を能くするに在りて、挙ぐる所の佳篇、復た鄙倍（道理に背いた卑しいもの）多く、郷曲学究の為せるが如し。復た凡そ偶を求むるに必ず考試を経、婚を成すに詔旨を待つは、則ち当時の科挙思想の牢籠する所（『中国小説史略』第二十篇）

と述べているが、『両交婚伝』もまた同様の傾向を有している。前掲の梗概からも明らかなように、この作品の中で才智が際だつのは、二才子よりもむしろ甘辛両家の小姐であり、四人の主人公たちにも勝る明察の人として、揚州の妓女黎青が活躍するのである。

## 三　馬琴の『両交婚伝』披閲

馬琴の仲介で購入した『平山冷燕』を、天保五年三月二十八日に落掌した篠斎は、折り返し自身の蔵する『両交婚伝』と『隔簾花影』（『続金瓶梅』の削節改編作。四十八回）とを同梱して、四月一日に江戸へ向けて発送した。馬琴はこの紙包を同月二十九日に入手し、同日の日記に「『両交婚伝』ハ『平山冷燕』の後編、『隔簾花影』ハ『金瓶梅』の後編ニて、両様とも珍書也」と記し留めている。

到着の当日、馬琴は『両交婚伝』の「序目のミ、あらまし披閲」（同日日記）したが、この作品を本格的に繙読したのは、落掌から半年あまりをを経た、同年十一月二十六日から翌月十六日にかけてのことであった。翌年正月、馬琴は同書の略評を、所蔵者である篠斎に申し送っている。

（前略）先ヅ『両交婚伝』より看かゝり候処、此小説奇妙之珍書ニて、且筆工ハチといたし、燈下ニても至極よみ易く、ことの外おもしろく覚候故、旧冬全部看訖り候。是迄恩借の小説中、かばかりめでたき妙作ハ未覚候。尤、前編『平山冷燕』に似かよひ候処、なきにあらず候へ共、筋よく通り、且巧ニ御座候。但シ、詩ハ前編ニ劣り候様ニ覚候。譬バ、『平山冷燕』（冷山平）ハ造化天然の名花のごとく、『両交婚伝』ハそれをにせて、上手の作りし綵剪花《ツクリバナ》に似たり。勿論二才子・二才女も、『平山冷燕』の二才子・二才女に劣り候故也。此四才子の外、黎妓ハ抜群の才女ニ候。これらハ観音の化身とか、文昌星の化身とかせバよからんと存候。又強婚の段に、緑綺をにせ物ニつかひ候も、いかにぞやと存候。これら皆、前編ニ不及故ニ御座候得ども、そハ慾目ニて、後編ニかばかりの物、多く得がたく候。いかで御秘蔵被成候様奉存候。尚、異日寸暇もあらバ、略評御めにかけたく、今より心がけ候事ニ御座候。（天保六年正月十一日付篠斎宛書翰。④1）

篠斎所蔵の『両交婚伝』は、旧蔵者によって「間紙ヲ入レ、仕立直し、帙も拵直」された改装本であったという（天保六年二月二十一日付同人宛書翰。④5）。よって原態が判然とせず、いかなる板本であったかを推定するのは困難であるが、少なくとも粗悪な巾箱本の類ではなかったようである。

右引用において、馬琴は『両交婚伝』を、これまで篠斎から借覧した小説の中でも傑出したものと高く評価している。その一方で、同作は特に主人公の造形や作中の詩において、前編である『平山冷燕』に及ばないとし、所詮は「綵剪花《ツクリバナ》」のごとき模倣作であると断じた。

次いで馬琴は、妓女黎青の人物造形を問題としている。ここでは作中の記述によって、黎青の人となりを確認しておこう。

原来這《ノ》黎小三《ハ》、小名叫《ヲビ》㆓做《シ》青姐《ト》㆒、号《シテ》做《シ》㆓瑤草《ト》㆒、也《タ》才《ニ》二十歳《ナリ》。生得《レテ》人物小巧精霊、嘗到《テリ》㆓辛衙《ニ》㆒来《リテ》侑酒《セリ》。（第四回）

そもそもこの黎小三は、幼名を青姐といい、瑤草と号して、いまだ二十歳の若さでした。きわめて聡明な生まれつきで、以前には辛家の酒宴に侍ったこともあります。

揚州に至った甘頤は、酒店における若者たちの噂話から、黎青が辛家に出入りし、古釵小姐とも交流のあることを知る（第三回）。甘頤は磚街の黎家を訪れて客となり、扇に記された辛小姐の詩に、妓女の身を哀れむ意図が存することを、黎青に向けて解説する。辛小姐の思いやりと甘頤の才智に感じ入った黎青は、甘頤へ以下のように持ちかけるのである。

但《シ》郎君《ガノハ》此来、必《ズ》有《ラン》レ所レ図《ル》。不レ妨《ゲ》二傾吐《シテ》一于妾《ニ》、与《ニ》之《ヲ》細商《セン》。妾雖《ドモ》二無知《ト》一、決《シテ》不下敢《テ》以《テ》二葑蕘《ヲ》一作《サ》中荊棘《ヲ》上、幸《ニ》悉《ク》言《テ》レ之《ヲ》毋《レ》レ諱《ムコト》。（第四回）

あなたがここへいらしたのは、何かお考えがあってのことでしょう。どうか私にお打ち明けになって、一緒にご相談させてください。私は無知ではございますが、けっしてあなたのお邪魔はいたしません。どうか全てをお話し下さい。

かくて甘頤は黎青に事情を語り、彼女の献策によって、辛小姐と知り合う機会を得るのである。以後も甘頤は、黎青の指示に従って行動するが、彼女の判断は誤ることがなかった。

第十七回に至って、甘頤が黎青を千両で身請けしようとした際、彼女は甘頤の体面を損なうことを恐れて、彼にも無断で京師へ赴き、辛祭酒のもとへ身を寄せる。のちに甘頤夫婦と再会を果した黎青は、「妾原有《リ》レ愿レ服二侍《セントノ》夫人《ニ》一、今就《チ》青衣《ナレバ》、正《ニ》其《ノ》分 也《ナリ》（私はもともと、夫人にお仕えすることを願っていたのです。ですから、いまの侍女の身分に満足しております）」と謙遜するが、以下のごとき辛小姐の言葉によって、甘頤の「記室夫人」に収まるのである。

瑶草有《リ》レ志二従良《ニ》一、既具《シテ》二紅払之眼《ヲ》一、復多《タシ》二借箸之謀《ヲ》一。若《シ》屈《サバ》二之《ヲ》小星《ニ》一、猶《ホ》レ不《ルガ》二従良《ナラ》一也。妾原以《テ》二記室《ヲ》一相期《ヒセリ》、今須《ク》下別設《ケ》二一座《ヲ》一、称《シテ》レ之《ヲ》曰《ヒ》二記室夫人《ト》一、待《ス》上以《テ》二内幕賓之礼《ヲ》一。方《ニ》彼此不《シテ》二相負《ヒカ》一而高卑得《タリ》二其《ノ》宜《キヲ》一也。（第十八回）

瑶草には夫を持つ願いがあり、しかも紅払のような鑑識眼を持ち、張良のごとき計略にもすぐれています。もしも彼女を妾になさったならば、彼女の願いをかなえたことにならないではありませんか。私は以前、瑶草を書記にすると約束したのですから、彼女のために部屋を与えて「記室夫人」と呼び、賓客の礼をもって遇することにしましょう。これならば、約束に背くこともなく、また互いの身分にもかなっています。

ここに至って、黎青の知略と辛小姐の情義は大いに顕揚されるのであるが、馬琴は黎青に関して、「観音の化身とか、文昌星の化身とかせバよからんと存候」と評しており、一才子が二佳人を娶る、所謂「双嬌斉獲」[14]型の結末に満足してはいなかった。

そもそも、妓女黎青の明察が際だつ一方で、四人の主人公たちの印象は必ずしも明確ではなく、特に古釵小姐の弟辛発などは、詩才以外に目立った才智を示す機会が与えられていない。黎青の助言なしには、辛小姐を得ることのできなかった甘頤や、侍女緑綺の犠牲によって、辛うじて窮地を切り抜けた辛小姐の才智は、馬琴も指摘するように、『平山冷燕』の主人公たちに比べると見劣りがする。また、辛小姐を想いながらも黎青との雲雨を重ね、後には黎青を「記室夫人」に迎えた甘頤の行動を、馬琴は道義的に認めえなかったことであろう。斯様な欠点を補う便法として、馬琴は黎青を菩薩や文昌星（魁星とも。文章を司る星。③28参照）といった、人智を超えた存在として造形すべきであったと主張するのである。

このように見てくると、馬琴が『両交婚伝』を「妙作」とするのは、あくまで「後編（続書）」の範疇においてであり、その内容に対する評価は、必ずしも芳しいものではない。多くの点で『平山冷燕』に劣ると判断した『両交婚伝』を、馬琴はどうして「五奇書」の中に数えたのであろうか。

## 四　『新編金瓶梅』における趣向摂取

馬琴の長編合巻『新編金瓶梅』（天保二年～弘化四年、甘泉堂刊）のうち、天保七年に刊行された第四集の中盤で

図１　『新編金瓶梅』第四集、17丁裏・18丁表（苫四郎ら、楠家に押しかける）

は、以下のような物語が展開されている。

伊勢の武芸者楠一味斎《いちみさい》の娘千早《ちはや》は、許嫁である大原武二郎《ぶじらう》（武松《たけまつ》）と、夢の中で同衾して懐妊する。一味斎は真相を質すべく、武二郎が配流された淡路島へと向かう。その道中、一味斎は旅宿で盗賊に侵入され、とっさに小柄を打ちかけるが、これを賊に持ち去られてしまう。

三好家の権臣船館幕左衛門《ふなだてまくざゑもん》の一子苫四郎《とましらう》は、西《にし》門屋《かどや》啓十郎《けいじうらう》とともに伊勢へ至り、義理の叔母にあたる一味斎の妻樹石《このいし》を訪問する。千早の美貌に心惹かれた苫四郎は、啓十郎やその父親の九郎五郎らと策謀をめぐらせる。そこへ盗賊の野鼠穴市《のねずみあないち》が現われ、過日一味斎から奪った小柄を取り出して、百両で買い取るように持ちかける。半金を渡して小柄を手に入れた一党は、これを証拠の品として楠の屋敷へ押しかけ、千早に苫四郎との縁組みを迫る（図1）。苫四郎らの偽りを見抜いた樹石は、千早に許嫁があることを告げて、一党の申し出を拒絶する。

啓十郎らはならず者を伴い、再度楠の屋敷に押しかけるが、一味斎の甥志貴実一郎守真《しきのじついちろうもりさね》に、門前で追い返される。樹石母子は後難を慮って、一件を問注所に訴え出る。

（上帙十三丁裏〜二十丁裏）

双方の訴えを受けた鳥屋尾《とやのお》前司《ぜんじ》充忠《みつたゞ》は、千早・苫四郎の両人に才智と武芸とを競わせ、もしも苫四郎が勝利したならば、彼を楠家の婿として認めることを宣告する。翌日、千早と歌学の心得を競った苫四郎は、もろくも三題を連敗する。千早は剣術においても苫四郎を圧倒し、不意を突かんとした啓十郎をも撃退する。充忠に捕縛された苫四郎と啓十郎は、旧悪を叱責されて追放となり、次いで残金を要求する穴市らに襲撃される。啓十郎は九郎五郎に救われるが、苫四郎はこの争いで命を落とす。穴市はその場を通りがかった一味斎に捕縛され、啓十郎は仲間とともに逃走する。

（下帙二十一丁表〜二十八丁表）

『新編金瓶梅』第四集は、天保六年十月から十二月にかけて執筆され、同年十二月二十八日に上帙、翌年正月六日に下帙がそれぞれ刊行された（天保七年正月六日付篠斎宛別翰。④34）。馬琴は、『両交婚伝』の披閲から一年ののちに、同集を執筆したわけである。

『新編金瓶梅』と『両交婚伝』の人物対応表

| 『新編金瓶梅』 | 『両交婚伝』 | 才女との関係 |
|---|---|---|
| 千早 | 甘夢娘 | 本人 |
| 樹石 | 田氏 | 母親 |
| 楠一味斎（旅行中） | 甘霖（死没） | 父親（不在） |
| 大原武二郎（流罪中） | 辛発（未見） | 許嫁（不在） |
| 船館苫四郎（血縁なし） | 刁直 | 従兄（婚姻を迫る） |
| 鳥屋尾充忠 | 王知県 | 為政者・判者 |
| 志貴実一郎（従兄弟） | 甘福（家人） | 庇護者 |
| 西門屋啓十郎<br>九郎五郎（等） | 屈仁<br>駱寿 | 従兄の仲間・悪人 |

図2　『両交婚伝』『新編金瓶梅』人物関係図

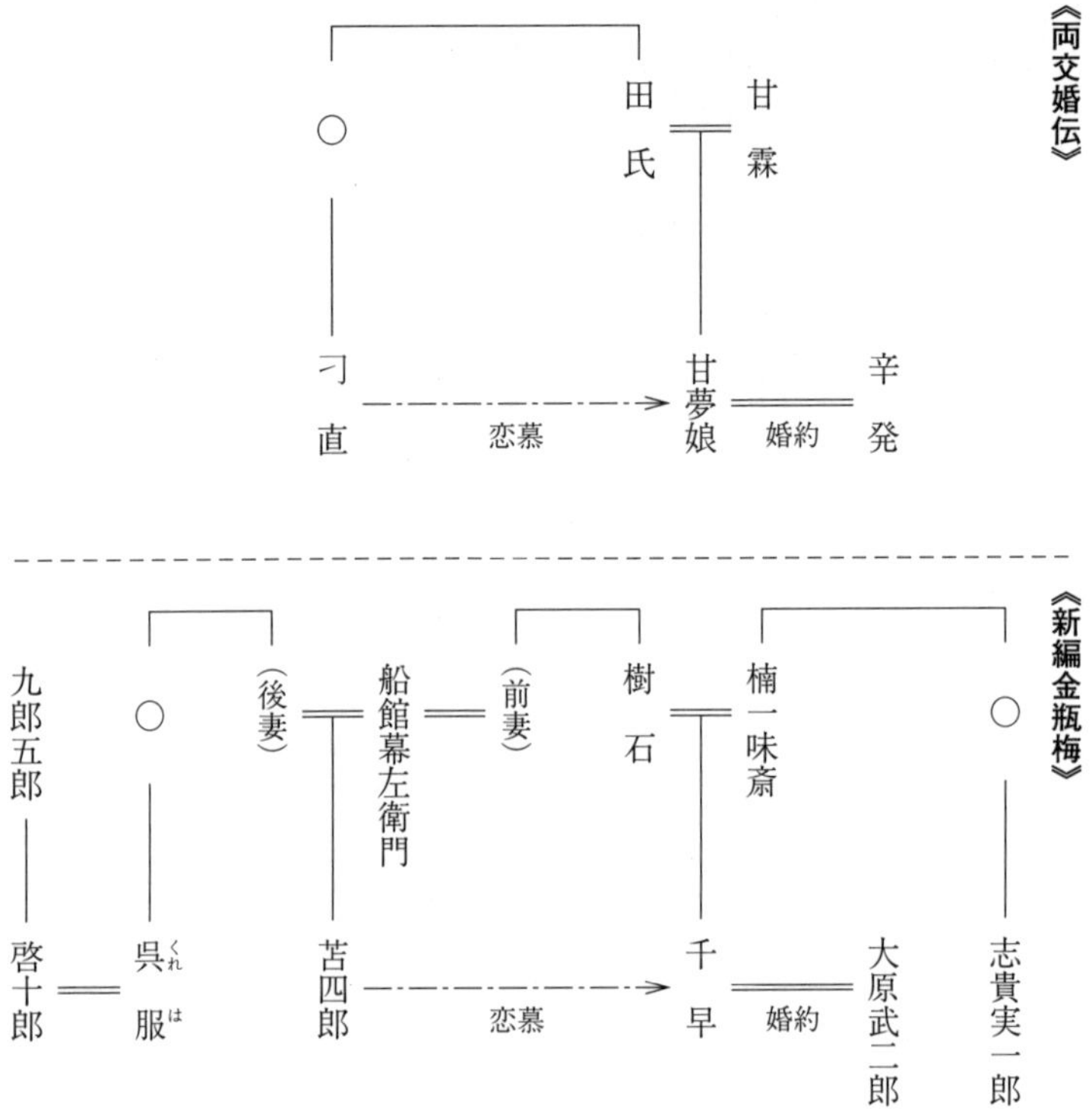


悪漢が女子を訴えて、双方が公庁で才を争うという展開は、『平山冷燕』第四回にも見いだしうるものであり、ここでは佳人山黛が、玉尺楼において晏文物や竇国一らを圧倒している。『松浦佐用媛石魂録』前編に見える、秋布と悪漢たちとの才智競べは、この一段を翻案したものである。

筆者は当初、その展開の類似から、右に掲げた『新編金瓶梅』の筋立ても、『平山冷燕』の趣向を再度利用したものと考えていた。しかし、『両交婚伝』を通読して、同作の方が千早の物語とより密接に関連していることを認識したのである。

ここで改めて、『両交婚伝』第九回から第十一回までの梗概を、より詳しく紹介する。

甘頤兄妹のいとこ刁直（天胡）は、叔母の田氏を訪ね、夢娘との婚姻を申し入れるが、母子は承知しない。刁直は持参した釵児をわざと置き去りにして、後日の証拠にしようと目論む。後難を慮った夢娘は、家人甘福に命じて、刁直の残した釵児を王知県のもとへ届けさせる。（第九回）

刁直は友人の屈仁と駱寿を媒人に頼み、再度甘家へ押しかけるが、甘福に門前で追い返される。刁直は屈仁に訴状を書かせ、甘家の「頼婚」を王知県に訴え出る。事情を察した知県は、屈仁らを詰問して奸計を白状させ、刁直を捕縛せんとする。刁直は屈仁の献策に従い、王知県を味方に付けるべく、みずから役所へ出向いて事情を語る。知県は夢娘の才智に興味を抱き、彼女に出頭を命ずる。（第十回）

夢娘は母親田氏とともに県衙へ赴き、刁直に相応の才があれば、嫁いでもよいと明言する。知県は二人に「咏驢」の題目を提示し、夢娘はこれに二首の律詩で応ずる。次いで「夜月眠遲」「春粧得暁」の二題を得た夢娘は、即座に二詩を成す。その間に一首もなし得なかった刁直は、知県に処罰されそうになるが、夢娘のとりなしで放免される。（第十一回）

右の梗概からも明らかなように、『新編金瓶梅』と『両交婚伝』は、大筋で同一の展開をたどっており、両書の共通項は以下の五点に整理することができる。

①佳人、従兄から婚姻を申し入れられるも拒絶
②佳人、従兄の訴訟に先んじて為政者に事情を説明
③従兄、仲間を連れて再来し、追い返される
④従兄、為政者に婚約の不履行を訴え出る
⑤佳人と従兄、為政者の前で才智を競う

『新編金瓶梅』においては②と③が前後するものの、前掲の人物対応表と図2にも整理したごとく、両作は各々の登場人物にも対応関係を見いだしうる。よって、馬琴は千早の才智を描くために、『両交婚伝』の趣向を用いたと判断してよかろう。

## 五　馬琴の翻案態度

### （一）人物関係の複雑化

すでに第二章で検討を加えたように、馬琴は『新編金瓶梅』の発端部分において、原作の『金瓶梅』にはない複雑な血縁関係を構築したが、その錯綜は第四集に至ってさらに深められている。従兄弟同士の武二郎《ぶじらう》（武松《たけまつ》）と啓十郎は、武松の兄武太郎《ぶたらう》をめぐって仇敵の関係にあり、さらに第四集においては、武二郎の許嫁である千早が、苫四郎に肩入れする啓十郎と、新たな敵対関係を生ずるのである。

既述のように、千早・苫四郎の両人は、『両交婚伝』における甘夢娘と刁直とに擬されている。ただし馬琴は、二人の関係にも独自の改変を施しており、原作の筋立てを単純に襲用しているわけではない。善悪双方の関係を説明する両書の記述は、それぞれ以下の通りである。

原来這ノ刁表兄就ハチ是レ田氏的ガ姐姐ノ嫁二‐到シテ刁門一ニ生メル的ナリ。住テ在リテ二県城中一ニ、家道ハ十分従容、名字ハ叫ビ二‐做シ刁直一ト、別字ハ天胡、生レ得テ儀容甚ダ陋、心情頗ル愚ニシテ、所レ好ハル者枕上之花、所レ貪ハル者懐中之物ナリ。

（『両交婚伝』第一回）

そもそも、このいとこの刁生は、田氏の姉が刁家に嫁いで産んだものでした。その家は県城の中にあり、非常に裕福です。その名を刁直といい、別号を天胡と称しています。生まれつき容貌が醜く、性情は非常に愚かで、女遊びや金儲けに余念がありません。

そもく一味斎の妻樹石ハ、苫四郎が叔母とハいへど、まことハ骨肉の縁類にあらず、船館幕左衛門がはじめの妻ハ、樹石が姉なりしに、その腹にハ一人も子のなくて世を早うし、後の妻ハ苫四郎が生みの母にて、啓十郎が妻のをバなるが、去年《こぞ》の秋身まかりぬ。

（『新編金瓶梅』第四集、十六丁表）

つまり、夢娘と乛直とが純然たる従兄妹同士であるのに対して、苫四郎と樹石・千早母子は、名ばかりの縁類に過ぎないのである。この改変には、善悪を明確に区分せんとする、馬琴なりの配慮が働いていたものと思われる。

一方、船館苫四郎とは異なり、千早と真正の従兄妹関係にある志貴実一郎は、『両交婚伝』における甘家の家人甘福に擬えられている。悪漢を撃退する際に、甘福と実一郎は、それぞれ以下のような言葉を口にする。

這様ノ無藉ノ的光棍、可レ惜シム我ガ相公不レ在ラ家ニ。若シ在ルレ家ニ時ハ、送二‐到シテ県里ニ一、打二一遭ノ板子ヲ一、還要テサン二枷号ヲ一哩。

（『両交婚伝』第十回）

この家なしの悪人どもめ。若旦那がご不在なのが残念だ。もしご在宅ならば、お前たちを役所へつき出してお仕置きを受けさせ、首枷をかけさせるところだぞ。

汝等おぞくも巧ミたる、事の行ハれぬを遺恨に思ひて、力づくにて勝たんとするか。代々軍学武芸をもて、世に許されたる楠氏、あるじハ他国したりとも、留守を預かる甥の若者、志貴の実一郎守真《もりさね》こゝにあり。もし一ト足でも近付かバ、矢先にかけて射て倒《たふ》さん。覚悟をせよ。

（『新編金瓶梅』第四集、十九丁裏・二十丁表）

その場に居合わせない家主の威厳を言い立てて、悪漢たちを退けようとする口吻は、趣を同じくしている。守真の場合は、武芸者一味斎の内弟子でもあるので、さらに弓矢をもって相手方を威嚇しており（図3）、苫四郎らはなす術もなく引き下がるのである。

さらに、女主人公が悪漢から強引に婚姻を迫られる場面においても、両書の間には細かな差異を指摘することが

図3　『新編金瓶梅』第四集、18丁裏・19丁表（実一郎、悪漢を退ける）

できる。刁直は「一対金鳳宝釵」を携えて甘家を訪れ、これを田氏に托そうとするが、田氏は容易に受け取らない。それでも刁直は、せめて夢娘に釵児を見せて、自身の来意を伝えるよう懇願し、田氏が席を外した隙に、無断で立ち去ってしまうのである。

　これに対して、苫四郎が千早へ婚姻を迫る際に用いるのは、盗賊穴市から買い取った一味斎の小柄であった。結納の品を携えて、再び楠家を訪れた苫四郎は、浪華の旅宿において一味斎から千早の婿に望まれたと偽り、証拠品として件の小柄を差し出す。武二郎・千早の婚姻を知らない苫四郎は、当初から馬脚を露しているわけであるが、樹石は小柄に添えられた短刀によって、一党の虚偽を確信する。この短刀は、一味斎が武二郎に与えた「山ぶき丸」であり、船館幕左衛門が武二郎から召し上げて、息子の苫四郎に与えたものであった。かくて、婚姻の申し入れを拒絶された上に、小柄や短刀をも奪われた苫四郎は、樹石母子を問注所に讒訴するのである。(15)

### （二）　才智競べにおける改変

訴えを受けた鳥屋尾充忠は、双方を呼び出して、千早と苫四郎とに才智競べを命じる。これ以降の展開も、『両交婚伝』第十一回において、王知県が男女双方を試問する一段に擬えたものである。充忠は苫四郎や啓十郎の素行を事前に調べ上げて、双方の善悪を承知しており、『両交婚伝』の王知県も、屈仁と駱寿の自白によって、やはり刁直に非のあることを事前に察知していた。さらに佳人が公庁へ出頭する際、その母親が同伴する点においても、両作は軌を一にしている。

『両交婚伝』の中では、王知県が三題を提示して、両人に詩作を求めるのであるが、充忠の出題は以下のごとく、いずれも和歌の故実に関するものであった。

①ほの〴〵と明石の浦の朝霧に島隠れ行く船をしぞ思ふ　といふ古歌ハ、世に柿本人麻呂也といへり。この歌何らの歌書にあるや。（二十三丁表）

②『後拾遺集』雑《ざふ》の五に見えたる中務卿兼明親王の歌に　七重八重花ハ咲けども山吹のみのひとつだになきぞかなしき　これによりて昔より、山吹ハ実のなきものと人みないへり。この義ハいかに、聞かまほし。（二十二丁裏・二十三丁表）

③これより題を出《いだ》さるべし。各々その題をもて、早く歌を詠み出《いだ》すべし。その歌ハ、子丑寅の十二支を隠し題とせん。（二十三丁裏・二十四丁表）

①の出題に関して、千早は件の和歌が、『古今集』に「よミ人知らず」として見えること、『旧本今昔物語』には小野篁の歌とされていることを指摘して勝ちとなる。この考証は馬琴の独創ではなく、たとえば石上宣続《のぶつぐ》の『卯花

園漫録』（写本。文化六年序）にも、「羽倉斎の物語」として、『今昔物語集』と『古今和歌集』の記事が引用されている。もとより、『卯花園漫録』が直接の出拠ではないかも知れないが、馬琴は随筆『烹雑の記』（文化八年、柏栄堂等刊）の巻末で、『漫録』における宣続の述作態度を難じている。よって、千早の物語を綴る二十年以上も前に、馬琴が件の考証を含む『卯花園漫録』を披見していたことは疑いを容れない。

②についても、千早は山吹に一重と八重の二種類があり、一重のもののみが実を生ずることを指摘して、再度充忠を感心させる。続く③の出題に対して、千早の奉った和歌は、「尋ね憂し生みのうまごの往《い》ぬ田舎捕らえざる鳥ひつじ田に鳴く」というものであり、この歌も馬琴の創作とは思われないが、筆者はいまだその出拠を見いだしえていない。

ここで馬琴は、原作における詩文の考較を、和書にもとづく文芸問答に転じているが、この手法は『石魂録』前編において、『平山冷燕』の趣向を摂取する際にも用いられている。徳田武氏が考証されたように、[16]『石魂録』の文芸問答は、『漢国狂詩選』（宝暦十三年刊）や『円珠庵雑記』などを利用した、極めて知識性の高いものであった。これに対して、『新編金瓶梅』における千早と苫四郎の才智競べには、著名な和歌に関する知識や、平易な言語遊戯が導入されており、その内容は『石魂録』ほど高尚なものではない。これは馬琴が、読本と合巻とにおける読者層の相違に配慮した結果であろう。

その一方で、やはり徳田氏の推定するごとく、『石魂録』における才智競べが、特に女性読者の共感を得たとするならば、『新編金瓶梅』においても、より多くの「婦幼」が千早の勝利を喜んだに違いない。充忠による試問ののち、千早は剣術においても苫四郎と啓十郎を圧倒し、一味斎の娘として、武芸にも嗜みのあることを示している（図4）。これは『両交婚伝』には見えない展開であり、ここでも馬琴は女性読者を強く意識していたと考えられる。

図4　『新編金瓶梅』第四集、24丁裏・25丁表（千早、剣術で苫四郎らを破る）

もっとも、『新編金瓶梅』の中で千早が異才を示す機会はこの一度きりであり、以後は夢の中で孕んだ夢松《ゆめまつ》を生み育て、第九集で夫武二郎との再会を果たすばかりである。物語の結末において、千早は武二郎とともに姿を隠し、啓十郎の母陸水尼《くがみ》によって、彼女は「東海龍王の澳渡姫《おと》の妹」の托生であったことが明かされる。つまり、苫四郎を負かした彼女の才智も、単なる才女の賢しらではなく、人智を超えた「龍女の神慮」とでも称すべきものであったことになる。

『石魂録』の後集において、秋布が自身の行いを後悔したことや、馬琴が『両交婚伝』の妓女黎青について、神霊の化身と設定すべきことを主張した一件などを併せ考えると、彼にとって行きすぎた女性の才覚には、何らかの代償や理由付けが不可欠であったようである。

# おわりに

天保五年、馬琴は才子佳人小説『平山冷燕』と、その続編を標榜する『両交婚伝』とを、相次いで披閲する機会を得た。自家蔵本を手放して以来、久々に再閲した『平山冷燕』に関しては、その筋立てや作中の詩詞に改めて感じ入り、「古今無類の妙書」という評価を示している。一方の『両交婚伝』については、『平山冷燕』には及ばないとしながらも、著名な小説の「続書」としては出色のでき映えであることを賞賛し、『新編金瓶梅』第四集の中に、この小説の趣向を利用したのである。両作を「五奇書」の中に数える馬琴の認識は、この折の披閲から得られたものであった。

その一方で、馬琴は『平山冷燕』と『両交婚伝』との間に、趣向の類似と質的な差異とを見いだして、後者が前者の模倣作であることをも看破している。両作に共通する才智競べの趣向について、馬琴は三十年近い年月を隔てた二つの作品の中で、それぞれ翻案を試みており、このような筋立てが馬琴の意を満たすものであったことが確認できる。「女子を顕揚し、其の異能を頌」する才智競べの存在は、彼が『平山冷燕』と『両交婚伝』とを称揚した、主たる要因の一つであったに違いない。

馬琴がその美徳として、登場人物が一人も死なないことを挙げたように、『平山冷燕』や『両交婚伝』は、才子佳人小説の中でも穏当で原初的な筋立てを有している。これに対して、彼が『開巻驚奇侠客伝』の中に翻案した『好逑伝』（明教中人編次。十八回）や、「中本」の藍本とすることを目論んだ『二度梅』（第二部第七章参照）などは、後出のものゆえに内容がより複雑化されている。両作に登場する才子佳人は、親族の関与する政争の中で権官からの迫害を受け、様々の憂き目に遭遇するのである。つまり馬琴は、物語が波乱に富んだ追随作よりも、『平山冷燕』

と『両交婚伝』の古雅で格調高い作風に価値を見いだして、二つの作品を「奇書」に数えて宣揚したものと考えられる。

**注**

（1）これら二作の題号を、『八犬伝』の稿本や刊本は「冷山平燕、両婚合伝」に誤るが、国会図書館所蔵の馬琴手沢本では訂正されている。

（2）麻生磯次『江戸文学と中国文学』（昭和21年、三省堂）、一八三頁以下。

（3）大庭脩氏『江戸時代における唐船持渡書の研究』（昭和42年、関西大学東西学術研究所）、六七三頁。

（4）徳田武氏「文人の小説、戯作者の小説—『錦香亭』と『絵本沈香亭』、『平山冷燕』と『松浦佐用媛石魂録』—」『日本近世小説と中国小説』所収。

（5）中国古典名著『平山冷燕』（一九九八年、台湾三民書局）は、この本にもとづく翻印であり、当該部分の書影も掲げられているが、底本の所在を明記していない。大塚秀高氏『増補中国通俗小説書目』によれば、北京図書館所蔵の一本（鄭振鐸旧蔵）も、同様の標記を有するという。

（6）文化四年刊行の馬琴読本『墨田川梅柳新書』（北斎画、仙鶴堂刊）の巻末には、「松浦佐用姫《（ママ）》石魂録」とともに、「名歌徳四才子伝」（傍点筆者）の近刊が予告されている（五三六頁図3参照）。高木元氏は「『松浦佐用媛石魂録』論」（『江戸読本の研究　十九世紀小説様式攷』所収）において、この作品を『石魂録』とは別に構想された、『平山冷燕』の翻案作と推定する。

（7）馬琴書翰に見える情報のうち、「天花の序」と「九行か十行」の二点を手掛かりとして、『増補中国通俗小説書目』を眺めると、インディアナ大学と大連図書館大谷文庫に蔵される、毎半葉九行二十字の伝本が注意を引く。古本小説集成などに影印された大連本の匡郭は十九・二×十一糎、またインディアナ大学の「本衙蔵版」本には「曲庭文庫」の印があるという。大塚氏は、「図六葉」を持つ両書が同板である可能性を指摘する。

（8）天保四年四月九日付書翰（③53）の中で、馬琴は河茂に「一、『冷山平燕』『連城璧』合本」なる書籍の有無を照会している。「冷山平燕」は馬琴が度々犯す誤記であるが、『平山冷燕』と『連城璧』（醒世稗官（李漁）編次）の「合本」は存在せず、ここには何らかの誤解が含まれるようである。あるいは、『平山冷燕』と『玉嬌梨』の合刻本（数板あり。のちに篠斎も入手。⑤6書翰参照）のことか。

（9）王清原等編『小説書坊録』修訂版（二〇〇二年、北京図書館出版社）による。

（10）本書おいて参照した本文は、ともに清初「本衙蔵版」本を底本とする、古本小説叢刊『両交婚』（影印。一九九〇年、上海古籍出版社）、ならびに明末清初小説選刊『両交婚』（翻刻。一九八五年、春風文芸出版社）である。

（11）天花蔵主人は、編者・序者・評者等として、複数の白話小説に名前の見える人物であるが、全てが同一人であるかという点も含めて、その素性には不明の点が多い。馬琴もこの人物に関して、天保四年七月十三日付篠斎宛書翰（③22）のうち、『後西遊記』に関する記述の中で、「評点したる天花翁ハ清人也。天花ハ稗史の作あまたあれば、君もしらせ給ひけめ」と言及している。

（12）『鳳凰池』が金太楼主人の読本『復讐棗物語』（文化十年刊）に翻案されていることは、徳田武氏「金太郎主人伊藤蘭洲と『鳳凰池』」（『日本近世小説と中国小説』所収）に詳しい。なお、馬琴が『鳳凰池』を披閲した形跡は見受けられない。

（13）注10に掲げた明末清初小説選刊『両交婚』巻末の、林辰「従《両交婚小伝》天花蔵主人」は、『平山冷燕』と『両交婚伝』とを、いずれも序者である天花蔵主人の作とする。しかし、実作者である馬琴が、二作品の間に見出した質的な格差は、両書の作者について議論する際にも、考慮されるべき事象であろう。

（14）「双嬌斉獲」型の才子佳人小説について、その類型化を論じたものに、閻小妹氏「才子佳人小説の類型化につい

図5　『新編金瓶梅』第四集、19丁裏・20丁表（上：早印本・下：後印本）

て―「双嬌斉獲」の中の女性関係を中心に―」（中国古典小説研究6。平成13年）がある。

（15）この場面を描いた挿絵は、本文に先行して、十九丁裏・二十丁表に掲げられているが、不自然なほどに空白が多い（図5下）。これは、「奉行所の白洲のやうニて、いかゞ也」という、改名主からの譴責を受けて、上木後に削除が施されたためであり、稀覯の早印本においては、画面中央に問注所の縁側が残存する（図5上）。この経緯は、天保七年正月六日付の篠斎宛書翰（別翰。④34）などに記されており、佐藤悟氏「近世後期江戸の出板統制」（『寛政の出版界と山東京伝』所収。平成7年、たばこと塩の博物館）にも言及がある。

（16）注4前掲論考、ならびに馬琴中編読本集成第十巻（平成11年、汲古書院）の解題。

# 第五章　『新編金瓶梅』と『隔簾花影』

## 一　『続金瓶梅』と『隔簾花影』

### （一）『続金瓶梅』概略

いわゆる「四大奇書」には、いずれも別作者による「続書」があり、『金瓶梅』についても、『玉嬌麗』（逸書。謝肇淛『小草窓文集』巻二十四等に見える）や『続金瓶梅』（六十四回）、『隔簾花影』（四十八回）、『三続金瓶梅』（訥音居士作。抄本四十回）、『金屋夢』（夢筆生編。六十回）などの存在が知られている。このうち、『隔簾花影』と『金屋夢』は、『続金瓶梅』を刪節改編したものに過ぎず、特に『金屋夢』は、民国成立以後に編まれたものである。(1)

馬琴は『新編金瓶梅』の執筆途上で、前掲諸書のうち『隔簾花影』を繙閲しており、同作の題号は『新編金瓶梅』第四集（天保七年刊）の作者自序にも登場する。馬琴の『隔簾花影』受容を論じるに際して、初めに同書の概要を紹介するのが順当であるが、それには『続金瓶梅』との比較対象が便法と思われるので、まずは『隔簾花影』の母体となった『続金瓶梅』の成立事情や内容を概観しておきたい。

『続金瓶梅』は、紫陽道人こと丁耀亢（一五九九〜一六六九?・）の作で、順治庚子（十七年。一六六〇）の西湖釣叟の序を有する。康熙四年（一六六五）八月に、作者耀亢は筆禍を蒙って投獄され（『丁野鶴遺稿』「帰山草」）、以後『続金瓶梅』は出板を禁じられた。これは、淫書の悪名高い『金瓶梅』の続書として、記述がしばしば男女の房事に及ぶ一方、金朝の暴政に関する筋立てが、暗に清朝を誹謗するものと受け取られたからでもあろう。

その物語は、『金瓶梅』第百回の後半部分を大幅に敷衍したものであり、北宋末の金軍侵攻を背景として、因果律に支配された複数の哀話が同時並行的に展開されている。『続金瓶梅』の梗概は、魯迅『中国小説史略』第十九篇「明之人情小説（上）」にも断片的に紹介されているが、ここでは同作の主要な筋立てである、呉月娘母子の受難譚に限定して、そのあらすじを確認しておく。

金兵が清河県に迫り、呉月娘や使用人玳安らは、西門慶の遺児孝哥を伴って城を出で、もとの家人来安や薛姑子のもとを転々とする。来安殺害の訴訟に巻き込まれた月娘は、やむなく屋敷を手放し、その後金軍侵攻の混乱で孝哥や玳安を見失う。（第一〜十三回）

月娘や玳安とはぐれた孝哥は、亡父の悪友応伯爵によって老僧雪澗に売り飛ばされ、その弟子となって了空と称する。玳安は西門慶の転生である沈金哥を目撃し、次いで夢に現れた西門慶から、金哥の父沈越が残した埋蔵金のことを告げられる。やがて玳安は了空と出会い、月娘を求めて淮安へと旅立つ。（第十四〜二十四回）

淮安で孟玉楼のもとに身を寄せた月娘は、出家して慈静と称する。了空は旅の途中、盗賊に攫われて山寨に連行されるが、ここを辛くも逃れ出て、曲折の末に月娘や玳安との再会を果たす。（第二十七〜六十一回）

了空主従は清河県へ戻る。主家を相続して「小西門大官人」と称した玳安は、沈越の埋蔵金を掘り出して、月娘母子の宝塔建立を援助する。（第六十二・六十三回）

途中、右の物語にはまったく言及されない回もあり、特に第二十八回以降第四十九回までは、もっぱら潘金蓮・春梅主従の後身である、黎金桂・孔梅玉二小姐の淫奔と苦難とが語り続けられる。これ以外にも、李瓶児・花子虚夫婦の転生である、妓女袁常姐（のち銀瓶）と浮浪子鄭玉卿の悲恋譚が、主たるわき筋として存在するが、これは

第二十九回でほぼ決着がつけられており、金桂・梅玉の物語とは交錯することがない。

このように、因果応報や輪廻転生といった、仏教的な思想に彩られた『続金瓶梅』の執筆を後人に促す要素は、すでに本伝である『金瓶梅』の中に存した。同書の最終回には、西門慶以下横死した人物たちの後身が明かされる場面があり、『続金瓶梅』の作者丁耀亢もこれを発想源としたのである。

もっとも、潘金蓮や春梅、李瓶児や花子虚のように、その後身が両作の間で正しく対応しているものがある一方、転生後の姓名や素性を、丁耀亢が恣意的に改めた場合も少なくない。たとえば、『金瓶梅』では沈越となっている西門慶の後身が、『続金瓶梅』では沈越の男児金哥に変更されている。また、西門慶の娘婿陳敬済の転生は、王家の男児から劉瘸子に、第四夫人孫雪娥の後身も姚家の娘から金の将軍粘罕（粘《ネ》没《メ》喝《ガ》）の娘に、それぞれ改変された。他方、武松の兄武大や西門慶の娘西門大姐のように、『金瓶梅』において転生を予告されながら、『続金瓶梅』には登場しない人物も存する。

## （二）『続金瓶梅』から『隔簾花影』へ

『続金瓶梅』の刪節改編作である『三世報隔簾花影』[2]（図1）が刊行されたのは、『続金瓶梅』が禁書となり、同書の作者である丁耀亢が没した後のことであろうが、その正確な刊年は明らかでない。国会図書館所蔵『商船載来書目』[3]によれば、『隔簾花影』は安永八年に我が国へ将来されており、この時点が刊行の下限となる。

『続金瓶梅』に刪節・改変を施して、『隔簾花影』の一書を成したのは、序者の四橋居士と思われるが、この人物の素性は未詳である。読本『朝夷巡嶋記』（文化十二年～文政十一年、文金堂等刊）において、馬琴がその趣向を用いた長編小説『快心編』（天花才子編輯。三集三十二回）にも、同名の人物が評点を施しているものの、両者が同一

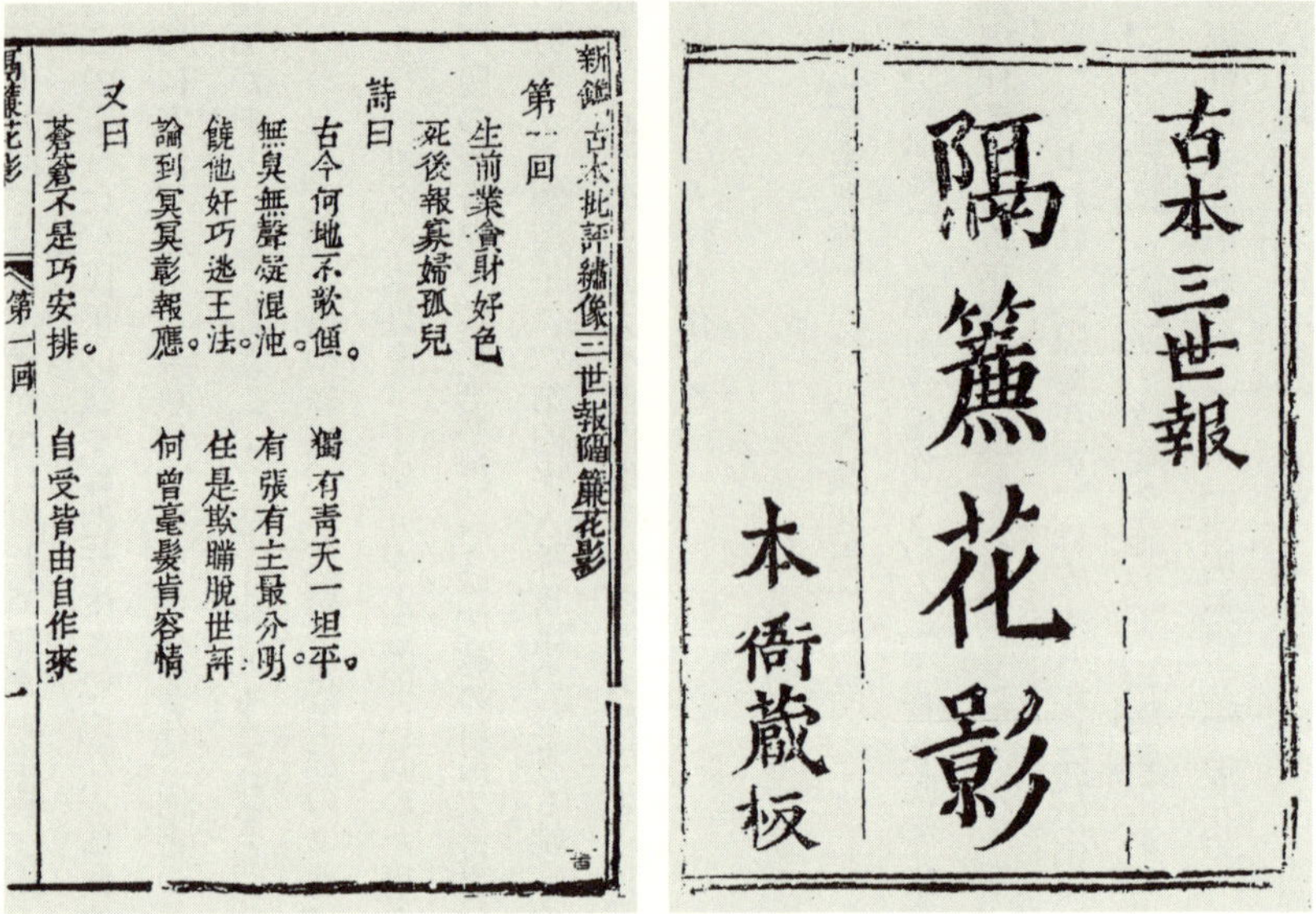
古本三世報
隔簾花影
本衙藏板

新鐫古本批評繡像三世報隔簾花影
第一回
生前業貪財好色
死後報寡婦孤兒
詩曰
古今何地不欹傾。　獨有青天一坦平。
無臭無聲凝混沌。　有張有主最分明。
饒他奸巧逃王法。　任是欺瞞脱世評
論到冥冥彰報應。　何曾毫髪肯容情
又曰
蒼蒼不是巧安排。　自受昔由自作來
隔簾花影　卷一　第一回

図１　『隔簾花影』封面（右）、本文冒頭（左）

人物であるか否かも明らかではない。

『隔簾花影』の編者が『続金瓶梅』から刪去したものは、登場人物には直接関わることのない、宋金両朝の政情に関する記述や、原作の至るところに見受けられた因果応報談義などであった。『続金瓶梅』の作者丁耀亢は、善書『太上感応篇』などを引き用いつつ、特に各回の冒頭で熱心に因果応報の理を説いているが、その内実は「然《レドモ》所謂仏法《ハ》、復《タ》甚《ダ》不純、仍《ホ》混《ジ》二儒道一、与《ヲ》二神魔小説作者《ノ》意想《ト》一無《シ》二甚《ダ》異《ルコト》一」（魯迅『中国小説史略』）[4]という体のものである。このような長談義は、多くの読者に夾雑物として読み飛ばされたはずであり、[5]『隔簾花影』編者の処置も、無理からぬものといえるであろう。

『隔簾花影』の編者は、原作から多くの記述を削除した上で、全体の編成にも手を加えた。『続金瓶梅』においては、基幹となる月娘母子の物語を、複数のわき筋が寸断していたが、『隔簾花影』の編者はこの断片化を解消すべく努めている。大雑把にいえば、『続金瓶梅』の中で十二段に分断されていた月娘の流浪譚は、三段にまで整理統合されており(6)、因果応報談義の削除と相俟って、物語の展開は把握しやすくなった。その一方で、同時進行の原則が崩れて時間軸が錯綜し、説話間の連絡が弱まるという逆効果をも生じており、『隔簾花影』の訳者である尾坂徳司氏も、同書の欠点として「時間の観念の欠乏」を指摘している(7)。

刪節・改編とともに、『隔簾花影』の編者が施した顕著な処置として、ほぼ全ての登場人物に対する名前の変更を挙げることができる。この点に関しては、馬琴も『新編金瓶梅』第四集の自序において、以下のように言及している。

抑《そもそ》件《くだん》の冊子《さうし》には、西門啓を南宮吉とし、その妻呉月娘を楚雲娘とし、その子孝哥を慧哥とし、その僕《ぼく》玳安を泰定とす。係《かゝ》る類《たぐひ》なほ多かり。その姓名は異なれども、その人は相同《あひおな》じ。

ここに掲げられた改名は、玳安→泰定の場合を除いて、四橋居士の序文にも明記されており、馬琴ならずとも容易に看破しうるものである。そもそも、『隔簾花影』における改名は、すでに禁書となっていた『金瓶梅』や『続金瓶梅』との関連を韜晦するための作為と思われるが、一方で四橋居士はそのからくりを積極的に開陳している。ここには、官憲の嫌疑を避けるために偽装を施す一方で、著名作の続編という特性は吹聴したいと考える、二つの相反する思惑が読み取れる。

右引用には見えない人物でも、第三夫人の孟玉楼は盧家燕、玳安の妻小玉は細珠、

『隔簾花影』の改名

| 『金瓶梅』 | 『花影』改名 | 後身※ | 『花影』改名 |
|---|---|---|---|
| 西門慶 | 南宮吉 | 沈金哥 | 賈金哥 |
| 潘金蓮 | 紅繡鞋（水氏） | 黎金桂 | 鮑丹桂 |
| 龐春梅 | 紅香 | 孔梅玉 | 卞香玉 |
| 李瓶児 | 銀紐絲（陶氏） | 袁常姐→銀瓶 | 方春姐→銀瓶 |
| 花子虚 | 柳君実 | 鄭玉卿 | 沈子金 |
| 陳敬済 | 世梁才 | 劉瘸子 | 侯瘸子 |
| 孫雪娥 | 袁玉奴 | 粘罕将軍娘 | 宋氏 |

※後身は『続金瓶梅』による。

幇閑応伯爵は屠本赤、李瓶児の前夫蒋竹山は毛橋塘と、それぞれ本来の名前を意識した改称が施されている。以上の例は、『金瓶梅』の人物がそのまま『隔簾花影』に現われる場合であるが、本伝の中で死没し、『続金瓶梅』においては転生して再登場する人物の場合は、その対応関係が複雑になる。その主だったものを前掲の表に整理した。すでに紹介したごとく、『続金瓶梅』における孫雪娥の後身は、金将粘罕の娘であるが、『隔簾花影』では、これが宋朝の将軍宋某の娘に改められている。彼女とその夫金二官人をめぐる物語は、『隔簾花影』の中でも、とりわけ『続金瓶梅』との隔たりが大きく、この改変は官憲との間で無用の紛議を回避するための処置であろう。

## 二　馬琴の『隔簾花影』披閲

前節にも引用したごとく、天保七年に刊行された『新編金瓶梅』第四集の自序には、『隔簾花影』に対する言及があり、その中で馬琴は、同書の梗概や自身の評価を略述した上で、以下のように記している。

今這《この》『新編金瓶梅』は、『金瓶』『花影』両伝の、趣《おもむき》に憑《よ》るにあらず、又憑らざるにもあらざるよしは、前集の自叙《じじょ》にいへるが如し。（中略）世に彼《かの》原伝二書を見て、後《のち》に是書《このしよ》を閲《けみ》する者《ひと》は、予が言《こと》を俟《また》ずして、是等《これら》の差別《けぢめ》を知るもあらん。

右のごとき馬琴の記述は、『新編金瓶梅』における『隔簾花影』からの趣向摂取が、起筆当初から予定されていたかのような印象を与える。しかし、馬琴が同書を披閲したのは、天保五年から翌年にかけてのことであり、同作を翻案する腹稿は、『新編金瓶梅』の執筆途上で持ち上がったものであった。よってこの合巻の構想は、馬琴の『隔簾花影』披閲によって大きく動揺したわけである。

特に天保期の前半、馬琴は松坂の知友殿村篠斎から、多数の白話小説を借覧しており、『隔簾花影』もまた、その中の一点であった。馬琴が『隔簾花影』を繙いた経緯を、日記や書翰の記述から整理すると、以下の通りである。

○天保五年
4月29日　篠斎から『隔簾花影』八冊等届く。
5月12〜14日　『花影』巻一・二披閲。
7月2〜8日　『花影』七〜十四回披閲。
7月21日　篠斎宛書翰（③49・50。後掲）。
11月1日　篠斎宛書翰（③55）。『花影』は巻五まで披閲。
12月17日〜　『花影』二十回以下披閲。

○天保六年
正月初旬　『花影』披閲卒業。
正月11日　篠斎宛書翰（④1。後掲）。
2月21日　『花影』八冊等を、篠斎へ向けて発送。

天保五年の七月上旬における繙読は、病床で行われたものであり、床上げ直後に認められた篠斎宛の書翰には、『隔簾花影』に対する馬琴の評語を見いだすことができる。

『金瓶梅』ハ、西門の大奸□《（ママ）》悪報いひ足らず候故、後来の因果応報を、丁寧ニ解分いたし候作者の用心、江湖の浮驕の輩を醒し候鍼砭、勧懲の意味、件之書中ニつくされ候。趣向巧なる事なければ、中通りの作なれども、仕入物とちがひ、趣向ニ貫目あり、金軍の乱妨、并ニ李師《（獅）》々の憐態など、よくうがち得て、妙ニ御座候。瓶ニ入れあまり候事もなき様なれども、却て哀れニ御座候。（中略）『金瓶』より淫奔少く、味ひ御座候。

（七月二十一日付篠斎宛書翰。③50）

ここで馬琴は、『隔簾花影』に一定の評価を与えており、巧みな趣向のない「中通りの作」としつつも、情態や勧懲を尽くさんとする作者の姿勢を賞美している。「仕入物」とは、書肆の商策が先行した、作者の働きが少ない作品のことであり、馬琴は斯様な作品と『隔簾花影』との間に、明確な差違を見出していたのである。「瓶ニ入れあまり候事もなき様なれども」の一句は難解であるが、おそらくは本伝『金瓶梅』に囚われるばかりで独自性に乏しく、言外に込められた余情や隠微が感じられない、といった意味ではあるまいか。

ひと通りの披閲を終えた直後、馬琴はこの作品に関する総評を、再度篠斎に申し送っている。

畢竟、因果応報と即色是空の四字を説広め候のミ、新奇の趣向ハ見えず候得ども、そが中にハ、よろしき事も往々有之候。抑、『金瓶梅』ハ唐山ニて、ことの外歓び候小説ニ候へども、愚眼などにハ、さばかりにも不存候。それを蒸かへせしもの故、実ハ労して功なき場ニも候ハん歟。譬バ、よき梅也とも、桃台ニ接ギ候へバ、花も実も佳ならざるごとくニ候。

（天保六年正月十一日付篠斎宛別翰。④1）

ここでは『隔簾花影』の趣向に関して、「新奇」でこそないが「よろしき事」も見出されると述べており、馬琴は「因果応報」の理に貫かれた同書が、『新編金瓶梅』の述作においても、好個の材料となることを見て取ったのであろう。

長編合巻の編述において、原作の「続書」を併せて翻案するという構想は、すでに『傾城水滸伝』に対しても示されていた。文政十三年三月二十六日付の篠斎に宛てた書翰（①60）の中で、馬琴は『水滸後伝』（雁宕山樵撰。四十回）に関して、「『けいせい水滸伝』の末ニは、引直して加入可致候」と記している。しかし、『傾城水滸伝』の述作は、『水滸伝』第五十七回の内容に至ったところで中断され、李俊らが暹羅に渡って活躍する、『水滸後伝』の物語には及ぶことがなかった（第二部第一・五章参照）。これに対して、後発の『新編金瓶梅』においては部分的ながらも、その翻案が続書である『隔簾花影』にまで及んだのである。

## 三　呉服母子の離散

天保十二年刊行の『新編金瓶梅』第八集の冒頭において、主人啓十郎に毒を盛った愛妾阿蓮と使用人の秘事松《ひじまつ》は、赤松家の残党響馬《ひゞきま》暴九郎《あらくらう》にさらわれる。本妻薊前《あざみのまへ》亡き後、暴九郎は阿蓮を妻に迎え、細川高国・三好宗三らと結んで西門屋のある浪華を襲撃する。暴九郎の浪華侵攻は、『金瓶梅』の末尾にも描かれた金軍襲来に擬えたものであり、『新編金瓶梅』の物語はここに至って、『隔簾花影』の翻案へと移行する。

もっとも、『続金瓶梅』や『隔簾花影』の冒頭において、西門慶や潘金蓮はすでに命を落としているが、『新編金瓶梅』の終盤には、啓十郎・阿蓮に対する大原武二郎の仇討ちが予定されており、第八集の時点でこの両人を殺してしまうのは不都合であった。そこで馬琴は、砒霜によって啓十郎を不具者にする一方、阿蓮を西門屋から遠ざけることによって、『隔簾花影』の開幕に類似した状況を演出したのである。

戦乱の最中、呉服は抱えの鳶蔵《とびざう》とともに、啓十郎とその男児白市を伴って逃走する（図2）。第一節に掲げた梗概に照らすと明らかなように、鳶蔵は『続金瓶梅』における西門家の使用人玳安（『隔簾花影』では泰定）に相当する。鳶蔵（飛蔵とも）は、第一輯から『新編金瓶梅』に登場する人物であり、当初から情誼に厚いことをうかがわせていた。第五集の中では、「鳶蔵はその本ッ性、をとこ気ある者なれば」（九丁表）、「鳶蔵は世にいふ野暮にて、当世に合はざれば、うしろ暗きことを嫌ひて、常にとやかくと難しき、理屈を言ふこと多くあり」（廿九丁裏・三十丁表）などと紹介されており、『隔簾花影』の翻案に先だって、その性格をより明確にせんとした作者の配慮がう

図２　『新編金瓶梅』第八集、13丁裏・14丁表

かがえる。

野武士に襲われて、鳶蔵や啓十郎とはぐれた呉服は、白市の入った革籠と所持金を、出店の支配人寒八《かんぱち》夫婦に奪われる。この場面の寒八には、『隔簾花影』第二回で、欲心を起こして楚雲娘（呉月娘）を欺いた、南宮（西門）家のもと家人全福（来安）の面影がある。

白市の処置に困った寒八夫婦は、偶然見かけた庵の尼僧（陸水《くがみ》尼）にこれを押しつけて、一貫の銭を借りる。

さる程に寒八《かんぱち》・阿冷《おひや》は、主《しゆウ》の幼《をさ》な子《ご》白市《しろいち》を、かたみがはりに背負ひなどしつ、大和路《やまと》をさして行《ゆ》く程に、既に夜は明けたれど、銭《ぜに》なけれバ、一《チ》椀《わん》の飯《いひ》をだに得がたくて、既に飢ゑにのぞみしかば、白市はいとゞしく、物食べてんとてうち泣くを、叱ればいよ〳〵泣き叫ぶに、せん方もなく困《こう》じ果《はて》て、と見れば道のかたはらに、いとわびたる草の庵《いほり》あり。あるじは四そぢばかりの尼法師《あまほうし》にて、ゐろりに伏し柴折たきつゝ、茶を煎じてありしかば、寒八・阿冷はやむ事を得ず、その庵に立寄りて、あるじの尼に告ぐるやう、「我々は浪華より、兵火に追はれ辛くして、逃れてこゝまで来にけれども、路用も又旅包みも、みな盗賊に奪ひ取られて、飢ゑに臨めどもせん方なし。（中略）」と、余義なく乞ふを尼うち聞《き》て、「そは気の毒なる事ぞかし。（中略）まづ〳〵此方《こなた》へ入り給へ」と、いと慇ろに慰めて、寒八・阿冷・白市らに、湯漬け飯《いひ》を食《は》ませしかば、三たりは生きたる心地して、しばらく憩ひ居る程に、寒八は幾たびとなく、喜びの言葉を述べて、庵主の尼に又告ぐるやう、「我々は奈良へまかれば、いと富《とみ》たる親類あり。なれども路用を失ひたれば、そこまでもたどり難《がた》かり。この子は夫婦の中に儲けし、最愛の一人子で候ども、質として残し置きてん。いかで銭《ぜに》一貫文を貸し給はらば、そを路用にして奈良へ行きて、金調へて遠からぬ日に、十倍にして返し参らせん。この義を受け引給ひねかし」と、阿冷もろともかき口説くを、尼は聞《き》つゝ頷きて、「わらはとても世捨て人なれば、貯へ多き者ならねども、かき集めなばちとは有りてん。さればとてこの幼な子を、人質に取りて何にせん」と、辞《いろ》ふを寒八・阿冷らは、なほかにかくと言ひこしらへて、銭《ぜに》壱貫を借り受けて、わりなく幼な子白市を、残しとゞめつ別れを告げて、逃ぐるが如く出《いで》て行きけり。

（第八集、十八丁裏・十九丁表。図3）

この場面は、『隔簾花影』第九回における、以下の一段を襲用したものである。なお、『続金瓶梅』においては、同じ筋立てが第十五回に見える。

且説《ツク》、屠本赤夫婦、領‐着二《シテ》慧哥一《ヲ》、走的乏了《ス》。小黒女背了《スルコト》一会、又丟下了《シレバ》、又哭又叫《シビ》、幾番要レ撇‐在二《セント》路上一《ニ》。本赤一頭走《ニリ》一頭罵着《ニシテ》道《フ》、「想下《ヘ》恁《ナンヂガ》爹《ノ》活《ケル》時、姦‐騙二《シ》人家《ノ》婦女銀銭一《ヲ》、使‐尽二《シ》心機権勢一《ヲ》、纔《ニ》報応《ノ》到中《ルヲ》你這《ノ》小雑種《ノ》身上上《ニ》。今日你娘《ガはは》、不レ知下《ラ》那裡着二《ニ》人擄去一《ニセラレ》、養漢《シ》為レ《ルヲ》娼《ト》。你倒《ニテ》来累レ《ス》我《ヲ》、我是《ハレ》你的《ノ》甚麼人《ノゾ》」。那《ノ》慧哥越《々》発レ《シ》哭了《ヲス》。本赤跑上《シ》

図3　『新編金瓶梅』第八集、18丁裏・19丁表

去リテ就チ是レ両巴掌、打チ得テ這ノ孩子殺猪ノ似クニ叫ビ、又不二敢テ走ラ一、又不二敢テ住ラ一。到レ是老婆心裡ニ過ギ不レシテ去ラ道フ、「你当初和二他ノ老子ト一也タ喫シレ酒ヲ也タ喫スレ肉ヲ。你就チ這等ニ没シ二点ノ慈心一。不ランヤレ強‐似《まさら》下你ガ一路上ニ打二‐罵スルハ他ヲ一、等テレ到ルヲ二個ノ寺院裡ニ一、把レ他ヲ寄下シ罷ムニ上。也タ是レ個ノ性命ナリ。半路上ニ丟二‐下セバ這ノ孩子ヲ一、千軍万馬的、也タ傷二‐了セン天理ヲ一」。説キ的テ本赤不二言‐語セ一了ス。

走リテ到二天晩ニ一、可々的到ル三一個ノ観音堂ノ、緊ク閉二‐着スルニ門ヲ一。本赤走リテ渇了シ、叫門シ要ス二碗水ヲ喫スルヲ一。老和尚開キテレ門ヲ請フ二進去スルヲ一。本赤見テ下和尚ノ去キテ二打水ニ一、没キヲ中個ノ徒弟上、説キテ道フ、「老師父、你多少ノ年紀ゾ了」。和尚答テ道フ、「今年七十ナリ了」。本赤道フ、「你没キヤレ有ルコト二徒弟一麼」。和尚道フ、「命裡孤ニシテ、招ケドモ不レ住マラ」。本赤道フ、「我有リ二個ノ孩子一、捨二‐在シ寺裡ニ一罷マン。如今因テ下路上没キニ有ルコト二盤纏一、只要ス三你ガ一千銭ヲ做スヲ二脚力ト一上」。和尚道フ、「不レ知ラ二可好ナルヲ一。領来シ我ニ看々セシメヨ」。本赤領二‐着シテ慧哥ヲ一進ミ来ル。和尚看了スルコト一眼、暗々ニ点頭シテ道フ、「好個ノ孩子。幾歳ゾ了」。本赤道フ、「七

歳了《ナリ》」。説着《シ》、和尚進《ミ》レ房《ニ》去《リ》、拿二‐出《リテ》一串《ノ》銅銭《ヲ》一与《フ》二本赤《ニ》一。本赤接去了《シス》。又要《ス》二留《メテ》レ他《ヲ》住宿《セシメント》一。本赤怕《レ》二金兵出《テ》レ営《ヲ》放搶《スルヲ》一、領二‐着《シテ》老婆《ヲ》一一路往《キテ》レ西《ニ》而去《ル》。可《シ》レ憐《ム》這《レハ》是南宮吉《ガ》恩養的《ノ》好朋友《ナリ》。（『隔簾花影』第九回、四丁裏～五丁表）

さて屠本赤夫婦は、連れ歩いていた慧哥が疲れてしまい、小黒女（屠家の腰元）にしばらく背負わせましたが、また歩かせようとすると泣き叫ぶので、幾たびか置き去りにしようとしました。本赤は歩きながら、「お前の親父が生きていた時には、役所の権威をかさに着て、悪だくみで他人の金や女房をだまし取っただろう。その報いが、親無しのお前に来たんだ。今ごろお前の母親は、誰かにさらわれて売女になり、男をたぶらかしているかも知れないぜ。お前は俺たちを困らせるが、俺はお前と何の関係があるっていうんだ」と慧哥を罵ります。慧哥はますます泣きわめき、本赤が走り寄って平手打ちをすると、まるで殺される豚のような声をあげ、いよいよ本赤の言うことを聞きません。ここに至って、本赤の妻も見ていられなくなり、夫に向かって、「以前あなたは、この子の父親と酒を飲んだり肉を食らったり、好き勝手なことをしていたじゃありませんか。あなたには思いやりの心がないのですか。この子を罵ったり叩いたりするくらいならば、いっそどこかの寺へでも預ければいいでしょう。こんなに小さくたって命があるんです。道端へ置き去りにしたら、大勢の兵隊に殺されてしまうかも知れませんよ」となだめます。これを聞いて、本赤は言葉もありません。

やがて夜になり、一行は門を閉ざした観音堂の前にたどり着きました。歩き疲れて咽が渇いた本赤が、水を所望しようとすると、年老いた和尚（雪澗）が門を開いて招き入れます。本赤は和尚がみずから水を汲みに行くのを見て、弟子がいないことを察し、「和尚さまはおいくつになられますか」と尋ねると、和尚は「七十になります」と答えました。本赤がまた「お弟子はいらっしゃらないのですか」と尋ねると、「そういう運命なのでしょう、迎えてもみな去ってしまいます」という返答でした。そこで本赤は、「私に一人の子供がおりますので、こちらにお預けすることにしましょう。ところで私ども、路用がございません。どうか千文ばかり拝借願えないでしょうか」と申し出ます。和尚が「どのようなお子ですかな。拝見いたしましょう」と言うので、本赤は慧哥を連れてきました。和尚はひとしきり慧哥を見て、心の中で得心し、「よいお子じゃ。いくつになられる」と尋ねます。本赤が「七つになります」と答えると、和尚は奥へ入ってひとさしの銭を持ち出し、これを本赤に与えました。本赤はこれを受け取ると、和尚が宿泊を勧めるのも聞かず、金兵の襲来を恐れて、妻とともに西の方角へ去っていきました。昔を思えば、本赤は南宮吉がよく面倒を見てやった悪友ではありませんか。何とも憐れむべき事です。

他人の子供を持て余した悪人とその妻が、これを僧侶に委ねて金を受け取るという、基本的な構成が両作に共通しており、『隔簾花影』の慧哥は白市、屠本赤夫婦は寒八夫婦、和尚（雪澗、のち宝公）は陸水尼に、それぞれ対応している。

屠本赤は西門慶の「好朋友」応伯爵の変名であり、応伯爵は喜田意庵として『新編金瓶梅』の中にも登場している。よって、西門屋《にしかどや》の番頭寒八がこの役回りを演じるのは、必ずしも適当ではない。ここには馬琴の思い違いか、あるいは意識的な改変を想定せねばならないが、この不整合の原因は『隔簾花影』、さらに遡って『続金瓶梅』の中にも存する。

応伯爵は、すでに『金瓶梅』の第九十七回において、他界したことが明記されており、『続金瓶梅』における再登場は、辻褄の合わないものといえる。この点に関して、丁耀亢は「続金瓶梅後集凡例」において、「前集（筆者注、『金瓶梅』）中年月、事故或有《ハリ》㆓不《ル》㆑対《セ》者㆒。如《キハ》㆔応伯爵《ノ》已《ニ》死《シ》、今言《フガ》㆓復生《タヲ》㆒、曾《テ》誤㆓伝《スト》其《ノ》死《ヲ》㆒、一句点《ヲ》過《ジス》」と弁明しているが、(8)『隔簾花影』ではこのような説明がなされてない。よって、馬琴が屠本赤を応伯爵の変名と正しく認識していたにせよ、同時に少なからぬ違和感をも覚えたことであろう。

一方、寒八夫婦に白市を奪われた呉服は、秘事松の父親である北利木之助《きたりきのすけ》のもとに身を寄せるが、木之助に関係を迫られた上に、嫉妬した妻の囮によって顔を焼かれる（第八集、二十丁裏〜二十三丁表）。この一件を契機として、呉服は「観世音の、霊地々々を巡礼して、つま子の菩提をとはん」（二十四丁裏）と思い立ち、廻国の旅に出るのである。

妻のある男に懸想された女が、正妻からの虐待を受けるという展開は、別段目新しいものではないが、このような筋立ては『隔簾花影』の中にも二例を見出すことができる。銀紐絲（李瓶児）の転生である方春姐は、欺かれて塩商胡喜（苗青）に攫われ、その正妻からも虐待を受けて自殺している（第十四回）。また、紅香（春梅）の後身である卞香玉は金二官人の妾となり、正妻宋氏に虐げられる。宋氏の前身が袁玉奴（孫雪娥）であることを知った香玉は諦観を得て、のちに出家を遂げるのである。件の呉服遭難も、あるいは『隔簾花影』に見えるこれらの挿話から想を得たのかも知れない。

やがて呉服は鳶蔵とともに大和へ至り、陸水の庵で白市との再会を果たす。その際、白市はすでに出家を遂げて白水《はくすい》と号しており、呉服もここで髪をおろして微妙《みみやう》なる法名を得た。『隔簾花影』では大団円に配される母子再会が、『新編金瓶梅』の中では啓十郎に対する昔語り（第九集、十九丁裏〜二十丁裏）の形で手早く処理されている。十年におよぶ母子の離散は、『隔簾花影』の中心となる物語であったが、『新編金瓶梅』においては期間を短縮され、一挿話の位置に伍しているのである。

## 四　趣向摂取の種々相

暴九郎の浪華侵攻と、寒八夫婦による白市売却を除いて、『新編金瓶梅』における『隔簾花影』からの明確な趣向摂取を指摘することは難しい。とはいえ、両書の間には共通する筋立てを複数見出しうるので、それらのうち主だったものを以下に列挙してみる。些末な類似はなお若干指摘できるが、煩雑になるので関連の蓋然性が高いもののみを取り上げた。

**(ア)『新編金瓶梅』八集　阿蓮・秘事松、暴九郎に従う。↓『花影』17回　苗六児ら、金将斡離不に仕える。**

第八集において、阿蓮と秘事松が響馬暴九郎の山寨に入ることは、前節の中でも紹介した。暴九郎が陣没した後、阿蓮は自身の弟と偽っていた秘事松を首領に担ぎ上げ、赤松の後裔を詐称させる。のちに武庫山の寨は、三好家の命を受けた大原武二郎らに襲撃され、秘事松は命を落とすが、阿蓮は辛くも落ち延びるのである。

「誘拐↓寵愛による権勢↓破綻と逃走」という一連の筋立ては、『隔簾花影』の一挿話にも見出しうる。

南宮（西門）家の番頭であった宋小江（韓道国）の未亡人苗六児（王六児）は、娘の宋秀姐（韓愛姐）とともに金営へ連行される。秀姐は金将斡離不の小夫人となり、苗六児やその義弟宋二狗腿（韓二搗鬼）も軍営において権勢を得る（第十七回）。しかし、秀姐は不貞が発覚して誅殺され、六児と宋二は逃走して武城へ向かう（第二十四回）。

阿蓮が暴九郎の正妻となるのに対して、『隔簾花影』の苗六児は金の王子斡離不《オリブ》の岳母であり、この点で両作は明確な一致を見ない。しかし、苗六児は義弟の宋二と不倫関係にあり、これは阿蓮と秘事松の間柄に近似している。潘家の六番目の娘である金蓮は、時に「潘六児」と称されることもあり（『金瓶梅』第十二回等）、第一奇書本の評者である張竹坡は、金蓮と王六児との対称性を随所で説いている。あるいは馬琴も、竹坡の批評から何らかの示唆を受けて、『隔簾花影』における苗六児の流転を、阿蓮の身の上に移して翻案したのかも知れない。なお、阿蓮の賊寨入りについては、第七章で再度分析を加えることにする。

**(イ)『新編金瓶梅』九集　井戸から金を釣り上げる。↓『花影』48回　賈仁の遺金を掘り出す。**

図4　『新編金瓶梅』第九集、26丁裏・27丁表

浪華の西門屋を退いて、尼崎の出店にあった際、阿蓮と秘事松は店の金を横領して、妙潮（原作の王婆に相当）の庵に預けておいた。戦乱で庵を離れる際、妙潮はこの金を井戸の中に沈める。のちに地中から六百五十両の金を釣り上げたのは、母陸水のもとを逃走した啓十郎であった（図4）。東戸屋《あずまとや》西啓《さいけい》と改名した啓十郎は、この金を元手にして、再度商売を始めるのである。

これは、『隔簾花影』の第七回で、汴京の分限者賈仁（『続金瓶梅』の沈越）が、金兵の襲来に備えて屋敷の地下に埋めた金磚（金塊）を、最終回に至って泰定が掘り出し、宝塔を建立する筋立てを摸したものであろう。「賈仁家財、天賜忠義」という八字が刻された金磚を、泰定は武城県の南宮家で掘り出しており、展開がいささか唐突であるが、本文中にも「即是汴梁所埋之物」（第四十八回、六丁裏）と記されているので、やはり賈仁が埋蔵したもののようである。

なお、『新編金瓶梅』第一輯の中にも、『拍案驚奇』巻三十五に学んだ埋蔵金の趣向が用いられており、ここで地中から大金を掘り出すのは、啓十郎の養父文字八《もじはち》（矢瀬文具兵衛）であった（五四三頁図1参照）。父子二代の埋蔵金による栄達は、「その物は同じけれども、その事は同じからず」と説明される、稗史七法則の「照対《せうたい》」によく合致するが、これも起筆当初からの腹案ではなかったに違いない。

**（ウ）『新編金瓶梅』九集　寒八乞丐になり、妻阿冷失明。→『花影』39回　屠本赤物乞いとなり、失明。**

**（エ）『新編金瓶梅』十集　啓十郎・阿蓮、啓蓮犬に転生。→『花影』10回　南宮吉は金哥、李婆は犬に転生。**

妻に先立たれた屠本赤は、失明して袖乞いとなり、南宮吉の生涯を唄い歩く。その最期は特に悲惨なもので、賈金哥（賈仁の子。南宮吉の転生）の連れた犬に噛まれて傷口に人面瘡を生じ、足が不自由となって命を落とすのである。この犬の前身は遣り手の李婆、すなわち『金瓶梅』の中で西門慶と潘金蓮の悪縁を取り持った、武大の隣人王婆であった。

馬琴は文政十三年三月二十六日付の篠斎宛書翰（別紙。①61）において、『金瓶梅』の末尾で王婆の後身が示されないことに、「作者の遺漏歟、さらずハその就中毒悪なるをにくみて、はぶきたるなるべし」と不平を漏らしている。『隔簾花影』の中で、李婆すなわち王婆が畜生に生まれ変わる一件は、前伝の「遺漏」を補うものとして、馬琴の意にもかなったことであろう。

『新編金瓶梅』において、盲目になるのは寒八の妻阿冷である。寒八は西啓《さいけい》こと啓十郎に再会して再び使用人となるが、主人啓十郎が大原武二郎に殺害されて、またも零落した。啓十郎と阿蓮は双頭の「啓蓮犬」に転生し、寒八らはこれを見せ物にして因果を説いて回る。しかし、啓蓮犬が少女を殺傷したことから一同の旧悪が暴かれて、寒八夫婦は首を刎ねられ、意庵らは足を切られる。

図５　『新編金瓶梅』第六集、37丁裏・38丁表

盲目や歩行困難、あるいは犬への転生など、馬琴は『隔簾花影』に見える様々の悪報を転用しつつ、啓十郎周辺の小人たちの末路を描いたのである。

**（オ）『新編金瓶梅』阿蓮の身代金、持ち主が移り変わる。→『花影』雲娘の数珠、持ち主が移り変わる。**

『隔簾花影』の第三回で、楚雲娘は欲深い岑姑子に、自身の数珠（「一百単八顆胡珠」）を与える。第四十回に至って、この数珠が焼けた仏像の中から現われ、雪澗和尚の手に入るが、程なくして悪僧了塵に盗み去られる。第四十四回で、了塵は山賊李全の配下に捕らわれ、次いで了空（慧哥）が、数珠の入った了塵の僧衣をまとって山寨を脱出する。そして母子再会の折に、数珠は雲娘の手に戻り、最終的には泰定の援助によって建立された宝塔に祭られるのである。

一方、『新編金瓶梅』の第二集上帙において、阿蓮は藪代《やぶしろ》六十《むそ》四郎《しらう》（原作の張大戸）の妾に売られ、義父の綿乙《わたいち》が身代金の百両を手にする。啓十郎の実父九郎五郎は、綿乙夫婦を殺害して件の金を奪うが、川に落ちて財布ごと紛失する。第三集上帙に至って、武太郎の娘琴柱《ことじ》がこれを取得し、彼女はこの金で叔父の武二郎を死罪から救うのである。ここで金を受け取ったのは、啓十郎の依頼で武二郎を陥れた、呉服の伯父船舘幕左衛門《ふなだてまくざゑもん》であった。

ここまでの内容は、『隔簾花影』の披閲以前に執筆されたものであり、同書との交渉を持つものではない。しかし、馬琴は『隔簾花影』を繙いた際に、次々と持ち主を変えていく数珠の行方を追いながら、自作との間における趣向の偶合を喜んだのではあるまいか。

第四集において、件の二百両は啓十郎に委ねられ(9)、以後も鳶蔵→阿蓮→允可（妙潮の子）→妙潮→秘事松と、次々に所持者が移り変わっていく。秘事松によって妙潮の庵から盗まれた金は、トビにさらわれて琴柱のもとに戻り、物語の結末で法会の費用となるのである。『新編金瓶梅』起筆当初の構想はともあれ、持ち主の変遷を経た後に、物語の末尾で法会の具となる点において、二百両の金と雲娘の念珠とは同想の小道具といえる。

なお、一定の額の金銭が、複数の人々の手を経て、最終的には然るべき人間の手に落ちるという趣向は、『近世説美少年録』の続編である、『新局玉石童子訓』（弘化二～五年、文溪堂刊）の中にも見出しうる。特に、同書第三十五回における、悪少年朱之介の金銭奪取は、『新編金瓶梅』第六集に描かれた、秘事松の行為（図5）を再現したものである。

そもそも、『新編金瓶梅』と『新局玉石童子訓』との間には、これ以外にも類似する趣向を複数見出しうるのみならず、善悪双方を対比的に描く手法や、室町末期という時代設定も共通している。これは馬琴晩年の創作技法を考察する上で、非常に興味深い問題であり、その詳細については、第七章で改めて論ずることとしたい。

## 五　『隔簾花影』摂取の意味

### （一）構想の変化

馬琴が『隔簾花影』を読み終えた天保六年正月の時点で、『新編金瓶梅』の編述は第三集下帙（前年十〜十二月執筆）まで終了していた。第三章でも紹介したように、同年正月刊行の第三集下帙と、翌天保七年刊行の第四集との間には、微細ながらも構想の動揺を見て取ることができる。

第三集下帙執筆前後の馬琴は、知友に宛てた書翰の中で、「もはや七十に足をふミかけ候て、合巻の作ハ、しミぐ〳〵といやニ御座候」（天保五年十一月朔日付篠斎宛。③55）、「合巻の作ハ、近来いよ〳〵このましからず、且眼疾ニて、細書甚不便ニ付、合巻板元江一同ニ断候て、書不申候つもりニ罷在候処」（天保六年正月十一日桂窓宛別翰。④3）などと述べている。その一方で、彼は原作同様に「誨淫導慾」の趣向が多い『新編金瓶梅』を、未完のまま放置することに躊躇を感じたものと思しく、第三集下帙の末尾で、瓶子の西門屋入りを急いだのも、遠からず同作を団円に導くための作為だったのではあるまいか。

しかし、『隔簾花影』披閲の後に執筆・刊行された第四集においては、原作『金瓶梅』の蒋竹山に関する物語（第十七〜十九回）が翻案されたため、前年に予告された瓶子の浪華移住は保留されてしまった。その一方で、善の側の主人公大原武二郎や、その妻女千早の活躍（第四章参照）が描かれ、物語は新たな展開を見せている。また、同集の結末では、続刊部分で惹起される一大波瀾の前触れとして、多金の阿蓮が自身の飼い猫を殺害しており、作者の創作意欲が復調してきたことをうかがわせる。この第四集の自序に、『隔簾花影』の翻案構想が語られていることを看過すべきではあるまい。

もとより、馬琴は『新編金瓶梅』の起筆当初から、原作には見えない何らかの趣向を導入することによって、同作における勧善懲悪を徹底させる心積もりであったに違いない。おそらくそれは、題号に含まれる「梅」にも所縁があり、発端部分において盛んに趣向化されていた、天神信仰に関わり合うものであったと考えられる。

すでに第一輯の時点で、原作における普静（雪洞、普浄とも）和尚に擬えたものと思しい、「金瓶寺老槑《ろうばい》禅師」の登場が予告されており（第三冊前表紙見返し）、馬琴も来たるべき団円に向けて、ある程度の見通しを立てていた模様である。しかし、この構想は大幅に変更され、天神信仰が次第に閑却されたばかりでなく、老槑なる聖僧も作品の中に現われることがなかった。原作における金蓮の利発な侍女龐春梅に擬されたはずの船館《ふなだての》野梅《うめ》が、さしたる活躍もせぬまま、第七集（天保十一年刊）で阿蓮に毒殺されてしまうのも、この構想改変と無縁ではあるまい。

（二）武二郎の龍宮入り

天神信仰に代わって、『新編金瓶梅』全編の因果を総括する機能を果たしたのは、龍宮・乙姫・人魚などを道具立てとする龍神信仰であった。第三集上帙の口絵の中には、瓶子の前夫虚花屋《あだはなや》浮吉《うはきち》を浦島、遊女糸柳を乙姫に見立てた一図（五九五頁図5）が含まれるものの、これは描かれた人物から推しても、作品全体の構想に関わるものとは思われない。

馬琴の新たな腹案が提示されるのは、ようやく第五集に至ってからであり、同集のやはり口絵の一図には、俵藤太秀郷に見立てられた武二郎が、「貝闕《たつのみや》の澳渡姫《おとひめ》」とともに描かれている（図6）。実際に武二郎が龍宮に入るのは、第六集においてであるが、『新編金瓶梅』の結末には、武二郎による報仇が予定されており、啓十郎や阿蓮、妙潮らが生き長らえるためにも、武二郎の流浪や苦難は不可欠なものであった。とはいえ、『水滸伝』に見える行

図6　『新編金瓶梅』第五集、3丁裏・4丁表

者武松の活躍は、ほぼ全てが第五集までに翻案されており、馬琴は新たに武二郎龍宮入りの想を構えて、作品の延長に備えたのであろう。

　武二郎との対面に際して、澳渡姫は「もとより縁ある義勇の汝を、底の水屑《みくづ》となすべきや。且頼みたき由もあれば、古風なれども亀をもて、密かにこゝへ迎へしぞや」（十七丁表言葉書き）と告げているが、この時点では「頼みたき由」の内実は明かされない。第八集に至って、武二郎は澳渡姫から、彼女に婚姻を迫る西海の悪龍王多羅阿伽《たらあか》の存在を告知される。龍宮から「盈珠《えいしゆ》・虚珠《きよしゆ》」（干珠・満珠）を奪った多羅《たら》阿伽《あか》は、西門屋の使用人笑次《ゑみじ》の後身である「逆潮《さかしほの》笑鮫《ゑみさめ》」と、妖虎の怨念を受け継いだ虎河豚《とらふぐ》とを従えていた（次章参照）。悪類をたやすく討滅した武二郎は、澳渡姫から摩尼宝珠を授かり、龍宮を退去することを許される。きわめて寓話的であり、主たる物語との交渉が希薄な一段ではあるが、武二郎が澳渡姫の加護を受けるためには、欠くことのできない筋立てといえる。

霊玉を狙い善人に仇をなす悪龍は、『隔簾花影』にも登場する。その第四十七回で、母親との再会を急ぐ了空（慧哥）は、落伽山へ向かった雲娘を船で追うが、海上で神龍に襲われて船が大破するのである。

只因《テ》三了空有《ルニ》二了一百八顆《ノ》明珠一、所以招《ニ》二出《ス》龍《ノ》来《リテ》窃取《セントスルヲ》一。　虧《シテ》三了空有《ルニ》二些《ノ》仏力一、神龍不二敢《テ》来《リテ》奪《ハ》一、到送《テ》二了《シ》一陣《ノ》風《ヲ》一、和二他母子《ヲ》一相見《セシム》。此《レ》乃《チ》仏法《ノ》妙処《ナリ》。

（第四十七回、五丁裏）

これは了空が例の数珠を持っていたので、龍がやって来て奪おうとしたのです。しかし、了空は仏力を有していたので、龍は数珠を奪うことができず、却って一陣の風を送って、了空親子の再会を促したのです。これも仏法の妙所といえましょう。

『隔簾花影』の神龍は、ひとたび了空主従を脅かしたものの、明珠の神力には敵しえず、風を起こして母子の再会に力を添え、「仏法《ノ》妙処」を顕然化している。馬琴はこの「神龍」に想を得て、『新編金瓶梅』に多羅阿伽を登場させたのではあるまいか。

## （三）天神信仰から龍神信仰へ

武二郎が龍宮に滞在する間に、啓十郎はひとたび不具者となり、彼の栄華に寄生した小人たちも、戦乱に巻き込まれて様々な憂き目を味わう（第七・八集）。啓十郎に厄難がふりかかる直前、「彩色画」を用いて彼に警告を与えた陸水尼もまた、龍宮に縁浅からぬ人物である。人魚の化身である彼女は、啓十郎の母親遅馬《おそま》の亡魂を宿しており、第九集では啓十郎と阿蓮を出家せしめるが、両人を悔悟させることはできなかった。物語の終盤では、件の老槑禅師に代わって、この陸水が亡者を追薦する大法会を執行するのである。

図７　『新編金瓶梅』第十集、39丁裏・40丁表

第一輯で遅馬が川へ身投げをした際の記述に、「また、くひまにおし流されて、からも留めず」（三十六丁表。傍線筆者）とあり、馬琴は早くから、何らかの形で彼女を再登場させる腹案を有していたようである。結果的に遅馬は、物語全段の因果を解き明かす重責を担うことになるが、これも当初からの構想であったとは思われない。

既述のように、陸水は『隔簾花影』の雪澗[10]（月岩・宝公）に擬されおり、彼女が呉服母子の再会に立ち会うのも、『花影』第四十七回における雪澗和尚の役回りを踏襲したものである。この老僧は『隔簾花影』の第四十回で「古仏化身」と説明されるものの、『金瓶梅』の普静が有したような超越性を示してはいない。よって陸水の聖性は、老槑禅師を経由して、『金瓶梅』の普静和尚から受け継がれたものと考えられる。

亡者を追薦する大法会の後、陸水は忽然と姿を消し、武二郎・千早夫婦も、陸水に導かれて「尸解」

を遂げる（図7）。夫婦の遺児夢松は、両親を「水仙」として祭り、件の摩尼宝珠を神体とする「陰陽小龍王権現」を建立した。一方、『隔簾花影』の末尾においては、了空（慧哥）が観音から授かった金針とともに、雲娘の「一百八顆明珠」が、泰定の喜捨により建立された毘盧寺の宝塔に祭られる。数珠と摩尼宝珠との相違はあるが、龍王にちなみのある宝玉が善人に幸いし、最終的に神体として祀られる点において、両者は軌を一にしている。『隔簾花影』における神龍は、仏教宣揚のための一時的な小道具に過ぎないが、馬琴はここから示唆を受けて、如上の筋立てを案出し、龍神信仰を数次にわたり趣向化したのであろう。

武二郎一家に対する龍宮の冥護と、啓十郎周辺の人々を襲う様々の余殃とが、いずれも『隔簾花影』に由来するものであるならば、同書が『新編金瓶梅』に与えた影響は、決して些少ではなかったことになる。白市売却の場面を唯一の例外として、両作の間には明確な依拠関係を見出しえないが、それは明を失いつつあった馬琴が、述作の際に『隔簾花影』やその抄録を披見できなかったことに起因するのではあるまいか。

作者の視力低下に伴う様々な困難も災いして、『新編金瓶梅』後段の物語は構成に緊密さを欠くが、武二郎父子の活躍と、小人たちの厄難を対照的に描きつつ、勧善懲悪を貫いて破綻なく局を結んだ馬琴の手腕は、高く評価すべきものと思う。

## おわりに

天保十年三月十二日付の篠斎に宛てた馬琴書翰（⑤21）の中に、「合巻細字物ハ、いよ〳〵出来かね候へども、『金瓶梅』ハ、猶多く腹稿有之候間、捨候も朽をしく候得ども」という一節が見える。ここで馬琴は自身の「衰眼」ゆえに、『新編金瓶梅』の続稿を危ぶんでいるが、同作はこの時点で、ようやく第六集が刊行されたばかりであり、いまだ本格的な『隔簾花影』の翻案には至っていなかった。「猶多く」存したという「腹稿」の内容は明確でないが、あるいは『金蘭筏』や『両交婚伝』の場合のように、何らかの白話小説を取り込んで、さらなる啓十郎の奸悪を描く心づもりが、馬琴の中に存したのではあるまいか。しかし実際には、翌年刊行された第七集において、啓十郎や呉服は大きな厄難に見舞われ、物語は明らかに終局へと向かいはじめている。この第七集に関して、馬琴は「『金瓶梅《（梅集）》』七集にも、ちと無理なる趣向あり。そは勧懲に係る故ニ御座候」（天保十年九月二十六日付篠斎宛書翰。⑤35）と記しており、多少の「無理」を犯してでも、物語を進行させようとしたことがうかがえる（第七章参照）。そして第八集に至って、西門屋一家は本章で述べたごとく、離散の憂き目を見るのである。

『続金瓶梅』や『隔簾花影』は、仏教の説く輪廻転生の理を用いて、『金瓶梅』では尽くされなかった因果応報を精算しようと試みた。これに対して、馬琴は『新編金瓶梅』を、主人公の親の代から説き起こして、従兄弟同士の関係にある啓十郎と阿蓮・武二郎の三者が、敵対や淫楽の関係を生ずる「前因」を設定したのである。本伝『金瓶梅』に対して、新たに物語を付加する位置は異なるが、因果律を明確にせんとする点において、両作は志向を同じくしている。そして馬琴は、『新編金瓶梅』執筆の最中に『隔簾花影』を繙読する機会を得て、同書の趣向を自作の中に取り入れたのである。

もとより、物語の結末における男児の出家と、高徳の僧侶による法会の挙行は、本伝である『金瓶梅』にも見出しうる要素であり、起筆当初から馬琴の腹案にも存したと思われる。しかし、『隔簾花影』の趣向を導入することによって、呉服母子の厄難はさらなる波乱を加え、『新編金瓶梅』を支える勧善懲悪は、弥が上にも明確化されたといえるであろう。

『新編金瓶梅』は、近世期の小説において、『金瓶梅』から直接の影響を受けた、ほぼ唯一の作品とされている。それと同時に、この合巻は『隔簾花影』の翻案作としても、おそらくは近世期唯一のものとして、改めて認識されねばなるまい。

**注**

（1）『金瓶梅続書三種』（一九八八年、斉魯書社）は、『続金瓶梅』『隔簾花影』『金屋夢』の三点を収録するが、いずれも露骨な性愛描写は伏せ字になっている。本書において参照した『隔簾花影』の本文は、右の翻刻と古本小説集成所収の影印（一九九〇年、上海古籍出版社）である。

（2）鳥居久靖氏「金瓶梅の続書について　─国内所見の伝本を中心として─」（天理大学学報65。昭和45年）によれば、『隔簾花影』は一板のみであり、その内題は「新鐫古本批評繍像三世報隔簾花影」であるが、批評を加えたものや繍像を持つものは存在しないようである。

（3）大庭脩氏『江戸時代における唐船持渡書の研究』（昭和42年、関西大学東西学術研究所）、六八一頁。

（4）引用は名著図典『中国小説史略』（二〇〇〇年、浙江文芸出版社）による。なお、魯迅は『隔簾花影』を「書末不完」としているが、中島長文氏も「中国小説史略考証　第十九続完・第二十」（神戸外大論叢54─3。平成15年）において指摘するように、これは何らかの誤解にもとづく記述である。

（5）辻リン氏「『続金瓶梅』の構成をめぐって」（早稲田大学大学院文学研究科紀要49。平成16年）は、『続金瓶梅』における因果応報談義に、長短さまざまの物語を連結させる機能を指摘する。

（6）朱眉叔氏「論《続金瓶梅》及其刪改本《隔簾花影》和《金屋夢》」（明末清初小説選刊『金屋夢』巻末附録。一九八八年、春風文芸出版社）の整理による。

（7）　尾坂徳司氏訳『続金瓶梅』下巻（昭和26年、千代田書房）「あとがき」。この訳書の上巻は、昭和二十五年に原題で刊行されたが（筆者未見）、翌年には下巻の刊行に先立ち、『続金瓶梅』と改題して再印された。内容はいずれも『隔簾花影』である。

（8）　『続金瓶梅』に応伯爵が登場することに関して、辻リン氏は注5前掲論考の中で、「孝哥を売るという行為が応伯爵というキャラクターにもっともふさわしいからであろう」としておられる。しかし筆者はむしろ、西門慶に取り入って様々な悪事に荷担した応伯爵の「不善」が、十分な「余殃」を受けずに済まされたことに対する、作者丁耀亢の不満が反映されたものと想像する。

（9）　第二集上帙では「百両」であったはずの金高が、第三集上帙以降は「二百両」に倍増している。これに関しては何の説明もないが、あるいは馬琴の思い違いか。

（10）　孝哥（慧哥）の師として、『続金瓶梅』や『隔簾花影』に登場する雪澗和尚は、『金瓶梅』の普静長老に基づく人物であり、その呼称も『金瓶梅』第八十四回で普静の住した「雪澗洞」に由来するものと思われる。『続金瓶梅』第一回では、普浄長老が地蔵の化身として登場し、亡者たちに因果を説き示した上で入定しているが、『隔簾花影』にはこの一段が存さない。また、『隔簾花影』の第四十回以降では、雪澗が突如「月巌」を称しており、これは同作における改名の不徹底が原因と思われる。

# 第六章　呉服《くれは》母子の受難　――『新編金瓶梅』の翻案手法――

## はじめに

馬琴の長編合巻『新編金瓶梅』（国安・国貞画。天保二年～弘化四年、甘泉堂刊）は、その題号が示すように、艶情小説『金瓶梅』に物語の大枠を借りており、同書から直接の影響を受けた、唯一の近世小説とされている。しかし、同様に白話小説の翻案を標榜する、『金毘羅船利生纜《こんぴらぶねりしやうのともづな》』（『西遊記』の翻案。英泉画。文政七年～天保二年、甘泉堂刊）や『傾城水滸伝』（豊国・国安・貞秀画。文政八年～天保六年、仙鶴堂刊）などとは異なり、馬琴は起筆当初から、『金瓶梅』に忠実な翻案を志向してはいなかった。

富と権威とを背景とした、西門慶の奢侈と愛慾の物語を合巻の藍本とするに際して、馬琴は安易な淫猥描写で読者の興味をつなぐことをせず、善の側の主人公大原武二郎《ぶじらう》の活躍を詳細に描いて報仇譚の色彩を強め、原作とは趣を異にする勧善懲悪の明確な作品に作り変えた。これは一面で、『金瓶梅』の本質から遠ざかる改変であったかも知れないが、「婦幼」の読み物である草双紙に、過度の乱倫や世態描写は望むべくもなく、また生涯武家の矜持を持ち続けた馬琴の作であってみれば、極めて当然の処置といえるであろう。

『金瓶梅』における勧懲の不徹底に不満を感じ、創作によってこれを解消することを志した作者は、何も我が国の馬琴ばかりではない。山東諸城の丁耀亢は『続金瓶梅』（六十四回）において、仏教の説く輪廻転生を趣向として用い、『金瓶梅』の勧懲を精算しようと試みた。もとより、「因果応報」の称揚は、淫書作者が自身を正当化するための常套手段であり、本伝『金瓶梅』と同様に、『続金瓶梅』にも露骨な性愛描写が含まれる。しかし同書は、『金瓶梅』の人物設定をほぼ正しく継承しており、高名な先行作の名前を借りるばかりで、本伝とさして関わりのない類の「続書」とは一線を画している。馬琴が天保五・六年に披閲して、その勧懲を尽くさんとする姿勢に一定の評価を与えた『隔簾花影』（四十八回）は、『続金瓶梅』の刪節改編作であり、『新編金瓶梅』の中には、この『隔簾花影』の趣向も摂取されているのである（前章参照）。

『新編金瓶梅』の主人公西門屋《にしかどや》啓十郎《けいじうらう》は、西門慶とほぼ同数の妻妾を有し、その中に名を連ねる多金《たがね》の阿蓮《おれん》・李《すもも》の瓶子《かめこ》・船館野《ふなだての》梅《うめ》は、それぞれ原作の題号にちなみのある潘金蓮・李瓶児・龐春梅に擬されている。啓十郎の正妻呉服《くれは》もまた、原作の呉月娘に擬えた人物であり、彼女は夫の業報として、息子の白市《しろいち》とともに過酷な厄難を蒙るのであった。

本章では、おもに呉服母子の物語を追いながら、『金瓶梅』をはじめとする中国小説からの趣向摂取や、原作との相違点などを確認する。その過程で、『新編金瓶梅』における馬琴の改作意図や、「勧善懲悪」に対する配慮などにも考察を及ばせ、この合巻が馬琴作品の中でいかなる位置を占めるのか、改めて検討してみたい。

## 一　呉服の出産と『金瓶梅』

原作『金瓶梅』の第三十回において、西門慶の第六夫人李瓶児は、男児官哥を出産する。これに先だち、西門慶は太師蔡京から「提刑所千戸」の職を授けられており、「官哥」という命名は父親の叙官にちなむものであった。「生子加官」がほぼ同時に訪れたこの時点こそ、西門家の栄華の絶頂といえるであろう。

『新編金瓶梅』の執筆に際して、馬琴が参照したのは、明代刊行の『金瓶梅詞話』ではなくして、張竹坡が批評を加えた第一奇書本であった（第一章参照）。同書第三十回の回評において、竹坡は右の一段を、「一部炎涼書ノ、不レバ写サ二其ノ熱極ヲ一、如何ゾ令メン二其ノ涼ヲ極メ一。今看ルニ二其ノ生子加官ヲ一斉ニ写シ出スヲ一、可レシ謂フ二熱極ト一矣」[1]と評している。また、同本の巻頭に置かれた「批評第一奇書金瓶梅読法」の第八十三則には、「金瓶ハ是レ両半截ノ書。上半截ハ熱、下半截ハ冷」という一節があり、竹坡のいう「炎」や「熱」は「栄華」「福運」、「涼」や「冷」は「衰亡」「災禍」のことと解しうる。よって、彼が「一部之金鑰」（同書「冷熱金針」）、すなわち全段の要諦とする「冷熱」は、馬琴が自作の小説原理として、意識的に導入した「陰陽二元論」や「変易論」[2]にも通じるものといえよう。

文政十三年三月二十六日付の殿村篠斎に宛てた書翰（別紙。①61）の中で、馬琴は俗語小説の「趣向の巧拙と文章の巧拙を論じ」、「作意の隠微」を究明せんとした評論の具体例として、「金瑞が『水滸』の評」とともに「張竹坡が『金瓶梅』の評」を挙げている。竹坡の評語は、馬琴が『金瓶梅』を味読する際にも、裨益するところが少なくなかったのであろう。

天保九年刊行の『新編金瓶梅』第五集において、栄華の最中にある啓十郎が男児白市を得る展開（図1）には、竹坡が「熱極」と評した、原作の「生子加官」が意識されていることは疑いを容れまい。もっとも、原作において官哥を出産するのは、西門慶の愛妾李瓶児であるが、白市誕生の時点において、李の瓶子はいまだ医師斧形曳水《おのがたえんすい》（原作の蔣竹山に相当）のもとにあり、西門屋に入った後も、彼女が啓十郎の子供を産むことはなかった。

白市出生の直前に、啓十郎の側女刈藻《かるも》と力野《りきの》、そして彼の実父である九郎五郎《くろごらう》が、刃傷沙汰ゆえに命を落としている。これは阿蓮の奸計によるものであり、飼い猫を用いた陰湿な手法は、原作『金瓶梅』の第五十九回における、潘金蓮の官哥殺害に想を得たものであろう（次章参照）。折しも東国から帰宅した啓十郎は、阿蓮の無事を喜ぶば

図１　『新編金瓶梅』第五集、７丁裏・８丁表

かりで、真相を究明しようとはしなかった。

登場人物の横死と時を同じくして、主人公の正妻が出産をするという展開は、『金瓶梅』第七十九回における、呉月娘の孝哥出産と軌を一にしている。ただし、ここで孝哥誕生の直前に横死するのは西門慶当人であり、ゆえに孝哥は父親西門慶の「托生」たりうるのである。『新編金瓶梅』の白市が、祖父九郎五郎の「托生」であるとは記されていないが、誕生の当初から暗い影が付きまとうのは、原作の孝哥と同様であった。図１において、不吉を予感させる鴉らしき鳥が、窓の外に描かれているのも、作者の指示によるものであろう。

よって、啓十郎の一子白市は、『金瓶梅』における官哥・孝哥の二男児を「ない交ぜ」にした存在と見なしうる。馬琴は白市を造型するに際して、その生まれる時期については官哥を、生まれた状況とその後の運命においては孝哥を、それぞれ踏襲しているのである。

なお、呉月娘は第三十三回でひとたび流産しているが、第五十回で王姑子から秘薬を授かり、これを用いて孝哥を懐胎している。これに嫉妬した金蓮は、薛姑子に懇請して生胎薬を得るが、所定の夜に西門慶と同衾することができず徒労に終わる（第七十三～七十五回）。かくのごとき出産をめぐる陰湿な争いは、馬琴の採用するところではなかった。

呉服が産んだ男児の「白市」という名前は、啓十郎の幼名「黒市」と対をなすものであり、その性向が父親に相違して、善良であることを暗示している。原作『金瓶梅』の結末において、孝哥は普静禅師に乞われて出家を遂げているが、彼はこの時点でいまだ十歳の幼児であり、その気質は明確にされていない。出家して了空となった孝哥が、離散した母親月娘を探し求め、その名のごとくに孝心を示すのは、『続金瓶梅』においてである。

すでに前章でも詳述したように、馬琴は天保五年から翌年にかけて、『続金瓶梅』の刪節改編本『隔簾花影』を披閲しており、天保七年に刊行された『新編金瓶梅』第四集の自序においては、『隔簾花影』の趣向をこの合巻の中に摂取する構想を明かしている。よって、その性格が父親と相反することを予感させる「白市」という命名は、『新編金瓶梅』の後段において、楚雲娘（月娘の替え名）・慧哥（孝哥の替え名）母子の物語を翻案するための伏線と解しうるのである。

## 二　呉服の厄難と『肉蒲団』

天保十一年刊行の第七集に至って、阿蓮は新参の使用人で、「不遣小僧《やらず》」の二つ名を持つ悪少年秘事松《ひじまつ》と通じて前途を危ぶみ、酩酊した主人啓十郎に毒を盛る。これにより、啓十郎は容貌が醜く変じて不具者となった。啓十郎の遭難に続けて、正妻の呉服にも禍が降りかかる。

呉服は啓十郎をいざり車に乗せ、抱えの鳶蔵《とびぞう》とともに天満社へ参詣に向かう途中、乞食に襲われて蹂躙される。そこへ管領細川高国の郎党島村貴則が通り合わせて、呉服夫婦を救う。　（三十六丁裏～三十九丁表）

この一段は、原作第八十四回における、呉月娘の厄難に想を得たものであろう。

未亡人となった月娘は、兄の呉大舅らとともに、泰山廟へ参詣に訪れる。道士の石伯才は、ひそかに知州の義弟殷天錫を招いて、月娘を襲わせようとする。辛くも廟を逃れ出た月娘一行は、雪澗洞に逃げ込み、普静禅師から孝哥を弟子に望まれる。

明刊本『金瓶梅詞話』においては、この後さらに一行が清風山の好漢に捕らわれ、宋江のとりなしで事なきを得ているが、第一奇書本ではこの一段が省略されている。右梗概に見える殷天錫も、『水滸伝』由来の人物であり、同書第五十四回で柴進を虐げようとして、黒旋風李逵に殺害された。

原作『金瓶梅』の呉月娘は、兄呉大舅の助勢もあって、殷天錫による陵辱を免れているが、『新編金瓶梅』の呉服は鳶蔵（『隔簾花影』の泰定に擬される）の不在ゆえに、啓十郎の眼前で辱めを受ける。殿村篠斎は馬琴に呈した評書の中で、この一件を以下のように評している。

啓十・呉服がかたゐらに辱めらるゝ、心地よき事はよけれども、呉服におきては不憫也。勿論その事説きてはあれども、猶いかにも不憫也。　（「新編金瓶梅第七集略評」三十丁裏）[3]

さらに篠斎は、同じ評書の末尾においても、およそ四丁（三十二丁表～三十五丁裏）を費して、呉服の遭難に対する同情と不審とを書き連ねている。『新編金瓶梅』の本文中に、「呉服はもとより貞女なるに、（中略）こは神仏の御由断かと、見る人思ふもあるべけれども、呉服も亦罪なきにあらず」（第七集、三十八丁表）と記されおり、篠斎も馬琴の意図するところを忖度しようと努めた。しかし、「ひととほり柔らかに、おとなしき女」の呉服であってみれば、たとえ陵辱が未然に防がれたとしても、「大概恥辱の勘定済まんか」と考え、馬琴の見解を乞うたのである。

篠斎の難詰に対して、馬琴は天保十一年四月十一日付の同人に宛てた書翰（⑤45）の中で、呉服の災難を、「譬バ李笠翁『肉蒲団』之邪淫の悪報と同じ意を以つゞり候也」と返答している。艶情小説の秀作として喧伝される『肉蒲団』は、好色漢未央生を主人公とする、二十回の中編であり、宝暦年間には和刻本も刊行された。未央生の妻玉香は、下男の権老実に誘い出されて娼家に売られ、房術で名を上げて臥雲生ら師弟三人に囲われる。権老実の仕打ちは、未央生に妻の艶芳を奪われたことへの報復であり、臥雲生ら三人の妻も、夫の留守に揃って未央生と通じていた。つまり玉香の零落は、夫未央生の乱倫の報いだったのである。物語の結末において、玉香は客として来たった夫に恥じて首を吊り、未央生も自らの罪業を悟って発心する。

『肉蒲団』の作者李漁に関して、馬琴は「『十二楼』、并ニ『十種曲』抔ニも、よき趣向御座候得ども、又『肉蒲団』やうの猥褻の作もあれば、方正の学にあらざりしなるべし」（天保四年十一月六日付篠斎宛書翰。③27）と記している。『肉蒲団』も馬琴にとっては、所詮「猥褻の作」に過ぎなかったのであるが、未央生夫婦の蒙る「邪淫の悪報」には強い印象と感慨を覚え、呉服の厄難を綴る際にも改めて念頭に思い浮かべたのであろう。

## 三　呉服の罪悪と張竹坡評

本文中にも「貞女」と明記される呉服が、上述のように無惨な仕打ちを受けるのは、みずからも「勧善懲悪を手づよく示し候が、拙者癖ニ御座候」（文政五年閏正月朔日付篠斎宛書翰。①22）と認めた馬琴の作であってみれば、無理からぬこととものいえる。ただし、呉服のたどる運命には、第一奇書本『金瓶梅』における張竹坡の呉月娘観が、少なからず作用していたものと思われる。「批評第一奇書金瓶梅読法」百八則のうち、その第二十四則の前半は、以下のようなものである。

金瓶写《ノスニ》二月娘《ヲ》一、人人謂《フ》三西門氏虧《スト》二此一人《ノ》内助《ニ》一。不《ルナリ》レ知《ラ》下作者写《ノスニ》二月娘之罪《ヲ》一、純以《ニテシ》二隠筆《ヲ》一、而《シテ》人《ノ》不《ルヲ》上レ知《ラ》也。何則《トナレバ》、良人《ハ》者、妻之所《ニシテ》二仰望《スル》一而終《ル》レ身《ヲ》者也。若《シ》其《ノ》夫千金《モテ》買《ヒテ》レ妾《ヲ》為《シ》二宗嗣《ノ》計《ヲ》一、而《シテ》月娘百依百順《セバ》、此誠《レニ》関雎之雅、千古賢《ノ》婦人也。若《キハ》下西門慶殺《シ》二人之夫《ヲ》一、劫《スガ》中人之妻《ヲ》上、此真《レニ》盗賊之行也。其夫《ノ》為《シ》二盗賊之行《ヲ》一、而《シテ》其妻《ノ》不《シテ》二涕泣《シテ》而告《ゲ》レ之《ヲ》、乃《チ》依二‐違《シ》其《ノ》間《ニ》一、視《テシ》為二路人《ト》一、休戚不二相《ヒ》関《セ》一、而《シテ》且《ツ》自《ラ》以《テ》二好好先生《ヲ》一為《ス》レ賢《ト》、其為《ノ》心尚《ホ》可《ケンヤ》レ問《フ》哉。

『金瓶梅』に描かれた月娘を見て、人々はみな西門家が維持されたのは彼女一人の内助の功によるものだという。そのような人々は、『金瓶梅』の作者が月娘の罪悪を描く際に、まったく「隠筆」を用いているため、読者が気付かないということが分かっていないのだ。そもそも善人というものは、妻に敬愛されて一生を終えるものである。もしも夫が跡継ぎのことを考えて、金を使って妾を買った場合、月娘がこれに唯々諾々と従ったならば、まことにこれは「関雎の雅」と称すべきものであり、古来稀な賢夫人といえるだろう。一方、西門慶が人の夫を殺して、その妻を掠奪したのは、まさに盗賊の所行である。夫がそのような行いをしても、妻が泣いて諫めることもせず、あいまいな態度を取ったり、見て見ぬふりをして、他人の喜怒哀楽には関心を示さず、「好好先生」を装って賢いと感じたりしたならば、その悪心は問い質すまでもあるまい。

ここで竹坡は、呉月娘が「好好先生」を装い、夫の悪行を諫めなかったことを、彼女の罪悪として難じている。これ以外にも、「則《チ》月娘為人《ガ》、乃《チ》金瓶梅中第一《ノ》綿里《ニ》裹《ム》レ針《ヲ》柔奸之人」（第十四回回評）、「月娘非《ハズ》二一味老実者《ニ》一」（第三十六回行間評）、「婦人中《ニ》真有《リ》二此等《ノ》権詐奸険者一」（第六十八回行間評）などと、月娘の奸悪と偽善とを譏る言葉は、竹坡評の至る所に見出しうる。月娘が泰山廟で遭難する第八十四回の回評においても、「此書《ノ》中月娘《ヲ》為《ス》二第一《ノ》悪人罪人《ト》一。予生生世世不レ愿《ハ》レ見《ルヲ》二此《ノ》等男女《ニ》一也」と、竹坡の筆鋒には容赦がない。

もっとも、竹坡がことさらに月娘を難詰するのは、金聖嘆が第五才子書『水滸伝』において、宋江の偽善を徹底的に糾弾する姿勢に倣ったものであろう。竹坡の『金瓶梅』批評が、第五才子書を範としていることは、馬琴も『新編金瓶梅』第一輯の自序などで指摘するところである。

天保十二年刊行の第八集において、赤松家の残党響馬暴九郎《ひゞきまあらくらう》が浪華に侵攻し、西門屋一家は難を避けて闇《くらやみ》峠に至るが、ここで野武士に遭遇して、啓十郎は谷底へ突き落とされる。前章において考察を加えたように、この騒動は原作における金軍の侵攻に擬えたものであり、両親とはぐれた白市が、西門屋の番頭である寒八《かんぱち》夫婦によって、陸水《くがみ》尼に売却される筋立ては、『隔簾花影』第九回の趣向を踏襲したものであった。

辛くも単身で大和五条にたどり着いた呉服は、秘事松の父親である北利木之助《きたりきのすけ》の世話になるが、彼に言い寄られたばかりでなく、嫉妬した妻女の囮《おとり》（媒鳥とも）に火箸で首を焼かれる。囮はさらに、呉服を井戸へ投げ落とそうとするが、誤って自身が転落して絶命し、帰り合わせた木之助が呉服を介抱する。回復の後、呉服は廻国修行を発起して北野天神に参籠し、菅神の使者白太夫に以下のような夢告を受けている。

いましは早く二親を失ひて、伯父船館幕《だてまく》左衛門に養はれ、彼が不忠不義の宝をもて、西門屋へ嫁《よめ》らせられて、啓十郎が妻になりしより、いましに不義の行ひなく、啓十郎が手かけ狂ひを、いさゝかも妬む事なかりしは、百《もゝ》の拙きを補ふに足る、貞女には似たれども、夫の荒淫不義非道を、知りつゝ、一《ト》たびもこれを諫めず、諫むるとても聞かれじと、思はゞ早く身の暇を、乞ふて彼《か》の家を退きて、尼になりて行ひ澄まさば、まことの貞女といひつべし。しかるを心そこに至らず、夫の不義の宝に愛《めで》て、その色狂ひを諫めぬ故に、却つて啓十郎は淫欲を、恣《ほしいまゝ》にして忌み憚らず、家を失ひ身を滅ぼすまで、道ならぬ宝を積みて、そを守りたるいましの罪科《つみとが》、啓十郎に比ぶれば、五十歩百歩のたがひあるのみ。

（二十六丁裏・二十七丁表）

『金瓶梅』の第一回において、呉月娘の人となりは「清河左衛呉千戸之女」、「秉性賢能、夫主面上百依百随」と紹介されている。これに対して『新編金瓶梅』の呉服は、「都にて筋目よろしきあき人の娘」（第二集上帙、八丁表）であり、三好家の権臣船館幕左衛門の姪に当たるが、第八集における西門屋の遭難以前は、その性情が明確にされていなかった。

右に引用した白太夫の言葉には、竹坡が示した月娘観からの影響を、もっとも端的に見て取ることができる。呉服の管理不徹底が、西門屋の倫理を乱したことは、呉月娘の場合と変わるところがない。しかし、李瓶児が持参した金品の着服や秘薬による懐胎など、竹坡が口を極めて罵倒するような月娘の奸悪を、呉服は踏襲することがなかった。つまり馬琴は、呉服の罪悪を、啓十郎の「色狂ひを諌め」なかった一事に限定して、『金瓶梅』の呉月娘とは異なる、「ひととほり柔らかに、おとなしき女」と設定したのである。このため、厄難に遭遇する以前の呉服は、奸智に長けた阿蓮の陰に隠れて、その存在感が極めて希薄であった。

廻国の末に陸水尼と邂逅した呉服は、沙弥白水《はくすい》となった白市との再会を果たす。鳶蔵とともに陸水の弟子となり、尼微妙《みみやう》に姿を変えた呉服は、啓十郎との「恩愛の絆」を絶つのである。[4]

## 四　陸水尼の法力と『水滸伝』

その名のごとくに、人間世界（陸）と龍宮（海）との間を自由に往来する陸水尼は、「不二法門の妙奥を、悟り得たる」（第八集、二十五丁裏）聖僧であり、海中では「三千年の人魚」に変じて澳渡姫《おとひめ》に近侍する。啓十郎の実母遅馬《おそま》の後身であるこの尼僧は、第七集において初めて姿を現わし、いざり車に乗った醜悪な乞丐の絵姿を示して、

図２　『新編金瓶梅』第九集、18丁裏・19丁表

啓十郎に自重を促した。しかし啓十郎はそれと悟らず、結局は阿蓮の奸計によって、件の画像に描かれた通りの姿となったのである。

続く第八集の中で、陸水は龍宮を去る大原武二郎に、自らが叔母遅馬の後身である事実を明かす。人間世界へ帰着した武二郎は、武庫山の賊寨に拠った秘事松を討滅するが、この時には兄の仇である阿蓮を捕らえることは叶わなかった。

第九集に至って、阿蓮は物乞いとなった啓十郎と再会し、彼の悪病に感染して容貌が醜く変じる。両人は玉瓜村の瓜を盗まんとして、村人に捕らえられるが、陸水尼のとりなしで助命され、大和五条の庵に伴われた。陸水は近在の病人に薬湯《くすりゆ》を施行しており、啓十郎には薪割り、阿蓮には風呂焚きと病人の垢擦りを命じる。

半年ほどの後、薬湯の効能で悪病が治癒した両人は、陸水の所持金に目を付けて、彼女の首を鉞で切り落とし、白水をも火箸で刺し殺すが（図２）、惨殺された師弟は、陸水の見せた幻であった。彼女はここで初めて、啓十郎らに自身と白水の素性を明かすのである。

陸水尼の正体と、彼女の用いた幻術について、讃岐の木村黙老は、篠斎に宛てた書翰の中で、以下のように寸評している。

扨亦、『金瓶梅』も定而御一覧と存候。是亦妙々ニ而、中ニ而、鳥渡出候仙尼ハ、啓十郎之母ならんとハ不思寄候。『水滸』之羅真人之俤抔能這入り候而、啓十郎病之致平癒候も妙ニ而候。

（天保十三年二月十二日付黙老書翰）(5)

『水滸伝』に登場する羅真人は、荊州二仙山の紫虚観に住む道士で、入雲龍公孫勝はその高弟であった。同作の第五十三回で、高唐州の知府高廉を攻めあぐねた梁山泊の一党は、神行太保戴宗と黒旋風李逵を使者に立て、真人のもとから公孫勝を呼び戻そうとするが、真人は容易に許諾しない。その態度に腹を立てた李逵は、夜中に寝所へ忍び入って、真人を襲撃するのである。

両作における凶行の場面を、以下に対照してみる。

李逵搶将入去《シ》、提㆓‐起《シ》斧頭《ヲ》㆒、便望《チテ》㆓羅真人《ノ》脳門上《ヲ》㆒劈将下来《シ》、砍倒《シテ》在《リテ》㆓雲床上《ニ》㆒、流㆓‐出《シ》白血《ヲ》㆒来《ル》。（中略）李逵再《ビ》仔細《ニ》看《ル》時、連《ネテ》㆓那《ノ》道冠児《ヲ》㆒劈《テ》做《シ》㆓両半《ト》㆒、一顆頭《ノ》直砍《ニテ》到《ル》㆓項下《ニ》㆒。李逵道《フ》、「今番且除《ツ》㆓‐了《ス》一害《ヲ》㆒、不㆑煩㆓‐悩《セ》公孫勝《ノ》不㆑去《ルヲカ》」。便《チ》転《ジテ》㆑身《ヲ》出㆓‐了《シ》松鶴軒《ヲ》㆒、従《リ》㆓側首廊《ノ》下㆒踅将出来《ス》。只見《ダル》一個《ノ》青衣童子攔㆓‐住《シテ》李逵《ヲ》㆒、喝《シテ》道《フ》、「你殺㆓‐了《スガ》我本師《ヲ》㆒、待《スルヤ》㆘走《リ》㆓那裏《ニ》㆒去《ント》㆖」。李逵道《フ》、「你這個《ノ》小賊道、也《タ》喫《セヨ》㆓我《ガ》一斧《ヲ》㆒」。手起《リ》斧落《チ》、把㆑頭《ヲ》早《ク》砍㆓‐下《シ》台基辺《ニ》㆒去《ル》。二人都被《テル》㆓李逵《ニ》砍了《セ》㆒。李逵笑《ヒテ》道《フ》、「只《ダ》好《シ》撒開《セン》」。

（『水滸四伝全書』第五十三回、十三丁裏・十四丁表）(6)

李逵は部屋に飛び込み、斧を振り上げて、すぐさま羅真人の脳天めがけて振り下ろし、床の上に斬り倒すと、真人の体からは白い血が流れ出ます。（中略）李逵がさらにじっくり観察してみると、道人の頭は冠と共に真っ二つになり、傷口は頭上から項のあたりに及んでいました。李逵が言います、「これで一つの邪魔を取り除いた。もう公孫勝に帰らないなんて言わせねえぞ」。そして向きを変えて松鶴軒を出ると、側面の廊下を逃げていきました。すると一人の青衣の童子が李逵を阻み、大声で「お前はお師匠様を殺して、どこへ逃げるつもりだ」と言います。李逵が「このいかさま道士め、俺の斧をくらえ」と言って斧を振り上げると、童子の頭は土台のあたりに落ちました。こうして二人を殺害した李逵は、笑いながら「さあ、退散するか」と言います。

その時啓十郎は阿蓮とともに、かの鉞《まさかり》を腰にさし、火箸を逆手に取りながら、ともにそろ〳〵と忍び寄りて、尼のほとりに置かれたる、かけ硯を引き寄せて、その引き出しをかゝぐりて、金を取らまくしぬる程に、尼はたちまち目を覚まして、うち驚きつゝ声高やかに、「何者なるぞ」と呼びとがめて、見返らんとするところを、啓十郎は腰にさしたる、鉞早く抜き取りて、のぼしかゝりてはたと打つ、手の内違《たが》はず陸水の尼は、頭《かうべ》をはたとうち落とされて、黒き血潮ぞ流れける。此物音に驚き覚むる、小僧はがばと身を起こして、「賊あり〳〵」と声立てて、叫び呼《よば》はる程しもあらせず、阿蓮ははやく後ろより、襟髪取つて仰け反らせて、膝に引き敷くをやめの、甲斐なき力も一生懸命、持つたる火箸を取り直して、のんどをぐさと刺し貫けば、憐むべし件の小僧は、叫びもあへず傷口より、流るゝ血潮はおびたゞしく、手足をもがきて死でけり。

（『新編金瓶梅』第九集、十七丁裏～十八丁裏）

『新編金瓶梅』においては、羅真人が陸水、青衣童子が白水に転じられ、李逵の役割を啓十郎と阿蓮が分担している。かなり原作に即した翻案であるが、第九集の述作は、媳婦路女の代筆をもって行われており、馬琴には『水滸伝』を参照するだけの視力が残されていなかった。もっとも、馬琴は天保三年刊行の『傾城水滸伝』第十二編上帙において、羅真人の幻術を烏有仙《うゆうせん》嬢羅衣《ぢやうすぎぬ》に移して翻案しており、この一件に関する記憶も、いまだ鮮明であったに違いない。とはいえ、陸水による幻術は、『水滸伝』を知悉していなければ容易になし得ない、精緻な趣向摂取であり、読書の自由を失ってもなお、馬琴が『水滸伝』に寄せた愛着の深さをうかがうに足りる。

陸水が啓十郎と阿蓮を叱責する最中、鳶蔵とともに西国巡礼へ赴いていた、微妙《みみやう》尼こと呉服が帰り合わせる。実母のみならず、妻子からも改心を迫られた啓十郎は、その場しのぎに剃髪して、名を西啓《さいけい》と改めた。しかし彼は、陸水が自身の母親であることに疑念を持ち、施行のために託された二百両を私して、阿蓮とともに尼崎へ逃走する。呉服母子の懇願はもとより、実母陸水の法力をもってしても、啓十郎と阿蓮の悪心を翻すことは出来なかったのである。

東戸屋《あづまとや》西啓と改名した啓十郎は、尼崎の町はずれに店を開き、番頭の寒八や愛妾の瓶子らを呼び戻すが、その繁昌も長くは続かなかった。第九集の末尾で、大原武二郎が尼崎へ襲来し、護衛の乞丐らをものともせず、啓十郎と阿蓮を捕縛、続く第十集（弘化四年刊）の冒頭において、両人はついに誅殺され、武二郎の仇討ちは完遂される。『金瓶梅』の西門慶は、その第七十九回において、房薬を過度に服用したことがもとで命を落とす。馬琴は『新編金瓶梅』の起筆に先だち、文政十三年三月二十六日付の篠斎に宛てた書翰（別紙。①61）の中で、原作における西門慶の最期を、「勧懲にうとかり」と難じていた。よって、彼が阿蓮とともに啓十郎をも、大原武二郎に討ち取らせたのは、この所感に基づく処置と見なしてよい。この結果、武二郎の報仇譚は『金瓶梅』よりもむしろ、その趣向源である『水滸伝』に近いものとなった。

## 五　追薦の施餓鬼と『檮杌間評』

啓十郎誅殺から一年ののち、陸水尼を導師として、亡者追薦の大施餓鬼が執り行われる（図3）。すでに紹介したように、『新編金瓶梅』が起筆された当初の構想では、物語の結末で因果を解き明かす役割を、「金瓶寺老槑《ろうばい》禅師」（第一輯第三冊前表紙見返し）なる者が担う予定であった。しかし、題号への意識が明白なこの僧侶は、結末に至るまで登場せず、その重責を肩代わりしたのが陸水だったのである。この尼僧の登場によって、『新編金瓶梅』の因果を統括する思想は、「梅」にちなみのある天神信仰から龍神信仰に改められ、善の側の主人公である大原武二郎夫婦も、昇仙の後には「陰陽小龍王権現」として祭られた。

老槑禅師は、『金瓶梅』の普静禅師に擬えた人物と思われるが、陸水の演じる役割は、むしろ『隔簾花影』の雪澗和尚に近い。もとより、雪澗は南宮吉（西門慶の替え名）の縁者ではないが、馬琴は物語の構成を密にして、因果をより明確にすべく、啓十郎の母親である遅馬を、人魚の化身陸水尼として再登場させたのであろう。

筆者は前章において、『隔簾花影』第四十七回で慧哥・泰定主僕をおびやかす龍王の存在が、右の構想改変に何らかの示唆を与えたのではないかと推定した。そこでさらに他の馬琴作品を併せ考えると、『新編金瓶梅』における龍神信仰の趣向化は、決して一時の思い付きによってなされたとは思われないのである。

『隔簾花影』の末尾において、雲娘母子は忠僕泰定の援助で、雪澗和尚の毘盧庵に宝塔を建立し、七昼夜の法会を執行する。のちに雲娘らは南宮吉を夢に見て、彼が妻子の「虔心超薦」により、人間に転生したことを知るのである。これに対して、陸水尼や呉服母子の執り行う施餓鬼では、作中で命を落とした「善悪男女七八十人」の戒名を卒塔婆に記し、その「往生得脱」を祈念している。

図３　『新編金瓶梅』第十集、35丁裏・36丁表

結末部分において主人公の妻子が法事を行い、悪漢の得脱を祈るという筋立ては、何も『隔簾花影』のみが有するものではない。馬琴が文政十一年に披閲して、読本『近世説美少年録』（文政十二年～弘化五年、千翁軒・文渓堂刊）の藍本とした白話小説『檮杌間評』（不題撰人。五十回）もまた、その最終回において、魏忠賢の妻である傅如玉が、泰山で「無礙道場」を挙行している。法会の場には、聖僧達観や碧霞元君が来臨して因果を解き明かし、忠賢の息子傅応星とその妻は、元君とともに天界へ昇るのである。

『美少年録』においては、主人公末朱之《すゑあけの》助《すけ》が魏忠賢、その妻斧柄《おのゑ》が傅如玉、二人の間に生まれた玉五郎が傅応星に、それぞれ擬されているが、同作は馬琴の死没ゆえ未完に終わり、陶晴賢となった朱之助の最期はもとより、彼の一子玉五郎の成長にすら説き及ぶことがなかった。しかし、夙に麻生磯次が『江戸文学と中国文学』（昭和21年、三省堂）の中で推定した通り、『美少年録』の団円には、おおよそ『檮杌間評』の結末に倣った筋立てが予定されていたものと考えられる。

『美少年録』は天保三年正月に第三輯が発兌されて以降、長い間刊行が杜絶し、ようやく弘化二年に至って、題号を『新局玉石童子訓』と改めて続刊された。藤沢毅氏が詳細に跡づけられたように(7)、馬琴の多作や家庭的な不幸、天保の改革の余波などが、長きにわたって同作の編述を阻んだのである。天保元年から編述の開始された『新編金瓶梅』は、その大部分が『美少年録』の刊行における「十三年間の空白」の中で綴られたものであった。

主人公が悪漢であること、主たる筋立てを白話小説に依拠していること、善悪の対比が原作以上に明確化されていることなどの諸点において、『美少年録』は『新編金瓶梅』と共通している。権力に対する志向が薄く、自己の欲求を満たすために場当たり的な悪事を繰り返す朱之助と啓十郎を、馬琴はいずれも「小人」と規定した(8)。ともに室町後期の上方を主たる舞台とする両作には、趣向の上でも近似するものが散見され、特に『童子訓』における朱之助の境遇には、『新編金瓶梅』の主人公啓十郎や悪少年秘事松と同想のものが少なくない。その詳細は次章に譲るが、馬琴は続刊の見込みが立たない『美少年録』の腹稿の多くを、ひとたび『新編金瓶梅』の中に転用し、『童子訓』執筆の際には、それらを再度用いつつ編を成したのではあるまいか。

陸水尼の登場以降、にわかに趣向化が顕著となる龍神信仰は、陶・毛利の決戦の地となる厳島にもゆかりがあり、この信仰が『美少年録』の構想にも関与した可能性を見出しうる。厳島明神について、『平家物語』巻二「卒塔婆流」には「娑竭羅龍王の第三の姫宮、胎蔵界の垂迹也(9)」という記述が見え、馬琴も合巻『漢楚賽擬選軍談《かんそまがひみたてぐんだん》』初編（文政十二年、永寿堂刊）の中で、「それ厳嶋の弁天は、西海の龍神也」（十九丁裏）と記している(10)。

よって、「龍神信仰の趣向化」もまた、本来は『近世説美少年録』の結末のために用意されていたのではなかろうか。(11)同作の中には、龍神の姿こそ見いだしえないものの、厳島や弁才天に対する意識は顕著であり、とりわけ第三回に登場する阿蘇沼弁才天の別当が、龍の姿を思わせる「鱗角院法橋」であるのは暗示的である。さらにまた、『檮杌間評』における、碧霞元君の以下のような言葉も思い合わせるべきであろう。

傅如玉、你《ハ》本《ト》是《レ》黄浦潭中《ノ》白龍《ナリ》。因《テ》レ懶《ルニ》レ於二行雨《ヲ》一、被《レ》下吾《ニ》以《テ》二至大《ノ》法力《ヲ》一収伏《セ》上、令《ム》下尓《ヲシテ》今世生《レ》レ於二人間《ニ》一、力《メテ》除《カ》中懶癖《ヲ》上。汝能《ク》諫《メ》レ夫《ヲ》教《ヘ》レ子《ヲ》、不レ恋《セ》二繁華《ニ》一、精《つとメ》二心《ヲ》仏果《ニ》一、又《タ》発二‐願解《ス》冤《ヲ》一。功徳無量、須《ク》下急《ギ》帰西《シ》、蚤《ク》証《ス》中金身《ヲ》上。（第五十回、十八丁裏。傍線筆者）(12)

もっとも、傅如玉に擬された斧柄は、『童子訓』第三十五回の中で、出産後に病没したことが明記されており、彼女に法会を執行させるためには、『新編金瓶梅』の遅馬、すなわち陸水尼同様の奇瑞を用いねばなるまい。一方、『檮杌間評』における魏忠賢の母親侯一娘は、第四十一回の時点ですでに死没しているが、朱之助の母親である阿《お》夏《なつ》は、吾足斎延命《ごそくさいえんめい》の妻老苧《おいそ》として、『童子訓』の中に再び登場する。夫延命の横死後、老苧は黄金《こがね》（原作の客印月に相当）の母親阿《お》鍵《かぎ》ともども、幻泡《げんぱう》法師の教化を受けて出家を遂げ、後年諸国を行脚して、「其子の禍福」を悟ることが予告されている。

朱之助と黄金は、幼き日に婚姻を約束された間柄であり、二人が『檮杌間評』の明朝に擬された周防大内家に出仕して、主家簒奪に及ぶ構想であったことは疑いを容れない。その両人の母親が、近江国福富村において、ともに「円頂の優婆姨」となったのも、物語の終末において法会を執り行うための伏線であったように思われてならない。

法会を終えたのち、陸水は自身の正体を暗示する木魚を残して龍宮へ去った。また呉服母子の結末は、「微妙（呉服）・白水（白市）・義《ぎ》鳶《ゑん》（鳶蔵）らは、八九十才の上寿を保ちて、おの〳〵大往生の素懐を遂げけり」（第十集、三十九丁表）と語られている。

一方、善の側の主人公大原武二郎夫婦は、死体も留めずにこの世を去り、一子夢松《ゆめまつ》は陸水尼の夢告によって、母親の千早が「あやまてることありて、人間《にんげん》に謫《てき》せられ」た「東海龍王の澳渡姫《をとひめ》の妹《いもと》」（三十九丁）であったことを知る。この設定は、『檮杌間評』の傅如玉が、「懶癖」ゆえに人間界に下された、「黄浦潭中白龍」の後身であった一事に想を得たものと考えられる。武二郎夫婦が陸水尼に導かれて昇仙するのも、傅応星夫婦が碧霞元君の引接により、「数十道金光」となって虚空へ消える筋立てと無縁ではあるまい。

## おわりに

本章で考察を加えたような、複雑な翻案技法や構想の動揺は、同様に白話小説の翻案を標榜した、馬琴の他の長編合巻には見出しえないものである。これはひとえに、『新編金瓶梅』における『金瓶梅』受容が、批判的な摂取であったことに起因しているのであろう。

十編に及んだ『新編金瓶梅』の局を結ぶにあたって、馬琴は以下のように記している。

そもく清人の小説『金瓶梅』の一書は、大筆妙文也といへども、淫を教へ慾を導くものに似たり。今此草紙は彼のふみの名にならふものから、善を勧め悪を懲らすを旨として、別に趣向を立てたる也。（中略）中途にたち消えする人物なく、審らかにして且尽くせり。眼ある看官は、必ず作者の用心を知らん。（四十丁）

『南総里見八犬伝』第九輯下帙下乙号中（天保十一年、文渓堂刊）の「作者総自評」にも、「稗史伝記の果敢なきも、見るべき所は、勧懲に在り。勧懲正しからざれば、誨淫導慾の外あらず」という一節を見出しうる。原作のごとき「誨淫導慾」の書に終わらせないためにも、『新編金瓶梅』は「中途にたち消えする人物なく」、勧懲の理を貫徹した形で終結されねばならなかったのである。

淫書の悪名高い『金瓶梅』に正面から取り組んだ馬琴は、その続書である『隔簾花影』や、他の白話小説の趣向をも取り入れつつ、勧善懲悪の貫かれた新たな物語を創作した。「翻案」という語には必ずしもそぐわないが、始終を完備し、作中の因果が語り尽くされた『新編金瓶梅』は、馬琴の創作手法をうかがいうる好個の作品として、『傾城水滸伝』以上に評価されるべきものといえる。

**注**

（1）本書における第一奇書本『金瓶梅』からの引用は、大連図書館蔵孤稀本明清小説叢刊により、中国古典文学名著叢書『張竹坡批評金瓶梅』（翻刻。一九八七年、斉魯書社）をも参照した。

（2）徳田武氏「馬琴の稗史七法則と毛声山の「読三国志法」」、「『八犬伝』の小説原理―「隠微」三論―」。ともに『日本近世小説と中国小説』所収。

（3）早稲田大学蔵資料影印叢書『馬琴評答集』四所収。なお、この篠斎評は視力の低下した馬琴の意を受けて、平仮名に若干の漢字を交えて記されているが、引用に際しては読み誤りの恐れがない範囲で漢字を宛てた。

（4）呉服が出家に至る経緯は、天保十三年刊行の第九集において、彼女の述懐により明かされるが、篠斎はすでに第七集の評書の中で、「呉服ハ陸水の弟子となり、尼になるなどにもあるべきか」（三十四丁裏）と予見していた。

（5）天理図書館善本叢書『馬琴書翰集　翻刻篇』（昭和55年、八木書店）附録「黙老書翰集」、七〇三頁。

（6）『水滸四伝全書』は百二十回本で、馬琴は天保二年に同書を購入している（第一部第五章参照）。引用は、明清善本小説叢刊『忠義水滸伝全書』所収の影印による。

（7）藤沢毅氏「『近世説美少年録』の成立」。初出は平成3年。日本文学研究論文集成22『馬琴』（平成12年、若草書房）再録。

（8）『新編金瓶梅』第九集、二十六丁表。『新局玉石童子訓』第三十九回。朱之助が「小人」と称されていることについては、藤沢毅氏「陶朱之助晴賢の魅力」（上智大学国文学論集26。平成5年）にも指摘がある。

（9）引用は梶原正昭氏校注『平家物語』（昭和55年改訂版、桜楓社。底本は元和七年刊整板本）による。

（10）『傾城水滸伝』においても、宋江に天書を授ける九天玄女が、「厳島と同じ神にて、田心姫命《ごりひめのみこと》を祭る」「還道村《かへさち》の弁財天」（第九編、二十四丁裏）に転じられており、当時の馬琴が厳島信仰に対して、ひとかたならぬ関心を寄せていたことが察せられる。

（11）熊慧蘇氏は「『新編金瓶梅』の武松物語―中国文学からの継承と変容」（二松21。平成9年）の中で、『新編金瓶梅』における李漁『蜃中楼』（笠翁十種曲の一）の翻案を推定する。しかし、武二郎の龍宮における活躍は、むしろ浦島太郎や山幸彦、俵藤太などの伝承が「ない交ぜ」にされたものと見なすべきであろう。特に俵藤太伝承の趣向化は、第五集の口絵において、武二郎が「賽秀郷《まがいひでさと》」と称されていることからも明らかである。熊氏は「龍宮における婚姻」という要素を重く見ておられるが、武二郎と千早（澳渡姫《おとひめ》の妹）との婚姻は、すでに第二集で成就しており、『蜃中楼』の展開とは明確な一致を見ない。

（12）引用は古本小説集成（一九九一年、上海古籍出版社）所収の影印による。

# 第七章　毒婦阿蓮の造形
## ――『新編金瓶梅』の勧善懲悪――

### はじめに

天保二年に刊行された『新編金瓶梅』第一輯（国安画。甘泉堂刊）の序文において、馬琴はこの合巻の趣向源である『金瓶梅』の作風を、「国《みくにうど》俗の、浮世物真似といふものめきて」と評している。「浮世物真似」という語は、『近世物之本江戸作者部類』（天保五年成立）巻第一「洒落本幷中本作者部」の冒頭にも見えており、作品の持つ口語性や写実性に着目したものと考えてよい。『金瓶梅』の世態描写は、登場人物たちの庶民的な会話に支えられたものであり、同書の難解さもまたこの点に由来している。とりわけ、西門慶の第五夫人潘金蓮は、ことわざや歇後語を多用した痛烈な罵語をもって、読者に鮮烈な印象を与える。

『新編金瓶梅』の述作に際して、馬琴が原作の写実性を顧慮した形跡は見出しえず、この合巻の実質的な女主人公である多金《たがね》の阿蓮《おれん》も、弁舌においては金蓮ほどの辛辣さを有していない。これは、挿画を主体とする合巻であってみれば、やむを得ぬことかも知れないが、あるいは「用語の庶民性」に災いされて、馬琴が『金瓶梅』における個々の会話を、じゅうぶん味読しえなかったことにも起因するのではあるまいか。

『新編金瓶梅』において、西門屋《にしかどや》啓十郎《けいじうらう》や尼妙　潮《みやうちやう》（原作の王婆に相当）とともに、武二郎の仇敵となる阿蓮は、際だった饒舌さこそ持ち合わせないものの、主人啓十郎や原作の潘金蓮にも勝る、悪辣な人物として造形されている。この点には、勧善懲悪に対する馬琴の配慮が働いていたものと思しく、奇矯を喜ぶ時流への迎合として、安易に看過すべきものではない。

本章では、この多金の阿蓮の人物造形を取り上げて、『金瓶梅』や『水滸伝』における潘金蓮と比較しつつ、その独自性に考察を加える。その上で、彼女が惹起する諸々の事件についても検討を行い、『新編金瓶梅』における馬琴の改作意図が奈辺に存したのかを、阿蓮の造形を通して明らかにしてみたい。

## 一　阿蓮・啓十郎の悪因縁

すでに第二章においても言及したように、『新編金瓶梅』の阿蓮は、山城国の百姓矢瀬文具兵衛《ぶんぐべゑ》（のち西門屋文字《もじ》八《はち》）と妻山木《やまき》（山樹とも）の間に生まれた娘であり、幼名を多金《たがね》という。武太郎《ぶたらう》・武二郎兄弟の父親大原武具蔵《ぶぐざう》は、文具兵衛の弟であり、西門屋啓十郎の実母遅馬《おそま》（のちの陸水《くがみ》尼）は、文具兵衛の妹である（図1参照）。つまり、啓十郎と阿蓮・武二郎の三者は、従兄弟同士として設定されており、馬琴は第一輯四十丁を費して、この独自の人物関係を読者に提示した。

甥の武太郎を欺いて、弟武具蔵の遺財を奪わんとした文具兵衛夫婦は、左京兆三好長兼《ながよし》から叱責を受けて矢瀬の里を追われ、貧苦ゆえに口舌が募って離縁に至る（第一集）。山木は幼い多金を伴って、盲人四橋綿乙《よつはしわたいち》に再嫁し、後年夫の長患いゆえに、美しく成長した阿蓮を、藪代《やぶしろ》六十四郎《むそしらう》（『金瓶梅』の張大戸に相当）へ妾奉公に出すのである（第二集）。かくのごとき阿蓮の生い立ちは、『金瓶梅』における潘金蓮の出自を、より複雑化したものといえる。

のちに阿蓮は、六十四郎の妻岡部の嫉妬がもとで、藪代家に出入りしていた餅売りの武太郎に下げ渡される。彼女は当初、武太郎が従兄であることに気付かず、その醜さを忌み嫌うが、すでに両親も横死していたので、主命に従わざるを得なかった。両人の結婚に関連して、馬琴は第二集下帙（天保五年刊）上冊の前表紙見返しに、「羅貫中が原文を写せし蓬洲《ほうじう》が旧稿は　美人帰痴漢《ちかんにとつぐ》二世《せの》悪縁」と大書している。第一奇書本の序文には「蓬（鳳）洲」、すなわち王世貞を『金瓶梅』の作者とする俗説が紹介されており、馬琴はこれを踏まえて、『金瓶梅』を「蓬洲が旧稿」と称したのである。「美人」阿蓮が「痴漢」武太郎に嫁ぐのは、『金瓶梅』や「羅貫中が原文」、すなわち『水滸伝』に倣った筋立てであるが、ここに「二世悪縁」を設定したのは馬琴の創意であった。よって件の文句には、作者独創の新趣向に注意を促す意図が存したと考えられる。

図1『新編金瓶梅』主要人物関係図　※**太字**は原作の対応する人物

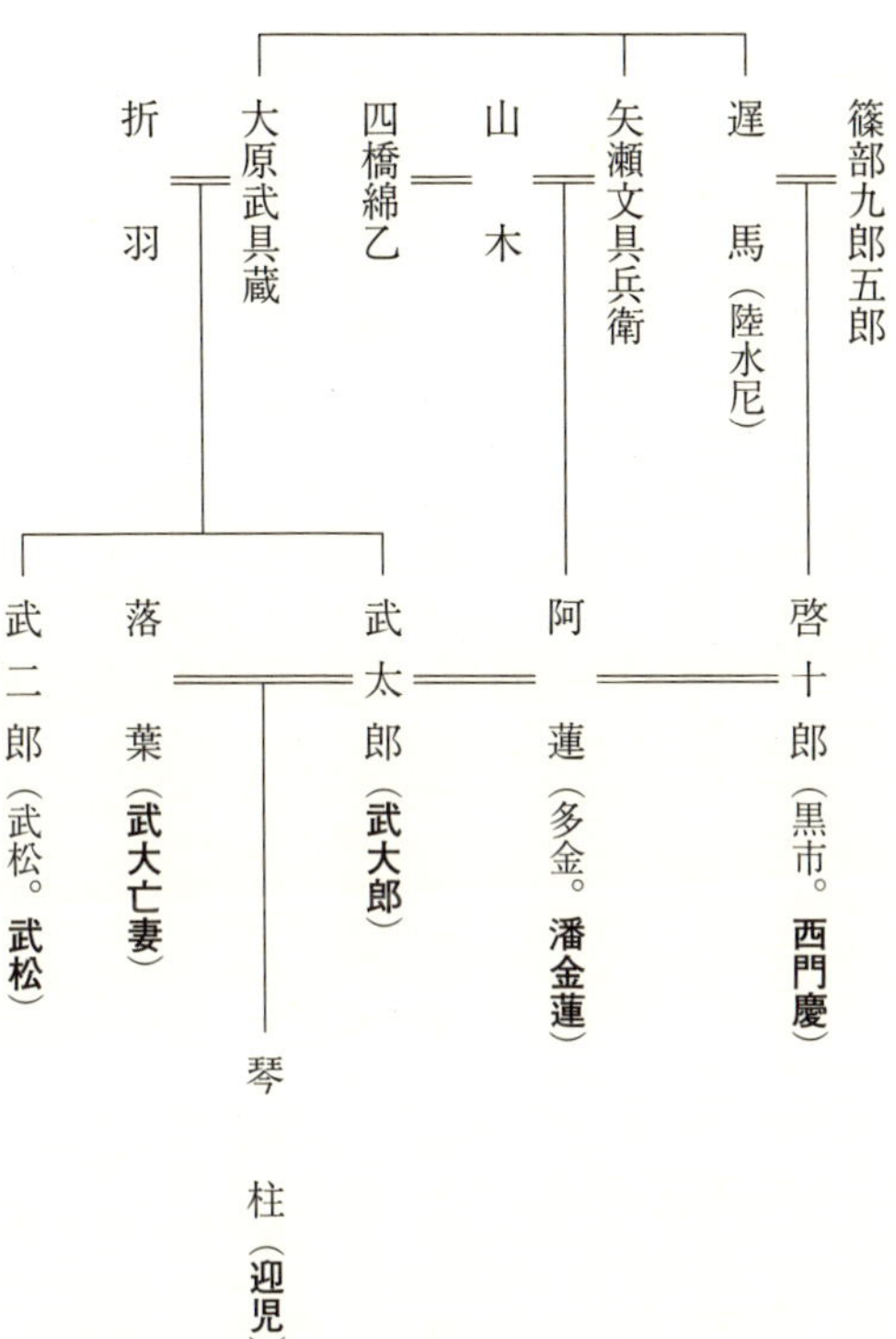


　阿蓮は婚姻の後も、六十四郎との関係を持ち続けるが、やがて二人の密会は周囲の知るところとなり、武太郎夫婦はやむなく矢瀬から尼崎に転居する。武太郎はこの地において、虎退治で名を馳せた弟の武二郎と再会し、自家に伴い帰るのである。以下の展開は、『水滸伝』や『金瓶梅』とほぼ同様であり、阿蓮の誘惑と武二郎の拒絶、公用による武二郎の旅立ち、そして阿蓮と啓十郎の馴れ初めへと、物語は進行してゆ

く。

『水滸伝』において、潘金蓮と西門慶との出会いは、以下のように描写されている。

当日武大将次《ニ》帰来《セントス》、那《ノ》婦人慣了《シ》、自《ラ》先《ヅ》向《ヒ》二門前一来《リ》叉《ス》二那《ノ》簾子《ヲ》一。也是合《タレ》二‐当《まさニ》有《ルベシ》レ事、却好《テシ》一箇人《ノ》従《リ》二簾子辺一走過《ス》。自《リ》レ古道、没《なケレバ》レ巧不《サ》レ成《ヲ》レ話。這《ノ》婦人正《ニ》手裏《ニ》拿《ルニ》二叉竿《ヲ》一不レ牢《ナラ》、失手《シ》滑《シ》将倒去《シ》、不端不正、却好《テシ》打《チテ》在《リ》二那《ノ》人《ノ》頭巾上《ニ》一。那《ノ》人立二‐住《シ》‐了脚《ヲ》一、正《ニ》待二‐要《シ》発作《セント》一、回二‐過《シテ》臉《ヲ》一看《ル》時、是《レ》箇生的妖嬈的《ノ》婦人、先《ヅ》自《ラ》酥二‐了《シ》半辺《ヲ》一、那《ノ》怒気直《ハチニ》鑽二‐過《シ》瓜洼国《へ》一去了《シ》、変《ジテ》作《ス》二笑吟吟的臉児《ヲ》一。這《ノ》婦人情二‐知《シ》不是《ヲ》一、叉手《シテ》深深地道《ニヒ》二個《ノ》万福《ヲ》一、説《キテ》道《フ》、「奴家一時失手《ス》、官人休《レ》レ怪《ム》」。

（『水滸四伝全書』第二十四回）(1)

女もだんだん慣れてきて、武大が帰ってくる時刻になると、自分から門前に出て簾を外し、戸締まりをするようになりました。しかし、そうなる運命だったのでしょう、ちょうどそこに一人の男が、簾のそばを行き過ぎようとしたのです。昔から「偶然がなければお話しにならない」という通り、女の竿を持つ手がふらついて、手をすべらせて竿を倒し、それが運悪く例の男の頭巾に当たりました。男は立ち止まって怒鳴ろうとしましたが、振り返って見ると、相手は何とも艶めかしい女だったので、自然と半身がぐんにゃりして、怒りも遠い異国へ飛んで行ってしまい、顔には笑みが浮かびます。女は自分の非礼に気付いて、叉手をして頭を深々と下げ、「私が手を滑らせたのです。どうか殿様、お許し下さい」と言いました。

弟武松の忠告を容れた武大が、金蓮に早目の戸締まりを命じ、当初は不服であった金蓮も、次第に早仕舞いの生活に慣れてきた頃、彼女は偶然通りかかった西門慶の目に止まったのである。

そもそも、『水滸伝』における金蓮は、「這《ノ》婆娘倒《テ》諸般好《ヲクス》、為頭的《ハ》愛《ス》レ偸《ムヲ》二漢子《ヲ》一（この女は何でも器用にこなしますが、もっとも好きなのは間男することなのです）(2)」と形容されるものの、実際に彼女から行動を起こすのは、義弟の武松に対してばかりであった。しかし『金瓶梅』の金蓮は、張大戸との不貞以外にも、夫の不在時には足を外に投げ出して、西瓜の種をかじりながら「浮浪子弟」をからかうような淫婦に仕立てられている。ゆえに右引用の場面においても、『水滸伝』の場合は「這《ノ》婦人自収‐了《ラ》二簾子《シ》・叉竿《ヲ》一帰去《シ》、掩‐上《シテ》二大門《ヲ》一、等《ツ》二武大帰来《ガリルヲ》一（女は簾と竿を片付けると門を閉めて、武大が帰ってくるのを待ちます）」で済まされるのであるが、『金瓶梅』の金蓮は、西門慶に対する興味を隠そうとはしない。

当時婦人見二‐了《シテ》那人《ノ》、生《レテ》的風流浮浪、語言甜浄《ナルヲ》一、更《ニ》加《ヘ》二幾分《ノ》留恋《ヲ》一、「倒《テ》不レ知《ラ》二此《ノ》人《ノ》姓《ハ》甚名誰《ハ》、何処《ニ》居住《セルヲ》一。他若没《シキ》二我情意《ニ》一時《ハ》、臨《ミテ》レ去《ルニ》也不《ザラン》二回《スコト》レ頭《ヲ》七八遍《セ》一了」。却《テ》在《テ》二簾子《ノ》下《ニ》一眼巴巴的、看《テ》レ不《ルヲ》レ見《エ》二那人《ノ》一、方《ニ》纔《ニ》収二‐了《シ》簾子《ヲ》一、関二‐上《シ》大門《ヲ》一、帰《リ》レ房《ニ》去《ル》了。（第一奇書本、第二回）(3)

女は例の男が生まれつきの粋男で、甘い言葉を口にするのを見て、幾分か思いが残り、「とはいえあの人の名前も、住んでいる場所も分かりゃしないわ。でも私に気がなかったならば、去り際に七回も八回も振り返ったりはしないだろう」と考えました。そして簾の下でもの欲しげな様子をして、男が見えなくなるのを確認してから、ようやく簾を片付けて、入り口を閉じて家の中に入ります。

『金瓶梅』の金蓮は、武松からの叱責を受けた後も、日中は相変わらずめかし込んで簾の下にたたずんでおり、彼女が西門慶に遭遇して心動かされたのも、決して偶然ではなかった。

『新編金瓶梅』においては、阿蓮と啓十郎の出会いに、作中の重要な小道具である「虎毛の小猫」が介在する。かの虎毛なる飼ひ猫の、いづちより持て来にけん、いと大きなる魚のわたを、つひばみてありけるを、阿蓮は見つ、声をかけて、「虎よそはえうなき物を。たうべなば又吐きやせん。とくうち捨《すて》てこちへ来よ。やよなう なう」と招けども、猫は見返るのみにして、ほとり近くは寄らざりしを、いでやをどして捨てさせんと、思ふ阿蓮は栓張棒《せんばり》を、かい取りつ振り上げて、打つおも〳〵ちをしてければ、猫はこれにぞ驚き怕れて、件のわたを檐端より、はたと落として逃げ去りけり。
か丶る所に一人の若人《わかうど》、西のかたより出《いで》て来つ、こ丶の門辺《かどべ》をよぎる程に、猫が檐より振り落とす、かの魚《うを》のわたどつさりと、件の男の肩先を、一《ト》打ち打つてぞ落ちたりける。阿蓮は上よりこれを見て、「こはあさましや」とばかりに、慌て惑ひて下りて来つ、やがて門辺に走り出《いで》て、かの若人にうち向かひて、「どなた様かは知らず侍れど、そは畜生のわざなれば、いかで許させ給へかし」と、詫ぶれど答へぬ若人は、あくまで罵り懲らさんと、思ひつ丶早く見かへれば、思ふにも似ず女房の、いとうるはしき顔ばせに、怒りは失せて又さらに、驚くまでに見とれたる、魂浮かれほう笑みて、「いな、うち置かせ給へかし。いさ丶か羽織の汚れしとても、かばかりの事何かあらん」
（第二集、三十四丁裏・三十五丁表。図2）

啓十郎の言葉書きに、「女三の宮の再来か、手飼ひの猫の綱延びて、お顔をみかの月の眉、花も及ばぬ奇妙々々」とあり、この場面にはやはり猫の思わぬ行動がもたらした、『源氏物語』における柏木と女三の宮の出会いが重ね合わされている。

阿蓮の飼い猫は、「かたち相似て、その性《さが》も亦同じければ」（第二集、二十九丁裏・三十丁表）、武大の退治した妖虎の怨念を受け継いでいた。(4) その契機となった阿蓮の虎見物（二十八丁裏・二十九丁表）以降、彼女が武二郎に関係を迫る場面（三十三丁裏・三十四丁表）、そして図2における阿蓮・啓十郎の邂逅に至るまで、いずれも妖虎の怨念を視覚化した「鬼火」が、画面の中に描き込まれている。馬琴も「作者云」の一文（三十四丁裏）において、「これまでの心火は、文外の画也。見る人よろしく察すべし」と明言しており、武二郎兄弟の横難は、妖虎の怨念によるものと理解できるのである。

図2　『新編金瓶梅』第二集、34丁裏・35丁表（阿蓮・啓十郎の悪因縁）

先に引用した『金瓶梅』の記述とは異なり、馬琴は後続部分においても、啓十郎に対する阿蓮の慕情を描いてはいない。彼女は「浮浪子弟」に戯れかかるような醜態も演じてはおらず、この点においてはむしろ、『水滸伝』における潘金蓮の造形に類似する。これは、馬琴が『金瓶梅』のごときあからさまな淫奔を嫌った故でもあろうが、それにも増して「二世悪縁」と妖虎の怨念という新趣向を、より効果的に機能させるための作為と解すべきものである。

その後、啓十郎は武二郎兄弟とも浅からぬ因縁のある尼妙潮の助力を得て、阿蓮と関係を持つことになるが、そこに至るまでの経緯は、『水滸伝』や『金瓶梅』に比して、極めて簡略に処理されている。両作においては、王婆が籠絡の手順をこと細かく教示し、西門慶はこれを逐一実践して、最終的に金蓮を口説き落としており、読者は金蓮の反応に注視しつつ、物語を読み進める面白さがある。しかし、馬琴はこの筋立てを踏襲せず、妙潮の庵で啓十郎に迫られた阿蓮は、ひとた

び拒絶してみせるものの、

なほとにかくにと口説きたる、男振りなり弁舌まで、女子《をなご》に好かる丶風俗に、阿蓮はやうやく心動きて、従兄弟どちとは白波に、浮き寝の鳥にあらねども、つひそがま丶に新枕《にひまくら》、しばらく夢を結びける。

（第二集、三十八丁裏）

という事態に至るのである。人妻を籠絡する悪漢の手練手管を、馬琴が描写せずに済ませたのも、自作を誨淫の書とせぬための用心であり、また草双紙の読者層である「婦幼」に配慮した結果でもあろう。

啓十郎をわが子とは気付いていない九郎五郎は、阿蓮の不貞を武太郎に告げ、両人は揃って妙潮の庵におしかけるが、武太郎は返り討ちにあい、九郎五郎は単身逃走する（第二集末尾）。武二郎からの報復を恐れた啓十郎は、正妻呉服《くれは》の伯父である三好家の権臣船館《ふなだて》幕左衛門に依頼して、武二郎を淡路島へ流させた（第三集上帙）。かくて阿蓮は浪華の西門屋に入り、朋輩の力野《りきの》（原作の李嬌児）や卓二《たかじ》（卓二姐）、刈藻《かるも》（孟玉楼）らを押しのけて、啓十郎から「第一の側女《そばめ》」（第三集、二十二丁裏）として寵愛を受けるのである。

## 二　阿蓮の謀略

『金瓶梅』においては主人の西門慶をも凌駕する潘金蓮の奸智を受け継いで、『新編金瓶梅』の阿蓮もまた、作中で悪逆の限りを尽くしている。その奸計の最たるものは、第四集（天保七年刊）の末尾から第五集（天保九年刊）の中盤にかけて描かれた以下の一件であろう。

阿蓮は啓十郎の不在に使用人の笑次《ゑみじ》と通じる。一方、阿蓮の濫行を見とがめた力野や卓二は、これを呉服に訴え、た

仲に嫉妬し、阿蓮を脅して関係を迫る。啓十郎を我が子と知り、西門屋に入っていた九郎五郎は二人の

めに阿蓮は二人を逆恨みする。九郎五郎が実母山木の仇であることを知った阿蓮は一計を案じ、その手始めとして自身の飼い猫を殺害する。（第四集、三十七丁裏～四十丁裏）

阿蓮は化け猫騒ぎを捏造して、刈藻に添い寝を懇願する。一方、阿蓮から色よい返事を得た九郎五郎は、夜中に彼女の寝所へ忍び来たる。その気配を化け猫のものと誤解した刈藻は、誤って九郎五郎を殺害し、その直後阿蓮に斬りつけられる。阿蓮はさらに、凶行の場に駆けつけた力野をも斬殺する。折しも帰宅した啓十郎は、阿蓮の無事を喜ぶばかりで、真相を究明しようとはしなかった。この時、正妻呉服が男児を出産する。（第五集、四丁裏～八丁表）

卓二から阿蓮と笑次との密通を告げられた啓十郎は、笑次の顔を火箸で焼く。笑次の醜悪を厭った阿蓮は、彼をそそのかして卓二を殺害させる。番頭寒八《かんぱち》に捕らわれて責め殺された笑次は、死骸を川に沈められる。（十九丁表～二十三丁表）

ここで阿蓮と通じる西門屋の小者笑次は、『金瓶梅』における童僕琴童に擬えたものと見てよかろう。琴童は第三夫人孟玉楼の輿入れに従い、西門家へ入った少年であり、第十二回で潘金蓮と通じるが、程なく主人の知るところとなって、打擲の後に西門家を追われる。原作の中では些細な一波乱に過ぎない密通譚を、馬琴は阿蓮による陰湿な復讐劇の前後に配して、有機的に活用したのである。

前節でも確認したごとく、この凶行に用いられる阿蓮の飼い猫は、武二郎の退治した妖虎の怨念を受け継いでいた。第四集の末尾には、阿蓮がこの「虎毛の猫」を刺し殺す凄惨な場面（図3）が描かれており、馬琴はこの筋立てについて、「こはその因果のこゝにはじめて、巡り来つべき糸口也」と説明している。阿蓮の愛猫殺害は、第五集へ向けての伏線であるばかりでなく、物語全体の「因果」に関わる重要な場面として構想されていたのである。

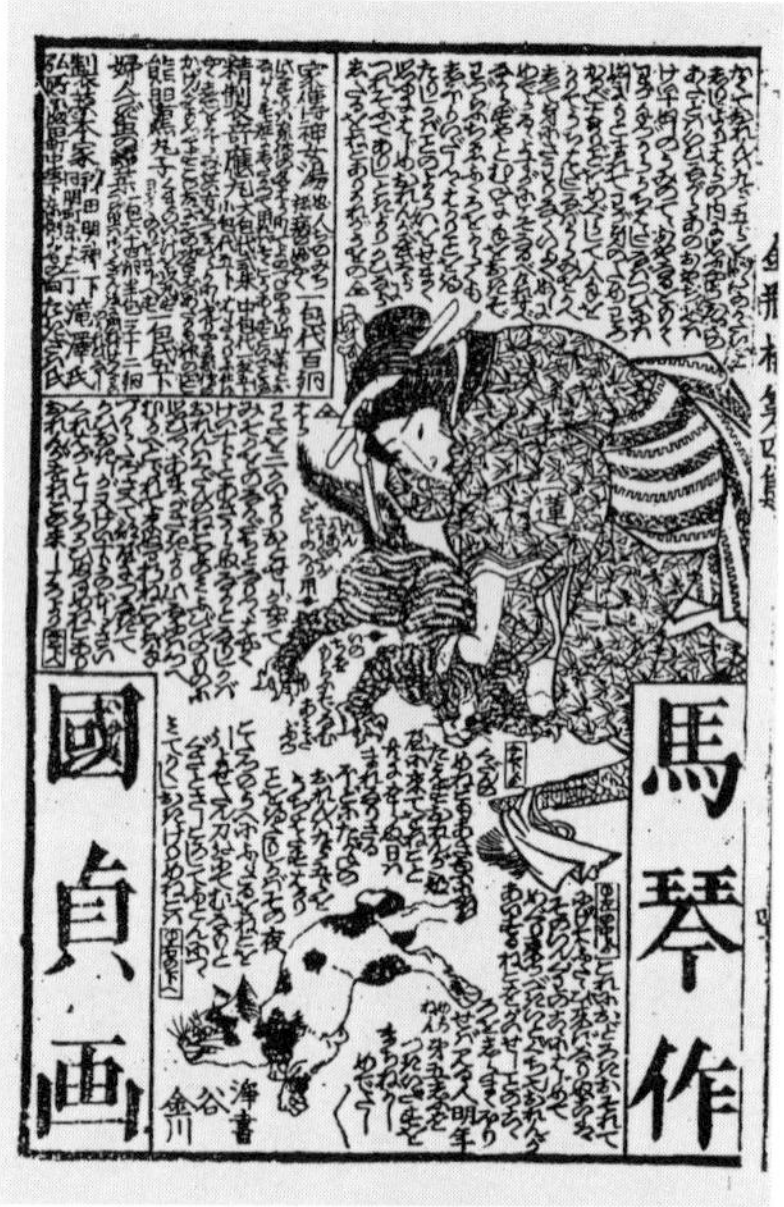


図３　『新編金瓶梅』第四集、40丁裏
（阿蓮、飼い猫を殺害）

『金瓶梅』の金蓮も、「雪獅子（雪裡送炭）」という名の飼い猫を有しており、『新編金瓶梅』に現われる阿蓮の愛猫が、この「雪獅子」を模したものであることは疑いを容れまい。原作第五十九回の中で、「雪獅子」は以下のような騒動を惹起する。

却説《ツク》、潘金蓮《ガ》房中《ニ》養《フ》的《ノ》一隻《ノ》白獅子猫児、渾身純白、只《ダ》額児上《ニ》帯《ブ》二亀背一道黒《ヲ》一、名《ケテ》喚《ビ》二雪裡送炭《ト》一、又《タ》名《ク》二雪獅子《ト》一。（中略）甚《ダ》是《レ》愛二‐惜《シ》他《ヲ》一、終日在《リテ》二房裏《ニ》一用《ヒテ》二紅絹《ヲ》一裹《ミ》レ肉《ヲ》、令《ム》二猫《ヲシテ》撲《テ》而摙食《セ》一。（中略）不レ料《ラ》這《ノ》雪獅子、正《ニ》蹲《リテ》在《リ》二護炕上《ニ》一、看下‐見《シテ》官哥児《ノ》在《リテ》二炕上《ニ》一、穿二‐着《シテ》紅衫児《ヲ》一動々的《ニ》頑要《スルヲ》上、只《ダ》当《おもヒ》下平日哄二‐喂《スルニ》他肉食《ヲ》一一般《ト》上、猛然《ト》望下一跳《シ》、将二官哥児《ノ》身上《ヲ》一皆抓破了《シル》。只《ダ》聴《ク》那《ノ》官哥児呱的一声《シ》、倒《ニ》二咽‐了《シ》一口気《ヲ》一、就《チ》不二言語《セ》一了、手脚倶《ニ》風搐起来《ス》。

（第一奇書本、第五十九回）

さて、金蓮が自分の部屋で飼っている一匹の白猫は、全身が真っ白で、ただ額に亀甲型の黒点があるので、「雪裡送炭」とか「雪獅子」とか呼ばれています。（中略）金蓮は非常にこの猫を可愛がり、一日じゅう部屋の中で赤絹に肉を包み、これに猫を飛びつかせてから食わせていたのです。（中略）この雪獅子がいつの間にやらオンドルの上にいて、官哥がそこで赤い服を着てバタバタ遊んでいるのを見ると、いつもの赤絹に包まれた餌だと思い込んで、突然赤子の上に飛び上がり、官哥の全身を爪で引っ掻きました。官哥はわっと泣き叫び、呼吸を喉に詰まらせて声も出なくなり、手足をブルブル震わせます。

程なくして、「雪獅子」は西門慶に投げ殺されるが、官哥はこの一件がもとで夭折し、母親である李瓶児も、我が子の死を悲嘆して他界するのである（第六十二回）。金蓮は李瓶児に嫉妬して、「雪獅子」が官哥を襲うように仕向けたのであり、飼い猫を謀略の具とすることは、『新編金瓶梅』の阿蓮と同様であった。もっとも、原作における「雪獅子」は登場期間も短く、右の局面ゆえに創出された小道具といえるが、阿蓮の飼い猫はすでに第二集下帙から登場しており、物語における因果の牽引役として、重要な役割を担っている。

笑次によって死骸を川へ捨てられた「虎毛の猫」は、海底へ至って虎河豚となり、のちに横死した笑次の後身である笑鮫《ゑみさめ》とともに、悪龍王多羅阿伽《たらあか》に従って龍宮の澳渡姫《おとひめ》を脅かすが、最終的には大原武二郎に討滅される。武二郎の退治した妖虎の怨念は、ここに至ってようやく解消されたわけである。澳渡姫は武二郎に対して、虎河豚にまつわる因縁を、以下のように解き明かしている。

かの阿蓮が手飼ひの猫は、もとこれ和殿に打ち殺されし、虎の魂まつはりて、折もあらば和殿はらからに、仇せんと欲《ほり》せし故に、つひに阿蓮と啓十郎が、不義いたづらのなかだちにさへなりて、武太郎は殺されたり。
（第八集、三十一丁裏・三十二丁表）

『金瓶梅』の中には、武松が殺害する虎と、金蓮の飼い猫「雪獅子」との間に脈絡は明示されておらず、第一奇書本における張竹坡の批評も、両者の対応には言及していない。そもそも、「雪獅子」の登場は原作の第五十一回においてであり、冒頭第一回で語られる武松の虎退治とは、時間的な隔たりが大きい。しかし馬琴は、仇敵関係にある武松と西門慶とが、形態の類似する虎と猫とを殺害する経緯から、二匹の獣に浅からぬ因縁を見出したものと思しく、『新編金瓶梅』においては、この関係が趣向として顕在化されている。

『新編金瓶梅』の第五集から第七集については、馬琴の知友たちによる評書が伝存しており、これらに対する馬琴の返答から、彼の作意の一端をうかがうことができる。阿蓮の愛猫殺害について、殿村篠斎は「武松が搏虎のおもかげもあるやうなり」と評しており、これに対して馬琴は、「便是搏虎の対。見巧者なるかな」（いずれも「新編金瓶梅五集篠黙桂三評」三丁表）(5)と応じている。

つまり、第四・五集で描かれた阿蓮の計略は、原作『金瓶梅』のうち、第十二回（琴童一件）と第五十九回（雪獅子一件）の趣向を併せ用いたものであり、馬琴はそこに妖虎の怨念をも絡めつつ、より手の込んだ大がかりなものとして再構成したのである。原作において、西門慶は怒りに任せて「雪獅子」を殺害したが、『新編金瓶梅』の阿蓮は、謀略の具として「虎毛の猫」を殺めており、構成を緻密にせんとする馬琴の配慮が、この一事からもうかがえる。

阿蓮による復讐の巻き添えとなって落命する三人の妾について、殿村篠斎は以下のように論評している。

さてかるも（刈藻）は親と同じく、ゆひなづけの夫を死せしめし罪あれば、非業に死すべきもちろん也。りきの（力野）は何等の罪も無し。かのたかじ（卓二）ともろともに、ゑみ次がことをいひあばきし、主をおもふの忠意ならで、妬忌争寵より出たるにて、二人ながら禍を、招きしにてもあるべきなれど、おれん（阿蓮）が悪手に死したるは、憐ぶべしともいふべきか。（「新編金瓶梅五集篠黙桂三評」四丁表）

第二集上帙において、刈藻は許嫁空八《あだはち》を裏切って啓十郎に嫁いでおり、ゆえに篠斎は、彼女が「非業に死」んだことを「もちろん也」と評したのである。その一方で、篠斎は力野の横死に同情を示しており、同様の見解は木村黙老の評書にも見出しうるが、馬琴はこれらの難詰に対して、以下ように返答している。

都て奸悪甚しき者は、誰も悪人なるをしれども、その身にさせる悪なき如くなるも、大悪人に仕へて、その寵を欲する者は、共に悪人ならざるを得ず。作者は是を戒んとて、この両婢妾を作り出したり。原本『金瓶梅』

と大に同じからず、猶再思あれかしとおもふのみ。　（同右書、十四丁裏〜十五丁表）(6)

『金瓶梅』の第三夫人卓二姐は、西門慶らの話題にのぼるばかりで、物語に登場することのないまま、早くも第三回で死没している。一方、妓女出身の第二夫人李嬌児は、西門慶の没後に廓へ戻り、のち張二官の妻となった。彼女は『続金瓶梅』の刪節改編作『隔簾花影』の中にも「喬倩女」の替え名で登場し、金営に連行されて金太祖の次男斡離不《オリブ》の夫人に納まっている。

『新編金瓶梅』の卓二と力野が、原作における二妾の形象を踏襲していないのは、馬琴も右引用において、「原本『金瓶梅』と大に同じからず」と記す通りである。悪漢啓十郎の愛妾もまた、無条件に悪人であり、横死もやむなしとする人物理解は、原作に比して浅薄の誹りを免れないが、馬琴独自の勧善懲悪を徹底させる上では、これも欠くことのできない改変だったのであろう。

## 三　阿蓮の賊寨入り

天保十一年刊行の第七集に至って、阿蓮は新参の使用人で、「不遣小僧《やらず》」の二つ名を持つ悪少年秘事松《ひじまつ》と通じて先行きを危ぶみ、酔いつぶれた啓十郎に毒を盛る。これによって、啓十郎は容貌が醜く変じて不具者となった。阿蓮による啓十郎毒害は、原作『金瓶梅』の第七十九回における、西門慶の最期に擬えたものである。金蓮は自身の欲求を満たすべく、酩酊して帰宅した西門慶に、過度の房薬を含ませる。これがもとで西門慶は病の床につき、正妻月娘が男児孝哥を出産する直前に他界するのであった。色慾のために多くの人間を死に追いやった西門慶は、金蓮の色慾ゆえに命を落としたのである。

原作の筋立てに対して、馬琴は『新編金瓶梅』の起筆以前に、「これ則、武太良を薬酖せし悪報といふ評あれども、西門慶を武松にうたせざれば、勧懲にうとかり」（文政十三年三月二十六日付篠斎宛書翰別紙。①61）という見解を示している。薬物による頓死ばかりでは、その悪行を精算しえないと考えた馬琴は、啓十郎を右の局面で延命させ、武二郎の仇討ちに備えたのである。よって件の改変には、原作に対する馬琴の批判意識が反映されていると見なしてよい。その一方で彼は、西門慶が胡僧から授かった房薬を、啓十郎が阿蓮に与えた毒薬に転化して、「出《ルハ》二於汝《ニ》一返《ル》二於汝《ニ》一者《ナリ》也」（二十六丁表の衝立に記された文句）という因果応報を、明確に提示したのである。

秘事松は当初、人さらいの悪少年として作中に登場し、次いで「大寺《てら》の稚児」に扮して啓十郎を誘惑（以上第六集）、さらに偽首を用いた機転で啓十郎を欺き、両親と姉の窮地を救った（第七集）。奸智においては啓十郎をも凌ぐ悪童であり、父親の北利《きたり》木《き》之《の》助《すけ》、母親の囮《おとり》（媒鳥とも）とともども、西門屋にとっては「克星（天敵）」ともいうべき存在である。啓十郎はその容姿と邪智を愛して、秘事松を自家に伴い帰ったが、結果的にはこの悪少年に愛妾阿蓮を奪われたばかりでなく、自身もひとかたならぬ厄難を蒙るのであった。

阿蓮と秘事松は後難を恐れて、尼崎の出店《でだな》に移るが、ここで武庫山の盗賊響馬《ひゞきま》暴九郎《あらくらう》(7)にさらわれて、阿蓮はその第一の側女となり、秘事松も伽小姓として用いられる。のちに暴九郎は、阿蓮に嫉妬した正妻薊《あざみ》の前を誅殺し、阿蓮を後添とした。管領細川高国と結んだ暴九郎が、摂津大物浦で敗死すると、阿蓮は秘事松を首領に押し立て、赤松家の後裔則若《のりわか》を詐称させる。武庫山の山寨は、三好家の命を受けた大原武二郎らによって攻め滅ぼされるが、阿蓮は辛くも逃走した（以上第八集）。

高松の木村黙老は右の筋立てについて、殿村篠斎に宛てた書翰の中で以下のように記している。

お蓮ヲ响馬あら九郎が妻ニいたし候は、感心ニ御座候。本伝『金瓶梅』之李瓶児を周将軍之夫人ニ致候換骨と相見へ申候へ共、夫よりは又一等上へ行候按ニ御座候。（中略）毒悪ノお蓮を賊之頭領之妻ニしたるハ相当ニ而、且、其妻ニ成ル次第も求メ不過、無理なる趣向無之、感心之至ニ御座候。

（天保十二年三月六日付篠斎宛黙老書翰）(8)

文中、「周将軍」は統制周秀のことで、西門慶の没後に金蓮の侍女春梅を買い取り、のちに彼女を正妻とした人物である。よって、「李瓶児」は黙老の記憶違いであり、彼は暴九郎と阿蓮との関係を、原作の周統制と春梅とに擬えられたものと判断したのであろう。たしかに、西門慶の女婿陳敬済を、「表弟」と偽って周家に招き入れ、密会を重ねた春梅の行為は、秘事松を弟と偽って暴九郎に侍らせた阿蓮の計略に類似する。

しかし、第八集における暴九郎の尼崎侵攻が、『金瓶梅』や『隔簾花影』に描かれた金軍の侵攻に擬えられている点を考慮すると、阿蓮・秘事松の賊寨入りには、むしろ『隔簾花影』における苗六児（『金瓶梅』の王六児）のたどる運命が投影されたものと考えられる（第五章参照）。かつて南宮家（『金瓶梅』の西門家）に仕えていた苗六児は、娘の宋秀姐（韓愛姐）とともに金営へ連行されるが、母娘は揃って斡離不の寵愛を受け、のちには六児と不倫関係にある義弟の宋二狗腿（韓二搗鬼）も、軍営内で重用されている。宋二の場合は、単に姪や義姉の栄華に寄生したのみであり、秀姐が不貞の咎で処刑されると、六児とともに金営を逃走したが、秘事松は情人阿蓮の手引きで、賊寨首領の地位を略取しており、最終的には龍宮から帰還した武二郎に討ち取られている。

正統ならざる者が、女性の手引きで地位を得るものの、最終的には善人らによって討滅されるという「簒奪」の筋立ては、馬琴最晩年の読本『新局玉石童子訓』第六板（弘化五年、文渓堂等刊）の中にも見出しうる。ここでは悪漢曾根見《そねみ》健宗《たけむね》が、自身に嫌疑をかけた部領《ことり》庄の郡司範的《のりまと》を殺害したのち、叔母である大刀自の勧めに従い、鏑野《かぶらの》家を相続して善人たちを虐げるのである。

藤沢毅氏「『近世説美少年録』の成立」（国文学論集24。平成3年）は、この「御家騒動を裏に置」いた筋立てが、

『童子訓』の前編に当たる読本『近世説美少年録』（文政十二年〜天保三年、千翁軒・文渓堂等刊）において、最大の山場として予定されていた、陶晴賢の主家簒奪を意識したものと推定する。周知の通り、『美少年録』は白話小説『檮杌間評』（五十回）に趣向の多くを依拠しており、主人公の悪少年末朱之《すゑあけの》助《すけ》晴賢は、原作の魏忠賢に擬されている。本来ならば朱之助は、かつての許嫁黄金《こがね》（原作の客印月）の手引きで大内家に出仕し、主君義隆を弑逆して主家横領に至る構想であったに違いない。

しかし、自身の多作や家庭的な不幸、そして天保の改革の余波などが、馬琴の『美少年録』嗣作を阻み、同書第三輯の刊行から十三年を隔てた弘化二年、『新局玉石童子訓』の第一板（執筆は天保十三年）はようやく刊行を見た。この「十三年間の空白」は、馬琴に心境の変化と作品に対する省察の機会とをもたらしており、『美少年録』と『童子訓』との間には、明らかな構想の変化をうかがいうる。『童子訓』では、善少年の大江杜四《もりし》郎《らう》（元就の庶弟）が物語の中心となり、彼の武者修行に伴って、舞台はむしろ東国へと移動していくのである。ここには、『檮杌間評』に学んだ淫奔なる趣向に対する反省や、天保六年に裁決の下った仙石騒動への配慮などが作用していた[9]。

天保元年から編述の開始された『新編金瓶梅』は、その大部分が「十三年間の空白」の中で綴られた作品であり、続刊の目処の立たない『美少年録』の趣向が、この合巻に持ち込まれた可能性を考慮してもよいであろう。『新編金瓶梅』の秘事松が、阿蓮の手引きで賊寨の主となり、赤松家の後裔則若《のりわか》を詐称する筋立ても、『美少年録』の後段に予定されていた朱之助の発跡譚を、簡略化して転用したものだったのではあるまいか。

もっとも、朱之助と秘事松の主家横領は、性格が大きく異なるものであり、大内家が厳然たる守護大名であるのに対して、暴九郎は赤松家の残党とはいえ、所詮は武庫山を根城とする盗賊に過ぎない。とはいえ、朱之助も秘事松同様に、男色をもって主君義隆の寵愛を得たはずであり、情人である黄金が、朱之助の強力な後ろ楯となることは、『檮杌間評』の筋立てから推しても蓋然性が高い。よって、『美少年録』の終盤に予想される朱之助の主家横領は、類型として『童子訓』の健宗よりも、むしろ『新編金瓶梅』の秘事松に類似したものと考えられる。馬琴は『隔簾花影』における苗六児の物語とともに、『美少年録』結末部分の構想をも導入して、阿蓮・秘事松の賊寨入りを綴ったのではあるまいか。

## 四　史実との交錯

町人である主人公の色慾を物語の主軸とする点において、『新編金瓶梅』は紛れもなく『金瓶梅』の結構を踏襲しているが、両作の主人公には、おのずから人物造型の差違も見受けられる。とりわけ、西門慶が蔡京らの奸臣に取り入って官職を授かり、権力を濫用して非法を行なったのに対して、『新編金瓶梅』の啓十郎は、権力に対する志向をほとんど示さない。よって、啓十郎が犯した数々の悪行は、もっぱら自身の情慾を満たすことを目的としていた。

このような主人公の造型ゆえに、『新編金瓶梅』には政治色が希薄であり、室町後期の時代相を感じさせる場面もあまり出現しない。その中で、物語の全編にわたって登場する左京兆三好長蕑《ながよし》は、史実の三好長慶に相当し、主要人物の中でただ一人、歴史的・政治的な背景を担っている。彼が「長蕑」と表記されたのは、啓十郎の場合と同様に、馬琴が将軍家慶（天保八年就任）を憚ったからであろう。

この三好長蕑も、特に物語の冒頭部分においては、史実の長慶に擬えられる積極的な理由に乏しい。第二章でも紹介したように、『新編金瓶梅』の発端部分で長蕑が演じた役割は、武太郎の訴えを裁く明察の判官（第一輯）や、虎退治の英雄大原武二郎を召し抱える尼ヶ崎城主（第三集）に過ぎなかった。

登場人物の成長などを考慮すると、『新編金瓶梅』の中では二十年あまりの歳月が経過しており、長兼はほぼその全期間、幕府の陪臣でありながら畿内の治安を掌握している。その長兼も関与する大規模な争乱が作品中に導入されたのは、『隔簾花影』の披閲に伴い持ち上がった新構想にもとづくものと思しい。よって、いまだ同書の存在すら聞き及んでいなかった、『新編金瓶梅』起筆当初の馬琴は、長兼の登場がかくも長期にわたることを予想しなかったのではあるまいか。

　この畿内争乱の背景は、第八集において以下のように説明される。

○さきに京都の管領細川政元は、その家臣香西《かうざい》復六に、弑せられしよりしてのち、一族高国管領たり。しかるに政元の長臣三好海雲は、政元の養子なりける晴元を、管領になさまく欲《ほり》して、高国と睦ましからず。この故に海雲は、その子三好長兼を、久しく都へすゑ置きて、管領代になせしかば、時の人こゝをもて、三好を都の内管領ととなへて、勢ひ高国に弥増したれば、高国これを恨み憤りて、「いかで三好をうち滅ぼさん」と、思ふ事久しくなりける程に、海雲が一族なりける、三好宗三《さうさん》(10)は、年頃海雲と不和なるにより、高国ひそかに宗三を語らふて、海雲親子をうち滅ぼさんとて、ともに軍勢を集むるよし、その聞こえありしかば、海雲これを聞知りて、「しからんには我都へ攻め上りて、高国・宗三をうち滅ぼすべし」とて、にはかに数万《すまん》の軍兵《ぐんひやう》を催促して、みづから都へおしのぼるに、その子三好長兼を阿波にとゞめて、晴元ともろともに、城の守りになしたりける。　（十一丁表）

　赤松家の余類を詐称していた饗馬暴九郎は、細川高国の求めに応じて畿内に攻め入るが、高国は海雲方に大敗を喫し、暴九郎も摂津大物の浦において討ち死にを遂げている（図4）。ただし、享禄四年（一五三一）における高国の敗亡、すなわち「大物崩れ」は、長慶の入京以前の出来事であり、さらに厳密を期せば、大永三年（一五二三）

生まれの長慶は、「大物崩れ」以前に管領代となりうべくもないのである。

とはいえ、「婦幼」を主たる読者とする草双紙のことであり、史実との間に些細な齟齬を生じたところで、それが作品の評価に大きく影響するわけではない。むしろ問題なのは、『新編金瓶梅』の作品内部で、畿内の情勢について大きな矛盾を生じていることである。

馬琴は同作第二集の中で、三好氏の権勢が大物浦における勝利の結果であることを、以下のように説明している。

この時津の国は、三好修理大夫長兼の手に切り従へて、尼が崎に在城せり。三好は本ッ国阿波なれども、近頃大物《だいもつ》の浦の戦ひに、高国入道常桓《じやうくわん》を討ち滅ぼして、勢ひ朝日の昇る如く、室町将軍に昵近したれば、管領に異ならず。（二十九丁裏・三十丁表）

つまり、細川高国は『新編金瓶梅』の中で二度も敗死していることになり、これは馬琴らしからぬ失態といえるであろう。

図4において、暴九郎の右側に碇を掲げた姿で描かれるのは、味方の敗軍を知って海に身を投じた、管領高国の郎等嶋村弾正貴則である。「嶋村蟹」に名を残すこの勇将について、井沢長秀『広益俗説弁』（享保二年刊）巻十三や、小林正甫『重編応仁記』（宝永八年刊）などは、浦上家の配下と記しているが、馬琴は文化期以降、一貫して高国の家臣として扱っている。[11]

この嶋村貴則が、『新編金瓶梅』の中に初めて現われるのは、第七集の終盤においてであり、ここで彼は乞食の一団に襲われた啓十郎夫婦を救う（三十八丁裏・三十九丁表）。前章で考察したごとく、啓十郎の正妻呉服が、天満社参詣の途上で乞丐らに蹂躙されるのは、夫の奸悪を諫めなかった彼女の罪を糺すための作為であり、ここには第一奇書本に示された、張竹坡の呉月娘観が反映されている。

図４　『新編金瓶梅』第八集、19丁裏・20丁表（暴九郎・貴則の陣没）

呉服の厄難に通り合わせるのが貴則である必然性は薄く、この役割を管領代（あるいは左京兆）の三好長兼や、伊勢北畠の家士志貴実一郎《しきのじついちろう》守真《もりさね》などが演じたとしても、一向に差し支えがない。よって、呉服の厄難に貴則が関与するのは、むしろ翌年刊行の第八集に向けた「伏線」と解すべきであり、細川高国の登場と大物浦合戦への言及は、すでに第七集の時点で予定されていたと考えられる。

ここで思い合わされるのが、天保十年九月二十六日付の篠斎宛馬琴書翰（⑤35）に見える、「『金瓶梅』七集にも、ちと無理なる趣向あり。そは勧懲に係る故ニ御座候。そこら、貴兄ハ御気ニ入らで、御理評あらんかと奉存候」という一節である。「勧懲」に対する配慮は、馬琴の常に怠らないものであるが、第七集にはこの「勧懲」ゆえに、篠斎からの難詰も予想される「ちと無理なる趣向」を導入したという。陸水《くがみ》尼の登場や阿蓮による啓十郎毒害、そして呉服の遭難など、たしかに第七集には物語全体の勧善懲悪に関わる筋立てが少なくない。その中でも特に「無理なる趣向」とは、作品の内部に矛盾をきたし、史実にも齟齬する二度目の「大物崩れ」を前提とした、嶋村貴則の登場を指すではあるまいか。

もとより、高国や長兼に関わる時代錯誤が、馬琴の単純な粗忽であった可能性は無下に否定しがたく、その原因としては、彼の視力低下や蔵書の欠乏などが想定できる。当時急速に明を失いつつあった馬琴は、文字の細かい合巻の執筆に支障をきたし、第七集以降は稿本の用紙が、刊本よりもひとまわり大きな通常の半紙に改められている。また、彼の衰眼は著述ばかりでなく、書物の繙読にも大きな妨げとなり、「字書など見候事有之候て、とり出し見候ても見えかね候間、かなつけ候物ハ、媳婦ニよませ候」（天保十年六月九日付篠斎宛書翰。⑤24）という不自由を強いられた。さらに天保七年以降、彼は蔵書を順次沽却しており、『重編応仁記』などの関連史料も、すでにその手元を離れていた可能性が高い。

しかし前掲のごとく、『新編金瓶梅』第八集の中には、高国と海雲とのいきさつが、ほぼ半丁にわたって略述されており、馬琴は享禄の畿内争乱を自作の背景として導入する際、やはり何らかの資料を参照したものと考えられる。右のごとき悪条件のもとで、馬琴が容易に繙閲しえた書籍としては、彼自身の『美少年録』第二輯（文政十三年刊）が思い浮かぶ。同作の中では、高国の「男色《なんしよく》龍陽の惑《まよ》ひ」が、享禄年間における畿内争乱の「本元」と規定され、同人の最期が「勧懲の一端《はしだて》」として、「軍記の趣を抄録」しつつ描かれている。よって馬琴は自身の旧作を繙くか、あるいは家族に朗読させることによって、三好長慶の専権が高国の滅亡以前には遡りえないことを、容易に確認できたはずなのである。

また、『新編金瓶梅』第七・八集を執筆する馬琴の机辺には、天保九年に小津桂窓の仲介で再度買い入れた、林羅山の『京都将軍家譜』（明暦四年刊）も存したことであろう。馬琴は天保七年に大量の蔵書を売却した際、誤ってこの『将軍家譜』をも手放したが、翌々年には小津桂窓の仲介で、再び同書を購入している。この『将軍家譜』に関して、天保八年の馬琴書翰には、「武家代々の執権・管領を見候に便利に候」（四月二十二日付篠斎宛。④88）、「著述ニ必用の書」（十二月朔日付桂窓宛。④100）などの記述を見いだしうる。読書不如意の馬琴にとっては、大部の歴史資料よりも、『将軍家譜』のごとき簡略な記述の方が、参照に便宜であったに違いない。

とはいえ、あくまでも史実を尊重して、「大物崩れ」からおよそ二十年後の上方に、何らかの合戦を新たに見出し、これを『新編金瓶梅』の中に描き込むことには、少なからぬ困難が予想される。また、高国敗亡の二十年後ともなると、神君家康と交渉を有した武将が活動を開始しており、この点も天文年間の畿内情勢を正しく写すことを馬琴に躊躇させたことであろう。つまり、「大物崩れ」は当時の馬琴にとって、作品中に用いることが許された、戦国最後の畿内争乱だったのではあるまいか。

『金瓶梅』とともに、『新編金瓶梅』の趣向源であることが明示された『隔簾花影』には、金軍の侵攻を背景として、西門慶（作中では南宮吉）の栄華に寄生した人々の生態が描かれている。馬琴の視力低下ゆえに、『新編金瓶梅』における『隔簾花影』の翻案は、部分的なものにとどまったが（第五章参照）、本来ならば長期にわたる畿内争乱を背景として、この「続書」の趣向を大幅に摂取する腹案であったに違いない。

もっとも、『隔簾花影』の冒頭部分に類似した状況を作り出すためだけならば、あえて実在の戦国武将を持ち出さずとも、暴九郎の単独行動で西門屋のある浪華の町を襲撃させればこと足りたはずである。よって、馬琴のいう「ちと無理なる趣向」が筆者の推定するように、高国再登場の一事であったならば、その背後には何らかの重大な作意が存したと考えざるをえない。この点を究明するためには、武庫山の賊寨陥落以降、大原武二郎が阿蓮・啓十郎を討ち取るまでの経過を追尋する必要がある。

## 五　毒婦阿蓮の最期

### (一) 阿蓮誅殺の正当性

馬琴は『新編金瓶梅』の起筆以前、『傾城水滸伝』第五編(文政十一年刊)において、『金瓶梅』の母胎となった『水滸伝』の武松・金蓮譚を翻案している。ここで、潘金蓮に相当する浮浪子金蓮助《きれすけ》は、武大に模した餅売り女豚《ぶた》代《よ》の「関防人」であり、両人は婚姻関係を有さなかった。馬琴はこの点について、文政十一年三月二十日付の篠斎に宛てた書翰(①42)の中で、「キレ介ヲ関防人にせざれバ、かたき討の名、正しからず」と説明している。たとえ報仇の大義名分があるにせよ、兄嫁を殺すという行者武松の行為を、馬琴は無条件に許容しえなかったのであろう。文化五年刊行の読本『雲妙間雨夜月』(柏栄堂等刊)にも、武松の金蓮殺しが趣向として用いられており、ここでは伊原武章《たけあきら》による兄嫁蓮葉《はちすば》殺害が、過失による殺傷に改められている(第一章参照)。

『新編金瓶梅』において、阿蓮は原作の潘金蓮と同様に大原武二郎の「兄嫁」となっており、彼女の犯す罪が武太郎殺害の一事のみであったならば、武二郎の敵討ちも「兄嫁殺し」の誹りを免れない。そこで馬琴は、ひとたび阿蓮を暴九郎の妻として、現行の権力に抗った「逆賊」の余類という罪状を付加し、武二郎が彼女を殺害する正当性を補完したのであろう。振り返って考えれば、本章第三節で言及した阿蓮の凶行が、原作以上に悪辣なものに改変されたのも、同様の作意に基づく操作であったに違いない。

ここで思い合わされるのが、同じ武松の「鴛鴦楼」を翻案する際の、馬琴の一貫した改変態度である。『南総里見八犬伝』第六輯(文政十年、涌泉堂等刊)における、犬坂毛野の対牛楼から、『傾城水滸伝』第六編(文政十二年、仙鶴堂刊）に描かれた、女行者竹節《たけよ》の鴛鴦楼、そして『新編金瓶梅』第五集（天保九年刊）における、大原武二郎の鴛鴦楼に至るまで、馬琴はそれぞれの勇者に、武松のごとき無差別な大量殺戮を行わせてはいない。「最初声ヲ立候女ヲ切るさへ大人気なく候に、家捜しをして不残殺尽し、心地よしと思ふは、不仁限りなく、真勇にあらず候」とは、『水滸伝』の鴛鴦楼に対する馬琴の論評であるが、(12) 彼は毛野や竹節、そして武二郎を「不仁」ならざる「真勇」として造形すべく、自作の中で意を用いたのである。

淡路島鴛鴦楼において、船館幕左衛門らに対する報仇を果たしたのち、武二郎は海路を逃走するも追っ手がかかり、追い詰められて水中に没する。そこで図らずも、かつて淡路島の浜辺で助けた亀に出会い、龍宮に伴われて澳《お》渡姫《とひめ》に対面し、義姉でもある彼女から時が至るのを待つように諭される（第六集）。第八集における武二郎の悪龍王退治にも、俵藤太秀郷の伝説が踏まえられており、武二郎の龍宮入りは総じて寓話的な筋立てといえるが、ここで武二郎が虎河豚《とらふぐ》を討ち取ることによって、彼の退治した妖虎の怨念が解消されており、ここにも馬琴一流の勧善懲悪が貫徹されている。また、龍宮における武二郎の雌伏は、阿蓮や啓十郎の跳梁を可能にするための作為でもあった。

悪龍王多羅阿伽を退治した後、武二郎は澳渡姫から人間界に戻ることを許され、龍宮を離れるに際して、彼女から摩尼《まに》宝珠《ほうしゅ》を授けられる。この宝珠の霊力によって、武二郎は武庫山の賊寨を撃破し、赤松則若こと秘事松を誅殺した。しかし澳渡姫も予言したとおり、武二郎が阿蓮を討ち取る機は熟しておらず、彼女は単身賊寨から逃走して、のちに啓十郎との再会を果たすのである。阿蓮は啓十郎の病に感染して、容貌が醜く変ずるが、両人は陸水尼のもとで薬湯に浸かり本来の姿に戻る。陸水が実母遅馬の後身であることに疑問を抱いた啓十郎は、阿蓮を伴って五条の庵から逃走し、名を東戸屋《あづまとや》西啓《さいけい》と改めて、尼崎の町はずれで商売を再開した。啓十郎と阿蓮は、この地で武二郎の襲撃を受けることになる。

（二）仇討ちの完遂

天保十二年に刊行された第八集の末尾（四十丁裏）には、以下のような記述が見えており、馬琴が遠からず『新編金瓶梅』の局を結ぶ心づもりであったことをうかがわせる。

これより下《モ》第九集の末に至りては、大原武二郎武松が、仇討ちの事あるべし。第十集は輪廻応報、因果のことわりを説き示さん。見る人また来る春を待ち給へかし。

また、第九集執筆直後の篠斎宛書翰には、『新編金瓶梅』の続刊部分に関して、より具体的な腹案が示されている。

武次《（ママ）》郎あだ討之所、おれん・啓十郎ヲとらへ候所ニて、九集ハ終候。十集ニ至り、仇討之事、委敷知られ候事ニ候。来年十集ニて結局ニいたし度候得共、夫より長く成候半や、斗難存候。

（天保十二年七月二十八日付書翰。⑤89）

当時すでに視力の低下していた馬琴は、媳婦路女の代筆にすがりながら、『南総里見八犬伝』の最終編と並行して、『新編金瓶梅』第九集を編述していた。両作の完結は馬琴の急務であり、特に『新編金瓶梅』の場合は、阿蓮・啓十郎の乱倫を精算するためにも、武二郎による仇討ちの成就が急がれたのである。実際に、翌年刊行された第九集の末尾で、阿蓮と啓十郎は武二郎に捕縛され、二人の仲を取り持った悪尼妙潮も、武太郎の娘琴柱《ことじ》に足止めされる。かくて仇討ちの完遂は、続刊の第十集に持ち越された。

もっとも、『新編金瓶梅』全段の勧善懲悪は、武二郎の報仇のみによって全璧されうるものではなく、啓十郎の栄華に寄生した小人たちの結末にも、馬琴は意を用いていた。ゆえに、第九集執筆の途上では、十集をもって完結しうるものか、作者自身にも測りかねたのである。

翌天保十三年六月、改革に伴う出板統制の強化に際会した馬琴は、「今茲より新板の草紙類御改正、前条の如く厳重に被二仰出一候上は、恐れ慎て、戯墨の筆を絶て余命を送る外なし」（「著作堂雑記抄」）という悲痛な決意を固めている。『新編金瓶梅』が中断を余儀なくされたことについて、馬琴は同年六月十九日付の篠斎に宛てた書翰（⑥5）の中で、「『金瓶梅』ハ、稿本未ダ取か丶らず候得ども、稿本今一集ニて、跡出し難、是のミ残念之仕合ニ御座候」と、無念の思いを吐露した。

翌々天保十五年（弘化元年）、馬琴は木村黙老からの懇請を容れて、『新編金瓶梅』の完結編となる第十集の稿本を編述する。原作『金瓶梅』をも披閲し、『新編金瓶梅』における改作の妙を味わいえた黙老にとって、この合巻の中断はことさらに惜しまれたのであろう。二月下旬に同集を綴り終えた馬琴は、刊本と同様に挿画を国貞、筆工を谷金川（中川金兵衛）にあつらえ、この年の末に高松へ向けて発送した。弘化四年に至って、『新編金瓶梅』第十集が刊行される際には、黙老が馬琴に述作せしめた写本が板下として用いられたのである[13]。

第十集の冒頭において、武二郎は仇討ちの履行に先立ち、以下のような言葉で阿蓮と啓十郎とを譴責している。

毒婦多金が五逆十悪、今さらに数ふるにいとまあらず。いはんや又武庫山の、山賊の頭領暴九郎と、秘事松が二代の妻にさへなりて、しばし逆意を振ひしは、許されがたき国賊也。又此奸民《かんみん》啓十郎は、不義の富みに驕りを極めて、或ひは人の妻を奪ひ、多く人をしへたげ殺しし、その罪数へ尽しがたかり。琴柱が為には父の仇、我が為には兄の敵、国の為には逆賊奸民、およそ此大悪男女は、八ツ裂きにして後々《のちく》の、乱臣賊子を懲らすべし。（五丁。傍線筆者。図5）

図５　『新編金瓶梅』第十集、４丁裏・５丁表（阿蓮・啓十郎の捕縛）

右の記述によって、第八集における阿蓮の賊寨入りが、単なる一過性の趣向ではなく、『新編金瓶梅』全段の勧善懲悪に関わる、重要な筋立てであったことが改めて確認できる。響馬暴九郎が一草賊として終わることなく、細川高国に荷担して三好海雲に敗亡したのも、三好家の家臣である武二郎によって、阿蓮が討ち取られる正当性を補強するものと理解すべきであろう。第八集における「大物崩れ」の趣向化や、それに伴う嶋村貴則の登場も、この点から「勧懲に係る」ものであり、暴九郎と手を結ぶ武将は、長兼と敵対した高国でなければならなかったのである。

かくて、原作『金瓶梅』における西門慶の最期を、「勧懲にうとかり」（前引、文政十三年三月二十六日付篠斎宛書翰別紙）と難じた馬琴は、阿蓮・啓十郎の両人を大原武二郎に誅殺させた。妖虎の怨念によって結ばれた、阿蓮・啓十郎の悪因縁は、両人の従兄弟にして虎退治の英雄でもある武二郎によって精算されたのである。この結果、武二郎の復讐譚は『金瓶梅』よりもむしろ、その趣向源である『水滸伝』により近似するものとなった。

阿蓮と啓十郎は、のちに両頭八足の「啓蓮犬《けいれんいぬ》」に転生し、次いで双頭の「啓蓮虫《けいれんむし》」に姿を変える。『金瓶梅』の末尾において、西門慶は富戸の男児沈越、潘金蓮は黎家の娘に、それぞれ転生することを予告されているが、啓十郎と阿蓮は人間に托生することを許されなかったのである。馬琴が両人の後身を犬としたのは、『隔簾花影』における李婆（王婆の替え名）の運命に擬えたのであろう（第五章参照）。

## おわりに

「四大奇書」に数えられる長編白話小説のうち、『金瓶梅』のみは近世期に通俗本・施訓本が刊行されなかった。これは、同作の背負う穢書・淫書という悪名や、文体における口語性・写実性ゆえの難解さが、大きな障害となったためであろう。また沢田瑞穂氏は、『金瓶梅』における「情緒と美意識の欠如」を指摘し、同作が江戸時代のわが国であまり普及しなかった一因を、この点に求められた(14)。蓋し卓見である。

『傾城水滸伝』の盛行を受けて、『金瓶梅』の翻案を思い立った馬琴は、文政十三年の初頭に第一奇書本を借り寄せて再閲し、同年三月二十六日付の殿村篠斎宛書翰（別紙。①61）において、同作の概略と自身の評価とを詳述している。すでに第一章の中で、右書翰を用いて考察したごとく、『金瓶梅』は馬琴にとって、「勧懲」への配慮は認めうるものの、所詮は「宣淫導慾の書」に過ぎない作品であった。

同じ書翰の中で、馬琴は「武太良のこと」、すなわち『水滸伝』に由来する、武大をめぐる仇討ちの筋立てを、『金瓶梅』唯一の「巧なる趣向」と評しており、同作の持つ写実性や時事の糾弾といった特性には、ほとんど価値を認めていない。『新編金瓶梅』は、原作に対する如上の見解に根ざして執筆されたものであり、『金瓶梅』の単純な翻案作になりえなかったのも、当然の帰結といえる。

『新編金瓶梅』の阿蓮は、商家の愛妾から賊寨の女主人、そして病身の乞丐と、変転極まりない運命の末に、従兄弟にして義弟という、強い紐帯を持つ武二郎に誅殺された。彼女の造形は、『南総里見八犬伝』の船虫ほどに魅力的なものとはなりえておらず、ましてやそこに「情緒と美意識」などを望むべくもない。しかし、それでも徹底した毒婦として、啓十郎や武二郎さえ及ばない、作中第一の存在感を有している。馬琴は彼女の悪行を描き込むことによって、武二郎の仇討ちにおける名分を正し、勧懲が徹底されていない原作の不備を補ったのである。

## 注

（1）引用は明清善本小説叢刊初編所収の『李卓吾批評忠義水滸伝全書』（百二十回本）による。訓点は、国訳漢文大成『水滸伝』上巻（大正12年、国民文庫刊行会）を参照して施した。

（2）『水滸伝』第二十四回。この一節は、『金瓶梅詞話』には継承されているが、崇禎本や第一奇書本では省略されている。

（3）引用は大連図書館蔵孤稀本明清小説叢刊所収の『金瓶梅』（第一奇書本）による。訓点は、原田（高階）正巽による施訓写本（鹿児島大学附属図書館蔵）を参照して施した。

（4）阿蓮と啓十郎との出会いが、妖虎の怨念に導かれたものであることは、高橋則子氏「合巻『金瓶梅曾我賜宝』考」（『草双紙と演劇―役者似顔絵創始期を中心に―』所収。平成16年、汲古書院）にも指摘がある。

（5）早稲田大学蔵資料影印叢書『馬琴評答集』五所収。

（6）第五集の黙老評に対する馬琴の返答は、「新編金瓶梅五集篠黙桂三評」には全文が筆録されていないが、木畑貞清氏『木村黙老と滝沢馬琴』（昭和10年、香川県教育図書）に、黙老旧蔵写本（現存不明）から抄出されている。その趣旨は、本章に引用した篠斎評への答書に等しいが、木畑氏紹介の記事の方がより詳細である。

（7）「響（响）馬」は「野盗」を意味する白話語彙であり、暴九郎の命名には「暴れ馬のごとき悪賊」という名詮自性が看取できる。

（8）天理図書館善本叢書『馬琴書翰集　翻刻篇』（昭和55年、八木書店）附録「黙老書翰集」、六九七頁。

（9）天保七年三月二十八日付、ならびに同十三年二月十一日付の殿村篠斎宛書翰（④43・⑥2）において、馬琴は『美少年録』の嗣作に対する躊躇を吐露している。

（10）三好宗三（政長）は、敵対する同族の海雲に大敗を喫し、高国とともに堺の地で自害しているが（二十丁表）、かくのごとき展開は馬琴の虚構である。実際の宗三は海雲を讒言し、これを滅亡させたことによって長慶の怨みを買い、天文十八年（一五四九）に摂津江口で敗死した（『重編応仁記』「続応仁後記」巻五など）。

（11）「高国の家臣嶋村貴則」（文化四年刊の合巻『島村蟹水門仇討』二丁表）。「享禄四年細川高国、三好海雲と戦ふて敗走す。その臣嶋村貴則苦戦して主を救ひ、遂に安里《ヤスサト》河に没して、化《ケ》して蟹になるといへり」（文化七年刊の随筆『燕石雑志』巻四、廿二丁裏～廿三丁表）。

（12）文政十年十一月二十三日付篠斎宛書翰（①39）。この記事は、水野稔氏による『八犬伝』対牛楼の評注（鑑賞日本古典文学35『秋成・馬琴』所収。昭和52年、角川書店）にも引用されている。

（13）この間の事情は、『学海日録』明治十六年五月二十五日条に抄録された『著作堂雑記』の記事に詳しい。『学海日録』第五巻（平成4年、岩波書店）、二七一～二頁。

（14）沢田瑞穂氏「葡萄棚の下で」。『宋明清小説叢考』（昭和57年、研文出版）所収。

# 第八章　『新編金瓶梅』の二図をめぐって

## I　「宋素卿」の寓意

### 一　船館野梅の造型

図1に掲げるのは、『新編金瓶梅』第五集（国貞画。天保九年、甘泉堂刊）のうち、二十六丁裏・二十七丁表に見える場面である。画面右側には、主人公の西門屋《にしかどや》啓十郎《けいじうらう》、左後方に啓十郎の悪友祝屋念三《いわひやねんざう》、そしてその手前には、猿の死骸を手にした五加内《ごかない》なる人物が描かれている。

この場面を含む一段では、以下のような物語が展開される。

正妻呉服《くれは》の伯父である船館幕左衛門《ふなだてまくざゑもん》に招かれ、淡路島に渡った西門屋啓十郎は、滞在する船館の屋敷において、幕左衛門の娘野梅《のうめ》を見染める。野梅は母親の喪中ゆえに、横島浦主《よこしまうらぬし》の息子帆九郎《ほくらう》との婚姻を先送りしていたが、許嫁よりも男ぶりのよい啓十郎に言い寄られて、これと通じる。所用を果たした啓十郎は、船館家の使用人五加内《ごかない》の献策に従い、野梅が野猿にさらわれたように偽装して、ひそかに彼女を浪華へ連れ帰る。

『新編金瓶梅』は、白話小説『金瓶梅』から直接の影響を受けた、ほぼ唯一の近世小説とされるが、原作である

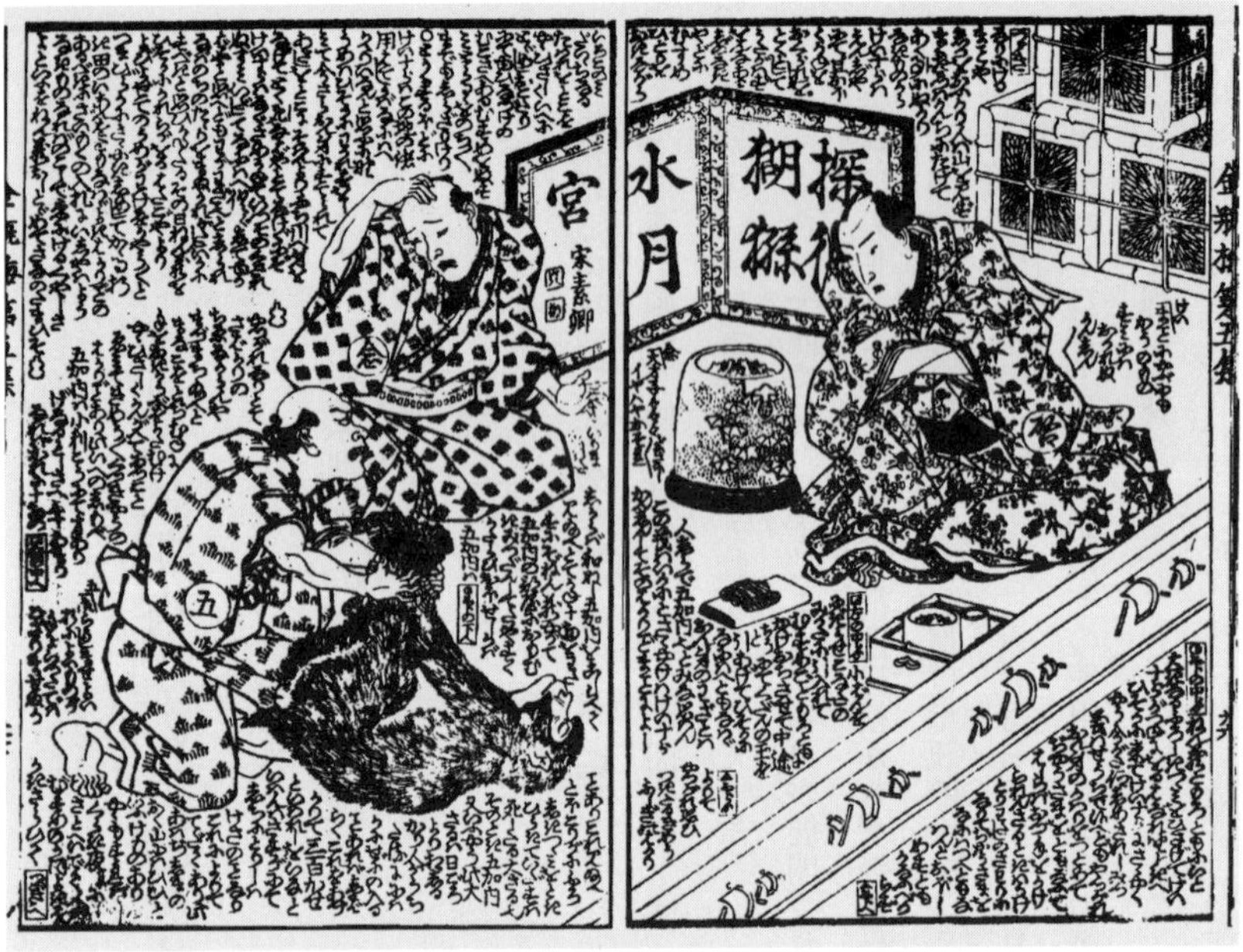

図１　『新編金瓶梅』第五集、26丁裏・27丁表

『金瓶梅』の中に、右のごとき一段は見いだしえない。この図に描かれたのは、五加内が啓十郎に密策を授ける場面であり、彼の手にしている猿の死骸は、野梅を略奪する際に利用される小道具である。

船館家の娘野梅は、同作第一輯（国安画。天保二年刊）下帙上冊の前表紙封面において、鍛金《たがね》の阿蓮《おれん》や李《すもも》の瓶子《かめこ》と並称されていることから、原作の龐春梅に対応する人物と考えられる。潘金蓮や李瓶児と共に、題号の「金瓶梅」にちなみのある春梅は、金蓮の聡明な侍女として、鮮明な印象を残す人物であり、主人金蓮の死後は周守備の正室に納まっている。

かたや『新編金瓶梅』の野梅は、阿蓮の下で使われることもなく、また春梅のような利発さを示す機会にも恵まれていない。しかも彼女は、啓十郎の妾として披露されることのないまま、第七集において阿蓮に毒殺されてしまう。つまり、『新編金瓶梅』における野梅の形象には、原作の春梅がほとんど投影されておらず、両者の関係は名前の類似のみに留まるのである。

前掲図中の装飾に目を転じると、画面中央の小屏風には、「探□《得カ》猢猻水月宮」の七文字が大書され、「宋素卿」なる署名が添えられている。素卿は細川氏に仕えた明人朱縞、いわゆる「寧波の乱」（大永三年・一五二三）の当事者であるが、この人物について、『新編金瓶梅』の本文中には何ら触れるところがない。ゆえに、馬琴がこの署名によって意図したところを、作品の中から解明することは困難である。

## 二　篠斎の評論

『新編金瓶梅』第五集に対しては、馬琴の知音である殿村篠斎・小津桂窓・木村黙老の三人が、揃って評書をものしている。馬琴の長編合巻において、三知友の評書が揃うのは、この『新編金瓶梅』第五集のみである。早大図書館曲亭叢書に現存する「金瓶梅五集篠黙桂三評」[1]は、馬琴のもとで作成された写本を合綴したものであり、その原本は各々の評者に返却された[2]。

三者の批評態度には相違があり、特に桂窓のものは、冒頭に「略評」と標記されている通り、必ずしも委曲を尽くしたものではない。ゆえに馬琴も、この評書に対して、「さばかりほねを折られたりとは見えず、所云合巻さうしにて、児戯にちかきものなれバなるべし」（二十九丁裏）と寸評している。桂窓は続く第六集に対して、評書執筆の意志がないことを、いち早く馬琴に申し送っており[3]、彼は合巻を評論することに、さして興趣を覚えなかったのであろう。

これに対して、篠斎と黙老の批評は、作者の意にかなうものであり、特に篠斎評に対して、馬琴は「この評書を閲するに、黙評と伯仲して、且其詳なるハ猶まされり。奇々妙々、実に感心の外なし」（十三丁裏）という賛辞を

図２　『開巻驚奇侠客伝』第四集巻五、６丁裏・７丁表

送っている。黙老評に対する馬琴の評価も、「評定老煉」「好評多くあり」（二十三丁表）などと、おおむね好意的ではあるが、長年の知友である篠斎の評論を、馬琴は「まされり」としたのである。

　この篠斎評の中に、前掲図1で描かれた場面に関して、以下のような記述が見えている。

　○五加内が猿を持出たる、其計策を説く迄ハ、何のためとも誰かハ知らん。意外の奇策妙々也。前条猫との対ハもちろん、ふろしき迄も対して、又つゝむとひらくのたがひも妙々。『侠客伝』とハ事異に、しかも手軽くつかはれたるかな。小屏風の七字おもしろし。宋素卿とせられしハ、いかなるよしにか。（十一丁）

　引用中、「前条猫」とは、阿蓮が愛猫を殺して化け猫騒ぎを捏造し、啓十郎の実父九郎五郎や朋輩刈藻らを殺害した一件のことである（前章参照）。この騒動は、愛猫を用いて敵対者を陥れる点において、原作『金瓶梅』第五十九回の、潘金蓮による官哥殺害の趣を写したものといえる。ともに動物を用いた詐術である、「阿蓮の九郎五郎殺害」と「啓十郎の野梅略奪」との間に、対応関係を見て取った篠斎は、阿蓮が猫の死骸を包んだ風呂敷と、五加内が猿の死骸を取り出した風呂敷との間にも脈絡を見いだして、「つ、むとひらくのたがひも妙々」と賞美している。

その直後に見える「侠客伝」とは、馬琴の読本『開巻驚奇侠客伝』第四集（天保六年、群玉堂等刊）のことである。同書巻五において、主人公の姑摩姫は農夫に捕らわれた猿を救い、のちにはこれを求婚者持永《もちなが》から逃れるための身代わりとして用いている。この場面の挿絵（六丁裏・七丁表。図2）には前掲図1と同様に、四肢をひと絡げにされた猿が描かれており、この図もまた、篠斎の連想に関与したことであろう。

## 三　馬琴の評答

前掲図1における小屏風の署名について、篠斎もまたその意図するところを理解できず、前節引用の末尾において、「いかなるよしにか」と疑問を呈している。これに対して、馬琴はその欄上に「宋素卿の事、別にしるして見せまゐらすべし」と朱書を施し、巻末の評答で以下のように説明する。

又淡路なるまく左衛門が宿所なる、小屏風の筆者宋素卿の事を問れしに、答まゐらする事左の如し。
宋素卿ハ明人也。足利将軍の世の中葉、天朝に投化して頗用ひられ、妻を娶りて二子をうませたり。その後、素卿足利殿の使して、明国にかへりゆきしに、初明にて前妻にうませし二子、彼土に在り。その二子、父に再会して別を惜ミ、父子の哀情甚しかりしとぞ。これらの事、明朝に聞えて、遂に素卿ハ誅殺せられし也。事ハ『将軍家譜』京都将軍の譜中に見えたり。（中略）
素卿ハ素性浮薄にて、和漢に両妻あり。この故ニ刑死したれバ、啓十郎が多妻に飽かずして、野梅をうばゝま

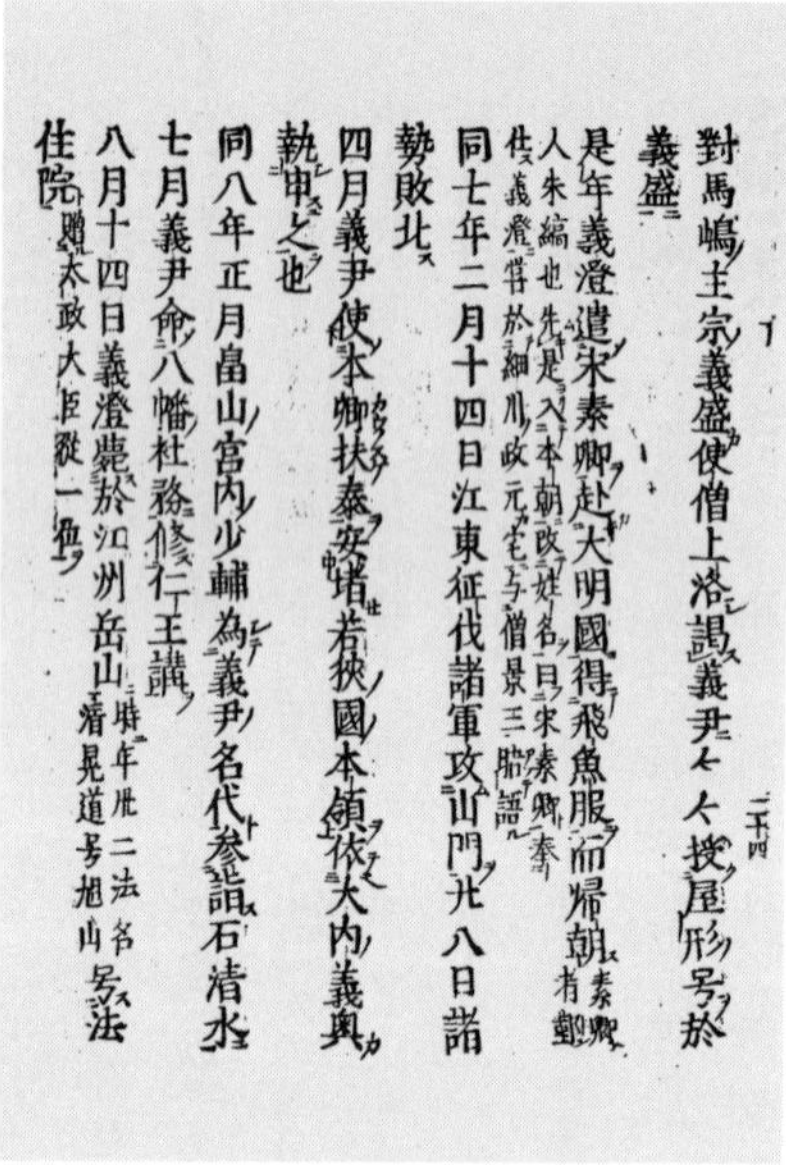

図3　『京都将軍家譜』下冊、24丁裏

く欲する段の小屏風の筆者に、素卿ハ時代もふさハしく、且この深意をもてしつる也。（十五丁）

つまり、船館屋敷に置かれた小屏風の「宋素卿」という署名には、多くの女性と関係しても飽くことのない、主人公啓十郎に対する揶揄が籠められていたのである。

もっとも、素卿が和漢それぞれに妻子を持ち、それがもとで誅殺されたという馬琴の記述は、歴史的な事実ではない。右引用に登場する『京都将軍家譜』（林羅山著。寛永十八年自跋）の下冊には、素卿に関する二つの記事が収められている。

是年（永正六年）、義澄遣《シテ》二宋素卿《ヲ》一赴《キ》二大明国《ニ》一得《テ》二飛魚服《ヲ》一而帰朝《ス》。〔素卿者《ハ》鄞《キン》人朱縞也。先《キ》レ是《ヨリ》入《テ》二本朝《ニ》一改《テ》二姓名《ヲ》一曰《フ》二宋素卿《ト》一、奉二仕《ス》義澄《ニ》一。嘗於《テ》二細川《ノ》政元宅《ガニ》一与二僧景三一晤《アッテ》語《ル》〕（二十四丁裏。図3）

同（大永）三年、細川《ノ》右京《ノ》大夫高国、使《シテ》下二宋素卿《ヲ》一赴中大明国《ニ》上、大内左京《ノ》大夫義興以《テ》二宗設《セツヲ》一為《シテ》二使者《ト》一兼《テ》レ道先《チ》レ素卿《ニ》到《ル》二寧波《ニンホ》府《フニ》一争《フ》レ先後《ヲ》一。素卿賂《マテ》二於府吏《ニ》一而先《ヅ》謁《ス》。依《テ》レ之《ニ》諍論《シテ》而罷《ム》二市舶《ヲ》一。（二十六丁裏）(4)

羅山の『将軍家譜』は、東洋文庫蔵『曲亭蔵書目録』（し部欄上）にも、「将軍譜」として登録されており、文化初年以来、馬琴日用の書籍であった（第七章参照）。しかし同書の中には、宋素卿が「和漢に両妻」を有した一件や、彼の「誅殺」に関する事情などは記されていない。よって馬琴は、『将軍家譜』の中に「宋素卿」の名前を見いだしたものの、この人物が刑戮された事情については、別の書物から知識を得ていたのであろう。

## 四　『繁夜話』と『皿皿郷談』

文化十二年に刊行された馬琴の読本『皿皿郷談』（北斎画。木蘭堂等刊）に登場する唐縞素二郎（のち素太夫）は、素卿が日本に残した息子として設定されている。同作は文化四年刊行の馬琴読本において、「宋素卿異聞録漢和撫子草紙《からやまとなでしこさうし》」の題号で刊行が予告されており（五三六頁図3参照）、素卿の数奇な運命を趣向化する構想を、馬琴は早くから抱いていた。(5)

『皿皿郷談』の冒頭（巻一、九丁裏～十一丁表）には、先に引用した評答の記事よりも詳細に、素卿の生涯が語られている。この記述が、都賀庭鐘の読本『繁夜話』（五巻五冊。明和三年刊）巻四「㈥素卿官人《くわんにん》二人を唐土《もろこし》に携《たづさふ》る話《こと》」に基づいていることは、浅井音吉氏の「皿皿郷談の原拠について」（立命館文学会説林3―10。昭和26年）が指摘したところである。『繁夜話』の「素卿官人」に関しては、徳田武氏の論考が備わり、庭鐘がこの一編において素材としたのは、謡曲「唐船」と松下見林『異称日本伝』（三巻十五冊。元禄六年刊）の関連記事とであった。徳田氏によれば、和漢に妻子を持った「唐船」の祖慶官人を、実在の宋素卿に結びつける契機は、伊藤東涯の随筆『盍簪録』巻四の記事に存したという。(6)

浅井氏も考証されたように、馬琴は『皿皿郷談』の述作に際して、「素卿官人」の記述に細かな改変を加えている。『繁夜話』の宋素卿は、「唐船」の祖慶官人同様、和漢でそれぞれ二子をもうけ、唐土で四人の息子を一堂に会せしめているが、『皿皿郷談』において、素卿の息子は和漢に一人ずつであり、本朝の素二郎が唐土の兄と対面することはなかった。

また、庭鐘は史実を反映して、素卿を二度渡海させており、本朝の息子二人を唐土に残してひとたび帰朝した『繁夜話』の素卿は、再度渡明した折に大内家の使者と争って「寧波の乱」を惹起するのである。一方、『皿皿郷談』の中では、素卿が「飛魚服」を持ち帰った一度目の入明には言及されておらず、細川高国の使者として明に渡った彼は、「府吏《おもとびと》」(7)に賄賂を贈って大内家の使者を出し抜き、その後で唐土に残した息子と再会している。のちに亡命者であることが露顕した素卿は、息子とともに捕らわれ、贈賄の罪科も発覚して誅殺されるのであった。

よって馬琴は『皿皿郷談』の中で、「素卿官人」にも語られた「寧波の乱」には言及していないのであるが、これは単純な省筆ではなくして、当時の時代相を併せ考えるべき事象かも知れない。ロシアとの緊張が高まった文化三年以降、近隣諸国との紛議を扱った読本『由利稚野居鷹』(万亭叟馬作。文化五年刊)や『泉親衡物語』(二世福内鬼外作。文化六年刊)が、改名主によって大幅な改稿を命ぜられており、(8)この事態には馬琴も無関心ではなかったはずである。あるいは、「宋素卿異聞録漢和撫子草紙」から「皿皿郷談」への題号変更にも、対外関係に対する配慮が働いたのではなかろうか。

ともあれ、寧波の乱に筆を及ばせなかった馬琴は、史実や藍本とは別な形で、『皿皿郷談』の素卿を罪に落とす必要に迫られた。そこで彼は、「素卿官人」の記述を改めて、父子再会を寧波府における紛議の後に配し、素卿が唐土の男児に語り聞かせた回顧談から、亡命・贈賄という過去の犯罪が露顕するという展開に改めたのである。

寧波の乱が顧慮されていないのは、前掲の篠斎に対する答書においても同様であり、件の評答は二十余年前の旧作『皿皿郷談』の記事を粗述したもののごとくである。もっとも、素卿の子供を合計四人としていることからすれば、馬琴の脳裏には「素卿官人」の記憶も残存していたのであろうが、前掲答書の中で彼が篠斎に提示した文献は羅山の『将軍家譜』ばかりであった。さらに件の評答においては「贈賄」の一件すら閑却されており、「和漢に両妻」を持ったことや「父子の情愛」が、亡命者素卿を破滅に追いやったと、事情が単純化されている。

つまり、前掲『新編金瓶梅』の一図に描かれた小屏風の署名には、史実や『繁夜話』はもとより、馬琴の旧作『皿皿郷談』とも相違する素卿の生涯が想定されていたのである。これでは、一般読者は無論のこと、篠斎をはじめとする三知友にも、作者の自注なくして、その「深意」を理解することは困難であったに違いない。

## 注

（1）同書からの引用は、早稲田大学蔵資料影印叢書『馬琴評答集』五に拠る。

（2）知友に返却された評書のうち、桂窓のものは天理図書館に現存し、同館善本叢書『馬琴評答集』（昭和48年、八木書店）に収録。黙老評は現存不明ながら、木畑貞清『木村黙老と滝沢馬琴』（昭和10年、香川県教育図書）の中に、「細渓福太郎氏珍蔵」として写真が掲出され、記事若干が抄録されている。

（3）天保十年三月十二日付桂窓宛馬琴書翰（⑤22）に、以下のような記事が見えている。

扠又、『金瓶梅』六集被成御覧候処、至極御気ニ入候へ共、御評ハ不被成候よし、承知仕候。申さバ合巻もの、事、大人君子の歯に掛るに足らず候へバ、御評不承候も勿論之事と奉存候。

（4）『京都将軍家譜』の引用は、慶応義塾図書館蔵の一本（明暦四年彫刻）による。なお、引用後者のうち、「兼レ道」は原本のままであるが、これは『武備志』に見える大内側の使者の一人「謙道」の誤りかも知れない。

（5）享和四年に刊行された中本型読本『曲亭伝奇花釵児』（浜松堂刊）第一齣《いちだん》にも宋素卿が登場し、将軍義輝に「庶人の相」があることを告知している。

（6）徳田武氏「「素卿官人二人を唐土に携る話」と『異称日本伝』」（『日本近世小説と中国小説』所収）、ならびに同氏校注『繁夜話』（新日本古典文学大系80。平成4年、岩波書店）。

（7）「府吏」という呼称は、庭鐘の「素卿官人」には用いられておらず、本章に引用した『将軍家譜』の記事のみに見いだしうるものである。この点から、馬琴が『皿皿郷談』の述作に際して、「素卿官人」とともに『京都将軍家譜』をも参照していたことが推定できる。

（8）　佐藤悟氏「読本の校閲―名主改と『名目集』―」（読本研究第六輯。平成4年）や、「『泉親衡物語』と『白縫譚』」（同誌第十輯。平成8年）などに詳しい。

# Ⅱ　「和合二仙童」の寓意

## 一　衝立の二童子

『新編金瓶梅』第六集（国貞画。天保十年、甘泉堂刊）第十三丁裏に見える衝立（図1・2参照）には、笑みを浮かべた二人の童子が描かれており、一人は蓮の葉を持ち、もう一人は宝珠を盛った鉢を捧げている。この図の上部に添えられた画賛の文句は、以下のようなものである。

図1　『新編金瓶梅』第六集、13丁裏（部分）

和合二仙童の事、明人の小説『西洋記』第五十六回に載て、其姓名を千和・万合といふといへり。蓋和合は天地の功、聖賢の徳に在り。されば君臣・父子・夫婦、兄弟・朋友・陰陽万物、和合せざれば幸ひなし。嗚呼和合の徳大なる哉。賛に曰、

やわらげばあはぬものなし花に鳥
月になく虫軒の松風　　八九翁題　蓑笠

右の一文は、仮名を主体とする本文とは異質な上に、一読したばかりでは、物語との関連が見出しづらい。しかし、挿絵中の装飾と単純に割り切ってしまうには、作者みずからの署名も添えられており、やはりこの画賛には、何らかの寓意を読み取

図２　『新編金瓶梅』第六集、13丁裏・14丁表

るべきであろう。もっとも、馬琴に「新編金瓶梅第六集拙評」（早稲田大学図書館曲亭叢書蔵）を呈した木村黙老は、この屏風に言及していない。

「八九翁」、すなわち同集執筆の当時七十二歳であった馬琴は、いかなる意図をもって、ここに右のごとき画賛を掲げたのであろうか。

## 二　『西洋記』の和合仙童

「明人の小説西洋記」、すなわち『三宝太監西洋記通俗演義』(1)（羅懋登作）は、百回にわたる長編白話小説である。魯迅は『中国小説史略』において、この書を「神魔小説」に分類し、「惟書則侈談怪異、専尚荒唐」（『中国小説史略』第十八篇）と評した。

題号に掲げられた「三宝太監」とは、西方遠征を七回試みた明将鄭和のことであり、『西洋記』においては永楽帝の命を受け、元順帝が持ち去った玉璽を求めて南海へと旅立つのであるが、もとよりこれは虚構である。また、この小説の中で鄭和の演じる役割はさほど重要なものではなく、実際に妨害者との戦闘で華々しく活躍するのは、燃灯仏の化身である碧峰長老と、当初は長老と対立する張天師の二人であった。『西洋記』における鄭和と碧峰・張天師の関係は、「神魔小説」の代表格である『西遊記』の玄奘三蔵と三徒弟との関係に類似する。

この『西洋記』に「和合二仙童」が登場するのは、以下のような局面においてである。

一行の行く手に撒髪国の武将円眼貼木児が立ちはだかり、碧峰長老は鳥類の言葉を解する王明を召し出してこれを破る。碧峰長老と張天師は、撒髪国の金毛道長と対戦し、馬・趙・温・関の四天神や托塔李天王・哪吒三太子父子などの助勢を得るが、容易に破ることができない。碧峰長老は金光となって天界に至り、金毛道長の正体が玄天上帝配下の治世無当大元帥であることを知る。玉皇天尊のもとで千和・万合の二仙童に目を止めた長老は、笑みを絶やさない両人にその理由を尋ねる。

（第五十二～五十六回梗概）

碧峰と二仙童の出会いは、以下のように描かれている。

仏爺々即時起身《シ》、只見《ル》玉階底下《ニ》有《リ》二両個小々的仙童《ノ》、一般様児《ニ》長《ク》、一般様児《ニ》大《キク》、一般様児《ニ》頭髪披肩《シ》、一般様児《ニ》嘻々的《ニ》笑《フ》一。仏爺道《フ》、「他《ノ》両個《ノ》仙童《ハ》叫《ビ》二做《スヤ》甚麼《ノ》名字《ト》一」。天尊道《フ》、「一個《ハ》姓《ハ》千名《ハ》和、一個《ハ》姓《ハ》万名《ハ》合」。仏爺道《フ》、「這《ノ》両個《ハ》怎麼《ニ》這等《ニ》笑《ヒ》得《テ》好《キヤ》」。天尊道《フ》、「他《ノ》両人《ハ》是《レ》這等笑《ニ》慣了《スルノ》的《ナリ》」。仏爺道「言笑各《ハ》有《リ》二其時一、怎麼《ニ》笑《ヒ》得《テ》慣《スルヤ》哩」。天尊道《フ》、「你両個過《ギ》来《リ》、参二見《セヨ》仏爺爺《ニ》一」。両位《ノ》仙童看二見《シテ》是《レ》個《ノ》仏爺々《ナルヲ》一、不二敢《テ》怠慢《セ》一、双々的《ニ》走近前来《シ》、繞《ルコト》レ仏《ヲ》三匝、礼拝《スルコト》八拝。一辺《ニ》拝《シ》、一辺《ニ》還《テ》抵二着《シテ》個《ノ》嘴児《ヲ》一笑《ヒ》不レ住《マラ》哩。仏爺道《フ》、「你両人這等《ニ》好《ク》笑《フ》、你告二訴《セヨ》我《ニ》一個《ノ》縁故《ヲ》一」。両個《ノ》仙童双々的《ニ》跪着《シテ》説《キ》道《フ》、「小童兄弟二人、自《リ》二小児一走《リテ》二江湖上《ヲ》一做《シ》二些《ノ》買売《ヲ》一、一本十利《タリ》。別人折本《セバ》、我兄弟二人転銭《ス》。一《ハ》転《ジ》レ十《ニ》、々《ハ》転《ジ》レ百《ニ》、々《ハ》転《ジ》レ千《ニ》、々《ハ》転《ズ》レ万《ニ》。但憑二着《シテ》意思《ニ》一買《ヘバ》二些《ノ》甚麼《ヲ》一、就《チ》是《レ》転銭《ノ》的《ナリ》。是《ニ》我兄弟二人商議《シテ》道《フ》、『今番偏《ニ》要《サバ》レ做《サント》三個《ノ》折二本《スル》生意《ヲ》一、看《ン》二是《レ》何如《ナルヲ》一』。却《テ》一遭子《ハ》、六月三伏《ノ》天《ニ》、買了《シ》一船《ノ》帽套《ヲ》、走到《スルニ》那個《ノ》地頭《ニ》、可々的《ニ》鄒衍係《リテ》獄《ニ》、六月降霜《シ》、一個《ノ》人要《ス》一個《ノ》帽套《ヲ》。六月《ノ》間《ニ》那《ゾ》有《ランヤ》第二家《ノ》売《ル》帽套《ヲ》的。拿定《シ》了班《シテヲ》売《ルニ》、却《テ》不是《レ》一本十利《ノミナラ》。

又《タ》一遭子《ハ》、臘月数九《ノ》天《ニ》、買了《シテ》一船《ノ》青陽扇児《ヲ》、走到《スルニ》那個《ノ》地頭《ニ》、可々的《ニ》弥勒爺治《メ》世《ヲ》、臘月回陽《シ》、就《チ》熱了《スルコト》一個多月、一個《ノ》人要《ス》一把《ノ》扇子《ヲ》。臘月《ノ》間《ニ》那《ゾ》有《ランヤ》第二家《ノ》売《ル》扇子《ヲ》的。也《タ》拿定《シ》了班《シテヲ》売《ルニ》、却也《テタ》是《レ》一本十利《タリ》。

又《タ》一遭子《ハ》、在《テ》舡上《ニ》遇着《スル》一個《ノ》朋友《ニ》、他的舡来《ハリ》、我的舡去《ハク》。是《ニ》我叫他《ニ》声《シテ》問《ヒテ》道《フ》、『你《ガ》来処《ニ》有《ルカト》個《ノ》甚麼《ノ》貨《ノ》売《リ》得《テ》快《キガ》哩』。舡走《ハリ》得《テ》忙、他答応《スルニ》不及《バ》、只《ダ》是《レ》伸起《シ》一只《ノ》手《ヲ》来《リ》、做《ス》個《ノ》様児《ヲ》。原来伸起《シ》手《ヲ》来《ルノ》的意思《ハ》、却《テ》是《レ》取笑《シ》我們《ヲ》、説《ケリ》是《レ》世上《ニハ》只《ダ》有《リト》手《ノ》快《キガ》。我弟兄《ガ》二人《ハ》錯認《シ》了《シ》、説《ケリトス》一只《ノ》手《ハ》是《レ》五個《ノ》指頭、敢《テ》是《レ》五倍子《ノ》快《キヲ》。連忙的《ニ》買了《シ》一船《ノ》五倍子《ヲ》、到《ル》那《ノ》地頭《ニ》。可々的《ニ》朝廷《ニ》有《リテ》布縷之征、排家排戸都《テ》要《シ》青布《ヲ》解《スヲ》京《ニ》、正《ニ》欠了《ス》五倍子《ヲ》。我們拿定《シ》了《スルニ》班《ヲ》、却《テ》又《タ》是《レ》一本十利《タリ》。

又《タ》有《リ》一遭子、我兄弟二人騎在《テリ》馬上《ニ》、我們《ノ》的馬去《ハキ》、又有《リ》一夥《ノ》騎馬的《ノ》来《ル》。只《ダ》聴見《ス》、那辺《ノ》馬上《ノ》的人《ノ》説道《キテフ》『糙茱々、糙茱々』。原来那些《ノ》人《ハ》是《レ》取笑《ス》我們兄弟二人《ノ》做《ルヲ》小伙児。我兄弟二人《ハ》又錯認《シ》了《シテ》、只説《ケリトス》是《レ》這里《ノ》茱々《ノ》売《リ》得《テ》快《キヲ》。後来買《ヒ》得《テ》一船《ノ》茱々《ヲ》、来《リテ》到了《ス》地頭《ニ》。只《ダ》見《ル》加《ルニ》之《ニ》以《テシ》師旅《ヲ》、因《ルニ》之《ニ》以《テシ》飢饉《ヲ》、絶《テシ》没《ルコト》有糧食《ヲ》売《ル》。我們拿定《シ》了班《シテヲ》、却《テ》又《タ》是《レ》一本十利《タリ》。

不瞞《セ》仏爺々説《ニク》、毎番是《レ》這等做《ニシ》買売《ヲ》、毎番是《レ》這等転銭《ニシテ》、毎番是《レ》這等笑《ニヒ》、却就《テチ》笑慣了《ス》。望乞《ス》仏爺々《ノ》恕罪《ヲ》」。

（『西洋記』巻之十二・八丁裏～九丁表）

碧峰長老はすぐに身を起こします。ふと見ると玉の階のもとに、同じような体格で同じような背丈、同じように髪の毛を肩まで垂らして、同じように笑っている二人の童子がおりました。そこで長老が、「あの二人の仙童は、何と申す者たちですかな」と尋ねると、天尊は「一人は千和、一人は万合と申します」と答えます。また長老が、「あの二人は、何でにこにこ笑っているのです」と尋ねると、天尊は「あの二人はいつもああなのです」と答えます。さらに長老が、「ものを言ったり笑ったりするのは、その時々に応じて行うものではありませんか。どうしてずっと笑っているのでしょう」と言うと、天尊は「お前たち、長老にご挨拶なさい」と言って、仙童を招きます。二人の仙童は仏道の長老と見て取ると、遅疑せずに揃って長老へ近寄り、その周りを三回めぐって、長老に八拝を行いますが、長老を拝する時にも、唇を緩ませて、顔はずっと笑ったままです。

長老が、「お前たち二人は、そんな風に笑っているが、その理由を教えてくれないか」と話しかけると、二人の童子は跪いて以下のように答えます。「私たち兄弟二人は、幼い頃から世の中を回って商売をしているのですが、いつも十倍の利益を得るのです。別人が損をすると、私たちが得をするという具合なのです。一の元手は十になり、十の元手は百に、百の元手は千に、千の元手は一万にといった具合で、ただ思うままに買った物が、思わぬ儲けにつながるのです。そこで私たちは、『わざと損をするような商売をしたら、どうなるだろう』と相談してみました。一度目は、六月の三伏の頃、帽套（筒型の帽子）をひと船分買って、とある地方へ売りに行ったところ、たまたま雛衍の投獄に際会して、六月なのに霜が降り（『淮南子』逸聞等に見える故事）、人々はみな帽套を欲しがりました。私たちの他に、六月に帽套を売るような者はおりませんので、人を雇って売らせたところ、その利益は十倍どころではありませんでした。

二度目は十二月の数九（冬至から八十一日間）の頃、ひと船分の青陽の扇を買い入れて、とある地方へ売りに行ったところ、たまたま弥勒の来臨に出くわして、十二月なのに太陽が照り、ひと月以上暑い日が続いていたので、人々は扇を求めていました。私たちの他に、十二月に扇を売るような者はありませんから、人を雇って売らせたところ、またしても十倍の利益を得たのです。

またある時には、船に乗っていた折に、一人の友人が乗った別の船とすれ違いました。そこで私たちは友人に、『君が行ってきた場所に、何か早く売れる品物はあったかい』と大声で尋ねたのですが、船が速くて友人は答える暇が

図３　『西洋記』第五十八回挿絵

なく、ただ手を伸ばして何か身振りをしています。そもそも彼が手を伸ばしたのは、私たちをからかったもので、『世の中には手の早い者（商売上手で、他人の儲けを残さない者）ばかりさ』という意味だったのです。しかし、私たち兄弟は『一本の手は五本の指、だから五倍子がよく売れるというのだろう』と誤解して、早速ひと船分の五倍子を買い入れて先へ進みました。すると、たまたま朝廷から「布縷の征」（布による納税）が発布され、各々の家が青布を京へ送る必要に迫られており、五倍子が不足していました。私たちは人を雇って売らせたところ、またしても十倍の利益を得たのです。

また別な時には、私たちが馬に乗っていた折に、騎馬の一団と出くわし、その中から『糙茱々、糙茱々（粗雑なグミみたいな奴らだ）』という声が聞こえました。

これは私たち二人の背丈が小さいことを馬鹿にした言葉だったのですが、私たちは『この辺ではグミの売れ行きがいい』と言っているのだと誤解したのです。その後でひと船分のグミを買い、またその場所へ戻ってみると、旅団が続々とやって来るものの、飢饉のために食料が不足していました。そこで私たちは、人を雇って売らせたところ、またしても十倍の利益を得たのです。

長老さま、これはうそ偽りではございません。私たちはこのような商売で、いつもこのように大儲けをしてきたので、すっかり笑い顔が身に付いてしまったのです。どうか長老さま、非礼をお許しください。


千和・万合の兄弟は商運に恵まれ、いかなる商売をしても巨利を得るため、常に笑いが絶えないのである。

こののち、千和と万合は金毛道長をはじめとする「水火四聖」の撃退を請け負って、碧峰長老とともに下界へ下る（図3）。道長から玄天上帝の「宝貝」を二つまで奪い返した兄弟であったが、最後の「七星旗」を奪還することができずに天界へ逃げ去ってしまい、以後は物語に登場することがなかった。鄭和の一行が金毛道長を屈伏させるためには、玄天上帝の降臨である永楽帝の「真性」を、北京から拉し来たらねばならなかったのである（第五十八回）。

## 三　馬琴の『西洋記』披閲

万暦二十五年（一五九七）の作者自序を有する『西洋記』は、寛永十六年以前に幕府の書庫へ収められたばかりでなく(2)、日光山天海蔵にも伝存しているので、刊行からさして隔たらないうちに、我が国へ複数将来されていたことが確認できる。江戸中期には、沢田一斎の編とされる唐話辞書『俗語解』にたびたび引用されるほか、皆川淇園や富士谷成章、清田儋叟らもこの長編に目を通しており、(3) いわゆる「小説家」の間では、『西洋記』は広く知られた作品であった。また、秋水園主人『小説字彙』（寛政三年刊）巻頭の「援引書目」や、西本願寺の『御簞笥小説目録』(4)（寛政頃）にも、その書名を見出すことができる。

馬琴が『西洋記』の存在を知ったのは、文政十一年のことであった。

外ニ『隋唐演義』『西洋記』なども御所蔵のよし。『西洋記』ハ、折々御見かけ被成候趣、承知仕候。（中略）『西洋記』は、西洋の事ヲしるし候ものニ候哉、是は渇望仕候。御覧相済候頃、恩借奉希候。くれぐも、遠方御恵借之御礼、申尽しがたく、忝奉存候。（文政十一年三月二十日付篠斎宛書翰。①42）

馬琴は篠斎の所持する『西洋記』が「西洋の事ヲしるし候もの」であることを期待して、同人に借覧を懇請したのである。しかし同書の内実は、鄭和航海の史実とは没交渉な「神魔小説」であり、馬琴の期待は大きく裏切られた。その落胆は、次の記述からも推察することができる。

一、唐本小説『説唐伝』と申物、御とり入被成候よし。あまりおもしろからぬ物のよし、御しらせ被下、承知仕候。大かた明の万暦板ニも候哉。野生ハ見候事無之候へども、明板の大本物ニは、『西洋記』のごとく、一向ニおもしろからぬものも御座候故、そのたぐひにやと被存候。作り物語のおもしろからぬハ、よむニ懶く覚候故、さこそと奉察候事ニ御座候。（天保五年正月六日付篠斎宛書翰。③36）

本来の目的である玉璽探索を等閑にして、道士や神仏・妖魔の争いが際限なく繰り広げられる『西洋記』の物語は、馬琴にとって「一向ニおもしろ」くない、「よむニ懶」いものだったのである。(5)

右に引用した二通を除いて、『西洋記』に言及した馬琴書翰は知られておらず、現存する彼の日記にも、この小説に関する記述は見出しえない。もっとも、文政十一年から天保五年までの期間で、馬琴の日記が現存しないのは文政十三年（十二月に天保と改元）のものばかりである以上、彼が篠斎から『西洋記』を借覧したのも、この年のことであったに違いない。

昭和女子大学図書館蔵『著作堂雑記鈔録』第四冊の中に、以下のような記事が収められている。

『檮杌間評』〔五十二巻合本十二冊〕　『緑牡丹』〔精絵繍像〕　『好逑伝』〔四冊一帙〕
『巧聯珠』〔四冊一帙〕　『新鋟繍像五虎平南後伝』　『拍案驚奇』〔十六巻〕
『西湖佳話』〔十六巻〕　『鏡花縁』〔二十巻〕
俗語小説題目抄録　『西洋記通俗演義』〔『西遊記』ニ似〕　（五十四丁表）

これらはいずれも文政十一年から天保二年にかけて、馬琴が披閲したことを確認できる白話小説である。関根只誠の「著作堂雑記抄」（『曲亭遺稿』所収）にも、同じ記事が採録されているが、右引用の方が原態に近いものと思しく、掲出された小説の数も多い。ここで馬琴は『西洋記』について、『西遊記』との類似を指摘している。(6)

『新編金瓶梅』に掲げられた画賛のうち、「和合二仙童の事、明人の小説『西洋記』第五十六回に載て、其姓名を千和・万合といふといへり」という冒頭の一文は、記憶のみに依拠して書かれたとは考えづらい具体性を有している。馬琴は件の画賛を綴るに際して、同じ『著作堂雑記』の中に抄録された記事を参照したのであろう。『著作堂雑記鈔録』の第四冊（四十八丁裏～五十丁表）には、前節に引用した『西洋記』第五十六回の記述が、「『西洋記演義』和合二仙童発聖編」という題号のもとに転載されている。

## 四　和漢の和合神

『西洋記』に見える二仙童の成功譚は、もっぱら和合二仙の致富神としての属性に注目したものであったが、この神仙は婚礼神としての側面も有している。『中国神話大詞典』（袁珂編。一九九八年、四川辞書出版社）「和合二仙」の項は、その図像を「旧時其像常絵作蓬頭笑面之二人、一持荷花、一捧円盒、取『和（荷）諧合（盒）好』之意、于婚礼時陳列懸掛之」と説明する。馬琴が『新編金瓶梅』の中に掲げた「和合二仙童」の画像は、この定型に従ったものと思しく、右側の童子が捧げる鉢のごときものは、「合」字に音の通じる「盒」（蓋付きの器）であろう。

右の詞典にも紹介されているごとく、和合二仙は杭州で祀られる「万回哥々」や、禅画の画題として著名な寒山拾得などと関連づけられることが多い。幸田露伴は昭和十三年執筆の「和合人和合神」と題する一文（露伴全集第19巻所収）において、これらの異説を否定しているが、『西洋記』における「千和・万合」という二仙童の名前は、『西湖遊覧志余』巻二十三に見える「万回哥々」と関連があるのかも知れない。ちなみに、露伴は「万回哥々」を、『太平広記』巻九十二（異僧六）に見える唐代の僧万廻のこととしている。

二仙の名前を「千和・万合」とし、両人にまつわる致富譚を伝える文献は、『西洋記』以外管見に及ばなかった。もっとも、二階堂善弘氏によれば、『西洋記』は先行する通俗文学や民間説話を、あまり加工を加えずに摂取しており、伝承の古態を留める場合があるという(7)。よって、「和合二仙童」の物語を、『西洋記』の作者による創作と判断すべきではないかも知れない。

喜多村筠庭の『武江年表補正』は、和合二仙の画像が本朝に伝来した時期を元禄年間とし、「万事吉兆図」と題された図像が、「長崎訳者」から「井上河州侯」（寺社奉行井上正岑カ）に献ぜられ、これが転写を重ねて諸方へ広まったと説明する。文化年間に至って、和合二仙の画像は江戸の街で持て囃されたといい、『武江年表』はそのありさまを、以下のように記している。

○和合神の画像はやり始む（其の図は人の知る所故いはず。近頃渡り来れる清朝の板に多くあり。画上に題し

図4　『美濃旧衣八丈綺談』巻一、前見返し

て「和合生万福、日進太平銭、随亭高孚書、万事吉兆図」とあり。貴人も常に床に掛けられたり。[8]」

服部幸雄氏は「和合神の図像」[9]において、江戸後期の和合神流行を詳細に跡づけ、文化十一年に刊行された式亭三馬の合巻『和合神所縁赤糸』などにも言及しておられる。一方、読本『美濃旧衣八丈綺談』（文化十年、山青堂等刊）の表紙見返しにも和合二仙が大きく描かれており（図4）、その盛行は馬琴も親しく見聞するところであった。

## 五　画賛の意図するもの

七十二歳の馬琴が老衰眼をいたわりながら、『新編金瓶梅』第六集を執筆したのは、天保九年の六月二十三・四日頃から十月二十二日までの期間であり、[10]和合神の流行からすでに二十余年の歳月を経過していた。

同集は、善の側の主人公大原武二郎の淡路島における活躍から語り起こされる。前集の末尾において、武二郎はみずからを無実の罪に陥れた船館幕左衛門や、淡路島の代官横島浦主、相撲取りの活仁《いきに》王利《わうり》金太《きんた》らを、鴛鴦楼において殺害した。楼閣の呼称からも明らかなごとく、これは『水滸伝』第三十一回に描かれた、孟州における武松の報仇譚を翻案したものである。

図5　人物関係略図

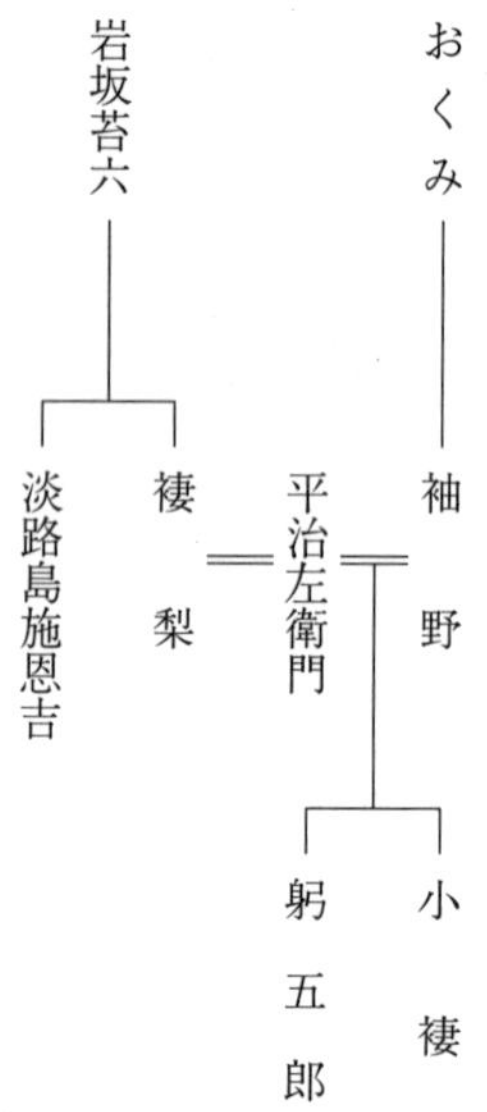


これに続けて、第六集の前半では以下のような物語が展開される（図5参照）。淡路島施恩吉《しおきち》の父岩坂苔六《こけろく》の犠牲によって島を脱出した武二郎は、追っ手と争う最中に海が荒れて、水中に姿を消す。武二郎の身を案じる衿梨《つまなし》・施恩吉姉弟のもとに、小衿《こづま》・躬五郎《みごろう》という幼い姉弟が尋ね来たる。二人は衿梨の亡き夫壇之浦平治左衛門が、鎌倉で袖野《そでの》という娘に生ませた子供であった。衿梨は姉弟を引き取って、夫の名跡を継がせることにする。

「和合二仙童」の衝立が描き込まれていた前掲図2は、幼い兄弟が衿梨との対面を果たし、父平治左衛門の死を知って悲嘆する場面である。画面右上方に描かれているのは、幼い兄弟を窮地から救い、淡路島へ連れ来たった北畠家の家臣志貴実一郎《しきのじついちろう》とその従者蔦平《つたへい》で、ともに武二郎と交渉を持った人物である。

平治左右衛門の遺児二人を引き取り、壇之浦の遺跡を継がせた衿梨・施恩吉姉弟の行為は、まさに「和合の徳」をもってなされたものであり、図2の中に件の画賛が掲げられたことにも、施恩吉姉弟の徳を讃える意図を看取すべきであろう。

施恩吉一家の「和合」とは対照的に、本作の主人公である西門屋啓十郎をめぐる人々の暮らしは、反目と悪意に満ちたものであった。第五集において、啓十郎の愛妾阿蓮は舅である九郎五郎《くろごろう》と、朋輩の力野《りきの》・刈藻《かるも》・卓二《たかじ》を殺害、かたや啓十郎は幕左衛門の娘野梅《のうめ》を誘い出して、浪華の自家へ伴い帰っている。その一方で、正妻呉服《くれは》が男児白市《しろいち》を産み、啓十郎はまさに得意の絶頂にのぼりつめるが、白市の誕生は啓十郎の父九郎五郎の絶命と時を同じくしており、嬰児の行く末には暗い影が付きまとうのである（以上第六・七章参照）。

淡路島へ向かう小衿を攫おうとして果たせず、幼い兄弟の祖母であるおくみを傷つけた不遣小僧《やらずこぞう》秘事松《ひじまつ》は、第六集の下帙に至って啓十郎と出会い、父母や姉ともども西門屋一家に災いをもたらす存在となる。悪少年秘事松の登場は、男児白市の誕生とともに、物語が終局へ向かう前触れでもあった。

のちに啓十郎は、阿蓮と秘事松に毒を盛られて容貌が醜悪になり、さらには畿内の戦乱に巻き込まれて、一家離散の憂き目にも遭う。この厄難も、啓十郎が「和合の徳」を欠いた結果であり、施恩吉姉弟のかたわらに描かれた衝立には、主人公啓十郎の富貴をうらやむ読者に対して、警鐘を鳴らす意図も存したのかも知れない。

**注**

（1）本書で参照した本文は、古本小説集成所収の影印（一九九七年、上海古籍出版社）と、中国古典小説研究資料叢書所収の翻刻（一九八五年、上海古籍出版社。題号はいずれも『三宝太監西洋記通俗演義』）である。同書の梗概は、武田雅哉氏「『西洋記』いまよみがえる大航海奇譚」（週刊朝日百科世界の文学一〇六。平成13年）に図入りで要領よくまとめられている。

（2）大庭脩氏「東北大学狩野文庫架蔵の御文庫目録」（東西学術研究所紀要3。昭和45年）。

（3）本城維芳訳『通俗平妖伝』（享和二年刊）巻頭の、皆川淇園「書通俗平妖伝首」。

（4）宗政五十緒氏「本派本願寺大谷家所蔵の小説稗史類」。『近世京都出板文化の研究』（昭和57年、同朋舎出版）所収。

（5）天保十一年、馬琴と篠斎との間で「神魔小説」の優劣が議論された際にも、『西遊記』『封神演義』『平妖伝』が話題となるばかりで、『西洋記』には言及されていない（同年八月二十一日付篠斎宛馬琴書翰。⑤56）。ここからも、同書に対する両人の評価が芳しいものではなかったことを推定できる。

（6）馬琴が『西洋記』に言及した記事は、『水滸後伝批評半閑窓談』（天保二年四月稿）や『三遂平妖伝国字評』（天保四年稿）にも見出しうる。前者（四十三丁裏）においては「演義」という語の用例として登場し、後者（十三丁表）では『西洋記』の挿画が、明刊本『西遊記』と「同画工の筆」と推定されている。両評書とも、早稲田大学図書館曲亭叢書所蔵。同大学蔵資料影印叢書『馬琴評答集』五に影印収録。

（7）二階堂善弘氏「『三宝太監西洋記』への他小説の影響」。道教文化研究会編『道教文化への展望』（平成6年、平河出版社）所収。

（8）引用は『増訂武江年表』2（昭和43年、平凡社東洋文庫）に拠る。

（9）服部幸雄氏『さかさまの幽霊〈視〉の江戸文化論』（昭和64年、平凡社）所収。

（10）天保九年九月朔日付桂窓宛書翰（⑤9）、ならびに同年十月二十二日付篠斎宛書翰（⑤11）に拠る。

# 掲載論文初出一覧

※本書の章題と異なるものについては、初出時の題号を記した。
※本書収録に際して、各論文間で記事を移動した場合がある。

序　論　平成18年9月、日本古書通信71―9　「馬琴と書物」
第一部
第一章　平成8年12月、藝文研究71
第二章
Ⅰ　平成9年3月、三田國文25　「馬琴所持の俳書について　付・『東岡舎蔵書目録』翻刻」
Ⅱ　平成18年6月、古典資料研究13　「馬琴蒐書の一資料」
第三章　平成10年11月、読本研究新集第一集（翰林書房）
第四章
Ⅰ　平成12年6月、読本研究新集第二集（翰林書房）　「馬琴の考証と『塩尻』」
Ⅱ　平成12年7月、近世文藝72
第五章　平成11年9月、三田國文30　「馬琴書翰年次考」
第六章　平成13年9月、三田國文34
第七章
Ⅰ　平成15年1月、『山東京山伝奇小説集』（国書刊行会）月報

掲載論文初出一覧

Ⅱ　平成12年12月、古典資料研究2

Ⅲ　平成13年6月、古典資料研究3

第二部

第一章　平成17年1月、国文学解釈と観賞別冊（至文堂）

「曲亭馬琴　―文政期の『水滸伝』流行と『傾城水滸伝』―」

第二章　平成20年2月、『復興する八犬伝』（勉誠出版）

第三章　平成21年1月、近世文藝89

第四章　※本書初出

第五章　平成22年3月、アジア遊学131（勉誠出版）

第六章

Ⅰ　平成18年12月、古典資料研究14

Ⅱ　平成22年8月、国文学解釈と鑑賞75―8（ぎょうせい）

第七章　平成18年4月、東洋文化復刊96

「才子佳人小説『二度梅』と馬琴

―并に織田文庫本『二度梅』の位置―」

第八章

Ⅰ　平成14年6月、古典資料研究5

Ⅱ　平成13年12月、古典資料研究4

第三部

掲載論文初出一覧

第一章　平成15年12月、古典資料研究8　「文化期の馬琴と『金瓶梅』」
第二章　平成15年6月、読本研究新集第四集（翰林書房）
第三章　平成16年4月、『論集太平記の時代』（新典社）
第四章　平成16年10月、読本研究新集第五集（翰林書房）
第五章　平成17年7月、近世文藝82
第六章　平成18年11月、江戸文学35（ぺりかん社）「『新編金瓶梅』の翻案手法―呉服母子の受難と中国小説―」
第七章　平成18年12月、藝文研究91―1
第八章
Ⅰ　平成14年12月、古典資料研究6　「『新編金瓶梅』の一図をめぐって」
Ⅱ　平成15年6月、古典資料研究7

# 主要引用・参考文献一覧


『曲亭遺稿』　明治44年、国書刊行会

後藤丹治校注『椿説弓張月』（日本古典文学大系）全二冊　昭和33・37年、岩波書店

柴田光彦等編『馬琴日記』全四巻　昭和48年、中央公論社

木村三四吾編校『吾仏乃記　滝沢馬琴家記』　昭和62年、八木書店

中野三敏編『江戸名物評判記集成』　※『犬夷評判記』翻刻を収録　昭和62年、岩波書店

木村三四吾編『近世物之本江戸作者部類』　昭和63年、八木書店

早稲田大学蔵資料影印叢書『馬琴評答集』（柴田光彦解題）全五冊　昭和63年～平成3年、早稲田大学出版会

佐藤悟「木村黙老著・曲亭馬琴補遺『水滸伝考』　解題と翻刻」　実践国文学52。平成9年

徳田武校注『近世説美少年録』（新編日本古典文学全集）全三冊　平成11～13年、小学館

柴田光彦・神田正行共編『馬琴書翰集成』全六巻・別巻　平成14～16年、八木書店

柴田光彦編『曲亭馬琴日記』全四巻・別巻　平成21・22年、中央公論新社
　※別巻に『滝沢家訪問往来人名簿』を収録。

明清小説善本叢刊『李卓吾批評忠義水滸伝全書』（百二十回本影印）　一九八五年、台湾天一出版社

大連図書館蔵孤稀本明清小説叢刊『金瓶梅』（第一奇書本影印）　二〇〇〇年、大連出版社

『南総里見八犬伝』（馬琴手沢）　国立国会図書館蔵本
『覊旅漫録』（写本。山崎美成旧蔵）　東京大学図書館蔵本
『傾城水滸伝』　明治大学図書館蔵本
『新編金瓶梅』　慶應義塾図書館蔵本
『俳諧歳時記』『新編水滸画伝』『烹雑の記』『玄同放言』　筆者架蔵本
※早稲田大学図書館「古典籍総合データベース」からも甚大な学恩を受けた。


植谷元等編「馬琴年譜稿」　ビブリア37・38。昭和42・43年
水野稔『江戸小説論叢』　昭和49年、中央公論社
徳田武『日本近世小説と中国小説』　昭和62年、青裳堂書店
大塚秀高『増補中国通俗小説書目』　昭和62年、汲古書院
浜田啓介『近世小説・営為と様式に関する私見』　平成5年、京都大学学術出版会
高木元『江戸読本の研究　―十九世紀小説様式攷―』　平成7年、ぺりかん社
服部仁『曲亭馬琴の文学域』　平成9年、若草書房
木村三四吾著作集Ⅱ『滝沢馬琴　―人と書翰』　平成10年、八木書店
播本眞一『八犬伝・馬琴研究』　平成22年、新典社

# あとがき

本書のもとになったのは、平成十七年に慶應義塾大学へ提出した筆者の博士学位論文『曲亭馬琴論叢 ―考証と長編合巻―』である。出版に際して、提出後に公刊した『水滸伝』関連の論文を第二部に配した上で、全面的な改稿・改編を行い、題号も『馬琴と書物 ―伝奇世界の底流―』と改めた。

筆者と馬琴作品との出会いは、月並みながら昭和五十八年公開の角川映画『里見八犬伝』（深作欣二監督）であった。当時十三歳、薬師丸ひろ子よりも原田知世が贔屓であったはずの筆者が、なぜ都内の映画館に一人で足を運んだのか、今となってはよく思い出せないが、有名な古典小説の映像化ということで、原作に沿った展開を期待していたのかも知れない（この映画は周知のように、原作とは似て非なる名ばかりの『八犬伝』であった）。

後日、『八犬伝』の部分的な注釈を収める『読本傑作集』（昭和10年、大日本雄弁会講談社）を、自宅近所の公共図書館で借り出してみたが、馬琴読本の文体を中学生が読みこなせるはずもなく、冒頭部分を一瞥しただけで投げ出してしまった。映画版『里見八犬伝』を観た経験は、同じ監督の『蒲田行進曲』や、脚本家鎌田敏夫のＴＶドラマ、そして犬山道節を演じた千葉真一のアクション時代劇などへ興味を拡散させたが、原作である『南総里見八犬伝』や他の馬琴作品に対する関心には直接結び付かなかったのである。

附属高校から文学部に進学した筆者は、当初史学科で飛鳥時代を専攻する心づもりであったが、いくつかの曲折を経て、研究対象を曲亭馬琴に定めた。その際に大きく影響したのは、同学の先輩でもある内田保廣先生の授業であったと思う。卒業論文のテーマには『四天王剿盗異録』（文化三年、仙鶴堂刊）を選んだが、馬琴という作家の大きさに圧倒されるばかりで、はかばかしい成果を上げることはできなかった。大学院に進学したのち、漫然と馬琴の考証随筆を研究しようと考えていた筆者に、「それならばまず『俳諧歳時記』だろう」と提案してくださったのも内田先生である。修士論文の主要部分であり、本書にも第一部第一章として収めた「『俳諧歳時記』の成立」は、この助言から生まれた。

『俳諧歳時記』の全項目を分類して統計を出すという厄介な作業に、当初は何の成算もないまま取り組んだのは、おもに近世・近代の通俗辞書について、同様の研究を地道に進めてこられた、指導教授の関場武先生に倣ったものである。常に校務でお忙しかった関場先生には、卒業論文以来「放任主義」で育てていただいたが、その一方で筆者が犯した数々の「口の咎」を、その度ごとに収拾してくださったのも先生であった。本書第三部第七章は、先生の退任記念論文集に掲載したものである。分量超過で締め切り間際に省略を行なったため、委曲を尽くさないことが心残りであったが、本書には本来の形で収めることができた。

本書に過褒な序文を賜った徳田武先生とのご縁は、非常勤講師としてご出講いただいた修士二年の時に始まる。慶應義塾とはさしてご縁のなかった徳田先生を、特に筆者のためにお招きいただいたのは、故井口樹生先生や関場先生のご高配によるものと思う。その徳田先生への遠慮もあって、筆者が馬琴の白話小説受容に取り組んだのは、大学院を修了した後のことであるが、ひとたび中国語学習に挫折した筆者に対して、白話の読み方を根気強く伝授してくださったのも徳田先生であった。先生との出会いがなければ、特に本書の第二・三部に収めたような諸論考を、筆者がものすることはなかったであろう。

『馬琴書翰集成』の共編者である柴田光彦先生との出会いは、本書序論に記した通りである。『書翰集成』編集の過程では、柴田先生に多大のご迷惑をおかけしたばかりでなく、のちに先生からうかがったところによれば、筆者の自信過剰な態度にはしばしば眉を顰められたという。数多の馬琴書翰を引用する本書の校正を進めながら、柴田先生の企画された『書翰集成』から一番の恩恵を蒙ったのは、誰よりも筆者自身であったことを痛感した。馬琴関連書籍を数多く手がける八木書店から本書を刊行できるのも、柴田先生のとり結んでくださったご縁によるものである。

国文学研究を志してから今日に至るまで、わずかな興味の遷移はあったものの、ついに馬琴から離れることができなかった。俳諧や狂歌、演劇や絵画、そして出板や漢籍輸入など、本書の中でも近隣諸分野の研究を参照したが、それらもあくまで馬琴との関連に限って言及したに過ぎない。複数のジャンルを横断して華々しい成果をあげている研究者を立派だとは思うが、筆者はやはり当面の間馬琴という作者にこだわり続けたいと思う。

とはいえ、馬琴の代表作である『南総里見八犬伝』を正面から取り扱った論考が、本書の中に一点も収められていないことには、我ながら忸怩たらざるをえない。『八犬伝』に取り組むための準備期間として、大学院進学以来の二十年に近い歳月は長きに失したが、本書における研究を素地として、立案の当初から参画している『八犬伝』全注釈の作業に取り組みたい。

筆者の長らく敬愛する田村正和さんが、芸能界におけるご自身の役者としてのあり方を、最中にこだわる銀座の和菓子店「空也」にたとえられたことがある（『乾いて候』第四巻解説。平成6年、道草文庫）。もとより、本書の内容は田村さんの演技や老舗空也の最中に擬えうるものではないが、筆者もまた研究者としては華やかな「百貨店」よりも、地道な「専門店」でありたいと考えている。

本書をご担当いただいた金子道男氏とは、『書翰集成』以来のお付き合いであり、今回も煩雑な組版や図版掲載申請をはじめとして、少なからぬご負担を強いてしまった。「本というものは筆者と編集者との合作だ」とは高島俊男氏の言葉であるが、本書をこのような形で出版できるのも、金子氏のご助力によるところが大きい。本書のタイトルに妙案が得られなかった折に、「馬琴と書物」を提案してくださったのも金子氏であった。

右に言及した諸氏のほかにも、筆者の研究にお力添えやご助言を賜った方々は少なくない。ここにそのお名前を逐一列挙することはできないが、衷心より感謝の意を表します。また、貴重な資料の掲載をお許しいただいた各所蔵機関、ならびに一部資料の転載をお許しいただいた各出版社にも、厚く御礼申し上げます。

平成二十三年女郎花月、本書刊行の直前に急逝した、飼い犬「まあちゃん」を思いつつ

神田　正行

【著者略歴】

**神田　正行**（かんだ　まさゆき）

昭和45年11月25日、埼玉県生まれ。
平成10年、慶應義塾大学大学院文学研究科博士課程単位取得退学。
　博士（文学）。
現職、明治大学法学部専任講師。

〔論文・編著〕
『羅文居士病中一件留』解題・翻刻（三田國文24・26。平成8・9年）
『馬琴書翰集成』全6巻・別巻（柴田光彦氏と共編。平成14～16年、八木書店）
『新編金瓶梅』馬琴自序　翻刻・略注（古典資料研究10・11。平成16・17年）
『傾城水滸伝』馬琴自序　翻刻・略注（古典資料研究12・19。平成17・21年）
曲亭馬琴「五虎狄青伝脚色国字抄」解題と翻刻（江戸風雅1。平成21年）
曲亭馬琴『傾城水滸伝』第三編　翻刻と影印（江戸風雅4。平成23年）　他


**馬琴と書物** ―伝奇世界の底流―

平成23年8月10日　初版第一刷発行　　定価（本体15,000円＋税）

著　者　神　田　正　行
発行者　八　木　壯　一
発行所　株式会社　八　木　書　店


〒101-0052 東京都千代田区神田小川町3-8
電話 03-3291-2961（営業）
03-3291-2969（編集）
03-3291-6300（FAX）
E-mail pub@books-yagi.co.jp
Web http://www.books-yagi.co.jp/pub


印刷所　上　毛　印　刷
製本所　牧　製　本　印　刷
用　紙　中　性　紙　使　用

ISBN978-4-8406-9676-0

# 書　名　索　引

## 凡　　例

〈採録方針〉

1. 本書の文中に現れる書名を採録し、50音順に配列した。ただし、章題や図版キャプション・図表中からは採録していない。また、馬琴の書翰・日記については立項を省略した。
2. 判明するものは正式な名称で掲げたが、詳細の不明なものは本文中の表記のまま立項した。また、「歳旦帖」「謡本」のごとく、その内実が不明確なものは基本的に除外した。
3. 角書きや副題は、一部を除き省略した。また、俳書に冠された「俳諧」の二字も、他書と紛れやすいもの以外は省いた。
4. 『二度梅』や『金瓶梅』など、本文中で伝本の形態を問題とした作品は、細分化して立項した。特に『水滸伝』は形態ごとに大別し、それをさらに刊行者名などによって細分化した。
5. 本文に合刻されている評論（例「読第五才子書法」「読三国志法」）は、対象作品の項目に一括した。
6. 「強飲国」（『夢想兵衛胡蝶物語』）や「勧匪躬」（『八洞天』）、「詰金聖歎」（『玄同放言』）など、一部の章題も立項した。
7. 論文や雑誌・論集の名称は省略した。ただし論文名内の書名、ならびに単行本に再録されていない重要論文の若干（例「馬琴年譜稿」）は採録した。

〈注記・参照項目〉

1. 異なる表記や頻出する略称を、見出し語の後の（　）内に列挙した。その際、見出し語と共通する部分は「――」で示した。なお、「*」以下は、筆者の注記である。
2. 近代以降の単行本、ならびに同名異書の存在する作品（例『絵本漢楚軍談』）には、書名に続けて著者名を〈　〉に囲んで示した。
3. 参照すべき項目を、「→」以下に示した。

【き】

【こ】

【さ】

## 【し】

【す】

## 【た】

【つ】



【て】



【と】

**【ひ】**



**【ふ】**

【へ】



【ほ】



【ま】



【み】

【む】



【め】



【も】



【や】



【ゆ】

# 図 版 一 覧

## 第一部


扉図版 『新編水滸画伝』より　筆者架蔵
第一章
図1（13頁）『俳諧歳時記』序5丁裏　筆者架蔵
図2（14頁）『羅文居士病中一件留』64丁裏
天理大学附属天理図書館所蔵（滝沢家寄託本）
図3（19頁）『華実年浪草』夏之部巻之一、23丁裏　筆者架蔵
図4（26頁）『和歌呉竹集』112丁裏　筆者架蔵
図5（30頁）『俳諧歳時記』212丁裏・213丁表（部分）　筆者架蔵
図6（33頁）『買飴紙鳶野弄話』10丁裏　慶應義塾図書館所蔵
図7（36頁）『俳諧歳時記』244丁裏　筆者架蔵
図8（37頁）『種蒔三世相』1丁裏・2丁表　慶應義塾図書館所蔵
図9（41頁）『俳諧歳時記』刊記　筆者架蔵
図10（41頁）「大坂書林森本文金堂和書蔵板目録」（部分）
国立国会図書館所蔵「雪有香蒐集書目」のうち
図11（46頁）『俳諧歳時記』62丁表　筆者架蔵
図12（46頁）『俳諧歳時記』115丁裏　筆者架蔵
第二章Ⅰ
図1（52頁）「東岡舎蔵書目録」表紙・1丁表　早稲田大学図書館所蔵
図2（56頁）『曲亭蔵書目録』1丁裏・2丁表　財団法人東洋文庫所蔵
図3（60頁）『著作堂俳書目録』1丁表　早稲田大学図書館所蔵
図4（62頁）『著作堂俳書目録』6丁裏・7丁表　早稲田大学図書館所蔵
図5（67頁）『耽奇漫録』第一、5丁裏・6丁表　宮内庁書陵部所蔵
（吉川弘文館刊『日本随筆大成』〔旧版〕より転載）
第二章Ⅱ
図1（84頁）馬琴旧蔵『玉掻頭伝奇』巻頭　早稲田大学図書館所蔵
図2（88頁）馬琴旧蔵『新刊京本校正演義全像三国志伝評林』巻一、1丁
早稲田大学図書館所蔵
第三章
図1（109頁）『夢想兵衛胡蝶物語』巻一、4丁裏　広島市立中央図書館所蔵
（汲古書院刊『馬琴中編読本集成』第12巻より転載）
図2（117頁）『潜確類書』巻九十五、26丁　慶應義塾図書館所蔵
図3（119頁）『羇旅漫録』巻中、8丁裏　東京大学総合図書館所蔵
図4（121頁）『夢想兵衛胡蝶物語』巻四、11丁表　広島市立中央図書館所蔵
（汲古書院刊『馬琴中編読本集成』第12巻より転載）
図5（125頁）『故事部類抄』巻四、14丁表　早稲田大学図書館所蔵

図６（129頁）『水鳥記絵巻』（不忍文庫旧蔵）　川崎大師平間寺所蔵
（多摩川新聞社刊『大師河原酒合戦』より転載）
第四章Ⅰ
図４（148頁）『塩尻抜萃編』冬巻、41丁　天理大学附属天理図書館所蔵
第四章Ⅱ
図１（172頁）馬琴旧蔵『南朝紹運図』表紙・１丁表　大阪府立中之島図書館所蔵
図２（175頁）『塩尻抜萃編』春巻、表紙・１丁表　天理大学附属天理図書館所蔵
図３（177頁）黙老旧蔵『塩尻』巻十二、１丁表・28丁表
大阪府立中之島図書館所蔵
第五章
図１（202頁）馬琴書翰断簡　国立国会図書館所蔵
図２（203頁）二月六日付馬琴書翰封筒　国立国会図書館所蔵
第六章
図１（220頁）馬琴書翰断簡　佐藤悟氏所蔵
第七章Ⅰ
図１（239頁）『窓蛍余譚』馬琴序文　大阪府立中之島図書館所蔵
図２（240頁）『犬夷二編評訳』巻頭馬琴書翰　早稲田大学図書館所蔵
第七章Ⅱ
図１（247頁）『南総里見八犬伝』第九輯巻二十九、24丁裏・25丁表
明治大学図書館所蔵
第七章Ⅲ
図１（255頁）『異聞雑稿』58丁表　早稲田大学図書館所蔵

**第二部**

扉図版　『傾城水滸伝』より　明治大学図書館所蔵
第一章
図１（271頁）『遊女五十人一首』序末・巻下８丁裏　国立国会図書館所蔵
図２（272頁）『傾城水滸伝』初編、13丁裏・14丁表　明治大学図書館所蔵
図３（275頁）『傾城水滸伝』第四編、29丁表　明治大学図書館所蔵
図４（277頁）文政十一年鶴屋目録
明治大学図書館所蔵『傾城水滸伝』第六編第一冊巻末
図５（284頁）『傾城水滸伝』第十三編上帙、20丁裏　明治大学図書館所蔵
第二章
図１（292頁）『新編水滸画伝』初編巻一、序17丁裏　筆者架蔵
図２（294頁）『新編水滸画伝』初編巻六、序１丁表　筆者架蔵
図３（296頁）七十回本『水滸伝』順治序刊本、序文・第一回冒頭
慶應義塾図書館所蔵
図４（297頁）七十回本『水滸伝』雍正序刊本、序文・第一回冒頭
慶應義塾図書館所蔵
図５（298頁）『新編水滸画伝』初編巻一、序１丁表（桐庵老人序文）　筆者架蔵
図６（301頁）映雪草堂刊本『水滸全伝』序末・目録冒頭
東京大学文学部漢籍コーナー所蔵

図 7 (303頁) 映雪草堂刊本『水滸全伝』口絵 東京大学文学部漢籍コーナー所蔵
図 8 (311頁) 『京本増補校正全像忠義水滸志伝評林』
(文学古籍刊行社刊『水滸志伝評林』より転載)
図 9 (325頁) 『水滸四伝全書』郁郁堂後修本 東京大学文学部漢籍コーナー所蔵
第三章
図 1 (348頁) 四十回本『三遂平妖伝』(馬琴旧蔵) 前表紙封面・序末
国立国会図書館所蔵
図 2 (349頁) 二十回本『三遂平妖伝』(西荘文庫旧蔵) 前表紙封面・序末
天理大学附属天理図書館所蔵
第四章
図 1 (365頁) 『第五才子書施耐庵水滸伝』巻頭 東京大学東洋文化研究所所蔵
図 2 (390頁) 『傾城水滸伝』第三編、21丁表 明治大学図書館所蔵
第五章
図 1 (418頁) 『椿説弓張月』残篇巻四、17丁裏・18丁表 慶應義塾図書館所蔵
図 2 (423頁) 『傾城水滸伝』第十一編、22丁表 (部分) 明治大学図書館所蔵
図 3 (427頁) 『孔雀楼筆記』巻二、10丁表～11丁表 早稲田大学図書館所蔵
第六章 I
図 1 (437頁) 『玄同放言』巻三ノ下、16丁裏 筆者架蔵
図 2 (439頁) 七十回本『水滸伝』雍正序刊本、口絵 (武松図) 慶應義塾図書館所蔵
図 3 (442頁) 「水滸百八人画像臨本」巻末 早稲田大学図書館所蔵
図 4 (443頁) 「水滸百八人画像臨本」武松・戴宗図 早稲田大学図書館所蔵
第六章 II
図 1 (447頁) 「水滸百八人像賛臨本」巻頭・識語 早稲田大学図書館所蔵
図 3 (450頁) 「水滸百八人像賛臨本」阮小二・公孫勝図 早稲田大学図書館所蔵
図 2 (450頁) 『狂歌水滸画伝集』阮小二・公孫勝図
東京都立中央図書館特別文庫室所蔵
図 4 (452頁) 『天罡地煞図』華山序冒頭と孫新・顧大嫂図 早稲田大学図書館所蔵
図 6 (455頁) 国芳「水滸伝豪傑百八人」第六 (部分) 筆者架蔵
図 5 (455頁) 『暁斎画談』内篇巻下、四ノ16丁裏 早稲田大学図書館所蔵
図 7 (456頁) 七十回本『水滸伝』順治序刊本、口絵 (公孫勝図)
慶應義塾図書館所蔵
第七章
図 1 (464頁) 織田文庫本『二度梅』巻頭 財団法人無窮会所蔵
図 3 (473頁) 織田文庫本『二度梅』口絵 財団法人無窮会所蔵
図 3 (473頁) 埽葉山房本『二度梅』口絵 筆者架蔵
図 4 (479頁) 『増補外題鑑』28丁裏 関西大学図書館所蔵
(汲古書院刊『日本書目大成』第 4 巻より転載)
図 5 (483頁) 「此花新書」刊行予告
慶應義塾図書館所蔵『南総里見八犬伝』第九輯巻三十四下、前表紙見返し
図 6 (487頁) 『風俗金魚伝』下編の下、16丁裏・17丁表 明治大学図書館所蔵
第八章 I
図 1 左 (495頁) 『通俗金翹伝』巻頭 関西大学図書館所蔵
(汲古書院刊『近世白話小説翻訳集』第 2 巻より転載)

図版一覧

図１右（495頁）『金雲翹伝』巻頭　国立公文書館内閣文庫所蔵
図２（499頁）『風俗金魚伝』上編、34丁裏・35丁表　明治大学図書館所蔵
図３（500頁）『風俗金魚伝』上編稿本、34丁裏・35丁表　財団法人東洋文庫所蔵
第八章Ⅱ
図１（511頁）『八洞天』巻七巻頭　国立公文書館内閣文庫所蔵
図２（516頁）『女郎花五色石台』第一集、25丁裏・26丁表　明治大学図書館所蔵
図３（519頁）『女郎花五色石台』第一集、35丁裏・36丁表　明治大学図書館所蔵

**第三部**

扉図版　『新編金瓶梅』より　筆者架蔵
第一章
図１（529頁）『雲妙間雨夜月』巻五稿本、奥目録　東北大学附属図書館所蔵
図２（530頁）『雲妙間雨夜月』巻五稿本付箋　東北大学附属図書館所蔵
図３（536頁）『隅田川梅柳新書』巻五奥目録　筆者架蔵
第二章
図１（543頁）『新編金瓶梅』第一輯、31丁表　慶應義塾図書館所蔵
図３（549頁）『新編金瓶梅』第一輯、11丁表　慶應義塾図書館所蔵
図４（551頁）『新編金瓶梅』第一輯、９丁裏・10丁表　慶應義塾図書館所蔵
図５（552頁）『新編金瓶梅』第一輯、38丁裏・39丁表　慶應義塾図書館所蔵
図６（554頁）『新編金瓶梅』第一輯、34丁裏・35丁表　慶應義塾図書館所蔵
図７（559頁）『新編金瓶梅』第二集、13丁裏・14丁表　慶應義塾図書館所蔵
図８（564頁）『新編金瓶梅』第三集、11丁裏・12丁表　慶應義塾図書館所蔵
図９（566頁）『新編金瓶梅』第一輯、29丁裏・30丁表　慶應義塾図書館所蔵
図10（567頁）『新編金瓶梅』第三集、１丁裏・２丁表　慶應義塾図書館所蔵
第三章
図１（574頁）『第一奇書金瓶梅』口絵　早稲田大学図書館所蔵
図３（580頁）『新編金瓶梅』第三集下帙、23丁裏・24丁表　慶應義塾図書館所蔵
図４（583頁）『新編金瓶梅』第三集下帙、34丁裏・35丁表　慶應義塾図書館所蔵
図５（595頁）『新編金瓶梅』第三集上帙、３丁裏・４丁表　慶應義塾図書館所蔵
第四章
図１（612頁）『新編金瓶梅』第四集、17丁裏・18丁表　慶應義塾図書館所蔵
図３（618頁）『新編金瓶梅』第四集、18丁裏・19丁表　慶應義塾図書館所蔵
図４（621頁）『新編金瓶梅』第四集、24丁裏・25丁表　慶應義塾図書館所蔵
図５（625頁）『新編金瓶梅』第四集、19丁裏・20丁表（早印本・後印本）　慶應義塾図書館所蔵
第五章
図１（630頁）『隔簾花影』封面・本文冒頭　東京大学文学部漢籍コーナー所蔵
図２（636頁）『新編金瓶梅』第八集、13丁裏・14丁表　慶應義塾図書館所蔵
図３（638頁）『新編金瓶梅』第八集、18丁裏・19丁表　慶應義塾図書館所蔵
図４（643頁）『新編金瓶梅』第九集、26丁裏・27丁表　慶應義塾図書館所蔵
図５（645頁）『新編金瓶梅』第六集、37丁裏・38丁表　慶應義塾図書館所蔵
図６（649頁）『新編金瓶梅』第五集、３丁裏・４丁表　慶應義塾図書館所蔵

図７（651頁）『新編金瓶梅』第十集、39丁裏・40丁表　筆者架蔵
第六章
図１（660頁）『新編金瓶梅』第五集、７丁裏・８丁表　慶應義塾図書館所蔵
図２（667頁）『新編金瓶梅』第九集、18丁裏・19丁表　慶應義塾図書館所蔵
図３（672頁）『新編金瓶梅』第十集、35丁裏・36丁表　筆者架蔵
第七章
図２（685頁）『新編金瓶梅』第二集、34丁裏・35丁表　慶應義塾図書館所蔵
図３（688頁）『新編金瓶梅』第四集、40丁裏　慶應義塾図書館所蔵
図４（698頁）『新編金瓶梅』第八集、19丁裏・20丁表　慶應義塾図書館所蔵
図５（705頁）『新編金瓶梅』第十集、４丁裏・５丁表　筆者架蔵
第八章Ⅰ
図１（710頁）『新編金瓶梅』第五集、26丁裏・27丁表　慶應義塾図書館所蔵
図２（712頁）『開巻驚奇侠客伝』第四集巻五、６丁裏・７丁表　筆者架蔵
図３（714頁）『京都将軍家譜』下冊、24丁裏　慶應義塾図書館所蔵
第八章Ⅱ
図１（719頁）『新編金瓶梅』第六集、13丁裏（部分）　慶應義塾図書館所蔵
図２（720頁）『新編金瓶梅』第六集、13丁裏・14丁表　慶應義塾図書館所蔵
図３（724頁）『西洋記』第五十八回挿絵　筑波大学附属図書館所蔵
図４（729頁）『美濃旧衣八丈綺談』巻一、前表紙見返し　上田市立上田図書館所蔵
（汲古書院刊『馬琴中編読本集成』第16巻より転載）